本書出版得到國家古籍出版專項經費資助

三家詩遺說考

第一册

〔清〕陳壽祺　陳喬樅　撰

馬昕　米臻　點校

中華書局

圖書在版編目(CIP)數據

三家詩遺説考/(清)陳壽祺,(清)陳喬樅撰;馬昕,米臻點校. —北京:中華書局,2024.6.—ISBN 978-7-101-16674-3

Ⅰ.I207.222

中國國家版本館 CIP 數據核字第 2024NF9630 號

責任編輯:劉　明
封面設計:劉　麗
責任印製:管　斌

三家詩遺説考
(全四册)
〔清〕陳壽祺　陳喬樅 撰
馬　昕　米　臻點校

*

中 華 書 局 出 版 發 行
(北京市豐臺區太平橋西里 38 號　100073)
http://www.zhbc.com.cn
E-mail:zhbc@zhbc.com.cn
三河市鑫金馬印裝有限公司印刷

*

850×1168 毫米 1/32 · 57⅞印張 · 8 插頁 · 1178 千字
2024 年 6 月第 1 版　2024 年 6 月第 1 次印刷
印數:1-1500 册　定價:238.00 元

ISBN 978-7-101-16674-3

點校説明

《詩經》是中國古典文學的重要源頭，也是儒家學派的重要典籍，因此歷代學者關於《詩經》的研究成果可謂汗牛充棟，對《詩經》的注解與闡釋也發展出諸多流派。在其中，尤以漢代學者的闡釋意見最爲重要。他們根據《詩經》文本建構出一整套政治倫理秩序，使《詩經》真正具有了經學思想的内涵。在漢代《詩經》學中，最重要的組成部分是所謂的「四家《詩》學」。其中發端于民間的《毛詩》學説因在漢末得以廣泛流傳，在唐代又獲得官修《五經正義》的正式確認，因此較爲完整地流傳至今，成爲今人閲讀《詩經》最重要的憑藉。而漢代官方授受的三家《詩》學卻不幸失傳。《隋書·經籍志》記載：「《齊詩》亡于魏；《魯詩》亡于西晉；隋唐之世猶有《韓詩》可據，迨五代之後，《韓詩》亦亡。」

至南宋末年，學者王應麟痛感三家《詩》學之亡佚，遂編撰《詩考》，遍采群書，對三家《詩》佚文做了初步的搜輯。自此之後，歷代學者對三家《詩》學保持了持續的關注，到清代乾嘉時期，開始了對三家《詩》學文獻的大規模輯佚。到道光時期，又有多種重要的三家《詩》輯佚著作相繼問世，如馮登府《三家詩遺説》、阮元《三家詩補遺》等。但從規模和質量上看，它們都不能與陳壽祺、陳喬樅父子編纂的《三家詩遺説考》相提並論。

陳壽祺（一七七一—一八三四），字介祥，又字恭甫，一字葦仁，號梅修，又號左海，别署隱屏山人，福建閩縣人，嘉慶四年（一七九九）進士，改庶吉士，授編修。家富藏書，有小嫏嬛館、絳趺閣、遂初樓以貯之。著有《五經異義疏證》《左海經辨》《遂初樓雜録》《左海文集》等書。陳壽祺年少時已顯露出驚人的學術天分，九歲就能遍讀群經。稍長便以「高行邃學」爲志向，拜同縣孟超然爲師，修習宋儒勵身之學，以古君子自期。陳壽祺於二十九歲中進士後，受阮氏影響而走上漢學道路，與朱珪門下張惠言、王引之齊名。嘉慶六年（一八〇一），主講杭州敷文書院，兼課詁經精舍生徒，趙坦、徐養原、嚴傑等人皆從受業。在浙期間，受阮元之聘，主持編纂《經郛》；又與錢大昕、王念孫、段玉裁、程瑶田等碩儒名流相交遊，學問隨之精進。嘉慶十四年（一八〇九），充會試同考官，京察一等，記名御史。因喪父而奉母家居，隱于福建故里，不復出仕。退居之後，資教授以自給，先後掌教泉州清源書院十年、鼇峰書院十一年。掌教期間，他反對以書院爲路室候館，反對士子汲汲於功名，訂立規約，整肅學風，宣導研經，一洗空疏之習。

陳喬樅（一八〇九—一八六九），字樸園，一字樹滋，福建閩縣人，道光五年（一八二五）舉人，以大挑分發江西，歷官分宜、弋陽、德化、南城諸縣，署袁州、臨江、撫州知府。陳喬樅爲陳壽祺長子，亦精通漢學。陳壽祺於書院講學課士時，陳喬樅即侍奉左右，親沐庭訓，全面接受了陳壽祺的經學思想。陳壽祺臨終時，尚有多部著作未能完稿，便將續作遺著的任務託付於他。陳喬樅的經學著作計有《毛詩鄭箋改字説》《禮堂經説》《禮記鄭讀考》《三家詩遺説考》《齊詩翼氏學疏證》《詩緯集證》《詩經四家異文考》《尚書歐陽夏侯遺説考》《今文尚書序録》《今文尚書經説考》等數種。這些著作多有樸園自序，從序文可知，其撰作都直接或間接受其父親的影響，或是直接爲其父未成之書補綴續成，或是在補作之書的基礎上有所引申，從而開掘出新的研究領域。陳壽祺去世後，在道光十八年到二十二年間（一八三八—一八四二），陳喬樅相繼編成了《魯詩遺説考》六卷、《韓詩遺説考》五卷和《齊詩遺説考》四卷，合稱《三家詩遺説考》。三個部分雖先後刊成，各自相隔兩年，卻是同時著手，先成者先刊，後成者後刻。《魯詩遺説考自序》云：「喬樅敬承先志，次第補緝，成《魯詩遺説考》六卷，其齊、韓二家采綴粗就，尚當細加稽覈，别爲篇帙。」足爲其證。陳喬樅《魯詩遺説考自序》亦云：「先大夫因出所撰《三家詩遺説》，命卒其業。……每撫昔時所授遺編，手澤猶存。」可見，陳壽祺健在時，《三家詩遺説考》便已初具規模；陳喬樅又在此基礎上續爲增補。

從陳壽祺到陳喬樅，《三家詩遺説考》的寫作共經父子兩代之手，歷時二十餘年。全書體例嚴明：凡陳壽祺原輯材料，皆上空一格引出，其案語則上空兩格，並以「案」字開頭；凡陳喬樅增輯材料，皆上空兩格引出，並在材料起首處標「補」字，而其案語則上空三格，並以「喬樅謹案」四字開頭。筆者對該書進行了全面統計，其正文中直接徵引的三家《詩》佚文遺説共計五千一百六十六條，完全超越之前所有的三家《詩》輯佚著作。其中陳壽祺原輯者一千六百八十二條，陳喬樅增輯者三千四百八十四條，後者達到前者的兩倍左右。若無陳喬樅補綴之功，則此書的規模只能與馮登府、阮元等人的著作相當。《三家詩遺説考》之所以能成爲一部集大成的巨著，在輯佚數量上超邁前人是最直接的一個理由。此外，《三家詩遺説考》在輯佚方法上的進步更爲重要。陳氏父子在漢儒師法理論的基礎上，通過反復考證，建構出一個龐大的三家《詩》學師法網絡。經筆者統計，《魯詩遺説考》涉及學者（或典籍）一百零五家，《齊詩遺説考》涉及七十三家，《韓詩遺説考》涉及三十六家，除去兼派造成的重複，共計二百一十四家，這一規模也同樣遠邁前人。

在《三家詩遺説考》問世後，王先謙編纂了《詩三家義集疏》，後者一直被學界視作三家《詩》輯佚的集大成之作。但若將陳、王二書加以比較，會發現王書原創性較差，且囿於注疏體例，疏不破注，學術立場不够公允；而陳書在材料輯佚與師法判定上都更有優勢，對佚文材料的考訂也更加詳密。經筆者統計，王先謙《詩三家義集疏》明確判定爲三家《詩》材料的只有四千三百三十五條，雖然晚出，但在材料數量上尚不及《三家詩遺説考》。今人每每認定學術著作有後出轉精的趨勢，其實未必如此。可以説，《三家詩遺説考》的學術價值是高於《詩三家義集疏》的。但是，《詩三家義集疏》長久以來更得到學術界的關注，目前已經有兩種點校本問世；而《三家詩遺説考》卻還没有一部完備的整理本，這對《詩經》學界來説顯然是一個巨大的遺憾。而且，陳、王二書體例不同：陳書三家分立，更便於恢復三家《詩》各自的原貌；王書則三家合編，更便於利用三家《詩》材料去解讀《詩經》。二者具有較大的互補性，雙峰並峙，若能共同呈現於研究者面前，必能有益于學術的發展。爲此，我們將《三家詩遺説考》點校整理出來。

本次整理，以清道光年間小瑯嬛館刻《左海續集》本爲底本，以清光緒十四年（一八八八）南菁書院刻《皇清經解續編》本爲參校本。《皇清經解續編》本對《左海續集》本中的錯字進行了一定的改正，可爲我們本次校勘提供一些依據。我們對兩本之間兩通的異文，均出校説明，但不改底本用字；若底本用字有誤而參校本無誤，則據參校本改正底本，並出校説明；若底本出現明顯而低級的錯誤，則徑改底本，不再出校説明。此外，對於因避諱而産生的異文，均徑改，不再出校。

我們將全書所有引文與其引用來源進行核對，發現陳氏父子誤鈔之處甚多，而且還壓縮、省略或改寫了很多原書文字。對於這一問題，我們採取了比較務實的處理辦法：對那些可能産生嚴重誤解的錯謬出校説明；對一些明顯誤字和低級錯誤，在正文中改正並出校説明；對那些並無明顯錯謬而只是壓縮、省略或改寫了原書文字的内容，如果影響了對原意的準確理解，則酌情出校，其餘情況便不再一一出校，讀者在使用這些引文時，可按圖索驥，查詢原書。另外，陳氏父子未曾注明其引文出處的文獻版本。我們在核對引文時對可以確定爲因版本之别而導致的文字差異，則不再出校；未明其版本且文意有較大出入者，亦酌情出校説明。

爲方便讀者對三家《詩》學中的各家《詩》説有更加精準的了解，我們還編訂了《〈三家詩遺説考〉引文索引》，將全書五千多條引文分門别類，先按魯、齊、韓三家的次序編排；再于魯、齊、韓各家之下，按引文材料所涉及的古人（或古書）的音序編排；又在每一古人（或古書）之下，按引文出處編排。

本書的部分校勘工作和索引編訂工作，得到了吴沂澐、黎思文二位同志的協助，特此致謝！

點校工作難度很大，我們對《三家詩遺説考》的點校必定也存在不少錯誤。爲了使讀者獲得一個儘可能準確的三家《詩》讀本，也爲了進一步推動《詩經》學研究，懇請海内外學術同行予以批評指正。

點校者

二〇二二年

目録

魯詩遺説考卷第一〔一之二〕

魯詩國風二

邶風

魯詩遺説考卷第一〔一之三〕

魯詩國風三

魯詩遺説考卷第二（二之二）

魯詩國風四

魯詩遺說考卷第二〔二之二〕

魯詩國風五

魯詩遺説考卷第二〔二之三〕

魯詩國風六

魯詩遺説考卷第二（二之四）

魯詩國風七

魯詩遺説考卷第三（三之一）

魯詩小雅一

魯詩遺説考卷第三（三之二）

魯詩小雅二

魯詩遺説考卷第三（三之三）

魯詩小雅三

魯詩遺説考卷第四（四之一）

魯詩小雅四

魯詩遺説考卷第四（四之二）

魯詩小雅五

魯詩遺說考卷第四(四之三)

魯詩小雅六

魯詩遺說考卷第四(四之四)

魯詩小雅七

魯詩遺説考卷第五（五之一）

魯詩大雅一

魯詩遺説考卷第五（五之二）

魯詩大雅二

魯詩遺説考卷第五（五之三）

魯詩遺説考卷第六〔六之一〕

魯詩遺説考卷第六〔六之二〕

魯詩遺説考卷第六〔六之三〕

齊詩遺說考

齊詩遺説考卷第一（一之二）

齊詩國風二

齊詩遺說考卷第一（一之三）

齊詩國風三

齊詩遺說考卷第一〔一之四〕

齊詩國風四

齊詩遺說考卷第二〔二之二〕

齊詩小雅一

齊詩遺說考卷第二〔二之二〕

齊詩小雅二

齊詩遺説考卷第二（二之三）

齊詩小雅三

齊詩遺説考卷第三（三之二）

齊詩大雅一

齊詩遺説考卷第三（三之三）

齊詩大雅二

齊詩遺説考卷第四（四之一）

齊詩頌一

周頌

齊詩遺説考卷第四（四之二）

齊詩遺説考卷第四（四之三）

韓詩遺説考卷第一（一之二）

韓詩遺説考卷第一（一之三）

韓詩遺説考卷第二（二之二）

韓詩遺說考卷第二（二之二）

韓詩國風五

韓詩遺説考卷第二（二之三）

韓詩遺説考卷第三（三之一）

韓詩小雅一

韓詩遺説考卷第三（三之二）

韓詩小雅二

韓詩遺説考卷第三（三之三）

韓詩小雅三

韓詩遺説考卷第三（三之四）

韓詩小雅四

韓詩遺說考卷第四（四之一）

韓詩大雅一

韓詩遺說考卷第四（四之二）

韓詩大雅二

韓詩遺説考卷第四（四之三）

韓詩大雅三

韓詩遺説考卷第四（四之四）

韓詩大雅四

韓詩遺説考卷第五（五之一）

韓詩頌一

周頌

韓詩遺説考卷第五〔五之二〕

韓詩頌二

韓詩遺説考卷第五〔五之三〕

韓詩頌三

韓詩遺説考卷第五〔五之四〕…… 一五九五

韓詩頌四

三家詩遺説考序

馬瑞辰

《詩經》當秦焚書以後，不徒恃有竹帛，獨以諷誦得全。然口相傳授，受之者非一邦之人，人各用其鄉音，此鄭司農所云「同言異字，同字異音」「一經之學，數家競爽」者也。漢儒最重家法，魯、齊、韓各有師授，學者類皆守一家之言而不敢雜。亦以其時傳本絶少，私家不能見竹帛。迨漢熹平石經既立學宫，齊、魯、韓《詩》皆設有博士，而許、鄭諸大儒網羅衆家，遂得兼通博采。蓋始則非專守一家，其學不能精；繼則非兼通衆家，其學不能博。此賈景伯所以奉命撰《齊魯韓詩與毛詩異同》也。《齊詩》最先亡，韓、魯亦漸殘闕。賈景伯所撰《詩異同》又不可見。唐陸德明《釋文》多採其異文。宋王伯厚作《詩考》，亦多採録而未能全。我朝宋綿初《韓詩内傳徵》，范家相作《三家詩拾遺》，采擇較廣，然皆不免舛駁，此吾己未年伯陳恭甫先生所爲輯魯、齊、韓佚義與《毛詩》異同而未就，以命令嗣樸園明府卒其業也。樸園以名父之子，修學箸書，囊括古籍，遠溯漢儒家法源流，近遵過庭學《詩》之訓，蒐討群書，參互考證。復博采近時通儒如惠氏定宇、段氏懋堂、王氏伯申、胡氏墨莊，凡説《詩》有可採者，無不擇善而從。瑞辰曾以《毛詩鄭箋疏證》就正，亦蒙採録。又各以名姓繫之，以視唐宋注家摭拾前人而不言所自者，蓋迴異焉。昔漢儒薛漢、伏恭、鄭衆、賈逵皆傳父業，許叔重博學經籍，馬融嘗推敬之。

樸園之尊其所聞，以視古人，殆有過之。樸園既自撰《齊詩翼氏學疏證》二卷、《毛詩鄭箋改字説》四卷、《詩緯集證》四卷，又作《魯詩遺説考》六卷、《齊詩遺説考》四卷、《韓詩遺説考》六卷，皆仍以其學上屬恭甫先生，而但自題曰「某述」，與王伯申先生《經義述聞》命名同義，蓋皆取善則歸親，不忘所自之義焉。至其書體例之善、搜採之博，則已詳樸園自序中，茲不贅述。

咸豐元年十月二十六日桐城世愚弟馬瑞辰謹序。

三家詩遺説考自序

陳壽祺

漢傳《詩》者四家，魯、齊、韓並立學官。元始之世，始置《毛詩》博士，不久旋廢。後漢賈逵嘗受詔撰《齊魯韓詩與毛氏異同》，集考三家《詩》自景伯始，惜其書不傳。宋王伯厚《詩考》所緝三家遺説，止取文字别異，缺漏甚多。壽祺案，兩漢《毛詩》未列於學，凡馬、班、范三史所載及漢百家箸述所引，皆魯、齊、韓《詩》。異者見異，同者見同，緒論所存，悉宜補綴，不宜取此而棄彼也。今稍增緝，以備瀏覽，猶有未能具載者，他日當别成一篇，使學者有所考焉。嘉慶二十有四年己卯仲春，福州陳壽祺識於三山之遂初樓。

魯詩遺説考

魯詩遺説考自敘

《漢書·藝文志》云：「《詩》三百五篇遭秦而全者，以其諷誦不獨在竹帛故也。《詩經》二十八卷，魯、齊、韓三家。《魯故》二十五卷，《魯説》二十八卷。」《楚元王傳》云：「元王少時嘗與魯穆生、白生、申公俱受《詩》於浮丘伯。文帝時，聞申公爲《詩》最精，以爲博士。申公始爲《詩》傳，號《魯詩》。」然則《志》載《魯故》《魯説》，蓋即申公所爲之《詩傳》矣。《史記·儒林傳》言漢高祖過魯，申公以弟子從師入謁於魯南宫。又言申公以《詩》教授弟子，自遠方至受業者千餘人。是三家之學，魯最先出，其傳亦最廣，有張、唐、褚氏之學，又有韋氏學、許氏學，皆家世傳業，守其師法。終漢之世，三家並立學官，而魯學爲極盛焉。魏晉改代，屢經兵燹，學官失業。《齊詩》既亡，而《魯詩》不過江東，其學遂以寖微。然而馬、班、范三史所載，漢百家箸述所稱，亦未嘗無緒論之存，足以資考證佚文而采摭異義。失在學者因陋就簡，不能修學好古、實事求是耳。宋王厚甫《詩考》據鄭君《儀禮·士昏禮》注引《魯詩説》，何休《公羊傳注》引《魯詩傳》及《漢書·文三王傳》《杜欽》《谷永傳》注、《續漢書·輿服志》注、《後漢書·班固傳》注所引《魯訓》《魯傳》，采爲《魯詩》，疏漏尚多。其餘石經《魯詩》殘碑，惟取與毛氏異者，餘皆棄而不録。顧《魯詩》今不傳，祇此殘碑所有，其文雖與毛氏同，亦當備載之，俾得據以考證，不宜取此而棄彼也。喬樅幼承庭訓，稍長，治三家《詩》。先大夫因出所撰《三家詩遺説》，命卒其業。案，《魯詩》授受源流，《漢書》章章可考。申公受《詩》於浮丘伯。伯者，荀卿門人也。劉向校録《孫卿書》亦云：「浮丘伯受業於孫卿，爲名儒。」是申公之學出自荀子。凡《荀子》書中説《詩》者，大都爲魯訓所本。今故綴之，列於《魯詩》，原其所自始也。孔安國從申公受《詩》，爲博士，至臨淮太守，見《史記·儒林傳》。太史公嘗從孔安國問業，所習當爲《魯詩》。觀其傳儒林，首列申公。叙申公弟子，首數孔安國。此太史公尊其師傳，故特先之。劉向父子世習《魯詩》，高郵王氏《經義述聞》以向爲治《韓詩》，未足徵信。考《楚元王傳》，言元王好《詩》，諸子皆讀《詩》，王子郢客與申公俱卒學。申公爲《詩》傳，元王亦次之《詩》傳，號《元王詩》。向爲元王子、休侯富曾孫，漢人傳經最重家學，知向世修其業，著《説苑》《新序》《列女傳》諸書，其所稱述必出於《魯詩》無疑矣。後漢建初四年，下太常，將、大夫、博士、議郎、郎中及諸生、諸儒會白虎觀，講議五經同異。使五官中郎將魏應承制問，侍中淳于恭奏，帝親制臨決，如孝宣石渠故事，作《白虎議奏》。今於《白虎通》引《詩》，皆定爲魯説，以當時會議諸儒如魯恭、魏應皆習《魯詩》，而承制專掌問難，又出於魏應也。《爾雅》亦《魯詩》之學。漢儒謂《爾雅》爲叔孫通所傳。叔孫通，魯人也。臧鏞堂《拜經日記》以《爾雅》所釋《詩》字訓義皆爲《魯詩》，允而有徵。郭璞不見《魯詩》，其注《爾雅》多襲漢人舊義，若犍爲舍人、劉歆、樊光、李巡諸家注解徵引《詩經》，皆魯家今文，往往與毛氏殊。郭璞沿用其語，如《釋故》「陽，予也」注引《魯詩》「陽如之何」，《釋草》「蓝，茎」注引《詩·山有蓝》，文與石經《魯詩》同，尤其確證。熹平石經以《魯詩》爲主，間有齊、韓字，蓋叙二家異同之説，此蔡邕、楊賜所奉詔同定者也。若夫張衡《東京賦》「改奢即儉，制美《斯干》」之語，與《劉向傳》説《詩》義合。王逸《楚詞注》「繁鳥萃棘，負子肆情」之解，與《列女傳》歌《詩》事同。至如「佩玉晏鳴，《關雎》歎之」，臣瓚謂事見《魯詩》，而王充《論衡》、楊雄《法言》亦並以《關雎》爲康王之時，仁義陵遲，《鹿鳴》刺焉。史遷蓋語本魯説，而王符《潛夫論》、高誘《淮南注》亦均以《鹿鳴》爲刺上之作。互證而參觀之，夫固可以考見家法矣。喬樅敬承先志，次第補緝，成《魯詩遺説考》六卷，其齊、韓二家采綴粗就，尚當細加稽覈，別爲篇帙。然距先大夫棄養之日，於今五年，每撫昔時所授遺編，手澤猶存，音容已邈，掩卷愴然，不勝風木之感云。時道光十有八年戊戌秋九月，福州陳喬樅序於蕙修蘭實之齋。

魯詩敘録

侯官陳喬樅學

子夏

曾中

陸德明《經典釋文·序録》云：「字子西，魯人曾參之子。」

李克

孟仲子

鄭康成《詩譜》云：「子思之弟子。」

根牟子

【陸璣《毛詩草木疏》】孔子删《詩》授卜商，商爲之《序》以授魯人曾申，申授魏人李克，克授魯人孟仲子，孟仲子授根牟子，根牟子授趙人荀卿。

喬樅謹案：陸德明《經典釋文·序録》載徐整云：「子夏授高行子，高行子授薛倉子，薛倉子授帛妙子，帛妙子授河間人大毛公，毛公爲《詩故訓傳》於家，以授趙人小毛公。一云子夏傳曾申，申傳魏人李克，克傳魯人孟仲子，孟仲子傳根牟子，根牟子傳趙人孫卿子，孫卿子傳魯人大毛公。」《序録》所紀「一云」者，即陸璣《草木疏》之説。陸德明意似以徐整爲正，整亦吴太常卿，與陸璣同時先後者。璣以大毛公爲受自荀卿，於古傳記無所徵證，而申公《魯詩》傳自浮丘伯，爲荀卿再傳弟子，具載於《漢書》，章章可考。則陸璣所紀「子夏傳曾申」云云，當爲《魯詩》授受源流確然無疑。書缺有間，篇簡斷佚失次，後人遂以此節屬之《毛詩》耳，今故綴之而列於前云。

荀卿《史記索隱》曰：「荀卿，名況，卿者，時人相尊而號爲卿也。後亦謂之孫卿子者，避漢宣帝之諱也。」

【《史記·孟荀列傳》】荀卿，趙人，年五十始來遊學於齊。齊襄之〔一〕時，荀卿最爲老師。齊尚脩列大夫之缺，而荀卿三爲祭酒焉。齊人或讒荀卿，荀卿乃適楚，而春申君以爲蘭陵令。荀卿

〔一〕「之」，《史記》作「王」。

嫉濁世之政〔一〕，不遂大道而營於巫祝，信禨祥，鄙儒小拘，如莊周等又滑稽亂俗。於是推儒、墨、道德之行事興壞，序列著數萬言而卒。因葬蘭陵。

【應劭《風俗通義》】齊威宣王之時，聚天下賢士於稷下，尊寵，號爲〔二〕列大夫。是時，孫卿善爲《詩》《禮》《易》《春秋》。

浮丘伯《漢書·儒林傳》云「齊人」，又師古《漢書集注》引服虔曰：「浮丘伯，秦時儒生。」

【《漢書·楚元王傳》】王少時，嘗與魯穆生、白生、申公俱受《詩》於浮丘伯。伯者，孫卿門人也。及秦焚書，各别去。高后時，浮丘伯在長安，元王遣子郢客與申公俱卒業。

【《鹽鐵論·毀學》篇】大夫曰：「昔李斯與包丘子俱事荀卿，既而李斯入秦，遂取三公。據萬乘〔三〕以制海内，功侔伊望，名巨泰山。而包丘子不免於甕牖蒿廬，如潦歲之蛙，口非不衆也，然卒死於溝壑而已。」文學曰：「方李斯之相秦也，始皇任之，人臣無二。然而荀卿爲之不食，覩其罹不測之禍也。包丘子飯麻蓬藜，脩道白屋之下，樂其志，安之於廣厦芻豢，無赫赫之勢，亦無

〔一〕「濁世之政」，此下《史記》有「亡國亂君相屬」六字。

〔二〕「爲」，《風俗通義》作「曰」。

〔三〕「萬乘」，此下《鹽鐵論》有「之權」二字。

戚戚之憂。孔子曰：『人無遠慮，必有近憂。』無仁義之德，而有富貴之禄，若陷坎穽，食於縣門之下。此李斯之所以具〔一〕五刑也。」

先大夫曰：案包丘子即浮丘伯也。「包」「浮」音近，古相通假。左氏隱八年《春秋》「公及莒人盟於浮來」，《穀梁》作「包來」。《禮記·投壺》「若是者浮」，注云：「浮，或作『匏』。」是其證也。

申公《史記·儒林傳叙》云：「言《詩》於魯則申培公。」韋昭曰：「培，申公名。」徐廣曰：「一作『陪』。」張守節《正義》曰：「申，姓；培，名；公，其處號也。」

【《史記·儒林傳》】申公者，魯人也。高祖過魯，申公以弟子從師入見高祖於魯南宮。呂太后時，申公游學長安，與劉郢同師。已而郢爲楚王，令申公傅其太子戊。及王郢卒，申公歸魯，退居家教，弟子自遠方至受業者百餘人。申公獨以《詩經》爲訓以教，無傳疑，疑者則闕不傳。今上初即位，使使束帛加璧，安車駟馬迎申公，弟子二人乘軺傳從。至見天子，天子問治亂之事。申公時已八十餘，老，對曰：「爲治者不在多言，顧力行何如耳。」是時天子方好文詞，見申公對，

〔一〕「具」，《鹽鐵論》作「伏」。

默然。然已招致，則以爲太中大夫，舍魯邸，議明堂事。申公亦疾免以歸，數年卒。弟子爲博士者十餘人，其治民〔一〕皆有廉節，稱其好學。學官弟子行雖不備，而至於大夫、郎中、掌故以百數。言《詩》雖殊，多本於申公。

【《漢書·儒林傳》】申公，魯人也。少與楚元王交俱事齊人浮丘伯受《詩》。楚王戊立，申公歸魯居家，弟子自遠方至受業者千餘人，申公獨以《詩經》爲訓故以教。〇【又《楚元王傳》】元王既至楚，以申公爲中大夫。文帝時，聞申公爲《詩》最精，以爲博士。申公始爲《詩》傳，號《魯詩》。元王薨，宗正上邳侯郢客嗣，申公爲博士，失官。隨郢客歸，復以爲中大夫。

穆生

白生

《漢書集注》引服虔曰：「白生，魯國奄里人。」

【《漢書·楚元王傳》】王少時，與魯穆生、白生、申公俱受《詩》於浮丘伯。元王既至楚，以穆生、白生、申公爲中大夫。元王敬禮申公等，穆生不嗜酒，元王每置酒，常爲穆生設醴。及王戊即

〔一〕「民」，此上《史記》有「官」字。

位，常設，後忘設焉。穆生退曰：「可以逝矣！醴酒不設，王之意怠，不去，楚人將鉗我於市。」稱疾卧。申公、白生强起之曰：「獨不念先王之德與？今王一旦失小禮，何足至此！」穆生曰：「《易》稱：『知幾其神乎！幾者動之微，吉凶之先見者也。君子見幾而作，不俟終日。』先王之所以禮吾三人者，爲道之存故也。今而忽之，是忘道也。忘道之人，胡可與久處！豈爲區區之禮哉？」遂謝病去。申公、白生獨留。王戊稍淫暴，二人諫，不聽，胥靡之，衣之赭衣，使杵臼雅春於市。

楚元王劉交

【《漢書·楚元王傳》】元王交，字游，高祖同父少弟也。好書，多材藝，少時嘗與魯穆生、白生、申公俱受《詩》於浮丘伯。元王好《詩》，諸子皆讀《詩》。申公始爲《詩》傳，號《魯詩》。元王亦次之《詩》傳，號曰《元王詩》，世或有之。元王立二十三年薨，太子辟非先卒，子郢客嗣。文帝尊寵元王，子生，爵比皇子。景帝即位，以親親封元王寵子五人：子禮爲平陸侯，富爲休侯，歲爲沈猶侯，埶爲宛朐侯，調爲棘樂侯。

楚夷王劉郢《漢書》云：「名郢客。」

【《漢書·楚元王傳》】高后時，浮丘伯在長安，元王遣子郢客與申公俱卒業。郢客爲宗正，封上邳侯。元王薨，太子辟非先卒，文帝乃以宗正上邳侯郢客嗣，是爲夷王。立四年薨，子戊嗣。○【又《儒林傳》】郢嗣，立爲楚王，令申公傅太子戊。戊不好學，病申公。

紅侯劉辟彊

陽城侯劉德

【《漢書·楚元王傳》】初，休侯富既奔京師，而王戊反，富等皆坐免侯，削屬籍。後聞其數諫戊，乃更封爲紅侯。富子辟彊等四人共養，仕於朝。辟彊字少卿，亦好讀《詩》，能屬文。武帝時，以宗室子隨二千石論議，冠諸宗室。清静少欲，嘗以書自娱，不肯仕。辟彊子德，字路叔，少脩黄老術，有智略。少時數言事，召見甘泉宫，武帝謂之千里駒。後爲〔一〕宗正，與立宣帝，以定策賜爵關内侯。地節中，以親親行謹厚封爲陽城侯。德寬厚，好施生，每行京兆尹事，多所平反罪

〔一〕「爲」，此上《漢書》有「復」字。

人。家産過百萬，則以振昆弟賓客飲食，曰：「富，民之怨也。」五〔一〕十一年薨。

劉向
劉歆

【《漢書·劉向傳》】向字子政，本名更生。年十二，以父德任爲輦郎。既冠，以行脩飭擢爲諫大夫。是時，宣帝循武帝故事，招選名儒俊材置左右。更生以通達能屬文辭，與王褒、張子僑等並進對，獻賦頌凡數十篇。會初立《穀梁春秋》，徵更生受《穀梁》，講論五經於石渠。元帝初即位，太傅蕭望之、少傅周堪薦更生宗室忠直，明經有行，擢爲散騎宗正給事中。同心輔政，爲許、史及恭、顯所譖，下獄免爲庶人。更生上封事，恭、顯見其書，愈與許、史比而怨更生等。更生傷之，乃著《疾讒》《擿要》《救危》及《世頌》凡八篇，依興古事，悼己及同類也。成帝即位，顯等伏辜，更生乃復進用，更名向。數奏封事，遷光禄大夫。是時，帝元舅陽平侯王鳳爲大將軍秉政，倚太后，專國權，兄弟七人皆爲列侯。時數有大異，向以爲外戚貴盛，鳳兄弟用事之咎。而上方

〔一〕「五」，《漢書》作「立」。按：應作「立」。

精於《詩》《書》，觀古文，詔向領校中五經秘書。向見《尚書·洪範》，箕子爲武王陳五行陰陽休咎之應，乃集合上古以來歷春秋六國至秦漢符瑞災異之記，推迹行事，連傳禍福，著其占驗，比類相從，各有條目，凡十一篇，號曰《洪範五行論》，奏之。天子知〔一〕向忠精，故爲鳳兄弟起此論也，然終不能奪王氏權。久之，營起昌陵，數年不成，復還歸延陵，制度泰奢。向上疏諫，上甚感向言，而不能從其計。向睹俗彌奢淫，而趙、衛之屬起微賤，踰禮制，向以爲王教由内及外，自近者始。故採取《詩》《書》所載賢妃貞婦，興國顯家可法則，及孽嬖亂亡者，序次爲《列女傳》，凡八篇，以戒天子。及采傳記行事，著《新序》《説苑》凡五十篇奏之。上雖不能盡用，然内嘉其言，常嗟歎之。以向爲中壘校尉。向爲人簡易無威儀，廉靖樂道，不交接世俗，專積思於經術，晝誦書傳，夜觀星宿，或不寐達旦。居列大夫官，前後三十餘年，年七十二卒。卒後十三歲，而王氏代漢。向三子皆好學：長子伋，以《易》教授，官至郡守；中子賜，九卿丞，蚤卒；少子歆，最知名。歆字子駿，少以通《詩》《書》，能屬文。河平中，受詔與父向領校秘書，講六藝傳記、諸子、詩賦、數術、方技，無所不究。向死後，復領五經，卒父前業。歆乃集六藝群書，種別爲《七略》。歆欲建立《左氏春秋》及《毛詩》《逸禮》《古文尚書》皆列於學官，哀帝令歆與五經博士講論其義，

〔一〕「知」，此上《漢書》有「心」字。

諸博士或不肯置對。歆因移書太常博士，責讓之。其言甚切，諸儒皆怨恨。是時，名儒光禄大夫龔勝以歆移書上疏深自罪責，願乞骸骨罷。及儒者師丹爲大司空，亦大怒，奏歆改亂舊章，非毁先帝所立。上曰：「歆欲廣道術，亦何以爲非毁哉？」歆由是忤執政大臣，爲衆儒所訕，懼誅，求出。歷三郡守，數年，以病免官。

孔安國

【《史記·孔子世家》】孔鮒爲陳王涉博士，鮒弟子襄嘗爲孝惠皇帝博士，遷爲長沙太守。子襄生忠，忠生武，武生延年及安國。安國爲今皇帝博士，至臨淮太守。【又《儒林傳》】申公弟子孔安國，至臨淮太守。

周霸

夏寬

魯賜

繆生《史記索隱》曰：「繆，音亡救反。繆氏出蘭陵，一音穆。所謂穆生，爲楚元王所禮也。」

徐偃

闞門慶忌《漢書音義》李奇曰：「姓闞門，名慶忌。」

【《史記·儒林傳》】申公弟子爲博士者十餘人，周霸至膠西内史，夏寬至城陽内史，碭魯賜至東海太守，蘭陵繆生至長沙内史，徐偃爲膠西中尉，鄒人闞門慶忌爲膠東内史。其治官民皆有廉節，稱其好學。

王臧

趙綰

【《史記·儒林傳》】蘭陵王臧既受《詩》，以事孝景帝爲太子少傅，免去。今上初即位，臧乃上書宿衛上，累遷，一歲中爲郎中令。及代趙綰亦嘗受《詩》申公，綰爲御史大夫。綰、臧請天子，欲立明堂以朝諸侯，不能就其事，乃言師申公。於是天子使使迎申公，以爲太中大夫。舍魯邸，議明堂事。太皇竇太后好老子言，不説儒術，得趙綰、王臧之過以讓上。上因廢明堂事，盡下趙綰、王臧吏，後皆自殺，申公亦疾免以歸。

大江公

晉灼曰：「大江公即瑕丘江公也，以異下博士江公，故稱大。」

許生

徐公

【《漢書·儒林傳》】申公以《詩》《春秋》授，而瑕丘江公盡能傳之，徒衆最盛。及魯許生、免中李奇曰：「免中，邑名也。」徐公，皆守學教授。

王式

【《漢書·儒林傳》】王式字翁思，東平新桃人也。事免中徐公及許生，爲〔一〕昌邑王師。昌邑王

〔一〕「爲」，此上《漢書》有「式」字。

廢，式繫獄當死。治事使者責問曰：「師何以亡諫書？」式對曰：「臣以《詩》三百五篇朝夕授王，至於忠臣孝子之篇，未嘗不爲王反復誦之也。至於危亡失道之君，未嘗不流涕爲王深陳之也。臣以三百五篇諫，是以亡諫書。」使者以聞，亦得減死論，歸家不教授。諸博士素聞其賢，共薦式，詔除下爲博士。

韋賢

【《漢書·韋賢傳》】賢字長孺，魯國鄒人也。其先韋孟，家本彭城，爲楚元王傅，傅子夷王及孫王戊。戊荒淫不遵道，孟作詩風諫。後遂去位，徙家於鄒。自孟至賢五世。賢爲人質樸少欲，篤志於學，兼通《禮》《尚書》，以《詩》教授，號稱鄒魯大儒。徵爲博士，給事中，進授昭帝《詩》。稍遷光禄大夫詹事，至大鴻臚。宣帝初即位，賢以與謀議，安宗廟，賜爵關内侯。以先帝師，甚見尊重。本始三年，爲丞相，封扶陽侯。時賢七十餘，爲相五歲，以老病乞骸骨歸。丞相致仕自賢始。年八十二薨，謚曰節侯。賢四子，長子方山，爲高寢令；次子弘，至東海太守；次子舜〔一〕，留魯守墳墓；少子玄成，復以明經歷位至丞相。故鄒魯諺曰：「遺子黄金滿籯，不如教子一

〔一〕「舜」，《漢書》作「舜」。按：應作「舜」。

經。」○【又《儒林傳》】韋賢治《詩》，事博士大江公及許生，又治《禮》，至丞相。傳子玄成，以淮陽中尉論石渠，後亦至丞相。玄成及兄子賞以《詩》授哀帝，至大司馬車騎將軍。由是《魯詩》有韋氏學。

韋玄成

韋賞

義倩

【《漢書·韋玄成傳》】玄成字少翁，少好學，脩父業，尤謙遜下士。繇是名譽日廣，以明經擢爲諫大夫，遷大河都尉。賢病篤，門下生博士義倩等與宗家計議，共矯賢令，使家丞上書，以大河都尉玄成爲後。賢薨，玄成陽爲病狂。徵至長安，既葬，當襲爵，以病狂不應召。大鴻臚奉〔一〕狀，章下丞相御史案驗。玄成素有名聲，士大夫多疑其欲讓爵辟兄者。而丞相、御史遂以實不病劾

〔一〕「奉」，《漢書》作「奏」。

奏之，有詔勿劾，引拜，玄成不得已受爵。宣帝高其節，以玄成爲河南太守。遷太常，受詔與太子太傅蕭望之及五經諸儒雜論同異於石渠閣，條奏其對。及元帝即位，遷太子太傅，至御史大夫。永光中，爲丞相，遂繼父相位，封侯故國，榮當世焉。爲相七年，薨，謚曰共侯。東海太守弘子賞亦明《詩》，哀帝爲定陶王時，賞爲太傅。哀帝即位，賞以舊恩爲大司馬車騎將軍，列爲三公，賜爵關内侯。亦年八十餘，以壽終。

張長安李奇曰：「長安，名。」

唐長賓

褚少孫陸德明《經典釋文》云：「沛人。《褚氏家傳》云：『即續《史記》褚先生也。』」

江公

【《漢書・儒林傳》】山陽張長安幼君，先事王式，後東平唐長賓、沛褚少孫亦來事式，問經數篇。式謝曰：「聞之於師具是矣，自潤色之。」不肯復授。唐生、褚生應博士弟子選，詣博士，摳衣登堂，頌禮甚嚴，試誦説，有法，疑者丘蓋不言。諸博士驚問何師，對曰事式。皆素聞其賢，詔除下爲博士。式徵來，衣博士衣而不冠，曰：「刑餘之人，何宜復充禮官？」既至止舍中，會諸大夫博士，共持酒肉勞式，皆注意高仰之。博士江公世爲《魯詩》宗，至江公著《孝經説》，心嫉式，謂歌吹諸生曰：「歌《驪駒》。」服虔曰：「其辭云『驪駒在門，僕夫具存。驪駒在路，僕夫整駕』也。」式曰：「聞之於師：『客歌《驪駒》，主人歌《客毋庸歸》。』今日諸君爲主人，日尚早，未可也。」江翁曰：「何以言之〔一〕？」式曰：「在《曲禮》。」江翁曰：「何狗曲也！」式恥之，陽醉，遏墜〔二〕。式客罷，讓諸生曰：「我本不欲來，諸生彊勸我，竟爲豎子所辱！」遂謝病免歸，終於家。張生、唐生、褚生皆爲博士。張生論石渠，至淮陽中尉。唐生楚太傅。由是《魯詩》有張、唐、褚氏之學。

張游卿

王扶丁進士杰云：「陸璣《草木疏》『王扶』，《漢書・儒林傳》一作『王符』。」

〔一〕「何以言之」，此上《漢書》有「經」字。

〔二〕「墜」，《漢書》作「墬」。按：應作「墬」。

許晏丁杰云：「陸璣《草木疏》亦云許晏爲游卿門人，《經典釋文·序録》則云扶授許晏。」

【《漢書·儒林傳》】張生兄子游卿爲諫大夫，以《詩》授元帝。其門人琅邪王扶爲泗水中尉，陳留許晏爲博士。由是張家有許氏學。

【《陳留風俗傳》】許晏字偉君，受〔一〕《魯詩》於琅琊王扶〔二〕，改學曰《許氏章句》，列在儒林。故諺曰：「殿上成群許偉君。」《御覽》四百九十六。

薛廣德

【《漢書·薛廣德傳》】廣德字長卿，沛郡相人也。以《魯詩》教授，楚國龔勝、龔舍師事焉。蕭望之爲御史大夫，除廣德爲屬，數與議論，器之，薦廣德經行宜充本朝。爲博士，論石渠，遷御史大夫。廣德温雅有醖藉，及爲三公，直言諫争。凡十月免，賜安車駟馬東歸。沛太守迎之界上，沛以爲榮，縣其安車傳子孫。

〔一〕「受」，《太平御覽》作「授」。
〔二〕「扶」，《太平御覽》無此字。

龔勝

龔舍

【《漢書·兩龔傳》】兩龔皆楚人也，勝字君賓，舍字君倩。二人相友，並著名節，故世謂之楚兩龔。少皆好學明經，勝爲郡吏，舍不仕。久之，楚王入朝，聞舍高明〔一〕，聘舍爲常侍。不得已隨王，歸國固辭，願卒學，復至長安。而勝爲郡吏，三舉孝廉，以王國人不得宿衛。補吏，再爲尉，壹爲丞，輒至官乃去。州舉茂才，爲重泉令，病去官。哀帝自爲定陶王固已聞其名，徵爲諫大夫。引見，勝薦龔舍，有詔皆徵。勝居諫官，數上書求見，言百姓貧，盜賊多，吏不良，風俗薄，災異數見，不可不憂。制度泰奢，賦斂泰重，宜以儉約先下。二歲，遷丞相司直，徙光禄大夫，以子博爲侍郎。王莽秉政，勝遂歸老於鄉里。初，龔舍以龔勝薦，徵爲諫大夫，病免。復徵爲博士，又病去。頃之，哀帝遣使即楚拜舍爲泰山太守。舍家居在武原，遂於家受詔，便道之官。既至數月，上書乞骸骨。上徵舍，拜爲光禄大夫。舍終不肯起，乃遣歸。舍亦通五經，以《魯詩》教授。舍、勝既歸鄉里，郡二千石長吏皆至其家，如師弟子之禮。舍年六十八，王莽居攝中卒。莽

〔一〕「明」，《漢書》作「名」。按：應作「名」。

既篡國，遣使者即拜勝爲講學祭酒，勝稱疾不應徵。後二年，莽復遣使者奉璽書迎勝，即拜，秩上卿。勝稱病篤，使者五日壹與太守俱問起居，爲勝兩子及門人高暉等言：「朝廷虚心待君以茅土之封，雖疾病，宜動移至傳舍，示有行意，必爲子孫遺大業。」暉等白使者語，勝自知不見聽，即謂暉等：「吾受漢厚恩，亡以報，今年老矣，旦暮入地，誼豈以一身事二姓，下見故主哉？」遂不復開口飲食，積十四日死，死時年七十九矣。勝居彭城廉里，後世刻石表其里門。

高嘉

高容

【陸璣《草木疏》】平原高嘉亦以《詩》授元帝，爲上谷太守。傳子容，少以下疑有闕文。爲光禄大夫，孫詡以文任爲郎中，以世傳《魯詩》知名，王莽時逃去不仕。

高詡

案：據陸璣《疏》，則詡乃高嘉之孫也，《後漢書》云「曾祖父嘉」，誤衍「曾」字。

【《後漢書・儒林傳》】高詡字季回，平原般人也。曾祖父嘉以《魯詩》授元帝，仕至上谷太守。父容，少傳嘉學，哀平間爲光禄大夫。詡以父任爲郎中，世傳《魯詩》，以信行清操知名。王莽篡位，父子稱盲，逃，不仕莽世。光武即位，大司空宋弘薦詡，徵爲郎，除符離長。去官，後徵爲博士。建武十一年，拜大司農，在朝以方正稱。十三年卒官，賜錢及冢田。

卓茂

【《後漢書·卓茂傳》】茂字子康，南陽宛人也，父祖皆至郡守。茂，元帝時學於長安，事博士江生，習《詩》《禮》及曆算，究極師法，稱爲通儒。以儒術舉爲侍郎，給事黄門，遷密令。勞心諄諄〔一〕，舉善而教，口無惡言，吏人親愛而不忍欺之。數年教化大行，道不拾遺。平帝時，天下大蝗，河南二十餘縣皆被其災，獨不入密縣界。是時王莽秉政，置大司農六部丞，勸課農桑，遷茂爲京部丞，密人老少皆涕泣隨送。及莽居攝，以病免歸〔二〕。光武初即位，先訪求茂，以茂爲太傅，封褒德侯。復以茂長子戎爲太中大夫，次子崇爲中郎、給事黄門。建武四年，薨，車駕素服，親臨送葬。子崇嗣，徙封汎鄉侯，官至大司農。

〔一〕「勞心諄諄」，此下《後漢書》有「視人如子」四字。

〔二〕「歸」，此下《後漢書》有「郡」字。

魯恭

【《後漢書·魯恭傳》】恭字仲康，扶風平陵人也。父爲武陵太守，卒官時恭年十二，弟丕七歲，晝夜號踊不絶聲。郡中賻贈無所受，乃歸服喪，禮過成人，鄉里奇之。十五與母及丕俱居太學，習《魯詩》，閉户講誦，絶人間事，兄弟俱爲諸儒所稱，學士争歸之。肅宗集諸儒於白虎觀，恭特以經明得召，與其議。拜中牟令，恭專以德化爲理，不任刑罰。建初七年，郡國螟傷稼，犬牙緣界，不入中牟。後拜侍御史，每政事有益於人，恭輒言其便，無所隱諱。其後，拜爲《魯詩》博士，由是家法學者日盛。遷侍中，再爲司徒，以老病策罷，年八十一卒。長子謙，爲隴西太守，有名績。謙子旭，官至太僕。

魯丕

【《後漢書·魯丕傳》】丕字叔陵，性沈深好學，孳孳不倦。兼通五經，以《魯詩》《尚書》教授，爲當世名儒。建初元年，詔舉賢良方正。時對策者百有餘人，惟丕在高第，除爲議郎，遷新野令。視事期年，州課第一，擢拜青州刺史。元和元年徵〔一〕，拜趙相。門生就學者常百餘人，關東號

〔一〕「徵」，此下《後漢書》有「再遷」二字。

之曰「五經復興魯叔陵」。其後帝巡狩之趙，特被引見，難問經傳，厚加賞賜。和帝因朝會，召見諸儒，丕與侍中賈逵、尚書令黄香等相難數事，帝善丕説，特賜冠幘履韈衣一襲。丕因上疏曰：「臣聞説經者，傳先師之言，非從己出，不得相讓。相讓則道不明，若規矩權衡之不可枉也。難者必明其據，説者務立其義，浮華無用之言不陳於前，故精忠不勞而道術愈章。法異者，各令自説師法，博觀其義。覽詩人之旨意，察《雅》《頌》之終始，明舜、禹、皋陶之相戒，顯周公、箕子之所陳，觀乎人文，化成天下。無令芻蕘以言得罪。」丕遷侍中，再爲三老。年七十五，卒于官。

許晃

李業

【《後漢書·獨行傳》】李業字巨游，廣漢梓潼人也。少有志操，介特。習《魯詩》，師博士許晃。元始中，舉明經，除爲郎。會王莽居攝，以病去官，杜門不應州郡之命。隱藏山谷，絶匿名迹，終莽之世。及公孫述僭號，素聞業賢，徵之，欲以爲博士，業固稱疾不起。數年，述恥〔一〕不致之，

〔一〕「恥」，《後漢書》作「羞」。

乃使大鴻臚尹融持毒酒奉詔命以劫業。若起，則受公侯之位；不起，賜之以藥。業遂飲毒而死，述聞業死，大驚，恥有殺賢之名，乃遣使弔祠，賻贈百匹。業子翬逃辭不受。蜀平，光武下詔表其閭，《益部紀》載其高節，圖畫形像。

右師細君

章懷《後漢書注》云：「姓右師。」

包咸

【《後漢書·儒林傳》】包咸字子良，會稽曲阿人也。少爲諸生，受業長安，師事博士右師細君，習《魯詩》《論語》。王莽末，去歸鄉里。於東海界爲赤眉賊所得，遂見拘執。十餘日，咸晨夜誦經自若，賊異而遣之。因往東海，立精舍講授。光武即位，乃歸鄉里。太守黄讜署户曹史，欲召咸入授其子。咸曰：「禮有來學，而無往教。」讜遂遣子師之。舉孝廉，除郎中。建武中，入授皇太子《論語》，又爲其章句。拜諫議大夫。永平五年，遷大鴻臚。每進見，錫以几杖。經傳有疑，輒遣小黄門就舍即問。顯宗以咸有師傅恩，而素清苦，特賞賜珍玩束帛，奉禄增於諸卿，咸皆散與諸生之貧者。病篤，帝親輦駕臨視。年七十一〔一〕，卒於官。子福，拜郎中，亦以《論語》教授和帝。

魏應

【《漢書〔二〕·儒林傳》】魏應字君伯，任城人也。少好學，建武初，詣博士受業，習《魯詩》。閉門誦習，不交僚黨，京師稱之。後歸爲郡吏，舉明經，除濟陰王文學。以疾免，教授山澤中，徒衆常數百人。永平初，爲博士，再遷侍中。建初四年，拜五官中郎將，詔入授千乘王伉。應經明行脩，弟子自遠方至，著録數千人，肅宗甚重之。數進見，論難於前，特授賞賜。時會京師諸儒於白虎觀，講論五經異同，使應專掌問難，侍中淳于恭奏之。帝親臨稱制，如石渠故事。出爲上黨太守，徵拜騎都尉，卒於官。

陳重

〔一〕「一」，《後漢書》作「二」。按：應作「二」。

〔二〕《漢書》無此傳，應爲「後漢書」。

【《後漢書·獨行傳》】陳重字景公，豫章宜春人也。少與同郡雷義爲友，俱學《魯詩》《顔氏春秋》。太守張雲舉重孝廉，重以讓義，雲不聽。義明年舉孝廉，重與俱在郎署。後拜侍御史，卒。

雷義

【《後漢書·獨行傳》】雷義字仲公，豫章鄱陽人也。初爲郡功曹，嘗擢舉善人，不伐其功。後舉孝廉，拜尚書侍郎。有同時郎坐事當居刑作，義默自表取其罪，以此論司寇。同臺郎覺之，委位自上，乞贖義罪。順帝詔皆除刑。義歸，舉茂才，讓於陳重，刺史不聽。義遂佯狂被髮走，不應命。鄉里爲之語曰：「膠漆自謂堅，不如雷與陳。」三府同時俱辟，旋拜侍御史，除南頓令，卒官。子授，官至蒼梧太守。

李咸

【謝承《後漢書》】李咸字元章〔一〕，汝南西平人。孤特自立，家貧母老，常躬耕稼以奉養。習《魯詩》《春秋公羊傳》《三禮》。三府並辟，司徒胡廣舉茂才，除高密令，政多奇異，青州表其狀。建

〔一〕「章」，《後漢書》作「卓」。按：應作「卓」。

寧三年，自大鴻臚拜太尉。自在相位，約身率下，常食脱粟飯、醬菜而已，不與州郡交通。刺史、二千石牋記，非公事不發省。以老乞骸骨，見許，還所賜物，乘敝牛車，使子男御。晨發京師，百僚追送盈途，不能得見。家舊貧狹，庇蔭草廬。《後漢書·胡廣傳》注。

陳宣

【謝承《後漢書》】陳宣字子興，沛國蕭人也。剛猛性毅，博學，明《魯詩》。遭王莽篡位，隱處不仕。光武即位，徵拜諫大夫。《續漢書·五行志》注。

李炳

【謝承《後漢書》】李炳字子然，鄮人也。篤行好學，不羡榮禄。習《魯詩》《京氏易》，室家相待如賓。州郡前後禮請不應，舉茂材，除召陵令，不到官。公車徵不行，卒。

蔡朗

【《蔡邕集·蔡朗碑》】朗字仲明，陳留圉人。以《魯詩》教授，生徒雲集，莫不自遠並至。元和元年，徵拜博士，遷河閒中尉、瑯琊王傅。乃從經術之方，示以棐諶之威，率禮莫違，其國用靖。雖安國之輔梁孝，仲舒之相江都，靡以加焉。年六〔一〕十八，永興六年卒。

武榮

【洪适《隸釋・漢武榮碑》】榮字含和，治《魯詩經韋君章句》，闕幘傳講《孝經》《論語》《漢書》《史記》《左氏國語》，廣學甄微，靡不貫綜。久游太學，藐然高厲。汝南蔡府君察舉孝廉，除郎中，遷執金吾丞。

喬樅謹案：韋賢治《魯詩》，事博士大江公，傳子玄成，皆至丞相。孫賞以《詩》授元帝，至大司馬。由是《魯詩》有韋氏學。此碑云榮治《魯詩經韋君章句》者，《魯詩》之有《韋君章句》，史所未著，惟見於是碑而已。

魯峻

【洪适《隸釋・漢魯〔二〕峻碑》】峻字仲嚴，山陽昌邑人。治《魯詩》，兼通《顏氏春秋》，博覽群書，

〔一〕「六」，《蔡中郎集》作「五」。按：應作「五」。

〔二〕「漢魯」，《隸釋》作「司隸校尉魯」。

無物不栞。學爲儒宗，行爲士表。舉孝廉，除郎中、謁者、河内太守丞。喪父如禮，辟司徒府，舉高第侍御史東郡頓丘令。視事四年，比蹤豹、産，化行如流。遷九江太守，有黄霸召信臣在潁南之歌。以公事去官，爲司空王暘所舉，徵拜議郎、太尉長史、御史中丞。延熹七年，拜司隸校尉，董督京輦，掌察群寮，蠲細舉大，榷然疏發，彈紐五卿，華夏祗肅。遭母憂自乞，服竟，還拜屯騎校尉，以病遜位。閉門静居，琴書自娱，年六十一，熹平元年卒。

喬樅謹案：趙明誠《金石録》云：「酈道元注《水經》引戴延之《西征記》曰：『焦氏山北金鄉山有漢司隸校尉魯恭冢，冢前有石祠，四壁皆青石隱起，自書契以來忠臣、孝子、貞婦、孔子及七十二弟子形像，像邊皆刻石記之。今墓與石室尚存，惟此碑爲人輩置任城縣學矣。』余嘗得石室所刻畫像，與延之所記合。又其他地理書如《方輿志》《寰宇記》之類，皆作『峻』，惟《水經注》誤轉寫爲『恭』爾。」

魯詩遺説考卷第一（一之一）

福州陳壽祺學　男喬樅述

魯詩國風一

喬樅謹案：《史記·儒林傳》言：「魯人申公獨以《詩經》爲訓以教，無傳疑，疑者則闕不傳。」《漢書·藝文志》載：「《魯故》二十五卷，《魯説》二十八卷。」其即申公之訓歟？

【《史記·孔子世家》】古者《詩》三千餘篇，及至孔子，去其重，取可施於禮義。上采契、后稷，中述殷周之盛，至幽厲之缺，始於衽席，故曰《關雎》之亂，以爲風始，《鹿鳴》爲小雅始，《文王》爲大雅始，《清廟》爲頌始。三百五篇，孔子皆弦歌之，以求合《韶》、《武》、雅、頌之音。

【《太史公自叙》】《詩》三百篇，大抵聖賢發憤之所爲作也，此人皆意有所鬱結，不得通其道也。

【又曰】《詩》記山川谿谷、禽獸草木、牝牡雌雄，故長於風。

案：《史記·叙傳》自言「講業齊、魯之都」，子長宜習《魯詩》。又《儒林傳》言韓嬰爲《詩》與齊、魯間殊，似不深信韓氏。且子長時，《詩》惟魯立博士，故《史記》所引《詩》皆魯説也。

喬樅謹案：全氏祖望云：「太史公嘗從孔安國問《古文尚書》，安國爲《魯詩》者也，史遷所傳當是《魯詩》。」喬樅今即以《史記》證之。其傳儒林，首列申公；叙申公弟子，首數孔安國。此太史公尊其師傳，故特先之，據是以斷《史記》所載《詩》必爲魯說無疑矣。

【補】【《荀子·勸學》篇】《詩》者，中聲之所止也。凡喬樅所增緝者，加「補」字別識之。下倣此。

【補】【又《儒效》篇】聖人也者，道之管也。天下之道管是矣，百王之道一是矣，故《詩》《書》《禮》《樂》之歸是矣。《詩》言是其志也，故風之所以爲不遂者，取是以節之也。小雅之所以爲小雅者，取是而文之也。大雅之所以爲大雅者，取是而光之也。頌之所以爲至者，取是而通之也。天下之道畢是矣。鄉是者臧，倍是者亡。鄉是而不臧，倍是而不亡者，自古及今，未嘗有也。

【補】【又《大略》篇】國風之好色也。傳曰：「盈其欲而不愆其止，其誠可比於金石，其聲可內於宗廟。」小雅不以於汙上，自引而居下。疾今之政，以思往者。其言有文焉，其聲有哀焉。

喬樅謹案：應劭《風俗通義》卷七云：「齊威宣王之時，聚天下賢士於稷下，尊寵，號曰列大夫。是時孫卿善爲《詩》《禮》《易》《春秋》。至襄王時，而孫卿最爲老師。齊尚循列大夫之缺，而孫卿三爲祭酒焉。」《漢書·楚元王傳》云：「王少時嘗與魯穆生、白生、申公俱受《詩》於浮丘伯。伯者，孫卿門人也。」劉向校録孫卿書，亦云：「浮丘伯受業孫卿，爲名儒。」據此，是申公《詩》學出於荀子。荀書中說《詩》者，大都爲《魯詩故訓傳》所本。今故綴之，列於《魯詩》，原其所自始也。又案：陸璣《草木疏》末叙四家授受源流，以《毛詩》爲傳自荀卿。陸德明《釋文叙録》載徐整説，以毛公爲傳自帛妙子，上溯及子夏。又載或説，一云荀卿授大毛公。陸意似以徐整説爲正，徐亦吴太常卿，與元恪同時先後耳，二説無從定其孰是。而《魯詩》授受源流，則《漢書》章然可考也。

【補】【淮南王《離騷傳》曰】國風好色而不淫，小雅怨悱而不亂。

喬樅謹案：淮南此語與荀子大意略同。司馬子長作《屈原列傳》，即用淮南王語，蓋皆述《魯詩》之義也。

【補】【《淮南・氾論訓》】王道缺而《詩》作，周室廢、禮義壞而《春秋》作。《詩》《春秋》，學之美者也，皆衰世之造也。

【補】【又《詮言訓》】《詩》之失僻。○【高誘注】《詩》者，衰世之風也。故邪而以之正，小人失其正，則入於邪。

喬樅謹案：此與《史記・十二諸侯年表》及《儒林》《叙傳》説合，據王充《論衡》引《詩》家曰：「周衰而《詩》作。」則知淮南之語本諸《魯詩》也。

【補】【又《説山訓》】欲學歌謳者，必先歌[一]羽樂風。○【高誘注】夫理性情，動天地，感鬼神，莫

[一]「歌」，《淮南子》作「徵」。

近於樂風者。上以風化下，下以風刺上，故曰風也。

【《後漢書》魯丕疏】臣聞説經者，傳先師之言，非從己出，不得相讓，相讓則道不明，若規矩權衡之不可枉也。難者必明其據，説者務立其義，浮華無用之言不陳於前，故精思不勞而道術愈章。法異者，各令自説師法，博觀其義，覽詩人之旨意，察雅頌之終始，明舜、禹、皋陶之所戒，顯周公、箕子之所陳，觀乎人文，化成天下，毋令芻蕘以言得罪。

喬樅謹案：魯丕兼通五經，以《魯詩》《尚書》教授，見《後漢書·儒林傳》。

周南

關雎

【補】【何晏《論語集解》孔安國曰】《關雎》，樂而不至淫，哀而不至傷，言其和也。

喬樅謹案：孔安國從申公受《詩》，爲博士，至臨淮太守，見《史記·儒林傳》。則所説《詩》義，皆本於申公訓故也。

【《史記·外戚世家》】自古受命帝王及繼體守文之君，非獨内德茂也，蓋亦有外戚之助焉。夏之興也以塗山，而桀之亡也以妹喜。殷之興也以有娀，紂之殺也嬖妲己。周之興也以姜原及大任，而幽王之禽也淫於褒姒。故《詩》始《關雎》，夫婦之際，人道之大倫也。

【又《十二諸侯年表》】周道缺，詩人本之衽席，《關雎》作。

【又《儒林傳叙》】周室衰而《關雎》作。

【《漢書》杜欽上疏曰】后妃之制，夭壽、治亂、存亡之端也。是以佩玉晏鳴，《關雎》歎之。知好色之伐性短年，離制度之生無厭，天下將蒙化陵夷而成俗也。故詠淑女，冀以配上，忠孝之篤，仁厚之作也。○【李奇曰】后夫人鷄鳴佩玉，去君所。周康王后不然，故詩人歌而傷之。○【臣瓚曰】此《魯詩》也。

案：據李奇、臣瓚注，知杜欽習《魯詩》。

【劉向《列女傳》三】自古聖王必正妃匹。妃匹正則興，不正則亂。夏之興也以塗山，亡也以妹喜。殷之興也以有㜪，亡也以妲己。周之興也以太姒，亡也以褒姒。周之康王夫人晏出朝，《關雎》豫見，思得淑女以配君子。夫雎鳩之鳥，猶未嘗見乘居而匹處也。夫男女之盛，合之以禮，則父子生焉，君臣成焉，故爲萬物始。《魏曲沃負》篇。○【虞貞節曰】其夫人晏出，故作《關雎》之歌以感誨之。《文選·後漢書皇后紀論》注。

案：劉中壘《列女傳》皆《魯詩》。

喬樅謹案：《漢書・楚元王傳》：「元王少時嘗與申公受《詩》於浮丘伯。王子郢客與申公俱卒業。元王好《詩》，諸子皆讀《詩》。申公始爲《詩》傳，號《魯詩》。元王亦次之《詩》傳，號《元王詩》，世或有之。」向爲元王子休侯富曾孫，本傳雖不言其習《魯詩》，然漢人最重家學，知向所述必出於《魯詩》也。又《漢書・藝文志》云：「成帝詔向校經傳、諸子、詩賦。向卒，哀帝復使向子歆卒父業，於是總群書而奏其《七略》。今刪其要，以備篇籍。」是《志》所載，皆採《七略》之文。其於三家《詩》言魯最爲近之，益足證劉氏治《詩》之爲守其家學矣。

又謹案：《列女傳》「夫人晏出朝」句，郝懿行安人王氏《補注》云：「『夫人』二字，衍文也。《文選》李善注引無之。」喬樅考《文選・後漢書皇后紀論》注引虞貞節曰：「其夫人晏出。」則傳本有「夫人」二字，非衍文也。《列女傳》古有曹大家、綦毋邃、虞貞節注，今皆不傳。李善所引虞貞節語，即虞注《列女傳》之文。又李善注引《列女傳》「關雎豫見」，而今本《列女傳》作「關雎起興」，與《選》注亦異。王氏念孫曰：「作『豫見者』是也。」《漢書・杜欽傳贊》言：「《關雎》見微。」《後漢書・楊賜傳》言：「《關雎》見幾。」即此所謂「豫見」也。今本作「起興」者，後人不曉《魯詩》之義而妄改之耳。王氏《詩考》引《列女傳》尚作「豫見」。

【揚雄《法言・孝至》篇】周康之時，頌聲作乎下，《關雎》作乎上，習治也。故習治則傷始亂也。

案：揚子以《關雎》爲康王時作，亦《魯詩》説。

【王充《論衡・謝短》篇】《詩》家曰：「周衰而《詩》作，蓋康王時也。」康王德缺於房，大臣刺晏，故詩作。

案：《論衡》述《詩》家《關雎》説，亦據《魯詩》。

喬樅謹案：《論衡・書解》篇言《詩》家，獨舉魯申公，是仲任治《魯詩》之明證。

【袁宏《後漢紀》楊賜上書曰】昔周康王承文王之盛，一朝晏起，夫人不鳴璜，宮門不擊柝。《關雎》之人，見幾而作。

【《後漢書・楊賜傳》】康王一朝晏起，《關雎》見幾而作。○【注曰】此事見《魯詩》，今亡失矣。

案：楊賜與蔡邕同定石經《魯詩》。

【又《皇后紀論》】康王晚朝，《關雎》作諷。○【李賢注曰】前書《音義》云是《魯詩》。

【應劭《風俗通義》】昔周康王一旦晏起，詩人以爲深刺。天子當夜寢蚤作，身省萬機。《文選》卷六十任彦昇《齊竟陵王行狀》李注。

案：以《關雎》爲康王時者，皆魯説也。

【蔡邕《青衣賦》】《關雎》之潔，不蹈邪非。《藝文類聚》《初學記》《古文苑》同。

案：伯喈用《魯詩》，漢石經可證。

【張超《誚青衣賦》】周漸將衰，康王晏起。畢公喟然深思古道，感彼關雎，性不雙侶，願得周公配以窈窕，防微消漸，諷諭君父。孔氏大之，列冠篇首。《古文苑》。

喬樅謹案：此以《關雎》爲畢公作，與《論衡》「大臣刺晏」之語相合，蓋《魯詩》所傳如此。超字子並，河間人，見《後漢書・文苑傳》，與蔡中郎同時。又案：《路史・高辛紀》云：「康王一晏朝，而暴公作《關雎》之詩以諷。」「暴公」是「畢公」之誤，羅泌之語即本此賦也。

【補】《漢書・杜欽傳贊》曰：「庶幾乎《關雎》之見微。」

喬樅謹案：孟堅「《關雎》見微」之語，即楊賜所謂「見幾而作」也。

【又《張衡傳・思玄賦》曰】偉《關雎》之戒女。

案：平子用《魯詩》，觀《東京賦》説《斯干》，與劉向合，是其明驗也。

關關雎鳩。

【補】【陸賈《新語・道基》篇】《關雎》以義鳴其雄。

喬樅謹案：陸賈時尚未有齊、韓、毛《詩》，今採其説《詩》者，附於魯云。

【補】【《淮南・泰族訓》】《關雎》興於鳥，而君子美之，取其雌雄之不乘居也。

喬樅謹案：《列女傳》云：「夫雎鳩之鳥，猶未嘗見其乘居而匹處也。」《淮南》云云即此義，亦用《魯詩》也。今本《淮南子》作「不乖居也」，「乖」乃「乘」字之譌。高郵王氏《讀書雜志》云：「羅願《爾雅翼》引此已誤。」案《淮南・説林》云：「鷙鳥不雙。」義與此同。張超

《誚青衣賦》云：「感彼關雎，性不雙侶。」《廣雅》曰：「乘、耦、雙、匹，二也。」不乘居者，即不雙侶之謂也。

【補】【揚雄《校獵賦》】王雎關關。

【補】【張衡《思玄賦》】雎鳩相和。

窈窕淑女，君子好仇。

【補】【《列女傳》一】《詩》曰：「窈窕淑女，君子好仇。」言賢女能爲君子和好衆妾也。《湯妃有㜪傳》。

喬樅謹案：此義與《毛傳》異。鄭君《詩箋》云：「言善女能爲君子和好衆妾之怨者。」説即本《魯詩》。據此知鄭君箋《詩》，多用魯義。范史特言從張恭祖受《韓詩》，而不知其兼通三家也。又案：《列女傳》爲《魯詩》，當作「好仇」，《爾雅注》所引《詩》可證。今本《列女傳》作「好逑」，乃後人轉寫，妄據《毛詩》改字耳。

【補】【王逸《楚詞・九歌》注】窈窕，好貌。《詩》曰：「窈窕淑女。」

喬樅謹案：臧鏞堂《拜經日記》言：「叔師《楚詞注》所引《詩》，多與毛、韓異，而與《爾雅》及《列女傳》有合者，蓋魯義也。」喬樅考叔師引《詩》，如「好人媞媞」「茖茖公子」之類，顯與韓、毛文異。此詩「窈窕」，《毛傳》訓作幽閒，云是幽閒貞專之善女。《薛君韓詩章句》亦云：「窈窕，貞專貌。」見《文選》顏延之詩李注引。又匡衡習《齊詩》。其説「窈窕淑女」，謂能致其貞淑，不貳其操，義與《毛詩》並同。是知叔師所用，信爲《魯詩》矣。揚子雲《方言》云：「窕，美也。陳、楚、周南之間曰窕。自關而西，秦晉之間，凡美色或謂之好，或謂之窕。美狀爲窕，美色爲艷，美心爲窈。」子雲用《魯詩》，故與叔師説合。《毛詩釋文》引王肅云：「善心曰窈，善容曰窕。」又張揖《廣雅》云：「窈窕，好也。」皆本《魯詩》説。

【補】【《爾雅·釋故》】仇，匹也。○【李巡注】仇，怨之匹也。怨耦曰仇。《一切經音義》。○【郭璞注】《詩》曰：「君子好仇。」

喬樅謹案：臧鏞堂云：「《爾雅》所載《詩》字，訓義皆《魯詩》。」據《釋故》「陽，予也」，出《魯詩》「陽如之何」，此《爾雅》是《魯詩》之明驗。故舊注所引，並用《魯詩》。喬樅考郭注，亦多承用漢人舊義。若犍爲舍人、劉歆、樊光、李巡等注徵引《詩經》，皆魯今文，往往與毛氏異。郭注沿襲其文，如「射，厭也」，引《詩》「服之無射」；「盱，憂也」，引《詩》「云何盱矣」；「祓，福也」，引《詩》「祓禄康矣」，皆與毛氏顯異。而「陽，予也」注稱述《魯詩》，「蓲，荎」注引《詩》「山有蓲」，與石經《魯詩》合，尤其確證。「君子好仇」，《毛詩》作「逑」，《齊詩》同魯作「仇」。《詩正義》引孫炎《爾雅注》云：「相求之匹。」或疑孫本《爾雅》作「逑」字，今詳《正義》下文云「《詩》本作『逑』，《爾雅》多作『仇』」，則知孫注雖訓異，而字仍同也。

左右流之。

【補】【《爾雅·釋故》】左右，勴也。○【郭璞曰】勴，謂贊勉。《詩》曰：「左右流之。」

喬樅謹案：「勴」字即「勷」之省。許氏《説文》云：「勷，助也。」

寤寐思服。

【補】【《爾雅·釋故》】服，事也。○【郭璞曰】見《詩》。

喬樅謹案：《毛傳》云：「服，思之也。」魯義不與毛同。《鄭箋》以服爲事，用《魯詩》之訓改毛也。

左右芼之。

【補】【《爾雅·釋言》】芼，搴也。○【某氏曰】搴，猶拔也。《毛詩正義》。○【郭璞曰】拔，取菜也。

喬樅謹案：此《魯詩》「芼之」之訓也。《毛傳》釋「芼」爲擇，其義微異。考《説文》：「芼，艸覆蔓也。」《詩》曰：『左右芼之。』」《玉篇》：「覒，擇也。《詩》曰：『左右覒之。』」本亦作『芼』。」然則「芼」字乃「覒」之假借耳。《説文》之訓義與魯、毛不同，蓋用《齊詩》説。《禮記·昏義》言：「婦人將嫁，教于宗室。教成祭之，牲用魚，芼之以蘋藻。」即覆之義也。

葛蕈

【蔡邕《協和婚賦》】《葛蕈》恐其失時，《摽梅》求其庶士。唯休和之盛代，男女得乎年齒。婚姻協而莫違，播欣欣之繁祉。

案：蔡邕用《魯詩》，此以《葛蕈》爲婦人恐嫁失時之詩，當亦魯説。

喬樅謹案：蕈，《毛詩》作「覃」。考《禮記・緇衣》釋文，《儀禮・鄉飲酒》注、《燕禮》注釋文，俱云「葛覃」本亦作「蕈」，知「蕈」字爲三家今文也。高誘《淮南・原道訓》注：「潭，讀『葛覃』之『覃』。」又：「潯，讀『葛覃』之『覃』字。」皆不從艸。高氏亦用《魯詩》，疑「覃」字是後人順毛改之。

黄鳥于飛，集于灌木。

【高誘《吕覽・仲春紀》注】倉庚，《爾雅》曰「商庚、黎黄，楚雀」也。秦人謂之黄離，齊人謂之摶黍，幽、冀謂之黄鳥，《詩》曰「黄鳥于飛，集于灌木」是也。

案：高誘注《吕氏春秋》云寧戚歌《碩鼠》之詩，與《後漢書・馬融傳》注引《説苑》合。又以《鹿鳴》爲刺上之作，與蔡邕《琴操》合。是其用《魯詩》説之證。

【補】【《爾雅・釋木》】灌木，叢木。○【郭璞注】《詩》曰：「集于灌木。」

喬樅謹案：《爾雅釋文》「樌木」字又作「灌」。下「木叢生爲樌」，《釋文》同，據陸本則注引《詩》當亦作「集于樌木」。郭用舊注《魯詩》之文，故字同。作「樌」與《毛詩》異，或本《爾雅》及高誘《吕覽注》。作「灌木」者，是後人依《毛詩》改字也。

其鳴喈喈。

【補】【王逸《楚詞·九思》曰】鶬鶊兮喈喈。

是刈是鑊，爲絺爲綌。

【補】【《爾雅·釋訓》】是刈是鑊，鑊，煑之也。此從《釋文》本。○【舍人曰】是刈，刈取之。是鑊，煑治之。○【孫炎曰】煑葛以爲絺綌。《毛詩正義》。

喬樅謹案：《爾雅釋文》：「是乂，本亦作刈。」考《說文》「乂，芟草也」，或从刀作「刈」。郝氏懿行云：「刈與鑊配，並是器名，故《齊語》云：『挾其槍，刈耨鎛。』韋昭注：『刈，鐮也。』《方言》云：『刈，鉤。』《說文》『鉤』作『鉊』，云：『鐮也。』」然則刈者，芟草之器，因而亦名芟草爲刈也。又「鑊」字，《爾雅釋文》云「又作濩」。案《毛詩》正作「濩」，即「鑊」之假借。《詩正義》引《爾雅》云云，又申之曰：「以煑之於鑊，故曰鑊煑，非訓鑊爲煑。」據此知孔氏所見《爾雅》本亦作「是鑊」。「鑊」字是《魯詩》文，《爾雅》本又作「濩」者，後人順毛所改也。《毛詩釋文》引《韓詩》云「濩，瀹也」，則《韓詩》亦同毛而與魯文異矣。

服之無射。

【補】【《爾雅·釋故》】射，厭也。○【郭璞曰】《詩》曰：「服之無射。」

喬樅謹案：射，《毛詩》作「斁」，古今字之異。《爾雅釋文》云「射」字又作「斁」，今《爾雅注》作「斁」字，蓋依《毛詩》改之。

【補】【王逸《楚詞·招魂》注】射，厭也。《詩》曰：「服之無射。」

言告師氏，言告言歸。

【《白虎通·嫁娶》篇】婦人所以有師者何？學事人之道也。《詩》曰：「言告師氏，言告言歸。」

案：班固撰《白虎通義》，多採《魯詩》説。其以魯爲主者，以當時會議諸儒如魯恭、魏應皆習《魯詩》，而承制問難又出於魏應。所以本書稱《詩傳》，皆《魯故》也。

歸寧父母。

【補】【何休《公羊傳解詁》】諸侯夫人尊重，既嫁，非有大故不得反。惟自大夫妻，雖無事，歲一歸寧。○【徐彦曰】自，從也。言從大夫妻以下，即《詩》云「歸寧父母」是也。案《詩》是后妃之事，而云「大夫妻」者，何氏不信毛叙故也。《莊二十七年》。

喬樅謹案：據此，諸侯夫人無歸寧禮，則不以《葛覃》爲后妃之事，與蔡邕説合。邵公所述，蓋出於《魯詩》。故知者以隱五年《解詁》稱《魯詩傳》。又桓四年《解詁》言君於臣有不名者五，諸父兄不名，引《詩》「王曰叔父」，與《白虎通·王者不臣》篇引《詩》説合。僖四年《解詁》言周公黜陟之事，引《詩》「周公東征，四國是皇」，與《白虎通·巡狩》篇引《詩》説合。定八年《解詁》言璋爲郊事[一]天之玉，引《詩》「奉璋峨峨，髦士攸宜」，與《爾雅·釋訓》舍人注引《詩》説合，是其用《魯詩》之明證也。

卷耳

采采卷耳，不盈頃筐。嗟我懷人，寘彼周行。

【補】【《荀子·解蔽》篇】《詩》云：「采采卷耳，不盈頃筐。嗟我懷人，寘之周行。」頃筐易滿也，卷耳易得也，然而不可以貳周行。○【楊倞曰】采易得之物，實易滿之器，以懷人寘周行之心，貳之則不能滿，況乎難得之正道，而可以他術貳之乎？

喬樅謹案：申公之學出於荀子，《魯詩·卷耳》之説當本此義，以《淮南》高註證之，益可見也。「寘之」，《淮南子》引《詩》仍作「寘彼」，與《毛詩》同。

【補】【《淮南·俶真訓》】《詩》云：「采采卷耳，不盈頃筐。嗟我懷人，寘彼周行。」以言慕遠世

[一]「事」，續編本作「祀」。

也。○【高誘曰】《詩·周南·卷耳》篇也，言采易得之菜，不滿易盈之器，以言君子爲國，執心不精，不能以成其道，猶采易得之菜，不能滿易盈之器也。「嗟我懷人，寘彼周行」，言我思古君子官賢人，置之列位也。誠古之賢人，各得其行列，故曰「慕遠」也。

喬樅謹案：高註《淮南》即用魯義爲解。

我馬虺頽。

陟彼高岡，我馬玄黄。

我馬瘏矣，我僕痡矣。

【補】【《爾雅·釋故》】痡、瘏、虺頽、玄黄，病也。○【孫炎曰】痡，人疲不能行之病。瘏，馬疲不能進之病。虺頽，馬疲不能升高之病。玄黄，馬更黄色之病。《毛詩正義》。

喬樅謹案：《爾雅釋文》云：「『瘏』，《詩》作『屠』。『痡』，《詩》作『鋪』。」《毛詩釋文》云「瘏」本又作「屠」，非；「痡」本又作「鋪」，同。陸氏於《爾雅釋文》引《詩》蓋據或本，一曰疑是《韓詩》，唐惟《韓詩》尚存也。

【蔡邕《述行賦》】僕夫疲而劬勞兮，我馬虺頽以玄黄。

【補】【王逸《楚詞·九思》曰】車軏折兮馬虺頽。《逢九》篇。

喬樅謹案：《毛詩》作「我馬虺隤」，「隤」「頽」古字通用。

【揚雄《逐貧賦》】陟彼高岡。

【補】【王逸《楚詞·九歎》注】瘏，病也。《詩》曰：「我馬瘏矣。」《思古》篇。

云何盱矣。

【補】【《爾雅·釋故》】盱，憂也。○【郭璞注】《詩》曰：「云何盱矣。」

喬樅謹案：盱，《毛詩》作「吁」。《傳》云：「憂也。」郭注所引字與毛殊，是據舊注《魯詩》之文。《釋文》又云「盱」本或作「忓」。「吁」「盱」疑皆「忓」之假借。

南有樛木

葛藟虆之。

【劉向《楚詞·九嘆》曰】葛藟虆於桂樹兮。○【王逸注】藟，巨荒也。虆，緣也。《詩》曰：「葛藟虆之。」

喬樅謹案：《毛詩正義》引陸璣云：「藟，一名巨荒，似燕奥〔一〕。亦延蔓生，葉艾，白色，其

〔一〕「奥」，續編本、《毛詩正義》作「薁」。按：應作「薁」。

子赤，亦可食，酢而不美。」陸德明《釋文》引同。「巨荒」，今本並誤作「巨苽」。《易·困卦》釋文「苽」作「荒」，不誤，又多「幽州謂之蓷蘽」句。臧鏞堂曰：「宋槧《傳箋》本載《釋文》作「巨荒」，不誤。據元恪《草木疏》末著《魯齊韓毛四家詩授受》四篇，則雖以毛爲主爲之作疏，而實兼取三家之説。故釋《葛藟》與叔師所述魯訓合也。又案，高注《吕氏春秋·季春紀》「纍牛」云：「纍，讀如《詩》『葛纍』之『纍』。」注《淮南·時則訓》「犦牛」云：「犦，讀『葛藟』之『藟』。」誘用《魯詩》，「讀如《詩》『葛纍』之『纍』」當作「讀如《詩》『葛藟虆之』之『虆』」，二注文並脱譌。

福履將之。

【補】【《爾雅·釋言》】履，禄也。○【郭璞注】《詩》曰：「福履將之。」

螽斯

宜爾子孫，憴憴兮。

【補】【《爾雅·釋訓》】憴憴，戒也。

喬樅謹案：《爾雅釋文》：「繩繩，本或作『憴』，同。食蒸反。」作「憴」者，《魯詩》之文也。「憴憴」與「兢兢」義並訓戒，字當作「憴」爲正。《毛詩傳》云：「繩繩，戒慎也。」蓋古文以

「繩」爲「憴」之假借。《韓詩外傳》九：「《詩》曰『宜爾子孫，繩繩兮』，言賢母使子賢也。」亦取戒慎之義，與魯、毛説同。《漢書·禮樂志》「繩繩意變」，注引孟康曰「繩繩，衆多也」，別爲一解，蓋據《齊詩》。

兔罝

肅肅兔罝，椓之丁丁。

【補】《列女傳》二】夫安貧賤而不怠於道者，惟至德能之。《詩》云：「肅肅兔罝，椓之丁丁。」言不怠於道也。《楚接輿妻傳》。

【補】【高誘《吕覽·季春紀》注】罝，兔網也。《詩》云：「肅肅兔罝。」

喬樅謹案：高誘注《淮南·時則訓》引《詩》同。

【補】【《論衡·宣漢》篇】猶守株待兔之蹊，藏身破罝之路也。

【補】【趙岐《孟子章指》】兔罝窮處。

喬樅謹案：邠卿以《小弁》詩爲伯奇作，與王充《論衡》合。以《文王》詩「殷士」爲微子，與劉向疏及《白虎通》合，是用《魯詩》之驗。此《兔罝》詩，《毛序》以爲后妃之化，賢人衆多。今考《文選》桓温《薦譙元彦表》「兔罝絶響於中林」，五臣注劉良曰：「《詩》曰『肅肅兔罝』，喻殷紂之賢人退處山林，網禽獸而食之。」劉〔一〕説當本《韓詩》，唐惟《韓詩》尚存也。又《墨子·尚賢》篇：「文王舉閎夭、泰顛于罝網之中，授之政，西土服。」是此詩即賦閎夭、泰顛事，三家《詩》説當必有據。邠卿用《魯詩》，而「兔罝窮處」之語與劉向合，則知魯説與《韓詩》同義矣。

赳赳武夫，公侯干城。

【《説苑·復思》篇】《詩》曰：「赳赳武夫，公侯干城。」「濟濟多士，文王以寧。」人君胡可不務愛士乎！

案：《説苑》《新序》出劉向，凡所引《詩》當亦從魯。

【補】【《吕覽·報更》篇】《詩》云：「赳赳武夫，公侯扞城。」【高誘注】言其賢可爲公侯扞難其城藩也。

喬樅謹案：此魯説也。《白虎通》曰：「天子曰崇城，言崇高也。諸侯曰干城，言不敢自專禦於天子也。」訓「干」爲禦，與此扞難之義合。

肅肅兔罝，施于中林。

〔一〕「劉」，續編本無此字。

【補】【徐幹《中論·法象》篇】人性之所簡也，存乎幽微；人情之所忽也，存乎孤獨。夫幽微者，顯之原也；孤獨者，見之端也。胡可簡也，胡可忽也。是故君子敬孤獨而慎幽微。《詩》云：「肅肅兔罝，施于中林。」處獨之謂也。

喬樅謹案：徐幹說《兔罝》詩亦本《魯詩》之義。

芣苢

【《列女傳》四】蔡人之妻，宋人之女也。既嫁於蔡，而夫有惡疾，其母將改嫁之。女曰：「夫不幸，乃妾之不幸也，奈何去之？適人之道，壹與之醮，終身不改。不幸遇惡疾，不改其意。且夫采采芣苢之草，雖其臭惡，猶將始於捋采之，終於懷擷之，浸以益親，況於夫婦之道乎？彼無大故，又不遣妾，何以得去？」終不聽其母，乃作《芣苢》之詩。君子曰：「宋女之意，甚貞而壹也。」〇【頌曰】宋女貞慤，持心不傾。喬樅案：舊譌作「願」，王安人《補注》云當作「傾」，與下韵。夫有惡疾，意猶一精。母勸去歸，作詩不聽。後人美之，以爲順貞。

喬樅謹案：《文選·辨命論》注及《御覽》七百四十引《韓詩》，以《芣苢》爲傷夫有惡疾也，是韓説與《魯詩》同。《毛詩序》云：「《芣苢》，后妃之美也。」別爲一義，異於魯、韓。

漢廣

漢有游女，不可求思。

【補】【劉向《列仙傳》】江妃二女者，不知何所人也。出遊於江漢之湄，逢鄭交甫。見而悦之，不知其神人也，謂其僕曰：「我欲下請其佩。」僕曰：「此間之人皆習於辭，不得，恐罹悔焉。」交甫不聽，遂下與之言曰：「二女勞矣。」二女曰：「客子有勞，妾何勞之有？」交甫曰：「橘是柚也，我盛之以笥，令附漢水將流而下，我遵其傍，采其芝而茹之，以知吾爲不遜也，願請子之佩。」二女曰：「橘是柚也，我盛之以莒，令附漢水順流而下，我遵其傍，采其芝而茹之。」遂手解佩與交甫。交甫悦，受而懷之中當心。趨去數十步，視佩，空懷無佩。顧二女，忽然不見。《詩》曰：「漢有游女，不可求思。」此之謂也。

喬樅謹案：《列仙傳》所載與《文選注》張平子《南都賦》、左太沖《蜀都賦》、江文通《江賦》、張景陽《七命》注並引。《初學記》卷七及《太平御覽》六十二又八百二所引《韓詩内外傳》略同，《説文》「鬾」字下亦引《韓詩内傳》曰：「鄭交甫逢二女鬾服。」蓋魯、韓兩家於漢有游女之詩竝舉此事爲證也。楊雄《羽獵賦》「漢女水潛」，應劭云：「漢女，鄭交甫所逢二女也。」子雲説《關雎》用《魯詩》，可見此亦魯説。又吴淑《事類賦》引《列仙傳》云：「鄭交甫至漢皋臺下，見二女佩兩珠，大如荆雞卵。二女解與之，既行反顧，二女不見，佩珠亦失。」而此傳無佩珠語，當是傳寫闕逸。張平子用《魯詩》，《南都賦》言「游女弄珠於漢皐之曲」，是其證也。又案：《文選·琴賦》注引《列女傳》：「游女，漢水神。鄭大夫交甫於漢皋見之，聘之橘柚。」《列女傳》疑是《列仙傳》之誤。

【補】【《列女傳》六】阿谷處女者，阿谷之隧浣者也。孔子南遊，過阿谷之隧，見處子佩瑱《太平御覽》引「瑱」作「璜」。璜，半璧也，當从《御覽》。而浣。孔子謂子貢曰：「彼浣者其可與言乎？」抽觴以授子貢曰：「爲之辭以觀其志。」子貢曰：「我北鄙之人也。自北往南，將欲之楚，逢天之暑，我心譚譚，郝氏懿行曰：「譚譚，蓋燂燂之借音耳。《説文》：『燂，火熱也。』作燂爲是。」願乞一飲，以伏我心。」處子曰：「阿谷之隧，隱曲之地，王安人《補注》曰：「《韓詩外傳》『地』作『汜』，此誤。」其水一清一濁，流入於海，欲飲則飲，何問乎婢子？」授《補注》曰：「『授』乃『受』字之誤。」子貢觴，迎流而挹之，投而棄之，從流而挹之，滿而溢之，跪置沙上，曰：「禮不親授。」子貢還報其辭。孔子曰：「丘已知之矣。」抽琴去其軫，以授子貢曰：「爲之辭。」子貢往曰：「嚮者聞子之言，穆如清風，不拂不寤，私復我心，有琴無軫，願借子調其音。」處子曰：「我鄙野之人也，陋固無心，五音不知，安能調琴？」子貢以報孔子，孔子曰：「丘已知之矣。過賢則賓。」抽絺綌五兩以授子貢曰：「爲之辭。」子貢往曰：「吾北鄙之人也。自北徂南，將欲之楚，有絺綌五兩，非敢以當子之身也，願注之水旁。」處子曰：「行客之人，嗟然永久，分其資財，棄於野鄙，妾年甚少，何敢受子？子不早命，竊有狂夫名之者矣。」子貢以告孔子，孔子曰：「丘已知之矣。斯婦人達於人情而知禮。」《詩》云：「南有喬木，不可休息。《補注》曰：「《韓詩外傳》『息』作『思』，此《魯詩》也。當與《韓詩》同。」漢有游女，不可求思。」此之謂也。

【張衡《南都賦》】游女弄珠於漢皋之曲。

【補】【王逸《楚詞・九思》曰】周徘徊兮漢渚，求水神兮靈女。

【補】【陳琳《神女賦》曰】贊皇師以南假，濟漢水之清流。感詩人之攸嘆，想神女之所游。

喬樅謹案：此亦皆用魯、韓《詩》説。

江之羕矣。

【補】【許慎《説文・水部》】羕，水長也。《詩》曰：「江之羕矣。」

喬樅謹案：《説文》：「永，長也。」引《詩》曰：「江之永矣。」《説文》多以毛爲主，而閒亦兼載三家義。考《韓詩》字作「漾」，見《文選・登樓賦》注所引《薛君章句》，則此作「羕」者是《魯詩》也。《爾雅・釋詁》曰：「羕，長也。」説與此同，即釋《魯詩》「江之羕矣」。郭注乃云「羕所未詳」，何其疏漏乎！

不可舫思。

【補】【《爾雅·釋言》】舫，柎也。○【孫炎曰】舫，置木水中爲柎栰也。

喬樅謹案：《毛詩正義》引《尒雅》「舫」字作「方」，《邢疏》仍依經作「舫」字，又引《漢廣》「不可方思」云：「『舫』『方』音、義同。」「方」即「舫」之假借也。又陸氏《釋文》云「『泭』，樊本作『柎』」，《詩正義》引孫亦作「柎」，與樊同。惟《邢疏》引孫作「泭」字。

言采其蔞。

【王逸《楚詞·大招》注】蔞，香草也。《詩》曰：「言采其蔞。」

喬樅謹案：據叔師所引，知《魯詩》「刈」字作「采」，不與《毛詩》同也。木言刈，草言采，刈、采散文亦通。然以全《詩》例之，如「采蘋」「采藻」「采葑」「采菲」「采芑」「采薇」，凡草之類皆言采，其義尤合。《廣韵·十九侯》引《詩》亦作「言采其蔞」，蓋摭三家之《詩》。《草木疏》釋「蔞」云：「其葉似艾，白色，長數寸，高丈餘，好生水邊及澤中。正月，根芽生旁莖，正白，生食之，香而脆美。其葉又可蒸爲茹。」是蔞爲香草也，元恪多採三家《詩》說。

汝墳

【《列女傳》二】周南之妻者，周南大夫之妻也。大夫受命平治水土，過時不來。妻恐其懈於王事，蓋與其鄰人陳素所與大夫言。國家多難，惟勉强之，無有譴怒，遺父母憂。昔舜耕於歷山，漁於雷澤，陶於河濱，非舜之事而舜爲之者，爲養父母也。家貧親老，不擇官而仕。親操井臼，不擇妻而娶。故父母在，當與時小同，無虧大義，不罹患害而已。夫鳳鳥不離於蔚羅，麒麟不入於陷穽，蛟龍不及於枯澤。鳥獸之智，猶知避害，而況於人乎？生於亂世，不得道理而迫於暴虐，不得行義，然而仕者，爲父母在也。乃作詩曰：「魴魚赬尾，王室如毀。雖則如毀，父母孔邇。」蓋不得已也。君子是以知周南之妻而能匡夫也。王安人《補注》云：「案『而迫於暴虐』『而能匡夫』也，兩『而』字疑皆衍文。」〇【頌曰】周大夫妻，夫出治土。維戒無怠，勉爲父母。凡事遠周，爲親之在。作詩魴魚，以敕君子。王氏念孫云：「『周』當爲『害』，上文『害』字凡兩見，是其證。隸書『害』字或作『𡧪』，與『周』相似，又涉上文『周南』而誤。」

喬樅謹案：《魯詩》「王室如毀」不作「燬」「焜」，字與齊、韓毛竝異。王安人《補注》以爲如毀者言王室多難，如將毀缺，不堅完也。又案：《毛詩》但言婦人閔其君子，不斥言爲大夫，《傳》《箋》皆然。而《正義》引王肅曰：「當紂之時，大夫行役。」王基曰：「汝墳之大夫，久而不歸。」樂詳、馬昭、孔晁、孫毓等皆云「大夫」，蓋本《魯詩》也。

遵彼汝墳。

【王逸《楚詞・九章》注】水中高者爲墳，《詩》云：「遵彼汝墳。」

【補】【《爾雅・釋地》】汝有墳。〇【李巡曰】汝旁有肥美之地名。

喬樅謹案：墳爲汝旁地名，考《史記・高祖功臣年表》，汝陰爲夏侯封國。《漢書・地理志》「汝陰」注：「莽曰汝墳。」《續漢書・郡國志》「汝陰」注云：「《地道紀〔一〕》有陶丘鄉，《詩》所謂『汝墳』也。」水旁之地多肥美者，《周官・大司徒》：「辨五地之物生，四曰墳衍，其動物宜介物。」鄭君釋「墳」爲水厓，以「介物」爲龜鼈之屬、水居陸生者。是「墳」「衍」皆指水旁之地而言，高者曰墳，平者爲衍也。「墳」「濆」古字通用，然《詩》「汝墳」字不作「濆」也。郭璞《爾雅注》於「汝爲濆」下引《詩》曰「遵彼汝濆」，其説非是。據《釋文》云，濆，《字林》作「涓」，衆《爾雅》本皆作「涓」，則「濆」乃譌字耳。《釋水》上言「汝爲涓」，此大水溢出，別爲小水之名，故與「河爲灉」「江爲沱」諸別出之水以類言之。下言「汝有墳」，此汝旁肥美之地名，故與「江有沱」「河有灉」諸水旁之地亦以類言之。下又云：「滸，水厓。水草交爲湄。」皆指水旁之地也。李巡於「江有沱」注云：「江溢出流爲沱。」則於「汝爲涓」下注亦當然，是分辨二者極爲明晰。自景純本「涓」譌爲「濆」，遂誤認《詩》之「汝墳」即《爾雅》之「汝爲濆」，而引《詩》以實之。又於下文「江有沱」「河有灉」「汝有墳」注云「此故上水別出耳，所作者重見」，酈道元《水經注》本之，以誤沿誤。後人疑義紛起，或執其説，釋

〔一〕「紀」，續編本、《後漢書》作「記」。按：應作「記」。

《詩》之「遵彼汝墳」爲《爾雅》「别出之水」。或糾其失，謂《爾雅》之「汝爲濆」爲景純私改之本，而不知《釋水》之文前後别言，判然各異，李巡之注彼此異解，昭然無疑也。魏晉以來，解經好自立説，淹没前義，使古注善本淪喪無存。如王弼注《周易》，而孟、京、荀、虞諸家之注廢；梅頤[一]作《孔傳》，而伏、賈、鄭、王諸家之注廢；杜預注《左傳》，而賈、鄭、馬、服諸家之注廢；《爾雅》自景純注出，而舍人、樊光、李巡、孫炎之注亦廢矣。若此之類，不一而足。幸而百家引述，其佚時見於他説，所謂存什一於千百者，則片詞隻字，其寶貴宜何如也。

惄焉旦飢。

【蔡邕《青衣賦》】思爾念爾，惄焉且飢。

案：「且飢」當是「旦飢」之譌。旦飢，猶朝飢也。

喬樅謹案：《爾雅·釋故》云：「惄，思也。」舍人曰：「志而不得之，思也。」《釋言》云：「惄，飢也。」李巡曰：「惄，宿不食之飢也。」皆本《魯詩》之訓。

[一]「頤」，應作「賾」。

麟趾

麟之顁。

【補】【《爾雅·釋言》】顁，題也。○【郭璞曰】題，額也。《詩》曰：「麟之顁。」

喬樅謹案：顁，《毛詩》作「定」，《傳》訓義同《爾雅》。《釋文》「顁」字又作「定」，注同。「定」者，「顁」之假借。毛古文作「定」，三家當俱作「顁」也。

麟之角，振振公族。

【補】【何休《公羊傳解詁》】麟似麕，一角而戴肉，設武備而不爲害，所以爲仁也。《詩》云「麟之角，振振公族」是也。《哀公十五年》。

召南

鵲巢

【補】【蔡邕《琴操》】古琴曲有歌詩五曲，一曰《鹿鳴》，二曰《伐檀》，三曰《騶虞》，四曰《鵲巢》，五曰《白駒》。《太平御覽》五百七十八。

喬樅謹案：今《琴操》，《鵲巢》亡闕。

維鵲有巢，維鳩居之。

【補】【《新序·雜事》篇】虎豹之居也，厭閑而近人，故得；魚鼈之居也，厭深而之淺，故得；諸侯厭衆而亡其國。《詩》云：「維鵲有巢，維鳩居之。」

采蘩

【補】【《潛夫論·班禄》篇】背宗族而《采蘩》怨。

喬樅謹案：《潛夫論》以《鹿鳴》爲刺詩，與司馬遷《史記·年表》、蔡邕《琴操》、高誘《淮南注》並合；又以《行葦》爲咏公劉詩，亦與劉向《列女傳》合。是其用《魯詩》之明證。然則此以《采蘩》爲怨詩者，當亦據魯説也。

公侯之宫。

【補】【蔡邕《獨斷》】廟寢總謂之宫，《詩》云：「公侯之宫。」

草蟲

喓喓草蟲，趯趯阜螽。

【補】【《爾雅·釋蟲》】阜螽，蠜。草螽，負蠜。〇【郭璞曰】《詩》曰：「喓喓草蟲。」謂常羊也。又曰：「趯趯阜螽。」

憂心惙惙。

【王逸《楚詞·九歌》注】惙惙，憂心貌。

喬樅謹案：《毛詩》「憂心忡忡」，臧鏞堂云：「忡忡，三家必有作『惙惙』者。《廣雅·釋訓》『惙惙，憂也』，正釋此詩。」考張揖多用三家《詩》，其釋「惙惙」與叔師合，蓋皆魯訓也。

未見君子，憂心惙惙。亦既見止，亦既覯止，我心則說。

【補】【《說苑·君道》篇】孔子對魯哀公曰：「惡惡道不能甚，則其好善道亦不能甚。好善道不能甚，則百姓之親之也亦不能甚。《詩》云：『未見君子，憂心惙惙。亦既見止，亦既覯止，我心則說。』詩人之好善道之甚也如此。」哀公曰：「善哉！吾聞君子成人之美，不成人之惡。微孔子，吾焉能聞斯言也哉！」

喬樅謹案：據劉向此説，則知《魯詩》之義不以《草蟲》爲大夫妻作也。《春秋左氏傳》云：「鄭七子享趙孟，子展賦《草蟲》，趙孟曰：『善哉，民之主也。抑武也，不足以當之。』又曰：『子展其後亡者也，在上不忘降。』」與《説苑》「好善道」之説意旨相合，當即《魯詩》所本。其義與毛氏異。

【補】【《爾雅·釋詁》】遘，遇也。○【邢昺曰】《召南·草蟲》曰：「亦既遘止。」

喬樅謹案：遘，《毛詩》作「覯」。《釋文》不言《韓詩》字異，則韓同於毛也。《邢疏》所引必據《爾雅》舊注之文，知是《魯詩》也。《説苑》引《詩》亦當作「遘」字爲正。

我心則恞。

【補】【《爾雅·釋言》】恞，悦也。○【郭璞曰】《詩》曰：「我心則恞。」

喬樅謹案：《釋文》：「恞，本又作『夷』。」考《毛詩》「我心則夷」，《傳》云：「夷，平也。」「夷」「恞」古今文之異，郭注引《詩》證「恞」爲悦，是據《魯詩》之訓。

采蘋

于以采蘋。

【補】【《爾雅·釋草》】萍，蓱，其大者蘋。○【郭璞注】水中浮蓱，江東謂之薸。《詩》曰：「于以采蘋。」

甘棠

【《史記·燕召公世家》】召公之治西方，甚得兆民和。召公巡行鄉邑，有棠樹，決獄政事其下，自侯伯庶人〔一〕各得其所，無失職者。召公卒，而民人思召公之政，懷甘棠不敢伐，歌詠之，作《甘棠》之詩。

【補】【《史記·叙傳》】嘉《甘棠》之詩。

【補】【王褒《講德論》】采詩以顯至德，歌咏以董其文。《甘棠》之風，可倚而俟也。

喬樅謹案：子淵《論》中引《傳》曰「詩人感而後思」云云，與《説苑·貴德》篇引《召南》詩《傳》文合，當亦習《魯詩》者。李善《文選注》以爲《樂緯·動聲儀》文。時魯、齊《詩》久亡，故李善但據《樂緯》爲證耳。

【補】【揚雄《甘泉賦》曰】函《甘棠》之惠。

〔一〕「庶人」，此上《史記》有「至」字。

【補】【《潛夫論·忠貴》篇】周公東征，後世追思；召公甘棠，人不忍伐。見愛如是，豈欲私害之者哉？

【補】【又《愛日》篇】邵伯訟不忍煩民，聽斷棠下，而致刑錯。

【補】【《論衡·須頌》篇】宣王惠周，詩頌其行；召伯述職，周歌棠樹。

【補】【《淮南·繆稱訓》】召公以桑蠶耕種之時弛獄出拘，使百姓皆得反業修職。

【補】【高誘《淮南·氾論訓》注】召康公用理民物，有《甘棠》之歌也。

【補】【應劭《風俗通義》一】燕召公奭與周同姓，武王滅紂，封召公于燕。成王時入據三公，出爲二伯。自陜以西，召公主之。當農桑之時，重爲所煩勞，不舍鄉亭，止於棠樹之下，聽訟決獄，百姓各得其所。壽百九十餘乃卒。後人思其德美，愛其樹而不敢伐，《詩·甘棠》之所爲作也。

蔽芾甘棠，勿翦勿伐，召伯所茇。

【《説苑·貴德》篇】《詩》曰：「蔽芾甘棠，勿翦勿伐，召伯所茇。」《傳》曰：「自陜以東者，周公主之；自陜以西者，召公主之。召公述職，當桑蠶之時，不欲變民事，故不入邑中，舍於甘棠之下而聽斷焉，陜間之人皆得其所。是故後世思而歌詠之，善之，故言之；言之不足，故嗟歎之；嗟歎之不足，故歌詠之。夫詩思然後積，積然後滿，滿然後發，發由其道而致其位焉。百姓歎其美而致其敬，甘棠之不伐也，政教惡乎不行！孔子曰：「吾於甘棠，見宗廟之敬也。」甚尊其人，必敬其位，順安萬物，古聖之道幾哉！

【補】【《漢書》劉歆廟議】《詩》云：「蔽芾甘棠，勿鬋勿伐，邵伯所茇。」思其人，猶愛其樹，況宗其道而毁其廟乎。見《韋玄成傳》。

【補】【《法言·先知》篇】昔在周公，征於東方，四國是王；召伯述職，蔽芾甘棠，其思矣夫。

【補】【又《巡狩》篇】《詩》曰：「蔽芾甘棠，勿翦勿伐，召伯所茇。」言召公述職，親税舍於野樹之下也。

【補】【《白虎通·封公侯》篇】王者所以有二伯者，分職而授政，欲其亟成也。《詩》曰：「蔽芾甘棠，勿剪勿伐，召伯所茇。」

【王逸《楚詞·九歎》注】甘棠，杜也。《詩》曰：「蔽芾甘棠。」《思古》篇。

【蔡邕《劉鎮南碑頌》】蔽芾甘棠，召公聽訟。周人勿剗，我賴其楨。

喬樅謹案：《毛詩釋文》云：「勿翦，《韓詩》作『剗』。」中郎用《魯詩》，字當作「鬋」，與《漢書·劉歆廟議》引同。此作「剗」者，蓋後人傳寫從《韓詩》改之耳。又《説苑》及《白虎通》兩引《詩》「勿翦勿伐」，皆當作「鬋」爲是。

召伯所税。

【補】【《爾雅·釋詁》】税，舍也。○【郭璞注】《詩》曰：「召伯所税。」

喬樅謹案：稅，《毛詩》作「説」。《釋文》云：「説，本或作『稅』，又作『脱』，同。」考《鄉射禮注》，今文「説」皆作「稅」。是「説」「稅」古今字之異。毛古文作「説」，三家今文作「稅」。

行露

【《列女傳》四】召南申女者，申人之女也。既許嫁於酆，夫家禮不備而欲迎之。女與其人言：「以爲夫婦者，人倫之始也，不可不正。《傳》曰：『正其本，則萬物理。失之毫釐，差之千里。』是以本立而道生，源始[一]而流清。故嫁娶者，所以傳重承業，繼續先祖，爲宗廟主也。夫家輕理違制，不可以行。」遂不肯往。夫家訟之於理，致之於獄。女終以一物不具，一禮不備，守節持義，必死不往。而作詩曰：「雖速我獄，室家不足。」言夫家之禮不備足也。君子以爲得婦道之宜[二]，故舉而揚之，傳而法之，以絶無禮之求，防淫慾之行焉。又曰：「雖速我訟，亦不女從。」此之謂也。○【頌曰】召南申女，貞一修容。夫禮不備，終不肯從。要以必死，遂至[三]獄訟。作

〔一〕「始」，《列女傳》作「潔」。按：應作「潔」。

〔二〕「宜」，《列女傳》作「儀」。

〔三〕「至」，續編本作「致」。

詩明意，後世稱誦。

喬樅謹案：以《行露》爲申女作，《魯詩》之説較諸家爲詳。

雖速我獄，室家不足。見上。

雖速我訟，亦不女從。

【補】【服虔曰】古者一禮不備，貞女不從。《詩》曰：「雖速我訟，亦不女從。」《左傳·宣元年》正義引。

喬樅謹案：服説與劉中壘合，亦用《魯詩》之驗。

羔羊

羔羊之皮，素絲五紽，退食自公。

【《漢書》谷永上疏曰】退食自公，私門不開。德配周召，忠合《羔羊》。《儒林傳》。

案：谷永用《魯詩》，以《文三王傳》引「中冓」及本傳引「閻妻」定之。

喬樅謹案：《漢書·薛宣傳》載谷永疏曰：「竊見少府宣，材茂行絜，達於從政。有『退食自公』之節。臣恐陛下忽於《羔羊》之詩，舍公實之臣，任虛華之譽，是以越職，陳宣行能。」谷永疏舉《羔羊》詩大意，以喻行潔，與《韓詩章句》「言其德能稱潔白之性」訓義正合，是魯、韓説同。

【補】【王逸《楚詞·九思》曰】士莫志兮羔羊。【注曰】言士貪鄙，無有素絲之志、皎潔之行也。

素絲五緎。

【補】【《爾雅·釋訓》】緎，羔裘之縫也。○【孫炎曰】緎，縫之界域也。

芰梅

芰有梅。

【補】【趙岐《孟子章句》】《詩》曰：「莩有梅。」莩，零落也。

喬樅謹案：《漢書·食貨志贊》引《孟子》「莩」作「芰」，注引鄭氏云：「芰，音『蔈有梅』之『蔈』。芰，零落也。」《説文·𣬉部》云：「𣬉，物落，上下相付也。讀若《詩》『摽有梅』。」段氏玉裁注以《毛詩》「摽」字爲「𣬉」之假借，《孟子》作「莩」者，「芰」之字誤。丁公著《孟子音義》云：「『莩有梅』，《韓詩》也。」唐惟《韓詩》尚存，故丁《音義》云然。實則邠卿所引，據《魯詩》文。蓋此詩魯、韓同作「芰」，與毛氏文異。蔡邕賦作「摽梅」，亦後人順毛改字也。

求我庶士。

【補】【蔡邕《協和婚賦》】摽梅求其庶士。

迨其謂之。

【補】【《爾雅·釋故》】謂，勤也。○【郭璞注】《詩》曰：「迨其謂之。」

小星

肅肅宵征。

【補】【王逸《楚詞·九歎》注】宵，夜也。《詩》云：「肅肅宵征。」

抱衾與幬。

【補】【《爾雅·釋訓》】幬謂之帳。○【郭璞曰】今江東亦謂帳爲幬。

喬樅謹案：《爾雅》「幬，帳」之訓正釋此詩「幬」字，知《魯詩》作「抱衾與幬」也。邢昺《疏》言「『幬』與『裯』音、義同」，然則《鄭箋》「裯，牀帳也」之解與《毛傳》「襌被」義異，蓋用魯訓。又案：《鄭志》：「張逸問：『此《箋》不知何以易《傳》？』答曰：『今人名帳爲裯，雖古無名被爲裯。』」是「裯，帳」之訓，三家《詩》説皆同。

寔命不猷。

【補】【《爾雅·釋言》】猷，若也。○【郭璞注】《詩》曰：「寔命不猷。」

喬樅謹案：猷，《毛詩》作「猶」，《傳》云：「若也。」訓義亦同。

野有死麕

【補】【《爾雅·釋獸》】麕：牡麌，牝麜，其子麆，其跡解，絶有力，豣。

有女懷春。

【補】【《淮南·繆稱訓》】春女思，秋士悲，而知物化矣。○【高誘曰】春女感陽則思，秋士感陰則悲。

【補】【張衡《思玄賦》】處子懷春。

林有樸樕。

【補】【《爾雅·釋木》】樸樕，心。○【某氏曰】樸樕，斛樕也。有心，能溼，江、河間以作柱。○【孫炎曰】樸樕，一名心。《毛詩正義》。

喬樅謹案：樸樕，材中作柱，則非小木矣。某氏用《魯詩》，故與毛異訓。今《爾雅》作樕樸，《邢疏》以爲傳寫之誤。

無使尨也吠。

【補】【《爾雅·釋畜》】尨，狗也。○【郭璞注】《詩》曰：「無使尨也吠。」

喬樅謹案：無，宋本作「无」字。

何彼穠矣

曷不肅雍，王姬之車。

【鄭玄《箴膏肓》】《何彼穠矣》篇曰：「曷不肅雍，王姬之車。」言齊侯嫁女，以其母王姬始嫁之車遠送之。

案：賈公彥《儀禮·士昏》疏云：「《詩》注以爲王姬嫁時自乘其車，《箴膏肓》云云不同者，彼取三家《詩》，故與《毛詩》異。」

喬樅謹案：鄭君《箴膏肓》是據《左氏》説以駮公羊家説，《左氏》與《魯詩》同一師傳，然則此蓋《魯詩》之義也。

騶虞

【蔡邕《琴操》】《騶虞》者，邵國之女所作也。古者聖王在上，君子在位，役不踰時，不失嘉會。内無怨女，外無曠夫。及周道衰微，禮義廢弛，强淩弱，衆暴寡，萬民騷動，百姓愁苦。男怨於外，女傷於〔一〕内，内外無主，内迫情性，外逼禮儀。歎傷所説〔二〕，而不逢時，於是援琴而歌。

案：《文選·李陵與蘇武詩》注引《琴操》云：「《騶虞》者，邵國之女所作也。古者役不踰時，不失嘉會。」又曹子建《贈丁儀王粲》詩注引《琴操》曰：「古者君子在位，役不踰時。」《琴操》，蔡邕所撰。邕用《魯詩》，此説《騶虞》當亦本於《魯故》。

彼茁者葭。

【補】【《爾雅·釋草》】葭，華。○【樊光曰】《詩》云：「彼茁者葭。」

【趙岐《孟子章句》十】茁，生長貌。《詩》云：「彼茁者葭。」

案：邠卿注《孟子》多用《魯詩》，如以《小弁》爲伯奇作，是主魯説之證。

〔一〕「於」，《琴操》作「其」。

〔二〕「歎傷所説」，《琴操》作「欲傷所讒」。

一發五豝，吁嗟乎，騶虞。

【賈誼《新書·禮》篇】禮者，臣下所以承其上也。故《詩》云：「一發五豝，吁嗟乎騶虞。」騶者，天子之囿也；虞者，囿之司獸者也。天子佐輿十乘，以明貴也；貳牲而食，以優飽也。虞人翼五豝以待一發，所以復中也。作此詩者，以其事深見良臣順上之志也。良臣順上之志者，可謂義矣[一]。故其歎之，長曰「吁嗟乎」。雖古之善爲人臣者，亦若此而已。

案：賈太傅時惟有《魯詩》，此所説《騶虞》詩，即魯義也。

【補】【《爾雅·釋獸》】豕，牝，豝。○【郭璞注】《詩》曰：「一發五豝。」

【補】【《説文·豕部》】豝，牝豕也。一曰二歲，能相把拏也。《詩》曰：「一發五豝。」

喬樅謹案：一，《毛詩》作「壹」。郭注《爾雅》所引與《説文》合，皆據《魯詩》。又，《説文》「豝」字兼載二義，其以豝爲豕二歲之名，蓋齊、韓説。

【《魯詩傳》曰】古有梁騶。梁騶者，天子獵之田也。《文選·魏都賦》張載注，又《漢書·班固傳》注同。

【許慎《五經異義》】今《詩》韓、魯説：「騶虞，天子掌鳥獸官。」

[一]「以其事深見良臣順上之志也。良臣順上之志者，可謂義矣」，《新書》作「以其事深見良臣順下之志也者，可以義矣」。

案：此與賈誼《新書》以虞爲囿之司獸説合。

【補】【左思《魏都賦》】邁梁鄒之所著。

一發五豵。

【補】【《爾雅·釋獸》】豕生三豵。

【《鄭志》】張逸問曰：「豕生三豵，不知母豕也？豚也？」答曰：「豚也。過三以往猶謂之豵，自三以上更無名也。」

喬樅謹案：此魯説也，與毛義異。鄭君箋《詩》，蓋據魯以改毛也。

魯詩遺説考卷第一〔一之二〕

魯詩國風二

邶風

栢舟

【《列女傳》四】衛宣夫人者，齊侯之女也。嫁於衛，至城門而衛君死。保母曰：「可以還矣。」女不聽，遂入持三年之喪，畢，弟立，請曰：「衛小國也，不容二庖，願請〔一〕同庖。」夫人曰：「惟夫婦同庖。」八字據范氏《詩補傳》所引增入。終不聽。衛君使人愬於齊兄弟，齊兄弟皆欲與君，使人告女。女終不聽，乃作詩曰：「我心匪石，不可轉也。我心匪席，不可卷也。」厄窮而不閔，勞辱而不苟，然後能自致也。言不失也，然後可以濟難矣。《詩》曰：「威儀棣棣，不可選也。」言其左右

〔一〕「願請」，《列女傳》作「請願」。按：應作「請願」。

無賢臣，皆順其君之意也。君子美其貞壹，故舉而列之於《詩》也。○【頌曰】齊女嫁衛，厥至城門。公薨不反，遂入三年。後君欲同，女終不渾。作詩譏刺，卒守死君。

喬樅謹案：衛宣夫人，《御覽》四百四十一引作「衛寡夫人」。顧千里云：「《列女傳》『寡』字誤作『宣』。」王安人《補注》亦云此與「魯寡陶嬰」「梁寡高行」「陳寡孝婦」同作「宣」者，形之誤耳。《說卦》「宣髮」作「寡髮」，亦其例。《補注》又云：「據《魯詩》說，女以〔一〕不聽同庖之言，至於兄弟覯怒，群小見侮。石席盟心，摽擗悲吟。觀其摛詞，終託奮飛。乃知此女遂終於衛而不復歸，良足悕已。」

汎彼栢舟。

【楊雄《逐貧賦》】汎彼栢舟。

炯炯不寐，如有隱憂。

【《楚詞·遠遊》曰】夜炯炯而不寐兮。○【王逸注】憂以愁戚，目不眠也。《詩》云：「炯炯不寐。」

【又《楚詞·九章》注】隱，憂也。《詩》曰：「如有隱憂。」《悲廻風》。

〔一〕「以」，《列女傳》無此字。

【補】【嚴忌《楚詞・哀時命》曰】夜炯炯而不寐兮，懷隱憂而歷兹。○【王逸注】言己中心〔一〕愁怛，目爲炯炯而不能眠，如遭大憂，常懷戚戚。

喬樅謹案：李善《文選注》引《韓詩》「耿耿不寐，如有殷憂」，見陸士衡《歎逝賦》注。此作「炯炯」者，《魯詩》與韓文異也。臧鏞堂曰：「《楚詞・遠遊》本亦作『耿耿』。案叔師注云『目不眠』，正釋『炯炯』字義，而即引《詩》『炯炯不寐』證之。舊校云『耿一作炯』，作『炯』者是也。今注作『耿耿』，猶『儆儆』。引《詩》云『耿耿不寐』，此乃後人據《毛詩》所改，而遂以《毛傳》語竄入，非王注本文。《哀時命》仍作『炯炯不寐』可證也。又『隱憂』一作『殷憂』，洪興祖《補注》云：『隱，痛也。殷，大也。注言「大憂」，疑作「殷」者是。』」喬樅謂，「隱」字亦得訓大，劉向《楚詞・九歎》曰：「帶隱虹之逶迤。」叔師云：「隱，大也。」是其顯證。「大」「憂」二字，叔師注往往用之。故《靈懷》篇「心蛩蛩而懷顧兮」注亦言「己心中蛩蛩，常懷大憂」也。《九章・悲廻風》云：「孰能思而不隱兮。」叔師注引《詩》「如有隱憂」，與《呂氏春秋》高注所引同。則以「殷」「隱」二字音、義並通也。

【補】【高誘《呂覽・貴生》篇注】隱，幽也〔二〕。《詩》曰：「如有隱憂。」

〔一〕「心」，續編本作「然」。

〔二〕「隱，幽也」，續編本作「隱，憂也」，《呂氏春秋注》作「幽，隱也」。按：應作「幽，隱也」。

【補】【又《淮南·説山訓》注】《詩》曰：「耿耿不寐，如有殷憂。」

喬樅謹案：高注《淮南》引《詩》「耿耿」當作「炯炯」，此後人傳寫妄改之。下又引《詩》「寤寐無爲，展轉伏枕」，此《陳風·澤陂》詩文。今本《淮南注》作「展轉伏枕，寤寐咏嘆」，皆傳寫者顛倒錯誤也。

不可以茹。

【補】【《爾雅·釋言》】茹，度也。○【郭璞曰】測，度也。《詩》曰：「不可以茹。」

喬樅謹案：《毛詩》與《爾雅》訓同，馬瑞辰曰：「茹訓食，爲本義；訓度者，『如』之假借。《釋詁》：『如，謀也。』謀亦度也。自此之彼曰如，以此度彼亦曰如矣。《書》『如五器』即度五器也。」

我心匪石，不可轉也。我心匪席，不可卷也。

【《漢書》劉向《上封事》曰】《詩》云：「我心匪石，不可轉也。」言守善篤也。

【補】【《説苑·立節》篇】《詩》云：「我心匪石，不可轉也。我心匪席，不可卷也。」言不失己也。能不失己，然後可與濟難矣，此士君子所以越衆也。

【補】【《新序·節士》篇】原憲居魯，環堵之室，匡坐而絃歌。子貢往見之，原憲冠桑葉冠，杖藜杖而應門。正冠則纓絶，衽襟則肘見，納履則踵決。子貢曰：「嘻，先生何病也。」原憲仰而應之曰：「憲聞之，無財之謂貧，學而不能行之謂病。憲貧也，非病也。若夫希世而行，比周而交，學以爲人，教以爲己，仁義之慝，輿馬之飾，憲不忍爲也。」子貢逡巡而去。原憲曳杖拖屨，行歌《商頌》而反。聲滿天地，如出金石。天子不得而臣也，諸侯不得而友也。故養志者忘身，身且不愛，孰能累之。《詩》曰：「我心匪石，不可轉也。我心匪席，不可卷也。」此之謂也。

【補】【又曰】臣事君，猶子事父也。守節不移，雖有湯鑊之誅而不懼也，尊官顯位而不榮也。《詩》云：「我心匪石，不可轉也。我心匪席，不可卷也。」此之謂也。

喬樅謹案：《列女傳》四《衛宗二順》篇又引《詩》「我心匪石」二句，文同。

【補】【《潛夫論·斷訟》篇】貞女不二心以數變，故有「匪石」之詩；不枉行以遺憂，故美歸寧之志。

【補】【王逸《楚詞·九辯》注】我心匪石，不變轉也；執履忠信，不離善也。

【補】【湛方生《貞女解》曰】志存匪石之固。《藝文類聚》卷十八。

喬樅謹案：湛方生，晉時人，《貞女解》引用《栢舟》詩語，是據魯説，故與毛義異。

威儀棣棣，不可選也。

【補】【《新書·容經》】夫有威而可畏謂之威，有儀而可象謂之儀。富不可爲量，多不可爲數。故《詩》曰：「威儀棣棣，不可選也。」棣棣，富也；不可選，衆也。言接君臣上下，父子兄弟，内外大小品事之各有容志也。

【補】【《漢書・韋玄成傳》】儀服此恭，棣棣其則。○【李奇曰】棣棣，善威儀也。《詩》曰：「威儀棣棣。」

【補】【朱穆《絶交論》】《詩》云：「威儀棣棣，不可選也。」《後漢書》本傳注。

喬樅謹案：朱穆以《伐木》爲刺詩，與蔡邕説合，蓋亦用《魯詩》。王氏《詩考》載朱穆《絶交論》引《詩》作「不可算也」，今本《後漢書注》引仍作「選」字。蓋所見本有不同耳。「選」「算」雙聲，古文通用。《論語》「何足算」，《漢書》作「選」可證也。

憂心悄悄，愠于群小。

【補】【《荀子・宥坐》篇】《詩》曰：「憂心悄悄，愠于群小。」小人成群，斯足憂矣。

【《漢書》劉向《上封事》曰】《詩》云：「憂心悄悄，愠于群小。」小人成群，誠足愠也。

喬樅謹案：《説苑・至公》篇引「憂心悄悄」二句，文同。

【補】【趙岐《孟子章句》十四】《詩・邶風・栢舟》之篇曰「憂心悄悄」，憂在心也；「愠于群小」，怨小人聚而非議賢者也。

喬樅謹案：邠卿訓「愠」爲「怨」，《毛傳》訓「愠」爲「怒」。馬瑞辰曰：「《毛傳》：『愠，怒也。』『怒』當作『怨』。《正義》云『怨此群小人在於君側』，又云『我受小人侵侮，故怨之也』，皆以怨釋『慍』。是《正義》所據《毛傳》原作『慍，怨也』之證。《倉頡》篇『慍，恨也』，《韓詩》『慍，恚也』，『恨』『恚』皆怨也。今《釋文》及《正義》本《毛傳》皆作『怒』，蓋『怨』字形近之譌。《論語》鄭注『慍，怨也』，何晏《集解》誤『怒』。《綿》詩《正義》及《一切經音義》並引《說文》『慍，怨也』，今二徐本亦誤作『怒』。」喬樅謂《毛傳》「慍，怒也」與《韓詩》「慍，恚也」，其義相同。《說文》云「恚，怒也」，「怒，恚也」，二篆互訓，是其義同之證。《綿》傳曰：「慍，恚也。」《正義》云：「有怨者必怒之，故以慍爲恚。」此即六書轉注之義。《釋文》「慍」下云「怒也」，容或陸、孔本不同，未可以慍訓「怒」，爲字之誤也。

【蔡邕《司空臨晉侯楊公碑》】憂慍悄悄。

遘愍既多。

【王逸《楚詞·哀時命》注】遘，遇也。《詩》曰：「遘愍既多。」

喬樅謹案：遘愍，《毛詩》作「覯閔」，與《魯詩》文異。愍，今本《楚詞章句》作「閔」，舊校云「閔，一作『愍』」，作「愍」者是也。又《漢書·王商傳贊》：「遘閔既多，是用廢黜。」案，「遘閔」亦當作「遘愍」。班固《幽通賦》云：「考遘愍以行謡。」即用此詩語。班用《齊詩》，然則齊、魯文同矣。

寤辟有摽。

【補】【《爾雅・釋訓》】辟，拊心也。○【郭璞曰】謂椎胸也。

喬樅謹案：「辟」即「擗」之假借。馬融《笛賦》云：「搯膺擗摽。」張景陽《七命》云：「縈嫠爲之擗摽。」即用《詩》語。字皆作「擗」，古今文之異耳。《爾雅釋文》云：「『辟』宜作『擗』，《詩》曰：『寤擗有摽。』」又《毛詩釋文》云：「『辟』本亦作『擘』。」《玉篇・手部》引《詩》正作「寤擗有摽」，可證也。陸氏所引蓋據《韓詩》。又《説文》云「晤，明也」，引《詩》「晤辟有摽」，亦三家之異文。

【補】【王褒《九懷・思忠》篇】寤辟摽兮永思。

不能奮飛。

【張衡《思玄賦》】栢舟悄悄吝不飛。

緑衣

【補】【《法言・吾子》篇】緑衣三百，色如之何矣？紵絮三千，寒如之何矣？

【補】【高誘《淮南・精神訓》注】逯，讀《詩・緑衣》之「緑」。

喬樅謹案：楊雄、高誘竝用《魯詩》，而於此篇皆作「緑衣」，是魯與毛同。鄭君箋《詩》，定「緑衣」爲「褖衣」之誤，其義獨異。疑本之《齊詩》，據《禮》家師説爲解也。

【補】【《列女傳》八班婕妤賦】緑衣兮白華，自古兮有之。

燕燕

【《列女傳》一】衛姑定姜者，衛定公之夫人，公子之母也。公子既娶而死，其婦無子，畢三年之喪，定姜歸其婦，自送之，至於野。恩愛哀思，悲以〔一〕感慟，立而望之，揮泣垂涕。乃賦詩曰：「燕燕于飛，差池其羽。之子于歸，遠送于野。瞻望弗及，泣涕如雨。」送去歸泣而望之，又作詩曰：「先君之思，以畜寡人。」君子謂定姜爲慈姑，過而之厚。○【頌曰】衛姑定姜，送歸作詩。思愛慈惠，泣而望之。《母儀傳》。

案：《坊記》引此詩「先君之思，以畜寡人」，鄭君注云：「畜，孝也。獻公無禮於定姜，定姜作詩，言獻公當思先君定公，以孝於寡人。」《釋文》曰：「此是《魯詩》。」考《列女傳》此詩爲定姜送婦而作，獻公無禮之事不涉作詩。《列女傳》皆用魯説，顧與鄭君《記注》頗不合，「魯」字疑誤。

喬樅謹案：鄭君《禮記注》多述《齊詩》説，《釋文》「魯」字疑「齊」之誤。蓋此篇魯、齊同以

〔一〕「以」，《列女傳》作「心」。

爲定姜之詩，而説微異。魯説以爲送其婦歸而作詩，齊以爲并爲獻公無禮而作詩也。王氏《詩考》以此《記注》收入《魯詩》，然則王所見《釋文》本已誤作「魯」矣。説詳《齊詩遺説考》。

遠于將之。

【補】【《爾雅·釋言》】將，送也。○【孫炎曰】將行之送也。《毛詩正義》。○【郭璞曰】《詩》曰：「遠于將之。」

喬樅謹案：《毛傳》訓「將」爲「行」，《鄭箋》云：「將亦送也。」蓋用魯義申毛。

佇立以泣。

【補】【王逸《楚詞·離騷注》】佇，立貌。《詩》曰：「佇立以泣。」《大司命》注引作「竚立」。

其心塞淵。

【蔡邕《崔夫人誄》】塞淵其心。

先君之思，以畜寡人。見前《列女傳》。

喬樅謹案：畜，《毛詩》作「勖」，《傳》云：「勉也。」「勖」字蓋即「畜」之假借。馬瑞辰曰：「古『畜』字與『孝』『好』皆雙聲，同在曉母，故同義。《禮記·祭統》云：『孝者，畜也。』《孝經援神契》云：『庶人行孝曰畜。』《孟子》云：『畜君者，好君也。』《釋名》云：『孝，好也，愛好父母如所悦好也。』『畜』與『孝』古皆讀若『朽』，『好』讀若『丑』，故音近而義同。善父母爲孝，凡通言善亦曰孝，故孝又爲愛好之通稱。『以畜寡人』猶云以好寡人耳。」

日月

【《列女傳》七】宣姜者，齊侯之女，衛宣公之夫人也。初，宣公夫人夷姜生伋子，以爲太子，又娶於齊，曰宣姜，生壽及朔。夷姜既死，宣姜欲立壽，乃與壽弟朔謀構伋子。公使伋子之齊，宣姜乃陰使力士待之界上而殺之，曰：「有四馬白旄至者，必要殺之。」壽聞之，以告太子，曰：「太子其避之。」伋子曰：「不可。夫棄父之命，則惡用子也！」壽度太子必行，乃與太子飲，奪之旄而行，盜殺之。伋子醒，求旄不得，遽往追之，壽已死矣。伋子痛〔一〕壽爲己死，乃謂盜曰：「所欲殺者乃我也，此何罪，請殺我。」盜又殺之。二子既死，朔遂立爲太子，宣公薨，朔立，是爲惠公，竟終無後，亂及五世，至戴公而後寧。《詩》云：「乃如之人兮〔二〕，德音無良。」此之謂也。

〔一〕「痛」，《列女傳》作「以」。
〔二〕「兮」，《列女傳》無此字。

喬樅謹案：此篇《魯詩》之説，與毛迥異，而於《史記》叙衛事爲合。《衛世家》云：「初，宣公愛夫人夷姜，生子伋，以爲太子。爲取齊女，未入室，而宣公見所欲爲太子婦者好，説而自取之，更爲太子取他女。宣公得齊女，生子壽、子朔。太子伋母死，宣公正夫人與朔共讒惡太子伋。宣公自以其奪太子妻也，心惡太子〔一〕。及聞其惡，大怒，乃使太子伋於齊而令盗遮界上殺之。與太子白旄，而告界盗見白旄者〔二〕殺之。且行，壽知之，乃謂太子曰：『毋行。』太子不可，壽乃盗其白旄而先馳至界，界盗見其驗，即殺之。已死，而太子伋至，謂盗曰：『所當殺乃我也。』盗并殺太子伋。」又《新序》云：「壽之母與朔謀，欲殺太子伋而立壽也。使伋之齊，將使盗見載旌，要而殺之。壽止伋，伋不可。壽竊伋旌以先行，幾及齊矣，盗見而殺之。伋至，見壽之死，痛其代己死，涕泣悲哀，遂載其屍還，至境而自殺。兄弟俱死，故君子義此二人，而傷宣公之聽讒也。」語與《列女傳》大略相同，蓋皆本於《魯詩》，惟以伋爲至境而自殺，與《史記》《列女傳》微異，所傳聞異詞耳。《傳》言「亂及五世」，王安人《補注》以爲「五」當作「三」，字之誤也，三世謂宣、惠、懿。又謂以《傳》言「四馬白旄」，推之《干旄》之詩，疑即爲此事而作。白旄取易於别識，以《詩》云「素絲」，故知爲白旄。

〔一〕「心惡太子」，此下《史記》有「欲廢之」三字。
〔二〕「白旄者」，此上《史記》有「持」字。

浚，衛界上邑，姜使力士待伋之地。姝，忠順貌，「姝子」謂伋子。畀，與也。言彼四馬白旄忠順之子何故以此與之，深痛惜之辭也。《補注》語亦有據，存之以備一説。

報我不遹。

【《爾雅·釋訓》】不遹，不蹟也。○【郭璞曰】言不循軌迹也。

案：《爾雅釋文》：「不遹，古『述』字。」又《釋言》：「遹，述也。」《釋文》引孫炎曰：「遹，古述字。」《爾雅》以「不蹟」釋「不遹」，即訓此詩之「報我不述」。而陸氏於〔一〕「不蹟」下誤引《沔水》詩之「念彼不蹟」，非是。

喬樅謹案：《毛傳》：「述，循也。」《説文》「述」字亦訓爲循。《爾雅·釋詁》：「遹，循也。」訓義並同。故郭注《爾雅》解「不蹟」爲不循軌迹也。

終風

謔浪笑敖。

〔一〕「於」，續編本無此字。

【補】【《爾雅・釋故》】謔、浪、笑、敖，戲謔也。○【舍人曰】謔，戲謔也。浪，意朗也。笑，心樂也。敖，意舒也。戲笑，邪戲謔笑之貌也。○【郭璞曰】謂調戲也。見《詩》。

喬樅謹案：舍人注蓋皆本於魯訓。臧鏞堂云：「《邢疏》『浪，意朗也』，《詩正義》『朗』誤作『萌』，『邪戲也』舊本上有『笑』字，今按當衍。」喬樅謂「笑」字非衍也，據《邢疏》「戲笑，邪戲謔笑之貌」，則「邪戲也」「也」字當爲衍文。細玩舍人之注，疑《爾雅》本作「謔、浪、笑、敖，戲笑也」。故舍人以「謔」釋作戲謔，以「戲笑」釋爲邪戲謔笑之貌，否則既訓「謔」爲戲謔矣，胡又以「謔」訓作笑貌乎？又考《説文》：「謔，戲也，从言虐聲。《詩》曰：『善戲謔兮。』」《漢書・地理志》「伊其相謔」，注云：「戲言也。」皆不以「謔」爲笑之貌。則舍人注「邪戲謔笑」之爲連文益明矣。今本《爾雅》及諸所引皆誤「笑」作「謔」，非也。

惠然肯來。

【補】【《爾雅・釋言》】惠，順也。肎，可也。○【郭璞曰】《詩》曰：「惠然肯來。」肯，今通言。

喬樅謹案：《釋文》：「肯，或作古『肎』字。」考顧野王《玉篇》：「肎，可也，《詩》曰：『惠然肎來。』」疑是《魯詩》文作「肎」也。

不日有曀。

【王逸《楚詞・九歎》注】曀，闇昧也。《詩》云：「不日有曀。」《逢紛》篇。

曀曀其陰。

【補】【蔡邕《述行賦》】陰曀曀而不陽。

喬樅謹案：《韓詩》作「壇壇」，《薛君章句》曰：「壇壇，天陰塵也。」文與魯、毛並異。馬瑞辰曰：「『曀』又通『霒』與『曖』，《晏子春秋》『星之昭昭，不若月之曀曀』，《意林》引作『霒霒』，《文選注》引作『曖曖』。皆當讀《爾雅》『薆隱』之『薆』。薆者，翳也。『翳』即『壇』也。『翳』『壇』『曖』一聲之轉，故義同，古亦通用。」

擊鼓

喬樅謹案：《史記·衛世家》：「莊公卒，桓公〔一〕立。弟州吁驕奢，桓公絀之，州吁出奔。十三年，鄭伯弟段攻其兄，不勝，亡。而州吁求與之友。十六年，州吁收聚衛亡人，以襲殺桓公，州吁自立爲衛君。爲鄭伯弟段欲伐鄭，請宋、陳、蔡與俱。三國皆許州吁。」其言州吁爲叔段伐鄭事，與《左傳》異。疑《擊鼓》之詩即爲此而作。太史公用《魯詩》，魯說當然也。

〔一〕「桓公」，《史記》作「太子完」。

擊鼓其鏜。

【補】【《風俗通義》六】鼓者，郭也，春分之音也。萬物郭皮甲而出，故謂之鼓。《詩》云：「擊鼓其鏜。」

于嗟敻兮。

【補】【《吕覽·盡數》篇注】敻，大也，遠也。敻，讀如《詩》云「于嗟敻兮」。

喬樅謹案：敻，《毛詩》作「洵」，《傳》訓遠也。《釋文》云「《韓詩》作敻」，敻亦遠也。《魯詩》之文異毛而同於韓。錢大昕曰：「古讀『敻』如『絢』，『敻』與『洵』音相近。」胡承珙曰：「案《文選·思玄賦》『儵眴眴兮反常』，《蒼頡》篇云『眴，視不明也』。《靈光殿賦》『目矎矎而喪精』，張載注云『矎矎，目不正也』。是『矎矎』即『眴眴』，『洵』之爲『敻』，與此同例。毛訓『洵』爲遠，蓋以『洵』爲『敻』之假借耳。」

凱風

【趙岐《孟子章句》十二】《凱風》亦孝子之詩。言莫慰母心，母心不悦也。

案：邠卿説《小弁》用《魯詩》，此亦魯訓也。

凱風自南。

【補】【《爾雅·釋天》】南風謂之凱風。○【李巡注】南風長養萬物，喜樂〔一〕，故曰凱風。凱，樂也。《毛詩正義》。《邢疏》同。○【郭璞注】《詩》曰：「凱風自南。」

【補】【高誘《呂覽·有始》篇注】離氣所生曰〔二〕凱風，《詩》曰：「凱風自南。」

【王逸《楚詞·遠遊》注】南風曰凱風，《詩》曰：「凱風自南。」

母氏聖善。

【補】【《列女傳》三】《詩》曰：「母氏聖善。」《孫叔敖母傳》。

莫慰母心。

【補】【《後漢書·東平憲王傳》】肅宗賜書曰：「以慰《凱風》寒泉之思。」

喬樅謹案：《後漢書·姜肱傳》：「肱性篤孝，事繼母恪勤。感《凱風》之義，兄弟同被而寢，不入房室，以慰母心。」〔三〕《詩》之有益人倫如此，孔子所謂「《詩》可以興，可以觀」者，

〔一〕「喜樂」，此上《爾雅疏》有「萬物」二字。

〔二〕「曰」，此上《呂氏春秋》有「一」字。

〔三〕此條應爲《後漢書·姜肱傳》注引謝承《後漢書》之文。

此類是也。

雄雉

瞻彼日月，悠悠我思。道之云遠，曷云能來。

【補】【《荀子·宥坐》篇】《詩》曰：「瞻彼日月，悠悠我思。道之云遠，曷云能來。」子曰：「伊稽首不其有來乎？」

【《說苑·辨物》篇】《詩》曰：「瞻彼日月，遥遥我思。道之云遠，曷云能來。」急時之辭也，甚焉，故稱日月也。

不忮不求，何用不臧。

【補】【《說苑·雜言》篇】非其道而行之，雖勞不至；非其有而求之，雖强不得。智者不爲非其事，廉者不求非其有，是以遠容而名章也。《詩》云：「不忮不求，何用不臧。」此之謂也。

【補】【趙岐《孟子章指》】不忮不求，何用不臧。

匏有苦葉

濟有深涉，深則濿，淺則揭。

【補】【《爾雅·釋水》】濟有深涉，深則厲，淺則揭。揭者，揭衣也。以衣涉水曰濿〔一〕，繇厀以下爲揭，繇厀以上爲涉，繇帶以上爲濿〔二〕。

喬樅謹案：《釋文》「厲，本或作『濿』。」考劉向《楚詞·九歎·離世》云：「櫂舟杭以横濿兮。」王逸《章句》曰：「濿，渡也，由帶以上爲濿。」又《遠逝》云：「横泊羅而下濿。」子政、叔師並用《魯詩》，字同作「濿」，則《爾疋》「厲」字亦當從或本作「濿」爲正。又《説文·水部》云「砅，履石渡水也」，引《詩》曰「深則砅」，「砅」或作「濿」。許所偁《詩》作「砅」，與魯、韓、毛文不同，疑爲《齊詩》異文也。

【補】【包咸《論語注》】以衣涉水爲厲。揭，揭衣。

喬樅謹案：包咸習《魯詩》，故所解與《爾雅》同。

〔一〕「濿」，《爾雅疏》作「厲」。

〔二〕同上。

【《後漢書》張衡《應問》曰】深厲淺揭，隨時取[一]義。

噰噰鳴雁。

【補】【《爾雅·釋故》】噰噰，音聲和也。○【郭璞曰】鳥鳴相和。○【邢昺曰】《邶風·匏有苦葉》云：「噰噰鳴雁。」

喬樅謹案：《鹽鐵論》引《詩》作「雍雍鳴雁」，桓寬多用《齊詩》。《太平御覽》及《楚詞補注》引作「嗈嗈鳴雁」，皆《韓詩》也。《邢疏》所引蓋本舊注《魯詩》之文。

士如歸妻，迨冰未泮。

【補】【《白虎通·嫁娶》篇】嫁娶必以春何？春者，天地交通，萬物始生，陰陽交際之時也。《詩》云：「士如歸妻，迨冰未泮。」

招招舟子。

【補】【王逸《楚詞·招魂》章句敘】招者，召也。以手曰招，以口曰召。

喬樅謹案：《毛傳》訓「招招」爲號召之貌。《釋文》引《韓詩》云：「招招，聲也。」叔師之説

[一]「取」，《後漢書》作「爲」。

蓋本《魯故》。

人涉卬否，卬頚我友。〔一〕

【張衡《應間》曰】捷徑邪至，我不忍以投步。干進苟容，我不忍以歙肩。雖有犀舟逕檝，猶人涉卬否，有須者也。

【補】【《爾雅·釋故》】頚，待也。○【邢昺曰】《邶風·匏有苦葉》云：「卬頚我友。」

喬樅謹案：此所引《詩》異於韓、毛，亦據舊注《魯詩》之文。「須」「頚」古今字。

谷風

習習谷風。

【補】【《爾雅·釋天》】東風謂之谷風。○【孫炎曰】谷之言穀。穀，生也。谷風者，生長之風也。《毛詩正義》。○《邢疏》同。○【郭璞曰】《詩》曰：「習習谷風。」

密勿同心。

〔一〕底本於「人涉卬否」後另分一行，今據全書體例合爲一行。

【補】【《爾雅·釋故》】蠠没，勉也。○【郭璞曰】蠠没，猶黽勉。

喬樅謹案：邢昺《疏》曰：「蠠没，猶黽勉者，以其聲相近，方俗語有輕重耳。《邶風·谷風》曰：『黽勉同心。』」考《爾雅釋文》「蠠」本或作「𧖅」，《説文》曰：「𧖅，古『蜜』字。」李善《文選注》傳季友《表》。引《韓詩》曰：「密勿同心。」「密勿，僶俛也。」皆以聲轉爲義。没亦重文，作「没没」。《易繫辭》鄭注：「亹亹，没没也。」又轉爲「勿勿」，《禮器》鄭注、《大戴禮·曾子立孝》篇盧注並云「勿勿，猶勉勉也」。《爾雅》多《魯詩》訓，「蠠没」疑爲《魯詩》異文，即「密勿」之通假。

采葑采菲，無以下體。德音莫違，及爾同死。

【補】【《列女傳》二】夫得寵而忘舊，舍義；好新而嫚故，無恩；與人勤於隘厄，王氏念孫云：「古困厄字通作『隘』，疑此文本作『與人勤於隘』，無『厄』字。今本作『隘厄』者，後人旁記『厄』字，因誤入正文耳。」富貴而不顧，無禮。《詩》不云乎：「采葑采菲，無以下體。德音莫違，及爾同死。」與人同寒苦，雖有小過，猶與之同死〔一〕，況於安新忘舊乎？《晉趙姬〔二〕》篇。

〔一〕「同死」，此下《列女傳》有「而不去」三字。
〔二〕「趙姬」，《列女傳》作「趙衰妻」。

喬樅謹案：「德音莫違」二句，又見《列女・貞順傳四・息君夫人》篇及《節義傳五・楚昭越姬》篇引《詩》。

【補】【高誘《淮南・説山訓》注】《詩》曰：「采葑采菲，無以下體。」

【補】【《爾雅・釋草》】菲，芴。又曰，菲，蒠菜。○【某氏曰】《詩》云：「采葑采菲。」○【孫炎曰】菲，葍類。芴也，音物。《毛詩正義》。

喬樅謹案：據《詩正義》云，某氏注《爾雅》，二處引此《詩》，是菲、芴、蒠菜爲一物也。

行道遲遲。

【王逸《楚詞・九歎》注】遲遲，行貌。《詩》云：「行道遲遲。」《惜賢》篇。

不遠伊爾，薄送我畿。

【補】【《白虎通・嫁娶》篇】出婦之義，必送之，接以賓客之義〔一〕，君子絶愈於小人之交。《詩》云：「薄送我畿。」

【補】【高誘《呂覽・孟春紀》注】蹷機，門内之位也。《詩》云：「不遠伊爾，薄送我畿。」此不過蹷之謂。

〔一〕「義」，《白虎通》作「禮」。按：應作「禮」。

喬樅謹案：惠氏棟曰：「『蹷』通『橜』，即闑也。」段氏玉裁曰：「機，門限，即畿也。」然則「畿」「機」古今文之異耳。

誰謂荼苦。

【補】【《爾雅·釋草》】荼，苦菜。○【樊光注】苦菜可食也。○【郭璞注】《詩》曰：「誰謂荼苦。」

喬樅謹案：《禮記·月令·孟夏》「苦菜秀」謂此也，即今之苦蕒菜。《廣雅》云：「蕒，藘也。」《玉篇》云：「藘，今之苦藘，江東呼爲苦蕒。」是也。

燕爾新婚，不我屑已。

【《列女傳》二】《詩》曰：「讌爾新婚，不我屑以。」蓋傷之也。

【補】【《白虎通·嫁娶》篇】婚者，昏時行禮，故曰婚。姻者，婦人因夫而成，故曰姻。《詩》云：「不惟舊姻〔一〕。」謂夫也。又曰：「燕爾新婚。」謂婦也。所以昏時行禮何？示陽下陰也，昏亦陰陽交時也。

【補】【趙岐《孟子章句》三】屑，潔也。《詩》云：「不我屑已。」

喬樅謹案：「已」「以」古字通用。

〔一〕「姻」，《白虎通》作「因」。

我躬不閱，遑恤我後。

【補】【《列女傳》八】《詩》曰：「我躬不閱，遑恤我後。」終身之仁也。《王陵母傳》。

【張衡《西京賦》】遑恤我後。

就其深矣，方之舟之。就其淺矣，泳之游之。

【補】【《中論·法象》篇】《詩》曰：「就其深矣，方之舟之。就其淺矣，泳之游之。」言必濟也。

凡民有喪，扶服捄之。

【《漢書》谷永疏曰】古者穀不登虧膳，災屢至損服，凶年不塈塗，明王之制也。《詩》云：「凡民有喪，扶服捄之。」

喬樅謹案：扶服，《毛詩》作「匍匐」。《箋》云：「言盡力也。」文與魯異。「匍匐」「扶服」，古以音同通假。《說文》：「匍，手行也。」「匐，伏地也。」《廣雅·釋詁》云：「匍，伏也。」《釋言》又云：「匍，匐也。」則「匍」「匐」二字義互相通。劉熙《釋名》云：「匍匐，小兒時也。匍猶捕也，匐猶伏也。人雖長大，及其求事用力之勤，猶亦稱之。」與《鄭箋》義合。《左氏·昭十三年傳》：「奉壺飲冰，以蒲伏焉。」陸德明《釋文》云：「本又作『匍匐』。蒲，本亦作『扶』。」《昭二十一年傳》：「射之折肱，扶伏而擊之。」《釋文》云：「本或作『匍匐』。」《史記·蘇秦傳》「嫂委蛇蒲服」，《索隱》曰：「『蒲服』即『匍匐』，並音蒲伏。」《范睢傳》「膝行蒲服」,《淮陰侯傳》「俛出袴下,蒲伏」。「蒲」「扶」「服」「伏」亦皆以音同假借。馬瑞辰曰:「『服』『百』音亦相近,故『匍匐』又作『蒲百』,秦《和鐘銘》『蒲百四方』是也。匍匐之合聲爲鞠,東方朔《七諫》『塊兮鞠,當道宿』,王逸注『匍匐爲鞠』是也。」

【補】【《漢書·元帝紀》初元五年詔】《詩》不云乎:「凡民有喪,匍匐救之。」

【補】【《説苑·至公》篇】《詩》云:「凡民有喪,匍匐救之。」

喬樅謹案:《漢書·元帝紀》及《説苑·至公》篇兩引《詩》皆同,今《詩》作「匍匐」,此後人順毛改之。元帝從張游卿受《魯詩》,見《漢書·儒林傳》,又從高嘉受《魯詩》,見陸璣《草木疏》。劉向亦用《魯詩》,所引皆當與谷永同。揚雄《長楊賦》云「扶服蛾伏」,子雲習《魯詩》,故與谷永疏引《詩》文合。

我有旨蓄。

【補】【高誘《呂覽·仲秋紀》注】蓄菜,乾菹之屬也。《詩》曰:「我有旨蓄。」

既詒我勩。

【補】【《爾雅·釋故》】勩,勞也。○【孫炎曰】習事之勞也。《毛詩正義》。

喬樅謹案:《毛詩》字作「肄」,《正義》云:「《爾雅》或作『勩』。」引孫炎注云云,是孫炎以此詩「既詒我勩」當勩勞之訓也。《爾雅釋文》:「『勩』字或作『勑』,亦作『肄』。」《爾疋》今文之學，當作「勩」，後人順毛，乃改「勩」爲「肄」耳。

式微

【《列女傳》四】黎莊夫人者，衛侯之女，黎莊公之夫人也。既往而不同欲，所務者異，未嘗得見，甚不得意。其傅母閔夫人賢，公反不納，憐其失意，又恐其已見遣，而不以時去，謂夫人曰：「夫婦之道，有義則合，無義則去。今不得意，胡不去乎？」乃作詩曰：「式微式微，胡不歸？」夫人曰：「夫婦之道[一]，一而已矣。彼雖不吾以，吾何可以離於婦道乎！」乃作詩曰：「微君之故，胡爲乎中路？」終執貞壹，不違婦道，以俟君命。君子故序之以編《詩》。○【頌曰】黎莊夫人，執行不衰。莊公不遇[二]，行節反乖。傅母勸去，作詩《式微》。夫人守壹，終不肯歸。

喬樅謹案：《毛詩》「中路」作「中露」，《序》說以爲黎侯寓於衛，其臣勸以歸也，義與《魯詩》別。考《焦氏易林》云：「陰陽隔塞，許嫁不答。旄丘新臺，悔往歎息。」以《旄丘》詩爲許嫁不答，與魯說相近。

[一]「夫婦」，《列女傳》作「婦人」。

[二]「遇」，《列女傳》作「偶」。按：應作「偶」。

【補】【《爾雅・釋訓》】式微式微者，微乎微者也。

旄丘

旄丘之葛兮。

【補】【《爾雅・釋丘》】前高旄丘。○【李巡曰】謂前高後卑下。《毛詩正義》。○【郭璞曰】《詩》云：「旄丘之葛兮。」

何其處也，必有與也。何其久也，必有以也。

【補】【《説苑・政理》篇】禄過其功者損，名過其實者削，情行合而民副之，禍福不虚至矣。《詩》云：「何其處也，必有與也。何其久也，必有以也。」此之謂也。

【補】【又《修文》篇】《詩》曰：「何其處也，必有與也。何其久也，必有以也。」惟有以者爲能久視長生，而無累於物也。

【補】【高誘《吕覽・直諫》篇注】《詩》曰：「何其久也，必有以也。」

喬樅謹案：《吕覽・下賢》篇注引《詩》同。

留離之子。

【補】【《爾雅・釋鳥》】鳥少美長醜爲鶹鷅。○【郭璞曰】鶹鷅，猶留離，《詩》所謂「留離之子」。
喬樅謹案：留離，《毛詩》作「流離」。《釋文》云：「流，本又作『鶹』。」景純所引當據舊注《魯詩》之文。《爾雅釋文》云：「留離，《詩》字如此，或作『鶹離』，後人改耳。」

簡兮

執轡如組。

【補】【《呂覽・先己》篇】《詩》曰：「執轡如組。」○【高誘注曰】組，讀「組織」之「組」。夫組織之匠，成文於手，猶良御執轡於手而調馬，足〔一〕以致萬里也。

【補】【《淮南・繆稱訓》】《詩》曰：「執轡如組。」動於近，成文於遠。

【王逸《楚詞・九歎》注】執組，猶織組也。織組者，動之於此而成文於彼。善御者亦動之於手而盡馬力也。《詩》云：「執轡如組。」《靈懷》篇。
喬樅謹案：王逸《楚詞章句》與《呂覽》説《詩》及高誘注解意旨相同，皆《魯詩》之義也。

〔一〕「足」，《呂氏春秋》作「口」，屬上句。

左手執籥。

【補】【趙岐《孟子章句》二】籥若笛，短而有三孔。《詩》云：「左手執籥。」以節衆也。

右手秉翟。

【補】【《爾雅·釋鳥》】翟，山雉。○【樊光曰】其羽可持而舞。《詩》云：「右手秉翟。」《春秋正義》。

隰有蘦。

【補】【《爾雅·釋草》】蘦，大苦。○【孫炎曰】《本草》云：「蘦，今甘草。蔓延生，葉似荷，青黃。其莖赤，有節。節有枝相當。或云蘦似地黃。」《毛詩正義》。

喬樅謹案：《毛詩》作「苓」，《傳》云：「大苦。」字異訓同，蓋毛、魯古今文之異。

泉水

出宿于濟，飲餞于泥。女子有行，遠父母兄弟。

【補】【《列女傳》一】《詩》云：「出宿于濟，飲餞于禰。女子有行，遠父母兄弟。」

【補】【《爾雅·釋丘》】水潦所止，泥丘。

喬樅謹案：《式微》篇《魯詩》説不以「中路」爲邑名，則「泥中」亦非邑名，與《毛傳》説異。然則《爾雅》所釋「泥丘」當指此詩「飲餞」之地，鄭注《士虞禮》引《詩》「飲餞于泥」可證也。《毛詩》「禰」，《釋文》云：「《韓詩》作『坭』。」《爾雅》「泥丘」，《釋文》云：「又作『坭』。」「坭」與「泥」字通，故《初學記》及《白帖》引《詩》竝作「泥丘」，蓋三家皆今文，與毛字殊。《列女傳》用《魯詩》，當作「飲餞于泥」。今本作「禰」者，此後人順毛改之。

問我諸姑，遂及伯姊。

【《白虎通·綱紀》篇】父之昆弟不俱謂之世父〔一〕，父之女昆弟俱謂之姑，何也？以爲諸父內親也，故別稱之也；姑當外適人，疎，故總言之也。至姊妹亦當外適人，所以別諸姊妹何？以爲事諸姑禮等，可以外出又同，故稱略也。至姊妹雖欲有略之，姊尊妹卑，其禮異也。《詩》云：「問我諸姑，遂及伯姊。」謂之姊妹何？姊者咨〔二〕也，妹者末也。

我思肥泉。

〔一〕「父」，《白虎通》作「叔」。

〔二〕「咨」，《白虎通》作「恣」。按：應作「咨」。《廣雅·釋親》：「姊，咨也。妹，末也。」陳立《白虎通疏證》云：「女兄可咨問，故謂之姊。《詩·泉水》『問我諸姑，遂及伯姊』，是也。」

【補】【《爾雅·釋水》】歸異，出同流，肥。○【舍人曰】水異出，流行合同曰肥。《水經·淇水注》引。喬樅謹案：《毛詩釋文》：「『肥』字或作『淝』，音同。」肥，蓋即「淝」之假借，考《水經·淇水注》云：「美溝〔一〕水出朝歌西北大嶺下，東流逕駱駝谷，東逕朝歌城北，又東南流注馬溝水，又東南注淇水，爲肥泉也。故《衛詩》曰：『我思肥泉，兹之永歎。』毛《注》云：『同出異歸爲肥泉。』《爾雅》曰：『歸異出同曰肥。』《釋名》曰：『本同出時，所浸潤少，所歸各枝散而多，似肥者也。』犍爲舍人曰：『水異出，流行合同曰肥。』今是水異出同歸矣。」酈注意似以舍人説爲長。馬瑞辰曰：「肥泉，《爾雅》古有二讀，一作『歸異出同，肥』，一作『異出同流，肥』。《爾疋》郭注引《毛傳》：『所出同，所歸異，爲肥泉。』《釋名》亦云：『所出同，所歸異，爲肥泉。』皆不釋『流』字之義。是毛公及劉熙、郭璞所見《爾疋》本皆作『歸異出同，肥』，其『同』下並無『流』字。《水經注》引《爾疋》『歸異出同曰肥』，是其證。此一讀也。《水經注》又引舍人〔二〕云：『水異出，流行合同，曰肥。』《列子》殷敬順《釋文》云：『水所出異爲肥也。』皆不釋『歸』字，則舍人《爾疋》本作『異出同流，肥』。蓋以『歸』字屬上句，作『汧出不流，歸』，與『異出同流，肥』相對成文。此又一讀也。今本《爾疋》既從郭本以『歸』

〔一〕「美溝」，《水經注》作「又東流與美溝合」。

〔二〕「又引舍人」，《毛詩傳箋通釋》作「引犍爲舍人」。

字屬下讀，又誤從舍人本多『流』字，遂作『歸異，出同流，肥』矣。肥之爲言腓也。《易》「咸其腓」，荀本作「肥」。『非』『分』聲之轉，《周官注》：「匪，分也。」肥之義蓋取於分。《釋名》云：『所歸各枝散而多，似肥者也。』《列子釋文》云：『所出異爲肥。』是知二讀義雖相反，其名爲肥者，特以歸異及異出爲義，不以出同及同流爲義也。又按《爾疋》：『瀵，大出尾下。』而《水經・河水注》瀵水引呂忱曰：『《爾雅》異出同流爲瀵水。』是呂忱所見《爾疋》本作『異出同流，瀵』。《釋文》亦云：『瀵，水本同而出異。』與呂忱合。則知肥當從《毛傳》『歸異出同』爲允。《爾疋》原作『同出異流，肥』，所以別於『異出同流，瀵』也。《爾疋》古本當作：『汧出不流，歸；同出異流，肥；異出同流，瀵。』其『大出尾下』之下別有一字，今脱去，不可考矣。詩義蓋以肥泉之異流興女之各嫁一方。然泉雖異歸，終入於衛；女子有行，遂與衛訣，又泉水之不若，故思之滋歎耳。孔廣森謂首章『毖彼泉水』，末章『我思肥泉』，只是一泉，其説是也。」

北門

【補】【《潛夫論・讚學》篇】君子憂道不憂貧。箕子陳六極，國風歌《北門》，故所謂不憂貧也。豈好貧而弗之憂邪？蓋志有所專，昭其重也。乃將以底其道而邁其德也。

憂心殷殷。

【補】【《爾雅·釋訓》】殷殷，憂也。

【王逸《楚詞·九歎》注】《詩》云：「憂心殷殷。」《怨思》篇。

【補】【《潛夫論·交際》篇】處卑下之位，懷《北門》之殷憂。内見謫於妻子，外蒙譏於士夫。

【蔡邕《述行賦》】感憂心之殷殷。○【又《九惟文》曰】憂心殷殷。

終窶且貧。

【楊雄《逐貧賦》】終窶且貧。

已焉哉，天實爲之，謂之何哉。

【補】【《潛夫論·論榮》篇】夫令譽我興，而二命自天降之。《詩》云：「天實爲之，謂之何哉。」故君子未必富貴，小人未必貧賤。或潛龍未用，或亢龍在天，從古以然。

【張衡《大司農鮑德誄》】天實爲之。

【補】【《新序·節士》篇】《詩》曰：「已焉哉，天實爲之，謂之何哉。」

喬樅謹案：「天實爲之」二句，又見《新序·七申徒狄章》引《詩》。

室人交徧適我。

【補】【趙岐《孟子章句》七】適，過也。《詩》曰：「室人交徧適我。」

喬樅謹案：適，《毛詩》作「讁」。《傳》云：「讁，責也。」「讁」與「適」通。《方言》云：「讁，過也。南楚以南，凡相非議人謂之讁。」《商頌·殷武》：「勿予禍適。」《箋》云：「適，過也。」《列子·力命》篇：「不相讁發。」《釋文》云：「讁謂責其過也。」邠卿所引是據《魯詩》之文。

北風

【張衡《西京賦》】樂《北風》之同車。

案：據平子語，則《魯詩》不以《北風》爲刺虐也。

其虛其徐。

【補】【《爾雅·釋訓》】其虛其徐，威儀容止也。○【孫炎曰】虛徐，威儀謙退也。《毛詩正義》。○【郭璞曰】雍容都雅之貌。

喬樅謹案：《毛詩》「徐」作「邪」，《鄭箋》云：「邪，讀如徐。」此用《魯詩》改毛。馬瑞辰曰：「按『虛』者，『舒』之同音假借；『邪』者，『徐』之同音假借。《野有死麕》傳：『舒，徐也。』『虛』『徐』二字疊韵。《淮南子·原道訓》注云：『原泉始出虛徐，流不止，以漸盈滿。』

正以『虚徐』爲『徐』，『虚徐』即『舒徐』也。《毛傳》『虚，虚也』，當从《釋文》一本作『虚，徐也』。《毛傳》例不改字，知『虚』爲『舒』之假借，故以徐釋之。《正義》釋『虚徐』爲謙虚、閑徐之義，失之。」

北風其喈，雨雪霏霏。惠而好我，攜手同歸。

【補】【《列女傳》六】《詩》云：「北風其喈，雨雪霏霏。惠而好我，攜手同歸。」《楚處莊姪》篇。

喬樅謹案：「雨雪霏霏」句，上「霏」字《毛詩》作「其」，與魯文異。考《廣雅》「霏霏，雪也」，正釋《魯詩》「雨雪霏霏」之訓。「霏」又與「霦」通。《漢書·楊雄傳》：「雲霦霦而來迎。」顔師古注云：「霦，古霏字。」是也。

静女

静女其姝，俟我乎城隅。薆而不見，搔首踟躕。

【補】【《説苑·辨物》篇】賢者[一]精化填盈，後傷時之不可遇也。不見道端，乃陳情欲以歌。

[一]「賢者」，此下《説苑》有「不然」二字。

《詩》曰：「静女其姝，俟我乎城隅。愛而不見，搔首踟躕。」

喬樅謹案：《説文·女部》：「姝，好也。从女，朱聲。」「㛄，好也。从女殳聲。《詩》曰：『静女其㛄。』」又《衣部》：「袾，好佳也。从衣朱聲。《詩》曰：『静女其袾。』」「袾」與「姝」同音，「㛄」並與「姝」同義，皆據三家之異文也。《一切經音義》卷六云：「姝〔一〕，古文『㛄』，同。充朱反。《字林》：『姝，好貌也。』《方言》：『趙、魏、燕、代之間謂好曰姝。』」「袾」字則「姝」之假借耳。「俟我乎城隅」，《毛詩》「乎」字作「於」。

【補】【《爾雅·釋言》】薆，隱也。○【郭璞曰】見《詩》。

【補】【郭璞《方言注》】薆謂蔽薆也。《詩》曰：「薆而不見。」

喬樅謹案：薆，《毛詩》作「愛」，此所引《詩》蓋據《爾雅》舊注《魯詩》之文，觀《釋言》注云「見《詩》」可驗矣。《楚詞·離騷》云：「衆薆然而蔽之。」「薆而」猶「薆然」也。又《説文》：「僾，仿佛也。」引《詩》「僾而不見」，文與毛、魯異。《禮記·祭義》疏亦引《詩》「僾而不見」，合於《説文》。然則許氏所引是《齊詩》之文也。「薆」「僾」字通。「愛」者，古文之假借。《説苑》引作「愛」，此後人從毛改之耳。

〔一〕「姝」，此下《一切經音義》有「好」字。

詒我彤管。

【張衡《天象賦》】女史掌彤管之訓。

新臺

籧篨不腆。

【補】【《爾雅·釋訓》】籧篨，口柔也。○【舍人曰】籧篨，巧言也。○【李巡曰】籧篨，巧言好辭以口饒人，是謂口柔。○【孫炎曰】籧篨之疾不能俯，口柔之人，視人顔色，常亦不伏，因以名云。

並據《爾雅釋文》。○李注又見《毛詩正義》及《爾雅疏》。

喬樅謹案：《毛詩》「籧篨不殄」，《箋》云：「殄，當作『腆』。」《正義》曰：「『殄』『腆』古今字之異。」《儀禮注》云：「腆，古文字作『殄』。」是也。據此知三家今文皆作「腆」字，故鄭讀從之。

嬿婉之求。

【補】【張衡《西京賦》】從嬿婉。○【薛綜注】嬿婉，美好之貌。

喬樅謹案：此與《韓詩》訓合，是魯、韓同義。《毛詩》「嬿」字作「燕」，古文之假借。

得此戚施。

【補】【《爾雅·釋訓》】戚施，面柔也。○【舍人曰】戚施，令色誘人。○【李巡曰】戚施，和顏悦色以誘人，是謂面柔也。○【孫炎曰】戚施之疾不能仰，面柔之人常俯，似之，亦以名云。並據《爾雅釋文》。○李注又見《毛詩正義》及《爾雅疏》。

【補】【《論衡·累害》篇】戚施彌妬，籧篨多佞。

喬樅謹案：《太平御覽》引《薛君章句》曰：「戚施，蟾蜍，喻醜惡。」是《韓詩》以「戚施」爲物名，與《魯詩》義異。物之醜惡者爲戚施，猶《方言》「簟之粗者，自關而西謂之籧篨也」。《淮南·修務訓》云：「啳睽哆噅，籧篨戚施。雖粉白黛黑弗能爲美者，嫫母、仳倠也。」高誘注：「籧篨偃，戚施僂，皆醜貌是也。」惟王充《論衡》言「籧篨多佞，戚施彌妬」語，與《爾雅》正合。蓋《韓詩》以「籧篨」「戚施」喻人之醜貌，而《魯詩》則直以「籧篨」「戚施」喻人之醜行耳。

二子乘舟

二子乘舟，汎汎其景。願言思子，中心養養。

【《新序·節士》篇】衛宣公之子伋也，壽也，朔也。伋，前母子也，壽與朔，後母子也。壽之母與朔謀，欲殺太子伋而立壽也，使人與伋乘舟於河中，將沈而殺之。壽知不能止也，固〔一〕與之同舟，舟人不得殺。伋方乘舟時，伋傅母恐其死也，閔而作詩，《二子乘舟》之詩是也。其詩曰：「二子乘舟，汎汎其景。願言思子，中心養養。」又使伋之齊，將使盜見載旌，要而殺之。壽止伋，伋曰：「棄父之命，非子道也，不可。」又與之偕行，壽之母知不能止也，因戒之曰：「壽無爲前也。」壽又爲前，竊伋旌以先行，幾及齊矣，盜見而殺之。伋至，見壽之死，痛其代己死，涕泣悲哀，遂載其屍還，至境而自殺，兄弟俱死。故君子義此二人，而傷宣公之聽讒也。

喬樅謹案：《水經・河水注》云：「莘道城西北有莘亭，衛宣公使伋於齊〔二〕，令盜待於莘，伋、壽繼隕〔三〕于此亭。道阨限蹊要，自衛適齊之道也。望新臺於河上，感二子於夙齡，詩人《乘舟》，誠可悲也。今縣東有二子廟，猶謂之孝祠矣。」其述伋、壽事與《史記》《説苑》並同。

【補】【《史記・衛世家贊》】宣公之太子，以婦見誅。弟壽争死以相讓，此與晉太子申生不敢明驪姬之過同，俱惡傷父之志。然卒死亡，何其悲也！

〔一〕「固」，《新序》作「因」。

〔二〕「於齊」，此上《水經注》有「使」字。按：此上應有「使」字。

〔三〕「隕」，《水經注》作「殞」。

魯詩遺説考卷第一（一之三）

魯詩國風三

庸風

栢舟

髧彼兩髦，實維我儀，之死矢靡他。

【補】【《列女傳》八】《詩》曰：「髧彼兩髦，實維我儀，之死矢靡他。」《孝平王后傳》。

牆有茨

中冓之言。

【補】【《爾雅·釋草》】茨，蒺藜。○【郭璞曰】布地蔓生，細葉，子有三角，刺人，見《詩》。

【《漢書》谷永疏曰】帝王之意，不窺人閨門之私，聽聞中冓之言。○【晉灼曰】《魯詩》以爲夜也。《文三王傳》。

喬樅謹案：以「中冓」爲中夜，魯、韓訓同。《廣雅》：「⿱宀冓，夜也。」《玉篇》：「⿱宀冓，夜也。《詩》曰『中冓之言』，中夜之言也，字亦作『冓』。」皆用魯、韓之義。「⿱宀冓」字作「冓」者，韓、毛二家之文。《毛詩》「冓」又作「遘」，並見《釋文》。《漢書》「冓」字不從宀，此後人順毛改之耳。

不可襄也。

【補】【《爾雅·釋言》】襄，除也。○【郭璞曰】《詩》曰：「不可襄也。」

不可揚也。

【補】【《爾雅·釋故》】揚，續也。

喬樅謹案：郭景純云：「揚，未詳。」考《毛詩》「不可詳也」，《釋文》云：「詳，《韓詩》作『揚』。揚，猶道也。」據此知三家今文皆當作「揚」，與《毛詩》異。「不可揚也」者，謂中冓之言惡長醜極，不可以續道之也。

君子偕老

副笄六珈。

【補】【司馬彪《續漢志・輿服下》】步摇以黄金爲山題，貫白珠爲桂枝相繆，一爵九華，熊、虎、赤羆、天鹿、辟邪、南山豐大特六獸，《詩》所謂「副笄六珈」者。

喬樅謹案：劉昭《注補・叙》言：「車服之本，即立[一]董、蔡所立。」又《後漢書・蔡邕傳》注引《邕列傳》云：「邕作《漢記・十意》，《車服意》第六。」是知《續漢志》所録多本蔡氏《十意》之文也。

褘褘佗佗。

【補】【《爾雅・釋訓》】褘褘佗佗，美也。○【舍人曰】褘褘者，心之美。《詩》云：「褘褘佗佗。」《爾雅釋文》。○【李巡曰】皆容之美。○【孫炎曰】褘褘，行之美；佗佗，長之美。《毛詩正義》。○《邢疏》同。

[一]「立」，《玉海》作「依」。按：應作「依」。

喬樅謹案：今本《爾雅》作「委委佗佗」，先大夫曰：「《釋文》『委委』，諸儒本竝作『褘』。舍人云『褘褘者，心之美』，引《詩》云亦作『褘』。又『佗佗』，本或作『它』字。顧舍人引《詩》釋云：『褘褘它它，如山如河。』陸氏述舍人引《詩》『委』作『褘』，不及『佗』字。下述顧舍人引《詩》『褘褘它它』者，采顧野王《爾雅音》，見《釋文·叙録》。邵氏《爾雅正義》誤合兩舍人之言爲一，竟刪去下文『顧』字，失之不審。臧氏輯《爾雅》漢注，載舍人引《詩》亦依顧舍人，並改『佗』字爲『它』，非。」喬樅謂今本《爾雅》作「委委」者，乃後人從《毛詩》改之。臧鏞堂云：「《隸釋》載《衛尉衡方碑》『褘隋在公』，即用《羔羊》詩『退食自公，委蛇委蛇』之文，『委』字作『褘』，與《君子偕老》篇正合，皆用《魯詩》也。」

玼兮玼兮，其之翟也。鬒髮如雲，不屑鬄也，玉之瑱也。

【補】《周禮·追師注》《詩》云：「玼兮玼兮，其之翟也。鬒髮如雲，不屑鬄也，玉之瑱也。」

喬樅謹案：《説文》：「㐱，稠髮也。」引《詩》曰：「㐱髮如雲。」是三家之異文。《毛詩釋文》「鬒髮」下引服虔説「髮美爲鬒」，服虔用《魯詩》，據鄭君此注引《詩》同作「鬒」，當亦爲《魯詩》也。鬄，《毛詩》作「髢」。《説文》云：「鬄，髲也。从髟，易聲。髢，或從也。」是「鬄」爲「髢」之正字。

展如之人兮，邦之媛也。

【補】【《爾雅·釋訓》】美女爲媛。○【孫炎曰】君子之援助然。○【郭璞曰】所以結爲援。

【蔡邕《胡夫人神誥》曰】家邦之援。

【《列女傳》二】齊桓公與管仲謀伐衛，罷〔一〕朝入閨。衛姬望見桓公，脱簪珥，解環珮，下堂再拜，曰：「願請衛之罪。」桓公曰：「吾與衛無故，姬何請也？」對曰：「妾聞之：人君有三色，顯然喜樂容貌淫樂者，鐘鼓酒食之色；寂然清静意氣沈抑者，喪禍之色；忿然充滿手足矜動者，攻伐之色。今妾望君舉趾高，色厲氣揚，意在衛也，《補注》云：「《吕覽》作『足高氣彊，有伐國之志也。見妾而有動色，伐衛也』。此有闕脱而意未完善，宜補正之。」是以請。」桓公許諾。君子謂衛姬信而有行，《詩》曰：「展如之人兮，邦之媛也。」《衛姬》篇。

鶉之賁賁

【補】【高誘《吕覽·壹行》篇注】賁，色不純也。《詩》曰：「鶉之賁賁。」

喬樅謹案：賁賁，《毛詩》作「奔奔」，《韓詩》同，見陸德明《釋文》。考《説文》：「奔，走也。

〔一〕「罷」，《列女傳》無此字。按：《列女傳》誤，入閨應於退朝之後，《吕氏春秋·精諭》亦記此事，此處作「退朝」，與「罷朝」義同。

从夭，賁省聲。」與「𡗜」同意，俱從夭。是「奔」本从賁省聲，故古「奔」「賁」二字多相通用。《漢書·百官公卿表》「虎賁郎」注云：「賁，讀與『奔』同。」又「衛士旅賁」注云：「『賁』與『奔』同。」《衆經音義》四：「古文『𧾷賁』，今作『奔』，同。」皆其驗也。《禮記·表記》引此《詩》亦作「賁賁」，鄭注云：「賁賁，争鬥惡貌也。」是魯、齊《詩》文雖同而訓義各異。

定之方中

定之方中，作于楚宫。

【補】【《爾雅·釋天》】營室謂之定。○【孫炎曰】定，正也。天下作宫室者皆以營室中爲正。《毛詩正義》《春秋正義》引同。又《爾雅》郭注同。

【蔡邕《月令問答》】《詩》曰：「定之方中，作于楚宫。」營室也，九月、十月之交，西南方中。

喬樅謹案：《文選·魏都賦》劉淵林注引《詩》「作爲楚宫」「作爲楚室」，「于」皆作「爲」。又李善王元長《曲水詩序》注，謝玄暉、江文通詩注，王簡栖《頭陀寺碑文》注及《白帖》《御覽》引並同。疑三家《詩》本作「爲」字，王氏引之云：「古聲『于』通『爲』。《儀禮·聘禮記》注『于』讀曰『爲』是也。」

揆之以日。

【張衡《冢賦》】正之以日。《古文苑》。

椅桐梓漆，爰伐琴瑟。

【蔡邕《琴賦》】觀彼椅桐。○【又曰】考之詩人，琴瑟是宜。《藝文類聚》。

景山與京。

【補】【張衡《冢賦》】陟彼景山。

【補】【《爾雅·釋丘》】絶高爲之，京。○【李巡曰】丘之高大者爲京也。○【孫炎曰】爲之，人力作也。《毛詩正義》《春秋正義》引同。

終然允臧。

【蔡邕《崔夫人誄》】終然允臧。

喬樅謹案：今《詩》「然」作「焉」。考《隸釋》載《漢光和六年白石神君碑銘》曰：「卜云其吉，終然允臧。」又《文選·魏都賦》劉注、《東京賦》及謝玄暉詩李注，引用《詩》語並作「然」字。唐石經、宋本《毛詩》亦同作「然」。是知《詩》本作「然」，今作「焉」，誤也。

靈雨既零。

【補】【蔡邕《述行賦》】集零雨之溱溱。

匪直也人，秉心塞淵。

【《列女傳》四】《詩》曰：「匪直也人，秉心塞淵。」《貞順傳》。

喬樅謹案：「秉心塞淵」句，又見《潛夫論·德化》篇引《詩》。

【《蔡邕集·胡君夫人哀讚》】秉心塞淵。

蝃蝀

蝃蝀在東，莫之敢指。

【補】【《爾雅·釋天》】蝃蝀謂之雩。蝃蝀，虹也。

【補】【蔡邕《月令章句》】虹，蝃蝀也，陰陽交接之氣，著於形色者也。常依陰雲〔一〕而晝見于日衝。無雲不見，大陰亦不見，率以日西見于東方。故《詩》云：「蝃蝀在東。」《藝文類聚》二。

【補】【高誘《吕覽·季春紀》注】虹，蝃蝀也，兖州謂之虹。《詩》曰：「蝃蝀在東，莫之敢指。」是也。《淮南·時則訓》注引《詩》同。

【補】【《後漢書·楊賜傳》】虹蜺皆妖邪所生，不正之象，詩人所謂「蝃蝀」者也。

〔一〕「常依陰雲」，此上《藝文類聚》有「蜺」字。

喬樅謹案：《後漢·楊賜傳》云：「光和元年，有虹蜺晝降於嘉德殿前。帝惡之，引賜及蔡邕等入，問以祥異禍福所在。賜書對曰：『今殿前之氣，應爲虹蜺，皆妖邪所生，不正之象，詩人所謂「蝃蝀」者也。於《中孚經》曰：「蜺之比，無德以色親。」方今内多嬖倖，外任小臣，是以災異屢見。今復投蜺，可謂孰矣。昔虹貫牛山，管仲諫桓公無近妃宫。今妾媵嬖人閹尹之徒，共專國朝，欺罔日月。惟陛下慎經典之戒，圖變復之道。』」賜用《魯詩》，所引詩《蝃蝀》當從魯作「螮蝀」。其「蝃」字乃後人順毛所改也。

乃如之人兮，懷婚姻也。大無信也，不知命也。

【補】【《説苑·辨物》篇】夫天地有合德〔一〕，則生氣有精矣；陰陽消息，則變化有時矣。時得而治矣，時得而化矣，時失而亂矣。是故人生而不具者五：目無見，不能食，不能行，不能言，不能施化。故三月達眼，而後能見。七月生齒，而後能食。期年生臏，而後能行。三年顋合，而後能言。十六精通，而後施化。陰窮反陽，陽窮反陰，故陰以陽變，陽以陰變。故男八月而生齒，八歲而毁齒，二八十六而精小通。女七月而生齒，七歲而毁齒，二七十四而精化小通。不肖者精

〔一〕「夫天地有合德，則生氣有精矣」，《説苑》作「夫天地有德，合則生氣有精矣」。按：《説苑》爲是。

化始至矣，而生氣感動，觸情縱慾，故反施亂化。故《詩》云：「乃如之人兮〔一〕，懷婚姻也。大無信也，不知命也。」賢者不然，精化填盈，後傷時之不可遇也。不見道端，乃陳情欲以歌。《詩》曰：「静女其姝，俟我於城隅。愛而不見，搔首踟躕。」「瞻彼日月，遥遥我思。道之云遠，曷云能來。」急時之辭也。甚焉，故稱日月也。

【列女傳七】《詩》云：「乃如之人兮，懷婚姻也。大無信也，不知命也。」言嬖色殞命也。《陳女夏姬》篇。

喬樅謹案：《魯詩》以命爲壽命之命，《韓詩》亦然，義皆與毛異。

相鼠

相鼠有皮，人而無儀。人而無儀，不死何爲。

【補】【《列女傳》七】《詩》曰：「相鼠有皮，人而無儀。人而無儀，不死何爲。」《衛二亂女》篇。

【補】【《説苑·雜言》篇】魯哀公問孔子曰：「有智者壽乎？」孔子曰：「然。人有三死而非命

〔一〕「兮」，《説苑》無此字。

也〔一一〕，人自取之。夫寢處不時，飲食不節，佚勞過度者，疾共殺之。居下位而上忤其君，嗜慾無厭而求不止者，刑共殺之。少以犯衆，弱以侮强，忿怒不量力者，兵共殺之。此三死者非命也，人自取之。」《詩》云：「人而無儀，不死何爲。」此之謂也。

【《白虎通·諫諍》篇】妻得諫夫者，夫婦一體，榮恥共之。《詩》云：「相鼠有皮，人而無儀。人而無儀，不死何爲。」十六字據《御覽》增。「相鼠有體，人而無禮。人而無禮，胡不遄死。」此妻諫夫之詩也。

喬樅謹案：《御覽》四百五十七引《白虎通》作「夫妻一體，榮辱共之」，所引《詩》乃首章也。《困學紀聞》所載與今《白虎通》本同，今兩存之。又《漢書·五行志》劉向引《詩》曰：「人而亡儀，不死何爲。」「無」「亡」古字通用。

人而無止，不死胡俟。

【補】【《列女傳》七】《詩》曰：「人而無禮，不死胡俟。」《趙悼倡后》篇。

喬樅謹案：此「禮」字當是「止」之誤，宜改正。

相鼠有體，人而無禮。人而無禮，何不遄死。

〔一一〕「非命也」，此下《説苑》有「者」字。

【補】【《史記·商君傳》】《詩》曰：「相鼠有體，人而無禮。人而無禮，何不遄死。」

喬樅謹案：據此所引「何不遄死」，是《魯詩》「胡」字作「何」。《新序》及《白虎通》仍作「胡」者，或後人傳寫以《毛詩》改之也。

【補】【《新序·刺奢》篇】上若無禮，無以使其下；下若無禮，無以事其上。夫麋鹿唯無禮，故父子同麀。人之所以貴於禽獸者，以有禮也。《詩》曰：「人而無禮，胡不遄死。」故禮不可去也。

干旄

素絲紕之。

【補】【《爾雅·釋言》】紕，飾也。○【郭璞曰】謂緣飾，見《詩》。

孑孑干旟。

【補】【《爾雅·釋天》】錯革鳥曰旟。○【李巡曰】以革爲之，置於旐端。○【孫炎曰】錯，置也。革，急也。言畫急疾之鳥於旐上也。《周官》所謂「鳥隼爲旟」者矣。《毛詩正義》。○又《公羊疏》《隋書》《太平御覽》同。○【舊説曰】刻爲革鳥，置竿首也。《隋書》。○《太平御覽》同。

彼姝者子，何以與之。

【補】【《論衡・率性》篇】召公戒成王曰：「今王初服厥命，於戲！若生子，罔不在厥初生。」「生子」謂十五子，初生意於善，終以善；意於惡〔一〕，終以惡。《詩》曰：「彼姝者子，何以與之。」《傳》言：「譬猶練絲，染之藍則青，染之丹則赤。」又《本性》篇引作「彼姝之子」，餘同。十五之子，其猶絲也。其有所漸化爲善惡，猶藍丹之染練絲，使之爲青赤也。

喬樅謹案：仲任説《關雎》用《魯詩》，則此所引《詩傳》亦《魯詩傳》也。與，《列女傳》引《詩》作「予」。「與」「予」古通用字。

【補】【《列女傳》一】《詩》云：「彼姝者子，何以予之。」《鄒孟母傳》。

孑孑干旌。

【補】【《爾雅・釋天》】注旄首曰旌。○【李巡曰】旄牛尾著干首。○【孫炎曰】析五采羽注旄上，其下亦有旒縿。《毛詩正義》。○又《春秋正義》《公羊疏》《爾雅疏》同。

彼姝者子，何以告之。

【補】【《列女傳》一】《詩》云：「彼姝者子，何以告之。」《鄒孟母傳》。

【補】【《中論・虛道》篇】君子常虛其心志，恭其容貌，不以逸群之才加乎衆人之上。視彼猶賢，

〔一〕「意於惡」，此上《論衡》有「初生」二字。

自視猶不足也，故人願告之而不倦。《詩》曰：「彼姝者子，何以告之。」

載馳

【《列女傳》三】許穆夫人者，衛懿公之女，許穆公之夫人也。初許求之，齊亦求之。懿公將與，許女因其傅母而言曰：「古者諸侯之有女子也，所以苞苴玩弄，《補注》云：「『所以』下脱『爲』字。」繫援于大國也。今者許小而遠，齊大而近。若今之世，强者爲雄。如使邊境有寇戎之事，維是四方之故，赴告大國，妾在，不猶愈乎！今舍近而就遠，離大而附小，一旦有車馳之難，孰可與慮社稷？」衛侯不聽，而嫁之於許。其後翟人攻衛，大破之，而許不能救，衛侯遂奔走涉河，而南至楚丘。齊桓〔一〕往而存之，遂城楚丘以居。衛侯於是悔不用其言。當敗之時，許人〔二〕馳驅而弔唁，衛侯因疾之，而作詩云：「載馳載驅，歸唁衛侯。驅馬悠悠，言至于曹。大夫跋涉，我心則憂。既不我嘉，不能旋反。視爾不臧，我思不遠。」君子善其慈惠而遠識也。○【頌曰】衛女未嫁，謀許與齊。女諷母曰，齊大可依。衛君不聽，後果遁逃。許不能救，女作《載馳》。《仁智傳》。

〔一〕「桓」，續編本作「侯」。

〔二〕「許人」，《列女傳》作「許夫人」。按：應作「許夫人」。

喬樅謹案：曹，《毛詩》作「漕」。考《左傳》「立戴公以廬于曹」「齊侯使公子無虧戍曹」，皆作「曹」字，杜注以爲衛之下邑也。又王安人《列女傳補注》云：「據《左傳》，許穆夫人是懿公之妹，此言是其女。又言懿公不死於翟難，俱與《左傳》不合。蓋皆本於《魯詩》説。」「詩二章言許人既無救患分災之美，故衛不能復反其國都。前日行嫁時，固視爾不善矣。我之思慮，豈不遠乎？又言許不救衛，故衛不能濟河而北。前日之思慮，豈不甚神乎？三章言女子之性固善憂思，然亦各有道理。許人不知而過責我，是乃衆幼稺且狂簡，不更歷於事耳。四章言許人既不足恃，必須求援於大邦，當時大邦固莫如齊矣。而臣無忠信可任使者，果誰可依乎？誰使至乎？反覆思維，莫如我身往齊國求救耳。蓋齊桓之存衛，許夫人之力也。禮，夫人非有大故不越境，而親自如齊，非禮之正，義不得已。故云大夫君子無我有尤也。」此所解釋詩義，深得作者之意，故並録之。一曰「懿公之女」下當有「弟」字，疑是脱去，其説亦通。

載馳載驅，歸唁衛侯。驅馬悠悠，言至于曹。大夫跋涉，我心則憂。既不我嘉，不能旋反。視爾不臧，我思不遠。並見上《列女傳》。

【《後漢書》田邑報書曰】衛女馳歸，唁兄之志。

【補】【服虔《左傳注》】《載馳》五章，屬《庸風》。許夫人閔衛滅，戴公失國，欲馳驅而唁之。在禮，婦人父母既没，不得寧兄弟。於是許人不嘉，故賦二章以喻思不遠也。許人尤之，遂賦三章。以卒章非許人不聽，遂賦四章，言我遂往，無我有尤也。

陟彼阿丘，言采其莔。

【補】【《爾雅·釋丘》】偏高阿丘。○【李巡曰】謂丘邊高。《毛詩正義》。

【補】【《爾疋·釋草》】莔，貝母。○【郭璞曰】根如小貝，員而白華，葉似韭。

【補】【高誘《淮南·氾論訓》注】宔，讀《詩》云「言采其莔」之「莔」也。

喬樅謹案：莔，《毛詩》作「蝱」。「莔」爲本字，「蝱」乃假借字。

無我有尤。

【補】【服虔《左傳注》】言我遂往，無我有尤也。

百爾所思，不如我所之。

【補】【《列女傳》二】《詩》曰：「百爾所思，不如我所之。」《陶答子妻》篇。

喬樅謹案：《列女傳》三《魯公乘姒》篇引《詩》同。

衛風

淇澳

【補】【《中論·修本》篇】衛武公年過九十，猶夙夜不怠，思聞訓道。衛人誦其德，爲賦《淇澳》。

瞻彼淇澳。

【補】【《爾雅·釋丘》】隩，隈也。○【孫炎注】隩，水中也。《毛詩釋文》。○又《詩正義》《邢疏》同。

【又曰】厓内爲隩。○【李巡注】厓内近水爲隩。

喬樅謹案：《釋文》：「隩隈，本或作『澳隈』。」《毛詩》「淇奥」，蓋「澳」之古文。據《禮記·大學》引《詩》作「淇澳」，知今文同作「澳」也。「澳」「隩」通用字，《禮記釋文》「淇澳，本又作『隩』」可證。

菉竹猗猗。

【補】【《爾雅·釋草》】菉，王芻。○【舍人曰】菉，一名王芻。○【某氏曰】菉，鹿蓐也。《詩》曰：「菉竹猗猗。」《毛詩正義》。○《爾雅疏》同。【李巡曰】一物二名。《毛詩正義》。○【郭璞曰】今呼鴟脚莎。

【《釋草》又曰】竹，篇蓄。《釋文》：「竹，本或作『筑』。」○【李巡曰】一物二名。○【孫炎曰】《詩》云：「菉竹猗猗。」《毛詩正義》。○【郭璞曰】似小藜，赤莖節，好生道旁，可食，又殺蟲。

喬樅謹案：《毛詩釋文》云：「綠竹，綠，王芻也。《爾雅》作『菉竹』〔一〕，篇〔二〕竹也，《韓詩》作『薄』，云『薄，篇筑也』。石經同。」臧氏琳據此謂石經爲《魯詩》熹平石經，字同作「綠薄」。今按《爾雅》樊光注引《詩》但作「菉竹猗猗」，孫炎亦然。《爾雅》之學主《魯詩》者，是《魯詩》「菉竹」不同韓作「薄」。《説文》：「菉，王芻也。从艸，彔聲。《詩》曰：『菉竹猗猗。』」所引與《爾雅注》同，皆《魯詩》也。洪适《隸釋》載石經《魯詩》殘碑文，言其間有齊、韓字，蓋取三家異同之説。猶《公羊傳》碑所云顔氏，《論語》碑所云盍、毛、包、周之比也。然則陸云石經同者，謂石經所載《韓詩》異文「薄」字與世所行《韓詩》字同耳，非謂《魯詩》同韓作「薄」也。臧説失之。

〔一〕「《爾雅》作『菉竹』」，《經典釋文》作「《爾雅》作『菉』，音同竹」。按：《毛詩正義》所引《釋文》作「《爾雅》作『菉』，音同」，無「竹」字，且「菉」「竹」讀音實不相同，可知《經典釋文》此「竹」字爲衍文。

〔二〕「篇」，《經典釋文》作「萹」。

有斐君子〔一〕，如切如磋，如琢如磨。瑟兮僩兮，赫兮咺兮。有斐君子，終不可諼兮。

【補】【《爾疋・釋訓》】如切如磋，道學也；如琢如磨，自修也；瑟兮僩兮，恂慄也；赫兮烜兮，威儀也；有斐君子，終不可諼兮，道盛德至善，民之不能忘也。

喬樅謹案：此皆釋《淇奥》詩之文。《禮記・大學》述之，而字有小異，「烜」作「喧」，「諼」作「諠」。《禮記》從《齊詩》，故與《爾疋》《魯詩》不同。《毛詩》「烜」作「咺」，與齊同，與魯異。「斐」作「匪」，與齊、魯並異。《韓詩》「磋」作「瑳」，「烜」作「宣」，「斐」作「邲」，文亦與魯、齊、毛不同。《爾雅・釋器》釋文云：「切，本或作『齥』，同。千結反。」「切」字乃「齥」之假借，故義並近。《説文》云：「屑，動作切切也。从尸，肖聲。」「齥，齒差也。从齒，屑聲。讀若切。」段氏注云：「齒差，謂齒相摩切也。『差』即今『磋磨』字，引伸之義，磨物亦曰『齥』也。」又《爾雅・釋訓》釋文云：「『僩』，或作『撊』。」考《方言》「撊，猛也」，楊倞《荀子注》以「撊」與「僩」同。「僩」，《説文》訓爲武貌，與猛義相近。《毛傳》訓「僩」爲寬大，《韓詩》訓「僩」爲美貌，義與《魯詩》並異。「瑟」「僩」同訓爲恂慄者，考鄭注《禮記・大學》云：「恂，字或作『峻』，讀如『嚴峻』之『峻』，言其容貌嚴栗也。」《説文》引《逸論語》曰：

〔一〕底本於「有斐君子」後另分一行，今據續編本及全書體例合爲一行。

「玉粲之瑟兮，其璪猛也。」是「瑟」亦有猛義，故與「僩」並以恂慄爲訓也。

【補】【《爾疋·釋器》】骨謂之切，象謂之磋，玉謂之琢，石謂之磨。

【補】【《荀子·大略》篇】人之於文學也，猶玉之於琢磨也。《詩》曰：「如切如瑳，如琢如磨。」謂學問也。

【補】【《列女傳》八】《詩》云：「有斐君子，如切如磋，如琢如磨。瑟兮僩兮，赫兮咺兮。有斐君子，終不可諼兮。」《班婕妤》篇。

【補】【《説苑·建本》篇】學者所以反情治性盡才者也，親賢學問，所以長德也，論交合友，所以相致也。《詩》云：「如切如瑳，如琢如磨。」此之謂也。

【補】【《論衡·量知》篇】骨曰切，象曰磋，玉曰琢，石曰磨。切磋琢磨，乃成寶器。人之學問，知能成就，猶骨象玉石，切磋琢磨也。

【補】【《風俗通義》三】《詩》云：「如切如磋，如琢如磨。」

冠弁如星。

【補】【高誘《吕覽·上農》篇注】弁，鹿皮冠。《詩》云：「冠弁如星。」

喬樅謹案：冠弁，毛作「會弁」。《説文》：「體，骨擿之可會髮者。」引《詩》「體弁如星」。馬瑞辰云：「《周官·弁師》『王之皮弁，會五采玉璂』，注：『故書會作體。』」「會」爲「體」

假借字，「冠」與「會」亦一聲之轉。

考盤

喬樅謹案：盤，《毛詩》作「槃」，《韓詩》作「盤」。《漢書・叙傳》「考盤于代」，字亦作「盤」。蓋三家今文同。

永矢弗諼。

【補】【《爾雅・釋訓》】諼，忘也。○【郭璞曰】義見《考槃》。《釋文》：「槃，本又作『盤』。」

碩人之逐。

【補】【《爾雅・釋故》】逐，病也。

喬樅謹案：《毛詩》「碩人之軸」，《傳》云「進也」，《箋》云「病也」。《箋》説與《爾雅》訓同，《正義》謂「軸」「逐」古今字之異。然則鄭君此《箋》从魯以改毛也。首章「碩人之寬」，《箋》云「寬然有虚乏之色」。又次章「碩人之薖」，《毛傳》云「薖，寬大貌」，《鄭箋》云「薖，饑意」。《釋文》引《韓詩》作「過」，訓爲美貌。韓義於毛爲近，而《箋》説與之迥殊，蓋皆本於《魯詩》。

碩人

【《列女傳》一】傅母者，齊女之傅母也。女爲莊公夫人〔一〕，號曰莊姜。姜交好。案：「交」與「姣」同。始往，操行衰惰，有冶容之行，淫佚之心。傅母見其婦道不正，諭之云：「子之家，世之〔二〕尊榮，當爲民法則。子之〔三〕聰達於事，當爲人表式。儀貌壯麗，不可不自修整。衣錦絅裳，飾在輿馬，是不貴德也。」乃作詩曰：「碩人其頎，衣錦絅衣。齊侯之子，衛侯之妻。東宫之妹，邢侯之姨，譚公維私。」砥礪女之心以高節，以爲人君之子弟，爲國君之夫人，尤不可有邪僻之行焉。女遂感而自修。君子善傅母之防未然也。○【頌曰】齊女傅母，防女未然。稱列先祖，莫不尊榮。作詩明指，使無辱先。莊姜姆妹，卒能修身。《母儀傳》。

喬樅謹案：王安人《補注》云：「『莫不尊榮』當作『榮尊』，與上下韵。」「姆妹」當是「姆桓」，《傳》又言莊姜姆戴媯之子桓公，「姆」即「母」字也。其説亦通。

〔一〕「莊公夫人」，此上《列女傳》有「衛」字。

〔二〕「之」，《列女傳》作「世」。按：應作「世」。

〔三〕「之」，此下《列女傳》有「質」字。

碩人其頎。

【蔡邕《青衣賦》】碩人其頎。

衣錦絅衣，齊侯之子，衛侯之妻。見上《列女傳》。

喬樅謹案：「衣錦絅衣」，絅，《毛詩》作「褧」。「褧」「絅」皆「檾」之假借。《說文·林部》：「檾，枲屬，从林，熒省聲。《詩》曰：『衣錦檾衣。』」又《衣部》：「褧，檾衣也。《詩》曰：『衣錦褧衣。』示反古。从衣，耿聲。」許兩引《詩》，一據毛氏古文，一據三家今文也。

東宮之妹，邢侯之姨，譚公維私。

【補】【高誘《吕覽·應審》篇注】東宮，世子也。《詩》曰：「東宮之妹，邢侯之姨。」

【補】【《白虎通·號》篇】何以知諸侯得稱公？《詩》曰：「覃公維私。」覃子也。○【又《宗族》篇】族或言九者，據有交接之恩也，若「邢侯之姨，譚[一]公維私」也。

【補】【《爾雅·釋親》】妻之姊妹同出爲姨，女子謂姊妹之夫爲私。○【孫炎注】同出俱已嫁也，禮無正親之名。《毛詩正義》《爾雅疏》同。○【郭璞注】《詩》曰：「邢侯之姨，譚公維私。」

[一]「譚」，《白虎通》作「覃」。

領如蝤蠐。

【補】【《爾雅・釋蟲》】蟦蠐，螬。蝤蠐，蝎。○【孫炎曰】蠐螬謂之蟦蠐，關東謂之蝤蠐，梁、益謂之蝎。《毛詩正義》。

【補】【高誘《淮南・氾論訓》注】槽，讀「領如蠐螬」之「螬」也。

【蔡邕《青衣賦》】領如螬蠐。

案：「螬」字疑「蝤」之誤。一説《莊子・至樂》云：「烏足之根爲蠐螬。」《釋文》：「司馬本作『螬蠐』，云蝎也。」或《魯詩》亦作「螬蠐」歟。

喬樅謹案：郭注《爾雅》以「蟦蠐，螬」爲在糞土中，「蝤蠐，蝎」爲在木中者。又「蝎，蛣蝠」注云：「木中蠹蟲。」據此，似「蝤蠐」與「蠐螬」有别。馬瑞辰曰：「《説文》：『蝎，蝤蠐也。』而蠐螬下不云蝎，蓋亦不謂一物。按《唐本草》『蠐螬』注云：『此蟲在腐柳樹中者，内外潔白，糞土者，皮黄肉黑黯。』此詩[一]狀頸之白，自指生木中之蝎。《釋文》《方言》及孫炎《爾雅注》均以爲一物，不知實一類而異種也。」喬樅案，據《莊子》云「烏足之根爲蠐螬」，是亦生草根中。司馬彪注云「蝎也」，是亦以蠐螬爲蝎。高誘《淮南注》「槽，讀『領如蠐螬』

〔一〕「此詩」，此下《毛詩傳箋通釋》有「取」字。

之『螬』」，是即以「蠐螬」爲「蝤蠐」。《爾雅》所釋自是一物四名，不必强爲分别也。

齒如瓠棲。

【補】【《爾雅·釋草》】瓠棲，瓣。《釋文》：「舍人本作『觚棲』，云觚瓠也。」○【孫炎曰】棲，瓠中瓣也。《毛詩正義》。○【郭璞曰】《詩》云：「齒如瓠棲。」

【補】【高誘《吕覽·本生》篇注】皓齒，《詩》所謂「齒如瓠犀」者也。

喬樅謹案：《淮南·修務訓》注同。高誘用《魯詩》，字當作「棲」，此作「犀」，或後人據《毛詩》改之耳。

螓首蛾眉。

喬樅謹案：《爾雅·釋蟲》：「蚻，蜻蜻。」郭璞注曰：「如蟬而小。《方言》云：『有文者謂之螓。』」《毛詩正義》載孫炎引《方言》文同。《説文》云：「䫉，好貌。《詩》所謂『䫉首』。」段氏玉裁謂《毛傳》但云「顙廣而方」，不言「螓」爲何物。《鄭箋》乃云「螓，蜻蜻」，知毛作「䫉」，鄭作「螓」。鄭君多據三家改毛，是三家《詩》皆作「螓首」也。又蛾眉，段氏據《漢書·外戚傳》「蛾而大幸」，借「蛾」爲「俄」，以此詩「蛾眉」亦「娥[一]」之假借字。喬樅謂作

〔一〕「娥」，續編本作「俄」。

「娥[一]」者特《毛詩》耳。毛爲古文，故作「娥[二]眉」與「顠首」，皆假借字。三家竝今文，字自作「蛾」與「螓首」爲類也。楊雄賦云：「何必颺纍之蛾眉。」又云：「宓妃曾不得施其蛾眉。」王逸《離騷注》云：「蛾眉，好貌。」字竝爲「蛾」。知三家《詩》是作「蛾眉」也。又宋玉賦云[三]：「眉聯娟以蛾揚。」是嬴秦以前，已有作「蛾眉」者矣。漢魏文或用「娥眉」，皆本於《毛詩》。今《毛詩》亦作「蛾」，當是後人从《鄭箋》本，如「顠」之作「螓」也。

巧笑倩兮，美目盼兮。

【補】【《淮南·修務》篇】冶由笑，目流眺，口曾撓，奇牙出，齵輔摇。○【高誘曰】冶由[四]笑，巧笑，《詩》曰「巧笑倩兮」是也；流眺，睛盼也[五]，《詩》曰「美目盼兮」是也。將笑，故好齒出，《詩》云「齒如瓠犀」是也。

喬樅謹案：此引《詩》「瓠犀」亦當作「瓠棲」，説見前。

〔一〕「娥」，續編本作「俄」。
〔二〕「娥」，續編本作「俄」。
〔三〕「云」，續編本無此字。
〔四〕「由」，《淮南鴻烈解》作「猶」。
〔五〕「睛盼也」，《白虎通》作「不精眄」。

大夫夙退，無使君勞。

【《列女傳》二】《詩》曰：「大夫夙退，無使君勞。」其君者，謂女君也。《楚莊樊姬》篇。

河水洋洋，北流活活。

【補】【趙岐《孟子章句》十二】《衛詩·竹竿》之篇曰：「泉源在左，淇水在右。」《碩人》之篇曰：「河水洋洋，北流活活。」衛地濱於淇水，在北流河之西。

喬樅謹案：《漢書·地理志》河内郡「共」：「北山，淇水所出，東至黎陽入河。」魏郡「鄴」：「故大河在東北入海。」《史記·河渠書》云：「禹導河至於大邳，以爲河所從來高〔一〕，水湍悍，難以行平地，數爲敗。乃厮二渠以引其河。北載之高地，過降水，至于大陸，播爲九河，同爲逆河，入于渤海。」焦氏循曰：「載之高地即鄴東也。鄴東，大河故道，由黎陽北行。故《衛風》曰：『河水洋洋，北流活活。』」趙氏當東漢時，鄴河久竭。河徙東行衛地，不在河西。而淇水不濱于河，故兩引《詩》以明古河與淇之所在。此趙氏地學之精也。胡氏渭《禹貢錐指》曰：「河至大伾山西南，折而北逕朝歌之東，故謂之北流。」是也。

【補】【《風俗通義》十】河出燉煌塞外崑崙山，發源注海。《詩》曰：「河水洋洋。」

〔一〕「以爲河所從來高」，《史記》作「及孟津洛汭至於大邳，於是禹以爲河所從來者高」。

施罛濊濊，鱣鮪潑潑。

【補】【高誘《淮南·說山訓》注】罛，大网。《詩》曰「施罛濊濊，鱣鮪潑潑」是也。

喬樅謹案：《原道訓》注「罟，魚网」也，《詩》曰〔一〕「施罟濊濊」，「罟」字蓋「罛」之誤。高誘注《說山訓》云：「罟，小〔二〕网。」「罛，大网。」今《原道訓》言「因江海以爲之罟」，是設爲極大之网而言，字當作「罛」。今本《淮南》及注皆誤爲「罟」，非也。宜據《說山訓》注改正之。又《呂覽·上農》篇注云：「罛，魚罟也。《詩》云：『施罛濊濊，鱣鮪發發。』」引亦作「罛」可證也。濊，《說文》云「礙流也」，引《詩》「施罟濊濊〔三〕」。又「奯」字注曰：「讀若《詩》『施罛泧泧』。」《廣雅》：「泧泧，流也。」「泧」「濊」古字通用，亦三家之異文。《詩》「鸞聲鐬鐬」，《說文》引作「鉞鉞」，是其驗已。潑潑，《毛詩》作「發發」。唐石經原刻作「潑」，《韓詩》作「鱍」。「潑」字蓋「鱍」之假借，又文省作「發」耳。

【補】【《呂覽·諭大》篇注】鱣鮪，皆大魚，長丈餘。《詩》曰：「鱣鮪發發。」○【又《季春紀》注】

〔一〕「曰」，續編本作「云」。

〔二〕「小」，續編本作「魚」，《淮南鴻烈解》作「細」。按：應作「細」。

〔三〕「濊濊」，《說文解字》作「𣸣𣸣」。按：《說文解字》「濊」字下曰：「水多皃。从水，歲聲。」「𣸣」字下曰：「礙流也。从水，薉聲。《詩》云：『施罟𣸣𣸣。』」此處應作「𣸣𣸣」。

鮪魚似鯉而小，《詩》曰：「鱣鮪潑潑。」

喬樅謹案：高注《淮南·氾論訓》又云：「鱣，大魚，長丈餘。細鱗，黄首白身，短頭，口在腹下。鮪，大魚，亦長丈餘。仲春二月從西河〔一〕上，得過龍門便爲龍。先師説云。」據高誘自序言，少從故侍中同縣盧君受其句讀，則此稱先師當爲盧君説。

庶姜孽孽。

【補】【高誘《吕覽·過理》篇注】《詩》云：「庶姜孽孽。」高長貌也。

案：張平子《西京賦》「飛檐孽孽」，即本此《詩》語。

喬樅謹案：孽孽，《毛詩》作「孽孽」。《傳》云：「盛飾也。」《韓詩》作「孽」，訓云「長貌」。《魯詩》文與毛異，而同於韓。考《廣雅·釋訓》云：「孽孽，高也。」《廣雅》「孽孽」二字正釋此《詩》「庶姜孽孽」之文。「孽」得與「孽」通者，猶「櫱」之一作「蘖」也。

氓

抱布貿絲。

〔一〕「西河」，《淮南鴻烈解》作「河西」。

【補】【《爾雅·釋言》】貿，市也。貿，買也。○【郭璞曰】《詩》云：「抱布貿絲。」

喬樅謹案：《毛傳》訓「布」爲幣。《箋》云：「幣者，所以貿買物也。」考《周禮·載師》「里布」注引先鄭云：「里布者，布參印書，廣二寸長二尺。以爲幣，貿易物。《詩》云『抱布貿絲』，抱此布也。」先鄭之説與《毛傳》同。《漢書〔一〕》「賈人緡錢」，如淳引胡公云：「緡錢爲緡者，《詩》云『氓之蚩蚩，抱布貿絲』，故謂之緡也。」惟《鹽鐵論·錯幣》篇以《詩》「抱布」爲「布帛」之「布」，桓次公用《齊詩》，其義與衆説異。

至于敦丘。

【《爾雅·釋丘》】丘一成爲敦丘。○【又曰】如覆敦者，敦丘。○【孫炎曰】形如覆敦，敦器似盂。丘，一成之象也。《毛詩正義》。○《邢疏》同。

案：《毛傳》：「丘一成爲頓丘。」《釋名》云：「丘一成曰頓丘，一頓而成，無上下大小之殺也。」《詩正義》引郭璞《爾雅注》云：「敦，盂也，音頓。」與此字異義同。王伯厚據之收入《詩考》，然郭注未嘗引《詩》，王氏以意定之。

喬樅謹案：敦丘之名取象復敦，字宜作「敦」。《毛詩》「頓丘」，古文之假借。《爾雅》所載

〔一〕「漢書」，應作「史記」。按：《漢書》無「賈人緡錢」及如淳語，實見於《史記·平準書》。

皆《魯詩》，今文也。《風俗通義》十引作「至于頓丘」，此後人從《毛詩》改字耳。毛奇齡曰：「衛有頓丘三，其一名五軍，在淇水南；其一名五觀，在淇上宿胥口；其一名帝丘，『帝』『頓』聲轉，地亦近淇。未審『至于頓丘』是何地也。」胡承珙曰：「案《水經注》：『淇水自元甫城東南，逕朝歌縣北。』『又東屈而西轉，逕頓丘北。故闞駰云頓丘在淇水南。又屈逕頓丘西。《詩》所謂「送子涉淇，至于頓丘」者也。魏徙九原、西河、土軍諸胡，置五軍於丘側，故其名亦曰五軍也。』其後歷叙『淇水合宿胥故瀆』下又云：『東北逕帝嚳冢西，世謂之頓丘臺，非也，《皇覽》曰「帝嚳冢在東郡濮陽頓丘城南臺陰野中」者也。』其下又云：『淇水又北逕頓丘縣故城西，《古文尚書》以爲觀地矣，蓋太原弟五君之號爲五觀者也。』據此，酈注雖三言頓丘，而獨以《詩》之『頓丘』係於五軍者。考春秋時，淇水入河當在黎陽以西，其黎陽以東之淇水，乃魏武帝於水口下大枋木成堰，遏而東入白溝以通漕運者也。闞駰曰：『頓丘在淇水南。』自是淇水尚未入河之處。《詩》言涉淇而至頓丘，是其地相去不遠。黎陽，漢魏郡地。頓丘當在其西。若東郡之頓丘，則在黎陽以東，去舊淇口稍遠，其非《詩》之『頓丘』，明矣。故酈氏於『淇水合宿胥口』下雖言頓丘，而絶不及《詩》。王氏《詩地理考》兩引《水經》之『頓丘』，漫無區别；又引《輿地廣記》以爲澶州清豐縣，亦誤認東郡之頓丘，而不知其非春秋時淇水所經之地也。」

【補】【《風俗通義》十】《詩》云：「至于頓丘。」

秋以爲期。

【張衡《定情賦》】秋爲期兮時已征。

泣涕漣漣。

【劉向《楚詞・九嘆》】涕流交集，泣下漣漣。○【王逸曰】漣漣，流貌也。《詩》曰：「泣涕漣漣。」《憂苦》篇。

案：王氏《詩考》引作「波涕漣漣」，恐所見本誤。

士之耽兮，猶可説也。女之耽兮，不可説也。

【補】【《列女傳》七】《詩》曰：「士之耽兮，猶可説也。女之耽兮，不可説也。」《魯宣繆姜》篇。

女也不爽。

【補】【《列女傳》一】《詩》曰：「女也不爽。」《魯季敬姜傳》。

士忒其行。

喬樅謹案：《毛詩》「士貳其行」，王氏《經義述聞》云：「貳，當爲『貣』之譌。貣，音他得反，即『忒』之借字。《洪範》『衍忒』，《史記・宋微子世家》作『衍貣』。《管子・正》篇『如四時之不貣」，即易之四時不忒也。《爾雅》：『爽，差也。爽，忒也。』鄭注《豫卦彖傳》曰：『忒，差也。』是『爽』與『忒』同訓爲差。《爾雅》説此《詩》曰『晏晏悬悬，悔爽忒也』，正謂恨士之爽忒其行。據《爾雅》所釋，《詩》之作『貣』明矣。」喬樅謂「貳」爲「忒」之假借，《毛詩》作「貣」，三家皆當作「忒」。據《爾雅》「悔爽忒」之語，足證《魯詩》是作「士忒其行」矣。

夙興夜寐。

【補】【《漢書·昭帝紀》始元五年詔】夙興夜寐。

喬樅謹案：昭帝從韋賢受《魯詩》，見《漢書·韋長孺傳》。又從蔡義受《韓詩》，見成伯璵《毛詩指説》。

言笑晏晏，信誓悬悬。

【補】【《爾雅·釋訓》】晏晏、悬悬，悔爽忒也。○【郭璞曰】傷見弃絶，恨士失也。

【補】【《説文·心部》】怛，憯也。从心，旦聲。或從心在旦下。《詩》曰：「信誓悬悬。」

喬樅謹案：《爾雅釋文》：「旦，本或作『悬』。」作「悬」者是也。《説文》所引即《魯詩》文，《毛詩》作「旦」者，「悬」字之省。「悬悬」爲憯之意，故《鄭箋》云：「言其懇惻款誠。」亦本《魯詩》説爲訓也。

竹竿

泉源在左，淇水在右。

【補】【趙岐《孟子章句》十二】淇，水名。《衛詩·竹竿》之篇曰：「泉源在左，淇水在右。」

淇水油油。

【補】【劉向《楚詞·九嘆》】油油江湘〔一〕，長流汩兮。○【王逸曰】油油，流貌。《詩》曰：「河水油油。」《惜賢》篇。

喬樅謹案：此引《詩》「河水油油」，「河」字是「淇」之誤。《毛詩傳》云：「浟浟，流貌。」《廣雅·釋訓》：「油油，流也。」「油油」即「浟浟」之異文。《魯詩》「浟浟」作「油油」，與《毛詩》字異而義同。王氏《詩考》引入《碩人》詩，以此句爲「河水洋洋」之異字，非也。

檜楫松舟。

【補】【《爾雅·釋木》】檜，栢葉松身。○【郭璞曰】《詩》曰：「檜楫松舟。」

〔一〕「油油江湘」，《楚辭》作「江湘油油」。

芄蘭

芄蘭之枝，童子佩觿。

【《説苑·修文》篇】知天道者冠鈢，知地道者履蹻，能治煩亂〔一〕者佩觿，能射御者佩韘，能正三軍者搢笏。衣必荷規而承矩，負繩而準下。故君子衣服中而容貌得，接其服而象其德。故望玉貌而行能有所定矣。《詩》曰：「芄蘭之枝，童子佩觿。」説行能者也。

喬樅謹案：枝，《毛詩》作「支」。「支」與「枝」同，古今文之異。

童子佩韘。 見上《説苑》。

喬樅謹案：《毛傳》云：「韘，決也。能射御者〔二〕佩韘。」與《説苑》義同。《鄭箋》曰：「韘之言沓，所以彄沓手指。」《孔疏》分毛、鄭之説爲二，謂沓即放弦之極，其説非是。馬瑞辰曰：「『韘』字从韋，必兼以韋爲之。《説文》：『韘，射決也，所以拘弦，以象骨，韋系，著右巨指。』據云『韋系』，足證『韘』字从韋之義。《士喪禮》『設決麗于掔』，鄭《注》：『決以韋

〔一〕「亂」，此上《説苑》有「決」字。

〔二〕「者」，《毛詩注疏》及《説文》皆作「則」。

爲之藉。』與《説文》言『韋系』合。《説文繫傳》曰：『韘所以助鉤弦，若今皮韘。』是矣。《説文》又曰：『屧，履中薦也。』薦猶藉也。履中藉謂之屧，決内藉謂之韘，其義一也。據《士喪禮注》：『決以韋爲之藉，有彄，彄内端爲紐，外端有横帶。設之以紐擐大擘本，因沓其彄，以横帶貫紐，結於擘之表也。』是古者決以韋爲藉，又必有彄，以彄沓手指。《箋》本申《傳》訓『決』爲『韘』[一]之義，手指謂右巨指。《孔疏》乃以《大射》『朱極三』釋之，以手指爲食指、將指、無名指，誤矣。彄之言韝也，沓之言韜也。《説文》：『揩，縫指揩也。一曰韋韜[二]。』《玉篇》：『揩，韋韜也。』『韘，指沓也。』是決也、韘也、沓也，異名而同實。以其用以闓弦，謂之決；以其用韋爲藉，謂之韘；以其用以韜指，謂之彄沓。《孔疏》第知決用象骨，而韋系及指沓之制未詳，故誤分毛、鄭之説爲二。胡承珙以爲：『韘即今之扳指，而制微不同。今之扳指如環無端，古之玦則如環而缺，其缺處當聯以韋系，所以著弦[三]。』瑞辰謂今之射者著扳指，内必以皮薦之，以免其滑，即古韘用韋系之遺制也。馬説良韙。

[一]「訓『決』爲『韘』」，《毛詩傳箋通釋》作「訓『韘』爲『決』」。按：應作「訓『韘』爲『決』」。
[二]「韋韜」，《毛詩傳箋通釋》及《説文》皆作「韜也」。
[三]「弦」，《毛詩傳箋通釋》作「指」。按：應作「指」。

河廣

一葦杭之。

【王逸《楚詞·九章》注】斻〔一〕，度也。《詩》曰：「一葦斻之。」《惜誦》篇。

喬樅謹案：《楚詞》「杭，一作『斻』」，洪興祖《補注》云：「『杭』與『斻』同。」引許慎曰：「方兩小船，並與共濟爲斻。」此語不見於《説文》。考《淮南·主術訓》「大者以爲舟斻柱梁」，高誘注云：「方兩小船，並與共濟爲斻。」許君曾注《淮南》。洪氏所據當是《淮南》許注之文。《説文》：「斻，方舟也。从方，亢聲。」載《禮》「大夫方舟」云云。段氏注曰：「《詩毛傳》『杭，渡也』，舟所以渡，故謂渡爲斻。始皇臨浙江，水波惡，乃西百二十里從狹中渡，其地因有餘杭縣。《後漢書》杜篤《論都賦》『北斻涇流』，章懷注云：『斻，舟度也。《方言》「關而東或謂舟爲斻」，《説文》「斻」字在方部，今流俗不解，遂與「杭」字相亂者，誤也。』是説誠然。然『斻』之作『杭』久矣。章懷偶一正之，而不能盡正也。《李南傳》『向度宛陵浦里斻，馬蹶足』，亦係章懷改『杭』爲『斻』。而《地理》《郡國》二志『餘杭縣』未之或

〔一〕「斻」，《楚辭》作「杭」。按：此條下「斻」字例同。

改也。『斻』亦作『航』。杭者，《説文》或『抗』字。」

企予望之。

【補】【王逸《楚詞·九歎》注】企，立貌。《詩》曰：「企予望之。」《憂苦》篇。

喬樅謹案：企，《毛詩》作「跂」。胡承珙曰：「《説文》：『企，舉踵也。』『跂，足多指也。』是『企』正字，『跂』同音假借字。小雅『如跂斯翼』，《玉篇·人部》亦引作『企』。《文選·贈蔡子篤詩》注云：『跂與企同。』謂其聲同可通假耳。」

伯兮

杲杲出日。

【王逸《楚詞·九辨》注】日以喻君，《詩》云：「杲杲出日。」

安得蕿草。

【補】【《爾雅·釋訓》】蕿，忘也。○【郭璞曰】義見《伯兮》詩。

喬樅謹案：《毛詩正義》據《釋訓》「諼，忘也」孫氏引《詩》云「焉得諼草」，以爲諼非草名。其説非是。考《説文·艸部》：「藼，令人忘憂草也。从艸，憲聲。《詩》曰：『安得藼草。』

藧，或从煖。萱，或从宣。」「蕿」字即「藧」之省，以此草能令人忘憂，故以蕿名之，取義於忘也。《釋訓》「蕿」「諼」並訓爲忘。郭注云：「義見《伯兮》《考盤》詩。」《伯兮》詩在《考盤》後，而郭先言《伯兮》。是以「安得蕿草」證「蕿」之義，以「永矢弗諼」證「諼」之義。《正義》載孫氏引《詩》作「諼草」，此孔氏順毛所改。如「媞媞，安也」，王逸《楚詞注》引《詩》「好人媞媞」正合《爾雅》。而《正義》引孫云：「提提，行步之安也。」是皆順毛改字，不足爲憑。《説文》「藼」字引《詩》皆三家今文，《毛詩》作「諼」者，古文之假借耳。

木瓜

投我以木瓜，報之以瓊琚。匪報也，永以爲好也。

【《新書·禮》篇】《詩》曰：「投我以木瓜，報之以瓊琚。匪報也，永以爲好也。」上少投之，則下以軀償矣。弗敢謂報，願長以爲好。古之蓄其下者，其施報如此。

喬樅謹案：《毛傳》引孔子曰：「吾於《木瓜》，見苞苴之禮行。」今據賈子引由余語，苞苴時有，筐篚時至，則群臣附。而以《木瓜》之詩爲證，知《魯詩》説以此篇爲臣下思報禮而作，與《毛序》言衛人欲報齊桓之義異矣。

報之以瓊瑤。

【王逸《楚詞・離騷》注】石次玉曰瑶，《詩》曰：「報之以瓊瑶。」又《九歌》章句引同。

喬樅謹案：《毛傳》云：「瓊瑶，美玉。」臧氏鏞堂據首章《正義》引下《傳》曰「瓊瑶美石」，又曰「瓊〔一〕言美石，玖言玉名，明此皆玉石雜也」，是孔本《毛傳》作「美石」，與王逸此注訓合。其説良碻。

〔一〕「瓊」，《拜經日記》作「瑶」。按：《毛詩正義》即作「瑶」，陳氏誤。

魯詩遺説考卷第二（二之一）

魯詩國風四

王風

【補】【服虔《左傳注》】王室當在雅，衰微而列在風。故國人猶尊之，故稱「王」。猶《春秋》之王人也。《史記·吴世家》注。

黍離

彼黍離離，彼稷之苗。行邁靡靡，中心摇摇。知我者，謂我心憂。不知我者，謂我何求。悠悠蒼天，此何人哉。

【《新序·節士》篇】衛宣公子壽，閔其兄伋之且見害，作「憂思」之詩，《黍離》之詩是也。其詩曰：「行邁靡靡，中心摇摇。知我者，謂我心憂。不知我者，謂我何求。悠悠蒼天，此何人哉。」

喬樅謹案：《黍離》，《毛詩》以爲閔宗周，《韓詩》以爲伯封作，説與《魯詩》並異。《説苑・奉使》篇載趙倉唐爲太子，奉使於文侯，亦稱《黍離》之詩。蓋以此詩爲憂思見害，故於文侯父子之間借以爲諷也〔一〕。

【補】【《説苑・奉使》篇】魏文侯封太子擊於中山，三年，使不往來。舍人趙倉唐請爲太子奉使。文侯召而見之，曰：「子之君何業？」倉唐曰：「業《詩》。」文侯曰：「於《詩》何好？」倉唐曰：「好《晨風》與《黍離》。」文侯讀《黍離》曰：「彼黍離離，彼稷之苗。行邁靡靡，中心搖搖。知我者，謂我心憂。不知我者，謂我何求。悠悠蒼天，此何人哉。」文侯曰：「子之君怨乎？」倉唐曰：「不敢，時思耳。」

喬樅謹案：《韓詩外傳》八載趙倉唐引《黍離》詩，與此同。子政《説苑》所採蓋據《魯詩》也。此詩韓生以爲伯封所作，雖與魯説不同，而其事正相類。故於趙倉唐奉使一事，魯、韓並引以爲證也。

【補】【《爾雅・釋訓》】愮愮，憂無告也。○【郭璞曰】賢者憂懼，無所訴也。

喬樅謹案：《爾雅釋文》：「愮，本又作『搖』。」《邢疏》云樊作「遥」。《毛傳》云：「搖搖，憂

〔一〕「也」，續編本無此字。

無所怨。」「摇」「遥」並「愮」之假借。《説文》「懽」下引《爾雅》：「懽懽愮愮，憂無告也。」《玉篇》：「愮，憂也。《詩》云：『憂心愮愮。』」又「懽」下引《爾雅》「懽懽愮愮，憂無告也」〔一〕，字並作「愮」。然則《魯詩》文當作「愮愮」也。

【補】【《列女傳》三】《詩》云：「知我者，謂我心憂。不知我者，謂我何求。」《魯漆室女》篇。

君子于役

雞棲于塒。

雞棲于桀。

【補】【《爾雅·釋宫》】雞棲于杙〔二〕爲桀，鑿垣而棲爲塒。○【李巡曰】别雞所棲之名也。弋，橜也。寒鄉鑿墻爲雞所棲曰塒〔三〕。○【郭璞曰】皆見《詩》。

〔一〕「玉篇」至「無告也」，續編本無此二十五字。

〔二〕「杙」，《爾雅》作「弋」。

〔三〕「塒」，此下續編本有「詩正義」三字，作小字。

君子陽陽

其樂只且。

【張衡《西京賦》】其樂只且。

左執翿。

【補】【《爾雅·釋言》】翿，纛也。纛，翳也。○【李巡曰】翿，舞者所持纛也。○【孫炎曰】纛，舞者所持羽也。《毛詩正義》。

喬樅謹案：《毛傳》：「翿，纛也，翳也。」與《爾雅》訓同。段氏云：「翳也之上當有『纛』字。此『熠燿，粦也。粦，熒火也』之例。」胡承珙曰：「案《説文·羽部》：『𦒎，翳也，所以舞也。从羽，𣪊聲。《詩》曰：「左執𦒎。」』此據《集韵》，今《説文》引《詩》作「翿」，乃後人據俗本《毛詩》改之。據此知《詩》本作『𦒎』，《説文》無『翿』字，『翿』乃『儔』之別體。《人部》『儔，翳也，从人，壽聲』，徐鍇曰：『儔，古與翿同義。』蓋『儔』正字或作『翿』，經典遂通用『翿』。若『纛』字，六書所無。不但作『纛』爲俗，即作『纛』亦非。《爾雅·釋言》當本作：『𦒎，翿也。翿，翳也。』《陳風》『值其鷺翿』，《傳》云：『翿，翳也。』《正義》曰：『翿，翳。』《釋言》文可證此

《詩》當是『左執翳』，故《爾雅》以『翿』釋『翳』，以『翳』釋『翿』。『翿』『翳』聲、義並同，故《毛傳》引《爾雅》中間可省一『翿』字。若《爾雅》本作『翿，纛也。纛，翳也』，則《詩》文並無『纛』字，何用并引『纛，翳也』一句乎？至『翳』既爲『翿』，『翿』又爲『翳』，一義相承，故《說文》即約之曰『翳，翳也』。若《陳風》則經文本作『翿』，不作『翳』，故《毛傳》亦止引《爾雅》『翿，翳也』一句耳。」

楊之水

喬樅謹案：《毛詩釋文》：「揚之水，或作『楊木』之字。」據漢石經《魯詩》，《唐風·楊之水》字作「楊」，則此「楊」字亦當从木。楊，地名也，見《漢書·楊雄傳》。

中谷

啜其泣矣，何嗟及矣。

【補】【《說苑·建本》篇】孔子曰：「不慎其前而悔其後，雖悔無及矣。」《詩》曰：「啜其泣矣，何嗟及矣。」言不先正本而成憂於末也。

喬樅謹案：《列女傳》七《魯哀姜》篇引《詩》「啜其泣矣」，二語同。《韓詩外傳》引作「惙其泣矣」，文與魯異。馬瑞辰曰：「『啜』即『惙』之假借。《釋名》：『啜，惙也。心有念，惙然發此聲也。』是『啜』『惙』音、義同。《一切經音義》四引《聲類》：『惙，短氣貌也。』又十九引《字林》：『惙，憂也。』短氣貌即憂貌，義正相成。《淮南子》曰：『聖人之思修，愚人之思叕。』高注：『叕，短也。』惙从叕，故訓爲短氣貌。猶《方言》訓『𪘲』爲短，《説文》訓『窡』爲短面也。」

兔爰

逢此百罹，尚寐無吪。

【補】【《爾雅·釋故》】罹，憂也。吪，動也。

喬樅謹案：《毛詩釋文》：「『罹』本作『離』，『吪』本亦作『訛』。」今考李善《文選》盧子諒詩注引《詩》：「逢此百離。」毛萇曰：「離，憂也。一作『罹』。」又《爾雅釋文》「訛言」下云：「訛字又作『吪』，亦作『譌』。」據《説文·言部》：「譌，譌言也。从言，爲聲。」引《詩》曰：「民之譌言。」《口部》：「吪，動也。从口，化聲。」引《詩》曰：「尚寐無吪。」是訓言之「譌」，「譌」爲正字；訓動之「吪」，「吪」爲正字。《釋文》於「訛言」下異文載「吪」「譌」二字，故

「訛動」下不復複見。「離」者，「罹」之假借；「訛」者，「吪」之假借。毛氏古文當作「逢此百離，尚寐無訛」。「罹」字、「吪」字，乃從今文所改。《爾雅》今文之學，所釋皆據《魯詩》，字當作「罹」、作「吪」也。

雉離于罦。

【補】【《爾雅・釋器》】繴謂之罿，罿，罬也。罬謂之罦，罦，覆車也。○【孫炎曰】覆車是兩轅，網可以掩兔者也。一物五名，方言異也。《毛詩正義》。○【郭璞曰】今之翻車也，有兩轅，中施罥以捕鳥。

喬樅謹案：《說文》云：「⿱罒包，覆車網也，或作『罦』〔一〕。」馬瑞辰曰：「罦，孫謂以掩兔，郭謂以捕鳥。考《說文》：『⿱罒否，兔罟也，字又作罘。』《莊子釋文》：『罘，本又作罦。』是『罦』『罘』亦可通用。據《齊語》『田獵罼弋』，韋注：『罼弋，掩雉兔之網也。』是古者掩雉、兔之網可以同用。詩蓋以羅、罦、罿可兼取雉、兔，而縱兔取雉，以喻王政之不均也。」

我生之初尚無造。

【補】【《爾雅・釋言》】造，爲也。

〔一〕「作『罦』」，此上《說文解字》有「从孚」二字。

喬樅謹案：《毛詩》訓「造」爲僞，僞亦爲也。《荀子》云：「性惡也，善僞也。」「僞」字皆「爲」字之假借。

我生之初尚無庸。

【補】【《爾雅·釋故》】庸，勞也。

喬樅謹案：《毛傳》：「庸，用也。」據《爾雅》知《魯故》與毛訓異，鄭君箋《詩》亦用魯義改毛。

葛藟

【皇甫謐曰】桓王失信，禮義陵遲。男女淫奔，讒僞並作，九族不親，故詩人刺之。今《王風》自《兔爰》至《大車》四篇是也。

案：孔穎達《詩譜·王風》正義曰：「如謐此言，以《葛藟》爲桓王之詩。今《葛藟序》云平王，則謐言非也。定本《序》云『刺桓王』，誤也。」又《葛藟序》正義曰：「定本云『刺桓王』，義雖通，不合《鄭譜》。」陸德明《釋文》曰《詩葛藟序》「『刺桓王』本亦作『刺平王』」。案《詩譜》是平王詩，皇甫士安以爲桓王詩。崔《集注》本亦作『桓王』」。據孔沖遠《詩·皇矣》正義引皇甫謐《帝王世紀》以阮、徂、共爲三國名，本《魯詩》也，然則以《葛藟》爲桓王詩，蓋亦魯説。

在河之漘。

【補】【《爾雅·釋丘》】夷上洒下，不漘。○【李巡曰】夷上，平上；洒下，陗下，故名漘。○【孫炎曰】平上陗下，故名曰漘。「不」者蓋衍字。《毛詩正義》。○【郭璞曰】厓上平坦，而下水深者爲漘。不，發聲也。

喬樅謹案：《毛傳》訓「漘」爲水隒，《説文》：「隒，厓也。」《爾雅》曰：「涘爲厓。」故「厓岸」附於《釋丘》焉。

采葛

彼采蕭兮。

【補】【張衡《思玄賦》】珍蕭艾於重笥兮，謂蕙芷之不香。

彼采艾兮。

【補】【東方朔《七諫》】蓬艾親日御于牀笫兮，馬蘭踸踔而日加。

喬樅謹案：《毛詩·采葛叙》云：「懼讒也。」今據東方生及張平子語，並以蕭艾喻讒佞之仕進，則知《魯詩》説與毛同矣。

大車

【《列女傳》四】夫人者，息君之夫人也。楚伐息，破之。虜其君，使守門。將妻其夫人，而納之於宫。楚王出遊，夫人遂出見息君，謂之曰：「人生要一死而已，何至自苦！妾無須臾而忘君也，終不以身更貳醮。生離於地上，何〔一〕如死歸於地下乎！」胡氏承珙云：「逸齋《詩補傳》引此「歸」字作「并」，於義爲長。乃作詩曰：「穀則異室，死則同穴。謂予不信，有如皦日。」息君止之，夫人不聽，遂自殺，息君亦自殺，同日俱死。楚王賢其夫人，守節有義，乃以諸侯之禮合而葬之。君子謂夫人説於行善，故序之於《詩》。夫義動君子，利動小人。息君夫人不爲利動矣。《詩》云：「德音莫違，及爾同死。」此之謂也。○【頌曰】楚虜息君，納其適妃。夫人持固，彌久不衰。作詩同穴，思故忘新〔二〕。遂死不顧，列於賢貞。

喬樅謹案：此以《大車》詩爲息君夫人作，《魯詩》之説，與《毛序》義異。《王風》得統諸國，衛、息又皆周之同姓，故衛之《黍離》、息之《大車》，其詩皆繫之王也。

〔一〕「何」，《列女傳》作「豈」。
〔二〕「新」，續編本作「親」。

大車檻檻。

【王逸《楚詞·九嘆》注】檻檻，車聲也。《詩》云：「大車檻檻。」《怨思》篇。

喬樅謹案：檻檻，《白帖》十一作「轞轞」，蓋據《韓詩》之文。服虔《通俗文》云：「車聲曰轞。」則「檻」乃「轞」之假借耳。

毳衣如菼。

【補】【《爾雅·釋言》】菼，騅也。菼，薍也。○【樊光曰】菼，初生葸，騂色，海濱曰薍。《毛詩正義》。○【郭璞曰】《詩》曰：「毳衣如菼。」菼，草色如騅，在青、白之間。

喬樅謹案：《説文·艸部》「菿，萑之初生。一曰薍，一曰騅。从艸，剡聲。菼或从炎。」《糸部》：「緂，帛騅色也。从糸，剡聲。《詩》曰：『毳衣如緂。』」段氏注云：「帛色如菿，故謂之騅色。」从糸，剡聲，「當作『从糸，菿省』。引《詩》『毳衣如緂』，當作『菿』。若如今本則色固緂矣，何云如緂乎」。案段説甚碻。《毛詩正義》引《鄭志》答張逸云：「騅鳥青非草名，薍亦青，故其青者如騅。」是也。

穀則異室，死則同穴。謂予不信，有如皦日。

【補】【《漢書·哀帝紀》建平二年詔】朕聞夫婦一體。《詩》云：「穀則異室，死則同穴。」祔葬之禮，自周興焉。

喬樅謹案：哀帝從韋玄成、韋賞受《魯詩》，見陸璣《草木疏》。則詔中引《詩》云云，據《魯詩》文也。又《漢書·外戚傳》引《詩》「穀則異室」，二語同。

【補】【《白虎通·崩薨》篇】合葬者，所以同夫婦之道也。故《詩》曰：「穀則異室，死則同穴。」

【補】【《爾雅·釋言》】穀，生也。○【郭璞注】《詩》曰：「穀則異室。」

【補】【《列女傳》四】《詩》云：「謂予不信，有如皎日。」《梁寡高行傳》。

喬樅謹案：前《息君夫人》篇引《詩》作「皦」，《毛詩釋文》：「皦，本又作『皎』。」考《説文》：「皎，月之白也。」「曉，日之白也。」「皦，玉石之白也。」是「皎」「皦」皆「曉」字之假借。李善《文選注》三十一、《太平御覽》三引《詩》並作「皎日」。

鄭風

【《白虎通·禮樂》篇】鄭國土地人民，山居谷汲，男女錯雜，爲鄭聲以相悦懌。

喬樅謹案：服虔注《左傳》「煩手淫聲」爲「鄭重其手而聲淫過」，是知鄭聲之淫非但謂其淫於色而害於德也，亦謂其聲之過中耳。

緇衣

緇衣之宜兮。

【補】【《周官·司服》注】冠弁，委貌，其服緇布衣，亦積素以爲裳，諸侯以爲視朝之服。《詩·國風》曰：「緇衣之宜兮。」

喬樅謹案：緇衣爲諸侯聽朝之服，故《詩箋》云：「緇衣者，居私朝之服也。天子之朝服，皮弁服也。」馬瑞辰曰：「《鄭志》答趙商云：『諸侯入爲卿大夫，與在朝仕者異，各依本國，如其命數。』以此推之，諸侯入〔一〕臣於王，其居私朝，仍得服其諸侯之服，故《詩》以《緇衣》美武公。《毛傳》云『緇衣，卿士聽朝之正服』，係專指外諸侯入爲卿士者言，非泛指王朝卿士也。」

緇衣之蓆兮。

【補】【《爾雅·釋故》】蓆，大也。○【郭璞注】《詩》曰：「緇衣之蓆兮。」

喬樅謹案：《毛傳》義同《爾雅》，《韓詩》訓「蓆」爲儲，《說文》訓「蓆」爲廣多，引《詩》此句，

〔一〕「入」，《毛詩傳箋通釋》作「内」。

許氏蓋據《齊詩》之説〔一〕。馬瑞辰曰：「《爾雅》『蓆』字，影宋本作『席』。《説文》：『席，从巾，庶省聲。』庶者衆也，故義爲廣多。《説文》又云：『古文席从石省，作𠩄。』石者大也，故義爲大。」

叔于田〔二〕

喬樅謹案：洪适《隸釋》云：「石經《魯詩》殘碑百七十三字，魏、唐國風數篇之文也。與《毛詩》異者，如『猗』作『兮』，『貫』作『宦』，『樞』作『蓲』數字。又有一段二十餘字零落不成文，惟有『《叔于田》一章』及『女曰鷄』八字可讀。其間有齊、韓字，蓋叙二家異同之説。猶《公羊》碑所云顔氏，《論語》碑所云盍、毛、周、包之比也。漢代《詩》分爲四，在東京時，毛氏《詩》不立學宫〔三〕。《隋志》有石經《魯詩》六卷，此碑既論齊、韓於後，則知《隋志》爲然也。」喬樅案：《叔于田》詩三章，《隸釋》言一章，「一」字是「三」之譌。《魏風·陟岵》詩石經《魯詩》云：「《陟岵》三章，章六句。」章數與《毛詩》同，則此「《叔于田》三章」，「三」字

〔一〕《説文解字》未引此詩，唯作「廣多也，从艸席聲」。引此詩句者爲段玉裁注。

〔二〕詩題后原有「三章」二字，因不合全書體例，删去。

〔三〕「宫」，《隸釋》作「官」。按：應作「官」。

不得作「一」，《隸釋》本或傳寫錯誤也。

大叔于田

執轡如組，兩驂如舞。

【補】【《新序·雜事五》】《詩》曰：「執轡如組，兩驂如舞。」善御之謂也。【蔡邕《協和婚賦》】驂騑如舞。

【補】【《中論·賞罰》篇】《詩》云：「執轡如組，兩驂如舞。」言善御之可以爲國也。

火列具舉。

【張衡《東京賦》】火列具舉。

喬樅謹案：列，《毛詩》作「烈」。《傳》訓「烈」爲列。毛古文用假借，三家今文用本字。《周禮·澤虞》疏、李善《文選注》三引《詩》並作「列」。

襢裼暴虎。

【補】【《爾雅·釋訓》】襢裼，肉袒也。暴虎，徒搏也。○【李巡曰】襢裼，脱衣見體，曰肉袒。○【孫炎曰】袒，去裼衣。○【舍人曰】徒搏，無兵空手搏之。《毛詩正義》。

喬樅謹案：《毛詩釋文》：「襢裼，本又作『袒』。」《説文》：「膻，肉膻也。《詩》曰：『膻裼暴虎。』」許氏所稱《詩》亦三家之異文。馬瑞辰曰：「按『袒裼』與『襢裼』有别。據《説文》：『但裼也。』『裼，但也。』又曰：『羸[一]者，但也。』『裎者，但也。』是『去裼衣』之『袒』當作『但』。又《説文》：『膻，肉膻也。』是『肉袒』之『袒』當作『膻』。今作『襢』『袒』，皆假借字。《説文》：『袒，衣縫解也。』段氏注謂即『綻』之本字。」

將叔無狃。

【補】【《爾雅·釋言》】忸[二]，復也。○【李巡曰】狃能屈伸曰復。《釋文》。○【孫炎曰】狃，忕前事復爲也。《毛詩正義》。

喬樅謹案：《毛傳》：「狃，習也。」《鄭箋》訓「狃」爲復，蓋據魯訓。馬瑞辰曰：「『習』與『復』同義。《説文》：『𢓜，復也。』《玉篇》：『𢓜，習也，忕也。或與狃同。』《大射儀注》：『古文揉爲紐。』《一切經音義》：『糅，古文『粈』『餌』二形。』《小尒雅》、《左傳》杜注並云：『狃，忕也。』是『狃』即『𢓜』之假借異體。古『𢓜』『狃』音近通用，『狃』之本義，《説文》云

〔一〕「羸」，續編本、《説文解字》作「嬴」。按：應作「嬴」。

〔二〕「忸」，《爾雅》作「狃」。按：應作「狃」。

『犬性忕也』。忕，《説文》亦云『習也』，則『狃』與『𢓜』音近而義亦同。」

兩服上襄。

【補】【《爾雅·釋言》】襄，駕也。

【補】【高誘《吕覽·愛士》篇注】四馬車，兩馬在中爲服。《詩》曰：「兩服上襄。」兩馬在邊爲驂，《詩》曰：「兩驂如舞。」

喬樅謹案：王氏《經義述聞》云：「上者，前也。上襄，猶言並駕於前〔一〕，即下章之『兩服齊首』也。鴈行，謂在旁而差後，即下章之『兩驂如手』也。」胡承珙曰：「案《説文》：『駕，馬在軛中也。』《吕覽》高誘注：『上猶前也。』《大雅·下武》箋：『下猶後也。』是上爲前，下爲後，古有〔二〕此稱。上駕者，言兩服在前駕軛，與兩驂在後鴈行者文義相對。〔三〕」王、胡兩説得之。「襄」蓋「驤」之假借，《禮記正義》三、《史記·司馬相如傳索隱》引《詩》並作「兩服上驤」。《玉篇》〔四〕：「驤，駕也。」是已。

〔一〕「猶言並駕於前」，《經義述聞》作「猶言前駕，謂並駕於車前」。

〔二〕「古有」，《毛詩後箋》作「古人自有」。

〔三〕「上駕者」至「鴈行者文義相對」二十二字，《毛詩後箋》置於「馬在軛中也」後。

〔四〕「玉篇」，續編本作「注云」。按：應作「玉篇」。

清人

二矛重鷮。

【補】【《爾雅·釋鳥》】鷮，雉。○【郭璞曰】鷮，長尾，走且鳴。

喬樅謹案：據《詩釋文》引《韓詩》作「鷮」，是三家今文皆爲「鷮」字。《毛詩》作「喬」者，古文之假借。《鄭箋》云：「喬矛矜近，上及室題，所以懸毛羽。」是亦讀「喬」爲「鷮」。范家相曰：「重鷮者，重施雉羽矛之室題也。」馬瑞辰曰：「《爾雅·釋木》：『句如羽，喬。』木之如羽者得名爲喬，是知喬本爲羽飾之名矣。」「重」者，「緟」之假借。《説文》：「緟，增益也。」重鷮謂重以翳羽爲飾，猶重英謂重以朱英爲飾也。胡承珙引《周禮》「掌節以英蕩輔之」杜子春注「英蕩畫函」，證此詩「英飾」即「畫飾」，可補《孔疏》之略。

河上乎逍遥。

【蔡邕《青衣賦》】河上逍遥。

洵直且侯。

【補】【《爾雅·釋故》】侯，君也。○【郭璞曰】義見《詩》。

喬樅謹案：《毛傳》訓同。《詩釋文》引《韓詩》云：「侯，美也。」義與魯、毛異。馬瑞辰云：「《左氏傳》曰：『楚公子美矣君哉！』古字訓君者多有美義。『侯』爲君，又爲美，猶《釋詁》『皇』與『烝』爲君又爲美。胡承珙謂『洵直且侯』總括下二章『邦之司直』『邦之彦兮』，直即司直，侯即『美士爲彦』也。」

彼己之子，舍命不渝。

【補】【《新序·義勇》篇】崔杼弑莊公，令士大夫盟者，皆脱劍而入，言不疾，指不至血者死。所殺者十人矣。次及晏子，晏子奉桮血仰天而歎曰：「嗚乎，崔子將爲無道，殺其君。」盟者皆視之，崔子[一]謂晏子曰：「子與我，我與子分國；子不吾與，吾將殺子。直兵將推之，曲兵將勾

[一]「子」，《新序》作「杼」。

之，唯子圖之。」晏子曰：「嬰聞回以利而背其君者，非仁也；刼以刃而失其志者，非勇也。」《詩》云：「愷悌君子，求福不回。」嬰可謂不回矣。直兵推之，曲兵勾之，嬰不之回也。崔子舍之，晏子趨出，授綏而垂，其僕將馳，晏子拊其手，曰：「虎豹在山林，其命在庖厨，馳不益生，緩不益死。」按之，成節，然後去之。《詩》云：「彼己之子，舍命不渝。」晏子之謂也。

【補】【《列女傳》五】《詩》曰：「彼己之子，舍命不渝。」《梁節姑姊傳》。

喬樅謹案：彼己，《毛詩》作「彼其」。《王風・揚之水》箋云：「其，或作『記』，或作『己』，讀聲相似。」是兼載三家之異文。「舍命不渝」句，又見《節義傳・楚成鄭瞀》篇引《詩》。

【補】【《爾雅・釋言》】渝，變也。

喬樅謹案：《爾雅釋文》：「渝，舍人本作『𧹞』。」「𧹞」蓋「渝」之或體。《韓詩外傳》引此《詩》云「舍命不偷」，「偷」亦「渝」之假借。

彼己之子，邦之司直。

【補】【《新序・節士》篇】楚昭王有士曰石奢，其爲人也，公正而好義，王使爲理。於是廷有殺人者，石奢追之，則其父也。遂反於廷，曰：「殺人者，僕之父也。以父成政，不孝；不行君法，不忠。弛罪廢法，而伏其辜，僕之所守也。」伏斧鑕命在君。君曰：「追而不及，庸有罪乎，子其治事矣。」石奢曰：「不私其父，非孝也；不行君法，非忠也；以死罪生，非廉也。君赦之，上之惠也；臣不敢失法，下之行也。」遂不離鈇鑕，刎頸而死於廷中。君子聞之曰：「貞夫，法哉！」孔子曰：「子爲父隱，父爲子隱，直在其中矣。」《詩》曰：「彼己之子，邦之司直。」石子之謂也。

【補】【高誘《淮南・主術訓》注】司直，官名，不曲也。

邦之喭兮。

【補】【《爾雅・釋訓》】美士爲喭。○【舍人曰】國有美士，爲人所言道。《毛詩正義》。○【郭璞曰】人所喭咏也。

喬樅謹案：《爾雅釋文》：「喭音彥，本今作『彥』。」考《説文・彣部》：「彥，美士有彣，人所言也。从彣厂聲。」與舍人義同，皆本魯訓。

遵大路[一]

不寁故也。

【補】【《爾雅・釋故》】寁，速也。○【舍人注】寁意之速也。《毛詩正義》。○【郭璞注】《詩》曰：

[一] 詩題後原有「兮」字，應刪。

「不寁故也。」

喬樅謹案：《説文》云：「寁，居之速也。从宀疌聲。」又云：「疌，疾也。」「疾」「速」義同。馬瑞辰曰：「『寁』字訓速，當讀同《孟子》『可以速則速』之『速』。趙注云：『速，速去也。』『速』對『久』言，『久』爲久留，故知『速』爲速去。《詩》言『不寁故』『不寁好』者，正《毛叙》言『君子去之，國人思望』之意，謂君〔一〕不宜速去其故舊交好也。」嚴粲《詩緝》曰：「不可倉卒於故舊，言棄去之速也。」其説得之。

女曰鷄鳴

喬樅謹案：石經《魯詩》殘碑有「女曰鷄」三字，見洪适《隸釋》。

弋鳧與雁。

【補】【高誘《呂覽·功名》篇注】弋，繳射之也。《詩》曰：「弋鳧與雁。」又《季春紀》注引《詩》同。

喬樅謹案：高誘《淮南·時則訓》注引《詩》同。

〔一〕「君」，此下《毛詩傳箋通釋》有「子」字。

【補】【某氏《爾雅·釋鳥》注】《詩》云：「弋鳧與雁。」《毛詩正義》。

【補】【《淮南·説山訓》】好弋者先具繳與矰。○【高誘注】繳，大綸。矰，短矢。繳，所以繫者，繳射之注飛鳥。《詩》云：「弋鳧與雁。」

與子宜之。

【補】【《爾雅·釋言》】宜，肴也。○【李巡曰】宜，飲酒之肴也。《毛詩正義》。○【郭璞注】《詩》曰：「與子宜之。」

琴瑟在御。

【補】【何休《公羊傳解詁》】古者天子諸侯雅樂，鐘磬未嘗離於庭。卿大夫御琴瑟，未嘗離於前。所以養仁義而除淫辟也。《魯詩傳》曰：「天子食，日舉樂，諸侯不釋懸，大夫士日琴瑟。」《隱五年傳》。

喬樅謹案：據此所稱《魯詩傳》是邵公習《魯詩》之確證。《詩》「琴瑟在御」，承上文飲酒而言，正大夫士食用琴瑟之謂。

【補】【《白虎通·禮樂》篇】《詩傳》曰：「大夫士琴瑟御。」

喬樅謹案：此引《詩傳》與邵公合，益足證書中所稱《詩傳》皆《魯詩傳》也。「天子食，日舉樂」句又見《禮樂》篇，「王者食必有樂」章引《傳》云云。

雜佩以贈之。

【補】【蔡邕《月令章句》】佩上有雙衡，下有雙璜，琚瑀以雜之，衝牙、蠙珠以納其間。《續漢志注》。

喬樅謹案：《三禮舊圖》云：「衡長五寸，博一寸，璜徑二寸，衝牙長三寸。」衡即珩也，蠙即玭也，佩有珩、璜、琚、瑀、衝牙、玭珠，皆珠玉之類。其爲物非一，故曰「雜佩」也。

有女同車

顔如蕣華。

【補】【高誘《吕覽·仲夏紀》注】木堇樹高五六尺，其葉與安石榴相似〔一〕，華可用作蒸。雜家謂之朝生，一名蕣，《詩》曰「顔如蕣華」是也。

喬樅謹案：《淮南·時則訓》注云：「木槿，朝榮暮落。」餘説及引《詩》語同，惟「舜」字不从艸。「舜」「蕣」古今字，《魯詩》今文當作「蕣」。

【補】【趙岐《孟子章句》十三】色謂婦人妖麗之容。《詩》曰：「顔如蕣華。」

〔一〕「木堇樹高五六尺，其葉與安石榴相似」，《吕氏春秋》作「木堇朝榮暮落是月容」。

將翶將翔，佩玉瓊琚。

【補】【王逸《楚詞章句·序》】將翶將翔，佩玉瓊琚。

將翶將翔，佩玉鏘鏘。彼美孟姜，德音不忘。

【補】【《白虎通·衣裳》篇】所以必有佩何〔一〕？表德見所能也。故修〔二〕道無窮，則佩環；能本道德，則佩琨；能決嫌疑，則佩玦。是以見其所佩，即知其所能。佩即象其事，若農夫佩其耒耜，工匠佩其斧斤，婦人佩其鍼縷，亦佩玉也。何以知婦人亦佩玉？《詩》云：「將翶將翔，佩玉將將。彼美孟姜，德音不忘。」

喬樅謹案：將將，當據《楚詞章句》引《詩》改作「鏘鏘」。《魯詩》字不與毛同。

【王逸《楚詞·九歌》注】鏘，佩聲也。《詩》曰：「佩玉鏘鏘。」

【補】【《列女傳》四】《詩》曰：「彼美孟姜，德音不忘。」《楚白貞姬》篇。○又《傳》八《張湯母》篇引《詩》同。

喬樅謹案：《毛詩正義》引《鄭志》張逸問曰：「此《序》云『齊女賢』，經云『德音不忘』。文

〔一〕「何」，《白虎通》作「者」。
〔二〕「修」，《白虎通》作「循」。

姜内淫，適人殺夫，幾亡魯國，故齊有『雄狐』之刺，魯有『敝笱』之賦，何德音之有乎？」答曰：「當時佳耳，後乃有此〔一〕。或者早嫁不至於此。作者據時而言，故《序》達經意。」如鄭此言，則以此詩爲刺忽不娶文姜。案《序》言「忽有功於齊，齊侯請妻之」，則請妻在有功之後。齊女賢而忽不娶，文又在其下，明是在後妻者也，安得以爲文姜乎？鄭此箋不言文姜，《鄭志》未爲定解也。胡承珙曰：「案《春秋・桓三年》『夫人姜氏至自齊』，即文姜也。六年北戎伐齊，鄭大子忽帥師救齊，是時文姜歸魯已久。則所謂齊侯又請妻之者，其非文姜明甚。其稱孟姜者，古男女異長。嫡長稱伯，宋伯姬是也。庶長稱孟，齊孟姜是也。或文姜是嫡出，孟姜是庶出耳。」

山有扶蘇

山有扶蘇，隰有荷華。不見子都，乃見狂且。

【補】【《中論・審大臣》篇】時俗之所不譽者，未必爲非也。其所譽者，未必爲是也。《詩》

〔一〕「此」，《毛詩注疏》作「過」。

曰〔一〕：「山有扶蘇，隰有荷華。不見子都，乃見狂且。」言所謂好者非好，醜者非醜，亦由亂之所致也。

喬樅謹案：郭忠恕《佩觿》引「山有扶蘇」，與「扶持」别，是《詩經》「扶蘇」當作「扶」爲正，「扶」字乃古文之假借耳。胡承珙曰：「《吕覽·求人》篇『東至榑木之地』注云：『榑木，大木也。』《管子·地員》篇：『五沃之土，宜彼群木，桐柞扶櫄，及彼白梓。』據此則扶自是木名，蓋緩言之曰『扶蘇』，急言之曰『扶』。扶蘇即扶木。」胡説是也。《毛傳》：「扶蘇，扶胥，小木也。」段氏《詩經小學》謂當從《釋文》，無「小」字爲長。

【補】【《孟子章句》十一】子都，古之姣好者也。《詩》曰：「不見子都，乃見狂且。」

喬樅謹案：趙岐《孟子章句》云：「子都，古之姣好者也。」又《荀子·賦》：「閭娵子奢，莫之媒也；嫫母力父，是之嘉〔二〕也。」「都」「奢」古同音通用。《戰國策·楚策》載孫子《賦》作「閭姝子都〔三〕，莫知媒兮；嫫母求之，又甚喜之兮」，是子奢即子都也。

隰有游龍。

〔一〕「《詩》曰」，此上《中論》有「故」字。
〔二〕「嘉」，《荀子》作「喜」。
〔三〕「都」，《戰國策》作「奢」。

【補】【高誘《淮南·墬形訓》注】游龍，鴻也。《詩》曰：「隰有游龍。」

喬樅謹案：《爾雅·釋草》：「紅，蘢古，其大者蘬。」舍人注云：「紅名蘢古，其大者名蘬。」「龍」即「蘢」之假借，故《毛傳》亦云「龍，紅草也」。陸璣《疏》云：「一名馬蓼，葉大而赤白色，生水澤中，高丈餘。」《廣雅》云：「鴻，蘢䕲，馬蓼也。」「鴻」「紅」音近通假，「龍䕲」亦即「蘢古」之聲轉。

蘀兮

蘀兮蘀兮，風其吹汝。叔兮伯兮，唱予和汝。

【補】【《列女傳》三】婦人之事，唱而後和。《詩》云：「蘀兮蘀兮，風其吹汝。叔兮伯兮，唱予和汝。」《魯公乘姒傳》。

褰裳

褰裳涉溱。

【補】【《白虎通·衣裳》篇】所以名爲裳何？衣者，隱也；裳者，鄣也。所以隱形自鄣閉也。何以知上爲衣，下爲裳？以其先言衣也。《詩》曰：「褰裳涉溱。」所以合爲下〔一〕也。《弟子職》言：「摳衣而降。」名爲衣何？上兼下也。

喬樅謹案：《毛詩釋文》：「褰，本或作『騫』，非。」考《説文》：「褰，袴也。」「攐，摳衣也。从手，寒聲。」則「褰」「騫」皆「攐」之假借也。

子不我思，豈無他人。

【補】【高誘《吕覽·求人》篇注】《詩》曰：「子不我思，豈無他人。」

【補】【楊雄《逐貧賦》】豈無他人。

子惠思我，褰裳涉洧。子不我思，豈無他士。

【補】【《吕氏春秋·求人》篇】晉人欲攻鄭，令叔嚮聘焉，視其有人與無人。子産爲之詩曰：「子惠思我，褰裳涉洧。子不我思，豈無他士。」叔嚮歸曰：「鄭有人，子産在焉，不可攻也。秦、荆近，其詩有異心，不可攻也。」晉人乃輟攻鄭。孔子曰：「《詩》云：『無競惟人。』子産一稱而鄭國免。」〇【高誘曰】鄭近秦與荆，其《詩》云「子不我思，豈無他人」〔二〕，故曰「有異心，不可攻

〔一〕「下」，《白虎通》作「衣」。按：應作「衣」。

〔二〕「豈無他人」，此下《吕氏春秋》有「將事秦荆」四字。

也」。

喬樅謹案：據《吕氏春秋》，是以《褰裳》爲鄭子産所作。高誘注又引上章「豈無他人」句以證明之。《魯詩》之説蓋與《吕覽》同。

丰

子之妦兮。

喬樅謹案：《毛詩釋文》：「丰，《方言》作『妦』。」考郭璞《方言注》云：「妦，言妦容也。」《玉篇·女部》：「妦，容好貌。」《説文·生部》：「丰，艸盛丰丰也。从生，上下達也。」是「丰」爲「妦」古文假借字。《魯詩》今文「丰」字當爲「妦」，與毛古文異。

東門

茹藘在阪。

【補】【《爾雅·釋草》】茹藘，茅蒐。○【李巡曰】茅蒐一名茜，可以染絳。《毛詩正義》。

喬樅謹案：陸璣《疏》云：「齊人謂之茜，徐州人謂之牛蔓。」郭璞謂即今之蒨艸，是也。

其室則邇，其人甚遠。

【補】【《淮南・説山訓》】行合趨同，千里相從；行不合趨不同，對門不通。○【高誘注云】《詩》所謂「室邇人遠」。

喬樅謹案：《毛傳》釋此詩二句謂「得禮則近，不得禮則遠」，今據《淮南子》高誘注語與《毛傳》義相近，是魯、毛説同。

風雨

既見君子，云胡不夷。

【補】【王逸《楚詞・九懷》注】《詩》云：「既見君子，我心則夷。」夷，喜也。

喬樅謹案：《草蟲》詩云：「亦既遘止，我心則夷。」《風雨》詩云：「既見君子，云胡不夷。」叔師所引詩當是《風雨》篇，而誤合《草蟲》之「我心則夷」語爲此詩也。

風雨如晦。

【補】【《爾雅・釋言》】晦，冥也。

喬樅謹案：《爾雅》又云：「霧謂之晦。」《公羊・僖十五年》「己卯晦」，《傳》云：「晦者，何冥也。」何休《解詁》曰：「晝日而冥。」是晝晦正以爲霧氣所蒙，故《爾雅》又云「霧謂之晦」。霧，段氏玉裁據《説文》謂當作「霿」。霿，晦也。

子裣

喬樅謹案：《詩考》云「子衿」石經作「裣」，考洪适《隸釋》此條未經收入。惠氏棟云：「張有《復古》篇：『紟，衣系也，从糸、今。古作絵，别作衿，非。』又云：『裣，衽也，从衣、金。别作襟，非。』『裣』與『襟』通，與『衿』異。《詩正義》混『衿』『襟』爲一，非也。王伯厚云漢石經作『子裣』，得之。」胡承珙曰：「《説文》：『裣，交衽也。』衽本所以掩裳際者，裣爲交衽，在領之下，而謂之領者。《顔氏家訓·書證》篇云：『古者斜領下連於裣，故謂領爲裣。』是也。《爾雅》：『黼領謂之襮。』蕭該《漢書音義》引《字林》云：『襮黼，裣也。』亦是以『領』爲『裣』矣。」

青青子裣。

【補】【《爾雅·釋器》】衣眥謂之襟。○【李巡曰】衣眥，衣領之襟。○【孫炎曰】襟，交領也。《毛詩正義》。

子寧不詒音。

【王逸《楚詞·九章注》】詒，遺也，《詩》曰「詒我德音」也。《惜誦》篇。

喬樅謹案：《毛詩》「子寧不嗣音」，《釋文》引《韓詩》作「詒音」。詒，寄也，曾不寄問也。據此知三家今文作「詒」，音與毛字異。叔師當引《魯詩》「子寧不詒音」而釋之曰「詒我德音」也。今本或傳寫脱落詩句耳。

出其東門

出其闉闍。

【補】【《爾雅·釋言》】闍，臺也。○【孫炎曰】積土如水渚，所以望氣祥也。《毛詩釋文》。

喬樅謹案：《毛傳》訓「闉」爲曲城，「闍」爲城臺。臺在城門之上，亦可統於城内。故《説文》云：「闉，闉闍，城曲重門也。」「闍，闉闍也。」

野有蔓草

野有蔓草，零露漙兮。有美一人，清揚婉兮。邂逅相遇，適我願兮。

【補】【《説苑・尊賢》篇】孔子之郯，遭程子於塗，傾蓋而語終日。有間，顧子路曰：「取束帛一以贈先生。」子路不對。有間，又顧曰：「取束帛一以贈先生。」子路屑然對曰：「由聞之也，士不中而見，女無媒而嫁，君子不行也。」孔子曰：「由，《詩》不云乎：『野有蔓草，零露漙兮。有美一人，清揚婉兮。邂逅相遇，適我願兮。』今程子天下之賢士也，於是不贈，終身不見。大德不踰閑，小德出入可也。」

喬樅謹案：《説苑》所載與《韓詩外傳》同，則魯、韓《詩》説皆不以此篇爲男女期會之詩也。江淹《雜詩》云：「既傷蔓草别，方知杕杜情。」與《麗色賦》「感蔓草於鄭詩」説異。《麗色賦》見《藝文類聚》，「鄭詩」舊譌作「衛」，今改正。其義殆本之三家與。

【補】【《爾雅・釋故》】蘦，落也。○【郭璞曰】見《詩》。

喬樅謹案：今《毛詩》作「零露」，《箋》云「零，落也」，《正義》解《箋》云：「『靈』作『零』字，故爲落也。」據此知《毛詩》本作「靈露」，與《衛〔一〕風》「靈雨」字同。鄭君始從今文作「零」，訓爲落也。《爾雅》作「蘦」，蓋本《魯詩》。邢昺云：「《説文》：『草曰蘦，木曰落。』此對文爾，散文則通。『蘦』『零』音、義同。」喬樅考《説文》：「霝，雨零也。从雨，㗊象零

〔一〕「衛」，應作「鄘」。按：《衛風》中無「靈雨」之文，《鄘風・定之方中》有「靈雨既零」之句。

形。」「零，餘雨也。从雨，令聲。」雨露曰「靁零」，艸木曰「蘦落」，「靁」「蘦」亦通作「零。」《説文》引《詩》「靁雨其濛」，今《毛詩》字作「零」。《夏小正》「栗零」，《月令》「草木零落」，皆用「零」字。

潧洧

【補】【高誘《吕覽・本生》篇注】鄭國淫辟，男女私會於溱洧之上，有詢訏〔一〕之樂、勺藥之和。

潧與洧，方汍汍兮。

【補】【《説文・水部》】潧水出鄭國，《詩》曰：「潧與洧，方汍汍兮。」

喬樅謹案：《水經》：「潧水出鄭縣西北平地。」酈道元注云：「《鄭語》『主芣騩而食潧洧』即謂此矣。潧水〔二〕又南，注于洧，《詩》所謂『溱與洧』者也。」《水經》言「潧水」〔三〕，與《説

〔一〕「詢訏」，《吕氏春秋》作「絢盱」。

〔二〕「即謂此矣潧水」六字，續編本作「修典刑以守之」。《水經注》於「即謂此矣」上有「修典刑以守之可以少固」十字。

〔三〕「言『潧水』」，續編本作「作『潧』，正」。

文》同。酈注引《鄭語》〔一〕「溍洧」，而今本《國語》〔二〕作「溱〔三〕洧」者，此爲後人所改，非古本也。《廣韵》「溍」字收入臻部，云〔四〕：「《説文》引《詩》作『溍洧』，今《詩》作『溱洧』，誤〔五〕。」案《玉篇》「溱溍」並〔六〕讀爲側銀切，云：「溱水出桂楊〔七〕，溍水出鄭國。」亦作「溱」。蓋古人「溱」「溍」聲近，毛古文假用「溱」字，魯、齊、韓今文皆作「溍」字。晉唐以後，三家寖微，學者多見「溱」，少見「溍」，遂於經傳「溍洧」字悉改「溍」爲「溱」耳。洙洙，《毛詩》作「涣涣」，《釋文》云：「《韓詩》作『洹洹』，音丸。《説文》作『汎汎』，音父弓反。」段氏玉裁云：「按作『汎』，父弓反，音、義俱非。凡古書駁文〔八〕，必字異而音近〔九〕。汎

〔一〕「《鄭語》」，此下續編本有「引」字。

〔二〕「今本《國語》」，續編本作「所引《詩》」。

〔三〕「溱」，此下續編本有「與」字。

〔四〕「《廣韻》『溍』字收入臻部，云」，續編本均作缺字。

〔五〕「洧誤」二字，續編本作「喬樅」。

〔六〕「並」，續編本作「皆」。

〔七〕「楊」，續編本作「陽」。

〔八〕「駁文」，續編本作「假借」。

〔九〕「近」，續編本作「同」。

汎，蓋『汍汍』之誤。汍，从水，丸聲，『汍〔一〕』與『洹』同，見《玉篇》。《漢書・地理志》又作『灌灌』，亦當讀『汍汍』，皆水盛沄旋之貌。」喬樅案，班《志》多據《齊詩》，今觀《説文》所引〔二〕，與齊、韓、毛文並異，則其爲《魯詩》可知也。「涣」「汍」「灌」「洹」皆一聲之轉〔三〕，古相通用。《釋名》釋「采帛」云：「紈，焕〔四〕也。細澤有光，焕焕〔五〕然也。」《漢書・息夫躬傳》「涕泣流兮萑蘭」，張晏曰：「萑蘭，草名也。」是以「萑蘭」爲「芄蘭」。臣瓚曰：「萑蘭，涕泣闌干也。」是以「萑蘭」爲「汍瀾」。《文選》歐陽堅石詩「揮筆涕萑〔六〕瀾」，注：「萑與汍同。」《禮記》「赫兮喧兮」，《釋文》：「喧，本作『咺』。」《晉書音義》中「諠」與「喧」同。《一切經音義》：「讙，古文作『吅』，又作『喧』，同。」《説文・角部》：「觛，角匕也。从角，亘聲，讀若『鱹』。」竝足爲古今文通假之證。

詢訏且樂。 見上《吕氏春秋注》引。

〔一〕「汍」，續編本作「讀」。
〔二〕「引」，續編本作「載」。
〔三〕「皆一聲之轉」，續編本均作缺字。
〔四〕「焕」，續編本作「涣」。
〔五〕「焕焕」，續編本作「涣涣」。
〔六〕「萑」，續編本作「汍」。

喬樅謹案：詢訏，《毛詩》作「洵訏」，《釋文》云：「《韓詩》作『恂盱』。」《漢志》亦作「恂盱」，《魯詩》與齊、韓、毛文異。

惟士與女。

【蔡邕《禊文》】惟士與女。

贈之以勺藥。見上《吕氏春秋注》。

【補】【司馬相如《子虛賦》】勺藥之和，具而後御之。○【伏儼曰】勺藥以蘭桂調食也。○【文穎曰】勺藥，五味之和也。

【補】【楊雄《蜀都賦》】甘甜之和，勺藥之美〔一〕。

【補】【張衡《南都賦》】歸雁鳴鵽，香稻鱻魚，以爲勺藥。

【補】【《論衡・譴告》篇】猶人勺藥失其和。

喬樅謹案：勺藥，《毛傳》訓爲〔二〕香艸，《韓詩》訓爲離艸。今據王充、張衡、高誘諸人並用《魯詩》，而皆以勺藥爲調和之名，是《魯詩》不以勺藥爲艸名也。又枚乘《七發》云「勺藥之

〔一〕「美」，《揚子雲集》作「羹」。
〔二〕「訓爲」，續編本作「勺藥」。

醬」，張載《七命》云「和兼勺藥」，韋昭云「勺藥，和齊酸鹹美味也」，亦皆本《魯詩》，以勺藥爲調和名。蓋魯説以「贈之以勺藥」即承上文「秉蘭」而言，謂以蘭爲調和之用，義取於和也。《太平御覽》引《禮斗威儀》曰：「君乘金而王，其政平，則蘭常生。」宋均注曰：「蘭生主給調和也。」《文選·魯靈光殿賦》注引鄭氏説同。是調和古有用蘭者矣。

魯詩遺説考卷第二〔二之二〕

魯詩國風五

齊風

鷄鳴

喬樅謹案：《文選》王元長《策秀才文》：「歌《鷄鳴》於闕下，稱仁漢牘。」李善注引《列女傳》曰：「緹縈歌《鷄鳴》《晨風》之詩。」今本《列女傳·齊太倉女》篇無此語，蓋文脱也。注又引班固歌詩曰：「上書詣北闕，闕下歌《鷄鳴》。憂心摧折裂，《晨風》激揚聲。」考《太平御覽》九百四十四引《韓詩》曰：「《鷄鳴》，讒人也。本或作「説」，誤。《經義雜記》云。『匪鷄則鳴，蒼蠅之聲』，薛君曰：『鳴鷄、遠蠅聲相似。』」據《韓詩》説，是以此詩爲刺讒之作。緹縈之歌《鷄鳴》，亦自傷無罪被讒，冀見憐察也。子政用《魯詩》，孟堅用《齊詩》，知此篇三家同義。

無庶予子憎。

【補】【《爾雅·釋故》】庶，衆也。○【郭璞曰】見《詩》。

【補】【楊雄《方言》二】予，讎也。

喬樅謹案：三家《詩》以《鷄鳴》爲刺讒之作，則「庶予」之訓當從《方言》，以「予」爲讎。無庶予者，謂無衆讎之也。《方言》六又云：「誣，譤，與也。吴越曰誣，荆齊曰譤。句。『與』猶秦晉言『阿與』。」案『誣』『譤』皆訓爲與。」戴氏《方言疏證》以爲「譤」「與」連文，非也。考郭璞注云「相阿與者，所以致誣譤」，以「誣」「譤」二字並舉可證。《廣雅》「誣譤，予也」，「與」「予」字通。《説文》：「誣，加也。」《集韵》：「譤，謗也。」則「予」又有誣謗之義。相誣相謗，皆相讎也。此足證《詩》之「庶予」爲衆被以誣謗之語而讎害之，與「子憎」對文而言也。《詩正義》云定本「予」作「與」，非，蓋失考耳。

還

竝驅從兩豣兮。

【補】【高誘《吕覽·知化》篇注】獸三歲曰豣。

喬樅謹案：《毛詩》「兩肩」，《釋文》：「肩，本亦作『豣』。」《説文》：「豣，三歲豕，肩相及者。」考《玉篇》「豜」字同「豣」，「肩」者，古文假借字。高誘此注當本《魯詩》故訓。今本《吕氏春秋》字作「狷」，蓋「豜」之譌。

東方

東方未明，顛倒衣裳。顛之倒之，自公召之。

【補】【《説苑·奉使》篇】魏文侯遣倉唐賜太子衣一襲，勑以雞鳴時至。太子發篋，視衣，盡顛倒。太子曰：「趣早駕，君侯召擊也。」倉唐曰：「臣來不受命。」太子曰：「君子〔一〕賜擊衣，不以爲寒也。欲召擊，無誰與謀，故勑子以鷄鳴時至。《詩》云：『東方未明，顛倒衣裳。顛之倒之，自公召之。』」遂西至謁文侯，大喜。

喬樅謹案：詩卒章「不能辰夜」，「辰夜」者，猶云時夜。《莊子》曰：「化予之臂〔二〕以爲雞，予因以〔三〕時夜。」《釋文》引崔注云：「時夜，司夜。」《淮南·説山訓》作「見卵而求晨夜」，

〔一〕「子」，《説苑》作「侯」。按：應作「侯」。
〔二〕「臂」，此上《莊子》有「左」字。
〔三〕「以」，此下《莊子》有「求」字。

「晨」與「辰」通，時夜即《周官》雞人之告時也。雞鳴者，入朝之候。故文侯敕倉唐以雞鳴時至，而太子即趣早駕也。

【補】【《荀子·大略》篇】諸侯召其臣，臣不俟駕，顛倒衣裳而走，禮也。《詩》曰：「顛之倒之，自公召之。」

【補】【趙岐《孟子章句》十】君以其官召之，豈得不顛倒？《詩》云：「顛之倒之，自公召之。」

喬樅謹案：邠卿説此詩「顛倒衣裳」義與《荀子》合，益足證《魯詩》之説多本於《荀子》矣。

南山

葛屨五兩。

【補】【《説苑·修文》篇】親迎禮，諸侯以屨二兩加琮，大夫、士〔一〕、庶人以屨二兩加束脩二。曰：「某國寡小君，使寡人奉不珍之琮、不珍之屨，禮夫人貞女。」夫人曰：「有幽室數辱之産，未諭於傅母之教，得承執衣裳之事，敢不敬拜祝。」祝答拜。夫人受琮，取一兩屨以履女，正笄，衣裳，而命之曰：「往矣，善事舅姑，以順爲宮室，無二爾心，無敢回也。」女拜，乃親引其手，授夫於

〔一〕「士」，《説苑》無此字。

户。夫引手出户。夫行，女從。拜辭父於堂，拜諸母於大門。夫先升輿執轡，女乃升輿。轂三轉，然後夫下，先行。大夫、士、庶人稱其父，曰：「某之父，某之師友，使某執不珍之屨、不珍之束脩，敢不敬禮某氏貞女。」母曰：「有草茅之産，未習於織紝紡績之事，得奉執箕帚之事，敢不敬拜。」

喬樅謹案：此所述與詩「葛屨五兩」句足相證明，子政蓋即據《魯詩》説，「二兩」當爲「五兩」之譌。諸侯以屨五兩加琮，大夫、士、庶人以屨二兩加束脩，所以辨上下、别等差也。

娶妻如之何？必告父母。

【補】【《白虎通·嫁娶》篇】男不自專娶，女不自專嫁，必由父母、須媒妁何？遠恥防淫佚也。《詩》曰：「娶妻如之何？必告父母。」又曰：「娶妻如之何？匪媒不得。」

【補】【趙岐《孟子章句》九】《詩·齊國風·南山之》篇言娶妻之禮，必告父母。

【補】【高誘《吕覽·當務》篇注】《詩》云：「娶妻如之何，必告父母。」

曷又鞠止。

【補】【《爾雅·釋詁》】鞠，窮也。

喬樅謹案：《廣雅》：「窮，極也。」訓「窮」爲極，與下章「曷又極止」義同。馬瑞辰以「鞠」爲「簕」字之假借，《説文》：「簕，窮也。从宀，簕聲。」「鞠」「窮」以雙聲爲義。

娶妻如之何，匪媒不得。見前。

甫田

無田甫田，惟莠喬喬。無思遠人，勞心忉忉。

【補】【《法言·脩身》篇】田甫田者，莠喬喬；思遠人者，心忉忉。○【李軌注】雖有喬喬之莠，其穀不可得；雖有忉忉之思，遠人不可見。

喬樅謹案：甫田，李軌本作「圃田」。「圃」蓋假借字，作「甫」爲正。喬，《毛詩》作「驕」，亦古文假借字。詩意言爲國之道，當自近始，毋厭小而務大，毋忽近而圖遠。《鄭箋》亦云：「喻人君欲立功致治，必勤身脩德，積小以成高大。」《法言》引此詩爲脩身之證，義亦猶是也。

【補】【《説苑·復恩》篇】晉文公求舟之僑不得，終身誦《甫田》之詩。

喬樅謹案：晉文所誦《甫田》，當即此詩。

【補】【《爾雅·釋訓》】忉忉，憂也。

喬樅謹案：《毛傳》云：「忉忉，憂勞也。」胡承珙曰：「忉，當通作『惆』。猶『舟周』之爲『舠』」

也。〔一〕《説文》：「惆，失意也。」《玉篇》：「惆，悵恨也。」《莊子·天地》篇釋文引《字林》『怊，悵也』〔二〕，『忉』又『怊』字之省。」馬瑞辰曰：「《説文》無『忉』有『忍』，云：『忍，怒也。从心，刀聲。』怒與憂義正相近，『忉』蓋即『忍』之異文。猶『怛』或作『悬』也。」其説亦通。

突若弁兮。

【補】【楊雄《方言》】凡卒相見謂之突。

喬樅謹案：《廣雅》：「突，猝也。」義與此同。「卒」即「猝」字，古相通用。

盧令

盧鏻鏻。

喬樅謹案：《毛詩》「盧令令」，《傳》云：「令令，纓環聲。」吕氏《讀詩記》引董氏曰：「《韓詩》作『盧泠泠』。」文與毛異。《説文·犬部》：「獜，健也。《詩》曰：『盧獜獜。』」按《説

〔一〕「忉，當通作『惆』。猶『䑠』之爲『舠』也」，《毛詩後箋》作：「《説文》無『忉』字，當通作『惆』。『惆』之爲『忉』，猶『䑠』之爲『舠』也。」

〔二〕『怊，悵也』」，《毛詩後箋》作「作『怊』」。

文》引《詩》訓「獜」爲健，當本《齊詩》説。《玉篇・犬部》：「獜獜，聲也。亦作『鏻』。」作「鏻」者，《魯詩》之文也。「鏻」與「鈴」同，《毛詩》「令」即「鈴」之省文，《韓詩》「泠」又「鈴」之假借。又案《玉篇・金部》：「鏻，健也。」疑「健也」之訓，當是「獜」字注，與《説文》義同。《玉篇》於《詩》採三家，必於「鏻」下注云：「鏻鏻，聲也」。引《詩》「盧鏻鏻」，亦作「獜，健也」。「獜」下注云：「健也。」引《詩》「盧獜獜」，亦作「鏻，聲也」。今本轉寫者譌脱，非顧氏之舊矣。

敝笱

其魚魴鯤。

【補】【《爾雅・釋魚》】鯤，魚子。○【李巡曰】凡魚之子總名鯤也。《毛詩正義》。

喬樅謹案：《毛詩》作「魴鰥」，《傳》云：「鰥，大魚。」《箋》云：「鰥，魚子。」《正義》曰：「『鰥』『鯤』字異，蓋古字通用。或鄭本作『鯤』也。《魯語》『夏禁鯤鮞』，亦以『鯤』爲魚子。」喬樅謂，《鄭箋》之義即據《魯詩》改毛。《太平御覽》九百四十引《詩》正作「魴鯤」，蓋三家今文同。馬瑞辰曰：「《説文》云：『鰥，魚也。从魚，眔聲。李陽冰曰：「當从罤省。」』即古『昆』字，故古『鯤』字作『鱀』，隸省作『鰥』。《説文》有『鰥』無『鯤』，正以『鰥』

即『鯤』字耳。」

其從如雲。

【張衡《西京賦》】其從如雲。

載驅

魯道有蕩，齊子豈弟。

【補】【高誘《吕覽·貴公》篇注】《詩》云：「魯道有蕩。」

【補】【《爾雅·釋言》】愷悌，發也。○【舍人曰】闓明發行也。《毛詩正義》。○【郭璞曰】《詩》云：「齊子愷悌。」

喬樅謹案：《毛詩》「齊子豈弟」，《箋》云：「此『豈弟』猶言『發夕』也。豈，當讀爲『闓』。弟，《古文尚書》以『弟』爲『圛』。圛，明也。」《正義》曰：「《釋言》：『愷悌，發也。』舍人、李巡、郭璞[一]皆云：『闓，明；發，行。』郭璞又引此《詩》云：『齊子愷悌。』」喬樅謂，據《正

〔一〕「郭璞」，《毛詩注疏》作「孫炎」。

義》云云，則《釋言》文本不作「愷悌」，故注皆以「闓明」訓之。今《爾雅》本作「愷悌，發也」，注：「發，發行也。《詩》曰：『齊子愷悌。』」此乃後人所改，非景純舊本。又徑奪「闓明」之訓，僅存「發行」之義，遂與沖遠所引迥殊。且注之引《詩》，乃證明《釋言》之文，更不宜用「愷悌」，疑《魯詩》文當爲「齊子愷圛」，故鄭據以改毛，又引《古文尚書》「弟」爲「圛」者，以證《毛詩》「豈弟」即《魯詩》之「闓圛」。《史記·宋世家》「圛」作「涕」者，亦聲之假借。《釋言》文當爲「闓圛，發也」，故注引《魯詩》以證之。考《史記》司馬相如《封禪文》「昆蟲凱澤」，《漢書》作「闓懌」，《文選》作「闓澤」，此即用《魯詩》「闓圛」之文。鄭注《尚書》「曰圛」：「云圛者，色澤光明。」是「圛」與「澤」同。「闓」「凱」「澤」「懌」，聲並相近。《封禪文》承上「闇昧昭晰」而言，極之昆蟲，亦皆開明，回首向内也。又班固《典引》云：「紹天闡繹。」「闡繹」疑即「闓繹」之誤。文承上太古「同於草昧」，至太昊乃繼天而啟文明，故下云「亞斯之代，函光而未曜」也。「圛」「繹」「懌」「澤」，古皆通用。

猗嗟

猗嗟名兮。

【補】【《爾雅·釋訓》】猗嗟名兮，目上爲名。○【孫炎曰】目上平博。《毛詩正義》。○【郭璞曰】

眉眼之間。

喬樅謹案：《玉篇·頁部》「顆」下引《詩》云：「『猗嗟顆兮』，顆，眉目間也，本亦作『名』。」「顆」字與魯、毛不同，當是齊、韓《詩》文。

四矢反兮，以禦亂兮。

【補】【《白虎通·鄉射》篇】夫射者，發近而制遠也。其兵短而害長也，故可以戒難也。何以爲戒難也？《詩》云：「四矢反兮，以禦亂兮。」

喬樅謹案：《白虎通義》「夫射者」，「射」誤作「勝」，非。上文「夫射者，執弓堅固，心平體正，然後中也」，與此同一文法，今訂正之。

【補】【趙岐《孟子章句》八】禮射四發而去。《詩》曰：「四矢反兮。」

喬樅謹案：《韓詩》作「四矢變兮」，文與魯、毛異。

魏風

葛屨石經《魯詩》殘碑。

攕攕女手。

【補】【《説文・手部》】攕，好手貌。《詩》曰：「攕攕女手。」

喬樅謹案：《説文・戈部》：「㦰，讀若《詩》『攕攕女手』。」《玉篇・手部》「攕」下引同。《毛詩》作「摻摻」，《傳》云：「摻摻，猶纖纖也。」《文選・古詩十九首》注引《韓詩》作「纖纖」，並與《説文》引《詩》異。許氏所稱，蓋據《魯詩》之文。

好人媞媞。

【補】【《爾雅・釋訓》】媞媞，安也。○【郭璞曰】好人安詳之容。

【東方朔《七諫》】西施媞媞而不得見兮。○【王逸注】媞媞，好貌也。《詩》曰：「好人媞媞。」

喬樅謹案：《毛詩》「好人提提」，此所引作「媞媞」字，从女，不从手，與《爾雅》正合，《魯詩》之文異於毛也。

惟是褊心，是以爲刺。石經《魯詩》殘碑。

【補】【《列女傳》五】《詩》曰：「惟是褊心，是以爲刺。」《魯秋潔婦傳》。

喬樅謹案：惟，《毛詩》作「維」，《列女傳》引《詩》「惟」字與石經《魯詩》文同，益見子政所述之皆用《魯詩》矣。

汾沮洳

□汾一曲，言采其藚。彼其之子，美。下闕。○石經《魯詩》殘碑。

【補】【《爾雅·釋草》】藚，牛脣。○【李巡曰】别二名。《毛詩正義》。

喬樅謹案：藚，《毛傳》訓爲水舄，陸璣《疏》曰：「今澤蕮也。其葉如車前大，其味亦相似。徐州廣陵人食之。」考《說文》：「藚，水舄也。」《神農本草經》：「澤瀉，一名水舄。」蘇頌云：「澤瀉，春生苗，多在淺水中，葉如牛舌。」與《爾雅》以「藚」爲牛脣者相近。

園桃

園有桃。

【補】【高誘《吕覽·重己》篇注】樹果曰園，《詩》曰：「園有樹桃。」

喬樅謹案：高誘引《詩》有「樹」字，衍文也。據石經《魯詩》殘碑下章「園有棘」，無「樹」字，是其顯證。徐堅《初學記·園圃部》引《毛詩》亦作「園有樹桃」，「樹」皆衍字。

其實之肴。

【補】【蔡邕《典引注》】肴，食也。《文選》李善注引。

喬樅謹案：《説文》：「肴，啖也。」「啖」與「食」同義。

心之憂矣，我歌且謡〔一〕。

【補】【《列女傳》四】《詩》云：「心之憂矣，我歌且謡。」《陶嬰傳》〔二〕。

【補】【《爾雅·釋樂》】徒歌謂之謡。○【孫炎曰】聲消摇也。《毛詩正義》。○【郭璞曰】《詩》云：「我歌且謡。」

喬樅謹案：《毛傳》曰：「曲合樂曰歌，徒歌曰謡。」《初學記》引《韓詩章句》曰：「有章曲曰歌，無章曲曰謡。」考「謡」古字作「䚻」，《説文·言部》：「䚻，徒歌，从言，肉聲。」「䚻」又通作「繇」。《廣韵》：「繇，喜也。」引《詩》曰：「我歌且繇。」作「繇」者，《齊詩》之異文。據《漢書·李尋傳》曰「人民繇俗」，繇俗即謡俗，李尋用《齊詩》，此其證也。

□□□之誰知。闕一字。○石經《魯詩》殘碑。

喬樅謹案：據石經《魯詩》，是重句「誰知」上無「其」字，與《毛詩》異。馮登府以爲當作「其

〔一〕「心之憂矣，我歌且謡」，此下續編本有「陶嬰傳」三字，作小字。

〔二〕「《陶嬰傳》」，此下續編本有「傳補」二字，作小字。

誰知之誰知之」七言句。

園有棘，其實之。下闕。○石經《魯詩》殘碑。

喬樅謹案：棘，《毛傳》云：「棗也。」《爾雅》「樲，酸棗」，郭璞注引《孟子》曰：「養其樲棗。」今《孟子書》作「養其樲棘」，是「棘」即「棗」也。馬瑞辰曰：「按『棗』從重朿，『棘』從並朿，對文則異，散文則通。《爾雅》『槐棘醜，喬』，《周官》『外朝三槐九棘』，並通以棘爲棗，與此詩同。據下言『其實之食』，故知棘是棗耳。」

陟岵

陟彼岵兮。

【補】【《爾雅·釋山》】多草木，岵。○【郭璞曰】見《詩》。

喬樅謹案：《毛傳》云：「山無草木曰岵，山有草木曰屺。」義與《爾雅》相反。考《説文·山部》：「岵，山有草木也，从山，古聲。《詩》曰：『陟彼岵兮。』」「屺，山無草木也，从山，已聲。《詩》曰：『陟彼屺兮。』」《釋名·釋山》：「山有草木曰岵。岵，怙也。人所怙，取以爲事用也。山無草木曰屺。屺，圮也。無所出生也。」義並與《爾雅》同，毛與三家師傳各别，訓義或殊，許、劉所據，皆宗魯説也。

□□父兮。父闕。**曰嗟予子，行役夙夜無已。尚慎**闕。**哉，猶來無死。**石經《魯詩》殘碑。

喬樅謹案：洪适《隸釋》載石經《魯詩》於第二「父」字下注云：「闕一字，毛無。」馮登府《石經補考》云：「據覃溪翁氏所見石經本，『父曰』二字相接無闕文，《毛詩》正作『父曰嗟予子』。」洪氏之説疑非。喬樅案，段氏《詩經小學》云：「近有重刻《隸釋》石經不闕妄甚。」段氏所云近刻石經，即翁氏所見之本。「父」下所闕亦必「兮」字，叠上文「父兮」而言也。《毛詩》「父曰嗟予子」五字句，《魯詩》「父兮曰嗟予子」六字句，又微異。下「行役夙夜無已」亦六字句，馮氏欲據《毛詩》證魯，固矣。尚，《毛詩》作「上」，蓋古文假借字。《儀禮・鄉射禮》「上握焉」，注：「今文『上』作『尚』。」《覲禮》「尚左」，注：「古文『尚』作『上』。」是其證已。

陟彼屺兮，瞻望母兮。

【補】【《列女傳》三】《詩》云：「陟彼屺兮，瞻望母兮。」《魯臧孫母傳》。

【補】【《爾雅・釋山》】無草木，峐。○【郭璞曰】見《詩》。

喬樅謹案：《爾雅釋文》引《三蒼》《字林》《聲類》並云「峐」猶「屺」字，景純注云：「見《詩》。」疑《魯詩》「屺」字作「峐」，景純據《爾雅》舊注而言也。《列女傳》引《詩》作「屺」，或後人順毛改之。

猷來無棄。

【補】【《爾雅·釋言》】猷，可也。○【郭璞注】《詩》曰：「猷來無棄。」

陟岵三章章六句。 石經《魯詩》殘碑。

伐檀

【蔡邕《琴操》曰】《伐檀》者，魏國之女所作也。傷賢者隱避，素餐在位，閔傷怨曠，失其嘉會。夫聖王之制，能治人者食於人，治於人者食於田。今賢者隱退伐木，小人在位食禄，懸珍奇，積百穀，并包有土，德不加百姓。傷痛上之不知，王道之不施，仰天長嘆，援琴而鼓之。《太平御覽》五百七十八。

【《蔡邕集·和熹鄧后謚議》】何有伐檀，茅茹不拔。

【司馬相如《上林賦》】刺《伐檀》。○【張揖曰】其詩刺賢者不遇明主也。《史記索隱》、李善《文選注》引同。

案：張揖所引亦《魯詩》説，與蔡邕《琴操》語合。

河水清且瀾兮。

【補】【《爾雅·釋水》】河水清且瀾猗，大波爲瀾，小波爲淪，直波爲徑。○【李巡曰】分别水大小曲直之名。《毛詩正義》。○【郭璞曰】瀾，言涣瀾也。

喬樅謹案：《隸釋》載石經《魯詩》殘碑，「猗」作「兮」。「猗」「兮」古通，《尚書·秦誓》「斷斷猗」，《大學》引作「兮」。《爾雅》「猗」字疑後人順毛所改。瀾，《毛詩》作「漣」，《説文·水部》「瀾」下云：「大波爲瀾，从水，闌聲。瀾或从連。」《爾雅釋文》云：「李本依《詩》作『漣』，音連。」陸所謂《詩》指毛而言，此後人轉寫改「瀾」爲「漣」，并改「兮」爲「猗」之證。猗，《毛詩釋文》云「本作『漪』」，今《爾雅》本亦作「漪」，尤其明驗。

不稼不嗇，胡取禾三百廛兮，不狩不。下闕。○石經《魯詩》殘碑。

喬樅謹案：嗇，《毛詩》作「穡」。馮登府云：「穡，古省作『嗇』，本作『嗇』。《郊特牲》『主先嗇而祭司嗇也』，鄭云：『嗇同穡。』《湯誓》『舍我穡事』，《史記》作『嗇』。《般庚》『服田力穡』，漢成帝《詔》作『嗇』。《無逸》『先知稼穡之艱難』，漢石經作『嗇』。《漢陳球碑》『稼穡繁阜』，《張壽碑》『稼嗇滋殖』，古皆省『穡』爲『嗇』。」

彼君子兮，不素餐兮。

【《楚詞·九辯》】慕詩人之遺風〔一〕，願託志乎素餐。○【王逸注】勤身脩德，樂《伐檀》也。不空食禄，而曠官也。《詩》云：「彼君子兮，不素餐兮。」謂居位食禄，無有功德，名曰素餐也。

【補】【《説苑·脩文》篇】古者兒生三日，桑弧蓬矢六射天地四方。天地四方者，男女〔二〕之所有事也，必先意其所有事，然後敢食穀也。《詩》曰：「不素餐兮。」此之謂也。

【補】【《論衡·量知》篇】素者，空也。空虛無德，餐人之禄，故曰「素餐」。

喬樅謹案：《説文》：「餐，吞也。或從水作『湌』。」是『餐』『湌』古字通用。呂忱《字林》：「湌，吞食也。」《玉篇》：「餐，吞也。湌同。」《廣韵》《集韵》俱通作「湌」。

【補】【《潛夫論·三式》篇】封疆立國，不爲諸侯；張官置吏，不爲大夫。必有功於民，乃得保位，故有考績黜陟九錫三削之義。《詩》云：「彼君子兮，不素餐兮。」由此觀之，未有得以無功而禄者也。

【補】【趙岐《孟子章指》】《詩》云：「彼君子兮，不素餐兮。」言不尸其禄也。

【補】【又《孟子章句》十三】無功而食禄謂之素餐。

〔一〕「慕詩人之遺風」，《楚辭》作「竊慕詩人之遺風兮」。

〔二〕「女」，《説苑》作「子」。按：應作「子」。

【補】【《風俗通義》四】《詩》云：「彼君子兮，不素餐兮。」

河水清且直兮。

【補】【《爾雅·釋水》】直波爲徑。○【郭璞曰】徑，涏也。

喬樅謹案：劉熙《釋名》曰：「直波曰涇。涇，徑也，言如道徑也。」《爾雅》「瀾」「淪」皆釋《詩》，則「徑」亦釋《詩》。疑《詩》文本作「涇」，故《爾雅》釋「涇」爲直波也。馬瑞辰曰：「《毛詩》本蓋作『徑猗』，《毛傳》原作『徑，直波也』，『徑』『直』聲轉，古即讀如『直』。後人以『徑』於韵不協，乃改爲『直』。」

不稼不嗇，胡取禾三百億兮。不狩不獵，胡瞻爾庭有縣特兮。

【補】【《吕氏春秋·務本》篇注】《詩》云：「不稼不穡，胡取禾三百億兮。不狩不獵，胡瞻爾庭有縣特兮。」故曰：「非盜則無所取。」

□□特兮。彼君子兮，不素食兮。石經《魯詩》殘碑。

欿欿伐輪。闕。○石經《魯詩》殘碑。

【補】【《廣雅·釋訓》】欿欿，聲也。

喬樅謹案：此即釋《詩》「欿欿」之義，「聲」謂伐檀之聲。稚讓《廣雅》兼採三家，此則魯訓也。《説文》：「坎，陷也。」《玉篇》云「坎」同「埳」。作「欿」者，假借字也。《易釋文》云：「坎，本作『埳』，劉本作『欿』。」

河水清且淪兮。

【補】【《爾雅·釋水》】小波曰淪。

彼君子兮，不素飧兮。

【補】【《列女傳》二】《詩》曰：「彼君子兮，不素飧兮。」無功而食禄，不爲也。《齊田稷母傳》。

碩鼠

喬樅謹案：《爾雅·釋獸》鼠屬有「鼫鼠」，《毛詩正義》引孫炎曰：「五技鼠也。」郭璞曰：「大鼠，頭似兔，尾有毛，青黄色，好在田中，食粟豆。關西呼鼩，音雀。」舍人、樊光同引此《詩》，以「碩鼠」爲彼「五技之鼠」也。今考《藝文類聚》九十五引樊光曰：「《詩》『碩鼠』，即《爾雅》『鼫鼠』也。」然則「碩」與「鼫」古字通矣。《易釋文》云：「晉如鼫鼠，子夏《傳》作『碩鼠』。」李鼎祚《周易集解》引《九家易注》：「鼫鼠喻貪，謂四也：體離欲升，體坎欲降，游不度瀆，不出坎也；飛不上屋，不至上也；緣不及〔一〕木，不出離也；穴不掩身，五坤薄也；走不先足，外震在下也。五伎皆劣，四爻當之，故曰晉如鼫鼠也。」「鼫鼠喻貪」之義，足與此詩相證明。

【補】【《潛夫論·班祿》篇】履畝稅而《碩鼠》作。

喬樅謹案：桓寬《鹽鐵論·取下》篇云：「是以有履畝之稅，《碩鼠》之詩是也。」桓寬用《齊詩》，然則此詩魯、齊說同矣。

□□□□毋食我黍，三歲宧女。莫我肯顧，逝將去女。下缺。

□□宧〔二〕**女。莫我肯勞。**下缺。

□將去女，適彼樂郊。樂郊。下缺。○以上並石經《魯詩》殘碑。

【補】【《呂氏春秋·舉難》篇】寧戚欲干齊桓公，飯牛居車下，望桓公而悲，擊牛角疾歌。○【高誘曰】歌《碩鼠》也，其《詩》曰「碩鼠碩鼠，無食我黍。三歲貫女，莫我肯顧。逝將去女，適彼樂

〔一〕「及」，《周易集解》作「極」。
〔二〕「宧」，續編本作「宦」。按：應作「宦」。

土。樂土樂土，爰得我所。碩鼠碩鼠，無食我苗。三歲貫女，莫我肯逃。逝將去女，適彼樂郊。樂郊樂郊，誰之永號」者是也。

喬樅謹案：高誘所録皆據《魯詩》文，則「無」字當依石經作「毋」，「貫」字當依石經作「宦」。今本《吕覽注》蓋後人从《毛詩》改之。又「勞」字作「逃」，亦與石經不合，此傳寫之誤也。

又案：《後漢書・馬融傳》注引《説苑》曰：「寧戚飯牛於康衢，擊車輻而歌《碩鼠》。」梁處素云：「今《説苑・善説》篇曰：『寧戚飯牛康衢，擊車輻而歌《顧見》，桓公得之，時霸也。』以上下文義求之，『顧見』當是『碩鼠』之譌。」梁説是也。

【補】【《新序〔一〕・雜事五》】田饒事魯哀公而不見察，去之燕，燕立以爲相。三年，燕之政大平，國無盜賊。哀公聞之，慨然太息曰：「不愼其前，而悔其後，何可復得？」《詩》曰：「逝將去女，適彼樂土。適彼樂土，爰得我所。」此之謂也。

【補】【又《節士》篇】晉文公反國，介之推無爵，遂去而之介山之上。文公使人求之不得，爲之避寢〔二〕，號呼期年。《詩》曰：「逝將去女，適彼樂郊。適彼樂郊，誰之永號。」此之謂也。

〔一〕「新序」，底本作「説苑」，今徑改之。按：《説苑》無《雜事》篇，亦無此語，當爲《新序・雜事五》。

〔二〕「爲之避寢」，此下《新序》有「三月」二字。

喬樅謹案：《新序》引《詩》「適彼樂土」「適彼樂郊」皆重上句，盧氏文弨云：「《韓詩外傳》引《詩》『適彼樂土』是重上句。一本《外傳》仍作『樂土樂土』，與今《詩》同。按後『適彼樂國』亦重上句，疑重上句者是古本，後人皆以今《詩》改之。」喬樅考石經《魯詩》殘碑「適彼樂郊」下重「樂郊」，是《魯詩》與毛文同。元槧本《韓詩外傳》仍作「樂國樂國」，則知今本重上句者，乃後人轉寫之誤，斷非古本如此。陸氏及見《韓詩》，《釋文》於此篇亦不言毛、韓文異，盧氏之説殆失考耳。

【補】【《白虎通·諫諍》篇】《詩》曰：「逝將去女，適彼樂土。」

唐風

蟋蟀

【張衡《西京賦》】獨儉嗇以齷齪，忘《蟋蟀》之謂何。○【薛綜曰】儉嗇，節愛也。《蟋蟀》，唐詩，刺儉也。言獨爲節愛，不念唐詩所刺耶。

無已太康。

【補】【《爾雅·釋故》】康，樂也。○【郭璞曰】見《詩》。

良士瞿瞿。

【補】【《爾雅·釋訓》】瞿瞿，休休，儉也。○【李巡曰】皆良士顧禮節之儉也。《毛詩正義》。

蟋蟀在堂，歲聿其逝。今我不樂，日月其。下闕。○石經《魯詩》殘碑。

良士蹶蹶。

【補】【《爾雅·釋訓》】蹶蹶，敏也。

無已太康，職思其憂。

【補】【《列女傳》三】《詩》曰：「無已太康，職思其憂。」《密康公母傳》。

好樂無荒，良士休休。

【張衡《東京賦》】好樂無荒。

【補】【《列女傳》一】《詩》云：「好樂無荒，良士休休。」言不失和也。夫使人入於死地，而自康樂於上，雖有得勝，非其術也。《楚子發母傳》。

山有蓲

山有蓲，隰有榆。子有衣裳，弗曳。下缺。○石經《魯詩》殘碑。

【補】【《爾雅・釋木》】蓲，茎。○【郭璞曰】今之刺榆，《詩》曰：「山有蓲。」

喬樅謹案：景純引《詩》語，今本《爾雅》注文脱，此據《太平御覽》所引補，《詩經小學》曰：「《魯詩》作『蓲』，《毛詩》作『樞』，亦作『蓲』。唐石經譌爲『户樞』字，而俗本因之。」按《詩釋文》「藲」本或作「蓲」，烏侯反。《爾雅》：「藲，茎。」《釋文》：「藲，烏侯反。本或作『蓲』。」《地理志》「山藲」，師古曰：「藲音甌。」江氏《聲韵考》云：「《詩》『山有樞』本作『藲』，烏侯反，刺榆之名。或不加反音，讀如『户樞』之『樞』，則失之矣。」

弗曳弗摟。

【補】【《爾雅・釋故》】摟，聚也。

【補】【《玉篇・手部》】《詩》曰：「弗曳弗摟。」「摟」亦曳也。

喬樅謹案：《説文・手部》云：「摟，曳聚也。」正釋此《詩》「摟」字。《左傳・僖二十四年》云：「鄭子臧好聚鷸冠。」「聚」字與此同義。《毛詩》「弗摟」作「弗婁」，《韓詩外傳》同。

《爾雅》「摟聚」之訓蓋據《魯詩》。

宛其死矣，他人是媮。

【張衡《西京賦》】鑒戒《唐》詩，他人是媮。○【薛綜曰】《唐》詩，刺晉僖公不能及時以自娯樂，曰：「子有衣裳，弗曳弗婁。宛其死矣，他人是媮。」言今日之不極意恣娯[一]亦如此也。

喬樅謹案：《毛序》云「刺晉昭公」，此云僖公，三家《詩》説蓋與毛異。媮，《毛詩》作「愉」，《傳》云：「愉，樂也。」《鄭箋》讀「愉」爲「偷」。偷，取也。胡承珙曰：「《説文》：『媮，巧黠也。』『愉，薄也。』段玉裁注謂當作『薄樂也』。案『愉』下引《論語》『私覿愉愉如也』。『愉愉』者，和氣之薄發於色也，引申之爲凡淺薄之稱，故『佻』又訓愉。『媮』爲巧黠，故引申之爲偷盜也。古無『偷』字，當即作『媮』。」

山有栲，隰有杻。

【補】【《爾雅·釋木》】栲，山樗。杻，檍。○【舍人曰】栲一名山樗，杻名檍。《毛詩正義》。○【郭

[一]「娯」，《文選》作「嬌」。

璞曰】栲似樗，色小白〔一〕，生山中，因名云。亦類漆樹。杻似棣，細葉〔二〕，葉新生可飼牛，材中車輞。關西呼杻子，一名土橿。

喬樅謹案：陳啟源《毛詩稽古》篇曰：「栲名山樗。樗，臭櫄也。『櫄』乃『杶』之或體。《書·禹貢》作『杶』，《左傳》作『櫄』，俗書爲『椿』。三木同類而微分。」胡承珙曰：「檍，《説文》作『橁』，云『梓屬大者可爲棺槨，小者可爲弓材』，與《考工記》『取榦之道，七柘爲上，檍次之』合。」

□□酒食，胡不日鼓瑟？且以喜樂。下缺。○石經《魯詩》殘碑。

喬樅謹案：胡，《毛詩》作「何」，蓋古通用字。《詩》「胡能有定」，《傳》云：「胡，何也。」又「胡臭亶時」「胡斯畏忌」，《箋》竝云「胡之言何也」。《書·太甲》疏云：「胡之與何，方言之異耳。」

〔一〕「白」，此上《毛詩注疏》有「而」字。
〔二〕「葉」，《爾雅疏》作「茱」。

楊之水

喬樅謹案：洪氏《隸釋》載石經《魯詩》殘碑作「楊」字，《太平御覽》八百十五、八百十六竝引此《詩》亦作「楊之水」。蓋三家今文皆爲「楊」，惟毛氏〔一〕古文爲「揚」也。《漢書・楊雄傳》自序云：「楊〔二〕在河、汾之間。」則「楊」乃地名，與毛氏訓爲「激揚」者異。「揚」「楊」古亦通用。《左傳・文八年》「晉解揚」，《史記・十二諸侯表》作「解楊」。《襄三年》「晉揚干」，《古今人表》作「楊干」。又《廣雅・釋言》云：「楊，揚也。」「揚州」或作「楊州」，郭忠恕《佩觽》云：「楊亦州名。」皆其證也。

素衣朱襮。

【補】《儀禮・士昏禮注》《詩》云：「素衣朱襮。」《爾雅》云：「黼領謂之襮。」《周禮》曰：「白與黑謂之黼。」刺黼以爲領，如今偃領矣。

【補】《禮記・郊特牲》注《詩》云：「素衣朱襮。」襮，黼領也。

〔一〕「氏」，續編本作「詩」。

〔二〕「楊」，《漢書》作「揚」。

喬樅謹案：此注釋「襮」爲黼領，是《魯詩》之説。鄭君注禮多據《齊詩》，間亦有從魯者。此詩齊家以「襮」訓表，故鄭從魯爲解。

素衣朱綃。

【《儀禮·士昏禮·宵衣》注】宵，讀爲《詩》「素衣朱綃」之「綃」。《魯詩》以綃爲綺屬也。

【《禮記·郊特牲·繡黼》注】繡，讀爲「綃」。綃，繒名也。《詩》曰：「素衣朱綃。」

喬樅謹案：綃，《毛詩》作「繡」，鄭君《詩箋》亦從魯義讀「繡」爲「綃」。又《儀禮·特牲饋食禮》「宵衣」注云：「《詩》有『素衣朱宵』。」「宵」「繡」並「綃」之假借。《説文·糸部》：「綃，生絲繒也。从糸，肖聲。」又云：「綺，文繒也。」「綃」是繒名，故《魯詩》以爲綺屬。鄭君注《禮》多據《齊詩》，《郊特牲》注引《詩》是據魯破「繡」爲「綃」，《士昏禮》注引《詩》是據魯破「宵」爲「綃」。「繡」「宵」並以聲近假借爲「綃」字，《齊詩》作「宵」，與《儀禮》《禮記》同，《特牲饋食禮》注所引據《齊詩》之文也。

既見君子，云胡其憂。石經《魯詩》殘碑。

喬樅謹案：胡，《毛詩》作「何」。

我聞有命，不敢以告人。

【補】【《荀子·臣道》篇】迫脅於亂時，窮居於暴國，而無所避之，則崇其美，揚其善，違其惡，隱其敗，言其所長，不稱其所短，以爲成俗。《詩》曰：「國有大命，不可以告人，妨其躬身。」

喬樅謹案：段氏《詩經小學》云：「此所引即是《詩》之異文。前二章六句，此章四句，殊太短，恐漢初相傳有脱誤也。今故附録之以俟考正。」

椒聊

椒聊之實。

【補】【《爾雅·釋木》】椒椒醜荥。○【又曰】朻者聊。○【李巡曰】椒、茱萸皆有房，故曰荥。荥，實也。《毛詩正義》。○【郭璞曰】椒之房裏名爲荥也。

喬樅謹案：鄭君箋《詩》，以「聊」爲「捄」，「荥」「捄」皆通用字。「朻」「聊」亦以聲近通假。陸元恪《疏》以「聊」爲語助，非是。儀徵阮相國云：「『朻』即『梂』也，《爾雅》此條專爲《唐風·椒聊》而釋。《毛傳》：『椒聊，椒也。』『也』上必脱『梂』字，《箋》云『一梂之實』，意即承《傳》而述言之。緣《傳》已專訓，不必再爲『聊，梂也』之訓矣。」

蕃衍盈升。

【補】【應劭《漢官儀》】皇后稱椒房，取其蕃實之義也。《詩》曰：「椒聊之實，蕃衍盈升。」

喬樅謹案：《文選·景福殿賦》注引《漢舊儀》曰：「皇后稱椒房，《詩》曰：『椒聊之實，蔓延盈升。』美其繁興也。」「衍」字作「延」，疑是《齊詩》之文。

椒聊且。

【《楚詞·九歎》】懷椒聊之蔎蔎兮。○【王逸注】椒聊，香草也。《詩》曰：「椒聊且。」

彼其之子，碩大且篤。

【補】【《説苑·立節》篇】夫士欲立義行道，毋論難易而後能行之；立身揚〔一〕名，無顧利害而後能成之。《詩》曰：「彼其之子，碩大且篤。」非良篤脩激之君子，其孰能行之哉？

綢繆

綢繆束楚。

【補】【王逸《楚詞·九歌》注】綢縛，束也。《詩》曰：「綢繆束楚。」

〔一〕「揚」，《説苑》作「著」。

杕杜

有杕之杜。

【補】【高誘《淮南・説林訓》注】杕，讀《詩》「有杕之杜」之「杕」。

獨行煢煢。

【張衡《思玄賦》】何孤行之煢煢兮。

【補】【劉向《楚詞・九歎》】獨煢煢而南行。《憂苦》篇。

【補】【王逸《楚詞・九思》注】《詩》云：「獨行煢煢。」《憫上》篇。

喬樅謹案：《毛詩》「獨行睘睘」，《釋文》云：「本亦作『煢』，又作『焭』。」考《説文・走部》：「赹，獨行也。从走，勻聲。讀若『煢』。」又《目部》：「睘，目驚視也。从目，袁聲。」今省作「睘」。」則「睘」「煢」皆「赹」字之假借。「煢」古作「儝」，《方言》：「儝，獨也。」郭注云：「古『煢』字是也。」「焭」即「煢」之或體，《説文》：「煢，回疾也。从卂，从營省聲。」段玉裁注云：「回轉之疾也。引申爲煢獨，取裵回無所依之意。」馬瑞辰以古「睘」「營」同音，「煢」从營省聲，故「睘」「煢」通用。

羔裘

羔裘豹祛。

【補】【王逸《楚詞・哀時命》注】祛，袖也。《詩》云：「羔裘豹祛。」

自我人居居。

自我人究究。

【補】【《爾雅・釋訓》】居居、究究，惡也。○【李巡曰】居居，不狎習之惡。○【孫炎曰】究究，窮極人之惡。《毛詩正義》。

喬樅謹案：《毛傳》訓「居居」爲懷惡不相親比之貌，與魯説同義。胡承珙曰：「案《説文》居處字作『凥』，蹲踞字作『居』，曹憲《廣雅音義》云：『今居字乃箕居字，故居又與倨通。』《説文》『倨』訓不遜，倨傲無禮，故爲惡也。《漢書・郅都傳》『丞相條侯至貴居』，亦以『居』爲『倨』。」又究究，《毛傳》云：「猶居居也。」案王逸《楚詞・九歎》章句曰：「究究，不止貌也。」其訓與孫炎「窮極」義相通。

鴇羽

集于苞栩。

【補】【《爾雅·釋木》】栩，杼。○【孫炎曰】栩一名杼。《嘉祐本草》。○【郭璞曰】柞樹。

喬樅謹案：陸璣《疏》：「栩，今柞櫟也。徐州人謂櫟爲杼，或謂之栩。其子爲皁，或言皁斗。其殼爲汁，可以染皁，今京洛及河内多言杼汁。謂櫟爲杼，五方通語也。」考《説文》：「栩，柔也。其實皁，一曰樣。从木，羽聲。」「柔，栩也。从木，予聲。讀若杼。」「樣，栩實也。从木，羕聲。」然則「杼」乃「柔」之假借也，「樣」即今之「橡」字。

有杕之杜

噬肯適我。

【補】【《爾雅·釋言》】遏、遾，逮也。○【郭璞曰】東齊曰「遏」，北燕曰「遾」，皆相及逮。

喬樅謹案：遾，《毛詩》作「噬」，《傳》亦訓逮，《釋文》云：「噬，《韓詩》作『逝』。逝，及也。」訓義皆同。《爾雅》字作「遾」，蓋據《魯詩》之文。郝氏懿行曰：「《方言》卷七云：『蝎、噬，逮也。』『蝎』『噬』與『遏』『遾』竝字之假音。『遏』通作『曷』，『遾』通作『逝』。」

葛生

百歲之後，歸于其居。

【蔡邕《釋誨》】百歲之久〔一〕，歸于〔二〕其居。《後漢書》本傳。

采苓

喬樅謹案：《潛夫論·班禄》篇：「背宗族而《采蘩》怨。」徐璈以爲「采蘩」當是「采苓」之謁。今考《采苓》詩《毛叙》云：「刺晉獻公聽〔三〕讒也。」案《左傳》言：「晉桓莊之族逼，獻公患之。使士蔿與群公子謀，譖富子而去之。又使群公子殺〔四〕游氏之族，乃城聚而處之。

〔一〕「久」，《後漢書》作「後」。

〔二〕「于」，《後漢書》作「乎」。

〔三〕「聽」，此上《毛詩序》有「好」字。

〔四〕「殺」，此上《左傳》有「盡」字。

後復〔一〕盡殺群公子。」是其背宗族之事，《采苓》之作當在此時。臧氏鏞堂疑「采蘩」是「采蘋」之誤，因《詩》「有宗室牖下」句而附會之，未足爲據也。

〔一〕「後復」，《左傳》作「冬，晉侯圍聚」。

魯詩遺説考卷第二［二之三］

魯詩國風六

秦風

車轔

【補】【服虔《左傳注》】秦仲始有車馬禮樂之好，侍御之臣，戎車四牡，田狩之事。其孫襄公列爲侯[一]伯，故「蒹葭蒼蒼」之歌、《終南》之詩，追録先人。《車鄰》《駟鐵》《小戎》之歌，與諸夏同風，故曰夏聲。

喬樅謹案：服虔以《駟鐵》《小戎》爲秦仲之詩，與《毛詩叙》不同，是據《魯詩》爲説，故與毛異。

［一］「侯」，《左傳》作「秦」。

有車轔轔。

【補】【王逸《楚詞·九歌》注】轔轔，車聲也。《詩》云：「有車轔轔。」《大司命》篇。○【又《九辯》注】軒車先導，聲轔〔一〕轔也。

喬樅謹案：《毛詩》「有車鄰鄰」，《釋文》云：「本又作『轔』。」「鄰」字蓋「轔」之假借。考《漢書·地理志》引《詩》作「轔」，《文選》潘安仁《藉田賦》注、王元長《曲水詩序》注引《詩》並作「有車轔轔」，是三家今文同。《廣雅》「轔轔，聲也」，正釋此詩之訓。

有馬白顛。

【補】【《爾雅·釋畜》】的顙，白顛。○【舍人曰】的，白也。顙，額也。額有白毛，今之戴星馬也。《毛詩正義》。

喬樅謹案：《説文》：「的〔二〕，馬白額也。」虞翻《易注》曰：「的，白顙額也。」訓義並同。馬瑞辰曰：「的之言的，謂白額的然著明，如射之有的也〔三〕。的爲射堋中珠子，故〔四〕以『戴

〔一〕「轔」，《楚辭》作「轉」。
〔二〕《説文》「馰」字下釋爲「馬白額」，非「的」。
〔三〕「如射之有的也」，此上《毛詩傳箋通釋》有「圓」字。
〔四〕「故」，此下《毛詩傳箋通釋》有「郭」字。按：此句非馬瑞辰之語，乃引《爾雅》郭璞注。

星』釋之，非泛以白爲的也。的从勺聲，同[一]卓，故又通作『卓』。《覲禮》『匹馬，卓上，九馬隨之』，鄭注：『卓，猶的也。以素的一馬爲上。』『卓』當即『的』之假借。覲禮十馬，以卓爲上，是古人以的顙爲重，故詩人亦以白顛爲言也。」

既見君子，並坐鼓瑟。

【補】【《爾雅·釋言》】並，併也。○【郭璞曰】《詩》云：「並坐鼓瑟。」

【補】【《列女傳》六】《詩》云：「既見君子，並坐鼓瑟。」《齊孤逐女傳》。

逝者其耋。

【補】【《爾雅·釋言》】耋，老也。○【舍人曰】年六十稱也。《春秋正義》。○【孫炎曰】耋，鐵也[二]。老人面如生鐵色。《毛詩正義》。○【郭璞曰】八十曰耋。

喬樅謹案：劉熙《釋名》云：「八十曰耋。耋，鐵也，皮黑如鐵[三]。」與孫注義同。桓寬《鹽鐵論》、王肅《易注》並以八十爲耋，服虔《左傳注》、馬融《易注》則以七十爲耋，舍人《爾雅

〔一〕「同」，此上《毛詩傳箋通釋》有「音」字。
〔二〕此條爲《釋文》語，非孫炎語。
〔三〕「皮黑如鐵」，《釋名》作「皮膚變黑色如鐵」。

注》、何休《公羊注》又以六十爲耋，説各不同。馬瑞辰曰：「按徐彦宣公十二年《公羊疏》曰：『七十曰老，《曲禮》文也。案今《曲禮》曰「七十曰耋」，與此異也。』是徐彦所見《曲禮》有作『七十曰耋』者矣。又《曲禮》『八十、九十曰耄』，《釋文》云：『本或作「八十曰耋，九十曰耄」。』是陸氏所見《曲禮》有作『八十曰耋』者矣。蓋由諸儒所據《曲禮》本不同，故其説各異。至『六十曰耋』，未詳所出。古六字从八、人〔一〕，形近易譌。《周官·校人注》云：『六皆疑爲八之誤。』是其證也。疑舍人、何邵公皆以八十爲耋，傳寫者譌爲六十耳。」

四鐵

公之媚子，從公于狩。

【補】【《列女傳》八】《詩》曰：「公之媚子，從公于狩。」《馮昭儀傳》。

喬樅謹案：《傳》引此詩二語以證馮昭儀當熊事，疑《魯詩》之義，以「媚子」爲嬪妾之稱也。

載獫猲獢。

〔一〕「人」，《毛詩傳箋通釋》作「入」。

【補】【《爾雅·釋畜》狗屬】長喙獫，短喙猲獢。○【李巡注】分别犬喙長短之名。《毛詩正義》。

○【郭璞注】《詩》曰：「載獫猲獢。」

【張衡《西京賦》】屬車之箠，載獫猲獢。《文選》。

喬樅謹案：《毛詩》「載獫歇驕」，《釋文》云：「歇，本又作『猲』。驕，本又作『獢』。」據《爾雅》及注引《詩》作「載獫猲獢」，與張衡合，皆據《魯詩》之文。又陸本《爾雅》作「獥」，《釋文》云：「獥，《字林》作『猲』。」考《説文》引《爾雅》正作「猲」，今本《爾雅》「獥」仍爲「猲」，从《説文》也。《毛詩》作「歇驕」者，古文之假借。

小戎

小戎俴收。

【補】【《爾雅·釋言》】俴，淺也。○【郭璞注】《詩》曰：「小戎俴收。」

【補】【張衡《東京賦》】乃御小戎。

駕我騏馵。

【補】【《爾雅·釋畜》】馬後右足白，驤。左白，馵。○【樊光曰】後左足白曰馵。《毛詩正義》。

言念君子，温其如玉。

【補】【《荀子・法行》篇】夫玉者，君子比德焉。温潤而澤，仁也；縝密〔一〕而理，知也；堅剛而不屈，義也；廉而不劌，行也；折而不撓，勇也；瑕適並見，情也；扣之，其聲清揚而遠聞，其止輟然，辭也。《詩》云：「言念君子，温其如玉。」此之謂也。

騧驪是驂。

【補】【《爾雅・釋畜》】白馬黑脣，駩。黑喙，騧。○【郭璞曰】今之淺黄色。

喬樅謹案：《毛傳》：「黄馬黑喙曰騧。」《説文》：「騧，黄馬黑喙也。」今本《爾雅》「白馬黑脣，駩。黑喙，騧」，「白」蓋「黄」字之誤。焦循曰：「《爾雅》『白馬黑脣，駩』，《釋文》引孫炎『本作犉，言與牛同稱』，『犉』本黄牛黑脣之名，《爾雅》『白馬』疑古作『黄馬』。『騧』承『犉』言之，故亦爲『黄馬』也。」證以郭注，焦説良碻。

竹䪜緄縢。

【補】【《周官・考工記・弓人注》】紲，弓䪜也。弓有䪜者，爲發弦時備頓傷。《詩》云：「竹䪜

〔一〕「密」，《荀子》作「栗」。

緄縢。」

喬樅謹案：《毛詩》「竹閉緄縢」，《傳》云：「閉，紲。緄，繩。縢，約也。」《釋文》云：「竹閉，本一作『䪐』。」考鄭注《儀禮・士喪禮》云：「弓檠曰䪐。縢，緣也。《詩》云：『竹柲緄縢。』」又《既夕記》注云：「柲，弓檠，弛則縛於弓裏，備損傷，以竹爲之。《詩》云：『竹柲緄縢。』」鄭君注《儀禮》多用《齊詩》，兩引此詩皆作「柲」字，蓋據《齊詩》文。鄭君《周禮注》又引《詩》作「䪐」，蓋從《魯詩》也。「柲」「閉」一聲之轉，《詩》「我思不閟」及「閟宮有侐」，《毛傳》並訓爲閉。《太玄・衆》「豹騰[一]其祕」注訓「祕」爲閉，則義亦通矣。胡承珙曰：「紲，通作『枻』，《荀子・非相》篇曰：『接人則用枻。』注云：『枻者，檠枻也，正弓弩之器也。』《正義》謂以繩紲之因名『䪐』爲『紲』，失之。」

愔愔良人，秩秩德音。

【補】【《列女傳》二】《詩》云：「愔愔良人，秩秩德音。」《於陵子妻傳》。

喬樅謹案：愔愔，《毛詩》作「厭厭」。「愔」是正字，三家今文當同。「厭」是聲近假借字，《毛詩・湛露》「厭厭夜飲」，《釋文》引《韓詩》作「愔愔」，其明證也。

[一]「騰」，《太玄》作「勝」。

蒹葭

蒹葭蒼蒼，白露爲霜。

【補】【蔡邕《釋誨》】蒹葭蒼而白露凝。

泝洄從之。

泝游從之。〔一〕

【補】【《爾雅·釋水》】逆流而上曰泝洄，順流而下曰泝游。【孫炎曰】逆渡者，逆流也。順渡者，順流也。《毛詩正義》。○【郭璞曰】皆見《詩》。

喬樅謹案：泝，《毛詩》作「遡」。《説文·水部》：「㴑，逆流而上曰㴑洄。㴑，向也。水欲下違而之上也。从水，㡿聲。㴑，或从辵、朔。」據此知「㴑」爲正字，「遡」爲或體。「泝」即「㴑」之俗書也。

宛在水中坻。

〔一〕底本「泝游從之」合在上一行，今據續編本及全書體例另分一行。

【補】【《爾雅·釋水》】小沚曰坻。

喬樅謹案：坻，《毛傳》云：「小渚也。」《爾雅釋文》：「坻，本一作『墀』，又作『汦』。」《説文》：「坻，或从水、从夊作『汷』，或从耆作『渚』。」《玉篇》：「坻，又作『垢』，與『汦』同。」

宛在水中沚。

【補】【《爾雅·釋水》】小渚曰沚。

喬樅謹案：沚，《韓詩》作「洔」。《薛君章句》云：「大渚曰洔。」訓與魯、毛異義。

終南

有條有梅。

【補】【孫炎《爾雅·釋木》注】《詩》曰：「有條有梅。」條，稻也。《毛詩正義》。

喬樅謹案：「槄」「條」古字通。《論語·微子》篇「滔滔」，鄭本作「悠悠」。《淮南子·墬形訓》「東方曰條風」，《吕覽·有始》篇作「滔風」，皆以音近通假。條，《毛詩釋文》云：「本亦作『樤』。」馬瑞辰謂《爾雅》「柚條」即「槄條」之異文，故《傳》以「條」即爲「槄」。《説文》

引《詩》「右抽」作「右搯」，足爲「由」「舀」古字通用之證。

有杞有棠。

【《白帖》五】有杞有棠。

案：王伯申云：「《毛傳》釋『紀堂』爲山，《白帖》所引殆《韓詩》也。」「紀」與「杞」通，「堂」與「棠」通，杞、棠皆木名，與上文條、梅爲一例。《春秋》「杞侯」，《公》《穀》作「紀」。《左傳》「堂谿」，《楚詞》作「棠紀」。堂，假借字也。壽祺案：《釋文》於《終南》「有紀有堂」引崔《集注》作「屺」，若《白帖》所引「有杞有棠」是《韓詩》，《釋文》何以不著？疑白氏取諸魏晉類書，或是齊、魯之異文偶有存者。

君子至止，黻衣繡裳。佩玉鏘鏘，壽考不忘。

【補】【《中論·藝紀》篇】《詩》云：「君子至止，黻衣繡裳。佩玉鏘鏘，壽考不忘。」黻衣繡裳，君子之所服也。愛其德，故美其服也。

黄鳥

【《史記·秦本紀》】秦繆公卒，葬雍，從死者百七十七人。秦之良臣子輿氏三人，奄息、仲行、鍼虎，亦在從死之中。秦人哀之，爲作《黄鳥》之詩。

【《史記·叙傳》】穆公思義，悼豪之旅。以人爲殉，詩歌《黄鳥》。

【補】【應劭《漢書注》】秦繆公與群臣飲酣，公曰：「生共此樂，死共此哀。」於是奄息、仲行、鍼虎許諾。及公薨，皆從死。《黄鳥》詩所爲作也。《史記正義》。

【又《風俗通義》】繆公受鄭甘言，置戍而去，違黄髮之計，而遇殽之敗，殺賢臣百里奚，以子車氏爲殉，詩《黄鳥》之所爲作。故謚曰「繆」。

【補】【趙岐《孟子章句》一】秦穆公時以三良殉葬。

交交黄鳥，止于棘。

【補】【蔡邕《陳太丘碑文》】交交黄鳥，爰集于棘。命不可贖，哀何有極。

惴惴其栗。

【補】【趙岐《孟子章句》三】惴，懼也。《詩》云：「惴惴其栗。」

喬樅謹案：高誘《淮南·説山訓》注：「倕，讀《詩》『惴惴其栗』之『惴』。」據此是《魯詩》文「慄」字作「栗」，不與毛同。今《孟子注》閩本、監本、毛本俱作「慄」，此出後人順毛所改。《七經孟子考文》據古本作「栗」字是也。

殲我良人。

【補】【《爾雅·釋故》】殲，盡也。

喬樅謹案：《説文》：「殲，微盡也。从歺，韱聲。」又云：「𢦔，絶也。」「絶」亦與「盡」同義。

如可贖也，人百其身。

【蔡邕《陳留太守胡公碑》】如可贖也。

喬樅謹案：《隸續》載《平輿令薛君碑》「如可贖也，人百其身」，與伯喈所用《魯詩》合。疑三家《詩》「兮」字作「也」，與毛氏異。

子車鍼虎。

【補】【高誘《淮南·脩務訓》注】子、虎，秦大夫子車、鍼虎。

晨風

鴥彼晨風，鬱彼北林。未見君子，憂心欽欽。如何如何，忘我實多。

【補】【《説苑·奉使》篇】倉唐爲太子擊使於文侯，文侯曰：「子之君何業？」倉唐曰：「業《詩》。」文侯曰：「於《詩》何好？」倉唐曰：「好《晨風》與《黍離》。」文侯自讀《晨風》曰：「鴥彼晨風，鬱彼北林。未見君子，憂心欽欽。如何如何，忘我實多。」文侯曰：「子之君以我忘之乎？」倉唐曰：「不敢，時思耳。」

【補】【王褒《講德論》】太子擊誦《晨風》，文侯喻其指意。

【補】【張衡《思玄賦》】如何淑明，忘我實多。

【補】【《説文·鳥部》】鴥，鸇飛貌。从鳥，穴聲。《詩》曰：「鴥彼鷐風。」

喬樅謹案：《毛詩》「鴥彼晨風」，《釋文》云：「鴥，《説文》作『鴪』。」考《韓詩外傳》引《詩》作「鷸」，然則知作「鴥」者《魯詩》也。晨風，許書作「鷐風」，亦據《魯詩》之文。《毛詩》古文，假「晨」爲「鷐」字。

宛彼北林。

【補】【《周官·函人》注】惌，讀如「宛彼北林」之「宛」。

喬樅謹案：鄭司農此注引《詩》是據《魯詩》之文，毛、韓字並作「鬱」。宛者，「苑」之假借。苑，木茂貌也。鬱，《説文》云「木叢生者」，「鬱」「苑」一聲之轉。

山有枹櫟。

【補】【《爾雅·釋木》】櫟，其實梂。○【舍人注】櫟實名梂也。《釋文》。○【孫炎注】櫟實橡也，有棣彙自裹也。《齊民〔一〕要術》。○【《釋木》又曰】樸，枹者。○【郭璞注】樸屬叢生者爲枹，《詩》所謂棫樸、枹櫟。

喬樅謹案：枹，《毛詩》作「苞」。

隰有六駮。

【補】【《爾雅·釋木》】駮，赤李。○【郭璞曰】子赤。

喬樅謹案：此即釋《詩》之「隰有六駮」。《毛傳》謂：「駮如馬，倨牙，食虎豹。」與他章山隰之木文不相配，當作木名爲正。崔豹《古今注》云：「六駮，山中有木，葉似豫章，皮多蘚駮，名六駮木。《詩》曰：『隰有六駮。』」亦與《毛傳》義異。

隰有樹檖。

【補】【《爾雅·釋木》】檖，蘿。○【郭璞曰】今楊檖，實似梨而小酢，可食。

喬樅謹案：《毛傳》：「檖，赤羅也。」《説文》云：「檖，羅也。」《詩正義》引《爾雅》「檖，赤羅」，多「赤」字。邵氏晉涵以爲連引舊注之文耳。

〔一〕「民」，底本作「氏」，今據續編本改。

渭陽

我送舅氏，至於渭陽。何以贈之，路車乘黄。

【《列女傳》二】秦穆姬者，晉獻公之女。賢而有義。穆姬死，穆姬之弟重耳入秦，秦送之晉，是爲晉文公。太子罃思母之恩，而送其舅氏也，作詩曰：「我送舅氏，至於渭陽。何以贈之？路車乘黄。」君子曰：「慈母生孝子。」

權輿

於我乎夏屋渠渠。

【補】【王逸《楚詞九章》注】夏，大殿也。《詩》云：「於我乎夏屋渠渠。」

喬樅謹案：《楚詞·招魂》章句：「夏，大屋也。」引《詩》同。又高誘《淮南·本經訓》注：「夏屋，大屋也。」説亦與叔師合。知《魯詩》之訓然也。又王文考《魯靈光殿賦》云：「揭蘧蘧而騰湊。」李善注引崔駰《七依》曰：「夏屋蘧蘧。高也，音渠。」今案「渠」「蘧」字通，《左氏春秋·定十五年》「齊侯次于渠蒢」，《公羊》作「蘧蒢」。《西京賦》「蘧藕」，薛綜注以

「蘧」爲「芙渠」，是其明證。文考爲叔師子，當習《魯詩》。疑《魯詩》文作「蘧蘧」，今本《楚詞》或轉寫者順毛改之。

胡不承權輿。

【補】【《爾雅·釋詁》】權輿，始也。○【郭璞注】《詩》曰：「胡不承權輿。」

喬樅謹案：《毛詩》「于嗟乎，不承權輿」，讀「于嗟乎」句，「不承權輿」句。此引《詩》「乎」作「胡」，以「胡不承權輿」爲句。蓋本舊注所引《魯詩》，故文異而句讀亦異也。

陳風

宛丘

子之蕩兮。

【王逸《楚詞·離騷》注】蕩猶蕩蕩，無思慮貌也。《詩》曰：「子之蕩兮。」

喬樅謹案：《毛詩》「子之湯兮」，《傳》云：「湯，蕩也。」此引《魯詩》文直作「蕩」字，蓋三家今文每以訓詁代正經，如《芄蘭》詩「能不我甲」，《毛傳》云「甲，狎也」，《釋文》引《韓詩》作

「能不我狎」。《大明》詩「俔天之妹」，《毛傳》「俔，磬也」，《正義》引《韓詩》作「磬天之妹」，是其顯證也。

宛丘之上。

中央下曰宛。《元和郡縣志》。

【補】【《爾雅·釋丘》】宛中，宛丘。○【又曰】丘上有丘爲宛丘。陳有宛丘。○【注曰】四方高、中央下曰宛。

喬樅謹案：「宛中，宛丘」，郭璞注以爲中央隆峻，狀如負一丘。《毛詩正義》引李、孫之説，皆云「中央下」，與郭璞異解。然自以舊注爲長。郭緣誤認「丘背有丘爲負丘」句爲解「宛中」之義，故有「中央隆高」之説，而不知「宛丘」之與「負丘」固兩不相涉也。《釋丘》下云「丘上有丘爲宛丘」，蓋惟宛丘中央汙下，故丘上得復起一丘。若使中央隆高，則丘上豈能復起一丘乎？郭注誤矣。

【補】【《風俗通義》十】謹案：丘之字，二人立一上，一者地也，四方高，中央下，像形也。《詩》云：「宛丘之下。」

喬樅謹案：應劭此説尤足與《爾雅》舊注之義相證明，知李、孫之解確爲古訓也。

坎其擊缶。

【補】【《風俗通義》六】《詩》曰：「坎其擊鼓〔一〕，宛丘之道。」缶者，瓦器，所以盛漿，鼓之以節歌〔二〕。

東門之枌

婆娑其下。

【補】【《爾雅·釋訓》】婆娑，舞也。○【李巡曰】婆娑，盤辟舞也。○【孫炎曰】舞者之容婆娑然。《毛詩正義》。

【補】【王逸《楚詞·九懷》注】《詩》曰：「婆娑其下。」《昭世》篇。

喬樅謹案：《說文·女部》：「娑，舞也。从女，沙聲。《詩》曰：『市也媻娑。』」段氏玉裁云：「《詩音義》『婆，步波反』，引《說文》作『媻』。《爾雅音義》但云『娑，素何反』，不爲『婆』字作音。蓋陸所見《爾雅》固作『娑娑』。《魯頌傳》曰：『犧尊有娑〔三〕飾也。』《鄭志》張逸曰：『犧讀爲沙。沙，鳳皇也。不解鳳皇何以爲沙？』答曰：『刻畫鳳皇之象於尊，其

〔一〕「鼓」，《風俗通義》作「缶」。當作「缶」。
〔二〕「鼓之以節歌」，此上《風俗通義》有「秦人」二字。
〔三〕「娑」，《說文解字注》作「沙」。

形娑娑然。』按今經傳『娑娑』字皆改作『婆娑』，《詩》《爾雅》即以『媻娑』連文，恐尚非古也。」喬樅案，張平子《思玄賦》「脩初服之娑娑兮」，漢人文筆尚多用「娑娑」字。

不績其麻，市也婆娑。

【補】【高誘《吕覽・愛類》篇注】《詩》曰：「不績其麻，市也婆娑。」

【補】【《潛夫論・浮侈》篇】《詩》刺「不績[一]，市也婆娑」。又婦人不脩中饋，休其蠶績，而起學巫祝，鼓舞事神，以欺誣細民，熒惑百姓妻女。妻女羸弱[二]，疾病之家，懷憂憒憒，易爲恐懼。至使奔走便時，去離正宅，崎嶇路側，風寒所傷，姦人所刺，盜賊所中。或增禍重祟，至於死亡，而不知巫所欺誤，反恨事神之晚，此妖妄之甚者也。

喬樅謹案：匡衡言：「陳夫人好巫而民淫祀。」稚圭，治《齊詩》者。班固《漢書・地理志》言「陳大姬好祭祀，用史巫，故其俗巫鬼」，引《宛丘》及《東門之枌》詩爲證。孟堅之言亦本《齊詩》，鄭氏《詩譜》亦用之。今案《潛夫論》云云是《魯詩》説，與齊並同。「市也婆娑」，今本《潛夫論》作「女也婆娑」，盧氏文弨以爲三家異文。喬樅案，「女」字蓋「市」之譌。《後

〔一〕「不績」，此下《潛夫論》有「其麻」二字。

〔二〕「熒惑百姓妻女妻女羸弱」，《潛夫論》作「熒惑百姓婦女羸弱」，疑「妻女」二字誤衍。

漢書・王符傳》引《詩》仍作「市」字，可證也。

衡門

衡門之下，可以棲遲。泌之洋洋，可以療飢。

【補】【《列女傳》二】《詩》曰：「衡門之下，可以棲遲。泌之洋洋，可以療飢。」《老萊子〔一〕妻》篇。

【蔡邕《焦君贊》】衡門之下，棲遲偃息。泌之洋洋，樂以忘飢〔二〕。

【補】【又《述行賦》】甘衡門以寧神兮。○【又《郭有道林宗碑》】棲遲泌丘。○【又《汝南周巨勝碑》】洋洋泌丘，于以逍遥。

【補】【《爾雅・釋故》】棲遲，息也。○【舍人曰】棲遲，行步之息也。《毛詩正義》。

喬樅謹案：棲遲，或作「西遲」，漢《嚴發碑》云：「西遲衡門。」又作「徲徥」，漢《婁壽碑》云「徲徥衡門」。「徲」亦作「屖」，《説文》：「屖，屖遲也。」《玉篇》云：「屖，今作『栖』。」是「屖遲」即此詩之「棲遲」，皆四家《詩》之異文也。考《説文》：「卥，鳥在巢上也，象形。日

〔一〕「老萊子」，《列女傳》作「楚老萊」。

〔二〕「飢」，《藝文類聚》作「食」。

在啚方而鳥啚，故因以爲東啚之啚。」或从木、妻是「棲」，爲「西」之或體。又「泌之洋洋」，《毛傳》云：「泌，泉水也。」蔡邕碑文兩作「泌丘」。考《廣雅》「丘上有木爲柲丘」，則「泌丘」蓋本於《魯詩》説。《爾雅·釋丘》云：「水潦所還，埒丘。」「水出其前，渚[一]丘。水出其後，沮丘。水出其右，正丘。水出其左，營丘。」馬瑞辰以爲古者丘下多有水，疑《廣雅》原作「丘下有水曰泌丘」，後譌爲「丘上有木」，因改「泌丘」爲「柲丘」耳。又案，《毛詩釋文》云：「樂飢，本又作『㾾』。毛音洛，鄭力召反。沈云舊皆作『樂』，逸[二]《詩》本有[三]作疒下樂，以形聲言之，殊非其義。『療』字當从疒下尞。」案《説文》：「㾾，治也。」「療」或「㾾」字也，則毛止作「樂」，鄭本作「㾾」。臧氏鏞堂曰：「據《説文》，則沈説非也。从疒、樂者，蓋人有疾則苦，治之則樂。故《説文》以『㾾』爲正字也。」喬樅謂三家作「療」者皆「㾾」之或體，《毛詩》作「樂」者亦「㾾」之假借。《毛傳》云「可以樂道忘飢」，正詮釋「㾾飢」之義，非以詩「樂飢」字讀爲「喜樂」之「樂」。前儒强分毛、鄭二讀，非也。觀《列女傳》引《魯詩》作「療飢」，而蔡伯喈《焦君贊》云「樂以忘飢」。《韓詩外傳》引《詩》作「療飢」，字同《魯詩》，

〔一〕「渚」，《爾雅》作「省」。
〔二〕「逸」，底本作「晚」，今據《毛詩釋文》改。
〔三〕「有」，《毛詩釋文》作「又」。

而上文云彈琴咏歌，有人亦樂之，無人亦樂之，亦可以發憤忘食矣。是魯、韓發明「療飢」之義，大旨皆與毛同，足證《毛詩》「樂飢」即「療」之假借也。「療」字訓義，臧說得之。

東門之池

彼美淑姬，可與寤言。

【《列女傳》二】《詩》曰：「彼美淑姬，可與寤言。」《魯黔婁妻》篇。

喬樅謹案：《列女傳・晉文齊姜》篇引《詩》「彼美孟姜，可與寤言」，上句本《鄭風・有女同車》詩，語與此不連。《傳》欲證齊姜女事，故以意合之。寤，《毛詩》作「晤」。《説文》云：「晤，覺也。」又云：「寤[一]覺而有言曰寤。」則「寤」「晤」音、義並同矣。

墓門

墓門有棘，斧以斯之。夫也不良，國人知之。知而不已，誰昔然矣。

〔一〕「寤」，《説文解字》作「寐」。

墓門有棘，有鴞萃止。夫也不良，歌以訊止。訊予不顧，顛倒思予。

【《列女傳》八】辯女者，陳國採桑之女也。晉大夫解居甫使於宋，道過陳，遇採桑之女。止而戲之曰：「女爲我歌，我將舍女。」採桑女乃爲之歌曰：「墓門有棘，斧以斯之。夫也不良，國人知之。知而不已，誰昔然矣。」大夫又曰：「爲我歌其二。」女曰：「墓門有楳，有鴞萃止。夫也不良，歌以訊止。訊予不顧，顛倒思予。」大夫曰：「其楳則有，其鴞安在？」女曰：「陳，小國也，攝乎大國之間，因之以饑饉〔一〕，加之以師旅，其人且亡，而況鴞乎！」大夫乃服而釋之。君子謂辯女貞正而有辭，柔順而有守。《詩》曰：「既見君子，樂且有儀。」此之謂也。

【《楚詞・天問》】何繁鳥萃棘，負子肆情。○【王逸曰】解居父聘吴，過陳之墓門，見婦人負其子，欲與之淫佚，肆〔二〕其情欲。婦人則引《詩》刺之曰：「墓門有棘，有鴞萃止。」故曰「繁鳥萃棘」也，言墓門有棘，雖無人，棘上猶有鴞，女獨不媿也。

案：此與《列女傳》合而有小異。

喬樅謹案：「墓門有楳」，「楳」當作「棘」。觀叔師引《詩》「墓門有棘，有鴞萃止」，是《魯

〔一〕「饉」，《列女傳》作「餓」。

〔二〕「肆」，《楚辭》作「肆」。

詩》二章俱作「棘」，故云「棘上猶有鴞」。《列女傳》作「楳」，或俗本據《毛詩》改之。馬瑞辰云：「《玉篇》古文『某』作『槑』，『槑』『棘』形相似，『棘』蓋譌作『槑』。因之《毛詩》作『梅』，又作『楳』耳。」

【王逸《楚詞·離騷》注】訊，諫也。《詩》曰：「訊予不顧。」

喬樅謹案：《詩》「歌以訊止，訊予不顧」，「訊」字俱「誶」之誤。「誶」與「萃」相韵，作「訊」則音、義俱舛矣。《毛詩釋文》云：「訊，又作『誶』，音信，徐息悴反，告也。《韓詩》：『訊，諫也。』」是陸氏所見《詩》本亦有作「誶」者。《廣韵·六至》云：「誶，告也。」引《詩》曰：「歌以誶止。」字尚不誤。洪興祖《楚詞補注》亦作「歌以誶止」。考《爾雅·釋詁》：「誶，告也。」《釋文》：「誶，沈音粹，郭音碎。」《説文》：「誶，讓也。从言，卒聲。《國語》曰：『誶申胥』。」段氏玉裁云：「『誶』『訊』義別，『誶』多訛作『訊』。如《爾雅》『誶，告也』，《釋文》云『本作訊，音信』。《説文》引《國語》作『誶』，今《國語》作『訊』。此《詩》『歌以誶止』，《毛傳》『誶，告也』，及《雨無正》詩『莫肯用誶』，《鄭箋》『誶，告也』，正用《釋詁》文。而《釋文》誤作『訊』，以音信爲正，賴王逸《楚詞注》及《廣韵》所引可證其誤。《列女傳》『訊』字雖誤，『止』字尚未誤。」今《毛詩》不獨「誶」譌作「訊」，并「止」字亦譌爲「之」。戴氏東原云：「此句『止』字與上句相應，凡《詩》韵在句中者，韵下用字不得或異。惟『不可休思』譌作『息』，此譌作『之』也，均宜改正。」

又案：阮氏《釋文校勘記》：「訊，誎也。《六經正誤》云：『訊，誎也，作『誎』誤。』[一]《説文》：『誎，數諫也。从言、从朿[二]，七賜反。』『誎，促也。从言，从約束之束，音速。』宋小字本所附作『誎[三]』，誤多一畫，當由不識『誎』字者誤改耳。」據此則「誎」字訓諫，義雖可通，當以「誎」字爲正。《楚詞注》作「誎」，或是轉寫之譌。今本釋文「誎」字亦譌作「誎」矣。

防有鵲巢

中唐有甓，邛有旨鷊。

【補】【《爾雅·釋宫》】廟中路謂之唐。瓴甋謂之甓。○【李巡曰】唐，廟中路名。瓴甋一名甓。○【孫炎曰】《詩》云：「中唐有甓。」○【郭璞曰】甎，甎也。今江東呼爲瓴甓。《毛詩正義》。

【又《釋草》】鷊，綬。○【郭璞曰】小草有雜色似綬。

[一]「訊，誎也，作『誎』誤」，續編本作「訊，誎也，作『誎』誤」。按：據上下文義，當從底本。

[二]「朿」，底本作「束」，今據續編本改。

[三]「誎」，底本作「誎」，今據續編本改。

喬樅謹案：「鷊」字，《毛詩》作「鷊」，不從艸，古今文之異。《爾雅釋文》云：「虉，又作『鷊』。」「鷊」字蓋後人轉寫改從《毛詩》。又考《説文·艸部》：「虉，綬草也。从艸，鶪聲。《詩》曰：『邛有旨虉。』」是許氏所引《詩》亦三家之異文。「虉」「鷊」音近，故得通用。

心焉惕惕。

【補】【《爾雅·釋訓》】惕惕，愛也。

喬樅謹案：郭景純注云：「《韓詩》以爲悦人，故言愛也。」據此知三家之義與毛迥殊。毛以此詩爲憂讒而作，故解「惕惕」云「猶忉忉也」。《爾雅》訓「惕」爲愛，是《魯詩》與韓同義。景純不見《魯詩》，故引《韓詩》「悦人」之説以證明《雅》訓。又案《衆經音義》云：「惕惕，疾也，懼也。」引《詩》曰：「心焉惕惕。」此申毛氏之説者，與《爾雅》訓異。

澤陂

彼澤之陂，有蒲與茄。

【補】【《風俗通義》十】《詩》云：「彼澤之陂，有蒲與荷。」《傳》曰：「水草交厝，名之爲澤。」澤者，言其潤澤萬物以阜民用也。

喬樅謹案：此所引《傳》即《魯詩・澤陂》之《傳》也。應劭習《魯詩》，故於《魯詩傳》單稱《傳》，猶《白虎通義》用魯説，《辟雍》篇引「水圓如璧」云云單稱《詩訓》，《姓名》篇引「文王十子」云云單稱《詩傳》也。觀《風俗通義》此條下文引《韓詩内傳》，明著「韓詩」字，則上文引《詩》及《傳》之確爲《魯詩傳》無疑矣。「荷」字，《魯詩》作「茄」，與毛氏文異。疑此「荷」字是後人轉寫據《毛詩》改之也。

【補】【《爾雅・釋草》】荷，芙蕖。其莖茄，其葉蕸[一]，其華菡萏，其實蓮，其根藕，其中的，的中薏。○【樊光注】《詩》曰：「有蒲與茄。」○【郭璞注】菡萏見《詩》。○【邢昺疏】《詩・陳風》云：「有蒲與蓮。」

喬樅謹案：高誘《淮南・説山訓》注：「荷，水菜，夫[二]蕖，其莖曰茄。」與《釋草》合，蓋《魯詩》之訓如此。《毛詩箋》云：「芙蓉[三]之莖曰荷。」《正義》曰：「如《爾雅》，則芙蕖之莖曰茄，此言荷者，意欲取莖爲喻，亦以荷爲大名，故言荷耳。樊光《爾雅注》引《詩》作『有蒲與茄』，然則《詩》本有作『茄』字者。」喬樅考《漢書・楊雄傳》「衿芰茄之緑衣」，《集注》

[一]「其葉蕸」，此下《爾雅》有「其本蔤」三字。

[二]「夫」，《淮南鴻烈解》作「芙」。

[三]「蓉」，《毛詩注疏》作「蕖」。

云：「『茄』亦『荷』字，見張揖《古今字詁》。」然鄭從三家《詩》文，自當作「茄」，不宜仍用「荷」字，「荷」當爲「茄」之誤。《正義》以荷爲大名，故言荷，殊失鄭義。又案，陸、孔並見《韓詩》而俱不言字異，則韓與毛同。鄭君所據及樊光所引，皆用《魯詩》之文。《毛詩》次章「有蒲與蕳」，《鄭箋》改「蕳」爲「蓮」。考《御覽》九百七十五引《詩》「有蒲與蓮」，與邢昺《爾雅疏》同。《溱洧》詩「方秉蕳兮」，《釋文》引《韓詩》曰：「蕳蓮也。」焦氏循據《太平御覽》引《韓詩》，以「秉蕳」爲「執蘭」，與毛不異，謂《釋文》所引當是「有蒲與蕳」之注，陸元朗誤載於《鄭風》。然則《韓詩》於此章亦祇訓「蕳」爲蓮，字不作「蓮」也。《鄭箋》「茄」字既據《魯詩》改毛，則「蓮」字亦據《魯詩》可知矣。邢昺所引《詩》語蓋據《爾雅》舊注之文，《御覽》所採亦《魯詩》之佚句，散見於百家者也。

陽如之何。

【補】【《爾雅・釋故》】陽，予也。○【郭璞曰】《魯詩》云：「陽如之何。」今巴濮之人自呼爲阿陽。

喬樅謹案：《毛詩》「傷如之何」，《傳》云：「傷無禮也。」《箋》云：「傷，思也。」此引《魯詩》作「陽」，以「陽」爲予，文義與毛並異。馬瑞辰曰：「《易・説卦》：『兑爲妾，爲羊。』鄭本『羊』作『陽』，注云：『此陽謂爲養。无家女行賃炊爨，今時有之，賤於妾也。』是『陽』同『厮養」之『養』，自稱『陽』者，謙辭也。」

有蒲與蓮。說見前。

勞心悁悁。

【補】【張衡《思玄賦》】悲離居之勞心兮，情悁悁而思歸。

喬樅謹案：李善《文選注》引《毛詩》曰：「勞心悁悁。」今《詩》作「中心悁悁」，「中」字疑「勞」之誤。平子賦正用《詩》語，可爲明證。

有蒲菡萏。見前。

展轉伏枕。

【補】【高誘《淮南·說山訓》注】《詩》曰：「展轉伏枕。」

喬樅謹案：今本《淮南注》作「展轉伏枕，寤寐咏嘆」，疑高注本引此《詩》「寤寐無爲，展轉伏枕」，而後人轉寫顛倒錯誤也。

魯詩遺説考卷第二〔二之四〕

魯詩國風七

會風

羔裘

【補】【《潛夫論·志姓氏》篇】會在河、伊之間，其君驕貪嗇儉，滅爵損禄，群臣卑讓，上下不國〔一〕。詩人憂之，故作《羔裘》，閔其痛悼也。

喬樅謹案：鄭君《詩譜》云：「昔高辛氏之土，祝融之墟，歷唐至周，重黎之後，妘姓處其地，是爲鄶國，爲鄭武公所滅也。」此據《史記·楚世家》，《正義》引與今本《詩譜》微異。《毛詩正義》云：「《國語·鄭語》：『祝融氏後八姓，妘姓鄔、鄶、路、偪陽也。』八姓雖同出祝融，皆不處

〔一〕「國」，《潛夫論》作「臨」。

其墟，唯妘姓檜者處其地焉。以妘姓之中又有鄢、路、偪陽，故指檜以別之。《史記・楚世家》云：『吴回生陸終，陸終生六子，四曰檜〔一〕人。』案《世本》會人即檜之祖也。《鄭語》以八姓爲黎後者，以吴回繫黎之後，復居黎職，故本之黎也。」

羔裘逍遥。

【補】【王逸《楚詞・九章》注】逍遥，遊戲也。《詩》曰：「狐裘逍遥。」

喬樅謹案：《楚詞注》引《詩・羔裘》作「狐裘」，此轉寫之誤也。

素冠

【補】【《魏書・李彪傳》曰】周室淩遲〔二〕，喪禮稍亡，是以要經即戎，《素冠》作刺。

喬樅謹案：李彪此義與《毛傳》異，當爲三家《詩》說。今據《列女傳》引《詩》爲證。杞梁戰没，其妻殉死之事，疑彪之所説即《魯詩》義。彪生於宋代，去漢晉未遠，《魯詩》遺説當有存者，故得據以爲言。又《魏書》稱彪篤學不倦，漁陽高悦兄閭博學高才，家富典籍，彪於悦家

〔一〕「檜」，《毛詩注疏》作「會」。
〔二〕「周室淩遲」，《魏書》作「周季陵夷」。

手抄口誦，不暇寢食。以彪之博覽群書，則魯說之散見百家者固嘗及見之也。

棘人臠臠兮。

【補】【高誘《淮南〔一〕·任地》篇注】棘，羸瘠也。《詩》曰：「棘人臠臠〔二〕兮。」

【補】【《說文·肉部》】臠，臞也。《詩》曰：「棘人臠臠。」

【補】【《爾雅·釋詁》】癵，病也。○【舍人曰】癵，心憂憊之病也。《釋文》。

喬樅謹案：《毛詩》「棘人欒欒」，「欒」乃「臠」之假借。《說文》所引《詩》蓋據三家之文。《爾雅》「癵」字即「臠」之或體，許書有「臠」無「癵」。《魯詩》當作「臠臠」。《淮南·任地》篇：「棘者欲肥，肥者欲棘。」高誘以「棘」爲「羸瘠」，與《毛傳》訓「棘」爲急義異，高氏用《魯詩》之訓也。今本引《詩》作「棘人之欒欒」，此後人轉寫舛錯，當作「棘人臠臠兮」爲是。舍人《爾雅注》亦用魯說，心憂而憊，故病羸瘠也。

我心傷悲兮，聊與子同歸兮。

〔一〕「淮南」，應作「吕氏春秋」。此條下陳喬樅案語亦誤。按：《淮南子》無《任地》篇，亦無「棘者欲肥，肥者欲棘」之語，當爲《吕氏春秋》。

〔二〕「臠臠」，《吕氏春秋》作「之欒欒」。

【補】【《列女傳》四】齊莊公襲莒，杞梁戰死。其妻枕夫之屍於城下而哭，内誠動人，道路過者莫不爲之揮涕。十日，而城爲之崩。既葬，遂赴淄水而死。《詩》云：「我心傷悲，聊與子同歸。」此之謂也。

喬樅謹案：《列女傳》引《詩》二語並無「兮」字，文從省也。古人多有此例，如「棘人欒欒兮」，許氏《説文》引亦省「兮」字。

萇楚

樂子之無知。

【補】【《爾雅·釋故》】知，匹也。○【郭璞注】《詩》曰：「樂子之無知。」

旖旎其華。

【王逸《楚詞·九辯》注】旖旎，盛貌。《詩》曰：「旖旎其華。」

喬樅謹案：《毛詩》「旖旎」作「猗儺」，《傳》云：「柔順也。」《魯詩》與毛文義並異。又劉向《九歎·惜賢》篇「結桂樹之旖旎兮」，王逸《章句》引《詩》文同。校本云一作「猗狔」，案司馬相如《上林賦》「猗狔從風」，即「旖旎」之或體也。

匪風

【補】【《潛夫論・志姓氏》篇】《匪風》，冀君先教也。會仲不悟，重氏伐之，上下不能相使，禁罰不行，遂以見亡。

匪風飄兮。

【王逸《楚詞・九歌》注】飄，風貌。《詩》曰：「匪風飄兮。」

誰能亨魚，漑之釜鬵。孰將西歸，懷之好音。

【補】【《說苑・善說》篇】《詩》云：「誰能亨〔一〕魚，漑之釜鬵。孰將西歸，懷之好音。」物之相得固微甚矣。

【補】【《爾雅・釋器》】䰝謂之鬵。鬵，鉹也。○【孫炎曰】關東謂䰝爲鬵，涼州謂䰝爲鉹。《毛詩正義》。○【郭璞曰】《詩》云：「漑之釜鬵。」

喬樅謹案：《說文・鬲部》：「䰝，鬵屬。」「鬵，大釜也。」《金部》「鉹」下「一曰鬵鼎」。然則

〔一〕「亨」，《說苑》作「烹」。

《釋器》所謂「鬸」者亦指釜鬵，或以飯甑當之，非也。又「溉」字，《説文·手部》云：「摡，滌也。从手，既聲。《詩》曰：『摡之釜鬵。』」「摡」訓滌濯，「溉」訓灌注，二義各别。陸氏《毛詩釋文》云：「溉，本又作『摡』。」案作「摡」者是也，「溉」字古文之假借。

【王逸《楚詞·九嘆》注】鬵，釜也。《詩》云：「溉之釜鬵。」

曹風

蜉蝣

【補】【《爾雅·釋蟲》】蜉蝣，渠略。○【郭璞曰】蜉蝣似蛣蜣。

喬樅謹案：《方言》：「蜉蝣，秦晉之間謂之渠略。」《説文》：「蟟，螶蟟，一曰浮游，朝生暮死者。」「浮游」即「蜉蝣」也，然則「渠略」亦「螶蟟」之假借耳。

衣裳楚楚。

喬樅謹案：《戰國·秦策》「不韋使楚服而見」，高誘注云：「楚服，盛服。」即用此詩「衣裳楚楚」之義。馬瑞辰曰：「《毛傳》云：『楚楚，鮮明貌。』案《説文》『髗，會五采鮮貌』，引

《詩》『衣裳䵻䵻』，蓋本三家《詩》。『楚楚』即『䵻䵻』之假借，䵻从虘聲，虘从且聲，楚从疋，古讀如『胥』，與『且』同聲，故通用。『䵻䵻』借作『楚楚』，猶《賓之初筵》『籩豆有楚』，義同《韓奕》之『籩豆有且』也。」

惟鵜在梁。

【補】【《爾雅·釋鳥》】鵜，污澤[一]。○【郭璞曰】今之鵜鶘也，好群飛，沉水食魚，故名污澤，俗呼之爲淘河。

彼其之子，不稱其服。

【補】【《續漢書·輿服志》】《詩》刺「彼其[二]之子，不稱其服」，傷其敗化。

尸鳩

尸鳩在桑，其子七兮。淑人君子，其儀一兮。其儀一兮，心如結兮。

〔一〕「污澤」，《爾雅》作「鴮鸅」。
〔二〕「其」，《後漢書》作「己」。

【補】【《荀子·勸學》篇】行衢道者不至，事兩君者不容。目不兩視而明，耳不兩聽而聰。螣蛇無足而蜚〔一〕，梧鼠五技而窮。《詩》曰：「尸鳩在桑，其子七兮。淑人君子，其儀一兮，心如結兮。」故君子結於一也。

【補】【《説苑·反質》篇】《詩》云：「鳲〔二〕鳩在桑，其子七兮。淑人君子，其儀一兮。」《傳》曰：「鳲鳩之所以養七子者，一心也。君子之所以理萬物者，一儀也。以一儀理萬物，天心也。五者不離，合而爲一，謂之天心。在我能自〔三〕深結其意於一。故一心可以事百君，百心不可以事一君。是故誠不遠也。夫誠者，一也。一者，質也。君子雖有外文，必不離内質矣。」

喬樅謹案：鳲鳩，古字但作「尸」。作「鳲」者，今字也。《列女傳》引《詩》亦作「尸鳩」，與《荀子》同。而《説苑》引《詩》作「鳲鳩」，此後人用今字改之耳。

【補】【《列女傳》一】《詩》云：「尸鳩在桑，其子七兮。淑人君子，其儀一兮。其儀一兮，心如結兮。」言心之均一也。尸鳩以一心養七子，君子以一儀養萬物。一心可以事百君，百心不可以事一君，此之謂也。《魏芒慈母傳》。

〔一〕「蜚」，《荀子》作「飛」。

〔二〕「鳲」，《説苑》作「尸」。按：此條下「鳲」字例同。

〔三〕「自」，此上《説苑》有「因」字。

喬樅謹案：《荀子》說《尸鳩》詩與《說苑》《列女傳》意旨相合，則《魯詩》之說多本於《荀子》，於此益見《說苑》所引《傳》即《魯詩傳》也。《列女傳》述《詩》義與《說苑》同，皆據《魯詩》之文。所謂「一心可以事百君，百心不可以事一君」，即《荀子》「事兩君者不容」之義也。《說苑》引《詩》言「五者不離，合而爲一，謂之天心」，今據《荀子·君子》篇言「尚賢，使能，等貴賤，分親疏，序長幼」五者，引《詩》「其儀不忒」爲證。知《魯詩》即本《荀子》爲說，故有「五者不離」之語。《說苑》蓋節引之，非全文也。

【補】【《淮南·詮言訓》】賈多端則貧，工多技則窮，心不一也。有百技而無一道，雖得之，弗能守。故《詩》曰：「淑人君子，其儀一也。其儀一也，心如結也。」君子其結於一乎！

喬樅謹案：此義與《荀子·勸學》篇說《詩》大旨並同，《淮南》蓋亦本《魯說》。惟「兮」字引皆作「也」，與諸家異。

【補】【《潛夫論·德化》篇】所謂平者，內懷《尸鳩》之恩。○【《交際》篇】《詩》云：「淑人君子，其儀一兮。其儀一兮，心如結兮。」

【補】【《漢書》鮑宣上書曰】天下乃皇天之天下也，陛下上爲皇天子，下爲黎庶父母，爲天牧養元元，視之當如一，合《尸鳩》之詩。

喬樅謹案：諸習《魯詩》者，說《尸鳩》之義，詞無譏刺，與毛異解。宣亦不以此詩爲刺，殆用魯説。「爲天牧養元元，視之如一」云云，與《説苑》引《傳》「君子以一儀理萬物，天心也」語意亦同。

【補】【《爾雅·釋鳥》】鳲鳩，鴶鵴。○【樊光曰】《春秋》云：「鳲鳩氏，司空，心均平，故爲司空。」○【孫炎曰】《方言》云：「鳲鳩，自關而東謂之戴勝。」《春秋正義》。

鳲鳩在桑，其子在梅。

【補】【高誘《淮南·時則訓》篇】戴鵀，戴勝鳥也，《詩》曰「鳲鳩在桑，其子在梅」是也。

喬樅謹案：「鳲」字，今本譌作「鳴」，緣《淮南》文有「鳴鳩」字而誤。高於「鳴鳩」已有注解，此引《詩》乃證鳲鳩之即爲戴鵀也。

淑人君子，其儀不忒。其儀不忒，正是四國。

【補】【《荀子·君子》篇】尚賢，使能，等貴賤，分親疏，序長幼，此先王之道也。故仁者，仁此者也；義者，分此者也；忠者，惇慎此者也。兼此而能之備矣。備而不矜，夫故爲天下貴矣。《詩》曰：「淑人君子，其儀不忒。其儀不忒，正是四國。」此之謂也。

喬樅謹案：楊倞注《荀子》「仁者，仁此者也」句云：「此謂尚賢，使能，等貴賤，分親疏，序長幼五者也。」疑「此先王之道也」句，「此」下舊有「五者」二字，故楊注云然。《説苑》引《詩傳》亦有「五者不離」之語可證也。今本《荀子》無「五者」二字，文脱佚也。

【補】【又《富國》篇】人皆亂，我獨治；人皆危，我獨安；人皆失喪之，我按起而治之。故仁人之用國，非特將持其有而已也，又將兼人。《詩》曰：「淑人君子，其儀不忒。其儀不忒，正是四國。」此之謂也。

喬樅謹案：「淑人君子」二句，又見《議兵》篇引《詩》。

【補】【《列女傳》四】《詩》曰：「淑人君子，其儀不忒。」《楚昭定姜傳》。

【《列女傳》一】《詩》曰：「其儀不忒，正是四國。」《衛姑定姜傳》。

【補】【何休《公羊傳解詁》】《詩》云：「其儀不忒，正是四國。」四國，天下象也。昭十八年。

【補】【《風俗通義》四】《詩》云：「淑人君子，其儀不忒。其儀不忒，正是四國。」《傳》曰：「一心可以事百君，百心不可以事一君。」

喬樅謹案：此引《傳》與《説苑》引《傳》同，益足證應劭之習《魯詩》也。

下泉

愾我寤歎。

【補】【王逸《楚詞·九嘆》注】愾，慨歎貌也。《詩》曰：「愾我寤歎。」《遠逝》篇。

喬樅謹案：《毛詩》「愾」作「慨」，《箋》云：「慨，歎息之意。」又《玉篇》「嘅」下引《詩》曰：

「嘅我寤歎。《廣雅》：『嘅，滿也。』」「嘅」蓋齊、韓之異文。

豳風

七月

【補】【《史記·劉敬傳》】周之先自后稷，堯封之邰，積德累善十有餘世，公劉避桀居豳。

【補】【又《匈奴傳》】夏道衰，而公劉失其稷官，變於西戎，邑於豳。其後三百餘歲，戎狄攻大王亶父，亶父亡走岐下，而豳人悉從亶父而邑焉。

喬樅謹案：《史記·周本紀》曰：「后稷之興，在陶唐、虞、夏之際，皆有令德。后稷卒，子不窋立。」又《國語》曰：「不窋失官，竄於戎狄之間。」韋昭注謂在太康時，其説非也。《史記》言公劉避桀居豳，自太康至桀，相距二百六十餘年。公劉爲不窋孫，於年代不合。戴震據《史記》言孔甲淫亂，夏后德衰，諸侯畔之。謂不窋失官，當在孔甲時。今慶陽府安化縣有不窋城，城東三里有不窋冢。毛大可謂公劉遷豳，應自不窋城遷，不應自邰遷。馬瑞辰曰：「按毛説非也。不窋失官以後，至子鞠時必嘗復其稷官，復居于邰。至公劉時又遭夏桀之亂，復失其官，乃自邰遷豳耳。以《公劉》詩『涉渭爲亂』考之，《水經》『渭水又東過武功縣北』，酈道元注：『渭水又東逕斄縣故城南，舊邰城也。』是邰在渭旁，非自邰遷豳，無由涉渭取材也。又《公劉》詩《傳》曰：『公劉居於邰而遭夏人亂，乃避中國之難，遂平西戎，而[一]遷其民，邑於豳焉。』按邰在今武功縣，豳今邠州，豳在邰北百餘里，不窋城又在豳北二百餘里。使公劉自不窋城遷，是自外而遷于內，非所以避中國之難也。」

【補】【《潛夫論·浮侈》篇】明王之養民也，愛[二]之勞之，教之誨之，慎微防萌，以斷其邪。《七月》之詩，大小教之，終而復始。由此觀之，民固不可恣也。○【李賢曰】《七月》詩，《豳風》也。大謂耕桑之法，小謂索綯之類。自春及冬，終而復始也。《後漢書·王符傳》注。

無衣無褐。

【蔡邕《九惟文》】無衣無褐。

饁彼南畝，田畯至喜。

【補】【《爾雅·釋故》】饁，饋也。○【孫炎曰】饁，野之餉。《毛詩正義》。

[一]「而」，底本作「西」，今據《毛詩傳箋通釋》改。

[二]「愛」，《潛夫論》作「憂」。

【補】【又釋言】畯，農夫也。○【孫炎曰】農夫，田官也。《毛詩正義》。○【郭璞曰】今之嗇夫也。《毛詩正義》。

【補】【又《釋訓》】喜，酒食也。○【舍人曰】古曰饎。《釋文》。○【李巡曰】得酒食則喜歡也。《毛詩正義》。

喬樅謹案：《爾雅音義》云：「饎，舍人本作『喜』，釋云：『古曰饎。』」據此則知《魯詩》文亦作「田畯至喜」，而「喜」字訓爲酒食，與毛義異。故鄭君《詩箋》從魯訓，讀「喜」爲「饎」也。舍人云「古曰饎」，謂古即以「喜」爲「饎」字。李巡云「得酒食則喜歡」，是李本《爾雅》亦作「喜」字。

春日載陽。

【張衡《東京賦》】春日載陽。○【薛綜曰】陽，暖也。

喬樅謹案：《毛詩》「陽」字無傳，《鄭箋》云：「陽，温也。」薛敬文訓「陽」爲暖，當據《魯故》。《鄭箋》之義亦本《魯詩》爲解。

春日遲遲，采蘩祁祁。

【補】【《爾雅·釋訓》】祁祁、遲遲，徐也。

喬樅謹案：《毛傳》云：「祁祁，衆多也。」此訓爲徐，義與毛異，蓋從《魯故》。

七月鳴鵙。

【補】【《爾雅·釋鳥》】鶪，伯勞也。○【樊光曰】《春秋傳》曰：「少皞氏以鳥名官，伯趙氏，司至。」伯趙，鶪也，以夏至來，冬至去。《毛詩正義》。

【補】【趙岐《孟子章句》五】鵙，博勞也。《詩》云：「七月鳴鵙。」應陰氣〔一〕而殺物者也。

喬樅謹案：「鵙」字，《毛詩》作「鶪」，蓋通用字。《毛詩正義》引王肅云：「蟬及鶪，皆以五月始鳴。今云七月，其義不通也。古『五』字如『七』，『七』當爲『五』。」今據邠卿所引作「七月」，是《魯詩》文與毛同，「七」之非譌字明矣。又考《御覽》九百二十三載陳思王植《令禽惡鳥論》曰：「《詩》云：『七月鳴鶪。』七月，夏五月。鶪則伯勞也。伯勞以五月鳴，應陰氣之動。」説與邠卿合。曹植多用《韓詩》，所引亦作「七月」，是韓與魯、毛《詩》文皆同也。

【補】【高誘《呂覽·仲夏紀》注】鶪，伯勞也。是月陰作於下，陽發於上。伯勞夏至後應陰而殺蛇，磔之於棘而鳴其上。

喬樅謹案：此與趙岐《孟子注》言「應陰氣而殺物」説同。

〔一〕「氣」，《孟子》無此字。

【補】【張衡《思玄賦》】鶗鴂鳴而不芳。○【李善注引服虔曰】鶗鴂，一名鷤，伯勞。順陰[一]氣而生，賊害之鳥也。

四月秀葽。

【補】【《説文·草部》】葽，艸也。从艸，要聲。《詩》曰：「四月秀葽。」劉向説：「此味苦，苦葽也。」

喬樅謹案：劉中壘此説，即釋《魯詩》之文。段氏《説文注》云：「《夏小正·四月》『秀幽』，『幽』『葽』一語之轉，必是一物。苦葽，當是漢人有此語。漢時目驗，今則不識。其味苦，應夏令也。」陳啟源《毛詩稽古》篇云：「宋曹粹中《詩説》據《爾雅》『葽繞，棘蒬。』郭注『謂今遠志也』語，又參以劉向『苦葽』之説，以爲即今藥中小艸。案劉、許皆漢人，已訓此詩之『葽』爲苦葽，其來古矣。今藥中小艸，味極苦澁，醫家以甘草煑之，方可用。又有『葽繞』之稱，曹説信爲有本。」

五月鳴蜩。

【補】【《爾雅·釋蟲》】蜩，蜋蜩，螗蜩。○【舍人曰】皆蟬也，方語不同。三輔以西爲蜩，梁、宋以

[一]「陰」，此下《文選》有「陽」字。

東謂蜩爲蝘，楚地謂之蟪蛄。○【孫炎曰】蜋，五色具。蜩，宮中小青蟬也。《毛詩正義》。

喬樅謹案：《方言》云：「蟬，楚謂之蜩，陳、鄭之間謂之蜋蜩，宋、衛之間謂之螗蜩。」是「蜩」「螗」古有通稱也。嚴粲《詩緝》以「蜩」「螗」不得爲一物，固矣。

五月蟴螽動股，六月莎雞振羽。

【補】【《爾雅·釋蟲》】蟴螽，蜙蝑。○【舍人曰】蟴螽，今所謂春黍也。《毛詩正義》。○【《釋蟲》又曰】螒，天雞。○【樊光曰】謂小蟲黑身赤頭，一名莎雞。《毛詩正義》。○孫炎注同，見《文選注》十二。○【李巡曰】一名酸雞。《毛詩正義》。

喬樅謹案：《爾雅釋文》：「蜤螽，本又作『蟴』。《詩》作『斯同』，音私支反。」蟴螽，即斯螽。古「斯」「析」同義，《陳風》「斧以斯之」，《箋》云「斯，析也」是已。莎雞，郭璞云：「一名樗雞。」蘇頌《本艸圖經》曰：「今在樗木上者，人呼紅娘子，頭翅皆赤，然不名『樗雞』，蓋古今之稱不同耳。」馬瑞辰曰：「《釋鳥》有『螒，天雞』，郭注云『赤羽』。莎雞亦赤羽，故同有天雞之名，當以頭、翅皆赤，俗呼紅娘子者爲是。以其生樗樹上，名曰樗雞，又有生莎草間者，故名莎雞也。崔豹《古今注》乃謂莎雞，一名絡緯，羅願《爾雅翼》遂以俗名絡絲娘當之，非是。」

七月在野，八月在宇。九月在户，十月蟋蟀入我牀下。

【補】【《楚詞·九辯》】哀蟋蟀之宵征。○【王逸曰】謂「七月在野，八月在宇。九月在户，十月蟋蟀入我牀下」，是其宵征也。

【補】【高誘《淮南·時則訓》注】蟋蟀，蜻蛚，促〔一〕織也。《詩》曰：「七月在野。」

穹窒熏鼠，塞向墐户。嗟我婦子，曰爲改歲，入此室處。

【補】【高誘《吕覽·季秋紀》注】《詩》曰：「穹窒熏鼠，塞向墐户。嗟我婦子，曰爲改歲，入此室處。」

喬樅謹案：高誘《淮南·時則訓》注亦引此《詩》「入此室處」句。

六月食鬱及藿。

【補】【《爾雅·釋草》】藿，山韭。

【補】【《説文·艸部》】藿，艸也。从艸，隺聲。《詩》曰：「食鬱及藿。」

喬樅謹案：藿，《毛詩》作「薁」，《傳》訓爲蘡薁。《釋草》「山韭」之訓蓋解《魯詩》「藿」字也。邢昺《疏》引《韓詩》云：「六月食鬱及藿。」許書引《詩》正作「藿」，然則三家今文皆不作「薁」字，與《毛詩》異文。

〔一〕「促」，《淮南鴻烈解》作「趣」。

十月穫稻。

【補】【蔡邕《明堂月令章句》】十月穫稻，人君嘗其先熟，故在季秋。九月熟者，謂之半夏稻。《初學記》二十七。○《御覽》八百二十九。

爲此春酒，以介眉壽。

【補】【高誘《吕覽·孟夏紀》注】酎，春醖也。《詩》云：「爲此春酒，以介眉壽。」

晝爾于茅，宵爾索綯。亟其乘屋，其始播百穀。

【補】【《荀子·大略》篇】子貢問於孔子曰：「賜願息耕。」孔子曰：「《詩》云：『晝爾于茅，宵爾索綯。亟其乘屋，其始播百穀。』耕難，耕焉可息哉。」

【補】【《爾雅·釋言》】綯，絞也。○【李巡曰】綯，繩之絞也。《毛詩正義》。

【補】【趙岐《孟子章句》五】《詩·邠風·七月》之篇言教民，晝取茅草，夜索以爲綯。綯，絞也。及爾閒暇，亟而乘蓋爾野外之屋，春事起爾，將始播百穀矣。

二之日鑿冰沖沖，三之日納于凌陰，四之日其早，獻羔祭韭。

【補】【高誘《吕覽·仲春紀》注】《詩》云：「二之日鑿冰沖沖，三之日納于凌陰，四之日其早，獻羔祭韭。」開冰室取冰，以治鑑〔一〕，以祭廟。春薦韭卵〔二〕。

喬樅謹案：高氏注《吕覽·季冬紀》又引《詩》「二之日鑿冰沖沖，三之日納于凌陰」二句，文同。早，《毛詩》作「蚤」，鄭君《禮記·王制》及《月令》注引《詩》「四之日其早」，並與高注合，皆據三家今文。考《淮南·天文訓》「日至於曾泉，是謂早食」，《説文·日部》「早，晨也，从日在甲上」，據此是「早」爲正字，「蚤」其假借之字也。

鴟鴞

【補】【《史記·魯世家》】武王崩，周公當國，管、蔡、武庚等率〔三〕淮夷而反。周公乃奉成王之命，興師東伐，遂誅管叔，殺武庚，放蔡叔，放〔四〕殷餘民於衛，封微子於宋。寧淮夷東土，二年而畢定。周公歸報成王，乃爲詩貽王，命之曰《鴟鴞》。

【補】【《爾雅·釋鳥》】鴟鴞，鸋鴂。○【舍人曰】鴟鴞一名鸋鴂。

〔一〕「治鑑」，《吕氏春秋》作「鑒」。

〔二〕自「開冰室取冰」至「春薦韭卵」，《吕氏春秋》置於「《詩》云」之上。

〔三〕「率」，此上《史記》有「果」字。

〔四〕「放」，《史記》作「收」。

【補】【《風俗通義》四】由鴟鴞之愛其子，適所以害之者。

喬樅謹案：《文選》陳琳《檄吴將校部曲文》云：「鷦鳩巢于葦苕，苕折子破，下愚之惑也。」李善注引《荀子》云：「南方鳥名蒙鳩，爲巢，編之以髮，繫之葦苕。苕折卵破，巢非不牢，所繫之弱也。」是李善以鴟鴞爲即蒙鳩。考《方言》：「桑飛謂之工爵，自關而東謂之鷦鳩，自關而西謂之桑飛，或謂之懱爵。」楊倞注《荀子》亦云：「蒙鳩，鷦鷯也。『蒙』當爲『蔑』。」引《方言》「桑飛或謂之蔑雀」爲證。「蔑」「蒙」一聲之轉，「懱」「蔑」字異，音、義並同。

恩斯勤斯，鬻子之閔斯。

【蔡邕《胡公夫人哀讚》】殷斯勤斯，慈愛備存。

迨天之未陰雨，徹彼桑土，綢繆牖户。今此下民，或敢侮予。

【趙岐《孟子章句》三】迨，及也。徹，取也。桑土，桑根也。言此鴟鴞小鳥，尚知及天未陰雨而取桑根之皮以纏綿牖户，人君能治國家，誰敢侮之？刺邠君曾不如此鳥。

案：邠卿以《鴟鴞》爲刺邠君，以《小弁》爲伯奇作。考《論衡》亦以《小弁》爲伯奇詩，《論衡》言《關雎》用魯説，則《小弁》亦魯説。邠卿説《小弁》用《魯詩》，則説《鴟鴞》亦《魯詩》也。

喬樅謹案：《鴟鴞》，周公所作，貽成王之詩。而以爲刺邠君者，不敢斥言王，故託邠君以爲諷，猶唐人詩之託言漢家也。

予室翹翹。

【補】【《爾雅·釋訓》】翹翹，危也。

【補】【張衡《東京賦》】常翹翹以危懼。

予唯音之嘵嘵。

【補】【《爾雅·釋訓》】嘵嘵，懼也。

喬樅謹案：《釋文》："「憢憢，本又作『嘵』。」"考《説文·心部》無「憢」字，「憢憢」即「嘵嘵」之譌，當作「嘵」爲正。《釋訓》之語正釋此詩也。

【《説文·口部》】嘵，懼聲也。从口，堯聲。《詩》曰："「予惟音之嘵嘵。」"

案：今本《説文》作「唯予音之嘵嘵」，《玉篇·口部》《廣韵·三蕭》引《詩》並作「予維音之嘵嘵」，當依《玉篇》乙正。二書即本《説文》也。

喬樅謹案：《毛詩》「予維音嘵嘵」，無「之」字。《説文》及《玉篇》《廣韵》引《詩》並有「之」字，其爲三家《詩》文可知。《説文》偁《詩》，於毛氏之外載《魯詩》爲多，此引《詩》「唯」字不從糸作「維」，亦與毛異。小雅「我馬維騏」，《淮南》書引《詩》作「唯」，不與毛同，知此亦爲《魯詩》也。

東山

零雨其蒙。

【補】【《爾雅・釋故》】蘦，落也。○【郭璞曰】「蘦」見《詩》。

【補】【王逸《楚詞・七諫》注】蒙蒙，盛貌。《詩》曰：「零雨其蒙。」

喬樅謹案：《説文》：「霝，雨零〔一〕也。从雨、㗊，象零形。《詩》曰：『霝雨其濛。』」許所偁《詩》蓋毛氏也，今《毛詩》作「零雨」，非舊文矣。「蘦」字即「霝」之假借，《魯詩》文當爲「蘦雨」。王逸《楚詞注》引《詩》作「零」，此後人所改，亦如《毛詩》之改「霝」爲「零」也。蒙，《毛詩》作「濛」，《傳》云：「濛，雨貌。」《魯詩》亦假「蒙」爲「濛」字，《爾雅・釋天》疏引《詩》曰：「蓋據舊注之文。」

蜎蜎者蠋，烝在桑野。

【補】【《爾雅・釋蟲》】蚅，烏蠋。○【樊光曰】《詩》云：「蜎蜎者蠋。」《詩正義》。○【郭璞曰】蟲

〔一〕「零」，《説文解字》作「零」。

大如指，似蠶。

【補】又【《釋言》】烝，塵也。○【孫炎曰】烝物久之塵。《詩正義》。

喬樅謹案：《説文・虫部》：「蜀，桑中蠶也。今本《説文》作「葵中蠶也」，「葵」字蓋「桑」之誤，此據《爾雅釋文》所引。从虫，上目象蜀頭，中象其身蜎蜎。段氏注云中謂「勹」。《詩》曰：『蜎蜎者蜀。』」段氏注云：「今《毛詩》及《爾雅》左旁又加虫，非也。此桑中蟲而言似蠶者，按《淮南子》云：『蠶與蜀相類而愛憎異也。』」烝，《毛傳》訓爲寘，《鄭箋》云：「古者聲寘、填、塵同。」此鄭君依魯訓以通毛義也。

果臝之實。

【補】【《爾雅・釋草》】果臝之實，栝樓。○【李巡曰】栝樓，子名也。○【孫炎曰】齊人謂之天瓜。《毛詩正義》。

喬樅謹案：郝氏懿行云：「果臝、栝樓，聲相轉。『臝』當爲『蓏』，『栝樓』當爲『苦蔞』，皆假借字。《説文》云：『菩蔞，果蓏也。』」

蛜蝛在室，蠨蛸在户。

【補】【《爾雅・釋蟲》】蛜蝛，委黍。蠨蛸，長踦。○【郭璞曰】舊説蛜蝛，鼠婦之別名。長踦，小蜘蛛長脚者，俗呼爲喜子。

喬樅謹案：《毛詩》「蛜蝛」字不从虫，古文之假借也。《説文》：「蛜，蛜威，委黍。委黍，鼠婦。从虫，伊省聲。」故假「伊」爲「蛜」，《爾雅》亦或作「伊威」。此依《毛詩》本，《魯詩》今文當用正字。蟰，《毛詩》作「蠨」，《釋文》云「音蕭」，《説文》作「蟰」，音夙。段氏玉裁曰：「『蟰』正，『蠨』譌，《風雨》之『瀟』誤爲『蠨[一]』可證。《衆經音義》引《詩》作『蟰蛸在户』，云上音肅，下音蕭，此古字古音也。」

騜駁其馬。

【補】【《爾雅·釋畜》】駵白，駁。黄白，騜。○【舍人曰】駵，赤色名曰駁，黄白色名曰騜也。○【孫炎曰】《詩》云：「騜駁其馬。」《詩正義》。

喬樅謹案：郭注引《詩》同，即用舊注之文。騜，《毛詩》作「皇」，古文假借字。

親結其縭。

【補】【《爾雅·釋器》】婦人之褘謂之縭。縭，緌也。○【孫炎曰】褘，帨巾也。○【郭璞曰】今之香纓也。褘邪交絡帶繫於體，因名爲褘。緌，繫也。此女子既嫁之所著，示繫屬於人。義見《禮記》。《詩》云「親結其縭」，謂母送女，結其所繫著以申戒之。説者以褘爲帨巾，失之也。《毛詩正義》。

〔一〕「蟰」，底本作「瀟」，今據續編本改。

喬樅謹案：《爾雅釋文》：「縭，本或作『褵』。」或本是也。「褵」字，《魯詩》之文作「縭」者，順毛改字。考《方言》：「蔽厀，江、淮之間謂之褘，魏、宋、南楚之間謂之大巾，自關東西謂之蔽厀。」《釋名》云：「褘所以蔽厀前也，婦人蔽厀亦如之。婦人蔽厀，齊人謂之巨巾。田家婦女出至田野以覆其頭，故因以爲名也。」褘有巾名，故孫炎以「帨巾」釋之，郭璞以爲今之香纓，殊誤，由不達《魯詩》之義故耳。今俗女子嫁時，以絳巾覆首，猶其遺象。緌，垂也，結之餘者下垂爲飾，故云緌也。

破斧

周公東征，四國是皇。

【補】【《白虎通·巡狩》篇】三歲一閏，天道小備；五歲再閏，天道大備。故五年一巡狩，三年二伯述職黜陟。一年物有終始，歲有所成，方伯行國，時有所生，諸侯行邑。《傳》曰：「周公入爲三公，出爲二伯，中分天下，出黜陟。」《詩》曰：「周公東征，四國是皇。」言東征述職，周公黜陟，而天下皆正也。

【補】【何休《公羊傳解詁》】此道黜陟之時也。《詩》曰：「周公東征，四國是皇。」

喬樅謹案：何邵公述《破斧》詩義，與《白虎通》合。公羊家用《齊詩》，邵公則用《魯詩》者，是此篇魯、齊説同矣。《荀子》言「周公南征而北國怨，東征而西國怨」，即《魯詩》之義所本也。《毛傳》以四國爲管、蔡、商、奄，説與《魯詩》異。

【補】【《爾雅·釋言》】皇，正也。○【郭璞曰】《詩》曰：「四國是皇。」

【補】【楊雄《甘泉宮賦》】挾東征之意。

【補】【《法言·先知》篇】昔在周公，征於東方，四國是王。

亦孔之將。

【王逸《楚詞·九章》注】孔，甚也。《詩》曰：「亦孔之將。」

四國是訛。

【補】【《爾雅·釋言》】訛，化也。○【郭璞曰】《詩》曰：「四國是訛。」

喬樅謹案：訛，《毛詩釋文》云：「又作『吪』。」考《説文》有「吪」無「訛」，「訛」蓋「吪」之或體。

伐柯

伐柯伐柯，其則不遠。

【補】【《潛夫論·明忠》篇】《詩》云："伐柯伐柯，其則不遠。"

【蔡邕《薦邊讓書》】成《伐柯》不遠之則。

【又《太尉楊公碑》】閑於《伐柯》。

九罭

九罭之魚，鱒魴。

【補】【《爾雅·釋器》】緵罟謂之九罭。九罭，魚罔也。○【孫炎曰】九罭謂魚之所入有九囊也。《詩正義》。

【補】【又《釋魚》】鮅，鱒魴。○【樊光曰】《詩》云："九罭之魚，鱒魴。"《詩正義》。

喬樅謹案：《毛詩正義》云："《釋魚》有『鱒魴』，樊光引此詩。"盧氏文弨以《正義》引"鱒魴"當作"鮅鱒"，此不然也。考《爾雅釋文》"鮅"下引《字林》云"魴也"，"鯬"下引《廣雅》云"鮅，鯬"，"鯠"下引《埤蒼》云"鯬鯠，鮅也"，《字林》作『鯠』"。是舊本讀"鮅鱒魴"句，"鮅鯬鯠"句，與今本郭讀異。郝氏懿行曰："《釋文》所引《廣雅》及《埤蒼》並以『鯬鯠』與上文『鮅』字相屬，此古讀也。據《詩疏》引《釋魚》云云，然則樊讀以『鱒魴』相屬，『鮅鯬鯠』相屬，故張揖讀從古也。"喬樅謂，據《釋文》引《字林》説，明以"鮅"字訓"魴"，則吕忱亦讀

「鮍鱒魴」爲句。《毛傳》訓「鱒」爲大魚，是以鱒爲魴之大者，从魚，尊聲。與大鰕之爲鰝从魚高聲意同。《釋魚》「鮍，鱒魴」與「鮥，鮛鮪」同例，字雖从魚，不得分析爲二魚名。《説文》訓「鱒」爲赤目魚，别爲一義，猶之「魾，大鱯」又别爲「鰲鯠」也。

【補】【張衡《西京賦》】布九罭，設罜麗，摷鯤鮞，殄水族。○【李善曰】《毛詩》「九罭之魚，鱒魴」，《爾雅》曰：「九罭，魚網。」「罭」與「緎」古字通。

喬樅謹案：據善此注，是《毛詩》「九緎」字不作「罭」，故謂「『罭』與『緎』古字通」。平子賦作「罭」，依《魯詩》文也。《毛詩釋文》：「九罭，本亦作『𦊅』。」案「罭」與「𦊅」無異字，《釋文》何用别出？蓋陸所見《毛詩》本作「九緎」，而他本亦作「𦊅」，故别出之以明同異。毛氏古文假「緎」爲「罭」，三家今文並用「罭」字，他本亦作「罭」者，是據三家之文也。

衮衣繡裳。

【補】【高誘〔一〕《淮南·説林訓》注】《詩》曰：「衮衣繡裳。」

〔一〕「高誘」，底本作「王逸」，今徑改之。

狼跋

狼跋其胡，載疐其尾。

【補】【《爾雅·釋言》】跋，躐也。疐，跲也。○【李巡曰】跋，前行曰躐，跲，却頓曰疐也。○【郭璞曰】《詩》曰：「狼跋其胡，載疐其尾。」

【補】【《漢書集注》晉灼曰】疐，音《詩》「載疐其尾」之「疐」。《息夫躬傳》。

喬樅謹案：晉灼注《文三王傳》引《魯詩》説，則此當亦據《魯詩》之文。

魯詩遺説考卷第三〔三之一〕

福州陳壽祺學　男喬樅述

魯詩小雅一

【《史記·司馬相如傳贊》】大雅言王公大人，而德逮黎庶；小雅譏小己之得失，其流及上。所以言雖外殊，其合德一也。○【張揖曰】謂文王、公劉在位，大人之德下及衆民者也。己，詩人自謂也。己小有得失，不得其所，作詩流言，以諷其上也。

【補】【《荀子·大略》篇】小雅不以於汙上，自引而居下，疾今之政以思往者，其言有文焉，其聲有哀焉。

【《史記》司馬相如《上林賦》】揜群雅。○【張揖曰】小雅之材七十四人，大雅之材三十一人，故曰群雅也。

【淮南王《離騷傳》】小雅怨悱而不亂。

【補】【服虔《左傳注》】自《鹿鳴》至《菁菁者莪》，道文、武，脩小政，定大亂，治太平，是爲正小雅。

【補】【皇甫謐曰】詩人歌武王之德，今小雅自《魚麗》至《菁菁者莪》七篇是也。

喬樅謹案：服虔、皇甫謐均用《魯詩》，魯説以《鹿鳴》爲刺詩，而服虔又謂自《鹿鳴》至《菁莪》爲正小雅者，按《琴操》言：「大臣昭然獨見，故歌以感之。」又言：「乃援琴以刺之。」所云「刺之」者，謂陳古以刺今；云「歌以感之」者，即微言諷諫之義也。《棠棣》一篇，《春秋外傳》載富辰引周文公之詩曰：「兄弟鬩于牆，外禦其侮。」而《左氏傳》載富辰曰：「召穆公思周德之不類，故糾合宗族于成周而作詩曰：『常棣之華，鄂不韡韡。凡今之人，莫如兄弟。』」《毛詩正義》引《鄭志》答趙商曰：「凡賦詩者，或造篇，或誦古。」所云誦古，指此召穆公所作誦古之篇，非造之也。此如《關雎》正始，而魯、韓以爲刺時；《魚麗》頌美，而焦贛以爲思初。亦皆謂誦古之篇，三家各舉其一端爲説耳。故孟子云「説《詩》者不以文害辭，不以辭害意，以意逆志，是爲得之」，董仲舒言「《詩》無達詁」，劉向亦云「《詩》無通故」是也。不然周公制禮作樂，以《鹿鳴》用之升歌，以《關雎》用之合樂，具載禮經，三家豈未之前聞，而顧以《關雎》作於康王，《鹿鳴》作於衰周大臣乎？且《韓詩》雖以《關雎》爲刺世，而《外傳》述孔子與子夏論《詩》，謂《關雎》爲「生民之屬，王道之原，不外乎此」，則未嘗不以爲正始之道也。《齊詩》雖以《魚麗》爲思古，而禮家釋「笙入」「閒歌」，謂《魚麗》爲太平年豐物多，物多酒旨，所以優賢，則未嘗不以爲頌美之詞也。《鹿鳴》之爲正小雅，《魯詩》之説蓋亦明著其義，所謂忽養賢而《鹿鳴》思，殆即誦古刺今者耳。

鹿鳴

【《史記·十二諸侯年表》】仁義陵遲，《鹿鳴》刺焉。

【蔡邕《琴操》】《鹿鳴》者，周大臣之所作也。王道衰，君志傾，留心聲色，内顧妃后，設酒食嘉肴，不能厚養賢者，盡禮極歡，形見於色。大臣昭然獨見，必知賢士幽隱，小人在位，周道陵遲，自以是始。故彈琴以風諫，歌以感之，庶幾可復。歌曰：「呦呦鹿鳴，食野之苹。我有嘉賓，鼓瑟吹笙。吹笙鼓簧，承筐是將。人之好我，示我周行。」此言禽獸得美甘之食，尚知相呼，傷時在位之人不能，乃援琴以刺之，故曰《鹿鳴》也。《御覽》五百七十八。

案：蔡邕所引與司馬遷語合，皆本《魯詩》之説。

喬樅謹案：《左氏·襄公二十九年傳》吴季札觀於周樂，爲之歌小雅曰：「美哉，思而不貳，怨而不怒[一]，其周德之衰乎？猶有先王之遺民焉。」今觀荀卿、司馬遷論小雅之詩語，正與此相合。申公之學，傳自荀子；子長之説，本於申公。然則《魯詩》以《鹿鳴》爲刺，其説不爲無據矣。

[一]「怒」，《左傳》作「言」。

【《淮南·詮言訓》】樂之失刺。○【高誘曰】鄉飲酒之樂，歌《鹿鳴》。《鹿鳴》之作，君有酒肴，不召其臣，臣怨而刺上者。非也。

案：此與《史記》《琴操》並合，是誘用《魯詩》之明證。

【《潛夫論·班禄》篇】忽養賢而《鹿鳴》思。

【補】【蔡邕《琴賦》】《鹿鳴》三章。

【補】【王逸《楚詞·大招》注】古者以琴瑟歌詩賦爲雅樂，《關雎》《鹿鳴》是也。

喬樅謹案：《漢書·王褒傳》：「褒作《中和》《樂職》《宣布》詩，選好事者令依《鹿鳴》之聲習而歌之。」昔杜夔傳舊雅樂四曲，一曰《鹿鳴》，二曰《騶虞》，三曰《伐檀》，四曰《文王》，皆古聲辭。太和中，左延年改夔《騶虞》《伐檀》《文王》三曲，更作聲節，其名雖存，而聲實異，惟夔《鹿鳴》今不改易也。

呦呦鹿鳴，食野之苹。我有嘉賓，鼓瑟吹笙。吹笙鼓簧，承筐是將。人之好我，示我周行。

【補】【陸賈《新語·道基》篇】《鹿鳴》以仁求其群。

【補】【《淮南·泰族訓》】《鹿鳴》興於獸，而君子大之，取其見食而相呼也。

【劉向《楚詞·七諫》】鹿鳴求其友。○【王逸曰】鹿得美草，口甘其味，則求其友而號其侶也。

以言在位之臣不思賢念舊，曾且不若鳥獸也。

【補】【《爾雅·釋草》】苹，蘋蕭。○【郭璞曰】苹，今蘋蒿，初生亦可食。

喬樅謹案：《毛傳》訓「苹」爲萍，《鄭箋》易之，訓「苹」爲蘋蕭，是用魯訓改毛。《正義》引陸璣《疏》云：「葉青白色，莖似箸而輕脆〔一〕，始生香，可生食。」其義蓋本之三家。

【張衡《東京賦》】我有嘉賓。

【補】【《風俗通義》六】笙長四寸，十二簧，像鳳之身。正月之音也，物生故謂之笙。《詩》云：「我有嘉賓，鼓瑟吹笙。」簧，笙中簧也。《詩》云：「吹笙鼓簧，承筐是將。」

【補】【張衡《南都賦》】嘉賓是將。

【補】【王逸《楚詞·九嘆》注】笙中有舌曰簧，《詩》云：「吹笙鼓簧。」

德音孔昭。

【張衡《司空陳公誄》】德音孔昭。

案：此句又見蔡邕《周巨勝碑銘》。

示民不偷。

〔一〕「脆」，底本作「肥」，今據《毛詩注疏》改。

【張衡《東京賦》】示民不偷。

喬樅謹案：示，《毛詩》作「視」，《鄭箋》云：「視，古『示』字也。」「偷」與「佻」同，《説文》《玉篇》並引《詩》「視民不佻」。《毛詩》作「恌」，《傳》云：「恌，愉也。」《正義》引定本「愉」作「偷」。喬樅謂定本「偷」字是也。毛用古文，三家用今文，「恌」乃「偷」之假借，故《傳》以「偷」釋之，如「能不我狎，甲，狎也」「洒埽廷内，洒，灑也」之例。

君子是則是效。

【蔡邕《郭有道林宗碑銘》】是則是效。

喬樅謹案：效，《毛詩》作「傚」。考《漢書·叙傳》亦云：「是則是效。」引用《詩》語皆不作「傚」字，是三家文同也。

我有嘉賓，鼓瑟鼓琴。

【補】【《風俗通義》六】《詩》云：「我有嘉賓，鼓瑟鼓琴。」雅琴者，樂之統也，與八音並行，然君子所常御者，琴最親密，不離於身。以爲琴之大小得中，而聲音和。大聲不譁人而流漫，小聲不湮滅而不聞，適足以和人意〔一〕，感人善心。故琴之爲言禁也，雅之爲言正也，言君子守正以自

〔一〕「意」，此下《風俗通義》有「氣」字。

禁也。今琴長四尺五寸，法四時五行也。七絃者，法七星也。

四牡

痑痑駱馬。

【補】《說文·疒部》】痑，馬病也。从疒，多聲。《詩》曰：「痑痑駱馬。」

喬樅謹案：《毛詩》「嘽嘽駱馬」，《説文·口部》「嘽」下云：「喘息也。」既引《詩》語，爲證此。《疒部》復引作「痑痑」，其爲三家《詩》無疑也。《毛詩釋文》於「嘽嘽」不言《韓詩》字異，則韓同毛可知。《漢書·叙傳》「王師驒驒」，師古引此《詩》作「驒驒駱馬」。考《毛詩·大雅·常武》「王旅嘽嘽」，孟堅當用是語。然於彼詩「嘽嘽」作「驒驒」，知此詩亦同作「驒」。孟堅習《齊詩》，師古所稱不言其爲毛爲韓，蓋襲舊法所引《齊詩》之文也。「痑痑」當爲《魯詩》，據《潛夫論》以此爲刺詩，故文作「痑痑」〔一〕，言行役之迫促〔二〕，至此馬疲而

〔一〕「痑」，底本漫漶不清，今據續編本補。
〔二〕「促」，底本漫漶不清，今據續編本補。

病耳。《廣雅》「痑痑，疲也」，正釋《魯詩》之〔一〕義。「痑」「嘽」得通者，段氏玉裁云：「『單』聲之字在第十四部，古多轉入第十七部，如《漢書》司馬相如《大人賦》『衍曼流爛〔二〕痑以陸離』，《史記》作『壇』可證。《隰桑》詩〔三〕以『難』與『阿』『何』韻，《竹竿》詩以『儺』與『左』『瑳』韻，足知古音之相通轉。他若『媻娑』之爲『婆娑』〔四〕，『若干』之爲『若柯』，皆此類也。」

不偟啟處。

【補】【《爾雅·釋言》】偟，暇也。○【郭璞注】《詩》曰：「不偟啟處。」

喬樅謹案：《爾雅釋文》：「偟，音『皇』。不遑，音〔五〕『皇』，或作『偟』，通作『皇』。」是陸所見《爾雅注》引《詩》有依〔六〕《毛詩》作「遑」者，然郭所引《詩》多本舊注之文，《釋言》正

〔一〕「之」，底本漫漶不清，今據續編本補。
〔二〕「爛」，底本漫漶不清，今據續編本補。
〔三〕「詩」，底本漫漶不清，今據續編本補。
〔四〕「娑」，底本漫漶不清，今據續編本補。
〔五〕「音」，底本漫漶不清，今據續編本補。
〔六〕「依」，底本漫漶不清，今據續編本補。

文〔一〕既作「偟」〔二〕字，則注所引當以或本作「偟」爲是。「偟」者，《魯詩》之文作「遑」者，乃後人順毛改字耳。

翩翩者隹。

【補】【《爾雅·釋鳥》】隹其，夫不。○【舍人曰】隹名夫不。○【樊光曰】《春秋》云：「祝鳩氏，司徒。」祝鳩即隹，夫不，孝，故爲司徒。○【李巡曰】夫不，一名隹，今楚鳩也。《毛詩正義》。

喬樅謹案：夫不，鳥之孝者也。故詩人感而起興，傷己不得孝養父母，曾夫不之不若也。《鄭箋》以謹愨之鳥習勞獲安爲喻，毛義蓋與魯殊。

王事靡盬，不偟將父。

【補】【《潛夫論·愛日》篇】《詩》云：「王事靡盬，不遑將父。」言在古閒暇而得孝養〔三〕，今迫促不得養也。

喬樅謹案：據節信此説，是《魯詩》之義亦以《四牡》爲刺詩。遑，當本作「偟」，此後人轉寫

〔一〕「文」，底本漫漶不清，今據續編本補。
〔二〕「偟」，底本漫漶不清，今據續編本補。
〔三〕「孝養」，《潛夫論》作「行孝」。

改爲「遑」字也。

皇華

皇皇者華。

【補】【《爾雅・釋言》】皇，華也。○【樊光曰】《詩》云：「皇皇者華。」○【孫炎曰】「皇皇」猶「煌煌」也。《邢疏》。

喬樅謹案：「皇」字當作「葟」，據《釋草》「葟，華榮」作「葟」可見。《釋草》音義云：「『葟』音皇，本亦作『皇』。」是後人改「葟」爲「皇」字。樊光引《詩》當作「葟葟者華」，《魯詩》之文如此。孫炎云「『葟葟』猶『煌煌』」，此申明其義也。《説文・𠫓部》：「𦶀，華榮也。从𠫓，𡳿聲。讀若皇。《爾雅》曰：『𦶀，華也。』葟，『𦶀』或从艸、皇。」許所引《爾雅・釋言》之文尤足爲明證。《毛詩》作「皇」，是古文之假借。又案，邵氏晉涵、臧氏鏞堂並據郭注《釋草》引此作「華皇」也。《釋文》亦先「華」後「皇」，謂今本誤倒作「皇華」。郝氏懿行又以《説文》所引《爾雅》「𦶀華」乃《釋草》之文。喬樅謂，數説皆非也。《説文》「𦶀」下云「華榮」，此據《釋草》爲訓。又引《爾雅》曰「𦶀，華也」，此稱《釋言》文，判然甚明。如以此句爲引《釋草》，是與上文辭複，又奪去「榮」字，羼入「也」字。許之引經必不然矣。且詳樊光引

《詩》之意，證「堇」非以證「華」，故叔然復申「堇堇」之義。郭本倒作「華皇」，自是舛誤。陸據郭本爲《音義》，先「華」後「皇」，均非，宜據《說文》正之。

侁侁征夫，每懷靡及。

【《列女傳》二】周詩曰：「莘莘征夫，每懷靡及。」夙夜征行，猶恐無及。况欲懷安，將何及矣。《晉文齊姜》篇。

喬樅謹案：《毛詩》「駪駪征夫」，《列女傳》引作「莘莘」，《說苑·奉使》篇亦然。今據王逸《楚詞章句》引《詩》作「侁侁」，叔師皆用《魯詩》，是《魯詩》文爲「侁侁」也。「莘莘」乃《韓詩》之文，見王氏《詩考》引《韓詩外傳》七。《說文》引《詩》「莘莘」，亦本《韓詩》。三家韓最後亡，後人不曉「侁侁」爲《魯詩》，惟習見《韓詩》字作「莘莘」，又以《國語》所引與《韓詩》同，遂援以改《列女傳》《說苑》之「侁侁」。《楚詞》及注「侁侁」字，舊校云「侁」一作「莘」，是後人改「侁」爲「莘」之左驗。幸所改未盡者，尚得據之以證《列女傳》《說苑》之譌。《玉篇·人部》「侁」下云：「往來侁侁，行聲，《詩》曰『侁侁征夫』也。」義與叔師合，皆本《魯詩》之訓。《廣韻·十九臻》「侁」字引《詩》同此，又本於《玉篇》者也。

【王逸《楚詞·招魂》注】侁侁，往來行聲也。《詩》曰：「侁侁征夫。」

喬樅謹案：今本《楚詞章句》作「侁侁，往來聲也」，一作「侁侁，行聲也」。考《玉篇》云「往來佚佚，行聲」，則「往來」下當有「行」字爲是。

我馬唯騏，六轡如絲。載馳載驅，周爰諮謨。

【補】【《淮南・脩務訓》】《詩》云：「我馬唯騏，六轡如絲。載馳載驅，周爰諮謨。」以言人之有所務也。○【高誘曰】《詩・小雅・皇華〔一〕》之篇。六轡四馬，如絲，言調勻也。諮難也。詩言當馳驅以忠信往謨難，事不自專已，慎之至，乃聖人之務也。

喬樅謹案：《毛詩》「周爰咨謀」，《釋文》：「咨，本亦作『諮』。」謀，此引作「謨」者，「謀」「謨」一聲之轉。《爾雅・釋詁》：「謨，謀也。」《尚書》「謨明弼諧」，《史記・夏紀》作「謀明輔和」。「謨」又通「漠」及「莫」，《詩》乃言「聖人莫之」，《釋文》云「莫，又作『漠』」，一本作『謨』」，是其驗也。

【補】【《説苑・貴德》篇】《詩》曰：「載馳載驅，周爰咨謀。」

喬樅謹案：據《淮南》書所引，《魯詩》當作「諮謨」，此作「咨謀」者，疑後人順毛改之。

〔一〕「皇華」，《淮南鴻烈解》作「皇皇者華」。

棠棣

案：《左氏·僖二十四年傳》富辰言召穆公思周德之不類，故糾合宗族於成周，而作詩曰「常棣之華」云云，以《常棣》爲衰世之詩，與《史記》「仁義陵遲，《鹿鳴》刺焉」説近。又成十二年《傳》郤至以《兔罝》爲世亂詩，《鹽鐵論》説與之合。三家蓋非不根之談。

喬樅謹案：魯説以《鹿鳴》《四牡》《伐木》均爲刺詩，則此《棠棣》篇亦當爲刺詩，與左氏説同。《風俗通義》云：「孫卿善爲《詩》《禮》《易》《春秋》。」梁元帝《答劉遴之詔》云：「張蒼之傳《左氏》，賈誼之襲荀卿。」《經典釋文敘》左氏授受源於荀卿〔一〕，《左〔二〕傳》與《魯詩》師傳既同，則其説之合必無疑矣。

【補】【《漢書·杜鄴傳》】鄴聞人情，恩深者其養謹，愛至者其求詳。夫戚而不見殊，孰能無怨？此《棠棣》《角弓》之詩所爲作也。

喬樅謹案：杜鄴以《棠棣》與《角弓》並爲刺詩，亦據魯家之説。

〔一〕「卿」，底本漫漶不清，今據續編本補。
〔二〕「左」，底本漫漶不清，今據續編本補。

棠棣之華，萼不韡韡。

【蔡邕《姜伯淮碑》】有棠棣之華，萼韡之度。○【又《彈棊賦》】萼不韡韡。

【補】【《説文·華部》】韡韡，盛也。《詩》曰：「萼不韡韡。」

喬樅謹案：叔重引《詩》與中郎合，此據《魯詩》也。《毛詩》「棠棣」作「常棣」，「萼不」作「鄂不」。考《爾雅·釋木》「唐棣，栘」，郭注云：「江東呼夫栘。」《文選·甘泉賦》注引《爾雅》正作「棠棣，栘」。《藝文類聚》八十九引《詩》「夫栘之華，萼不煒煒」，據《韓詩》也。「鄂」字，古文之假借。

死喪之威，兄弟孔懷。

【補】【《列女傳》八】《詩》云：「死喪之威，兄弟孔懷。」言死可畏之事，惟兄弟甚相懷也〔一〕。

【蔡邕《童幼胡根碑》】昆弟孔懷。

原隰捊矣。

【補】【《爾雅·釋故》】捊，聚也。○【郭璞注】《詩》曰：「原隰捊矣。」

〔一〕「也」，此上《列女傳》有「此之謂」三字；此下續編本有「聶政姊篇」四字，作小字。

【補】【《説文・手部》】捊，引堅也。从手，孚聲。《詩》曰：「原隰捊矣。」《繫傳》本。

喬樅謹案：《爾雅釋文》：「裒，古作『襃』，下同。字本或作『捊』。」喬樅謂作「捊」者是也。郭璞所引襲舊注《魯詩》之文，與《説文》偁《詩》合，叔重亦據《魯詩》也。《玉篇・手部》「捊」下引《説文》作「引聚也」，是「堅」義同「聚」。又引《詩》「原隰捊矣」，同。《易・謙卦》「裒多益寡」，《釋文》云：「裒，鄭、荀、董、蜀才作『捊』。」《禮・雜記》注「招用襃衣」，《釋文》作「裒」，云「裒」本又作「襃」，此「捊」「裒」「襃」古通之驗。《毛詩》「捊」作「裒」，是通假字也。

外禦其侮。

【補】【《爾雅・釋故》】務，侮也。○【郭璞注】《詩》曰：「外禦其侮。」

喬樅謹案：侮，《毛詩》作「務」，此所引亦據《爾疋》舊注之文。《校勘記》云：「注引《詩》以證『務』義之爲侮，當同《毛詩》作『務』。」喬樅謂此不然也。《爾雅》「明，朗也」樊注引《詩》「高朗令終」，與此「務，侮也」引《詩》「外禦其侮」同例，不必改注「侮」字爲「務」。又「葵，揆也」注引《詩》「天子揆之」，《校勘記》亦謂「揆」當作「葵」，均據《毛詩》之文以訂《雅注》。然郭注《爾雅》多襲舊義，樊光諸家皆用《魯詩》，未可據毛氏之文規規求合也。

雖有兄弟，不如友生。

【補】【《風俗通義》七】《詩》云：「雖有兄弟，不如友生。」是以隨〔一〕會圖其身而不遺其友，鮑叔度其德而固推管子。

和樂且沈。

【王逸《楚詞·招魂》注】《詩》曰：「和樂且沈。」

喬樅謹案：沈，《毛詩》作「湛」。叔師用《魯詩》，故文與毛氏異。宋玉《招魂》「娭酒不廢，沈日夜些」，王逸注引此詩「和樂且沈」所以證，明「沈」字今本《楚詞注》依《毛詩》改「沈」爲「湛」，失叔師引《詩》之旨矣。又《毛詩釋文》「湛」下引《韓詩》作「耽」字，亦與毛不同也。

樂爾妻孥。

【補】【趙岐《孟子章句》二】孥，妻子也。《詩》曰：「樂爾妻孥。」

喬樅謹案：孥，《毛詩》作「帑」，《釋文》云：「帑依字，吐蕩反。經典通爲妻孥字，今讀奴，句。子也。」孔沖遠《正義》云：「《左傳》『秦伯歸其帑』，書曰：『予則帑戮汝。』皆是子也。」據此，是「帑」爲「孥」之假借。邠卿引《魯詩》作「孥」，三家今文並用本字也。

〔一〕「隨」，《風俗通義》作「隋」。

是究是圖，亹其然乎。

【補】【《列女傳》六】《詩》曰：「是究是圖，亹其然乎。」《齊傷槐女》篇。

伐木

【蔡邕《正交論》】古之交者，其義敦以正，其誓信以固。迨夫〔一〕周德始衰，頌聲既寢，《伐木》有鳥鳴之刺，《谷風》有弃予之怨，其所由來，政之失也。

伐木丁丁，鳥鳴嚶嚶。出自幽谷，遷于喬木。

【補】【《爾雅·釋訓》】丁丁、嚶嚶，相切直也。○【郭璞曰】丁丁，斫木聲。嚶嚶，兩鳥鳴。以喻朋友切磋相正。

喬樅謹案：此舊注述《魯詩》之説也，郭氏蓋承用之。《毛傳》以「嚶嚶」爲驚懼，訓與此異。《鄭箋》云「言以道德相切正」，是據魯義改毛也。

【補】【《中論·貴驗》篇】小人尚明鑒，君子尚至言。至言也，非賢友則無取之，故君子必求賢友

〔一〕「迨夫」，《後漢書》作「逮至」。

也。《詩》曰：「伐木丁丁，鳥鳴嚶嚶。出自幽谷，遷于喬木。」言朋友之義，務在切直以升於善道也。

【補】【《風俗通義》七】《伐木》有鳥鳴之刺，《谷風》有弃予之怨。終始以交爲難〔一〕，况容悦偶合，而能申固其好者哉！

嚶其鳴矣，求其友聲。

【劉向《楚詞·七諫》】飛鳥號其群兮。○【王逸注】言飛鳥登高木，志意喜樂，則和鳴求其群而呼其耦。《詩》曰：「嚶其鳴矣，求其友聲。」

喬樅謹案：《文選》張華詩云「屬耳聽鸎鳴」，李善注引《詩》作「鸎其鳴矣」。梁元帝賦曰「聞鸎鳴而求友」，字亦作「鸎」，此三家之《詩》也。據張平子《東京賦》「睢鳩麗黄，關關嚶嚶」，是《魯詩》「嚶其鳴矣」本爲「鸎」字，故平子以麗黄言之，《玉篇》云「鸎，黄鳥也」是已。然則《毛詩》「嚶鳴」乃「鸎」之假借。叔師用《魯詩》，字當作「鸎」。今本作「嚶」，與《毛詩》同，非是，宜改正之。

〔一〕「終始以交爲難」，此上《風俗通義》有「博育復隙其」五字。按：王利器《風俗通義校注》以爲「終」當從上句讀，作「博、育復隙其終，始以交爲難」。

相彼鳥矣，猶求友聲。

【補】【《潛夫論·德化》篇】相彼鳥矣，猶求友聲。

神之聽之，終和且平。

【補】【《淮南·泰族訓》】聖人懷天氣，抱天心，執中含和，不下廟堂而衍四海，變習易俗，民化而遷善，若性諸己，能以神化也。《詩》云：「神之聽之，終和且平。」

坎坎鼓我，墫墫舞我。

【補】【《爾雅·釋訓》】坎坎、墫墫，喜也。○【舍人曰】墫墫，舞皃。《釋文》。○【郭璞曰】皆鼓舞歡喜。

【補】【蔡邕《禮樂意〔一〕》】漢樂四品，三曰黄門鼓吹，天子所以宴樂群臣，《詩》所謂「坎坎鼓我，蹲蹲舞我」者也。

【補】【《風俗通義》六】漢樂人侯調，依琴作坎坎之樂，言其坎坎應節奏也。《詩》云「坎坎鼓我」，是其文也。

〔一〕「意」，《東觀漢記》作「志」。

喬樅謹案：《毛詩釋文》：「坎坎，《説文》作『竷』，音同，云舞曲也。」考《説文·夊部》：「竷，繇舞也。舊「繇」下衍「也」字，此從段注訂本。从夊，从章。樂有章也，夅聲。《詩》曰：『竷竷鼓我。』」此從段注，依《韻會》訂舊本「舞」字之誤。字與魯、韓、毛並異，疑《齊詩》之異文也。又《毛詩》「蹲蹲」，《釋文》云：「本或作『墫』，同。」《爾雅》「墫墫」，《釋文》引《説文》云：「墫，士舞也，宜從士、尊。本或作『蹲』，同。」然則「蹲」「墫」古今文之異，蔡邕《禮樂意〔一〕》引《詩》「蹲蹲舞我」，蔡用《魯詩》，當从今文作「墫」爲正。

天保

天保定爾，亦孔之固。俾爾亶厚，胡福不除。俾爾多益，以莫不庶。

【補】【《潛夫論·慎微》篇】《詩》曰：「天保舊譌作「禄」，今訂正之。定爾，亦孔之固。俾爾亶厚，胡福不除。俾爾多益，以莫不庶。」此言也，言天保佐王者，定其性命，甚堅固也。使女信厚，何不治？此句字有脱誤。而多益之，甚衆庶焉。此下疑脱「罔」字。不遵履五常，順養性命，以保南山之壽，松柏之茂也。此節上下錯簡，文字脱誤，不可讀，今略訂正如左。

〔一〕「意」，《東觀漢記》作「志」。

【補】【《爾雅・釋故》】亶，厚也。○【某氏注】《詩》曰：「俾爾亶厚。」《毛詩・桑柔》正義。

喬樅謹案：某氏引《詩》作「亶厚」，與《潛夫論》合。又《風俗通義》七云「俾爾亶厚」，皆據《魯詩》之文。毛氏「亶」作「單」者，聲近假借字。

如山如阜。

【補】【《風俗通義》十】《詩》云：「如山如阜。」阜者，茂也。言平地隆踊，不屬於山陵也。

如岡如陵。

【補】【《風俗通義》十】《詩》云：「如岡[一]如陵。」陵有天性自然者。

吉圭惟饎。

【補】【《周官・蜡氏注》】蠲，讀如《詩》「吉圭惟饎」之「圭」。圭，潔也。

喬樅謹案：《毛詩》「吉蠲爲饎」，《傳》云：「蠲，絜也。」「蠲」乃「圭」之假借。惠氏棟曰：「《吕覽》云『臨飲食必蠲絜』，高誘注『蠲』讀爲『圭』，蓋三家《詩》作『吉圭惟饎』，故高讀从之。」喬樅考《淮南・時則訓》「湛熺必潔」，高誘注云：「湛熺必令圭潔。」《孟子》「卿以下

[一]「岡」，《風俗通義》作「山」。

必有圭田」，趙岐注云：「圭，潔也。」「圭，潔」之義即本此篇《魯詩》之訓。鄭君《禮注》所引多據齊、魯《詩》，《儀禮·士虞注》引《詩》曰「吉圭爲饎」，「惟」字作「爲」，與此微異，是據《齊詩》之文。《周官·宮人注》引《詩》與毛同，或出後人轉寫所改也。

禴祠蒸嘗，于公先王。

【補】【《爾雅·釋天》】【祭名】春祭曰祠，夏祭曰礿，秋祭曰嘗，冬祭曰蒸。○【孫炎曰】祠之言食。音賜。礿，新菜可汋。嘗，嘗新穀。蒸，進品物也。

喬樅謹案：李氏《易傳》載虞翻解《易·萃》「孚乃利用禴」引《詩》作「禴祭蒸嘗」，《白帖》六十七、《御覽》五百廿四引《詩》並作「禴祀蒸嘗」，文與魯、毛不同，疑爲齊、韓之異字。《爾雅·釋故》既釋「祠蒸嘗礿」爲祭名，而此復見者，彼釋四者爲凡祭之通名，此釋四者爲四時之祭名，專爲此詩作解。《詩》言「于公先王」，知四者皆爲宗廟之祭也。四時之祭，夏、殷名各不同，見《禮記·王制》。據《周禮·大宗伯》文，則此四時祭名，周公所定也。郭氏此注與孫炎文同，景純之襲用舊注，此尤其顯證也。

【補】【張衡《東京賦》】躬追養於廟祧，奉蒸嘗與禴祠。

【補】【又《南都賦》】糾宗綏族，禴祠蒸嘗。

如日之升。

【張衡《冢賦》】如日之升。

采薇

【補】【《史記·周本紀》】懿王之時，王室遂衰，詩人作刺。○【宋衷曰】時王室衰，始作詩也。

【蔡邕《和熹鄧后謚議》】家有《采薇》之思。

喬樅謹案：《漢書》以此詩爲作於懿王之時，與《史記·周本紀》云云説合。《白虎通》引《詩》，以爲師出踰時，怨思而作。蔡邕《謚議》以「家有《采薇》之思」與「人懷殿吚之聲」對舉而言，則亦以《采薇》爲怨思之詩，皆據魯説也。

我行不⿰來矣。

【補】【《爾雅·釋訓》】不⿰來矣，不來也。

喬樅謹案：《爾雅釋文》云「不⿰來矣，宜从來，本今作『俟』字。」先大夫《左海經辨》云：「《説文·來部》『⿰來矣』偁《詩》曰『不⿰來矣不來』，即《爾雅》之文。重文『⿰彳矣』云：『⿰來矣，或从彳。』今譌作『俟』。《爾雅》此訓即釋《詩》『我行不⿰來矣』句，《毛詩》作『來』，用本字，三家作『⿰來矣』，用借字。《爾雅》以不來釋『不⿰來矣』，聲近爲訓。」喬樅謂《説文》「《詩》曰」是「《爾雅》曰」之誤，後人轉寫因上「來」字引《詩》，并此亦誤書作「詩」耳。段氏注以爲《江有汜》之詩「不我以」古作「不我粹」，許蓋兼偁《詩》《爾雅》，轉寫譌奪不可讀耳，殆未必然也。

四牡騤騤。

【補】【張衡《南都賦》】駟飛龍兮騤騤。

小人所芘。

【補】【《爾雅·釋言》】庇，蔭也。○【舍人曰】庇，蔽也。《左傳·文十七年》正義。○【孫炎曰】庇，覆之蔭也。《衆經音義》九。

喬樅謹案：《毛詩》「小人所腓」，《傳》云：「腓，辟也。」《鄭箋》云：「腓，當作『芘』。此言戍車者，將率之所依乘，戍卒[一]之所芘倚。」《鄭箋》蓋據《魯詩》改毛也。「芘」「庇」字通，《詩·桑柔箋》「人庇陰其下者」，《釋文》云：「本亦作『芘蔭』。」《雲漢》箋「我無所庇陰處」，《釋文》云：「本亦作『芘廕』。」是字通之驗。《魯詩》文作「芘」，《釋言》「庇，廕」之訓正釋此詩。「芘」字，陳氏《毛詩稽古》篇云：「腓，亦作『萉』。班固《幽通賦》『安慆慆而不萉』，《文選注》引曹大家訓『萉』爲避。《漢書注》云鄧展亦訓避義，與《毛傳》合。」喬樅謂班氏家學是治《齊詩》者，「萉」字當是《齊詩》之異文。

[一]「卒」，《毛詩注疏》作「役」。

昔我往矣，楊柳依依。今我來思，雨雪霏霏。

【補】【《白虎通·征伐》篇】古者師出不踰時者，爲怨思也。天道一時生，一時養。人者，天之貴物也。踰時則内有怨女，外有曠夫。《詩》曰：「昔我往矣，楊柳依依。今我來思，雨雪霏霏。」

【王逸《楚詞章句》九】據時所見，自哀傷也，猶《詩》云「昔我往矣，楊柳依依」也。

出輿

喬樅謹案：《荀子》及《史記·匈奴傳》引《詩》，「車」皆爲「輿」，是《魯詩》文與毛異。

【蔡邕《諫伐鮮卑議》】周宣王命南仲吉甫攘獫狁，威蠻荆。○【又《釋誨》】獫狁攘而吉甫宴。

案：《漢書·匈奴傳》以《六月》《出輿》並爲美宣王之詩，《史記·衛將軍傳》載益封衛青詔書亦並舉二詩而言。今據邕《議》及《釋誨》，同以《出輿》《六月》爲宣王時事，皆與《漢書》語合，是魯、齊説同。

我出我輿，于彼牧矣。自天子所，謂我來矣。

【補】【《荀子·大略》篇】天子召諸侯，諸侯輦輿就馬，禮也。《詩》曰：「我出我輿，于彼牧矣。自天子所，謂我來矣。」

王命南仲。

喬樅謹案：南仲，《毛詩》以爲文王之屬。王，《傳》《箋》並謂殷王。據《漢書》及《蔡中郎集》並以爲宣王命南仲，則南仲宣王之將也。考《漢書·古今人表》「召虎，方叔，南仲，中山父，申伯，尹吉甫」列上下次周宣王世，《後漢書·馬融傳》融疏亦以此詩爲宣王事，是三家之説並同。

出輿彭彭。

【《史記·匈奴傳》】戎狄侵盜，暴虐中國，中國疾之，故詩人歌之曰：「出輿彭彭，城彼朔方。」

喬樅謹案：《史記·匈奴傳》云：「周襄王時，戎狄居于陸渾，東至于衛。侵盜暴虐，中國疾之，故詩人歌之曰：『戎狄是膺。』『薄伐獫狁，至于太原。』『出輿彭彭。城彼朔方。』」王氏《詩考》據此，遂以《出輿》爲襄王之詩，今案非也。《漢書·匈奴傳》自陵降匈奴以前，皆録《史記》之文，惟狐鹿姑單于以下，張晏以爲劉向、褚先生所録，班彪又撰而次之。《漢書》之文既爲採録《史記》，不應彼此互異。又《史記》所引「戎狄是膺」，乃《魯頌·閟宫》之詩，何得與雅詩之《出輿》《六月》合爲一事？此其錯舛顯然者。然則《史記》此節蓋編簡爛脱，僅存引《詩》數語，後人掇拾遺字，次于「戎狄是膺」之下，遂至牴牾。宜援據《漢書》，爲之補正。

天子命我，城彼朔方。

【楊雄《趙充國頌》】天子命我。

【《史記·衛青傳》】城彼朔方。

玁狁于攘。

【補】【《潛夫論·救邊》篇】聖王養民，愛之如子，憂之如家，危者安之，亡者存之，救其災患，除其禍亂。是故鬼方之伐，非好武也，玁狁于攘，非貪土也，以振民育德，安疆宇也。

既見君子，我心則降。

【補】【《列女傳》六】《詩》曰：「既見君子，我心則降。」

薄伐西戎。

【補】【《潛夫論·邊議》篇】易制禦寇，詩美薄伐，自古有戰，非乃今也。《傳》曰：「天生五材，民並用之，廢一不可，誰能去兵？兵所以威不軌而昭文德也，聖人所以興，亂人所以廢。」

杕杜

有杕之杜。

【補】【高誘《淮南·説林訓》注】杕，讀《詩》「有杕之杜」之「杕」也。

胡逝不至，而多爲恤。

【補】【高誘《呂覽·勸學》篇注】《詩》曰：「期〔一〕逝不至，而多爲恤。」

魚麗

魚麗于罶。

【補】【《爾雅·釋訓》】凡曲者爲罶。○【郭璞曰】凡以薄爲魚笱者，謂之罶。○【又《釋器》】寡婦之笱謂之罶。○【孫炎曰】罶，曲梁。其功易，故謂之寡婦之笱。

喬樅謹案：《説文·网部》：「罶，曲梁，寡婦之笱，魚所留也。罶，或从婁作『䍡』。《春秋國語》曰：『溝罛䍡。』」又《句部》：「笱，曲竹捕魚笱也。」然則罶者以曲薄爲梁，以曲竹爲笱，笱以承梁之孔，使魚入之而不得去。《雅》訓兩釋其義，所以備其名象也。

鱨魦　魴鱧　鰋鯉

〔一〕「期」，底本作「胡」，今據《呂氏春秋》改。

【補】【《爾雅·釋魚》】鯉，鱣。鰋，鮎。鱧，鯇。鯊，鮀。○【舍人曰】鯉一名鱣，鱧一名鯇。《毛詩正義》。鯊，石鮀也。《毛詩釋文》。○【孫炎曰】鰋一名鮎。

喬樅謹案：郭注《爾雅》以鯉、鱣、鰋、鮎、鱧、鯇爲六魚之名，《詩·碩人》正義引郭璞云：「先儒及《毛詩訓傳》皆謂此魚有兩名，今此魚種類形狀有殊，無緣强合爲一物。」喬樅謂郭義非是。魚名古今或異，逐世而移。大鯉曰鱣，而非即鱣鮪。猶之大鱯爲鯉，而非即鰲鯠也。《說文》：「鰈，鱧也。」「鱧，鱯也。」「鮀，鮎也。」「鮎，鰋也。」雖不必同形，而要各自爲類。又鱯魚之亦名鯉，刺魚之亦名鯇，名同實異者，不勝枚舉。景純以今釋古，違失《雅》訓，殆不可從也。

物其指矣，唯其偕矣。

【補】【《荀子·大略》篇】「物其指矣，唯其偕矣。」不時宜，不敬交，不驩欣，雖指，非禮也。

物其有矣，唯其時矣。

【補】【《荀子·不苟》篇】君子行不貴苟難，說不貴苟察，名不貴苟傳，唯其當之爲貴。《詩》曰：「物其有矣，唯其時矣。」此之謂也。

【補】【《說苑·辨物》篇】《詩》曰：「物其有矣，唯其時矣。」物之所以有而不絶者，以其動之時也。

魯詩遺説考卷第三（三之二）

福州陳壽祺學　男喬樅述

魯詩小雅二

南陔

白華

華黍以上三篇詩亡。

喬樅謹案：《詩箋》云：「此三篇者，鄉飲酒、燕禮用焉，曰『笙入，立於縣中，奏《南陔》《白華》《華黍》』是也。孔子論《詩》，『雅、頌各得其所』，時俱在耳。篇第當在於此，遭戰國及秦之世而亡之，其義則與衆篇之義合編，故存。至毛公爲《詁訓傳》，乃分衆篇之義，各置於其篇端云。又闕其亡者，以見在爲數，故推改什首，遂通耳，而下非孔子之舊。」孔氏《正義》

曰：「什首之目，孔子所定也。本《十月之交》等四篇，在《六月》之上，則孔子什首《南陔》爲第二，《彤弓》爲第三，《鴻雁》爲第四，《節南山》爲第五，《北山》爲第六，《桑扈》爲第七，《都人士》爲第八，以下適十篇，通及大雅與頌，皆其舊也。」據鄭君《儀禮注》言「三者小雅篇也，今亡其義未聞」，是三家之《詩》，《南陔》等篇目雖存，而皆闕其亡者。以現在爲數，故小雅之材祇云七十四人耳。

南有嘉魚

烝然罩罩。

【補】【《爾雅·釋器》】篧謂之罩。○【李巡曰】篧，編細竹以爲罩，捕魚也。○【孫炎曰】今楚罩[一]也。

喬樅謹案：《淮南·説林訓》：「釣者静之，罧者扣舟，罩者抑之，罣者舉之。爲之異，得魚一也。」郝氏懿行云：「今魚罩以竹爲之，漁人以手抑按于水中以取魚，故《淮南》云『罩者抑之』，抑即按也。」又《説文·魚部》「鯙」下云：「烝然鯙鯙，从魚，卓聲。」「鯙」字，《篇》

[一]「罩」，《爾雅》作「篧」。

《韻》不載。考《廣雅・釋訓》「淖淖，衆也」，「淖淖」二字正釋此詩。「鮮鮮」之義當與「淖淖」同，蓋齊、韓之異字異義也。

君子有酒，嘉賓式讌以樂。

【補】【《列女傳》一】《詩》曰：「我有旨酒，嘉賓式讌以樂。」言尊賓也。《魯季敬姜》篇。

喬樅謹案：此所引「我有旨酒」，當是「君子有酒」之誤。《鹿鳴》詩「我有旨酒，嘉賓式讌以敖」句法與此同，故因而致誤耳。《毛詩序》云：「《南有嘉魚》，樂與賢也。」劉中壘云：「言尊賓也。」《魯詩》之義蓋與毛同。

烝然汕汕。

【補】【《爾雅・釋器》】罺謂之汕。○【舍人曰】以薄罺魚曰罺。《御覽》八百三十四。○【李巡曰】汕，以薄汕魚也。○【孫炎曰】今之撩罟。《毛詩正義》。

喬樅謹案：《毛傳》以「汕汕」爲「樔」，與《雅》訓合，是魯、毛義同。《説文・水部》：「汕，魚游水皃。从水，山聲。《詩》曰：『烝然汕汕。』」許解「汕汕」與《雅》訓、《毛傳》義異，蓋據齊、韓爲説。胡承珙曰：「陸氏《埤雅》云：『罩罩，言嘉魚欲逸，則罩之使入。汕汕，言嘉魚欲伏，則汕之使出。《淮南子》曰：「罩者抑之，罾者舉之。爲之雖異，得魚一也。」』陸意蓋謂『汕』即『罾』矣。《説文》《廣雅》但以『罾』爲『網』，不著『汕』名。然古者『橧』『巢』同義，《廣雅》云『橧，巢也』，《楚詞・九歌》『罾何爲兮木上』，《太平御覽》引《風土記》云『罾，樹四木而張網於水，車輓之上下，形如蛛網，方而不圓』。蓋罾者，樹木爲之，其高如巢，故得『橧』名。《欒城集》有《車浮詩》，序云：『結木如巢，承之以簀，沈之水中，以浮識其處。方舟載兩輪，挽而出之。即《詩》所謂「汕」也。』此言結木挽輪，與《風土記》合。承之以簀，與舍人、李巡言以薄者合。要之，皆罾也。罾乃自下舉上之物，而劉逵注《吴都賦》『罺鰝鰕』云：『罺，抑魚之器也。』誤矣。」

南山有臺

【補】【《爾雅・釋草》】臺，夫須。○【舍人曰】臺一名夫須。《毛詩正義》。

喬樅謹案：《毛詩正義》引陸璣《疏》云「舊説夫須，莎草也，可爲蓑笠」，《都人士傳》云「臺，所以禦雨」是也。胡承珙曰：「《無羊傳》云『蓑所以備雨，笠所以禦暑』，則臺止可爲蓑，而不可爲笠；衹以禦[一]雨，而非以禦暑。可知《稽古編》以郭氏《雅注》、陸氏《詩疏》皆承《鄭箋》『臺皮爲笠』之誤，是也。其又引《爾雅》『薃侯，莎』與夫須爲一草，則因《本草別

[一]「禦」，《毛詩後箋》作「備」。

録》謂莎一名夫須，《御覽》引《廣志》云『莎可以爲雨衣』而誤。不知《爾雅》之『薃侯，莎〔一〕』即《夏小正》之『緹縞』，羅端良以爲其根即香附子者爲是，要與臺絶不相涉。草木之名，固多同者，臺不妨亦有『莎』名，究不得以夫須爲薃侯也。」

南山有杞。

【補】【趙岐《孟子章句》十一】杞，木名也。《詩》云：「北山有杞。」

喬樅謹案：「北山」當作「南山」，字之誤也。

由庚

崇丘

由儀以上三篇詩亡。

喬樅謹案：《詩箋》云：「此三篇者，鄉飲酒、燕禮亦用焉，曰：『乃閒歌《魚麗》，笙《由

〔一〕「莎」，《毛詩後箋》無此字。

庚》；歌《南有嘉魚》，笙《崇丘》；歌《南山有臺》，笙《由儀》。』亦遭世亂而亡之。」陸氏《釋文》云：「此三篇依《六月》序，《由庚》在《南有嘉魚》前，《崇丘》在《南山有臺》前。今同在此者，以其俱亡，使相從耳。」

蓼蕭

既見君子，我心寫兮。

【補】【《列女傳》六】《詩》云：「既見君子，我心寫兮。」《趙佛肸母傳》。

攸革沖沖。

【補】【《爾雅·釋器》】轡首謂之革。○【郭璞曰】轡，靶勒，見《詩》。

喬樅謹案：《毛詩》「鞗革沖沖」，《詩經小學》曰：「《說文》無『鞗』字，有『鋚』字：『鋚，鐵也。一曰轡首銅也。从金，攸聲。』《石鼓詩》『四[一]車既安』之下有『鋚勒』字，焦山周鼎有『攸勒』字，《博古圖》《周宰辟父敦銘》三皆有『攸革』字。疑《詩經》文[二]『鞗革』皆『鋚勒』

〔一〕「四」，底本作「田」，今據《詩經小學》改。
〔二〕「詩經文」，《詩經小學》作「毛詩」。

之譌。『鋚勒』猶唐〔一〕人所云『金勒』。古鐘鼎『鋚』省作『攸』，後人不知爲『鋚』字之省，輒製『攸』下从『革』之字。『革』者，『勒』字之省。鞗首謂之『勒』，勒馬頭絡銜，所以繫鞗，故曰『鞗首』。」喬樅案，《載見》詩「鞗革有鶬」，《鄭箋》以「鶬」爲金飾貌，與《說文》云「鋚，鞗首銅也」訓合。「革」爲鞗首，以皮爲之。「鋚」爲鞗首飾，以金爲之。《毛詩正義》謂鞗以皮爲之，誤也。

和鸞噰噰，萬福攸同。

【賈子《新書·容經》】古者聖王居有法則，動有文章。登車則馬行，馬行而鸞鳴，鸞鳴而和應，聲曰和，和則敬。故《詩》曰：「和鸞噰噰，萬福攸同。」言動以紀度，則萬福之所聚也。

【補】【《白虎通·車旂》篇】車所以有和鸞者何？以正威儀，節行舒疾也。鸞者在衡，和者在軾。馬動則鸞鳴，鸞鳴則和應其聲。鳴曰和敬，舒則不鳴，疾則失音，明得其和也。故《詩》云：「和鸞雍雍，萬福攸同。」《魯訓》曰：「和，設軾者也。鸞，設衡者也。」

喬樅謹案：《白虎通·車旂》篇今佚，此見《續漢書·輿服志》劉昭注引。又見《藝文類聚》七十一、《太平御覽》七百七十二。

〔一〕「唐」，此下《詩經小學》有「宋」字。

【補】【謝承《後漢書》陳宣曰】王者承天統地，動有法度，車則和鸞，出則佩玉，動静應天。劉昭《續漢志注補·五行》三引。

喬樅謹案：謝承《書》：「陳宣，字子興，沛國蕭人也，博學，明《魯詩》。」

【補】【張衡《東京賦》】珮以制容，鑾以節塗。行不變玉，駕不亂步。○【薛綜曰】珮爲行容，鑾爲車節。行合容則玉聲應，馬步齊則和鑾響，竝謂君之禮法。

【補】【劉昭《續漢志注》】【干寶曰】和鸞皆以金爲鈴，舒則不鳴，疾則失音。《詩》曰：「和鸞雍雍。」言得其和也。《吕氏讀詩記》引。

【補】【《史記·禮書》正義】【皇侃曰】鸞，以金爲鸞，懸鈴其中，于衡上，以爲遲疾之節，所以正威儀、行舒疾也。

湛露

湛湛露斯，匪陽不晞。

【王逸《楚詞·九章》注】湛湛，厚也。《詩》曰：「湛湛露斯。」○【又《九歌》注】晞，乾也。《詩》曰：「匪陽不晞。」

厭厭夜飲，不醉無歸。

【補】《爾雅・釋訓》懕懕，安也。

【補】《説文・心部》懕，安也。从心，厭聲。《詩》曰：「懕懕夜飲。」

喬樅謹案：《毛詩》作「厭」。厭，古文假借字也。《説文》引《詩》與《雅》訓合，亦據《魯詩》之文。《毛詩釋文》「厭厭」下云：「《韓詩》作『愔愔』，和悦之皃。」義與魯異。

【補】【張衡《南都賦》】客賦醉言歸，主稱露未晞。

其桐其椅，其實離離。

【補】【張衡《西京賦》】神木靈草，朱實離離。

莫不令儀。

【補】【張衡《南都賦》】接歡宴於日夜，終愷樂之令儀。

彤弓

彤弓弨兮。

【補】【《荀子・大略》篇】天子雕弓，諸侯彤弓，大夫黑弓，禮也。

喬樅謹案：《公羊傳・定四年》何休注云：「天子雕弓，諸侯彤弓，大夫嬰弓，士盧弓。」所言與《荀子》略同。嬰弓，陸氏《釋文》云見《司馬法》。按「嬰」當讀如「嬰石」之「嬰」。《山海經·北山經》云「燕山多嬰石」，注云：「言石似玉，有符彩嬰帶，所謂燕石者。」是也。天子諸侯皆彤弓矢，而天子弓有雕飾，故曰「雕弓」，所以别於諸侯。大夫、士皆盧弓矢，而大夫弓亦有文飾，故曰「嬰弓」，所以别於士也。

菁莪

菁菁者莪，在彼中阿。既見君子，樂且有儀。

【補】【《列女傳》六】《詩》曰：「菁菁者莪，在彼中阿。既見君子，樂且有儀。」《齊宿瘤女傳》。

喬樅謹案：「既見君子」二句，又見《列女傳》八《陳國辯女》篇引《詩》。菁菁，《韓詩》作「蓁蓁」，文與魯異。

【補】【《中論·藝紀》篇】先王之欲人之爲君子也，立保氏〔一〕，掌教六藝、六儀。大胥掌學士之

〔一〕「立保氏」，此上《中論》有「故」字。

版，春入學舍，菜〔一〕合萬舞，秋班學合聲諷誦〔二〕，不解於時。故《詩》曰：「菁菁者莪，在彼中阿。既見君子，樂且有儀。」美育群材，其猶人之於藝乎？既脩其質，且加其文。文質著然後體全，體全然後可登乎清廟，而可羞乎王公。

既見君子，我心則喜。

【補】【《列女傳》六】《詩》云：「既見君子，我心則喜。」《齊鍾離春傳》。

汎汎楊舟，載沈載浮。

【補】【《淮南·説林訓》】舟能沈能浮，愚者不加足。○【高誘注】舟船能載浮物，愚者不敢加足，畏其沈，《詩》曰「汎汎楊舟，載沈載浮」是也。

【楊雄《逐貧賦》】載沈載浮。

六月

【補】【《漢書·韋玄成傳》】【劉歆曰】周室既衰，四夷並侵，獫狁最彊，至宣王而伐之。詩人美而

〔一〕「菜」，《中論》作「采」。

〔二〕「諷誦」，此下《中論》有「講習」二字。

頌之曰：「薄伐獫狁，至于太原。」又曰：「嘽嘽推推，如霆如雷。顯允方叔，征伐獫狁，荆蠻來威。」故稱中興。

【補】【蔡邕《難夏育上言鮮卑仍犯諸郡議》】周宣王命南仲、吉甫攘獫狁，威蠻荆。

整居焦護。

【補】【《爾雅·釋地》】周有焦護。○【郭璞曰】今扶風池陽縣瓠中是也。

喬樅謹案：焦護，《毛詩》作「焦穫」，《傳》云：「焦穫，周地接于玁狁者。」胡承珙曰：「以焦穫爲池陽瓠中者，郭注《爾雅》云然耳。詩先言『整居』，然後曰『侵』、曰『及』、曰『至』，於文勢一順，自是由遠而近。《易林·未濟之睽》云：『玁狁匪度，治兵焦穫。侵鎬及方，與周争疆。』夫曰『治兵』，則必非周之近郊而後治兵。曰『争疆』，則争〔一〕鎬與方必周之邊境可知。故王基據劉向言『千里之鎬』，以爲當去周京千里。戴氏《詩考正》曰：『孔氏《正義》以郭注《爾雅》之「瓠中」當此詩「焦穫」，是直逼周京矣，非也。既整其衆，處於焦穫，乃侵鎬及方，至于涇陽，則焦穫在外，鎬、方、涇陽在内。下章言「薄伐玁狁，至于太原」，卒章言「來歸自鎬」，則焦穫、鎬、方在太原、涇陽之間。王師逐之至太原，後仍軍於鎬，平定然後

〔一〕「争」，《毛詩後箋》無此字。

歸也。』」

至于涇陽。

【楊雄《并州牧箴》】周穆遐征，犬戎不享。爰貊伊德，侵玩上國。宣王命將，攘之涇北。《藝文類聚》。

帛旆英英。

【補】【《爾雅·釋天》】【旌旂】緇廣充幅長尋曰旐，繼旐曰旆。○【孫氏云】緇，黑繒也。帛續旐末，亦長尋。《詩》云「帛旆英英」是也。《公羊·宣十二年疏》。

喬樅謹案：《公羊疏》所引孫氏説即叔然之《爾雅注》。帛旆英英，《毛詩》作「白茷央央」。叔然所引，據《魯詩》也。「白」與「帛」古字通，《左氏春秋·隱二年》紀子帛莒子盟于密，《公》《穀》「帛」作「伯」可證。《公羊·宣十二年注》云：「繼旐如燕尾，曰旆。」郭注《爾雅》云：「帛續旐末爲燕尾者，義見《詩》。」《釋名》云：「雜帛爲旆，以雜色綴其邊爲燕尾[一]，將帥所建，象物雜也。」據《公羊疏》引孫氏云「緇，黑繒也」，是旐之制用黑繒爲之，其繼旐之旆則以絳帛續之爲燕尾。緇絳相雜，故云「雜帛爲旆」。絳得專帛名者，周之正色，時王所尚也。此詩《正義》云：「言白旆者，謂絳帛猶通帛曰旃。亦是絳也。」説與前儒合。惟

［一］「燕尾」，《釋名》作「翅尾也」。

《出其東門》正義及《周禮・司常》疏引此詩，均以「白旆」爲白色，此賈、孔之誤解。疑沖遠《六月》正義是襲劉光伯《述義》語，故得不誤耳。《毛詩》「茷」本又作「旆」，陸、孔同引《左傳》「蒨茷」爲證，謂「茷」與「旆」古今字。喬樅案張平子《東京賦》「通帛蒨旆」，是「茷」「旆」字通之驗。央央，《釋文》音英，或於良反。知舊讀以「央」爲「英」之假借，故音从英。或讀爲「於良反」者，失之矣。

四牡既佶，既佶且閑。

【張衡《東京賦》】中畋四牡，既佶且閑。

薄伐玁狁，至于太原。見上《漢書・韋玄成傳》。

喬樅謹案：太原，《毛詩傳》《箋》皆不詳其地，朱子《集傳》以爲太原府陽曲縣，顧氏《日知録》謂：「必先求涇陽所在，而後太原可得而明。《漢書・地理志》安定郡有涇陽縣，《郡縣志》原州平涼縣，本漢涇陽縣地。然則太原當即今之平涼，而後魏立爲原州，亦是取古太原之名爾。計周人之禦玁狁，必在涇、原之間。若晉陽之太原在大河之東，距周京千五百里，豈有寇從西來，兵從〔一〕東出乎？」胡氏《禹貢錐指》云：「漢安定郡治高平縣，後廢。唐置

〔一〕「從」，《日知録》作「乃」。

原州治，後徙治平涼州西，去故州一百六十里，故州即今固原也。《小爾雅》『高平謂之太原』，則太原當在州界，非平涼縣。縣乃古涇陽，在固原之東。玁狁侵及涇陽，而薄伐之以至于太原，蓋自平涼逐之出塞，至固原而止，不窮追也。」顧、胡二君考核地理，爲得其實而按之當日情事，亦協其說，是也。

吉甫燕喜，既多受祉。來歸自鎬，我行永久。

【《漢書·陳湯傳》】【劉向曰】吉甫之歸，周厚賜之，其詩曰：「吉甫燕喜，既多受祉。來歸自鎬，我行永久。」千里之鎬猶以爲遠，况萬里之外，其勤至矣！

【蔡邕《釋誨》】獫狁攘而吉甫宴。

侯誰在矣，張仲孝友。

【補】【《爾雅·釋訓》】張仲孝友，善父母爲孝，善兄弟爲友。○【李巡曰】張姓仲字，其人孝，故稱孝友。《毛詩正義》。○【郭璞曰】周宣王之賢臣。

【蔡邕《爲陳留縣上孝子狀》】張仲孝友，侯在左右。周宣之興，實始于此。○【又張玄《祠堂碑》】其先張仲者，實以孝友爲名臣，左右王室。

【補】【《後漢書》楊賜對書曰】内親張仲，外任山甫。

【補】【《潛夫論·志姓氏》篇】《詩》頌宣王，張仲孝友。

采芑

【楊雄《趙充國頌》】昔周之宣，有方有虎。詩人歌功，乃列于雅。

于彼新田，于此菑畝。

【補】【《爾雅·釋地》】田一歲曰菑，二歲曰新田，三歲曰畬。○【孫炎曰】菑音災，始災殺其草木也。新田，新成柔田也。畬，和也，田舒緩也。《毛詩正義》。○【郭璞曰】今江東呼初耕地反草爲菑。《詩》曰：「于彼新田。」《易》曰：「不菑畬。」

喬樅謹案：鄭注《坊記》云：「二歲曰畬，三歲曰新田。」《禮記注》多據《齊詩》説，蓋齊、魯師説所傳異詞，故有不同耳。

服其命服。

【張衡《綬笥銘》】服其命[一]服。

朱芾斯皇，有瑲蔥衡。

[一]「命」，《初學記》作「令」。

【補】【《白虎通・紼冕》篇】紼者，蔽也，行以蔽前者爾，有事因以列〔一〕尊卑、彰有德也。天子朱紼，諸侯赤紼。《詩》云：「朱紼斯皇，室家君王。」又云：「赤紼金舄，會同有繹。」又云：「赤紼在股。」皆謂諸侯也。《書》曰：「黼黻衣黃朱紼。」亦謂諸侯也。並見衣服之制，故遠別之，謂黃朱亦朱〔二〕矣。大夫葱衡，別於君矣。天子、大夫朱紼葱衡，士韎韐。朱赤者，盛服〔三〕也，是以聖人法之，用爲紼服，百王不易也。紼以韋爲之者，反古不忘本也。上廣一尺，下廣二尺，法天一地二。長三尺，法天、地、人也。

喬樅謹案：《易乾鑿度》：「天子、三公、九卿朱紱，諸侯赤紱。朱〔四〕紱者，賜大夫之服也。」鄭注曰：「朱、赤雖同，而有深淺之別。」其説與此合。然則諸侯就國惟得用赤紼，入爲王臣，始加賜朱紼。天子、三公、九卿皆服朱紼葱衡。方叔爲宣王卿士，故《詩》言『朱紼斯皇，有瑲葱衡』也。」

陳師鞠旅。

〔一〕「列」，《白虎通》作「別」。
〔二〕「朱」，《白虎通》作「赤」。按：應作「赤」。
〔三〕「服」，《白虎通》作「色」。
〔四〕「朱」，《易乾鑿度》作「赤」。

【張衡《東京賦》】陳師鞫旅。○【薛綜曰】陳，列也。鞫，告也。

喬樅謹案：《御覽》三百三十八引《詩》「陳師鞫旅」，字作「鞫」。與魯、毛不同，疑齊、韓《詩》之異字。

振旅闐闐。

【補】【《爾雅·釋天》】【講武】振旅闐闐，出爲治兵，尚威武也。入爲振旅，反尊卑也。○【孫炎曰】出則幼賤在前，貴勇力也。入則尊老在前，復常法也。《毛詩正義》。○【郭璞曰】振旅，整衆。闐闐，群行聲。

喬樅謹案：《毛詩箋》以「闐闐」與「淵淵」，並爲鼓聲，景純「群行聲」之訓義與毛異，蓋據舊注《魯詩》之説。郭解「治兵」「振旅」文，俱襲叔然，語可證也。《説文·門部》「闐，盛貌，从門，真聲」，《口部》「嗔，盛氣也，从口，真聲」，引《詩》曰：「振旅嗔嗔。」左思《魏都賦》云「振旅輷輷」，「嗔嗔」「輷輷」皆三家《詩》之異文。《魏都賦》舊注引《史記·蘇秦傳》「輷輷殷殷，若三軍之衆」，李善《文選注》引《蒼頡》篇曰：「軥軥，衆車聲也，呼萌切。今爲『輷』字，音田。」考《説文·車部》：「轟，群車聲也，从三車。」玄應《衆經音義》云：「轟，今作『輷』，字書作『軥』〔一〕，同

〔一〕「今作『輷』，字書作『軥』」，續編本作「今作『軥』，字書作『輷』」。

呼萌切。」按《玉篇・車部》字亦作「輷」，義並同。又考《説文》云：「轃，車轃軳聲也。」「軳」字大徐本作「軥」，小徐本作「鈜」，並誤。此從《集韻》作「軳」訂正。从車，真聲。」疑「闐闐」「嗔嗔」皆爲「轃轃」之假借。吴棫《詩協韻補音・序》言開元中脩五經文字，「伐鼓淵淵」爲「鼘」，鼓聲之「淵淵」字作「鼘」。則車聲之「闐闐」字當作「轃」爲正也。

蠢爾荆蠻，大邦爲讎。

【王逸《楚詞・九歎》注】蠢蠢，無禮義貌。《詩》曰：「蠢爾荆蠻〔一〕。」《惜賢〔二〕》篇。

【楊雄《揚州牧箴》】蠢蠢荆蠻。

喬樅謹案：《爾雅・釋訓》：「蠢，不遜也。」郭注云：「蠢動爲惡，不謙遜也。」《雅》訓不遜之義，正釋此詩「蠢」字。以荆蠻而與大邦爲讎，不遜甚矣。叔師《楚詞注》亦與不遜義合，惟引《詩》作「蠻荆」，此傳寫者誤倒之，非叔師舊文也。

【補】【《漢書・賈捐之傳》】《詩》云：「蠢爾蠻荆，大邦爲讎。」言聖人起則後服，中國衰則先叛，動爲國家難，自古而患之久矣。

〔一〕「荆蠻」，《楚辭》作「蠻荆」。

〔二〕「惜賢」，應爲「遠逝」。按：此條應在《遠逝》。

喬樅謹案：本傳捐之爲賈誼曾孫，《誼傳》言孝武初立，舉賈生之孫二人至郡守，賈嘉最好學，世其家。君房之爲誰子，本傳不詳。要其上承家學，當亦習《魯詩》也。「蠻荆」當作「荆蠻」，説見後。

方叔元老，克壯其猷。

【蔡邕《胡公碑》】方叔克壯其猷。

執訊獲醜。

【王逸《楚詞・九歌》注】訊，問也。《詩》云：「執訊獲醜。」

嘽嘽推推，如霆如雷。顯允方叔，征伐玁狁，荆蠻來威。

【補】【《漢書・陳湯傳》】【劉向曰】昔周大夫方叔、吉甫爲宣王誅玁狁而百蠻從，其詩曰：「嘽嘽焞焞，如霆如雷。顯允方叔，征伐玁狁，蠻荆來威。」

喬樅謹案：《漢書・韋玄成傳》載劉歆議引《詩》曰：「嘽嘽推推，如霆如雷。顯允方叔，征伐玁狁，荆蠻來威。」「焞焞」字作「推推」，「蠻荆」文作「荆蠻」。顏師古注云：「推推，盛也。音他回反。」《陳湯傳》注音、義並同。案《毛詩釋文》：「焞，吐雷反，又他屯反，本又作『啍』，同。」小顏音他回反，是「推」字之音，非「焞」字之音也。《玉篇》：「輴，車盛貌。」《廣韻》：「輴輴，車盛貌。」「推推」即「輴輴」也，《魯詩》字與毛異。中壘用《魯詩》當作「推推」，其作「焞」者，俗人順毛所改耳。段氏《詩經小學》以《漢書》「推」字即「輴」之誤，疑或然也。荆蠻，《毛傳》云：「荆州之蠻。」師古注《陳湯傳》亦云「令荆土之蠻畏威而來」，是中壘引《詩》本作「荆蠻來威」。考《後漢書·李膺傳》應奉疏曰：「緄前討荆蠻，均吉甫之功。」又《西南夷傳》云：「南蠻夷，今長沙武陵蠻是也。其在唐虞，與之要質，故曰要服。夏商之世，漸爲邊患。逮於周世，黨衆彌盛。宣王中興，乃命方叔南伐蠻方，詩人所謂『蠻荆來威』者也。又曰『蠢爾荆蠻，大邦爲讎』，明其黨衆繁多，足以抗敵諸夏也。」皆以《詩》之「荆蠻」爲荆州之蠻。今據楊雄《揚州牧箴》「蠢蠢荆蠻」、曹植《王仲宣誄》「遠竄荆蠻」及李善《吴都賦》注、杜佑《通典》一百八十七引《詩》並作「蠢爾荆蠻」，知三家與毛舊本皆然。然則《毛詩》及群書所引三家《詩》或作「蠻荆」者，乃後人傳寫誤倒其文，宜乙正之爲是。《詩經小學》云：「《晋語》『楚爲荆蠻』，韋注云『荆州之蠻』，正用《毛傳》爲説。又《齊語》『萊莒徐夷』，韋注云『徐夷，徐州之夷』，可證荆蠻文法，其説良允。」

車攻

東有圃草。

【《白虎通義》】囿，天子百里，大國四十里，次國三十里，小國二十里。苑囿在東方，所以然者何？苑囿養萬物者也。東方，物所以生也。《詩》曰：「東有圃草。」《周禮·閽人》疏。○《廣韻》。○《御覽》一百九十六。

【王逸《楚詞·九歎》注】圃，野也。《詩》曰：「東有圃草。」

案：叔師引《詩》與《白虎通》同，則《魯詩》字作「圃草」也。

喬樅謹案：圃草，《毛詩》作「甫」，《傳》云「大也」，《箋》云「甫田之草也」。鄭有甫田義，與叔師異。今本《楚詞章句》作「圃，野樹也」，舊校云「一無『樹』字」。徐璈[一]以爲「樹」宜作「埜」，字之誤也。又《文選·西都賦》注、《後漢書·班固傳》《馬融傳》注並引《韓詩》作「圃草」，《薛君章句》曰：「圃，博也，有博大茂草也。」是《韓詩》文雖與魯同，而義則與毛並訓爲大。馬瑞辰曰：「《毛詩》『甫』字蓋『圃』之省借。胡承珙以鄭之圃田正以廣大有草得名。其説是也。詩下章『搏獸于敖』，《箋》云：『敖，鄭地，今近滎陽。』《括地志》：『滎陽城在今滎澤縣西南十七里，殷之敖地也。』《元和郡縣志》：『圃田一名原圃，東西五十里，南北二十六里，西限長城，東極官渡，上承鄭州管城縣曹家陂。』今案敖在滎澤縣，與鄭州接界，

[一]「璈」，續編本作「鉉」。按：此條出徐璈《詩經廣詁》，應作「璈」。

圃田在中牟縣北，上承鄭州，則敖與圃相去不遠也。」

建旐設旄，薄狩于敖。

【張衡《東京賦》】薄狩于敖。○【薛綜曰】敖，鄭地，今之河南滎陽也，謂周王狩也。《詩》曰：「建旐設旄，薄獸于敖。」

喬樅謹案：《毛詩》「薄狩」作「搏獸」，段氏玉裁云：「薛注《東京賦》引《詩》『薄獸于敖』，『薄』字不誤，『獸』字係俗刻妄改。」段説是也。狩者，獵之總名。薛注先言「謂周王狩」而引《詩》以證之，則字不當作「獸」也。段氏又云：「《後漢·安帝紀》注引《詩》『薄狩于敖』，俗刻改爲『搏』，而『狩』字不改。《册府元龜》、王氏《詩考》並引《詩》『薄狩』。《水經注·濟水》篇云：『濟水又東逕敖山，《詩》所謂「薄狩于敖」者也。』惠氏棟《詩經古義》據徐堅《初學記》引《毛詩》作『搏狩』，又引何休《公羊注》、高誘《淮南子注》、《漢石門頌》，證『狩』即『獸』字。故《箋》云『田獵搏獸』，而於『薄』字尚未考明。《釋文》『搏獸，音博，舊音傅』，乃爲《鄭箋》作音義，非釋經也。《初學記》云：『獵亦曰狩，狩獸也。』《鄭箋》言『田獵搏獸也』，此經作『薄狩』之確證。」見《詩經小學》。「薄，辭也。《箋》釋『狩』以搏獸者，上文言苗，毛謂夏獵，此不當復舉冬獵之名。」見《詩經校勘記》。然則《毛詩》當與三家同作「薄狩」，今本作「搏獸」者，唐石經之誤也。

四牡奕奕。

【蔡邕《胡廣黄瓊頌》】奕奕四牡。

赤紼金舄，會同有繹。

【補】【《白虎通·紼冕》篇】《詩》曰：「赤紼金舄，會同有繹。」

喬樅謹案：《毛詩》「赤芾」，《白虎通》引作「赤紼」，《魯詩》文與毛異，説詳《采芑》。

決拾既次。

【張衡《東京賦》】決拾既次。○【薛綜曰】決，以象骨著右手巨指，所以鈎弦也。拾，韝捍著左臂也。

【補】【《周官·繕人注》】【鄭司農曰】《詩》云：「決拾既次。」《詩》家説或謂：決謂引弦彄也，拾謂韝扞也。

喬樅謹案：鄭司農《周禮説》引《詩》「決拾既次」，與張平子合。引《詩》家説「決拾」，與薛敬文合。則仲師雖治《毛詩》，亦未嘗不兼採魯義也。

助我舉掌。

【張衡《西京賦》】收禽舉胔。○【薛綜曰】胔，死禽獸將腐之名也。

喬樅謹案：平子此語即用《詩》文。《魯詩》作「胔」，與毛字異。蔡邕《月令章句》曰：「露骨曰骼，有肉曰胔。」蔡據《魯詩》，故字同作「胔」。《説文・手部》「𢱭，積也」，引《詩》「助我舉𢱭」，《玉篇》同，亦三家之異文。馬瑞辰曰：「《石鼓詩》有『射夫寫矢，具奪舉𢱭』，與此詩義同。《説文》無『胔』有『骴』，云『鳥獸殘骨曰骴』，引《明堂月令》曰『掩骼埋骴』。蔡邕《月令章句》作『埋胔』，是知『胔』即『骴』之或體。《毛詩》作『柴』，《説文》作『𢱭』，皆『骴』字之假借。」

不失其馳，舍矢如破。

【補】【趙岐《孟子章句》六】《詩・小雅・車攻》之篇言御者不失其馳驅之法，則射者必中之。順毛而入，順毛而出，一發貫臧，應矢而死者，如破矣。此君子之射也。

徒御不驚。

【補】【《爾雅・釋訓》】徒御不驚，輦者也。〇【郭璞曰】步挽輦車。

喬樅謹案：此以「輦者」釋《詩》「徒御」。御猶駕也，《漢書注》曰：「駕人以行曰輦。」以其徒步而挽車，故曰「徒御」。《毛傳》訓「徒」爲輦，「御」爲御馬，分「徒」「御」爲二，與《爾雅》義異。

【補】【張衡《西京賦》】徒御悦。

吉日

既伯既禱。

【補】【《爾雅・釋天》】【祭名】既伯既禱，馬祭也。○【郭璞曰】伯，祭馬祖也，將用馬力，必先祭其先。

喬樅謹案：《周禮・甸師》「禂牲禂馬」，杜子春云：「禂，禱也，爲馬禱無疾，爲田禱多獲禽。《詩》云：『既伯既禱。』」《爾雅》曰：「既伯既禱，馬祭也。」《説文・示部》：「禂，禱牲馬祭也。从示，周聲。重文騳，或从馬，壽省聲。」《繫傳》本重文作「騳」。案「禂」或作从騳，則《詩》「禡」字乃「騳」之假借也。《繫傳》又引《詩》曰「既禡既禂」，《解字》本誤入正文。王氏《詩考》據之謂《説文》引《詩》如此，殊爲失考。段氏玉裁又以《繫傳》所引句，《詩》無此語爲疑。喬樅案，楚金所引自是三家《詩》異文，如《通論》中引《詩》「亦孔之惡」，「優」作「惡」。「鶴鳴九皐」，無「于」字。「布政優優」，「敷」作「布」。《繫傳》中引《詩》「求民之瘼」，「莫」作「瘼」。「滭沸濫泉」，「觱」作「滭」，「檻」作「濫」。皆與毛殊。《南唐書》稱鍇讀書博記，「所校讎尤審諦，江南藏書之多爲天下冠，鍇力居多」，故三家《詩》遺文佚句，鍇多能稱述之也。又案，「伯」得與「禡」通者，《周禮・大司馬》「有司表貉」，先鄭讀「貉」爲「禡」。《甸祝》「掌表貉之祝號」，杜子春讀「貉」爲「百」。《書》「亦或爲禡」，《肆師》「祭表貉則爲位」，鄭注「貉」讀爲「百」，古「禡」字借「貉」爲之音，讀如「百」，足爲「伯」「禡」音近通假之證。

吉日庚午。

【補】【《風俗通義》八】《詩》云：「吉日庚午。」

既差我馬。

【補】【《爾雅·釋畜》】【馬屬】既差我馬，差，擇也。宗廟齊毫，戎事齊力，田獵齊足。○【李巡曰】祭於宗廟，當加謹敬，取其同色也。○【某氏曰】戎事，謂兵革戰伐之事，當齊其力以載干戈之屬。○【舍人曰】田獵取牲於苑囿之中，追飛逐走，取其疾而已。《毛詩正義》。

喬樅謹案：馬瑞辰曰：「《毛傳》『外事用剛日』，則以庚爲吉。翼奉言『王者吉午酉』，又言『用辰不用日』，則以午爲吉。此毛、齊師説之不同也。《檀弓》曰〔一〕『子卯不樂』，《左傳》曰『辰在子卯謂之疾日』，疾日與吉日正相反。以子卯陰類爲疾日，則以午酉陽類爲吉日。據翼奉言二陰二陽並行，是必子卯互刑、午酉相合之日，方爲疾日、吉日，非凡遇子卯皆疾，

〔一〕「曰」，此上《毛詩傳箋通釋》有「杜蕢」二字。

遇午酉皆吉也。蓋五行有刑德，行在東方子刑卯，行在北方卯刑子，子卯互刑，是以爲忌。以是推之，午酉並行，方爲吉日。火盛于午，金盛于酉。庚爲金，與酉同氣，則即酉之類也。故翼奉引《詩》『吉日庚午』，以爲午酉二陽並行之證。則奉雖用辰不用日，未始不兼日〔一〕與辰爲配耳。」喬樅謂，據應劭《風俗通》引《詩》「吉日庚午」，謂「漢家盛於午，故以午祖也」，是亦用辰不用日。應劭多用《魯詩》，然則魯説亦與齊同矣。

獸之所同，麀鹿麌麌。

【張衡《東京賦》】獸之所同。○【薛綜曰】同，聚也，言禽獸皆已合聚。○【又《西京賦》】麀鹿麌麌。○【薛綜曰】鹿牝曰麀。麌麌，形貌也。

【補】【《爾雅·釋獸》】麕，牡麌，牝麜。○【郭璞曰】《詩》曰：「麀鹿麌麌。」

喬樅謹案：《毛傳》「麌麌，衆多也。」《箋》云：「麕牡曰麌，麌復麌，言多也。」《釋文》引《説文》「麌」字作「噳」，云「麇鹿群口相聚也」，與《毛傳》訓同。《鄭箋》改毛，以麌爲麇牡，與《爾雅》合，是據《魯詩》之訓。「麕牡曰麌」，「牡」字或譌爲「牝」。《正義》謂「本或作『麇「麇」「麕」字同，《説文》「麕」籀文「麇」。牝』者，誤也。」《經義雜記》據《玉篇》《廣韻》及《群經音

〔一〕「日」，此上《毛詩傳箋通釋》有「取」字。

辨》，皆以麌爲麢牝，斷「牡」是「牝」之誤。然考《玉篇》《廣韻》，又並以麎爲牡麢，則「麌」下所云「牝麢」當亦「牡」之譌字。臧説未碻。

瞻彼中原，其麎孔有。

【補】【《爾雅·釋獸》】麎，牡麔，牝麎。○【某氏曰】《詩》云：「瞻彼中原，其麎孔有。」《毛詩正義》。

喬樅謹案：麎，《毛詩》作「祁」，《傳》訓爲大，《箋》云：「祁，當作『麎』。麎，麎牝也。」鄭君改讀與某氏所引《詩》合，是據《魯詩》易毛之驗。考《周官·大司馬》鄭司農注「獸五歲爲慎」，後鄭注讀「慎」爲「麎」，則詩《箋》讀「祁」爲「麎」，麎雖麎牝，亦兼有大獸之稱也。

駓駓騃騃。

【張衡《西京賦》】群獸駓騃。○【薛綜曰】皆鳥獸之形貌也。

喬樅謹案：李善注引《薛君章句》曰：「趨曰駓，行曰騃。」《後漢書·馬融傳》注引《韓詩》作「駓駓騃騃」。「駓」即「駓」字，然則《韓詩》文與《魯詩》同。又毛作「儦儦俟俟」，《説文》引《詩》作「伾伾俟俟」。「儦」「伾」一聲之轉，「駓」「駓」「伾」皆音同字。馬融《廣成頌》又作「鄙騃」，亦以音同假借也。

悉率左右。

【張衡《東京賦》】悉率百禽。○【薛綜曰】悉，盡也。率，斂也。

且以酌醴。

【張衡《西京賦》】酒車酌醴。

魯詩遺説考卷第三(三之三)

福州陳壽祺學　男喬樅述

魯詩小雅三

鴻鴈

劬勞于野。

【王逸《楚詞·九嘆》注】劬亦勞也。《詩》云:「劬勞于野。」

庭燎

夜未央。

【補】【王逸《楚詞·離騷》注】央,盡也。○【又《九歌》注】央,已也。

喬樅謹案:《離騷》云「時亦猶其未央」,王注訓「央」爲盡。《九歌》云「爛昭昭兮未央」,王注訓「央」爲已。《廣雅》云：「央，已也。」「央，盡也。」訓與叔師同，皆本《魯詩》之義。《毛傳》：「央，且也。」《鄭箋》云：「夜未央猶言未渠央也。」《釋文》引《説文》曰：「央，久也，已也。」王逸注《楚詞》云：『央，盡也。』且，七也反，又子徐反，又音旦，《正義》本作『央旦』也。」案「旦」字蓋即「且」形近之譌。陸氏音且，爲子徐反，則讀與「渠」相近。「且」「渠」古通，故《史記·孔子世家》「雍渠」，《孟子書》作「癰疽」，《韓非子》作「雍鉏」。「渠」又通作「遽」，《魏都賦》「其夜未遽，庭燎晣晣」是已。王楙曰：「《鄭箋》夜未渠央，渠當呼遽，謂夜未遽盡也。」其義得之。卒章「夜未艾」，《毛傳》：「艾，久也。」《小爾雅》：「艾，止也。」亦與「央」之爲久、爲已義近。

庭燎晢晢。

【張衡《東京賦》】庭燎晢晢。

喬樅謹案：《毛詩》「庭燎晣晣」，《釋文》云：「晣，本又作『晢』。」今據《東京賦》作「晢」，是《魯詩》之文與毛微異。

鑾聲噦噦。

【張衡《東京賦》】鑾聲噦噦。

喬樅謹案：《毛詩》「鸞聲」，三家文作「鑾」。「鸞」「鑾」字通，又通作「欒」。《禮記·明堂位》「鸞車」，注云「鸞，或爲『欒』」。《考工記》「鳧氏兩欒謂之銑」，《釋文》云：「欒，本作『鸞』。」是也。

沔水

莫肯念亂，誰無父母。

【補】【《潛夫論·釋難》篇】《詩》云：「莫肯念亂，誰無父母。」言將皆爲害，然有親者憂將深也。

喬樅謹案：此二句又見《潛夫論·愛日》篇引《詩》。《毛傳》釋「誰無父母」句，謂「京師者，諸侯之父母也」，其義與《魯詩》異。

其流湯湯。

【補】【楊雄《荆州牧箴》】其流湯湯。

鶴鳴

鶴鳴于九皐，聲聞于野。

【補】【楊雄《太玄經》】鳴鶴升自深澤。首次五。

喬樅謹案：此詩「九臯」，盧文弨引何焯説以《太玄經》「鶴」與「澤」協韻，謂《詩》當本作「九臭」。臭，古「澤」字。「臭」「臯」相似，因誤爲「臯」，當以此正之。喬樅謂，據《毛傳》「臯，澤也」之訓及叔師《楚詞注》「澤曲曰臯」，則《詩》本作「臯」字，非以「臭」「臯」形近致譌，盧説未碻。

【補】【《後漢書》楊震上疏曰】野無《鶴鳴》之士〔一〕，朝無《小明》之悔。《大東》不興于今，勞止不怨于下。○【又楊賜對書曰】速徵《鶴鳴》之士，内親張仲，外任山甫。

喬樅謹案：賜爲楊震之孫，楊秉之子。《秉傳》言少傳父業，《賜傳》言少傳家學，賜治《魯詩》，則知震及秉亦皆治《魯詩》也。

【補】【張衡《思玄賦》】遇九臯之介鳥兮，怨素意之不逞。遊塵外以〔二〕瞥天兮，據冥翳以〔三〕哀鳴。

【王逸《楚詞・離騷》注】澤曲曰臯。《詩》云：「鶴鳴于九臯。」

喬樅謹案：《毛詩釋文》引《韓詩》云：「九臯，九折之澤。」與《論衡・藝增》篇釋《詩》同。

〔一〕「士」，《後漢書》作「歎」。按：應作「歎」。

〔二〕「以」，《文選》作「而」。

〔三〕同上。

此訓「皐」爲澤曲，曲猶言折也，是《魯詩》與韓同義。

【蔡邕《焦君贊》】鶴鳴九皐。

他山之石，可以爲厝。

【補】【高誘《淮南・説林訓》注】礛諸，治玉之石。《詩》云「他山之石，可以爲厝」是也。

喬樅謹案：高注《淮南・脩務訓》引《詩》同。

【補】【《説文・厂部》】厝，厲石也。《詩》曰：「他山之石，可以爲厝。」

喬樅謹案：《毛詩》「可以爲錯」，《釋文》云：「錯，《説文》作『厝』。」今據《淮南注》引《詩》作「厝」，知《説文》所引是三家文，非稱毛也。《衆經音義》九引《詩》亦作「厝」字可證。《漢書・地理志》「五方雜厝」，顔注引晉灼曰：「厝，古『錯』字。」《易・小過》注「无所錯足」，《釋文》：「錯，本又作『厝』。」皆以音同通假。

鶴鳴于九皐，聲聞于天。

【補】【《荀子・儒效》篇】君子務脩其内而讓之於外，務積德於身而處之以遵道。如是，則貴名起之如日月，天下應之如雷霆。故曰：君子隱而顯，微而明，辭讓而勝。《詩》云：「鶴鳴于九皐，聲聞于天。」此之謂也。

【補】【東方朔《答客難》】《詩》曰：「鶴鳴九皐，聲聞于天。」苟能脩身，何患不榮。《史記・滑稽傳》。

【補】【《論衡·藝增》篇】《詩》云：「鶴鳴九皐，聲聞于天。」言鶴鳴九折之澤，聲猶聞于天。以喻君子脩德窮僻，名猶達朝廷也。彼言聲聞于天，見鶴鳴于雲中，從地聽之，度其聲鳴于地，當復聞于天也。

喬樅謹案：荀子、東方生、王仲任説《鶴鳴》詩，並以爲喻君子德脩于身，名聞于遠，意旨相同。《史記·東方朔傳》爲褚少孫所補，褚氏亦治《魯詩》者也。又案《東方生傳》及《論衡》引《詩》「鶴鳴九皐」句，無「于」字。錢氏大昕謂《白帖》、《文選》註、《初學記》所引皆然，唐石經始增「于」字。今觀《風俗通·聲音》篇《藝文類聚·天部》及《群經音辨》並同，益見古本之如此也。

【補】【《風俗通義》六】《詩》曰：「鶴鳴九皐，聲聞于天。」

【補】【王逸《楚詞·九章》注】鶴鳴九皐，聞于天也。

【《蔡邕集·蔡朗碑》】鶴鳴聞天。

喬樅謹案：據《中郎集》言朗以《魯詩》教授，是仲明習《魯詩》也。

頎甫

【補】【《潛夫論·班禄》篇】班禄頗而《頎甫》刺。

喬樅謹案：《潛夫論》本作「班禄頗而傾甫賴」，文字譌不可讀。顧氏廣圻以「傾甫」爲「頎甫」之誤，即《詩·祈父》也。今考《隸釋》載《高陽令楊著碑》「頎甫班爵」，洪景伯云：「《詩》以『圻父』作『祈父』，此云『頎甫』，蓋又借用。」案碑語正用此詩，知三家今文是作「頎甫」，顧說良碻。「頎」「傾」形近而誤，「賴」字亦當作「刺」爲是，今訂正之。

白駒

【蔡邕《琴操》】《白駒》者，失朋友之所作也。其友賢居任也，衰亂之世，君無道，不可匡輔，依違成風，諫不見受。國士咏而思之，援琴而長歌。

喬樅謹案：范寧《穀梁傳注·叙》云：「君子之路塞，則《白駒》之詩賦。」說與《琴操》合。

縶之維之。

【補】【王逸《楚詞·九歌》注】縶，絆也。《詩》曰：「縶之維之。」

於焉逍遥。

【補】【蔡邕《汝南周巨勝碑》】于以逍遥。

皎皎白駒，在彼空谷。

【補】【《潛夫論·遏利》篇】白駒、介推遯[一]於山谷，守志篤固，秉節不虧。

【補】【又《本政》篇】《詩》傷「皎皎白駒，在彼空谷」，「巧言如流，俾躬處休」。蓋言衰世之士，志彌潔者身彌賤，佞彌巧者官彌尊也。

黄鳥

言旋言歸，復我邦族。

【補】【蔡邕《述行賦》】言旋言復。○【又曰】復邦族以自綏。

我行其野

我行其野，言采其蓫。

【補】【《爾雅·釋詁》】蕢，牛蘈。○【郭璞曰】今江東呼草爲牛蘈者，高尺餘許，方莖，葉長而鋭有穗，穗間有華。華紫縹色，可淋以爲飲。

〔一〕「遯」，此下《潛夫論》有「逃」字。

喬樅謹案：《毛傳》云：「蓫，惡菜也。」《鄭箋》云：「蓫，牛蘈也。」《釋文》：「蓫，本又作『蓄』。蘈，本又作『藬』。」馬瑞辰曰：「按郭本《爾雅》作『藬，牛蘈』，『藬』『蘈』一字，鄭君所見《爾雅》本自作『蓫，牛蘈』耳。『蓫』音近『禿』，『蘈』『禿』亦一聲之轉。《説文》：『頽，禿貌。』正以聲轉爲義。《正義》不知《爾雅》之『藬，牛蘈』即《鄭箋》之『蓫，牛蘈』，遂以爲《釋草》無文，誤矣。」馬説是也。「蓫」「蓄」古聲近，陸璣《疏》云：「蓫，今人謂之羊蹄。」《名醫別録》云：「羊蹄，一名蓄。」陶隱居注：「今人呼爲禿菜，即是『蓄』音之誤。」引《詩》云：「言采其蓄。」案作「蓄」者，齊、韓《詩》之異文。《易林·巽之豫》曰：「黄鳥採蓄，既嫁不答。」此《齊詩》之文也。《文選》曹植《七啟》曰：「霜蓄露葵。」李善注云：「《毛詩》『言采其蓫』，『蓫』與『蓄』音、義同。」曹子建《七啟》及陶隱居引《詩》皆《韓詩》之文也。

言采其葍。

【補】【《爾雅·釋草》】葍，蔓。〇【郭璞曰】大葉白華，根如指，正白，可啖。

喬樅謹案：《釋草》又曰：「葍，藑茅。」郭注云：「葍，華有赤者爲藑。藑，葍一種耳，亦猶蔆苕，華黄、白異名。」《齊民要術》引《詩義疏》云：「河東、關内謂之葍，幽、兖謂之燕葍，一名爵弁，一名藑。根正白，著熱灰中，温噉之，饑荒可蒸以禦饑，漢祭甘泉或用之。其華有兩種，一種莖葉細而香，一種莖赤、有臭氣。」《詩義疏》言一種莖赤、有臭氣，即《爾雅》之

「葍，藑茅」，《毛傳》所云「惡菜也」。一種莖葉細而香，即《爾雅》之「葍，䔰」，郭注所云「根白可啖」也。馬瑞辰曰：「以《義疏》『葍，一名爵弁』證之，則『莬，雀弁』亦即葍之赤莖者。藑與爵弁皆取赤義，《説文》『瓊赤玉也』，《儀禮》鄭注『爵弁色赤而微黑』，是其證矣。」

不惟舊因。

【《白虎通·嫁娶》篇】婚者，昏時行禮，故曰婚。姻者，婦人因夫而成，故曰姻。《詩》曰：「不惟舊因。」謂夫也。

喬樅謹案：《毛詩》「惟」作「思」，「因」作「姻」，與魯文異而義並同。《爾雅·釋詁》「惟，思也」，《論語》「因不失其親」，《南史》王元規曰「姻不失親」，是其驗也。

斯干

【《漢書》劉向疏曰】周德既衰而奢侈，宣王賢而中興，更爲儉宫室，小寢廟。詩人美之，《斯干》之詩是也。上章道宫室之如制，下章言子孫之衆多也。

【楊雄《將作大匠箴》】《詩》咏宣王，由儉改奢。

【張衡《東京賦》】改奢即儉，則合美乎《斯干》。○【薛綜曰】《斯干》謂宣王儉宫室之詩也。

【蔡邕《宗廟祝嘏詞》】昔周王德衰而《斯干》作，應運變通，自古有之。

喬樅謹案：上文云遷都舊京而即引《斯干》之詩以證之，是魯説謂宣王中興有遷都之事也。姚氏鼐云：「周之都嘗數遷，文王居豐，武王居鎬，至穆王居鄭，懿王居廢邱，宣王遭厲王之禍，宜更擇都邑，建宫室。以《斯干》詩及『王餞于郿』度之，蓋宣王都南山之北，渭水之南，雍、郿間也。」

西南其户。

【補】【張衡《東京賦》】西南其户。

約之格格。

【補】【《爾雅·釋訓》】格格，舉也。

【補】【《考工記·匠人注》】約，縮也。《詩》曰：「約之格格。」

喬樅謹案：格格，《毛詩》作「閣閣」。《爾雅·釋訓》云云正釋此詩。「約之格格」，鄭君《周禮注》所引與《爾雅》合，蓋亦用《魯詩》也。

風雨攸除，鳥鼠攸去，君子攸宇。

【楊雄《將作大匠箴》】侃侃將作，經構宫室。牆以禦風，宇以蔽日。寒暑攸除，鳥鼠攸去。王有宫殿，民有宅居。

喬樅謹案：攸宇，《毛詩》作「攸芋」，《傳》云：「芋，大也。」《箋》云：「芋，當作『幠』。幠，覆也。」考《周禮・大司徒》「美宫室」注云：「謂約椓攻堅，風雨攸除，君子攸宇。」與楊雄《箴》合，蓋亦據《魯詩》之文。宇，古文作「寓」，「宇」「幠」義同。《國語・晉語》「今君子〔一〕之德宇」注云：「宇，覆也。」《文選・東京賦》「德寓天覆」，《魯靈光殿賦》「廓宇宙而作京」，張載注云：「天所覆爲宇。」《説文》：「幠，覆也。」《釋名・釋宫室》曰：「大屋曰廡。廡，幠也。幠，覆也。」皆其明證。然則「幠」字殆《齊詩》之異文歟。

如翬斯飛。

【補】【《爾雅・釋鳥》】雉，伊洛而南，素質，五色皆備成章曰翬。

喬樅謹案：翬，《毛傳》無訓，《鄭箋》即用《爾雅》爲解。馬瑞辰曰：「《爾雅》又云：『鷹隼醜其飛也翬。』《説文》：『翬，大飛也。』此詩應取『翬』爲大飛之義，以狀簷阿之勢，猶今云飛檐也。」喬樅謂，馬説非是。詩上言如跂、如矢、如鳥，此言如翬，四「如」字皆以物象取譬，言其廉隅之正、形貌之顯，則當從翬雉之義爲長。朱子《集傳》以爲華采而軒翔，其説得之。

噦噦其冥。

〔一〕「子」，《國語》原無此字。

【補】【《爾雅・釋言》】冥，窈也。○【某氏注】《詩》曰：「噦噦其冥。」○【孫炎注】冥，深闇之窈也。《詩正義》。

喬樅謹案：《毛詩》訓「冥」爲幼，《正義》曰：「『冥，幼』，《釋言》文。本或作『冥，窈』，《爾雅》亦或作『窈』。某氏及孫注爲『冥，窈』，於義實安，但於『正，長』之義不允。故據王肅注『少長之士』爲毛説冥所以得爲幼者，郭璞曰：『幼稺者，冥昧也。』」喬樅考《釋文》「幼，王如字，本或作『窈』」，則「幼」字乃「窈」之假借。景純《爾雅注》竟以「幼稺」爲言，失之。「冥，窈」之訓是《魯詩》義，《鄭箋》以「冥」爲夜，義亦與「窈」近。

下莞上簟。

【補】【《爾雅・釋草》】蔇，鼠莞。○【樊光曰】《詩》曰：「下莞上簟。」《尚書正義》。○【郭璞曰】亦莞屬也，纖細似龍鬚，可以爲席。

喬樅謹案：《毛詩鄭箋》云：「莞，小蒲之席也。」此詩之「莞」指鼠莞而言，《正義》乃引《釋草》之「莞，苻蘺」爲證，其説非是。考《説文》：「莞，草也，可以作席。」「蔇，夫離也。」不言蔇可以作席，蔇非即莞之屬。觀「藺」下云「莞屬，可爲席」，「蒻」下云「蒲子，可以爲平席」，其義自明。蔇，《爾雅》本亦作「莞」者，乃音近假借字耳。

吉夢維何。

【補】【《潛夫論·敘録》】《詩》稱吉夢。

惟熊惟羆，男子之祥。惟虺惟蛇，女子之祥。

【補】【《潛夫論·夢列》篇】凡夢有象，《詩》云：「惟熊惟羆，男子之祥。惟虺惟蛇，女子之祥。」此謂象之夢也。

【補】【《漢書·五行志下》】《詩》曰：「維虺維蛇，女子之祥。」

喬樅謹案：《志》述劉向云云，則此所引《魯詩》之文，「維」當作「惟」爲是。《後漢書·楊賜傳》賜《上封事》引《詩》「惟虺惟蛇」，二語文同。

朱綍斯皇，室家君王。

【補】【《白虎通·綍冕》篇】天子朱綍，諸侯赤綍，《詩》云：「朱綍斯皇，室家君王。」

喬樅謹案：詳見《采芑》詩「朱綍斯皇」下。

無非無儀，惟酒食是議。

【《列女傳》一】孟母曰：「夫婦人之禮，精五飯，羃酒漿，養舅姑，縫衣裳而已矣。故有閨門之脩，而無境外之志。《詩》曰：『無非無儀，惟酒食是議。』以言婦人無擅制之義，有三從之道也。」

喬樅謹案：《毛傳》訓「儀」爲威儀，《鄭箋》訓「儀」爲善，義各不同。馬瑞辰曰：「按《説文》：『非，違也。从飛下𣥜，取其相背。』《廣雅·釋言》亦曰：『非，違也。』無非即無違。此《士昏禮》所云『父送女，命之曰「夙夜無違命」，母曰「夙夜無違宫事」』也。又《説文》：『儀，度也。』『儀』通作『義』。襄三十年《左傳》：『君子謂宋共姬女而不婦。女待人，婦義事也。』王尚書《經義述聞》曰：『義讀爲儀。儀，度也。謂婦當度事而行，不必待人也。』『儀』又通作『議』。昭六年《左傳》：『昔先王議事以制。』王尚書曰：『議讀爲儀。儀，度也。制，斷也。謂度事之輕重以爲斷制也。』今按：婦人，從人者也，不自度事以自專制，故曰『無儀』。《左傳》言『婦義事』，處變之權。《詩》言『無儀』者，處常之道也。《列女傳》孟母引《詩》此句而釋之曰：『言婦人無擅制之義，有三從之道也。』『三從』釋《詩》『無非』，『無擅制』正釋《詩》『無儀』。此三家之訓也〔一〕。」

無羊

九十其犉。

〔一〕「之訓也」，《毛詩傳箋通釋》作「《詩》常必有訓」。

【補】【《爾雅·釋畜》】牛七尺爲犉。○【郭璞注】《詩》曰：「九十其犉。」

喬樅謹案：《釋畜·牛屬》又曰：「黑脣，犉。」某氏注曰：「黄牛黑脣曰犉。」蓋犉之名，亦兼具二義。《毛傳》訓「九十其犉」，亦與某氏説同。但詩下章明言「三十惟物」，《毛傳》云「異毛色者三十也」。若以「九十其犉」爲專指黑脣而言，則與「三十惟物」句不合。當主「牛七尺曰犉」於義爲長。

以薪以蒸。

【補】【高誘《淮南·主術訓》注】大者曰薪，小者曰蒸。

喬樅謹案：此與鄭君《詩箋》義同。

衆惟魚矣，旐惟旟矣。大人占之，衆惟魚矣，實惟豐年。旐惟旟矣，室家蓁蓁。

【補】【《潛夫論·夢列》篇】《詩》云：「衆惟魚矣，實惟豐年。旐惟旟矣，室家蓁蓁。」此謂象之夢也。

喬樅謹案：蓁蓁，《毛詩》作「溱溱」，蓋假借字。

【補】【應劭《漢書音義》】周宣王牧人夢衆魚與旟旐之祥，而中興。《漢書·叙傳》注引。

魯詩遺説考卷第四〔四之一〕

福州陳壽祺學　男喬樅述

魯詩小雅四

節

喬樅謹案：三家皆止以《節》標目，《大戴禮》引「式夷式已」二語，盧辯注云：「此《小雅·節》之四章。」盧蓋據三家文也。《左傳·昭二年》季武子賦《節》之卒章，亦止稱《節》。惟《毛詩》連「南山」爲文耳。

國既卒斬，何用不監。

【補】【《潛夫論·愛日》篇】《詩》云：「國既卒斬，何用不監。」傷三公居人尊位，食人重祿，而曾不肯察民之盡瘁也。

喬樅謹案：《賢難》篇又引此詩，二語文同。

天方薦瘥，喪亂宏多。民言無嘉，憯莫懲嗟。

【補】【《荀子・富國》篇】《詩》曰：「天方薦瘥，喪亂宏〔一〕多。民言無嘉，憯莫懲嗟。」

喬樅謹案：《説文・田部》：「暛，殘薉田也。《詩》曰：『天方薦暛。』」今本《説文》作「暛，殘田也」。《玉篇・田部》同。「薉」字，段氏據《集韵》《類》篇補之。《説文》於《詩》兼採三家，此所引《詩》作「薦暛」，字與毛殊。而「殘薉田」之訓與董子言詩人刺争田之訟合，蓋本《齊詩》也。《荀子・富國》篇引此詩上文有「非鬬而日争」句，亦〔二〕足與董子争田之説相證明。然則《荀子》書「瘥」字殆亦「暛」之假借歟。

尹氏大師，惟周之氐。秉國之均，四方是維。天子是毗，俾民不迷。

【補】【《荀子・宥坐》篇】《詩》曰：「尹氏大師，維周之氐。秉國之均〔三〕。天子是庳，卑民不迷。」是以威厲而不試，刑錯而不用。今之世則不然，亂其教，繁其刑，其民迷惑而墮焉，則從而制之，是以刑彌繁，而邪不勝。

〔一〕「宏」，《荀子》作「弘」。
〔二〕「亦」，底本漫漶不清，今據續編本補。
〔三〕「秉國之均」，此下《荀子》有「四方是維」四字。

【補】【《潛夫論・志姓氏》篇】尹吉甫相宣王，著大功績，《詩》云「尹氏大師，維周之底」也。

【蔡邕《集東鼎銘》】毗於天子。

【補】【《説苑・政理》篇】《詩》曰：「俾民不迷。」昔者君子導其百姓不使迷，是以威厲而不至，刑錯而不用也。

喬樅謹案：據《潛夫論》以此尹氏爲尹吉甫，是此數語爲陳古刺今，傷時師尹之不善其職也。《説苑》引《詩》語與《荀子》大同，子政採輯《説苑》稱述《詩》義皆本魯説，故與荀合。「氏」者，「底」之假借。「庳〔一〕」者，「毗」之假借。「卑」者，「俾」之假借。《穀梁・隱二年》注「氐羌之別種」，《釋文》云：「氐，本作『底』。」此「氏」「底」通假之驗。《毛詩釋文》云：「是『毗』，王本作『埤』。卑民，本又作『俾』。」案《隋書・律曆志》作「天子是裨」，「裨」亦假借字。卑民，《説苑》作「俾民」，從魯今文也。

不弔昊天。

【蔡邕《焦君贊》】昊天不弔。

案：又見《蔡集・太守胡君碑》及《崔君夫人誄》。

〔一〕「庳」，續編本作「痺」。按：應從《荀子》作「庳」。

弗躬弗親，庶民弗信。

【補】【《淮南·繆稱訓》】君子見善，則痛其身焉，身苟正，懷遠易矣。《詩》云：「弗躬弗親，庶民弗信。」

【補】【《説苑·反質》篇】齊桓公謂管仲曰：「群臣衣服輿馬甚汰，吾欲禁之，可乎？」管仲曰：「《詩》云：『不躬不親，庶民不信。』君欲禁之，胡不自親乎？」

喬樅謹案：《説苑》引此《詩》「弗」皆作「不」，古本《考文》「庶民弗信」，「弗」亦作「不」。

【補】【高誘《吕覽·孟春紀》注】《詩》云：「弗躬弗親，庶民弗信。」

卒勞百姓。

【補】【《潛夫論·敘録》】公卿尹師〔一〕，卒勞百姓。

駕彼四牡，四牡項領。我瞻四方，蹙蹙靡所騁。

【補】【《新序·雜事》篇】《詩》云：「駕彼四牡，四牡項領。」夫久駕而長不得行，項領不亦宜乎？

〔一〕「尹師」，《潛夫論》作「師尹」。

【補】【《潛夫論·三式》篇】《詩》云：「駕彼四牡，四牡項領。」

【補】【《中論·爵禄》篇】良農不患疆埸之不脩，而患風雨之不節。君子不患道德之不建，而患時世之不遇。《詩》云：「駕彼四牡，四牡項領。我瞻四方，蹙蹙靡所騁。」傷道之不遇也，豈一世哉！

喬樅謹案：《中論》語意與《新序》同，皆本《魯詩》之義。

嘉父作頌。

【蔡邕《朱公叔謚議》】周有仲山甫、伯陽父、嘉父，優老之稱也。

案：嘉父即家父，《漢書·古今人表》嘉父與譚大夫、寺人孟子並列中上，知三家《詩》文並作「嘉父」也。

式訛爾心，以蓄萬邦。

【補】【陸賈《新語·術事》篇】《詩》云：「式訛爾心，以蓄萬邦。」言一心化天下而缺二字。國治，此之謂也。

喬樅謹案：《魯詩》之學出自荀卿，卿嘗仕楚，陸賈亦爲楚人，則其説《詩》當亦本之荀卿矣。蓄，《毛詩》作「畜」。

正月

正月繁霜，我心憂傷。民之訛言，亦孔之將。

【補】【《淮南・泰族訓》】逆天暴物，則日月薄蝕，五星失行，四時干乖，晝冥宵光，山崩水涸，冬雷夏霜。《詩》云：「正月繁霜，我心憂傷。」天之於〔一〕人，有以相通也，故國危亡而天文變，世惑亂而虹霓見。萬物有以相連，精祲有以相蕩也。

【補】【《漢書》劉向《上封事》曰】霜降失節，不以其時，其《詩》曰：「正月繁霜，我心憂傷。民之訛言，亦孔之將。」言民以是爲非，甚衆大也。此皆不和，賢不肖易位之所致也。○【張晏曰】正月，夏之四月，純陽用事而反多霜，急恒寒若之徵〔二〕也。

【補】【《白虎通・災變》篇】天所以有災變何？所以譴告人君，覺悟其行，欲令悔過脩德，深思慮也。霜之爲言亡也，陽以散亡。

【補】【王逸《楚詞・九章》注】孔，甚也。《詩》曰：「亦孔之將。」

〔一〕「於」，《淮南子》作「與」。

〔二〕「徵」，《漢書》作「災」。

癙憂以痒。

【補】【《爾雅·釋故》】癙、痒，病也。○【舍人曰】皆心憂憊之病也。○【孫炎曰】癙者畏之病也。《釋文》。

喬樅謹案：《爾雅釋文》云：「癙，《詩》作『鼠』。」案「鼠」即「癙」之假借，《毛詩》古文作「鼠」，三家《詩》今文作「癙」。今《毛詩》云「癙憂以痒」，此改從三家今文，非毛氏之舊也。《雨無正》詩「鼠思泣血」尚作「鼠」字可證。

憂心瘐瘐。

【補】【《爾雅·釋訓》】瘐瘐，病也。

喬樅謹案：《爾雅》此訓正釋《詩》語，《毛詩》作「愈愈」者，乃古文假借字，《魯詩》今文從「瘐」爲正。

視天夢夢。

【補】【《爾雅·釋訓》】夢夢，亂也。○【孫炎曰】夢夢，昏昏之亂也。《毛詩正義》。

喬樅謹案：《説文》「夢，不明也。」不明即昏義，故孫云「昏昏之亂也」。「夢」又通作「芒」，《文選》陸士衡《歎逝賦》「咨余今之方殆，何視天之芒芒」，即用《正月》詩「民今方殆，視天夢夢」之語。作「芒」者，蓋《齊詩》之異文。韓、毛並同魯作「夢」。《毛詩釋文》引《韓詩》

「夢夢，惡貌也」，是其驗已。

謂天蓋高，不敢不跼。謂地蓋厚，不敢不蹐。惟號斯言，有倫有脊。哀今之人，胡爲虺蜴。

【補】【《說苑·敬慎》篇】孔子論《詩》至《正月》之六章，懼然曰：「不逢時之君子，豈不殆哉！從上依世則廢道，違上離俗則危身。世不與善，而己獨由之，則曰非妖則孽也。是以桀殺關龍逢，紂殺王子比干。故賢者不遇時，常恐不終焉。《詩》曰：『謂天蓋高，不敢不跼。謂地蓋厚，不敢不蹐。』此之謂也。」

【補】【《後漢書·李固傳》夏門亭長曰】居非命之世，天高而不敢跼〔一〕，地厚而不敢蹐〔二〕。耳目適宜視聽，口不可以妄言也。

喬樅謹案：《杜喬傳》云：「喬故椽〔三〕陳留楊匡，著〔四〕故赤幘，託爲夏門亭吏，守衛尸喪，驅護蠅蟲。」知此亭長即楊匡也，此所引《詩》云云，意義並與《說苑》合。

〔一〕「跼」，此上《後漢書》有「不」字。

〔二〕「蹐」，此上《後漢書》有「不」字。

〔三〕「椽」，《後漢書》作「掾」。按：應作「掾」。

〔四〕「著」，此上《後漢書》有「乃」字。

【補】【張衡《西京賦》】豈徒跼高天、蹐厚地而已哉？○【薛綜曰】跼，傴僂也。

【蔡邕《釋誨》】天高地厚而跼[一]蹐之。

喬樅謹案：《毛詩釋文》：「局，本又作『跼』。」「局」「跼」古今文之異。蹐，《釋文》引《說文》云「小步也」。考《說文》「蹐」「趚」兩引此詩，《足部》云：「蹐，小步也。《詩》曰：『不敢不蹐』。」又《走部》云：「趚，側步也。《詩》曰：『謂地蓋厚，不敢不趚。』」《毛詩釋文》「蹐」下不言《韓詩》文異，則作「趚」者當是《齊詩》。「趚」「蹐」古通，《說文・疒部》「𤵸，古文『瘠』字」[二]可證也。

【補】【《列女傳》六】《詩》云：「惟號斯言，有倫有脊。」

執我仇仇。

【補】【《爾雅・釋訓》】仇仇、謷謷，毀也。○【舍人曰】仇仇，無倫理之貌。《爾雅釋文》。

喬樅謹案：《毛傳》云：「仇仇猶謷謷也。」《爾雅》：「仇仇、敖敖，傲也。」《釋文》云：「敖敖，本又作『謷』，舍人本『傲』作『毀』。」今詳舍人注以「謷謷」爲「衆口毀人」，則作「毀」字

[一]「而跼」，《蔡中郎集》作「跼而」。

[二]《說文・疒部》未見此語，《肉部》下有「𤵸，古文膌，从疒、从朿，朿亦聲」。

者是。「仇仇」得訓爲毀者，考《禮記・緇衣》引此《詩》「執我仇仇」，鄭君注曰：「持我仇仇然不堅固。」不堅固之義與毀相近，「仇仇」爲毀敗之毀，「謷謷」爲毀謗之毀。《爾雅》訓釋多兼二義。如「載、謨、食、詐，僞也」，載、謨之僞〔一〕，義訓謀爲；食、詐之僞〔二〕，義訓詐譌。又「台、朕、賚、畀，予也」，台、朕之予，義訓余我；賚、畀之予，義訓賜予。皆其例也。

燎之方陽，能或滅之。赫赫宗周，褒姒烕之。

【《漢書》谷永對曰】三代所以隕社稷、喪宗廟者，皆由婦人。《詩》云：「燎之方陽，能或滅之。赫赫宗周，褒姒烕之。」

喬樅謹案：王氏《詩考》載《漢書》引《詩》「能或滅之」，今《漢書》仍作「寧」，蓋後人從《毛詩》改字也。「赫赫宗周」二句，又見《五行志》下之下載谷永對云云。

【列女傳七】褒姒者，童妾之女，周幽王之后也。初，夏之衰也，褒人之神化爲二龍，伺〔三〕于王庭而言曰：「余，褒之二君也。」夏后卜殺之與去，莫吉。卜請其漦藏之而吉，乃布幣焉。龍忽不

〔一〕「僞」，底本漫漶不清，今據續編本補。
〔二〕「僞」，底本漫漶不清，今據續編本補。
〔三〕「伺」，底本作「同」，今據《列女傳》改。

見，而漦〔四〕在櫝中，乃置之郊。至周，莫之敢發也。及周厲王之末，發而觀之，漦流於庭，不可除也。王使婦人裸而譟之，化爲玄蚖，入後宫。宫之童妾未毁而遭之，既笄而孕，當宣王之時産。無夫而乳，懼而弃之。先是有童謡曰：「檿弧箕服，實亡周國。」宣王聞之。後有人夫妻賣檿弧箕服之器者，王使執而戮之，夫妻夜逃，聞童妾女遭弃而夜號，哀而取之，遂竄於褒。長而美好，褒人姁有獄，獻之以贖。幽王受而嬖之，遂釋褒姁，故號曰褒姒。既生子伯服，幽王乃廢后申侯之女，而立褒姒爲后。廢太子宜咎，而立伯服爲太子。幽王惑於褒姒，出入與之同乘，不恤國事，驅馳弋獵不時，以適褒姒之意。飲酒流湎，倡優在前，以夜續書。褒姒不笑，幽王乃欲其笑萬端，故不笑。幽王爲烽燧大鼓，有寇至，則舉。諸侯悉至而無寇，褒姒乃大笑。幽王欲悦之，數爲舉烽火，其後不信，諸侯不至。忠諫者誅，惟褒姒言是從。上下相諛，百姓乖離。申侯乃與繒西夷犬戎共攻幽王，幽王舉烽燧徵兵，莫至，遂殺幽王於驪山之下，虜褒姒，盡取周賂而去。於是諸侯乃即申侯，而共立故太子宜咎，是爲平王。自是之後，周與諸侯無異。《詩》曰：「赫赫宗周，褒姒滅之。」此之謂也。

喬樅謹案：《漢書·五行志》及《楚詞·天問》章句言褒姒事與此同，蓋皆本於《魯詩》。滅，《五行志》引作「烕」，與《毛詩》同。《釋文》云：「烕，呼説反，齊人語也。」《字林》：「武

〔四〕「漦」，此上《列女傳》有「藏」字。

劣反。」《説文》云：「從火，戌聲，火死於戌，陽氣至戌而盡。」本或作「滅」，然則「烕」「滅」古今字之異耳。

【補】【高誘《吕覽·疑似》篇注】《詩》云：「赫赫宗周，褒姒滅之。」

終其永懷，又窘陰雨。

【蔡邕《述行賦》】終其永懷，窘陰雨兮。

喬樅謹案：《毛傳》訓「窘」爲困，《鄭箋》訓「窘」爲仍，義各不同。《吕記》引董氏曰：「《韓詩章句》以『窘』爲迫。」與毛同義。據班固《漢書·敘傳》云：「敢行稱亂，窘世薦亡。」謂淮南等父子相仍，再亡其國也。則《箋》以「窘」訓仍，蓋用《齊詩》。邵晉涵《爾雅正義》以《釋詁》「郡」「仍」並訓爲乃，云「郡」通作「窘」，即引《鄭箋》爲證。王氏《經傳釋詞》以《法言·孝至》篇「郡勞王師」爲即「仍勞王師」。然則魯訓當與齊同矣。

無棄爾輔，員于爾輻。屢顧爾僕，不輸爾載。

【補】【《中論·貴驗》篇】《詩》云：「無棄爾輔，員于爾輻。屢顧爾僕，不輸爾載。」親賢求助之謂也。

喬樅謹案：曾釗云：「輔爲伏兔别名。『輔』與『兔』聲近，故『伏兔』謂之『輔』。伏兔，車轐也，形如屐，所以夾持車軸，故輔引申之義亦爲夾持。《説文·面部》：『酺，頰車也。』蓋夾牙車則從面爲『酺』，夾車軸則從車爲『輔』，義本相近。此詩取喻于輔者，輔爲持車之物，與賢者佐理同。古擬輔臣於秉軸，即其義矣。」馬瑞辰曰：「曾説是也。《説文》：『轐，車伏兔也。』轐之言僕也。僕，附也。『轐』『輔』『附』，聲義正相近耳。下章『屢顧爾僕』，『僕』當即『轐』之假借。《吕氏春秋·權勳》篇：『虞之與虢也，若車之有輔也。車依輔，輔亦依車，虞、虢之勢是也。』此即《詩》『無棄爾輔』之義，其爲車之輔木〔一〕無疑矣。《淮南·人間訓》作『虞之與虢，若車之有輪』，以《吕氏春秋》證之，『輪』當爲『輔』之譌。又《易》『輿脱〔二〕輻』，《説文》引亦作『輹』，謂益其輹以固輔，非謂以輔助輻也〔三〕。員于爾輻，『輻』當作『輹』。《易》『輿脱〔四〕輻』，《釋文》作『輹』，是其證。复从畐省聲，故譌作『輻』耳。《説文》『輹，車下縛也』，今本作『車軸縛』者誤。蓋伏兔在輿底，本不相連，須輹縛之。伏兔爲任力之處，非一革所能勝，故須益其革輹耳。」

佌佌彼有屋，速速方穀。民今之無禄，夭夭是椓。

〔一〕「木」，《毛詩傳箋通釋》作「本」。

〔二〕「脱」，《毛詩傳箋通釋》作「説」。

〔三〕「又《易》」至「非謂以輔助輻也」，《毛詩傳箋通釋》置於「故須益其革輹」之下。

〔四〕「脱」，《毛詩傳箋通釋》作「説」。

【補】【《爾雅·釋訓》】佌佌、瑣瑣，小也。速速、蹙蹙，惟逑鞫也。○【舍人曰】佌佌，形容小貌。

《爾雅釋文》。

喬樅謹案：《釋文》：「佌，音此。《説文》作『佡』，音徙。」考《説文·人部》：「佡，小貌。從人，囟聲。」引《詩》「佡佡彼有屋」，蓋三家之異文。馬瑞辰曰：「『佌』與『細』字从囟聲，同義。《爾雅釋文》云：『郭音徙。』即『佡』字之音。《廣韻》『佡』下有『[illegible]』字，注云『小貌』，又『佡』之別體也。」

【《後漢書》蔡邕《釋誨》】速速方轂，夭夭是加。○【李賢注曰】小雅「速速方穀，夭夭是椓」，毛萇注：「速速，陋也。」鄭玄注：「穀，祿也。」言鄙陋小人，方〔一〕貴而得祿也。《韓詩》亦同此。作「轂」者，蓋謂小人乘寵方轂而行，方猶並也。

喬樅謹案：速速，《毛詩》作「蔌蔌」。考《爾雅·釋訓》云云，正釋此詩「速速」之義。蔡用《魯詩》，故文與《爾雅》合。《説文》有「遫」無「蔌」，又曰「遫，籀文『速』」，「蔌」蓋即「遫」之省。「穀」者，「轂」之假借。《老子》「孤寡不轂」，他書皆作「不穀」；《呂覽·觀表》「衛右宰穀臣」，《文選》劉孝標《廣絶交論》注作「轂臣」；《列子·天瑞》「鶉之爲布轂」，《釋

〔一〕「方」，《後漢書》作「將」。

文》「本又作『穀』」，其證也。「椓」與「諑」通，王逸《楚詞章句》「諑，猶譖也」。蔡邕《釋誨》云「夭夭是加」者，據《説文》云「誣，加言也」，是「加」亦與「諑」「譖」義同，故變文以協韻耳。

哿〔一〕矣富人，哀此煢獨。

【補】【趙岐《孟子章句》二】《詩·小雅·正月》之篇。哿〔二〕，可也。詩人言居今之世可矣，富人但憐憫此煢獨羸弱者耳。

【楊雄《元后誄》】哀此嫠獨。

【補】【王逸《楚詞·離騷》注】煢，孤也。《詩》曰：「哀此煢獨。」

喬樅謹案：煢，《毛詩》作「惸」，《傳》云「單也」，與此同義。

十月之交

【《詩箋》曰】此當爲刺厲王，作《詁訓傳》時，移其篇第，因改之耳。《節彼〔三〕》刺師尹不平，亂靡

〔一〕「哿」，續編本作「苛」。
〔二〕「哿」，續編本作「苛」。
〔三〕「彼」，《毛詩注疏》無此字。

有定，此篇譏皇父擅恣，日月告凶。《正月》惡褒姒滅周，此篇「疾豔妻煽方處」。又幽之〔一〕時，司徒乃鄭桓公友，非此篇所云〔二〕番也，是以知然。

案：鄭君以《十月之交》《雨無正》《小旻》《小宛》四篇皆當爲刺厲王。考《十月》篇鄭說出於《魯詩》，則以下三篇宜亦從魯爲說也。

【補】《詩譜》問曰：「小雅之臣，何以獨無刺厲王？」曰：「有焉。《十月之交》《雨無正》《小旻》《小宛》之詩是也。」

朔月辛卯，日有蝕之，亦孔之醜。彼月而微，此日而微。今此下民，亦孔之哀。

【《漢書》劉向《上封事》曰】當是之時，日月薄蝕而無光。其詩曰：「朔月辛卯，日有蝕之，亦孔之醜。彼月而微〔三〕，此日而微。今此下民，亦孔之哀。」又曰：「日月鞠凶，不用其行。四國無政，不用其良。」天變見於上，地變動於下。水泉沸變〔四〕，山谷易處。其詩曰：「百川沸騰，山冢卒崩。高岸爲谷，深谷爲陵。哀今之人，胡憯莫懲。」

〔一〕「之」，《毛詩注疏》作「王」。
〔二〕「所云」，此上《毛詩注疏》有「之」字。
〔三〕「彼月而微」，此上《漢書》有「又曰」二字。
〔四〕「變」，《漢書》作「騰」。

【補】【《後漢書·章帝紀》建初五年詔】《詩》不云乎：「亦孔之醜。」

【補】【《漢書·元帝紀》永光四年詔】《詩》不云乎：「今此下民，亦孔之哀。」

日月鞫凶，不用其行。四國無政，不用其良。見上。

喬樅謹案：鞫凶，《毛詩》作「告凶」。中壘所據是《魯詩》文，「鞫」即「告」字之假借。

【補】【《後漢書·章帝紀》元和三年詔】今四國無政，不用其良。

彼月而蝕，則惟其常。此日而蝕，于何不臧。

【補】【《史記·天官書》】月蝕，常也；日蝕爲不臧也。

【補】【《史記集解》】劉向以爲日月蝕及星逆行，非太平之常。自周衰以來，人事亂，故天文應之，遂變耳。

【補】【《説苑·政理》篇】《詩》所謂「彼日而蝕，于何不臧」者。

【補】【《白虎通·諫諍》篇】過惡已著，民蒙毒螫，天見災變，事白異露。作詩以刺之，幸其覺悟也。

喬樅謹案：蝕，《毛詩》作「食」，下文同。「食」者，「蝕」之古文。《史記·天官書》及劉向説皆作「蝕」，蓋據《魯詩》也。

爗爗震電。

【補】【王逸《楚詞・遠遊》注】靈爗，電貌。《詩》曰：「爗爗震電。」

百川沸騰，山冢卒崩。高岸爲谷，深谷爲陵。哀今之人，胡憯莫懲。

【補】【《荀子・君子》篇】以族論罪，以世舉賢，雖欲無亂，得乎哉？《詩》曰：「百川沸騰，山冢崒案當作「卒」，此傳寫者依《毛詩》爲之。崩。高岸爲谷，深谷爲陵。哀今之人，胡憯莫懲。」此之謂也。

喬樅謹案：《爾雅・釋言》：「憯，曾也。」「憯」者，「朁」之假借。《說文》「朁，曾也」，引《詩》「朁不畏明」，是其證也。「憯」通作「噆」，《節南山》「憯莫懲嗟」，《釋文》作「噆」是也。「憯」又通作「慘」，此詩「胡憯莫懲」，《釋文》云：「憯，亦作『慘』。」皆「朁」之假借字。

【補】【《漢書・谷永傳》】百川沸騰。

【補】【張華《博物志》】五嶽視三公，四瀆視諸侯，通靈助化，位相亞也。地動臣叛〔一〕，君〔二〕山崩，王道訖。川竭神去，國隨已亡。海投九仞之魚，流水涸，國之大誡也。澤浮舟，川水溢，臣盛君衰。百川沸騰，山冢卒崩。高岸爲谷，深谷爲陵。小人握命，君子陵遲。黑白不別，大亂之徵

〔一〕「地動臣叛」，此上《博物志》有「故」字。

〔二〕「君」，《博物志》作「名」。

也。《山水總論》。

喬樅謹案：茂先引《詩》亦作「卒崩」，與中壘同是用《魯詩》也。《毛詩釋文》「崒」本亦作「卒」，蓋三家之文。

皇父卿士，番惟司徒。家伯惟宰，仲允膳夫。棸子内史，蹶惟趣馬。踽惟師氏，閻妻扇方處。

【《漢書》谷永《日食地震對》曰】古之王者廢五事之中，失夫婦之紀，妻妾得意，謁行於内，埶行於外。至覆傾國家，或亂陰陽。昔襃姒用國，宗周以喪；閻妻驕扇，日以不臧。此其效也。夫妻之際，王事綱紀，安危之機，聖王所致慎也。誠脩後宫之政，明尊卑之序。貴者不得嫉妬專寵，以絶驕嫚之端，抑襃、閻之亂。賤者咸得進秩，各得厥職，以廣繼序〔一〕之統，息《白華》之怨。後宫親屬，饒之以財，勿與政事，以遠皇父之類，損妻黨之權，未有閨門治而天下亂者也。○【顔師古曰】閻，嬖寵之族也。扇，熾也。臧，善也。《魯詩・小雅・十月之交》篇曰「此日而食，于何不臧」，又曰「閻妻扇方處」。言厲王無道，内寵權〔二〕盛，政化失理。故致災異，日爲之食，爲不

〔一〕「序」，《漢書》作「嗣」。

〔二〕「權」，《漢書》作「熾」。

善也。

喬樅謹案：小顔不見《魯詩》，《集注》云云當是漢魏諸家舊注引述《魯詩》之説，而師古襲用之也。錢氏大昕曰：「古書『庸』與『閻』通，《左傳》『閻職』，《史記・齊世家》作『庸職』是也。谷永對策引小雅『豔妻』作『閻妻』。《鄭箋》以『豔妻』爲厲王后，蓋其女之族姓，『閻妻』猶言姜女云爾。『庸』『閻』聲相近，《書》『毋若火始焰焰』，《漢書》作『庸庸』，故知『庸』即『閻』也。」

【補】【《漢書・五行志》】劉歆以爲於《詩・十月之交》則著卿士、司徒，下至趣馬、師氏咸非其材，明小人乘君子，陰侵陽之象〔一〕也。

喬樅謹案：歆語蓋述《魯詩》之説。

【班倢伃賦】哀褒閻之爲郵。○【師古曰】《詩》曰：「閻妻煽方處。」

喬樅謹案：此與谷永同以「豔」爲「閻」，皆用《魯詩》之文。今本《列女傳・班倢伃》篇述此賦乃作「豔」字，此後人轉寫，以《毛詩》妄改之耳。又《後〔二〕漢書・楊賜傳》「抑皇父〔三〕之

〔一〕「象」，《漢書》作「原」。

〔二〕「後」，續編本無此字。按：楊賜爲東漢人，其傳記在《後漢書》。

〔三〕「父」，《後漢書》作「甫」。

權，損〔一〕豔妻之愛」，賜用《魯詩》，當作「閻」字，疑亦後人所改也。

【補】【《潛夫論·本政》篇】否泰消息，陰陽不並，觀其所聚，而興衰之端可見也。稷、禹、皐陶聚而致雍熙，皇父、蹶、踽聚而致災異。

喬樅謹案：《毛詩》「楀」，《漢書·古今人表》作「萬」，此《齊詩》文也。《魯詩》「楀」作「踽」。《毛詩》「煽」，《説文》作「傓」，《魯詩》作「扇」。皆古今文之異。

曰予不戕，禮則然矣。

【補】【《詩箋》云】戕，殘也。言皇父既不自知不是，反云：「我不殘敗女田業，禮，下供上役，其道當然。」言文過也。

喬樅謹案：《毛詩釋文》云：「戕，王作『臧』。臧，善也。孫毓評以鄭爲改字。」據此知《毛詩》作「臧」，鄭乃據魯改讀爲「戕」也。

不憖遺一老，俾屏我王。

喬樅謹案：應劭《漢書·五行志》注曰：「憖，且辭也，言不且遺一老。」杜預《左傳注》亦云：「憖，且也。」《説文》：「憖，問也，謹敬也。从心，猌聲。一曰説也，一曰且也。」段氏注

〔一〕「損」，《後漢書》作「割」。

云:「『問』者,『閒』之誤。『閒』者,『肙』之誤。今本《説文》『且』字譌作『甘』,《玉篇》引《説文》『一曰且也』可證。」此詩「憖」字當訓且、訓肙。至《方言》「憖,傷也」,「憖」字乃「慭」之譌。考《説文》「慭」字云:「楚潁之閒謂憂曰慭。」與《方言》同。郭景純注乃引《詩》「不憖遺一老」爲證,云「亦傷恨之言也」,誤矣。

【蔡邕《陳太丘碑》】天不憖遺一老,俾屏我王。

【又《焦君贊》】不遺一老,屏此四國。

喬樅謹案:據中郎文,是《魯詩》作「俾屏我王」,與《毛詩》字異。

密勿從事,不敢告勞。無罪無辜,讒口嗸嗸。

【《漢書》劉向《上封事》曰】君子獨處守正,不撓衆枉,勉强以從王事則反見憎毒讒愬,故其詩曰:「密勿從事,不敢告勞。無罪無辜,讒口嗸嗸。」

喬樅謹案:密勿,《毛詩》作「黽勉」,與魯文異而義同。

【補】【《爾雅·釋訓》】嗸嗸,毁也。○【舍人曰】嗸嗸,衆口毁人之皃。《爾雅釋文》。

喬樅謹案:「嗸」「嗸」字通,《潛夫論》作「敖敖」,「敖」即「嗸」之省。《毛詩》「讒口囂囂」,《釋文》云:「《韓詩》作『嗸嗸』。」《魯詩》異毛而同韓。

【補】【《潛夫論·難賢》篇】《詩》云：「無罪無辜，讒口敖敖。」「彼人之心，于何其〔一〕臻。」由此觀之，妬媚之攻擊也，亦誠工矣。聖人〔二〕之居世也，亦誠危矣。

下民之孽，匪降自天。噂沓背憎，職競由人。

【補】【《荀子·正論》篇】《詩》曰：「下民之孽，匪降自天。噂沓背憎，職競由人。」

喬樅謹案：《毛詩釋文》：「噂，《説文》作『僔』。僔，聚也。嚃，本又作『沓』。」「僔」「沓」皆三家之異文。「僔」字又見《左傳·僖十五年》引《詩》。今《説文·口部》「噂」字下亦引此詩云：「噂，聚語也。」《文選注》二十三所引《毛詩》正作「噂嚃」。《傳》云：「噂猶噂噂，沓猶沓沓。」《箋》云：「噂噂沓沓，相對談語，背則相憎。」朱氏彬曰：「屈原《天問》『天何所沓』，王逸注：『沓，合也。』《詩》言小人之情聚則相合，背則相憎，其義較《傳》《箋》尤爲直捷。」

悠悠我里。

【補】【《爾雅·釋訓》】攸攸、嘒嘒，罹禍毒也。○【樊光曰】《詩》云：「攸攸我里。」

〔一〕「其」，《潛夫論》作「不」。按：《詩經》作「其」。

〔二〕「聖人」，《潛夫論》作「賢聖」。

喬樅謹案：樊光引《詩》「攸攸我里」，「攸」字即「悠」之省。今本《爾雅》作「儵」，與樊本異。「里」字，今《釋文》譌作「思」，宋刻不誤，宜從之。《毛詩釋文》：「里如字。毛病也，鄭居也。本或作『瘇』，後人改也。」毛意以「里」爲「瘇」之假字，鄭用魯義，故與毛異。又《釋故》「悝，憂也」，郭注引《詩》「悠悠我悝」。段氏《詩經小學》以爲所見本不同，臧鏞堂曰：「案《雲漢》『云如何里』，《箋》：『里，憂也。』爲『悝』字之假借。三家《詩》當有作『悝』者。郭注《爾雅》『悝，憂』，當引《詩》『云如何里』，今作『悠悠我里』，誤也。」

雨無正

【補】【《詩箋》曰】刺厲王所下教令甚多而無正也。

喬樅謹案：《毛敘》以此篇爲刺幽王，鄭君改毛從魯，謂是刺厲王之作。《詩箋》云云，俱據厲王流彘時爲説，皆本之《魯詩訓故》。

浩浩昊天。

【高誘《吕覽·下賢》篇注】鵠，讀「浩浩昊天」之「浩」。

喬樅謹案：《吕覽》高注云云，即讀從此詩也。

降喪饑饉，斬伐四國。

【補】【《新序·雜事五》】夫政之不平而吏苛，乃甚於虎狼矣，《詩》曰：「降喪饑饉，斬伐四國。」夫政不平也，乃斬伐四國，而況二人乎？

昊天疾威，不慮不圖。

喬樅謹案：《毛詩釋文》：「旻天疾威，密巾反。本有作『昊天』者，非也。」《詩正義》云：「上有『昊天』，明此亦『昊天』。定本皆作『昊天』，俗本作『旻天』，誤也。」陸、孔所據本各異，孔説爲正。《箋》云：「王既不駿昊天之德，今昊天又疾其政，以刑罰威恐天下而不慮不圖。」鄭君據《魯詩》爲説，是《魯詩》文亦作「昊天」也。

【補】【楊雄《豫州牧箴》】不慮不圖。

喬樅謹案：子雲所據是《魯詩》文，《漢書·敘傳》注引《詩》「不慮不圖」，與《毛詩》作「弗」者文異，皆本三家之《詩》。今詳《鄭箋》亦作「不慮不圖」，尤足驗《魯詩》之文如此。

若此無罪，薰胥以鋪。

【蔡邕《釋誨》】下獲薰胥之辜。

喬樅謹案：班固《敘傳》「薰胥以刑」，小顔《集注》引晉灼云：「齊、魯、韓《詩》作『薰』。薰，帥也。胥，相也，從人得罪相坐之刑也。」今考《後漢書·蔡邕傳》注引《韓詩》曰「熏胥以痛」，然則作「薰」者，魯、齊《詩》耳。晉灼以爲三家皆作「薰」，意謂「薰」「熏」字同也。

【補】【應劭《漢書注》】《詩》云：「若此無罪，論胥以鋪。」胥靡，刑名也。《漢書·楚元王傳》注引。

喬樅謹案：應劭多用《魯詩》，此引作「論胥以鋪」，疑後人順毛改字。「論」即「淪」之譌也。以「胥靡」爲刑名者，晉灼云「古者相隨坐輕刑之名」是也。

周宗既滅，靡所止戾。正大夫離居，莫知我勩。

【補】【《詩箋》曰】周宗，鎬京也。是時諸侯不朝王，民不堪命。王流于彘，無所安定也。正，長也。長官之大夫於王流〔一〕彘而皆散處，無復知我如之〔二〕罷勞也。

喬樅謹案：周宗，《左傳·昭十六年》引作「宗周」。《詩正義》曰：「周宗，宗周也。皆言爲天下所宗，文雖異而義同，故言『周宗，鎬京也』。」馬瑞辰曰：「『周宗』與『宗周』有別，《正月》詩『赫赫宗周』，《箋》云：『宗周，鎬京也。』〔三〕又洛邑亦名宗周，《祭統》衛孔悝之鼎銘曰『即宮于宗周』，鄭《注》：『周既去鎬京，猶名王城爲宗周也。』若周宗，據襄二十九年《左

〔一〕「流」，此下《毛詩注疏》有「于」字。
〔二〕「如之」，《毛詩注疏》作「民之見」。
〔三〕「馬瑞辰」至「鎬京也」，續編本無此二十五字。

傳》云：『晉國不恤周宗之闕，而夏肄是屏。』杜《注》『周宗，諸姬也』，《穆天子傳》云『赤烏氏先出自周宗』，郭注云『與周同始祖』。是周宗皆謂與周同姓者耳，《詩》『周宗』當爲『宗周』傳寫誤倒。《左傳》引《詩》正作『宗周既滅』，是《詩》本作『宗周』之證。《箋》云『周宗，鎬京也』，鄭箋《詩》時尚作『宗周』，故解與《正月》〔一〕同。《正義》謂『周宗』『宗周』皆言爲天下所宗，誤矣。」

三事大夫，莫肯夙夜。邦君諸侯，莫肯朝夕。

【補】【《後漢書·章帝紀》詔曰】「三事大夫，莫肯夙夜」，小雅之所傷也。

【補】【《詩箋》曰】王流在外，三公及諸侯隨王而行者，皆無君臣之禮，不肯晨夜朝暮省王也。

庶曰式臧，覆出爲惡。

【補】【《潛夫論·救邊》篇】庶曰式臧，覆出爲惡。

【補】【《詩箋》曰】人見王之失所，庶幾其自改悔而用善人。反出教令，復爲惡也。

如何昊天。

〔一〕「正月」，此下《毛詩傳箋通釋》有「詩赫赫宗周」五字。

【《蔡邕集・蔡朗碑》】如何昊天。

戎成不退，饑成不遂。曾我暬御，憯憯日瘁。

【補】【《詩箋》曰】兵成而不退，謂王見流于彘，無御止之者。饑成而不安，謂王于彘乏於飲食之蓄，無輸粟歸餼者。此二者曾但暬御，左右憯憯憂之，大臣無念之者。

凡百君子，莫肯用誶。聽言則對，譖言則退。

【補】【《蔡邕集・蔡朗碑》】凡百君子。

【補】【賈山《至言》】退誹謗之人，殺直諫之士，是以道諛媮合苟容，天下已潰，莫之告也。《詩》曰：「聽言則對，譖言則退。」

【補】【《新序・雜事五》】齊宣王謂閭丘邛曰：「子有善言，何見寡人之晚也？」邛對曰：「讒人在側，是以見晚也。《詩》曰：『聽言則對，譖言則退。』庸得進乎？」

喬樅謹案：賈山以此詩與《桑柔》詩「靡言不能，胡此畏忌」類引。説詳《桑柔》篇。《桑柔》爲刺厲王之詩，益見此詩同爲刺厲王也。魯説蓋非無據。《毛詩》「聽言則答」，此「答」字作「對」者。案《廣雅》云：「對，畣也。」畣，古「答」字，又省作「合」。《爾雅》：「合，對也。」《左氏・宣十二年傳》「既合而來奔」，杜注：「合，猶答也。」「合」皆即「畣」之省，《鄭箋》云：「答，猶距也。」「合」有閉義，故引申之，訓爲距，即《孟子》所謂「訑訑之聲音顏色，距人於千里之外」也。

【補】【《詩箋》曰】誶，告也。衆在位者，無肯用此相告語，言不憂王之事也。答猶距也。有可聽用之言，則共以辭距而違之。有譖毀之言，則共爲排退之。群臣並爲不忠，惡直醜正。

喬樅謹案：《毛詩釋文》：「用訊，徐音息悴反，告也。」戴氏震云：「今本『訊』乃『誶』之譌，訊問、誶告義各不同。《陳風·墓門》『歌以訊之』，《釋文》云『本又作誶』，與此並同，當作『誶』爲是。」喬樅考《陳風》「歌以誶止，誶予不顧」，《列女傳》及《楚詞章句》所引《魯詩》皆作「誶」字。此《詩箋》正云「誶，告也」，則《魯詩》文作「誶」無疑矣。

巧言如流，俾躬處休。

【補】【《潛夫論·本政》篇】《詩》傷「巧言如流，俾躬處休」，蓋言衰世之士，佞彌巧者，官彌尊也。

謂爾遷于王都，曰予未有室家。

【補】【《詩箋》曰】王流于彘，正大夫離居，同姓之臣從王，思其友而呼之，謂曰女今可遷居王都，謂彘也。其友辭之云：「我未有室家於王都可居也。」

喬樅謹案：《魯詩》之説此詩爲刺厲王，以流彘事證之，信而有徵矣。

鼠思泣血，無言不疾。

【補】【《詩箋》曰】鼠，憂也。既辭之以無室家，爲其意恨，又患不能距止之，故云我憂思泣血，欲遷王都見女。今我無一言而不道疾者，言己方困於病，故未能也。

昔爾出居，誰從爾作室。

【補】【《詩箋》曰】往始離居之時，誰隨爲女作室？女猶自作之，今反以無室家距我，恨之辭。

小旻

【補】【《詩箋》曰】所刺列于《十月之交》《雨無正》爲小，故曰「小旻」。亦當爲刺厲王。

旻天疾威，敷于下土。

【補】【《列女傳》八】《詩》云：「昊天疾威，敷于下土。」言天道好生，疾威虐之行于下土也。《雋不疑母》篇。

喬樅謹案：「昊」字蓋「旻」之譌，轉寫者因《雨無正》詩有「昊天疾威」句而誤也。

潝潝訿訿，亦孔之哀。謀之其臧，則具是違。謀之不臧，則具是依。

【補】【《荀子·脩身》篇】小人致亂〔一〕而惡人之非己也，致不肖而欲人之賢己也。諂諛者親，諫諍者疏，脩正爲笑，至忠爲賊，雖欲無滅亡，得乎哉？《詩》云：「噏噏呰呰，亦孔之哀。謀之其臧，則具是違。謀之不臧，則具是依。」此之謂也。

【《漢書》劉向《上封事》曰】衆小在位而從邪議，歙歙相是而背君子，故其詩曰：「歙歙訿訿，亦孔之哀。謀之其臧，則具是違。謀之不臧，則具是依。」

【補】【《爾雅·釋訓》】翕翕、訿訿，莫供職也。○【李巡曰】君闇蔽，臣子莫親其職也。○【郭璞曰】賢者陵替，奸黨熾，背公恤私，曠職事。《毛詩正義》。

喬樅謹案：《衆經〔二〕音義》云：「吸，古文『歙』『噏』二形。」是「歙」「噏」字同。《爾雅》作「翕」，即「歙」「噏」之省文。「訿」與「呰」亦通用。《毛詩》作「潝潝訿訿」，《釋文》引《爾雅》亦作「潝潝」，此順《毛詩》之文也。

我龜既厭，不我告猶。

【補】【《潛夫論·卜列》篇】《詩》曰：「我龜既厭，不我告猶。」

〔一〕「致亂」，此上《荀子》有「反是」二字。

〔二〕「經」，底本作「音」，今據續編本改。

【補】【高誘《淮南・覽冥訓》注】《詩》曰：「我龜既厭，不我告猶。」

如彼築室于道謀，是用不潰于成。

【補】【高誘《呂覽・不二》篇注】《詩》曰：「如彼築室于道謀，是用不潰于成。」

如彼泉流，無淪胥以敗。

【補】【《列女傳》二】《詩》云：「如彼泉流，無淪胥以敗。」

不敢暴虎，不敢馮河。人知其一，莫知其他。戰戰兢兢，如臨深淵，如履薄冰。

【補】【《荀子・臣道》篇】仁者必敬人。凡人非賢，則是〔一〕不肖也。人賢而不敬，則是禽獸也。人不肖而不敬，則是狎虎也。禽獸則亂，狎虎則危，災及其身。《詩》曰：「不敢暴虎，不敢馮河。人知其一，莫知其他。戰戰兢兢，如臨深淵，如履薄冰。」此之謂也。

【補】【高誘《呂覽・安死》篇注】無兵搏虎曰暴，無舟渡河曰馮。喻小人而爲政，不可以不敬。不敬之則危，猶暴虎馮河之必死也。「人知其一，莫知其他」，一，非也。人皆知小人之爲非。不知不敬小人之危殆。

〔一〕「是」，《荀子》作「案」。

【補】【高誘《淮南·本經訓》注】人皆知暴虎馮河，立至害也。故曰知其一而不知當畏昚小人危亡也，故曰「莫知其他」。

喬樅謹案：高誘注《吕覽》及《淮南》引《詩》云云，説與《荀子》合，是據《魯詩》之義。鄭君箋《詩》亦與高誘説同。

【補】【《説苑·雜言》篇】《詩》云：「人知其一，莫知其他。」

喬樅謹案：《列女傳》二《柳下妻》篇亦引《詩》「人知其一」二句。

【補】【《史記·三王世家》廣陵王策】戰戰兢兢。

【《漢書·成帝紀》初元元年詔】戰戰兢兢。

案：「戰戰兢兢」句又見《漢書·哀帝紀》詔。

【補】【《説苑·敬慎》篇】存亡禍福，其要在身。聖人重誡，敬慎所忽。諺曰：「誡無垢，思無辱。」夫不誡不思而以存身全國，亦難矣。《詩》曰：「戰戰兢兢，如臨深淵，如履薄冰。」

【補】【又曰】孔子之周，觀于太廟。右陛之前，有金人焉，三緘其口而銘其背曰：「古之慎言人也，戒之哉！戒之哉！無多言，多言多敗；無多事，多事多患。安樂必戒，無行所悔。勿謂何傷，其禍將長；勿謂何害，其禍將大；勿謂何殘，其禍將然；勿謂莫聞，天妖伺人。熒熒不滅，炎炎奈何；涓涓不壅，將成江河；緜緜不絶，將成網羅；青青不伐，將尋斧柯。誠不能慎之，禍之根也；曰是何傷，禍之門也。强梁者不得其死，好勝者必遇其敵，盗怨[一]主人，民害其貴。君子知天下之不可益也，故後之、下之，使人慕之，執雌持下，莫能與之争者。人皆趨彼，我獨守此；衆人惑惑，我獨不從；内藏我知，不與人論技：我雖尊高，人莫害我。夫江河長百谷者，以其卑下也。天道無親，常與善人。戒之哉！戒之哉！」孔子顧謂弟子曰：「記之哉[二]！言雖鄙而中事情，《詩》曰：『戰戰兢兢，如臨深淵，如履薄冰。』行身如此，豈以口遇禍哉！」

【補】【《新序[三]·雜事四》】孔子對魯哀公曰：「君者舟也，庶人者水也。水則載舟，水則覆舟。君以此思危，則危將安不至矣？夫執國之柄，履民之上，凜乎如以腐索御犇馬。《詩》曰『如履薄冰』，不亦危乎？」

喬樅謹案：「如臨深淵」二句，又見《説苑·政理》篇。

【蔡邕《中鼎銘》】戰戰兢兢。○【又《西鼎銘》】如履薄冰。

【補】【趙岐《孟子章指》】如臨深淵，戰戰思[四]栗。

[一]「怨」，底本作「恐」，今據《説苑》改。

[二]「哉」，《説苑》作「此」，屬下句。

[三]「新序」，底本作「説苑」，今徑改之。按：《説苑》無《雜事》篇，亦無此語，當爲《新序·雜事四》。

[四]「思」，《孟子章句》作「恐」。

小宛

【補】【《詩箋》曰】亦當爲刺厲王。

翰飛戾天。

【補】【楊雄《逐貧賦》】翰飛戾天。

明發不寐。

【補】【王逸《楚詞·招魂》注】發，旦也。《詩》云：「明發不寐。」

彼昏不知，一醉日富。

【《列女傳》八】《詩》云：「彼昏不知，一醉日富。」《更始夫人》篇。

喬樅謹案：《毛詩》「一」作「壹」，《鄭箋》正作「一醉」，是用《魯詩》之文。

各敬爾儀，天命不又。

【補】【《新序·雜事五》】《詩》曰：「各敬爾儀，天命不又。」

螟蛉有子，蜾蠃負之。

【補】【《爾雅·釋蟲》】螟蛉，桑蟲。○【舍人曰】螟蛉，桑上小青蟲也，似步屈。《御覽》五百四十五。

【補】【又曰】果蠃，蒲盧。○【郭璞曰】即細腰蜂也，俗呼爲蠮螉。

【補】【楊雄《法言·學行》篇】螟蛉之子殪而逢，蜾蠃祝之曰「似我似我」，久則肖之矣。

【補】【《説文·虫部》】蠣蠃，蒲盧，細腰土蠭也。天地之性，細腰，純雄，無雌。《詩》曰：「螟蛉有子，蠣蠃負之。」

【補】【《博物志·物性》篇】細腰無雌，蜂類也，取桑蟲與阜螽子，呪而成子，《詩》曰：「螟蛉有子，蜾蠃負之。」案「取桑蟲與阜螽」于舊譌作「取桑蠶則阜螽子」，今爲訂正之。

喬樅謹案：茂先引《十月之交》用《魯詩》文，則此亦《魯詩》也。「細腰無雌」語亦與《説文》合。蠣，《説文》云或从果，是「蠣」「蜾」字同。

教誨爾子，式穀似之。

【補】【《列女傳》一】《詩》云：「教誨爾子，式穀似之。」《楚子發母》篇。

相彼鴨鴒，載飛載鳴。我日斯邁，而月斯征。夙興夜寐，無忝爾所生。

【補】【《漢書》東方朔《答客難》曰】士所以日夜孳孳敏行而不敢怠也，譬若鶺鴒飛且鳴矣。

【補】【《潛夫論·讚學》篇】《詩》云：「題彼鶺鴒，載飛載鳴。我日斯邁，而月斯征。夙興夜寐，無忝爾所生。」是以君子終日乾乾進德脩業者，非直爲傳己而已也。蓋乃思述祖考之令問，而以顯父母也。

【補】【《中論・貴驗》篇】《詩》曰：「相彼脊令，載飛載鳴。我日斯邁，而月斯征。」遷善不懈之謂也。

喬樅謹案：《中論》説《詩》與東方生語合，皆述《魯詩》之義。「脊令」當作「䳭鴒」，《爾雅・釋鳥》「䳭鴒，雝渠」，郭注云：「飛則鳴，行則摇。」東方生引《詩》正作「䳭鴒」，與《爾雅》同，知《魯詩》之文然也。相，《毛詩》作「題」，《傳》云：「題，視也。」《魯詩》作「相」，相亦視也。《潛夫論》引《詩》仍作「題彼䳭鴒」，疑後人順毛而改耳。

交交桑扈，率場啄粟。

【補】【《爾雅・釋鳥》】桑扈，竊脂。○【李巡曰】竊脂一名桑扈。《春秋正義》。○【郭璞曰】俗呼青雀，嘴曲食肉，喜盜膏脂食之，因以名云。

【補】【《淮南・説林訓》】馬不食脂，桑扈不啄粟，非廉也。○【高誘注】桑扈，青雀，一名竊脂。

喬樅謹案：《鄭箋》云：「竊脂肉食，今無肉而隨場作[一]粟，失其天性，不能以自活。」陸璣《疏》云：「青雀也，好竊人脯肉脂及膏，故曰『竊脂』也。」謂竊脂爲肉食，此漢魏人相傳舊

[一]「作」，續編本、《毛詩箋》作「啄」。按：應作「啄」。

説也。《左傳正義》以「竊脂」爲「淺白」，别爲一解，與《淮南子》高注、《爾雅》郭注、《毛詩》陸疏「桑扈」爲青雀者説異。

宜豻宜獄。

【補】【《周官·射人》注】豻，讀如「宜豻宜獄」之「豻」。

喬樅謹案：《毛詩》「豻」作「岸」，此假借字。《韓詩》作「犴」，見《毛詩釋文》，「豻」「犴」字同。《荀子·宥坐》篇「獄犴不治」，注引《詩》「宜犴宜獄」。《漢書·刑法志》「豻獄不平」云云，注引服虔曰：「鄉亭之獄曰豻」。班《書》皆據《齊詩》，服説多從魯訓，然則齊、韓與魯文同矣。

【補】【《説文·豸部》】豻，胡地野狗，或从犬作「犴」。《詩》曰：「宜犴宜獄。」

【補】【《風俗通》曰】「宜犴宜獄」，犴，司空也。《周禮》，凡萬民有罪離于法者，役諸司空，令平易道路也。《御覽》六百四十三引。

握粟出卜，自何能穀。

【補】【高誘《淮南·覽明訓》注】《詩》曰：「握粟出卜，自何能穀。」

喬樅謹案：《管子》云：「守龜不兆，握粟而筮者屢中。」是古者求卜，握粟以酬卜者，故《史記·日者列傳》曰：「夫卜而有不審，不見奪糈。」糈亦粟也。

小弁

【補】【趙岐《孟子章句》十二】《小弁》，小雅之篇，伯奇之詩也。伯奇仁人，而父虐之，故作《小弁》之詩。

【補】【《漢書》壺關三老茂上書曰】孝己被謗，伯奇放流，骨肉至親，父子相疑，何也？積毀之所生也。《武五子傳》。

【《漢書·杜欽傳》】《小卞》之作，可爲寒心。

案：杜欽説《關雎》用《魯詩》，則此亦《魯詩》也。

喬樅謹案：小〔一〕卞，《毛詩》作「小〔二〕弁」，諸所引三家《詩》亦皆作「弁」。「卞」「弁」古通。《左氏·成十八年傳》「弁，糾」〔三〕，《釋文》〔四〕「弁，本作『卞』」；《襄二十九年傳》「取

〔一〕「小」，續編本無此字。
〔二〕「小」，續編本無此字。
〔三〕「弁，糾」，此下續編本有「《襄廿九年傳》『取弁』」七字。
〔四〕「《釋文》」，此下續編本有「並云」二字。

弁」，《釋文》「弁，本作『卞』」〔一〕，其證也。此「卞」字蓋《魯詩》之〔二〕舊文，他引〔三〕作「弁」者，後人轉寫改之耳。

【補】【《後漢書·黄瓊傳》】伯奇至賢，終於放流。○【李賢注】《説苑》曰：「王國子前母子伯奇，後母子伯封。欲立其子爲太子，説王曰：『伯奇好妾〔四〕。』王不信，其母曰：『令伯奇於後園，妾過其傍，王上臺視之，即可知。』王如其言，伯奇入園，後母陰取蜂十數置單衣中，過伯奇邊曰：『蜂螫我。』伯奇就衣中取蜂殺之，王遥見之，乃逐伯奇也。」

喬樅謹案：《漢書·馮奉世傳贊》注引《説苑》與此略同。

【補】【楊雄《琴清英》】尹吉甫子伯奇至孝，後母譖之，自投江中。衣苔帶藻，忽夢見水仙，賜其美藥，唯念養親，揚聲悲歌，船人聞而學之。吉甫聞船人之聲，疑思〔五〕伯奇，作《子安》之操。《御覽》五百七十八《琴部》。

【補】【蔡邕《琴操》】《履霜操》者，尹吉甫之子伯奇所作也。吉甫娶後妻，生子曰伯邦，乃譖伯奇於

〔一〕「《襄廿九年傳》」至「卞」，續編本無此十三字。
〔二〕「之」，續編本無此字。
〔三〕「引」，續編本作「詩」。
〔四〕「妾」，底本作「宴」，今據《後漢書》改。
〔五〕「思」，《太平御覽》作「似」。

吉甫，放之於野。伯奇清朝履霜，自傷無罪見逐，乃援琴而鼓之。宣王出遊，吉甫從之，伯奇乃作歌，以言感之於宣王。王聞之曰：「此孝子之辭也。」吉甫乃求伯奇於野而感悟，遂射殺後妻。

喬樅謹案：李善《文選·舞賦》注引《琴操》文略同，應劭《風俗通義》亦云：「以吉甫之賢，伯奇之孝，尚有放逐之敗。」說亦與此合。

弁彼鸒斯，歸飛頻頻。

【補】【《法言·學行》篇】頻頻之黨，甚於鸒斯。

喬樅謹案：《毛詩》作「歸飛提提」，左思《魏都賦》「翍翍精衛」，段氏玉裁以爲「翍翍，飛貌」，即「提提」也。提提，《毛傳》訓爲群貌，《法言》云「頻頻之黨」，黨亦群也。「頻頻」「提提」皆「翍翍」之假借，豈即《魯詩》異文與？

【補】【《爾雅·釋鳥》】鸒斯，卑居。○【郭璞曰】雅烏也，小而多群，腹下白，江東呼爲「鵯烏」是也。

何辜于天。

【補】【趙岐《孟子章句》十二】《詩》曰：「何辜于天。」親親而悲怨之辭也。○【又《章指》曰】生之膝下，一體而分。喘息呼吸，通氣於親。當[一]親而疏，怨慕號天。是以《小弁》之怨，未足爲

［一］「當」，續編本作「常」。

惢也。

踧踧周道，鞫爲茂草。

【蔡邕《述行賦》】周道鞫爲茂草兮，哀正路之日淴。

我心憂傷，惄焉如擣。假寐永歎，惟憂用老。心之憂矣，疢如疾首。

【補】【《漢書》中山靖王勝對曰】衆口鑠金，積毁銷骨。讒言之徒蠭生，群居黨議，朋友相爲。使夫宗周[一]擯卻，骨肉冰釋。斯伯奇所以流離，比干所以横分也。《詩》云：「我心憂傷，惄焉如擣。假寐永嘆，唯憂用老。心之憂矣，疢如疾首。」○【師古曰】擣，築也。言我心中憂思，如被擣築。

喬樅謹案：擣，《毛傳》訓爲心疾，《釋文》云：「擣，本或作『𤺄』。《韓詩》作『疛』，義同。」「擣，築」之訓，蓋舊注據《魯詩》爲説，而小顔襲用之耳。

【補】【王逸《楚詞·九懷》注】不脱冠帶而卧曰假寐，《詩》曰：「假寐永嘆。」

【補】【《論衡·書虛》篇】伯奇放流，首髮早白，《詩》曰：「惟憂用老。」

[一]「周」，《漢書》作「室」。按：應作「室」。

惟桑與梓，必恭敬止。

【補】【張衡《南都賦》】永世克孝，懷桑梓焉。

菀彼柳斯，鳴蜩嘒嘒。有漼者淵，萑葦淠淠。

【補】【《説苑·雜言》篇】《詩》云：「菀彼柳斯，鳴蜩嘒嘒。有漼者淵，萑葦淠淠。」言大者之旁，無所不容。

喬樅謹案：萑葦，《毛詩》作「萑葦」，《韓詩》作「藋葦」。「萑」「藋」字同，又與「萑」通。《儀禮·公食大夫禮記》「加萑席」注云：「今文『萑』皆爲『萑』。」是也。淠淠，毛訓爲衆，《廣雅·釋訓》云：「淠淠，茂也。」蓋本《魯故》。

不知所艐。

【補】【《爾雅·釋故》】艐，至也。○【孫炎曰】艐，古「届」字也。《釋文》。

喬樅謹案：「艐」字從舟，即此詩「譬彼舟流，不知所艐」之「艐」。《説文》：「艐，舟著沙不行也。」《方言》：「艐，至也。」又云：「艐，宋語也，古雅之别語也。」郭注云：「雅，謂風雅。」《漢書·司馬相如傳》「蹋以艐路兮」，注引張揖云：「艐，著也。」著與至義近，《毛詩》作「届」，《魯詩》作「艐」，故叔然謂「艐」古作「届」字也。

惟足跂跂。

【補】【高誘《淮南・原道訓》注】跂跂，行也。

喬樅謹案：《毛詩》「惟足伎伎」，《釋文》云：「伎，本又作『跂』。」《白帖》引《詩》正作「維足跂跂」。考《漢書・東方朔傳》「跂跂脈脈善緣壁」，「跂跂」二字即本此詩。「跂」又通作「䞚」，《玉篇》：「䞚䞚，鹿走也。」又曰：「行皃。」是已。

雉之朝雊，尚求其雌。

【補】【高誘《淮南・時則訓》注[一]】《詩》云：「雉之朝雊，尚求其雌。」

喬樅謹案：《吕覽・季冬紀》高注引《詩》二語同。

譬彼瘣木，疾用無枝。

【補】【《爾雅・釋木》】瘣木，苻婁。○【樊光曰】《詩》云：「譬彼瘣木，疾用無枝。」苻婁者，尪傴内病，磈磊無枝也。《爾雅釋文》。

喬樅謹案：《毛詩正義》引某氏注同。

[一]「注」，續編本無此字。

【補】【《説文·疒部》】瘣，病也。《詩》曰〔一〕：「譬彼〔二〕瘣木。」一曰腫旁出也。

【補】【《中論·藝紀》篇】木無枝葉則不能豐其根幹，故謂之瘣。

喬樅謹案：瘣，《毛詩》作「壞」，《傳》云：「壞，瘣也，謂傷病也。」「壞」字即「瘣」之假借。

行有死人，尚或墐之。

【補】【《列女傳》五】夫慈故能愛，乳狗搏虎，伏雞搏狸，恩出於中心也。《詩》云：「行有死人，尚或墐之。」《魏乳母》篇。

【補】【趙岐《孟子章句》十二】《凱風》言「莫慰母心，母心不悦」，知親之過小也。《小弁》曰「行有死人，尚或墐之〔三〕」，而曾不閔〔四〕己，知親之過大也。

喬樅謹案：墐，《説文》作「殣」，云「道中死人，人所覆也」，引《詩》曰「尚或殣之」，亦三家之異文。「墐」「殣」古相通假，《左傳》云「道殣相望」，正作「殣」字。

〔一〕「曰」，續編本作「云」。
〔二〕「譬彼」，續編本無此二字。
〔三〕「之」，《孟子》作「也」。
〔四〕「閔」，《孟子》作「關」。

巧言

亂如此憮。

【補】【《爾雅·釋詁》】憮，大也。○【郭璞注】《詩》曰：「亂如此憮。」

喬樅謹案：憮，《毛詩》作「憮」。「憮」者，「憮」之假借字，《毛傳》亦訓爲大，與《爾雅》同。

昊天已威，予慎無罪。

【補】【《列女傳》八】《詩》曰：「昊天已威，予慎無罪。」言王爲威虐之政，則無罪而遘咎也。《王章妻〔一〕傳》。

【補】【《爾雅·釋詁》】慎，誠也。

喬樅謹案：《毛傳》訓「慎」爲誠，與《爾雅》同。馬瑞辰曰：「經典『誠僞』之『誠』無用『真』字者，惟諸子百家乃有『真』字。《爾雅》訓『慎』爲誠，當即以『慎』爲『真』字之假借。『慎』从真聲，即兼真義也。」

〔一〕「妻」，此下《列女傳》有「女」字。

昊天太憮，予慎無辜。

【補】《新序·節士》篇《詩》曰：「昊天太憮，予慎無辜。」無辜而死，不亦哀哉。

君子如怒，亂庶遄沮。君子如祉，亂庶遄已。

【補】《潛夫論·衰制》篇《詩》云：「君子如怒，亂庶遄沮。君子如祉，亂庶遄已。」是故君子之有喜怒也，善以止亂也，故有以誅止殺，以刑禦殘。

喬樅謹案：「君子如祉」二句，又見《後漢書·章帝紀》元和二年詔引《詩》。《毛傳》云：「祉，福也。」考《左傳·昭〔一〕十七年》范武子曰：「吾聞之，喜怒以類者鮮，易者實多。《詩》曰：『君子如怒，亂庶遄沮。君子如祉，亂庶遄已。』言君子之喜怒，以已亂也。」與《潛夫論》説合。《魯詩》以「祉」爲喜，訓與毛異。馬瑞辰曰：「福與喜義本相通，《爾雅》『禧，福也』。『禧』亦通作『喜』，《莊子·讓王》篇云：『時祀謹敬而不祈喜。』『祈喜』即『祈福』也。『喜』可訓福，則知『祉』爲福，亦可訓喜矣。」其説亦通。

君子屢盟，亂是用長。

〔一〕「昭」，應作「宣」。按：當爲宣公十七年，昭公十七年無此語。

【補】【《潛夫論・交際》篇】「君子屢盟，亂是用長。」大人之道，周而不比，微言相感，掩若同符，又焉用盟？

【補】【何休《公羊傳解詁》】《詩》曰：「君子屢盟，亂是用長。」成公三年。

喬樅謹案：二語又見《述赦》篇。

君子信盜，亂是用暴。盜言孔甘，亂是用餤。匪其止共，惟王之邛。

【補】【《列女傳》七】《詩》曰：「君子信盜，亂是用暴。匪其止共，惟王之邛。」《殷紂妲己傳》。

○【又曰】《詩》云：「盜言孔甘，亂是用餤。」《楚考李后傳》。

【補】【《説苑・政理》篇】《詩》云：「匪其止共，惟王之邛。」此傷姦臣蔽主，以爲亂也。

【補】【《爾雅・釋詁》】餤，進也。○【舊注曰】餤，甘之進也。《龍龕手鑑》。

喬樅謹案：餤，承上文「盜言孔甘」而言。以餤食爲喻，故《爾雅注》云「甘之進也」。「餤」與「啖」同。《禮記・表記》引《詩》作「亂是用鹽」，與《魯詩》字異。

秩秩大猷。

【補】【《爾雅・釋詁》】秩秩，智也。○【郭璞曰】智慮深長。

喬樅謹案：《毛傳》訓與《爾雅》同，考《説文》：「戴，大也。从大，𢦏聲，讀若《詩》『戴戴大猷』。」此三家《詩》異文也。「秩」蓋「戴」之假借。

聖人漠之。

【補】【《爾雅·釋詁》】漠，謀也。○【舍人注】漠，心之謀也。《毛詩〔一〕正義》。

喬樅謹案：《毛詩》「聖人莫之」，《釋文》云：「莫，又作『漠』，一本作『謨』。」然則知三家今文有作「漠」者矣。《洪範五行傳》云：「思心曰睿，睿作聖。」詩言「聖人漠之」，故舍人《爾雅注》以「心之謀」爲訓也。

趯趯毚兔，遇犬獲之。他人有心，予忖度之。

【補】【《史記·春申君傳》】《詩》曰：「趯趯毚兔，遇犬獲之。他人有心，予忖度之。」

喬樅謹案：《新序·善謀》篇引《詩》同，是《魯詩》之文。「趯趯毚兔」二語在上，「他人有心」二語在下，與今《毛詩》異。趯趯，當從《新序》作「躍躍」。《戰國策·秦策》引此詩，高誘注云：「躍躍，跳走也。」又云：「狡兔騰躍，以爲難得。」是《魯詩》文同毛作「躍」也。《史記正義》引《韓詩章句》云：「趯趯，往來貌。」《易林·謙之益》曰：「狡兔趯趯，良犬逐咋。」然則作「趯」者乃齊、韓之文耳。《説文》：「趯，躍也。」「躍，迅也。」《玉篇》：「躍，跳躍也。」「趯，跳踴也。」「趯」與「躍」訓義並同。

〔一〕「詩」，底本脱此字，今據續編本補。

【補】【高誘《戰國策注》】他人有毁害之心，己忖度之。躍躍，跳走也。毚，狡也。言狡兔騰躍，以爲難得也，或時遇犬獲之。喻讒人如毁傷人，遇明君則治女罪也。

虵虵碩言，出自口矣。巧言如簧，顔之厚矣。

【補】【《潛夫論·交際》篇】《詩》傷「蛇蛇碩言，出自口矣。巧言如簧，顔之厚矣」。

喬樅謹案：高誘《吕覽·重己》篇注「虵」，讀如《詩》「虵虵碩言」之「虵」，是《魯詩》文作「虵虵」。

居河之湄。

【補】【《爾雅·釋水》】水草交爲湄。○【舍人注】水草木交合也。《水經注·濟水》篇。○【李巡注】水中有草木交會曰湄。《左傳·僖八年》正義。○【郭璞注】《詩》曰：「居河之湄。」

喬樅謹案：湄，《毛詩》作「麋」，此所引是據舊注《魯詩》之文。「麋」即「湄」之假借。

職爲亂階。

【補】【《潛夫論·三式》篇】職爲亂階。

喬樅謹案：《漢書·朱博傳》諫大夫龔勝等議「職爲亂階」云云，亦用《魯詩》之語。勝與龔舍皆治《魯詩》也。

既微且尰。

【補】【《爾雅·釋訓》】「既微且尰」，骭瘍爲微，腫足爲尰。○【孫炎曰】皆水溼之疾也。○【郭璞曰】骭脚脛瘍瘡。

喬樅謹案：《釋文》云：「微，字書作『癥』，《三倉》云『足瘡』。」考《廣韻》引《三倉》云「癥，足上創」，與《雅》訓合。《釋文》引誤脱「上」字耳。尰，《釋文》云：「本或作『尰』，並籀文『瘇』字。」考《説文》：「瘇，脛氣足腫。」引《詩》云：「既微且瘇。」作「瘇」者，或齊、韓《詩》之異文與。

何人斯

【補】【《淮南·精神訓》】延陵季子不受吴國，而訟閒田者慚矣。○【高誘注】訟閒田者，虞、芮及暴桓公、蘇信公是也。

喬樅謹案：據高誘《淮南注》，知《魯詩》之説是以暴公與蘇公因争閒田搆訟，而蘇公作此詩以刺之也。

胡逝我陳。

【補】【《爾雅・釋宮》】堂涂謂之陳。○【孫炎曰】堂涂，堂下至門之徑也。《毛詩正義》。

喬樅謹案：《毛傳》訓「陳」爲堂塗，「塗」即「涂」也。

我聞其聲，不見其人。

【補】【《列女傳》三】《詩》云：「我聞其聲，不見其人。」《衛靈夫人傳》。

喬樅謹案：《毛詩》「人」字作「身」，與《魯詩》文微異。

伯氏吹塤，仲氏吹篪。

【補】【《爾雅・釋樂》】大篪謂之沂，大塤謂之嘂〔一〕。○【舍人注】大篪其聲悲，沂鏘然也。《詩》曰：「仲氏吹篪。」《太平御覽》五百八十。【又注曰】塤壎〔二〕，鋭上平底，形象秤錘〔三〕，大者如鵞子，聲合黃鐘大吕也。小者如鷄子，聲合大簇夾鐘也。皆六孔，與篪聲相諧，故曰：塤篪相應。《御覽》五百八十一。

【補】【《風俗通義》六】按《世本》「暴辛公作塤，蘇成公作篪」，管樂十孔，長尺一寸。《詩》云：

〔一〕「嘂」，續編本作「篪」。
〔二〕「壎」，《太平御覽》作「也」。
〔三〕「錘」，《太平御覽》作「鐘」。

「伯氏吹塤，仲氏吹篪。」

喬樅謹案：塤，《毛詩》作「壎」，《太平御覽》兩引《詩》皆作「塤」。

爲鬼爲蜮，則不可得。有靦面目，視人罔極。作此好歌，以極反側。

【補】【《荀子·儒效》篇】《詩》曰：「爲鬼爲蜮，則不可得。有靦面目，視人罔極。作此好歌，以極反側。」

喬樅謹案：「爲鬼爲蜮」六句，又見《正名》篇引《詩》。

【補】【王逸《楚詞·大招》注】蜮，短狐也。《詩》云：「爲鬼爲蜮。」

喬樅謹案：劉向説「蜮」猶「惑」也，在水旁，能射人。射人有處，甚者至死，南方謂之短弧，語見《漢書·五行志下》。《開元占經》一百二十引《五行傳》曰：「《詩》云『爲鬼爲蜮，則不可得』，蓋氣精也。」又《藝文類聚》一百引《毛詩》曰「爲鬼爲蜮，則不可測。其物不可見，蓋氣精也」云云，自「南越」至「猶惑」也，文與《漢志》同。歐陽氏上引《洪範五行傳》，則「《詩》曰」以下當亦採摭《五行傳》語，「毛」字或歐陽以意加之。「得」作「測」，與今《詩》異，知斷非《毛詩》也。

【補】【《爾雅·釋言》】靦，姡也。○【舍人曰】靦，擅也，一云面貌也。《釋文》。○【孫炎曰】靦，人面姡然。《毛詩正義》。

喬樅謹案：《詩正義》引《説文》云：「靦，面見人。姡，面靦也。」今本《説文》作「靦，面見也」。馬瑞辰曰：「據《爾雅釋文》引舍人注『靦，一云面貌也』，《國語·吴語》韋昭注『靦，面目之貌』，《説文》『面見』當爲『面貌』形近之譌。《詩正義》引《説文》『面見人』當作『人面貌也』爲允。段玉裁从《詩正義》改作『面見人也』，亦誤。至《説文》『姡，面醜也』，當从《詩正義》引作『面靦』爲正。『靦』『姡』皆人面之貌，作『醜』者形近之訛。《説文》：『𦣞，讀若書卷之卷。古文以爲『靦』字。』大徐本『靦』譌作『醜』，是亦『醜』『靦』易譌之證。後人據《説文》誤本，因以『姡』爲面慚貌，失之。」

巷伯

萋兮斐兮，成是貝錦。彼譖人者，亦已太甚。

【補】【《説苑·立節》篇】《詩》曰：「萋兮斐兮，成是貝錦。彼譖人者，亦已太甚。」

喬樅謹案：《説文》：「綾，帛文貌。」引《詩》「綾兮斐兮」，此三家《詩》今文也。「萋」字乃「綾」之假借耳。又《毛詩釋文》云：「斐，本或作『菲』。」「菲」亦「斐」之假借字。

誃兮侈兮。

【補】【《爾雅·釋言》】誃，離也。○【郭璞注】見《詩》。喬樅謹案：《邢疏》引此詩「哆兮侈兮」，以「誃」「哆」音、義同。今據郭注明言見《詩》，當是舊説據《魯詩》之文，引「誃兮侈兮」爲證，故景純云然。考《説文》：「哆，張口也。」「誃，離别也。讀若《論語》『跢足』之『跢』。」今《論語》「跢」字作「啟」。啟，開也，離亦有開之義。張口猶言開口，故「哆」「誃」訓義相通耳。

唼唼幡幡。

【補】【《漢書》楊雄《反離騷》】靈脩既信椒蘭之唼佞兮。○【蘇林曰】唼，音《詩》「唼唼幡幡」之「唼」。宋祁校本。

喬樅謹案：子雲文「唼佞」二字即用此詩「唼唼」之義，知《魯詩》作「唼唼幡幡」，與毛文異。蘇林所引《詩》正據魯言之。又《一切經音義》十六引作「倢倢幡幡」，當爲《韓詩》之文。「捷」「倢」皆「唼」字之假借。

勞人慅慅。

【補】【《爾雅·釋訓》】慅慅，勞也。

喬樅謹案：《邢疏》以「慅慅」即《巷伯》詩之「勞人草草」，《毛傳》：「草草，勞心也。」「慅」「草」音、義同。今考《廣雅》云：「慅慅，憂也。」曹憲音草。《毛詩》「草」字爲「慅」之假借，

《魯詩》今文正作「慅慅」。

取彼譖人，投畀豺虎。豺虎不食，投畀有北。有北不受，投畀有昊。

【補】【《漢書》壺關三老茂上書曰】《詩》云：「取彼譖人，投畀豺虎。」《武五子傳》。

【補】【《説苑·建本》篇】《詩》云：「投畀豺虎，豺虎不食。投畀有北，有北不受，投畀有昊。」

猗于畝丘。

【補】【《爾雅·釋丘》】如畝者，畝丘。○【李巡注】謂丘如田畝，曰畝丘也。○【孫炎注】方百步也。並《詩正義》。

三家詩遺説考

第二册

〔清〕陳壽祺　陳喬樅　撰

馬昕　米臻　點校

中華書局

魯詩遺説考卷第四〔四之二〕

福州陳壽祺學　男喬樅述

魯詩小雅五

谷風

【補】【《潛夫論·交際》篇】夫處卑下之位，懷《北門》之殷憂。内見謫於妻子，外蒙譏於士夫。嘉會不從禮，餞御不逮衆，貨財不足以合好，力勢不足以杖急。懽忻久交，情好曠而不接，則人無故自廢疎矣。漸疎，則賤者愈自嫌而日引，貴人逾務黨而忘之矣。夫以逾疎之賤，伏於下流，而望日忘之貴，此《谷風》所爲内摧傷也。

女轉棄予。

【蔡邕《正交論》】古之交者，其義敦以正，其誓信以固。逮夫周德始衰，頌聲既寢，《伐木》有鳥鳴之刺，《谷風》有棄予之怨，其所由來，政之缺也。

【補】【《後漢書》朱穆《崇厚論》】虚華盛而忠信微，刻薄稠而純篤稀。斯蓋《谷風》有棄予之嘆，《伐木》有鳥鳴之悲。

惟風及頹。

【補】【《爾雅·釋天》】焚輪謂之頹。○【李巡注】焚輪，暴風自上來降，謂之頹。頹，下也。《毛詩正義》。○【孫炎曰】回風從上下曰頹。《毛詩正義》。

喬樅謹案：《釋文》：「焚，本作『棼』。」趙坦曰：「焚，當讀爲『鄭伯之車僨于濟』之『僨』。《左氏·襄二十四年傳》『象有齒，以焚其身』，《釋文》引服虔云：『焚，讀曰僨。僨，僵也。』風之大者足以翻車，故曰焚輪。『焚』與『棼』皆假借字。」胡承珙曰：「案『焚輪』爲疊韻字，《文選·海賦》『㴋瀆淪而滀漯』，注云：『瀆淪，相糾貌。』又《封禪文》『紛綸葳蕤』注引張揖云：『紛綸，亂貌。』皆疊韻形容字，與『焚輪』同。頹風曰焚輪者，謂其回旋糾亂之狀，猶之乎『瀆淪』『紛綸』也。」案胡説於義爲允。《爾雅》「扶摇謂之猋」，與「焚輪謂之頹」相對成文，則「焚輪」當即「紛綸」之假借。《釋文》云：「焚，本作『棼』。」「棼」亦亂也，《左傳》云：「猶治絲而棼之也。」義與「紛」同，亦足爲「棼輪」訓作糾亂之證。

將安將樂，棄我如遺。

【補】【《新序·雜事五》】《詩》曰：「將安將樂，棄我如遺。」

喬樅謹案：《文選》郭泰機《答傅咸詩》注引同，又《爾雅·釋言》疏引亦然。今《毛詩》作「棄予如遺」。

習習谷風，惟山崔巍。何草不死，何木不萎。

【補】《中論·脩本》篇「習習谷風，惟山崔巍。何木不死，何草不萎。」言盛陽布德之月，草木猶有枯落而與時謬者，况人事之報德[一]乎？

喬樅謹案：高誘《吕覽·必己》篇注：「《詩》云：『草木死，無不萎。』」所引即《谷風》「何草不死」二句，轉寫文偶脱譌耳。《中論》引《詩》「木草」字當互换，亦後人轉寫誤倒之。《毛詩》作「無草不死，無木不萎」，與魯文微異。

忘我大德，思我小怨。

【補】楊雄《逐貧賦》忘我大德，思我小怨。

蓼莪

蓼蓼者莪，匪莪伊蒿。

[一]「報德」，《中論》作「應報」。

【補】【《爾雅·釋草》】莪，蘿。蒿，菣。○【舍人曰】莪，一名蘿。○【孫炎曰】荆楚之間謂蒿爲菣。《毛詩正義》。○【郭璞曰】莪，今莪蒿也，亦曰廩蒿。又今人呼青蒿，香中炙啖者爲菣。

喬樅謹案：陳藏器《本草拾遺》曰：「廩蒿生高岡，宿根，先于百草，一名莪蒿。」馬瑞辰以莪蒿即茵陳蒿之類，常抱宿根而生，有子依母之義，故詩人借以取興。李時珍云：「莪抱根叢生，俗謂之抱孃蒿。」是也。

哀哀父母，生我劬勞。

【補】【《爾雅·釋訓》】哀哀、悽悽，懷報德也。○【郭璞曰】悲苦征役，思所生也。

喬樅謹案：《爾雅》正釋此詩之旨，是魯説亦以《蓼莪》爲困于征役不得終養而作也，其義與《齊詩》同。

匪莪伊〔一〕蔚。

【補】【《爾雅·釋草》】蔚，牡菣。○【舍人曰】蔚，一名牡菣。○【某氏曰】江河間曰牡菣。○【郭璞曰】牡菣，無子者。

喬樅謹案：陸璣《疏》云：「牡蒿八月爲角，角似小豆，一名馬薪蒿。」與郭注説異。胡承珙

〔一〕「伊」，續編本作「依」。按：應作「伊」。

曰：「蔚既名牡菣，自當以郭注『無子者』爲是。《埤雅》以角蒿即廩蒿，亦即蘿蒿。然則陸《疏》乃以『莪』爲『蔚』，其誤明矣。」

出入腹我。

【補】【《爾雅·釋詁》】腹，厚也。

喬樅謹案：《毛傳》亦訓「腹」爲厚，與《爾雅》同。馬瑞辰以爲「腹」與「複」通，《説文》「複，重衣貌」，「重衣」亦厚之義。詩歷言拊、畜、長、育、顧、復，而終以「出入腹我」，蓋言「出入」，則已舉在内、在外，無所不該，故以「腹我」括之，見其無所不愛厚也。

欲報之德，皞天罔極。

【補】【《漢書》哀帝詔】欲報之德，皞天罔極。見《鄭崇傳》。

喬樅謹案：哀帝從韋玄成及韋賞受《魯詩》，則此詔所稱詩詞是據魯家今文。皞，《毛詩》作「昊」，師古《漢書集注》云「皞」字與「昊」同。

大東

【補】【《潛夫論·班禄》篇】賦歛重而譚告通。

喬樅謹案：「譚」字本皆誤作「譯」，遂莫知其爲指此詩矣。顧廣圻據《毛詩敘》「譚大夫作此以告病」，證「譯」字即「譚」之譌，其説是也。

【補】【《後漢書》楊震疏】《大東》不興於今。

周道如砥，其直如矢。君子所履，小人所視。眷焉顧之，潸焉出涕。

【補】【《荀子·宥坐》篇】三尺之岸而虚車不能登也，百仞之山，任負車登焉，何則？陵遲故也。數仞之牆而民不踰也，百仞之山而豎子馮而游焉，陵遲故也。今夫世之陵遲亦久矣，而能使民勿踰乎？《詩》曰：「周道如砥，其直如矢。君子所履，小人所視。眷焉顧之，潸然出涕。」豈不哀哉！

喬樅謹案：《毛詩》作「睠言顧之，潸焉出涕」，《太平御覽》三百八十七引《詩》「眷焉〔一〕顧之」，與《荀子》同。潸焉，今本《荀子》作「潸然」，宋本「然」作「焉」，與《毛詩》同。

【補】【《楚詞·七諫》】何周道之平易兮。○【王逸注】《詩》曰：「周道如砥，其直如矢。」

喬樅謹案：《楚詞·招魂》「砥室翠翹」，王逸注云：「砥，石名也。《詩》曰：『其平如砥。』」所引與《七諫》篇不同者，此傳寫之誤。疑叔師本作「《詩》曰：『周道如砥。』言其平也」，觀下文云「以砥石爲壁，平而滑澤」可見矣。《文選》五臣注亦云「以砥石爲壁，取其平

〔一〕「焉」，《太平御覽》作「言」。

也」，尤其明證。「周道如砥」四句，又見《説苑・至公》篇引《詩》。

【補】【趙岐《孟子章句》十】《詩・小雅・大東》之篇。砥，平也。矢，直。視，比也。周道平直，君子履直道，小人比而則之。

【補】【《漢書》中山靖王對曰】潸然出涕。

苕苕公子，行彼周道。

【補】【《楚詞・九歎》】征夫勞於周行兮。○【王逸注】行，道也。《詩》云：「苕苕公子，行彼周道。」

喬樅謹案：《毛詩》「佻佻公子，行彼周行」，《釋文》云：「《韓詩》作『嬥』。嬥，往來貌，並音挑，本或作『窕』，非也。」王氏念孫曰：「窕，好貌也。《説文》訓『嬥』爲直好貌，《廣雅》亦訓『嬥嬥』爲好，當在齊、魯《詩》説。」喬樅謂據叔師所引，是《魯詩》文作「苕苕」，與齊、韓、毛異。張衡《西京賦》「狀亭亭以苕苕」，二字即本於此。平子用《魯詩》，故與叔師合。「周行」此作「周道」，「道」與「疚」亦韻。臧鏞堂云：「案叔師訓『行』爲道，而引《詩》以證之，字當本作『行』。」其説亦通。

無浸檴薪。

【補】【《爾雅·釋木》】樓，落。○【舍人[一]注】可作桮圈，皮韌，繞物不解。○【陸德明《釋文》】《詩》云：「無浸樓薪。」

喬樅謹案：樓，《毛詩》作「穫」，《傳》云：「艾也。」《箋》云：「樓，落，木名也。」以「樓」爲木名，則字宜從木，《鄭箋》蓋據《魯詩》改毛。《爾雅釋文》亦據舊注所引《魯詩》，故字作「樓」，與毛氏異。陸璣《草木疏》云：「今椰榆也，其葉如榆，其皮堅韌，剥之長數尺，可爲絙索，又可爲甑帶，其材可爲杯器。」與舍人《爾雅注》合，皆本魯訓也。

契契寤歎。

【補】【王逸《楚詞·九歎》注】契契，憂貌也。《詩》云：「契契寤歎。」

喬樅謹案：《楚詞》「契」字，舊校云一作「挈」。考《廣雅·釋訓》「栔栔，憂也」，曹憲音「栔」爲挈。臧鏞堂云：「曹音『挈』字，疑與正文互易。『栔』本作『契』，蓋《毛詩》作『契』，三家《詩》作『挈』。《廣雅》據三家《詩》本作『挈挈，憂也』，與叔師正合。今《楚詞》及注『契契』字，乃後人所改，有舊校可證也。」

哀我癉人。

[一]「舍人」，《爾雅注疏》作「某氏」。

【補】【《爾雅·釋故》】癉，勞也。○【郭璞注】《詩》曰：「哀我癉人。」

喬樅謹案：癉人，《毛詩》作「憚人」。「憚」即「癉」之假借，古今文異而義同。《釋文》云：「『憚』字亦作『癉』。」

薪是檴薪。

【補】【《爾雅·釋木》】采薪，即薪。○【樊光注】《詩》云「薪是檴薪」，荆州曰柞木、采木。時人不曉「薪」意，言「薪」謂身，即薪伐之也。《釋文》。

琄琄佩璲。

【補】【《爾雅·釋訓》】浩浩、琄琄，刺素食也。○【某氏注】琄琄，無德而佩，空食禄也。《詩正義》兩引。

喬樅謹案：《毛詩》「鞙鞙」，《釋文》云：「字或作『琄』。」又《太平御覽》六百九十二引作「絹絹」，與魯、毛文異，疑爲《韓詩》。

【補】【《續漢志·輿服》下】古者君臣佩玉，尊卑有度。上有韍，貴賤有殊。佩，所以章德，服之衷也。韍，所以執事，禮之共也。故禮有其度，威儀之制，三代同之。五伯迭興，戰兵不息，佩非戰器〔一〕，於

〔一〕「佩非戰器」，此下《後漢書》有「韍非兵旗」四字。

是解去紱[一]佩，留其係璲，以爲章表。故《詩》曰：「鞙鞙佩璲。」此之謂也。

終日七襄。

【補】【王逸《機賦》】帝軒龍躍，庶業是創。俯系聖思，仰攬三光。悟彼織女，終日七襄。爰制布帛，始垂衣裳。《太平御覽》八百二十五。

睆彼牽牛。

【補】【《爾雅·釋天》】河鼓謂之牽牛。○【李巡注】河鼓，牽牛，二十八宿名也。《詩正義》。○【孫炎注】河鼓之旗十二星，在牽牛之北，故或名河鼓，亦爲牽牛也。《史記·天官書》索隱。○《詩正義》引同，惟「河鼓」作「何鼓」小異。

東有启明，西有長庚。

【補】【《爾雅·釋天》】明星謂之启明。○【孫炎注】明星，太白也。晨出東方，高三舍[二]，命曰启明。昏出[三]西方，高三舍，命曰太白。《史記·天官書》索隱。○《詩正義》引並同。

〔一〕「紱」，《後漢書》作「韍」。

〔二〕「舍」，《史記索隱》作「丈」。按：《爾雅》孫炎注作「舍」，《史記索隱》於下句亦作「舍」，故此句作「丈」爲誤字。

〔三〕「出」，《史記》作「見」。按：太白星東升西落，黄昏時在西方不可謂「出」，此處應作「見」。

【補】【《論衡·是應》篇】《詩》言：「東有启明，西有長庚。」亦或時復歲星、太白也。或時昏見於西，或時晨見[一]於東，詩人[二]則名曰启明、長庚矣。

【補】【王逸《楚詞·九歎》注】長庚，星名也。《詩》云：「西有長庚。」

惟北有斗。

喬樅謹案：《毛詩釋文》：「斗，都口反。沈作『主』。」臧鏞堂曰：「案《易·豐卦》『日中見斗』，《釋文》云『孟作見主』。《周官·鬯人》『大喪之大渳設斗』注云『斗所以沃尸也』，《釋文》云『斗，依注音主』。是『主』『斗』古通。」喬樅考《尚書緯帝命驗》曰：「五府，五帝之廟。黄曰神斗。」宋均注：「黄帝含樞紐之府而名神斗。斗，主也。土精澄静，四行之主，故謂之神主。」是亦「斗」「主」通之一證。《毛詩》古文多假借字，陸氏所見沈本作「主」者，當是毛之舊本。三家今文皆作「斗」，今《毛詩》亦爲「斗」字，此後人傳寫，以今文改之耳。

四月

六月徂暑。

[一]「見」，《論衡》作「出」。

[二]「詩人」，此下《論衡》有「不知」二字。

【蔡邕《九惟文》】六月徂暑。

先祖匪人，胡寧忍予。

【補】【《中論·譴交》篇】古者行役，過時不反，猶作詩怨刺。故《四月》之篇稱：「先祖匪人，胡寧忍予。」

喬樅謹案：杜預《左傳·文三年》注云：「《四月》之詩，行役踰時，思歸祭祀。」説與《中論》合，義皆本《魯詩》。

亂離斯瘼，爰其適歸。

【補】【《説苑·政理》篇】《詩》不云乎：「亂離斯瘼，爰其適歸。」此傷離散以爲亂者也。

喬樅謹案：《文選》潘安仁《關中詩》註李善引《韓詩》作「亂離斯莫」，《後漢書·仲長統傳》亦然，是三家文同。惟《毛詩》作「亂離瘼矣」，其文與三家異。

冬日栗栗。

【蔡邕《九惟文》】冬日栗栗。

喬樅謹案：《毛詩》「冬日烈烈」，《箋》云：「猶栗烈也。」此《魯詩》文，作「栗栗」。「烈」「栗」一聲之轉。

廢爲殘賊，莫知其尤。

【補】【《列女傳》八】《詩》云：「廢爲殘賊，莫知其尤。」言其忕於惡，不知其爲過也。《漢霍夫人傳》。

【補】【《爾雅・釋故》】廢，大也。○【郭璞注】《詩》曰：「廢爲殘賊。」

喬樅謹案：《爾雅》訓「廢」爲大，「大」字即「忕」之通假。如「載謨」訓爲僞，「僞」字即「爲」之通假也。

滔滔江漢，南國之紀。

【補】【《風俗通義》七】《詩》美「滔滔江漢，南北之紀」，然時有壅滯，江漢不失其源，故窮而復通。

喬樅謹案：《毛詩》「南國之紀」，此引作「南北」，疑字之誤也。《鄭箋》云：「江也、漢也，南國之大水。紀理衆川，使不讎滯。」與應劭《風俗通義》説同，知三家《詩》亦皆作「南國之紀」也。

唯以告哀。

【蔡邕《袁滿來墓碑》】唯以告哀。

北山

【補】【《後漢書》楊賜疏】勞逸[一]無別，善惡同流，《北山》之詩所爲訓作。

普天之下，莫非王土。率土之濱，莫非王臣。

【《新書·匈奴》篇】《詩》曰：「普天之下，莫非王土。率土之濱，莫非王臣。」王者，天子也。舟車之所至，人迹之所及，雖蠻夷戎狄，孰非天子之所哉。

【《白虎通·封公侯》篇】普天之下，莫非王土。率土之賓，莫非王臣。海内之衆，已盡得使之。又《喪服》篇引「普天之下」四句文同。

喬樅謹案：《荀子·君子》篇及《史記》司馬相如《難蜀父老》引《詩》皆與《新書》同，惟《白虎通》「濱」字作「賓」小異。又《漢書·王莽傳》引《詩》字亦作「賓」，《文選》四十四載司馬相如文李善注云：「率土之濱，本或作『賓』，今《毛詩》作『濱』。」

【補】【趙岐《孟子章句》九】《詩·小雅·北山》之篇。普，偏。率，循也。偏天下循土之濱，無有

[一]「逸」，底本作「送」，今據《後漢書》改。

非王者之臣。

或宴宴居息，或盡顇事國。

【補】【《漢書·五行志》劉歆説】《詩》曰：「或宴宴居息，或盡顇事國。」

喬樅謹案：劉歆述士文伯引《詩》語與今《左傳》異，知其從《魯詩》之文也。

或不知叫號，或慘慘劬勞。

【補】【《潛夫論·邊議》篇】《詩》痛「或不知叫號，或慘慘劬勞」。

無將大車

無將大車，維塵冥冥。

【補】【《荀子·大略》篇】君人者，不可以不慎取臣。匹夫者，不可以不慎取友。友者，所以相有也。道不同，何以相有也？均薪施火，火就燥；平地注水，水就〔一〕溼。夫類之相從也，如此之著也，以友觀人，焉所疑？取友善人，不可不慎，是德之基也。《詩》曰：「無將大車，維塵冥冥。」

〔一〕「就」，《荀子》作「流」。

言無與小人處也。

喬樅謹案：《毛詩敘》以《無將大車》爲大夫悔將小人之詩，今據《荀子》説《詩》云云，知《魯詩》之義亦與毛同。

無思百憂，祇自疧兮。

【補】【《後漢書》張衡《思玄賦》】思百憂以自疢。

喬樅謹案：《思玄賦》此句即用《詩》「無思百憂，祇自疧兮」之語。《爾雅·釋故》：「疧，病也。」《説文·疒部》：「疧，病也。从疒，氏聲。」段玉裁注以爲「疧」與「塵」韻，古讀若「真」。「疢」與「疧」音近。《禮記》「眕於鬼神」，鄭注云：「眕，或爲『祇』。」又《説文》「觝」一作「觗」，又古「狋氏」讀如「權精」，可證《釋文》「音疧，都禮反」是陸氏誤「疧」爲「疷〔一〕」。喬樅謂「疢」「疧」音近，三家當有作「疢」者。平子用《魯詩》，「疢」字是據魯家之文。李賢注引《詩》「祇自重兮」爲證，非也。

〔一〕「疷」，續編本作「底」。按：應作「疷」。

小明

眷眷懷顧。

【補】【王逸《楚詞·九歎》注】眷眷，顧貌。《詩》曰：「眷眷懷顧。」

靖共爾位，正直是與。神之聽之，式穀以汝。

【《漢書·宣元六王傳》】元帝璽書曰：「《詩》不云乎：『靖恭爾位，正直是與。』」《淮陽憲王欽傳》。

【補】【《中論·法象》篇】君子居身也謙，在敵也讓，臨下也莊，奉上也敬。四者備而怨咎〔一〕不作，福禄從之。《詩》云：「靖共〔二〕爾位，正直是與。神之聽之，式穀以汝。」

嗟爾君子，無恒安息。靖共爾位，好是正直。神之聽之，介爾景福。

【補】【《荀子·勸學》篇】《詩》曰：「嗟爾君子，無恒安息。靖共爾位，好是正直。神之聽之，介爾景福。」

〔一〕「咎」，底本作「咨」，今據《中論》改。

〔二〕「共」，《中論》作「恭」。

【補】【《説苑·貴德》篇】《詩》云：「靖共[一]爾位，好是正直。神之聽之，介爾景福。」

喬樅謹案：諸所引《詩》皆作「靖共」，惟《漢書》引作「恭」字。「共」「恭」古今字之異。又「好是正直」句，見蔡邕《蔡公碑》。

鼓鍾

淮水湯湯。

【補】【《風俗通義》十】淮出南陽平氏桐柏大復山，東南入海。《詩》云：「淮水湯湯。」

淑人君子，其德不回。

【補】【《列女傳》五】《詩》曰：「淑人君子，其德不回。」《蓋將之妻傳》。

鼓鍾伐鼛。

【補】【《淮南·主術訓》】鼛鼓而食。○【高誘注】鼛鼓，王者之食樂也。《詩》曰[二]：「鼓鍾

[一]「共」，《説苑》作「恭」。

[二]「曰」，續編本作「云」。

伐鼙。」

喬樅謹案：《荀子·正論》：「天子者代睪而食，雍而徹乎五祀。」劉氏台拱曰：「『代睪』當爲『伐皋』，《淮南·主術訓》『鼙鼓而食』，高誘注引《詩》『鼓鐘伐鼙』。『鼙』『皋』古字通用。『雍而徹乎五祀』者，謂徹於竈也。《周禮·膳夫職》云：『王卒食，以樂徹于造。』《主術訓》云：『奏雍而徹，已飯而祭竈。』蓋徹饌而設之於竈，若祭然，天子之禮也。『造』『竈』古字通用，專言之則曰『竈』，連類言之則曰『五祀』。」劉説是也。盧文弨《荀子校語》云：「案正文『睪』本作『皋』，故楊倞一注云『皋未詳』，再云『皋讀爲櫜，即所謂蘭茝本也』，三云『當爲澤，俗書澤字作水傍皋，傳寫誤遺其水耳』。今本及宋本皆脱誤。若水傍作『睪』，乃『澤』字正體，不得云俗書也。」據此則以「鼓鐘伐鼙」爲王者之食樂，《魯詩》之説即本於《荀子》耳。

笙磬同音。

【補】【《風俗通義》六】《詩》云：「笙磬同音。」

以籥不僭。

【補】【《風俗通義》六】《詩》云：「以籥不僭。」籥者，樂之器，竹管，三孔，所以和衆聲也。

楚薋

楚楚者薋。

【補】【王逸《楚詞·離騷》注】薋，蒺藜也。《詩》曰：「楚楚者薋。」

喬樅謹案：薋，《毛詩》作「茨」，蓋古今字之異。

自昔何爲，我藝黍稷。我黍與與，我稷翼翼。

【楊雄《并州牧箴》】自昔何爲。

【補】【張衡《南都賦》】菽麥稷黍，百穀蕃廡，翼翼與與。

祝祭于閍。

【補】【《爾雅·釋宫》】廟門謂之閍。○【李巡注】閍，故廟中門名也。○【孫炎注】《詩》云：「祝祭于閍。」謂廟門也。《春秋·襄二十四年》正義。

喬樅謹案：《毛詩》作「祊」，《詩》《春秋》《禮記正義》引《爾雅》李、孫舊注亦作「祊」，此順經文改字也。《爾雅》經文作「閍」，是用《魯詩》之文，李、孫注當亦同。今本《爾雅》作「閍謂之門」，郝懿行曰：「按《禮記·郊特牲》注云『廟門曰祊』，《正義》以爲《釋宫》文。《禮器正義》亦引《釋宫》『廟門謂之閍』。參以李、孫二注，並以廟門釋『閍』，疑《爾雅》古本當作『廟門謂之閍』，賴有《注》《疏》可證。惟《左傳正義》引《爾雅》與今本同，或出後人所改耳。」

祀事孔明。

【蔡邕《司空臨晉侯楊公碑》】祀事孔明。

執爨踖踖。

【王逸《楚詞・九歎》注】爨，炊竈也。《詩》云：「執爨踖踖。」

獻酬交錯。

【補】【高誘《吕覽・慎行論》注】酬，報也。《詩》曰：「獻酬交錯。」

【補】【張衡《南都賦》】獻酬既交，率禮無違。

禮儀卒度，笑語卒獲。

【補】【《荀子・脩身》篇】人無禮則不生，事無禮則不成，國家無禮則不寧。《詩》曰：「禮儀卒度，笑語卒獲。」此之謂也。又見《禮論》引《詩》。

工祝致告。

【補】【《潛夫論・敘録》】《詩》有「工祝」。

神具醉止，皇尸載起。

【補】【《白虎通·祭祀》篇】祭所以有尸者何？鬼神聽之無聲，視之無形，升自阼階，仰視榱桷，俯視几筵，其器存，其人亡，虛無寂寞，思慕哀傷，無所寫泄。故座〔一〕尸而食之，毀損其饌，欣然若親之飽。尸醉，若神之醉矣。《詩》云：「神具醉止，皇尸載起。」《通典·禮》八引。

【張衡《東京賦》】神具醉止。

子子孫孫，勿替引之。

【補】【《爾雅·釋訓》】子子孫孫，引無極也。○【舍人注】子孫長行美道，引無極也。《毛詩正義》。

【蔡邕《九祝辭》】子子孫孫，勿替引之。

案：「子子孫孫」句，又見蔡邕《集濟陽宮碑》。

信南山

畇畇原隰。

〔一〕「座」，續編本作「坐」。

【補】【《爾雅·釋訓》】畇畇，田也。○【注曰】《詩》云：「畇畇原隰。」《毛詩正義》。

上天同雲。

【蔡邕《九惟文》】上天同雲。

中田有廬，疆埸有瓜。

【補】【高誘《吕覽·孟春紀》注】《詩》曰：「中田有廬，疆埸有瓜。」無休廢也。

馥馥芬芬，祀事孔明。

【蔡邕《司空臨晉侯楊公碑》】馥馥芬芬。○【又曰】祀事孔明。

喬樅謹案：《毛詩》「苾苾芬芬」，此引作「馥馥芬芬」。伯喈用《魯詩》，故文與毛異。考何晏《景福殿賦》亦云「馥馥芬芬」，《廣雅·釋訓》「馥馥芬芬，香也」，皆據三家《詩》之文。「苾」「飶」字同，「苾」「飶」與「馥」義同音同，故並得通假也。

執其鸞刀，以啟其毛。

【補】【張衡《東京賦》】執鑾〔一〕刀以祖割。

〔一〕「鑾」，底本作「鸞」，今據《文選》改。

魯詩遺説考卷第四〔四之三〕

福州陳壽祺學　男喬樅述

魯詩小雅六

甫田

或耘或耔。

【楊雄《逐貧賦》】或耘或耔。

琴瑟擊鼓，以迎田祖，以祈甘雨。

【補】【蔡邕《禮樂志》】社稷樂，《詩》所謂「琴瑟擊鼓，以迎〔一〕田祖」者也。《續漢志補注》。

【補】【《風俗通義》八】《周禮説》：「二十五家置一社。」但爲田祖報求。《詩》曰：「乃立冢土。」

〔一〕「迎」，《後漢書》作「御」。

又曰：「以御田祖，以祈甘雨。」

喬樅謹案：《毛傳》「御」訓爲迎，「御」「迎」古今文之異，三家文皆當作「迎」字，此後人依《毛詩》改之。

大田

以我剡耜。

【補】【《爾雅·釋詁》】剡，利也。○【郭璞注】《詩》曰：「以我剡耜。」

【補】【張衡《東京賦》】介御間以剡耜。

喬樅謹案：剡，《毛詩》作「覃」。「覃」者，「剡」之假借字。郭注《爾雅》所引是據舊注《魯詩》之文，觀《東京賦》作「剡耜」，本於《魯詩》可證也。又《淮南·氾論訓》「古者剡耜而耕」，字亦作「剡」，皆從魯家今文。

播厥百穀。

【補】【王逸《楚詞·九章》注】播，種也。《詩》曰：「播厥百穀。」

去其螟螣，及其蟊賊。

【補】【《爾雅·釋蟲》】食苗心螟，食葉蟘，食節賊，食根蟊。○【舍人曰】此四種蟲皆蝗也，食不同，故分別釋之。故謂蝗子爲螽，一名螣螽，兖州人謂之螣。《開元占經》一百二十。○【李巡曰】食禾心爲螟，言其姦冥冥難知也。食禾葉者，言假貣無厭，故曰蟘也。食禾節者，言貪狠〔一〕，故曰賊也。食禾根者，言其稅取萬民財貨，故曰蟊也。○【孫炎曰】皆政貪所致，因以爲名也。並《詩正義》。○《春秋正義》同。○【郭璞曰】分別蟲啖食禾所在之名耳，皆見《詩》。

喬樅謹案：蟘，《毛詩》作「螣」。「螣」蓋「蟘」之假借。《説文》引《詩》正作「蟘」。《藝文類聚》一百引《爾雅》作「螣」，是從《毛詩》改之。

【補】【高誘《淮南·時則訓》注】極陽生陰，故蟲螟爲害，食心曰螟。○【又《墬形訓》注】食心曰螟，穀之災也。

有晻淒淒，興雲祁祁。雨我公田，遂及我私。

【補】【《吕覽·務本》篇】《詩》云：「有晻淒淒，興雲祁祁。雨我公田，遂及我私。」○【高誘注】《詩·小雅·大田》之三章也。晻，陰雲〔二〕也。陰陽和，時雨祁祁然不暴疾也。古者井田十一

〔一〕「狠」，續編本作「很」。

〔二〕「雲」，《吕氏春秋》作「雨」。

而税，公田在中，私田在外，民有禮讓之心，故願先公田而及私也。

喬樅謹案：《毛詩》「有渰淒淒」，《釋文》引《漢書》作「黤」。《韓詩外傳》作「弇」，此所引又作「晻」，蓋三家與毛氏文字各異。班《志》用《齊詩》，知此所引爲《魯詩》矣。興雲，《毛詩》作「興雨」，《顔氏家訓·書證》篇辨「興雲」當作「興雨」，以孟堅《靈臺詩》「祁祁甘雨」爲證，陸氏《釋文》從之。《詩正義》亦云經「興雨」本或作「興雲」，誤也，定本作「興雨」。錢大昕曰：「此經師傳受有異，非轉寫之訛。」段玉裁曰：「古人言雨止言『降雨』『下雨』，無有言『興雨』者。『興雲祁祁，雨我公田』，猶《白華》詩之『英英白雲，露彼菅茅』，語意正相似。」

【補】【趙岐《孟子章句》五】言太平時民悦其上，願欲天之先雨公田，遂以次及我私田也。

【補】【《風俗通義》五】《詩》不云乎：「雨我公田，遂及我私。」

瞻彼洛矣

瞻彼洛矣，維水泱泱。

【補】【《淮南·墬形訓》】洛出獵山。○【高誘注】獵山在北地西北夷中，洛東南流入渭，《詩·瞻彼洛矣》「維水泱泱」是也。

【補】【張衡《東京賦》】維水泱泱。

韎韐有赩，以作六師。

【《白虎通·爵》篇】世子上受爵命，衣士服，何？謙不敢自專也。故《詩》曰：「韎韐有赩。」謂世子始行也。

【補】【《鄭箋》】此諸侯世子也。除三年之喪，服士服而來，未遇爵命之時，時有征伐之事。天子以其賢，任爲軍將，使代卿士將六軍而出。韎韐者，茅蒐染也。茅蒐者，韎韐聲也。韎韐，祭服之韠，合韋爲之。其服爵弁服，紂衣纁裳也。

喬樅謹案：《白虎通》以此詩首章爲世子始行，衣士服而上受爵命，本於《魯詩》之説。鄭君《詩箋》三章均就世子而言，與《白虎通》合，亦據《魯詩》爲解也。又《孔疏》引鄭《駁異義》云：「韎，草名，齊魯之間言韎韐，聲如茅蒐。字當作『韎』。陳留人謂之蒨。」是《箋》以「茅蒐」爲韎韐聲，皆用魯訓。

【補】【張衡《西京賦》】緹衣韎韐。

君子至止，鞞琫有珌。

【補】【《鄭箋》】此人世子之賢者也。既受爵命〔一〕，而加賜容刀有飾，顯其能斷制〔二〕。

〔一〕「既受爵命」，此下《毛詩注疏》有「賞賜」二字。

〔二〕「斷制」，《毛詩注疏》作「制斷」。

君子萬年。

【補】【何休《公羊傳解詁》】《詩》云：「君子萬年。」莊公四年。

裳裳者華

六轡沃若。

【《蔡邕集·胡廣黄瓊頌》】沃若六轡。

左之左之，君子宜之。右之右之，君子有之。

【補】【《荀子·不苟》篇】《詩》曰：「左之左之，君子宜之。右之右之，君子有之。」此言君子能以義屈信變應故也。

【補】【《説苑·脩文》篇】《詩》曰：「左之左之，君子宜之。右之右之，君子有之。」《傳》曰：「君子無所不宜也。是故韠冕厲戒，立於廟堂之上，有司執事無不敬者；斬衰裳，苴絰杖，立於喪次，賓客弔唁無不哀者；被甲纓冑，立於桴鼓之間，士卒莫不勇者。故仁足以懷百姓，勇足以安危國，信足以結諸侯，强足以拒患難，威足以率三軍。故曰爲左亦宜，爲右亦宜，爲君子無不宜者，此之謂也。」

喬樅謹案：此所引《傳》即《魯詩傳》之文也。以左爲朝廟之事，右爲喪戎之事，大指與毛氏同。又案《北史·長孫紹遠傳》引此詩四語作「左之右之，君子宜之。右之左之，君子有之」，與今《毛詩》本及諸所引三家《詩》文異。詳《説苑》引《詩傳》言「爲左亦宜，爲右亦宜」云云，似經文當作「左之右之，君子宜之」，於義爲長。下文「惟其有之，是以似之」，亦承上文「右之左之，君子有之」而言。曰「宜」、曰「有」，皆兼左右兩端也，否則文法偏枯矣。存以俟考。

【補】【《列女傳》二】《詩》云：「左之左之，君子宜之。」《衛姑定姜》篇。

唯其有之，是以似之。

【補】【《新序·雜事一》】唯善故能舉其類，《詩》曰：「唯其有之，是以似之。」

【補】【《潛夫論·邊議》篇】維其有之，是以似之。

桑扈

君子樂胥，受天之祜。

【《新書·禮》篇】《詩》曰：「君子樂胥，受天之祜。」胥者，相也。祜，大福也。夫憂民之憂者，民必憂其憂。樂民之樂者，民亦樂其樂。與士民若此者，受天之福矣。

【司馬相如《上林賦》】樂樂胥。

【楊雄《長楊賦》】肴樂胥。○【又曰】受神人之福祜。

鴛鴦

鴛鴦于飛，畢之羅之。

【補】【高誘《吕覽·季春紀》注】罼，掩網也。《詩》曰：「鴛鴦于飛，畢之羅之。」

【補】【又《淮南·時則訓》注】畢，羅鳥罟也。《詩》曰：「鴛鴦于飛，畢之羅之。」

喬樅謹案：《淮南注》引《詩》作「畢」，與毛文同，惟《吕覽注》引「畢」字從网作「罼」爲異。

頍弁

有頍者弁。

【補】【《續漢志·輿服下》】古者有冠無幘，其戴也，加首有頍，所以安幘〔一〕。故《詩》曰「有頍

〔一〕「幘」，《後漢書》作「物」。

者弁」，此之謂也。

喬樅謹案：《毛傳》云：「頍，弁貌。」《説文》：「頍，舉頭也。《詩》曰：『有頍者弁。』」許君用毛氏義，不以「頍」爲物名。鄭君《儀禮注》言「頍以固冠」，與《續漢志》言「頍以安幘」義合，是《齊詩》説與魯同。鄭君又云：「滕、薛名蔮爲頍。」則頍即蔮也。

蔦與女蘿，施于松上。

【補】【高誘《吕覽·精通》篇注】《淮南記〔一〕》曰：「下有茯苓，上有兔絲。」一名女蘿，《詩》曰：「蔦與女蘿，施于松上。」

喬樅謹案：高注引《詩》「蔦」字或作「葛」，疑傳寫之譌。《文選》盧子諒《贈劉琨詩》云：「綿綿女蘿，施于松標。」李善注引《毛詩》曰：「葛與女蘿，施于松柏。」皆「蔦」之譌字也。《隸釋》載《費鳳别碑》云：「樢與女蘿。」字从木作「樢」，亦三家之異文。

如彼雨雪，先集惟霰。

【補】【《爾雅·釋天》】雨霓爲霄雪。○【郭璞注】《詩》曰：「如彼雨雪，先集維霰。」霰，水雪雜下者，故謂之消雪。

〔一〕「記」，《吕氏春秋》作「子」。

喬樅謹案：《毛詩釋文》：「『霰』字亦作『霓』。」《爾雅釋文》：「霓，本或作『霰』『䨘』，同。悉練反。」此皆三家《詩》之異文。《邢疏》本正作「霰」，與《毛詩》同。霄，《釋文》云「本又作『消』」。《説文》曰：「雨霓爲霄，齊語也。」然則知《齊〔一〕詩》亦作「惟霓」矣。又《玉篇·雨部》云：「『䨘』與『霰』同。」

【補】【《漢書·五行志》中之下】劉向以爲盛陽雨水，温煖而湯熱，陰氣脅之不相入，則轉而爲雹。盛陰雨雪，凝滯而水〔二〕寒，陽氣薄之不相入，則散而爲霰。故沸湯之在閉器，而湛於寒泉則爲冰。及雪之銷，亦〔三〕冰解而散，此其驗也。故雹者陰脅陽也，霰者陽脅〔四〕陰也。《春秋》不書霰，猶月食也。

喬樅謹案：《説文》：「霰，稷雪也。从雨，散聲。」又重文「霓」，云：「霰，或从見。」段氏注云：「稷雪，謂雪之如稷者。《毛詩傳》曰：『霰，暴雪也。』『暴』當是『黍』之字誤。俗謂米雪，或謂粒雪，皆是也。」據《説文》則作「霰」者爲正字，作「霓」者爲或體。考《文選》謝惠連

〔一〕「齊」，續編本作「魯」。按：應作「齊」。
〔二〕「水」，《漢書》作「冰」。
〔三〕「亦」，續編本無此字。
〔四〕「脅」，《漢書》作「薄」。

《雪賦》「霰淅瀝而先集」，李善注引《韓詩》曰：「先集維霰。」薛君曰：「霰，霙也。」又《韓詩外傳》云：「凡草木花多五出，雪花獨六出，雪花曰『霙』。」訓義與魯、齊、毛《詩》並異。

樂酒今昔。

【補】【王逸《楚詞·大招》注】昔，夜也。《詩》云：「樂酒今昔。」言可以終夜自娱樂也。

喬樅謹案：今昔，《毛詩》作「今夕」。

車舝

展彼碩女，令德來教。

【《列女傳》八】《詩》曰：「展彼碩女，令德來教。」（《漢楊夫人傳》）。

喬樅謹案：《毛詩》作「辰彼碩女」，此所引據《魯詩》之文，故與毛異。王安人《補注》云：「展，信也。碩，大也。言信彼大賢之女，以善德來教也。」

雖無德與女，式歌且舞。

【補】【《後漢書·章帝紀》元和二年詔】《詩》不云乎：「雖無德與女，式歌且舞。」

【《蔡邕集·上始加元服與群臣上壽表》】式歌且舞。

高山仰止，景行行止。

【《史記·孔子世家贊》】《詩》有之：「高山仰止，景行行止。」雖不能至，然心鄉往之。

【《史記·三王世家》】《詩》曰：「高山仰之，景行嚮之。」

喬樅謹案：據《史記·三王世家》兩引文皆如此，褚少孫習《魯詩》者，疑魯家今文作「景行嚮之」，與《毛詩》異。故太史公《孔子世家贊》引《詩》云「雖不能至，然心嚮往之」也。又《説苑·雜言》篇引《詩》言「志向之而已」，「向」與「嚮」同。《淮南·説山訓》引《詩》言「鄉者其人」，高誘《吕覽注》引《詩》言「鄉昔人也」，皆與《史記贊》義合。「行」字竝當作「嚮」爲正。今本《史記》《説苑》《列女傳》《吕覽注》諸所引《詩》俱同毛氏作「景行行止」，乃後人順毛改之耳。「止」「之」古通用字，《毛詩釋文》云：「仰止，本或作『仰之』。」是其驗也。

【補】【《列女傳》二】賢人之所以成者，其道博矣，非特師傅朋友相與切磋也，妃匹亦居多焉。《詩》曰：「高山仰止，景行行止。」言常〔一〕向爲其善也。《齊相御妻傳》。

喬樅謹案：《毛詩序》以《車舝》爲刺幽王褒姒而作，思得賢女以配君子。今詳《列女傳》，

〔一〕「常」，此上《列女傳》有「當」字。

引《詩》證齊相僕御之妻言賢女能助君子以成其德，與《毛序》意恉相合，知《魯詩》之義亦同毛氏也。

【補】【《説苑·雜言》篇】南瑕子曰：「吾聞君子上比所以廣德也，下比所以狹行也，於惡自退之原也。《詩》云：『高山仰止，景行行止。』吾豈敢自以爲君子哉？志向之而已。」

【補】【《淮南·説山訓》】故高山仰止，景行行止，鄉者其人。○【高誘注】言有高山，我仰而止之人。有大行，我則而行之。故曰「鄉者其人也」。

【補】【高誘《吕覽·貴公》篇注】《詩》云：「高山仰止，景行行止。」鄉昔人也。

【補】【趙岐《孟子章指》】高山景行，庶幾不倦。○【又《孟子章句》十】高山仰止，景行行止。

【補】【《中論·治學》篇】《詩》云：「高山仰止，景行行止。」好學之謂也。

青蠅

營營青蠅，止于藩。愷悌君子，無信讒言。讒言罔極，交亂四國。

【《史記·滑稽傳》】《詩》云：「營營青蠅，止于藩。愷悌君子，無信讒言。讒言罔極，交亂四國。」

喬樅謹案：《滑稽傳》，褚少孫所補也。藩，《毛詩》作「樊」，《説文》引作「棥」，「棥」即「樊」

之省文。《漢書・武五子傳》作「藩」，「蕃」亦「藩」之省文也。無，《毛詩》作「毋」。讒言罔極，《毛詩》作「讒人罔極」。陸賈《新語》、王充《論衡》引皆作「讒言」，與《史記》同。

【補】【《論衡・商蟲》篇】《詩》云：「營營青蠅，止于藩。愷悌君子，無信讒言。」讒言傷善，青蠅污白，同一禍敗，《詩》以爲興。昌邑王夢西階下有積蠅矢，明旦召問郎中龔遂。遂對曰：「蠅者，讒人之象也。夫矢積於階下，王將用讒臣之言也。」由此言之，蠅之爲蟲，應人君用讒。

【劉向《楚詞・九嘆》】若青蠅之僞質兮。○【王逸注】僞猶變也。青蠅變白使黑，變黑成白，以喻讒佞。《詩》云：「營營青蠅。」言讒人若青蠅，變轉其語，以善爲惡也。

喬樅謹案：《鄭箋》云：「蠅之爲蟲，污白使黑，污黑使白，喻侫〔一〕人變亂善惡也。」與叔師語合，是鄭君亦用魯訓之義。

【《新語・輔政》篇】夫據千乘之國而信讒佞之計，未有不亡者也。故《詩》曰：「讒言〔二〕罔極，交亂四國。」衆邪合黨，以回人君，邦危民亡，不亦宜乎？

【東方朔《非有先生論》】《詩》不云乎：「讒人罔極，交亂四國。」

【補】【《論衡・言毒》篇】人中諸毒，一身死之。中于口舌，一國潰亂。《詩》云：「讒言罔極，交

〔一〕「侫」，《毛詩箋》作「佞」。

〔二〕「言」，《新語》作「人」。

亂四國。」四國猶亂，況一人乎！故君子不畏虎，畏讒夫之口。讒夫之口，爲毒大矣。

【補】【《漢書》哀帝《免傅嘉文》】《詩》不云乎：「讒人罔極，交亂四國。」《孔光傳》。

【補】【《後漢書・寇榮傳》】《青蠅》之人所共搆會。

喬樅謹案：寇榮以《行葦》爲公劉詩，與《列女傳》《潛夫論》合，是亦習《魯詩》也。

賓之初筵

肴覈惟旅。

【補】【蔡邕曰】肴覈，食也。肉曰肴，骨曰覈。《文選》班固《典引》李善注引。

喬樅謹案：覈，《毛詩》作「核」。

大侯既抗，弓矢斯張。射夫既同，獻爾發功。

【補】【《說苑・脩文》篇】射者必心平體正，持弓矢審固，然後射者能以中。《詩》云：「大侯既抗，弓矢斯張。射夫既同，獻爾發功。」此之謂也。

載號載呶。

【楊雄《光禄勳箴》】載號載呶。

側弁之俄，屢舞傞傞。既醉而出，並受其福。醉而不出，是謂伐德。

【補】【《説苑・反質》篇】《詩》曰「側弁之俄」，言失德也；「屢舞傞傞」，言失容也；「既醉以酒，既飽以德」「既醉而出，並受其福」，賓主之禮也；「醉而不出，是謂伐德」，賓主之罪也。

魯詩遺説考卷第四〔四之四〕

福州陳壽祺學　男喬樅述

魯詩小雅七

魚藻

有賁其首。

【補】【《爾雅·釋詁》】賁，大也。○【樊光注】《詩》云：「有賁其首。」《書·盤庚下》正義。

喬樅謹案：《毛詩》「賁」作「頒」，《傳》云：「頒，大首貌。」《説文·頁部》：「頒，大頭也。」引《詩》「有頒其首」，義與毛同。然則「頒」爲正體，「賁」乃假借字也。

愷樂飲酒。

【補】【張衡《南都賦》】接歡宴於日夜，終愷樂之令儀。

喬樅謹案：愷，《毛詩》作「豈」。「豈」「愷」古今文之異。

采菽

君子來朝，何錫與之。雖無與之，路車乘馬。又何與之，玄衮及黼。

【《白虎通·考黜》篇】九錫皆隨其德可行而賜，能安民者賜車馬，能富民者賜衣服。以其進退有節，行步有度，賜之車馬以代其步。言成文章，行成法則，賜之衣服以表其德〔一〕。《詩》曰：「君子來朝，何錫與之。雖無與之，路車乘馬。又何與之，玄衮及黼。」

喬樅謹案：韋昭《晉語注》以此詩爲王賜諸侯命服之樂，與《白虎通》説合。與，《毛詩》作「予」。

赤紼在股。

【《白虎通·紼冕》篇】天子朱紼，諸侯赤紼。《詩》曰：「赤紼在股。」謂諸侯也。

匪交匪舒，天子所予。

【補】【《荀子·勸學》篇】《詩》曰：「匪交匪舒，天子所予。」

〔一〕「行步有度」至「賜之衣服以表其德」二十八字，爲陳立《白虎通疏證》引《公羊疏》文。

喬樅謹案：匪交〔二〕，《毛詩》作「彼交」。考《左傳·襄廿七年》引《詩·桑扈》「匪交匪傲」，《成十四年》引仍作「彼」。又《襄八年》引《詩》「如匪行邁謀」，杜注云：「匪，彼也。」是「匪」亦有彼義。

平平左右，亦是率從。

【補】【《荀子·儒效》篇】明主譎德而序位，所以爲不亂也。忠臣誠能，然後敢受職，所以爲不窮也。分不亂於上，能不窮於下，治辯之極也。《詩》曰：「平平左右，亦是率從。」是言上下之交不相亂也。

【補】【服虔《左傳注》】平平，辯治不絶之貌。《毛詩正義》引。

汎汎楊舟，紼縭維之。

【補】【《爾雅·釋水》】「汎汎楊舟，紼縭維之。」紼，繂也。縭，緌也。○【李巡注】繂竹爲索，所以維持舟者。○【孫炎注】繂，大索也。舟止繫之於樹木。戾竹爲大索。《毛詩正義》。

喬樅謹案：縭，《毛詩》作「纚」，《釋文》引《韓詩》同。

【王逸《楚詞·九嘆》注】楊，木名也。《詩》云：「汎汎楊舟。」

〔二〕「交」，續編本無此字。

天子葵之。

【補】【《爾雅·釋言》】葵，揆也。○【郭璞注】《詩》曰：「天子葵之。」

優哉游哉。

【東方朔《誡子》篇】優哉游哉。

【《蔡邕集·汝南周巨勝碑銘》】優哉游哉。

角弓

【補】【《漢書·杜鄴傳》】鄴聞：人情，恩深者其養謹，愛至者其求詳。夫戚而不見殊，孰能無怨？此《棠棣》《角弓》之詩所爲作也。

喬樅謹案：此以《棠棣》《角弓》並爲刺詩，一與毛異，一與毛同。蓋《角弓》之詩，四家説皆相近，故曹植、應瑒之語並與此合。

爾之教矣，民斯效矣。

【《白虎通·三教》篇】教者，效也。上爲之，下效之。民有朴質，不教不成。故《詩》云：「爾之教矣，欲民斯效。」

【補】【《潛夫論·班禄》篇】《詩》云：「爾之教矣，民斯效矣。」

【《蔡邕集·陳仲弓碑》】民胥效矣。

喬樅謹案：斯，《毛詩》作「胥」，與魯文異。《中郎集》用《詩》「民斯效矣」之句，字作「胥」者，此後人順毛改之。《白虎通》《潛夫論》引《詩》皆作「斯效」，可證也。

民之無良，相怨一方。受爵不讓，至于己斯亡。

【補】【《荀子·儒效》篇】比周而譽俞少，鄙争而名俞辱，煩勞以求安利，其身俞危。《詩》曰：「民之無良，相怨一方。受爵不讓，至于己斯亡。」此之謂也。

【《漢書》劉向《上封事》曰】幽厲之際，朝廷不和，轉相非怨。詩人刺〔一〕之曰：「民之無良，相怨一方。」

【補】【《説苑·建本》篇】君人者，以百姓爲天。百姓與之則安，輔之則彊，非之則危，背之則亡。《詩》云：「人而無良，相怨一方。」民怨其上不遂亡者，未之有也。

喬樅謹案：《説苑》引《詩》作「人而無良」，與《上封事》所引文異。考《後漢書·章帝紀》引述《詩》語亦作「人之無良」，李賢注云：「義見《韓詩》。」今按《韓詩外傳》兩引「民之無良」，皆不作「人」字。疑《説苑》及《後漢書》是唐人爲避諱而改也。

〔一〕「刺」，《漢書》作「疾而憂」。

雨雪瀌瀌，宴然聿消。莫肯下隧，式居屢驕。

【補】【《荀子·非相》篇】人有三不祥，幼而不肯事長，賤而不肯事貴，不肖而不肯事賢，是人之三不祥也。人有此三數行者，以爲上則必危，爲下則必滅。《詩》曰：「雨雪瀌瀌，宴然聿消。莫肯下隧，式居屢驕。」此之謂也。

【《漢書》劉向《上封事》曰】夫執狐疑之心者，來讒賊之口。持不斷之意者，開群枉之門。讒邪進則衆賢退，群枉盛則正士消。《詩》曰：「雨雪麃麃，見晛聿消。」

喬樅謹案：《荀子》引《詩》「宴然聿消」，《毛詩》作「見晛曰消」，《韓詩》作「曣晛聿消」。段玉裁云：「宴然，即『曣𣆶』。」《廣雅·釋詁》三：「曣𣆶，煗也。」《玉篇》《廣韻》皆云「晛」「𣆶」二形同。楊倞注《荀子》以「宴然」爲聲之誤，當依今《詩》作「見晛」，其說非也。又劉向引《詩》「見晛聿消」，師古注云：「見，無雲也。晛，日氣也。言雨雪之盛麃麃然，至於無雲，日氣始出，而雨雪皆消釋矣。」案「見」字不得訓爲無雲，《說文》：「暜，星無雲也。」「晛，日見也。」依顏注，則向所引《詩》「見」字正作「暜」。師古時不誤，後人妄改作「見」耳。《韓詩》「曣晛，日出也」，與《說文》「晛，日出也」正合。《詩釋文》引作「曣見」，誤。《詩考》作「曣晛」，是也。喬樅考《文選·羽獵賦》「天清日宴」，李善引許慎《淮南注》云：「晏，無雲之處也。」「宴」與「晏」同，「宴」「燕」古文通用，「晛」「𣆶」二形又同。《荀子》「宴然」爲「曣𥊱」之假借。劉向「瞢睍」即「曣𥊱」之異文也。「瀌」作「麃」者，省文耳。隧，《毛詩》作「遺」，《鄭箋》讀爲「隨」。「隧」「隨」聲近遺，古音亦與「隧」同。屢，《毛詩》作「婁」，皆古今文之異。

【補】【趙岐《孟子章指》】《詩》曰：「雨雪瀌瀌，見晛聿消。」

喬樅謹案：此引《詩》作「見晛」，亦後人順毛所改也。

菀柳

有菀者柳。

【王逸《楚詞·九嘆》注】菀，盛貌也。《詩》云：「有菀者柳。」

上天甚神，無自瘵也。

【補】【荀卿《遺春申君書》】《詩》曰：「上天甚神，無自瘵也。」《戰國策》。

喬樅謹案：天，毛、韓《詩》並作「帝」。也，毛、韓《詩》並作「焉」。神，《毛詩》作「蹈」〔一〕，《韓詩》引《荀子》書作「慆」。王氏念孫謂「神」者「慆」之壞字〔二〕，蓋傳寫之誤。是也。

〔一〕「蹈」，底本漫漶不清，今據續編本補。

〔二〕「字」，底本漫漶不清，今據續編本補。

彼人之心，于何其臻。

【補】【《潛夫論·賢難》篇】《詩》云：「彼人之心，于何其臻。」

都人士

案：《都人士》首章，鄭君《禮記·緇衣》注云：「《毛詩》有之，三家則亡。」今蔡邕《述行賦》云：「咏都人以思歸。」乃首章之詞，蓋即用《禮記·緇衣》所引，非用《毛詩》也。

彼君子女，綢直如髮。

【補】【《列女傳》四】《詩》曰：「彼君子女，綢直如髮。」《齊孝孟姬傳》。

垂帶若厲。

【補】【高誘《淮南·氾論訓》注】《詩》曰：「垂帶若厲。」

喬樅謹案：《毛詩》「垂帶而厲」，鄭君《箋》云：「『而』亦『如』也。而厲，如鞶厲也。」考《禮記·内則》注引《詩》正作「垂帶如厲」，鄭君蓋據三家《詩》讀「而」爲「如」。「如」「若」義同。

采菉

終朝采菉。

【王逸《楚詞·離騷》注】菉，王芻也。《詩》曰：「終朝采菉。」

喬樅謹案：采菉，《毛詩》作「采緑」。「菉」正字，「緑」假借字。

黍苗

我任我輦，我車我牛。我行既集，蓋云歸哉。

【補】【《荀子·富國》篇】仁人在上，百姓貴之如帝，親之如父母，爲之出死斷亡而愉者。無他故焉，其所是焉誠美，其所得焉誠厚〔一〕，其所利焉誠多。《詩》云：「我任我輦，我車我牛。我行既集，蓋云歸哉。」此之謂也。

【補】【高誘《淮南·道應訓》注】任，載也。《詩》曰：「我任我輦。」

〔一〕「厚」，《荀子》作「大」。

【補】【又《淮南·説林訓》注】任者，輦也。《詩》云：「我任我輦。」

原隰既平，泉流既清。

【補】【《説苑·建本》篇】夫本不正者末必倚〔一〕，始不盛者終必衰。《詩》云：「原隰既平，泉流既清。」是故君子貴建本而重立始。

隰桑

隰桑有阿，其葉有幽。既見君子，德音孔膠。

【補】【《列女傳》二】周宣姜后者，齊侯之女也。賢而有德，事非禮不言，行非禮不動。宣王嘗早卧晏起，后夫人不出房。姜后脱簪珥，待罪於永巷，使其傅母通言於王曰：「妾之不才，妾之淫行〔二〕見矣，至使君王失禮而晏朝，以見君王樂色而忘德也。夫苟樂色，必好奢窮欲，亂之所由興也。原亂之興，從婢子起。敢請婢子之罪。」王曰：「寡人不德，實自生過，非夫人之罪也。」遂復姜后而勤於政事。蚤朝晏退，卒成中興之功名。君子謂姜后善於威儀而有德行。夫禮，后夫

〔一〕「倚」，《説苑》作「踦」。

〔二〕「行」，《列女傳》作「心」。

人御於君〔一〕，以燭進。至於〔二〕君所，滅燭，適房中，脱朝服，衣褻服，然後敢進御〔三〕于君。鷄鳴，樂師〔四〕以旦告，后夫人鳴珮而去。《詩》曰：「威儀抑抑，德音秩秩。」又曰：「隰桑有阿，其葉有幽。既見君子，德音孔膠。」夫婦人以色親，以德固。姜氏之德行可謂孔膠矣。

心乎愛矣，遐不謂矣。

【張衡《東巡誥》】心之謂矣。

中心藏之，何日忘之。

【補】【《新序·雜事五》】《詩》曰：「中心藏之，何日忘之。」

白華

【《漢書》谷永對曰】息《白華》之怨。

〔一〕「於君」二字，底本漫漶不清，今據續編本補。

〔二〕「燭進至於」四字，底本漫漶不清，今據續編本補。

〔三〕「御」，底本漫漶不清，今據續編本補。

〔四〕「樂師」，此下《列女傳》有「擊鼓」二字。

【又《外戚傳》班倢伃賦】緑衣兮白華，自古兮有之。

天步艱難。

【《蔡邕集·庾侯碑》】廓天步之艱難。

浸彼稻田。

【補】【張衡《南都賦》】浸彼稻田。

卬烘于煁。

【補】【《爾雅·釋言》】烘，燎也。煁，烓也。○【舍人注】烘，以火燎也。煁，烓竈也。《毛詩正義》。○【郭璞注】今之三隅竈也。

鼓鐘于宮，聲聞于外。

【補】【東方朔《答客難》】《詩》云：「鼓鐘于宮，聲聞于外。」○【師古注】言苟有于中者，必形于外也。

有鶖在梁。

【王逸《楚詞·大招》注】鶖鶬，秃[一]鶖也。《詩》云：「有鶖在梁。」

〔一〕「秃」，續編本作「鵚」。

【補】【《風俗通義》六】鐘，秋分之音也。《詩》云：「鼓鐘于宫，聲聞于外。」

綿蠻

【補】【《潛夫論·班禄》篇】行人定而《綿蠻》諷。

喬樅謹案：「定」字義不可通，疑爲「畏」字之譌。

我勞如何。

【張衡《集怨》篇】我勞如何。

飲之食之，教之誨之。

【補】【《荀子·大略》篇】不富無以養民情，不教無以理民性。故家五畝宅，百畝田，勿奪其時〔一〕，所以富之也。立大學，設庠序，脩六禮，明十教，所以道之也。《詩》云：「飲之食之，教之誨之。」王事具矣。

〔一〕「勿奪其時」，此上《荀子》有「務其業而」四字。

瓠葉

有菟斯首。

喬樅謹案：《後漢書·儒林傳》：「劉昆教授弟子恒五百餘人。每春秋饗射，常備列典儀，以素木瓠葉爲俎豆，桑弧蒿矢，以射菟首。」李賢注云：「昆懼禮之廢，故以〔一〕瓠葉爲俎實，射則歌『菟首』之詩而爲節也。」胡承珙以昆「射菟首」當即懸菟首而射之，章懷注誤。喬樅謂劉昆去古未遠，必三家《詩》有以《瓠葉》爲飲射之歌，故昆仿之，每春秋以行饗射。胡氏以懸菟首而射爲解，於經傳無徵，不如章懷注言歌《詩》爲節，其説近是。菟，《毛詩》作「兔〔二〕」。

嶄嶄之石。

喬樅謹案：《毛詩》「漸漸之石」，《釋文》云：「本亦作『嶄嶄』。」「漸」「嶄」古今字之異，三家今文當作「嶄」。《説文繫傳》作「磛磛之石」，「磛」「嶄」亦通。

〔一〕「以」，此上《後漢書》有「引」字。
〔二〕「兔」，續編本作「菟」。

維其崒矣。

【補】【《爾雅・釋山》】崒者厜㕒。○【郭璞注】謂山峯頭巉巖者。

喬樅謹案：《毛詩》「維其卒矣」，《傳》云：「卒，竟也。」《鄭箋》釋「卒」爲崔嵬，謂山巔之末也，與《毛傳》訓異。是以「卒」爲「崒」之假借，故取《魯詩》之義，逕訓爲崔嵬也。

月離于畢，俾滂沱矣。

【《史記・孔子弟子列傳》】昔夫子將〔一〕行，使弟子持雨具。已而果雨，弟子問曰：「夫子何以知之？」夫子曰：「《詩》不云乎：『月離于畢，俾滂沱矣。』昨暮月不宿畢宿〔二〕乎？」

【補】【《論衡・明雩》篇】《詩》云：「月離于畢，比滂沲矣。」孔子出，使子路齎雨具。有頃，天果大雨。子路問其故，孔子曰：「昨暮月離于畢。」後日，月復離畢。孔子出，子路請齎雨具，孔子不聽。出果無雨，子路問其故，孔子曰：「昔者，月離其陰，故雨；昨暮，月離其陽，故不雨。」

【補】【又《明日》篇】《詩》曰：「月麗于畢，俾滂沱矣。」夫雨從山發，月經星麗畢之時，麗畢之時當雨也。時不雨，月不麗，山不雲，天地上下自相應也。月麗于上，山烝于下，氣體偶合，自然

〔一〕「將」，《史記》作「當」。

〔二〕「宿」，《史記》無此字。

道也。

【補】【高誘《吕覽・孟秋紀》注】月麗于畢，俾雨滂沱〔一〕。

【補】【又《淮南・原道訓》注】雨師，畢星也，月麗于畢〔二〕，俾滂沱矣。又見《時則訓》注引《詩》。風伯，箕星也，月麗于箕，風揚沙也。

喬樅謹案：《論衡・説日》篇引《詩》「離」作「麗」，「比」作「俾」，與高誘《吕覽注》《淮南子注》所引文同。「離」「麗」古通用，《周易》「離王公也」，《釋文》云「鄭作『麗』」。《戰國策》「高〔三〕漸離」，《論衡・書虚》篇亦作「麗」。「俾」「比」聲近，大雅「克順克比」，《禮記・樂記》作「克順克俾」，《史記・樂書》同，是其證已。

【補】【《風俗通義》八】雨師者，畢星也。《詩》云：「月離于畢，俾滂沱矣。」丑之神爲雨師，故以己丑日祀雨師於東北，土勝水，爲火相也。

〔一〕「滂沱」，續編本作「沱滂」。

〔二〕「月麗于畢」，此上《淮南鴻烈解》有「《詩》云」二字。

〔三〕「策高」，底本漫漶不清，今據續編本補。

苕華

知我如此，不如無生。

【補】【《潛夫論・交際》篇】《詩》云：「知我如此，不如無生。」先合而後忤，有初而無終，不若本無生意，彊自誓也。

何草不黃

何草不玄。

【補】【《爾雅・釋天》】九月爲玄。○【孫炎注】物衰而色玄也，《詩》曰：「何草不玄。」《毛詩正義》。

喬樅謹案：《毛詩箋》云：「始春之時，草木牙蘗者將生，必玄。」是主春而言。孫注《爾雅》云云，是以《詩》此語屬秋時也。孫用《魯詩》訓，故義與《箋》異。

匪兕匪虎，率彼曠野。

【《史記・孔子世家》】《詩》云：「匪兕匪虎，率彼曠野。」

魯詩遺説考卷第五〔五之一〕

福州陳壽祺學　男喬樅述

魯詩大雅一

【補】【服虔《左傳注》】大雅，陳文王之德、武王之功。自《文王》以下至《鳧鷖》，是謂正大雅。

文王

周雖舊邦，其命維新。

【補】【《淮南·繆稱訓》】文王聞善如不及，宿不善如不祥。非謂〔一〕日不足也，其憂尋推之也。故《詩》曰：「周雖舊邦，其命維新。」

【補】【趙岐《孟子章句》五】《詩》言周雖后稷以來舊爲諸侯，其受王命，維文王新復，脩治禮義以

〔一〕「謂」，《淮南子》作「爲」。

致之耳。

亹亹文王。

【王逸《楚詞・九辯》章句】亹亹，進貌。《詩》云：「亹亹文王。」

喬樅謹案：《毛傳》「亹亹，勉也」，臧鏞堂曰：「《文選・吴都賦》注引《韓詩》云：『亹，水流進貌。』是『亹』有進義。《易・繫辭》上『成天下之亹亹者』，虞翻注：『亹亹，進也。』」訓與此同。

陳錫載周。

【《史記・周本紀》】大雅曰：「陳錫載周。」○【唐固曰】言文王布錫施利，以載成周道也。

喬樅謹案：載，《毛詩》作「哉」，《傳》云：「哉，載也。」然則「哉」與「載」古今字之異耳。

世之不顯，厥猶翼翼。思皇多士，生此王國。

【補】【《列女傳》八】《詩》云：「世之不顯，厥猶翼翼。思皇多士，生此王國。」《梁夫人嫕傳》。

【補】【王褒《聖主得賢臣頌》】《詩》曰：「思皇多士，生此王國。」故世平主聖，俊乂將自至。

王國克生，惟周之楨。濟濟多士，文王以寧。

【補】【東方朔《非有先生論》】《詩》云：「王國克生，惟周之楨。濟濟多士，文王以寧。」

【楊雄《博士箴》】昔在文王，經啟其軌，勖于德音，而思皇多士，多士作楨，惟周以寧。

【補】【《荀子·君道》篇】《詩》曰：「濟濟多士，文王以寧。」

【賈子《新書·君道》篇】《詩》云：「濟濟多士，文王以寧。」言輔翼賢正，則身必安也。

【補】【賈山《至言》】《詩》曰：「濟濟多士，文王以寧。」天下未嘗無士也，然而文王獨言以寧者，何也？文王好仁則仁興，得士而敬之則士用。用之有禮義，故不致其愛敬，則不能盡其心。不能盡其心，則不能盡其力。不能盡其力，則不能成其功。

【補】【王褒《聖主得賢臣頌》】《詩》云：「濟濟多士，文王以寧。」蓋信乎其以寧也。

【補】【《新序·雜事四》】王者勞於求人，佚於得賢。舜舉衆賢在位，垂衣裳，恭己無爲，而天下治。湯、文用伊、呂，成王用周、邵，而刑措不用，兵偃而不動，用衆賢也。《詩》曰：「濟濟多士，文王以寧。」此之謂也。

喬樅謹案：《新序·雜事一》《雜事五》《説苑·君道》篇《脩文》篇《列女傳》一並引「濟濟多士」二句。又趙岐《孟子章句》十一引《詩》亦同。

【補】【《論衡·藝增》篇】《詩》云：「濟濟多士，文王以寧。」此言文王得賢者多，而不肖者少也。

【《蔡邕集·薦皇甫規表》】周文以濟濟爲寧。又《釋誨》亦引「濟濟多士」句。

殷之孫子，其麗不億。上帝既命，侯于周服。侯服于周，天命靡常。殷士膚敏，祼將

于京。厥作裸將，常服黼冔。

【《漢書》劉向疏曰】王者必通三統，明天命所授者博，非獨一姓也。孔子論《詩》，至於「殷士膚敏，裸將于京」，喟然嘆曰：「大哉天命！善不可不傳于子孫，是以富貴無常；不如是，則王公其何以戒慎，民萌其何以勸勉？」蓋傷微子之事周，而痛殷之亡也。

【《白虎通·三正》篇】《詩》曰：「厥作裸將，常服黼冔。」言微子服殷之冠，助祭於周也。

【又《紼冕》篇】殷謂之冔者，十二月之時，施氣受化詡張而後得牙，故謂之冔。

【補】【趙岐《孟子章句》七】麗，億，數也。言殷帝之子孫，其數不但億萬人，天既命之，惟服于周。殷之美士，執裸鬯之禮，將事于京師，若微子者。膚，大也。敏，達也。此天命之無常也。

喬樅謹案：此詩「殷士」，《毛傳》泛言殷侯，而劉向、趙岐等並以爲微子，皆據《魯詩》之説。

【補】【蔡邕《獨斷》】冕冠，殷曰冔，以三十升漆布爲殼，廣八寸，長尺二寸，加爵冕其上，黑而微白，前大後小，有收以持笄。《詩》曰：「常服黼冔。」

毋念爾祖，述脩厥德。永言配命，自求多福。

【補】【《漢書·東平思王傳》元帝璽書敕諭】《詩》不云乎：「毋念爾祖，述脩厥德。永言配命，自求多福。」

喬樅謹案：《漢書·儒林王式傳》言：「山陽張長安幼君，事式爲博士，由是《魯詩》有張氏學。張生兄子游卿爲諫大夫，以《詩》授元帝。」是元帝爲習《魯詩》。此所引「述脩厥德」，《毛詩》作「聿脩厥德」。「聿」「述」古今字之異，《後漢書·宦者呂强傳》引亦作「述」。

【補】【《説苑·權謀》篇】《詩》云：「自求多福。」

【補】【《後漢書》張衡《應閒》曰】昔有文王，自求多福。

【補】【趙岐《孟子章句》三】永，長。言，我也。長我周家之命，配當善道，皆内自求責，故有多福也。

宜鑒于殷。

【補】【《潛夫論·德化》篇】《詩》美「宜鑒于殷，自求多福」。

上天之縡，無聲無臭。儀形文王，萬邦作孚。

【《漢書》楊雄《甘泉賦》曰】上天之縡。○【師古注】「縡」讀與「載」同。

【補】【《廣雅·釋詁》】縡，事也。

喬樅謹案：《廣雅》此訓正釋《魯詩》「縡」字，蓋《魯詩》與毛文異而義同。鄭君《禮記·中庸》注：「『載』讀爲『栽』，謂生物也。」是《齊詩》之訓與魯、毛義殊。《潛夫論》引《詩》仍同毛氏，作「載」，疑出後人所改也。

【補】【《潛夫論·德化》篇】「上天之載，無聲無臭。儀形文王，萬邦作孚。」此姬氏所以崇美於前，而致刑措於後。

喬樅謹案：儀形文王，《毛詩》字作「刑」。「形」「刑」音同，古相通假。

【補】【服虔《左傳注》】儀，善也。刑，法也。善用法者，文王也。《昭公六年傳》正義。

【補】【應劭《風俗通義》一】《詩》説「儀刑文王，萬國作孚」。

大明

明明在下，赫赫在上。

【補】【《荀子·解蔽》篇】《詩》曰：「明明在下，赫赫在上。」此言上明而下化也。

喬樅謹案：「明明在下」句，又見《荀子·正論》篇引。

天難諶斯。

【補】【《潛夫論·卜列》篇】天難諶斯。○【又《相列》篇】《詩》稱「天難忱斯」。

喬樅謹案：諶，《毛詩》作「忱」，《韓詩外傳》十引《詩》作「訦」，《春秋繁露》引《詩》作「諶」，《漢書·貢禹傳》同。「忱」「訦」「諶」古皆通用字，《潛夫論》兩引《詩》文各不同者，《相列》篇或爲後人依《毛詩》所改也。

摯仲氏任。

聿嬪于京，乃及王季。惟德之行，太任有娠，生此文王。

【補】【《列女傳》一】太任者，文王之母，摯任氏中女也，王季娶爲妃。太任之性，端壹誠莊，惟德之行。及其有娠，目不視惡色，耳不聽淫聲，口不出敖言。文王生而明聖，太任教之，以一而識百。君子謂太任爲能胎教。《周室三母傳》。

【補】【《潛夫論·五德志》篇】太任夢長人感己，而生文王。厥相四乳。爲西伯，興于岐。

【補】【郭璞《爾雅·釋親》注】《詩》曰：「聿嬪于京。」

喬樅謹案：《毛詩》作「曰嬪于京」，郭注所引是據舊注《魯詩》之文。娠，《毛詩》作「身」。《衆經音義》兩引皆作「娠」，是三家之今文。

惟此文王，小心翼翼。昭事上帝，聿懷多福。厥德不回，以受方國。

【補】【《論衡·變虚》篇】《詩》曰：「惟此文王，小心翼翼。昭事上帝，聿懷多福。厥德不回，以受方國。」

喬樅謹案：《新序·雜事四》引此詩六句，文同。

【《蔡邕集·答齋議》】《詩》云：「惟此文王，小心翼翼。昭事上帝，聿懷多福。」夫齋以恭奉明祀，文王所以懷福。

【《後漢書》蔡邕上封事曰】夫昭事上帝，則自懷多福。

【楊雄《元后誄》】昭事上帝。

【補】【高誘《吕覽・行論》注】《詩》言文王小心翼翼然，敬慎，明於事上，不敢攜貳，所以得衆福也。

【補】【高誘《淮南・主術訓》注】心欲小而志欲大，所以心欲小者，慮患未生，備禍未發，戒過慎微，不敢縱其欲也。夫聖人之於善也，無小而不舉，其於過也，無微而不改。戰戰慄慄，日慎一日，由此觀之，則聖人之心小矣。《詩》曰：「惟此文王，小心翼翼。昭事上帝，聿懷多福。」

在郃之陽，在渭之涘。文王嘉止，大邦有子。

大邦有子，俔天之妹。文定厥祥，親迎于渭。造舟爲梁，不顯其光。

【補】【《列女傳》一】太姒者，文王之妃，武王之母。禹後有莘姒氏之女也，在郃之陽，在渭之涘。仁而明道，文王嘉之，親迎于渭，造舟爲梁。及入，太姒思媚太姜、太任，旦夕勤勞，以進婦道。太姒號曰「文母」，文王治外[一]，文母治内[二]。《詩》曰：「大邦有子，俔天之妹。文定厥祥，親

[一]「治外」，此上《列女傳》有「理陽道而」四字。

[二]「治内」，此上《列女傳》有「理陰道而」四字。

迎于渭。造舟爲梁，不顯其光。」此之謂也。

喬樅謹案：「文王之妃」句及「在郃之陽」二句，今本文皆脱佚。此據《後漢書·崔琦傳》《外戚箴》注所引補之。

【補】【張衡《西京賦》】在渭之涘。

【補】【《白虎通·嫁娶》篇】王者之娶，必先選于大國之女，禮儀備，所見多。《詩》曰：「大邦有子，俔天之妹。文定厥祥，親迎于渭。」明王者必娶大國也。

【補】【又曰】人君自定娶者，卑不主尊，賤不主貴，故自定之也。《詩》云：「文定厥祥，親迎于渭。」

【補】【又曰】天子下至士，必親迎授綏者，以陽下陰也。欲得其歡心，示親之也。必親迎御輪三周，下車曲顧者，防淫佚也。《詩》云：「文定厥祥，親迎于渭。造舟爲梁，不顯其光。」

【補】【《爾雅·釋水》】天子造舟，諸侯維舟，大夫方舟，士特舟，庶人乘柎。○【李巡注】比其舟而渡曰造舟，中央左右相維持曰維舟，併兩船曰方舟，一舟曰特舟，乘柎併木以渡，别尊卑也。○【孫炎注】造舟，比舟爲梁也。維舟，連四船，使不動摇也。《毛詩正義》。

【補】【楊雄《方言》】造舟謂之浮梁。○【郭璞注】即今浮橋。

喬樅謹案：今本《方言》「造舟」作「艁」。艁，古「造」字，見《説文》。李善《文選·閒居賦》注引《方言》但作「造」字，今從之。

有命自天，命此文王，于周于京。

【補】【《風俗通義》一】《詩》説「有命自天，命此文王」。

【《白虎通·號》篇】周者，至也，密也。道德周密，無所不至也。《詩》曰：「命此文王，于周于京。」此改號爲周，易邑爲京也。

【又《三軍》篇】王者受命，質家先伐，文家先改正朔〔一〕，何？質家言天〔二〕使已誅無道，今誅，得爲王，故先伐。文家言天命已成，爲王者乃得誅伐王者耳，故先改正朔也。又改正朔者，文代其質也。文者先其文，質者先其質也。《詩》曰：「命此文王，于周于京。」此言文王誅伐，改號爲周，易邑爲京也，明天著忠臣孝子之義也。又《三正》篇略同。

殷商之旅，其會如林。

【補】【《風俗通義》十】《詩》云：「殷商之旅，其會如林。」林，樹木之所聚生也。

上帝臨汝，無貳爾心。

【補】【高誘《呂覽·務本》篇注】言天臨命武王，伐紂必克之，不敢有疑心。

〔一〕「改正朔」，《白虎通》作「正」。

〔二〕「言天」，《白虎通》下有「命已」。

檀車皇皇，駟騵彭彭。

【楊雄《太僕箴》】紂作不令，武王征殷。檀車孔夏，四騵孔昕。

喬樅謹案：據楊雄《箴》言「檀車孔夏」，知《魯詩》文但作「皇」。「皇」訓爲大也，故以「孔夏」言之。《毛詩》作「煌煌」，《傳》訓爲明，與此義異。四騵，《毛詩》作「駟騵」，高誘《淮南注》引《詩》亦作「駟騵」，「四」字蓋「駟」之省文。

【補】【高誘《淮南·主術》注】黄馬白腹曰騵，《詩》曰：「駟騵彭彭。」

惟師尚父，時惟鷹揚。

【補】【劉向《别録》】師之、尚之、父之，故曰「師尚父」。《毛詩正義》。

【《楚詞·天問》】蒼鳥群飛，孰使萃之。○【王逸《章句》】蒼鳥，鷹也。萃，集也。言武王伐紂，將帥勇猛，如鷹鳥群飛，孰使武王集聚之者乎？《詩》曰「惟師尚父，時惟鷹揚」也。

亮彼武王，襲伐大商。

【補】【應劭《風俗通義》一】《詩》云：「亮彼武王，襲伐大商。」

喬樅謹案：亮，《毛詩》作「涼」，《釋文》云本亦作「諒」。「諒」「亮」字相通用。「涼」字，古文之假借。《韓詩》同作「亮」，「亮，相也」，見陸氏《釋文》。《漢書·王莽傳》亦作「亮彼武王」，是三家今文同。襲伐，《毛詩》作「肆代」，文與此異。《傳》云：「肆，疾也。」「襲」者，何休《公羊注》以爲「輕行疾至」，則亦與「肆」義同矣。

綿

【《史記·周本紀》】古公亶父立，復脩后稷、公劉之業，積德行義，國人皆戴之。薰育戎狄攻之，欲得財物，予之。已復攻，欲得地與民。民皆怒，欲戰。古公曰：「有民立君，將以利之。今民欲以我故〔一〕，殺人父子而君之，予不忍爲。」乃與私屬遂去豳，渡漆、沮，踰梁山，止於岐下。豳人舉國扶老攜幼，盡復歸古公於岐下。及他旁國聞古公仁，亦多歸之。於是古公乃貶戎狄之俗，而營〔二〕城郭室屋，而邑別居之，作五官有司。民皆歌樂之，頌其德。

【補】【《後漢書》魯恭疏曰】昔太王重人民〔三〕而去邠，故獲上天之祐。

【補】【蔡邕《琴操》】《岐山操》者，周太王之所作也。太王居豳，狄人攻之，仁恩惻隱，不忍流血，選練珍寶犬馬皮幣束帛與之。狄侵不止，問其所欲，得土地也。太王曰：「土地者，所以養萬民

〔一〕「故」，此下《史記》有「戰」字。

〔二〕「營」，此下《史記》有「築」字。

〔三〕「民」，《後漢書》作「命」。

也。吾將委國而去矣，二三子亦何患無君？」遂杖策而出，踰乎梁而邑乎岐山。自傷德劣，不能化夷狄，爲之所侵，喟然嘆息，援琴而鼓之，云：「戎狄〔一〕侵兮土地移，遷邦邑兮適於岐。蒸民不憂兮誰者知？嗟嗟奈何，予命遭斯！」

綿綿瓜瓞。

【補】【《爾雅·釋草》】瓞，瓝。其紹瓞。○【孫炎注】《詩》云：「綿綿瓜瓞。」瓞，小瓜，子名瓝。其木子小，紹先歲之瓜曰瓞。《毛詩正義》。

古公亶父，來朝走馬。率西水滸，至於岐下。爰及姜女，聿來相宇。

【補】【《新序·雜事三》】《詩》曰：「古公亶父，來朝走馬。率西水滸，至於岐下。爰及姜女，聿來相宇。」大王愛厥妃，出入必與之偕。當是時，內無怨女，外無曠夫。

【補】【趙岐《孟子章句》一】亶父，太王名也，號稱古公。來朝走馬，遠避狄難，去惡疾也。率，循也。滸，水涯也。循西方水滸，來至岐山下。姜女，太王妃也。於是與姜女俱來，相土居也。

喬樅謹案：《新序》引《詩》「至於岐下」，「于」作「於」；「聿來相宇」，「胥」作「相」。與《毛詩》字異，正據《魯詩》之文。邠卿爲《孟子》書作注，故但就本文訓「胥」爲相也。又《藝文

〔一〕「戎狄」，《琴操》作「狄戎」。

類聚》十五引《列女傳》曰：「《詩》云：『爰及姜女，聿來胥宇。』」此後人順毛改字，非其舊文也。

【補】【高誘《吕覽·審爲》篇注】太王亶父，公組〔一〕之子，王季之父，文王之祖也，號曰古公。《詩》曰：「古公亶父，來朝走馬。率西水滸，至於岐下。」避狄難也。狄人，玁狁，今之匈奴也。

周原膴膴。

【蔡邕《光武濟陽宫碑》】姬美周原。

曰止曰時。

【張衡《東京賦》】曰止曰時。○【薛綜注】曰，辭也。時，是也。

其繩則直。

【張衡《東京賦》】其繩則直。

應門將將。

【張衡《東京賦》】立應門之將將。

〔一〕「組」，《吕氏春秋》作「祖」。

喬樅謹案：平子《七辯》云：「應門鏘鏘。」疑《魯詩》字本作「鏘」。又班固《西都賦》「激神嶽之嶈嶈」，李善注引《毛詩》曰：「應門嶈嶈。」按《毛詩》作「將將」，《傳》訓爲嚴正之貌。「嶈嶈」二字，孟堅蓋本《齊詩》。「將」「鏘」皆「嶈」之假借。又《藝文類聚·居處部》引《毛詩》曰：「應門鏘鏘。」《太平御覽》百八十二引同。蓋類書皆採摭前人引述《詩》辭，不知古書所載多三家之異文，而概以《毛詩》當之，疎矣。

乃立冢土，戎醜攸行。

【補】【《爾雅·釋天》】「乃立冢土，戎醜攸行。」起大事、動大衆，必先有事乎社而後出，謂之宜。

【蔡邕《陳留索昏庫上里社碑》】戎醜攸行，於是受脤。

【補】【《風俗通義》八】《詩》云：「乃立冢土。」

肆不殄厥愠，亦不隕厥問。

【補】【趙岐《孟子章句》十三】《大雅·綿》之篇曰「肆不殄厥愠」。殄，絶也。愠，怒也。「亦不隕厥問」，隕，失也。言文王不殄絶犬夷之愠，亦不能失文王之善聲問也。

昆夷突矣，唯其喙矣。

【補】【趙岐《孟子章句》一】《詩》云：「昆夷兑矣，唯其喙矣。」

喬樅謹案：張載注《魯靈光殿賦》云：「突，唐突也。《詩》曰：『昆夷突矣。』」孟陽之注，正引三家今文。觀《毛詩》「混夷駾矣」，《傳》訓「駾」爲突，知「駾」「突」古今字之異。邠卿注《孟子》引作「昆夷兑矣」，疑因上文「行道兑矣」而誤合之。

虞芮質厥成。

【《史記·周本紀》】虞、芮之人，有獄不能決，乃如周。入界，耕者皆讓畔，民俗皆讓長。虞、芮之人未見西伯，皆慚，相謂曰：「吾所争，周人所恥，何往焉，衹取辱耳。」遂還，俱讓而去。詩人道西伯，蓋受命之年稱王而斷虞、芮之訟。

案：伏生《尚書大傳》言：「文王受命一年，斷虞、芮之訟。」與《史記》正合。皇甫謐《帝王世紀》以文王受命元年即稱王。《易乾鑿度》《是類謀》《春秋元命苞》竝以文王伐崇始稱王，伐崇在受命之六年，則稱王亦在六年矣。説各不同，蓋緯書多與《齊詩》説相傳，而《史記》本之《魯詩》也。

【又《齊太公世家》】周西伯政平，及斷虞、芮之訟，而詩人稱西伯受命曰文王。伐崇、密須、犬夷，大作豐邑。

【補】【《史記·劉敬傳》】周之先自后稷，堯封之邰，積德累善十有餘世。公劉避桀居豳，大王以狄伐故，去豳，杖馬箠去〔一〕居岐，國人爭隨之。及文王爲西伯，斷虞、芮之訟，始受命。

【補】【《説苑・君道》篇】虞人與芮人質其成於文王，入文王之境，則見其人民之讓爲士大夫。入其國，則見其士大夫讓爲公卿。然則此其君亦讓以天下而不居矣。二國者，見〔二〕文王之身，而讓其所爭以爲閒田而反。孔子曰：「大哉文王之道乎！其不可加矣！不動而變，無爲而成，敬慎恭己，而虞、芮自平。」

【楊雄《博士箴》】國人興讓，虞、芮質成。

【補】【《漢書・毌將隆傳》哀帝制詔】交讓之禮興，則虞、芮之訟息。

【補】【《潛夫論・五德志》篇】文王斷虞、芮之訟而始受命。

予聿有奔走，予聿有先後。

【王逸《楚詞章句》一】奔走先後，四輔之職也。《詩》曰：「予聿有奔走，予聿有先後。」

喬樅謹案：聿，《毛詩》作「曰」。考《詩・七月》「曰爲改歲」，《漢書・食貨志》作「聿爲改歲」。《角弓》「見晛曰消」，《楚元王傳》劉向引作「見晛聿消」。《抑》「曰喪厥國」，《韓詩》

〔一〕「去」，《史記》無此字。

〔二〕「見」，此上《説苑》有「未」字。

作「聿喪厥國」。班固習《齊詩》，劉向習《魯詩》，是毛氏古文「曰」字，三家今文竝作「聿」也。

棫樸

芃芃棫樸，薪之槱之。濟濟辟王，左右趨之。

【補】【賈子《新書·容經》】諺曰：「君子重襲，小人無由入。正人十倍，邪辟無由來。」其謹於所近乎。《詩》曰：「芃芃棫樸，薪之槱之。濟濟辟王，左右趨之。」此言小人〔一〕日以善趨也。

喬樅謹案：趨，《毛詩》作「趣」。「芃芃棫樸」四句，又見卷第五《連語》引《詩》。

【補】【《風俗通義》八】《詩》云：「芃芃棫樸，薪之槱之。」槱者，積薪燔柴也。

奉璋峩峩，髦士攸宜。

【補】【《爾雅·釋訓》】峩峩，祭也。○【舍人注】峩峩，奉璋之貌。《毛詩正義》。

【補】【何休《公羊傳解詁》】璋者，所以郊事天，《詩》云「奉璋峩峩，髦士攸宜」是也。定公八年。

〔一〕「小人」，《新書》作「左右」。

周王于邁，六師及之。

【補】【《白虎通·三軍》篇】《詩》云：「周王于邁，六師及之。」師二千五百人，師爲一軍，六師一萬五千人也。

喬樅謹案：《太平御覽》卷二百九十八引《白虎通》作：「五師爲軍，二千五百人爲師，萬二千五百人爲一軍，三軍三萬七千五百人也。」與今本文異。盧文弨校定以今本爲誤，據《太平御覽》文訂正。喬樅考《白虎通》下文引《傳》曰：「一人必死，十人不能當；百人必死，千人不能當；千人必死，萬人不能當；萬人必死，横行天下。雖有萬人，猶謙讓自以爲不足，故復加五千人。」與上文「六師一萬五千人」其數正合，不得以今本爲誤也，《太平御覽》所引當别爲一條。今世傳《白虎通》本中多脱佚，固非完書。竊意「五師爲軍」云云，是解上文「三軍」之義。「師爲一軍，六師一萬五千人」及「《傳》曰」以下云云，是解此詩「六師」之義，故不同耳。何休《公羊·隱五年傳》解詁云：「二千五百人爲師，禮，天子六師，方伯二師，諸侯一師。」天子六師之説，亦與《白虎通》合。

雕琢其章，金玉其相。亹亹我王，綱紀四方。

【補】【《荀子·富國》篇】《詩》曰：「雕琢其章，金玉其相。亹亹我王，綱紀四方。」

【補】【《説苑·脩文》篇】《詩》曰：「雕琢其章，金玉其相。亹亹我王，綱紀四方〔一〕。」言文質美也。

【補】【趙岐《孟子章句》二】彫琢，治飾玉也。《詩》曰：「彫琢其章。」

喬樅謹案：諸所引皆《魯詩》。「追琢」作「雕琢」，「勉勉」作「亹亹」，文並與《毛詩》異。《毛傳》云：「追，彫也。金曰彫。玉曰琢。」是毛以「追」爲「彫」之假借。「追」或从金作「鎚」，「彫」亦或从金作「錭」。「亹」與「勉」同義，《爾雅·釋詁》云：「亹亹，勉也。」《禮記·禮器》「君子達亹亹焉」，注云：「亹亹，猶勉勉也。」《國語·周語》「亹亹怵惕」，注云：「亹亹，勉勉也。」又《韓詩外傳》載此詩亦作「亹亹我王」，與《魯詩》文同。

【補】【《白虎通·三綱六紀》篇】綱者，張也。紀者，理也。大者爲綱，小者爲紀，所以張理上下，整齊人道也。人皆懷五常之性，有親愛之心，是以綱紀爲化，若羅網之有紀綱而萬目張也。《詩》云：「亹亹文王，「文」疑當作「我」。綱紀四方。」

喬樅謹案：鄭君《詩箋》云：「以綱罟喻爲政，張之爲綱，理之爲紀。」與《白虎通》説合，蓋亦用《魯詩》之義。惟《中論·脩本》篇引《詩》與毛氏文同，疑後人順毛改之。

〔一〕「亹亹我王，綱紀四方」，《説苑》無此八字。

旱麓

瞻彼旱麓。

【補】【《風俗通義》十】麓，林屬於山者也。麓者，山足也。《詩》云：「瞻彼旱麓。」

鳶飛戾天，魚躍于淵。愷悌君子，胡不作人。

【補】【《潛夫論·德化》篇】國有傷聰之政，則民多病身；有傷賢之政，則賢多夭〔一〕。夫形體、骨幹，爲堅彊也，然猶隨政變易，況乎心氣精微，不可養哉！《詩》云：「鳶飛戾天，魚躍于淵。愷悌君子，胡不作人。」君子脩其樂易之德，上及飛鳥，下及淵魚，罔〔二〕不懽忻悦豫，則又況士庶而不仁者乎？

喬樅謹案：此亦以道被飛潛見作人德化之盛也，是《魯詩》之義與《毛傳》相近。胡，《毛詩》作「遐」。

〔一〕「夭」，此上《潛夫論》有「横」字。

〔二〕「罔」，《潛夫論》無此字。按：汪繼培《潛夫論箋校正》於此處補「無」字，並云：「『無』舊脱。」

清酒既載，騂牡既備。

【補】【《白虎通·三正》篇】《詩》曰：「清酒既載，騂牡既備。」言文王之牲用騂，周尚赤也。

神所勞矣。

【楊雄《長楊賦》】故真神之所勞也。

莫莫葛藟，施于條枚。豈弟君子，求福不回。

【補】【《説苑·脩文》篇】《詩》曰：「莫莫葛藟，施于條枚。豈弟君子，求福不回。」鬼神且不回，而况於人乎？

喬樅謹案：《列女傳》四亦引此四句，惟「藟」作「纍」小異耳。《毛詩釋文》：「藟，又作『虆』。」「纍」即「虆」之省借。

【補】【高誘《吕覽·知分》注】莫莫，葛藟之貌，延蔓于條枚之上，得其性也。樂易之君子，求福不以邪道，順于天性，以正直受大福。

【補】【《淮南·泰族訓》】《詩》曰：「豈弟君子，求福不回。」言以信義爲準繩也。

思齊

思齊太任，文王之母。思媚周姜，京室之婦。

【補】【《漢書》班倢伃賦】榮任姒之母周。

【蔡邕《和熹鄧后諡議》】姬氏任母，徒以正身率内，思媚周姜[一]爲高。

【又《太傅胡公夫人靈表》】蹈《思齊》之迹。

太姒嗣徽音，則百斯男。

【補】【《列女傳》一】太姒教誨十子，自少及長，未嘗見邪僻之事。及其長，文王繼而教之，卒成武王、周公之德。君子謂太姒仁明而有德，《詩》曰：「太姒嗣徽音，則百斯男。」此之謂也。《周室三母傳》。

【補】【《白虎通·姓名》篇】文王十子，《詩傳》曰：「伯邑考，武王發，周公旦，管叔鮮，蔡叔度，曹叔振鐸，成叔處，霍叔武，康叔封，南季載。」所以或上其叔、季，何也？管、蔡、曹、霍、成、康、南，皆采也，故置叔、季上。伯邑考何以獨無乎？蓋以爲大夫者，不是采地也。

喬樅謹案：臧鏞堂云：「此所引《詩傳》，蓋即《魯詩》『則百斯男』之傳。《白虎通》所載，《魯詩》爲多。單稱《詩傳》者，皆《魯詩》也。如《禮樂》篇引《詩傳》曰：『大夫士，琴瑟御。』爲《魯詩傳》可證也。閒有引《韓詩》者，則明稱《韓詩傳》。」臧説是也。《列女傳》亦

[一]「姜」，《蔡中郎集》作「京」。

用《魯詩》，其言太姒生十男，引此詩「則百斯男」爲證，尤其顯據。惟十男之次與《史記·管蔡世家》小異，又成叔武、霍叔處互易其名，疑傳寫之誤。

【蔡邕《崔君夫人誄》】《思齊》徽音。

【補】【趙岐《孟子章指》】《詩》亦有言：「則百斯男。」

神罔時怨，神罔時恫。

【蔡邕《胡夫人神誥》】神罔時怨。○【又曰】神罔時恫。

刑于寡妻，至于兄弟，以御于家邦。

【補】【《淮南·繆稱訓》】刑于寡妻，至于兄弟。

【補】【趙岐《孟子章句》一】刑，正也。寡，少也。言文王正己嫡妻，則八妾從，以及兄弟。御，享也，享天下國家之福。

喬樅謹案：邠卿此解與《毛詩傳》《箋》並異，考《白虎通·嫁娶》篇云：「天子諸侯一娶九女，重國廣繼嗣也。法地有九州，承天之施，無所不生也。大夫功成受封，得備八妾者，重國廣繼嗣也。」與此一嫡八妾語合，皆用《魯詩》之説。又《荀子·大略》篇引《詩》，三句文同。

雍雍在宫，肅肅在廟。

【楊雄《長楊賦》】聽廟中之雍雍，受神人之福祜。

成人有德，小子有造。

【補】【《說苑·建本》篇】成人有德，小子有造，大學之教也。

喬樅謹案：《毛詩》作「肆成人有德」，此所引無「肆」字，疑《魯詩》本文如是。

皇矣

皇矣上帝，臨下以赫。鑒觀四方，求民之瘼。惟此二國，其政不獲。惟彼四國，爰究爰度。上帝指之，憎其式廓。乃睠西顧，此惟與宅。

【補】【《潛夫論·班禄》篇】《詩》云：「皇矣上帝，臨下以赫。鑒觀四方，求民之莫〔一〕。惟此二國，其政不獲。惟彼四國，爰究爰度。上帝指之，憎其式廓。乃睠西顧，此惟與宅。」蓋此言也，言夏、殷二國之政不得，乃用奢夸廓人。上帝憎之，更求民之瘼聖人，與天下四國究度而使居

〔一〕「莫」，《潛夫論》作「瘼」。

之也。

【補】【蔡邕《和熹鄧后謚議》】求人之瘼。

喬樅謹案：《毛詩》「求民之莫」，「莫」即「瘼」之省借。王符用《魯詩》，引《詩》當同。蔡邕作「瘼」字，下文「更求民之瘼」，文尚作「瘼」，可證也。《文選·齊安陸昭王碑文》「慮深求瘼」，李善注云：「班固《漢書》引《詩》而爲此『瘼』。」是三家今文並同矣。以赫，《毛詩》作「有赫」。指，《毛詩》作「耆」。

【《漢書》谷永對曰】《詩》云：「乃眷西顧，此惟予宅。」夫去惡奪弱，遷命聖賢，天地之常經，百王之所同也。

喬樅謹案：《論衡·初稟》篇引《詩》作「此惟予度」，《潛夫論·班祿》篇引「此惟與宅」，宋本作「與度」。考《漢書·韋賢傳》「先后茲度」，臣瓚注云：「古文『宅』『度』同。」

【補】【《淮南·氾論訓》】《詩》云：「乃眷西顧，此惟與宅。」言去殷而遷于周也。○【高誘注】紂治朝歌在東，文王國于岐周在西。天乃眷然顧西土，此惟居周，言我宅也，故曰去殷而遷于周也。

【補】【《論衡·初稟》篇】《詩》曰：「乃眷西顧，此惟予度。」天無頭面，眷顧如何？人有顧睨，以人傚天，事易見，故曰「眷顧」。

喬樅謹案：《讜告》篇云：「《詩》之『眷顧』，《洪範》之『震怒』，皆以人身效天之意，義與此同。

其椔其翳。

【補】【《爾雅·釋木》】立死椔，斃者翳。○【李巡注】以當死害生曰菑。斃，死也。《毛詩正義》。○【郭璞注】翳，樹蔭翳覆地者，《詩》曰：「其椔其翳。」

喬樅謹案：據《詩正義》引李巡云云，是李本《爾雅》「蔽」作「斃」，與郭本字異。椔，《釋文》云本又作「菑」。

天立厥妃。

【補】【《爾雅·釋故》】妃，媲也。○【某氏注】《詩》云：「天立厥妃。」《毛詩正義》。

惟此文王，帝度其心。莫其德音，其德克明。克明克類，克長克君。王此大邦，克順克俾。俾于文王，其德靡悔。既受帝祉，施于孫子。

【《史記·樂書》】《詩》曰：「莫其德音，其德克明。克明克類，克長克君。王此大邦，克順克俾。俾于文王，其德靡悔。既受帝祉，施于孫子。」

【補】【《中論·務本》篇】《詩》陳文王之德曰：「惟此文王，帝度其心。貊其德音，其德克明。克明克類，克長克君。王此大邦，克順克比。比于文王，其德靡悔。既受帝祉，施于孫子。」心能制義曰度，德政應和曰貊，照臨四方曰明，施勤無私曰類，教悔不倦曰長，賞慶刑威曰君，慈和偏服曰順，擇善而從曰比，經天緯地曰文，如此則爲九德之美。

喬樅謹案：惟此文王，《毛詩》作「惟此王季」。孔氏《正義》以爲經涉亂離，師有異讀，後人因即存之，不敢追改。今王肅注及《韓詩》亦作「文王」，是異讀之騐。莫其德音，《毛詩》「莫」作「貊」，三家《詩》皆作「莫」。《爾雅·釋詁》「貊」「莫」並訓爲静，是字異而義同也。俾，《毛詩》作「比」。徐幹《中論》引《詩》，「莫」同毛作「貊」，「俾」同毛作「比」，與《史記》所引文異者，此後人依《毛詩》改之，非其舊也。

無然伴换。

【補】《玉篇·人部》《詩》曰：「無然伴换。」伴换，猶跋扈也。

喬樅謹案：《毛詩》「畔援」，《釋文》引《韓詩》云：「武强也。」不言文異，是《韓詩》字與毛同。《漢書·敘傳》「項氏畔换」，孟康注：「畔，反也。换，易也。」解又異于韓、毛。孟康用《齊詩》，「反」「易」之訓蓋本《齊故》，師古不見《齊詩》，妄斥爲非，過矣。《鄭箋》釋「畔援」爲跋扈，此從魯訓以改毛義。《玉篇》所引與《箋》説合，而文作「伴换」，當亦據《魯詩》之文。

密人不共，敢距大邦。

【補】【高誘《吕覽·用兵》篇注】《詩》云：「密人不共，敢距大邦。」

侵阮徂共。

【補】【鄭君《詩箋》】阮也、徂也、共也，三國犯周而文王伐之。

【補】【張融曰】《魯詩》之義以阮、徂、共皆爲國名。《毛詩正義》。

喬樅謹案：《鄭箋》之説正據《魯詩》，孔氏《正義》引張融語云云，又言皇甫謐勤於考校，亦據而用之。是謐亦從《魯詩》也。

王赫斯怒，爰整其旅。以按徂莒，以篤周祜，以對于天下。

【補】【《新序·雜事三》】《詩》曰：「王赫斯怒，爰整其旅。以按徂旅，以篤周祜，以對于天下。」

喬樅謹案：《新序》引《孟子》書文如此，今《孟子·梁惠王》篇引《詩》作「以遏徂莒」，文與《新序》殊，知《新序》是從《魯詩》本文也。邠卿亦用《魯詩》，此條注義與《魯詩》説異，蓋順《孟子》本文爲解，疑從西京博士師説或據程曾《孟子章句》之舊説也。

不識不知，順帝之則。

【補】【楊雄《長楊賦》】於是聖武勃怒，爰整其旅。

【補】【《荀子·脩身》篇】《詩》云：「不識不知，順帝之則。」

【賈子《新書·君道》篇】《詩》曰：「弗識弗知，順帝之則。」言士民悦其德義，則效而象之也。

喬樅謹案：賈子、《淮南子》引《詩》並作「弗識弗知」，與《荀子》字異。高誘《淮南·原道訓》《脩務訓》兩注及《吕覽·孟春紀》注引《詩》又皆作「不」，「不」「弗」義同，古文通用之。

【補】【《淮南·詮言訓》】《詩》曰：「弗識弗知，順帝之則。」

【補】【高誘《淮南·原道訓》注】《詩》云：「不識不知，順帝之則。」故曰不謀而當，不慮而得也。

【補】【又《脩務訓》注】聖人不學而知之者，堯、舜、文王，《詩》云「不識不知，順帝之則」是也。

【補】【高誘《吕覽·孟春紀》注】《詩》云：「不識不知，順帝之則。」

是類是禡。

【補】【《爾雅·釋天》】是類是禡，師祭也。

【補】【高誘《淮南·本經》注】祭社曰類，以事類祭之也。《詩》云：「是類是禡。」

喬樅謹案：類，《説文》作「禷」。「類」即「禷」之省，《爾雅釋文》云：「類，本或依《説文》作『禷』。」

臨衝茀茀，崇墉仡仡。

【補】【張載《魯靈光殿賦》注】仡，猶孽也，高大貌。《詩》云：「臨衝茀茀，崇墉仡仡。」

喬樅謹案：屹屹，《毛詩》作「仡仡」，《韓詩》文與毛同。此注所引據《魯詩》之文也。

靈臺

經始靈臺，經之營之。庶民攻之，不日成之。經始勿亟，庶民子來。王在靈囿，麀鹿攸伏。麀鹿濯濯，白鳥翯翯。王在靈沼，於牣魚躍。

【《新書·君道》篇】文王志之所在，意之所欲，百姓不愛其死，不憚其勞，從之如集。《詩》曰：「經始靈臺，經之營之〔一〕。庶民攻之，不日成之。經始勿亟，庶民子來。」文王有志爲臺，令近境〔二〕之民聞之者，裹糧而至，問業而作之。日日以衆，故弗趨而疾，弗期而成。命其臺曰靈臺，命其囿曰靈囿，謂其沼曰靈沼，愛敬之至也。《詩》曰：「王在靈囿，麀鹿攸伏。麀鹿濯濯，白鳥皜皜。王在靈沼，於仞魚躍。」文王之澤，下被禽獸，及〔三〕於魚鼈，故禽獸魚鼈攸若攸樂，而况士民乎！

〔一〕「經之營之」，《新書》無此四字。
〔二〕「境」，《新書》作「規」。
〔三〕「及」，《新書》作「洽」。

【又《禮》篇】《詩》曰：「王在靈囿，麀鹿攸伏。麀鹿濯濯，白鳥皜皜。王在靈沼，於仞魚躍。」言德至也，聖主所在，鳥獸魚鼈〔一〕猶得其所，況於人民乎！

【補】【《説苑·脩文》篇】積恩爲愛，積愛爲仁，積仁爲靈。靈臺之所以爲靈者，積仁也。神靈者，天地之本而爲萬物之始也。是故文王始接民以仁，而天下莫不仁焉。文，德之至也，德不至則不能文。

喬樅謹案：賈生、劉向並以靈臺爲言文王德至，皆本《魯詩》之義。

【補】【《新序·雜事五》】周文王作靈臺，及爲池沼，掘〔二〕得死人之骨。吏以問于文王，文王曰：「更葬之。」吏曰：「此無主矣。」文王曰：「有天下者，天下之主。有一國者，一國之主也。寡人固其主，又安求主？」遂令吏以衣棺更葬之。天下聞之皆曰：「文王賢矣，澤及枯骨，而況於人乎？」或得寶以危國，文王得朽骨以喻其意，而天下歸心焉。

喬樅謹案：高誘《淮南·人間訓》注亦云：「文王治靈臺，得死人之骨，夜夢人〔三〕呼，而請葬于旦，文王乃葬以五大夫之禮。」語皆本之魯説。

〔一〕「鳥獸魚鼈」，《新書》作「魚鼈禽獸」。
〔二〕「掘」，此下《新序》有「地」字。
〔三〕「人」，此上《淮南鴻烈解》有「死」字。

【補】【《白虎通·靈臺》篇】天子所以有靈臺者何？所以考天人之心，察陰陽之會，揆星辰之證驗，爲萬物獲福無方之元。《詩》云：「經始靈臺。」

喬樅謹案：此説與《詩氾歷樞》言「靈臺，候天意也」大旨相合，《禮含文嘉》説亦與此略同。緯家用《齊詩》，然則知齊説與魯同義矣。

【補】【趙岐《孟子章句》一】《詩·大雅·靈臺》之篇言文王始初經營規度此臺，衆民並來治作之，而不與之相期日限，自來成之。「經始勿亟，庶民子來」，言文王不督促，使之亟疾，衆民自來趣之，若子來爲父使之也。「王在靈囿，麀鹿攸伏」，言文王在囿中，麀鹿懷妊，安其所而伏不驚動也。「麀鹿濯濯，白鳥鶴鶴」，獸肥飽則濯濯，鳥肥飽則鶴鶴而澤好而已。「王在靈沼，於牣魚躍」，文王在池沼，魚乃跳躍喜樂，言其德及鳥獸魚鼈也。

喬樅謹案：邠卿之説與《鄭箋》同，釋「不日成之」爲不與之相期限，亦與賈生言「弗期而成」義合。「皜皜」作「鶴鶴」，此順《孟子》本文。鶴，古作「鶮」，《史記·秦始皇紀》「屯卒留蒲鶮」，《索隱》云：「鶮，古『鶴』字。」《文選》何晏《景福殿賦》「皠皠白鳥」注云：「『翯』『皠』音、義同。」作「翯」者，《毛詩》之文也。仞，《毛詩》作「牣」，《孟子音義》云：「丁本作『仞』。」

【張衡《東京賦》】經始勿亟，成之不日。○【又曰】鳩諸靈囿。

【楊雄《上林苑令箴》】麀鹿攸伏。

【補】【高誘《吕覽·重己》篇注】畜禽獸所，大曰苑，小曰囿。《詩》曰：「王在靈囿。」

喬樅謹案：高注《淮南·本經訓》又云：「有牆曰苑，無牆曰囿，所以畜禽獸也。」與《吕覽注》義互相備。

【補】【王逸《楚詞·九歎》章句】沼，池也。《詩》云：「王在靈沼。」

於樂辟雍。

【補】【《白虎通·辟雍》篇】天子立辟雍何？辟雍，所以行禮樂、宣德化也。辟者，璧也，象璧，圓以法天也。雍者，壅之以水，象教化流行也。辟之爲言積也，積天下之道德；雍之爲言壅也，壅天下之儀則，故謂之辟雍也。

喬樅謹案：蔡邕《明堂月令論》亦云：取其四面周水，圓如璧，則曰辟雍。水環四周，言王者動作法天地，德廣及四海，方此水也。與《白虎通義》同，皆用《魯詩》之説。《韓詩》以爲不言辟水言辟雍者，取其雍和也，其義與《魯詩》異。

鼉鼓逢逢。

【高誘《吕覽·季夏紀》注】鼉皮可作鼓，《詩》曰：「鼉鼓逢逢。」

案：《吕覽·諭大》篇注引同，惟《淮南·時則》注引《詩》云「鼉鼓洋洋」，「洋」字當是「逢」之譌。盧文弨云：「《毛詩釋文》『逢』亦作『韸』，徐音豐。今考字書不見有『韸』字。《集韻》『韸』本作『逢』，或作『韼』『韼』，又音豐。豈此字與？」臧鏞堂云：「《一切經音義》八引郭璞《山海經注》，亦作『鼉鼓韸韸』，據此益見『洋』爲『韸』之譌字。」

矇瞍奏功。

【補】【王逸《楚詞·九章》章句】矇，盲者也。《詩》曰：「矇瞍奏工。」

【補】【高誘《吕覽·達鬱》注】目不見曰矇，《詩》曰：「矇叟奏功。」

喬樅謹案：《詩釋文》：「瞍，依字作『叟』，字亦作『瞍』。」《史記·屈原列傳》集解亦引「矇瞍奏功」，《楚詞注》引《詩》「矇瞍奏工」，古者「工」與「功」同字。《周官·肆師》「凡師不功」注云：「故書『功』爲『工』。」鄭司農讀「工」爲「功」。又《樊安碑》「以公德加位」，「功」字作「公」。《陳球碑》「公子完適齊爲公正」，「工」作「公」，皆通假字。

下武

三后在天。

【補】【《風俗通義》二】《詩》云：「三后在天。」

永言孝思，孝思惟則。

【補】【趙岐《孟子章句》九】《詩·大雅·下武》之篇，周武王所以〔一〕長言孝思，欲〔二〕以爲天下法則。

喬樅謹案：《毛詩傳》《箋》並以「惟則」爲則三后，邠卿之説義與毛異。

【蔡邕《陳留太守胡公碑》】孝思惟則。

媚兹一人，應侯慎德。永言孝思，昭哉嗣服。

【補】【《荀子·仲尼》篇】《詩》曰：「媚兹一人，應侯慎德。永言孝思，昭哉嗣服。」

【補】【《淮南子·繆稱訓》】人以其所願于上以交其下，誰弗戴？以其所欲于下以事其上，誰弗喜？《詩》云：「媚兹一人，應侯慎德。」慎德大矣，一人小矣，能善小，斯能善大矣。

喬樅謹案：《毛詩正義》引定本「順德」作「慎德」，疑爲字誤。今考《漢書·敘傳》注所引，亦與《淮南子》同作「慎德」，蓋《魯詩》之文與毛字異耳。

〔一〕「周武王所以」，《孟子》作「言人能」。

〔二〕「欲」，《孟子》作「則可」。

文王有聲

文王受命，有此武功。既伐于崇，作邑于豐。

【《史記·齊太公世家》】周西伯政平，及斷虞、芮之訟，而詩人稱西伯受命曰文王。伐崇、密須、犬夷，大作豐邑。

【《白虎通·聖人》篇】《詩》曰「文王受命」，非聖不能受命。

【補】【《風俗通義》一】《詩》説「文王受命，有此武功」。

築城伊淢。

【補】【張衡《西京賦》】經城淢。○【薛綜曰】淢，城池也。

喬樅謹案：《毛詩》「築城伊減」，《傳》云：「減，成溝也。」《釋文》引《韓詩》「減」作「淢」，云：「淢，深池。」然則「減」字蓋「淢」之通假。《魯詩》之文亦與韓同作「淢」矣。詳見《韓詩遺説考》。

鎬京辟雍，自西自東。自南自北，無思不服。

【補】【《荀子·儒效》篇】儒之爲人上也，廣大矣。志意定乎内，禮節脩乎朝，法則度量正乎官，忠信愛利形乎下。故近者歌謳而樂之，遠者竭蹶而趨之，四海之内若一家，通達之屬莫不服從。《詩》曰：「自西自東，自南自北，無思不服。」此之謂也。

喬樅謹案：「自西自東」三句又見《荀子·王霸》及《議兵》篇，又《新序·雜事五》載孫卿語引《詩》亦同。

【補】【《説苑·脩文》篇】聖王脩禮文，設庠序，陳鐘鼓，天子辟雍，諸侯泮宫，所以行德化也。《詩》云：「鎬京辟雍，自西自東。自南自北，無思不服。」此之謂也。

【蔡邕《明堂月令論》】《孝經》曰：「孝悌之至，通于神明，光于四海，無所不通。《詩》云：『自西自東，自南自北，無思不服。』」言行孝者則曰明堂，行悌者則曰太學，故《孝經》合以爲一義，而稱鎬京之詩以明之。

【補】【趙岐《孟子章句》三】《詩·大雅·文王有聲》之篇言從四方來者，無思不服武王之德。

貽厥孫謀，以燕翼子。

【補】【《列女傳》八】《詩》曰：「貽厥孫謀，以燕翼子。」《陳嬰母傳》。

喬樅謹案：貽，《毛詩》作「詒」。

魯詩遺説考卷第五〔五之二〕

福州陳壽祺學　男喬樅述

魯詩大雅二

生民

【《史記·周本紀》】后稷母有邰氏女，曰姜原，爲帝嚳元妃。姜原出野，見巨人迹，心忻然悦，欲踐之，踐之而身動如孕者。居期而生子，以爲不祥，弃之隘巷，馬牛過者皆避不踐；徙置之林中，適會山林多人，遷之；而弃渠中冰上，飛鳥以翼覆薦之。姜原以爲神，遂收養長之。初欲弃之，因名曰弃。弃爲兒時，屹如巨人之志。其游戲，好種樹麻、菽，麻、菽美。及爲成人，遂好耕農，相地之宜，宜穀者稼穡焉，民皆法則之。帝堯聞之，舉弃爲農師，天下得其利，有功。封弃於邰，號曰后稷，别爲姬氏。○【司馬貞《索隱》曰】《詩·大雅·生民》篇所云是其事也。

厥初生民，時惟姜嫄。

【《史記·三代世表》】張夫子問褚先生曰：「《詩》言契、后稷皆無父而生。今按諸傳記咸言有父，父皆黄帝子也，得無與《詩》謬乎？」褚先生曰：「不然。《詩》言契生于卵，后稷人迹，欲見其有天命精誠之意耳。鬼神不能自成，須人而生，奈何無父而生乎？一言有父，一言無父，信以傳信，疑以傳疑，故兩言之。堯知稷、契皆賢人，天之所生，故封之契七十里，後十餘世至湯，王天下。堯知稷子孫之後王也，故益封之百里，其後世且千歲，至文王而有天下。《詩傳》曰：『湯之先爲契，無父而生。契母與姊妹浴于玄丘水，有燕銜卵墮之，契母得，故含之，誤吞之，即生契。契生而賢，堯立爲司徒，姓之曰子氏。子者，兹。兹，益大也。詩人美而頌之曰：「殷社芒芒，天命玄鳥，降而生商。」商者質，殷號也。文王之先爲后稷，稷亦無父而生。后稷母爲姜嫄，出見大人跡而履踐之，知於身，即生后稷。姜嫄以爲無父，賤而弃之道中，牛羊避不踐也。抱之山中，山者養之。又捐之大澤，鳥覆席食之。姜嫄怪之，於是知其天子，乃取長之。堯知其賢才，立以爲大農，姓之曰姬氏。姬者，本也。詩人美而頌之曰「厥初生民」，深脩益成，而道后稷之始也。』」

案：《史記·武紀》集解引張晏曰：「褚先生名少孫，漢博士。」索隱引張晏云：「褚先生潁川人，仕元、成間。」韋稜云：「《褚顗家傳》褚少孫，梁相褚大弟之孫，宣帝時爲博士，寓居沛，事大儒王式，故號先生，續《太史公書》。」阮孝緒亦以爲然。案，《漢書·儒林傳》：「沛褚少孫事王式爲博士，由是《魯詩》有褚氏之學。」則《三代世表》後所引《詩傳》乃《魯詩傳》也。又《儒林傳》：「山陽張長安幼君，先事式，論石渠，至淮陽中尉。兄子游卿爲諫大夫，以《詩》授元帝。」《世表》張夫子，其幼君與？

【補】【《列女傳》一】棄母姜嫄者，邰侯之女也。當堯之時，見巨人迹，好而履之，歸而有娠，浸以益大，心怪惡之，卜筮禋祀，以求無子，終生子。以爲不祥，而棄之隘巷，牛羊避而不踐；乃送之平林之中，後伐平林者咸薦覆之；乃取置寒冰之上，飛鳥傴翼之。姜嫄以爲異，乃收以歸，因命曰棄。姜嫄之性，清静專一，好種稼穡。及棄長，而教之種樹桑麻。棄之性明而仁，能育其教，卒致其名。堯使棄居稷官，更國邰地，遂封棄于邰，號曰后稷。及堯崩，舜即位，乃命之曰：「棄！黎民阻饑，汝居稷，播時百穀。」其後世世居稷，至周文、武而興，爲天子。君子謂姜嫄静而有化。《詩》云：「赫赫姜嫄，其德不回，上帝是依。」又曰：「思文后稷，克配彼天，立我烝民。」此之謂也。○【頌曰】棄母姜嫄，清静專一。履迹而孕，懼棄於野。鳥獸覆翼，乃復收恤。卒爲帝佐，母道既畢。

喬樅謹案：居稷，俗本作「后稷」，形近之譌。今《尚書·舜典》亦同此誤。《毛詩·思文》正義引鄭《尚書注》作「汝居稷官，播時百穀」，可證今本之譌。汝居稷者，猶言汝作士、汝作司徒耳。又考《論衡·初稟》篇言「弃事堯爲司馬，居稷官」，皆其明驗也。

【許氏《五經異義》】《詩》齊、魯、韓説，聖人皆無父感天而生。

【補】【王逸《楚詞章句·序》】《詩》「厥初生民，時惟姜嫄」。

【蔡邕《周巨勝碑銘》】厥初生民。

克禋克祀，以祓無子。

喬樅謹案：《太平御覽》五百二十九引《鄭志·王權》引《生民》詩作「克禋克祀，以祓無子」，此三家之今文。《毛詩》「弗」字乃「祓」之假借，《列女傳》云「禋祀以求無子」，「求」即「祓」之訓義也。

履帝武敏歆。

【補】【《爾雅·釋訓》】「履帝武敏」，武，迹也。敏，拇也。○【舍人注】古者姜嫄履天帝之迹於畎畝之中，而生后稷。《爾雅釋文》。○【孫炎注】拇，迹大指處。《毛詩正義》。

喬樅謹案：《爾雅釋文》：「敏，舍人本作『畝』。」臧鏞堂云：「疑舍人本是『拇』作『畝』。」臧説良確。《史記·周本紀》言姜嫄出野而踐巨人迹，故舍人以「畎畝之中」爲解。孫炎以「拇」爲「跡大指處」，是孫本《爾雅》文作「拇」，與舍人本異。

【補】【《白虎通·姓名》篇】禹姓姒氏，祖昌意，以薏苡生。殷姓子氏，祖以玄鳥子生。周姓姬氏，祖以履大人跡生也。

【王逸《楚詞章句》一】武，迹也。《詩》曰：「履帝武敏歆。」

喬樅謹案：段玉裁云：「《爾雅》『履帝武敏』，於『敏』字斷句。王逸《楚詞注》『履帝武敏歆』，於『歆』字斷句。古『敏』『拇』『畝』字同，音皆在今之止韻。」如段氏説，當讀「敏」字絶句爲安。

不拆不副。

【補】【《論衡·奇怪》篇】儒者稱聖人之生，不因人氣，更稟精於天。禹母吞薏苡而生禹，故夏姓曰姒；卨母吞燕卵而生卨，故殷姓曰子；后稷母履大人跡而生后稷，故周姓曰姬。《詩》曰「不拆不副」，是生后稷。説者又曰：「禹、卨逆生，闓母背而出；后稷順生，不拆不副，不感動母體，故曰『不拆不副』。逆生者，子孫逆死；順生者，子孫順亡。故桀、紂誅死，赧王奪邑。」如實論之，彼《詩》言「不拆不副」，言其不感動母體，可也；言其闓母背而出，妄也。夫蟬之生復育也，闓母背而生〔一〕。天之生聖子，與復育同道乎？且夫薏苡，草也；燕卵，鳥也；大人跡，土也。三者皆形，非氣也。燕之身不過五寸，薏苡之莖不過數尺，二女吞其卵、實，安能成七尺之形乎？今謂大人天神，故其跡巨。使大人施氣於姜嫄，姜嫄之身小，安能盡得其精？不能盡得其

〔一〕「生」，《論衡》作「出」。

精，則后稷不能成人。蒼頡作書，與事相連。姜原履大人跡，跡者基也，姓當爲「其」下「土」，乃爲「女」旁「臣」，非基跡之字，不合本事，疑非實也。以周姬況夏、殷，亦知「子」之與「姒〔一〕」，非燕子、薏苡也。或時禹、卨〔二〕、后稷之母，適欲懷妊，遭吞薏苡、燕卵、履大人跡也。

喬樅謹案：《春秋繁露·質文》篇言：「帝使禹臯論性〔三〕，知殷之德，陽德也，故以子爲姓；知周之德，陰德也，故以姬爲姓；故殷王改文，以男書子，周王以女書姬。」是殷、周之錫姓，義取諸陽德、陰德，故別爲子、姬也。董子之説本於《齊詩》，然聖人感天而生，三家《詩》之説並同。吞卵履迹之事，見於古傳記，《魯詩》以爲殷周受姓所由。師説相傳，其來已久，褚先生所謂信以傳信，疑以傳疑，故兩言之。其論良允，説《詩》者勿以辭害意可也。

誕寘之隘巷，牛羊腓字之。誕寘之平林，會伐平林。誕寘之寒冰，鳥覆翼之。

【補】【《論衡·吉驗》篇】后稷之時，履大人跡，或言衣帝嚳之服，坐息帝嚳之處，妊身。怪而弃之隘巷，牛馬不敢踐之；寘之冰上，鳥以翼覆之，慶集其身。母知其神怪，乃收養之。長大佐

〔一〕「姒」，續編本作「姬」。按：應作「姒」。
〔二〕「卨」，《論衡》作「契」。
〔三〕「性」，《春秋繁露》作「姓」。按：應作「姓」。

堯，位至司馬。夫后稷不當弃，故牛馬不踐，鳥以羽翼覆愛其身。

【《楚詞·天問》】稷惟元子，帝何篤[一]之？投之於冰上，鳥何燠之？〇【王逸《章句》曰】帝，謂天帝也。言后稷之母姜嫄，出見大人迹，怪而履之，遂有娠而生后稷。姜嫄以后稷無父而生，弃之於冰上，有鳥以翼覆薦温之，以爲神，乃取而養之。《詩》曰：「誕寘之寒冰，鳥覆翼之。」

克岐克嶷。

【補】【《説文·口部》】嶷，小兒有知也。从口，疑聲。《詩》曰：「克岐克嶷。」

喬樅謹案：《淮南·原道訓》「扶揺抮抱羊角而上」，高誘注云：「抱，讀《詩》『克岐克嶷』之『嶷』。」又《本經訓》「菱杼紾抱」，高誘注云：「抱，讀『岐嶷』之『嶷』。」據此是「岐嶷」之「嶷」，《魯詩》正作口旁疑，與《説文》所引《詩》合。《原道訓》注作「嶷」，此後人順毛改之，非高注之舊文也。

禾穎穟穟。

【補】【《説文·禾部》】穎，禾采也。从禾，頃聲。《詩》曰：「禾穎穟穟。」

喬樅謹案：穎，《毛詩》作「役」，此所引出三家《詩》今文。又「穟」下云：「禾采之皃，从禾，

［一］「篤」，《楚辭》作「竺」。

遂聲。《詩》曰：『禾穎穟穟。』」兩引《詩》皆作「穎」字。段玉裁注云：「古音支、清二部互轉，『役』在支部，即『穎』之入聲，蓋爲『穎』假借字。許此句用三家《詩》，如『如鳥[一]斯翺』爲正字，毛作『革』，爲假借字也。」

誕后稷之穡。

【補】【《潛夫論·五德志》篇】姜嫄履大人跡生姬弃，厥相披頤，爲堯司馬[二]，又主播種，農植嘉穀。堯遭水災，萬民以濟。故堯[三]命曰后稷。

實發實秀，實堅實好。實穎實栗，即有邰家室。

【補】【高誘《吕覽·任地》篇注】《詩》云：「實發實秀，實堅實好。」○【又《辨土》篇注】《詩》云：「實穎實栗，有邰家室。」

【《白虎通·京師》篇】周家始封於何，后稷封於台，公劉去台之邠。《詩》云：「即有邰家室。」又云：「篤公劉，于邠斯觀。」周家五遷，其意一也，皆欲成其道也。

〔一〕「鳥」，底本作「烏」，今據續編本改。
〔二〕「馬」，《潛夫論》作「徒」。
〔三〕「堯」，《潛夫論》作「舜」。

喬樅謹案：今本《白虎通》「有台」仍同《毛詩》作「邰」，據王氏《詩考》引作「台」字，知宋時本尚未訛也。《吴越春秋》云：「后稷其母，有台氏之女。」則魯、韓《詩》本作「台」字，諸所引作「邰」者，皆後人傳寫爲加邑旁耳。

惟秬惟秠，惟虋惟芑。

【補】【《爾雅·釋草》】虋，赤苗。芑，白苗。秬，黑黍。秠，一稃二米。○【郭璞注】《詩》曰：「惟秬惟秠。」

喬樅謹案：《毛詩》「虋」字作「穈」，與《爾雅》異，知此爲《魯詩》之文。盧文弨云：「《毛詩釋文》：『穈，《爾雅》作「虋」，郭亡偉反，赤粱粟也。』案《爾雅釋文》作亡津反，『偉』字疑誤。『虋』『亹』古通。」

或舂或舀。

【補】【《説文·臼部》】舀，抒臼也。从爪，臼聲。《詩》曰：「或簸或舀。」抭，或从手、冘。䑂，或从臼、冘。

喬樅謹案：舀，《毛詩》作「揄」。揄者，「舀」之假借字。鄭君《儀禮·有司徹》注引《詩》「或舂或抭」，《周官》「女舂抭」注引《詩》同。鄭君注《禮》多用《齊詩》，《説文》「舀」下兼收「抭」「䑂」二形，即三家之異文。作「抭」者爲《齊詩》，則「舀」與「䑂」其魯、韓之《詩》

與？「或舂」許引作「或簸」，蓋傳寫之誤。

淅之溞溞，烝之烰烰。

【補】【《爾雅·釋訓》】溞溞，釋也。烰烰，烝也。〇【樊光注】《詩》云：「淅之溞溞，烝之烰烰。」〇【孫炎注】溞溞，淅之聲。烰烰，炊之氣。《毛詩正義》。

喬樅謹案：《爾雅正義》云：「溞，郭蘇刀反，《詩》云：『淅之溞溞。』」據此知《爾雅》舊注引《詩》即作「淅之溞溞」，故《釋文》載其説。《毛詩》作「釋之叜叜」，並古文假借字。烰烰，《毛詩》作「浮」，《釋文》云：「《爾雅》《説文》並作『烰，烝也』。」「浮」亦「烰」之假借，《説文》所引與《爾雅》文同，從《魯詩》也。

行葦

敦彼行葦，牛羊勿踐履。方苞方體，惟葉柅柅。

【補】【《列女傳》六】昔者公劉之行，羊牛踐葭葦，惻然爲民痛之，恩及草木。《晉弓工妻傳》。

【補】【《潛夫論·德化》篇】《詩》云：「敦彼行葦，牛羊勿踐履。方苞方體，惟葉柅柅。」公劉厚德，恩及草木。牛羊六畜，仁不忍踐履生草，則又況於民萌而有不化者乎？

【補】【又《邊議》篇】公劉仁德，廣被行葦，況含血之人，己同類乎？

喬樅謹案：據此所引是《魯詩》說，以《行葦》爲公劉之事。「惟葉柅柅」，「維」作「惟」，今文皆如此，石經《魯詩》可證也。柅柅，《潛夫論》作「椐椐」，盧氏文弨以「椐」字是「柅」之譌，良碻。《毛詩釋文》「泥泥」下云：「張揖作『苨苨』，云『草盛也』。」今考《廣雅・釋訓》「苨苨，茂也」，「苨苨」亦三家之異文。又案班叔皮《北征賦》云：「慕公劉之遺德，及行葦之不傷。」趙長君《吴越春秋》云：「公劉慈仁，行不履生草，運車以避葭葦。」叔皮之從父班伯習《齊詩》，當傳家學。長君少詣杜撫[一]，受《韓詩》，見《漢書・儒林傳》。足證齊、韓師説亦與《魯詩》義合。又《後漢書・寇榮傳》云：「公劉敦行葦，世稱其仁。」《蜀志・彭羕傳》云：「體公劉之德，行勿翦之惠。」益見漢人相傳舊説皆大同也。

【補】【《漢書》谷永對曰】王者躬行道德，承順天道，博愛仁恕，恩及行葦。

【補】【《後漢書・章帝紀》元和三年敕】《詩》云：「敦彼行葦，牛羊勿踐履。」

肆筵設席。

【補】【王逸《楚詞・招魂》章句】筵，席也。《詩》曰：「肆筵設席。」

[一]「撫」，底本作「橅」，今據《漢書》改。

喬樅謹案：叔師引《詩》本作「肆筵設機」，「機」字是「席」之誤，下文云「有簟筵好席，可以休息也」可證。

敦弓既堅，舍矢既鈞。

【補】【《列女傳》六】射之道，左手如拒，右手如附枝。右手發之，左手不知。《詩》曰：「敦弓既堅，舍矢既鈞。」言射有法也。《晉弓工妻》篇。

喬樅謹案：「如拒」之「拒」，《太平御覽》引作「矩」，《韓詩外傳》云：「手若附枝，掌若握卵，四枝如斷短杖，右手發之，左手不知。」《越絶書》云：「左手如附泰山，右手如抱嬰兒。」與此文大同小異。

彫弓既彀。

【補】【張衡《東京賦》】彫弓既彀。

喬樅謹案：《毛詩正義》云：「『敦』與『彫』古今字之異。」考《廣韻》「弴弓，天子弓也，又作『敦』」，毛古文借用「敦」字，三家今文皆當作「弴」與「彫」。又《毛詩釋文》云：「句，《説文》作『彀』，張弓曰彀。」《正義》以「句」與「彀」字雖異，音、義同，平子所引是《魯詩》，故與毛文異。

黄耇鮐背。

【補】【《爾雅·釋詁》】鮐背、耇、老，壽也。○【舍人曰】鮐背，老人氣衰，皮膚消瘦，背若鮐魚也。耇，覯也，血氣精華覯竭，言色赤黑如狗矣。○【孫炎曰】黄耇，面凍梨色如浮垢，老人壽徵也。《毛詩正義》。○《左傳·僖廿二年》正義。

喬樅謹案：《毛詩》「黄耇台背」，《箋》云：「台之言鮐也，大老則背有鮐文。」是《毛詩》「台」爲「鮐」之假借，《正義》引《釋名》云：「九十曰鮐背。」又《行葦》詩，《箋》云：「耇，凍梨也。」當皆本三家《詩》訓。

【補】【張衡《南都賦》】鮐背之叟。

既醉

既醉以酒，既飽以德。

【補】【《説苑·脩文》篇】凡人之有患禍者，生於淫泆暴慢。淫泆暴慢之本，生於飲酒。故古者慎重〔一〕飲酒之禮，使耳聽雅音，目視正儀，足行正容，心論正道。故終日飲酒而無過失，近者數

〔一〕「重」，《説苑》作「其」。

日，遠者數月，皆人有德焉以益善。《詩》云：「既醉以酒，既飽以德。」此之謂也。

昭明有融。

【張衡《東京賦》】昭明有融。○【薛綜注】融，長也。

高朗令終。

【蔡邕《文烈侯楊君碑》】可謂高朗令終。

【補】【樊光《爾雅・釋言》注】《詩》曰：「高朗令終。」《左傳・昭五年》正義。

孝子不匱，永錫爾類。

【補】【《荀子・大略》篇】《詩》曰：「孝子不匱，永錫爾類。」「孝子」句又見《子道》篇。

【王逸《楚詞・九章》章句】類，法也。《詩》云：「永錫爾類。」

喬樅謹案：《方言》「類，法也」，訓與此同，皆本《魯詩》。

釐爾士女，從以孫子。

【補】【《列女傳》一】塗山氏既生啓，獨明教訓而致其化焉。及啓長，化其德而從其訓〔一〕，卒致

〔一〕「訓」，《列女傳》作「教」。

令名。君子謂塗山彊於教誨，《詩》云：「釐爾士女，從以孫子。」此之謂也。

喬樅謹案：《毛詩》「釐爾女士」，此作「士女」，《魯詩》之文蓋與毛異。

鳧鷖

【楊雄《校獵賦》】鳧鷖振鷺，上下砰磕，聲若雷霆。

公尸燕飲，載宗載考。

【補】【高誘《淮南·主術訓》注】尸，祭主也。尸食飽，以知神之食亦飽。《詩》曰：「公尸燕飲，載宗載考。」

公尸來燕薰薰。

【張衡《東京賦》】具醉薰薰。

喬樅謹案：《説文》：「醺，醉也。《詩》曰：『公尸來燕醺醺。』」段氏注云：「今《詩》作『來止熏熏』。上四章皆云來燕，則作『燕』宜也。」許氏以醉釋「醺」，則「醺」爲醉意，故平子云「具醉薰薰」，會詩意而言也。

燔炙芬芬。

【張衡《東京賦》】燔炙芬芬。

【補】【趙岐《孟子章句》十二】膊炙者爲燔，《詩》曰：「燔炙芬芬。」

嘉樂

喬樅謹案：《春秋左氏傳》及《禮記·中庸》引《詩》並作「嘉樂」，陸德明《釋文》、孔沖遠《正義》皆以爲魯、齊、韓《詩》與毛不同。考趙岐《孟子章句》云「《詩·大雅·嘉樂》之篇」，正作「嘉」字。又《隸釋》載《綏民校尉熊君碑》亦作「嘉樂君子」，然則三家今文當俱作「嘉」爲是。

宜民宜人，受禄于天。

【《蔡邕集·上始加元服與群臣上壽表》】宜民宜人，受禄于天。

案：「受禄于天」句又見《中郎集·九祝詞》。

子孫千億。

【補】【《漢書·哀帝紀》】宜蒙福祐子孫千億之報。

喬樅謹案：哀帝從韋玄成、韋賞受《魯詩》，見《漢書·韋玄成傳》。

【補】【《論衡·藝增》篇】《詩》言「子孫千億」，美周宣王之德能慎天地，天地祚之，子孫衆多，至於千億。案后稷始受邰封，訖於宣王。宣王以至外族内屬，血脉所連，不能千億。夫千與萬，數之大名也，故《詩》言「千億」。

喬樅謹案：《毛詩》以《假樂》之詩爲嘉成王，今據《論衡》述《詩》，以爲美周宣王之德，是《魯詩》之説與毛義異。

【補】【又《儒增》篇】百與千，數之大者也。實欲言十則言百，百則言千也。《詩》曰：「子孫千億。」

不愆不忘，率由舊章。

【補】【《淮南·詮言訓》】民有道所同道，有法所守〔一〕，爲義之不能相固，威之不能相必也，故立君以一民。君執一則治，無常則亂。君道者，非所以爲也，所以無爲也，夫無爲則得於一也。一〔二〕者，萬物之本也，無敵之道也。《詩》曰：「不愆不忘，率由舊章。」此之謂也。

【補】【《説苑·建本》篇】孔子曰：「可以與人終日而不倦者，其惟學乎！其身體不足觀也，其勇

〔一〕「守」，此上《淮南子》有「同」字。
〔二〕「一」，此下《淮南子》有「也」字。

力不足憚也，其先祖不足稱也，其族姓不足道也，然而可以聞四方而昭于諸侯者，其惟學乎！《詩》云：『不僁不忘，率由舊章。』夫學之謂也。」

【補】【《新序·雜事五》】《詩》曰：「不愆不忘，率由舊章。」夫不學不明古道而能安國家者，未之有也。

喬樅謹案：《一切經音義》：「僁，古文『𡩋』『𨒪』二形，籀文作『諐』，今作『愆』，同。」《説苑》述《魯詩》引作「僁」字，《春秋繁露》用《齊詩》，引作「騫」字，皆三家之異文。「騫」與「愆」通，見《文選》劉越石《扶風歌》李善注。又按「率由舊章」句亦見《蔡邕集·朱公叔謚議》。

【補】【《後漢書》章帝詔曰】《詩》不云乎：「不愆不忘，率由舊章。」

【補】【趙岐《孟子章句》七】《詩·大雅·嘉樂》之篇。愆，過也，所行不過差矣，不可忘者，以其循用舊故文章，遵用先王之法度，未聞有過者也。

【補】【《風俗通義》三】《詩》云：「不愆不忘，率由舊章。」

威儀抑抑，德音秩秩。

【補】【《説苑·脩文》篇】凡從外入者，莫深於聲音，變人最極，故聖人因而成之以德，曰樂。樂者，德之風，《詩》曰：「威儀抑抑，德音秩秩。」謂禮樂也。故君子以禮正外，以樂正内。

喬樅謹案：《列女傳》二引《詩》「威儀抑抑」二句，文同。

民之攸呬。

【補】【《爾雅·釋詁》】呬，息也。○【某氏注】《詩》云：「民之攸呬。」○【郭璞注】今東齊呼息爲呬。

喬樅謹案：《毛詩》「呬」作「塈」，《正義》曰：「『塈』與『呬』古今字。」段氏玉裁云：「『塈』者，『呬』字之假借，非古今字。」

公劉

【《史記·周本紀》】公劉雖在戎狄之間，復脩后稷之業，務耕種，行地宜，自漆、沮渡渭取材用。行者有資，居者有蓄積，民賴其慶。百姓懷之，多徙而保歸焉。周道之興自此始，故詩人歌樂思其德。○【司馬貞《索隱》曰】即《詩》大雅篇「篤公劉」是也。

乃積乃倉，乃裹餱糧。于橐于囊，思戢用光。弓矢斯張，干戈戚揚，爰方啓行。

【王逸《楚詞·離騷》章句】《詩》云：「乃裹餱糧。」

【補】【高誘《戰國策注》】無底曰囊，有底曰橐。

喬樅謹案：《毛詩釋文》引《說文》云「無底曰囊，有底曰橐」，與高誘訓同。《史記·陸賈傳》索隱引《埤蒼》作「有底曰囊，無底曰橐」，《衆經音義》引《倉頡》篇亦云「橐囊之無底者」，並與此異解。高誘用《魯詩》，《埤倉》及《倉頡》篇所據或本《齊詩》，故説互異。又案《史記索隱》引《詩傳》曰「大曰橐，小曰囊」，義與《毛傳》相反。小司馬所引蓋出《韓詩傳》也。

【補】【趙岐《孟子章句》二】《詩·大雅·公劉》之篇也，乃積穀於倉，乃裹盛乾食之糧於橐囊也，思安民，故用有寵光也。戚，斧。揚，鉞也。又以武備之，曰方啓行道路。

篤公劉，于邠斯觀。

【《白虎通·京師》篇】后稷始封於邰，公劉去邰之邠〔一〕。又〔二〕云：「即有邰家室。」又曰：「篤公劉，于邠斯觀。」周家五遷，其意一也〔三〕，皆欲成其道也。時寧先白王者，不以諸侯移，必先請從，然後行。

喬樅謹案：《毛詩》「于豳斯館」，此引作「觀」。考《禮記·雜記》「公館復」釋文云：「館，

〔一〕「邠」，底本漫漶不清，今據續編本補。

〔二〕「又」，《白虎通》作「詩」。

〔三〕「一也」，底本漫漶不清，今據續編本補。

本作『觀』。」《左氏春秋》「築王姬之館於外」，《白虎通・嫁娶》篇亦引作「觀」。《漢書・元后傳》「春幸繭館」，師古注引《漢宮閣疏》云「上林有繭觀」。《外戚班婕妤傳》「柘館」，《列女傳》作「柘觀」。《史記》司馬相如《上林賦》「靈圉燕于閑觀」，《漢書》作「館」。是「館」「觀」古通之驗。

汭垁之即。

【補】【鄭康成《周官・職方氏》注】汭在豳地，《詩・大雅・公劉》曰：「汭垁之即。」

喬樅謹案：《漢書・地理志》本注「《詩》『芮阸』，雍州川也」，師古云：「『阸』，讀與『鞫』同，《韓詩》作『芮阸』。」班《志》多據《齊詩》，然則齊、韓文同矣。鄭君《周禮注》引《詩》作「汭垁之即」，訓義與《詩箋》異。孔氏《正義》以爲注《禮》之時未詳《詩》義故也，其説非是。鄭君注《禮》多用《齊詩》，閒採魯、韓訓義。此《職方氏》注蓋據《魯詩》，故文與齊、韓異耳。

洞酌

洞酌彼行潦，挹彼注兹。

【楊雄《博士箴》】公劉挹行潦，而濁亂斯清。官操其業，士執其經。

案：此以《泂酌》爲公劉之詩，魯説與毛異指。

愷悌君子，民之父母。

【補】【《荀子·禮論》】《詩》云：「愷悌君子，民之父母。」彼君子者，固有爲民父母之説焉。父能生之，不能養之。母能食之，不能教誨之。君子〔一〕者，已能食之矣，又能〔二〕教誨之者也。

【《賈子·君道》篇】《詩》曰：「愷悌君子，民之父母。」言聖王之德也。

【《白虎通義·號》篇】或稱君子何？道德之稱也。君之爲言群也。子者，丈夫之通稱也。《詩》曰：「愷悌君子，民之父母。」

【補】【《説苑·政理》篇】魯哀公問政於孔子，孔子對曰：「政有使民富且壽。」哀公曰：「何謂也？」孔子曰：「薄賦斂則民富，無事則遠罪，遠罪則民壽。」哀公曰：「若是，則寡人貧矣。」孔子曰：「《詩》云『愷悌君子，民之父母』，未見子富而父母貧者也。」

【補】【《後漢書·章帝紀》建初元年詔】愷悌君子，大雅所嘆。

〔一〕「子」，《荀子》無此字。
〔二〕「能」，《荀子》作「善」。

卷阿

來遊來歌，以矢其音。

【補】【《列女傳》六】《詩》云：「來遊來歌，以矢其音。」《趙津女娟傳》。

嗣先公爾酋矣。

【補】【《爾雅·釋故》】酋，終也。○【郭璞注】《詩》曰：「嗣先公爾酋矣。」

喬樅謹案：《毛詩》「似先公遒矣」，此注所引字句俱異，知本舊注《魯詩》之文也。

祓禄康矣。

【補】【《爾雅·釋詁》】祓，福也。○【郭璞注】《詩》曰：「祓禄康矣。」

喬樅謹案：《毛詩》「茀禄爾康矣」，《傳》云：「茀，小也。」此引《詩》「茀」作「祓」，與毛氏字異。《鄭箋》云：「茀，福也。」是用魯訓改毛。《方言》云：「福禄謂之祓戩。」戴震《疏證》以「茀」與「祓」爲古通用字。

愷悌君子，四方爲則。

【補】【《列女傳》五】《詩》曰：「愷悌君子，四方爲則。」《齊義母傳》。

禺禺〔一〕**卬卬，如圭如璋，令聞令望。愷悌君子，四方爲綱。**

【補】【《爾雅·釋訓》】禺禺〔二〕卬卬，君之德也。○【孫炎曰】禺禺〔三〕，體貌温順也。卬卬，志氣高遠也。《毛詩正義》。

【《蔡邕集·與群臣上壽表》】《詩》曰："禺禺〔四〕卬卬，如珪如璋。"令聞不忘，萬壽無疆。

案：後二句錯舉詩詞。喬樅謹案：《荀子·正名》篇引《詩》"禺禺卬卬"五句，"愷悌"作"豈弟"，與《毛詩》文同。〔五〕

【補】【徐幹《中論·脩本》篇】《詩》云："禺禺〔六〕卬卬，如珪如璋，令聞令望。愷悌君子，四方爲綱。"舉珪璋以喻其德，貴不變也。

鳳凰于飛，噦噦其羽，亦集爰止。藹藹王多吉士，維君子使，媚于天子。

〔一〕"禺禺"，續編本作"顒顒"。

〔二〕"禺禺"，續編本作"顒顒"。

〔三〕"禺禺"，續編本、《毛詩注疏》作"顒顒"。

〔四〕"禺禺"，續編本作"顒顒"。

〔五〕此處不合陳喬樅案語全書體例，續編本另换一行，用大字。"禺禺"，續編本作"顒顒"。

〔六〕"禺禺"，續編本、《中論》作"顒顒"。

【補】【《説苑・奉使》篇】《詩》曰：「鳳凰于飛，噦噦其羽，亦集爰止。藹藹王多吉士，維君子使，媚于天子。」

喬樅謹案：噦噦，《毛詩》作「翽翽」，「噦」字蓋「翽」之假借。「惟君子使」二句，《奉使》篇兩引。

【王逸《楚詞・九歎》章句】藹藹，盛多貌也。《詩》曰：「藹藹王多吉士。」

【《蔡邕集・中鼎銘》】媚于天子。

鳳凰鳴矣，於彼高岡。梧桐生矣，於彼朝陽。菶菶萋萋，噰噰喈喈。

【補】【《論衡・講瑞》篇】案《禮記・瑞命》篇：「雄曰鳳，雌曰皇。雄鳴曰即即，雌鳴曰足足。」《詩》云：「梧桐生矣，於彼高岡。鳳皇鳴矣，於彼朝陽。菶菶萋萋，噰噰喈喈。」《瑞命》與《詩》俱言鳳皇之鳴，《瑞命》言「即即足足」，《詩》云「噰噰喈喈」，此聲異也。

喬樅謹案：《論衡》引《詩》「梧桐生矣」四句，與《毛詩》次異。《初學記》引此四語，亦同《論衡》。考《説苑・辨物》篇引此《詩》「鳳皇鳴矣」六句，高誘《吕覽・開春論》注引「鳳皇鳴矣，於彼高岡」二句，仍與《毛詩》合。疑《論衡》及《初學記》所引或記憶之誤，偶倒其文也。

【補】【《爾雅・釋訓》】藹藹、萋萋，臣盡力也。噰噰、喈喈，民協服也。○【舍人曰】藹藹，賢士之貌。萋萋，梧桐之貌。○【孫炎曰】言衆臣竭力，則地極其化，梧桐盛也。《毛詩正義》○【郭璞曰】梧桐茂，賢士衆，地極化，臣竭忠。鳳皇應德鳴相和，百姓懷附興〔一〕頌歌。

民勞

民亦勞止，迄可小康。惠此中國，以綏四方。

【《漢書·元帝紀》永光四年詔】《詩》不云乎：「民亦勞止，迄可小康。惠此中國，以綏四方。」

喬樅謹案：迄，《毛詩》作「汔」，《傳》云「危也」，《箋》云「幾也」，師古釋「迄」爲至，義與毛、鄭異，蓋襲舊注三家《詩》之訓也。

【補】【《荀子·致仕》篇】川淵深而魚鼈歸之，山林茂而禽獸歸之，刑政平而百姓歸之，禮義備而君子歸之。禮及身而行脩，義及國而政明，令行禁止，王者之事畢矣。《詩》云：「惠此中國，以綏四方。」此之謂也。

【補】【《淮南·泰族訓》】聖主在上位，廓然無形，寂然無聲。官府若無事，朝廷若無人。無隱人，無軼民，無勞役，無冤刑。四海之内莫不仰上之德，象主之指，夷狄之國重譯而至，非户辯而

〔一〕「興」，底本作「輿」，今據《爾雅》郭璞注改。

家説之也。推其誠心，施之天下而已矣。《詩》曰：「惠此中國，以綏四方。」内順而外寧矣。

式遏寇虐。

【蔡邕《司空文烈侯楊公碑》】式遏寇虐。

無縱詭隨，以謹無良。

【補】【《潛夫論·述赦》篇】夫有罪而備辜，寃結而信理，天之正也，而王之法也。故曰：「無縱詭隨，以謹是良。」若枉善人以惠奸惡，此謂「斂怨以爲德」。

喬樅謹案：無良，此引作「是良」，字之誤也。

柔遠能邇，以定我王。

【補】【《説苑·君道》篇】牧者，所以辟四門、明四目、達四聰也。是以近者親之，遠者安之。《詩》曰：「柔遠能邇，以定我王。」此之謂矣。

喬樅謹案：《新序·雜事四》「晉人伐楚」章亦引此詩二句。又高誘《吕覽·音律》篇注引《詩》並同。

板

上帝板板，下民卒癉。

【補】【《爾雅·釋訓》】版版，僻也。○【李巡曰】失道之僻也。《毛詩正義》。

【補】【《後漢書·李固傳》】《詩》云：「上帝板板，下民卒癉。」刺周王變祖法度，故使下民將盡病也。

喬樅謹案：《韓詩》「卒」作「瘁」，與此文異。詳《詩》下文云「無然憲憲」「無然泄泄」，《爾雅·釋訓》曰：「憲憲、泄泄，制法則也。」李巡注曰：「皆惡黨爲制法則也。」是以詩意爲刺改制新法、變亂舊章，與李固説合。鄭君箋《詩》，亦同此義，疑固所述爲《魯詩》也。考《華陽國志》李郃〔一〕師事魯恭，固爲郃子，習《魯詩》無疑。

【補】【又《楊賜傳》】不念《板》《蕩》之作，虺蜴之誡。

猷之未遠，是用大諫。

【補】【《列女傳》六】《詩》云：「猷之未遠，是用大諫。」《楚江乙母傳》。

〔一〕「李郃」，底本漫漶不清，今據續編本補。

天之方難，無然憲憲。天之方蹶，無然泄泄。

【補】【《爾雅·釋訓》】憲憲、呭呭，制法則也。○【李巡曰】皆惡黨爲制法則也。○【孫炎曰】言厲王方虐，諂臣並爲制作法令。《毛詩正義》。

喬樅謹案：《爾雅釋文》：「泄泄，或作『呭呭』。」《邢疏》本「泄」作「洩」，今考《說文》「詍」又作「呭」，並云「多言也」，引《詩》亦作「呭」「詍」二體。據《說文》則《爾雅》「泄泄」當從陸所見或本作「呭」字，「呭」者《魯詩》之文，「泄」者《毛詩》之文。「洩」乃「泄」之或體，毛古文假「泄」爲「呭」，三家今文當俱作「呭」與「詍」。《毛詩箋》云「女無爲之制法度，達其意，以成其惡」，鄭即用魯義申毛也。

【補】【趙岐《孟子章句》七】《詩·大雅·板》之篇。天謂王者。蹶，動也。言天方動，女無敢沓沓，但爲非義非禮，背棄先王之道而不相匡正也。

辭之集矣，民之協矣。辭之釋矣，民之莫矣。

【蔡邕《答對元式詩》】辭之集矣。

【補】【《新序·雜事三》】《詩》曰：「辭之集矣，民之洽矣。辭之懌矣，民之莫矣。」

【補】【《列女傳》六】《詩》云：「辭之輯矣，民之協矣。」《齊女徐吾傳》。

【補】【《說苑·善說》篇】子貢曰：「出言陳辭，身之得失，國之安危也。《詩》云：『辭之繹矣，民之莫矣。』」

【補】【《列女傳》六】《詩》云：「辭之懌矣，民之莫矣。」《齊太倉女傳》。

喬樅謹案：《新序·雜事三》引《詩》「輯」並作「集」，與蔡邕同。惟《列女傳》六引作「輯」字。洽，《列女傳》作「協」。懌，《説苑》作「繹」。《新序》仍作「洽」、作「懌」，與《毛詩》同，或後人轉寫順毛改之耳。

我雖異事，及爾同僚。我即爾謀，聽我敖敖。

【補】【《潛夫論·明忠》篇】《詩》云：「我雖異事，及爾同僚。我即爾謀，聽我敖敖。」

喬樅謹案：敖敖，《毛詩》作「囂囂」，文與魯異。《爾雅·釋訓》「敖敖，傲也」，郭璞注以爲傲慢賢者，「敖敖」二字正釋此詩之訓。

我言維服，勿用爲笑。先民有言，詢于芻蕘。

【補】【《荀子·大略》篇】天下國有賢人〔一〕，世有俊士〔二〕。迷者不問路，溺者不問遂，亡人好獨。《詩》曰：「我言維服，勿用爲笑。先民有言，詢于芻蕘。」言博問也。

〔一〕「賢人」，《荀子》作「俊士」。

〔二〕「俊士」，《荀子》作「賢人」。

【補】【《列女傳》一】《詩》云：「我言維服。」《衛姑定姜傳》。

【補】【《漢書》賈山《至言》曰】文王之時，豪傑之士皆得竭其智，芻蕘採薪之人皆得盡其力，此周之所以興也。○【又曰】學問至于芻蕘者，求善無饜也。

【補】【《説苑・尊賢》篇】泰山不讓壤石，江海不逆小流，所以成大也。《詩》云：「先民有言，詢于芻蕘。」言博謀也。

喬樅謹案：《列女傳》六《齊管妾倩》篇引《詩》文同。

【張衡《七辯》曰】先民有言。

【補】【《潛夫論・明闇》篇】國之所以治者，君明也；其所以亂者，君闇也。君之所以明者，兼聽也；所以闇者，偏信也。是故人君通必[一]兼聽，則聖日廣矣；庸説偏信，則過日甚矣。《詩》云：「先民有言，詢于芻蕘[二]。」

【《後漢書》魯丕疏】毋令芻[三]蕘，以言得罪。

天之方虐，無然謔謔。老夫灌灌，小子蹻蹻。匪我言耄，爾用憂謔。多將熇熇，不可

[一]「必」，底本作「心」，今據《潛夫論》改。

[二]「蕘」，底本漫漶不清，今據續編本補。

[三]「芻」，底本漫漶不清，今據續編本補。

救藥。

【補】【《爾雅・釋訓》】灌灌、愮愮，憂無告也。○【郭璞曰】賢者憂懼，无所訴也。

【《釋訓》又曰】謔謔、謞謞，崇讒慝也。○【舍人曰】皆盛烈貌。○【孫炎曰】厲王暴虐，大臣謔謔然喜，謞謞然盛，以興讒慝也。《毛詩正義》。○【郭璞曰】樂禍助虐，增譖惡也。○【《釋文》引注曰】言隱匿其情以飾非。

【《列女傳》三】《詩》曰：「老夫灌灌，小子蹻蹻。匪我言耄，爾同憂謔。」《趙將括母傳》。

案：蹻蹻，《列女傳》引作「蟜蟜」，鄭注《尚書大傳》作「蟜蟜」。考《魯頌》「蟜蟜虎臣」，《釋文》作「蟜蟜」，云亦作「蹻」字，並通。

喬樅謹案：《爾雅釋文》：「灌，本或作『懽』。」考《尚書大傳》鄭注引《詩》「灌灌」作「嚾嚾」，並通用字。謞謞，《毛詩》作「熇熇」，郝氏懿行云：「《爾雅》本亦作『熇』，故《釋文》『謞謞』下別出『熇』字，是即古本作『熇』之證。陸德明不察，以爲本今無此字，非也。」喬樅考《説文》「熇，火熱也」，引《詩》云「多將熇熇」，舍人《爾雅注》以「謞謞」爲盛烈貌，則古本作「熇」信矣。

【補】【《説苑・辨物》篇】亂君之治，不可藥而息也。《詩》曰：「多將熇熇，不可救藥。」甚之之辭也。

喬樅謹案：《列女傳》三《晉伯宗妻》篇引此二句，文同。

天之方懠，無爲夸毗。

【補】【《爾雅・釋言》】憭，怒也。○【郭璞曰】《詩》云：「天之方憭。」

【補】【又《釋訓》】夸毗，體柔也。○【舍人曰】夸毗，卑身屈己也。○【樊光曰】《詩》云：「無爲夸毗。」並《釋文》引。○【李巡曰】屈己卑人，求得於人曰體柔。《毛詩正義》。

威儀卒迷，善人載尸。

【補】【徐幹《中論・亡國》篇】君子者，行不媮合，立不易方，不以天下枉道，不以樂生害仁，安可以禄誘哉？雖强執搏〔一〕之而不獲已，亦杜口佯愚，苟免不暇，國之安危將何賴焉？《詩》云：「威儀卒迷，善人載尸。」此之謂也。

民之方殿㕧。

【《蔡邕集・和熹鄧后謚議》】人懷殿㕧之聲。

喬樅謹案：《爾雅・釋訓》：「殿屎，呻也。」《釋文》云：「或作『欿㕧』，又作『⿱殿心⿱屎心』，《説文》作『唸咿』。」今據《蔡中郎集》，則《爾雅》「殿屎」當作「殿㕧」爲正。

相亂蔑資，曾莫惠我師。

〔一〕「執搏」，《中論》作「搏執」。

【補】【《説苑・政理》篇】《詩》云：「相亂蔑資，曾莫惠我師。」此傷奢侈不節以爲亂者也。

天之誘民，如壎如篪。

【補】【《風俗通義》六】《詩》云：「天之誘民，如壎如篪。」壎，燒土也，圍五寸半，長三寸半，其二通〔一〕，凡爲六孔。篪，十孔，長尺一寸。

誘民孔易。

【《史記・樂書》】爲人君者，謹其所好惡而已矣。君好之，則臣爲之；上行之，則民從之。《詩》曰：「誘民孔易。」此之謂也。

喬樅謹案：《毛詩》兩「誘」字皆作「牖」，「牖」乃「誘」之假借，《禮記・樂記》《韓詩外傳》引《詩》「牖民孔易」並作「誘」字，與《魯詩》文同。

民之多僻。

【《後漢書》張衡《東京賦》】姬周〔二〕之末，政由〔三〕多僻。

〔一〕「其二通」，此上《風俗通義》有「有四孔」三字。
〔二〕「姬周」，《文選》作「周姬」。
〔三〕「由」，《文選》作「用」。

【又《思玄賦》】覽蒸民之多僻兮，畏立辟以危身。

介人惟藩，大師惟垣。

【補】【《荀子·君道》篇】君人者愛民而安，好士而榮，兩者無一焉而亡。《詩》曰：「介人惟藩，大師惟垣。」此之謂也。

喬樅謹案：此以士、民分屬，説與諸家異，疑《魯詩》之説，以「大師」爲大衆也。《彊國》篇引《詩》説同。

【補】【《爾雅·釋詁》】介，善也。○【郭璞注】《詩》曰：「介人惟藩。」

喬樅謹案：介，《毛詩》作「价」，《説文》「价」下云「善也」，引《詩》「价人惟藩」與毛文同。景純所引《詩》承用舊注之文，故字作「介」。又「惟藩」舊作「維」，臧鏞堂云：「案當作惟。」今從之。

畏天之怒，不敢戲豫。

【《後漢書》蔡邕《答詔問灾異》曰】《詩》云：「畏天之怒，不敢戲豫。」天戒誠不可戲也。

魯詩遺説考卷第五（五之三）

福州陳壽祺學　男喬樅述

魯詩大雅三

蕩

蕩蕩上帝。

【補】【《爾雅·釋訓》】盪盪，僻也。○【李巡曰】盪盪者，勿思之僻也。《釋文》。○【孫炎曰】蕩蕩，法度廢壞之僻。《毛詩正義》。

喬樅謹案：《爾雅釋文》云：「蕩蕩，本或作『盪盪』。」「版版」「盪盪」即釋《板》《蕩》二詩之義，疑《魯詩》文「板」作「版」，「蕩」作「盪」，與毛字異。

疾威上帝，其命多僻。

【補】【《説苑·至公》篇】公生明，偏生暗，端慤生達，詐諝生塞，神聖生誠〔一〕，夸誕生惑。此六者，君子之所慎，而禹、桀所以分也。《詩》云：「疾威上帝，其命多僻。」言不公也。

喬樅謹案：《毛詩釋文》云：「辟，本又作『僻』。」「辟」蓋「僻」之假借。

【補】【張衡《東京賦》】周姬之末，不能厥政，政用多僻。

靡不有初，鮮克有終。

【補】【《説苑·敬慎》篇】曾子曰：「官怠於宦成，病加於少愈，禍生於懈惰，孝衰於妻子。察此四者，慎終如始。《詩》曰：『靡不有初，鮮克有終。』」

【補】【《白虎通·謚》篇】《詩》云：「靡不有初，鮮克有終。」言人行終始不能若一，故據其終始，從可知也。

【補】【《新序·善謀》篇】《詩》曰：「靡不有初，鮮克有終。」此言始之易、終之難也。

喬樅謹案：此詩二句又見《漢書·賈山傳》《至言》。

曾是强圉，曾是掊克。

【王逸《楚詞·離騷》章句】强圉，多力也。

〔一〕「神聖生誠」，《説苑》作「誠信生神」。

【楊雄《司空箴》】班禄遺賢，掊克充朝。

【補】【《潛夫論·敘録》】曾是掊克，何官能治。

案：《漢書·敘傳》云：「曾是强圉，掊克爲雄。」「禦」皆作「圉」，與毛文異。又《毛詩正義》云：「定本『掊』作『倍』。」「倍」即「掊」之假借。

流言以對，寇攘式内。

【補】【《列女傳》七】《詩》曰：「流言以對，寇攘式内。」言不善之從内出也。《趙靈吴女傳》。

式號式呼，俾晝作夜。

【補】【《説苑·貴德》篇】人之鬬誠愚惑失道者也，《詩》云：「式號式呼，俾晝作夜。」言鬬行也。

内奰于中國。

【補】【《淮南·墬形訓》】食木者多力而奰。○【高誘注】熊羆之屬是也。奰，煩腸黄理也，讀如《詩》「内奰于中國」之「奰」，近鼻也。

覃及鬼方。

【補】【《潛夫論·邊議》篇】覃及鬼方。

雖無老成人，尚有典刑。曾是莫聽，大命以傾。

【補】【《荀子·非十二子》篇】《詩》曰：「雖無老成人，尚有典刑。曾是莫聽，大命以傾。」

【補】【《説苑·臣術》篇】諫諍輔弼之人，社稷之臣也。明君之所尊禮，而闇君以爲己賊。故明君之所賞，闇君之所殺也。明君好問，闇君好獨。明君尚賢使能而享其功，闇君畏賢妬能而滅其業，罰其忠，而賞其賊。夫是之謂至闇，桀紂之所以亡也。《詩》云：「曾是莫聽，大命以傾。」此之謂也。

喬樅謹案：「曾是莫聽」二句，又見《新序·善謀》篇及《列女傳·楚武鄧曼》篇，引同。

【補】【《風俗通義》五】《詩》云：「雖無老成人，尚有典刑。」國之大綱也，可不申敕小懲而大戒哉。

枝葉未有害，本實先敗。

【補】【《列女傳》七】《詩》曰：「枝葉未有害，本實先敗。」《齊東郭姜傳》。

喬樅謹案：《毛詩》作「本實先撥」，與魯文異。

殷監不遠，在夏后之世。

【《漢書》杜欽上言曰】《詩》云：「殷監不遠，在夏后〔一〕之世。」刺戒者至迫近，而省聽者常怠忽，可不慎哉！

【又劉向奏辭】帝舜戒伯禹，毋若丹朱敖。周公戒成王，毋若殷王紂。《詩》云：「殷監不遠，在

〔一〕「夏后」，此下《漢書》有「氏」字。

夏后之世。」亦言湯以桀爲戒也。聖帝明王常以敗亂自戒，不諱廢興。

喬樅謹案：《漢書・谷永傳》亦引《詩》「殷監」二語，文同。

【補】【《潛夫論・思賢》篇】雖有堯舜之美，必考於周頌；雖有桀紂之惡，必譏於《板》《蕩》。「殷監不遠，在夏后之世」，夫與死人同病者，不可生也；與亡國同行者，不可存也。豈虛言哉！

【補】【趙岐《孟子章句》七】《詩・大雅・蕩》之篇言殷之所監視，在夏后之世耳。以前代善惡爲明鏡也，欲使周亦鑒於殷之所以亡也。

抑

【補】【《中論・虛道》篇】昔衛武公年過九十，猶夙夜不怠，思聞訓道，命其群臣曰：「無謂我老耄而舍我，必朝夕交戒。」又作《抑》詩以自儆也。衛人思其德，爲賦《淇奥》，且曰睿聖。

喬樅謹案：《淮南・繆稱訓》云：「衛武侯謂其臣曰：『小子無謂我老而羸我，有過必謁之。』」高誘注曰：「武侯蓋年九十五矣。」與《中論》説合。

人亦有言，無哲不愚。

【補】【《淮南・人間訓》】人能由昭昭於冥冥，則幾於道矣。《詩》曰：「人亦有言，無哲不愚。」此之謂也。

喬樅謹案：無，《毛詩》作「靡」，字異而義同。

無競伊人，四方其訓之。

【《蔡邕集・陳留太守胡公碑》】可謂無競伊人，温恭淑慎者也。

案：《中郎集・祖德頌》及《司空臨晉侯楊公碑》引用《詩》詞並同，蓋《魯詩》文作「伊人」，與毛氏異。

【補】【高誘《吕覽・求人》篇注】《詩・大雅・抑》之二章「無競惟人，四方其訓之」，無競，競也，國之强惟在得人。

喬樅謹案：高誘此注引《詩》蓋順《吕覽》爲解，《爾雅・釋詁》「伊，維也」，二字訓義同。

有覺德行，四國順之。

【王逸《楚詞・九歎》章句】覺，較也。《詩》曰：「有覺德行。」《遠遊》篇。

【楊雄《劇秦美新》】不懇懇則覺德不愷。

【補】【《新序・雜事五》】桓公所以九合諸侯、一匡天下者，遇士於是也。《詩》曰：「有覺德行，四國順之。」桓公其以〔一〕之矣。

〔一〕「以」，《新序》作「恤」。

喬樅謹案：《列女傳》五《魯公姑姊》篇引此詩二句文同。

敬慎威儀，惟民之則。

【張衡《東京賦》】敬慎威儀。

【補】【《列女傳》二】《詩》云：「敬慎威儀，惟民之則。」〔一〕

【補】【《中論·法象》篇】《詩》云：「敬爾威儀，惟民之則。」若夫墮其威儀，恍其瞻視，忽其辭令，而望民之則我者，未之有也。莫之則者，則慢之者至矣〔二〕。

喬樅謹案：徐幹引《詩》「敬慎」作「敬爾」，文義小異，當緣下文有「慎爾出話，敬爾威儀」句而致誤耳。

顛覆厥德，荒沈于酒。

【《漢書·五行志》谷永對曰】臣聞三代所以喪亡者，皆繇婦人群小、湛湎於酒。《詩》曰：「顛覆厥德，荒沈于酒。」

喬樅謹案：荒沈，《毛詩》作「荒湛」。下句「躭樂」，毛亦作「湛樂」。

〔一〕「惟民之則」，此下續編本有「秦穆公姬傳」五字，作小字。

〔二〕「矣」，續編本作「也」。

女雖耽樂從。

【補】【張衡《西京賦》】耽樂是從。

鞗爾輿馬，弓矢戈兵。用戒作則，用逖蠻方。

【補】【《潛夫論·勸將》篇】太古之民淳厚敦朴，上聖撫之，恬淡無爲，體道履德，簡刑薄威，不殺不誅，而民自化，此德之上也。德稍弊薄，邪心孳生，次聖繼之，觀民設教，立〔一〕爲誅賞，以威勸之。既作五兵，又爲之憲，以正厲之。《詩》云：「鞗爾輿馬，弓矢戈兵。用戒作則，用逖蠻方。」

喬樅謹案：《毛詩》「輿」作「車」，「戈」作「戎」，「用戒作則」句又作「用戒戎作」，「逖」作「遏」。此所引是據《魯詩》，文義與毛不同。《論衡》言「又爲之憲，以正厲〔二〕之」，正〔三〕詩所云「用戒作則」者，故引以爲證。

告爾民人，謹爾侯度，用戒不虞。

【補】【《説苑·脩文》篇】古者必有命民，命民能敬長憐孤，取舍好讓，居事力者，命於其君。命

〔一〕「立」，《潛夫論》作「坐」。

〔二〕「正厲」，續編本作「厲正」。

〔三〕「正」，續編本無此字。

然後得乘飾輿駢馬，未得命者不得乘，乘者皆有罰。故其民雖有餘財侈物而無仁義功德，則無所用其餘財侈物。故其民皆興仁義而賤財利，賤財利則不争，不争則强不淩弱，衆不暴寡。是唐虞所以興象刑，而民莫敢犯法，而亂斯止矣。《詩》云：「告爾民人，謹爾侯度，用戒不虞。」此之謂也。

喬樅謹案：此説與《左氏·襄公二十二年傳》引《詩》贊鄭子張語大意相合，蓋《魯詩》之説如此。告，《毛詩》作「質」，考《韓詩外傳》亦作「告」，桓寬《鹽鐵論》作「誥」，三家今文皆與毛異，詳見《齊詩遺説考》。

慎爾出話，敬爾威儀，無不柔嘉。

【補】【《説苑·君道》篇】人君不直其行，不敬其言者，未有能保帝王之號，垂顯令之名者也。《詩》曰：「慎爾出話，敬爾威儀，無不柔嘉。」此之謂也。

白珪之玷，尚可磨也。斯言之玷，不可爲也。

【孔安國《論語注》】《詩》云：「白珪之玷，尚可磨也。斯言之玷，不可爲也。」南容讀《詩》至此，三反覆之，是其心慎言也。皇侃《論語義疏》。

【《史記·孔子弟子列傳》】三復白圭之玷。

喬樅謹案：《史記·晉世家》亦引此詩四句，惟「尚」字作「猶」。

【王褒《講德論》】南容三復白圭，孔子睹其慎戒。

【補】【《説苑・説叢》篇】口者關也，舌者機也，出言不當，四馬不能追也。口者關也，舌者兵也，出言不當，反自傷也。言出于己，不可止于人。行發于邇，不可止于遠。夫言行者，君子之樞機。樞機之發，榮辱之本也，可不慎乎！故蒯子羽曰：「言猶射也，括既離弦，雖有所悔焉，不可從而追已。」《詩》云：「白珪之玷，尚可磨也。斯言之玷，不可爲也。」

無易由言，無曰苟矣。

【補】【《説苑・善説》篇】夫談説之術，齊莊以立之，端誠以處之，堅强以持之，譬稱以諭之，分别以明之，歡忻憤滿以逆之，實之珍之，貴之神之，如是則説常無不行矣。《詩》曰：「無易由言，無曰苟矣。」

【補】【《新序・雜事五》】《詩》曰：「無易由言，無曰苟矣。」可不慎乎！

無言不讎，無德不報。

【補】【《荀子・富國》篇】《詩》曰：「無言不讎，無德不報。」

喬樅謹案：《荀子・致仕》篇引《詩》文同，「讎」即「讎」之假借。

【補】【《列女傳》五】夫名無細而不聞，行無隱而不彰，《詩》云：「無言不讎，無德不報。」此之謂也。《周主忠妾傳》。

【《蔡邕集·太尉橋公廟碑》】無言不酬。

【補】【《東觀記》章帝詔】《詩》云：「無言不讎，無德不報。」《後漢書·馬援傳》注引。

尚不媿于屋漏。

【補】【《爾雅·釋宮》】西北隅謂之屋漏。○【舍人曰】古者徹屋西北扉[一]以炊浴，汲者訖而復之，故[二]謂之屋漏也。《御覽》一百[三]八十八[四]。○【孫炎曰】屋漏者，當室之白日光所漏入也。《毛詩》《禮記正義》。○【郭璞曰】《詩》曰：「尚不媿于屋漏。」

喬樅謹案：媿，《毛詩》作「愧」，此據《魯詩》之文。

無曰不顯，莫予云覯。

【補】【《列女傳》三】《詩》曰：「無曰不顯，莫予云覯。」《晉羊叔姬傳》。

神之格思，不可度思，矧可射思。

〔一〕「扉」，《太平御覽》作「限」。

〔二〕「故」，續編本作「古」。

〔三〕「一百」，底本漫漶不清，今據續編本補。

〔四〕「八」，底本漫漶不清，今據續編本補。

【補】【《淮南·泰族訓》】夫鬼神視之無形，聽之無聲，然而郊天、望山川，禱祠而求福，雩兑而請雨，卜筮而決事。《詩》曰：「神之格思，不可度思，矧可射思。」此之謂也。

淑慎爾止，不愆于儀。

【補】【《列女傳》四】《詩》云：「淑慎爾止，不愆于儀。」《朱恭伯姬傳》。

【《蔡邕集·崔夫人誄》】淑慎其止。

不僭不賊，鮮不爲則。

【補】【《荀子·臣道》篇】忠信以爲質，端愨以爲統，禮義〔一〕以爲文，倫類以爲理，喘而言，臑而動，而一可以爲法則。《詩》曰：「不僭不賊，鮮不爲則。」此之謂也。

喬樅謹案：《列女傳》五《代趙夫人》篇引此詩二語文同，又見《郃陽友娣》篇引《詩》。

温温恭人，惟德之基。

【補】【《荀子·君道》篇】天子不視而明〔二〕，不聽而聰，不慮而知，不動而功〔三〕，塊然獨坐，而天

〔一〕「義」，續編本作「儀」。
〔二〕「明」，《荀子》作「見」。
〔三〕「而功」，底本脱此二字，今據《荀子》補。

下從之如一體，如四胑之從心，夫是之謂大形。《詩》曰：「温温恭人，惟德之基。」此之謂也。

喬樅謹案：《荀子·不苟》篇《非十二子》篇兩引《詩》同。

【補】【《説苑·脩文》篇】行步中矩，折旋中規，立則磬折，拱則枹鼓。其以入君朝，尊以嚴；其以入宗廟，敬以忠；其以入鄉曲，和以順；其以入州里族黨之中，和以親。《詩》曰：「温温恭人，惟德之基。」

喬樅謹案：《列女傳》二《晉趙衰妻》篇引《詩》文同。

其惟哲人，告之話言，順德之行。

【補】【《新序·雜事四》】好學，知也；受規諫，仁也。人而好學，受規諫，宜哉，其立也！《詩》曰：「其惟哲人，告之話言，順德之行。」此之謂也。

嗚呼小子，未知臧否。匪面命之，言提其耳。

【王逸《楚詞章句序》】詩人怨主刺上曰：「嗚呼小子，未知臧否。匪面命之，言提其耳。」風諫之語，于斯爲切。然仲尼論之，以爲大雅。

視爾夢夢，我心慘慘。

【補】【《爾雅·釋訓》】夢夢，亂也。慘慘，愠也。○【孫炎曰】夢夢，昏昏之亂也。○【李巡曰】

懆懆，憂怒之慍。《毛詩正義》。

喬樅[一]謹案：《毛詩》「我心慘慘」，張參《五經文字》作「我心懆懆」，與《爾雅》同，即三家之異文。

誨爾諄諄，聽我邈邈。匪用爲教，覆用爲虐。

【補】【高誘《淮南・脩務訓》注】《詩》云：「誨爾諄諄，聽我邈邈。」

喬樅謹案：《禮記・中庸》「肫肫其仁」，鄭注云：「肫，讀如『誨爾忳忳』之『忳』。」考《玉篇》「忳」字云「悶也，亂也」，「訰」字云「亂也」。《爾雅・釋訓》：「夢夢、訰訰，亂也。」《釋文》云：「訰，或作『諄』，音同。顧舍人云：『夢夢、訰訰，煩懣亂也。』」《毛詩釋文》：「『諄』字又作『訰』。」然則「訰」者「諄」之或體耳。《楚詞・惜誦》篇「中悶瞀之忳忳」，並與「訰訰」同。又《尚書大傳・鴻[二]範五行傳》注「誨爾純純，聽我眊眊」，「純」即「訰」之譌字，「眊」亦「邈」之聲借，皆三家異文也。《爾雅・釋訓》「邈邈，悶也」，正釋此詩「邈邈」之義。道藏本《淮南》高注引《詩》「聽我邈邈」，與《爾雅》合。今本從《毛詩》作「藐藐」，「藐」亦與「邈」通。

[一]「喬樅」，底本漫漶不清，今據續編本補。

[二]「鴻」，續編本作「洪」。

【補】【《中論・虛道》篇】是己之非，遂初之繆，至于身危國亡，可痛矣夫。《詩》曰：「誨爾諄諄，聽之藐藐。匪用爲教，覆用爲虐。」

喬樅謹案：此引《詩》「聽我」作「聽之」，與諸所引文義微異。

聽用我謀，庶無大悔。

【補】【《列女傳》三】《詩》云：「聽用我謀，庶無大悔。」《齊靈仲子傳》。

取辟不遠，昊天不忒。

【補】【《列女傳》八】《詩》云：「取辟不遠，昊天不忒。」《周郊婦人傳》。

喬樅謹案：辟，《毛詩》作「譬」。

桑柔

【補】【《潛夫論・遏利》篇】昔周厲王好專利，芮良夫諫而不入，退賦《桑柔》之詩以諷。言是大風也，必將有遂；是貪民也，必將敗其類。王又不悟，故遂流于彘〔一〕。

〔一〕「于彘」，此上《潛夫論》有「死」字。

其下侯洵。

【補】【《爾雅・釋言》】洵，均也。○【李巡曰】洵，偏之均也。○【某氏曰】《詩》云：「其〔一〕下侯洵。」《毛詩正義》。

捋采其劉。

【補】【《爾雅・釋詁》】劉，爆爍也。○【舍人曰】劉，爆爍之意也。木枝葉稀疎不均爲爆爍。《毛詩正義》。○【郭璞曰】謂樹木葉缺落〔二〕，蔭〔三〕疎爆爍也，見《詩》。

憂心隱隱。

【王逸《楚詞・遠逝》章句】隱隱，憂也。《詩》云：「憂心殷殷。」一作隱隱。

喬樅謹案：《毛詩釋文》「慇慇」下云：「樊光於謹反，《爾雅》云：『憂也。』」《爾雅釋文》：「殷，樊光於謹反。」郝氏懿行曰：「此即『隱』字之音，《詩釋文》亦從樊光讀也。」臧鏞堂

〔一〕「其」，底本漫漶不清，今據續編本補。
〔二〕「落」，續編本無此字。
〔三〕「蔭」，續編本作「稀」。

云：「案〔一〕《爾雅》是《魯詩》之學，樊光本必作『隱隱，憂也』，而引《詩》云『憂心隱隱』。叔師《楚詞注》亦與《爾雅》同，今本『殷殷』皆〔二〕後人據《毛詩》改之，舊校云『一作隱隱』可證也。」

誰能執熱，逝不以濯。其何能淑，載胥〔三〕及溺。

【補】【趙岐《孟子章句》七】《詩·大雅·桑柔》之篇言「誰能持熱」，而不以水濯其手。

【補】【又曰】淑，善也。載，辭也。胥，相也。刺時君臣何能爲善乎？但〔四〕相與爲沈溺之道也。

稼穡卒痒。

【楊雄《大司農箴》】季周爛漫，而東作不勑。膏腴不穫，庶物並荒。府藏單虛，靡積靡倉。陵遲衰微，姬卒以癢。〔五〕

〔一〕「堂云案」三字，底本漫漶不清，今據續編本補。
〔二〕「皆」，底本漫漶不清，今據續編本補。
〔三〕「胥」，底本漫漶不清，今據續編本補。
〔四〕「但」，底本漫漶不清，今據續編本補。
〔五〕「癢」，底本漫漶不清，今據續編本補。

以念穹蒼。

【補】【《爾雅·釋天》】穹蒼，蒼天也。○【李巡曰】古時人質，仰視天形，穹隆而高，色蒼蒼然，故曰穹蒼。

惟此惠君，民人所瞻。秉心宣猷，考慎其相。

【補】【《列女傳》八】《詩》云：「惟此惠君，民人所瞻。秉心宣猷，考慎其相。」《明德馬后傳》。

惟彼不順，自獨俾臧。自有肺腸，俾民卒狂。

【補】【高誘《吕覽·知度》注】自智謂人愚，自巧謂人拙，《詩》云：「惟彼不順，自獨俾臧。自有肺腸，俾民卒狂。」愚拙者之謂也。

【補】【又《淮南·氾論訓》注】訾毁人行，自獨俾臧。

匪言不能，胡此畏忌。

【補】【《漢書》賈山《至言》曰】亡養老之義，亡輔弼之臣，亡進諫之士，縱恣行誅，退誹謗之人，殺直諫之士。是以道諛媮合苟容，比其德則賢於堯舜，課其功則賢于湯武，天下已潰，而莫之告也。《詩》曰：「匪言不能，胡此畏忌。聽言則對，譖言則退。」

喬樅謹案〔一〕：師古注云：「此言賢者見事之是非，非不能分别言之，而不言，何也？但畏忌犯顔得罪罰也〔二〕。又言，言而見聽，則悉意答對；不見聽，則屏退也。今〔三〕《詩》本云『聽言則對，誦言如醉』，説者又别爲義，與此〔四〕不同。」喬樅謂「聽言則對」二句，自是《雨無正》詩文。賈〔五〕山用《魯詩》，魯説以《雨無正》爲刺厲王，故與此詩類〔六〕引，非今《詩》本文有不同也。漢人引《詩》多有類舉者，如《六月》《出車》同爲宣王詩，《匈奴傳》亦類引之，可證。

【補】【徐幹《中論·虚道》篇】忠言之不出，以未有嗜之者也。《詩》云：「匪言不能，胡斯畏忌。」

喬樅謹案：賈山《至言》引《詩》「胡此畏忌」，徐幹引「此」字作「斯」，仍與《毛詩》同。

〔一〕「案」，底本漫漶不清，今據續編本補。
〔二〕「也」，底本漫漶不清，今據續編本補。
〔三〕「今」，底本漫漶不清，今據續編本補。
〔四〕「此」，底本漫漶不清，今據續編本補。
〔五〕「賈」，底本漫漶不清，今據續編本補。
〔六〕「類」，底本漫漶不清，今據續編本補。

維此良人，弗求弗迪。維彼忍心，是顧是復。民之貪亂，寧爲荼毒。

【補】【《荀子·儒效》篇】凡人莫不欲安榮而惡危辱，故唯君子爲能得其所好，小人則日徼其所惡。《詩》云：「維此良人，弗求弗迪。維彼忍心，是顧是復。民之貪亂，寧爲荼毒。」此之謂也。

大風有隧，貪人敗類。

【補】【《爾雅·釋天》】西風謂之泰風。○【郭璞注】《詩》曰：「泰風有隧。」

喬樅謹案：泰，《毛詩》作「大」，《釋文》云：「毛〔一〕如字，鄭音泰。」泰風，西風也，此鄭君用《魯詩》改毛。今考賈山《至言》及《潛夫論》引《詩》仍同毛作「大」者，蓋古書多假「大」爲「泰」字，師讀固自不同也。

雲漢

【補】【皇甫謐《帝王世紀》】宣王元年以邵穆公爲相，是時天大旱，王以不雨遇災而懼，整身脩行，欲以消去之。祈于群神，六月乃得雨。大夫仍叔美而歌之，今《雲漢》之詩是也。《太平御覽》

〔一〕「云毛」二字，底本漫漶不清，今據續編本補。

八十五。

喬樅謹案：《毛詩正義》引皇甫謐以爲宣王元年不藉千畝，虢文公諫而不聽，天下大旱，二年不雨，至六年乃雨。謂二年始旱，旱積五年。謐之此言，無所憑據。喬樅謂謐以《皇矣》詩「阮徂共」爲三國名，從《魯詩》之説，則説《雲漢》詩當亦據《魯詩》而言。孔沖遠不見《魯詩》，遂疑謐言爲無據，失之疎矣。觀《論衡·須頌》篇云：「成湯遭旱，周宣亦然。然而成湯加成，宣王言宣，無妄之災，不能虧政。」以成湯與周宣並舉，湯有七年之旱，則周宣之旱積五年。自是古有此說，《論衡》之語蓋亦本諸《魯詩》。

蘊隆爞爞。

【補】【《爾雅·釋故》】爞爞，薰也。○【郭璞曰】旱熱薰炙人。

喬樅謹案：《毛詩》「蘊隆爞爞」，《釋文》引《韓詩》作「烔烔」，《華嚴經音義》引《韓詩傳》「烔謂燒草傳火焰盛也」。今據《爾雅》，是《魯詩》字作「爞爞」，文與韓異。《毛詩》「蟲蟲」即「爞爞」之省。

上下奠瘞，靡神不宗。

【補】【《説苑·君道》篇】《詩》曰：「上下奠瘞，靡神不宗。」言疾旱也。

周餘黎民，靡有孑遺。

【補】【《論衡·治期》篇】《詩》道周宣遭大旱矣，《詩》曰：「周餘黎民，靡有孑遺。」言無有可遺一人不被害者，災害之甚者也。

【補】【又《藝增》篇】《詩》云：「維周黎民，靡有孑遺。」是謂周宣之時，遭大旱之災也。詩人傷旱之甚，民被其害，言無有孑遺一人不愁痛者。夫旱甚，則有之矣；言無有孑遺一人，增之也。周之民遭大旱之災，貧羸無蓄積，扣心思雨，若其富人穀食饒足，廩困不空，口腹不飢，何愁之有？而言「靡有孑遺」，增益其文，欲言旱甚也。

【補】【趙岐《孟子章句》九】「周餘黎民，靡有孑遺」，志在憂旱災，民無孑然遺脱不遭旱災者，非無民也。

蔋蔋山川。

【補】【《説文·草部》】蔋，草旱盡也。《詩》曰：「蔋蔋山川。」

喬樅謹案：《廣雅〔一〕》：「蔋蔋，草木旱死也。」即釋此詩。蓋三家今文皆作「蔋」。段氏《説文注》云：「《玉篇》《廣韻》並作『蔋』，今疑當作『藗』，草木如盪滌無有也。」《毛詩》作

〔一〕「雅」，應作「韻」。按：《廣雅》無「草木旱死」之語，當爲《廣韻》。

「滌滌」，《傳》云「旱氣也」，「滌」亦即「蔋」之省文。

如炎如焚。

【補】【《後漢書·章帝紀》建初五年詔】今時復旱，如炎如焚。

喬樅謹案：《毛詩》作「如惔如焚」，與此文異。章懷太子賢注引《韓詩》曰：「旱魃爲虐，如炎如焚。」知三家今文皆作「炎」字。

密勿畏去。

【《後漢書》蔡邕上封事曰】宣王遭旱，密勿祗畏。

喬樅謹案：據此知《毛詩》「黽勉畏去」，《魯詩》作「密勿畏去」，與《十月之交》「黽勉從事」劉向引作「密勿從事」文同。

敬恭明神。

【補】【張衡《東京賦》】爰敬恭於明神。

嵩高

嵩高惟嶽，峻極于天。惟嶽降神，生甫及申。惟申及甫，惟周之翰。

【《蔡邕集·司空楊公碑》】昔在申吕，匡佐周宣。《崧高》作誦，大雅揚言。

案：此云「申吕」者，據張衡《吕公誄》樊穆侯亦氏吕，非謂甫侯也。

【又《九疑山銘》】峻極于天。

【又《薦太尉董卓表》】輔佐重臣，國之楹棟。生應期運，禀氣山岳。是故申伯、山甫，列于大雅。

【《後漢書·胡廣傳》注蔡邕作《胡廣黄瓊頌》】巖巖山嶽，配天作輔。降神有周，生申及甫。

【《後漢書》張衡《應閒》曰】申伯、樊仲，實幹周邦。服衮而朝，介圭作瑞。厥蹟不朽，垂烈後昆，不亦丕歟。

案：此亦以「甫」爲仲山甫，與蔡邕説同。

喬樅謹案：張衡云「實幹周邦」，疑《魯詩》「翰」字作「幹」。

【補】【趙岐《孟子章指》】《詩》亦有言，崧高極天。

【補】【《後漢書·禰衡傳》孔融疏曰】惟岳降神，異人並出。

【補】【何休《公羊傳解詁》】《詩》曰：「嵩高維嶽，峻極于天。」莊公四年。

喬樅謹案：邵公稱《魯詩》者，此引《崧高》作「嵩」，與毛氏文異。考《禮記·孔子閒居》《韓詩外傳》引《詩》俱作「嵩高」，是三家今文同。趙岐《孟子注》及蔡邕《楊公碑》字作「崧」，乃後人依《毛詩》改之耳。

【補】【《風俗通義》十】中央曰嵩高。嵩者，高也。《詩》云：「嵩高惟嶽，峻極于天。」

亹亹申伯，王薦之事。于邑于序，南國爲式。

【《潛夫論·志氏姓》篇】四嶽伯夷，爲堯典禮。折民惟刑，以封申呂。裔或封于申城，在南陽宛北序山之下，故《詩》曰：「亹亹申伯，王薦之事。于邑于序，南國爲式。」

案：《地理志》南陽郡：「宛，故申伯國，有屈申城。」與《潛夫論》説合。

【又《三式》篇】周宣王時，輔相大臣，以德佐治，亦獲有國。故尹吉甫作封頌二篇，其詩曰：「亹亹申伯，王纘之事。于邑于謝，南國是式。」又曰：「四牡彭彭，八鸞鏘鏘。王命仲山甫，城彼東方。」此言申伯、仲山甫文德致昇平，而王封以樂土，賜以盛服也。

喬樅謹案：《三式》篇引《詩》「薦」字作「纘」，「序」字作「謝」，仍與《毛詩》同。此後人據毛改之，非王氏舊本也。考《毛詩釋文》：「纘，《韓詩》作『踐』。踐，任也。」「纘」「踐」「薦」皆以音近通假，《禮記·中庸》「踐其位」，鄭注云：「踐，或爲『纘』。」是古通之驗。「薦」字訓仍，與「纘」字訓繼義亦相近。

錫爾玠珪，以作爾寶。

【補】【《爾雅·釋器》】珪大尺二寸謂之玠。○【郭璞注】《詩》曰：「錫爾玠珪。」

【補】【張衡《應閒》曰】服衮而朝，介圭作瑞。

【補】【王延壽《魯靈光殿賦》】錫介圭以作瑞。

喬樅謹案：玠，《毛詩》作「介」，古文之省借。天子大圭謂之玠，諸侯命圭亦通稱玠圭。寶，《毛傳》云「瑞也」，三家義同。

南土是保。

【補】【《潛夫論・三式》篇】其有申伯、仲山甫致治之效者，封以列侯，令〔一〕受南土八蠻之賜。

申伯番番，既入于徐。

【補】【王逸《楚詞・七諫》注】徐，周宣王之舅，申伯所封也。《詩》曰：「申伯番番，既入于徐。」

喬樅謹案：此引《詩》「既入于謝」，「謝」作「徐」。《潛夫論》引《詩》「于邑于謝」，「謝」作「序」。「序」「謝」古音通轉，《孟子書》「序者，射也」可證。《禮記・射義》「序點」注云：「序點，或爲『徐點』。」是「徐」與「序」古通。叔師亦用《魯詩》者，本或不同，各據所見也。

不顯申伯，王之元舅。

【補】【應劭《漢書・外戚恩澤侯表敘》注】申伯，周宣王元舅也，爲邑於謝。後世欲光寵外親者，

〔一〕「令」，底本作「今」，今據《潛夫論》改。

緣申伯之恩，援此義以爲諭也。

烝民

天生烝民，有物有則。民之秉夷，好是懿德。

【《白虎通·姓名》篇】姓者生也，人秉天氣，所以生也。《詩》曰：「天生烝民。」

【補】【《潛夫論·相列》篇】《詩》所謂「天生烝民，有物有則」。

【補】【又《德化》篇】《詩》云：「民之秉夷，好是懿德。」故民有心也，猶爲種之有園也。遭和氣則秀茂而成實，遭水旱則枯槁而生孽。民蒙善化，則有士君子之心。被惡政，則人有懷姦惡〔一〕之慮。

【補】【趙岐《孟子章句》十一】《詩》言「天生烝民」，有物則有所法則，人法天也。「民之秉夷」，夷，常也，常好美德。

喬樅謹案：夷，《毛詩》作「彝」，《魯詩》文與毛異。考《尚書·洪範》「是彝是訓」，《史記·宋微子世家》引作「是夷是訓」。《禮記·明堂位》「夏后氏以雞夷」，鄭注云：「夷，讀爲『彝』。」《周禮》「司尊彝」司農注引作「雞彝」，是古者「夷」「彝」二字多以音同通用。

〔一〕「惡」，《潛夫論》作「亂」。

生仲山甫。

【補】【《潛夫論·志氏姓》篇】昔仲山甫亦姓樊，謚穆仲，封於南陽。南陽者，在今河内。

喬樅謹案：《後漢書·樊宏傳》云：「其先周仲山甫，封於樊，因而氏焉。」亦與《潛夫論》説合。

令儀令色，小心翼翼。故訓是式，威儀是力。

【《蔡邕集·崔夫人誄》】令儀令色。

【補】【《列女傳》二】《詩》云：「令儀令色，小心翼翼。故訓是式，威儀是力。」《宋鮑宗女傳》。

喬樅謹案：《毛詩》「故訓」作「古訓」，《鄭箋》云：「故訓先王之遺典。」即用《魯詩》義也。

式是百辟。

【《蔡邕集·司空房楨碑》】式是百辟。○【又《銘論》】仲山甫有補袞職，誡百辟之功。

案：「誡」字恐「式」之誤。

纘戎祖考。

【張衡《司徒吕公誄》】四嶽在虞，傅士[一]佐禹。克厭帝心，姓姜氏吕。登是南邦，以家以處。

[一]「傅士」，他書轉引張衡此文，有作「傅土」「傳土」「傳土」者。按：四嶽佐禹治水，故作「傅土」爲是。

降及于周，穆侯作輔。寡〔一〕于九族，九族用寧。登受八命，衮職靡傾。黃耳金鉉，公餗以〔二〕盈。綽兮其寬，皦兮其清。既明且哲，式保令名。

王之喉舌，賦政于外。

【楊雄《尚書箴》】出入朕言〔三〕，王之喉舌。

【《蔡邕集·橋公碑》】賦政于外。

案：「賦政于外」句，又見《蔡集·胡公碑》引用。

既明且哲，以保其身。夙夜匪懈，以事一人。

【《蔡邕集·橋公碑》】既明且哲，保身遺則。

【又《司空房楨碑》】夙夜匪懈，以事一人。

【補】【《列女傳》三】《詩》曰：「既明且哲，以保其身。」《曹僖氏妻傳》。

【補】【高誘《淮南·主術訓》注】《詩》云仲山甫「既明且哲，以保其身」。

〔一〕「寡」，《藝文類聚》作「親」。按：應作「親」。

〔二〕「以」，底本作「川」，今據《藝文類聚》改。

〔三〕「言」，《楊子雲集》作「命」。

喬樅謹案：高注《吕覽·知化》篇引《詩》同。又「既明」二句，《荀子·堯問》篇引同。〔一〕

【補】【《説苑·立節》篇】《詩》云：「夙夜匪懈，以事一人。」

喬樅謹案：懈，《毛詩》作「解」，古今文之異。

【補】【徐幹《中論·智行》篇】大雅貴「既明且哲，以保其身」者，夫明哲之士，威而不懾，困而能通。決嫌定疑，辨物居方。禳禍於忽杪，求福於未萌。見變事則達其機，得經事則循其常。巧言不能推，令色不能移。動作可觀則，出辭爲師表。比諸志行之士，不亦愈〔二〕乎！

柔亦不茹，剛亦不吐。不侮鰥寡，不畏彊禦。

【蔡邕《朱公叔墳前石碑》】柔亦不茹。

【又《司空房楨碑》】剛則不吐，柔則不茹。

【又《范史雲碑》】不畏彊禦。

【補】【《漢書》東方朔對曰】譬若仲山甫爲光禄，申伯爲大僕。○【注引晉灼曰】光禄，主三大夫諫正之官，取其柔亦不茹，剛亦不吐。

〔一〕「又」至「引同」，續編本此十二字作大字。

〔二〕「愈」，《中論》作「謬」。

【補】【《新序·雜事四》】《詩》云：「柔亦不茹，剛亦不吐。不侮鰥寡，不畏彊禦。」

【補】【高誘《戰國策·秦策》注】不辟彊禦，不侮鰥寡。

喬樅謹案：「不畏彊禦」，此引作「不辟」，文義小異。

德輶如毛，民鮮克舉之。

【補】【《荀子·彊國》篇】《詩》曰：「德輶如毛，民鮮克舉之。」

【補】【《潛夫論·交際》篇】《詩》云：「德輶如毛，民鮮克舉之。」世有大難者四，而人莫之能行也：一曰恕，二曰平，三曰恭，四曰守。夫恕者，仁之本也。平者，義之本也。恭者，禮之本也。守者，信之本也。四者並立，四行乃具，四行具存，是謂真賢。

【補】【又《慎微》篇】德輶如毛，爲仁由己。

【張衡《大司農鮑德誄》】知德者鮮，惟君克舉。

衮職有闕，惟仲山甫補之。

喬樅謹案：此見蔡邕《銘論》引用《詩》語。

四牡彭彭，八鸞鏘鏘。王命仲山甫，城彼東方。

喬樅謹案：四語見《潛夫論·三式》篇引《詩》。

【《蔡邕集·祖餞祝文》】四牡彭彭。

仲山甫徂齊。

【補】【《漢書·杜欽傳》欽説王鳳曰】昔仲山甫，異姓之臣，無親于宣，就封于齊，猶嘆息永懷，宿夜徘徊，不忍遠去。

喬樅謹案：師古《漢書集注》引鄧展曰：「《詩》言仲山甫銜命往治齊城郭，而《韓詩》以爲封于齊，此誤耳。」晉灼曰：「《韓詩》誤而欽引之，阿附權貴求容媚也。」喬樅謂杜欽説《詩》言「佩玉晏鳴，《關雎》歎之」用《魯詩》義，則此引《烝民》詩亦當據魯説。鄧展、晉灼立以爲《韓詩》者，《韓詩》亦云「仲山甫封于齊」，與《魯詩》説同也。考《隸釋》漢永康中《孟郁脩堯廟碑》云：「仲氏祖所出，本姬周之遺苗。天生仲山甫，翼佐中興，受封于齊。周道衰微，失爵亡邦，後嗣乖散，各相土譯居，因氏仲焉。」以仲山甫爲姬周之遺苗，與杜欽言仲山甫「異姓之臣，無親于宣」説各不同。案唐《元和姓纂》云：「周太王子虞仲支孫爲周卿士，食采于樊，因命氏，今河南陽樊是也。周有樊穆仲，字山甫。」亦以仲爲姬姓，説與《孟郁脩堯廟碑》合。碑語云云，蓋出于《韓詩》。唐時《韓詩》尚存，故《姓纂》採其説。又《權德輿集》云：「魯獻公仲子曰：『山甫入輔於周，食采於樊。』」雖説與《姓纂》微異，而要俱以仲山甫爲周之同姓，則皆本之《韓詩》也。《潛夫論·志氏姓》以仲山甫爲慶姓，此據《魯詩》説，與張衡以穆侯爲姜姓合。「慶」「姜」古字通用，《水經·瓠子水》注云：「成陽城西二里有堯陵，堯陵東城西五十餘步有仲山夫人祠，祠南有仲山甫冢。據郭緣生《述征記》以仲山夫人爲堯妃，見漢建寧四年成陽令管遵所立碑文。」仲山甫就封于齊，魯、韓《詩》説雖同，而一以爲同姓，一以爲異姓，其義固别。《左氏·僖二十五年傳》：「陽樊不服，圍之，倉葛呼曰：『此誰非王之姻親。』」《正義》引服虔曰：「樊仲山之所居，故名陽樊。」曰「王之姻親」，則其爲異姓可知。服子慎亦用《魯詩》者，又《左傳》與《魯詩》同一師傳，據此則仲山甫異姓之臣，確爲魯説，尤有顯證矣。又案《爾雅·釋詁》：「肅，齊。遄，速疾也。」郭璞注：「《詩》曰：『仲山甫徂齊。』」説者以郭注引《詩》證「齊」爲「疾」，則不以「齊」爲國名，其訓亦本三家。喬樅謂郭注引《詩》當連下句「式遄其歸」，如引「伐柯伐柯，其則不遠」「如彼雨雪，先集維霰」之類，是證「遄」字訓疾之義，非證「徂齊」之「齊」爲「疾」也，傳寫者偶脱去下句耳。若以「齊」訓疾，既曰「往疾」，又曰「遄歸」，則於文義爲複沓不辭矣。

吉甫作頌，穆如清風。

【補】【王褒《講德論》】吉甫歎宣王「穆如清風」，列于大雅。

【蔡邕《答對元式詩》】穆如清風。

【補】【傅咸《詩》】吉甫作頌，有馥其馨。實由樊仲，其德克明。

韓奕

王賜韓侯。

玄衮赤舄〔一〕。

【補】【《周官·屨人》鄭注】《詩》曰：「王賜韓侯。」「玄衮赤舄。」舄有三等，赤舄爲上，冕服之舄，則諸侯與王同。

喬樅謹案：《韓詩》作「王錫韓侯」，與毛文同。此所引蓋《魯詩》也。

鉤膺鏤錫。

【張衡《東京賦》】金鍐鏤錫。○【又曰】鉤膺玉瓖。

喬樅謹案：《説文·金部》：「鐊，馬頭飾也。《詩》曰：『鉤膺鏤鐊。』」「錫」即「鐊」之省文。

韓侯出祖。

〔一〕底本「玄衮赤舄」合在上一行，今據續編本及全書體例另分一行。

清酒百壺〔一〕。

【補】【《風俗通義》八】謹案《禮傳》：「共工之子曰脩，好遠遊，舟車所至，足跡所達，靡不窮覽，故祀以爲祖神。」祖者，徂也。《詩》云「韓侯出祖」「清酒百壺」，是其事也。

姪娣從之，祁祁如雲。韓侯顧之，爛其盈門。

【補】【《白虎通·嫁娶》篇】天子諸侯一娶九女者何？重國廣繼嗣也。適九者，何？法地有九州，承天之施，無所不生也。一娶九女，亦足以承君之施也。九而無子，百亦無益也。《春秋公羊傳》曰：「諸侯娶一國，則二國往媵之，以姪娣從。謂之姪者〔二〕，兄之子也。娣者〔三〕，女弟也。」必一娶，何？〔四〕爲其棄德嗜色，故一娶而已，人君無再娶之義也。備姪娣從者，爲其必不相妬〔五〕也。一人有子，三人共之，若己生之也。不娶兩〔六〕娣何？博異氣也。娶三國女者，廣

〔一〕底本「清酒百壺」合在上一行，今據續編本及全書體例另分一行。

〔二〕「姪者」，此下《白虎通》有「何」字。

〔三〕「娣者」，此下《白虎通》有「何」字。

〔四〕「何」，此下《白虎通》有「防淫泆也」四字。

〔五〕「妬」，此上《白虎通》有「嫉」字。

〔六〕「兩」，底本作「而」，今據《白虎通》改。

異類也。恐一國血脉相似，俱無子也。娙娣年雖少，猶從適人者，明人君無再娶之義也。還待年於父母之國，未任答君子也。《詩》云：「娙娣從之，祁祁如雲。韓侯顧之，爛其盈門。」

喬樅謹案：娙娣，《毛詩》作「諸娣」。《白虎通》所引據《魯詩》文，故與毛氏異。

【楊雄《少府箴》】祁祁如雲。

有貓有虎。

【補】【《爾雅·釋獸》】虎竊毛謂之虦貓。○【郭璞注】竊，淺也。《詩》曰：「有貓有虎。」

【補】【高誘《淮南·天文訓》注】蔈，讀如《詩》「有貓有虎」之「貓」。

普彼韓城，燕師所完。

【補】【《潛夫論·志氏姓》篇】昔周宣王亦有韓侯，其國也近燕，故《詩》曰：「普彼韓城，燕師所完。」

喬樅謹案：《水經·聖水》注：「聖水又東，逕韓城東，《詩·韓奕》章曰：『溥彼韓城，燕師所完。』王肅曰：『今涿郡方城縣有韓侯城，世所謂寒號城也。』」顧氏炎武云：「《水經注》：『濕水逕良鄉縣之北界，歷梁山南，高梁水出焉。』是所謂『奕奕梁山』也。《魏〔一〕地

〔一〕「魏」，此下應脱「書」字。

形志》范陽方城縣有韓侯城，今按固安縣有方城村，即漢縣也。」江氏慎脩云：「《水經注》：『鮑邱水過潞縣，逕梁山南。』路縣，今之通州，則燕固有梁山矣。」據此，是《水經注》所言韓城，與《潛夫論》近燕説合。鄭君箋《詩》以「燕」爲安，云「韓國之城，乃古平安時，衆民之所築完」，義與此異。

江漢

江漢陶陶。

【補】【《風俗通義》十】江出蜀郡湔流互徼外[一]崏山，入海。《詩》云：「江漢陶陶。」

喬樅謹案：陶陶，《毛詩》作「浮浮」，文與魯異。《毛傳》云：「浮浮，衆彊皃。」今案「陶陶」當訓爲盛長皃，《楚詞·懷沙》篇「陶陶孟夏兮」注云：「陶陶，盛陽皃。」又《哀歲》篇「冬夜兮陶陶」注云：「陶陶，長皃。」此詩言「江漢陶陶」，謂其流盛而長也。「陶」與下句「滔」韵。

武夫僙僙。

[一]「湔流互徼外」，王利器先生校爲「湔氐徼外」。

【補】【《爾雅·釋訓》】僙僙，武也。

喬樅謹案：《毛詩》作「洸洸」，《爾雅釋文》「洸洸」下云：「舍人本作『僙音』，同。」考《古文苑》班固《車騎將軍竇北征頌》「光光神武」注引《詩》「武夫僙僙」，又《舞陽侯樊噲贊》「戡戡將軍」，注亦引《詩》「武夫僙僙」。是三家《詩》「洸洸」皆作「僙僙」。桓寬《鹽鐵論·繇役》篇引《詩》「武夫潢潢」，段氏玉裁云：「蓋『僙僙』之誤。」臧鏞堂曰：「注《爾雅》者如樊光，當於『僙僙』下引《詩》云『武夫僙僙』，後人見《毛詩》作『洸洸』，因據以改《爾雅》。猶《釋言》『横，充也』，或作『桄，充也』，而孫本遂改作『光，充也』。」

【《法言·孝至》篇】武義璜璜，兵征四方。

喬樅謹案：此作「璜璜」，疑即「僙僙」轉寫之誤。

江漢之滸，王命召虎。式辟四方，徹我疆土。

【楊雄《揚州牧箴》】江漢之滸。

【又曰】昔周之宣，有方有虎，詩人歌功，乃列于雅。

【補】【高誘《吕覽·適威》篇注】虎，宣王臣。《詩》曰：「王命召虎，式辟四方，徹我疆土。」

文武受命，召公維翰。

【補】【《白虎通·王者不臣》篇】子得爲父臣者，不遺善之義也。《詩》云：「文武受命，召公維翰。」召公，文王子也。

【補】【《論衡·氣壽》篇】邵公，周公之兄也。至康王之時，尚爲太保，出入百有餘歲矣。

喬樅謹案：據仲任此説，是亦以召公爲文王子。

釐爾圭瓚，秬鬯一卣。

【補】【《白虎通·考黜》篇】《王制》曰：「賜圭瓚，然後爲暢，未賜者，資暢於天子。」秬者，黑黍，一稃二米。鬯者，以百草之香鬱金合而釀之成爲鬯。玉瓚者，器名也，所以灌鬯之器也，以圭飾其柄。灌鬯，貴玉氣[一]也。

常武

赫赫明明。

【補】【高誘《淮南·原道訓》注】壑，讀「赫赫明明」之「赫」。

喬樅謹案：高注即用《詩·常武》此句。

〔一〕「氣」，《白虎通》作「器」。

王命卿士，南仲太祖。

【《白虎通·爵》篇】封諸侯於廟者，示不自專也。明法度皆祖之制也，舉事必告焉。《詩》云：「王命卿士，南仲太祖。」

案：《毛詩傳》云：「王命南仲於太祖。」此説與毛同。

【補】【《潛夫論·敘録》】蠻夷猾夏，古今所患。宣王中興，南仲征邊。

整我六師。

【楊雄《趙充國頌》】整我六師。

既儆既戒。

【補】【《周禮·夏官》注】既儆既戒。

喬樅謹案：儆，《毛詩》作「敬」，《箋》云：「敬之言警也。」「警」與「儆」義同，蓋三家今文並作「儆」字。

王謂尹氏，命程伯休父。

【補】【《史記·太史公自序》】重黎氏世序天地，其在周，程伯休甫其後也。當周宣王時，失其官守而爲司馬氏。

【補】《潛夫論·志氏姓》篇】重黎氏世序天地，別其分主，以歷三代，而封於程。其在周世，爲宣王大司馬。《詩》云：「王謂尹氏，命程伯休父。」

喬樅謹案：此説與《春秋外傳·楚語》文同，韋昭注引此詩云：「程，國名。伯，爵。休父，名也。以諸侯爲大司馬。」

【補】【高誘《淮南·主術訓》注】程伯休父，宣王命以爲司馬，因爲司馬氏。

闞如虓虎。

【《蔡邕集·太尉橋公碑》】威壯虓虎。

【補】【《風俗通義》二】《詩》美南仲，闞如哮虎。

喬樅謹案：「虓」「哮」音同，「唬」「哮」義同。《説文》：「虓，虎鳴也。」「唬，虎聲也。」服虔《通俗文》曰：「虎聲謂之哮唬。」見《衆經音義》二。《文選·七啓》「哮闞之獸」李善注云：「『哮』與『虓』同。」

王猷允塞，徐方既來。

【補】【《荀子·君道》篇】城郭不待飾而固，兵刃不待陵而勁，敵國不待服而詘，四海之民不待令而一，夫是之謂至平。《詩》云：「王猷允塞，徐方既來。」

喬樅謹案：《荀子·議兵》篇亦引此詩二語。

【補】【《漢書・嚴助傳》】《詩》云：「王猷允塞，徐方既來。」言王道甚大而遠方懷之也。

【補】【《新序・雜事四》】夫不降席而匡天下者，求之己也。孔子曰：「其身正，不令而行。其身不正，雖令不從。」先王之所以拱揖指揮，而四海賓者，誠德之至，已形於外。故《詩》曰：「王猷允塞，徐方既來。」此之謂也。

徐方既同，天子之功。

【補】【《荀子・非相》篇】君子賢而能容罷，智而能容愚，博而能容淺，粹而能容雜，夫是之謂兼術。《詩》云：「徐方既同，天子之功。」

瞻卬

彼宜有罪，女反脱之。

【補】【《潛夫論・述赦》篇】先王之制刑法也，非好傷人肌膚、斷人壽命也，乃以威姦惡〔一〕除民害也。天下本以民不能相治，故爲立王者以統治之，在於〔二〕奉天威命，共行賞罰，故《詩》刺「彼

〔一〕「惡」，此上《潛夫論》有「懲」字。
〔二〕「在於」，此上《潛夫論》有「天子」二字。

宜有罪，女反脱之」。

喬樅謹案：《後漢書・王符傳》引《詩》同。

哲婦傾城。

【補】【《列女傳》七】《詩》曰：「哲婦傾城。」《晉獻驪姬傳》。

懿厥悊婦，爲梟爲鴟。婦有長舌，惟厲之階。亂匪降自天，生自婦人。匪教匪誨，時惟婦寺。

【《漢書》谷永上疏曰】臣聞三代所以隕社稷、喪宗廟者，皆由婦人。《詩》云：「懿厥悊婦，爲梟爲鴟。匪降自天，生自婦人。」

喬樅謹案：《毛詩》「亂匪降自天」，此引《詩》無「亂」字，疑後人轉寫脱之。師古注云：「又言此禍亂非從天而下。」足證原文有「亂」字。《列女傳》引《詩》亦作「亂匪降自天」，尤其明徵也。

【補】【《列女傳》七】《詩》曰：「懿厥悊婦，爲梟爲鴟。」《夏桀末喜傳》。○【又曰】婦有長舌，惟厲之階。《晉獻驪姬傳》。○【又曰】亂匪降自天，生自婦人。《魯桓文姜傳》。○【又曰】匪教匪誨，時惟婦寺。《齊靈聲姬傳》。

喬樅謹案：哲，據谷永引作「悊」。《毛詩》古文作「喆」，《釋文》云：「喆，音哲，本亦作

『哲』。」考《説文》：「哲，知也，从口，折聲。悊，或從心。嚞，古文从三吉。」《毛詩·下武》章「世有哲王」，《釋文》云：「本作『悊』，又作『喆』。」「喆」即「嚞」之省文。

婦無公事，休其蠶織。

【補】【《列女傳》一】《詩》曰：「婦無公事，休其蠶績〔一〕。」言婦人以蠶織〔二〕爲公事者也，休之非禮也。〔三〕

人之云亡。

【《蔡邕集·太尉汝南李公碑》】人之云亡。

心之憂矣，寧自全矣。

【補】【《列女傳》八】《詩》云：「心之憂矣，寧自全矣。」《嚴延年母傳》。

喬樅謹案：全，《毛詩》作「今」，此所引據《魯詩》也。

〔一〕「績」，《列女傳》作「織」。按：應作「織」。
〔二〕「蠶織」，《列女傳》作「織績」。
〔三〕「休之非禮也」，續編本此下有「魯季敬姜傳」五字，作小字。

無忝爾祖，式救爾訛。

【補】【《列女傳》三】《詩》曰：「無忝爾祖，式救爾訛。」《晉范氏母傳》。

喬樅謹案：爾祖，《毛詩》作「皇祖」；訛，《毛詩》作「後」，與此所引《魯詩》文異。

召閔

浩浩訿訿。

【補】【《爾雅·釋訓》】浩浩，刺素食也。○【舍人曰】臯臯，不治之貌。○【某氏曰】無德而空食禄也。《毛詩正義》。○【郭璞曰】譏無德功，尸寵禄也。

喬樅謹案：《爾雅釋文》：「臯臯，樊本作『浩』。」臧鏞堂云：「按《爾雅》當本作『浩浩』，舍人注同。樊書當引《詩》云『浩浩訿訿』，後人據《毛詩》改爲『臯臯』也。」

【補】【又曰】訿訿，莫供職也。○【李巡曰】君鄙闇〔一〕，臣子莫親其職也。《毛詩正義》。○【郭璞曰】賢者陵替，奸黨熾，背公恤私，曠職事。

〔一〕「鄙闇」，《毛詩注疏》作「闇蔽」。

池之竭矣，不云自濱。泉之竭矣，不云自中。

【補】【《列女傳》八】君子謂昭儀[一]之凶嬖，與褒姒同行。成帝之惑亂，與周幽王同風。《詩》云：「池之竭矣，不云自濱。泉之竭矣，不云自中。」成帝之時，舅氏擅外，趙氏專内，其自竭極，蓋亦池泉之勢也。《漢趙姊娣傳》。

喬樅謹案：《毛詩箋》云：「政之亂，由外無賢臣、内無賢妃益之。」亦分外内而言，與此同義，鄭君蓋本《魯詩》爲訓。濱，《毛詩》作「頻」，即「瀕」之省文。瀕，古「濱」字也。

〔一〕「昭儀」，此上《列女傳》有「趙」字。

魯詩遺説考卷第六〔六之一〕

福州陳壽祺學　男喬樅述

魯詩頌一

【《史記·平準書贊》】《詩》述殷周之際〔一〕，安寧則長。

【又《敘傳》】湯武之隆，詩人歌之。

【補】【《論衡·須頌》篇】《周頌》三十一，《殷頌》五，《魯頌》四，凡頌四十篇，詩人所以嘉上也。

【補】【蔡邕《獨斷》】宗廟所歌詩之别名，三十一章皆天子之禮樂也。

周頌

清廟

【補】【蔡邕《獨斷》】《清廟》一章八句，洛邑既成，諸侯朝見，宗祀文王之所歌也。

〔一〕「際」，《史記》作「世」。

喬樅謹案：此所引即《魯詩・周頌》之序也，後三十章同。

【王褒《講德論》】周公咏文王之德而作《清廟》，建爲頌首。

【補】【《漢書》韋玄成奏曰】《清廟》之詩，言交神之禮無不清静。

於穆清廟，肅雝顯相。濟濟多士，秉文之德。

【《漢書》劉向上封事曰】周文開基西郊，雜遝衆賢，罔不肅和。崇推讓之風，以銷分争之訟。文王既殁，周公思慕，歌詠文王之德，其詩曰：「於穆清廟，肅雝顯相。濟濟多士，秉文之德。」當此之時，武王、周公繼政，朝臣和於内，萬國驩於外，故盡得其歡心，以事其先祖。其詩曰：「有來雍雍，至止肅肅。相維辟公，天子穆穆。」言四方皆以和來也。諸侯和於下，天應報於上，故《周頌》曰：「降福穰穰。」又曰：「飴我釐麰。」釐麰，麥也，始自天降。此皆以和致和，獲天助也。

【楊雄《河東賦》】喻於穆之緝熙兮，過清廟之雝雝。

【補】【《蔡邕集・明堂論》】明堂者，天子太廟所以宗祀[一]其祖，以配上帝者也。取其宗祀之清貌，則曰「清廟」。取其嚮明，則曰「明堂」。異名而同事，其實一也。以周清廟論之，魯太廟皆明堂也。魯禘祀周公於太廟明堂，猶周宗祀文王於清廟明堂也。成王以周公有大勳勞於天下，命

[一]「祀」，《蔡中郎集》作「嗣」。

魯公世世禘祀周公於太廟，以天子之禮升歌《清廟》，下管《象武》，所以異魯於天下也。取周清廟之歌，歌於魯太廟，明魯之太廟猶周之清廟也。皆所以昭文王、周公之德，以示子孫也。

喬樅謹案：《詩正義》引賈逵《左傳注》言：「肅然清静，謂之清廟。」與韋玄成、蔡邕説合，皆用《魯詩》之義。鄭君《詩箋》釋「清」爲有清明之德，義與諸儒異。《孔疏》申鄭，據《書傳》説《清廟》歌「文王之功烈德澤」，「則清是功德之名，非清静之義」。胡承珙曰：「《尚書大傳》明云：『清廟升歌者，歌先人之功烈德澤，故欲其清。』『清者，欲其在位者徧聞之也。』此正以清静爲義，孔自讀《書傳》不審耳。賈説似勝於鄭。」喬樅謂鄭君《詩箋》自用毛義，古者清廟、明堂異名同事，則「清廟」當兼有清明、清静二訓，其義始備。

維天之命

【補】【蔡邕《獨斷》】《維天之命》一章八句，告太平於文王之所歌也。

不顯文王。

【王逸《楚詞·招魂》注】《詩》云：「不顯文王。」不顯，顯也。

喬樅謹案：鄭君《毛詩箋》云：「於乎不光明與！文王之施德教之無倦已。」是以「於乎不顯」爲一句，「文王之德之純」爲一句，與此異讀。

假以溢我。

【補】【《爾雅·釋故》】溢，慎也。○【舍人曰】溢，行之慎也。○【某氏曰】《詩》云：「假以溢我。」《毛詩正義》。

喬樅謹案：《左傳·襄二十七年》引《詩》「何以恤我」，《說文·言部》引《詩》「誐以謐我」，字與魯、毛異。《釋文》「假以溢我」不載《韓詩》異文，則韓亦與魯、毛同。胡承珙曰：「案《說文》『誐』訓『嘉善也』，與《毛傳》『假，嘉』義合，蓋『誐』者正字，『假』者借字，『何』則聲之誤也。《爾雅》『溢』『慎』『謐』皆訓静，『溢』又訓慎。《尚書》『維刑之恤』今文作『謐』，是『溢』『謐』『恤』古字通。《說文》引《詩》『謐』爲正字，『恤』『溢』皆借字也。」

維清

【補】【蔡邕《獨斷》】《維清》一章五句，奏《象武》之所歌也。

【補】【《白虎通·禮樂》篇】武王曰：《象》者，象太平而作樂，示已太平也。周室中制《象》樂，何？殷紂爲惡日久，其惡最甚，斮涉刳胎，殘賊天下。武王起兵，前歌後儛。尅殷之後，民人大喜，故中作所以節喜盛。

喬樅謹案：據此諸說，是《魯詩》之義與毛同也。《漢書·司馬相如傳》「《韶》《濩》《武》《象》

之樂」，張揖注云：「《象》，周公樂也。南人服象，爲虐於夷，成王命周公以兵退之，至於海南，乃爲《三象樂》也。」張説本《呂氏春秋・古樂》篇，高誘亦云：「《三象》，周公所作樂名。」

迄用有成。

【蔡邕《胡夫人神誥》】故〔一〕能迄用有成。

維周之祺。

【補】【《爾雅・釋言》】祺，祥也。○【舍人曰】祺，福之祥也。○【某氏曰】《詩》云：「維周之祺。」《毛詩正義》。

喬樅謹案：《毛詩釋文》「祺」下引徐云：「本又作『禎』。」《正義》亦引定本、《集注》「祺」字作「禎」。則是毛氏作「維周之祺」，與《魯詩》同。今《詩》注疏本俱作「禎」，蓋據徐邈及崔靈恩本所改也。

烈文

【補】【蔡邕《獨斷》】《烈文》一章十三句，成王即政，諸侯助祭之所歌也。

〔一〕「故」，《蔡中郎集》作「致」。

【補】【服虔《左傳注》】《烈文》，成王初即洛邑，諸侯助祭之樂歌也。《毛詩正義》。

烈文辟公，錫茲祉福。

【補】【《白虎通·瑞贄》篇】王者始立，諸侯皆見，何？當受法稟正教也。《周頌》曰：「烈文辟公，錫茲祉福。」言武王伐紂定天下，諸侯來會，聚於京師受法度也。遠近莫不至，受命之君，天之所興，四方莫敢違，夷狄咸率服故也。

喬樅謹案：《烈文》詩作於成王即政之年，此二句溯武王定殷時事而言也。「錫茲祉福」，《毛傳》云：「文王錫之。」《白虎通》則指武王而言，蓋用《魯詩》之説，故與毛義異。

毋封靡于爾邦，惟王其崇之。

【補】【《白虎通·誅伐》篇】《詩》云：「毋封靡于爾邦，惟王其崇之。」此言追誅大罪也，或盜天子土地，自立爲諸侯，絶之而已。

不顯惟德，百辟其刑之。

【補】【《列女傳》一】《詩》云：「不顯惟德，百辟其刑之。」

天作

【補】【蔡邕《獨斷》】《天作》，祀先王先公之所歌也。

天作高山，大王荒之。彼作矣，文王康之。

【補】【《荀子·王制》篇】天之所覆，地之所載，莫不盡其美，致其用。上以飾賢良，下以養百姓而安樂之。夫是之謂大神。《詩》曰：「天作高山，大王荒之。彼作矣，文王康之。」此之謂也。

喬樅謹案：「天作高山」四句，又見《天論》篇引《詩》。

岐有夷之行，子孫其保之。

【補】【《説苑·君道》篇】人君之事，無爲而能容下。夫事寡易從，法省易因。故民不以政獲罪也。大道容衆，大德容下，聖人寡爲，而天下理矣。《詩》云：「岐有夷之行，子孫其保之。」

喬樅謹案：《毛詩詁訓傳》釋「夷」爲易，《薛君韓詩章句》同。《外傳》三又引《傳》曰：「易簡而天下之理得矣，《詩》曰『岐有夷之行』。」今據《説苑》言「事寡易從」云云，則魯訓亦同於韓、毛也。

【補】【楊雄《河東賦》】易豳、岐之夷平。

【蔡邕《祖德頌》】《詩》言：「子孫保之。」

昊天有成命

【補】【蔡邕《獨斷》】《昊天有成命》，一章七句，郊祀天地之所歌也。

昊天有成命，二后受之。成王不敢康，夙夜基命宥謐。

【《新書·禮容》篇】夫《昊天有成命》，頌之盛德也。其詩曰：「昊天有成命，二后受之。成王不敢康，夙夜基命宥謐。」謐者，寧也，億也。命者，制令也。基者，經也，勢也。夙，早也。康，安也。后，王也。二后，文王、武王也。成王者，武王之子，文王之孫也。文王有大德，而功未就；武王有大功，而治未成。及成王承嗣，仁以臨民，故稱昊天焉。不敢怠安，蚤興夜寐，以繼文王之業。布文陳紀，經制度，設犧牲，使四海之内，懿然葆德，各遵其道，故曰有成，承順武王之功，奉揚文王之德。九州之民，四荒之國，謌謡文、武之烈，絫九譯而請朝，致貢職以供祀，故曰「二后受之」。方是時也，天地調和，神人〔一〕順億，鬼不厲禁〔二〕，民不謗怨，故曰「宥謐」。成王質仁聖哲，能明其先，能承其親，不敢惰懈，以安天下，以敬民人。

喬樅謹案：此説言成王，武王之子，文王之孫，與《毛詩箋》以「成王」爲成此王功，訓義迥異。考《漢書·匡衡傳》衡引此詩亦言：「昔者成王思述文、武之道，休烈盛美，皆歸之二后，而不敢專其名。」是齊、魯《詩》説皆如此。韋昭《國語注》云：「『成王』謂文、武脩

〔一〕「人」，《新書》作「民」。

〔二〕「禁」，《新書》作「祟」。

己自勤，成其王功，非謂成王身也。」鄭、賈、唐説皆然，四家之《詩》師傳不同，故説多殊旨也。

肆其靖之。

【補】【《爾雅·釋詁》】肆，故也。○【郭璞注】見《詩》。

喬樅謹案：《毛詩》「肆其靖之」，《傳》云：「肆，固也。」《箋》云：「固，當爲『故』字之誤也。」鄭之釋「肆」，與《爾雅》訓合，亦據魯義改毛。邵晉涵曰：「『肆』訓故者，『故』當讀如《孟子》『天下之言性則故而已矣』之『故』，有因其故然之意。此所以與『治』『古』同訓，非徒爲申上之詞。《國語》以『固和之』謂順其固然，所以爲和，猶《孟子》云『故者以利爲本』，《文言》曰『利者，義之和也』。故《國語》又云：『終於固和。』毛亦假『固』爲『故』，非堅固之謂也。」

我將

【補】【蔡邕《獨斷》】《我將》，一章十句，祀文王於明堂之所歌也。

儀式刑文王之德，日靖四方。

【補】【服虔《左傳注》】儀，善。式，用。靖，謀也。言善用法文王之德，日之[一]謀安四方也。

喬樅謹案：德，《毛詩》作「與」。《漢書·刑法志》引《詩》亦作「德」，與《左傳》所引同，蓋三家《詩》並作「德」字。

畏天之威，于時保之。

【補】【《漢書·孔光傳》】《詩》曰：「畏天之威，于時保之。」謂不懼者凶，懼之則吉也。

喬樅謹案：《本傳》光爲孔霸子，霸者，安國從孫也。安國治《魯詩》，光當亦傳其家學也。

【補】【趙岐《孟子章句》二】《詩·周頌·我將》之篇，言成王尚畏天威於是時，故能安其太平之道也。

喬樅謹案：此以「保」爲安，與鄭君《詩箋》説合。鄭亦用魯訓申毛也。

時邁

【補】【蔡邕《獨斷》】《時邁》，一章十五句，巡狩告祭柴望之所歌也。

[一]「之」，《春秋左傳正義》作「日」。

【補】【《史記·周本紀》】武王既克殷，命宗祝享祠於軍，乃罷兵西歸。行狩，記政事，作《武成》。

喬樅謹案：《左傳》以此頌爲武王克商所作，韋昭《周語注》亦云：「武王既伐紂，周公作此詩，爲巡狩告祭之樂歌。」鄭君《詩箋》云：「武王既定天下，時出行其邦國，謂巡狩也。」皆主武王而言。惟《後漢書·李固傳》注引《薛君章句》，以此詩爲美成王，是《韓詩》與毛説異。《白虎通·巡狩》篇云：「武王不巡狩，至成王乃巡狩。」蓋主《韓詩》之説。今據《史記》言武王克殷，西歸行狩，則魯説亦與毛同。胡承珙曰：「案《周書·大匡解》《文政解》俱有『維十有三祀，王在管』之文，與《竹書紀年》『武王克商，命監殷，遂狩于管』之文合。又《度邑解》云：『我南望過於三塗，北望過於有嶽，丕顯瞻過於河宛，瞻於伊洛。』與《詩》言『及河喬嶽』亦近。又《書序》云：『武王伐殷，往伐歸獸，作《武成》。』所謂『歸獸』者，即《樂記》云『馬散之華山之陽，牛放之桃林之野』。其下文云：『車甲衅而藏之府庫，而弗用；倒載干戈，包之以虎皮。』正與此詩『載戢干戈，載櫜弓矢』語合。然《時邁》雖作於周公，要爲頌武王克殷巡守諸侯之事，甚明矣。」

薄言振之，莫不震疊。

【補】【《後漢書》李固對曰】《周頌》曰：「薄言振之，莫不震疊。」此言動之於内，而應於外者也。

喬樅謹案：《毛傳》訓「疊」爲懼，義與此異。章懷太子注引《韓詩薛君傳》曰：「疊，應也。」

與李固釋《詩》義合。然則知魯、韓訓同矣。

懷柔百神，及河喬嶽。

【補】【《荀子·禮論》篇】天能生物，不能辨物也。地能載人，不能治人也。宇中萬物生人之屬，待聖人然後分也。《詩》曰：「懷柔百神，及河喬嶽。」

【補】【《淮南·泰族訓》】精誠感於内，形氣動於天，則景星見，醴泉出，河不滿溢，海不溶波。故《詩》云：「懷柔百神，及河嶠嶽。」

喬樅謹案：《淮南》引《詩》「喬」字作「嶠」，《説文新附》云：「嶠，山鋭而高也，从山，喬聲。古通用『喬』。」

【補】【《爾雅·釋詁》】柔，安也。○【某氏注】《詩》曰：「懷柔百神。」

喬樅謹案：《毛詩正義》云：「懷柔，定本作『柔』，《集注》作『濡』。」段氏玉裁曰：「按《宋書·樂志·宋明堂歌》謝莊造歌詩曰：『昭事先聖，懷濡上靈。』然則六朝本作『懷濡百神』也。『柔』『濡』古音同，故假『濡』爲『柔』字。」臧鏞堂曰：「按《毛詩》作『懷濡』，三家作『懷柔』，樊光注《爾雅》，引用皆非《毛詩》也。」

【補】【《東觀書》章帝詔】《詩》不云乎：「懷柔百神，及河喬嶽。」

載戢干戈，載櫜弓矢。我求懿德，肆于時夏，允王保之。

【《史記·周本紀》】周文公之頌曰：「載戢干戈，載櫜弓矢。我求懿德，肆于時夏，允王保之。」

【《蔡邕集·釋誨》】武功定而干戈戢。

執競

【補】【蔡邕《獨斷》】《執競》一章十四句，祀武王〔一〕之所歌也。

鐘鼓喤喤，管磬瑲瑲，降福穰穰。降福簡簡，威儀反反。既醉既飽，福禄來反。

【補】【《荀子·富國》篇】儒術誠行，則天下大而富，使有功，撞鐘擊鼓而和。《詩》曰：「鐘鼓喤喤，管磬瑲瑲，降福穰穰。降福簡簡，威儀反反。既醉既飽，福禄來反。」

喬樅謹案：《荀子》「管磬瑲瑲」，元刻作「磬筦將將」，與《毛詩》同。今從宋本王伯厚《詩考》引作「管磬瑲瑲」，不誤。降福穰穰，《潛夫論》作「禳禳」。威儀反反，作「板板」，與《荀子》小異。

【補】【《爾雅·釋訓》】鍠鍠，樂也。穰穰，福也。簡簡，大也。○【舍人注】喤喤，鐘鼓之樂也。

〔一〕「王」，《獨斷》作「公」。按：應作「王」。

穰穰，衆多之貌也。○【某氏注】《詩》云：「降福穰穰。」○【李巡注】簡簡，降福之大也。

喬〔一〕樅謹案：《爾雅釋文》：「韹韹，又作『鍠』，《詩》作『喤』。」《毛詩正義》引舍人《爾雅注》作「喤喤」，臧氏鏞堂云：「按《漢書》《風俗通》皆同《爾雅》作『鍠』，《正義》引舍人注順毛改爲『喤』。今考《荀子書》及《東京賦》並作『喤』，疑亦後人所改，如『管磬瑲瑲』之從毛改爲『磬管將將』也。」穰穰，《爾雅釋文》作「穰穰」，云「本今作『穰』」。考《潛夫論》作「穰穰」，與陸本《釋文》合。

【《漢書·劉向傳》】諸侯和於下，天應報於上，故《周頌》曰「降福穰穰」。

【張衡《東京賦》】鐘鼓喤喤。○【又曰】降福穰穰。

【補】【《潛夫論·正列》篇】德義無違，神乃享；鬼神受享，福祚乃隆。故《詩》云：「降福穰穰，降福簡簡，威儀板板。既醉既飽，福禄來反。」此言人德義茂美，神歆享醉飽，乃反報之以福也。

【補】【《風俗通義》六】《詩》云：「鐘鼓鍠鍠，磬管鎗鎗，降福穰穰。」夫樂者，聖人所以動天地、感鬼神、按萬民、成性類者也。

〔一〕「喬」，底本漫漶不清，今據續編本補。

思文

【補】【蔡邕《獨斷》】《思文》一章八句，祀后稷配天之所歌也。

思文后稷，克配彼天。立我烝民，莫匪爾極。

【《史記·周本紀》】頌曰：「思文后稷，克配彼天。立我蒸民，莫匪爾極。」

【補】【《列女傳》一】《詩》云：「思文后稷，克配彼天，立我烝民。」《姜嫄傳》。

喬樅謹案：《史記》「烝」作「蒸」，《國語》仍作「烝」字，與《列女傳》所引同。

貽我釐麰。

【《漢書》劉向上封事曰】《周頌》曰：「貽我釐麰。」釐麰，麥也，始自天降。此皆以和致和，獲天助也。

【補】【趙岐《孟子章句》十一】來麰〔一〕，大麥也。《詩》云：「貽我來麰。」

案：趙岐用《魯詩》，當作「貽我釐麰」，此後人妄改之。

〔一〕「來麰」，《孟子》作「麰麥」。

臣工

【補】【蔡邕《獨斷》】《臣工》一章十句，諸侯助祭遣之於廟之所歌也。

峙乃錢鎛。

【補】【《爾雅·釋言》】峙，具也。

喬樅謹案：《毛詩》作「庤」，《傳》云：「庤，具也。」「庤」「峙」古通，毛、魯字異而訓同。《周禮·考工記》注引《詩》作「偫」，亦三家之異文。

噫嘻

【補】【蔡邕《獨斷》】《噫嘻》一章八句，春夏祈穀于上帝之所歌也。

喬樅謹案：《禮記·月令》：「孟春元日，祈穀於上帝。乃擇元辰，天子親載耒耜，躬耕帝藉。」此春郊祈穀之事也。又仲夏，「大雩帝用盛樂，乃命百縣，雩祀百辟卿士有益於民者，以祈穀實」。此夏雩祈穀之事也，與《詩》言「率時農夫」、播穀、服耕，其義正合。

振鷺

【補】【蔡邕《獨斷》】《振鷺》〔一〕，二王之後來助祭之所歌也。

振鷺于飛，于彼西雍。

【蔡邕《薦皇甫規表》】以廣《振鷺》西雍之美。

【又《與何進薦邊讓書》】雖振鷺之集西廱，濟濟之在周庭，無以或加。

【又《釋誨》】振鷺充庭。

喬樅謹案：《後漢書·邊讓傳》注引《薛君章句》曰：「西雍，文王之雍也。」是以「雍」爲辟雍，《毛傳》云：「雍，澤也。」《箋》云：「白鳥集于西雍之澤，言所集得其處也。」此澤即《禮》所謂「澤宫」。辟雍者，四周壅之以水，形圓如璧，故亦謂之澤。古者辟雍、太學、清廟、明堂，異名而同事，其實一也。胡承珙曰：「西雍，猶言東膠、東序。鄭君注《禮》，謂：『殷制，小學在公宫南之左，大學在西郊。』《樂記疏》引熊氏云：『武王伐紂之後，猶用殷制。』

〔一〕「《振鷺》」，此下《獨斷》有「一章八句」四字。

然則文王辟雍自當在西郊。《箋》云『西雍之澤』，蓋亦以爲文王之辟雍也。」

豐年

【補】【蔡邕《獨斷》】《豐年》一章七句，蒸嘗秋冬之所歌也。

喬樅謹案：《毛詩序》：「《豐年》，秋冬報也。」《箋》云：「報者，謂嘗也，烝也。」與此義同。此「烝嘗」，非四時宗廟之祭也，故《毛敘》以報言之。考《禮記·月令》：「季秋之月，大饗帝，嘗犧牲，告備於天子。」鄭注云：「嘗者，謂嘗群神。天子親嘗帝，使有司祭於群神，禮畢而告焉。」又：「孟冬之月，大飲烝，天子乃祈來年于天宗，大割祠于公社及門閭，臘先祖五祀。」鄭注云：「十月農功畢，天子諸侯與其群臣飲酒於太學，以正齒位，謂之大飲，别之於他。其禮亡。」又釋「祈」與「大割祠」及「臘」云：「此《周禮》所謂蜡祭也。」高誘《淮南·時則訓》注亦云：「烝，冬祭也。」正此詩所言「蒸嘗」。秋冬之祭謂之「嘗」者，取物成嘗新之義；謂之「烝」者，取品物備進之義。《禮·月令》言「畢饗先祖」，《詩·豐年》亦言「烝畀祖妣」，其事正同。此詩與上《噫嘻》篇相應，《噫嘻》爲春夏祈祭之所歌，《豐年》則爲秋冬報祭之所歌，固與宗廟時祀之烝嘗名同而實異也。

豐年多黍多稌，亦有高廩，萬億及秭。爲酒爲醴，烝畀祖妣，以洽百禮，降福孔偕。

【補】【《說苑・貴德》篇】聖王布德施惠，非求報於百姓也；郊望禘嘗，非求報於鬼神也。山致其高，雲雨興焉；水致其深，蛟龍生焉；君子致其道德，而福禄歸焉。《周頌》曰：「豐年多黍多稌，亦有高廩，萬億及秭。爲酒爲醴，烝畀祖妣，以洽百禮，降福孔偕。」聖人之於天下也，譬猶一堂之上也，有一人不得其所者，則孝子不敢以其物薦進。

【補】【張衡《東京賦》】觀《豐年》之多稌。

【王逸《楚詞・九歎》注】醴，醴酒也。《詩》云：「爲酒爲醴。」

有瞽

【補】【蔡邕《獨斷》】《有瞽》一章十三句，始作樂合諸樂而奏之所歌也。

喬樅謹案：《毛詩序》：「《有瞽》，始作樂而合乎祖也。」《箋》云：「合者，大合諸樂而奏之。」即用魯說申毛。

有瞽有瞽。

【王逸《楚詞・九章》注】瞽，盲者也。《詩》云：「有瞽有瞽。」

設業設虡，崇牙樹羽。

【張衡《東京賦》】設業設虡。○【又曰】崇牙張。○【又曰】樹羽幢幢。

應朄縣鼓。

【補】【《爾雅・釋樂》】大鼓謂之鼖，小者謂之應。○【李巡曰】小者音聲相承，故曰應。應，承也。○【孫炎曰】和應大鼓也。《釋文》。○【郭璞注】《詩》曰：「應朄縣鼓。」在大鼓側。

喬樅謹案：《周官・大師》「鼓朄」注鄭衆曰：「《詩》云『應朄縣鼓』。朄，小鼓也，讀爲『導引』之『引』。」鄭君《禮記・明堂位》注引《詩》同。《毛詩》「應田縣鼓」，《傳》：「田，大鼓也。」《鄭箋》云：「田，當作『朄』。朄，小鼓，在大鼓旁，應鞞之屬也。聲轉字誤，變而爲『田』。」此據今文改毛。郭注所引是用舊注《魯詩》之文。

簫管備舉。

【補】【《風俗通義》六】《詩》云：「簫管備舉。」管，漆竹長一尺，六孔，十二月之音也。物貫地而牙[一]，故謂之管。《尚書大傳》：「舜之時，西母來獻其白玉琯。」知古以玉爲管，後乃易之以竹耳。夫以玉作音，故神人和，鳳凰儀也。○【又曰】簫，其形參差，像鳳之翼，十管，長一尺。

[一]「物貫地而牙」，此上《風俗通義》有「象」字。

肅雍和鳴，先祖是聽。

【《史記·樂書》】《詩》曰：「肅雍和鳴，先祖是聽。」夫肅，肅敬也。雍，雍和也。夫敬以和，何事不行。

【補】【《爾雅·釋言》】肅嗈，聲也。○【郭璞注】《詩》曰：「肅嗈和鳴。」

喬樅謹案：肅嗈，《毛詩》作「肅雍」，文與此微異。

【補】【蔡邕《禮樂意》】《詩》云：「肅雍和鳴，先祖是聽。」

潛

【補】【蔡邕《獨斷》】《潛》一章六句，季冬薦魚、春獻鮪之所歌也。

涔有多魚。

【補】【《爾雅·釋器》】槮謂之涔。○【舍人注】以米投水中養魚爲涔也。《太平御覽》八百三十四。○【孫炎曰】積柴養魚曰槮。《毛詩正義》。

喬樅謹案：《毛詩正義》云：「『涔』『潛』古今字。」《釋文》云：「潛，《爾雅》作『涔』，郭音潛，《韓詩》云『涔，魚池』，小雅作『橬』。」據此則《魯詩》「潛」亦當作「涔」，與《韓詩》同。今

《獨斷》作「潛」字，此後人順毛所改也。又考高誘《淮南・説林訓》注：「今沇州人積柴〔一〕水中捕魚爲罧，幽州人名之爲涔。」與孫炎説同。舍人注云「以米投水中養魚」，「米」字蓋「木」之譌。《毛傳》「糝」字亦从米傍，《詩正義》引李巡《爾雅注》云：「以木投水中養魚曰涔。」「槮」字，《爾雅》作木邊，積柴之義也。「槮」用木不用米，當從木爲正。胡承珙曰：「『槮』謂之『涔』，《爾雅》列於《釋器》。若以米養魚，不得爲器。況漆、沮大水，非可投米以養。若如《韓詩》謂『涔』爲魚池，則又當入《釋地》矣。《爾雅》既與『罛』『罶』『罺』『罾』並列，則『槮』自是圍魚待捕之具。水中列木，所以聚魚，亦可謂養，非必以米畜養也。」

雝

【補】【蔡邕《獨斷》】《雝》一章十六句，禘太祖之所歌也。

喬樅謹案：以《雝》爲「禘太祖之所歌」，魯説與《毛敘》同。《鄭箋》云：「禘，大祭也。大於四時而小於祫。太祖，謂文王。」考《白虎通》云：「祭宗廟所以禘祫，何？尊人君，貴功德，廣孝道也。位尊德盛，所及彌遠。謂之禘祫，何？『禘』之爲言『諦』也，序昭穆，諦父子也。

〔一〕「柴」，《淮南鴻烈解》作「栗」。

『祫』者，合也，毁廟之主，皆合食於太祖也。周以后稷、文、武，特七廟。周之所以七廟者，以后稷始封，文王、武王受命而王，后稷爲始祖，文王爲太祖，武王爲大宗。」又韋玄成云：「《禮》，王者受命，諸侯始封之君，皆爲太祖。」並與《箋》説同。則魯家之説以此「禘太祖」爲祀文王也。鄭君《詩箋》蓋用魯義。

【補】【《淮南·主術訓》】奏《雍》而徹。○【高誘注】《雍》，已食之樂也。

有來雍雍，至止肅肅。相維辟公，天子穆穆。

【補】【《漢書》韋玄成議】臣聞祭，非自外至者也，繇中出，生於心也。故唯聖人爲能饗帝，孝子爲能饗親。立廟京師之居，躬親承事，四海之内，各以其職來助祭。尊親之義，五帝三王所共，不易之道也。《詩》云：「有來雍雍，至止肅肅。相維辟公，天子穆穆。」

【《漢書》劉向上封事曰】《詩》曰：「有來雍雍，至止肅肅。相維辟公，天子穆穆。」言四方皆以和來也。

案：韋玄成《自責詩》「天子穆穆」，蔡邕《司空袁逢碑》「穆穆天子」，皆用《詩·頌》語。

【補】【包咸《論語注》】辟，謂諸侯。公，二王之後也。穆穆，天子之容。○【皇侃《疏》曰】相，助也。穆穆，敬也。言時助祭者有諸侯及王者之後，而天子儀容盡敬穆穆然也。

喬樅謹案：包咸習《魯詩》，此注當本魯訓。

【補】【《後漢書・章帝紀》建初[一]七年詔】豈亡克慎，肅雍之德，辟公之相。

既右烈考。

【王逸《楚詞・離騷》注】父死曰考，《詩》曰：「既右烈考。」

亦右文母。

【補】【《漢書》杜鄴對曰】臣聞陽尊陰卑，卑者隨尊，尊者兼卑，天之道也。故禮明三從之義，雖有文母之德，必繫於子。

載見

【補】【蔡邕《獨斷》】《載見》一章十四句，諸侯始見于武王廟之所歌也。

和鈴鉠鉠。

【張衡《東京賦》】和鈴鉠鉠。

喬樅謹案：鉠鉠，《毛詩》作「央央」。「鉠」「央」古今文之異。

[一]「初」，續編本作「章」。按：應作「初」。

休有烈光。

【蔡邕《陳太丘廟碑》】休有烈光。

有客

【補】【蔡邕《獨斷》】《有客》一章十三句，微子來見祖廟之所歌也。

有客有客，亦白其馬。

【補】【《白虎通·王者不臣》篇】王者不臣二王之後者，尊先王通天下之三統也。《詩》云：「有客有客，亦白其馬。」謂微子朝周也。

【補】【又《三正》篇】王者所以存二王之後，何也？所以尊先王，通天下之三統也。明天下非一家之有，謹敬謙讓之至也。故封之百里，使得服其正色，用其禮樂，永祀[一]先祖。《詩》曰：「厥作裸將，常服黼冔。」言微子服殷之冠，助祭於周也。《周頌》曰：「有客有客，亦白其馬。」此微子朝周也。

[一]「祀」，《白虎通》作「事」。

有客宿宿，有客信信。

【補】【《爾雅·釋訓》】「有客宿宿」，言再宿也。「有客信信」，言四宿也。

【補】【何休《公羊傳解詁》】王者封二王後，地方百里，爵稱公，客待之，而不臣也。《詩》云：「有客宿宿，有客信信。」隱公三年。

喬樅謹案：《公羊·隱三年》「春王二月」《解詁》又云：「王者存二王，使統其正朔，服其服色，行其禮樂，所以尊先聖，通三統，師法之義，恭讓之禮，於是可得而觀之。」説亦與《白虎通》合，疑皆本魯故。

武

【補】【蔡邕《獨斷》】《武》一章七句，奏《大武》，周武所定一代之樂之所歌也。

喬樅謹案：《吕氏春秋·古樂》篇：「武王即位，以六師伐殷。六師未至，以鋭兵克之於牧野。歸，乃薦俘馘於京太室，乃命周公爲作《大武》。」今考《春秋繁露》言：「文王受命，作《武》樂，制文禮以奉天。武王受命，作《象》樂，繼文以奉天。周公輔成王受命，成文、武之制，作《汋》樂以奉天。」直以《武》爲文王樂者。按《白虎通義·禮樂》篇：「周樂曰《大武象》，周公之樂曰《酌》，合曰《大武》。《象》者，象太平而作樂，示已太平也。合曰《大武》

者，天下始樂周之征伐行武，故詩人歌之：『王赫斯怒，爰整其旅。』當此之時，天下樂文王之怒，以定天下，故樂其武也。」據此，是文王已作《武》樂，及武王克殷，繼文而卒成武功，又定《大武》之樂。故《魯詩序》云「周武所定一代之樂」，不言周武所作者，明文王已作《武》樂也。《大武》爲武王所定，即得爲武王樂，猶《咸池》本黄帝所作樂，堯增脩而用之曰《大咸》，而《咸池》亦得爲堯樂也。

【補】【《風俗通義》六】武王作《武》，「武」言以武功定天下也。

勝殷遏劉，耆定武功。

【補】【《潛夫論·五德志》篇】武王駢齒，勝殷遏劉，成周道。

【補】【《風俗通義》一】《詩》云：「勝殷遏劉，耆定武功。」

喬樅謹案：武功，《毛詩》作「爾功」，魯與毛氏文異。

閔予小子

【補】【蔡邕《獨斷》】《閔予小子》一章十一句，成王除武王之喪，將始即政，朝於廟之所歌也。

閔予小子，遭家不造。

【蔡邕《宗廟祝嘏辭》】予末小子，遭家不造。

喬樅謹案：《和熹鄧后謚議》亦用「遭家不造」語。

【補】【《漢書》劉歆議】比遭家之不造。《王莽傳》。

夙夜敬止。

【補】【《潛夫論·慎微》篇】文王小心翼翼，成王夙夜敬止，思慎微眇，早防未萌，故能太平而傳子孫。

喬樅謹案：《毛詩正義》引王肅説：「以此篇爲周公致政，成王嗣位，始朝於廟之樂歌。」其義非是。考《漢書》匡衡引此詩云：「『煢煢在疚』，言成王喪畢思慕，意氣未能平也。」《文選·寡婦賦》注引《韓詩》曰：「『惸惸在疚，凡人喪曰『疚』。」皆以此爲成王喪畢之詞，與蔡邕言成王除喪、始朝於廟説合。《毛敘》變成王言嗣王，其爲免喪後始朝於廟可知。是此詩四家師説大同，王肅述毛以爲周公致政之後，殊失《詩》旨矣。

訪落

【補】【蔡邕《獨斷》】《訪落》一章十二句，成王謀政於廟之所歌也。

訪予落止。

【補】【《爾雅·釋故》】落，始也。○【郭璞注】《詩》曰：「訪予落止。」

朕未有艾。

惟予小子，未堪家多難。

【《史記·樂書》】成王作頌，推己懲艾，悲彼家難，可不謂戰戰恐懼，善守善終哉？君子不爲約則脩德，滿則棄禮。佚能思初，安能維始，沐浴膏澤而歌詠勤苦，非大德孰能如斯！

喬樅謹案：據太史公言「成王作頌」，是此詩皆爲成王之言。《鄭箋》以上句「訪予落止」爲成王之詞，下句「率時昭考」爲群臣之詞，與《魯詩》説異。

敬之

【補】【蔡邕《獨斷》】《敬之》一章十二句，群臣進戒嗣王之所歌也。

敬之敬之，天惟顯思，命不易哉！毋曰高高在上，陟降厥士，日監在茲。惟予小子，不聰敬止。日就月將，學有緝熙于光明。佛時仔肩，視我顯德行。

【《新書·禮容》篇】《詩》曰：「敬之敬之，天惟顯思，命不易哉！毋曰高高在上，陟降厥士，日監在兹。惟予小子，不聰敬止。日就月將，學有緝熙於光明。佛時仔肩，視我顯德行。」故弗順弗敬，天下不定，忘敬而怠，人必乘之。嗚乎，戒之哉！

喬樅謹案：此詩「佛」字，三家義無可考。《毛傳》訓爲大，《鄭箋》訓爲輔，《正義》以「佛」之爲大，其義未聞。李黼平《毛詩紬義》曰：「《説文》：『奔，大也，从大，弗聲，讀若「予違，汝弼」。』毛蓋讀『佛』爲『奔』，《廣韵》云：『胇肸，大也。』『胇肸』即『佛肸』，是『佛』亦本訓大也。」曾釗《毛鄭異同辨》曰：「凡从『弗』之字，即有『弼違』之意。如矯弓之屈以使正爲『𢐀』，矯人之非以合宜爲『𦍐』，其字皆從『弗』。『奔』從大、從弗，言大矯之。鄭訓『佛』爲輔，實與《傳》相將，非違《傳》也。」胡承珙曰：「《説文》：『弼，輔也。』重文作『𢐀』。《孟子》『法家拂士』，趙注謂『輔拂之士』。是作『拂』、作『佛』，皆『𢐀』之假借。詩意當云大哉，是予之所任者，尚賴群臣示以顯德之行。《箋》則直言『輔弼是任』，與《傳》意别。」喬樅謂，據《説苑》言「成湯、文、武知任其過」，引此詩「佛時仔肩」二語以證，宋人聞君子之語能脩德改行以消灾異，當取「輔𢐀」爲義。鄭君《詩箋》蓋用魯義申毛歟。

【補】【《列女傳》三】《詩》曰：「敬之敬之，天維顯思。」

【補】【《漢書・孔光傳》】《詩》曰：「敬之敬之，天維顯思，命不易哉。」又曰：「畏天之威，于時保之。」皆謂不懼者凶，懼之則吉也。

【補】【《淮南·脩務訓》】知人無務，不若愚而好學。自人君公卿至於庶人，不自彊而功成者，天下未之有也。《詩》云：「日就月將，學有緝熙於光明。」此之謂也。○【高誘注】《詩·頌·敬之》篇言[一]日有所成就，月有所奉行，當學之是明，此勉學之謂也。

【補】【又曰】夫事有易成者名小，難成者功大。君子脩美，雖未有利，福將在後至。故《詩》曰：「日就月將，學有緝熙於光明。」此之謂也。

【補】【《潛夫論·讚學》篇】《詩》云：「日就月將，學有緝熙於光明。」是故凡欲顯勳績揚光烈者，莫良於學矣。

【《蔡邕集·上始加元服與群臣上壽表》】緝熙光明，思齊周成。

【又《文烈侯楊公碑》】緝熙光明。

【補】【《中論·治學》篇】大樂之成，非取乎一音；嘉膳之和，非取乎一味；聖人之德，非取乎一道。故曰學者所以總群道也。群道統乎己心，群言一乎己口，唯所用之。故出則元亨，處則利貞，默則立象，語則成文。述千載之上，若共一時；論殊俗之類，若與同室。度幽明之故，若見其情；原治亂之漸，若指已効。故《詩》曰：「學有緝熙於光明。」其此之謂也。

[一]「言」，此下《淮南鴻烈解》有「爲善者」三字。

【補】【《說苑·君道》篇】昔者夏桀殷紂不聞[一]其過，其亡也忽焉；成湯、文、武知任其過，其興也勃焉。夫過而改之，是猶不過也。《詩》曰：「佛時仔肩，示我顯德行。」

喬樅謹案：賈子引《詩》「示我顯德行」，「示」作「視」。「示」蓋「視」之古文。

小毖

【補】【蔡邕《獨斷》】《小毖》一章八句，嗣王求忠臣助己之所歌也。

喬樅謹案：《毛詩序》：「《小毖》，嗣王求助也。」《箋》云：「言成王求忠臣早輔助己爲政，以救患難。」即取魯義申毛也。胡承珙曰：「篇中桃蟲飛鳥之喻，『多難』『集蓼』之言，是[二]方當武庚作亂，國家不靖之時，急求輔助，故其辭危迫。《大誥》曰：『殷小腆，誕敢紀其敘。』即桃蟲飛鳥之謂也。曰『予惟小子，若涉淵水，予惟往求朕攸濟』，即[三]求助之謂也。《小毖》之作似正值周公東征時，曰『予其懲』者，懲戒往日之誤信流言，致疑周公，《史

〔一〕「聞」，《說苑》作「任」。

〔二〕「是」，《毛詩後箋》作「乃似」。

〔三〕「即」，此下《毛詩後箋》有「序」字。

記》所謂『推己懲艾，悲彼家難』也。曰『毖彼〔一〕患』者，謂禍難未已，當日慎一日，《大誥》所云『朕言艱日思』也。《逸周書》『成王即位，因嘗麥而語群臣求助』，作《嘗麥解》。其曰『求助』，與《詩序》相應。其文曰『維四年孟春』，又可證此及上三篇通爲免喪即政時事也。」

莫與拼蠭，自求辛螫。

【補】【《潛夫論·慎微》篇】莫與拼蠭，自求辛螫。禍福無門，唯人所召。

喬樅謹案：《爾雅·釋訓》：「甹夆，掣曳也。」《毛詩傳》：「荓蜂，瘛曳也。」《正義》引孫炎《爾雅注》「謂相掣曳入於惡也」，郝氏懿行云：「掣，《說文》作『瘛』，云『引縱曰瘛』，通作『摯』。《廣雅》：『摯，引也。』《玉篇》『摯』與『瘛』同。又《說文》：『臾，曳也。』『臾』『曳』亦牽引之言也。『甹夆』蓋『㣔𢓜』之省，《說文》『㣔』『𢓜』並云『使也』。聲借爲『荓蜂』，又借爲『併蠭』。《文選·海賦》『或掣掣洩洩於裸人之國』，『掣掣洩洩』即『掣曳』也。」喬樅謂《爾雅》『甹夆』，此據《魯詩》之文。《潛夫論》多用魯說，字亦當作『甹夆』。今本作『拼蠭』，或後人轉寫改之。胡承珙曰：「《潛夫論》言『禍福無門，唯人自召』，此正謂無人掣曳

〔一〕「彼」，《毛詩後箋》作「後」。當作「後」。

於我，禍福皆自己求之也。」

載芟

【補】【蔡邕《獨斷》】《載芟》一章三十一句，春藉田祈社稷之所歌也。

其耕釋釋。

【補】【《爾雅·釋訓》】釋釋，耕也。○【舍人注】釋釋，猶藿藿解散之意。《毛詩正義》。

喬樅謹案：郭本《爾雅》作「郝郝」。《毛詩》「其耕澤澤」，《正義》引舍人《爾雅注》作「釋釋」。臧氏鏞堂云：「『釋釋』與『澤澤』同，與『郝郝』亦同。」《釋訓》「赫赫，迅也」，《釋文》云：「郭音釋，舍人本作『奭』。」則「釋」「澤」「郝」「赫」「奭」五字並通。一曰《爾雅》本作「郝郝」，舍人注當引《詩》「其耕郝郝」，云「郝郝，猶藿藿」。「郝」「藿」聲相近，不當作「釋」字。《毛詩》作「澤澤」，「釋」與「澤」字同，疑是後人順毛而改。

千耦其耘，徂隰徂畛。

【王逸《楚詞·九歎》注】耘，耔也。《詩》云：「千耦其耘。」○【又《大招》注】畛，田上道也。《詩》云：「徂隰徂畛。」

有𣝔其耜。

【補】【《爾雅·釋詁》】𣝔，利也。

播厥百穀。

【王逸《楚詞·九章》注】播，種也。《詩》曰：「播厥百穀。」

繹繹其達。

緜緜其麃〔一〕。

【補】【《爾雅·釋訓》】繹繹，生也。緜緜，麃也。○【舍人注】繹繹，穀皆生之貌。○【孫炎注】緜緜，言詳密也。○【郭璞曰】言芸耨精也。並《詩正義》。

喬樅謹案：繹，《毛詩》作「驛」。《文選·甘泉賦》注引《薛君章句》「繹繹，盛貌」，是《韓詩》字亦作「繹」〔二〕，與魯同也〔三〕。麃，《毛詩〔四〕》作「麃」，《正義》引孫炎《爾雅注》云：

〔一〕底本「緜緜其麃」合在上一行，今據續編本及全書體例另分一行。

〔二〕「亦作『繹』」，續編本無此三字。

〔三〕「也」，續編本無此字。

〔四〕「詩」，續編本無此字。

「言詳密也。」

振古如兹。

【補】【《爾雅·釋故》】振，古也。○【郭璞注】《詩》曰：「振古如兹。」

喬樅謹案：《毛詩》云：「振，自也。」《鄭箋》云：「振亦古也。」鄭蓋用魯義。

良耜

【補】【蔡邕《獨斷》】《良耜》一章二十三句，秋報社稷之所歌也。

畟畟良耜〔一〕。

【補】【《爾雅·釋訓》】畟畟，耜也。○【舍人注】畟畟，耜入地之貌。《毛詩正義》。○【郭璞注】言嚴利也。

喬樅謹案：《爾雅釋文》：「『畟』字或作『稷』。」畟畟，《太玄經注》引作「稷稷」，是《魯詩》之文一作「稷稷」。「畟」「稷」古今文之異。

〔一〕「良耜」，底本作「耜也」，今據續編本改。

以茠荼蓼。

【補】【《爾雅·釋草》】荼，委葉。○【某氏注】《詩》云：「以茠荼蓼。」《毛詩正義》。

喬樅謹案：荼，亦作「蒤」，《釋文》云：「茠，或作『薅』。」今《毛詩》正作「薅」，考《説文》：「薅，拔田草也，或作『茠』。《詩》曰：『既茠荼蓼。』」《説文》「茠」字既據《魯詩》之文，「以茠」作「既茠」，疑《魯詩》文如此。

穫之挃挃，積之栗栗。

【補】【《爾雅·釋訓》】挃挃，穫也。栗栗，衆也。○【孫炎注】挃挃，穫聲也。○【李巡注】栗栗，積聚之衆也。並《毛詩正義》。

喬樅謹案：《説文》「穦，積禾也」，引《詩》「穦之秩秩」。然則三家《詩》「積」字當作「穦」爲正。

絲衣

【補】【蔡邕《獨斷》】《絲衣》一章九句，繹賓尸之所歌也。

喬樅謹案：此篇《詩敘》云：「繹賓尸也。」不明爲何祭之尸，惟《毛詩敘》載高子曰：「靈星之尸也。」以尸爲靈星之尸，則非宗廟之繹祭矣。劉向《五經通義》亦以「絲衣其紑」爲言王者祭靈星公尸所服之衣，與高子説合，知《魯詩》義同於毛也。胡承珙曰：「《史記·封禪書》：『漢興八年，或曰周興而邑邰，立后稷之祠，至今血食天下。於是高祖制詔御史，其令郡國縣立靈星祠，嘗以歲時祠以牛。』張晏曰：『龍星左角曰天田，則農祥也，晨見而祭之。』張守節《正義》引《漢舊儀》云：『五年，脩復周家舊祠，祀后稷於東南，爲民祈農報厥功。夏則龍星見而始雩。龍星左角爲天田，右角爲大庭。天田爲司馬，教人種百穀爲稷。靈者，神也。辰之神爲靈星，故以壬辰日祠靈星於東南，金勝爲土相也。』其後，《漢書·郊祀志》《續漢書·祭祀志》皆因之。以漢法推周制，考《周語》虢文公曰：『農祥農正。』伶州鳩曰『昔武王伐殷』，『月在天駟』，『月之所在，辰馬農祥也。我大祖后稷之所經緯也』。《晉語》董因曰：『大火，閼伯之星也，是爲大辰。辰以成善，后稷是相。』此三條皆足爲周人祀靈星之證。《續漢書》云：『言祠后稷而謂之靈星者，以后稷又配食星也。』然則靈星之祀，其來甚古。《淮南·主術訓》：『君人之道，其猶零星之尸也。』「零」同「靈」。是靈星之有尸，亦久矣。高子與孟子同時，去古未遠，故能確知此詩爲祀靈星之作也。又《絲衣》次《載芟》《良耜》，《古今注》云：『元和三年，初爲郡國立稷及祠社、靈星禮器。』《後漢·東夷傳》：『高句驪好祠鬼神、社稷、零星。』可知古者靈星之祀與社稷爲類，此詩之次於《載芟》《良耜》，殆非無故矣。」喬樅謂，據《論衡・明雩》篇云「水旱不時，雖有靈星之祀，猶復雩，恐前不備，彤繹之義也」，是知古者祭天地社稷，皆有繹祭賓尸之禮。此《絲衣》詩爲繹賓尸之所歌，即承上《載芟》《良耜》兩詩言之。《載芟》爲春祈社稷，《良耜》爲秋報社稷，此一歲再祭之明文。《孝經援神契》曰：「仲春祈穀，仲秋穫禾，報社祭稷。社者，五土之主。稷者，百穀之長。祭社配以后土，祭稷配以后稷。」《五經通義》曰：「王社在藉田中，爲千畝報功也。」《載芟》《良耜》所云「祈報社稷」者，「社」即指王社言之，「稷」亦即靈星之祠，祀后稷也。《漢書・郊祀志》曰：「社者，土也。宗廟，王者所居。稷者，所以奉宗廟，供粢盛，人所食以生活也。王者莫不尊重親祭，自爲之主，禮如宗廟。」故《鄭箋》釋《絲衣》之「繹賓尸」，即據宗廟之禮申明其說。《載芟》《良耜》二篇是正祭所歌樂章，《絲衣》一篇則繹祭所歌之樂章耳。

【補】【《論衡・祭意》篇】靈星之祭，祭水旱也，於禮，舊名曰雩。雩之禮，爲民祈穀雨，祈穀實也。春求穀雨，秋求穀實，一歲再祀，蓋重穀也。春以二月，秋以八月。二月之時，龍星始見，故《傳》曰：「龍見而雩。」龍星見時，歲已啓蟄而雩。春雩之禮廢〔一〕，秋雩之禮存，故世常脩靈星

〔一〕《論衡》此處似文有脱訛，於義不暢。黄暉《論衡校釋》以爲此處當作：「龍星見時，歲已啓蟄，故又曰：『啓蟄而雩。』春雩之禮廢。」

之祀，到今不絶。名變於舊，故世人不識；禮廢不具，故儒者不知。世儒案禮，不知靈星何祀〔一〕，説縣官名曰「明星」，緣明星之名，説曰「歲星」。然明星非歲星也，乃龍星也。龍星二月見，則雩祈穀雨；龍星八月將入，則秋雩祈穀實。靈星者，神也。神者，謂龍星也。

【補】【又《明雩》篇】曾皙對孔子言其志曰：「暮春者，春服既成，冠者五六人，童子六七人，浴乎沂，風乎舞雩，咏而饋。」孔子曰：「吾與點也。」魯設雩祭於沂水之上。暮者，晚也，春謂四月也。「春服既成」，謂四月之服成也。冠者、童子，雩祭樂人也。「浴乎沂」，涉沂水也，象龍之從水中出也。「風乎舞雩」，風，歌也。「詠而饋」，詠歌饋祭也，歌咏而祭也。周之四月，歲〔二〕二月也。《春秋傳》曰：「啓蟄而雩。」又曰：「龍見而雩。」啓蟄、龍見，皆二月也。春二月雩，秋八月亦雩。春祈穀雨，秋祈穀實。當今靈星，秋之雩也。春雩廢，秋雩在，故靈星之祀，歲雩祭也。孔子曰：「吾與點也。」善點之言，欲以雩祭調和陰陽，故與之也。夫雩，古而有之，故《禮》曰：「雩祭，祭水旱也。」歲氣調和，災害不生，尚猶而雩。今有靈星，古昔之禮也。况歲氣有變，水旱不時，人君之懼，必痛甚矣。雖有靈星之祀，猶復雩，恐前不備，肜繹之義也。冀復災變之虧，獲

〔一〕「不知靈星何祀」，此下《論衡》有「其難曉而不識」六字。

〔二〕「歲」，此上《論衡》有「正」字。

豐穰之報也〔一〕。

戴弁俅俅。

【補】【《爾雅·釋言》】俅，戴也。○【郭璞注】《詩》曰：「戴弁俅俅。」○【又《釋訓》】俅俅，服也。○【郭璞注】謂戴弁服。

喬樅謹案：戴，《毛詩》作「載」。考劉熙《釋名》云：「戴，載也，載之於頭也。」然則「戴」「載」義通矣。《説文》「俅，冠飾貌」，引《詩》「戴弁俅俅」，與《爾雅注》合。

【補】【劉向《五經通義》曰】靈星爲立尸，故云「絲衣其紑，會弁俅俅」，言王者祭靈星公尸所服之衣也。杜佑《通典》四十四。

喬樅謹案：此所引「會弁俅俅」，「會」蓋「戴」之譌字。

自堂徂基，自羊徂牛。鼐鼎及鼒。不吴不驁，胡考之休。

【補】【《説苑·尊賢》篇】《詩》曰：「自堂徂基，自羊徂牛。」言以内及外，以小及大也。

【《史記·封禪書》】頌曰：「自堂徂基，自羊徂牛。鼐鼎及鼒。不吴不驁，胡考之休。」

【《史記·武帝紀》】頌曰：「自堂徂基，自羊徂牛。鼐鼎及鼒。不虞不驁，胡考之休。」

〔一〕「也」，此上《論衡》有「三」字。

喬樅謹案：《史記・武帝紀》張晏謂褚少孫所補，褚治《魯詩》之學，此引《詩》「不虞不驁」與《封禪書》文微異。《索隱》曰：「《毛詩傳》云：『吴，譁也。』姚氏案：何承天云此『虞』當爲『吴』，音洪霸反。吴，《説文》一曰『大言也』，此作『虞』者，與『吴』聲相近，故假借也。或者本文借此『虞』爲驩娱字。」喬樅考《毛詩》「不吴不敖」，《釋文》本「吴」字作「虞」，各本作「吴」，此從盧校改之。《正義本》作「娱」。「娱」「虞」皆「吴」之假借，毛、何訓「吴」爲「譁」，「吴」「譁」亦一聲之轉。「譁」即大言也，《衆經音義》卷十一云：「鋘，此古文奇字『鏵』。」是「吴」「華」古文通用之證。敖，鄭君訓爲傲慢，《魯詩》文作「驁」。「敖」「驁」亦皆「傲」之通假。

【《説文・鼎部》】鼐，鼎之絶大者。《魯詩》説：「鼐，小鼎。」

喬樅謹案：《爾雅・釋器》：「鼎絶大謂之鼐，圓弇上謂之鼒。」《毛詩傳》：「大鼎謂之鼐，小鼎謂之鼒。」《傳》釋「鼐」「鼒」與《爾雅》説義同。《爾雅》，《魯詩》之學也，與《説文》所引魯説不同者，蓋《説文》所引亦《魯詩》之一説。如「紼纚維之」，《毛詩釋文》引《韓詩》「纚，筰也」，《文選》顔延之《宋元皇后哀策文》注引《韓詩》「纚，繫也」，訓義各異，無妨兼載，未可執此非彼，失之拘泥。又「鼒」，王伯厚《詩考》引《史記》作「哉」，《音義》：「哉，音資。」今案《封禪書》及《武帝紀》並作「鼒」，未詳王氏所見據何本也。

酌

【補】【蔡邕《獨斷》】《酌》一章九句，告成《大武》，言能酌先祖之道以養天下之所歌也。

【補】【《白虎通·禮樂》篇】周樂曰《大武象》，周公之樂曰《酌》，合曰《大武》。周公曰《酌》者，言周公輔成王，能斟酌文、武之道而成之也。

【補】【《風俗通義》六】武王作《武》，周公作《勺》。《勺》言斟酌先祖之道也，《武》言以功定天下也。

於鑠王師。

【補】【楊雄《長楊〔一〕賦》】酌允鑠。

桓

【補】【蔡邕《獨斷》】《桓》一章九句，師祭講武類禡之所歌也。

〔一〕「楊」，續編本作「揚」。

喬樅謹案：《毛詩敘》云：「《桓》，講武類禡也。桓，武志也。」《釋文》云：「本或以此句爲注。」胡承珙曰：「案《正義》云：『《序》又説名篇之意：桓者，威武之志。』是孔本以此句爲序。蓋此及下『賚，予也』『般，樂也』，皆説名篇之意，文義一例，皆當爲序《詩》者之言。《般》疏言定本『般樂』二字爲鄭《注》，不如崔《集注》本以『般，樂也』三字爲序文之當。此序首言『講武類禡』，而經文無其事，恐啓學者之疑，故繼之以『桓，武志也』。意謂講武類禡者，固武王伐商之事，而詩人因其事以推言其志，在於安萬邦而保厥士，用四方而定厥家耳。是此序首言頌之所由作，繼言頌之所由名，其實仍一義也。」喬樅謂據蔡邕《獨斷》，則《魯詩序》無「桓，武志也」之句，與《毛詩序》互有詳略。

皇以間之。

【補】【《爾雅·釋詁》】間，代也。〇【孫炎曰】間，厠之代也。《尚書正義》。

喬樅謹案：《毛傳》亦訓「間」爲代，與《爾雅》合。是魯、毛義同。

賚

【補】【蔡邕《獨斷》】《賚》一章六句，大封于廟，賜有德之所歌也。

喬樅謹案：《史記[一]正義》引皇甫謐《帝王世紀》：「武王伐紂之年，夏四月，祀於周廟，將率之士皆封爲諸侯。」皇甫以阮、徂、共爲三國名，用《魯詩》說，則此亦據《魯傳》也。

文王既勤止，我應受之，敷時繹思。

【補】【《中論·爵禄》篇】先王之將封建諸侯而錫爵禄也，必于清廟之中，陳金石之樂，隆宴賜之禮，宗人擯相，内史作策也。其頌曰：「文王既勤止，我應受之，敷時繹思。」由此觀之，爵禄者，先王之所貴也。

般

【補】【蔡邕《獨斷》】《般》一章七句，巡狩祀四嶽河海之所歌也。

於皇明周，陟其高山。嶞山喬嶽，允猶翕河。

【《史記·封禪書》】周成王封泰山，禪社首，受命然後得封禪。《詩》云紂在位，文王受命，政不及泰山。武王克殷二年，天下未寧而崩。爰周德之洽維成王，成王之封禪則近之矣。

〔一〕「史記」，應作「毛詩」。按：《史記正義》不見此語，當爲《毛詩正義》。

喬樅謹案：《史記》所引《詩》即《魯詩》説，據《封禪書》言：「上招賢良趙綰、王臧等，以文學爲公卿，欲議古立明堂城南，以朝諸侯，草巡狩封禪改歷服色事。」綰、臧並申公弟子，益足證《魯詩》以《般》爲言封禪事矣。《史記》又云：「孔子論述六藝，《傳》略言易姓而王，封泰山禪乎梁父者，七十餘王。」疑《傳》即指《魯詩傳》也。

【補】【《白虎通·封禪》篇】王者易姓而起，必升封泰山何？報告之義也。始受命之日，改制應天，天下太平，功成封禪，以告太平也。所以必於泰山何？萬物之始，交代之處也。《詩》云：「於皇明周，陟其高山。」言周太平，封泰山也。又曰：「墮山喬嶽，允猶翕河。」言望祭山川百神來歸也。

喬樅謹案：元本《白虎通》作「明周」，與《詩考》引合。惟小字本作「時周」。

【補】【《爾雅·釋山》】巒，山墮。○【郭璞注】謂山形長狹者，荆州謂之巒。《詩》曰：「墮山喬嶽。」

於繹思。

喬樅謹案：《毛詩釋文》云：「『於繹思』，《毛詩》無此句，齊、魯、韓《詩》有之。今《毛詩》有者，衍文也。崔《集注》本有，是採三家之本。崔因有，故解之。」孔氏《正義》云：「此篇末，俗本有『於繹思』三字，誤也。」臧鏞堂曰：「此句涉上《賚》篇而誤，即在三家，亦爲衍文。」

魯詩遺説考卷第六〔六之二〕

福州陳壽祺學　男喬樅述

魯詩頌二

魯頌

駉

駉駉牡馬，在坰之野。

【楊雄《太僕箴》】僖好牡馬，牧於坰野。輦車就牧，而詩人興魯。

有騅有駓。

【補】【《爾雅·釋畜》】黄白雜毛，駓。蒼白雜毛，騅。○【郭璞注】《詩》曰：「有騅有駓。」

有驔有魚。

【補】【《爾雅·釋畜》】驪馬黄脊，騽。二目白，魚。○【郭璞注】《詩》曰：「有驔有魚。」

喬樅謹案：《爾雅釋文》：「騽，《説文》作『驔』，今《爾雅》本亦有作『驔』者。」據此則《爾雅》「騽」字即「驔」之異體，蓋《魯詩》之文，「驔」字作「騽」。陸云「今《爾雅》本亦有作『驔』者」，此後人順毛改之。郭璞承用舊注，當引《詩》「有騽有魚」，字不宜作「驔」，「驔」字殆皆後人所改。段氏《説文注》云：「覃，古音如淫，其入聲則如熠。又音如尋，其入聲則如習。『驔』『騽』必一字。鳥之『鷣』『鷚』，蟲之『熠』『燿』，其理一也。今《説文》『驔，驪馬黄脊』『騽，馬豪骭也』，分『驔』『騽』兩形兩義，非許之原文。《玉篇》『騽』下曰『驪馬黄脊，又馬豪骭』，可證二義分爲二形之非矣。」

有駜

君子有穀，貽厥孫子。

【補】【《列女傳·魯季敬姜》篇】《詩》曰：「君子有穀，貽厥孫子。」

喬樅謹案：《毛詩》「君子有穀，貽孫子」，無「厥」字。《釋文》云：「本或作『詒厥孫子』『詒于孫子』，皆是妄加也。」陸説非是。三家《詩》文間與毛殊，子政《列女傳》引《詩》有「厥」

字，是《魯詩》文作「貽厥孫子」。然則知本或作「詒于孫子」者，乃齊、韓《詩》文，陸氏誣爲妄加過矣。又「自今以始，歲其有」，《釋文》云：「本或作『歲其有矣』，又作『歲其有年』，『年』『矣』皆衍字也。」「年」「矣」今本誤作「者」「矣」，宜訂正。按《隸釋》載《西嶽華山廟碑》「歲其有年」，《毛詩正義》云：「定本、《集注》皆作『歲其有年』。」當亦從三家《詩》之文也。

泮水

思樂泮水，薄采其芹。穆穆魯侯，克明其德。既作泮宮，淮夷攸服〔一〕。

【《白虎通·辟雍》篇】天子辟雍，諸侯泮宮，何？以知有水也。《詩》云：「思樂泮水，薄采其荇。」《詩訓》曰「水圓如璧。」諸侯曰泮宮，半於天子宮也，明尊卑有差，所化少也。半者，象璜也，獨南面禮儀之方有水耳。其餘壅之言垣，宮名之別尊卑也，明不得化四方也。不曰「泮雍」，何？嫌但半天子制度也。《詩》云：「穆穆魯侯，克明其德。既作泮宮，淮夷攸服。」

喬樅謹案：「壅之言垣」，「言」疑當作「以」。「其餘壅之以垣」句斷，「宮名之別尊卑也，明不得化四方也」，二句語意相應。荇，《毛詩》作「芹」，「芹」與「旂」韵，疑「荇」爲字之誤也。

〔一〕「穆穆魯侯」至「淮夷攸服」，續編本此四句另換一行。

又案酈道元《水經注・泗水》篇：「魯泮〔一〕宫在高門直北道西，宫中有臺，高八十尺，臺南水〔二〕東西一百步，南北六十步，臺西水南北四百步，東西六十步，臺池咸結石爲之。《詩》所謂『思樂泮水』也。」此説當亦本三家《詩》訓。

載色載笑，匪怒匪教。

【補】【《列女傳》一】《詩》云：「載色載笑，匪怒匪教。」

喬樅謹案：匪教，《毛詩》作「伊教」，於義爲順。此蓋與上文「匪怒」相涉而誤也。

思樂泮水，薄采其茆。魯侯戾止，在泮飲酒。

【補】【《説苑・雜言》篇】夫智者何以樂水也？曰：泉源潰潰，不釋晝夜，其似力者。循理而行，不遺小間，其似持平者。動而之下，其似有理〔三〕者。赴千仞之壑而不疑，其似勇者。障防而清，其似知命者。不清以入，鮮潔而出，其似善化者。衆人取乎品類，以正萬物，得之則生，失之則死，其似有德者。淑淑淵淵，深不可測，其似聖人者〔四〕。通潤天地之間，國家以成。是智之

〔一〕「泮」，底本漫漶不清，今據續編本補。

〔二〕「水」，底本漫漶不清，今據續編本補。

〔三〕「理」，《説苑》作「禮」。

〔四〕「者」，《説苑》無此字。

所以樂水也。《詩》云：「思樂泮水，薄采其茆。魯侯戾止，在泮飲酒。」此之謂也。夫仁者何以樂山也？曰：夫山，巃嵸纍崔，萬民之所觀仰。草木生焉，衆物立焉，飛禽萃焉，走獸休焉，寶藏殖焉，奇夫息焉，育群物而不倦焉，四方並取而不限焉。出雲風，通氣於天地之間，國家以成。是仁者所以樂山也。《詩》曰：「泰山巖巖，魯侯是瞻。」樂山之謂矣。

淈此群醜。

【補】【《爾雅·釋故》】淈，治也。○【某氏曰】《詩》云：「淈此群醜。」《詩正義》。

喬樅謹案：淈，《毛詩》作「屈」，《傳》云：「收也。」《箋》云：「治也。」《釋文》引《韓詩》：「屈，收也，收斂得此衆聚。」《正義》曰：「『淈』『屈』音、義同。」考《釋故》「屈，聚也」，郭注引《詩》「屈此群醜」，字不作「淈」者，郭依毛、韓，某氏則據《魯詩》。《鄭箋》「屈，治」之訓，正用魯義也。

矯矯虎臣，在泮獻馘。

【補】【《爾雅·釋訓》】矯矯，勇也。○【舍人注】矯矯，得勝之勇也。《詩》云：「矯矯虎臣。」《釋文》。

【《蔡邕集·明堂月令論》】《詩·魯頌》云：「矯矯虎臣，在泮獻馘。」諸侯泮宮。「獻馘」即《王制》所謂「以訊馘告」者也。

獷彼淮夷。

【楊雄《揚州牧箴》】獷彼淮夷。

喬樅謹案：獷，《毛詩》作「憬」，《文選·安陸王碑》注引《薛君章句》作「獷」，是魯、韓字同。

來獻其琛。

【《蔡邕集·和熹鄧后謚議》】來獻其琛。

【補】【張衡《東京賦》】獻琛執贄。

閟宮

【補】【楊雄《法言》】公子奚斯嘗睎[一]正考甫矣。

【補】【王延壽《魯靈光殿賦》】奚斯頌僖，歌其路寢，而功績存乎詞。

喬樅謹案：《薛君韓詩章句》云：「是詩公子奚斯作。」知魯、韓《詩》説同。

〔一〕「睎」，底本作「晞」，今據《法言》改。

閟宮有侐。

【補】【《爾雅·釋詁》】毖，慎也。

喬樅謹案：《毛詩箋》：「閟，神也。」《正義》云：「毖，與『閟』字異音同。」《釋詁》「毖」與「神」俱訓爲慎，故「閟」爲神也。考《春秋元命包》「姜嫄遊閟宫，其地扶桑，履大人迹生稷」，與《毛詩》引孟仲子以「閟宫」爲禖宫説合。緯多用《齊詩》，《釋詁》之訓蓋本魯説。

赫赫姜嫄，其德不回，上帝是依。

【《列女傳》一】《詩》云：「赫赫姜嫄，其德不回，上帝是依。」

黍稷重穋，稙稺菽麥。

【補】【高誘《吕覽·任地》篇注】晚種早熟爲穋，早種晚熟爲重。《詩》云：「黍稷重穋，稙稺菽麥。」

實始翦商。

【補】【《爾雅·釋詁》】翦，勤也。

喬樅謹案：惠氏棟云：「大王自邠遷岐，始能光復祖宗，脩朝貢之職，勤勞王事也。」考《晉書·習鑿齒傳》云：「昔周人詠祖宗之德，追述翦商之功，仲尼明大孝之道，高稱配天之義。」語意亦主勤商而言。然則《釋詁》之訓蓋即魯義也。

王曰叔父，建爾元子，俾侯于魯。

【補】《白虎通·封公侯》篇】周公不之魯何？爲周公繼武王之業也。《詩》云：「王曰叔父，建爾元子，俾侯于魯。」周公身薨，天爲之變，成王以天子之禮葬之，命魯郊，以明至孝，天所興也。

【補】【又《考黜》篇】公功成封百里，《詩》曰：「王曰叔父，建爾元子，俾侯于魯。」

【補】【又《王者臣有不名》篇】諸父諸兄不名。諸父諸兄者，親與己父兄有敵體之義也。《詩》云：「王曰叔父。」

【補】【《後漢書》肅宗詔曰】《詩》云：「叔父建爾元子。」《東平憲王傳》。

【補】【高誘《吕覽·貴公》篇注】伯禽，周公子也。《詩》云：「建爾元子，俾侯于魯。」

【補】【何休《公羊傳解詁》】禮，君於臣而不名者有五：諸父兄不名，《詩》曰「王曰叔父」是也。桓公四年。

喬樅謹案：《公羊解詁》語與《白虎通》合，亦邵公用《魯詩》之一證。

夏而楅衡。

【補】【張衡《東京賦》】物牲辯省，設其楅衡。

毛炰胾羹。

【補】【張衡《東京賦》】毛炰豚胉，亦有和羹。

三壽作朋。

【張衡《東京賦》】送迎拜乎三壽。

喬樅謹案：《漢書·禮樂志》注引李奇曰：「王者，父事三老，兄事五叟。《詩》云：『三壽作朋。』」與張平子賦「送迎拜乎三壽」説合，當亦《魯詩》之訓。

戎狄是膺，荆舒是懲。

【《史記·淮南衡山列傳贊》】《詩》之所謂「戎狄是膺，荆舒是懲」。

案：《漢書·傳贊》引《詩》同，又見《匈奴傳贊》《嚴朱等傳贊》引《詩》。

喬樅謹案：《建元以來侯者年表》云：「《詩》稱『戎狄是膺，荆荼是懲』。」「舒」字作「荼」，此《魯詩》之文，故與毛氏異。餘所引作「舒」者，疑皆後人改耳。

【補】【趙岐《孟子章句》五】膺，擊也。懲，艾也。周家時擊戎狄之不善者，懲止荆舒之人，使不敢侵陵也。

喬樅謹案：邠卿以此二句爲言周公事，説與《毛詩箋》異，蓋本《魯故》。

黄髮鮐背，壽胥與試。

【補】【張衡《南都賦》】鮐背之叟，皤皤然被黄髮者。

喬樅謹案：鮐，《毛詩》作「台」，古文之省借。

【補】【《新序·雜事五》】《詩》云：「壽胥與試。」美用老人之言以安國也。

萬有千歲，眉壽無有害。

【補】【《中論·天壽》篇】《詩》云：「萬有千歲，眉壽無有害。」人豈有萬千歲者，皆令德之謂也。

泰山巖巖，魯侯是瞻。

【補】【《説苑·雜言》篇】《詩》曰：「泰山巖巖，魯侯是瞻。」樂山之謂也。

喬樅謹案：《毛詩》作「魯邦所瞻」，與此所引字異。《説苑》據《魯詩》之文也。

【補】【《風俗通義》十】東方泰山，《詩》云：「泰山巖巖，魯邦所瞻。」尊曰〔一〕岱宗，岱者，長也。萬物之始，陰陽交代，雲觸石而出，膚寸而合，不崇朝而徧雨天下，其惟泰山乎！故爲五嶽之長。王者受命易姓，改制應天，功成封禪，以告天地。孔子曰：「封泰山，禪梁父，可得而數，七十有二。」

弇有龜蒙。

【補】【《爾雅·釋言》】弇，同也。○【郭璞注】《詩》曰：「弇有龜蒙。」

〔一〕「尊曰」，《風俗通義》作「山之尊者一曰」。

喬樅謹案：今本《爾雅注》引《詩》作「奄有龜蒙」，與《毛詩》同。考《釋言》字本作「弇」，注不宜以「奄」字證「弇」，此後人順毛改之，今爲訂正。

遂幠大東。

【補】【《爾雅・釋故》】幠，有也。〇【郭璞注】《詩》曰：「遂幠大東。」

喬樅謹案：《毛詩》「幠」作「荒」，《傳》云：「荒，有也。」《箋》云：「荒，奄也。」此所引與《毛詩》異，邢昺《疏》以爲或齊、魯、韓《詩》。喬樅考《毛詩釋文》云：「荒，《韓詩》作『㠩』，至也。」《釋文》本引《韓詩》作「荒」，盧氏文弨曰：「若韓作『荒』，則與毛、鄭字無異，何須别出？浦氏聲之云：疑是作『㠩』。」則「幠」字非出《韓詩》。郭氏所引，承用舊注《魯詩》之文也。「荒」「幠」一聲之轉，《禮記・投壺》篇「毋幠毋敖」，《大戴禮》作「無荒無慠」，是通用之驗。

保有鳧嶧。

【《爾雅・釋山》】屬者嶧。〇【注曰】言絡繹相連，今魯國鄒縣有嶧山，純石相積搆連屬而成山，蓋謂此也。

喬樅謹案：《毛詩》「保有鳧繹」，《傳》云：「鳧，山也。繹，山也。」「繹」者，「嶧」之假借字。

黄髪兒齒。

【補】【《爾雅·釋詁》】黄髪兒齒，壽也。○【舍人曰】黄髪，老人髪白復黄也。《尚書正義》。○【孫炎曰】黄髪，髪落更生者，老人壽徵也。

喬樅謹案：兒，《毛詩》作「兒」，《説文》：「兒，老人齒也。」「兒」者，「兒」之假借，此依《魯詩》今文也。《釋名》曰：「九十曰黄耇，鬢髪變黄也。或曰兒齒，大齒落盡，更生細者，如小兒齒也。」當亦本《魯詩》説。《爾雅釋文》：「兒，本今皆作『兒』，五兮反，一音如字。」本今皆作「兒」者，謂舍人及樊、孫諸本。今皆作「兒」字，惟陸氏所據郭本作「兒」，故云然然。則「兒」字蓋後人順毛所改也。

【補】【張衡《南都賦》】於是乎兒齒眉壽，鮐背之叟，皤皤然被黄髪者，喟然相與歌。

寢廟繹繹。

【補】【楊雄《甘泉賦》曰】望通天之繹繹。○【又《大常箴》】寢廟繹繹。

【補】【蔡邕《獨斷》】宗廟之制，古學以爲人君之居，前曰朝，後曰寢。終則前制廟以象朝，後制寢以象寢。廟以藏主，列昭穆。寢有衣冠几杖，象生之具。總謂之宮。《月令》曰：「先薦寢廟。」《詩》云：「公侯之宮。」頌曰：「寢廟奕奕。」言相連也。是皆其文也。

【補】【高誘《淮南·時則訓》注】前曰廟，後曰寢。《詩》云：「寢廟奕奕。」言相連也。又《吕覽·

季春紀》注引《詩》同。

喬樅謹案：《毛詩》「新廟奕奕」，《周官》鄭君注引《詩》作「寢廟繹繹」，云「相連貌也」。繹繹，猶絡繹不絕之貌，故鄭君及蔡邕、高誘並云「言相連也」。楊雄《甘泉賦》曰正用《詩》語。然則《魯詩》文當作「寢廟繹繹」，今楊雄《太常箴》、蔡邕《獨斷》及高誘《吕覽注》《淮南子注》引《詩》俱作「寢廟奕奕」，此後人據《毛詩》改之，並宜訂正。又《中郎集·胡大傅祠前銘》「新廟奕奕」，據《獨斷》所言，是寢廟連文，此用《詩》語，不得作「新廟」，皆後人所妄改也。

【補】【司馬彪《續漢志·祭祀》下】説者以爲古宗廟前制廟，後制寢，以象人之居前有朝，後有寢也。《月令》有「先薦寢廟」，《詩》稱「寢廟奕奕」，言相連也。廟以藏主，以四時祭。寢有衣冠几杖，象生之具，以薦新物。

喬樅謹案：劉昭補注引《謝沈書》曰：「蔡邕引中興以來所脩者爲《祭祀〔一〕》，志〔二〕即邕之意也。」又《後漢書·蔡邕傳》注引《邕別傳》《十意》之次，《郊祀意》第四，然則司馬紹統所作《祭祀志》即蔡邕《郊祀意》之文也。

〔一〕「祭祀」，此下《後漢書注》有「意」字。
〔二〕「志」，此上《後漢書注》有「此」字。

魯詩遺説考卷第六〔六之三〕

福州陳壽祺學　男喬樅述

魯詩頌二

商頌

【補】【《史記・宋世家》】宋襄公之時，脩行仁義，欲爲盟主。其大夫正考甫美之，故追道湯、契、高宗所以興，作《商頌》。

【補】【楊雄《法言》】昔正考甫嘗睎〔一〕尹吉甫矣。

那

奏鼓簡簡，衎我烈祖。

〔一〕「睎」，底本作「晞」，今據《法言》改。

【補】【《白虎通·禮樂》篇】《詩》云：「奏鼓簡簡，衎我烈祖。」

湯孫奏嘏。

【補】【《爾雅·釋詁》】嘏，大也。○【郭璞注】《詩》曰：「湯孫奏嘏。」

喬樅謹案：王伯厚《詩考》引《爾雅注》「奏假」作「嘏」，今本注引《詩》仍作「假」，與《毛詩》同。此後人順毛改字，王氏所見蓋舊本也。

鼗鼓𪔛𪔛。

【補】【《説文·鼓部》】𪔛，鼓聲也。《詩》曰：「鼗鼓𪔛𪔛。」

喬樅謹案：《毛詩》作「淵淵」。「淵」「𪔛」古今字，然則三家《詩》當皆作「𪔛」也。

嘒嘒管聲。

【補】【《風俗通義》六】《詩》云：「嘒嘒管聲。」

鏞鼓有斁。

【張衡《東京賦》】鏞鼓設。

萬舞有奕。

【張衡《東京賦》】萬舞奕奕。

温恭朝夕，執事有恪。

【補】【《列女傳》二】《詩》曰：「温恭朝夕，執事有恪。」又《荀子·大略》篇引《詩》文同。

烈祖

【《五經異義》】《詩》魯説，丞相匡衡以爲殷中宗，周成、宣王皆以時毁。《詩正義》。

喬樅謹案：《毛詩敘》：「《烈祖》，祀中宗也。」《箋》云：「中宗，殷王大戊，湯之玄孫也。有桑穀之異，懼而脩德，殷道復興，故表顯之，號爲中宗。」《正義》引《異義》、《詩》魯説云云，又引《古尚書》説：「經稱中宗，明其廟宗而不毁。」謹案：《春秋公羊》御史〔一〕貢禹説：王者宗有德，廟不毁，宗而復毁，非尊德之義。鄭從而不駮，明亦以爲不毁也。」今考《漢書·韋玄成傳》玄成等奏曰：「《禮》，王者始受命，諸侯始封之君，皆爲太祖。以下，五廟而迭毁，毁廟之主藏〔二〕乎太祖，五年而再殷祭，言壹禘壹祫也。祫祭者，毁廟與未毁廟之主皆合食於太祖，父爲昭，子爲穆，孫復爲昭，古之正禮也。周之所以七廟者，以后稷始封，文

〔一〕「御史」，此下《毛詩注疏》有「大夫」二字。

〔二〕「藏」，《漢書》作「臧」。

王、武王受命而王，是以三廟不毁，與親廟四而七。非有后稷〔一〕、文、武受命之功者，皆當親盡而毁。成王成二聖之業，制禮作樂，功德茂盛，廟猶不世，以行爲謚而已。」玄成治《魯詩》者，此魯説，謂周成王廟以時毁之説也。又光禄勳彭宣、詹事滿昌、博士左咸等議，皆以爲繼祖宗以下五廟而迭毁，後雖有賢君，猶不得與祖宗並列，此亦「殷中宗，周成、宣王皆以時毁」之説也。滿昌治《齊詩》者，是《齊詩》亦與魯説同。惟王舜、劉歆議，以爲天子七廟，諸侯五廟，降殺以兩之禮：「七者，其正法數，可常數者也。宗不在此數中。宗，變也，苟有功德則宗之，不可豫〔二〕爲設數。故於殷太甲曰〔三〕太宗，太戊曰中宗，武丁曰高宗。周公爲《無逸》之戒，舉殷三宗以勸成王。繇是言之，宗無數也。或説天子五廟無見文。又説中宗、高宗者，宗其道而毁其廟。名與實異，非尊德貴功之意也。迭毁之禮，自有常法，無殊功異德，固以親疎相推及。至祖宗之序，多少之數，經傳無明文，至尊至重，難以疑文虚説定也。」歆等所言即「《古尚書》説經稱中宗，明其廟宗而不毁」之義，然與魯、齊《詩》説不合。許氏治古文者，故《異義》「謹案」語用《古尚書》説。《詩》毛氏亦古文家也，鄭君於許

〔一〕「后稷」，此下《漢書》有「始封」二字。
〔二〕「豫」，《漢書》作「預」。
〔三〕「曰」，《漢書》作「爲」。

氏《異義》從而不駮，則《詩箋》之義當亦以殷中宗廟爲宗而不毁矣。

亦有和羹。

【張衡《東京賦》】亦有和羹。

黄耇無疆。

【《蔡邕集·崔君夫人誄》】黄耇無疆。

玄鳥

天命玄鳥，降而生商。

【《史記·殷本紀》】殷契母曰簡狄，有娀氏之女，爲帝嚳次妃。三人行浴，見玄鳥墮其卵，簡狄取吞之，因孕生契。契長而佐禹治水有功，封於商，賜姓子氏。

案：贊曰「余以頌次契之事」，則此《本紀》所敘契事本之《詩傳》也。

【補】【《淮南·墬形訓》】有娀在不周之北，長女簡翟，少女建疵。○【高誘注曰】有娀，國名也。不周，山名也。娀，讀如「嵩高」之「嵩」。簡翟、建疵，姊妹二人，在瑶臺，帝嚳之妃也。天使玄鳥降卵，簡翟吞之以生契，是爲玄王，殷之祖，《詩》云「天命玄鳥，降而生商」也。

【補】【高誘《淮南・脩務訓》注】契母，有娀氏之女簡翟也，吞燕卵而生契，愊背而生，《詩》云「天命玄鳥，降而生商」是也。

【補】【《潛夫論・五德志》篇】娀簡吞燕卵，生子契，爲堯司徒，職親百姓，順五品。

【補】【《楚詞・天問》】簡狄在臺，嚳何宜？玄鳥致貽，女何喜？○【王逸注】簡狄，帝嚳之妃。玄鳥，燕也。簡狄侍帝嚳於臺上，有飛燕墮遺其卵，喜而吞之，因生契。

喬樅謹案：《史記・秦本紀》云：「秦之先，帝顓頊之苗裔，孫曰女脩。女脩織，玄鳥隕卵，女脩吞之，生子大業。」事與有娀女相類。

【補】【《吕覽・音初》篇】有娀氏有二佚女，爲之九成之臺，飲食必以鼓。帝令燕往視之，鳴若謚隘。二女愛而争搏之，覆以玉篋，少選，發而視之，燕遺二卵，北飛，遂不反。二女作歌一終，曰：「燕燕往飛。」實始作爲北音。○【高誘注】天令燕降卵于有娀氏女，吞之，生契，《詩》云：「天命玄鳥，降而生商。」又曰：「有娀方將，立子生商。」此之謂也。

【補】【《白虎通・姓名》篇】殷姓子氏，祖以玄鳥子生也。

【補】【蔡邕《月令章句》】簡狄以玄鳥至之日，有事高禖，而生契焉。故《詩》云：「天命玄鳥，降而生商。」

殷社芒芒。

【《史記・三代世表》】《詩傳》曰：「湯之先爲契，無父而生。契母與姊妹浴於玄邱水，有燕銜卵墮之，契母得，故含之，誤吞之，即生契。契生而賢，堯立爲司徒，姓之曰子氏。子者，茲。茲，益大也。詩人美而頌之曰：『殷社芒芒，天命玄鳥，降而生商。』商者質，殷號也。」

邦畿千里。

【張衡《西京賦》】封畿千里。

長發

有娀方將，帝立子生商。

【補】【《列女傳》一】契母簡狄者，有娀氏之長女也。當堯之時，與其妹娣浴於玄丘之水。有玄鳥銜卵，過而墜之。五色甚好，簡狄與其妹娣競往取之。簡狄得而含之，誤而吞之，遂生契焉。簡狄性好人事之治，上知天文，樂於施惠。及契長，而教之理順之序。契之性，聰明而仁，能育其教，卒致其名。堯使爲司徒，封於亳。及堯崩，舜即位，乃敕之曰：「契，百姓不親，五品不遜，汝作司徒，而敬敷五教在寬。」其後世世居亳，至殷湯興，爲天子。君子謂簡狄仁而有禮。《詩》云：「有娀方將，立子生商。」又曰：「天命玄鳥，降而生商。」此之謂也。〇【頌曰】契母簡狄，敦仁厲翼。吞卵産子，遂自脩飾。教以事理，推恩有德。契爲帝輔，蓋母有力。

【王逸《楚詞・離騷》注】有娀，國名。謂帝嚳之妃，契母簡狄也，配聖帝生賢子。《詩》曰：「有娀方將，帝立子生商。」

【補】【高誘《吕覽・音初》篇注】《詩》曰：「有娀方將，立子生商。」

喬樅謹案：高注《吕覽》引《詩》「立子生商」，與《列女傳》所引文合。疑《魯詩》本無「帝」字，王逸《楚詞注》引《詩》有「帝」字者，或後人順毛加之歟？

玄王桓撥。

受小國是達，受大國是達。

【補】【《白虎通・瑞贄》篇】「玄王桓撥，受小國是達，受大國是達」，言湯王天下，大小國諸侯皆來見，湯能通達以禮義也。

率禮不越。

【《蔡邕集・胡公碑》】率禮不越。

【補】【《説苑・復恩》篇】《詩》云：「率履不越。」

喬樅謹案：《毛詩》「率履」，《韓詩》作「禮」，《蔡集》引亦作「禮」，是魯與韓同。今本《説苑》仍作「率履」，或後人所改也。

湯降不遲，聖敬日躋。

【補】【《説苑·敬慎》篇】《詩》曰：「湯降不遲，聖敬日躋。」其戒之哉！

【補】【又《雜言》篇】子路盛服而見孔子，孔子曰：「由，是襜襜者何也？昔者江水出於岷山，其始也，大足以濫觴。及至江之津也，不方舟，不避風，不可渡也。非惟下流衆川之多乎？今若衣服甚盛，顔色充盈，天下誰肯加若者哉？」子路趨而出，改服而入，蓋自如也。孔子曰：「由，記之，吾語若：賁於言者，華也；奮於行者，伐也。夫色智而有能者，小人也。故君子知之爲知之，不知爲不知，言之要也。能之爲能之，不能爲不能，行之至也。言要則知，行要則仁。既知且仁，夫有何加矣哉？由，《詩》云『湯降不遲，聖敬日躋』，此之謂也。」

受小球大球，爲下國綴旒。

【補】【《荀子·臣道》篇】《詩》曰：「受小球大球，爲下國綴旒。」

百禄是揫。

【補】【《爾雅·釋故》】揫，聚也。

【補】【《説文·手部》】揫，束也。《詩》曰：「百禄是揫。」

喬樅謹案：揫，《毛詩》作「遒」，《傳》云：「聚也。」與《爾雅》字異而義同。束謂收束，亦聚之義也。《釋故》「揫，聚」之訓，即釋此詩「揫」字。《説文》所引，亦據《魯詩》，故文與毛異。

受小珙大珙。

喬樅謹案：高誘《淮南·本經訓》注「蛩」，讀《詩》「小珙」之「珙」，藏本字作「拱」，从手，不从玉，未詳孰是。

爲下國駿蒙。

【補】【《荀子·榮辱》篇】《詩》曰：「受小共大共，爲下國駿蒙。」

喬樅謹案：駿蒙，《毛詩》作「駿厖」。「厖」「蒙」聲近，故《方言》云：「秦晉之間，凡大貌謂之朦，或謂之厖矣。」

武王載發，有虔秉鉞。如火烈烈，則莫我敢曷。

【補】【《荀子·議兵》篇】凡用兵〔一〕之本，在乎壹民。弓矢不調，則羿不能以中微；六馬不和，則造父不能以致遠；士民不親附，則湯武不能以必勝。故兵要在乎善附民而已。故仁人用國日明，諸侯先順者安，後順者危，慮敵之者削，反之者亡。《詩》曰：「武王載發，有虔秉鉞。如火烈烈，則莫我敢遏。」此之謂也。

〔一〕「用兵」，此下《荀子》有「攻戰」二字。

喬樅謹案：《説苑〔一〕・雜事三》亦載孫卿《議兵》篇，惟「武王載發」，「發」字作「旆」，「則莫我敢遏」，「遏」字作「曷」，爲小異耳。陳奂曰：「《毛詩》『旆』字疑誤，『旆』當作『伐』。如《詩・六月》『帛茷』，《左傳》『綪茷』，今字皆作『旆』。則此詩『旆』字本作『伐』，誤爲『茷』，又改爲『旆』耳。《箋》云：『於是有武功，有王德，及興師出伐。』是鄭所據《詩》作『伐』。」案《説文》《玉篇》引《詩》並作「武王載坺」，《考工記》鄭注云：「畎土曰伐。」《説文》：「臿土謂之坺。」是「坺」「伐」同也。《荀子・議兵》篇及《韓詩外傳》三引《詩》作「武王載發」，《噫嘻箋》云：「發，伐也。」是「發」「伐」同也。「伐」「坺」「發」其用字不同，而不爲旌旆之名則皆同。此可以訂今本經傳之誤。《傳》「旆，旗也」，是後人所竄。發，行也，以言出師也。今《漢書・刑法志》《新序・雜事三》亦作「旆」，皆後人依誤本《毛詩》改之。

【《史記・殷本紀》】夏桀爲虐政淫荒，而諸侯昆吾氏爲亂，湯乃興師率諸侯，自把鉞以伐昆吾，遂伐桀，於是號曰武王。

喬樅謹案：《贊》言「自成湯以來，采之《書》《詩》」，知太史公此語即據《魯詩》也。

【楊雄《荆州牧箴》】亦有成湯，果秉其鉞。

【蔡邕《黄鉞銘》】如火之烈。

〔一〕「説苑」，應作「新序」。按：《説苑》無《雜事》篇，亦無此語，當爲《新序・雜事五》。

韋顧既伐，昆吾夏桀。

【蔡邕《典引注》】韋，豕韋。顧，己姓之國。皆夏諸侯，湯誅之。《詩》云：「韋顧既伐。」李善《文選注》引。

【補】【高誘《淮南・俶真訓》注】昆吾，夏伯，桀世也。○【又《墜形訓》注】昆吾，楚之祖，祝融之孫，陸終之子，爲夏伯。《詩》云：「昆吾夏桀。」

實維阿衡，實左右商王。

【補】【高誘《淮南・脩務訓》注】伊尹處於有莘之野，執鼎俎，和五味，以干湯，欲調陰陽，行其道。《詩》曰「實維阿衡，左右商王」是也。

【補】【高誘《呂覽・當染》篇注】湯，契後十二世孫，主癸之子，爲〔一〕天乙。伊尹，湯相。《詩》云：「實維阿衡，實左右商王。」

殷武

自彼氐羌，莫敢不來享，莫敢不來王。

〔一〕「爲」，《呂氏春秋》作「名」。

【楊雄《揚州牧箴》】自彼氐羌，莫敢不來庭，莫敢不來匡。

【又《并州牧箴》】莫敢不來貢，莫敢不來王。

喬樅謹案：虞氏釋《易》「利用賓于王」引《詩》「莫敢不來賓，莫敢不來王」，與楊雄引用《詩》詞小異，蓋三家文有不同，各據所見也。

不僭不濫。

【趙岐《孟子章句》十三】不僭不濫，詩人所紀。

京邑翼翼，四方是則。

【張衡《東京賦》】京邑翼翼，四方所視。

【補】【《漢書・王莽傳》劉歆議】殷有翼翼之化。

【《後漢書》魯恭疏】四方是則。

【補】【《潛夫論・浮侈》篇】商邑翼翼，四方是極。

喬樅謹案：《後漢書・王符傳》亦與《潛夫論》文同。

赫赫厥聲，濯濯厥靈。

【補】【《爾雅・釋訓》】赫赫、濯濯，迅也。○【孫炎注】赫赫，顯著之迅。《毛詩正義》。○【樊光

注】《詩》曰：「濯濯厥靈。」《釋文》。

喬樅謹案：《爾雅釋文》：「赫赫，舍人本作『奭』。躍躍，樊光本作『濯』。」「赫」「奭」古通，疑舍人本作「奭」者是《魯詩》之文。

陟彼景山。

【張衡《冢賦》】陟彼景山。

方斵是梴。

【《爾雅·釋宫》】梴謂之梴。

喬樅謹案：《釋文》云：「梴，本亦作『虔』，《詩》曰：『方斵是虔。』」作「虔」者是《毛詩》文，《爾雅》用《魯詩》，當爲「梴」字。本亦作「虔」，此後人順毛改之。

齊詩遺説考

齊詩遺説考自敘

漢置五經博士，《詩》魯、齊、韓三家並立學官，所以扶微學，廣異義也。《漢書·藝文志》載《詩經》齊家二十八卷，《齊后氏故》二十卷，《孫氏故》二十七卷，《齊后氏傳》三十九卷，《孫氏傳》二十卷，《齊雜記》十八卷。《隋書·經籍志》云：「《齊詩》魏已亡。」是三家《詩》之失傳，齊爲最早。魏晉以來，學者尠有肄業及之者矣。宋王厚甫所撰《詩考》，其於《齊詩》僅據《漢書·地理志》及《匡衡》《蕭望之傳》與《後漢書·伏湛傳》中語録入數事，寥寥寡證。間摭晁説之、董彦遠説，往往持論不根，難以徵信。近世余蕭客、范家相、盧文弨、王謨、馮登府諸君皆續有采輯，然擇焉不精，語焉不詳，於《齊詩》專家之學，究未能尋其端緒也。先大夫曩蒐討三家遺説與毛氏異同者，爲之參互考證，緝而未成，命喬樅卒業焉。竊考漢時經師以齊、魯爲兩大宗。文、景之際，言《詩》者，魯有申培公，齊有轅固生。《春秋》《論語》亦皆有齊、魯之學，此其大較也。先大夫嘗言，漢儒治經，最重家法，學官所立，經生遞傳，專門命氏，咸自名家，三百餘年，顯於儒林。雖《詩》分爲四，《春秋》分爲五，文字或異，訓義固殊，要皆各守師法，持之弗失，寧固而不肯少變，斯亦古人之質厚，賢於季俗之逐波而靡也。喬樅比補緝《齊詩》佚文佚義，於經徵之《儀禮》、大小戴《禮記》，於史徵之班固《漢書》、荀悦《漢紀》，於諸子百家徵之董仲舒《春秋繁露》、焦贛《易林》、桓寬《鹽鐵論》、荀悦《申鑒》諸書，皆碻有證據，不逞私臆之見，不爲附會之語，蘄於實事求是而已。夫轅生以治《詩》爲博士，諸齊以《詩》貴顯者，皆固之弟子，而昌邑太傅夏侯始昌最明。始昌通五經，后蒼事始昌，亦通《詩》〔一〕《禮》，爲博士。訖孝宣世，《禮》學后蒼最明，戴德、戴聖、慶普皆其弟子。三家立於學官，《詩》《禮》師傳既同出自后氏，則《儀禮》及二戴《禮記》中所稱佚詩，皆〔二〕當爲《齊詩》之文矣。鄭君本治《小戴禮》，注《禮》在箋《詩》之前，未得《毛傳》。《禮》家師説均用《齊詩》，鄭君據以爲解，知其所述多本《齊詩》之義。故《鄭志·答炅模》云：「《坊記》注以《燕燕》爲夫人定姜之詩，先師亦然。」先師者，謂《禮》家師説也。《齊詩》有翼、匡、師、伏之學，班固之從祖伯少受《詩》於師丹，誦説有法，故叔皮父子世傳家學。《漢書·地理志》引「子之營兮」及「自杜沮漆」，並據《齊詩》之文。又云「陳俗巫鬼」「晉俗儉陋」，其語亦與匡衡説《詩》合，是其驗已。荀悦叔父爽師事陳寔，寔子紀傳《齊詩》，見陸德明《經典釋文》。《後漢書》言荀爽嘗著《詩傳》，爽之《詩》學，大丘所授，其爲齊學明矣。轅固生作《詩内外傳》，荀悦特著於《漢紀》，尤足證荀氏家

〔一〕「通詩」二字，底本漫漶不清，今據續編本補。

〔二〕「所稱佚詩皆」五字，底本漫漶不清，今據續編本補。

學皆治《齊詩》，故言之獨詳耳。至如公羊氏本齊學，治《公羊春秋》者，其於《詩》皆偁齊，猶之穀梁氏爲魯學，治《穀梁春秋》者，其於《詩》亦偁魯也。董仲舒通五經，治《公羊春秋》，與齊人胡毋生同業，則習齊可知。《易》有孟、京卦氣之候，《詩》有翼奉五際之要，《尚書》有夏侯《洪範》之説，《春秋》有公羊災異之條，皆明於象數，善推禍福，以著天人之應，淵源所自，同一師承，確然無疑。孟喜從田王孫受《易》，得《易》家候陰陽災變書。喜即東海孟卿子，焦延壽所從問《易》者，是亦齊學也。故《焦氏易林》皆主《齊詩》説，豈僅「甲戊己庚」「達性任情」之語與翼氏《齊詩》言「五性六情」合，「亥午相錯」「敗亂緒業」之辭與《詩氾曆樞》言「午亥之際爲革命」合已哉？若夫桓寬《鹽鐵論》以《周南》之《罝兔》爲刺義，與魯、韓、毛迥異；以《邶風》之「鳴雁」爲「稚」，文與魯、韓、毛並殊，又其顯然易見者耳。夫以二千餘年湮没無傳之絶學，墜緒茫茫，苟能獲其單詞隻義，已不啻吉光片羽，良可寶貴，况乎沿流溯源，尚有涯涘之可尋。則雖未足以盡梗概，而其佚時時見於他説者，猶存什一於千百，抑不可謂非幸也。喬樅敬承先訓，成《齊詩遺説考》四卷，爰識大略，以就正博聞君子，惟匡其不逮焉。時道光二十有二年孟夏初吉，福州陳喬樅敘于仙谿金石書院之講堂。

齊詩敘録

侯官陳喬樅學

轅固生

【《史記・儒林傳》】清河王太傅轅固生者，齊人也，以治《詩》，孝景時爲博士。竇太后好《老子》書，召固問。固曰：「此是家人言耳。」太后怒，罷之。居頃之，景帝以固爲廉直〔一〕，拜清河王太傅。久之，病免。今上初即位，復以賢良徵固。諸諛儒多疾毁固，曰「固老」，罷歸之，時固已九十餘矣。固之徵也，薛人公孫宏亦徵，側目而視固。固曰：「公孫子，務正學以言，無曲學以阿世！」自是之後，齊言《詩》者皆本轅固生。諸齊人以《詩》貴顯，皆固之弟子也。

喬樅謹案：《漢書・儒林傳》云：「固之弟〔二〕子昌邑太傅夏侯始昌最明。」陸璣《毛詩草木疏》云：「公孫弘亦事固。固授昌邑太傅夏侯始昌，始昌授東海剡人后蒼。」然則公孫弘亦固之弟子也。又《漢書・藝文志》云：「《詩經》齊家二十八卷，《齊后氏故》二十卷，《齊孫

〔一〕「直」，底本漫漶不清，今據續編本補。

〔二〕「弟」，底本漫漶不清，今據續編本補。

氏故》二十七卷，《齊后氏傳》三十九卷，《齊孫氏傳》二十八卷，《齊雜記》十八卷。」據《藝文志》言「齊轅固爲之傳」，荀悦《漢紀》亦言「轅固生作《詩内外傳》」，是《齊詩》之有《内傳》《外傳》也明甚。《志》敘六家，衹有后氏、孫氏而不及轅生者，蓋《后氏故》《傳》即本諸轅生也。《后氏故》二十卷，而《后氏傳》多至三十九卷，殆合《内》《外傳》言之歟。

夏侯始昌

【《漢書·夏侯始昌傳》】始昌，魯人也，通五經〔一〕，以《齊詩》《尚書》教授。自董仲舒、韓嬰死後，武帝得始昌，甚〔二〕重之。始昌明於陰陽，先言柏梁臺災日，至期日果災。時昌邑王以少子愛，上爲選師，始昌爲太傅。年老，以壽終。族子勝亦以儒顯名。

后蒼

【《漢書·儒林傳》】后蒼字近君，東海郯人也。事夏侯始昌，始昌通五經，蒼亦通《詩》《禮》。爲

〔一〕「五經」，底本漫漶不清，今據續編本補。
〔二〕「甚」，底本漫漶不清，今據續編本補。

博士，至少府，授〔一〕翼奉、蕭望之、匡衡。奉爲諫大夫，望之前將軍，衡丞相，皆有傳。

孫氏

【《漢書·藝文志》】《齊孫氏故》二十七卷，《齊孫氏傳》二十八卷。

喬樅謹案：孫氏著《齊詩故》《傳》卷帙至五十五卷之多，可謂博而詳矣。惜《儒林傳》不載其人名字，遂佚不可考。又《志》載《齊雜記》十八卷，惜亦不著撰人姓名。

翼奉

【《漢書·翼奉傳》】奉字少君，東海下邳人也。與蕭望之、匡衡同師，三人經術皆明，衡爲後進，望之施之政事，而奉惇學不仕，好律曆陰陽之占〔二〕。元帝初即位，諸儒薦之，徵〔三〕待詔宦者署，數言事宴見，天子敬焉。奉上封事曰：「臣聞之於師，治道要務，在知下之邪正。知下之術，

〔一〕「授」，底本漫漶不清，今據續編本補。
〔二〕「占」，底本漫漶不清，今據續編本補。
〔三〕「薦之徵」，底本漫漶不清，今據續編本補。

在於六情十二律而已。北方之情，好也，好行貪很〔一〕，申子主之；東方之情，怒也，怒行陰賊，亥卯主之。貪很必待陰賊而後動，陰賊必待貪很而後用，二陰並行，是以王者忌子卯也，《禮經》避之，《春秋》諱焉。南方之情，惡〔二〕也，惡行廉貞，寅午〔三〕主之；西方之情，喜也，喜行寬大，巳酉主之。二陽並行，是以王者吉午酉也。《詩》曰：『吉日庚午。』上方之情，樂也，樂行姦邪，辰未主之；下方之情，哀也，哀行公正，戌丑主之。辰未屬陰，戌丑屬陽，萬物各以類應。今陛下明聖虚静以待物至，萬事雖衆，何聞而不諭，豈况乎執十二律而御六情。於以知下參實，亦甚優矣，萬不失一〔四〕，自然之道也。」又曰：「詩之爲學，情性而已。五性不相害，六情更興廢。觀性以曆，觀情以律，明主所宜獨用，難與二人共也。故曰：『顯諸仁，臧諸用。』露之則不神，獨行則自然矣，惟奉能用之，學者莫能行。」是歲，關中〔五〕大水，郡國十一飢，疫尤甚。明年二月戊午，地震。七月己酉，地復震。奉奏封事曰：「臣聞之於師曰，天地設位，懸日月，布星辰，分陰陽，定四時，列五行，以視聖人，名之曰道。聖人見道，然後知王治之象，故畫州土，建君臣，立律

〔一〕「很」，續編本、《漢書》作「狼」。按：此條下「很」字例同。

〔二〕「之情惡」，底本漫漶不清，今據續編本補。

〔三〕「寅午」，底本漫漶不清，今據續編本補。

〔四〕「一」，底本脱此字，今據續編本、《漢書》補。

〔五〕「中」，《漢書》作「東」。

曆，陳成敗，以視賢者，名之曰經。賢者見經，然後知人道之務，則《詩》《書》《易》《春秋》《禮》《樂》是也。《易》有陰陽，《詩》有五際，《春秋》有災〔一〕異，皆〔二〕列終始，推得失，考天心，以言王道之安危〔三〕。至秦乃不説，傷〔四〕之以法，是以大道不通，至於滅亡。臣奉竊學《齊詩》，聞五際之要，《十月之交》篇，知日蝕地〔五〕震之效昭然可明。臣聞人氣内逆，則感動天地。天變見於星氣日蝕，地變見於奇物震動。所〔六〕以然者，陽用其精，陰用其形，猶人之有五臧〔七〕六體，五臧象天，六體象地。故臧病則氣色發於面，體病則欠申動於貌。今年太陰建於甲戌，律以庚寅初用事，曆以甲午從春。曆中甲庚，律得參陽，性中仁義，情得公正廉貞，百年之精歲。正以精歲，本首王位，日臨中時接律而地大震，其後連月久陰，雖有大令，猶不能復，陰氣盛矣。古者朝

〔一〕「《春秋》有災」，底本漫漶不清，今據續編本補。
〔二〕「皆」，底本漫漶不清，今據續編本補。
〔三〕「危」，底本漫漶不清，今據續編本補。
〔四〕「秦乃不説傷」，底本漫漶不清，今據續編本補。
〔五〕「地」，底本漫漶不清，今據續編本補。
〔六〕「所」，底本漫漶不清，今據續編本補。
〔七〕「臧」，底本漫漶不清，今據續編本補。

廷必有同姓以明親親，必〔一〕有異姓以明賢賢，此聖王之所以大通天下也。今左右亡同姓，獨以舅后之家爲親，異姓之臣又疏，二后之黨滿朝，非特處位埶，尤奢僭過度。又聞未央、建章、甘泉宮才人各以百數，皆不得天性。今異至不應，災將隨之。其法大水，極陰生陽，反爲大旱，甚則有火災，惟陛下財察。」明年夏四月乙未，孝武園白鶴〔二〕館災。奉自以爲中，上疏曰：「臣前上五際地震之效，曰極陰生陽，恐有火災。不合明聽，未見省答，臣竊内不自信。今白鶴館以四月乙未，時加於卯，月宿亢災，與前地震同法。臣奉乃知道之可信也。願復〔三〕賜閒，卒其終始。」上〔四〕復延問以得失。奉以爲祭天地於雲陽汾陰，及諸寢廟不〔五〕以親疏迭毁，皆煩費，違古制。其後，貢禹奏定迭毁禮，匡衡〔六〕奏徙南北郊，其議皆自奉發之。奉以中郎爲博士、諫大夫，年老以壽終。子及孫皆以學在儒官。

〔一〕「必」，底本漫漶不清，今據續編本補。
〔二〕「鶴」，底本漫漶不清，今據續編本補。
〔三〕「復」，底本漫漶不清，今據續編本補。
〔四〕「始上」，底本漫漶不清，今據續編本補。
〔五〕「及諸寢廟不」，底本漫漶不清，今據續編本補。
〔六〕「迭毁禮匡衡」，底本漫漶不清，今據續編本補。

蕭望之

蕭育

蕭咸

蕭由

【《漢書·蕭望之傳》】望之字長倩，東海蘭陵人也。好學，治《齊詩》，事同縣后〔一〕蒼且十年。以令詣太常受業，復事同學博士白奇，又從夏侯勝問《論語》《禮服》。京師諸儒稱述焉。宣帝聞望之名，拜爲謁者，累遷至二千石，寖益任用。以太子太傅拜前將軍，受遺詔輔政，領尚書事。元帝即位，望之與周堪等勸道上以古制，多所欲匡正。而中書宦官用事，弘恭、石顯與車騎將軍高爲表裏，譖望之等，免爲庶人。顯等封敕令，召望之就吏。門下士朱雲好節士，勸望之自裁。有詔加恩，長子伋嗣爲關内侯。天子追念不忘，每歲時遣使者祠祭望之冢。望之八子，至大官

〔一〕「后」，底本漫漶不清，今據續編本補。

者育、咸、由。育字次君，以父任爲太子庶子。拜司隸校尉，歷太山太守、右扶風。哀帝〔一〕時，拜南郡太守。病去官，起家復爲光禄大夫、執金吾，以〔二〕壽終於官。咸字仲，爲丞相史，舉茂材，爲時令，遷張掖、弘農、河東太守。所居有迹，官至大司農。由字子驕，舉賢良，爲定陶令，遷太原都尉、安定太守。治郡有聲，復爲江夏、陳留太守。元始中，徵爲大鴻臚。

白奇《漢書·蕭望之傳》：「望之以令詣太常受業，復事同學博士白奇。」師古注曰：「常同於后蒼受業，而奇後爲博士。」

匡衡

匡咸

【《漢書·匡衡傳》】衡字稚圭，東海承人也。衡好學，尤精力過絶人。諸儒爲之語曰：「無説

〔一〕「風哀帝」，底本漫漶不清，今據續編本補。
〔二〕「金吾以」，底本漫漶不清，今據續編本補。

《詩》，匡鼎來；匡説《詩》，解人頤。」衡射策甲科，除爲太常掌故，調補平原文學。學者多上書薦衡經明，當世少雙，今爲文學，就官京師。後進皆欲從衡平原，衡不宜在遠方。事下太子太傅蕭望之、少府梁丘賀問，衡對《詩》諸大義，其對深美。望之奏衡經學精習，説有師道，可觀覽。宣帝不甚用儒，遣衡歸官。而皇太子見衡對，私善之。元帝〔一〕即位〔二〕，以爲郎中，遷博士、給事中。爲太子少傅，數上疏陳便〔三〕宜。及朝廷有政議，傅經以對，言多法義。建昭三年，代韋玄〔四〕成爲丞相，封樂安侯。成帝建始三年免，終於家。子咸亦明經，歷位九卿。家世多爲博士者。

師丹

【《漢書·師丹傳》】丹字公仲〔五〕，瑯琊東武人也。治《詩》，事匡衡。舉孝廉爲郎，元帝末爲博

〔一〕「帝」，底本漫漶不清，今據續編本補。
〔二〕「位」，底本漫漶不清，今據續編本補。
〔三〕「便」，底本漫漶不清，今據續編本補。
〔四〕「玄」，底本漫漶不清，今據續編本補。
〔五〕「公仲」，《漢書》作「仲公」。

士。建始中，爲東平王太傅。徵入爲光禄大夫，遷光禄勳、侍中，甚見尊重。哀帝即位，爲左將軍，領尚書事，代王莽爲大司馬，封高樂侯。月餘，徙爲大司空。時傅太后要上，必欲稱尊號，郎中令泠褒、黄門郎段猶等復奏言，宜爲共皇立廟京師。上下其議，有司皆以爲宜如褒、猶言。丹議獨曰：「聖王制禮，取法於天地。故尊卑之禮明則人倫之序正，乾坤得其位而陰陽順其節，人主與萬民俱蒙祐福。尊卑者，所以正天地之位，不可亂也。定陶共王號謚已前定，不得復改。《禮》爲人後者爲之子，故爲所後服斬衰三年，而降其父母期，明尊本祖而重正統也。孝成皇帝聖恩〔一〕深遠，爲共王立後，奉承祭祀，恩義已備。陛下既繼體先帝，持重〔二〕大宗，承宗廟天地社稷之祀，義不得復奉定陶共王祭。」由〔三〕是浸不合上〔四〕意，遂策免丹。尚書令唐林上疏言：「丹經爲世儒宗，德爲〔五〕國黄耇，宜復爵邑，使奉朝請。」平帝即位，以厚丘之中鄉封丹爲義陽侯。

〔一〕「恩」，底本漫漶不清，今據續編本補。
〔二〕「帝持重」，底本漫漶不清，今據續編本補。
〔三〕「由」，底本漫漶不清，今據續編本補。
〔四〕「合上」，底本漫漶不清，今據續編本補。
〔五〕「爲」，底本漫漶不清，今據續編本補。

案：《齊詩》傳自后蒼，《漢書·藝文志》言[一]《禮》家自漢興訖孝宣世，后蒼最明。戴德、戴[二]聖、慶普皆其弟子，三家立於學官。翼、匡受《詩》后氏，故其《詩》學並善於《禮》，如定寢廟迭毁制及正[三]南北郊議，皆深得《禮》之大經。師[四]丹此議，正名位而定一尊，説[五]《禮》獨精。何氏義門以爲真[六]天理人情之至，雖附之經可也。

滿昌

張邯

[一]「藝文志言」，底本漫漶不清，今據續編本補。

[二]「戴」，底本漫漶不清，今據續編本補。

[三]「及正」，底本漫漶不清，今據續編本補。

[四]「大經師」，底本漫漶不清，今據續編本補。

[五]「説」，底本漫漶不清，今據續編本補。

[六]「門以爲真」，底本漫漶不清，今據續編本補。

皮容

【《漢書・儒林傳》】匡衡授瑯琊師丹、伏理斿君、潁川滿昌君都。爲〔一〕詹事，理高密太傅，家世傳業。由是《齊詩》有翼、匡、師、伏之學。滿昌授九江張邯、瑯琊皮容，皆至大官，徒衆尤盛。

班伯

【《漢書・敘傳》】班伯少受《詩》於師丹，大將軍王鳳薦伯宜勸學，召見宴昵殿。誦説有法，拜爲中常侍。遷奉車都尉，爲定襄太守，郡中稱神明。歲餘，徵爲侍中光禄大夫。禁中設〔二〕宴飲之會，伯言《詩》《書》淫亂之戒，其原皆在於酒，上乃喟然歎曰：「吾久不見班生，今日復聞讜言！」卒年三十八，朝廷愍惜焉。

馬援

【《東觀漢記》】馬援字文淵，扶風人。受《齊詩》，師事潁川蒲昌。朱勃年十二，能誦《詩》《書》，

〔一〕「爲」，此上《漢書》有「君都」二字。
〔二〕「設」，底本漫漶不清，今據續編本補。

嘗候援兄況，辭言嫺雅。援裁知書，見之自失。兄知其意，乃自酌酒慰援曰：「朱勃小器速成，智盡此耳，卒當從女稟學，勿畏也。」後援爲將軍，封侯，而勃位不過縣令。援常待以舊恩，及援遇讒，惟勃能終焉。

喬樅謹案：《漢書·儒林傳》云「匡衡授潁川滿昌」，而《東觀記》作「蒲昌」，疑是字誤。《後漢書·馬援傳》言援「少有大志，嘗受《齊詩》，意不能守章句」，又章懷《後漢書注》引《續漢書》云「朱勃能説《韓詩》」。

伏理

伏湛

伏隆

《後漢書》本傳「隆字伯文」，章懷太子注引《東觀漢記》「隆」作「盛」，字伯明。

伏晨

伏無忌

【《後漢書·伏湛傳》】湛字惠公，瑯琊東武人。九世祖勝，所謂濟南伏生者也。父理，爲當世名儒，以《詩》授成帝，爲高密太傅，别自名學。湛少傳父業，教授數百人。成帝時，以父任爲博士弟子。更始立，以爲平原太守。時倉卒兵起，天下驚擾，而湛獨晏然，教授不廢。光武即位，知湛名儒舊臣，欲令幹任内職，徵拜尚書，使典定舊制。帝以湛才堪宰相，拜爲司直，行大司徒事。建武三年，爲大司徒，封陽都侯。二子隆、翕。翕嗣爵，卒，子光嗣。卒，子晨嗣。晨謙敬博愛，好學尤篤。卒，子無忌嗣，亦傳家學，博物多識。順帝時，爲侍中、屯騎校尉。永和元年，詔無忌校定中書五經、諸子百家、藝術。元嘉中，桓帝復詔無忌與黄景共撰《漢記》。又自采集古今，删著事要，號曰《伏侯注》。卒，子質嗣，官至大司農。卒，子完嗣。初，自伏生已後，世傳經學，清静無競，故東州號爲「伏不鬬」云。又〔一〕《伏隆傳》：隆字伯文，少以節〔二〕操立名。建武二年，

〔一〕「爲伏不鬬云又」六字，底本漫漶不清，今據續編本補。

〔二〕「文少以節」四字，底本漫漶不清，今據續編本補。

詣〔一〕懷宮，光武〔二〕甚親接之。時張步兄弟各〔三〕擁彊兵，據有齊地。拜隆爲太中大夫，持節使青、徐二州，招降郡國。拜光禄大夫，使於步。隆招懷綏輯，多來降附。帝嘉其功，比之酈生。即拜隆〔四〕爲東萊太守，而劉永亦復遣使立步爲齊王。步貪王爵，欲留隆與共守二州。隆不聽，求得反命，步遂執隆而受永封。隆遣閒使上書，帝得隆奏，召父湛流涕以示之曰：「隆可謂有蘇武之節，恨不且許而遽求還也！」其後，步遂殺之。詔隆中弟咸收隆喪，以子瑗爲郎中。

伏黯〔五〕

伏恭〔六〕

〔一〕「年詣」二字，底本漫漶不清，今據續編本補。
〔二〕「武」，底本漫漶不清，今據續編本補。
〔三〕「步兄弟各」四字，底本漫漶不清，今據續編本補。
〔四〕「隆」，《後漢書》作「步」。
〔五〕「黯」，底本漫漶不清，今據續編本補。
〔六〕「恭」，底本漫漶不清，今據續編本補。

【《後漢書·儒林傳》】伏恭字叔齊，司徒湛之兄子也。湛弟〔一〕黯，字稚文，以明《齊詩》，改定〔二〕章句，作《解説》九〔三〕篇。位至光禄勳，無子，以恭爲後。恭性孝，事〔四〕所繼母甚謹。少〔五〕傳黯學，以任爲郎。建武四年，除劇令。視事十三年，以惠政公廉聞。青州舉爲尤異，太常試經第一，拜博士，遷常山太守。敦脩學校，教授不輟，由是北州多爲伏氏學。永平四年，帝臨辟雍，於行禮中拜恭爲司空，儒者以爲榮。初，父黯章句繁多，恭乃〔六〕省減浮辭，定爲二十萬言。建初二〔七〕年冬，肅宗行饗禮，以恭爲三老。年九十，卒。子壽，官至東郡太守。

喬樅謹案：陸璣《詩草木疏》載《齊詩》授受源流，自轅固生至翼、匡、師、伏之學，皆與《漢書·儒林傳》同。又云其後伏黯傳理家學，改定章句，作《解説》九篇，位至光禄勳，以授嗣子恭。恭以黯任爲郎。永平中，拜司空。恭删定章句，定爲二十萬言，年九十而卒。又蜀

〔一〕「弟」，底本漫漶不清，今據續編本補。
〔二〕「改定」二字，底本漫漶不清，今據續編本補。
〔三〕「九」，底本漫漶不清，今據續編本補。
〔四〕「孝事」二字，底本漫漶不清，今據續編本補。
〔五〕「少」，底本漫漶不清，今據續編本補。
〔六〕「乃」，底本漫漶不清，今據續編本補。
〔七〕「二」，底本漫漶不清，今據續編本補。

郡任末、廣漢景鸞，皆以明習《齊詩》，教授、著述而卒。陸德明《詩序録》注稱陸璣字元恪，吴郡人，吴太子中庶子、烏程令。陸氏在范蔚宗前，去漢甚近，其言實與《漢書·儒林傳》相表裏，《釋文·序録》大段本之。伏黯以下，則《序録》所未詳也。

任末

【《後漢書·儒林傳》】任末字叔本，蜀郡繁人也。少習《齊詩》，遊京師，教授十餘年。爲郡功曹，辭以病免。後奔師喪，於道物故。臨命，敕兄子造曰：「必致我尸於師門，使死而有知，魂靈不慚。如其無知，得土而已。」造從之。

景鸞

【《後漢書·儒林傳》】景鸞字漢伯，廣漢梓潼人也。少隨師學經，涉七州之地。能理《齊詩》《施氏易》，兼受《河》《洛》圖〔一〕，作《易説》及《詩解》，文句兼取《河》《洛》，以類相從，名爲《交集》。又抄風角雜書，列其占驗，作《興道》一篇。凡所著述五十餘萬言，數上書陳救災變之術。

〔一〕《後漢書》「圖」下有「緯」字。

州郡辟命不就，以壽終。

喬樅謹案：翼氏言《齊詩》五際之要，與《易》陰陽、《春秋》災異並論，又著風角占候諸書。漢伯所理《齊詩》，蓋翼氏之學也。

陳紀

【《後漢書·陳紀傳》】紀字元方，以至德稱。兄弟孝養，閨門廱和，後進之士皆推慕其風。及遭黨錮，發憤著書數萬言，號曰《陳子》。黨禁解，四府辟命，無所屈就。遭父憂，每哀至輒歐血絶氣，雖衰服已除，而積毁消瘠，殆將滅性。豫州刺史嘉其至行，表上尚書，圖象百城，以厲風俗。拜五官中郎將，遷侍中，出爲平原相。時議欲以爲司徒，紀見禍亂方作，不復辨嚴，即時之郡。璽書追拜太僕，又徵爲尚書令，拜大鴻臚。年七十一，卒於官。

【《經典釋文》】後漢陳元方，亦傳《齊詩》。

喬樅謹案：《三國志·陳群傳》云：「群字長文，潁川許昌人也。祖父寔，父紀，叔父諶，皆有盛名。」裴松之注引《魏書》曰：「寔德冠當時，紀、諶並名重於世。寔爲太丘長，遭黨錮，隱居荆山，遠近宗師之。諶爲司空掾，早卒。紀歷位平原相、侍中、大鴻臚，著書數十篇，世謂之《陳子》。寔之亡也，司空荀爽、太僕令韓融並制緦麻，執子孫禮。」據陸德明《敘録》

言，寔子紀傳《齊詩》，則太丘之受業太學，其所習當爲《齊詩》。荀爽師事陳寔，嘗著《詩傳》，《後漢書》載爽對策語，有「聞之師曰，火生於木，木盛於火，在地爲火，在天爲日。在天者用其精，在地者用其形」云云，即本翼氏《齊詩》之義。是爽治《齊詩》之學無疑。又裴松之《三國志注》引《先賢行狀》曰：「烈以潁川陳寔爲師，二子爲友。時潁川荀慈明、賈偉節、李元禮、韓元長皆就陳君學。」然則王烈、賈彪、李膺、韓融等之皆習《齊詩》，又可知矣。

齊詩遺説考卷第一（一之一）

福州陳壽祺學　男喬樅述

齊詩國風一

喬樅謹案：《史記·儒林傳》：「轅固生，齊人，以治《詩》，孝景時爲博士。自是之後，齊言《詩》皆本轅固生，諸齊人以《詩》貴顯，皆固之弟子也。」《漢書·藝文志》：「《詩經》，齊家二十八卷，《齊后氏故》二十卷，《齊孫氏故》二十七卷，《齊后氏傳》三十九卷，《齊孫氏傳》二十卷，《齊雜記》十八卷。」又云：「齊轅固爲之傳。」荀悦《漢紀》亦言轅固生作《詩内外傳》。《志》敘六家，祇有后氏、孫氏而不及轅固者。據《漢書·儒林傳》，固傳夏侯始昌，始昌傳后蒼，則《后氏故傳》即本諸轅固也。《后氏故》二十卷，而《后氏傳》至三十九卷，蓋合《内外傳》言之歟。

【《詩含神霧》曰】孔子曰：「詩者，天地之心，君悳之祖，百福之宗，萬物之户也。」《藝文類聚》五十六。○《北堂書鈔》一百二。○《太平御覽》六百九。

案：《詩緯》多《齊詩》説，觀《漢書·翼奉傳》稱「臣奉竊學《齊詩》，聞五際之要」，孟康引《詩内傳》與《氾歷樞》《推度災》合，是其明證。

喬樅謹案：《詩緯》，《隋書·經籍志》題魏博士宋均注，十八卷，阮孝緒《七録》云十卷，篇目曰《推度災》，曰《氾歷樞》，曰《含神霧》。漢儒翼奉、郎顗之説多出於此，蓋《齊詩》之學也。鄭君箋《詩》如《十月之交》篇，即用緯説。《六藝論》亦據而用之，説詳《詩緯集證》。

【補】【又曰】《詩》三百五篇。《詩譜序》正義。詩者，持也。《禮記·内則》正義。在於敦厚之教，自持其心，諷刺之道，可以扶持邦家者也。成伯璵《毛詩指説》。○凡喬樅所增緝者加「補」字別識之。下倣此。

【補】【又曰】上以風化下，下以風刺上，主文而譎諫，言之者無罪，聞之者足以戒。治世之音温以裕，其政平。亂世之音怨以怒，其政乖。《詩》道然也。《説郛》。

【補】【《春秋説題辭》曰】詩者，天地之精，星辰之度，人心之操也。在事爲詩，未發爲謀。恬淡爲心，思慮爲志。故詩之爲言志也〔一〕。《太平御覽·學部三》。

喬樅謹案：鄭君《六藝論》引《春秋緯演孔圖》云：「《詩》含五際六情。」與翼奉説及《詩氾歷樞》合，是漢世緯學皆用《齊詩》之驗。

〔一〕「天地」，《太平御覽》作「天文」；「人心之操也」，《太平御覽》無此五字；「淡」，《太平御覽》作「澹」。按：「天地之精」「人心之操也」語見《北堂書鈔》卷九五，此條疑陳氏據《北堂書鈔》校《太平御覽》而得。

【補】【《樂動聲儀》曰】詩人感而後思，思而後積，積而後滿，滿而後作。言之不足，故嗟歎之。嗟歎之不足，故詠歌之。詠歌之不厭，不知手之舞之，足之蹈之也。王褒《四子講德論》稱「《傳》曰」，《文選》李善注云「《樂動聲儀》文」。

喬樅謹案：《樂緯》言「樂者移風易俗」及「陳俗利巫」云云，與匡衡説《齊詩》合。

【補】【《樂稽耀嘉》曰】先王之悳澤在民，民樂而歌之以爲詩，説而化之以爲俗。《説郛》。

【《漢書·藝文志》】《書》曰：「詩言志，哥〔一〕詠言。」故哀樂之心感，而哥詠之聲發。誦其言謂之詩，詠其聲謂之哥。故古有采詩之官，王者所以觀風俗，知得失，自考正也。孔子純取周詩，上采殷，下取魯，凡三百五篇，遭秦而全者，以其諷誦，不獨在竹帛故也。

案：班固言孔子純取周詩，則不以國風、二雅兼有周以前作也。

喬樅謹案：班固《漢書》多用《齊詩》，如《地理志》引「子之營兮」及「自杜沮漆」，皆據《齊詩》之文。固之從祖班伯受《齊詩》於師丹，蓋傳其家學也。孔穎達《詩譜序正義》曰：「《毛詩》有三百十一篇，而《史記》《漢書》云三百五篇，譏其亡者，以見在爲數也。《樂緯動聲儀》《詩緯含神霧》《尚書璿璣鈐》皆云三百五篇者，漢世毛學不行，三家不見《詩序》，不

〔一〕「哥」，《漢書》作「歌」。按：此條下「哥」字例同。

知六篇亡佚，謂其唯有三百五篇。讖緯皆漢世所作，故言三百五耳。《六藝論》云：『孔子録周衰之歌及衆國賢聖之遺風，自文王創基至於魯僖，凡取三百五篇，合爲國風、雅、頌。』周詩是孔子所録，商頌則篇數先定，論録獨舉周代，數篇兼取商詩，而云合爲國風、雅、頌者，以商頌亦周歌所用，故得稱之也。」

【又曰】《傳》曰：「不歌而誦謂之賦，登高能賦可以爲大夫。」言感物造耑，材知深美，可與圖事，故可以爲大夫也。古者諸侯卿大夫交接鄰國，以微言相感，當揖讓之時，必稱《詩》以諭其志，蓋以别賢不肖而觀盛衰焉。故孔子曰「不學《詩》，無以言」也。

周南召南

喬樅謹案：《詩譜》：「周、召者，《禹貢》雍州岐山之陽地名。今屬右扶風美陽縣。」馬瑞辰曰：「周、召分陜，而《詩》各繫以『南』者，『南』蓋商世諸侯之國名也。《逸周書·史記解》：『昔有南氏有二寵貴臣，力鈞勢敵，競進争權，下争朋黨，君弗能禁，南氏以分。』是爲古二南分國之由。周、召二公分陜，蓋分理古二南國之地，故周、召各繫以南。竊疑《樂記》『四成而南國是疆，五成而分陜，周公左，召公右』，文正相連，所謂南國當即二南之國〔一〕，謂疆理南國，使二公分治之，其屬周公者爲周南，屬召公者爲召南，故下即繼以左周右召。周、召皆爲采邑，不得名爲國風，故編《詩》必繫以南國之舊名也。《吕氏春秋·音初》篇：『塗山女歌曰：「候人兮猗！」實始作爲南音，周公、召公取風焉，以爲《周南》《召南》。』高誘注：『南音，南方南國之音。』蓋以『南』爲古國名，故於『南方』下更繫以『南國』也。云『南音』者，蓋猶『商人識之謂之商，齊人識之謂之齊』，皆繫以國名也。云『周、召取風』者，蓋二公分治南國之地，因取南國之音以爲風，猶衛之兼有邶、鄘，因取邶、鄘之音以爲風也。」

【補】【《焦氏易林·大過之頤》】《周南》《召南》，聖人所在，德義流行，民悦以喜。

喬樅謹案：《焦氏易林》皆《齊詩》説，如《小畜之小過》曰：「關雎淑女，配我君子。少姜〔二〕在門，君子嘉喜。」《姤之无妄》曰：「關雎淑女，賢妃聖偶。」與匡衡説《齊詩》及《推度

〔一〕「國」，底本脱此字，今據《毛詩傳箋通釋》補。

〔二〕「姜」，《易林》續道藏本同，士禮居叢書景刻陸校宋本作「妻」。按：未見他書有以少姜配文王之説，且《易林》卷一《乾之夬》、卷二《需之剥》有「傷于蒺藜，不見少妻」之語，卷五《臨之訟》有「一朝喪殞，不見少妻」之語，故作「姜」殆形近之誤，應作「妻」。陳氏引《焦氏易林》，所據與明續道藏本相近，然亦有不同者。鑒於此，陳氏所引《易林》凡與續道藏本同而與他本異者，如無明顯錯誤，皆不再出校；若與續道藏本異者，則酌情據他本出校。

災》言「關雎有〔一〕原，冀得賢妃正八嬪」合，其證一也。《謙之小過》曰：「采薇出車，魚麗思初。上下促急，君子懷憂。」與《漢書・匈奴傳》「詩人作刺」説合，其證二也。《萃之蒙》曰：「家伯爲政，病我下土。」與《古今人表》「太宰家譌作「冢」，非是。伯」語合，其證三也。《訟之大有》曰：「尹氏伯奇，父子分離。無罪被辜，長舌所爲。」與《馮奉世傳贊》以《小弁》爲伯奇之詩合，其證四也。《頤之漸》曰：「姬奭姜望，爲武守邦。藩屏燕齊，周室以彊，子孫億昌。」與《諸侯王表》序引《詩》「大邦惟屏」及《高惠文功臣表》序言「燕齊之祀與周並傳」説合，其證五也。《夬之頤》曰：「二至靈臺，文所止遊。雲物備具，長樂無憂。」與《氾歷樞》言「靈臺候天意」合，其證六也。《坤之小畜》曰：「陳力就列，騶虞悦喜。」與《禮記・射義》及《儀禮・鄉射》注言「樂得賢者衆多，以充其官」説合，其證七也。《革之賁》曰：「亥午相錯，敗亂緒業，民不得作。」與《齊詩》五際以午亥爲革命合，其證八也。《噬嗑之坤》曰：「甲戊己庚，隨時運行。不失常節，達性任情，各從其類。」〔二〕與翼奉《齊詩》五性六情説合，其證九也。《巽之比》曰：「天門九重，深内難通。明登到暮，不見神公。」與郎顗

〔一〕「有」，《太平御覽》作「知」。

〔二〕「從」，《易林》士禮居叢書景刻陸校宋本作「樂」。續道藏本「不失常節」句後有「咸逢出生，各樂其類，達性任情」十二字。

引《汜歷樞》「神在天門，出入候聽」合，顗言「四始之缺，五際之阸」，皆據《齊詩》，其證十也。今於《易林》稱述《詩》語者備録之，以廣《齊詩》之義。又案，《漢書·儒林傳》「漢興言《易》自淄川田生」，《藝文志》言「《易》家田和傳之，訖於宣元有施、孟、梁丘、京氏列於學官」。孟即孟卿子喜，焦延壽所從問《易》者，孟卿善爲《禮》《春秋》，授后蒼、疏廣，世所傳《后氏禮》《疏氏春秋》，皆出孟卿。喜又從田王孫受《易》，得《易》家候陰陽灾變書，是亦齊學也。

周南

關雎

【《漢書》匡衡上疏曰】臣竊考國風之詩，《周南》《召南》被聖賢之化深，故篤於行而廉於色。鄭伯好勇，而國人暴虎；秦穆好信，而士多從死；陳夫人好巫，而民淫祀；晉侯好儉，而民畜聚；大王躬仁，邠國貴恕。由此觀之，治天下者審所上而已。

案：《漢書·儒林傳》：「《齊詩》有翼、匡、師、伏之學。」

【又曰】臣聞家室之道修，則天下之理得，故《詩》始國風，《禮》本冠、婚。始乎國風，原性情而明人倫也；本乎冠、婚，正基兆而防未然也。福之興莫不本乎室家，道之衰莫不始乎梱内。故聖人必慎后妃之際，别適長之位。

【又曰】臣聞之師曰：「匹配之際，生民之始，萬福之原。」婚姻之禮正，然後品物遂而天命全。孔子論《詩》以《關雎》爲始，言太上者民之父母，后夫人之德不侔乎天地，則無以奉神靈之統而理萬物之宜。

喬樅謹案：匡衡受《齊詩》於后蒼，則此言聞之師者，是后氏《詩》説也。

【補】【《儀禮·鄉飲酒》】乃合樂《周南》：《關雎》《葛覃》《卷耳》；《召南》：《鵲巢》《采蘩》《采蘋》。○【鄭注】《周南》《召南》，國風篇也，王后、國君夫人房中之樂歌也。《關雎》言后妃之德，《葛覃》言后妃之職，《卷耳》言后妃之志，《鵲巢》言國君夫人之德，《采蘩》言國君夫人不失職，《采蘋》言卿大夫之妻能修其法度。昔太王、王季居於岐山之陽，躬行《召南》之教以興王業，及文王而行《周南》之教以受命。大雅云「刑於寡妻，至於兄弟，以御於家邦」，謂此也。其始一國耳，文王作邑於豐，以故地爲卿士之采地，乃分爲二國。周，周公所食也；召，召公所食也。於時文王三分天下有其二，德化被於南土，是以其詩有仁賢之風者屬之《召南》焉，有聖人之風者屬之《周南》焉。夫婦之道，生民之本，王政之端，此六篇者，其教之原也。故國君與其臣下及四方之賓燕，用之合樂也。鄉樂者，風也。小雅爲諸侯之樂，大雅、頌爲天子之樂。《鄉飲酒》升歌小雅，禮盛者可以進取也。《燕》合鄉樂，禮輕者可以逮下也。《春秋傳》曰：「《肆夏》《繁遏》《渠》，天子所以享元侯也。《文王》《大明》《緜》，兩君相見之樂也。」然則諸侯相與燕，升歌大雅，合小雅。天子與次國、小國之君燕亦如之，與大國之君燕，升歌頌，合大雅。其笙閒之篇未聞。《燕禮》注同。

喬樅謹案：《漢書·藝文志》：「魯高堂生傳《士禮》十七篇，訖孝宣世后蒼最明，戴德、戴勝、慶普皆其弟子，三家立於學官。」《儒林傳》云：「蒼説《禮》數萬言，號曰后氏曲臺記。」《經典釋文·叙録》云：「《禮》古經五十六篇，蒼傳十七篇，鄭君本治《小戴禮》，後以古經校之，取其於義長者順焉。」后氏爲轅生再傳弟子，《儀禮》與《齊詩》並出自后氏，《禮》家師説均用《齊詩》。鄭君注《禮》在箋《詩》之前，未得《毛傳》，故於笙閒之篇未聞，知其所稱《詩》義皆本之齊説矣。

【補】【《燕禮》鄭注】《周南》《召南》之詩謂之房中者，后夫人之所諷誦以事其君子。

【《詩推度災》曰】《關雎》有[一]原，冀得賢妃正八嬪。○【宋均注】八嬪正於内，則可以化四方

[一]「有」，《太平御覽》作「知」。

矣。《太平》一百四十五《皇親部》。

喬樅謹案：八嬪，趙在翰云：「『八』當作『九』字之訛也。《周禮》九嬪屬天官。嬪，婦之美稱也，賢則稱其職矣。」喬樅謂趙説非是，古者天子、諸侯一娶九女，一爲適妻，餘皆爲嬪。《孟子》引《詩》「刑於寡妻」，趙岐注云「言文王正己適妻，則八妾從」，「八妾」即此所謂「八嬪」是也。

【補】【《春秋説題辭》曰】人主不正，應門失守，故歌《關雎》以感之。○【宋均曰】應門，聽政之處也，言不以政事爲務，則有宣淫之心。《關雎》樂而不淫，思得賢人與之共化，修應門之政者也。

喬樅謹案：鄭君《儀禮注》云：「《關雎》，言后妃之德，房中之樂歌，后夫人之所諷誦，以事其君子。」即此所謂「歌《關雎》以感之」也。《漢書·杜周傳贊》云：「庶幾乎《關雎》之見微。」與此同意。胡承珙云：「《春秋緯》言歌以感之，正如《常棣》作於周公，而《左傳·僖二十四年》載富辰之言曰『召穆公糾合宗族於成周而作詩』，杜預注以爲周公作之，召公歌之耳。」

【補】【《易林·小畜之小過》】關雎淑女，配我君子。少姜〔一〕在門，君子嘉喜。

〔一〕「姜」，《易林》士禮居叢書景刻陸校宋本作「妻」。按：應作「妻」。

喬樅謹案：《關雎》乃后妃爲文王求嬪，故鄭君《儀禮注》以爲言后妃之德，此據《齊詩》爲説也。余友張教授冕云：「《詩推度災》曰：『《關雎》有原，冀得賢妃正八嬪。』然果誰正之，莫可知也。據《易林》語，則是后妃爲文王求少姜而得之矣。《姤之无妄》曰：『關雎淑女，賢妃聖偶。』此言非無據而得云然也。」

【補】【又《姤之无妄》】關雎淑女，賢妃聖偶。宜家壽母，福禄長久。

喬樅謹案：《履之頤》作「雎鳩淑女，聖賢配耦。宜家受福，吉善長久」〔一〕，文與此小異。

【補】【又《晉之同人》】貞鳥雎鳩，執一無尤。寢門治理，君子悦喜。

【補】【《漢書·外戚傳》】《易》基乾坤，《詩》首《關雎》。夫婦之際，人道之大倫也。

【補】【班固《離騷序》】《關雎》哀周道而不傷。

喬樅謹案：孟堅此言即本《論語》「哀而不傷」爲説。漢興，《論語》有魯、齊之學，齊《論語》者，齊人所傳，其章句頗多於魯云。

【補】【班昭《女誡》曰】夫婦之道，參配陰陽，通達神明，天地之弘義，人倫之大節也。是以《禮》貴男女之際，《詩》著《關雎》之義。由斯言之，不可不重也。

〔一〕《易林》士禮居叢書景刻陸校宋本此條出自《履之無妄》，作「雎鳩淑女，聖賢配偶。宜家壽福，吉慶長久」。

喬樅謹案：曹大家言《關雎》與匡衡義同，蓋用《齊詩》説，傳其從祖班伯之學也。

【《後漢書》郎顗拜章曰】夫救奢必於儉約，振薄無如敦厚。安上理人，莫善於禮。修道遵約，蓋惟上興，革文變薄，事不在下。故《周南》之德，《關雎》政本。本立道生，風行草從，澄其源者流清，溷其本者末濁。

喬樅謹案：范史不言郎顗爲治何《詩》，然觀其所稱四始五際，乃《齊詩》之義，則稚光習《齊詩》可知也。《齊詩》與《禮》學並后蒼所傳，后氏兼通《詩》《禮》，故其説《詩》多與《禮》相比附。如稚圭上疏以《禮》解《詩》，稚光拜章，以《詩》證《禮》，皆守其師説也。

【補】【《後漢書》荀爽對策曰】夫婦人倫之始，王化之端。陽尊陰卑，蓋乃天性。且《詩》初篇實首《關雎》，《禮》始冠、婚，先正夫婦。

喬樅謹案：荀爽此説是據《齊詩》。爽嘗師事陳寔，寔子紀，傳《齊詩》，則太丘家學爲《齊詩》確有明證。荀爽之學，太丘所授，則其治《詩》亦皆爲齊可知也。觀其對策所稱聞之師曰：「火生於木，木盛於火，在地爲火，在天爲日，在天者用其精，在地者用其形。」即本翼氏之義，尤足驗其所習之爲《齊詩》。《後漢書》本傳言爽著《詩傳》，而《隋書·經籍志》不著録，蓋亡佚久矣。又韓固生作《詩内外傳》，荀悦《漢紀》特著於篇，亦可證荀氏家學皆治《齊詩》，故言之獨詳也。

窈窕淑女，君子好仇。

【《漢書》匡衡上疏曰】《詩》曰：「窈窕淑女，君子好仇。」言能致其貞淑，不貳其操。情欲之感，無介乎容儀；宴私之意，不形乎動静。夫然後可以配至尊而爲宗廟主，此綱紀之首，王教之端也。

喬樅謹案：此言「致其貞淑，不貳其操」，與《易林·晉之同人》云「貞鳥雎鳩，執一無尤」義同。觀此，則焦氏之用《齊詩》益昭然無疑矣。

【補】【班固《西都賦》】窈窕繁華。

【補】【《禮記·緇衣》】《詩》云：「君子好仇。」〇【鄭注】仇，匹也。

喬樅謹案：《禮》大小戴氏之學，皆傳自后蒼。蒼治《齊詩》，以通《詩》《禮》爲博士，見《漢書·儒林傳》。考鄭君《六藝論》云：「案《漢書·藝文志》《儒林傳》言：『傳《禮》十三家，唯高堂生及五傳弟子名在也。』」《禮記正義》引熊氏曰：「高堂生、蕭奮、孟卿、后蒼及戴德、戴聖，爲五也。」《六藝論》又云：「今《禮》行於世者，戴德、戴聖之學也。戴德傳《禮》八十五篇，則《大戴禮》是也。戴聖傳《禮》四十九篇，則此《禮記》是也。」《詩》《禮》淵源既同一師，則二戴《禮記》中凡所引《詩》，皆當爲《齊詩》之文矣。鄭君此注與《詩箋》義異，蓋《禮》家舊説多主《齊詩》，故鄭君據以爲解也。

求之不得，寤寐思服。

【補】【桓寬《鹽鐵論・執務》篇】《詩》云：「求之不得，寤寐思服。」有求如《關雎》，好德如《河廣》，何不濟不得之有？

喬樅謹案：桓次公《鹽鐵論》皆用《齊詩》，如以《兔罝》爲刺義，與魯、韓、毛顯異；以「鳴雁」爲「鴈」，文與魯、韓、毛並殊；以《出車》爲周宣王詩，與班固《匈奴傳》合。是其證也。

葛覃

【補】【《儀禮・鄉飲酒》鄭注】《葛覃》，言后妃之職。

爲絺爲綌。

【補】【《易林・兑之謙》】葛生衍蔓，絺綌爲願。

服之無射。

【補】【《禮記・緇衣》】《葛覃》曰：「服之無射。」○【鄭注】射，厭也。言己願采葛以爲君子之衣，令君子服之無厭，言不虚也。

喬樅謹案：射，《毛詩》作「斁」，三家今文皆作「射」，鄭君此注亦與《詩箋》義異。

卷耳

【補】【《儀禮·鄉飲酒》鄭注】《卷耳》言后妃之志。

采采卷耳，不盈傾筐。

【補】【《易林·鼎之乾》】傾筐卷耳，憂不能傷。

我馬虺隤。

【補】【《易林·乾之革》】玄黄虺隤，行者勞疲。役夫憔悴，踰時不歸。《師之臨》《震之艮》文同。

我姑酌彼金罍。

【班固《東都賦》】列金罍。

【補】【《漢書·文三王傳》】梁孝王有罍尊。○【鄭氏曰】上蓋刻爲雲雷之象。

喬樅謹案：《説文》云：「櫑，龜目酒尊，刻木作雲雷象，象施不窮也。從木，畾聲。罍：『櫑，或從缶。』罍：『櫑，或從皿。』罍，籀文『櫑』。」鄭氏此説是據《齊詩》之義，《食貨志》注引鄭氏稱《詩·藁有梅》作「藁」，與魯、韓、毛文異，知其據《齊詩》也。應劭《漢書音義》引《詩》「酌彼金罍」以爲「畫雲雷之象，以金飾之」，與刻木義微異。應劭蓋從《魯詩》之説。

我馬玄黃。見前《易林・乾之革》。

樛木

南有樛木，葛藟纍之。樂只君子，福履綏之。

【班固《幽通賦》】葛緜緜於樛木兮，詠南風以爲綏。○【曹大家曰】《詩・周南》，國風曰：「南有樛木，葛藟纍之。樂只君子，福履綏之。」此是安樂之象也。《文選》李善注引。

喬樅謹案：樛木，《韓詩》作「朻」。纍之，《魯詩》作「虆」。則曹大家所引之爲《齊詩》，信而有徵矣。

葛藟縈之。

【補】【《儀禮・士喪禮》鄭注】幎，讀若《詩》曰「葛藟縈之」之「縈」。

喬樅謹案：《毛詩》「葛藟縈之」，《釋文》作「帣」，云：「本又作『縈』。《説文》作『𧄍』。」考《説文》：「𧄍，艸旋貌也。」引《詩》：「葛藟𧄍之。」然則「帣」「縈」皆「𧄍」之假借字。《毛傳》：「縈，旋也。」《説文》：「縈，收卷也。」收卷即旋之義。

螽斯

【補】【《後漢書》荀爽對策曰】配陽施，祈〔一〕螽斯。

喬樅謹案：爽策言：「天子娶十二，天之數也。諸侯以下各有等差，事之降也。陽性純而能施，陰體順而能化，以禮濟樂，節宣其氣。故能豐子孫之祥，致老壽之福。及三代之季，淫而無節。瑶臺、傾宫，陳妾數百。陽竭於上，陰隔於下。故感動和氣，災異屢臻。」與郎顗《條便宜七事》大旨略同。

宜爾子孫。

【《漢書·敘傳》】宜爾子孫，夭夭伸伸。

桃夭

【補】【《易林·師之坤》】春桃生花，季女宜家。受福且多，男爲邦君。〔二〕《謙之夬》《否之隨》《噬嗑

〔一〕「祈」，底本漫漶不清，今據續編本補。

〔二〕《易林》續道藏本、士禮居叢書景刻陸校宋本此條作「春桃生花，季女宜家。受福且多，在師中吉，男爲封君」。

之大濟》《大過之蹇》《解之歸妹》同。

【補】【又《師之坤〔一〕》】春桃萌生，萬物華榮。邦君所居，國樂無憂。

【補】【又《困之觀》】桃夭少華，婚悦宜家。君子樂胥，長利止居。

喬樅謹案：據《易林》説，則《桃夭》之詩蓋當時實指其事也。張冕云：「《桃夭》如爲民間嫁娶之詩，《大學》何由即指爲實能宜家而可以教國？詳《易林》之語，似是武王娶邑姜事。然則《大學》引之，非虚詞矣。」喬樅考《説文》云：「枖，木少貌。《詩》曰：『桃之枖枖。』」「媄，巧也，一曰女子笑貌。《詩》曰：『桃之媄媄。』」許氏兼載三家之《詩》，訓「枖」爲木少貌，與《易林》「桃夭少華」義合，是用《齊詩》之説。其作「媄」者，殆魯、韓之異字與。

桃之夭夭，其葉蓁蓁。之子于歸，宜其家人。

【補】【《禮記·大學》】《詩》云：「桃之夭夭，其葉蓁蓁。之子于歸，宜其家人。」〇【鄭注云】夭夭、蓁蓁，美盛貌。之子者，是子也。

〔一〕「師之坤」，應作「復之解」。

兔罝

【補】【《易林·坤之困》】兔罝之容，不失其恭。和謙致樂，君子攸同。

喬樅謹案：劉向《列女傳》引《詩》云：「『肅肅兔罝，椓之丁丁。』言不怠於道也。」此云「兔罝之容，不失其恭」，即不怠於道之意，是《齊詩》之解與《魯詩》義同。

公侯干城。

公侯腹心。

【補】【《鹽鐵論·備胡》篇】此《兔罝》之所刺，故小人非公侯干城腹心也。

喬樅謹案：此以《兔罝》爲刺詩者，考《左傳》郤至説《兔罝》詩云：「及其亂也，諸侯貪冒，侵欲不忌，争尋常以盡其民。略其武夫，以爲己腹心股肱爪牙。故《詩》曰：『赳赳武夫，公侯腹心。』天下有道，則公侯能爲民扞城，而制其腹心；亂則反之。」是亦以《兔罝》爲刺，即《齊詩》之説所本也。馬瑞辰曰：「按《太平御覽》引《白虎通》：『天子曰崇城，言崇高也。諸侯曰干城，言不敢自專，禦於天子也。』是干城爲諸侯城名。何休《公羊注》云：『天子周城，諸侯軒城。軒城者，缺南面以受過也。』干城當即軒城之省。《左氏傳》：『公侯所以扞城其民也。』謂設城以爲扞衛，因名扞城，與《白虎通》訓『干』爲禦義同。」

漢廣

南有喬木，不可休息。漢有游女，不可求思。

【補】【《易林・萃之漸》】喬木无息，漢女難得。橘柚請佩，反手離汝。案本亦作「禱神得佩」。

喬樅謹案：《毛詩釋文》云：「休息，並如字，古本皆爾。本或作『休思』，此以意改耳。」今據《易林》言「喬木无息」，則知《齊詩》亦作「不可休息」，與毛文同。

【補】【又《頤之既濟》】漢有游女，人不可得。

【補】【又《噬嗑之困》】二女寶珠，誤鄭大夫。君父無禮，自爲作笑。

喬樅謹案：鄭交甫逢二女於江漢之湄請其佩珠事，見劉向《列仙傳》。此言「二女寶珠，誤鄭大夫」，又言「橘柚請佩，反手離汝」，與《魯詩》説合，是三家義並同。

汝墳

遵彼汝墳，伐其條枚。未見君子，惄如周飢。

【補】【《易林·兑之噬嗑》】南循汝水，伐樹斬枝。過時不遇，惄如周飢。

喬樅謹案：周，《毛詩》作「調」，《韓詩》作「輖」，皆以與「朝」音近通假。《説文》：「輈，旦也。从軌，舟聲。」「周」「舟」古通用，故「朝飢」又借「周」與「調」「輖」爲之。

王室如燬。

【補】【《爾雅·釋言》】燬，火也。○【郭璞曰】《詩》曰：「王室如燬。」燬，齊人語也。

喬樅謹案：燬，《韓詩》作「焜」，見《韓詩外傳》及《後漢書·周磐傳》注引《韓詩章句》。今據景純言「燬」爲齊人語，知《齊詩》當作「王室如燬」矣。《毛詩正義》引李巡曰：「燬，一名火。」孫炎曰：「方言有輕重，故謂燬爲火也。」臧氏鏞云：「《爾雅釋文》及《邢疏》並引李巡曰『燬，一音火』，與孫説合。」

麟止

【補】【《詩含神霧》曰】麟木之精。《路史·後紀注》。

麟之角。

【補】【《春秋感精符》曰】麟一角，明天下共一主也。王者不刳胎，不破卵，則出於郊，德及幽隱，不肖斥退。賢者在位，則至明於興衰，武而仁，仁而有慮。禽獸有埳穽，非時張獵則去。舊譌作「至」，非是，今訂正。明王動則有義，静則有容乃見。《藝文類聚》。

喬樅謹案：鄭君《詩箋》云：「麟角之末有肉，象有武而不用。」與此言「武而仁」説同，是用《齊詩》之義。麟，木之精，木性仁，故麟爲仁獸，角端有肉也。

召南

鵲巢

【補】【《儀禮·鄉飲酒》鄭注】《鵲巢》言國君夫人之德。

維鵲有巢，維鳩居之。

【《詩推度災》曰】鵲以復至之月始作室家，鳲鳩因成事，天性如此也。《毛詩正義》。

案：《詩正義》云：「《詩緯》主以釋此。」又《禮記正義》引《詩緯》「復之月，鵲始巢」。

之子于歸，百兩成之。

【補】【《易林·節之賁》】鵲巢百兩，以成嘉福。

采蘩

【補】【《儀禮·鄉飲酒》鄭注】《采蘩》言國君夫人不失職也。

被之童童，夙夜在公。

【補】【《禮記·射義》】《采蘩》，樂不失職也。○鄭注《采蘩》詩篇名「樂不失職」者，謂《采蘩》曰「被之童童，夙夜在公」。

喬樅謹案：《潛夫論·班禄》篇「背宗族而《采蘩》怨」，王符以《采蘩》爲刺詩，是用魯說。《禮》家以《采蘩》爲樂不失職，則知《齊詩》異魯而同毛也。童童，毛作「僮僮」，王氏引之《經義述聞》云：「『僮』與『童』通，《廣雅》曰『童童，盛也』，《釋名》曰『幢，童也，其貌童童然也』，皆謂盛貌。」喬樅謂鄭注《射義》引《詩》作「童童」，據《齊詩》之文，《廣雅》所載蓋採《齊詩》故傳也。

【補】【《易林·大過之小過》】夙夜在公，不離房中，得君子意。

采蘋

【補】《儀禮·鄉飲酒》鄭注】《采蘋》言卿大夫之妻能修其法度也。

喬樅謹案：《毛詩》篇次，《草蟲》在《采蘋》前，王氏《困學紀聞》引曹粹中《詩説》，以爲《齊詩》先《采蘋》而後《草蟲》。今據《儀禮》合樂歌《周南》，則《關雎》《葛覃》《卷耳》三篇同奏；歌《召南》，則《鵲巢》《采蘩》《采蘋》三篇同奏。是知古《詩》篇次，原以《采蘋》在《草蟲》之前，三家次第容與毛異，曹氏之説非無據也。

于以采蘋，南澗之濱。

【補】《禮記·射義》】《采蘋》，樂循法也。○【鄭注】《采蘋》，《詩》篇名。「樂循法」者，謂《采蘋》曰「于以采蘋，南澗之濱」。循澗以采蘋，喻循法度以成君事也。

喬樅謹案：此與《毛敘》義同。

惟筐及筥。

惟錡及釜。

【補】《易林·困之隨》】筐筥錡釜。

草蟲

憂心惙惙。

【補】【《易林·需之小過》】憂心惙惙。

甘棠

【補】【《樂動聲儀》曰】召公，賢者也，明不能與聖人分職，常戰慄恐懼，故舍於樹下而聽斷焉。勞身苦體，然後乃與聖人齊。是《周南》無美，而《召南》有之。《初學記·人事部》。

【補】【《易林·師之蠱》】甘棠聽斷，怡然蒙恩。

【補】【又《復之巽》】甘棠之人，解我憂凶。

【補】【《鹽鐵論·授時》篇】古者春省耕以補不足，秋省斂以助不給。民勤於財則貢賦省，民勤於力則功業牢。案：「業牢」二字當是「築罕」之譌，《穀梁·莊二十九年傳》云「民勤於力則功築罕」可證也。爲民愛力，不奪須臾。故召伯聽斷於甘棠之下，爲妨農業之務也。

喬樅謹案：《説苑》引《魯詩傳》以爲召公述職當蠶桑之時，不欲變民事，故舍於甘棠之下而聽斷。桓寬用《齊詩》，亦與劉向《説苑》合，是魯、齊説同。

【補】【《漢書・古今人表》】召公，周同姓。

【補】【《漢書・高惠文功臣表》】至其没也，世主歎其功，無民而不思。所息之樹，且猶不伐，況其廟乎？是以燕、齊之祀與周並傳。○【師古曰】謂《甘棠》之詩是也。

喬樅謹案：《禮記》：「武王克殷反商，未及下車而封黄帝之後於薊。」陸德〔一〕明云：「今涿郡薊縣是也，即燕國之都。」案黄帝姓姬，君奭蓋其後也。或黄帝之後封薊者滅絶而更封燕郡乎？疑不能明也。而皇甫謐以召公爲文王之庶子，記傳更無所出。喬樅考《白虎通・王者不臣》篇引《詩》「文武受命，召公維翰」，以召公爲文王子，則是出《魯詩》也。孟堅此表序燕、齊並稱，明不以召公爲文王子，是據《齊詩》之説。

行露

厭浥行露，豈不夙夜，謂行多露。

【補】【《易林・未濟之損》】厭浥晨夜，道多湛露。濺衣濡襦，重難以步。

〔一〕「陸德」，續編本作「齊説」。按：應作「陸德」。

室家不足。

【補】【《易林·坤之屯》】室家不足。

雖速我訟，亦不女從。

【補】【《易林·大壯之姤》】婚禮不明，男女失常。行露反言，出争我訟。

【補】【又《无妄之剥》】行露之訟，貞女不行。

羔羊

羔羊之皮，素絲五紽。退食自公，逶迤逶迤。

【補】【曹大家《鍼縷賦》】退逶迤以補過，似素絲之羔羊。《古文苑》二。

喬樅謹案：《毛詩》「委蛇」，《釋文》云：「《韓詩》作『逶迤』。」今據曹大家賦，是齊、韓文同。

羔羊之革。

【補】【《易林·謙之離》】羔羊皮革，君子朝服。輔政扶德，以合萬國。《離之復》同。

喬樅謹案：《晉之臨》首句作「羔羊皮弁」，末句作「以合萬福」。

素絲五緵。

【補】【孟康《漢書音義》】緵，八十縷也。《王莽傳》注。

喬樅謹案：孟康注「五際」，稱《詩内傳》，語出《齊詩》，則此亦用《齊詩》故傳可知也。《説文》「緵」「總」字同，《周官·掌客》注曰：「十筥曰總。」《釋文》云：「總，本作『緵』。」《説文》「稯」下云：「布之八十縷爲稯。」《莊子·則陽》篇「是稯稯何爲者」，《釋文》云：「字亦作『總』。」《西京雜記》曰：「倍紀曰緵，謂八十絲也。」《儀禮注》「布八十縷爲升」，《賈疏》云：「今亦謂之宗，宗即緵也。」《史記·孝景本紀》《漢書·王莽傳》有「七緵布」「十緵布」，字並作「緵」，然則《毛詩》「五總」，《齊詩》殆作「五緵」與。

蔈有梅

喬樅謹案：《漢書·食貨志》注師古引鄭氏云：「芆，讀〔一〕『蔈有梅』之『蔈』。芆，零落也。」考趙岐《孟子章句》及唐〔二〕丁公著《孟子音義》引《詩》知魯、韓《詩》並作「芆」，然則

〔一〕「讀」，底本漫漶不清，今據續編本補。
〔二〕「唐」，底本漫漶不清，今據續編本補。

鄭氏所引「蔈」字當是《齊詩》之文。《毛詩》「蔈」作「摽」，與三家文異。鄭氏，晉灼《集注》云北海人，臣瓚《集解》以爲鄭德是也。

小星

嘒彼小星，三五在東。肅肅宵征，夙夜在公，寔命不同。

【補】【《易林·大過之夬》】旁多小星，三五在東。早夜晨行，勞苦無功。

喬樅謹案：《毛傳》以「三五在東」爲三心五噣，三家説無可徵。《經義述聞》云：「『三五在東』即下章言『惟參與昴』也。《文選》任昉《宣德皇后令》注引《論語比考讖》曰：『堯觀河渚，乃有五老游渚，飛爲流星，上入昴。』又引注曰：『入昴宿則復爲星。』據此，則漢以前相傳昴宿五星，故有降精爲五老之説。其參之三星，則《史記·天官書》已明著之。昴、參相距不遠，故得俱見東方。若心、噣相距甚遠，心在東，則噣在西，不得言『三五在東』矣。『三五』舉其數也，『參昴』著其名也，其實一而已矣。古人名星多少之數，或與今異。如伐三星，而《考工記》曰『熊旗六斿以象伐』，則合參之三星爲六。營室二星，而《考工記》曰『龜旐四斿，以象營室』，則合東壁二星爲四，此古多於今也。參七星而《詩》以爲三星，昴七星而《詩》以爲五星，《元命包》以爲六星，此古少於今也。」喬樅考《韓詩外傳》言「家貧親老者，不擇官而仕」，引《詩》「夙夜在公，實命不同」云云，《容齊隨筆》以此詩是詠使者遠適，夙夜征行，不敢慢君命之意。《白帖》引「肅肅宵征，夙夜在公」，入「奉使類」，亦用韓説，與《毛詩》義異。今詳《易林》云「旁多小星，三五在東」，與《文選》魏文帝《雜詩》注吕向以「嘒彼小星」喻小人在朝同意。又云「早夜晨行，勞苦無功」，與《白帖》以「肅肅宵征」爲奉使行役同解。然則知《齊詩》之義亦同於韓矣。

江有汜

江有汜，之子歸，不我以。不我以，其後也悔。

【補】【《易林·明夷之噬嗑》】江水沱汜，思附君子。仲氏爰歸，不我肯[一]顧，姪娣恨悔。《遯之巽》同。

【補】【又《比之漸》】南國少子，才[二]略美好。求我長女，賤薄[三]不與。反得醜惡，後乃大悔。

〔一〕「我肯」，續編本作「肯我」。按：應作「我肯」。

〔二〕「才」，《易林》續道藏本、士禮居叢書景刻陸校宋本作「方」，《泰之震》《漸之困》《涣之巽》作「才」。

〔三〕「賤薄」，《易林》士禮居叢書景刻陸校宋本作「薄賤」，續道藏本作「賤淺」。

《泰之震》《漸之困》《涣之巽》同。

喬樅謹案：《江有汜》詩，《毛叙》以爲「美媵也，勤而無怨，嫡能悔過也」，今詳《易林》之語，則知南國本求婚長女，而女家不與，但以仲女往媵之。故《明夷之噬嗑》云「仲氏爰歸」，迨嫡不以其媵備數，因而恨悔。此《江有汜》之詩所爲作也。後其長女所嫁，反得醜惡之人，乃更大悔前事。《比之漸》云云，及《明夷之觀》云「長女不嫁，後爲大悔」，皆指此事而言。《毛叙》以《江有汜》爲美媵者，是據其後言之。蓋至江漢之間，被文王后妃之化，嫡乃自悔其過，此詩之作，美媵之遇勞無怨，又以嘉嫡之能悔過自止也。宜合齊説，與《毛叙》參觀之，其義始備，而當日情事亦昭然可見矣。

江有沱。

喬樅謹案：《易林》言「江水沱汜，思附君子」，沱爲江之别者，故以喻媵也。

何彼茙矣

喬樅謹案：《毛詩·何彼襛矣》釋文引《韓詩》作「茙」。「茙」字今文，「襛」字古文之假借，三家皆今文，則字當作「茙」爲正。

曷不肅雍，王姬之車。

【補】【《易林·艮之困》】王姬歸齊，賴其所欲，以安邦國。

【補】【荀悦《申鑒·時事》二】尚主之制非古也。釐降二女，陶唐之典。歸妹元吉，帝乙之訓。王姬歸齊，宗周之禮。以陰乘陽違天，以婦凌夫違人。違天不祥，違人不義。

喬樅謹案：據荀悦説與《易林》同，則《齊詩》之解亦以爲王姬下嫁於齊也。悦叔父荀爽於延熹九年對策陳便宜，以漢承秦法，設尚主之儀，以妻制夫，以卑臨尊，違乾坤之道，失陽唱之義，宜改尚主之制。今悦復以爲言，皆本《齊詩》説。

騶虞

【補】【《禮記·射義》】《騶虞》，樂官備也。○【鄭注】《騶虞》，《詩》篇名。「樂官備」者，謂《騶虞》曰「壹發五豝」，喻得賢者衆多也。「于嗟乎騶虞」，嘆仁人也。

彼茁者葭，一發五豝。于嗟乎騶虞！

【補】【《詩氾歷樞》曰】「彼茁者葭，一發五豝」，孟春獸肥草短之候也。《説郛》。

【補】【《儀禮·鄉射禮》】樂正命大師曰：「奏《騶虞》間若一。」乃奏《騶虞》以射。○【鄭注】

《騶虞》，《國風・召南》之詩篇也，其詩有「一發五豝」「五豵」「于嗟乎騶虞」之言，樂得賢者衆多，嘆思至仁之人以充其官。

喬樅謹案：鄭君《禮注》兩釋《騶虞》詩義，並與《詩箋》説異，蓋皆據齊爲解。

【補】【《鄉射記》】歌《騶虞》，若《采蘋》，皆五終。

喬樅謹案：《晉書・樂志》言魏武平荆州，獲漢雅樂郎杜夔，能識舊法，傳舊雅樂四曲：一曰《鹿鳴》，二曰《騶虞》，三曰《伐檀》，四曰《文王》。皆古聲辭。臧氏琳以爲《漢・樂志》有《雅歌詩》四篇，即此四曲也。

【補】【《易林・坤之小畜》】五範四軌，優得饒有。陳力就列，騶虞悦喜。

【補】【又《坤之履》】四足無角，君子所服。南征述職，以惠我國。

喬樅謹案：焦氏「陳力就列」之語，與《禮記》言「《騶虞》，樂官備也」義合。

【班固《東都賦》】制同乎梁騶。○【又曰】歷騶虞。

喬樅謹案：《後漢書・班固傳》章懷太子注引《魯詩傳》曰：「古有梁騶者，天子之田也。」考《漢書・地理志》濟南郡有梁鄒，惠氏棟《補注》云：「在今鄒平縣四十里孫家嶺。」是依義則此「鄒」應爲「騶」字。喬樅謂孟堅言「先王之迹既遠，地名又數改易，是以采獲舊文，考迹《詩》《書》」，今詳《地理志》所引，多據《齊詩》。此以梁騶爲地名，載之《漢志》，知《齊詩》亦解梁騶爲天子之田，與魯説同。賈子《新書》云：「騶者，文王之囿也。虞者，囿之司獸者也。」《周官疏》引韓、魯《詩》説：「騶虞，天子掌鳥獸官。」與賈誼解合。《東都賦》「制同梁騶」之語，明亦以騶爲文王之囿。《尚書大傳》云：「文王囚于羑里，散宜生之於陵氏取怪獸，尾倍其身，名曰騶虞，獻之紂，以免文王。」然則囿之名騶，殆以此歟。

一發五豵。

喬樅謹案：鄭君《詩箋》云：「豕生三曰豵。」與《毛詩》「一歲曰豵」義異。《禮注》引《詩》「一發五豝」「五豵」，未詳訓義。《説文》釋「豝」云：「牝豕也。」此稱《毛詩》説。又云：「二歲能相把拏也。」此稱三家《詩》説。《氾歷樞》以「彼茁者葭，一發五豝」爲草短獸肥之候，是《齊詩》不以「豝」爲牝豕名。則知「豵」亦爲獸一歲之通稱也。

齊詩遺説考卷第一（一之二）

福州陳壽祺學　男喬樅述

齊詩國風二

邶鄘衛

【《詩含神霧》曰】邶、鄘、衛、王、鄭，此五國者，千里之城，處州之中，名曰地軸。《太平御覽》一百五十七《州郡部》三。

案：「城」字疑「域」之誤，「州」上疑脱「九」字。

【《詩推度災》曰】邶，結蝓之宿；鄘，天漢之宿；衛，天宿斗衡。○【宋均注】「結蝓之宿」謂營室星，「天漢之宿」謂天津也。《乙巳占》。

喬樅謹案：《丹鉛總録》五引作：「邶國，結蝓之宿，營室之精。」趙在翰曰：「『結』宜作『蛞』，《本草》『蛞蝓』，《蜀本圖經》云：『即蝸牛也，頭有四角。』《廣雅》云：『蝸牛，螔蝓也。』蛞蝓四角，蓋營室之精。」

【補】【《春秋元命包》曰】王者封國，上應列宿之位。其餘小國，不中星辰者，以爲附庸。庸者，通也。官小德微，附於大國以通，若畢星之有附耳然，故謂之附庸。《禮記正義》。○《公羊·隱元年》疏。

【補】【《春秋感精符》曰】地爲山川，山川之精，上爲星辰，各應其州域分野，爲國作精神符驗也。《太平御覽·天部》。

【《漢書·地理志》】河内本殷之舊都，周既滅殷，分其畿内爲三國，《詩》風《邶》《鄘》《衛》是也。邶，以封紂子武庚；庸，管叔尹之；衛，蔡叔尹之：以監殷民，謂之三監。故《書序》曰：「武王崩，三監畔。」周公誅之，盡以其地封弟康叔，號曰孟侯，以夾輔周室。遷邶、鄘之民于雒邑，故邶、鄘、衛之詩相與同風。《邶詩》曰「在浚之下」，《庸》曰「在浚之郊」；《邶》又曰「亦流于淇」「河水洋洋」，《庸》曰「送我淇上」「在彼中河」，《衛》曰「瞻彼淇奥」「河水洋洋」。故吴公子札聘魯，觀周樂，聞《邶》《鄘》《衛》之歌曰：「美哉，淵乎！吾聞康叔之德如是，是其《衛風》乎？」

喬樅謹案：《志》以《詩》風《邶》《鄘》《衛》合言，則《邶》《鄘》與《衛》不分爲三篇也。馬瑞辰曰：「《詩·邶》《鄘》《衛》所詠皆衛事，不及邶、鄘。漕邑，鄘地，而《邶》詩曰『土國城漕』。泉水，衛地，而《邶詩》曰『毖彼泉水』。又《左傳》衛北宫文子引《邶詩》『威儀棣棣』二句，而稱爲《衛詩》。吴季子觀樂，爲之歌《邶》《鄘》《衛》，季子曰：『吾聞衛康叔、武公之德如是，是其《衛風》乎！』則古蓋合《邶》《鄘》《衛》爲一篇，至毛公以此詩之簡獨多，始分

《邶》《鄘》爲三，故《漢志》魯、齊、韓《詩》皆二十八卷，惟《毛詩故訓傳》分《邶》《鄘》《衛》爲三卷，始爲三十卷耳。」

【又曰】衛地，營室、東壁之分埜也。今之東郡及魏郡黎陽，河内之野王、朝歌，皆衛分也。衛凡四十世，九百年，最後絶，故獨爲分野。衛地有桑間濮上之阻，男女亦亟聚會，聲色生焉，故俗稱鄭衛之音。

【又曰】河内郡朝歌，紂所都，周武王弟康叔所封，更名衛。

邶

栢舟

汎彼栢舟，亦汎其流。耿耿不寐，如有殷憂。

【補】【《易林·屯之乾》】汎汎栢舟，流行不休。耿耿寤寐，心懷大憂。仁不逢時，復隱窮居。《咸之大過》同。

喬樅謹案：《毛詩》「如有隱憂」，《韓詩》作「殷憂」，見李善《文選注》。又高誘《淮南注》、王逸《楚詞注》引《詩》並作「殷憂」。高與王皆用《魯詩》，是魯、韓文同。今據《易林》云「心懷大憂」，與王逸以「殷憂」爲大憂説合，足證《齊詩》之文亦作「殷憂」也。此詩魯家以爲衛寡夫人所作，《毛敘》以爲衛頃公之時，仁人不遇，小人在側，二説迥異。今詳《易林》「仁不逢時，復隱窮居」云云，與《毛叙》語合，則是《齊詩》之説與毛同義矣。

威儀逮逮，不可選也。

【補】【《禮記・孔子閒居》】「威儀逮逮，不可選也」，無體之禮也。○【鄭注】逮逮，安和之貌也。

喬樅謹案：《毛詩》「威儀棣棣」，《釋文》云：「本或作『逮逮』。」「逮」「棣」字通，《左氏・襄三十一年傳》引《詩》「威儀棣棣」，《釋文》云：「棣，本作『逮』。」《漢書・韋玄成傳》「棣棣其則」，師古注引《詩》作「逮逮」，云「閑習之貌」，是其驗也。「選」字，《後漢書・朱穆傳》注引作「算」，段氏玉裁《詩經小學》云：「『選』皆『算』字之假借。《論語》『何足算也』，《漢書・公孫賀等傳贊》亦假用『選』字。」

遘愍既多。

【補】【《漢書・叙傳》】遘閔既多，是用廢黜。

喬樅謹案：《毛詩》「覯閔」，《釋文》云：「本或作『遘』。」王逸《楚詞・哀時命》注引《詩》亦作「遘」，是魯、齊文同。「閔」當作「愍」，此《叙》與《幽通賦》皆用《齊詩》也。

【補】【班固《幽通賦》】考遘愍以行謡。○【曹大家曰】言遭亂猶行謡憂思[一]，意欲救亂也。

喬樅謹案：據孟堅言，遘愍廢黜及惠姫遭亂憂思之語，皆傷賢者之不遇，與《易林》説同。

緑衣

緑兮衣兮，緑衣黄裏。

【補】【《易林·觀之革》】黄裏緑衣，君服不宜。淫湎毁常，失其寵光。

喬樅謹案：《毛叙》云：「《緑衣》，衛莊姜傷己也。妾上僭，夫人失位，而作是詩。」據《易林》説，則《齊詩》之義亦與毛同。

燕燕

【補】【《禮記·坊記》鄭注】此衛夫人定姜之詩也。

燕燕于飛，差池其羽。之子于歸，遠送于野。瞻望弗及，泣涕如雨。

[一]「遭亂猶行謡憂思」，《文選注》作「父遭亂，猶行歌謡」。

【補】【《易林・恒之坤》】燕雀衰老，悲鳴入海。憂在不飾，差池其羽。頡頏上下，在位獨處。

【補】【又《萃之賁》】泣涕長訣，我心不快。遠送衛野，歸寧無子。

喬樅謹案：此詩《毛叙》云「莊姜送歸妾也」，《魯詩》以爲定姜歸其婦，送之而作。今據《易林》「燕雀衰老」及「歸寧無子」之語與《列女傳》合，則以爲定姜送婦作詩者，齊亦與魯同説也。

頡之頏之。見上《易林・恒之坤》。

佇立以泣。

【補】【《易林・師之升》】佇立以泣，事無成功。

下上其音。見上《易林・恒之坤》。

仲氏任只，其心塞淵。

【補】【《易林・師之震》】仲氏任只。

【補】【《漢書・叙傳》】塞淵其德。

淑慎其身。

【《漢書・叙傳》】淑慎其身。

先君之思，以畜寡人。

【補】【《禮記·坊記》】《詩》云：「先君之思，以畜寡人。」○【鄭注】定姜無子，立庶子衎，是爲獻公。畜，孝也。獻公無禮於定姜，定姜作詩，言獻公當思先君定公，以孝於寡人。

喬樅謹案：《毛詩正義》言：「《坊記》引此詩注以爲夫人定姜之詩。不同者，《鄭志》答炅模云：『爲《記注》時就盧君，先師亦然。後乃得毛公《傳》，既古書義又宜，然《記注》已行，不復改之。』」考二戴之學，傳自后蒼，蒼治《齊詩》，故《禮記》引《詩》多從《齊詩》之文。至後漢馬融、盧植考諸家同異，附戴聖篇章，去其繁重及所敘略而行於世，即今之《禮記》是也。鄭君亦依盧、馬之本而注焉。見《釋文·敘録》。是《禮記》舊説多主《齊詩傳》義。鄭云注《記》時就盧君，又云先師亦然，則《坊記》注是述《齊詩》之説也。《禮記釋文》云此是《魯詩》，「魯」字疑「齊」字之誤。蓋此篇魯、齊同爲定姜之詩，而説微異。魯以爲送其婦歸而作詩，齊則以爲送婦歸寧并爲獻公無禮而作詩，義亦與魯互相備。魯、齊《詩》久亡佚，陸氏蓋據前儒之遺説。王氏《詩考》以此《記注》收入《魯詩》，然則王所見《釋文》本已誤作「魯」矣。

日月

【補】【《易林·豫之睽》】月趨日步，趣不同舍。妻夫反目，主君失居。〔一〕《小畜之同人》同。

喬樅謹案：此言「妻夫反目，主君失居」，與《毛叙》云「莊姜傷己，不見答於先君，以至困窮」，其義並同。

日居月諸。

【補】【《易林·升之革》】日居月諸，遇暗不明。

終風

【補】【《易林·頤之升〔二〕》】終風東西，散渙四分。終日至暮，不見子懽。

〔一〕此條《易林》士禮居叢書景刻陸校宋本作「月走日步，逃不同舍。夫妻反目，主君失位」。「趨」，《易林》續道藏本作「走」。

〔二〕「升」，應作「井」。

喬樅謹案：《毛傳》「終日風爲終風」，《釋文》引《韓詩》云：「終風，西風也。」胡承珙曰：「『終』之與『西』殊不相涉，《説文》『終』古文作『舟』，『泰』古文作『夳』，形近易溷。《韓詩》『終風』疑本作『泰風』，故依《爾雅》釋爲西風。韓家與毛師承各異，無足怪也。」喬樅謂詳《易林》「終風東西，散渙四分」之語，是《齊詩》文與毛同，亦以「終風」爲終日之風也。

擊鼓

【補】【《易林·家人之同人》】擊鼓合戰，士怯叛亡。威令不行，敗我成功。

喬樅謹案：鄭君《詩箋》言「歎其棄約不相親信」，即焦氏所云「威令不行」也，鄭君蓋用齊義改毛。

颽風

【補】【《易林·咸之家人》】凱風無母，何恃何怙。幼孤弱子，爲人所苦。

颽風自南。

【補】【班固《幽通賦》】飄颽風而蟬蛻兮。○【曹大家曰】南風曰颽風。《文選注》引。

喬樅謹案：《毛詩》作「凱風」。「凱」「颽」古今字之異，《廣韵·十五海》云：「颽，南風也，亦作『凱』。」

在浚之下。

【《漢書·地理志》】《邶詩》曰：「在浚之下。」

有子七人，母氏勞苦。

【補】【《大戴禮·立孝》篇】《詩》云：「有子七人，母氏勞苦。」子之辭也。○【盧辯曰】七子自責任過之辭。

喬樅謹案：盧注中徵引有康成、譙周、孫炎、宋均、范寧、郭象諸人，則所稱述亦多魏晉以前舊説也。

匏有苦葉

濟有深淺，深則砅，淺則揭。

【補】【《易林·泰之坤》】濟深難渡，濡我衣袴。

【補】【《説文·水部》】《詩》曰：「深則砅。」

【補】【《玉篇·水部》】水深至心曰砅。

喬樅謹案：《説文》云：「砅，履石渡水也。从水、石。」又重文「濿」云：「砅，或从厲。」戴氏震《毛鄭詩考正》曰：「詩之意以淺水可褰衣而過，若水深則必依橋梁乃可過，喻禮義之大防不可犯。《衛詩》淇梁、淇厲並稱，厲固梁之屬也。」邵氏晉涵《爾雅正義》曰：「古字假借，義相貫通，不得專主一解。《衛風》淇厲，無妨橋有厲名，至於『深則厲』之文，當從《爾雅》，不可易也。《釋文》引《韓詩》云『至心曰厲』，謂之『至心』即所云『由帶以上』，是不獨《毛詩》義本《爾雅》，即《韓詩》亦與《爾雅》同義也。《説文》解『涉』字云『徒行厲水也』，是未嘗不以『厲』爲以衣涉水矣。《詩》之意以涉水尚當度其淺深，矧居室可踰越於禮義乎？固以喻見意，不必因履石渡水之解而傅合於橋梁也。」喬樅謂《説文》引《詩》「深則砅」，此據《齊詩》之文。重文作「濿」者，《魯詩》也。何以驗之？劉向世傳《魯詩》，《楚詞·九嘆》云「櫂舟舫以横濿兮」，又云「横汨羅以下濿」，字並作「濿」，是本《魯詩》「深則濿」之語。《爾雅》「以衣涉水曰厲」，《釋文》云「本作『濿』」，《爾雅》亦《魯詩》之學也。毛、韓同作「厲」，則「砅」字爲《齊詩》無疑。《易林》言「濟深難渡，濡我衣袴」，即所謂「以衣涉水」也。「由帶以上」則水深至心矣，故云「水深至心曰砅」，是《齊詩》亦與《爾雅》義同。至「履石渡水」之訓，《説文》別爲一義，與下文引《詩》無涉。戴氏合爲一説，非是。《玉篇》「水深至心曰砅」，蓋即《齊詩》遺說，而顧氏採之耳。

雍雍鳴鳱，旭日始旦。

【補】【《鹽鐵論·結和》篇】《詩》云：「雍雍鳴鳱，旭日始旦。」

喬樅謹案：雍雍，《毛詩》作「雝雝」，《魯詩》作「噰噰」。鳱，魯、韓、毛皆作「鴈」，惟《齊詩》文異。《廣雅·釋鳥》：「琟，鴇鵲也。」「琟」與「鳱」同，亦或作「鳱」。鄭注《大射儀》引《淮南子》曰：「鳱鴇知來。」今《淮南·氾論訓》「鳱」作「乾」，云「乾鵲知來而不知往」，高誘注曰：「乾鴇，鵲也。人將有來事憂喜之徵則鳴，此知來也。知歲多風，卑巢於木枝，人皆探其卵，故曰不知往也。」又《說文》云：「鵫鷽、山鴇〔一〕，知來事鳥也。」「鵫鷽」與「鳱鴇」聲相近，作「乾」者假借字。今考《鹽鐵論》引《詩》下云：「登得前利，不念後咎。故吳王知伐齊之便而不知干遂之患，秦知進取之利而不知鴻門之難，是以知一而不知十也。」詳次公引《詩》之意，亦言其知來而不知往，故以吳、秦之事證明其說。則知《齊詩》以「鳱」爲鳱鴇，與魯、韓、毛之義迥異矣。

〔一〕「鴇」，《說文解字》作「鵲」。

士如歸妻，迨冰未泮。

【補】【《易林·豫卦》】冰泮將[一]散，鳴雁雝雝。丁男長女，可以會同，生育賢人。

喬樅謹案：此「雁」字蓋「雁」之譌。

谷風

采葑采菲，無以下體。德音莫違，及爾同死。

【補】【《禮記·坊記》】《詩》云：「采葑采菲，無以下體。德音莫違，及爾同死。」○【鄭注】此詩故親今疏者，言人之交當如采葑采菲，取一善而已，君子不求備於一人，能如此則德美之音不離令名，我願與女同死矣。

喬樅謹案：此注與《詩箋》義異，鄭君又引《論語》曰「故舊無大故，則不棄也」，是證交友不以小惡而相棄之意，然則此詩齊説殆不以爲棄婦之辭矣。

【補】【《春秋繁露·竹林》篇】取其一美，不盡其失，《詩》云：「采葑采菲，無以下體。」此之

[一]「泮將」，《易林》續道藏本、士禮居叢書景刻陸校宋本作「將泮」。

謂也。

喬樅謹案：董仲舒治《春秋》，孝景時爲博士，瑕丘江公受《穀梁春秋》及《詩》於魯申公。武帝時，江公與董仲舒並。仲舒通五經，善持論，能屬文。江公吶於口，上使與仲舒議，不如仲舒。則仲舒所習《詩》自非魯家也。韓嬰以治《詩》，孝文時爲博士。武帝時嬰嘗與仲舒論於上前，仲舒不能難，則仲舒所習《詩》更非韓家也。考《儒林傳》言齊人胡毋生治《公羊春秋》，爲景帝博士，與董仲舒同業。仲舒著書稱其德，年老歸教於齊，齊之言《春秋》者宗事之，公孫弘亦頗受焉。董仲舒爲江都相，弟子遂之者，蘭陵褚大、東平嬴公、廣川段仲温等。惟嬴公守學不失師法，授東海孟卿、魯眭孟。公羊有嚴、顔及泠、任、筦、冥之學，皆所傳授也。公羊氏本齊學，轅固生《詩》亦齊學，則其淵源所自同一師承，確然無疑。武帝初即位，轅生復以賢良徵，公孫弘亦徵，仄目而事固，固曰：「公孫子，務正學以言，無曲學以阿世。」是公孫弘事胡毋生，又事轅固生，故固戒之如此。然則公羊氏爲齊學，治公羊者其於《詩》亦稱齊，猶之穀梁氏爲魯學，治《穀梁》者其於《詩》亦主魯也。又后蒼爲《齊詩》，蒼嘗師事孟卿，世所傳《后氏禮》《疏氏春秋》皆出孟卿。《后蒼傳》又言蒼事夏侯始昌，始昌通五經，蒼亦通《詩》《禮》，是知《史》《漢書》言某人治某經，特舉其最明者而言，其實未始不兼通五經，如始昌爲轅生弟子，始昌通五經，則轅生之通五經可知。《董仲舒傳》言治

《春秋》而於《江公傳》云仲舒通五經，尤其明驗。《春秋繁露》釋此詩「采葑」二語爲取其一美，不盡其失，與《禮記注》云「取一善而已，不求備於一人」同意，足證其皆用《齊詩》之義也。

【補】【又《制度》篇】《詩》云：「采葑采菲，無以下體。德音莫違，及爾同死。」

喬樅謹案：董子此節即述《坊記》語而申釋其義也。

涇以渭濁。

【補】【班固《西都賦》】帶以洪河涇渭之川。

我今不閲，皇恤我後。

【補】【《禮記·表記》】國風曰：「我今不閲，皇恤我後。」終身之仁也。○【鄭注】言我尚恐不能自容，何暇憂我之後人乎？

喬樅謹案：《禮記釋文》云：「我今，《毛詩》作『我躬』。」考魯、韓《詩》亦作「我躬」，「皇」皆作「遑」，是《齊詩》之文與彼字異。馬瑞辰曰：「『今』對『後』言，『躬』與『今』雙聲字，故通用。襄二十五年《左傳》引《詩》『我躬不説』，據杜注曰『言今我不能自容説，何暇念其後乎』，知杜預所見經文原作『我今不説』，故以『今我』釋《詩》『我今』也。」

方之舟之。

【補】【班固《西都賦》】方舟並騖。

凡民有喪，扶服救之。

【補】【《禮記·檀弓》】《詩》云：「凡民有喪，扶服救之。」

喬樅謹案：《禮記釋文》：「扶服，本又作『匍匐』。」考《魯詩》作「扶服」，見《漢書·谷永傳》。《齊詩》文與魯同，其又作「匍匐」者，後人順毛改之。《孔子閒居》篇作「匍匐」，亦改字耳。《鹽鐵論·論儒》篇云：「憂百姓之禍而欲安其危也，是以匍匐以救之，故追亡者趨，拯溺者濡。」語意略同。

反以我爲讎，既阻我德，賈庸不售。

【補】【《易林·小畜之蠱〔一〕》】賈庸不售，讎困爲害〔二〕。

喬樅謹案：庸，《毛詩》作「用」。「用」「庸」古通，音、義並同。

〔一〕「蠱」，應作「益」。

〔二〕此條《易林》續道藏本作「賣賈不售，讎困爲害」，士禮居叢書景刻陸校宋本作「賣庸不售，苦困爲禍」。

式微

【《漢書·地理志》】東郡黎縣。○【孟康曰】《詩》黎侯國，今黎陽也。○【臣瓚曰】黎陽在魏郡，非黎縣也。

喬樅謹案：《地理志》上黨郡壺關注引應劭曰：「黎，侯國也，今黎亭是。」又魏郡黎陽晉灼曰：「黎山在其南，河水經其東。其山上碑云縣取山之名，取水之陽以爲名。」考《水經·河水》篇云「河水東北過黎陽縣南」，酈道元注云：「黎，侯國也，《詩·式微》黎侯寓于衛是也。」引晉灼説云云。又瓠子河注云：「瓠河又東，逕黎縣故城南。」引孟康曰：「今黎陽也。」薛瓚言：「按黎陽在魏郡，非此黎陽也。世謂黎侯城，昔黎侯陽寓於衛，《詩》所謂『胡爲乎泥中』，疑此城也。」胡承珙云：「《漢書·地理志》黎縣屬東郡，爲今直隸大名府開州地。黎陽屬魏郡，在今河南衛輝府濬縣西。濬縣之西即開州之東，二者皆衛地，皆以黎侯寓此得名。《寰宇記》謂黎陽縣以黎侯寓衛居之得名，是也，不得以黎陽爲其本國，黎縣爲其寓居。」胡説良韙，其上黨壺關之黎國則《左傳·宣十五年》所云「赤狄潞氏奪黎氏地」者，黎與潞逼近，並屬上黨郡，此乃《詩》之黎侯本國也。

【補】【《易林·小畜之謙》】式微式微，憂禍相絆。隔以巖山，室家分散。《歸妹之困》同。

喬樅謹案：魏郡黎陽黎山在其南，故焦氏有「隔以巖山，室家分散」之語。

旄丘

【補】《易林·豫之大壯》過時不歸，雌雄苦悲。徘徊外國，與叔分離。《比之隨》「叔」作「母」，蓋字之譌。

何其久也，必有似也。

【補】《儀禮·特牲饋食》蓑有以也。○【鄭注】以，讀如「何其久也，必有似也」之「似」。

喬樅謹案：似，《毛詩》作「以」，《傳》云：「必以有功德也。」鄭君引作「有似」，蓋《齊詩》文與毛異。今本《儀禮注疏》「似」作「以」，盧氏文弨云：「經『蓑有以』，《釋文》云：『依註音似，則注本作「似」明矣。』」喬樅案，下文注「既知似先祖之德」尚作「似」字，不誤。

簡兮

左手執籥，右手秉翟。

【補】《禮記·文王世子》鄭注】羽籥，籥舞。《詩》云：「左手執籥，右手秉翟。」

喬樅謹案：《樂記》注引《詩》二語文同，又《周禮注》云：「籥，如笛，三孔，舞者所吹也。」引此詩爲證。

公言錫爵。

【補】【《易林·遯之兑》】左手執籥，公言錫爵。

泉水

亦流于淇。

【《漢書·地理志》】《邶詩》曰：「亦流于淇。」

出宿于濟，飲餞于泥。

【補】【《儀禮·士虞禮》鄭注】餞，送行者之酒，《詩》云：「出宿于濟，飲餞于泥。」

喬樅謹案：濟，《毛詩》作「泲」。「泲」「濟」字同，《文選注》二十及二十八、《初學記》十八、《白帖》三十四、《太平御覽》四百八十九引《詩》並作「濟」。《禹貢》「濟河惟兗州」「浮于濟漯達於濟[一]」「東流爲濟」，《漢書·地理志》皆作「泲」。泥，《毛詩》作「禰」，《韓詩》作

[一]「達於濟」，《尚書》作「達於河」，《漢書》作「通於河」。

「坭」。「泥」「坭」古通，《爾雅》「泥丘」，《釋文》云「本又作『坭』」可證也。鄭注「于泥」，《釋文》本作「于禰」，音乃禮反。又載劉昌宗本作「泥」，音同。今注疏本亦作「禰」，皆後人順毛改字耳。馬瑞辰曰：「『泥〔一〕』即《式微》之『泥中』，在漢黎陽，今衛輝府濬縣地，與須、曹之在滑縣者相近。」

駕言出遊。

【補】【《易林·解卦》】駕言出遊。

北門

政事一埤益我。

【補】【《禮記·玉藻》鄭注】紕，讀如「埤益」之「埤」。

〔一〕「泥」，《毛詩傳箋通釋》作「禰」。

北風

北風其涼，雨雪其雱。惠而好我，攜手同行。

【補】【《易林·晉之否》】北風寒涼，雨雪益冰。憂思不樂，哀悲傷心。

【補】【又《否之損》】北風牽手，相從笑語。伯歌季舞，燕樂以喜。《噬嗑之乾》同。

其虛其徐。

【補】【班固《幽通賦》】承靈訓其虛徐兮。〇【曹大家曰】虛徐，狐疑也。《詩》曰：「其虛其徐。」

喬樅謹案：《毛詩》「其虛其邪」，《鄭箋》讀「邪」如「徐」，謂「威儀虛徐寬仁者」，蓋從《爾雅·釋訓》之説，是據《魯詩》爲解。惠姬「狐疑」之訓，是用《齊詩》，與魯、毛義異。《管子·弟子職》云：「志無虛邪。」惠氏棟謂「邪」當讀如「徐」，「虛徐，狐疑也」。亦用曹大家説。

静女

静女其姝，俟我於城隅。僾而不見，搔首踟躕。

【補】【《易林·師之同人》】季姬踟蹰，結衿待時。終日至暮，百兩不來。

【補】【又《同人之隨》】季姬踟蹰，望我城隅。終日至暮，不見齊侯，居室無憂。

喬樅謹案：《涣之遯》略同，惟無末一句。又《謙之巽》作「季姜躊躕，待孟城隅」，「姜」字是「姬」之譌。

【補】【又《大有之隨》】躑躅踟蹰，撫〔一〕心搔首〔二〕。五晝四夜，睹我齊侯。

喬樅謹案：《左傳》言齊桓公有長衛姬、少衛姬，疑《易林》所云季姬即指少衛姬。戴氏震云：「此媵俟迎之禮。諸侯冕而親迎，惟嫡夫人耳，媵則至乎城下以俟迎者而後入。」故《詩》云「俟于城隅」，《易林》云「結衿待時，終日至暮」也。《列女傳》亦載齊桓衛姬事，頌曰：「齊桓衛姬，忠款誠信。公好淫樂，姬爲修身。望色請罪，桓公加焉。厥使治内，立爲夫人。」今詳焦氏有「居室無憂」語，與《列女傳》言「衛姬信而有行，桓公善之，立爲夫人，使聽内治」説合。《左傳》云「《静女》之三章，取彤管焉」，蓋美之也。然則《齊詩》之義不以此詩爲刺，與《毛叙》説迥殊矣。

〔一〕「撫」，《易林》士禮居叢書景刻陸校宋本作「拊」。

〔二〕「首」，《易林》續道藏本、士禮居叢書景刻陸校宋本作「頭」。

【補】【《說文·人部》】僾，仿佛也。《詩》曰：「僾而不見。」

喬樅謹案：僾，韓、毛《詩》作「愛」，《魯詩》作「薆」。《説文》「僾」下所引是從《齊詩》，故與魯、韓、毛文異。《禮記·祭義》云「僾然必有見乎其位」，孔氏《正義》引《詩》云「僾而不見」。今注疏本仍作「愛而不見」，段氏玉裁以爲「愛」當作「僾」。段氏説是也，「僾而不見」是《齊詩》之文，必《禮記》舊説有據《齊詩》以證祭義者，故孔氏沿用其説耳。

新臺

【補】【《易林·歸妹之蠱》】陰陽隔塞，許嫁不荅。旄丘新臺，悔往歎息。《晉之无妄》同。

喬樅謹案：據《易林》説，是《齊詩》以《旄丘》《新臺》二詩爲一時事矣。

河水泚泚。

【《漢書·地理志》】《邶詩》曰：「河水泚泚。」

案：顔師古所據《漢書》本作「河水洋洋」，師古曰：「今《邶詩》無此句。」盧文弨曰：「『洋洋』，疑字誤，或本作『泚』字，从水，464聲，即『河水瀰瀰』也。『泚』字見《廣疋·釋丘》，今亦譌爲『洋』。班氏明引《邶詩》，知必非逸句也。」顧廣圻云：「影宋本《廣雅》作『洋』，《集韵》『洋』字載《十九侯》，盧讀作『泚』，非是。」今案《玉篇·水部》「瀰，深也，盛也」，「泚」亦「瀰」字。

《集韵·四紙》「彌」「瀰」「泮」同字，訓水盛皃。《集韵》「彌」當爲「瀰」，誤脱水旁耳。《類》篇十一中《水部》「瀰」或作「泮」。據此數證，盧説謂「泮」即「瀰」，良韙，但不當引《廣雅》以亂之耳。《集韵》《類》篇雖引《廣雅》「陴、浫，涯也」，然《玉篇》《廣韵》皆無此字。王氏《廣雅疏證》以爲「涘」字之誤，是也。且使《廣雅》作「浫」，其訓爲涯，豈可以當《詩》之「瀰瀰」乎？顧説殊誤。

得此䵳鼀。

【補】【《説文·黽部》】䵳鼀，詹諸也，《詩》曰：「得此䵳鼀。」言其行鼀鼀。

喬樅謹案：《毛詩》「得此戚施」，魯、韓同文。魯訓面柔，與毛同義。韓訓蟾蜍，與毛異解。《説文》所稱當據《齊詩》之文，其訓爲詹諸，與《韓詩》合。「䵳鼀」「戚施」以音近相轉，言「其行鼀鼀」者，猶云「其行施施」也。

二子乘舟

【補】【《漢書·古今人表》】衛太子伋、公子壽列上之下。

喬樅謹案：此詩魯説以爲衛伋傅母作，《毛叙》以爲國人傷伋、壽之死，思之而作。《漢書·古今人表》蓋據《齊詩》採入。

庸

栢舟

在彼中河。

【《漢書・地理志》】《庸詩》曰：「在彼中河。」

喬樅謹案：師古《集注》云：「『庸』字或作『鄘』。」考《説文》「鄘，南夷國。」謂《牧誓》之「庸蜀」也，《詩・邶》《庸》《衛》當作「庸」字爲正。

牆有茨

【補】【《易林・小過之小畜》】大椎破轂，長舌亂國。墻茨之言，三世不安。

君子偕老

副笄六珈。

【補】【《禮記·明堂位》鄭注】副，首飾也，今之步摇是也。《詩》云：「副笄六珈。」

喬樅謹案：司馬彪《續漢書·輿服志》云：「步摇以黄金爲山題，貫白珠爲桂枝相繆，一爵九華，熊、虎、赤羆、天禄〔一〕、辟邪、南山豐大特六獸，《詩》所謂『副笄六珈』者。」《續漢·輿服志》多本蔡邕《車服意》之文，邕用《魯詩》，是魯、齊説同。

桑中

爰采唐矣，沬之鄉矣。云誰之思，彼孟姜矣。期我乎桑中，要我乎上宫，送我乎淇之上矣。

【補】【《易林·師之噬嗑》】采唐沬鄉，要我桑中。失信不會，憂思約帶。《臨之大過》《无妄之恒》《巽之乾》同。

【補】【又《蠱之謙》】采唐沬鄉，期于桑中。失期不會，憂思忡忡。〔二〕

〔一〕「禄」，《後漢書》作「鹿」。

〔二〕此條《易林》續道藏本作「采唐深鄉，期于桑中。失心不會，憂思忡忡」，士禮居叢書景刻陸校宋本作「采唐沬鄉，期于桑中。失期不會，憂思約帶」。

【補】【又《艮之解》】三十无室，寄宿桑中。上宮長女，不得來同，使我失期。

【《漢書・地理志》】《庸詩》曰：「送我淇上。」

喬樅謹案：《水經注》云：「朝歌城本沬邑也，《詩》曰：『沬之鄉矣。』武丁遷居之，有新聲靡樂，號邑朝歌。晉灼云：『朝歌，歌不時也。』」朝歌、桑中皆在沬邑，染紂之敝化，故《地理志》云：「衛有桑間、濮上之阻，男女亦亟聚會，聲色生焉。」是其聲俗之淫也。

鶉之賁賁

鵲之姜姜，鶉之賁賁。人之無良，我以爲君。

【補】【《禮記・表記》】《詩》云：「鵲之姜姜，鶉之賁賁。人之無良，我以爲君。」○【鄭注】姜姜、賁賁，争鬥惡貌也。良，善也。言我以惡人爲君，亦使我惡，如大鳥姜姜於上，小鳥賁賁於下。

喬樅謹案：姜姜，《毛詩》作「彊彊」。賁賁，《毛詩》作「奔奔」。《鄭箋》用韓説，以「奔奔」「彊彊」爲言其居有常匹，行則相隨之貌。此《表記》注義與毛、韓不同。又高誘《呂覽・壹行》篇注云：「賁，色不純[一]也。」引此詩爲證。誘用魯説，其義亦與《記注》異，則此注之

[一]「純」，續編本作「絶」。按：《呂氏春秋注》作「純」，底本不誤。

爲齊説亦顯然矣。

定之方中

【補】【《春秋元命包》曰】營室十星，埏陶精類，始立紀綱，包物爲室。《史記·天官書》索隱。

喬樅謹案：《爾雅》「營室謂之定」，《毛傳》亦云「定，營室也」，《鄭箋》以爲「定星昏中而正，於是可以營制宫室，故謂之營室」。據《開元占經》六十一引郗萌云：「營室二星爲西壁，與東壁二星合而爲四。其形開方似口，故名娵觜之口。」營室二星，《春秋緯》言「十星」者，中二星爲室；繞室三向，兩兩而居，曰離宫；離宫之下，二星曰東壁。統而言之，皆得謂之營室，故云十星也。

騋牝三千。

【補】【《易林·恒之鼎》】騋牝龍身，日取三千。

蝃蝀

【補】【《易林·蠱之復》】蝃蝀充側，佞人傾惑。女謁横行，正道壅塞。《无妄之臨》《震之井》同。

喬樅謹案：《春秋演孔圖》云：「虹蜺者，斗之亂精也。失度投蜺見態，主惑於毀譽。」又《感精符》云：「九女並譌，則九虹竝見。」《文耀鉤》云：「白虹貫牛山，管仲諫曰：『無近姬宫，君恐失權。』齊侯大懼，退去色黨，更立賢輔。」宋均注言：「山，君位也。虹蜺，陰氣也。陰氣貫之，君惑於妻黨之象也。」其義與《易林》釋《蝃蝀》詩同，皆用齊家之説。蝃，《毛詩》作「蝃」。

蝃蝀在東，莫之敢指。

【補】【《後漢書》郎顗對章曰】凡邪氣乘陽，則虹蜺在日。

喬樅謹案：《韓詩》云：「詩人言『蝃蝀在東』者，邪色乘陽，人君淫佚之徵。」郎顗用《齊詩》，其説亦與韓合，是齊、韓義同。

朝隮于西，崇朝其雨。

【補】【荀爽《易注》曰】雲上升極則降而爲雨，故《詩》云：「朝躋于西，崇朝其雨。」

喬樅謹案：躋，《毛詩》作「隮」，與《齊詩》文異。臧氏鏞云：「《説文》『躋，升也』，無『隮』字。凡經典『隮』字俱當作『躋』，《周官·視祲》注云『隮，虹也』，引《詩》云『朝隮于西』。此謂氣升於西，見爲虹蜺，非即以隮爲虹名，先鄭司農亦云『隮者，升氣』是也。」

相鼠

相鼠有體，人而無禮。人而無禮，胡不遄死。

【補】【《禮記·禮運》】夫禮，先王以承天之道，以治人之情，故失之者死，得之者存。《詩》曰：「相鼠有體，人而無禮。人而無禮，胡不遄死。」○【鄭注】相，視也。遄，疾也。言鼠之有身體，如人而無禮者矣。人之無禮，可憎賤如鼠，不如疾死之愈。

干旄

孑孑干旄，在浚之郊。

【補】【《易林·師之隨》】干旄旌旗，執幟在郊。雖有寶珠，無路致之。《豫之中孚》《履之解》《解之未濟》同。

【《漢書·地理志》】《鄘詩》曰：「在浚之郊。」

載馳

【補】【《易林·比之家人》】懿公淺愚，不深受諫。無援失國，爲狄所滅。《睽之師》《革之益》同。

【補】【又《噬嗑之訟》】大蛇巨魚，戰於國郊。上下隔塞，衛侯廬漕。

喬樅謹案：《歸妹之坎》作「君臣隔塞，戴公出廬」。

【補】【《樂稽耀嘉》曰】狄人與衛戰，桓公不救。於其敗也，然後救之。○【宋均注】救謂使公子無虧戍之。《毛詩正義》。

言至于漕。 見上《易林·噬嗑之訟》。

喬樅謹案：「漕」字與《毛詩》文同，《魯詩》作「曹」，《左傳》亦皆作「曹」。

大夫軷涉。

【補】【《儀禮·聘禮》鄭注】《詩傳》曰：「軷，道祭也。謂祭道路之神。」《春秋傳》曰：「軷涉山川。」然則軷，山行之名也。道路以險阻爲難，是以委土爲山，伏牲其上，使者爲軷，祭酒脯祈告也。卿大夫處者於是餞之，飲酒於其側。禮畢，乘車轢之而行遂〔一〕，舍於近郊矣。其牲，犬、羊可也。」

喬樅謹案：軷涉，《毛詩》作「跋涉」，《韓詩》文同。此所引《詩傳》，《齊詩内傳》文也。以

〔一〕「行遂」，《儀禮注》作「遂行」。

「軷」爲道祭，足補毛、韓所未備之義。

陟彼阿丘，言採其蝱。

【補】【《易林·解之大畜》】採蝱山頭，終安不傾。

喬樅謹案：《爾雅·釋草》：「莔，貝母。」《釋文》云：「莔，一作『䖟』。」《淮南·氾論訓》注引《詩》「言采其莔」，此據《魯詩》文。《毛詩》作「䖟」，乃「莔」之假借。《齊詩》「蝱」字即「䖟」之省文。

衛

淇澳

瞻彼淇澳，菉竹猗猗。有斐君子，如切如瑳，如琢如摩。瑟兮僩兮，赫兮咺兮。有斐君子，終不可諠兮。

【補】【《禮記·大學》】《詩》云：「瞻彼淇澳，菉竹猗猗。有斐君子，如切如瑳，如琢如摩。瑟兮僩兮，赫兮喧兮。有斐君子，終不可諠兮。」○【鄭注】澳，隈崖也。「菉竹猗猗」，喻美盛貌。斐，有文章貌也。諠，忘也。

喬樅謹案：《禮記釋文》：「澳，本亦作『奥』，又作『隩』。」《毛詩》字正作「奥」。「奥」者，「澳」之古文。菉，《毛詩》作「緑」，《魯詩》同作「菉」。竹，《韓詩》作「薄」，《魯詩》同作「竹」。斐，《毛詩》作「匪」，《釋文》云：「本又作『斐』，同。《韓詩》作『邲』。」「匪」「邲」皆假借字。瑳，《毛詩》作「磋」，《説苑·建本》篇引《詩》亦作「瑳」，蓋魯、齊文同。摩，《禮記釋文》云：「本亦作『磨』。」《毛詩》「如磨」，《釋文》云：「本又作『摩』。」是「磨」「摩」古通，《爾雅·釋訓》：「石謂之磨。」「摩」其假借也。喧，毛作「咺」，韓作「宣」，《禮記釋文》：「喧，本亦作『咺』。」《爾雅·釋訓》作「烜」，《釋文》云：「今並作『咺』字，音同。」諠，毛作「諼」。三家之文多與毛異，《禮記》皆據《齊詩》。

【《漢書·地理志》】《衛詩》曰：「瞻彼淇奥。」

【班彪《遊居賦》】瞻淇奥之園林，善緑竹之猗猗。《藝文類聚》二十八。

喬樅謹案：緑，當作「菉」，此後人順毛改字也。

喬樅又案：陸德明《經典釋文》引《草木疏》云：「奥亦水名。」張華《博物志》言：「肥水謂之澳水，流入于淇。」酈道元《水經·淇水》注曰：「毛言『奥，隈也』，鄭亦不以爲津源，而張司空專以爲水流入于淇，非所究也。」喬樅考「淇奥」《禮記》引作「淇澳」，是據《齊詩》之文。

鄭君注釋「澳」爲隈崖，此用《爾雅》訓義也。元恪《草木疏》兼採三家《詩》説，以「奧」爲水名，當是《齊詩》之異義。《博物志》所載，亦捃摭漢儒三家《詩》説。酈道元不見《齊詩》，故云「非所究也」。又「菉竹猗猗」，任昉《述異記》云：「衞有淇園，出竹，在淇水之上。」戴凱之《竹譜》云：「簸竹根深耐寒，茂被淇苑，淇園衞地，殷紂竹箭園也。」酈道元《水經注》云：「漢武帝塞決河，斬淇園之竹木以爲用。寇恂爲河内，伐竹淇川，治矢百餘萬以益軍資。今通望淇川，無復此物，惟王芻、編艸，不異毛注。」喬樅謂以「竹」爲「竹箭」之「竹」，當亦《齊詩》異義。據班彪《遊居賦》云云，是淇園産竹，與《漢書》語合。又班固《竹扇賦》「青青之竹形兆直」，亦即用《淇澳》詩。「菉竹青青」語，班氏治《齊詩》者也。梁元帝《賦竹詩》曰：「淇園節復脩。」可見漢人解《詩》異義，至六朝時尚有此説。任《記》戴《譜》之語，正非無據。道元據時所見，以今疑古，非通識也。

【補】【馬援《與楊廣書》】語朋友邪，應有切磋。《後漢書》本傳。

喬樅謹案：援受《齊詩》，師事潁川蒲昌，見《東觀漢記》。《後漢書》本傳言援少有大志，嘗受《齊詩》，意不能守章句。考《漢書·儒林傳》云「匡衡授潁川滿昌」，而《東觀記》作「蒲昌」，疑字之誤。

【補】【《易林·坤之巽》】赫喧君子，樂以忘憂。

考盤

考盤在澗。

【補】【《漢書・敘傳》】考盤于代。〇師古曰：「《詩・衛風》曰：『考盤在澗。』」

喬樅謹案：盤，《毛詩》作「槃」。《文選・三都賦》注引《韓詩》曰「考盤在干」，「干」亦與「澗」通，《小雅・斯干》《毛傳》云：「干，澗也。」《易》「鴻漸于干」，《釋文》引荀、王注並云：「干，山間澗水也。」是其明證。

碩人

衣錦絅衣。

【補】【《禮記・中庸》】《詩》曰：「衣錦尚絅。」惡其文之著也。

喬樅謹案：孔氏《正義》曰：「《詩》本文云『衣錦絅衣』，此云『尚絅』者，斷絶《詩》文也。」絅，《釋文》云：「本又作『穎』」，《詩》作『褧』。」考《列女傳》引《詩》「衣錦絅衣」，是《魯詩》

亦作「絅」字。《士昏禮》「被顈」，「顈」與「絅」同。《尚書大傳》「衣錦尚蘔」，「蘔」即「顈」字也。馬瑞辰曰：「『褧』『絅』『顈』皆『檾』之假借，《説文》『檾，枲屬』，引《詩》『衣錦檾衣』。又云『褧，檾也』，引《詩》『衣錦褧衣』。蓋以『檾』爲衣，取其在塗蔽塵，則曰『褧』。『褧』之言明也，外蔽塵，使衣鮮明也，與齊之有明衣取義正同，《士昏禮》『姆加景』注云『景之制蓋如明衣』是也。」

【補】【《鹽鐵論·散不足》篇】古者，男女之際尚矣，嫁娶之服，未之以記。及虞、夏之後，蓋表布内絲，骨笄象珥，封君夫人加錦尚褧而已。

河水洋洋。

【《漢書·地理志》】《衛詩》曰：「河水洋洋。」

【補】【《易林·豫之家人》】夫婦相背，和氣弗處。陰陽俱否，莊姜無子。

喬樅謹案：此詩魯家以爲齊女傅姆所作，是賦於莊姜始至之時。《毛叙》則云「莊姜賢而不荅，終以無子，國人閔而憂之」。其説互異。今詳《易林》語意，知齊家亦以《碩人》詩爲閔莊姜無子，與毛説同。

氓

【補】【《易林·蒙之困》】氓伯以婚，抱布自媒。棄禮急情，卒罹悔憂。

喬樅謹案：《夬之兑》首句作「以緡易絲」，「緡」字疑「婚」之譌。謂以婚而託言易絲也，即《詩》「匪來貿絲，來即我謀」之意。或據如淳説，名錢爲緡，證焦氏是以緡釋布，其義非也。

抱布貿絲。

【補】【《鹽鐵論·錯幣》篇】古者市朝無刀幣，各以其所有易無，抱布貿絲而已。

喬樅謹案：《毛傳》訓「布」爲幣，謂刀幣也。此釋「抱布貿絲」與毛義不同，蓋《齊詩》之説云然。

【補】【《易林·解之乾》】抱布貿絲。

來即我謀。

【補】【《易林·萃之歸妹》】來即我謀。

不見復關，泣涕漣漣。

【補】【《易林・坤之井》】三女求夫，伺候山隅。不見復關，泣涕漣洳。

喬樅謹案：《乾之家人》《解之家人》末句並作「長思憂歎」。

爾卜爾筮，履無咎言。

【補】【《禮記・坊記》】《詩》云：「爾卜爾筮，履無咎言。」○【鄭注】爾，女也。履，禮也。言女鄉卜筮，然後與我爲禮，則無咎惡之言矣。

喬樅謹案：履，《毛詩》作「體」，《傳》云「兆卦之體」，《箋》説同。《韓詩》訓「履」爲幸，見陸氏《釋文》。鄭君《禮記注》義與毛、韓並異，而於《易林》「棄禮急情，卒罹悔憂」云云語意正合，是據《齊詩》爲説，故訓義並同。

桑之落矣，其黄而隕。

【補】【《易林・履之噬嗑》】桑之將落，隕其黄葉。失勢傾側，而無所立。《泰之无妄》《剥之震》《小過之復》同。

言笑晏晏，信誓旦旦。不思其反，反是不思，亦已焉哉。

【補】【《禮記・表記》】國風曰：「言笑晏晏，信誓旦旦。不思其反，反是不思，亦已焉哉。」○【鄭注】此皆相與爲昏禮而不終也。言始合會，言笑和悦，要誓甚信。今不思其本恩之反覆，反覆之不思，亦已焉哉，無如此人，何怨之深也。

喬樅謹案：《釋文》云：「信誓，本亦作『矢誓』。」

竹竿

泉源在左，淇水在右。女子有行，遠父母兄弟。

【補】【荀爽《女誡》】《詩》曰：「泉源在左，淇水在右。女子有行，遠父母兄弟。」明當許嫁，配適君子，竭節從理，正身潔行，稱爲順婦，以崇《螽斯》百葉之祉。《藝文類聚》二十三。

河廣

【補】【《鹽鐵論·執務》篇】孔子曰：「吾於《河廣》，知德之至也。」〇又曰：「有求如《關雎》，好德如《河廣》，何不濟不得之有？」

喬樅謹案：此詩《毛叙》以爲：「宋襄公母歸于衛，思而不止，故作是詩。」嚴氏《詩緝》云：「襄公時衛亦遷于河南，是此詩與宋桓夫人情事不合。今據《鹽鐵論》『好德如《河廣》之語』，齊説殆與毛殊。」

誰謂宋遠，企予望之。

【補】【《易林·觀之明夷》】企立望宋。

伯兮

伯也執殳，爲王前驅。

【補】【《易林·大過之訟》】秉鉞執殳，挑戰先驅。不役元帥，敗破爲憂。

【補】【又《解之蹇》】四姦爲殘，齊魯道難。前驅執殳，戒守无患。

自伯之東，首如飛蓬。

願言思伯，使我心痗。

【補】【《易林·節之謙》】伯去我東，首髮如蓬。長夜不寐，展轉空牀。内懷惆悵，憂摧肝腸。

喬樅謹案：《姤之遯》《比之復》詞意略同。「伯去我東」，《比之復》「伯」字作「季」，蓋文譌耳。

有狐

【補】【《易林·觀之蠱》】長女三[一]嫁，進退無[二]羞。逐狐作妖，行者離憂。

喬樅謹案：此詩《毛叙》以爲刺時，今詳《易林》語，則《齊詩》説亦刺婦人喪其妃，耦欲爲室家之詞。

〔一〕「三」，《易林》續道藏本作「二」。

〔二〕「無」，《易林》士禮居叢書景刻陸校宋本作「不」。

齊詩遺説考卷第一（一之三）

福州陳壽祺學　男喬樅述

齊詩國風三

王風

【《詩推度災》曰】王，天宿箕斗。《乙巳占》。

【補】【《漢書·地理志》】昔周公營雒邑，以爲在于土中，諸侯屏蕃四方，故立京師。至幽王淫褒姒，以滅宗周，子平王東居雒邑。雒邑與宗周通封畿，東西長而南北短，短長相覆爲千里。

【又曰】河南郡，河南，故郟鄏地。周武王遷九鼎，周公致太平，營以爲都，是爲王城，至平王居之。

【補】【《易林·井之升》】營城洛邑，周公所作。世運三十，年歷七百。福佑豐實，堅固不落。

喬樅謹案：《兑之震》章「運」作「建」，「七」作「八」，「豐實」作「盤結」。

君子于役

日之夕矣，牛羊下來。君子于役，如之何勿思。

【補】【班彪《北征賦》】日晻晻其將暮兮，覩牛羊之下來。寤怨曠之傷情兮，哀詩人之嘆時。

【補】【《詩氾歷樞》曰】牛羊來暮。《説郛》。

喬樅謹案：《毛詩》「羊牛下來」，《文選》注引作「牛羊」。今據《詩緯》及班彪賦語，則《齊詩》文不作「羊牛」也。

葛藟

【補】【《易林·泰之蒙》】葛藟蒙棘，華不得實。讒言亂政，使恩壅塞。《師之中孚》《蠱之明夷》《節之蹇》同。

喬樅謹案：《毛傳》以《葛藟》爲族人刺王之詩，《采葛》爲使臣懼讒之詩。今觀《易林》語，則《齊詩》亦以《葛藟》之作由讒言亂政而寡於恩施，故族人以爲刺耳。

大車

【補】【何休《公羊傳解詁》】禮，天子大路，諸侯路車，大夫大車，士飾車。《昭二十五年》。

喬樅謹案：公羊家爲齊學，《禮》家與《齊詩》同一師傳。何休此注是述公羊師説，其以大車爲大夫之車，與《毛傳》合，足見此詩齊亦與毛同義。

謂予不信，有如皦日。

【補】【《儀禮·覲禮》鄭注】監神必云日月山川焉者，尚著明也。《詩》曰：「謂予不信，有如皦日。」

鄭風

【《詩推度災》曰】鄭，天宿斗衡。《乙巳占》。

【《漢書·地理志》】京兆鄭，周宣王弟鄭桓公邑。河南郡新鄭，《詩》鄭國，鄭桓公之子武公所國。

【又曰】韓地，角、氐、亢之分野也。《詩》風陳、鄭之國，與韓同星分焉。鄭國，今河南之新鄭，本高辛火正祝融之虚也。及成皋、滎陽，潁川之崇高、陽城，皆鄭分也。

【又曰】武公與平王東遷，卒定虢、會之地。右雒左泲，食溱、洧焉。土陿而險，山居谷汲，男女亟聚會，故其俗淫。《鄭詩》曰：「出其東門，有女如雲。」又曰：「溱與洧，方灌灌兮。士與女，方秉菅兮。」「恂盱且樂，惟士與女，伊其相謔。」此其風也。

【《漢書·叙傳》】鄭、衛荒淫，風流民化。

緇衣

緇衣之宜兮，敝，予又改爲兮。適子之館兮，還，予授子之粲兮。

【補】【《禮記·緇衣》】好賢如《緇衣》。○【鄭注】《緇衣》，《詩》篇名也。其首章曰：「緇衣之宜兮，敝，予又改爲兮。適子之館兮，還，予授子之粲兮。」言此衣緇衣者，賢者也，宜長爲國君，其衣敝，我願改制，授之以新衣。是其好賢，欲其貴之甚也。

喬樅謹案：鄭君《周禮注》「緇布衣積素爲裳，諸侯以爲視朝之服」，引《詩》「緇衣之宜兮」爲證。《賈疏》又引此詩「適子之館兮」，即《匠人》云「外有九室，九卿朝焉」，《宫正》所謂「次者」是也。

大叔于田

襢裼暴虎。

【《漢書》匡衡上疏曰】鄭伯好勇，而鄭人暴虎。○師古曰：「《鄭風·大叔于田》之篇，言以莊公好勇之故，大叔空手搏虎，取而獻之。」

清人

【補】【《易林·師之睽》】清人高子，久屯外野。逍遥不歸，思我慈母。《觀之升》《遯之鼎》同。喬樅謹案：《賁之艮》多「公子奉請，王孫嘉許」二語。考《漢書·古今人表》鄭高克與公孫素同列第七等，據《毛詩敘》云「公子素惡高克，進之不以禮」，知《古今人表》「孫」字乃「子」之譌。今證以《易林》「公子奉請」之語，則素爲公子明矣。焦循謂素即僖二年帥師入滑之公子士，「素」「士」一聲之轉，是也。

河上乎逍遥。

【補】【又《豐之頤》】慈母望子，遥思不已。久客外野，我心悲苦。《咸之旅》同。

【補】【《易林·无妄之旅》】清人逍遥，未歸空閑。

羔裘

邦之司直。

【補】【《漢書·蓋寬饒等傳贊》】雖《詩》所謂「國之司直」，無以加也。○【師古曰】《詩·鄭風·羔裘》之篇曰：「彼己之子，邦之司直。」言其德美，可主正直之任也。

喬樅謹案：「國之司直」句又見《漢書·敘傳》。《詩》本「邦」字，此引作「國」者，漢人避高祖諱也。

邦之彦兮。

【補】【《漢書·敘傳》】邦家之彦。

女曰鷄鳴

女曰鷄鳴，士曰昧旦。子興視夜，明星有爛。將翺將翔，弋鳧與雁。

【補】【《易林·豐之艮》】鷄鳴同興，思配无家。執佩持鳧，莫使致之。《漸之鼎》同。

喬樅謹案：此詩《毛叙》以爲「陳古義以刺今不説德而好色也」，據《易林》云云，則《齊詩》與毛説同。

雜佩以贈之。

【補】【《大戴禮・保傅》篇】珮玉上有雙衡，下有雙璜，衝牙、玭珠以納其間，琚瑀以雜之。○【盧辯注】衡，平也。半璧曰璜。衝在中，牙在旁，納于衡、璜、衝牙之間。總曰玭珠，而赤者曰琚，白者曰瑀。或曰，瑀，美玉；琚，石次玉。

喬樅謹案：鄭君《周官・玉府》注引《詩傳》曰：「佩玉有葱衡，下有雙璜，衡牙、蠙珠以納其間。」《賈疏》以《詩傳》爲《韓詩傳》，今據《大戴禮・保傅》篇所言，佩玉之制與鄭引《詩傳》同，而説較詳。《大戴禮》有「琚瑀以雜之」之語，與此詩言「雜佩」尤合，是齊説所本也。鄭君於《詩》兼通三家，唐時齊、魯《詩》已亡，故賈氏衹據所見《韓詩傳》爲證耳。

山有扶蘇

不見子都。

【補】【《易林・蠱之比》】視暗不明，雲蔽日光。不見子都，鄭人心傷。

不見子充，乃見狡童。

【補】【《易林·隨之大過》】思我狡童，不見子充。

狡童

彼狡童兮。

【補】【《易林·損之大畜》】嬰兒駭笑，未有所識。狡童而争，亂我政事。

丰

衣錦絅衣，裳錦絅裳。

【補】【《禮記·玉藻》鄭注】《詩》云：「衣錦絅衣，裳錦絅裳。」然則錦衣復有上衣明矣。

喬樅謹案：絅，《毛詩》作「褧」，此所引《詩》作「絅」，與劉向引《碩人》詩作「絅衣」者合。蓋齊、魯今文同爲「絅」字也。

東門之墠

東門之墠，茹藘在阪。

【補】【《易林·賁之鼎》】東門之墠，茹藘在阪。禮義不行，與我心反。

喬樅謹案：《毛叙》以此詩爲刺亂，男女有不待禮而相奔者。姜炳璋《詩序廣義》云：「晉酒泉太守馬岌求見宋纖不得，銘曰：『丹崖百尺，青壁千尋。室邇人遠，實勞我心。』」玩《易林》與此銘，是皆以此詩與《杕杜》《緇衣》同旨。蓋謂賢人居鄭之東門，君若臣莫能以禮致之，室邇而人遠也。詩言有可望而不可即之意，不必其爲淫奔之詩。然則齊説殆與毛殊矣。

出其東門

出其東門，有女如雲。

【《漢書·地理志》】《鄭詩》云：「出其東門，有女如雲。」

喬樅謹案：此詩《毛叙》以爲閔亂之作，今據《地理志》言鄭俗「男女亟聚會」而引此詩爲證，則是齊説不以此爲男女相棄而思保其室家也。

【補】【班固《西都賦》】冠蓋如雲。

縞衣綥巾。

【補】【《説文・糸部》】綥，帛蒼艾色也。《詩》曰：「縞衣綥巾。」未嫁女所服。

喬樅謹案：許以綥巾爲未嫁者之服，則不指喪亂之室家而言，此足證班《志》「男女亟聚會」之説，叔重蓋據《齊詩》。又《大戴禮・夏小正》九〔一〕月「玄校」《傳》云：「校也者，若緑色然，婦人未嫁者服之。」緑色即所謂蒼艾色，《禮》家之説是《齊詩》所本也。

溱洧

溱與洧，方灌灌兮。士與女，方秉菅兮。

恂盱且樂，惟士與女，伊其相謔。

【《漢書・地理志》】《鄭詩》曰：「溱與洧，方灌灌兮。士與女，方秉菅兮。」「恂盱且樂，惟士與

〔一〕「九」，《大戴禮記》作「八」。

女，伊其相謔。」○【師古曰】《溱洧》之詩也。灌灌，水流盛也。菅，蘭也。恂，信也。盱，大也。伊，惟也。謔，戲言也。謂仲春之月，二水流盛，而士與女執芳草於其間，言相贈遺，信大樂矣，惟言戲謔也。

喬樅謹案：灌灌，《毛詩》作「涣」，《韓詩》作「洹」。《説文》引《詩》作「汍」，字異而義並同，《玉篇》「汍」爲「洹」之重文。李善《文選注》兩引《漢書·息夫躬傳》「藋蘭」，云「藋」與「汍」古今字，可證也。菅，《毛詩》作「蕳」，韓作「蘭」，「菅」即「蕳」之假借。《山海經·西山經》云：「天帝之山多菅蕙。」以「菅」與「蕙」連文，明「菅」爲香草，即所謂「蘭」也。恂盱，毛作「洵訏」，魯作「詢訏」，惟《韓詩》文與齊同。又考兩《漢書》注、《文選注》、《初學記》、《太平御覽》引《韓詩傳》注，皆謂「三月桃華水下時，鄭國之俗，三月上巳於溱、洧秉蘭拂除」，師古此注獨言「仲春之月」，與韓説不同者，此必班書《音義》中漢、魏諸儒所據《齊詩》之説，而小顔襲用之耳。

齊風

【補】【《禮記·樂記》】師乙曰：「温良而能斷者宜歌齊。」○【又曰】齊者，三代之遺聲也。齊人識之，故謂之齊。

【《詩含神霧》曰】齊地處孟春之位，海岱之間，土地汙泥，流之所歸，利之所聚，律中太簇，音中宫角。《太平御覽》十八。○又七十四。

案：《北堂書鈔》一百五十九引至「利之所聚」，首句作「夫齊之地」。又一百十二引首句及「律中」二句，「宫角」作「羽」。

【《漢書・地理志》】齊地，虚、危之分埜也。少昊之世有爽鳩氏，虞、夏時有季崱，湯時有逢伯陵，殷末有薄姑氏，皆爲諸侯，國此地。至周成王時，薄姑氏與四國共作亂，成王滅之，以封師尚父，是爲太公。《詩》風齊國是也。

【補】【《易林・頤之漸》】姬奭姜望，爲武守邦。藩屏燕齊，周室以彊，子孫億昌。

鷄鳴

【補】【《易林・夬之屯》】鷄鳴失時，君騷相憂。

喬樅謹案：《太平御覽》九百四十四引《韓詩》曰：「《鷄鳴》，讒人也。」《列女傳》言緹縈上書闕下，歌《鷄鳴》之詩，亦取無罪被讒意。《文選》李善注引班固《歌詩》曰：「闕下歌《鷄鳴》。」是三家説同。今詳《易林》「鷄鳴失時，君騷相憂」之語，詩意殆以遠色去讒爲戒，而欲其早朝聽政與。

營

子之營兮，遭我虖嶩之間兮。

【《漢書·地理志》】齊郡臨淄，師尚父所封。○【臣瓚曰】臨淄即營丘，晏子曰：「先君太公築營之丘。」今齊之城中有丘，即營丘也。○【師古曰】「築營之丘，言於營丘地築城邑。」【又曰】臨淄名營丘，故《齊詩》曰：「子之營兮，遭我虖嶩之間兮。」○【師古曰】齊國風《營》詩之辭也。《毛詩》作「還」，《齊詩》作「營」。之，往也。嶩，山名也。言往適營丘而相逢於嶩山也。嶩，字或作「峱」，亦作「巙」。

案：師古此注必本《漢書音義》舊説。

喬樅謹案：營，《毛詩》作「還」，《韓詩》作「嫙」。又《毛詩釋文》載崔靈恩《集注》本「峱」作「嶩」。酈道元《水經·淄水》注云：「營丘，山名也。《詩》所謂『子之營兮』。」道元不及見《齊詩》，《淄水》篇引《詩》作「營」，亦採前儒遺説耳。錢氏大昕云：「古人讀『營』如『環』，《韓非子》云『蒼頡之作書也，自環者謂之厶』，《説文》引作『自營爲厶』是也。《釋丘》『水出其左營丘』，郭注謂『淄水過其南及東』，是『營丘』本取回環之義。《士喪禮》『布巾環幅』

注：『古文「環」作「還」。』《左傳》『還鄭而南』及『道還公宫』，《釋文》並云『還』本作『環』。『營』亦與『還』聲近，故古文假借用之。」

子之茂兮。

子之昌兮。

【補】【崔靈恩《集注》曰】茂、昌，俱齊地。《讀詩記》。

喬樅謹案：《毛傳》云：「茂，美也。昌，盛也。」與首章訓「還」爲便捷一例，皆不以三者爲地名。《韓詩》「還」作「嫙」，訓爲好貌。則知茂、昌之訓亦不以爲地名矣。崔《集注》本「猛」作「峱」，與班《志》引《齊詩》合。又釋「茂」「昌」俱爲齊地，與班《志》引《詩》「子之營兮」，以「營」爲營丘合，皆據《齊詩》遺説。崔集衆解爲《毛詩集注》，三家之義必多所採拾也。

著

竢我於著乎而。

【《漢書·地理志》】《齊詩》曰：「竢我於著乎而。」此亦其舒緩之體也。

【補】【《公羊傳解詁》】禮所以必親迎者，所以示男先女也。於廟者，告本也。夏后氏逆於庭，殷人逆於堂，周人逆於户。隱公二年。

喬樅謹案：《著》，《毛詩叙》云：「刺詩也，時不親迎也。」《正義》謂毛以首章言士親迎，二章言卿大夫親迎，卒章言人君親迎；鄭以爲三章共述人臣親迎之禮。偃師武億據《公羊注》以釋此詩。馬瑞辰曰：「武説是也。詩刺時不親迎，故錯陳三代之禮。首章俟著，於門户爲近，即『周人迎於户』，二章俟庭，三章俟堂，正與夏、殷禮合，較毛、鄭説爲允。《説苑·修文》篇説親迎之禮，言夫人戒女，『女拜，乃親引其子授夫于户』，正周人逆於户之證。『著』與『宁』通。」喬樅謂《公羊注》所云「夏后氏逆於庭」三語，亦見《尚書大傳》。今文《尚書》亦齊學也，齊家釋此詩，其説當同。師古《漢志》注以「著」爲地名，即濟南郡著縣。又引一説「門屏之間曰著」，胡承珙曰：「『濟南之著，韋昭音弛洛反，乃『著龜』之『著』字，魏收《地形志》亦作『著』。顔氏乃音竹庶反，以韋昭爲失，竝謂即《齊風》之《著》，皆非也。」

東方未明

東方未明，顛倒衣裳。顛之倒之，自公召之。

【補】【《易林·同人之中孚》】衣裳顛倒，爲王來呼。成就東周，邦國大休。

【補】【班固《奏記》】四方之士，顛倒衣裳。

不能辰夜，不夙則莫。

【《詩含神霧》曰】起居無常。《北堂書鈔》二十一。

案：此疑亦説《齊風·東方未明》之文，《毛詩序》曰：「朝廷興居無節。」與此語意正同。

南山

南山崔崔，雄狐綏綏。

【補】【《易林·咸之賁》】雄狐綏綏，登山崔嵬。《損之无妄》同。

蓺麻如之何？横從其畝。取妻如之何？必告父母。

伐柯如之何？匪斧不克。取妻如之何？匪媒不得。

【補】【《禮記·坊記》】子云：「男女無媒不交，無幣不相見，恐男女之無别也。《詩》云：『伐柯如之何？匪斧不克。取妻如之何？匪媒不得。』「蓺麻如之何？横從其畝。取妻如之何？必告父母。」」〇【鄭注】伐柯，伐木以爲柯也。蓺，猶樹也。横從，横行治其田也。言取妻之法必有媒，如伐柯之必須斧也。取妻之道，必告父母，如樹麻當先易治其田。

喬樅謹案：伐柯，《毛詩》作「析薪」。横從，《毛詩》作「衡從」，《韓詩》作「横由」。鄭君此注釋「横從」爲横行治田，據《齊詩》爲解，與毛、韓義微異。

【補】【《儀禮·士昏禮》鄭注】《詩》云：「取妻如之何？匪媒不得。」昏必由媒交接設介紹，皆所以養廉恥。

【補】【《易林·小過之益》】執斧破薪，使媒求婦。和合二姓，親御飲酒。《既濟之中孚》同。

甫田

無田甫田，維莠驕驕。無思遠人，勞心忉忉。

【補】【《鹽鐵論·地廣》篇】夫治國之道，由中及外，自近者始。近者親附，然後來遠；百姓内足，然後恤外。今中國弊落不憂，務在邊境。意者地廣而不耕，多種而不耨，費力而無功，《詩》云：「無田甫田，維莠驕驕。」其斯之謂與。

勞心怛怛。

【補】【《易林·蒙之損》】忉忉怛怛，如將不活。

敝笱

敝笱在梁，其魚魴鰥。

【補】【《易林·遯之大過》】敝笱在梁，魴逸不禁。

載驅

魯道有蕩，齊子發夕。

【補】【《易林·屯之大過》】襄送季女，至于蕩道。齊子旦夕，留連久處。《蹇之比》《困之訟》《中孚之離》同。

喬樅謹案：《毛傳》云：「發夕，自夕發至旦。」《釋文》「發」，引《韓詩》云：「發，旦也。」觀焦氏言「齊子旦夕」云云，是齊説以「發夕」爲旦夕，與《韓詩》訓同。《説文》云：「《禮》：『昏鼓四通爲大鼜，夜半三通爲戒晨，旦明五通爲發明。』是亦以「發」爲旦也。

汶水湯湯。

【補】【《漢書·地理志》】魯國汶陽。

魏風

【《詩推度災》曰】魏，天宿牽牛。《乙巳占》。

【《詩含神霧》曰】魏地處季冬之位，土地平夷。《太平御覽》二十六《時叙部》。

【《漢書·地理志》】河東郡河北，《詩》魏國。○【又曰】魏國亦姬姓也，在晉之南河曲，故其詩曰「彼汾一曲」「寘諸河之側」。

葛屨

摻摻女手，可以縫裳。

【補】【《易林·困之中孚》】絲紵布帛，人所衣服。摻摻女子，紡績善織。南國饒足，取之有息。

喬樅謹案：摻摻，《韓詩》作「纖纖」。考《説文》「攕，好手皃」，引《詩》「攕攕女手」，从手韱聲。則作「摻」作「纖」，皆「攕」之假借也。「摻」「纖」同音，故得通用。《爾雅》「纚帛縿」，《釋文》：「縿，本或作『襳』。」是其顯證。

好人提提。

【補】【《禮記・檀弓》鄭注】提提，安舒貌。《詩》云：「好人提提。」

喬樅謹案：提提，《魯詩》作「媞媞」。又《白帖》十二及《説文繫傳》引《詩》作「禔禔」，此《韓詩》之異文。鄭君注《禮》時未見《毛傳》，而訓「提」爲安舒，與毛義相近。「提」「禔」皆「媞」之假借。《禮記釋文》作「折」，「折」乃「提」之譌字耳。又《漢書・叙傳》「姼姼公主」，孟康曰：「姼，音題。姼姼，惕惕，愛也。」師古曰：「孟説非也。姼姼，好貌。《魏詩・葛屨》之篇『好人提提』，音、義同耳。」今案《爾雅・釋訓》「忯忯、惕惕，愛也」，郭璞注云：「《詩》『心焉惕惕』。」《韓詩》以爲悦人，故言愛也。「忯忯」未詳。《釋文》引李巡曰：「忯忯，和適之愛也。」考《説文》：「忯，愛也。」「姼，美女也，或從氏作『㛅』。」「姼」「㛅」字同，「㛅」「忯」音同，得相假借。惟美女，故悦而愛之。師古不知，以孟説爲非，過矣。「氏」「是」古多通用，《覲禮》「太史是右」，注云：「古文『是』爲『氏』。」《曲禮》「是」，《職方》注云：「『是』或爲『氏』。」故字之从是、从氏者如「提」「媞」「㛅」「姼」，皆得通假。「安舒」之訓，即所謂好貌。疑《齊詩》之説讀「提」如「姼」，班氏《叙傳》語亦本《齊詩故傳》也。

汾沮洳

彼汾一曲。

【《漢書·地理志》】《詩》曰：「彼汾一曲。」

陟岵

陟彼岵兮，瞻望父兮。

【補】【《後漢書》荀爽貽書曰】陟岵瞻望，惟日爲歲。

陟彼屺兮，瞻望母兮。母曰嗟予季，行役夙夜無已。

【補】【《易林·泰之否》】陟岵望母，役事不已。王政靡盬，不得相保。

伐檀

【補】【《鹽鐵論·國疾》篇】功德不施於天下而勤勞於百姓，百姓貧陋困窮而家私累萬金，此君子所恥而《伐檀》所刺也。

寘諸河之干兮。

【補】【《禮記·中庸》鄭注】示，讀如「寘諸河干」之「寘」。寘，置也。

喬樅謹案：諸，《毛詩》作「之」，《齊詩》三章並作「諸」。《漢書·地理志》引第二章「寘諸河之側」可證也。孟堅據《齊詩》，鄭君《記注》引與孟堅同，是其用《齊詩》之明驗。

有懸貆兮，彼君子兮，不素餐兮。

【補】【《易林·乾之震》】懸貆素餐，居非其安。失輿剥廬，休坐徒居。《頤之益》同。

【補】【又《謙之坎》】懸貆素餐，食非其任。失望遠民，實勞我心。

寘諸河之側兮。

【《漢書·地理志》】《詩》曰：「寘諸河之側。」

坎坎伐輻兮。

彼君子兮，不素食兮〔一〕。

【補】【《春秋繁露·仁義法》篇】《詩》曰：「坎坎伐輻。」「彼君子兮，不素餐兮。」先其事後其食，謂治身也。

喬樅謹案：董子引《詩》第二章「餐」字當作「食」，故云「先事後食」也。

〔一〕底本「彼君子兮，不素食兮」合在上一行，今據續編本及全書體例另分一行。

彼君子兮，不素飧兮。

【補】《鹽鐵論·散不足》篇】古者君子夙夜孳孳思其德，小人晨昏孜孜思其力。故君子不素飧，小人不空食。

喬樅謹案：飧，《毛詩》作「飧」，《箋》云：「飧，讀如『魚飧』之『飧』。」《正義》引《説文》云：「飧，水澆飯也。」今考《説文》云：「飧，餔也。从夕食。」無「水澆飯也」之語。《釋文》引《字林》云：「飧，水澆飯也。」《玉篇》亦曰：「飧，水澆飯也。」《列子·説符》云：「而下壺飧以餔之。」注：「飧，水澆飯也。」《漢書·王莽傳》「爲設飧粥」注曰：「飧，古『飧』字。」然則「飧」本訓夕食，其訓作以水澆飯者，皆是「飧」之假借。《説文》「飧」字云「餐或从水」，從水者有以水澆飯之義，古文即假用「餐」「飧」二字，《説文》特偏舉耳。鄭讀「飧」如「魚飧」之「飧」，是以「飧」爲「飧」之假借，從三家《詩》今文爲訓。

碩鼠

【補】《鹽鐵論·取下》篇】周之末塗，德惠塞而嗜欲衆，君奢侈而上求多，民困於下，怠於公事。是以有履畝之稅，《碩鼠》之詩作也。

喬樅謹案：《潛夫論·班祿》篇言「履畝稅而《碩鼠》作」，語與次公合，是魯、齊《詩》説同。

【補】【《易林·萃之乾》】碩鼠四足，飛不上屋。《困之需》同。

喬樅謹案：《爾雅·釋獸》鼠屬有鼫鼠，舍人、樊光同引此詩，以鼫鼠爲彼五技之鼠也。許君云：「碩鼠五技，能飛不能上屋，能游不能渡谷，能緣不能窮木，能走不能先人，能穴不能覆身。此之謂五技。」今據《易林》語，是《齊詩》説亦以碩鼠爲五技之鼠，與《魯詩》同義。

唐風

【《詩推度災》曰】唐，天宿奎婁。《乙巳占》。

【《詩含神霧》曰】唐地處孟冬之位，得常山太岳之風，音中羽，其地磽确而收，故其民儉而好畜，外急而内仁。五字从《太平寰宇記·河東道》四引增。此唐堯之所處。《太平御覽》二十六。

喬樅謹案：「儉而好畜」句，《太平寰宇記》引作「儉而蓄積」，與匡衡語合。

【《漢書》匡衡疏曰】晉侯好儉而民畜聚。

【補】【《易林·臨之否》】唐邑之墟，晉人以居。虞叔受福，實既是國，世載其樂。

【補】【又《睽之坤》】邑姜叔子，天文在手。實沉參墟，封爲晉侯。

【《漢書·地理志》】太原郡晉陽，故《詩》唐國，周成王滅唐，封弟叔虞。

【又曰】河東土地平易，有鹽鐵之饒，本唐堯所居，《詩》風唐、魏之國也。其民有先王遺教，君子深思，小人儉陋。故《唐詩·蟋蟀》《山樞》《葛生》之篇皆思奢儉之中，念死生之慮。

喬樅謹案：山樞，師古注云音甌，考《爾雅》「藲，荎」，《釋文》云：「藲，烏侯反，本或作『蓲』。」是「藲」與「蓲」同。作「蓲」者，《魯詩》之文；作「藲」者，《齊詩》之文。《漢書》引《詩》當本作「藲」，故師古音甌，讀爲烏侯反也。

蟋蟀

【補】【《鹽鐵論·通有》篇】君子節奢刺儉，儉則固，孔子曰：「太儉極下。」此《蟋蟀》所爲作也。

蟋蟀在堂。

【補】【《詩氾歷樞》曰】蟋蟀在堂，流火西也。《說郛》。

今我不樂，日月其邁。

【《漢書·地理志》】《蟋蟀》之篇曰：「今我不樂，日月其邁。」

山樞

宛其死矣，它人是媮。

【《漢書·地理志》】《山樞》之篇曰：「宛其死矣，它人是媮。」

喬樅謹案：媮，《毛詩》作「愉」，《鄭箋》讀「愉」曰「偷」。偷，取也。《漢志》據《齊詩》，故文作「媮」。又張衡《西京賦》「鑒戒唐詩，他人是媮」，平子用《魯詩》，是魯、齊文同。《文選》韋孟《諷諫詩》「我王以媮」注云：「『媮』與『愉』同。」《集韵》「愉」或从女，「偷」或从心。則「媮」「愉」「偷」古皆通用。

揚之水

揚之水，白石鑿鑿。素衣朱襮，從子於沃。既見君子，云何不樂。

【補】【《易林·否之師》】揚水潛鑿，使石[一]絜白。衣素表朱，遊戲[二]皐沃。得君所願，心志娱

[一]「石」，《易林》續道藏本同，士禮居叢書景刻陸校宋本作「君」。

[二]「遊戲」，《易林》士禮居叢書景刻陸校宋本同，續道藏本作「戲遊」。

樂。《豫之小過》《震之屯》同。

喬樅謹案：王氏念孫云：「『衣素表朱』，即『素衣朱襮』，『襮』之爲言表也。《吕氏春秋·忠廉》篇『臣請爲襮』，高誘注曰：『襮，表也。』《新序·節士》篇作『臣請爲表』。班固《幽通賦》『單治裏而外凋，張修襮而内逼』，曹大家注與高誘同。《易林》訓『襮』爲表，與《毛傳》『襮，領也』義異，蓋本三家之訓。」喬樅謂《易林》用《齊詩》，則訓『襮』爲表，即本《齊詩》故傳也。

素衣朱宵。

【補】【《儀禮·特牲饋食禮》鄭注】《詩》有「素衣朱宵」。

喬樅謹案：《儀禮》「宵衣」，鄭以爲此衣染之以黑，其繒本名爲宵，《記》有「玄宵衣」。《正義》云：「此字據形聲爲『綃』，從糸，肖聲。但《詩》及《禮記》皆作『宵』字，故鄭引《詩》及《禮記》爲證。」喬樅謂《士昏禮》注破「宵」爲「綃」，是據《魯詩》「素衣朱綃」之文。《齊詩》假「宵」爲「綃」，《毛詩》又假「繡」爲「綃」也。

從子于臯。

喬樅謹案：《易林》云：「遊戲臯沃。」王氏念孫曰：「此即《詩》『從子于沃』『從子于鵠』也。『鵠』與『臯』古同聲，若定四年《春秋》之『臯鼬』，《公羊》作『浩油』；《爾雅》『臯臯琄琄』，樊光本『皋皋』作『浩浩』。是其證也。」

羔裘

羔裘豹袪。

【補】《易林·蹇之家人》羔裘豹袪。

鴇羽

王事靡盬，不能藝稷黍，父母何怙？

【補】《鹽鐵論·執務》篇《詩》云：「王事靡盬，不能藝稷黍，父母何怙？」吏不奉法以存撫，人愁苦而怨思也。

【補】《易林·訟之復〔一〕》王事靡盬，秋無所〔二〕收。

〔一〕「復」，應作「履」。

〔二〕「所」，《易林》續道藏本、士禮居叢書景刻陸校宋本作「人」。

葛生

百歲之後，歸于其居。

【《漢書·地理志》】《葛生》之篇曰：「百歲之後，歸于其居。」

齊詩遺說考卷第一〔一之四〕

福州陳壽祺學　男喬樅述

齊詩國風四

秦風

【《詩推度災》曰】秦，天宿白虎，氣生[一]玄武。《乙巳占》。

【《詩含神霧》曰】秦地處仲秋之位，男懦弱，女高𥈭，白色秀身，律中南吕，四字从《北堂書鈔》增。音中商。其言舌舉而仰，聲清以揚。○注：𥈭，明也。落消切。○《藝文類聚》三。○《太平御覽》二十四。

案：《北堂書鈔》引《詩緯》作「秦地處季秋之位，律中南吕，音中徵」，與此微異。

【《漢書·地理志》】秦地東井輿鬼之分壄也。於《禹貢》時跨雍、涼二州，《詩》風兼秦、豳兩國。天水、隴西及安定、北地、上郡、西河，皆迫近戎狄，修習戰備，高上氣力，以射獵爲先。故《秦詩》

〔一〕「生」，底本作「主」，今據《乙巳占》改。

曰：「王于興師，修我甲兵，與子偕行。」及《車鱗》《四载》《小戎》之篇，皆言車馬田狩之事。

車鱗

有車轔轔，有馬白顛。

【補】【《易林・大畜之離》】延陵適魯〔一〕，觀樂太史。車轔白顛，知秦興起。卒兼其國，一統爲主。《坎之剥》《旅之泰》同。

【補】【《漢書・地理志》集注】《車轔》，美秦仲大有車馬，其詩曰：「有車轔轔，有馬白顛。」

喬樅謹案：師古所引《車轔》及《四载》《小戎》諸詩，皆襲舊注《齊詩》之説，故字多與毛不同。《毛詩》「車鄰」，《釋文》：「鄰，本又作『轔』。」「鄰」蓋「轔」之假借，三家今文皆用「轔」字。

既見君子，並坐鼓簧。

【補】【《易林・咸之震》】君子季姬，並坐鼓簧。

〔一〕「魯」，底本作「晉」，今據《易林》改。按：《左傳》載延陵季子於魯觀周樂，作「晉」殆爲形近而訛。

四驖

四驖孔阜，六轡在手。

輶車鸞鑣，載獫猲獢。

【補】【《漢書・地理志》集注】《四驖》，美襄公田狩也，其詩曰：「四驖孔阜，六轡在手。」「輶車鸞鑣，載獫猲獢。」

喬樅謹案：四驖，《毛詩》作「駟驖」。猲獢，《毛詩》作「歇驕」。《説文・馬部》：「驖，馬赤黑色。《詩》曰：『四驖孔阜。』」《爾雅》狗屬：「長喙曰獫，短喙曰猲獢。」是《齊詩》「四驖」爲「駟驖」之假借，《毛詩》「歇驕」又爲「猲獢」之假借。《詩釋文》：「歇驕，本又作『猲獢』。」作「猲獢」者，三家《詩》今文也。

【補】【班固《東都賦》】覽駟鐵。

喬樅謹案：班氏用《齊詩》，當本作「四驖」，與《地理志》文同。此作「駟鐵」者，後人順毛所改也。

小戎

小戎俴收，五楘良輈。

文茵暢轂，駕我騏馵。

【補】【《漢書·地理志》集注】《小戎》，美襄公備兵甲討西戎，其詩曰：「小戎俴收，五楘良輈。」「文茵暢轂〔一〕，駕我騏馵。」

【補】【《易林·遯之益》】五楘解墮，頓輈獨宿。

言念君子，温其如玉。

【補】【《禮記·聘義》】《詩》云：「言念君子，温其如玉。」○【鄭注】言，我也。

在其板屋。

【《漢書·地理志》】天水、隴西山多林木，民以板爲室屋，故《秦詩》曰：「在其板屋。」○【師古曰】《小戎》之詩，言襄公出征，則婦人居板屋之中而念其君子。

〔一〕「轂」，底本漫漶不清，今據續編本補。

龍盾之合，鋈以觼軜。

【補】【《漢書・地理志》集注】《小戎》詩曰：「龍盾之合，鋈以觼〔一〕軜。」

竹柲緄縢。

【補】【《儀禮・既夕禮》鄭注】柲，弓檠。弛則縛之於弓裏，備損傷，以竹爲之。《詩》云：「竹柲緄縢。」

【補】【又《士喪禮》鄭注】縢，緣也。《詩》云：「竹柲緄縢。」

喬樅謹案：柲，《毛詩》作「閉」，《釋文》云：「本一作『⿰革必』。」考《周禮・弓人》注引《詩》正作「⿰革必」，「⿰革必」與「柲」字通作「閉」者，古文之假借。《詩》「我思不閟」及「閟宮有侐」，《毛傳》皆訓「閟」爲閉。《大玄經・衆》「豹䲢〔二〕其袐」注亦訓「袐」爲閉。「柲」「閉」一聲之轉，義並展轉相通也。

〔一〕「觼」，底本作「⿰車夐」，今據《漢書注》改。按：作「⿰車夐」者，殆陳氏緣下「軜」字而訛。

〔二〕「䲢」，《太玄》作「券」。

蒹葭

蒹葭蒼蒼，白露爲霜。所謂伊人，在水一方。

【補】【《詩氾歷樞》曰】蒹葭秋水，其思涼，猶秦西氣之變乎？《説郛》。

【《詩含神霧》曰】陽氣終，白露凝爲霜。○【宋均曰】白露，行露也。陽終陰用事，故曰白露凝爲霜也。《太平御覽》十二。○《事類賦·天部》。

終南

終南何有。

【補】【班固《西都賦》】表以太華終南之山。

壽考不忘。

【補】【《漢書·禮樂志·安世房中歌》】壽考不忘。

喬樅謹案：忘，《毛詩》作「亡」，古文假借字。

黄鳥

【《漢書》匡衡疏曰】秦穆貴信，士多從死。

【補】【《漢書·叙傳》】旅人慕殉，義過《黄鳥》。○【劉德曰】《黄鳥》之詩，刺秦穆公要人從死。

喬樅謹案：《史記·秦本紀》言繆公葬雍，從死者百七十人，子輿氏三良亦在其中，是其殉葬之多也。

【補】【《易林·困之大壯》】子輿失勞，黄鳥哀作。

【補】【又《革之小畜》】子車鍼虎，善人危殆。黄鳥悲鳴，傷國无輔。

子車鍼虎。 見上。

晨風

【補】【《易林·小畜之革》】晨風之翰，大舉就温。

【補】【又《豫之咸》】晨風文翰，隨時就温。雄雌相和，不憂危殆。

喬樅謹案：「鴥彼晨風」，《毛傳》云：「鴥，疾飛貌。晨風，鸇也。」鴥，《韓詩》作「鴪」，「鴪」

亦疾也，木華《海賦》云「鷸如驚鳧之失侣」是也。「鴥」爲疾飛，故以「大舉」言之。「温」與「藴」通，當爲「鬱」之假借，《雲漢》詩「温隆蟲蟲」，《正義》云「定本作『藴』」，《釋文》云「《韓詩》作『鬱』」，可證也。此詩「鬱彼北林」，《周官·函人》注引作「宛彼北林」。「宛」與「菀」同，亦「鬱」之假借。疑《齊詩》異文作「温彼北林」，故《易林》言「大舉就温」，又言「隨時就温」。就，猶集也。「就温」者，猶《國語·晉語》云「集菀」耳。又按魏曹丕詩「願爲晨風鳥，雙飛翔北林」即用此詩語詞，意與《易林》「雄雌相和」之説相合，其義皆本之《齊詩》。

無衣

與子同襗。

【補】【班固《北征頌》】寒不施襗。

喬樅謹案：《毛詩》「與子同澤」，《傳》訓爲潤澤。《鄭箋》作「襗」，云「襗，褻衣，近污垢」，蓋據《齊詩》之文。孟堅《頌》正用《齊詩》。「襗」字，《廣雅·釋器》云：「襗，長襦也。」《釋名·釋衣服》云：「襦褑也，言温煖也。」又《論語》「紅紫不以爲褻服」，鄭注云：「褻衣，袍襗也。」襗是褻服，故以近污垢言之。《説文》訓「襗」爲袴，别爲一説。陸、孔並引，以證鄭未合。

王于興師，修我甲兵，與子皆行。

【補】【《漢書·趙充國辛慶忌傳贊》】山西天水、安定、北地處勢迫近羌胡，俗修習戰備，高尚勇力鞌馬騎射。故《秦詩》曰：「王于興師，修我甲兵，與子皆行。」其風聲氣俗自古而然，今之歌謡慷慨，風流猶存耳。

喬樅謹案：此詩《毛叙》以爲刺用兵也，君好攻戰而不與民同欲。今據孟堅語，則《齊詩》説不以《無衣》爲刺矣。皆，《地理志》引作「偕」，蓋後人從毛改之。

陳風

【《詩推度災》曰】陳，天宿大角。《乙巳占》。

【《詩含神霧》曰】陳地處季春之位，土地平夷，無有山谷。律中姑洗，音中宫徵。《太平御覽》十八。

【《詩緯》曰】陳，王者所起也。《文選·秋胡詩》李注。

【《樂動聲儀》曰】樂者移風易俗。所謂聲俗者，若楚聲高，齊聲下；所謂事俗者，若齊俗奢，陳俗利巫也。《文選·笙賦》注。

【《漢書·地理志》】陳本太昊之虚，周武王封舜後嬀滿於陳，是爲胡公，妻以元女大姬。婦人尊貴，好祭祀，用史巫，故其俗巫鬼。《陳詩》曰：「坎其擊鼓，宛丘之下。無冬無夏，值其鷺羽。」又曰：「東門之枌，宛丘之栩。子仲之子，婆娑其下。」此其風也。

案：此與匡衡語合，益足證班《志》之言爲本《齊詩》也。鄭君《詩譜》亦據而用之。

【補】【《詩陳譜》曰】太姬無子，好巫覡，禱祈鬼神，歌舞之樂，民俗化而爲之。

【補】【《漢書·古今人表》】太姬，武王女。○【張晏曰】太姬巫怪，好祭鬼神，陳人化之，國多淫祀。

宛丘

坎其擊鼓，宛丘之下。無冬無夏，值其鷺羽。

【《漢書》匡衡疏曰】陳夫人好巫而民淫祀。○【張晏曰】胡公夫人，武王之女大姬，無子，好祭祀鬼神，鼓舞而祀，故其詩曰：「坎其擊鼓，宛丘之下。無冬無夏，值其鷺羽。」

喬樅謹案：張晏注是用《齊詩》，晏生漢、魏之際，《齊詩》具存也。

【補】【《漢書·地理志》集注】鷺鳥之羽以爲翿，立之而舞，以事神也。無冬無夏，言其恒也。

喬樅謹案：《毛叙》言刺幽公遊蕩無度，不云鼓舞以事神也。師古此注以值翿爲事神之舞，必舊注所據《齊詩》之說，而師古襲用其義耳。

坎其擊缶。

【補】【《鹽鐵論·散不足》篇】往者民間酒會，各以黨俗，彈箏鼓缶而已。無要妙之音，變羽之轉。

東門之枌

東門之枌，宛丘之栩。子仲之子，婆娑其下。《漢書·地理志》。

【補】【《漢書·地理志》集注】東門，陳國之東門也。枌，白榆也。栩，杼也。子仲，陳大夫之氏也。婆娑，舞貌也。言於枌栩之下歌舞以娛神也。

喬樅謹案：師古此注亦襲舊説《齊詩》之義。《毛叙》以是詩爲疾亂，言男女棄其舊業，亟會於道路，歌舞於市井，無娛神之事也。

衡門

可以栖遲。

【補】【《易林·咸之需》】八年多悔，耕石不富。衡門屢空，使士失意。

【補】【班固《叙傳》】栖遲於一丘，則天下不易其樂。

豈其取妻，必齊之姜。

【補】【《易林·復之咸》】齊姜宋子，婚姻孔喜。

豈其食魚，必河之鯉。豈其取妻，必宋之子。

【補】【《易林·革之訟》】臨河求鯉，燕婉笑弭〔一〕。

東門之楊

其葉將將。

【補】【《易林·革之大有》】南山之楊，其葉將將。《旅之兑》同。

喬樅謹案：將將，《毛詩》作「牂牂」，《爾雅·釋詁》：「將，大也。」「牂」字即「將」字之假借。

〔一〕「笑弭」，《易林》士禮居叢書景刻陸校宋本作「失餌」，續道藏本作「失弭」。

昏以爲期，明星煌煌。

【補】【《易林·大畜之小畜》】配合相迎，利之四鄉。昏以爲期，明星煌煌。《益之謙》同。

株林

【補】【《易林·睽之萃》】繼體守藩，縱欲廢賢。君臣淫佚，夏氏失身。

【補】【又《巽之蠱》】平國不君，夏氏作亂。烏號竊發，靈公殞命。《臨之晉》同。

會風

【《詩推度災》曰】檜，天宿招摇。《乙巳占》。

【補】【《漢書·地理志》】濟、洛、河、潁之間，子、男之國，虢、會爲大，恃勢與險，崇侈貪冒。

○【師古曰】會，讀曰鄶，字或作「檜」。檜國在豫州外方之北，滎播之南，溱、洧之間，妘姓之國。

喬樅謹案：《説文》云：「鄶，祝融之後，妘姓所封，溱洧之間，鄭滅之。从邑，會聲。」又云：「會，合也。」《方言注》：「會，兩水合處也。」考《水經》「洧水東過鄭縣南，潧水從西北來注之」，又云「潧水南入於洧水」。鄶地居潧、洧之間，二水合流，故以會名國。作「檜」者，假借字耳。師古注與《詩譜》同，蓋亦《齊詩》之遺説。

匪風

匪風發兮，匪車揭兮。

【補】【《易林·涣之乾》】猋風忽起〔一〕，車馳揭揭。棄古追思，失其和節，憂心惙惙。〔二〕《睽之大過》《需之小過》同。

【補】【《後漢書》郎顗上封事曰】風者號令，天之威怒，皆所以感悟人君忠厚之戒。

誰能亨魚，溉之釜鬵。

【補】【《儀禮·特牲饋食禮》鄭注】亨，煮也。《詩》云：「誰能亨魚，溉之釜鬵。」

〔一〕「忽起」，《易林》續道藏本、士禮居叢書景刻陸校宋本作「阻越」。
〔二〕「棄古追思」，《易林》士禮居叢書景刻陸校宋本同，續道藏本作「棄名追亡」。

曹風

【《詩推度災》曰】曹，天宿弧張。《乙巳占》。

【《詩含神霧》曰】曹地處季夏之位，土地勁急，音中徵，其聲清以急。《藝文類聚》三。○《太平御覽》二十一。

案：《詩經類考》引「夏」作「冬」，疑譌「勁急」作「勁險」。《經義考》引作「其聲清以激」。

【《漢書·地理志》】濟陰定陶，《詩·風》曹國也，周武王弟叔振鐸所封。昔堯作游成陽，舜漁靁澤，湯止于亳。故其民猶有先王遺風，重厚多君子，好稼穡，惡衣食，以致畜藏。

蜉蝣

【補】【《漢書·古今人表》】曹昭公班，釐公子，作詩。

喬樅謹案：《詩譜》：「曹十一世當周惠王時，政衰，昭公好奢而任小人，曹之變風始作。」《毛詩敘》以《蜉蝣》爲刺昭公，與《齊詩》説同。

麻衣如雪。

【補】【《儀禮·喪服傳》鄭注】《詩》云：「麻衣如雪。」

心之憂矣，於我歸説。

【補】【《禮記·表記》】國風曰：「心之憂矣，於我歸説。」○【鄭注】欲歸其所説，忠信之人也。

喬樅謹案：鄭君《詩箋》云：「説，猶舍息也。」是讀「説」爲「税」字，與《記注》義異。《記注》用《齊詩》，而《箋》則從毛氏也。

候人

荷戈與綴。

【補】【《禮記·樂記》鄭注】綴，表也，所以表行列。《詩》云：「荷戈與綴。」

喬樅謹案：孔氏《正義》云：「今按《詩》『荷戈與祋』，不同者蓋鄭所見齊、魯、韓《詩》本不同也。」《韓詩》唐時尚存，陸氏《釋文》於《毛詩》「祋」下不言《韓詩》異字，則作「綴」者非《韓詩》也。此《樂記》注是據《齊詩》之文，崔《集注》本亦作「綴」。馬瑞辰曰：「《説文》：『祋，殳也。或説城郭市里，高懸羊皮，有不當入而欲入者，暫下以驚牛馬。』按或説，亦立表之意，當即本三家《詩》。」

惟鵜在梁，不濡其翼。彼記之子，不稱其服。

【補】《禮記·表記》鄭注】鵜，鵜鶘，污澤也。污澤善居泥水之中，在魚梁以不濡污其翼爲才，如君子以稱其服爲有德。

喬樅謹案：彼記，《毛詩》作「彼其」，與《齊詩》文異。鄭君此注亦據《齊詩》爲解，故義與《詩箋》不同也。

薈兮蔚兮，南山朝隮。

【補】《易林·履之恒》】潼滃薈蔚〔一〕，膚寸來會。津液下降，流潦滂沛。《坤之恒》略同。

婉兮孌兮。

【補】《漢書·叙傳》】婉孌董公。

鳲鳩

鳲鳩在桑，其子七兮。淑人君子，其儀一兮。其儀一兮，心如結兮。

〔一〕「薈蔚」，《易林》續道藏本、士禮居叢書景刻陸校宋本作「蔚薈」。

【補】【《大戴禮·勸學》篇】《詩》云：「鳲鳩在桑，其子七兮。淑人君子，其儀一兮。其儀一兮，心如結兮。」君子其結於一也。

喬樅謹案：「淑人君子」二句，又見《緇衣》篇引《詩》，惟「兮」字作「也」微異耳。鄭君《詩箋》云：「儀，義也，善人君子其執義當如一也。」胡承珙曰：「《緇衣》篇：『子曰：下之事上也，身不正，言不信，則義不一，行無類也。』其末引《詩》曰：『淑人君子，其儀一也。』然則『儀一』謂執義如一，尤有明證。」今按《箋》説正用《齊詩》爲解，與《易林》執一無尤説合。

【補】【《易林·乾之蒙》】鵠[一]鶵鳲鳩，專一無尤。君子是則，長受嘉福。

【補】【又《隨之小過》】慈鳥鳲鳩[二]，執一無尤。寢門内治，君子悦喜。

【補】【又《夬之家人》】鳲[三]鳩七子，均而不殆。

淑人君子，其儀不忒。其儀不忒，正是四國。

【補】【《禮記·經解》】《詩》云：「淑人君子，其儀不忒。其儀不忒，正是四國。」

〔一〕「鵠」，《易林》涵芬樓本同，續道藏本、士禮居叢書景刻陸校宋本作「鵲」。

〔二〕「慈鳥鳲鳩」，《易林》續道藏本作「慈鳥鳴鳩」，士禮居叢書景刻陸校宋本作「慈烏鳴鳩」。

〔三〕「鳲」，《易林》涵芬樓本同，續道藏本、士禮居叢書景刻陸校宋本作「鳴」。

喬樅謹案：「淑人君子」二句，又見《緇衣》篇引《詩》。「其儀不忒」二句，又見《大學》篇引《詩》。

下泉

洌彼下泉，浸彼苞稂。愾我寤歎，念彼周京。

【補】【《易林·蠱之歸妹》】下泉苞稂，十年无王。荀伯遇時，憂念周京。《賁之姤》同。

喬樅謹案：何楷《世本古義》據《易林》謂此詩當爲曹人美晉荀躒納敬王於成周而作。其説以自春秋昭二十二年王子朝作亂，至昭三十二年城成周，爲十年無王。《左傳》天王使告於晉曰：「天降禍於周，俾我兄弟竝有亂心，以爲伯父憂。我一二甥舅不遑啓處，于今十年，勤戍五年，余一人無日忘之。」與《易林》「十年無王」合。又以昭二十三年「天王居于狄泉」即此詩「下泉」，郇伯即荀躒也。荀即郇國之後，去邑稱荀也。稱荀伯者，《左傳·昭三十一年》「晉侯使荀躒唁公」，「季孫從知伯如乾侯」，知伯即荀躒。荀伯，猶知伯也。美荀躒而詩列《曹風》者，昭二十五年晉人爲黄父之會，謀王室，具戍人，二十七年會扈，令戍周，三十二年城成周，曹人蓋皆與焉，故曹人歌其事也。馬瑞辰曰：「昭二十二年『王子猛入于王城』，《公羊傳》：『王城者何？西周也。』二十六年『冬十月，天王入於城周』，《公羊傳》：

『成周者何？東周也。』孔氏廣森以爲：『稱成周不稱京師者，敬王新居東周，非故京師矣。』此詩『念彼周京』，似王新遷成周，追念故京師王室之詞。自是以後，諸侯不復勤王，故列國風，《詩》終於此。亦可爲何氏增一證也。」

豳風

【《漢書·地理志》】右扶風栒邑，有豳鄉，《詩》豳國，公劉所都。

【又曰】昔后稷封斄，公劉處豳，太王徙郊，文王作酆，武王治鎬，其民有先王遺風，好稼穡，務本業，故《豳詩》言農桑衣食之本甚備。

七月

七月流火，九月授衣。

【補】【《禮記·月令》鄭注】《詩》云：「七月流火，九月授衣。」爲寒益至也。

【補】【《漢書·律歷志》】《詩》曰：「七月流火。」

四之日舉止，同我婦子，饁彼南畝。

【《漢書·食貨志》】春令民畢出在壄，《詩》曰：「四之日舉止，同我婦子，饁彼南畝。」

喬樅謹案：止，毛、韓《詩》作「趾」，與《齊詩》文不同。「止」「趾」古今文之異。《儀禮·士昏禮》「北止」注云：「古文『止』作『趾』。」《左氏·桓十三年傳》「舉趾高」，《五行志》引作「止」。《易》「壯于前趾」，《艮》「其趾」，《釋文》云：「荀本作『止』。」

春日載陽。

【補】【《易林·同人之大過》】春日載陽。

四月秀葽。

【補】【《漢書·禮樂志》】豐草葽。○【孟康曰】葽，音「四月秀葽」之「葽」，盛貌也。

喬樅謹案：「秀葽」下脱「之」字，今爲補入。《説文》引劉向説以「葽」爲苦葽，中壘用《魯詩》訓，孟康此注解「葽」爲盛貌，從《齊詩》也。

言私其豵，獻豜于公。

【補】【《易林・晉之歸妹》】獻豣及〔一〕豵，以樂成功。

十月蟋蟀，入我牀下。嗟我婦子，聿爲改歲，入此室處。

【《漢書・食貨志》】春令民畢出於壄，冬則畢入於邑。《詩》曰：「十月蟋蟀，入我牀下。嗟我婦子，聿爲改歲，入此室處。」所以順陰陽，備寇賊，習禮文也。○【師古曰】聿，曰也。言寒氣既至，蟋蟀漸來，則婦子皆曰歲將改矣，而去田中，入室處也。

喬樅謹案：聿，《毛詩》作「曰」，與《齊詩》文異。「聿」「曰」並訓爲辭，古多通用。《毛詩・角弓》「見晛〔二〕曰消」，魯、韓同作「聿」。《抑》「曰喪厥國」，《韓詩》作「聿」。《大明》「曰嬪于京」，《爾雅注》作「聿」。是三家文多以「聿」爲「曰」也。

六月莎鷄振羽。

【補】【《易林・既濟之臨》】莎鷄振羽。

十月穫稻，爲此春酒，以介眉壽。

〔一〕「及」，《易林》續道藏本、士禮居叢書景刻陸校宋本作「大」。

〔二〕「晛」，底本作「睍」，今據續編本、《毛詩》改。

【補】【《禮記·月令》鄭注】古者穫稻而漬米麴，至春而爲酒。《詩》云：「十月穫稻，爲此春酒，以介眉壽。」

晝爾于茅，宵爾索綯。亟其乘屋，其始播百穀。

【補】【《鹽鐵論·散不足》篇】古者庶人春夏耕耘，秋冬收藏，昏晨力行〔一〕，夜以繼日。《詩》云：「晝爾于茅，宵爾索綯。亟其乘屋，其始播百穀。」

四之日其早，獻羔祭韭。

【補】【《禮記·王制》鄭注】《詩》曰：「四之日其早，獻羔祭韭。」

喬樅謹案：早，《毛詩》作「蚤」。考《説文·日部》：「早，晨也。从日在甲上。」《毛詩》古文假「蚤」爲「早」，三家今文皆用「早」字。《吕覽·仲春紀》高誘注引《詩》與鄭君《記注》同，可證也。

十月滌場，朋酒斯饗。曰殺羔羊，躋彼公堂。稱彼兕觵，受福無疆。

【補】【《禮記·月令》鄭注】十月農功畢，天子諸侯與其群臣飲酒於大學，以正齒位，謂之大飲。

〔一〕「行」，《鹽鐵論》作「作」。

《詩》云：「十月滌場，朋酒斯饗。曰殺羔羊，躋彼公堂。稱彼兕觵，受福無疆。」是頌大飲之詩。

喬樅謹案：《周官・籥章》有《豳詩》《豳雅》《豳頌》之文，《禮》家以《七月》一篇爲備風、雅、頌，故言《齊詩》者據以爲説，鄭君此注即用其義。《毛詩箋》分首章、二章爲《豳風》，三章至六章爲《豳雅》，七章、八章爲《豳頌》，亦從齊説也。受福，《毛詩》作「萬壽」，文與齊異。

【補】【《易林・需之鼎》】斯饗羔羊。

鴟鴞

【補】【《易林・坤之遯》】鴟鴞破斧，沖[一]人危殆。賴且[二]忠德，轉禍爲福，傾危復立。《否之蠱》《隨之井》《革之歸妹》同。

喬樅謹案：沖人，《坤之遯》《隨之井》並作「邦人」。然作「沖人」於義爲長。

〔一〕「沖」，《易林》續道藏本、士禮居叢書景刻陸校宋本作「邦」。

〔二〕「且」，《易林》續道藏本同，士禮居叢書景刻陸校宋本作「其」。

【補】【又《大畜之蹇》】鸋鴂鴟鴞，治成遇〔一〕灾。綏德安家，周公勤勞。《噬嗑之漸》略同。

東山

【補】【《易林·屯之升》】東山拯〔二〕亂，處婦思夫。勞我君子，役無休止。

喬樅謹案：《東山》爲周公東征之詩，東山者，奄之東山也。《尚書大傳》云：「周公攝政，一年救亂，二年克殷，三年踐奄。」與《詩·鴟鴞》《破斧》《東山》三篇情事正合。《易林》以《鴟鴞》《破斧》連言，疑《齊詩》篇次《破斧》在《東山》之前，與毛不同。《破斧》詩「四國是皇」，《毛傳》以爲管、蔡、商、奄是也。馬瑞辰曰：「周公東征不一國，所居亦不一地，而居奄爲多。《孟子》書『周公相武王誅紂，伐奄三年討其君』，當從武億説，以『周公相武王誅紂』作一讀，以『伐奄三年討其君』作一讀，『伐奄三年』與此詩東征三年合，其證一也。《逸周書》：『周公相天子，殷東徐、奄從三叔爲亂。』其證二也。《尚書大傳》曰：『武王殺紂，而繼公子禄父。及管、蔡流言，奄君薄姑謂禄父曰：「武王已死矣，今王尚幼矣，周公見疑矣，

〔一〕「遇」，《易林》續道藏本、士禮居叢書景刻陸校宋本作「御」。

〔二〕「拯」，《易林》涵芬樓本同，續道藏本、士禮居叢書景刻陸校宋本作「救」。

此百世之時也，請舉事。」然後禄父及三監叛。』是三監之叛，奄實倡之，其證三也。《説文》：『郁，周公所誅，在魯。』《左傳・定四年》：『因商奄之民，命以伯禽而封於少皡之虚。』《續漢書・郡國志》以魯爲古奄國，是魯地即奄地。趙岐《孟子注》云：『奄，東方無道國。』其證四也。《孟子》言『孔子登東山而小魯』，而《詩》亦曰『我徂東山』，閻氏《四書釋地》云：『費縣西北蒙山居魯四境之東，一曰東山。』是東山即蒙山，其證五也。奄爲東方大國，周公雖東征而定之，討其君，未能滅其國，故周公歸政之後，成王又踐奄而遷之。《書序》：『成王東伐淮夷，遂踐奄，作《成王政》。成王既踐奄，將遷其君於蒲姑，周公告召公，作《將蒲姑》。』是其事也。」

伊威在室，蠨蛸在户。

【補】【《易林・家人之頤》】東山辭家，處婦思夫。伊威盈室，長股羸户。歎我君子，役日未已。

婦嘆于室。

【補】【《易林・大過之損》】處子嘆室。

親結其縭。

【補】【馬援《誡兄子書》】施衿結縭，申父母之誡。

喬樅謹案：褵，《毛詩》作「縭」，《文選注》五十六及六十兩引《毛詩》「親結其縭」，字並從衣作「褵」。「縭」「褵」古今字之異，《爾雅・釋器》「婦人之褘謂之縭」，《釋文》云：「縭，本作『褵』。」

破斧

周公東征，四國是匡。

【補】【《易林・井之小畜》】東行述職，征討不服。

【補】【《公羊・僖四年傳》】古者，周公東征則西國怨，西征則東國怨。○【何休曰】此道黜陟之時也，《詩》云：「周公東征，四國是皇。」

喬樅謹案：公羊家爲齊學，此說當爲《齊詩》之義。邵公引《詩》與《白虎通・巡狩》篇合，是據《魯詩》文。皇，《齊詩》作「匡」，見《詩考》引董氏說。

【補】【《後漢書》班固《奏記東平王蒼》曰】〔一〕古者周公一舉則三方怨，曰「奚爲而後已」。○【李賢注】孫卿子曰：「周公東征而西國怨，曰：『何獨不來也？』南征而北國怨，曰：『何獨

〔一〕底本符號「】」在「奏記」二字後，致使「古者周公」云云誤作東平王蒼之語。今改之。

後我也？』」

喬樅謹案：《逸周書・作雒解》：「周公立相天子，三叔及殷東徐、奄，及熊盈以略。凡所征熊盈族十有七國，俘維九邑。俘殷獻民，遷于九畢。」是周公所征國不止管、蔡、商、奄，《詩》云「四國」者，舉重而言耳。劉向《校録》言孫卿至齊，善《詩》《禮》《易》《春秋》，最爲老師，三爲祭酒焉。故《齊詩》之説亦有本於荀子者。

伐柯

伐柯伐柯，其則不遠。

【補】【《禮記・中庸》】《詩》云：「伐柯伐柯，其則不遠。」○【鄭注】則，法也。言持柯以伐木，將以爲柯近，以柯爲尺寸之法。

九罭

鴻飛遵陸，公歸不復，於女信宿。

【補】【《易林・師之震》】鴻飛在陸，公出不復。仲氏任只，伯氏客宿。

喬樅謹案：《損之蹇》《漸之否》《剥之升》《中孚之同人》並無第三句。

狼跋

狼跋其胡，載疐其尾。

【補】【《鹽鐵論·鍼石》篇】「狼跋其胡，載疐其尾。」君子之路，行止之道固狹耳。

【補】【《易林·震之恒》】老狼白𤢻，長尾大胡。前顛後躓，无有利得，岐人悦喜〔一〕。

喬樅謹案：《睽之需》《蹇之剥》末句作「進退遇崇」，與此小異。

〔一〕此條《易林》續道藏本無「无有利得」句；士禮居叢書景刻陸校宋本無「岐人悦喜」句，且「後」作「卻」。

齊詩遺説考卷第二〔二之一〕

福州陳壽祺學　男喬樅述

齊詩小雅一

【補】【《禮記·樂記》】恭儉而好禮者，宜歌小雅。

【《詩推度災》曰】建四始五際而八節通。《初學記》二十一。

喬樅謹案：此語《説郛》載《易坤靈圖》，疑誤，《太平御覽》六百九、《困學紀聞》三並引作《推度災》，與《初學記》同，可證也。

【《詩汜歷樞》曰】《大明》在亥，水始也。《四牡》在寅，木始也。《嘉魚》在巳，火始也。《鴻雁》在申，金始也。《毛詩正義》一。

【又曰】卯酉之際爲革政，午亥之際爲革命。神在天門，出入候聽。卯，《天保》也。酉，《祈父》也。午，《采芑》也。亥，《大明》也。○【孔穎〔一〕達曰】亥爲革命，一際也；亥又爲天門，出入候

〔一〕「穎」，底本作「頴」，今據續編本改。

聽，二際也；卯爲陰陽交際，三際也；午爲陽謝陰興，四際也；酉爲陰盛陽微，五際也。同上。

喬樅謹案：「革政」舊譌作「改正」，「神」舊譌作「辰」，今並據《郎顗傳》訂正。「四始五際」説詳《齊詩翼氏學疏證》。

【又曰】凡推其數，皆從亥之仲起，此天地所定位，陰陽氣周而復始，萬物死而復蘇，大統之始，故王命一節爲之十歲也。《後漢書·郎顗傳》集注。

【《漢書》翼奉上封事曰】《易》有陰陽，《詩》有五際，《春秋》有災異，皆列終始、推得失、考天心，以言王道之安危。〇【孟康曰】《詩内傳》曰：「五際，卯、酉、午、戌、亥也。陰陽終始際會之歲，於此則有變改之政也。」

喬樅謹案：臧氏鏞云：「孟康引《詩内傳》，當是《齊詩内傳》。班《志》雖不載，而《漢紀》謂轅固生作《詩内外傳》，可證《齊詩》有《内傳》矣。《後漢書·郎顗傳》注引作《韓詩外傳》，蓋即《齊詩内傳》之誤。」臧説是也。《藝文志》載《齊詩后氏故》二十卷，《齊詩后氏傳》三十九卷，《后氏故》《傳》即本諸轅生也。

【《後漢書》郎顗《條便宜七事》曰】臣伏惟漢興以來三百三十九歲。於《詩》三基，高祖起亥仲二年，今在戌仲十年。《詩氾歷樞》曰：「卯酉爲革政，午亥爲革命，神在天門，出入候聽。」言神在戌亥，司候帝王興衰得失，厥善則昌，厥惡則亡。臣以爲戌仲已竟，來年入季。仲終季始，歷運變改，故可改元，所以順天道也。」○【李賢曰】「基」當作「期」，謂以三期之法推之也。宋均注云：「神，陽氣，君象也。天門，戌亥之間，乾所據者。」

喬樅謹案：程氏易疇云：「《詩正義》引《汜歷樞》『辰在天門』而釋之曰：『亥又爲天門。』疑不能明其義，考《後漢書·郎顗傳》引《詩汜歷樞》及注引宋均云云，始知『辰』字是『神』之譌。《困學紀聞》所採已是譌本，故不引孔氏『亥爲天門』之語，以亥之與辰兩不相應，而不知其爲譌字也。按《河圖括地象》：『西北爲天門。』楊炯《少姨廟碑》：『崑崙西北之地，天門也。』可與宋均乾據天門之説相發明。又《翼奉傳》注孟康引《詩傳》，於卯、酉、午、亥外加戌爲五際，又與『天門戌亥』之説脗合。」喬樅謂《詩正義》「亥又爲天門」句當作「戌亥之間，又爲天門」，文義始足。《詩》三期之法，詳見《齊詩翼氏學疏證》。

【顗又上書曰】夫求賢者，上以承天，下以爲人。不用之，則逆天統，違人望。逆天統則災眚降，違人望則化不行。災眚降則下吁嗟，化不行則君道虧。四始之缺，五際之戹，其咎如此。豈可不剛健篤實，矜矜慄慄，以守天功盛德大業乎？

【補】【《易林·革之賁》】亥午相錯，敗亂緒業，民不得作。

【補】【又《困之革》】申酉敗時，陰慝萌作。

【補】【又《姤之歸妹》】將戌擊亥，陽藏不起。君子散亂，大上危殆。

【補】【又《巽之比》】天門九重，深内難通。明登到暮，不見神公。

喬樅謹案：《易林》此語皆與《詩緯》及郎顗説合。

【補】【又《噬嗑之坤》】甲戊己庚，隨時運行。不失常節，咸逢出生。各樂其類，達性任情。

喬樅謹案：此與翼奉《齊詩》説五性六情義同。

【補】【《樂動聲儀》曰】以雅治人，風成於頌。《後漢書·張純傳》。

【補】【《詩緯》曰】小雅譏己得失，及之於上也。《史記·司馬相如傳贊》索隱。

【補】【《鹽鐵論·詔聖》篇】王道衰而《詩》刺彰。

【補】【班固《兩都賦序》】昔成康没而頌聲寢，王澤竭而《詩》不作。

【《漢書·禮樂志》】制雅頌之聲，本之性情。

【又曰】周道始缺，怨刺之詩起。王澤既竭，而《詩》不能作。王官失業，雅頌相錯。孔子論而定之，故曰：「吾自衛反魯，然後樂正，雅頌各得其所。」

喬樅謹案：怨刺之詩起，《古今人表》以爲在懿王時。

鹿鳴

【補】【《儀禮·鄉飲酒》鄭注】《鹿鳴》，君與臣下及四方之賓燕，講道修政之樂歌也。

喬樅謹案：《魯詩》説以《鹿鳴》爲刺，司馬遷、《淮南子》、王符、蔡邕、高誘並據而用之。鄭君注《禮》用《齊詩》，故解與諸家不同。

【補】【《禮記·學記》】宵雅肄三，官其始也。○【鄭注】「宵」之言小也〔一〕，習小雅之三，謂《鹿鳴》《四牡》《皇皇者華》也。此皆君臣宴樂相勞苦之詩，爲始學者習之，所以勸之以官，取其上下相和厚。

呦呦鹿鳴，食野之苹。我有嘉賓，鼓瑟吹笙。

【補】【鄭《駁五經異義》曰】此詩之意，言君有酒食，欲與群臣嘉賓燕樂之，如鹿得苹草以爲美食，呦呦然鳴相呼，以款誠之意盡於此耳。

喬樅謹案：《詩正義》云：「或以爲兩鹿相呼，喻兩臣相招，爲群臣相呼，以成君禮，斯不然矣。此詩主美君懇誠於臣，非美臣相於懇誠也。若君有酒食，臣自相呼，財非己費，何懇誠之有？據鄭《駁異義》云云，是君召臣明矣。」孔氏所引或説，即鄭所駁之異義也。許君《五經異義》蓋據魯説，王逸《楚詞章句》云：「言在位之臣，不思賢念舊，曾不若鳥獸也。」蔡邕《琴操》亦云：「傷時在位之人不能。」是魯説或以《鹿鳴》爲喻群臣相呼以成君禮，鄭用齊

〔一〕「也」，此下《禮記》有「肄，習也」三字。

説，故據以駁許君耳。

【補】【《易林·師之比〔一〕》】鹿得美草，鳴呼其友。九族和睦，不憂饑乏。《同人之蹇》《明夷之蹇》《益之恒》同。

喬樅謹案：《同人之蹇》末句作「不離邦域」。

【補】【又《升之乾》】白鹿呦鳴〔二〕，呼其老少。喜彼茂草，樂我君子。

【補】【《鹽鐵論·散不足》篇】鼓瑟吹笙。

人之好我，示我周行。

【補】【《禮記·緇衣》】《詩》云：「人之好我，示我周行。」〇【鄭注】行，道也。言示我以忠信之道。

喬樅謹案：鄭君《詩箋》以「周行」爲周之列位，義與此異。《禮注》據齊説，而《詩箋》又用魯訓也。魯説以爲大臣昭然獨見，必知賢士幽隱，小人在位，故歌詩以感之，庶幾可復。言欲維賢是用，置於周之列位也。語見蔡邕《琴操》。

德音孔昭，示民不恌，君子是則是傚。我有旨酒，嘉賓式宴以敖。

〔一〕「師之比」，應作「比卦」。

〔二〕「呦鳴」，《易林》作「鳴呦」。

【補】【《儀禮·鄉飲酒》鄭注】言己有旨酒，以召嘉賓。嘉賓既來，示我以善道，又樂嘉賓有孔昭之明德，可則傚也。

喬樅謹案：《燕禮》及《大射儀》注與此同。《毛詩》「示」作「視」，《箋》云：「視，古『示』字。」知三家今文皆作「示民不恌」。《孔疏》云：「昭十年《左傳》引此詩，服虔云『示民不愉薄也』。」是服用三家今文作「示」之證。

以宴樂嘉賓之心。

【補】【《鹽鐵論·刺復》篇】無《鹿鳴》之樂賢。○【又曰】殆非《鹿鳴》之所樂賢也。

喬樅謹案：《後漢書·鍾離意傳》意上疏曰：「《鹿鳴》之詩必言宴樂者，以人神之心洽，然後天氣和也。」其説《鹿鳴》詩無刺辭，殆亦用齊義與。

四牡

【《詩氾歷樞》曰】《四牡》在寅，木始也。

【補】【《儀禮·鄉飲酒》鄭注】《四牡》，君勞使臣之來樂歌也。勤苦王事，念及父母，懷歸傷悲，忠孝之至。以勞賓也。

喬樅謹案：《燕禮》注與此同。

四牡騑騑，周道郁夷。豈不懷歸？王事靡盬，我心傷悲。

【補】【《禮記·少儀》鄭注】匪，讀如「四牡騑騑」。

【補】【《漢書·地理志》】《詩》「周道郁夷」。

喬樅謹案：《地理志》右扶風郁夷下引《詩》如此。師古注云：「《小雅·四牡》之詩曰：『四牡騑騑，周道倭遲。』《韓詩》作『郁夷』，言使臣乘馬行於此道。」喬樅謂「韓」字是「齊」之誤，考《文選·西征賦》李善注引《韓詩》曰：「周道威夷。」薛君曰：「威夷，險也。」《金谷集詩》《秋胡詩》《石闕銘》注並同。又《天台賦》注引《韓詩》曰：「道威夷者也。」據諸所引，是《韓詩》作「威夷」，不作「郁夷」。班《志》引《詩》以證「郁夷」，此據《齊詩》之文。如引《齊詩》「子之營兮」及「自杜沮漆」，可證非用《韓詩》也。師古襲舊注之語，謂《齊詩》作「郁夷」，而轉寫誤作《韓詩》耳。臧氏琳《經義雜記》以作「郁夷」者爲《魯詩》，其說無據。

【補】【《易林·旅之漸》】逶迤四牡，思歸念母。王事靡盬，不得安處。〔一〕《渙之復》同。

喬樅謹案：逶迤，即「倭遲」與「郁夷」「威夷」，皆一聲之轉。焦氏「逶迤四牡」之語，蓋本

〔一〕此條《易林》續道藏本「思歸念母」作「思念其母」，士禮居叢書景刻陸校宋本作「蝼蛇四壯，恩念父母。王事靡盬，不我安處」。

《齊故》以「逶迤」爲「郁夷」之訓義歟。

是用作歌。

【補】【《漢書·叙傳》】民用作歌。

皇皇者華

【補】【《儀禮·鄉飲酒》鄭注】《皇皇者華》，君遣使臣之樂歌也。更是勞苦，自以爲不及，欲諮謀於賢知，而以自光明也。

喬樅謹案：《燕禮》注與此同。

棠棣

妻子好合，如鼓瑟琴。兄弟既翕，和樂且耽。宜爾室家，樂爾妻帑。

【補】【《禮記·中庸》】《詩》云：「妻子好合，如鼓瑟琴。兄弟既翕，和樂且耽。宜爾室家，樂爾妻帑。」○【鄭注】琴瑟聲相應和也。翕，合也。耽，亦樂也。古者謂子孫曰帑，此詩言和室家之道，自近者始。

喬樅謹案：耽，《毛詩》作「湛」，《釋文》云：「湛，又作『耽』。《韓詩》云：『樂之甚也』。」是三家今文並作「耽」字。帑，《毛詩釋文》云：「依字，吐蕩反，經典通爲『妻帑』字。今讀音孥。」《禮記釋文》云：「帑，本又作『孥』。」

【補】【《鹽鐵論·取下》篇】妻子好合。

伐木

【補】【《易林·訟之解》】伐木思初，不利動摇。

出自幽谷，遷於喬木。

【補】【《易林·坤之比》】出於幽谷，飛上喬木。《同人之坎》同。

嚶其鳴矣，求其友聲。

【補】【《易林·夬之震》】君明臣賢，鳴求其友。顯德之政，可以履事〔一〕。

神之聽之。

〔一〕「事」，《易林》士禮居叢書景刻陸校宋本同，續道藏本作「士」。

【班固《答賓戲文》】神之聽之。

釃酒有䣼。

【補】【《後漢書·馬援傳》】擊牛釃酒。

喬樅謹案：《玉篇·艸部》：「藇，酒之美也。《詩》云：『釃酒有藇。』亦作『䣼』。」又《酉部》：「䣼，美貌。亦作『藇』。」顧野王以《詩》亦作「䣼」字，是據魯、齊之異文。《毛詩》「釃酒有藇」，《釋文》不言《韓詩》字異，蓋與毛同作「藇」也。《廣韻·八語》云：「䣼，酒之美也。亦作『藇』。」語即本《玉篇》。

既有肥牡，以速諸舅。

【補】【《易林·訟之井》】大壯肥牡[一]，惠我諸舅。内外和睦，不憂飢渴。

無酒酤我。

【補】【《漢書·食貨志》】《詩》云：「無酒酤我。」

喬樅謹案：《志》載魯匡言：「酒者，天之美禄，帝王所以頤養天下，享祀祈福，扶衰養疾。

〔一〕「牡」，《易林》續道藏本、士禮居叢書景刻陸校宋本、涵芬樓本作「牸」。

百禮之會，非酒不行。故《詩》曰『無酒酤我』，而《論語》曰『酤酒不食』。二者非相反也。夫《詩》據承平之世，酒酤在官，和旨便人，可以相御也。《論語》孔子當周衰亂，酒酤在民，薄惡不誠，是以疑而弗食。」魯匡説以「酤」爲買，與《毛傳》「酒[一]一宿爲酤」義異。《鄭箋》云：「酤，買也，此族人陳王之恩也。王無酒酤買之，要欲厚於族人。」亦據三家之義改[二]毛也。

民之失德，乾餱以愆。

【補】【《漢書·宣帝紀》】酒食之會，所以行禮樂也。今或禁民不得具酒食相賀召，由是廢鄉黨之禮，令民無所樂，非所以導民也。《詩》不云乎：「民之失德，乾餱以愆。」〇【師古曰】言人無恩德，不相飲食，則闕乾餱之[三]事，爲過惡也。

喬樅謹案：師古此注與《毛詩傳[四]》《箋》不同，蓋襲舊説之文。

[一]「酒」，底本漫漶不清，今據續編本補。
[二]「改」，底本漫漶不清，今據續編本補。
[三]「餱之」二字，底本漫漶不清，今據續編本補。
[四]「傳」，底本漫漶不清，今據續編本補。

【補】【又薛宣上疏曰】是故鄉黨闕於嘉賓之懽，九族忘其親親之恩，飲食周急之厚彌衰，送往勞來之禮不行。夫人道不通，則陰陽否鬲，和氣不興〔一〕，未必不由此也。《詩》云：「民之失德，乾餱以愆。」

喬樅謹案：薛宣之辭與孝宣詔書合。考贛君爲東〔二〕海郯人，與后蒼同邑，其所習當爲《齊詩》。孝宣受《詩》東海澓中翁，亦當爲齊學，故述此詩大旨相同也。

天保

【《詩氾歷樞》曰】卯酉之際爲革政。卯，《天保》也。

吉圭爲饎。

【補】【《儀禮·士虞禮》鄭注】圭，絜也。《詩》曰：「吉圭爲饎。」

喬樅謹案：《周官·蜡氏》注云：「蠲，讀如《詩》『吉圭惟饎』之『圭』。圭，潔也。」《賈疏》

〔一〕「興」，底本漫漶不清，今據續編本補。

〔二〕「爲東」二字，底本漫漶不清，今據續編本補。

云：「《毛詩》『潔蠲爲饎』，鄭從三家《詩》，故不同。」考《毛詩》作「吉蠲爲饎」，《傳》云：「吉，善。蠲，絜也。」《賈疏》引作「潔蠲」，「潔」字乃「吉」之誤耳〔一〕。又《大戴禮·諸侯遷廟》篇盧辯注引《詩》誤同。

礿祠烝嘗，于公先王。

【補】【《禮記·王制》鄭注】《詩·小雅》曰：「礿祠烝嘗，于公先王。」此周四時祭宗廟之名〔二〕。

采薇

【補】【《易林·睽之小過〔三〕》】采薇出車，魚麗思初。上下促急，君子懷憂。

喬樅謹案：《易林·咸之涣》云：「上下促〔四〕急，君子免憂。」與此詞意不同。考《漢書·

〔一〕「誤耳」，續編本作「譌文」。
〔二〕「之名」，底本漫漶不清，今據續編本補。
〔三〕「睽之小過」四字，底本漫漶不清，今據續編本補。
〔四〕「促」，底本漫漶不清，今據續編本補。

匈奴傳》言：「懿王時戎狄交侵，中國被其苦，詩人始作，疾而刺〔一〕之〔二〕。」班書皆據《齊詩》，《易林》所云「上下促急，君子懷憂」者，亦據《齊詩》之説。其《咸之涣》文或轉寫舛誤耳。

靡室靡家，玁允之故。

豈不日戒，玁狁孔棘。

【《漢書・匈奴傳》】周懿王時，王室遂衰，戎狄交侵，暴虐中國。中國〔三〕被其苦，詩人始作，疾而歌之曰：「靡室靡家，玁允之故。」「豈不日戒，玁允孔棘。」

喬樅謹案：《毛詩釋文》曰：「戒，音越，又人栗反。」《校勘記》云：「唐石經初刻作『曰』，後改『曰〔四〕』作『日』，非也。《箋》云：『豈不曰相警戒乎？誠曰相警戒也。』鄭意是『曰』字。」喬樅謂毛本或作「曰」，三家實作「日」。師古《漢書注》云：「豈不日日相警戒乎？」以日日釋「日」字，是其顯證也。玁允，《毛詩》作「玁狁」，《釋文》云：「玁，本或作『獫』。狁，

〔一〕「刺」，《漢書》作「歌」。

〔二〕「之」，底本漫漶不清，今據續編本補。

〔三〕「國」，底本漫漶不清，今據續編本補。

〔四〕「曰」，底本作「日」，今據續編本改。

本亦作『允』。」

【補】【《古今人表》】懿王，穆王子，詩作。○【師古曰】政道既衰，怨刺之詩始作也。

昔我往矣，楊柳依依。今我來思，雨雪霏霏。行道遲遲，載渴載饑。我心傷悲，莫之我哀。

【補】【《鹽鐵論·備胡》篇】古者，天子封畿千里，繇役五百里。勝聲相聞，疾病相恤。無過時之師，無踰時之役。今戍邊郡者，絶域遼遠，身〔一〕在胡越，心懷老母。老母垂泣，室婦悲恨，推其饑渴，念其寒苦。《詩》云：「昔我往矣，楊柳依依。今我來思，雨雪霏霏。行道遲遲，載渴載饑。我心傷悲，莫之我哀。」故聖人憐其如此，閔其久去父母妻子，暴露中野，居寒苦之地，故春使使者勞賜，舉失職者，所以哀遠民而慰撫老母也。

喬樅謹案：莫之我哀，《毛詩》作「莫知我哀」。

出車

【補】【《漢書·匈奴傳》】懿王曾孫宣王，興師命將以征伐之。詩人美大其功曰：「薄伐玁允，至

〔一〕「身」，底本漫漶不清，今據續編本補。

于太原。」「出車彭彭。」「城彼朔方。」是時四夷賓服，稱爲中興。

喬樅謹案：《毛叙》以《采薇》《出車》《杕杜》並爲文王詩，齊、魯以《采薇》爲懿王詩，《出車》爲宣王詩，義各不同。《漢書·古今人表》以怨刺詩爲懿王時，又以南中與召虎、方叔、張中並列第三等次，周宣王世，皆據《齊詩》之説。

僕夫況悴。

【補】《易林·大過之損》過時歷月，役夫憔悴。

喬樅謹案：《毛詩》「僕夫況瘁」，《箋》云：「御夫則兹益憔悴。」《釋文》云：「瘁，本亦作『萃』，依注作『悴』，音同。」

出車彭彭。

城彼朔方，赫赫南中，玁允于攘。

喬樅謹案：《漢書·古今人表》南中列上之下，次周宣王世。《毛詩》「中」作「仲」。

【補】《鹽鐵論·繇役》篇戎狄猾夏，中國不寧。周宣王、尹吉甫式遏寇虐，《詩》云：「薄伐玁允，至于太原。」「出車彭彭。」「城彼朔方。」自古〔一〕明王不能無征伐而服不義，不能無城壘而禦强暴也。

【補】【《漢書·衛青傳》】《詩》不云乎：「出車彭彭。」「城彼朔方。」○【師古曰】彭彭，衆車聲。朔方，北方也。此詩人美出車而征，因築城以攘玁允也。

喬樅謹案：《詩箋》云：「戍役築壘，而美其將率自此出征也。」師古《匈奴傳》注：「言玁允既去，北方安静，乃築城以守。」與《詩箋》義異，蓋用舊注之説，本三家《詩》義也。

【《漢書·叙傳》】於惟帝典，戎夷猾夏。周宣攘之，亦列風雅。

喬樅謹案：攘，《毛詩》作「襄」，《齊詩》與毛字異。陸氏《釋文》云：「襄，本或作『攘』。」謂三家之文也。

雨雪載塗。

【補】【《易林·復之蠱》】雨雪載塗。

未見君子，憂心忡忡。既見君子，我心則降。

〔一〕「古」，底本漫漶不清，今據續編本補。

【補】【《鹽鐵論·論誹》篇】語曰：「未見君子，不知僞臣。」《詩》云：「未見君子，憂心忡忡。既見君子，我心則降。」此之謂也。

執訊獲醜

【補】【《漢書·衛青傳》】執訊獲醜。○【師古曰】執訊者，謂生執其人而訊問之也。獲醜者，得其衆也。一曰醜，惡。

【補】【《禮記·王制》鄭注】訊馘，所生獲斷耳者。《詩》曰：「執訊[一]獲醜。」

杕杜

【補】【《鹽鐵論·繇役》篇】古者，無過年之繇，無踰時之役。今近者數千里，遠者過萬里，歷二期。長子不還，父母愁憂，妻子詠嘆，憤懣之恨發動于心，慕積之思痛于骨髓。此《杕杜》《采薇》之所爲作也。

喬樅謹案：據《鹽鐵論》，是《齊詩》之説以《杕杜》及《采薇》同爲刺詩，與《毛叙》「《杕杜》

[一]「執訊」二字，底本漫漶不清，今據續編本補。

勤歸」之義迥異矣。

日月陽止。

【補】【董仲舒《雨雹對》】十月陰雖用事，而陰不孤立，此月純陰，嫌〔一〕于無陽，故謂之陽月。詩人所謂「日月陽止」者。《西京雜記》。

期誓不〔二〕至，而多爲恤。

【補】【《易林・益之鼎》】期誓不至，室人銜恤。

喬樅謹案：期誓，《毛詩》作「期逝」，《傳》云：「逝，往也。」文與齊異。

魚麗

君子有酒，旨且多。

【補】【《儀禮・鄉飲酒》鄭注】《魚麗》，言太平年豐物多也。物多酒旨，所以優賢也。

〔一〕「嫌」，《西京雜記》作「疑」。

〔二〕「不」，底本漫漶不清，今據續編本補。

物其多矣。

喬樅謹案：《儀禮釋文》：「麗，本或作『離』。」「麗」「離」古通。物多酒旨，義見前。

【補】【《易林·暌之小過》】《魚麗》思初。

喬樅謹案：《魚麗》言太平年豐物多，而焦氏以爲「思初」者，按《鄭志·答趙商》云：「凡賦詩者，或造篇，或誦古。」然則《魚麗》思初，蓋誦古之篇，非造之也。

南陔

白華

華黍

【補】【《儀〔一〕禮·鄉飲酒》】笙入堂下，磬南北面立，樂《南陔》《白華》《華黍》。○【鄭注】以笙吹此詩以爲樂也。《南陔》《白華》《華黍》，小雅篇也。今亡其義，未聞昔周之興也。周公制禮作樂，采時世之詩以爲樂歌，所以通情，相風切也，其有此篇明矣。後世衰微，幽厲尤甚，禮樂之

〔一〕「儀」，底本漫漶不清，今據續編本補。

書，稍稍廢棄。孔子曰：「吾自衛反魯，然後樂正，雅頌各得其所。」謂當時在者而復雜亂者也，惡能存其亡者乎？且正考父校商之名頌十二篇，歸以祀其先王，至孔子二百年之間，五篇而已。此其信也。

喬樅謹案：《毛詩序》云：「《南陔》，孝子相〔一〕戒以養也。《白華》，孝子之絜白也。《華黍》，時〔二〕和歲豐，宜〔三〕黍稷也。有其義而亡其辭。」鄭君云：「此三篇者，《鄉飲酒》《燕禮》用焉，孔子論《詩》，雅頌各得其所，時俱在耳。篇第當在於此，遭戰國及秦之世而亡之，其義則與衆編之義合編，故存。至毛公爲《詁訓傳》，乃分衆篇之義，各置于〔四〕其篇端云。又闕其亡者，以見在爲數，故推改什〔五〕首，遂通耳，而下非孔子之舊。」賈氏《禮疏》云：「鄭君注〔六〕

〔一〕「子相」二字，底本漫漶不清，今據續編本補。
〔二〕「時」，底本漫漶不清，今據續編本補。
〔三〕「宜」，底本漫漶不清，今據續編本補。
〔四〕「于」，續編本作「於」。
〔五〕「改什」二字，底本漫漶不清，今據續編本補。
〔六〕「君注」二字，底本漫漶不清，今據續編本補。

《禮》之時未見《毛傳》，以爲此篇〔一〕孔子前亡。注《詩》之時既見《毛傳》，以爲孔子後失。必知戰國及秦之世者，以子夏作序，具序三篇之義，明其詩見在。毛公之時亡其辭，故知當戰國及秦之世也。」

由庚

【補】【《儀禮·鄉飲酒》】乃間歌《魚麗》，笙《由庚》。歌《南有嘉魚》，笙《崇丘》。歌《南山有臺》，笙《由儀》。○【鄭注】六者皆小雅篇也，《由庚》《崇丘》《由儀》今亡其義，未聞。

喬樅謹案：賈氏《疏》曰：「案《詩序》云：『《由庚》，萬物得由其道也。《崇丘》，萬物得極其高大也。《由儀》，萬物之生各得其宜也。有其義而亡其辭。』此毛公續序，義與《南陔》《白華》《華黍》同。堂上歌者不亡，堂下笙者即亡，蓋當時方以類聚，笙歌之時，各自一處，故存者併存，亡者併亡也。」陸氏《詩釋文》云：「此三篇依《六月》序，《由庚》在《南有嘉魚》前，《崇丘》在《南山有臺》前。今同在此者，以其俱亡，使相從耳。」喬樅謂據《儀禮》笙

〔一〕「此篇」二字，底本漫漶不清，今據續編本補。

間篇第分〔一〕，先《由庚》，次《南有嘉魚》，次《崇丘》，次《南山有臺》，次《由儀》，與《六月》詩序合。知孔子編《詩》之時，其次第本然。毛公以其辭亡，使笙間三篇各相從爲類，故鄭君謂「非孔子之舊」也。今依《儀禮》，爲編次之如此。

南有嘉魚

【《詩氾歷樞》曰】《嘉魚》在巳，火始也。

【補】【《儀禮·鄉飲酒》鄭注】《南有嘉魚》，言太平君子有酒，樂與賢者共之也。能以禮下賢者，賢者纍蔓而歸之，與之燕樂也。

南有嘉魚，烝然罩罩。君子有酒，嘉賓式燕以樂。

【補】【《易林·離之中孚》】南有嘉魚，駕黄取遊。魴鱮詡詡，利來无憂。《睽之泰》同。

喬樅謹案：《易林·困之晉》「遊」作「鰌」，「鱮〔二〕」作「鯉」，「詡詡」作「瀰瀰」，文有小異。

〔一〕「分」，底本漫漶不清，今據續編本補。

〔二〕「鰌鱮」二字，底本漫漶不清，今據續編本補。

又《説文·魚部》云：「鮤然〔一〕鯙鯙，从魚，卓聲。」「罩」作「鯙」，亦三家之異文。式燕，《魯詩》作「式宴」，見《列女傳》。據鄭注言「與之燕樂」，字作「燕」，則知《齊詩》文與毛同。

南有樛木，甘瓠纍之。

喬樅謹案：《毛詩釋文》云：「纍，本亦作『虆』。」據鄭注言「賢者〔二〕虆蔓而歸之」，是《齊詩》文不從艸作「虆」。

崇丘説見前。

南山有臺

【補】【《儀禮·鄉飲酒〔三〕》鄭注】《南山〔四〕有臺》，言太平之治以賢者爲本，愛友賢者〔五〕，爲邦

〔一〕「然」，底本漫漶不清，今據續編本補。
〔二〕「者」，底本漫漶不清，今據續編本補。
〔三〕「鄉飲酒」三字，底本漫漶不清，今據續編本補。
〔四〕「山」，底本漫漶不清，今據續編本補。
〔五〕「者」，底本漫漶不清，今據續編本補。

家之基。民之父母，既欲其身之壽考，又欲其名〔一〕德之長也。

樂只君子，邦家之基。樂只君子，萬壽無期。

【補】【《易林·復之賁》】使君〔二〕壽考，南山多福。

樂只君子，民之父母。樂只君子，德音不已。

【《禮記·大學》】《詩》云〔三〕：「樂只君子，民之父母。」

喬樅謹案：鄭君《儀禮注》言「又欲其名德之長」，謂此詩云「德音〔四〕不已」是也。

由儀説見前。

〔一〕「名」，底本漫漶不清，今據續編本補。

〔二〕「賁使君」三字，底本漫漶不清，今據續編本補。

〔三〕「禮記大學詩云」六字，續編本作缺字。

〔四〕「詩云德音」四字，續編本作缺字。

蓼蕭〔一〕

蓼彼蕭斯，零露瀼瀼。既見君子，爲龍爲光。

【補】【《易林·晉之大有》】蓼蕭露瀼，君子龍光。鳴鸞噰噰，福〔二〕禄來同。《恒之蹇》同。

壽考不忘。

【補】【《易林·晉之蠱》】壽考不忘。

喬樅謹案：此句又見《漢書·禮樂志》。

和鸞噰噰，萬福攸同。 見上《易林》。

喬樅謹案：噰噰，《毛詩》作「雝雝」。賈誼《新書·容經》引〔三〕《詩》作「和鸞噰噰」，與《焦氏易林》合，是魯、齊文同。

〔一〕「蕭」，底本漫漶不清，今據續編本補。

〔二〕「噰福」二字，底本漫漶不清，今據續編本補。

〔三〕「容經引」三字，底本漫漶不清，今據續編本補。

湛露

【補】【《易林·屯之鼎》】湛露之歡，三爵畢恩。《訟之恒》《同人之離》同。

【補】【又《訟之既濟》】白雉群雊，慕德貢朝。湛露之恩，使我得懽。

喬樅謹案：《毛叙》以《湛露》爲天子燕諸侯之詩，三家之説蓋與毛同。

六月

【補】【《漢書·匈奴傳》】宣王興師〔一〕，命將征伐獫允，詩人美大其功。

四牡騤騤，載是常服。

【補】【《易林·益之井》】六月騤騤，各欲有望〔二〕。專征未裝，俟待旦明〔三〕。

〔一〕「師」，底本漫漶不清，今據續編本補。

〔二〕「望」，《易林》續道藏本作「至」。

〔三〕「旦明」，《易林》續道藏本作「明旦」。

喬樅謹案：《蹇〔一〕之小過》文與此同，惟後二句云〔二〕「後來未裝，候時旦〔三〕明」，「未裝」疑「束裝」之譌。《出車》詩文「召彼僕夫，謂之載矣」，《箋》言「召御夫使裝載物而往」，是謂「載」爲裝也〔四〕。《太玄·錯〔五〕》云「裝候時」，與《易林》「束裝候時」語意正同。

玁允孔熾，我是用戒。

【補】【《鹽鐵論·繇役》篇】《詩》云：「玁允孔熾，我是用戒。」故守禦征伐，所由來久矣。

喬樅謹案：《毛詩》「我是用急」，《鹽鐵論》「急」作「戒」，《齊詩》之文與毛氏異。盧氏文弨云：「戒，當作『悈』。」喬樅〔六〕考《爾雅·釋言》「悈，急也」，「悈」之音、義亦〔七〕與「棘」通。

〔一〕「蹇」，底本漫漶不清，今據續編本補。

〔二〕「云」，底本漫漶不清，今據續編本補。

〔三〕「旦」，底本漫漶不清，今據續編本補。

〔四〕「也」，底本漫漶不清，今據續編本補。

〔五〕「錯」，此上底本衍一「玄」字，今據《太玄》徑删。

〔六〕「喬樅」，續編本作「是也」。

〔七〕「亦」，底本漫漶不清，今據續編本補。

《素冠》「棘〔一〕人欒欒兮」，《毛傳》「棘，急也」，崔靈恩《集注》作「悈人」〔二〕，是其證也。郝氏懿行云：「悈者，心之急也。『悈』通作〔三〕『戒』，又通作『革』。《文選·三國名臣序贊》注引《蒼頡》篇云：『革，戒也。』『戒』即『悈』字之省。」

獫狁匪度，整居焦穫。侵〔四〕鎬及方，至于涇陽。元戎十乘，以先啟行。

【補】《易林·未濟之睽》獫狁匪度，治兵焦穫。伐〔五〕鎬及方，與周爭彊。元戎其駕，以安我王。

喬樅謹案：匪度，《毛詩》作「匪茹」，《箋》云：「茹，度也。」蓋用《齊詩》申毛之義。《易林》末句本又作「衰及夷王」，考《後漢書·西羌傳》云：「夷王衰弱，荒服不朝，乃命虢公率六

〔一〕「素冠棘」三字，底本漫漶不清，今據續編本補。
〔二〕「集注作悈人」五字，底本漫漶不清，今據續編本補。
〔三〕「通作」二字，底本漫漶不清，今據續編本補。
〔四〕「侵」，底本漫漶不清，今據續編本補。
〔五〕「伐」，底本漫漶不清，今據續編本補。

師伐太原之戎，至于俞泉。」夷王爲懿王孫〔一〕，懿王之世，玁狁已内侵中國，其後益熾，遂肇居焦穫之地。夷王雖亦命將率師，而於玁狁之戎，未〔二〕能攘逐。《詩》言「玁狁匪度」云云，蓋歷溯前事，見其恣肆之〔三〕亂已久〔四〕也。

【補】【《漢書·匈奴傳》】周宣王時，玁狁内侵，至于涇陽。命〔五〕將侵〔六〕之，盡境而還。其視戎狄之侵，譬猶蝨蝱之螫，敺之而〔七〕已，故天下稱明。

【補】【班固《燕然山銘》】元戎輕武。

薄伐玁狁，至于太原。

〔一〕「王孫」二字，底本漫漶不清，今據續編本補。

〔二〕「戎未」二字，底本漫漶不清，今據續編本補。

〔三〕「肆之」，續編本作「爲寇」。

〔四〕「亂已久」三字，底本漫漶不清，今據續編本補。

〔五〕「涇陽命」三字，底本漫漶不清，今據續編本補。

〔六〕「侵」，續編本、《漢書》作「征」。

〔七〕「而」，底本漫漶不清，今據續編本補。

【補】【《鹽鐵論・繇役》篇】周宣王、尹吉甫〔一〕式遏寇虐，《詩》云：「薄伐獫狁，至于太原。」

【《漢書・叙傳》】薄伐獫狁，恢我朔邊。

喬樅謹案：「薄伐獫狁」二句，又見《衛青傳》引《詩》。

文武吉甫。

喬樅謹案：《古今人表》尹吉甫列上下，次周宣王世。

飲御諸友，炰鱉膾鯉。

【補】【《易林・豫之萃》】飲御諸友，所求大得。《小畜之〔二〕大過》同。

【補】【《易林・賁之頤》】炰鱉膾鯉。

張中孝友。

【補】【《易林・離之坎〔三〕》】六月采芑，征伐無道。張仲方叔，克勝飲酒。《小過之未濟》同。

喬樅謹案：《古今人表》張中列上下，次周宣王世。《毛詩》作「張仲」，「中」「仲」古字

〔一〕「尹吉甫」，《鹽鐵論》作「仲山甫」。按：作「尹吉甫」爲是。

〔二〕「之」，底本漫漶不清，今據續編本補。

〔三〕「離之坎」，《易林》續道藏本同，士禮居叢書景刻陸校宋本在《離之大過》。

通用。

【補】【又《小過之未濟》】六月采芑，征伐無道。張仲季叔，孝友飲酒。

喬樅謹案：歐陽《集古録》、薛氏《鐘鼎款識》竝載有《張仲簠銘》五十一字，其文曰：「用饗大正歆，王賓饌具，召飤張仲，受無疆福。諸友飱飤具飽，張仲畀壽。」馬瑞辰曰：「《簠銘》言『諸友』，與《詩》『飲御諸友』合，簠蓋因此時得與燕飲作也。《易林》云：『張仲季叔，孝友飲酒。』蓋以《詩》言諸友，當時叔季皆在，《詩》特言張仲以該叔季也。《廣韻》云：『張姓本自軒轅第五子揮，始造弦，實張網羅，世掌其職，後因氏焉。』此張受姓之始也。」

采芑

方叔元老，克壯其猶。

【《詩氾歷樞》曰】午，《采芑》也。

【補】【《鹽鐵論·未通》篇】古者，十五入太學，與小役；二十冠而成人，與戎事；五十以上，血脉益剛，曰艾壯。《詩》曰：「方叔元老，克壯其猶。」故商師若荼，周師若烏〔一〕。

〔一〕「烏」，底本作「鳥」，今據《鹽鐵論》改。按：「荼」「烏」同韻，作「鳥」字乃形近而訛。

喬樅謹案：《五經異義》引《韓詩》說：「年二十行役，三十受兵，六十還兵。」《白虎通》曰：「王命法年三十受兵何？重絶人世也。師行不必反，戰不必勝，故須其有世嗣也。」《白虎通》用《魯詩》，是魯、韓說同。此云二十與戎事，據《齊詩》之說，與魯、韓義異。

【補】【《漢書·李廣蘇建傳》】明著中興輔佐，列於方叔、召虎、仲山甫焉。

喬樅謹案：《古今人表》方叔列上下，在第三等。

車攻

【補】【《易林·履之夬》】吉日車攻，田弋獲禽。宣王飲酒，以告嘉功。

喬樅謹案：《鼎之隨》第三句作「反行飲至」。

【補】【班固《東都賦》】嘉《車攻》。

四牡孔阜，東有圃草，駕言行狩。

【補】【《易林·解之否〔一〕》】鳴鑾四牡，駕出行狩。合格有獲，獻公飲酒。

〔一〕「解之否」，《易林》續道藏本、士禮居叢書景刻陸校宋本在《解之同人》。

【補】【班固《東都賦》】豐圃草以毓獸。

決拾既次。

【補】【《儀禮·鄉射》鄭注】決，猶闓也，以象骨爲之，著右大擘指，以鉤弦闓體也。遂，射鞲也，以韋爲之，所以遂弦者也，其非射時則謂之拾。拾，斂也，所以蔽膚斂衣也。○【又《士喪禮》鄭注】決，猶闓也，挾弓以横執弦。《詩》云：「決拾既佽。」

喬樅謹案：《周官·繕人》注引鄭司農云：「抉者，所以縱弦也。拾者，所以引弦也。《詩》云：『抉拾既次。』」《詩》家説或謂抉謂『引弦彄』也，拾謂『鞲扞』也。」鄭仲師兼傳《毛詩》，而《周官解詁》所引《詩》「決」作「抉」，「佽」作「次」，與《毛詩》文異，則注《周官》時尚用三家之《詩》也。《毛傳》訓「佽」爲利，《鄭箋》云：「佽，謂相次比。」是據三家之説以改毛義。陸氏《詩釋文》：「夬，本又作『決』，或作『抉』，同古穴反。佽，音次，《説文》子利反，云『便利也』。」《説文》蓋从《毛傳》，鄭君《禮注》引《詩》當本作「次」字，後人轉寫乃從毛作「佽」耳。

允也君子，展也大成。

【補】【《禮記·緇衣》】小雅曰：「允也君子，展也大成。」○【鄭注】允，信也。展，誠也。

吉日

【補】【班固《東都賦》】采《吉日》。

吉日庚午。

【《漢書》翼奉上封事曰】南方之情，惡也；惡行廉貞，寅午主之。西方之情，喜也；喜行寬大，己酉主之。二陽並行，是以王者吉午酉也。《詩》曰：「吉日庚午。」

喬樅謹案：翼氏云：「《詩》之爲學，情性而已。五性不相害，六情更興廢。六情者，謂公正、寬大、廉貞、陰賊、貪狠、姦邪也。」説詳《齊詩翼氏學疏證》。

伾伾俟俟。

【補】《説文・人部》：「俟，大也。从人，矣聲。《詩》曰：『伾伾俟俟。』」

喬樅謹案：《毛詩》「儦儦俟俟」，《韓詩》作「駓駓騃騃」，見《文選》張衡《西京賦》李注引《薛君章句》。平子用《魯詩》，據《西京賦》「群獸駓騃」之語，是《魯詩》文與韓同。《説文》所引蓋據《齊詩》之文也。《毛詩釋文》：「儦，本作『麃』，又作『爊』，趨也。」《廣雅》云：「行也。」「儦」「伾」一聲之轉，故古人通借用之。

齊詩遺説考卷第二（二之二）

福州陳壽祺學　男喬樅述

齊詩小雅二

鴻雁

【《詩氾歷樞》曰】《鴻雁》在申，金始也。

爰及矜人，哀此鰥寡。

【《漢書》蕭望之議曰】古者藏於民，不足則取，有餘則予。《詩》曰：「爰及矜人，哀此鰥寡。」上惠下也。又曰：「雨我公田，遂及我私。」下急上也。

庭燎

【補】【《易林·頤〔一〕之損》】庭燎夜明，追古傷今。陽弱不制，陰雄坐戾〔二〕。

喬樅謹案：《列女傳》云：「宣王嘗夜卧晏起，后夫人不出房。姜后脱簪珥，待罪于永巷，曰：『妾之不才，至使君王失禮而晏朝，以見君王樂色而忘德也。敢請婢子之罪。』宣王悟，遂勤于政事，早朝晏退，卒成中興之名。」宣王中年怠政而《庭燎》詩作，脱簪之諫當在此際。宣王感悟，能復勵精圖治，所以爲中興賢主也。又《剥之大有》第二句作「追嗣日光」。

鶴鳴

【補】【《易林·師之艮》】鶴鳴九皋，避世隱居。抱道守貞〔三〕，竟不隨時。

〔一〕「易林頤」三字，底本漫漶不清，今據續編本補。
〔二〕「戾」，底本漫漶不清，今據續編本補。
〔三〕「貞」，《易林》續道藏本、士禮居叢書景刻陸校宋本作「真」。

鶴鳴于九皋。

【補】【《易林·无妄之解》】鶴鳴九皋，處子失時。

他山之石，可以爲錯。

他山之石，可以攻玉。

【補】【《易林·明夷卦》】他山之錯，與璆〔一〕爲仇。《婦〔二〕妹之頤》同。

祈父

【《詩氾歷樞》曰】酉，《祈父》也。

【補】【《易林·謙之歸妹》】爪牙之士，怨毒祈父。轉憂與己，傷不及母。《小過之離》同。

予王之爪牙。

【補】【《漢書·叙傳》】爪牙信、布，腹心良、平。

〔一〕「璆」，底本漫漶不清，今據續編本補。

〔二〕「婦」，《易林》作「歸」。

白駒

皎皎白駒，在彼穹谷。生芻一束，其人如玉。

【補】【《易林・坤之巽》】白駒生芻，猗猗盛姝。

【補】【班固《西都賦》】幽林穹谷。

喬〔一〕樅謹案：李善《文選注》引《韓詩》「在彼穹谷」爲證，然孟堅是用《齊詩》，《西都賦》此語當本《齊詩》之文。穹谷，毛作「空谷」，字與齊、韓不同。

黄鳥

【補】【《易林・乾之坎》】黄鳥來集，既嫁不答。念我父兄，思復邦國〔二〕。

喬樅謹案：此詩《鄭箋》以爲「刺其以陰禮教親而不至，聯兄弟之不固」，今據焦氏所言

〔一〕「喬」，底本漫漶不清，今據續編本補。
〔二〕「國」，底本漫漶不清，今據續編本補。

《詩》義，蓋女適異國而不見答，故欲復其邦族也。

我行其野

言採其蓄。

【補】【《易林・巽之豫》】黄鳥採蓄，既嫁[一]不答。念吾父兄，思復邦國。

喬樅謹案：《毛詩》「言採其蓫」，《釋文》云：「蓫，本亦作『蓄』。」據《易林》言「黄鳥採蓄」，是三家文皆作「蓄」。曹植《七啓》云：「霜蓄露葵。」李善注曰：「《毛詩》『我行其野，言採其蓫』，『蓫』與『蓄』音、義同也。」焦氏説本《齊詩》，以《我行其野》與《黄鳥》爲一時事，故并舉之，如《六月》《采芑》《吉日》《車攻》之例也。

斯干

喬樅謹案：《漢書・翼奉傳》云：「奉以宫室苑囿，奢泰難供，乃上疏言：『宜東徙成周，遷

[一]「嫁」，《易林》續道藏本、士禮居叢書景刻陸校宋本作「稼」。

都正本，亡復繕治宫館不急之費，歲可餘一年之蓄，必有五年之蓄，然後大行考室之禮。』」注引《斯干》之詩爲證。考劉向、楊雄諸家所稱魯説，皆以《斯干》爲宣王儉宫室之詩，蔡邕又舉《斯干》詩以證遷都之事，並與翼奉説合。然則此詩魯、齊同義矣。

乃占我夢，吉夢惟何。惟熊惟羆，惟虺惟蛇。大人占之：惟熊惟羆，男子之祥；惟虺惟蛇，女子之祥。

【《漢書·藝文志》】衆占非一而夢爲大，故周有其官。《詩》載熊羆虺蛇衆魚旐旟之夢，明著大人之占，以考吉凶。

乃生女子，載寢之地。載衣之裼，載弄之瓦。無非無儀，唯酒食是議，無父母詒罹。

【補】【班昭《女誡》曰】古者生女三日，卧之牀下，弄之瓦磚，而齊告焉。卧之牀下，明其卑弱，主下人也。弄之瓦磚，明其習勞，主執勤也。齊告先君，明當主繼祭祀也。謙讓恭敬，先人後己，有善莫名，有惡莫辭，忍辱含垢，常若畏懼，是謂卑弱下人也。晚寢早作，勿憚夙夜，執務私事，不辭劇易，所作必成，手迹整理，是謂執勤也。正色端操，以事夫子，清静自守，無好戲笑，潔齊酒食，以供祖宗，是謂繼祭祀也。三者苟備，而患名稱之不聞，黜辱之在身，未之見也。三者苟失之，何名稱之可聞，黜辱之可遠哉！

喬樅謹案：曹大家《女誡》首章即述此詩之義，皆據齊説也。

無羊

牧人乃夢，衆惟魚矣，旐惟旟矣。大人占之。

【《漢書·藝文志》】《詩》載衆魚旐旟之夢，明著大人之占，以考吉凶〔一〕。

喬樅謹案：盧氏《鍾山札記》引丁希曾説，「衆」乃「螽」字之省。馬瑞辰亦以《説文》「螽」爲「蟲」之或體。《公羊·文二年》「雨螽于宋」，何休《解詁》曰：「螽，猶衆也。」「螽」即「蝗」，多爲魚子所化，《埤雅》云：「陂澤中魚子落處，逢旱日暴，率變飛蝗。若雨水充濡，悉化爲魚。」是其證也。此詩牧人夢螽蝗化爲魚，故爲豐年之兆。「衆惟魚矣」與「旐惟旟矣」相對成文。

節

【補】【《漢書》董仲舒對策曰】周室之衰，其卿大夫緩於誼而急於利，亡推讓之風，而有争田之

〔一〕此條《漢書》作：「《詩》載熊羆虺蛇衆魚旐旟之夢，著明大人之占，以考吉凶。」

訟。故詩人疾而刺之，曰：「節彼南山，惟石巖巖。赫赫師尹，民具爾瞻。」爾好誼，則民鄉仁而俗善；爾好利，則民好邪而俗敗。由是觀之，天子大夫者，下民之所視效，遠方之所四面而内望也。近者視而放之，遠者望而效之，豈可以居賢人之位而爲庶人之行哉！夫皇皇求財利常恐乏匱者，庶人之意也；皇皇求仁義常恐不能化民者，大夫之意也。居君子之位而爲庶人之行者，其患禍必至也。

喬樅謹案：此詩三家皆止以《節》標目，《大戴禮》引「式夷式已」二語，盧辯注云：「此小雅《節》之四章。」盧蓋據三家文也。《左傳·昭二年》季武子賦《節》之卒章，亦止稱《節》，惟《毛詩》連「南山」爲文耳。董子説以《節》爲刺周大夫争田之詩，是齊義與毛氏異。

節彼南山，惟石巖巖。赫赫師尹，民具爾瞻。

【補】【《禮記·大學》】《詩》云：「節彼南山，惟石巖巖。赫赫師尹，民具爾瞻。」○【鄭注】巖巖，喻師尹之高嚴也。師尹，天子之大臣，爲政者，在下之民俱視所行而則之，可不慎其德乎！

喬樅謹案：鄭君《禮記注》與董子義同，「赫赫師尹」二句又見《緇衣》篇。

【補】【《春秋繁露·山川頌》】且積土成山，無損也；成其高，無害也；成其大，無虧也。小其上，泰其下，久長安後世，無有去就，儼然獨處，惟山之意。《詩》云：「節彼南山，惟石巖巖。赫赫師尹，民具爾瞻。」此之謂也。

喬樅謹案：《毛傳》云：「節，高峻貌。」《釋文》引《韓詩》云：「節，視也。」義與毛殊。今據董子《山川頌》言「成其高」云云，引「節彼南山」爲證，是齊説亦以「節」爲高大之貌也。

【《漢書·成帝紀》永始四年詔】公卿列侯，親屬近臣，四方所則，未聞修身遵禮，同心憂國者也。《詩》不云乎：「赫赫師尹，民具爾瞻。」○【師古曰】赫赫，盛貌也。師尹，尹氏爲太師之官也。言居位甚高，備爲衆庶所瞻仰。

喬樅謹案：伏理以《齊詩》授成帝，見《後漢書·伏湛傳》。

【補】【《漢書·叙傳》】民具爾瞻。○【師古曰】《詩·小雅·節南山》之篇曰：「赫赫師尹，民具爾瞻。」言師尹之任，位尊職重，下所瞻望，而乃不爲善乎？深責之也。

喬樅謹案：鄭君《禮記注》用《齊詩》義，師古《漢書注》亦據舊解述《齊詩》之説，故詞意略同。

【補】【《後漢書》郎顗拜章曰】三公上應台階，下同元首。「節彼南山」，詠自《周詩》。

憂心如惔，不敢戲談。

【補】【《鹽鐵論·散不足》篇】孔子讀史記，喟然而嘆，傷正德之廢，君臣之危也。夫賢人君子，以天下爲任者也。任大者思遠，思遠者忘近。誠心閔悼，惻隱加爾，故忠心獨而無累，此詩人所以傷而作。《詩》云：「憂心如惔，不敢戲談。」

天方薦瘥。

【補】【《説文・田部》】瘥，殘薉田也。《詩》曰：「天方薦瘥。」

喬樅謹案：今本《説文》作「瘥，殘田也」，《玉篇・田部》同。「薉」字，段氏據《集韻》《類篇》補之。《説文》引《詩》兼採三家，此所引作「薦瘥」，字與毛殊。《毛詩釋文》「瘥」下不載《韓詩》異文，則韓同毛也。「殘薉田」之訓蓋本《齊詩》，據此足與董子「争田」之説互相證明。

尹氏大師。

秉國之鈞，四方是維。天子是毗，俾民不迷。

【補】【《漢書・律歷志》】鈞者，均也。陽施其氣，陰化其物，皆得其成就平均也。《詩》云：「尹氏大師。」「秉國之鈞，四方是維。天子是毗，俾民不迷。」○【師古曰】言尹氏居大師之官，執持國之權量，維制四方，輔翼天子，使下無迷惑也。

喬樅謹案：鈞，《毛詩》作「均」，《傳》訓「均」爲平也。「均」「鈞」古今文之異。《史記・周本紀》引《書・吕刑》「其罪惟均」作「惟鈞」，《魏大饗碑》「夏啓均臺之饗」，「鈞」作「均」，是其驗已。師古注云「執持國之權量」，與毛義異，蓋本舊註《齊詩》之訓。「天子是毗」句，又見《漢書・敘傳》。

式夷式已，無小人殆。

【補】【《大戴禮·衛將軍文子》篇】《詩》云：「式夷式已，無小人殆。」○【盧辯注】《小雅·節》之四章。殆，近也。

誰能秉國成？不自爲正，卒勞百姓。

【補】【《禮記·緇衣》】《詩》云：「誰能秉國成？不自爲正，卒勞百姓。」○【鄭注】傷今無此人也。成，邦之八成也。誰能秉行之，不自以所爲者正，盡勞來百姓，憂念之者與？疾時大臣專功争美。

喬樅謹案：鄭君此注用《齊詩》義，與《箋》説不同。《周官》八成，有以版圖聽人訟地者。齊家以是詩爲刺大夫緩義急利，争田成訟，故傷今之無人，莫能秉國成而治之也。《毛詩》作「誰秉國成」，無「能」字。

四牡項領。

【補】【《易林·噬嗑之婦妹》】項領不試。

嘉父作頌。

喬樅謹案：《古今人表》嘉父列中上。嘉父，《毛詩》作「家父」。《魯詩》文與齊同。

正月

正月繁霜。

【補】【《易林·晉之蹇》】正月繁霜。

喬樅謹案：《毛傳》：「正月，即夏之四月。」《鄭箋》云：「夏之四月，建巳之月，純陽用事而霜多，急恒寒若之異。」馬瑞辰曰：「按《漢書·五行志》引《五行傳》曰：『聽之不聽，是謂不謀，厥咎急，厥罰恒寒，厥極貧。』『聽之不聽，是謂不謀，言上偏聽不聰，下情隔塞，則不能謀慮利害，失在嚴急，故其咎急也。盛冬日短，寒以殺物，政迫促，故其罰常寒也。寒則不生百穀，上下俱貧，故其極貧也。』今考此詩首章曰『民之訛言，亦孔之將』，二章曰『好言自口，莠言自口』，五章曰『民之訛言，寧莫之懲』，是聽之不聰也。三章曰『民之無辜，并其臣僕』，十一章曰『念國之爲虐』，末章曰『夭夭是椓』，是失在急虐也。三章曰『念我無禄』，又曰『于何從禄』，末章曰『民今之無禄』，見其極貧也。而首章言『正月繁霜』，《鄭箋》以爲急恒寒若之異，則信乎天人相感之理有不爽矣。蓋聽屬水，水主寒。寒，水氣也。故聽不聰，則水失其時而有恒寒之異。劉向上封事曰：『霜降失節，不以其時。其《詩》曰：「正月繁霜，我心憂傷。民之訛言，亦孔之將。」言民以是爲非，甚衆大也。此皆賢不肖易位之所致也。』以繁霜爲訛言及不用賢所致，其説蓋本《韓詩》。」喬樅謂馬據《漢志》所引《五行傳》證明此詩「正月繁霜」之異，其説甚碻。其以劉向封事所言爲本之《韓詩》則非也。考《漢志》夏侯始昌通五經，善推《五行傳》，以傳族子夏侯勝，下及許商，皆以教所賢弟子，其傳與劉向同。又《夏侯勝傳》：「從始昌受《尚書》及《洪範五行傳》，説灾異。」是《五行傳》實傳自夏侯始昌，與《齊詩》同一師法。劉向《洪範五行傳論》即夏侯所推之傳，向乃集而論之，故《漢書・傳贊》云：「劉氏《洪範論》，發明《大傳》，著天人之應。」封事所陳，皆本《五行傳》語，非本之《韓詩》也。《漢書・翼奉傳》云：「臣聞之於師曰：天地設位，懸日月，布星辰，分陰陽，定四時，列五行，以視聖人，名之曰道。聖人見道，然後知王治之象，故畫州土，建君臣，立律曆，陳成敗，以視賢者，名之曰經。賢者見經，然後知人道之務，則《詩》《書》《易》《春秋》《禮》《樂》是也。《易》有陰陽，《詩》有五際，《春秋》有災異，皆列終始，推得失〔一〕，考天〔二〕心，以言王道之安危。」后蒼事夏侯始昌，通《詩》《禮》。翼奉又事后蒼，治《齊詩》。奉爲始昌再傳弟子，其言《齊詩》始際，皆推本五行，以著天人之應。鄭君此箋蓋

〔一〕「失」，底本漫漶不清，今據續編本補。
〔二〕「天」，底本漫漶不清，今據續編本補。

用《齊詩》之説爲解。

召彼故老，訊之占夢。

【《漢書·藝文志》】惑者不稽諸躬，而忌訞之見，是以《詩》刺「召彼故老，訊之占夢」，傷其舍本而憂末，不能勝凶咎也。

謂天蓋高，不敢不局。謂地蓋厚，不敢不蹐。惟號斯言，有倫有迹。哀今之人，胡爲虺蜴。

【補】【《鹽鐵論·周秦》篇】《詩》云：「謂天蓋高，不敢不局。謂地蓋厚，不敢不蹐。哀今之人，胡爲虺蜴。」方此之時，豈特冒火蹈刃哉？故政寬則民〔一〕親上，政嚴則民謀主。聖人知之，是以務恩〔二〕而不務威。

喬樅謹案：局蹐，《魯詩》作「跼蹐」。《毛詩釋文》於「局蹐」下言：「局，本又作『跼』。」「局」「跼」古今字之異。《説文·走部》云：「趚，側步也。《詩》曰：『謂地蓋厚，不敢不

〔一〕「民」，《鹽鐵論》作「下」。
〔二〕「恩」，《鹽鐵論》作「知」。

趚。』」與魯、韓、毛文異，蓋據《齊詩》。「趚」「蹐」古相通用，《説文·疒部》以「瘠」爲古文「瘠」字，是其明驗。《鹽鐵論》作「蹐」，後人順毛改字耳。又《説文·虫部》云：「虺，以注鳴者。《詩》曰：『胡爲虺蜥。』」與《鹽鐵論》引同，皆據《齊詩》也。

【補】【荀悦《漢紀·王商論》】獨智不容於世，獨行不畜於時。是以昔人所以自退也，雖退猶不得自免。是以離世深藏，以天之高而不敢舉首，以地之厚而不敢投足。《詩》云：「謂天蓋高，不敢不跼。謂地蓋厚，不敢不蹐。哀今之人，胡爲虺蜴。」本不敢立於人間，况敢立於朝乎？自守猶不免患，况敢守於時乎？無過猶見誣枉，而况敢有罪乎？閉口而獲誹謗，况敢直言乎？以六合之大，匹夫之微，而一身無所容焉，豈不哀哉！

喬樅謹案：《説文》訓「趚」爲側步，即荀悦「不敢投足」之義。今《漢紀》仍作「蹐」字，此後人順毛改之耳。《玉篇·走部》云：「趚，小行貌。《詩》曰：『謂地蓋厚，不敢不趚。』」今作『蹐』。」考《説文·足部》云：「蹐，小步也。《詩》曰：『不敢不蹐。』」許氏「趚」「蹐」兩引《詩》語，蓋兼採三家異文。《玉篇》「趚」下引《詩》即本之《説文》，顧野王不見《齊詩》，故以《詩》「趚」字爲今作「蹐」也。「蜥」作「蜴」者，亦後人順毛改字。《毛詩釋文》：「蜴，星歷反。字又作『蜥』。」段氏玉裁云：「《説文》無『蜴』字，蓋『蜴』即『蜥』之或體。」

【補】【《易林·坤之師》】謂天蓋高。

【補】【《春秋繁露·深察名號》篇】是非之正，取之逆順；逆順之正，取之名號；名號之正，取之天地。謞而效天地者爲號，鳴而命者爲名，名號異聲而同本，皆號名而達天意者也。事各順於名，名各順於天〔一〕，天人〔二〕之際，合而爲一。同而通理，動而相益，順而相受，謂之德道。《詩》曰：「惟號斯言，有倫有迹。」此之謂也。

喬樅謹案：鄭君《詩箋》讀「號」爲「呼號」之「號」，董子以「號」爲「名號」，與《箋》義異。據此知《齊詩》之義，蓋以局趚于訛言之相誣陷，嫉時是非倒置，邪説害正，故陳此義以爲刺也。董子又云：「欲審曲直，莫如引繩；欲審是非，莫如引名。詰其名實，觀其離合，則是非之情不可以相讕已。」説皆本之此詩。迹，《毛詩》作「脊」，蓋古文之假借，故《傳》訓「脊」爲理。《玉篇》：「迹，跡也，理也。」「倫」亦與「迹」同義，《説文》：「倫，一曰道也。」《小爾雅》：「迹，道也。」荀爽《易注》云：「綸，迹也。」是「倫」又與「綸」通。

【補】【《後漢書》左雄上疏曰】《詩》云：「哀今之人，胡爲虺蜴。」言人畏吏如虺蜴也。

喬樅謹案：《爾雅》以「虺」爲蝮，虺、蜴皆有毒，能傷害人，故畏之。左雄此説本《齊詩》之

〔一〕「天」，底本漫漶不清，今據續編本補。
〔二〕「人」，底本漫漶不清，今據續編本補。

訓，與《鹽鐵論》「政嚴」云云語意正合。鄭君《詩箋》云：「虺蜴之性，見人則走。」別爲一義，與此説異。

彼求我則，如不我得。執我仇仇，亦不我力。

【補】【《禮記·緇衣》】《詩》云：「彼求我則，如不我得。執我仇仇，亦不我力。」〇【鄭注】言君始求我，如恐不得我。既得我，持我仇仇然不堅固〔一〕，亦不力用我，是不親信我也。

喬樅謹案：鄭君此注據《齊詩》説，與《毛詩傳》《箋》義異。《爾雅·釋言》：「仇仇〔二〕，傲也。」郭注以爲傲慢賢者。考《廣雅·釋言》：「执执，緩也。」王氏《疏證》云：「《集韻》：『执执，緩持也。』『执执』通作『仇仇』。《緇衣》注言『持我仇仇然不堅固』，即是『緩〔三〕持』之意，與《廣雅》同義，蓋本于三家也。今案『彼求我則，如不我得』，言求我之急也。『執我仇仇，亦不我力』，言用我之緩也。三復詩詞，則緩于用賢之説爲切，而傲賢之義爲疏矣。」

〔一〕「固」，底本漫漶不清，今據續編本補。
〔二〕「仇仇」二字，底本漫漶不清，今據續編本補。
〔三〕「緩」，底本漫漶不清，今據續編本補。

燎之方揚〔一〕，能〔二〕或滅之。

【補】【《漢書·敘傳》】炎炎燎火，亦允不陽。○【張晏曰】天子盛〔三〕若燎火之陽，今委政王氏，不炎熾矣。

喬樅謹案：此亦本詩義爲説，以王氏比之褟水也。

赫赫宗周，褒姒滅之。

【補】【《易林·大畜之姤》】赫郝宗周，光榮衰滅〔四〕。

【補】【又《臨之小畜》】褒〔五〕后在側，屏蔽王目，搔擾六國。

【補】【《漢書·敘傳》】宗幽既〔六〕昏，淫於褒女，戎敗我驪，遂亡酆鄗。

【補】【班固《幽通賦》】震鱗漦于夏庭兮，匝三正而滅周。○【曹大家曰】三正，謂夏、殷、周也。

〔一〕「揚」，底本漫漶不清，今據續編本補。

〔二〕「能」，續編本、《毛詩》作「寧」。

〔三〕「盛」，此下續編本、《漢書》有「威」字。

〔四〕「光榮衰滅」，《易林》續道藏本作「榮光滅衰」，士禮居叢書景刻陸校宋本作「光榮滅衰」。

〔五〕「褒」，底本漫漶不清，今據續編本補。

〔六〕「宗幽既」三字，底本漫漶不清，今據續編本補。

《文選注》。○【師古曰】謂褒姒也。

其車既載，乃棄爾輔。載輸爾載，將伯〔一〕助予。

【補】【《易林·泰之同人》】多載重負，捐棄于野。予母誰子，但自勞苦。〔二〕《師之姤》同。

潛雖伏矣，亦孔之昭。

【補】【《禮記·中庸》】《詩》云：「潛雖伏矣，亦孔之昭。」○【鄭注】孔，甚也。昭，明也。

憂心慘慘，念國〔三〕之爲虐。

【補】【《鹽鐵論·誅秦》篇】《詩》云：「憂心慘慘，念國之爲虐。」

喬樅謹案：《漢書·武帝紀》引《詩》文同。

婚姻孔云。

〔一〕「伯」，底本漫漶不清，今據續編本補。

〔二〕「予母誰子，但自勞苦」，《易林》士禮居叢書景刻陸校宋本、涵芬樓本同，續道藏本作「王母離子，思勞自苦」。

〔三〕「念國」二字，底本漫漶不清，今據續編本補。

【補】【《易林·咸之无妄》】婚姻孔云。《睽〔一〕之家人》同。

十月

【補】【《漢書·梅福傳》】數御《十月》之歌。○【孟康曰】《十月》之詩，刺后族太盛也。

喬樅謹案：孟康説五際，稱《齊詩内傳》云云，知其所習爲《齊詩》也。

【《漢書》翼奉上封事曰】臣奉竊學《齊詩》，聞五際之要，《十月之交》篇，知日蝕地震之效昭然可明，猶巢居知風，穴處知〔二〕雨〔三〕，亦不足多，適所習耳。臣聞人氣内逆，則感動天地。天變見于星氣日蝕，地變見于奇物震動。所以然者，陽用其精，陰用其形，猶人之有五臧六體，五臧象天，六體象地。故臧病則氣色發于面〔四〕，體病則欠申動于皃。

十月之交，朔月辛卯。日有食之，亦孔之醜。

〔一〕「睽」，底本作「暌」，今據《易林》改。

〔二〕「知」，底本作「之」，今據續編本、《漢書》改。

〔三〕「雨」，底本漫漶不清，今據續編本補。

〔四〕「面」，底本漫漶不清，今據續編本補。

【《詩推度災》曰】十月之交，氣之相交，周十月，夏之八月。及其食也，君弱臣强，故天垂象以見徵。辛者，正秋之王氣。卯者，正春之臣位。日爲君，辰爲臣，八月之日，交卯食辛矣。辛之爲君，幼弱而不明。卯之爲臣，秉權而爲政。故辛之言新，陰氣盛而陽微，主其君幼弱而任卯臣也。《毛詩正義》。

【補】【《後漢書》馬嚴上封事曰】日者衆陽之長，食者陰侵之徵。

喬樅謹案：嚴爲文淵兄子，文淵習《齊詩》，則嚴承其家學，亦當爲《齊詩》也。

【補】【又郎顗上封事曰】日者太陽，以象人君。政變於下，日應於天。清濁之占，隨政抑揚。天之見異，事無虚作。

【補】【又丁鴻上封事曰】臣聞日者陽精，守實不虧，君之象也。月者陰精，盈虧有常，臣之表也。故日食者，臣乘君，陰陵陽。月滿不虧，下驕盈也。昔周室衰季，皇甫之屬專權於外，黨類彊盛，侵奪主勢，則日月薄食。故《詩》曰：「十月之交，朔月辛卯。日有食之，亦孔之醜。」變不虚生，各以類應。人道悖于下，效驗見于天。雖有隱謀，神照其情，垂象見戒，以告人君。

喬樅謹案：孝公説《十月之交》詩與齊家諸説大旨並同，是亦習《齊詩》也。

日月告凶，不用其行。四國無政，不用其良。

【補】【《後漢書》左雄疏曰】《詩》云：「四國無政，不用其良。」

【補】【荀悦《漢紀》六】《詩》云：「日月告凶，不用其行。四國無政，曷用其良。」

喬樅謹案：告，《魯詩》作「鞠」，「鞠」亦告也，見《玉篇》。「告」「鞠」一聲之轉，故通用。齊、韓與毛文同。「曷」疑「不」之誤，諸所引《詩》皆作「不」字。

彼月而食，則惟其常。此日而食，于何不臧。

【補】【《漢書·天文志》】《詩》云：「彼月而食，則惟其常。此日而食，于何不臧。」《詩傳》曰：「月食，非常也。比之日食，猶常也。日食則不臧矣。」

喬樅謹案：此所引《詩傳》是《齊詩》之傳也，司馬彪《續漢志》言班固叙《漢書》而馬續述《天文〔一〕志》。續父馬嚴，爲援兄子，伏波父子並習《齊詩》，季則〔二〕當亦傳其家學也。

爗爗震電，不寧不令。

【《詩含神霧》曰】「爗爗震電，不寧不令。」此應刑政之大暴，故震雷驚人，使天下不安。《初學記》二十。○《太平御覽》六百三十五。

【補】【《漢書》李尋《條災異對》曰】《詩》所謂「爗爗震電，不寧不令」，其咎在於皇甫卿士之屬。

〔一〕「文」，底本漫漶不清，今據續編本補。
〔二〕「則」，底本漫漶不清，今據續編本補。

喬樅謹案：李尋說《詩》與翼奉、丁鴻義同，皆《齊詩》之學也。

【補】【《後漢書》郎顗上封事曰】雷者，所以開發萌芽，辟陰除害。萬物須雷而解，資雨而潤。王者崇寬大，順春令，則雷應節，不則發動於冬，當震反潛。雷者號令，其德生養。號令殆廢，當生而殺，則當反作，其時無歲。

喬樅謹案：《開元占經》一百二引京氏曰：「人君承用節度，即雷風以節之。暴行威福，則雷霆擊〔一〕人。」足證此詩所言是應刑政之太暴，郎顗之說，義亦猶是也。

百川沸騰，山冢崒崩。高岸爲谷，深谷爲陵。

【《詩推度災》曰】百川沸騰，衆陰進。山冢崒崩，人無仰。高岸爲谷，賢者退。深谷爲陵，小臨大。《毛詩正義》。

【補】【《漢書》李尋《條災異對》曰】臣聞五行以水爲本，其星元武婺女，天地所紀，終始所生。水爲準平，王道公正修明，則百川理，落脉通。偏黨失綱，則涌溢爲敗。今川水漂涌，與雨水並爲民害，此《詩》所〔二〕謂「煜煜震電，不寧不令，百川沸騰」者也。其咎在于皇甫卿士之屬。惟陛

〔一〕「擊」，底本漫漶不清，今據續編本補。

〔二〕「所」，底本漫漶不清，今據續編本補。

下留意〔一〕詩人之言，少抑外親大臣。

喬樅謹案：《齊詩》「四始」以水爲首，即李尋之説所本也。

【補】【《易林·晉之困》】高岸爲谷，陽失其室。

【補】【又《明夷之比》】深谷爲陵，衰者復興。

皇父卿士，皮惟司徒。家伯惟宰，仲術膳夫。掫子内史，蹶惟趣馬，萬惟師氏。

【補】【《漢書·古今人表》】皇父卿士、司徒皮、大宰家伯、膳夫仲術、内史掫子、趣馬蹶、師氏萬，並列下下。

案：《古今人表》以皇父卿士諸人列幽王、褒姒之後，與齊説不合。錢詹事大昕以爲中有傳寫錯亂，非其舊也。《人表》，《史通》以爲馬續撰，《隋志》以爲曹大家撰。

喬樅謹案：此所引「皮」「術」「掫」「萬」皆《齊詩》之文，故與毛異。惠氏棟云：「《地理志》魯國蕃縣，應劭曰『蕃』音皮。是『蕃』有皮音，故亦作『皮』也。《儀禮·既夕》云『設披』，注言今文皆爲『藩』。《鄉射禮》『皮樹中』，注言今文『皮樹』爲『繁豎』。是古『皮』『繁』同音，故《韓詩》作『繁惟司徒』。又據《古今人表》云『太宰冢伯』，是『家伯』作『冢伯』，故《鄭

〔一〕「意」，底本漫漶不清，今據續編本補。

箋》以『冢宰』釋之。」喬樅謂「冢伯」是「家伯」之譌。家，氏姓也，《春秋・桓十五年》「天王使家父來聘」，是其明證。「術」與「述」同，古又通作「允」，亦通作「聿」。《禮記・祭義》「而術省之」，《漢張表碑》「方伯術職」，此古人以「術」爲「述」字。《詩・文王》「聿修厥德」，《傳》云：「聿，述也。」《漢書・東平王宇傳》作「述修厥德」。《詩・大雅》「聿懷多福」，《箋》亦云：「聿，述也。」《春秋繁露・郊祭》篇作「允懷多福」，皆「術」「允」古通之驗。又《漢書・五行志》注引《詩》「橛惟趣馬」，蓋據舊注《齊詩》文。而《古今人表》仍作「蹶」，此後人轉寫，順毛改字，宜爲訂正。萬，《魯詩》作「踽」，見《潛夫論・本政》篇。

【補】【《易林・萃之蒙》】家伯爲政，病我下土。

【補】【又《漸之井》】家伯妄施，亂其在〔一〕官。

喬樅謹案：此言家伯爲政，足見宰爲大宰，非宰夫矣。先鄭司農《周官・宰夫》注引《詩》「家伯惟宰」，謂此宰夫。王肅述毛以「宰」爲小宰，皆與《齊詩》義異。

剡妻煽方處。

【《中候擿雒戒》曰】昌受符，厲倡孽，期十之世，權在相。

〔一〕「在」，《易林》續道藏本、士禮居叢書景刻陸校宋本作「五」。

【又曰】剡者〔一〕配姬以放賢，山崩水潰納小人，家伯罔主異載震。並《毛詩正義》。

案：《毛詩》「豔妻煽方處」，《傳》云：「豔妻，褒姒。美色曰豔。」《鄭箋》云：「此篇刺厲王。豔妻，厲王后。厲王淫於色，七子皆用。后嬖寵方熾之時，並處〔二〕位。言妻黨盛，女謁〔三〕行之甚也。敵夫曰妻。」《正義》云：「《中候》曰『剡者配姬以放賢』，『剡』『豔』古今字耳。以『剡』對『姬』，『剡』爲其姓，以此知非褒姒也。孫毓《毛詩異同評》云：『竊以褒姒〔四〕龍漦之妖所生，褒人養而獻之〔五〕，無有私黨。皇父以下七子之親而令在位，若此之盛也。』又《尚書緯》説『豔妻』謂厲王之婦，不斥褒姒。《鄭箋》於義爲安。」今考《書緯》與《詩緯》多主《齊詩》説，此篇毛、韓《詩》作「豔」，《魯詩》作「閻〔六〕」，則作「剡」者《齊詩》也。《正義》以皇父、家伯、仲允，蓋與后同姓剡。按剡姓，周有剡子，三代後尚有剡姓。元有剡韶，見仇氏《萬姓文

〔一〕「者」，底本漫漶不清，今據續編本補。
〔二〕「處」，底本漫漶不清，今據續編本補。
〔三〕「女謁」，底本漫漶不清，今據續編本補。
〔四〕「姒」，底本漫漶不清，今據續編本補。
〔五〕「獻之」二字，續編本作缺字。
〔六〕「閻」，底本漫漶不清，殘餘「門」旁，續編本作「同」。按：《魯詩遺説考》載魯作「閻」，當作「閻」。

星》。明有〔一〕剡崇，武官教諭，見《偃師〔二〕金石志》。剡姓可稽者如此。

【《後漢書》左雄上疏曰】幽、厲昏亂，不自爲政。褒豔用權，七子黨進。賢愚錯緒，深谷爲陵。

案：雄疏上言「幽厲」，下不宜專指褒姒。「褒豔」當作「褒剡」，猶谷永之稱「褒閻」也。「閻妻」本出《魯詩》，詳見《漢書·谷永傳》顔注。「剡妻」見於《中候》，本出《齊詩》。學者多聞「豔」，寡聞「剡」，故《後漢書》因依《毛詩》改爲「豔」，而不知「剡」字之本于《齊詩》也。

無罪無辜，讒口嗸嗸。

下民之孽，匪降自天。僔沓背憎，職競由人〔三〕。

【補】【《易林·乾之臨》】疾〔四〕悲無辜，背憎爲仇。《蒙之革》《謙之〔五〕復》《恒之艮》同。

【補】【又《解之節》】下民多孽，君失其常。

喬樅謹案：《毛詩》「囂囂」，《釋文》云：「《韓詩》作『嗸嗸』。」《魯詩》亦與韓文同，見劉向

〔一〕「有」，底本漫漶不清，今據續編本補。

〔二〕「偃師」二字，底本漫漶不清，續編本作缺字，今據陳壽祺《左海文集》卷七《孝子圖跋》補。

〔三〕「下民之孽」至「職競由人」，續編本此四句直接於「無罪無辜，讒口嗸嗸」二句之後。

〔四〕「疾」，底本漫漶不清，今據續編本補。

〔五〕「之」，底本漫漶不清，今據續編本補。

引《詩》，知三家今文皆作「嗸」。又《毛詩》「噂沓」，《釋文》云：「《説〔一〕文》作『僔』，云聚也。」考《説文》「僔」「噂」二字皆引《詩》，則作「僔」者亦三家之異文。

昊天

【補】【《易林·乾之臨》】南山昊天，刺政閔〔二〕身。《蒙之革》《謙之復》《恒之艮》同。

喬樅謹案：此詩篇名，《毛叙》作「雨無正」，《韓詩》亦與毛同。今據《易林》説，則知齊家即以「昊天」爲篇名，取首句「浩浩昊天」之語也。或據《易林》譌本「昊天」作「緡〔三〕天」，以下篇《小緡》當之，其説非是。第五句「昊天疾威」，《正義》云：「上有『昊天』，明此亦『昊天』。定本皆作『昊天〔四〕』，俗本作『緡天』，誤也。」《釋文》云：「緡，密巾反。本有作『昊天』者，非也。」陸、孔所從本各異，而孔説爲長。是「昊」之作「緡」，易以形近致譌。焦氏〔五〕以

〔一〕「説」，底本漫漶不清，今據續編本補。
〔二〕「閔」，《易林》續道藏本、士禮居叢書景刻陸校宋本作「關」，《蒙之革》《謙之復》皆作「刺政閔身」。
〔三〕「緡」，續編本作「旻」。按：此條下「緡」字例同。
〔四〕「天」，底本漫漶不清，今據續編本補。
〔五〕「氏」，底本漫漶不清，今據續編本補。

《南山》《昊天》二詩對舉，《南山》即指「節彼南山」之詩。下句「刺政閔身」，「刺政」承《南山》而言，謂「赫赫師尹，不平謂何」也。「閔身」承《昊天》而言，謂「若此無罪，薰胥以鋪」也。

不慮不圖。

【補】《漢書·敘傳》不圖不慮。

喬樅謹案：不，《毛詩》皆作「弗」，《魯詩》文與齊同。

舍彼有罪，既伏其辜。若此無罪，薰胥以鋪。

【補】《鹽鐵論·申韓》篇《詩》云：「舍彼有罪，既伏其辜。若此無罪，淪胥以鋪。」痛傷無罪而累也。

喬樅謹案：此引《詩》作「淪胥」，是後人改從《毛詩》，非次公之舊文也。據《漢書》晉灼注，知齊、魯、韓皆作「薰胥」。

【《漢書·敘傳》】薰胥以刑。○【晉灼曰】齊、魯、韓《詩》作「薰」。薰，帥也。胥，相也。從人得罪，相坐之刑也。

喬樅謹案：《毛詩》「淪胥」，《傳》云：「淪，率也。」「帥」「率」字通，是毛與三家文異而義則同也。

小緡

謀猷回穴。

【補】【班固《幽通賦》】畔回穴其若兹兮。○【曹大家曰】回，邪也。穴，僻也。

喬樅謹案：《文選·幽通賦》「回」作「迴」，李善注引《韓詩》曰：「謀猷迴穴。」又潘岳《西征賦》「事回泬而好還」，李善亦引《韓詩》曰：「謀猷回泬。」考《毛詩釋文》云：「回遹，音聿，僻也。《韓詩》作『鴥』，義同。」然則李善注非也。孟堅用《齊詩》，《漢書》載《幽通賦》作「回穴」，是《齊詩》之文。安仁《西征賦》作「回泬」，蓋本《魯詩》。李善不見齊、魯二《詩》，故皆引《韓詩》爲證，意以「回」「迴」字同，「穴」「泬」並爲「鴥」之異文耳。

我龜既厭，不我告猶。

【補】【《禮記·緇衣》】《詩〔一〕》云：「我龜既厭，不我告猶。」○【鄭注】猶，道也。言褻而用之，

〔一〕「衣詩」二字，底本漫漶不清，今據續編本補。

龜厭〔二〕之，不告以吉凶之道也。

【《漢書·藝文志》】蓍龜者，聖人之所用也。衰世解於齊戒，而婁煩卜筮，神明不應。故筮瀆不告，《易》以爲忌；龜厭不告，《詩》以爲刺。

哀哉爲猶，匪先民是程，匪大猶是經，維邇言是聽。

【補】【《鹽鐵論·復古》篇】《詩》云：「哀哉爲猶，匪先民是程，匪大猶是經，維邇言是聽。」此詩人刺不通於王道，而善爲權利者。

【補】【班固《幽通賦》】乃先民之所程。

或悊或謀。

【補】【《漢書·敘傳》】或悊或謀。

喬樅謹案：悊，《毛詩》作「哲」，《傳》以明哲爲訓，與《齊詩》字異。考《說文·口部》：「哲，知也。从口，折聲。悊，或从心。」又《心部》：「悊，敬也。从心，折聲。」則「悊」「哲」二字義各不同。「哲」或从心，此古人假「悊」爲「哲」字耳。師古不知「悊」字本《齊詩》，引《鄭箋》言「有知者，有謀者」爲解，與班固語意不合。《敘傳》云：「叔孫奉常，禮義是創。

〔二〕「厭」，底本漫漶不清，今據續編本補。

或悊或謀，觀國之光。」「禮義」即「禮儀」，謂通創漢代之禮，立一王之儀也。《通傳》言通爲朝儀，自諸侯王以下莫不震恐肅敬。則以「悊」訓敬，與孟堅引《詩》之意始合。

不敢暴虎，不敢馮河。

【補】【《鹽鐵論・詔聖》篇】法令可仰而不可踰，可臨而不可入。《詩》云：「不敢暴虎，不敢馮河。」爲其無益也。

小宛

宛彼鳴鳩，翰飛戾天。我心憂傷，念彼先人。明發不寐，有懷二人。

【補】【《春秋繁露・楚莊王》篇】《詩》云：「宛彼鳴鳩，翰飛戾天。我心憂傷，念彼先人。明發不寐，有懷二人。」人皆有此心也。

喬樅謹案：《毛詩》作「念昔先人」爲異。

【補】【《禮記・祭義》】《詩》云：「明發不寐，有懷二人。」〇【鄭注】「明發不寐」，謂夜至旦也。二人，謂父母。

喬樅謹案：《祭義》下云：「文王之詩也。」《孔疏》以爲詩人陳文王之德以刺，亦得爲文王之詩。考《毛傳》訓「先人」爲文、武，則「明發不寐」二語即陳文王之德。《禮記》云「文王之詩」，猶云詩言謂文王也。

中原有菽，庶民采之。

【補】《易林·小畜之大過》中原有菽，以待饔食。

喬樅謹案：《豫之革》作「以待雉食」，「雉」字疑誤。

螟蛉有子，蜾蠃負之。

【補】《禮記·中庸》鄭注 蒲盧，蜾蠃，謂土蜂也。《詩》曰：「螟蛉有子，蜾蠃負之。」螟蛉，桑蟲也。蒲盧取桑蟲之子，去而變化之以成爲己子。

夙興夜寐，無忝爾所生。

【補】《大戴禮·立孝》篇《詩》云：「夙興夜寐，無忝爾所生。」

交交桑扈，率場啄粟。

【補】《易林·同人之未濟》桑扈竊脂，啄粟不宜。亂政無常，使我孔明〔一〕。

〔一〕「使我孔明」，《易林》續道藏本作「使我亂明」，士禮居叢書景刻陸校宋本作「使心孔明」。

宜犴宜獄，握粟出卜，自何能穀。

【補】【《鹽鐵論·五刑》篇】法令衆，人不知所辟。此斷獄所以滋衆，而民犯禁也。《詩》云：「宜犴宜獄，握粟出卜，自何能穀？」刺刑政繁也。故治民之道，務篤其教而已。

【補】【《漢書·刑法志》】原獄刑所以蕃若此者，禮教不立，刑法不明，民多貧窮，豪傑務私，姦不輒得，獄豻不平之所致也。

喬樅謹案：服虔云：「鄉亭之獄曰豻。」「豻」即「犴」字，《毛詩》作「岸」，古文之假借。《韓詩》文與齊同。「握粟出卜」者，按《管子》云：「守龜不兆，握粟而筮者屢中。」《説文》云：「貞，卜問也。从卜，貝以爲贄。」《繫傳》引《詩》「握粟出卜」，謂古者求卜，必用貝握粟，其至微者也。則粟蓋所以酬卜耳。

惴惴小心，如臨于谷。

【補】【班固《幽通賦》】蓋惴惴之臨深兮，乃二雅之所祇。○【曹大家曰】小雅曰：「惴惴小心，如臨于谷。」大雅曰：「人亦有言，進退維谷。」此皆敬慎之戒也。《文選》十四。

小弁

【補】【《易林·訟之大有》】尹氏伯奇，父子生離。無罪被辜，長舌所爲。《中孚之井》《家人之謙》同。

【補】【又《豐之鼎》】讒言亂國，覆是爲非。伯奇流〔一〕離，恭子憂哀。《巽之觀》同。

喬樅謹案：《易林》語與《漢書·傳贊》合，皆據《齊詩》爲説。

【《漢書·馮奉世傳贊》】讒邪交亂，貞良被害，自古而然。故伯奇放流，孟子宫刑，申生雉經，屈原赴湘。《小弁》之詩作，《離騷》之詞興。經曰：「心之憂矣，涕既隕之。」

案：詳玩此贊文義，《小弁》句承伯奇言，《離騷》句承屈原言。蓋舉首尾以包中二人也，否則文法偏枯矣。據此，班亦以《小弁》爲伯奇作，班用《齊詩》，是三家同。

雉之朝雊，尚求其雌。

【補】【《禮記·月令》鄭注】雊，雉鳴也。《詩》云：「雉之朝雊，尚求其雌。」

心之憂矣，涕既〔二〕**隕之。**見上。

巧言

【補】【《易林·隨之夬》】辯變白黑，巧言亂國。大人失福，君子迷惑。

〔一〕「流」，《易林》續道藏本、士禮居叢書景刻陸校宋本作「乖」，《巽之觀》作「流」。

〔二〕「涕既」，續編本作「既涕」。

盜言孔甘，亂是用餤。

【補】【《禮記·表記》】小雅曰：「盜言孔甘，亂是用餤。」○【鄭注】盜，賊也。孔，甚也。餤，進也。

喬樅謹案：《禮記釋文》云：「餤，徐本作『鹽』。」考《郊特牲》「而鹽諸利」注：「鹽，讀爲『豔』。」《正義》云：「『鹽』『豔』聲相近。」《十月之交》「豔妻」，《尚書中候》作「剡」，是聲近通假之驗。

匪其止恭，惟王之邛。

【補】【《禮記·緇衣》】小雅曰：「匪其止恭，惟王之邛。」○【鄭注】匪，非也。邛，勞也。言臣不止於恭敬，其職惟使王之勞，此臣使君勞之詩也。

喬樅謹案：恭，《毛詩》作「共」，《釋文》云：「本又作『恭』。」《禮記釋文》「止恭」爲「共」字，又載皇本作「躬」，云：「躬，恭也。」

秩秩大繇，聖人謨之。

【班固《幽通賦》】謨先聖之大繇兮。○【曹大家曰】謨，謀也。繇，道也。言人當謨先聖人之道。《文選注》。○【師古曰】《詩·小雅·巧言》之篇曰：「秩秩大繇，聖人謨之。」《漢書注》。

喬樅謹案：《文選》李善注云：「《毛詩》曰『匪大猷是經』，或作『繇』字，誤也。」喬樅謂師古《漢書注》引《巧言》詩爲證，正作「大繇」，此據舊説所引《齊詩》之文。班用《巧言》之篇，非用《小緡》也。李善説非是。「繇」「猷」字與「猶」同，「猶」「繇」古通。《禮記·檀弓》「咏斯猶」注云：「猶，當爲『摇』。秦人『猶』『繇』聲相近。」《爾雅·釋詁》：「繇，喜也。」注引《禮記》曰：「詠斯猶，即『繇』也，古今字耳。」謨，《毛詩》作「莫」，《釋文》云：「莫，又作『漠』，一本作『謨』。」案《爾雅·釋詁》「漠」「謨」同訓爲謀，《後漢書·文苑傳》注引《詩》亦作「聖人謨之」。

他人有心，予忖度之。

【補】【《春秋繁露·玉杯》篇】《詩》云：「他人有心，予忖度之。」此言物莫無鄰，察視其外，可以見其内也。

喬樅謹案：《毛詩》「忖」，本又作「寸」，馬瑞辰曰：「《説文》無『忖』字，『忖度』即『刌劇』之假借。《説文》：『刌，切也。』『劇，判也』。《廣雅》：『刌，斷也。』《漢書·元帝紀》『分刌節度』，忖度謂代爲判斷之，如切物之度其長短也。《玉藻》『瓜祭上環』，鄭注：『上環，頭忖也。』《釋文》：『忖，本又作「刌」，切也。』是『忖』即爲『刌』之證。古亦省作『寸』，《漢書·律志》『寸者，忖也』是也。《爾雅》『木謂之劇』，郭注引《左傳》『山有木，工則劇之』，今《左傳》作『度』，是『度』即爲『劇』之證。」

趯趯毚兔，遇犬獲之。

【補】【《易林·謙之益》】狡兔趯趯，良犬逐咋。《未濟之師》同。

喬樅謹案：趯趯，《毛詩》作「躍躍」，文異而義同。

巧言如簧，顔之厚矣。

【補】【《易林·師之乾》】一簧兩舌，佞言諂語。

喬樅謹案：《坤之夬》作「妄言謀訣」，並字之譌。

彼何人斯。

【補】【班固《叙傳》】彼何人斯。○【師古曰】《詩·小雅·巧言》之篇，刺讒人也。其詩曰：「彼何人斯，居河之麋。」賤而惡之也。

何人斯

不愧于人，不畏于天。

【補】【《禮記·表記》】小雅曰：「不愧于人，不畏于天。」○【鄭注】言人有所行，當慚怖于天人也。

喬樅謹案：陸氏《釋文》所據《毛詩》本「愧」作「媿」字，孔氏《正義》本作「愧」。

巷伯

【補】【《禮記·緇衣》】惡惡如巷伯。○【鄭注】巷伯，《詩》篇名也。

哆兮侈兮，成是南箕。

【補】【《詩氾歷樞》曰】箕爲天口，主出氣。《書正義》。○《史記·天官書索隱》。

喬樅謹案：《史記·天官書》「箕爲敖客，曰口舌」，《索隱》云：「宋均曰：『敖，調弄也。箕以簸揚，調弄爲象。』故《詩》曰『哆兮侈兮，成是南箕』，又曰『惟南有箕，載翕其舌』。是箕有舌，象讒言也。」

取彼譖人，投畀豺虎。豺虎不食，投畀有北。有北不受，投畀有昊。

【補】【《禮記·緇衣》鄭注】《巷伯》六章曰：「取彼讒人，投畀豺虎。豺虎不食，投畀有北。有北不受，投畀有昊。」此其惡惡，欲其死亡之甚也。

喬樅謹案：讒人，《毛詩》作「譖人」，《齊詩》文與韓同。

【補】【荀悦《漢紀》】《詩》云：「取彼讒人，投畀豺虎。」疾之深也。

寺人孟子。

【補】【《漢書·馮奉世傳贊》】孟子宫刑。○【張晏曰】寺人孟子，賢者，被讒見宫刑，作《巷伯》之詩也。

【補】【又《司馬遷傳贊》】小雅《巷伯》之倫。

【補】【又《古今人表》】寺人孟子列中之上。○【張晏曰】寺人孟子違于大雅，以保其身，既被宫刑，怨刺而作。

三家詩遺説考

〔清〕陳壽祺 陳喬樅 撰
馬昕 米臻 點校

第三册

中華書局

齊詩遺說考卷第二（二之三）

福州陳壽祺學　男喬樅述

齊詩小雅三

谷風

無木不萎。

【補】《禮記·檀弓》鄭注】萎，病也。《詩》云：「無木不萎。」

喬樅謹案：《禮記釋文》云：「萎，本又作『委』，同。紆危反，注同。」

蓼莪

瓶之罄矣，惟罍之恥。

【補】《後漢書》陳忠疏曰】父母於子，同氣異息，一體而分，三年乃免於懷抱。先聖緣人情而著其節，制服二十五月。周室陵遲，禮制不序，《蓼莪》之人作詩自傷曰：「瓶之罄矣，惟罍之恥。」言己不得終竟子道者，亦上之恥也。

喬樅謹案：陳忠疏言：「《春秋》臣有大喪，君三年不呼其門，閔子要經服事，以赴公難，退而致位，以究私恩，故稱『君使之非也，臣行之禮也』。」引詩《蓼莪》云云，此據《齊詩》之說，與《大戴禮·用兵》篇引《詩》義同。忠於《春秋》偁公羊說，亦齊學也。《說文》「罄，器中空也」，引《詩》「瓶之罄矣」。又「窒，空也」，引《詩》「缾之窒矣」。「罄」字作「窒」，此三家《詩》之異文。磬，古文作「硜」，故「罄」「窒」字亦通。

鮮民之生矣，不如死之久矣。

【補】【《大戴禮·用兵》篇】《詩》云：「鮮民之生矣，不如死之久矣。」○【盧辯曰】《小雅·蓼莪》之三章也，亦困于兵革之詩也。

喬樅謹案：《毛詩》上一句無「矣」字。

大東

【補】【《易林·復之兑》】賦歛重數，政爲民賊。杼柚空虛，去其家室〔一〕。《否之豐》《晉之復》同。

〔一〕「去其家室」，《易林》士禮居叢書景刻陸校宋本同，續道藏本作「家去其室」。

喬樅謹案：《潛夫論·班禄》篇云：「賦歛重而譚告通。」《易林》説與之合，是齊、魯義同。

【補】【《漢書·古今人表》】譚大夫次厲王世。

周道如砥，其直如矢。君子所履，小人所視。

【補】【《鹽鐵論·刑德》篇】《詩》云「周道如砥，其直如矢」，言其易也。「君子所履，小人所視」，言其明也。故德明而易從，法約而易行。法者，緣人情而制，非設罪以陷人也。

杼柚其空。 見上易林。

【補】【《後漢書》陳忠疏曰】杼柚將空。

喬樅謹案：《毛詩釋文》：「柚，本又作『軸』。」考《説文》：「杼，機持緯者；滕，機持經者。」段氏注云：「《淮南·氾論訓》：『後世爲之機杼勝複以便其用，而民得以揜形禦寒。』『勝』者，『滕』之假借字。小雅『杼柚其空』，『滕』即軸也，謂之軸者，如車軸也，俗作『柚』。」

跂彼織女，終日七襄。雖則七襄，不成報章。

【補】【《詩氾歷樞》曰】織女内正紀綱。《開元占經》。

喬樅謹案：《春秋合誠圖》云：「織女，天女也。成衣立紀，故齊制成文，繡應天道。」

【補】【《易林・小過之比》】天女踞床，不成文章。

喬樅謹案：《大畜之益》「踞床」作「推床」，餘並同。

維南有箕，不可以簸揚。

維南有箕，載翕其舌。

【補】【《易林・大畜之益》】南箕無舌，飯多沙糠。《小過之比》同。

四月

君子作歌，維以告哀。

【補】【《易林・大有之賁》】作此哀詩，以告孔憂。

東有開明。

【補】【《大戴禮・四代》篇】《詩》云：「東有開明。」

喬樅謹案：開明，《毛詩》作「啓明」，《爾雅》作「启明」。陳氏啓源《毛詩稽古》篇云：「案《説文》：『启，从户、从口，開也。』『啟，从攴，启聲，教也。』明星義取于『開』，依字當作『启』。」喬樅謂《毛詩》古文假「啓」爲「启」字，三家今文並當作「启」爲正。孔氏廣森云：

「《大戴禮》引《詩》作『開明』，或漢避孝景諱改也。」

北山

陟彼北山，言采其杞。偕偕士子，朝夕從事。王事靡盬，憂我父母。

【補】【《易林·夬之解》】登高望家，役事未休。王事靡盬，不得逍遥。《鼎之困》同。

普天之下，莫非王土。率土之賓，莫非王臣。

【補】【班固《明堂詩》】普天率土，各以其職。

喬樅謹案：普，《毛詩》作「溥」，三家今文皆作「普」。賓，《毛詩》作「濱」。考《漢書·王莽傳》中引此詩四句，字作「賓」，又《白虎通·封公侯》篇及《喪服》篇兩引此詩，亦作「賓」，蓋齊、魯文並不從水旁也。

大夫不均，我從事獨賢。

【補】【《鹽鐵論·地廣》篇】《詩》云：「莫非王事，而我獨勞。」刺不均也。

喬樅謹案：此所引詩蓋《齊詩》故傳之文也。以「賢」爲勞，與《孟子書》及毛公義合。鄭君《詩箋》、趙邠卿《孟子注》並以「賢」爲賢才，從《魯詩》之訓也。

或棲遲偃仰。

【補】【《後漢書》郎顗拜章曰】棲遲偃仰，寢疾自逸。

無將大車

無將大車，維塵冥冥。

【補】【《易林·井之大有》】大輿多塵，小人傷賢。皇父司徒，使君失家。

喬樅謹案：此詩《毛叙》以爲「大夫悔將小人也」，《鄭箋》云：「幽王之時，小人衆多。賢者與之從事，反見譖害，自悔與小人並。」今據《易林》言「皇父司徒，使君失家」，則《齊詩》之説或以此詩爲刺厲王時也。

小明

念彼恭人，涕零如雨。豈不懷歸，畏此罪罟。

【補】【《鹽鐵論·執務》篇】古者行役不踰時，春行秋反，秋往春來。寒暑未變，衣服不易，固已還矣。今則繇役極遠，盡寒苦之地，危難之處。今兹往而來歲還，故一人行而鄉曲悵，一人死而萬人悲。《詩》云：「念彼恭人，涕零如雨。豈不懷歸，畏此罪罟。」吏不奉法以存撫，人愁苦而怨思也。

靖恭爾位，正直是與。神之聽之，式穀以女。

【補】【《禮記·表記》】小雅曰：「靖恭爾位，正直是與。神之聽之，式穀以女。」○【鄭注】靖，治也。爾，女也。式，用也。穀，禄也。言敬治女位之職，正直之人乃與爲倫友。神聽女之所爲，用禄與女。

喬樅謹案：《詩箋》訓「穀」爲善，言用善人則必用女，是使聽天任命，不汲汲求仕之辭。《記注》用齊説，與《詩箋》義異。

嗟爾君子，無恒安息。靖恭爾位，好是正直。神之聽之，介爾景福。

【補】【《大戴禮·勸學》篇】《詩》云：「嗟爾君子，無恒安息。靖恭爾位，好是正直。神之聽之，介爾景福。」

【補】【《禮記·緇衣》】《詩》云：「靖恭爾位，好是正直。」

【補】【《春秋繁露·祭義》篇】《詩》曰：「嗟爾君子，毋常安息。静共爾位，好是正直。神之聽之，介爾景福。」正直者得福也，不正者不得福，此其法也，以《詩》爲天下法矣。何謂不法哉？其辭直而重有再歎之，欲人省其意也。而人尚不省，何其忘哉！

喬樅謹案：《春秋繁露》引《詩》作「毋常安息」，「毋」「無」古通。漢人避孝文諱故改「恒」之字曰「常」也。靖，《韓詩》作「静」。恭，《毛詩》作「共」。此引《詩》作「静共」，蓋後人轉寫亂之耳。

鼓鍾

【補】【《尚書中候握河紀》鄭注】昭王時，《鼓鍾》之詩所爲作。《詩正義》。

喬樅謹案：《中候》多《齊詩》説，如《擿雒戒》言「剡者配姬以放賢」，是其明證。他若《契握》言玄鳥翔水遺卵，娀簡拾吞，生契封商；《稷起》言蒼耀稷生，感迹昌，皆與《詩緯》合。《鼓鍾》之詩，《毛叙》以爲刺幽王。鄭注《中候》云「昭王時」者，鄭時未見《毛詩》，據《齊詩》爲説也。

淑人君子。

【補】【《漢書傳贊》】淑人君子。《馮奉世傳》，又《循吏傳》。

以雅以南。

【補】【《禮記·文王世子》鄭注】南，南夷之樂也。《詩》曰：「以雅以南，以籥不僭。」

喬樅謹案：《明堂位》云：「任，南蠻之樂也。」鄭君注亦引此詩「以雅以南」二語爲證。《正義》引《白虎通》云：「《樂元語》曰：『南夷樂曰《南》。南，任也，任養萬物，樂持羽舞助時養也。』」《詩正義》亦云以「南」訓任，故或名「任」，其實一也。

【補】【《後漢書》陳忠奏曰】古者合歡之樂舞於堂，四夷之樂陳於門，故《詩》云：「以雅以南，韎任朱離。」○【李賢注】《毛詩》無「韎任朱離」之文，蓋見齊、魯之《詩》也，今亡。《陳禪傳》。

喬樅謹案：陳忠説與《白虎通》略同，惟彼文「朱離」作「朝離」，「韎」作「昧」爲異。考《尚書大傳》言「陽伯之樂舞株離」，注云：「象物生育離根株也。」「朱」即「株」之省文。陳忠蓋連引《齊詩》故傳語，以證此詩之「南」即四夷之樂所謂「任」者是也。

楚薺

楚楚者薺。

【補】【《禮記・玉藻》鄭注】采齊，當爲《楚齊》之「薺」。

喬樅謹案：「楚薺」是《齊詩》之文，魯作「資」，毛作「茨」，《韓詩》文與毛同。

我藝黍稷，我黍與與，我稷翼翼。我倉既盈，我庾維億。

【補】【《易林·乾之師》】倉盈庾億，宜種黍稷。年豐歲熟，民人安息。《比之師》《坤之恒》詞意略同。喬樅謹案：《毛傳》云：「萬萬曰億。」《鄭箋》云：「倉言盈，庾言億。亦互辭，喻多也。十萬曰億。」王氏念孫曰：「《易林》言『倉盈庾億』，『億』亦『盈』也，語之轉耳。『億』字本作『意』，或作『意』，又作『臆』，《説文》云『意，滿也』，《方言》『臆，滿也』，郭璞注『愊臆，氣滿也』。《漢書·賈誼傳》『好惡積意』，意者滿也，言好惡積滿於中也。『意』『意』『臆』並與『億』同。《漢巴郡太守樊敏碑》『持滿億盈』，是『億』即『盈』也。襄二十五年《左傳》曰『不可億逞』，『億逞』即『億盈』，『盈』與『逞』古字通，言其欲不可滿盈也。《詩》言『我庾惟億』，猶云既盈也。此『億』字但取盈滿之義，而非紀其數，與『萬億及秭』之『億』不同。」

絜爾牛羊，以往烝嘗。

【補】【《易林·乾之旅》】繭栗犧牲，敬享鬼神。神嗜飲食，受福多孫。

獻酬交錯。

【補】【班固《東都賦》】獻酬交錯。

禮儀卒度，笑語卒獲。

【補】【《禮記·坊記》】《詩》云：「禮儀卒度，笑語卒獲。」○【鄭注】卒，盡也。獲，得也。言在廟中者，不失其禮儀，皆歡喜得其節也。

喬樅謹案：《詩箋》以「笑語卒獲」爲古者於旅也，語與《記注》義異。

神嗜飲食，使君壽考。

【補】【《易林·臨之蒙》】白茅醴酒，靈巫拜禱。神嗜飲食，使君壽考。

子子孫孫，勿替引之。

【補】【《易林·乾之旅》】神嗜飲食，受福多孫。

信南山

【補】【《易林·比之需》】黍稷醇醴，敬奉山宗。神嗜飲食，甘雨嘉降。黎庶蕃殖，獨蒙福祉。

喬樅謹案：《觀之坎》後二語作「獨蒙福力，時災不至」。

中田有廬，疆場有瓜。是剥是菹，獻之皇祖。曾孫壽考，受天之祜。

【補】【《易林·小過之漸》】中田有廬，疆場有瓜。獻進皇祖，曾孫壽考。

執其鸞刀，以啓其毛。

【補】【《鹽鐵論・毀學》篇】郊祭之牛，食養期年，衣之文繡，以入廟堂。太宰執其鸞刀，以啓其毛。

甫田

或芸或芓，黍稷儗儗。

【《漢書・食貨志》】后稷始甽田，以二耜爲耦，廣尺深尺曰甽，長終畝。一畝三甽，一夫三百甽，而播種于甽中。苗生葉其上，稍耨隴草，因隤其土〔一〕，以附根苗〔二〕。故其詩曰：「或芸或芓，黍稷儗儗。」芸，除草也。芓，附根也。言苗稍壯，每耨輒附根，比盛暑，隴盡而根深，能風與旱，故儗儗而盛也。

喬樅謹案：《毛詩》「或耘或耔」，《釋文》云：「耘，或作『芸』。」案《周禮・甸師》疏亦作「或芸或芓」，《通典》「芓」作「耔」，《説文》：「耔，雝禾本，从禾，子聲。」《集韻》引沈重云：「耔，壅禾根也，通作『芓』。」儗儗，《毛詩》作「薿薿」，《白帖》引作「嶷」，亦三家之異文。

〔一〕「土」，底本作「上」，今據續編本、《漢書》改。

〔二〕「根苗」，續編本、《漢書》作「苗根」。

以御田祖，以祈甘雨。

【補】【《漢書·郊祀志》】《詩》曰：「以御田祖，以祈甘雨。」

曾孫之庾，如坻如京。乃求千斯倉，乃求萬斯箱。黍稷稻粱，農夫之慶。

【補】【《易林·復之師》】京庾積倉，黍稷以興。

大田

去其螟螣，及其蟊賊，無害我田穉。

【補】【《易林·坤之革》】螟蟲爲賊，害我五穀。

有黤淒淒，興雲祁祁。雨我公田，遂及我私。

【《漢書·食貨志》】先王制土處民富而教之，故民皆勸功樂業，先公而後私。其詩曰：「有黤淒淒，興雲祁祁。雨我公田，遂及我私。」

案：《毛詩釋文》云：「有渰，《漢書》作『黤』。」今《漢書》同毛作「渰」，據厚齋《詩考》載《食貨志》已作「渰」字，則王氏所引非《漢書》善本也。

喬樅謹案：《毛詩正義》云：「經『興雨』或作『興雲』，誤也。定本作『興雨』。」又《詩釋文》

云：「興雨，如字。或作『興雲』，非也。」盧氏文弨云：「案顏氏〔一〕《家訓》始謂『興雲』當作『興雨』，而陸氏《釋文》從之。趙明誠《金石録》載《無極山碑》有曰『興雲祁祁，雨我公田，遂及我私』，乃知漢以前本皆作『興雲』。顏氏但以班固《靈臺詩》『祁祁甘雨』爲證，豈諸書皆可廢乎？」喬樅謂《靈臺》詩約舉詩詞耳，如以證此詩「興雲」爲「興雨」之誤，則亦將以上句「習習和風」證《詩》「谷風」爲「和風」之誤耶？況班撰《食貨志》引《詩》作「興雲祁祁」，尤足爲顯證。顏氏疎於考據，而陸、孔從之，過矣。

【補】【《鹽鐵論・水旱》篇】古者政有德則陰陽調，星辰理，風雨時，國無夭傷，歲無荒年。當此之時，雨不破塊，風不鳴條，旬而一雨，雨必以夜。無丘陵高下皆熟。《詩》曰：「有渰萋萋，興雨祁祁。」

喬樅謹案：桓次公用《齊詩》，引《大田》文當與《食貨志》同。今本「黤」作「渰」，「淒淒」作「萋萋」，「興雲」作「興雨」，皆後人轉寫依《毛詩》改字耳。

【補】【《後漢書》左雄上疏曰】分伯建侯，代位親民，民用和睦，禮讓以興。故《詩》云：「有渰淒淒，興雨祁祁。雨我公田，遂及我私。」

〔一〕「氏」，底本作「介」，今據續編本改。

喬樅謹案：左雄用《齊詩》，今本《後漢書》雄疏引《詩》文與齊異，亦出後人所改也。

【《漢書》蕭望之議曰】《詩》云：「雨我公田，遂及我私。」下急上也。

彼有不穫穉，此有不斂穧。彼有遺秉，此有滯穗。伊寡婦之利。

【補】【《禮記·坊記》】《詩》云：「彼有遺秉，此有不斂穧。伊寡婦之利。」〇【鄭注】言穫者之遺餘，捃拾所以爲利。

【補】【《儀禮·聘禮》鄭注】秉，謂刈禾盈手之秉也。筥，穧名也。《詩》云：「彼有遺秉。」又云：「此有不斂穧。」

【補】【《春秋繁露·制度》篇】孔子曰：「君子不盡利以遺民。」《詩》云：「彼有遺秉，此有不斂穧。伊寡婦之利。」

【補】【《鹽鐵論·錯幣》篇】古之仕者不穡，田者不漁，抱關擊柝，皆有常秩，不得兼利盡物。如此則愚知同功，不相傾也。《詩》云：「彼有遺秉，此有滯穗。伊寡婦之利。」言不盡物也。

來方禋祀。

【補】【《禮記·曲禮》鄭注】祭四方，謂祭五官之神于四郊也。句芒在東，祝融后土在南，蓐收在西，玄冥在北。《詩》云：「來方禋祀。」方祀者，各祭其方之官而已。

瞻彼洛矣

鞞琫有珌。

【補】【《漢書·王莽傳》】瑒琫瑒珌。○【孟康曰】瑒，玉名也。佩刀之飾，上曰琫，下曰珌。《詩》云「鞞琫有珌」是也。

桑扈

君子樂胥。

【補】【班固《靈臺詩》】於皇樂胥。

兕觥其觩，旨酒思柔。匪儌匪傲，萬福來求。

【補】【《漢書·五行志》】《詩》曰：「兕觥其觩，旨酒思柔。匪儌匪傲，萬福來求。」○【張晏曰】觥，罰爵也。飲酒和柔，無失禮可罰，罰爵徒觩然而已。○【應劭曰】言在位者不儌訐、不踞傲也。○【師古曰】《小雅·桑扈》之詩也。儌，謂儌倖也。萬福，言其多也。謂飲酒者不儌倖、不傲慢，則福禄就而求之也。

喬樅謹案：匪傲，《毛詩》作「彼交」。臧氏琳云：「『交』爲『絞』之省，『絞』『傲』古通。當從仲援説。」盧氏文弨云：「案《左氏·成十四年傳》引《詩》『彼交匪傲』，《襄二十七年傳》作『匪交匪敖』，『匪』亦有『彼』義。《襄八年傳》引《詩》『如匪行邁謀』，杜預云：『匪，彼也。』」喬樅謂《漢志》據《齊詩》，故文與毛異。《詩箋》云：「彼，彼賢〔一〕者也。賢人與人交，必以禮。」亦與《漢書》注解不同。鄭君蓋述《毛詩》之義。

鴛鴦

君子萬年。

【補】【《易林·隨之遯》】君子萬年。

頍弁

有頍者弁。

〔一〕「彼賢」，底本漫漶不清，今據續編本補。

【補】【《儀禮・士冠禮》「緇布冠缺項」鄭注】缺，讀如「有頍者弁」之「頍」。緇布冠無笄者，著頍圍髮際，結項中，隅爲四綴，以固冠也。項中有𦄼，亦由固頍爲之耳。今未冠笄者著幘，頍象之所生也。滕、薛名蔮爲「頍」。

喬樅謹案：《續漢志》云：「古者有冠無幘，其戴也，加首有頍，所以安物。故《詩》曰『有頍者弁』，此之謂也。」《毛傳》云：「頍，弁貌。」則不以「頍」爲蔮名，其説與此異。

車舝

高山仰止，景行行止。

【補】【《禮記・表記》】小雅曰：「高山仰止，景行行止。」○【鄭注】仰高勤行者，仁之次也。景，明也。有明行者，謂古聖賢也。

喬樅謹案：《禮記釋文》：「仰止，本或作『仰之』。行止，《詩》作『行之』。」今《毛詩》「行止」不作「之」字，與陸所見本異。

【補】【《鹽鐵論・執務》篇】高山仰止，景行行止。雖不能及，離道不遠也。

青蠅

營營青蠅，止于藩。愷悌君子，無信讒言。

【補】【《易林·豫之困》】青蠅集藩〔一〕，君子信讒。害賢傷忠，患生婦人。

喬樅謹案：藩，《毛詩》作「樊」，《傳》云：「樊，藩也。」《漢書·武五子傳》壺關三老茂引《詩》「止于藩」，而《昌邑王傳》龔遂引《詩》作「至于藩」。《史記·滑稽傳》「藩」作「蕃」，皆三家之異文。《困學紀聞》云：「袁孝政釋《劉子》曰：『魏武公信讒，《詩》刺之曰「營營青蠅，止于藩」。』此小雅也，謂之《魏詩》可乎？」喬樅謂此三家之説，未可厚非。《賓之初筵》爲衛武公飲酒悔過之詩，又作《抑》戒以自儆，其詩並列二雅。則於魏武公信讒之刺，列諸小雅，又何嫌焉？

【補】【又《離之解》】青蠅分白，貞孝被逐〔二〕。

〔一〕「藩」，《易林》續道藏本、士禮居叢書景刻陸校宋本作「蕃」。

〔二〕「貞孝被逐」，《易林》續道藏本、士禮居叢書景刻陸校宋本作「真孝放逐」。

【補】【又《革之解》】馬蹄躓車，婦惡破家。青蠅污白，恭于[一]離居。《觀之隨》同。

【補】【又《豐之咸》】腐臭何在，青蠅集聚。變白爲黑，敗亂邦國。

【補】【《漢書·蒯伍江息夫傳贊》】《詩》歌青蠅。

讒言罔極，交亂四國。

【補】【《漢書·叙傳》】充躬罔極，交亂弘大。

賓之初筵

【補】【《易林·大壯之家人》】舉觴飲酒，未得至口。側弁[二]醉酗，拔劍斫[三]怒。武侯作悔。

喬樅謹案：此詩《毛詩叙》以爲衛武公刺時，《韓詩叙》則云衛武公悔過也。今據《易林》言[四]「武侯作悔」，是《齊詩》之説亦與韓同。

〔一〕「于」，《易林》續道藏本、士禮居叢書景刻陸校宋本作「子」。

〔二〕「弁」，《易林》士禮居叢書景刻陸校宋本同，續道藏本作「棄」。

〔三〕「斫」，《易林》士禮居叢書景刻陸校宋本作「相」，續道藏本作「斫」。

〔四〕「言」，底本漫漶不清，今據續編本補。

肴覈惟旅。

【補】【班固《典引》】肴覈仁義之林藪。○【李善引蔡邕注】肴覈，食也。肉曰肴，骨曰覈。《詩》曰：「肴覈惟旅。」

喬樅謹案：孟堅所用是《齊詩》之文，伯喈所引是《魯詩》之句，然則知齊、魯《詩》同作「肴覈」矣。一本「《詩》云」有「善曰」二字，非也。《毛詩》作「殽核」，與齊、魯文異。

大侯既抗，弓矢斯張。射夫既同，獻爾發功。

【補】【《漢書·吾丘壽王傳》】大射之禮，自天子降及庶人，三代之道也。《詩》云：「大侯既抗，弓矢斯張。射夫既同，獻爾發功。」言貴中也。

喬樅謹案：吾丘壽王從董仲舒受《春秋》，則其稱《詩》亦當爲齊學也。此章《毛傳》云「有燕射之禮」，《鄭箋》則云「將祭而射，謂之大射」。下章言「烝衎烈祖」，其非祭與？今據吾丘壽王説，明以此詩爲大射之禮，知《鄭箋》云云蓋從《齊詩》之義。

發彼有的，以祈爾爵。

【補】【《禮記·射義》】《詩》云：「發彼有的，以祈爾爵。」○【鄭注】發，猶射也。的，謂所射之識也。言射的必欲中之者，以求不飲女爵也。爾，或作〔一〕「有」〔二〕。

側弁之俄。

【補】【《易林·井之師》】側弁醉客。

既立之監，或佐之史。

【補】【《儀禮·鄉射禮》鄭注】爵備樂畢，將留賓以事，爲有懈倦失禮，立司正以監之，察儀法也。《詩》云：「既立之監，或佐之史。」

喬樅謹案：鄭君《詩箋》云：「立監使視之，又助之以史，使督酒，欲令皆醉也。」與《記注》義異。然立監史以察儀法，正欲防飲酒之失禮者也。《記注》之義於《詩》意爲合。馬瑞辰曰：「《戰國策》淳于髡説齊威王曰：『賜酒大王之前，執法在旁，御史在後。』御史即《詩》所謂『或佐之史』是也。古者飲酒皆立之監，以防失禮。惟老者有乞言之典，更佐以史，少者則否，故云『或佐之史』。監以察儀，史以記言。下文云『式物從謂，無俾大怠』，察儀之事也；『匪言勿言，匪由勿語』，乞言於老者而勉以慎言之詞也。」

〔一〕「作」，續編本作「爲」。
〔二〕「有」，底本漫漶不清，今據續編本補。

魚藻

魚在在藻。

【補】【班固《東都賦》】發蘋藻以潛魚。○【李賢注】《詩·小雅》曰：「魚在在藻。」

采菽

君子來朝，何錫予之？雖無予之，路車乘馬。又何予之？玄衮及黼。

【補】【《儀禮·覲禮》鄭注】路，謂車也。凡君所乘車曰路。路下四，謂乘馬也。《詩》云：「君子來朝，何錫予之？雖無予之，路車乘馬。又何予之？玄衮及黼。」

樂只君子，萬福攸同。

【補】【《易林·復之家人》】萬福攸同，可以安處。《大畜之大壯》同。

【補】【《易林·坤之困》】和謙致樂，君子攸同。

角弓

此令兄弟，綽綽有裕。不令兄弟，交相爲瘉。

【補】《禮記·坊記》《詩》云：「此令兄弟，綽綽有裕。不令兄弟，交相爲瘉。」〇【鄭注】令，善也。綽綽，寬裕貌。交，猶更也。瘉，病也。

民之無良，相怨一方。受爵不讓，至于己斯亡。

【補】《禮記·坊記》《詩》云：「民之無良，相怨一方。受爵不讓，至于己斯亡。」〇【鄭注】良，善也。言無善之人，善遥相怨，貪爵禄，好得無讓以至亡己。

【補】《易林·升之需》商子無良，相怨一方。引鬥交争，咎以自當。

喬樅謹案：據《易林》言「商子無良」云云，則《詩》所謂「受爵不讓，以至于亡」者，蓋指商子而言也。

老馬反爲駒。

【補】【《易林·家人之小過》】老馬爲〔一〕駒。

毋教猱升木。

【補】【《易林·泰之蠱》】敏捷勁疾，如猿升木。

都人士

喬樅謹案：《禮記·緇衣》載《都人士》首章曰：「彼都人士，狐裘黄黄。其容不改，出言有章。行歸于周，萬民所望。」《注》云此詩毛氏有之，三家則亡。《左傳·襄公十四年》引《詩》「行歸于周」二語，服虔注曰：「逸《詩》也。」賈子《新書·等齊》篇云：「狐裘黄裳，萬民之望。」即用《禮記·緇衣》文。

彼都人士，臺笠緇撮。

【補】【《禮記·郊特牲》鄭注】《詩》云：「彼都人士，臺笠緇撮。」言野人之服也。

【補】【班固《西都賦》】都人士女，殊異乎五方。

〔一〕「爲」，《易林》續道藏本同，士禮居叢書景刻陸校宋本作「無」。按：下句爲「病雞不雞」，似作「無」更妥。

垂帶如厲。

【補】【《禮記·内則》鄭注】《詩》云：「垂帶如厲。」

喬樅謹案：此《齊詩》文也。《毛詩》「如」字作「而」，鄭君《箋》云：「而，亦『如』也。而厲，如鞶厲也。鞶必垂厲以爲飾，『厲』字當作『裂』。」蓋據《齊詩》爲説。《内則》注云：「鞶，小囊盛帨巾者，男用韋，女用繒，有飾緣之則是『鞶裂』與？《詩》云『垂帶如厲』，紀子帛名裂繻，字雖今異，意實同也。」考《説文》云：「裂，繒餘也。」帶以繒爲之，垂其餘以爲飾，故《詩》言「如裂」耳。

采緑

五日爲期，六日不詹。

【補】【後漢〔一〕劉瑜上書曰】天地之性，陰陽正紀，隔絶其道，則水旱爲并。《詩》云：「五日爲期，六日不詹。」怨曠作歌，仲尼所録。

〔一〕依全書體例，「後漢」二字後應補「書」字。

喬樅謹案：《後漢書》言「瑜少通經學，尤善圖讖天文曆算之術」，其所習《詩》當爲齊學。考《周官·九嬪》注云：「凡群妃御見之法，月與后妃，其象也。孔子云：『日者天之明，月者地之理。陰契制，故月上屬爲天。使婦從夫。放月紀。』」鄭君引孔子云云，出《孝經援神契》文。緯書多用《齊詩》，瑜所謂「天地之性，陰陽正紀」，即《援神契》「天明地理」及「陰契制」之義，説本《齊詩》無疑也。鄭君《内則》注云：「五日一御，諸侯制也。諸侯娶九女，姪娣兩兩而御，則三日也；次兩媵，則四日也；次夫人專夜，則五日也。天子十五日乃一御。」然據《王度記》云「天子、諸侯一娶九女」，則五日之御，亦可通乎天子。《内則》所言「妾未五十，必與五日之御」，承上文「夫婦之禮，唯及七十，同藏無間」。此則據妾而言，並非專指諸侯之制，疑又當通乎大夫以下也。《毛傳》云「婦人五日一御」，王肅以爲大夫以下之制。《箋》以「五日」「六日」謂五月、六月之日，義與毛異。

隰桑

心乎愛矣，瑕不謂之。中心藏之，何日忘之。

【補】【《禮記·表記》】《詩》云：「心乎愛矣，瑕不謂之。中心藏之，何日忘之。」○【鄭注】「瑕」之言「胡」也，「謂」猶「告」也。

喬樅謹案：瑕，《毛詩》作「遐」，《傳》訓爲遠，與《齊詩》説異。鄭君箋《詩》訓「謂」爲勤，亦與《記注》解殊。考《孝經》云：「君子之事上也，進思盡忠，退思補過。」即引此詩爲證，與《表記》言「事君欲諫不欲陳」亦引此詩同意，皆以「謂」爲忠告之善，是《齊詩》之説所本也。

緡蠻

緡蠻黄鳥，止于丘隅。

【補】【《禮記·大學》】《詩》云：「緡蠻黄鳥，止于丘隅。」〇【鄭注】鳥擇岑蔚安閒而止處之。

喬樅謹案：緡蠻，《毛詩》作「綿蠻」，魯、韓文皆與毛同。

飲之食之，教之誨之。

【補】【《春秋繁露·仁義法》篇】《詩》云：「飲之食之，教之誨之。」先飲食而後教誨，謂治人也。

漸漸之石

月離于畢，俾滂沱矣。

【補】【《漢書·天文志》】日之所行爲中道，月、五星皆隨之。月失節度而妄行，出陽道則旱風，出陰道則陰雨。箕星爲風，東北之星也。巽在東南，爲風。其星，軫也。月去中道，移而東北入箕，若東南入軫，則多風。西方爲雨，雨，少陰之位也。月失中道，移而西入畢，則多雨。故《詩》曰：「月離于畢，俾滂沱矣。」言多雨也。

喬樅謹案：《文選·七命》注引《春秋緯》曰：「月失其行，離于箕者風，離于畢者雨。」與《天文志》説同。《洪範》「星有好風，星有好雨」，鄭注云：「風，土也，爲木妃。雨，木也，爲金妃。故星好焉。」孔氏《詩正義》以爲：「推此而往，南宫好暘，北宫好燠，中宫四季好寒〔一〕。是由己所克而得其妃，從其妃之所好故也。」

苕之華

牂羊羵首，三星在罶。人可以食，鮮可以飽。

【補】【《易林·中孚之訟》】牂羊羵首〔二〕，君子不飽。年饑孔荒，士民危殆。

喬樅謹案：羵首，毛作「墳首」，文與齊異。又《毛詩》「在罶」，《釋文》云：「本又作『霤』。」

〔一〕「四季好寒」四字，底本漫漶不清，今據續編本補。

〔二〕「牂羊羵首」，《易林》續道藏本作「牂羊羵首」，士禮居叢書景刻陸校宋本作「牂羊肥首」。

按作「霤」者，三家之今文。《毛傳》訓「罶」爲曲梁，則文不得作「霤」也。「霤」謂屋霤，「三星在霤」猶《唐風·綢繆》云「三星在隅」「三星在户」，據時所見爲言耳。

何草不黄

何草不玄。

【補】【《易林·蒙卦》】何草不黄，至末盡玄。室家分離，悲愁於心。

喬樅謹案：《詩箋》云：「玄，赤黑色。始春之時，草牙蘖者將生，必玄於此時也，兵猶復行。從役者皆過時不得歸。」《正義》曰：「《釋天》云『九月爲玄』，孫炎曰：『物衰而色玄也。』《詩》曰『何草不玄』，與此始春之言不同，考《爾雅》所言月名，皆不以草色。』李巡曰：『九月萬物畢盡，陰氣侵寒，其色皆黑。』是陰而氣寒之黑，不由草玄色，孫炎之言謬矣。」胡承珙曰：「據《易林》云『何草不黄，至末盡玄』，則焦氏明以草玄爲物衰之候，非初春始生之謂。以經文先『黄』次『玄』，是經歷秋冬，已足見踰時之久，不必又及明年春生而玄也。」喬樅謂焦氏《易林》用《齊詩》，孫注《爾雅》用《魯詩》。魯、齊説同以草玄屬秋冬之候，義與毛異，蓋各守其師説也。

齊詩遺說考卷第三〔三之一〕

福州陳壽祺學　男喬樅述

齊詩大雅一

【補】【《漢書·禮樂志》】昔殷周之雅、頌，乃上本有娀、姜嫄，卨、稷始生，玄王、公劉、古公、大伯、王季、姜女、太任、太姒之德，乃及成湯、文、武受命，武丁、成、康、宣王中興，下及輔佐阿衡、周、召、太公、申伯、召虎、仲山甫之屬，君臣男女有功德者，靡不褒揚。功德既信美矣，褒揚之聲盈於天地之間，是以光名著於當世，遺譽垂于無窮也。

文王

【補】【《世説新語》注】荀爽曰：「公旦《文王》之詩，不論堯、舜之德，而頌文、武者，親親之道也。

喬樅謹〔一〕據翼奉説，亦以此詩爲周公所作。《吕覽·古樂》篇云：「周文王處岐，諸侯去殷而翼文王。周公旦乃作詩曰：『文王在上，於昭于天。周雖舊邦，其命維新。』以繩文王之德。」與《齊詩》説同。《毛詩叙》云：「《文王》，文王受命作周也。」《傳》云：「受天命而王天下，制立周邦。」《正義》引《易是類謀》曰：「文王比隆興始霸，伐崇，作靈臺，受赤雀丹書，稱王制命，示王意。」又引《易乾鑿度》云「入戊午蔀二十九年，伐崇，作靈臺，改正朔，布王號於天下，受籙應《河圖》」云云爲證。按緯學皆用《齊詩》，知齊説亦以文王爲受命稱王也。

周雖舊邦，其命維新。

【補】《禮記·大學》】《詩》云：「周雖舊邦，其命維新。」

陳錫載周，侯文王孫子。文王孫子，本支百世。

【《漢書》匡衡《謝毁廟告》】〔二〕子孫本支，陳錫無疆。《韋玄成傳》。

【補】【《漢書·王子侯表序》】《詩》云：「文王孫子，本支百世。」

〔一〕依全書體例，「謹」字後應補「案」字。

〔二〕底本於「漢書匡衡謝毁廟告」前後未加括號，今據全書體例補。

喬樅謹案：《毛詩》「陳錫哉周」，《傳》云：「哉，載也。」《箋》云：「哉，始也。」《釋文》云：「哉，本又作『載』。」「哉」「載」古今字之異。《春秋傳》及《國語·周語》引《詩》並作「載」，《史記·周本紀》亦同。知三家《詩》作「載」字也。胡承珙謂：「古字『哉』『載』『栽』並借用，此詩當訓『哉』爲栽。栽，植也。此則與下文『本支』義相屬。」其説良韙。《禮記·中庸》引《詩》末章「上天之載」，鄭君注云：「載，讀曰栽，謂生物也。」是用《齊詩》之訓，義與毛異，足證「載周」之「載」，《齊詩》亦當訓爲栽也。

濟濟多士，文王以寧。

【補】【《漢書》李尋對問曰】馬不伏歷，不可以趨道；士不素養，不可以重國。《詩》曰：「濟濟多士，文王以寧。」

喬樅謹案：《漢書·梅福傳》云：「士者，國之重器。得士則重，失士則輕。《詩》云：『濟濟多士，文王以寧。』」語意與李尋同，知皆本《齊詩》説也。

【補】【《鹽鐵論·相刺》篇】朝無忠臣者政闇，大夫無直士者位危。《詩》云：「濟濟多士。」意者誠任用其計，非苟陳虚言而已。

穆穆文王，於緝熙敬止。

【補】【《禮記·緇衣》】大雅曰：「穆穆文王，於緝熙敬止。」○【鄭注】緝、熙，皆明也，言於明明乎敬其容止。

喬樅謹案：「穆穆文王」，又見《大學》篇引《詩》。

侯服于周，天命靡常〔一〕**。殷士膚敏，祼將于京。**

【補】【《春秋繁露·堯舜湯武》篇】天之生民，非爲王也；而天立王，以爲民也。故其德足以安樂民者，天予之。其惡足以賊害民者，天奪之。《詩》云：「殷士膚敏，祼將于京。侯服于周，天命靡常。」言天之無常予，無常奪也。

【補】【《易林·師之觀》】膚敏之德。

【補】【《漢書·敘傳》】不疑膚敏。○【劉德曰】膚，美也。敏，疾也。○【師古曰】《詩·大雅·文王》之篇曰「殷士膚敏」，謂微子也，故引以爲辭。

喬樅謹案：《毛傳》云：「殷士，殷侯也。」以殷士爲微子，毛無明文，此出三家《詩》説，見《漢書·劉向傳》《白虎通》及趙岐《孟子注》。師古蓋襲《漢書》舊注之語也。

無念爾祖，聿修厥德。

【《漢書》匡衡上疏曰】大雅曰：「無念爾祖，聿修厥德。」孔子著之《孝經》首章，蓋至德之本也。

〔一〕「常」，底本漫漶不清，今據續編本補。

喬樅謹案：《漢書·藝文志》云：「少府后蒼、諫大夫翼奉並傳《孝經》，各自名家，經文皆同。」匡衡事后蒼，受《齊詩》，此稱《大雅·文王》詩，證以《孝經》，蓋即述其師説也。

自求多福。

【補】【《禮記·禮器》鄭注】《詩》云：「自求多福。」福由己耳。

殷之未喪師，克配上帝。儀鑒于殷，峻命不易。

【補】【《禮記·大學》】《詩》云：「殷之未喪師，克配上帝。儀鑒于殷，峻命不易。」○【鄭注】師，衆也。克，能也。峻，大也。言殷王帝乙以上未失其民之時，德亦有能配天者，謂天享其祭祀也。及紂爲惡，而民怨神怒，以失天下。監視殷時之事，天之大命，持之誠不易也。

喬樅謹案：《毛詩》「儀鑒」作「宜鑒」，「峻命」作「駿命」，文與齊異。《詩箋》訓「駿命不易」爲「天之大命，不可改易」，義亦與《齊詩》不同。

【《漢書》翼奉上疏曰】臣聞三代之祖積德以王，然皆不過數百年而絶。周至成王，有上賢之材，因文、武之業，以周、召爲輔，有司各敬其事，在位莫非其人。天下甫二世耳，然周公猶作詩深戒成王，以恐失天下。其詩則曰：「殷之未喪師，克配上帝。宜鑒于殷，駿命不易。」

喬樅謹案：翼氏引《齊詩》，「宜」當作「儀」，「駿」當作「峻」，此蓋後人轉寫，依《毛詩》改之。

上天之載，無聲無臭。

【補】【《禮記·中庸》】《詩》云：「上天之載，無聲無臭。」〇【鄭注】載，讀曰栽，謂生物也。上天之造生萬物，人無聞其聲音，亦無聞其臭氣者。

喬樅謹案：載，《魯詩》作「縡」，《廣雅》訓「縡」爲事，與《毛傳》「載，事也」文異義同。鄭君《禮注》讀「載」爲栽，從《齊詩》故傳也。

【補】【荀悦《漢紀》六】《詩》云：「上天之載，無聲無臭。」

儀刑文王，萬國作孚。

【補】【《禮記·緇衣》】大雅曰：「儀刑文王，萬國作孚。」〇【鄭注】刑，法也。孚，信也。儀法文王之德而行之，則天下無不爲信者也。

【補】【《漢書·刑法志》】《詩》曰：「儀刑文王，萬邦作孚。」〇【師古曰】《大雅·文王》之詩也。孚，信也。言法象文王，則萬國皆信順也。

喬樅謹案：《禮記》引作「萬國」，是《齊詩》之文。《毛詩》「國」作「邦」，《漢書·刑法志》引《詩》當本作「國」，師古注言「萬國皆信順」，是其明證。「邦」字乃後人順毛所改耳。

大明

【《詩氾歷樞》曰】午亥之際爲革命。亥,《大明》也。

【又曰】《大明》在亥,水始也。

天難諶斯,不易惟王。

【補】【《春秋繁露·天地陰陽》篇】《詩》云:「天難諶斯,不易惟[一]王。」夫王者不可以不知天,知天,詩人之所難也,天意難見也,其道難理。按《春秋繁露》篇中多有錯簡,此節舊本在《如天之爲》篇。武進張編修惠言讀本訂正舛誤,以爲宜在《天地陰陽》篇。

【補】【《漢書》貢禹奏言曰】天生聖人,蓋爲萬民,非獨使自娱樂而已也。故《詩》曰:「天難諶斯,不易惟王。」「上帝臨女,毋貳爾心。」

喬樅謹案:諶,《韓詩》作「訦」,見《外傳》,《毛詩》作「忱」。毋,《毛詩》作「無」。貢禹所引《詩》作「諶」,與董子合,蓋據《齊詩》也。《經典釋文》云:「始,貢禹事嬴公而成於眭孟,嬴

[一]「惟」,《春秋繁露》作「維」。

公爲董仲舒弟子，眭孟又嬴公之弟子也。」今考禹言「古者宫室有制，宫女不過九人」，與郎顗説合。又奏欲定宗廟迭毁之禮，與翼奉、匡衡合。皆足爲少翁治《齊詩》之證。

大任有身，生此文王。

【《詩含神霧》曰】大任夢長人感己，生文王。《太平御覽》八十四。

惟此文王，小心翼翼。昭事上帝，聿懷多福。厥德不回，以受方國。

【補】【《禮記·表記》】《詩》云：「惟此文王，小心翼翼。昭事上帝，聿懷多福。厥德不回，以受方國。」○注：昭，明也。上帝，天也。聿，述也。懷，至也。言述行上帝之德，以至於多福也。方，四方也。受四方之國，謂王天下。

喬樅謹案：鄭君箋《詩》訓「懷」爲思，與此義異。

【補】【《漢書》董仲舒對策曰】言出於己，不可塞也；行發於身，不可掩也。言行治之大者，君子之所以動天地也。故盡小者大，慎微者著。《詩》云：「惟此文王，小心翼翼。」

【補】【《春秋繁露·郊祭》篇】《詩》云：「唯此文王，小心翼翼。昭事上帝，允懷多福。」多福者非謂人也，事功也，謂天之所福也。

喬樅謹案：此引《詩》作「允懷多福」，「聿」「允」一聲之轉，古以音近通假。《十月之交》詩「中允膳夫」，《漢書·古今人表》作「仲術」。《文王》詩「聿修厥德」，《漢書·東平王宇傳》

作「述修」。其證也。此句諸所引三家《詩》如劉向《新序》、蔡邕《答齋議》、高誘《淮南注》並同《毛詩》作「聿懷」，惟班固《明堂詩》有「允懷多福」之語。然觀《典引》云「蓋用昭明寅畏，承聿懷之福」，足證孟堅所據《齊詩》文本作「聿懷多福」也。《春秋繁露》引《詩》，「允」當作「聿」爲正。

文王初載。

【補】【《禮記·中庸》】鄭注：「栽」讀如「文王初載」之「載」，「栽」猶植也。

喬樅謹案：《毛傳》云：「載，識也。」據鄭君此注，則是讀「載」同「栽」，與毛義異。馬瑞辰曰：「《中庸》引《詩》『上天之載』，鄭注讀『載』曰栽，謂生物也。『載』之得訓爲生，即此可見。『載』『才』古亦通用，『載』訓生，爲人物之始，猶『哉』通『才』，爲草木之始。始即生也。『文王初載』即謂文王初生耳。」

在郃之陽。

【補】【《漢書·地理志》】左馮翊郃陽。○【師古曰】即《大雅·大明》之詩所謂「在洽之陽」。

喬樅謹案：據此知《齊詩》之文「洽陽」作「郃」，旁從邑，不從水也。《説文》「郃」下亦引《詩》「在郃之陽」。

文定厥祥。

【補】【《易林·萃之噬嗑》】文定吉祥。

造舟爲梁。

【補】【班固《辟雍詩》】造舟爲梁。

纘女惟莘。

【補】【《易林·大壯之隨》】有莘季女，爲王妃后。貴夫壽子，母尊四海。

喬樅謹案：《毛傳》：「纘，繼也。」《箋》云：「使繼大任之事於莘國。」馬瑞辰曰：「纘，當爲『嬇』字之假借。《説文》：『嬇，白好也。』《廣雅·釋詁》：『嬇，好也。』《廣韻》：『嬇，好容貌。』女之美色爲好，美德亦爲好。『嬇女』謂好女，猶言『淑女』『碩女』『静女』，皆美德之稱。《詩》言莘國有好女，倒其文則曰『纘女維莘』，以與『長子維行』相屬對耳。」樅謂《毛傳》以「長子」爲「長女」，今據《易林》語，則太姒乃有莘季女也。竊意《齊詩》説當以「長子」爲文王，「纘女惟莘，長子惟行」言太姒之德與文王相配，猶上章言太任德配王季云「乃及王季，惟德之行」也。《易》云「帝出乎震」，又云「震爲雷，爲長子」。《書·洪範五行傳》曰「夫雷，人君象也」，又曰：「雷於天地爲長子，以其首長萬物，與其出入也。」文王爲王季長子，生有聖德，爲天所命，將君天下，是即爲天之長子。故《詩》云：「有命自天，命此文王，于周于京。」而莘國之女德實與文王配，又生武王，復爲天之所命。故下又云「纘女惟莘，長子惟行，篤生武王，保佑命爾」也。

篤生武王。

【補】【《易林·臨之旅》】天所祚昌，文以爲良。篤生武王，姬受其福。

矢於牧野。

【補】【《易林·謙之噬嗑》】周師伐紂，戰於牧野。甲子平旦，天下〔一〕悦喜。又《復卦》同。

上帝臨女，無二爾心。

【補】【《春秋繁露·天道無二》篇】一而不二者，天之行也。人孰無善，善不一，故不足以立身；治孰無常，常不一，故不足以致功。《詩》云：「上帝臨汝，無二爾心。」知天道者之言也。

喬樅謹案：《貢禹傳》引《詩》作「上帝臨女，無貳爾心」，「毋」與「無」，「貳」與「二」，古皆通用字。

惟師尚父，時惟鷹揚。

〔一〕「下」，《易林》士禮居叢書景刻陸校宋本同，續道藏本作「子」。

【補】【《易林·旅之鼎》】文君燎獵，吕尚獲福。號稱太師，封建齊國。

喬樅謹案：《毛傳》云：「師，大師也。尚父，可尚可父。」《正義》引劉向《别録》曰：「師之、尚之、父之，故曰師尚父。」今據《易林》言「吕尚獲福，號稱太師」，則知齊説以尚父爲吕望字，《詩》連師稱之，猶「太師皇父」之屬耳，與《毛傳》及魯説異。馬瑞辰曰：「父與甫，同男子之美稱也。《宣和博古圖》載《周淮父卣銘》曰『穆從師淮父』，又曰『對揚師淮父』，正與『師尚父』之稱相同。」

【補】【班固《封燕然山銘》】鷹揚之校。

喬樅謹案：《毛傳》云：「鷹揚，如鷹之飛揚也。」今據班固此銘以「鷹揚之校」與「螭虎之士」對舉，是以「鷹揚」爲二鳥。班用《齊詩》，故説與毛異。馬瑞辰曰：「孫氏星衍云：『揚，當讀如《爾雅》「𪆁，白鷹」之「𪆁」，謂如鷹與𪆁。作「揚」者，省借字耳。』今按《後漢書》高彪作箴曰：『尚父七十，氣冠三軍。詩人作歌，如鷹如鸇。』『鸇』與『𪆁，白鷹』同類，似亦分『鷹揚』爲二，『鷹揚』猶云『鷹鸇』。則古之説《詩》者蓋已以『揚』爲『𪆁』之假借矣。」

緜

緜緜瓜瓞，民之初生。

【《詩含神霧》曰】集微揆著，上統元皇，下序四始，羅列五際。○【宋均曰】「集微揆著」，若「緜緜瓜瓞，人之初生」，揆其始是必將至著，有天下也。《初學記》二十一《文部》。

喬樅謹案：民，此引作「人」，蓋唐時避太宗諱改之。《太平御覽》六百〔一〕《學部》引《含神霧》同，説詳《詩緯集證》。

自杜沮漆。

【《漢書·地理志》】右扶風杜陽，杜水南入渭，《詩》曰「自杜」。○【師古曰】《大雅·緜》之詩曰：「人之初生，自杜漆沮。」《齊詩》作「自杜」，言公劉避狄而來居杜與沮、漆之地。

喬樅謹案：《毛詩》「自土沮漆」，《傳》云：「自，用。土，居也。」《齊詩》作「杜」，與「沮」「漆」並爲地名。考《水經·渭水》注云：「杜水出杜陽山，其水南流，謂之杜陽川。東南

〔一〕此條見於《太平御覽》卷六〇九，「六百」後應補「九」字。

流，左會漆水。」即此詩之「杜」也。《毛詩》「自土」當從《齊詩》讀爲杜，古字假借耳。又《詩考》載《漢書注》引《詩》「自杜沮漆」，今本《漢書注》譌作「漆沮」，非是。王氏《經義述聞》云：「《六書音均表》謂『沮漆』當從《水經注》《漢書注》作『漆沮』，而以『沮』與『父』爲韻。今按《釋文》作音，先『沮』而後『漆』，唐石經亦作『沮漆』。《續漢書·郡國志》注、《北堂書鈔·地部》、《文選注》、《禹貢》正義引《詩》並同。又《太平御覽·地部》三十引《水經注》正作『沮漆』。胡三省《通鑑·周紀》注引《地理志》注亦作『沮漆』，其有作『漆沮』者，傳寫顛倒耳。」

古公亶父，來朝走馬。率西水滸，至于岐下。爰及姜女，聿來胥宇。

【補】【《漢書·古今人表》】太王亶父，公祖子。姜女，太王妃。

【補】【《易林·升之艮》】西戎獯鬻，病于我國。杖策之岐，以保乾德。〔一〕

【《漢書》匡衡上疏曰】太王行〔二〕仁，邠國貴恕。

〔一〕「杖策之岐」，《易林》士禮居叢書景刻陸校宋本作「扶陝之岐」；續道藏本作「扶陽之正」，且「以保乾德」后有「終無患惑」四字。

〔二〕「行」，《漢書》作「躬」。

【補】【《禮記·哀公問》鄭注】大王居豳，爲狄所伐，乃曰：「土地所以養人也，君子不以其所養害所養。」乃去之岐，不忍以土地之故而害之。去之岐，而王迹興焉。

周原膴膴，堇荼如飴。

【補】【《儀禮·特牲饋食禮》鄭注】苦，苦荼也。荁，堇屬。《詩》云：「周原膴膴，堇荼如飴。」

爰挈我龜。

【班固《幽通賦》】旦算祀於挈龜。○【師古曰】挈，刻也。《詩·大雅·緜》之篇曰：「爰挈我龜。」言刻開之，灼而卜之。

喬樅謹案：《毛詩釋文》云：「契，本又作『挈』。」師古此注亦襲舊説，用《齊詩》之訓。《廣雅·釋言》：「契，刻也。」《淮南子·齊俗》篇：「越人㓞臂出血。」高誘注云：「㓞刻臂出血。」是「契」又與「㓞」通。《毛傳》訓「契」爲開，當亦謂刻開其龜。《正義》引《卜師》「開龜」注云：「開，謂出其占書也。」恐非毛義。

縮板以載。

【補】【《禮記·檀弓》鄭注】板，蓋廣二尺，長六尺。《詩》云：「縮板以載。」

喬樅謹案：板，《毛詩》作「版」。此「載」字亦當讀爲栽，馬瑞辰曰：「《説文》：『栽，築牆長版也。』引《春秋傳》『楚圍蔡，里而栽』。又《春秋》莊二十九年《左傳》『水昏正而栽』，杜注：『於是樹版而興作。』《中庸》『栽者培之』，鄭注『讀如「文王初載」之「載」』。今人名草木之植曰『栽』，築牆立版亦爲『栽』，是知『載』即『栽』也。『栽』謂樹立其築牆長版也。《詩箋》訓『載』爲『承載』之『載』，失之。」

乃立皋門，皋門有伉。乃立應門，應門將將。

【補】【《禮記·明堂位》鄭注】天子五門，皋、庫、雉、應、路。皋之言高也。《詩》云：「乃立皋門，皋門有伉。乃立應門，應門將將。」

喬樅謹案：班固《西都賦》「激神嶽之嶈嶈」，李善《文選注》引《毛詩》曰：「應門嶈嶈。」毛字疑誤，《毛詩》作「將將」，《魯詩》作「鏘鏘」。其作「嶈嶈」者，蓋《齊詩》之異文。孟堅語本《齊詩》，《齊詩》久亡，李善所據當是舊注之文引《齊詩》以爲證耳。《禮記注》引作「將將」，疑又後人順毛而改也。

乃立冢土。

【補】【《漢書·郊祀志》】《詩》曰：「乃立冢土。」

犬夷突矣，惟其喙矣。

【補】【《説文・口部》】東夷謂息曰呬。《詩》曰：「犬夷呬矣。」

喬樅謹案：《毛詩》「混夷駾矣，維其喙矣」，《傳》云：「駾，突也。喙，困也。」《魯靈光殿賦》張載注引《詩》「昆夷突矣」。「駾」「突」古今文之異，知三家今文「駾」作「突」也。「混夷」即「犬夷」，亦作「畎夷」。《尚書大傳》云「文王受命四年伐犬夷」，鄭注云：「犬夷，混夷也。」「喙」「呬」方音之轉，《方言》：「餼、喙、呬，息也。自關而西，秦晉之間或曰喙，或曰餼，東齊曰呬。」段氏《説文注》云：「《釋詁》郭注亦言今東齊謂『息』爲『呬』，《説文》『東夷』當作『東齊』，字之誤也。」馬瑞辰曰：「《説文》所引『犬夷呬矣』蓋本《齊詩》。『呬』與『喙』古音同部，故通用。『喙』與『殄』『瘃』字亦通。《玉篇》：『殄，困極也，或作「瘃」。』『瘃，困極也。亦作「喙」。』《廣韻》：『瘃，困極也。』引《詩》『昆夷瘃矣』，本亦作『喙』。『困』與『息』義正相成。『呬』即『維其喙矣』之異文。其連『犬夷』引之者，特約舉《詩》詞，猶引《詩》『東方昌矣』之類也。」

【補】【《漢書・匈奴傳》】夏道衰而公劉失其稷官，變于西戎，邑于豳。其後三百有餘歲，戎狄攻大王亶父，亶父亡走于岐下，豳人悉從而邑焉，作周。其後百有餘歲，周西伯昌伐畎夷。

虞芮質厥成，文王蹶厥生。

【《漢書・古今人表》】虞侯、芮侯系文王世。○【師古曰】二國訟田，質於文王者。

喬樅謹案：《毛詩》及三家説並言文王受命，據《史記》云：「詩人道西伯，蓋受命之年稱王而斷虞芮之訟。」《齊詩》説以受命六年伐崇始稱王，其説與魯家微異。

【補】【《尚書大傳》】文王受命，一年斷虞、芮之訟，二年伐邘，三年伐密須，四年伐犬夷，五年伐耆，六年伐崇，則稱王。《左傳·襄三十一年》正義。○《禮記·文王世子》正義。

【補】【又曰】虞人與芮人質其成於文王，入文王之境，則見其人萌讓爲士大夫。入其國，則見士大夫讓爲公卿。二國相謂曰：「此其君亦讓以天下而不居也。」讓其所争，以爲閒田。《文選注》。

予聿有胥附，予聿有奔輳。予聿有先後，予聿有禦侮。

【補】【《尚書大傳》】周文王胥附奔輳，先後禦侮，謂之四鄰，以免於羑里之害。

【補】【又曰】文王以閎夭、太公望、南宫括、散宜生爲四友。

【補】【《尚書·君奭》鄭注】《詩傳》有疏附奔走先後禦侮之人，而曰文王有四臣以受命。《毛詩正義》。

喬樅謹案：胥附，《毛詩》作「疏附」。奔輳，《毛詩》作「奔奏」，《魯詩》作「奔走」，與齊文異。鄭注《尚書》所稱《詩傳》，當爲《齊詩傳》，以《尚書》師説本皆齊學也。《詩正義》引鄭注同《毛詩》作「疏附奔走」，與《大傳》不同者，此沖遠順《毛詩》經文改之，非鄭注之舊也。

棫樸

芃芃棫樸，薪之槱之。濟濟辟王，左右趣之。

濟濟辟王，左右奉璋。奉璋峩峩，髦士攸宜。

淠彼涇舟，烝徒楫之。周王于邁，六師及之。

【補】【《春秋繁露·郊祭》篇】天子每將興師，必先郊祭以告天，乃敢征伐，行子之道也。文王受天命而王天下，先郊乃敢行事，而興師伐崇，其詩曰：「芃芃棫樸，薪之槱之。濟濟辟王，左右趣之。濟濟辟王，左右奉璋。奉璋峩峩，髦士攸宜。」此郊辭也。其下曰：「淠彼涇舟，烝徒檝之。周王于邁，六師及之。」此伐辭也。其下曰：「文王受命，有此武功。既伐于崇，作邑于豐。」以此辭者，見文王受命則郊，郊乃伐崇。

【又曰】以下舊錯在《四祭》篇，按此皆論郊，與四祭無涉，今訂在此。已受命而王，必先祭天，乃行王事，文王之伐崇是也。《詩》云：「濟濟辟王，左右奉璋。奉璋峩峩，髦士攸宜。」此文王之郊也。其下之辭曰：「淠彼涇舟，烝徒檝之。周王于邁，六師及之。」此文王之伐崇也。上言奉璋，下言伐崇，以是見文王之先郊而後伐也。

喬樅謹案：《毛詩叙》云：「《棫樸》，文王能官人也。」董子謂此篇爲文王受命，郊而伐崇之事，是《齊詩》之説異於毛矣。《傳》以棫樸、薪槱興賢人衆多，得爲國家之用。《箋》釋「薪之槱之」爲「祭皇天上帝及三辰，則聚積以燎之」，主祭天而言，與《春秋繁露》合，蓋用齊説改毛也。《周官·大宗伯》注云：「槱，積也。燔燎而升煙，所以報陽也。《詩》曰：『薪之槱之。』」《尚書中候》「文立稷配」，注云：「文王受命祭天，立稷以配之。」皆用《齊詩》説，與董子足相證明。又《公羊·定公八年傳》何休《解詁》云：「璋者，所以郊事天，《詩》云『奉璋峩峩，髦士攸宜』是也。」邵公多用《魯詩》，説見《魯詩遺説考》。此以璋爲郊事天之玉者。公羊本齊學，與《齊詩》同一師授，此必公羊家師説，據《齊詩·棫樸》篇爲證，故邵公述其説耳。

【補】【班固《典引》】昔姬有素雉、朱烏、玄秬、黄鍪之事耳，君臣動色，左右相趨，濟濟翼翼，峨峨如也。蓋用昭明寅畏，承聿懷之福。亦以寵靈文武，貽燕後昆，覆以懿鑠。

喬樅謹案：《昭明文選》以班固《典引》列「符命」，今觀上文言「燔瘞懸沈，肅祇群神之禮備」，詳其文義，亦以此詩爲受命郊祭之事也。

旱麓

【補】【《漢書·地理志》】漢中郡南鄭縣旱山，沱〔一〕水所出，東北入漢。

喬樅謹案：《毛傳》云：「旱，山名。」《正義》不詳旱山所在，據《地理志》則山在漢中郡，《詩》之《旱麓》謂此也。胡承珙曰：「劉昭注《郡國志》引《華陽志》云：『有池水從旱山來。』《水經·沔水》注：『南鄭縣漢水右合池水，水出旱山。』此池水即班《志》之『沱水』也。《水經》又云：『沔水東過魏興安陽縣南，涔水出自旱山，北注之。』又《涔水》篇云：『涔水出漢中南鄭縣東南旱山，北至安陽縣，南入于沔。』是《水經》池水、涔水所出之旱山，同一山耳。」

鳶飛戾天，魚躍于淵。

【補】【《禮記·中庸》】《詩》云：「鳶飛戾天，魚躍于淵。」○【鄭注】言聖人之德，至于天則鳶飛戾天，至于地則魚躍于淵，是其明著于天地也。

〔一〕「沱」，《漢書》作「池」。按：王應麟《詩地理考》《困學紀聞》引《漢書》亦作「沱」。《水經注》有「池水水出旱山」，殆作「沱」乃形近而訛。

喬樅謹案：此言道被飛潛，萬物得所之象，《詩箋》以「鳶飛」喻惡人遠去，「魚躍」喻民喜得所，與《禮記注》義異。

莫莫葛藟，施于條枚。凱弟君子，求福不回。

【補】【《禮記·表記》】《詩》云：「莫莫葛藟，施于條枚。凱弟君子，求福不回。」○【鄭注】凱，樂也。弟，易也。言樂易之君子，其求福修德以俟之，不爲回邪之行。要之如葛藟之延蔓于條枚，是其性也。

喬樅謹案：《毛詩釋文》：「豈，本亦作『愷』，又作『凱』。弟，本又作『悌』。」《詩箋》以「不回」爲不違先祖之道，義與《記》注不同。

思齊

思齊大任，文王之母。

大姒嗣徽音，則百斯男。

【補】【《易林·損之巽》】大姒文母，仍生聖子。昌發受命，爲天下主。

【補】【又《頤之節》】文王四乳，仁愛篤厚。子畜十男，無有折夭。《益卦》同。

【補】【《儀禮·士昏禮》鄭注】勉帥婦道，以敬其爲先妣之嗣，《詩》云：「大姒嗣徽音。」

【補】【《漢書·古今人表》】大任，王季妃，生文王。大姒，文王妃。

【補】【又《外戚傳》】自古受命帝王及繼體守文之君，非獨内德茂也，蓋亦有外戚之助焉。周之興也，以姜嫄及大任、大姒；而幽王之禽也，淫褒姒。

刑于寡妻，至于兄弟，以御于家邦。

【補】【《漢書·五行志》上】文王刑于寡妻，此聖人之所以昭教化也。

【補】【《三國志·魏志》陳群曰】道自近始，而化洽于天下。《詩》云：「刑于寡妻，至于兄弟，以御于家邦。」

喬樅謹案：《經典釋文·叙録》云：「後漢陳元方亦傳《齊詩》。」群爲元方之子，當亦傳其家學也。

【補】【荀悦《漢紀》五】夫婦之際，人道之大倫也，《詩》稱「刑于寡妻，至于兄弟，以御于家邦」。

皇矣

皇矣上帝，臨下有赫。鑒觀四方，求民之瘼。

【《漢書》班彪《王命論》】《詩》云：「皇矣上帝，臨下有赫。鑒觀四方，求民之莫。」

案：《文選·齊安陸昭王碑文》「慮深求瘼」，李善注云：「《漢書》引《詩》而爲此『瘼』。」叔皮所引是《齊詩》之文，今本《漢書》作「莫」，蓋後人依《毛詩》改之耳。

乃眷西顧，此維予宅。

【補】【《漢書·郊祀志》】《詩》曰：「迺眷西顧，此維予宅。」言天以文王之都爲居也。

喬樅謹案：《志》載丞相衡奏言：「承天之事，莫重于郊祀。昔者周文、武郊於豐、鎬，成王郊於雒邑。由此觀之，天隨王者所居而饗之，可見也。願與群臣議定。」博士師丹等以爲，天地以王者爲主，故聖王制祭天地之禮，必於國郊。長安，聖主之居，皇天所觀視也。於是衡奏議引《詩》云云，謂宜於長安定南北郊，爲萬世基。則此説《詩》之詞本於《后氏故》《傳》明矣。丹事匡衡，亦治《齊詩》者，故議與匡同。予宅，《毛詩》作「與宅」，「與」蓋古文假借字。

【補】【班固《西都賦》】乃眷西顧，實惟作京。

莫其德音，其德克明。克明克類，克長克君。王此大邦，克順克俾。俾于文王，其德靡悔。既受帝祉，施于孫子。

【補】【《禮記·樂記》】《詩》云：「莫其德音，其德克明。克明克類，克長克君。王此大邦，克順克俾。俾于文王，其德靡悔。既受帝祉，施于孫子。」○【鄭注】「俾」當爲「比」聲之誤也，擇善而從之曰「比」。施，延也，言文王之德皆能如此，故受天福，延于後世也。

喬樅謹案：莫，《毛詩》作「貊」。俾，《毛詩》作「比」。《左傳》引《詩》「莫其德音」，《史記·樂書》引《詩》「俾于文王」，皆與《禮記》同。據注言「文王之德皆能如此」，是知《齊詩》章首作「惟此文王」。鄭箋《毛詩》本「文王」作「王季」，與《左傳》所引文異。《正義》以《傳》言「唯此文王」者，師有異讀，後人因之，不敢追改，今王肅注及《韓詩》亦作「文王」，是異讀之驗。陳氏《稽古編》曰：「案此當以作『文王』者爲正，此經毛無傳。王肅述毛者也，而注爲文王，則毛本作『文王』可知。」胡承珙曰：「陳碩甫據《公劉傳》言『民無長歎，猶文王之無悔』，此《毛詩》作『文王』之證。《鄭箋》以『文王』爲『王季』，或古本此句有涉上章『維此王季』而誤者。案《中論·務本》篇云『《詩》陳文王之德，曰「惟此文王」』，是所據《詩》亦作『文王』。至干寶《晉紀總論》云『至于王季，能貊其德音』，則從《鄭箋》讀也。」

【補】【班固《叙傳》】奕世載德，貤于孫子。

喬樅謹案：「施」「貤」古通用字，音、義並同。

無然畔换。

【補】【《漢書·叙傳》】項氏畔换。○【孟康曰】畔，反也。换，易也。○【師古曰】此説非也。畔換，强恣之貌，猶言跋扈也。《詩·大雅·皇矣》篇曰：「無然畔換。」

喬樅謹案：《毛詩》「畔換」作「畔援」，《傳》云：「無是畔道，無是援取。」孟康注蓋本《齊詩》之訓。師古不見《齊詩》，故以孟説爲非。《釋文》引《韓詩》云：「畔援，武强也。」《玉篇》「伴」字下引《詩》云：「無然伴換。伴換，猶跋扈也。」此據《魯詩》文。《鄭箋》云：「畔援，猶跋扈也。」即用魯訓。

無然歆羡。

【補】【《漢書·叙傳》】事雖歆羡。

密人不恭，敢距大邦。

【《漢書·地理志》】安定郡陰密，《詩》密人國。○【師古曰】即大雅所云「密人不恭，敢距大邦」者。

喬樅謹案：《地理志》河南郡密注云「故國」，應劭曰：「密人不恭，密須氏姞姓之國也。」臣瓚曰：「密，姬姓之國也，見《世本》。密須，今安定陰密是也。」師古曰：「應、瓚二説皆非也。此『密』即《春秋·僖六年》『圍新密』者，蓋鄭地。」今按應劭説非而瓚説則是也。孟堅明以「密」爲故國，師古乃以鄭邑新密當之，誤矣。

王赫斯怒，爰整其旅。

【補】【《春秋繁露·楚莊王》篇】《詩》云：「王赫斯怒，爰整其旅。」當是時，紂爲無道，諸侯大亂，民樂文王之怒，而詠歌之也。

【補】【《漢書·叙傳》】爰赫斯怒。

予懷明德，不大聲以色。

【補】【《禮記·中庸》】《詩》云：「予懷明德，不大聲以色。」○【鄭注】予，我也。懷，歸也。言我歸有明德者，以其不大聲爲嚴厲之色以威我也。

喬樅謹案：《毛傳》云：「不大聲見於色。」訓義亦同，即不陵弱、不暴寡之意也。

不識不知，順帝之則。

【補】【《春秋繁露·煖燠》篇】《詩》云：「不識不知，順帝之則。」言弗能知識而效天之所爲云爾。

喬樅謹案：《墨子·天志》篇曰：「『不識不知，順帝之則』，此誥文王之以天志爲法也。」與董子説同。賈子《新書·君道》篇以此詩二語爲言士民悦其德義，則效而象之，其義獨異。

帝謂文王，詢爾仇方。同爾弟兄，以爾鉤援。與爾臨衝，以伐崇墉。

【《後漢書》伏湛上疏曰】臣聞文王受命而征伐五國，必先詢之同姓，然後謀于群臣，加占蓍龜，以定行事，故謀則成，卜則吉，戰則勝。其詩曰：「帝謂文王，詢爾仇方。同爾弟兄，以爾鉤援。與爾臨衝，以伐崇墉。」崇國城守，先退後伐，所以重人命，俟時而動，故參分天下而有其二。

喬樅謹案：《齊詩》説言文王受命而征伐五國，考《尚書大傳》云：「文王受命，一年斷虞、芮之訟，二年伐邘，三年伐密須，四年伐犬夷，五年伐耆，六年伐崇。」是其事也。《史記·周本紀》先伐犬夷，次伐密，次敗耆國，次伐邘，次伐崇。雖其年與《書傳》不次，要亦爲五國也。又伏惠公引《詩》「同爾弟兄」，《毛詩》作「兄弟」，此後人轉寫誤倒之，當從《齊詩》作「弟兄」，與上句「仇方」爲韻。段氏《詩經小學》曰：「按王逸《九辯》注『内念君父及弟兄也』，與上文『長』『王』『煌』『黨』並湯韻，今譌爲『兄弟』，則非韻矣。」

【補】【《禮記·明堂位》鄭注】崇，國名。文王伐崇。

臨衝閑閑。

【《漢書·叙傳》】衝輣閑閑。○【鄧展曰】輣，兵車名也。

喬樅謹案：《詩》「臨衝閑閑」，《毛傳》訓「臨」爲臨車，「衝」爲衝車，《韓詩》「臨衝」作「隆衝」。惠氏《九經古義》、段氏《詩經小學》並以「隆」爲高，言陷陣之車隆然高大也。毛訓「臨衝」爲二，非。馬瑞辰曰：「按《墨子·備城》篇言攻城十二法，首列臨鉤衝梯，是『臨』

『衝』二者不同之證。《韓詩》作『隆衝』者，以『臨』『隆』二字雙聲古通用，故『隆衝』又作『衝隆』。《淮南子·兵略》篇『故攻不待衝隆雲梯而城拔』是也，當以《傳》訓作二車爲確。」樅考《鹽鐵論》亦云「衝隆不足爲强」，如以「隆」訓高，不作車名，則「衝隆」二字爲不辭矣。班固《叙傳》云「衝輣閑閑」，此即以「輣」當《詩》之「臨」。《後漢書·光武紀》「衝輣撞城」，章懷注引許慎曰：「輣，樓車也。」今本《説文》「樓車」作「兵車」。《淮南子》云「隆衝以攻高」，蓋樓車高足以臨敵城而攻之，故亦名「臨車」。《詩正義》謂：「『臨』者，在上臨下之名。『衝』者，從旁衝突之稱。兵書有作臨車、衝車之法。」其説是也。

是類是禡。

【補】【《五經異義》】今《尚書》夏侯、歐陽説，類，祭天名地[一]也。以事類祭之，天位在南方，就南郊祭之是也。《太平御覽》五百二十七《郊類》。

喬樅謹案：今文《尚書》爲齊學，則此亦《齊詩》説也。

【補】【《漢書·叙傳》】類禡厥宗。

〔一〕「地」，《太平御覽》無此字。按：應無此字。

靈臺

【《詩氾歷樞》曰】《靈臺》，候天意也。經營靈臺，天下附也。《太平御覽》五百〔一〕。○説詳《詩緯集證》。

【補】【許氏《五經異義》】公羊説：天子三臺，諸侯二。天子有靈臺以觀天文，有時臺以觀四時施化，有囿臺以觀鳥獸魚鼈。諸侯當有時臺、囿臺，諸侯卑，不得觀天文，無靈臺。皆在國之東南二十五里，東南少陽用事，萬物著見。二十五里者，吉行五十里，朝行暮反也。

【補】【何休《公羊傳解詁》】禮，天子有靈臺以候天地，諸侯有時臺以候四時。○【徐彦《疏》】文王受命後，乃築靈臺也。

經始靈臺，經之營之。庶民攻之，不日成之。經始勿亟，庶民子來。

【《詩含神霧》曰】作邑于豐，起靈臺。《毛詩正義》。

【補】【《易林·央之頤》】二至靈臺，文所止遊。雲物備具，長樂無憂。

【補】【又《升之節》】靈臺觀賞，膠鼓作仁。

〔一〕此條見於《太平御覽》卷五三四，「五百」後應補「三十四」三字。

【班固《東都賦》】登靈臺，考休徵。○【又《靈臺詩》】乃經靈臺，靈臺既崇。帝勤時登，爰考休徵。

【補】【《鹽鐵論·未通》篇】夫牧民之道，除其所疾，適其所安，安而不擾，使而不勞。故取而民不厭，役而民不苦。《靈臺》之詩，非或使之，民自爲之，若斯，則君何不足之有乎？

【補】【《儀禮·士喪禮》鄭注】營，猶度也。《詩》云：「經之營之。」

王在靈囿。

【班固《西都賦》】誼合乎靈囿。

王在靈沼。

【補】【班固《西都賦》】神池靈沼，往往而在。

於樂辟雍。

【補】【班固《東都賦》】辟雍海流，道德之富。○【《辟雍詩》】迺流辟雍，辟雍湯湯。

喬樅謹案：《三輔黄圖》云：「辟雍，水四周於外，象四海也。」義蓋本之《齊詩》。

下武

成王之孚，下土之式。

【補】【《禮記·緇衣》】大雅曰：「成王之孚，下土之式。」○【鄭注】孚，信也。式，法也。

媚兹一人，應侯順德。永言孝思，昭哉嗣服。

【補】【《大戴禮·將軍文子》篇】《詩》云：「媚兹一人，應侯順德。永言孝思，孝思維則。」故國一逢有德之君，世受顯命，不失厥名，以御于天子以申之。○【盧辯注】《大雅·下武》之四章也，「媚兹一人」謂御于天子而蒙寵愛。「應侯順德」，逢國君能成其德。「孝思維則」，此文在上章，兼以説之，故連言之也。

喬樅謹案：《大戴禮》引《詩》當本作「永言孝思，昭哉嗣服」，觀下文云「世受顯命，不失厥名」，正申明「昭哉嗣服」之詞。然則作「孝思維則」者，乃後人傳寫之誤耳。

【補】【《漢書·叙傳》】媚兹一人。

文王有聲

欥求厥寧。

【補】【《説文·欠部》】吹，詮詞也。《詩》曰：「吹求厥寧。」

喬樅謹案：《廣雅·釋詁》：「吹，詞也。」《漢書》班固《幽通賦》「吹中龢爲庶幾兮」，注云：「吹，古『聿』字。」據此是「吹」爲正字，又文省作「曰」，又同聲假借用「聿」與「遹」。《毛詩釋文》於「遹駿」下不言《韓詩》字異，則文與毛同可知。《説文》所引是據《齊詩》。「詮詞」者，承上文所發端，詮而繹之也。高誘注《淮南·詮言訓》云：「詮，就也。」亦謂就其言而解之也。馬瑞辰曰：「按《爾雅》：『坎、律，銓也。』『坎』當即『吹』字形近之譌，『律』即『聿』也，『銓』即『詮』也，皆假借字耳。」

文王受命，有此武功。既伐于崇，作邑于豐。

【補】【《春秋繁露·楚莊王》篇】制爲應天改之，樂爲應人作之，彼之所受命者，必民之所同樂也。是故作樂者，必反天下之所始樂於己以爲本。文王之時，民樂其興師征伐也，故《武》。武者，伐也。《詩》云：「文王受命，有此武功。既伐于崇，作邑于豐。」樂之風也。周人德已洽天下，反本以爲樂，謂之《大武》，言民所始樂者，武也云爾。故凡樂者，作之於終，而名之以始，重本之義也。

【補】【又《郊祭》篇】文王受天命而王天下，先郊，乃敢行事，而興師伐崇。其詩曰：「文王受命，有此武功。既伐于崇，作邑于豐。」

【補】【《鹽鐵論·復古》篇】文王受命伐崇，作邑于豐。武王繼之，載尸以行，破商擒紂，遂成王業。故志大者遺小，用權者離俗。

匪革其猶，聿追來孝。

【補】【《禮記·禮器》】《詩》云：「匪革其猶，聿追來孝。」〇【鄭注】革，急也。猶，道也。聿，述也。言文王之改作者，非必欲行己之道，乃追述先祖之業，來居此爲孝。

喬樅謹案：《毛詩》「革」作「棘」，「猶」作「欲」，「聿」作「遹」。《釋文》云：「本作『匪亟其欲』。」「革」「棘」「亟」古並通用，「猶」古亦通「欲」。盧文弨云：「《周禮·小行人》『猶犯令者爲一書』，《大戴禮》作『欲』，是其驗也。」「遹」「聿」古今字，《後漢書·李固傳》亦作「聿追來孝」。

鎬京辟雍，自西自東，自南自北，無思不服。

【補】【《大戴禮·曾子大孝》篇】《詩》云：「自西自東，自南自北，無思不服。」

喬樅謹案：《禮記·祭義》引《詩》文同。

【補】【《鹽鐵論·繇役》篇】文王底德而懷四夷，《詩》云：「鎬京辟雍，自西自東，自南自北，無思不服。」武王之伐殷也，執黄鉞，誓牧之野，天下之士莫不願爲之用。

【補】【班固《東都賦》】御明堂，臨辟雍。

【補】《漢書・孝平紀贊》亡思不服。

喬樅謹案：亡，當作「無」。

考卜惟王，度是鎬京。惟龜正之，武王成之。

【補】【《禮記・坊記》】《詩》云：「考卜惟王，度是鎬京。惟龜正之，武王成之。」○【鄭注】度，謀也。鎬京，鎬宫也。言武王卜而謀居此鎬邑，龜則吉兆正之，武王築成之。

喬樅謹案：度，《毛詩》作「宅」。「宅」與「度」古同音，假借字。《皇矣》「此惟與宅」，《論衡・初禀》篇引作「度宅」，亦「度」之假借也。

豐水有芑，武王豈不仕。詒厥孫謀，以燕翼子，武王烝哉。

【補】【《禮記・表記》】《詩》曰：「豐水有芑，武王豈不仕。詒厥孫謀，以燕翼子，武王烝哉。」○【鄭注】芑，枸檵也。仕之言事也。詒，遺也。燕，安也。烝，君也。言武王豈不念天下之事乎，如豐水之有芑矣，乃遺其後世之子孫以善謀，以安翼其子也。君哉武王，美之也。

喬樅謹案：《晏子春秋・内篇諫》下引《詩》作「武王豈不事，詒厥孫謀，以宴翼子」。「仕」者，「事」之假借字。「燕」與「宴」古相通用。《後漢書・班彪傳》引亦作「宴」，「宴」亦安也。翼，《毛詩傳》《箋》並訓爲敬，與此注義異。《左傳・文三年》引《詩》「以燕翼子」，杜注曰：「翼，成也。」《表記》正義申鄭説云：「翼，助也。謂以王業保安，翼助其子孫。」「翼助」即「翼成」之義。「詒厥孫謀」，《詩箋》云：「孫，順也。」讀「孫」爲「遜」，義與《記注》不同。《詩釋文》云：「孫，王申毛如字，鄭音遜。」胡承珙曰：「據班彪引《詩》『詒厥孫謀，以燕翼子』，言武王之謀遺子孫也，此尤可爲『孫』讀如字之證。」

【補】【《後漢書》班彪上言曰】昔成王之爲孺子，出則周公、召公、太史佚，入則太顛、閎夭、南宫括、散宜生。前後禮無違者，故成王一日即位，天下曠然太平。《詩》云：「詒厥孫謀，以宴翼子。」言武王之謀遺子孫也。

【補】【班固《典引》】亦以寵靈文、武，貽燕後昆。

齊詩遺説考卷第三（三之二）

福州陳壽祺學　男喬樅述

齊詩大雅二

生民

厥初生民，時惟姜嫄。

履帝武敏歆。

【《五經異義》】《詩》齊、魯、韓説，聖人皆無父，感天而生。《毛詩正義》。

喬樅謹案：《史記·三代世表》褚先生引《詩傳》曰：「后稷母姜嫄，出見大人蹟而履踐之，知於身，生后稷。」《索隱》以史所引出《詩緯》。《詩正義》引《河圖》云：「姜嫄履大人迹，生后稷。」《中候·稷起》云：「蒼耀稷生感迹昌。」《苗興》云：「稷之迹乳。」是諸緯候説並與《齊詩》同。

【補】【《漢書·叙傳》】厥初生民。

【補】【《古今人表》】姜嫄，帝嚳妃，生棄。

【補】【《春秋繁露·三代改制質文》篇】后稷母姜嫄，履天之跡而生后稷。后稷長於邰土，播田五穀。

實穎實栗。

【補】【班固《西都賦》】五穀垂穎。

喬樅謹案：《毛傳》云：「穎，垂穎也。」訓義亦同。

即有斄家室。

【補】【《漢書·地理志》】右扶風斄，周后稷所封。○【師古曰】斄，讀與「邰」同。

喬樅謹案：斄，《魯詩》作「台」，《毛詩》作「邰」。《史記·周本紀》「弃母有邰氏女」，《正義》曰：「邰，亦作『斄』，同。」

惟秬惟秠。

【補】【班固《典引》】昔姬有玄秬、黄鏊之事。

或舂或抌。

【補】【《儀禮·有司徹》鄭注】挑，讀如「或舂或抌」之「抌」字。或作「挑」者，秦人語也。今文「挑」作「抌」。○【賈公彦曰】讀从《詩》「或舂或抌」。

喬樅謹案：《周禮·地官》「女舂抌二人」，注云：「女奴能舂與抌者。抌，抒臼也。《詩》云：『或舂或抌。』」皆據《齊詩》文也。抌，《毛詩》作「揄」，「揄」蓋「抌」之假借。馬瑞辰曰：「《説文》：『舀，抒臼也。』引《詩》『或簸或舀』，『簸』當爲『舂』之譌。『舀』或作『抌』『𦥷』。是『舀』『抌』本一字，『揄』『舀』一聲之轉。」

取蕭祭脂。

【補】【《禮記·郊特牲》鄭注】蕭，薌蒿也。染以脂，合黍稷燒之。《詩》云：「取蕭祭脂。」

后稷兆祀，庶無罪悔，以迄于今。

【補】【《禮記·表記》】《詩》云：「后稷兆祀，庶無罪悔，以迄于今。」○【鄭注】兆，郊之祭處也。迄，至也。言祀后稷于郊以配天，庶以其無罪悔乎？福禄傳世，以至于今。

喬樅謹案：兆，《毛詩》作「肇」，字與齊異。上文「以歸肇祀」，《毛傳》訓「肇」爲始，《箋》云：「肇，郊之神位也。」讀「肇」爲「兆」，是據《齊詩》易毛。「肇」者，古文假借字。《商頌》「肇域彼四海」，《箋》云：「肇，當作『兆』。」此不言者，文略耳。《周官·小宗伯》「兆五帝于四郊」，注云：「兆，爲壇之營域。」《説文》作「垗」，段氏注云：「今《周禮》作『兆』，許作

『挑』，蓋故書、今書之不同也。」又《尚書大傳》「兆十有二州」，古文《堯典》作「肇」，此古文假借之驗。

行葦

【補】【班彪《北征賦》】慕公劉之遺德，及行葦之不傷。

喬樅謹案：據此知《齊詩》説亦以《行葦》爲公劉之詩，與魯、韓同義。

洗爵奠斝。

【補】【《禮記·明堂位》鄭注】斝，畫禾稼也。《詩》曰：「洗爵奠斝。」

既醉

既醉以酒，既飽以德。

【補】【《禮記·坊記》】《詩》云：「既醉以酒，既飽以德。」○【鄭注】言君子饗燕，非專爲酒肴，亦以觀威儀、講德美。

朋友攸攝，攝以威儀。

【補】【《禮記·緇衣》】《詩》云：「朋友攸攝，攝以威儀。」○【鄭注】攸，所也。言朋友以禮義相攝。

孝子不匱。

【補】【《禮記·坊記》】《詩》云：「孝子不匱。」○【鄭注】匱，乏也。孝子無乏止之時。

鳧鷖

鳧鷖在涇，公尸來燕來寧。

公尸燕飲，福禄來成〔一〕。

【補】【《易林·大有之離》】鳧鷖遊涇，君子以寧。復德不愆，福禄來成。《夬之蒙》同。惟「復德」作「履德」爲異。

喬樅謹案：《毛詩箋》云：「祭祀既畢，明日又設禮而與尸燕。」是以「公尸燕飲」爲繹而賓尸。考《爾雅》：「繹，又祭也。周曰繹，商曰肜，夏曰復胙。」此云「復德」，即復胙之義。

〔一〕底本「公尸燕飲，福禄來成」合在上一行，今據續編本及全書體例另分一行。

鳧鷖在渚，公尸來燕來處。

【補】【《易林·噬嗑之中孚》】璚英朱草，仁政得道。鳧鷖在渚，福禄來下。公尸侑食，福禄來處。

公尸燕飲，福禄來下。〔一〕

【補】【又《同人之剥》】文〔二〕山紫芝，雍梁朱草。長生和氣，王〔三〕以爲寶。公尸侑食，福禄來下。

【補】【又《蠱之涣》】紫芝朱草，生長和氣。公尸侑食，福禄來下。

喬樅謹案：此詩「公尸」，《鄭箋》以首章爲祭宗廟，次章爲祭四方萬物，三章爲祭天地，四章爲祭山川社稷，末章爲祭七祀。宋儒譏其臆説，然據《毛詩叙》云：「太平之君子，能持盈守成，神祇祖考安樂之也。」以「神祇」與「祖考」並舉，則毛釋此詩斷非專指宗廟而言。《詩正義》申毛，以五章皆屬宗廟，失之矣。鄭君于《詩》兼通三家，《箋》説以《鳧鷖》五章分配宗廟、天地、社稷及四方群祀，必非無據。馬瑞辰《傳箋通釋》以爲古者祭天地社稷，雖皆有尸，然不聞有賓尸之禮，繹而賓尸，惟於宗廟見之，決此詩爲宗廟繹祭。樅謂馬説亦未審。

〔一〕底本「公尸燕飲，福禄來下」合在上一行，今據續編本及全書體例另分一行。
〔二〕「文」，《易林》士禮居叢書景刻陸校宋本作「文」，續道藏本作「之」。
〔三〕「王」，《易林》續道藏本作「與」。

《周頌・絲衣序》云：「繹，賓尸也。高子曰：『靈星之尸也。』」正以《序》言「賓尸」，不明爲何祭之尸，故特著此語。杜佑《通典》引劉向《五經通義》曰：「靈星爲立尸，故云『絲衣其紑，會弁俅俅』，言王者祭靈星公尸所服之衣也。」是子政亦以《絲衣》賓尸即爲靈星之尸。考《史記・封禪書》云：「漢興八年，或曰周興而邑邰，立后稷之祠，至今血食天下。於是高祖制詔御史：『其令郡國縣立靈星祠，常以歲時祠以牛。』」《續漢書・祭祀志》云：「言祠后稷而謂之靈星者，以后稷又配食星也。舊說，星謂天田星也。」張晏曰：「龍星左角曰天田，即農祥也，晨見而祭之。」又《古今注》云：「元和三年，初爲郡國立稷及祠社靈星禮器。」是古者靈星之祀與社稷爲類。祭靈星有繹賓尸之禮，則祭天地社稷及方祀群祀之皆有賓尸，亦足以明矣。今按《易林》有「璚英朱草，仁政得道」之文，是蓋以王者德至天地，天下太平，符瑞並臻。則三章「鳧鷖在渚」之爲祭天地，此亦其確證也。

嘉樂

嘉樂君子，憲憲令德。宜民宜人，受禄于天。保佑命之，自天申之。

【補】【《禮記・中庸》**】**《詩》曰：「嘉樂君子，憲憲令德。宜民宜人，受禄于天。保佑命之，自天申之。」○**【鄭注】**憲憲，興盛之貌。保，安也。佑，助也。

喬樅謹案：孔氏《正義》云：「《毛詩》本文『憲憲』爲『顯顯』，與此不同者，齊、魯、韓《詩》與《毛詩》不同故也。」陸氏《釋文》云：「嘉，《詩》本作『假』，音同。假，嘉也，皇音加，善也。」又「佑」字，《毛詩》作「右」。

【補】【《漢書》董仲舒對策曰】《詩》云：「宜民宜人，受禄于天。」爲政而宜于民者，固當受禄于天。夫仁、義、禮、知、信，五常之道，王者所當修飾也。五者修飾，故受天之佑而享鬼神之靈，德施于方外，延及群生也。

【補】【《漢書·刑法志》】《詩》云：「宜民宜人，受禄于天。」《書》曰：「立功立事，可以永年。」言爲政而宜於民者，功成事立，則受天禄而永年命，所謂「一人有慶，萬民賴之」者也。

干禄百福，子孫千億。

【補】【《後漢書》郎顗拜章曰】天自降福，子孫千億。

【補】【《易林·比之泰》】長生無極，子孫千億。

穆穆煌煌。

【補】【班固《明堂詩》】穆穆煌煌。

喬樅謹案：煌煌，《毛詩》作「皇皇」。

不騫不忘，率由舊章。

【補】《春秋繁露·郊語》篇】《詩》云：「不騫不忘，率由舊章。」「舊章」者，先聖人之故文章也。「率由」，各有修從之也。

喬樅謹案：「騫」與「愆」通，見《文選》劉越石《扶風歌》李善注：「《毛詩》作『愆』。」劉向《説苑》引《詩》又作「僁」，考釋玄應《衆經音義》云：「僁，古文『寋』『𨗨』二形，籀文作『𠍗』，今作『愆』。」又《列子·黄帝》篇「无愆」，《釋文》云：「愆，本又作『騫』。」是「愆」「騫」通用之證。

威儀抑抑，德音秩秩。無怨無惡，率由仇匹。

【補】《春秋繁露·楚莊王》篇】百物皆有合偶，偶之合之，仇之匹之，善矣。《詩》云：「威儀抑抑，德音秩秩。無怨無惡，率由仇匹。」此之謂也。

喬樅謹案：仇匹，《毛詩》作「群匹」，與《齊詩》文異。

受福無疆。

【補】《漢書·禮樂志》】受福無疆。

不解于位，民之攸塈。

【補】【《漢書·五行志》中之上】《詩》曰：「不解于位，民之攸塈。」

公劉

【補】【《易林·家人之臨》】節情省欲，賦斂有度。家給人足，公劉以富。

迺積迺倉，迺裹餱糧，于橐于囊。

【補】【《鹽鐵論·取下》篇】公劉好貨，居者有積，行者有囊。

弓矢斯張。

【補】【《易林·大壯之明夷》】弓矢斯張。

豳居允荒。

【補】【《漢書·匈奴傳》】夏道衰，公劉失其稷官，變于西戎，邑于豳。

【補】【《易林·升之泰》】公劉之居，大王所業。

芮阸〔一〕之即。

【《漢書·地理志》】右扶風汧，本注：「雍州，汧水出西北，入渭。芮水出西北，東入涇。《詩》『芮阸』，雍州川也。」

喬樅謹案：《詩釋文》云：「芮鞫，本又作『汭』。」《周禮·職方氏》注引《詩》正作「汭阸之即」，師古《漢書注》云：「阸，讀與『鞫』同。《韓詩》作『芮阸』。」然則韓與齊文同矣，《周禮注》所引蓋據《魯詩》。陳氏見洮云：「《玉篇》『水外曰埛』，又『埛〔二〕，古岸也』，當以此爲正。鞫，假借字也。」

泂

酌彼行潦，挹彼注兹。

【補】【《鹽鐵論·和親》篇】政有不從之教，而世無不可化之民。《詩》云：「酌彼行潦，挹彼注兹。」故公劉處戎狄，戎狄化之；大王去豳，豳民隨之；周公修德，而越裳氏來。

〔一〕「阸」，底本皆作「阬」，當作「阸」。

〔二〕「埛」，《玉篇》作「垊」。

喬樅謹案：揚雄《博士箴》云：「公劉挹行潦而濁亂斯清。」與此意合，是三家説同。

凱弟君子，民之父母。

【補】《禮記・孔子閒居》《詩》云：「凱弟君子，民之父母。」〇【鄭注】凱弟，樂易也。

喬樅謹案：《表記》引《詩》二語而釋之曰：「凱以强教之，弟以説安之，使民有父之尊，有母之親。如此而后可以爲民父母矣。」《毛傳》即用《表記》語，知三家亦皆同也。《禮記釋文》云：「凱，本又作『愷』。弟，本又作『悌』。《大戴禮・衛將軍文子》篇引作『愷悌』。」

【補】《漢書・刑法志》《詩》曰：「愷弟君子，民之父母。」〇【師古曰】《大雅・泂酌》之詩也，言君子有和樂簡易之德，則其下尊之如父，親之如母也。

卷阿

如圭如璋。

【補】《漢書・叙傳》威儀之盛，如圭如璋。

鳳凰鳴矣，于彼高崗。梧桐生矣，于彼朝陽。菶菶萋萋，噰噰喈喈。

【補】《易林・觀之謙》高崗鳳凰，朝陽梧桐。噰噰喈喈，菶菶萋萋。陳辭不多，以告孔嘉。

【補】【又《大過之需》】大樹之子，百條共母。當夏六月，枝葉盛茂。鸞凰以庇，召伯避暑。翩翩偃仰，甚得其所。《揆之困》同。

【補】【又《乾之姤》】政不暴虐，鳳凰來舍。四時順節，民安其居。《賁卦》同。

矢詩不多，惟以遂歌。

喬樅謹案：《易林》言「陳辭不多，以告孔嘉」，正釋此詩二語。「矢」即陳也，義見《爾雅·釋詁》。《汲冢紀年》云：「成王三十三年遊於卷阿，召康公從。」今據《易林》有「當夏六月」語，則卷阿之遊正在六月。詩言「飄風自南」，實紀來遊之候，非興辭也。

民勞

民亦勞止，汔可小康〔一〕。

惠此中國，以綏四方。

【補】【《鹽鐵論·論勇》篇】《詩》云：「惠此中國，以綏四方。」故義之服無義，疾於原馬良弓；

〔一〕「民亦勞止，汔可小康」，續編本無此二句。

德之召遠，疾於馳傳重驛。

無縱詭隨，以謹無良。

【補】【《後漢書》陳忠疏】輕者重之端，小者大之源，故隄潰蟻穴，氣洩鍼芒。是以明者慎微，智者識幾。《詩》云：「無縱詭隨，以謹無良。」蓋所以崇本絶末，鉤深之慮也。○【李賢注】詩大雅也，言詭誑委隨之人不可縱，宜即罪之，用謹勑不善之人也。

喬樅謹案：《廣雅·釋訓》：「詭隨，小惡也。」陳忠引《詩》意主懲小以儆大，與《廣雅》之訓正合。

柔遠能邇。

【補】【《漢書·叙傳》】柔遠能邇。

【補】【《後漢書》班超上書曰】竊聞古者十五受兵，六十還之，亦有休息不任職也。《詩》云：「民亦勞止，汔可小康。惠此中國，以綏四方。」

板

上帝板板，下民卒癉。

【補】【《禮記・緇衣》】《詩》云：「上帝板板，下民卒癉。」○【鄭注】上帝，喻君也。板板，辟也。卒，盡也。癉，病也。此君使民惑之詩。

喬樅謹案：《詩釋文》云：「卒癉，本又作『僤』，沈本作『癉』。」考《韓詩外傳》引《詩》作「下民瘁癉」，是二字皆訓爲病。此以「卒」訓盡，文義與韓並異。又按「板板，辟也」，「辟」即「僻」字，義見《爾雅》。

先民有言，詢于芻蕘。

【補】【《禮記・坊記》】《詩》云：「先民有言，詢于芻蕘。」○【鄭注】先民，謂上古之君也。詢，謀也。芻蕘，謂下民之事也。言古之人君將有政教，必謀之於庶民乃施之。

喬樅謹案：此與《詩箋》義異。

【補】【《鹽鐵論・刺義》篇】多見者博，多聞者知，距諫者塞，專己者孤。故謀及下者無失策，舉及下〔一〕者無頓功。《詩》云：「詢于芻蕘。」

誘民孔易。

〔一〕「下」，《鹽鐵論》作「衆」。

【補】【《禮記·樂記》】《詩》云：「誘民孔易。」○【鄭注】誘，進也。孔，甚也。

喬樅謹案：《韓詩外傳》引《詩》文同。《毛詩》「誘」作「牖」，《傳》云：「牖，道也。」《正義》以「牖」與「誘」古字通。馬瑞辰曰：「《説文》：『羑，相詸呼也。从厶、羑。或作「誘」，古文作「羑」。』《羊部》又曰：『羑，進善也。文王拘羑里，在蕩陰。』是訓道、訓進，皆當以『羑』爲正字。《顧命》『天受羑若』，馬注：『羑，道也。』其正字也。作『誘』者，『羑』之或體。『羑』或借『牖』，猶『羑里』，《尚書大傳》《史記》皆作『牖里』也。」

介人惟藩，大師惟垣。大邦惟屏，大宗惟翰。懷德惟寧，宗子惟城。毋俾城壞，毋獨斯畏。

【《漢書·諸侯王表》】昔周監於二代，三聖制法，立爵五等，封國八百，同姓五十有餘。周公、康叔建於魯、衛，各數百里；太公於齊，亦五侯九伯之地。《詩》載其志曰：「介人惟藩，大師惟垣。大邦惟屏，大宗惟翰。懷德惟寧，宗子惟城。毋俾城壞，毋獨斯畏。」所以親親賢賢，褒表功德，關諸盛衰，深根固本，爲不可拔者也。

喬樅謹案：《毛詩》「介」作「价」，「毋」作「無」，與《齊詩》微異。馬瑞辰曰：「《毛傳》：『价，善也。』《鄭箋》：『价，甲也。』按『介』即『价』之省文，『介』『夰』古通用。《爾雅》：『介，大也。』又曰：『介，善也。』《方言》《説文》並曰：『夰，大也。』介人爲善人，即爲大人，與下文大師、大邦、大宗爲一類。若訓爲被甲之人，則不類矣。大師宜謂大衆，『大師惟垣』猶云衆志成城也。《荀子·君道》篇曰：『君人者，愛民而安，好士而榮。兩者無一焉，則亡。《詩》云：「介人惟藩，大師惟垣。」此之謂也。』蓋引《詩》『介人惟藩』以證『好士而榮』，『大師惟垣』證上『愛民而安』。《毛詩》出於荀卿，其訓大師，當與之同。《鄭箋》讀『大』如『泰』，以大師爲三公，《正義》以《箋》釋《傳》，誤矣。」

【補】《易林·頤之漸》姬戚姜望，爲武守邦。藩屏燕齊，周室以疆，子孫億昌。

敬天之怒，不敢戲豫。

【補】《後漢書》郎顗條對曰：「《詩》云：『敬天之怒，不敢戲豫。』」

喬樅謹案：丁鴻上封事引《詩》同。

蕩

靡不有初，鮮克有終。

【補】《大戴禮·衛將軍文子》篇《詩》云：「靡不有初，鮮克有終。」○【盧辯曰】《大雅·蕩》首章也。

曾是强圉，曾是掊克。

【《漢書·叙傳》】曾是强圉，掊克爲雄。

喬樅謹案：强圉，《毛詩》作「彊禦」，《傳》云：「彊梁禦善也。」考《楚詞·離騷》「澆身被服强圉兮」，王逸注云：「强圉，多力也。」叔師説《詩》多據魯説，班用《齊詩》之文，同魯作「强圉」，是三家之訓皆與毛異。王氏念孫云：「禦，亦强也，字或作『圉』。《逸周書·謚法》篇『威德剛武曰圉』，《春秋繁露·必仁且智》篇曰『其强足以覆過，其禦足以犯詐』，是『禦』與『强』同義。昭元年《左傳》曰『彊禦已甚』，十二年《傳》曰『吾軍帥彊禦』，皆二字同義，非『彊梁禦善』之謂也。」

不明爾德，以亡背亡仄。爾德不明，以亡陪亡卿。

【《漢書·五行志》】《詩》云：「爾德不明，以亡陪亡卿。不明爾德，以亡背亡仄。」言上不明，暗昧蔽惑，則不能知善惡，親近習，長同類。亡功者受賞，有罪者不殺，百官廢亂也。

案：《五行志》中之下引《傳》如此。《志》言夏侯始昌通五經，善推《五行傳》，傳族子勝，其傳與劉向同。則《志》所載《傳》皆本始昌也。始昌傳《齊詩》，則此齊説也，下放此。

咨女殷商，天不湎爾以酒。

【補】【《易林·賁之坤》】帝辛沉湎，商滅其墟。

式號式謼。

【《漢書·叙傳》】班伯曰：「『沉湎于酒』，微子所以告去也；『式號式謼』，大雅所以流連也。《詩》《書》淫亂之戒，其原皆在于酒。」

案：班伯少受《詩》於師丹，《漢書·儒林傳》云：「《齊詩》有翼、匡、師、伏之學。」

如蜩如螗，如沸如羹。

【《漢書·五行志》】《詩》云：「如蜩如螗，如沸如羹。」言上號令不順民心，虚譁憒亂，則不能治海内。○【師古曰】謂政無文理，虚言蹲沓，如蜩螗之鳴，湯之沸涫，羹之將孰也。

喬樅謹案：師古此注蓋襲用舊説《齊詩》之義，故與《毛詩傳》《箋》異解。

雖無老成人，尚有典刑。曾是莫聽，大命以傾。

【補】【《漢書·外戚傳》】成帝報許后曰：「《詩》云：『雖無老成人，尚有典刑。曾是莫聽，大命以傾。』」○【師古曰】《大雅·蕩》之篇也。老成人，舊故之臣也。典刑，常法也。言周亂之時，不用舊法，以至傾危。

喬樅謹案：成帝嘗從伏理受《詩》。理者，匡衡弟子也，見《漢書·儒林傳》及陸璣《草木疏》。《後漢書·伏湛傳》亦稱理名儒，以《詩》授成帝，則此所引爲《齊詩》明矣。

【補】【《鹽鐵論·遵道》篇】上自黄帝，下及三王，莫不明德教，謹庠序，崇仁義，立教化，此百世不易之道也。《詩》云：「雖無老成人，尚有典刑。」

殷監不遠，在夏后之世。

【補】【《鹽鐵論·結和》篇】語曰：「前車覆，後車戒。」「殷鑒不遠，在夏后之世矣。」

【補】【《漢書·傳贊》】梅福之辭，合於大雅。雖無老成，尚有典刑。殷鑒不遠，夏后所聞。

抑

抑抑威儀，惟德之隅。

【補】【《漢書·馮奉世傳贊》】《詩》稱「抑抑威儀，惟德之隅」。

喬樅謹案：「抑抑威儀」句，又見班固《辟雍詩》。「惟德之隅」句，又見《漢書·敘傳》。考《隸釋》載《漢酸棗令劉熊碑》作「惟德之偶」，「偶」者，「隅」之假借，亦三家之異文。

有梏德行，四國順之。

【補】【《禮記·緇衣》】《詩》云：「有梏德行，四國順之。」〇【鄭注】梏，大也，直也。

【補】【《春秋繁露·郊祭》篇】《詩》曰：「有覺德行，四國順之。」覺者，著也。王者有明著之德行於世，則四方莫不響應風行〔一〕，善於彼矣。

喬樅謹案：《毛詩》「有覺德行」，《傳》云：「覺，直也。」《箋》云：「有大德行則天下順從其政。」訓義與《記注》同。又《斯干》詩「有覺其楹」，《毛傳》云：「有覺，言高大也。」《箋》云：「覺，直也。」「直」「大」，《傳》《箋》互訓，其義相成。馬瑞辰曰：「按《爾雅》『梏，直也』，《廣雅》『覺，大也』，『覺』與『梏』雙聲。《爾雅釋文》『梏，郭音角』，即讀同『覺』。《釋名》云：『上敕下曰告。告，覺也，使覺悟，知己意也。』以『覺』『告』同音爲義，故通用。『梏』即『覺』之假借也，《説文》：『覺，悟也，从見，學省聲。』『直，正見也，从十目乚。』『乚』讀若『隱』，蓋以十目燭隱則見之審，必能正曲也。是覺悟與正直義本相通。又《爾雅》『梗，直也』，《方言》『梗，覺也』，皆覺有直義之證。《春秋繁露》釋《詩》，取著明之義，與直、大義亦相通。」

敬慎威儀，惟民之則。

【《漢書》匡衡疏曰】臣聞聖王之自爲動静周旋，奉天承親，臨朝享臣，物有節文，以章人倫。蓋欽翼祇栗，事天之容也；温恭敬遜，承親之體也；正躬儼恪，臨衆之儀也；嘉惠和悦，饗下之顔

〔一〕「行」，《春秋繁露》作「化」。

也。舉錯動作，物遵其儀，故形爲仁義，動爲法則。孔子曰：「德義可尊，容止可觀，進退可度，以臨其民。是以其民畏而愛之，則而象之。」大雅云：「敬慎威儀，惟民之則。」

喬樅謹案：《漢書·五行志》中之上引《詩》文同，「惟民之則」句又見《禮樂志·安世房中歌》。

誥爾民人，謹爾侯度，用戒不虞。

【補】【《鹽鐵論·世務》篇】事不豫辨，不可以應卒。内無備，不可以禦敵。《詩》云：「誥爾民人，謹爾侯度，用戒不虞。」故有文事，必有武備。

喬樅謹案：誥，《毛詩》作「質」，《傳》云：「質，成也。」魯、韓《詩》並作「告」。馬瑞辰曰：「『質』與『誥』不相通，『誥』當爲『詰』字之譌。蓋『質』與『折』雙聲，『質』與『詰』疊韻，古並通用。《士冠禮》『質明行事』，《說文》引作『哲明行事』，『晢』从折聲，是『質』通『折』之證也。古文『哲』从三吉作『嚞』，或省作『喆』，又通作『詰』。《小爾雅》『詰朝，明旦也』，『詰』即『晢』之假借，亦與『質』同，故爲明旦。此『質』通『詰』之證也。三家《詩》蓋作『詰爾民人』，後以形近而譌爲『誥』，又省作『告』耳。《爾雅·釋言》：『誥，誓，謹也。』據《周官·大司寇》『詰四方』，鄭注『詰，謹也』，是知《爾雅》『誥』亦『詰』字形近之譌，與此詩『詰』譌爲『誥』者正同。至《漢書·刑法志》『以刑邦國，詰四方』，顔師古曰：『詰，字或作

「詁」。詁，謹也。』蓋後人據誤本《爾雅》而改耳。《詩》『詁爾民人』與下句『謹爾侯度』同義，『詁』亦『謹』也。」喬樅又案：不虞，《毛傳》訓爲非度，《韓詩外傳》及《説苑》引《詩》亦皆以「不虞」爲敗度之事，與毛意合。今據《鹽鐵論》云云，則知《齊詩》之義以「不虞」爲非常寇盜，《鄭箋》釋「用戒不虞」爲用備不億度而至之事，蓋用齊説。

慎爾出話，敬爾威儀。

【補】【《禮記・緇衣》】《詩》云：「慎爾出話，敬爾威儀。」○【鄭注】話，善言也。

白圭之玷，尚可磨也。斯言之玷，不可爲也。

【補】【《禮記・緇衣》】《詩》云：「白圭之玷，尚可磨也。斯言之玷，不可爲也。」○【鄭注】玷，缺也。言圭之缺尚可磨而平之，言之缺無如之何。

【班固《幽通賦》】庶斯言之不玷。

無易由言。

【補】【《鹽鐵論・散不足》篇】無易由言，不顧其患，患至而後默，晚矣。

無言不讎，無德不報。

【補】【《禮記・表記》】《詩》云：「無言不讎，無德不報。」○【鄭注】讎，猶答也。

【補】《漢書·王商等傳贊》無言不讎。

【補】《春秋繁露·郊事》篇《詩》云：「無德不報。」

喬樅謹案：《張安世傳》引《詩》二語同，「無德不報」句又見《宣帝紀》引《詩》。

相在爾室，尚不愧于屋漏。

【補】《禮記·中庸》《詩》云：「相在爾室，尚不愧于屋漏。」〇【鄭注】相，視也。室西北隅謂之「屋漏」。視女在室獨居者，猶不愧于屋漏。屋漏非有人也，况有人乎？

喬樅謹案：《毛詩箋》云：「屋，小帳也。漏，隱也。禮，祭於奧既畢，改設饌於西北隅而厞隱之處，此祭之末也。」馬瑞辰曰：「屋漏之義，説者不一。有以爲當室之白，日光所漏者；有以爲撤厞，供諸喪用，直雨則漏者。惟《箋》以屋爲小帳，訓『漏』爲隱。今按《詩》下云『無曰不顯』，承上『屋漏』言之，是『屋』『漏』皆隱蔽之義。《爾雅·釋言》：『厞陋，隱也。』『陋』『漏』古同音通用，『屋漏』即『厞陋』耳。《特牲饋食禮》曰：『佐食徹尸薦俎敦，設於西北隅，几在南，厞用筵。』注云：『厞，隱也。』《少牢饋食有司徹》曰：『有司官徹饋，饌于室中西北隅，南面，如饋之設右几，厞用席。』注云：『古文「厞」作「茀」。』案『厞』與『茀』雙聲，『茀』與『屋』疊韻，『茀』又通作『蔽』。《詩》「翟茀以朝」，《周官註》引作「翟蔽」。蓋因設饌西北隅，以席蔽之如幄，爲厞隱之地，因名其地爲厞陋，又名屋漏。屋本覆帳之名，因凡覆於上者通謂之屋。『屋』與『隱』雙聲，是知『屋』亦隱也。《箋》上釋『屋漏』，下即云『厞隱之處』，則是以『厞陋』即『屋漏』矣。《楚詞·九歌》『隱思君兮陫側』，『陫』讀如『厞』，『側』讀如『側陋』之『側』。高誘注《淮南子》云：『側，伏也。』『伏』謂隱伏。『側陋』又作『側微』，『微』即隱之義。《説文》：『微，隱行也。』『側陋』『側微』皆謂隱藏不出者，是知《詩》言『屋漏』，《書》言『側陋』，《爾雅》言『厞陋』，《楚詞》言『陫側』，其義一也。《曾子問》『當室之白』蓋謂室中當户明處，並未以爲室之西北隅也。《孔疏》引以證『當室之白』爲屋漏，誤矣。」

神之格思，不可度思，矧可射思。

【補】【《禮記·中庸》】《詩》曰：「神之格思，不可度思，矧可射思。」○【鄭注】格，來也。矧，况也。射，厭也。思，皆聲之助。言神之來，其形象不可億度而知，事之盡敬而已，况可厭倦乎？

淑慎爾止，不僭于儀。

【補】【《禮記·緇衣》】《詩》云：「淑慎爾止，不僭于儀。」○【鄭注】淑，善也。僭，過也。言善慎女之容止，不可過于禮之威儀也。

喬樅謹案：僭，《毛詩》作「愆」。《氓》詩「匪我愆期」，《釋文》：「愆，字又作『僭』。」《蕩》詩「既愆爾止」，《釋文》：「愆，本又作『僭』。」考《説文》：「愆，過也。从心，衍聲。或從寒省作『悪』，籒作『僁』。」釋玄應《衆經音義》云：「愆，古文『悪』『逓』二形，籒文作『僁』。今作『諐』，同。」

投我以桃，報之以李。

【補】【《鹽鐵論・和親》篇】《詩》云：「投我以桃，報之以李。」未聞善往而有惡來者。

喬樅謹案：《鄭箋》云：「此言善往則善來，人無行而不得其報也。」與《鹽鐵論》義合。《墨子・兼愛》篇云：「大雅之所道曰無言而不讎，無德而不報，『投我以桃，報之以李』，即此言愛人者必見愛，而惡人者必見惡也。」語意亦同。

彼童而角，實虹小子。

【補】【《易林・巽之節》】嬰兒孩子，未有知識。彼童而角，亂我政事。《損之大畜》同。

温温恭人，惟德之基。

【補】【《禮記・表記》】《詩》曰：「温温恭人，惟德之基。」

喬樅謹案：「温温恭人」句，又見《玉藻》注引《詩》。

籍曰未知，亦既抱子。

【補】【《漢書・霍光傳》】《詩》云：「籍曰未知，亦既抱子。」

喬樅謹案：籍，《毛詩》作「借」。

誨爾忳忳。

【補】《禮記·中庸》鄭注：「肫」讀如「誨爾忳忳」之「忳」。

喬樅謹案：忳忳，《毛詩》作「諄諄」，《釋文》云：「諄，本又作『訰』。」「訰」字蓋魯、韓異文，此注所引據《齊詩》之文也。《後漢書》班固《西都賦》「命夫諄誨故老」，《文選》作「惇誨」。孟堅用《齊詩》，「惇誨」之語即本此篇，字本作「忳」，後人轉寫，改「忳」爲「惇」，又改「惇」爲「諄」，以合於《毛詩》之文耳。《鴻範五行傳》鄭注引《詩》「誨爾純純」，「純純」即「忳忳」，以形近而譌也。

桑柔

我生不辰。

【補】《易林·大過之泰》我生不辰。

降此蟊賊，稼穡卒痒。

【補】《易林·同人之節》螟蟲爲賊，害我稼穡。盡禾殫麥，秋無所得。《豫之謙》同。

惟此惠君，民人所瞻。

【補】【《禮記·祭統》鄭注】《詩》云：「惟此惠君，民人所瞻。」

人亦有言，進退惟谷。

【補】【曹大家班固《幽通賦》注】大雅曰：「人亦有言，進退惟谷。」此敬慎之戒也。《文選》李善注引。

民之貪亂，寧爲荼毒。

【補】【《禮記·坊記》】《詩》云：「民之貪亂，寧爲荼毒。」○【鄭注】言民之貪爲亂者，安其荼毒之行，惡之也。

貪人敗類。

【補】【《漢書·宣六王傳贊》】《詩》云：「貪人敗類。」

雲漢

倬彼雲漢，昭回于天。王曰嗚呼，何辜今之人。天降喪亂，饑饉薦臻。靡神不舉，靡愛斯牲。珪璧既卒，寧莫我聽。旱既大甚，藴隆蟲蟲。不殄禋祀，自郊徂宫。上下

奠瘞，靡神不宗。后稷不克，上帝不臨。耗射下土，寧丁我躬〔一〕。

【補】【《春秋繁露·郊祀》篇】周宣王時，天下大旱，歲惡甚，王憂之。其詩曰：「倬彼雲漢，昭回于天。王曰嗚呼，何辜今之人。天降喪亂，饑饉薦臻。靡神不舉，靡愛斯牲。珪〔二〕壁既卒，寧莫我聽。旱既大甚，蘊隆蟲蟲。不殄禋祀，自郊徂宮。上下奠瘞，靡神不宗。后稷不克，上帝不臨。耗射下土，寧丁我躬。」宣王自以爲不能乎后稷，不中乎上帝，故有此災。有此災，愈恐懼而謹事天。

喬樅謹案：《毛詩正義》云：「宣王遭旱早晚及旱年多少，經傳無文。皇甫謐以爲宣王元年不藉千畝，虢文公諫而不聽，天下大旱，二年不雨，至六年乃雨。謐之此言，無所憑據。」今考《論衡·須頌》篇云：「成湯遭旱，周宣亦然，然而成湯加『成』，宣王言『宣』，无妄之災，不能虧政。」觀仲任以成湯與周宣並舉，湯有七年之旱，則宣王遭旱積至五年，其説固非無據。董子引《詩》「饑饉荐臻」，荐，再也，見《爾雅·釋言》。《毛詩》「荐」作「薦」，《傳》訓「薦」爲重。《爾雅·釋天》又曰：「仍饑爲荐。」《釋文》云「荐」本作「薦」。又《釋詁》訓

〔一〕「旱既大甚」至「寧丁我躬」，續編本另換一行。
〔二〕「珪」，《春秋繁露》作「圭」。

「薦」爲臻，訓「臻」「仍」爲乃，以「薦」「臻」二字互訓，則「臻」亦仍也。《詩》言「薦臻」，猶言「頻仍」耳。其下六章曰「胡寧瘨我以旱」，《釋文》引《韓詩》作「疹」，云「重也」。是遭旱之非止一年，毛與三家之説皆同矣。嗚呼，《毛詩》作「於乎」。「蘊隆蟲蟲」，《韓詩》作「鬱隆烔烔」。耗射，《毛詩》作「耗斁」，與此文異。「后稷不克」《箋》云：「克，當作『刻』。刻，識也。」是我先祖后稷不識知我之所困，此則以不能乎后稷，與不中乎上帝，皆爲自責之詞，於義尤協。

【補】【《易林·明夷之大有》】陽旱爲災，雖耗无憂。

【補】【荀悦《漢紀》六】稱消災復異，則有周宣雲漢，寧莫我聽。

靡有孑遺。

【補】【《漢書·高惠文功臣表》】靡有孑遺，耗矣。

赫赫炎炎。

【補】【《易林·乾之睽》】陽旱炎炎，傷害禾穀。穡人無食，耕夫嘆息。

【補】【《漢書·敘傳》】赫赫炎炎。

旱魃爲虐。

【補】【《易林·小畜之中孚》】魃爲災[一]虐。○【又《革之豐》】旱魃爲虐。

嵩高

嵩高惟嶽，峻極于天。惟嶽降神，生甫及申。惟申及甫，爲周之翰。四國于蕃，四方于宣。

【補】【《禮記·孔子閒居》】《詩》曰：「嵩高惟嶽，峻極于天。惟嶽降神，生甫及申。惟申及甫，爲周之翰。四國于蕃，四方于宣。」○【鄭注】峻，高大也。翰，幹也。言周道將興，五嶽爲之生賢輔佐，仲山甫及申伯爲周之幹臣，天下之蕃衛宣德于四方，以成其王功。此宣王詩也。

喬樅謹案：《禮記正義》曰：「按《詩·嵩高》之篇，甫侯及申伯，甫侯謂吕侯也，與申伯俱出伯夷之後。又《詩·烝民》稱仲山甫之賢，與《崧高》『生甫及申』全別。此云『仲山甫』者，按《鄭志》注《禮》在先，未得《毛詩傳》。然則此注在前，故以『甫』爲仲山甫。後箋《詩》，乃得《毛傳》，故與《禮》别也。」又《毛詩正義》曰：「《箋》定以『甫』爲甫侯，而《孔子

[一]「災」，《易林》士禮居叢書景刻陸校宋本、涵芬樓本作「燔」。

閒居》引此詩，注以『甫』爲仲山甫者，案《外傳》稱『樊仲山甫』，則是樊國之君，必不得與申伯同爲岳神所生。注《禮》之時未詳詩意故耳。」縱謂《正義》説非也。考《後漢書》張衡《應閒》曰：「申伯樊仲，實幹周邦。」亦以「甫」爲仲山甫，與鄭君《記注》合。平子用《魯詩》，鄭君用《齊詩》，是魯、齊説同。蔡邕《薦太尉董卓表》云：「輔佐重臣，國之楹棟，生應期運，稟氣山岳。是故申伯山甫，列于大雅。」蔡邕亦習《魯詩》者，並以「申甫」爲申伯、仲山甫。又《司空楊公碑》云：「昔在申吕，匡佐周宣。《崧高》作誦，大雅揚言。」是「申吕」即此詩之「申甫」也。《尚書·吕刑》《禮記》引作「甫刑」，尤其明證。張衡《司徒吕公誄》云：「四嶽在虞，傅士佐禹。克厭天心，姓姜氏吕。登是南邦，以家以處。降及于周，穆侯作輔。登受八命，衮職靡傾。」據此則樊仲山甫亦係出有吕，同爲四嶽之裔，故《詩》言「惟嶽降神，生甫及申」也。孔氏《正義》以「樊仲山甫」是樊國之君，必不得與申伯同爲岳神所生，何疎於考據耶？《困學紀聞》謂「仲山甫」猶《儀禮》所謂「伯某甫」，「甫」與「父」同，若以仲山甫爲「甫」，則尹吉甫、程伯休父亦可言「甫」矣。伯厚不知樊仲氏吕，《詩》之「申甫」即申吕，妄相駁難，其説愈失之。

【補】【《漢書》董仲舒對策曰】周至宣王，思昔先王之德，興滯補弊，明文、武之功業，周道粲然復興，詩人美之而作，上天祐之，爲生賢佐，後世稱誦，至今不絶。

【補】【《易林·大壯之兑》】嵩高岱宗，峻直且神。

于邑于謝，南國是式。

【《漢書·地理志》】南陽郡宛，故申伯國，有屈申城。

案：《潛夫論》云：「四嶽伯夷，以封申、吕，裔或封于申城，在南陽宛北序山之下。」引是詩二語爲證，説與此合。

不顯申伯，王之元舅。

【補】【《漢書·外戚恩澤侯表》】帝舅緣大雅申伯之意。

烝民

赫赫王命，仲山甫將之。邦國若否，仲山甫明之。

【補】【《後漢書》郎顗上書曰】《詩》云：「赫赫王命，仲山甫將之。邦國若否，仲山甫明之。」宣王是賴，以致雍熙。

喬樅謹案：赫赫，《毛詩》作「肅肅」。此據《齊詩》，故文與毛異。

【補】【《漢書·刑法志》】有司無仲山甫將明之材。

既明且哲，以保其身。

【補】【《禮記·中庸》】《詩》曰：「既明且哲，以保其身。」○【鄭注】保，安也。

【補】【班固《離騷叙》】大雅曰：「既明且哲，以保其身。」斯爲貴矣。

【補】【《漢書·司馬遷傳贊》】夫惟大雅「既明且哲，能保其身」，難矣哉。

夙夜匪解，以事一人。

【補】【《漢書》董仲舒對策曰】彊勉學問，則聞見博而知益明；彊勉行道，則德日起而大有功。《詩》曰「夙夜匪解」，彊勉之謂也。夫周道衰於幽厲，非道亡也，幽厲不繇也。至於宣王，思昔先王之德，興滯補弊，明文、武之功業，周道粲然復興，詩人美之而作，上天祐之，爲生賢佐，後世稱誦，至今不絶。此夙夜不解行善之所致也。

【補】【荀悦《漢紀》二十八】《詩》云：「夙夜匪解，以事一人。」「一人」者，謂天子也。

不侮矜寡，不畏彊禦。

【補】【《大戴禮·衛將軍文子》篇】不畏彊禦，不侮矜寡。

【補】【《春秋繁露·精華》篇】此亦《春秋》之不畏彊禦也。

德輶如毛，民鮮克舉之，我儀圖之。惟仲山甫舉之，愛莫助之。

【補】【《禮記·表記》】大雅曰：「德輶如毛，民鮮克舉之，我儀圖之。惟仲山甫舉之，愛莫助之。」○【鄭注】輶，輕也。鮮，罕也。儀，匹也。圖，謀也。愛，猶惜也。言德之輕如毛耳，人皆以爲重，罕能舉行之者。作此詩者，周宣王之大臣也，言我之匹謀之，仲山甫則能舉行之，美之也。惜乎時人無能助之者，言賢者少。

喬樅謹案：「德輶如毛」句，又見《禮記·中庸》篇引《詩》。

【補】【《春秋繁露·玉英》篇】匹夫之反道以除咎尚難，人主之反道以除咎甚易。《詩》云：「德輶如毛。」言其易也。

【補】【班固《幽通賦》】乃輶德而無累。○【曹大家曰】輶，輕也。輶德，德輕而易行也。

衮職有闕，仲山甫補之。

【補】【《鹽鐵論·險固》篇】仲山甫補衮職之闕。

韓奕

諸娣從之，祁祁如雲。

【補】【《儀禮·士昏禮》鄭注】從者謂姪娣，《詩》「諸娣從之，祁祁如雲」。

蹶父孔武，靡國不到。爲韓姞相攸，莫如韓樂，孔樂韓土。

【補】《易林・井之需》大夫祈父，无地不涉。爲吾相土，莫如韓樂。可以居止，長安富有。《同人之需》同。

喬樅謹案：《易林》兩引此詩，並作「祈父」，本又作「行父」，蓋字之誤也。《漢書・古今人表》韓侯、蹶父並次宣王世，列上之下。則《齊詩》文同毛作「蹶父」可知。而《易林》言「大夫祈父」者，蓋蹶父爲司馬之官，《尚書》稱司馬亦曰圻父。「圻」「祈」古通，《詩》「祈父，予王之爪牙」，《毛傳》云：「祈父，司馬也。」司馬掌甲兵征伐之事，故言「孔武」也。

魴鱮詡詡。

【補】《易林・離之中孚》魴鱮詡詡，利來無憂。《暌〔一〕之泰》《困之晉》同。

喬樅謹案：詡詡，《毛詩》作「甫甫」，《傳》云：「甫甫然大也。」「甫」「詡」同音通用。《廣雅・釋訓》云：「詡詡，大也。」訓義並同。

因時百蠻。

〔一〕「暌」，應作「睽」。

【補】【班固《東都賦》】内撫諸夏，外接百蠻。

江漢

武夫潢潢，經營四方。

【補】【《鹽鐵論·繇役》篇】《詩》云：「武夫潢潢，經營四方。」故飭四境所以安中國也。

喬樅謹案：潢潢，《毛詩》作「洸洸」，《傳》云：「洸洸，武貌。」「洸洸」當爲「僙僙」之假借，《爾雅·釋訓》：「洸洸，武也。」《釋文》云：「舍人本作『僙』，音同。」考《古文苑》班固《車騎將軍竇北征頌》「光光神武」，注引《詩》「武夫僙僙」，「音光，武勇貌」。是三家《詩》作「武夫僙僙」也。《北征頌》「光光」當本作「僙僙」，故注引《詩》「武夫僙僙」爲證。《鹽鐵論》「潢潢」蓋「僙僙」之譌字，《玉篇·人部》云：「僙，作力貌，與『趪』同。」又《走部》云：「趪趪，武貌。」

明明天子，令問不已。

【補】【《禮記・孔子閒居》】《詩》云：「明明天子，令問〔一〕不已。」○【鄭注】令，善也。言以名德善聞，天乃命之王也。不已，不倦止也。

弛其文德，協此四國。

【補】【《禮記・孔子閒居》】《詩》云：「弛其文德，協此四國。」○【鄭注】弛，施也。協，和也。

喬樅謹案：弛，《毛詩》作「矢」，《春秋繁露》引《詩》亦作「弛其文德」，與《禮記》同。協，《毛詩》作「洽」。

【補】【《春秋繁露・竹林》篇】《詩》云：「弛其文德，洽此四國。」

喬樅謹案：「洽」即「協」字之假借。《板》詩「民之洽矣」，《左傳》及《列女傳》並引作「協」。

常武

王命卿士，南中大祖。

【《漢書・古今人表》】南中次周宣王世，列上之下。

〔一〕「問」，《禮記》作「聞」。

喬樅謹案：《毛傳》云：「王命南仲於大祖，皇甫爲大師。」《鄭箋》云：「南仲，文王時武臣也。宣王之命卿士爲大將也。乃用其以南仲爲大祖者，今大師皇父是也。」馬瑞辰曰：「毛公以《出車》詩南仲爲文王時人，此詩南仲别爲宣王時人。《漢書·古今人表》作『南中』，即此詩之南仲也。《白虎通·爵》篇曰：『王制，爵人于朝，與衆共之。』引《詩》『王命卿士，南仲大祖』，又引《禮·祭統》『古者人君爵有德，必於大祖』，是亦以《詩》『南仲大祖』爲命於大祖，義本三家《詩》，與毛説同。《史記·夏本紀》夏之後有男氏，《世本》作『南』，《路史》禹之後有南氏，後有南仲，翊宣王以中興，是南仲實爲南氏。至大師皇父，據《竹書紀年》幽王元年『王錫大師尹氏皇父命』，則皇父實爲尹氏，即二章所云『王謂尹氏』也，安得以南仲爲大祖？《箋》説之誤可知矣。《正義》云南仲爲卿士，未知於六官何卿。案《積古齊鐘[一]鼎款識》載《無專鼎銘》曰：『王格于周廟，燔于圖室，司徒南仲右。』所謂南仲當即宣王時臣，則南仲實爲司徒。《周官·大司徒職》『大軍旅、大田役，以旗致萬民而治其徒庶之政令。』南仲蓋命以治徒庶之事。」喬樅考《後漢書·龐參傳》馬融上書曰：「昔周宣玁狁侵鎬及方，而宣王立中興之功，扞城有虓虎之助。是以赫赫南仲，列在《周詩》。」馬融以《出

[一]「鐘」，底本作「鍾」，今據續編本、《毛詩傳箋通釋》改。

車》《六月》並爲宣王之詩，與《漢書·匈奴傳》説合。蔡邕《諫伐鮮卑議》云：「周宣王命南仲、吉甫攘獵狁，威荆蠻。」應劭《風俗通》云：「《詩》美南仲：『闞如虓虎。』」是齊、魯、韓三家《詩》説皆以南仲爲宣王之將也。

整我六師，以修我戎。

【補】【班固《封燕然山銘》】爰該六師。

喬樅謹案：李賢注引此詩二語爲證。

命程伯休父。

【補】【《漢書·古今人表》】程伯休父次宣王世，列上之下。

如霆如雷。

【補】【《漢書·叙傳》】王師雷起，霆擊朔野。

進厥虎臣。

【補】【《漢書·叙傳》】虎臣之俊。

闞如虓虎。

【補】【班固《賓戲》】七雄虓闞。

王師驒驒。

【《漢書·叙傳》】王師驒驒。○【鄭氏曰】驒驒，盛也。

案：此即「王旅驒驒」之異文，而師古詆鄭爲非，轉引《四牡》「驒驒駱馬」爲解，誤矣。

徐方既俫。

【《漢書·景武昭宣元成功臣表》】《詩》云：「徐方既俫。」許其慕諸夏也。

喬樅謹案：俫，《毛詩》作「來」，顔師古云：「俫，古『來』字。」

徐方來庭。

【補】【《漢書·叙傳》】龍荒幕朔，莫不來庭。

瞻卬

邦靡有定，士民其瘵。蟊賊蟊疾，靡有夷届。

【補】【《易林·離之萃》】苛政日作，螟食華葉。割下啖上，民被其賊。

召旻

如彼歲旱，草不潰茂。

【補】【班固《幽通賦》】枝〔一〕葉彙而靈茂。

喬樅謹案：彙茂，《毛詩》作「潰茂」，《傳》云：「潰，遂也。」《箋》云：「『潰茂』之『潰』，當作『彙』。彙，茂貌。」考《韓詩外傳》引「草不潰茂」，字與毛同，惟《齊詩》作「彙茂」。孟堅《幽通賦》語本此詩，《鄭箋》是用《齊詩》改毛，故與孟堅所據文同。蕭該《漢書音義》引服虔曰：「『彙，音近『卉』。」《玉篇》：「彙，胡貴反。」「潰」與「彙」蓋以音近假借。

〔一〕「枝」，《漢書》《文選》作「柯」。

齊詩遺説考卷第四〔四之一〕

福州陳壽祺學　男喬樅述

齊詩頌一

頌

【《漢書·禮樂志》】自夏以往，其流不可聞已，《殷頌》猶有存者。《周詩》既備，而其器用張陳，《周官》具焉。其威儀足以充目，音聲足以動耳，詩語足以感心，故聞其音而德和，省其詩而志正，論其數而法立。是以薦之郊廟則鬼神饗，作之朝廷則群臣和，立之學官則萬民協。聽者無不虛己竦神，説而承流。是以海内徧知上德，被服其風，光輝日新，化上遷善，而不知所以然，至於萬物不夭，天地順而嘉應降。

周頌

清廟

於穆清廟，肅雝顯相。濟濟多士，秉文之德，對越在天。

【補】【伏生《尚書大傳·皋繇謨》篇】清廟升歌者，歌先人之功烈德澤也，故欲其清也。其歌之呼也，曰：「於穆清廟，肅雝顯相。」「於」者，嘆之也。「穆」者，敬之也。「清」者，欲其在位者徧聞之也。故周公升歌文王之功烈德澤，苟在廟中嘗見文王者，愀然如復見文王。○【鄭注】烈，業也。呼，出聲也。「肅雝顯相」，四海敬和，明德來助祭。

喬樅謹案：《漢書·儒林傳》：「伏生，濟南人也，故爲秦博士。秦時禁書，伏生壁藏之。漢定，伏生求其書，獨得二十九篇，即以教於齊、魯之間。齊學者由是頗能言《尚書》。」《水經注·河水》篇據伏生墓碑言伏生撰五經《尚書大傳》，是伏生遭秦兵燹，壁藏亡佚，獨以《尚書》教授，其始未嘗不兼通五經也。伏生齊人，於《詩》亦當治齊學。《儒林傳》云：「伏理治《齊詩》，由是《齊詩》有翼、匡、師丹之學。」理即伏生八世孫也。《後漢書·伏湛傳》云：「初，自伏生以後，世傳經學，清静無競，故東州號爲『伏不鬬』云。」知伏氏雖世傳《尚書》，其實兼傳《齊詩》。伏理師事匡衡，别自名家，要自伏生以後所治《詩》亦無非齊學，不自伏生始也。伏氏傳《齊詩》而理更受《詩》於匡衡，此如歐陽生傳《尚書》而其子更受《書》於倪寬。漢人最重家學，世世轉相傳授，蓋欲其益明耳。諸齊以《詩》貴顯者，皆固之弟子。惟夏侯始昌最明，傳后蒼，以授匡衡。始昌通五經，受《尚書》於夏侯都尉，以傳族子勝，勝傳從兄子建，爲《尚書》大小夏侯氏之學。都尉者，伏生再傳弟子也。是今文《尚書》與后蒼之《詩》皆爲齊學，師承之同，從可知矣。

【補】【又《洛誥》篇】廟者，貌也，以其貌言之也。宫室中度，衣服中制，犧牲中辟，殺者中死，割者中理。搎弁者爲文，爨竈者有容，椓杙者有數，太廟之中，繽乎其猶模繡也。天下諸侯之悉來進受命於周而退見文、武之尸者，千七百七十三諸侯，皆莫不磬折玉音，金聲玉色，然後周公與升歌而弦文、武。諸侯在廟中者，伋然淵其志，和其情，愀然若復見文、武之身，然後曰：「嗟子乎，此蓋吾先君文、武之風也夫。」及執俎抗鼎執刀執匕者負廧而歌，憤於其情，發於中而樂節文，故周人追祖文王而宗武王也。

喬樅謹案：此即《周頌・清廟》詩義，《毛詩叙》云「《清廟》，祀文王也。周公既成洛邑，朝諸侯，率以祀文王焉。」與《咎繇傳》言《清廟》頌文王之德説合。《洛誥》有禋于文王、武王之事，故《傳》兼文、武而言。周始宗祀文王，作《清廟》之詩，蔡邕《月令論》所謂「取其宗祀之貌曰《清廟》」是也。其後祖文王而宗武王，亦奏《清廟》之詩以祀武王。至成王以周公有大勳勞，賜之重祭，季夏六月以禘禮祀周公於大廟，亦得升歌《清廟》之詩。《禮記・祭統》及《明堂位》所言，其明證也。

【補】【《禮記・仲尼燕居》】升歌《清廟》。○【鄭注】《清廟》頌文王之德。

喬樅謹案：《續漢書・祭祀志》下劉昭注引《東觀書》東平王蒼議稱《詩傳》曰：「頌言成也，一章成篇，宜列德，故登歌《清廟》一章也。」所引《詩傳》疑爲《齊詩傳》，故其説與鄭君《禮注》合。又謝沈《後漢書》載蒼上言引大雅曰：「昭哉來御，繩其祖武。」亦與《毛詩》「昭兹來許」文異。《公羊・文九年傳》「許夷狄者不一而足也」，《左氏・隱二年傳》注引作「禦夷狄者不一而足」，「許」「御」同音通用，訓義亦同。公羊氏齊學，以「許」爲「禦」，足見《齊詩》「來許」亦或作「來御」也。

【補】【《儀禮・士虞禮》鄭注】顯相，助祭者也。顯，明也。相，助也。《詩》云：「於穆清廟，肅雍顯相。」

【補】【班固《奏記》】蓋《清廟》之光輝，當時之俊彦也。

【補】【班固《典引》】於穆猗那，翕純皦繹。以崇嚴祖考，殷薦宗祀配帝，發祥流慶，對越天地者，舄奕乎千載。豈不克自神明哉！

逡奔走在廟。

【補】【《禮記·大傳》】執豆籩，逡奔走。○【鄭注】逡，疾也，疾奔走，言勸事也。《周頌》曰：「逡奔走在廟。」

喬樅謹案：逡，《毛詩》作「駿」，《傳》云：「駿，長也。」《箋》云：「駿，大也。」皆與《禮記注》義異。《記注》用《齊詩》説，「駿」與「逡」古通，《爾雅·釋詁》：「駿，速也。」速即疾之義。

不顯不承，無斁於人斯。

【補】【《禮記·大傳》】《詩》云：「不顯不承，無斁於人斯。」○【鄭注】斁，厭也。言文王之德不顯乎？不承成先人之業乎？言其顯且承之，人樂之無厭也。

喬樅謹案：《毛傳》云：「顯於天矣，見承於人矣，不見厭於人矣。」《鄭箋》云：「是不光明文王之德與？言其光明之也。是不承順文王之志與？言其承順之也。此文王之德，人無厭之。」毛以「不顯不承」爲美文王，鄭則指助祭者而言，與《禮記注》義異。《孔疏》以爲《禮注》在前，《詩箋》在後，故不同。胡承珙曰：「《詩》頌文王，當是美文王之德，下篇即云『於乎不顯，文王之德之純』，則以『不顯不承』爲美文王者，於義爲優也。」

維天之命

維天之命，於穆不已。於乎不顯，文王之德之純。

【補】【《禮記·中庸》】《詩》曰「維天之命，於穆不已」，蓋曰天之所以爲天也。「於乎不顯，文王之德之純」，蓋曰文王之所以爲文也，純亦不已。○【鄭注】天所以爲天，文王所以爲文，皆由行之無已，爲之不止。

喬樅謹案：《毛傳》引孟仲子曰：「大哉，天命之無極而美周之禮也。」《鄭箋》云：「命猶道也。天之道。於乎美哉！動而不止，行而不已。」考趙岐《孟子注》云：「孟子親受業於子思。孟仲子，孟子之從昆弟，學於孟子者也。」無極，即不已之義。《廣雅》：「極，已也。」可證「無極」正釋《詩》之「不已」。此詩《毛叙》云：「太平告文王也。」太平之事莫大乎制禮作樂，以周禮爲天命之精、致太平之具，此聖門之微言大義。而孟仲子著書論詩，所親受於孟子者。觀《中庸》引《詩》下文即言「優優大哉，禮儀三百，威儀三千」，是即子思述聖人言《詩》之旨，爲孟仲子師説傳授之所本也。《鄭箋》「動而不止」二語與《記注》詞意亦同，蓋用《齊詩》之説以申毛義。

誐以謐我。

【補】【《説文·言部》】誐，嘉善也。《詩》曰：「誐以謐我。」

喬樅謹案：《毛詩》「假以溢我」，《傳》云：「假，嘉。溢，慎也。」《爾雅·釋詁》：「溢，慎也。」舍人曰：「溢，行之慎。」某氏曰：「《詩》云『假以溢我』，慎也。」《爾雅注》多據《魯詩》，《釋文》於「假以溢我」不言《韓詩》字異，則知魯、韓皆與毛同。《説文》所引蓋《齊詩》之文也。段氏《説文注》云：「謐，徐鉉本作『溢』，此用《毛詩》改竄也。《廣韵》引《説文》作『謐』。『誐』『謐』皆本字，『假』『溢』皆假借字。《左氏·襄二十七年傳》引作『何以恤我』，『何』者，『誐』之聲誤。『恤』與『謐』同部，《堯典》『惟刑之謐哉』，古文亦作『恤』。」馬瑞辰曰：「恤，當爲『侐』之假借，《説文》：『侐，静也。』正與《爾雅·釋詁》『溢』『慎』『謐』並訓静者同義。《廣雅》：『静，安也。』『静我』即『安我』，猶《詩》言『綏我眉壽』，『綏』亦安也。『假以溢我』謂善以綏我也。」喬樅謂今文《尚書》與《齊詩》竝傳自夏侯始昌，同一師承。今文《尚書》「恤」作「謐」，尤足證《説文》所引「誐以謐我」爲《齊詩》之文無疑也。

維清

維清緝熙。

【補】【《春秋繁露·楚莊王》篇】文王作《武》，《詩》云：「文王受命，有此武功。既伐于崇，作邑于豐。」樂之風也。又曰：「王赫斯怒，爰整其旅。」當是時，紂爲無道，諸侯大亂，民樂文王之怒，而詠歌之也。周人德已洽天下，反本以爲樂，謂之《大武》，言民所始樂者，武也云爾。

【補】【又《三代改制質文》篇】文王受命，作宫邑于豐，命相臣〔一〕曰宰，作《武樂》，制文禮以配天。

喬樅謹案：《毛詩叙》云：「《維清》，奏《象舞》也。」蔡邕《獨斷》載《魯詩叙》云：「《維清》，奏《象武》之所歌也。」「象武」即「武象」，賈逵《左傳注》云：「《象》，文王之樂，《武象》也。」「舞」「武」古通用字，此篇三家與毛同義。

文王之典肇禋。

【補】【班固《封燕然山銘》】維清緝熙。

喬樅謹案：文王之典，《鄭箋》云：「天下所以無敗亂之政而清明者，乃文王有征伐之法故也。文王受命，七年五伐。」又「肇禋」《箋》云：「文王受命，始祭天而枝伐也。」鄭君此箋是據《齊詩》爲説，考《尚書大傳》云：「文王一年質虞、芮，二年伐邘，三年伐密須，四年伐畎

〔一〕「臣」，《春秋繁露》作「官」。

夷，紂乃囚之羑里。五年之初，得散宜生等獻寶而釋文王，文王出則克耆。六年代崇，則稱王。」伏湛述《齊詩》，説「文王受命而征伐五國」，是其事也。《尚書中候我應》曰「枝伐弱勢」，注云：「伐紂之枝黨以弱其勢，若崇侯之屬。」《我應》又曰「伐崇謝告」，注云：「謝百姓，且告天主爲崇也。」緯學亦本《齊詩》，陳氏《稽古編》曰：「《維清》篇，惟鄭氏釋之最明，而後儒莫用者，因祭天枝伐之説出於緯書耳。源謂文王之伐崇類祭，見《皇矣》詩。類祭之爲祭上帝，見《尚書》及《禮記》，則以『肇禋』爲文王始祭天，非無稽之談也。周世武功，惟文王最多。文王武功，以伐崇爲大。故《文王有聲》篇言『繼伐』，獨舉伐崇爲言。《皇矣》篇之『是類』，又正指伐崇之事。則『肇禋』雖言祭，實美文王征伐之功。以經證經，『枝伐』之言非謬矣。」

烈文

錫兹祉福。

【補】【《漢書·宣帝紀》】錫兹祉福。

不顯惟德，百辟其刑之。

【補】【《禮記・中庸》】《詩》曰：「不顯惟德，百辟其刑之。」〇【鄭注】不顯，言顯也。辟，君也。此頌也，言不顯乎文王之德，百君盡刑之，諸侯法之也。

於乎前王不忘。

【補】【《禮記・大學》】《詩》云：「於乎〔一〕前王不忘。」

天作

天作高山，大王荒之。

喬樅謹案：《尚書大傳》云：「大王去豳邑岐山，周民奔而從之者三千乘，止而成三千户之邑。」即此頌所言「天作高山，大王荒之」是也。鄭君《詩箋》云：「居之一年成邑，二年成都，三年五倍其初。」蓋亦據《齊詩》之説。

〔一〕「乎」，《禮記》作「戲」。

昊天有成命

【補】【《漢書·郊祀志》】丞相衡奏言：「帝王之事莫大乎承天之序，承天之序莫重於郊祀，故聖王盡心極慮以建其制。祭天於南郊，就陽之義也；瘞地於北郊，即陰之象也。天之於天子也，因其所都而各饗焉。昔者周文、武郊於豐鄗，成王郊於雒邑。由此觀之，天隨王者所居而饗之，可見也。」○【又博士師丹等議】以爲郊處各在聖王所都之南北，周公加牲，告徙新邑，定郊禮於雒。天地以王者爲主，故聖王制祭天地之禮必於國郊，宜於長安定南北郊爲萬世基〔一〕。

喬樅謹案：《毛詩·昊天有成命》叙以爲郊祀天地之詩，蔡邕亦云郊祀天地之所歌也，是《魯詩》義與毛同。今觀匡衡、師丹奏議並言成王郊祀天地於雒邑，當即據《齊詩》此篇爲説。

夙夜其命宥密。

【補】【《禮記·孔子閒居》】夙夜其命宥密。○【鄭注】其，讀爲基。基，謀也。密，静也。言君夙

〔一〕「宜於長安定南北郊爲萬世基」爲匡衡、張譚語，非博士師丹語。

夜謀爲政教以安民，則民樂之。

喬樅謹案：《毛傳》訓「基」爲始，從《國語》叔向之説。鄭君《禮注》用《齊詩》，故與《箋》義不同。

【補】【《鹽鐵論·未通》篇】周公抱成王聽天下，恩塞海内，澤被四表，矧惟南面，含仁包德，靡不得其所。《詩》云：「夙夜基命宥密。」

我將

【補】【《漢書·郊祀志》】周公相成王，王道大洽，制禮作樂。天子曰明堂辟雍，諸侯曰泮宫。宗祀文王於明堂以配上帝，四海之内各以其職來助祭。

喬樅謹案：《毛詩叙》云：「《我將》，祀文王於明堂也。」蔡邕《獨斷》載《魯詩叙》亦云「《我將》一章十句，祀文王於明堂之所歌也。」《明堂月令論》以明堂、辟雍異名而同事，其實一也。引《禮記·盛德》篇：「明堂九室，以茅蓋屋，上圓下方，其外有水，名曰辟雍。」今據班《志》語，知《齊詩》與魯、毛説同。

儀式刑文王之德，日靖四方。

【補】【《漢書·刑法志》】《詩》曰：「儀式刑文王之德，日靖四方。」〇【師古曰】《周頌·我將》之詩也，言法象文王之德以爲儀式，則四方日以安靖也。

喬樅謹案：德，《毛詩》作「典」。《左氏·昭六年傳》引《詩》作「德」，與《刑法志》同。靖，《毛傳》訓爲謀，《鄭箋》訓爲治。師古此注與毛、鄭訓異，蓋用舊注《齊詩》之義也。

時邁

【補】【《儀禮·大射儀》鄭注】《時邁》者，太平巡守、祭山川之樂歌。

喬樅謹案：此即《齊詩·時邁》之叙。

懷柔百神，及河喬嶽。

【補】【《漢書·郊祀志》】天子祭天下名山大川，懷柔百神，咸秩無文。五嶽視三公，四瀆視諸侯。

【補】【班固《東都賦》】禮神祇，懷百靈。

明昭有周，式序在位。

【補】【《儀禮·大射儀》鄭注】《詩》曰：「明昭有周，式序在位。」

載戢干戈，載櫜弓矢。我求懿德，肆於時夏。

【補】【《鹽鐵論·論菑》篇】兵者，凶器也。甲堅兵利，爲天下殃。以母制子，故能久長。聖人法之，厭而不揚。《詩》云：「載戢干戈，載櫜弓矢。我求懿德，肆於時夏。」

【補】【《易林·大畜之咸》】櫜戢甲兵，歸放馬牛。徑路開通，國無凶憂。

【補】【《漢書·五行志》】《詩》曰：「載戢干戈，載櫜弓矢。」

【補】【《禮記·樂記》鄭注】兵甲之衣曰櫜。《詩》曰：「載櫜弓矢。」

【補】【《儀禮·大射儀》鄭注】《詩》曰：「我求懿德，肆於時夏。」

喬樅謹案：鄭君《大射儀》注又引呂叔玉説，以《肆夏》爲即《時邁》之詩。馬瑞辰曰：「《周官·鍾師》注引呂叔玉云：『《肆夏》《繁遏》《渠》，皆《周頌》也。《肆夏》，《時邁》也。《繁遏》，《執傹》也。《渠》，《思文》也。玄謂以《文王》《鹿鳴》言之，則《九夏》皆詩篇〔一〕，頌之族類也。此歌之大者，載在樂章，樂亡亦從而亡，是以頌不能具。』案所云『頌不能具』，謂不能備有《九夏》耳，其以《肆夏》爲《周頌·時邁》等詩，正同呂説。故此詩《箋》云『樂歌大者稱夏』，《思文》箋又云『夏之屬有九』。《賈疏》乃以『頌不能具』謂頌内無此詩，《正義》亦云『鄭以《九夏》别有樂歌之篇，非頌也』，失鄭恉矣。」

〔一〕《周禮》及馬瑞辰《毛詩傳箋通釋》「篇」下皆有「名」字。

【補】【荀悦《漢紀·序》】先王光演大業，肆于時夏。

執競

鐘鼓鍠鍠，磬管鏘鏘。降福穰穰，降福簡簡。

【補】【《漢書·禮樂志》】《詩》曰：「鐘鼓鍠鍠，磬管鏘鏘，降福穰穰。」《書》云：「擊石拊石，百獸率舞。」鳥獸且猶感應，而況於人乎？況於鬼神乎？故樂者，聖人之所以感天地、通神明、安萬民、成性類者也。

【補】【荀悦《漢紀》五】《詩》云：「鐘鼓煌煌，磬管鏘鏘，降福穰穰。」

【補】【《鹽鐵論·論菑》篇】好行善者，天助以福，符瑞是也。周文、武尊賢受諫，敬戒不殆，純德上休，神祇相貺[一]。《詩》云：「降福穰穰，降福簡簡。」

喬樅謹案：鍠鍠，《毛詩》作「喤喤」。鏘鏘，《毛詩》作「將將」。《説文》及《風俗通》引《詩》竝作「鍠鍠」，是三家文同。荀悦《漢紀》引《詩》作「煌煌」，疑即「鍠鍠」之譌。《詩釋文》

〔一〕「貺」，續編本作「貺」，《鹽鐵論》作「況」。

云：「將將，《説文》作『𨄔𨄔』，行貌也。」「𨄔𨄔」蓋魯、韓之異文。穰穰，《鹽鐵論》本或作「瀼」，又作「攘」。「攘」亦即「穰」之譌。

思文

【補】【《漢書·郊祀志》】周公相成王，王道大洽，制禮作樂。郊祀后稷以配天，宗祀文王於明堂以配上帝。四海之内各以其職來助祭。

喬樅謹案：《毛詩叙》言：「《思文》，后稷配天也。」蔡邕《獨斷》載《魯詩叙》同。今據班《志》云云，是《齊詩》説《思文》篇亦與魯、毛同義。

詒我來麰。

【補】【《説文》】來，周所受瑞麥來麰也。二麥一夆，象其芒朿之形。天所來也，故爲「行來」之「來」。《詩》曰：「詒我來麰。」

喬樅謹案：《毛詩》「詒」作「貽」，「麰」作「牟」。《魯詩》曰「飴我釐麰」，《韓詩》曰「貽我嘉𪎊」，《説文》所引蓋《齊詩》之文。《鄭箋》云：「武王渡孟津，白魚躍入于舟，出涘以燎。後五日，火流爲烏，五至，以穀俱來。此謂『遺我來牟』。《書説》：『烏以穀俱來，云穀紀后稷之德。』」《正義》引《禮説》曰：「武王赤烏穀芒，應周尚赤用兵，王命爲牟。天意若曰：『須暇紂五年，乃可誅之。』武王即位，此時已三年矣。穀，蓋牟麥也。《詩》曰：『貽我來牟。』是鄭所據之文也。」《書説》「烏以穀俱來」云云，《尚書旋璣鈐》及《合符后》皆有此文。喬樅謂《書説》《禮説》並與《齊詩》同一師傳，《鄭箋》之語當即本《齊詩》。班固《典引》言「朱鳥黄麰」之事，亦皆用齊説。《詩釋文》云：「牟，字或作『麰』。」「麰」蓋「麳」之或體。

噫嘻

浚發爾私。

【補】【《鹽鐵論·取下》篇】君篤愛，臣盡力，上下交讓，而天下平。「浚發爾私」，上讓下也；「遂及我私」，先公職也。

喬樅謹案：《毛詩釋文》云：「浚，本又作『駿』。」是《釋文》本作「浚」。《正義》作「駿」，與又作本同。《鄭箋》訓「駿」爲疾，考《爾雅·釋詁》「駿，速也」，《説文》「夋，行速夋夋也」，訓義並同。「浚」即「夋」之假借。私，《毛傳》云：「民田也，言上欲富其民而讓於下，欲民之大發其私田耳。」與《鹽鐵論》説同，惟以「駿」訓大，其義微異。

振鷺

【補】【《禮記·仲尼燕居》】徹以《振羽》。○【鄭注】《振羽》，樂章也。《振羽》，《振鷺》。

喬樅謹案：《毛詩叙》曰：「《振鷺》，二王之後來助祭也。」蔡邕所載《魯詩叙》同。今據《禮記》語，則《振鷺》又爲大饗徹器之所歌矣。

【補】【《漢書》匡衡議曰】王者存二王後，所以尊其先王而存三統也。見《梅福傳》。

喬樅謹案：《漢書》言元帝時匡衡議以爲，宋已失其統而失國，宜更立殷後爲始封，而上承湯統；孔子，殷人，先師所共傳，宜以孔子世爲湯後。至成帝時，梅福復言宜封孔子後以奉湯祀。綏和元年，遂封孔子世爲殷紹嘉公。子真之辭與稚圭同，足知其説《詩》亦皆爲齊學也。

在彼無惡，在此無射。庶幾夙夜，以永終譽。

【補】【《禮記·中庸》】《詩》云：「在彼無惡，在此無射。庶幾夙夜，以永終譽。」○【鄭注】射，厭也。永，長也。

喬樅謹案：射，《毛詩》作「斁」，義同。馬瑞辰曰：「按『終』與『衆』雙聲，古通用。《後漢書·崔駰傳》『豈可不庶幾夙夜，以永衆譽』，義本三家《詩》。『終』即『衆』之假借，猶《詩》『衆穉且狂』即言『終穉且狂』也。《中庸》釋此詩曰：『君子未有不如此而蚤有譽於天下者也。』有譽於天下即衆譽也。詩承上『在彼』『在此』言之，亦爲『衆譽』。《正義》讀如『終始』之『終』，失之。」

【補】【班昭《女誡》】《詩》云：「在彼無惡，在此無射。」

豐年

爲酒爲醴，烝畀祖妣，以洽百禮。

【補】【《禮記·郊特牲》鄭注】《詩·頌·豐年》曰：「爲酒爲醴，烝畀祖妣，以洽百禮。」

有瞽

設業設虡，崇牙樹羽。

【補】【《禮記·明堂位》鄭注】簨、虡，所以懸鐘磬也。横曰簨，飾之以鱗屬。植曰虡，飾之以贏屬、羽屬。簨以大版爲之，謂之業。殷又於龍上刻畫之，爲重牙以挂懸紘也。周又畫繒〔一〕爲

〔一〕「繒」，底本作「繪」，今據《禮記注》改。

翣，載以璧，垂五采羽于其下，樹於簨之角上，飾彌多也。《周頌》曰：「設業設虡，崇牙樹羽。」喬樅謹案：《説文》云：「業，大版也。所以飾縣鐘鼓，捷業如鋸齒，以白畫之，象其鉏鋙相承也。」牙即業之上齒。皇氏云：「崇，重也。謂刻畫大版，重疊爲牙是也。」《靈臺詩》「虡業維樅」，《毛傳》云：「樅，崇牙也。」《正義》謂「以采色爲大牙，其狀隆然，謂之崇牙」，失之。

應朄縣鼓。

【補】【《禮記·明堂位》】周縣鼓。〇【鄭注】縣，縣之以簨虡也。《周頌》曰：「應朄縣鼓。」喬樅謹案：《毛詩》「應田縣鼓」，《傳》云：「田，大鼓也。」《箋》云：「田，當作『朄』。朄，小鼓，在大鼓旁，應鞞之屬也，聲轉字誤，變而作『田』。」考《周禮》「大師令奏鼓朄」，注引鄭司農云：「朄，小鼓也。先擊小鼓，乃擊大鼓，小鼓爲大鼓先引，故曰『朄』，『朄』讀爲『導引』之『引』。」玄謂「『鼓朄』，猶言『擊朄』。《詩》云：『應朄縣鼓。』」《爾雅·釋樂》郭注引《詩》同，是知齊、魯今文字皆作「朄」也。陳氏《禮書》曰：「《儀禮》『朔鼙』即『朄鼓』也。以其引鼓，故曰『朄』；以其始鼓，故曰『朔』。是以《儀禮》有『朔』無『朄』，《周禮》有『朄』無『朔』。」馬瑞辰曰：「按陳説是也，《釋名》：『鼙，裨助鼓節也。聲在前曰朔，朔，始也。在後曰應，應，大鼓也。』朄以引鼓在前，可知『朄』之即『朔』。《詩》言『應朄』，蓋前後皆備矣。」

肅雍和鳴，先祖是聽。

【補】【《禮記·樂記》】《詩》云：「肅雍和鳴，先祖是聽。」○【鄭注】言古樂和且敬。

喬樅謹案：雍，《毛詩》作「雝」，《史記·樂書》引《詩》與《禮記》同，是三家文皆作「雍」。

永觀厥成。

【補】【班固《辟雍詩》】永觀厥成。

潛

潛有多魚，有鱣有鮪，鰷鱨鰋鯉。

【補】【《易林·比之觀》】鱣鮪鰋鯉，衆多饒有。一笱獲兩，利得過倍。《益之晉》同。

雍

【補】【《禮記·仲尼燕居》】客出，以《雍》徹。○【鄭注】《雍》，樂章也。

【補】【班固《西都賦》】食舉《雍》徹。

喬樅謹案：《周禮·樂師》云：「及徹，帥學士而歌徹。」注云：「徹者，歌《雍》，在《周頌·臣工之什》。」《論語》「雍徹」注引馬融云：「天子祭於宗廟，《雍》以徹祭。」是宗廟之祭及食舉樂並歌《雍》以徹也。又《周禮·小師》：「徹歌，大饗亦如之。」《賈疏》云：「大饗，饗諸侯之來朝者，徹器亦歌《雍》。若諸侯自相饗，徹器即歌《振鷺》。《仲尼燕居》云『徹以《振羽》』，是其事也。」《雍》本禘太祖之所歌，用之徹祭，又用之大饗。李善《文選注》釋「食舉《雍》徹」引《禮記》「客出以《雍》徹」爲證，是讀以「《雍》徹」絶句，謂歌《雍》以徹也。又言「以《振羽》者」，謂兩君相見，諸侯大饗之禮，則歌《振鷺》以徹也。《禮記正義》讀「客出以《雍》」爲句，言客出之時歌《雍》以送之，失其義矣。

綏我眉壽，介以繁祉。

【補】【《鹽鐵論·申韓》篇】頌曰：「綏我眉壽，介以繁祉。」此天爲福，亦不小矣。

武

【補】【《漢書·禮樂志》】武王作《武》，《武》言以武功定天下也。

【補】【《禮記・仲尼燕居》鄭注】《武》，象武王之大事也。○【《明堂位》鄭注】《象》，謂《周頌・武》也，以管播之。

【補】【《春秋繁露・質文》篇】武王受命，作宮邑於鄗，制爵五等，作《象樂》，繼文以奉天。

喬樅謹案：《周頌》言奏者獨《維清》及《武》二篇，以此二詩有歌有舞也。《維清》象文王之武功，《武》象武王之武功，故其樂皆名爲《象》。蔡邕《獨斷》云：「《維清》，奏《象武》之所歌也。」《象武》亦曰《武象》，賈逵《左傳注》云：「《象》，文王之樂，《武象》也。」文王之樂名《象》，武王之樂亦名《象》。《墨子》云：「武王勝殷，事成功立，因先王之樂，又自作樂，命曰《象武》。」是也。文王之樂曰《武》，武王之樂亦曰《武》。《春秋元命包》云：「文王之時，民樂其興師征伐，故曰《武》。」《呂氏春秋》云：「武王伐殷，克之，歸乃薦俘馘于京大室，令周公爲作《大武》。」是也。又《白虎通・禮樂》篇曰：「周樂曰《大武象》，周公之樂曰《酌》，合曰《大武》。合曰《大武》者，天下始樂周之征伐行武，故詩人歌之：『王赫斯怒，爰整其旅。』當此之時，天下樂文王之怒，以定天下，故樂其武也。」《白虎通》之說與《春秋繁露》合，是齊、魯《詩》家義同。《武》本文王樂名，《詩》言「文王受命，有此武功」，及武王克殷，繼文而卒成武功，又定《大武》之樂。故蔡邕《獨斷》載《魯詩叙》云：「《武》，奏《大武》，周武所定一代之樂之所歌也。」言周武所定者，明文王已作《武樂》也。鄭注《禮記・

文王世子》《明堂位》《祭統》諸篇，以《象》爲周頌之《武》，注《仲尼燕居》，以《武》爲《大武》，正與諸説相合。胡承珙並譏其失，過矣。

閔予小子

遭家不造。

【補】【《漢書·叙傳》】遭家不造。

煢煢在疚。

【《漢書》匡衡上疏曰】《詩》云：「煢煢在疚。」言成王喪畢思慕，意氣未能平也。蓋所以就文、武之業，崇大化之本也。

喬樅謹案：煢煢，《毛詩》作「嬛嬛」。《釋文》云：「崔本作『煢』。疚，本又作『宊』。」《説文》「宊」字下引《詩》「煢煢在宊」，「嬛」字下又引《詩》「嬛嬛在疚」，此兼採三家及《毛詩》也。《説文》：「煢，回疾也。从卂，營省聲。」段氏注云：「煢，引申爲煢獨，取徘徊無所依之意。」作「嬛」者，假借字也。「宊」亦「疚」之假借。

念我皇祖，陟降廷止。

【《漢書》匡衡疏曰】昔者成王之嗣位，思述文、武之道以養其心，休烈盛美，皆歸之二后而不敢專其名。是以上天歆享，鬼神佑焉。其詩曰：「念我皇祖，陟降廷止。」言成王常念文王、武王之德，奉而行之，故鬼神上下臨其朝廷。

喬樅謹案：我，《毛詩》作「兹」。廷，《毛詩》作「庭」。《傳》云：「庭，直也。」《箋》云：「上以直道事天，下以直道治民。」義與此注不同。師古之語蓋述舊注所稱齊説也。馬瑞辰曰：「《倉頡》篇云：『廷，直也。』『廷』與『庭』同義。」其説亦通。

敬之

毋曰高高在上，陟降厥士，日監在兹。

【《漢書·郊祀志》匡衡奏議】《詩》曰：「毋曰高高在上，陟降厥士，日監在兹。」言天之日監王者之處也。

日就月將，學有緝熙於光明。

【補】【《易林·升之節》】日就月將，昭明有功。靈臺觀賞，膠鼓作仁。

喬樅謹案：據此知《齊詩》説亦以靈臺、辟雍同處。「膠鼓作仁」謂膠庠及鼓宗也。

示我顯德行。

【補】【《春秋繁露・身之養重於義》篇】聖人事明義以炤燿其所闇，故民不陷。《詩》云：「示我顯德行。」先王顯德以示民，民樂而歌之以爲詩，説而化之以爲俗。故不令而自行，不禁而自止，從上之意，不待使之，若自然矣。

喬樅謹案：《説郛》載《詩緯氾歷樞》曰：「聖人事明義以炤燿其所闇，故民不陷。《詩》云：『示我顯德行。』」與《春秋繁露》文同。

小毖

自求辛螫。

【補】【《易林・履之泰》】蠆室蜂户，螫我手足。不得進止，爲吾害咎。《屯之明夷》《蠱之觀》同。

喬樅謹案：螫，《韓詩》作「赦」，云：「赦，事也。」見《毛詩釋文》。考《爾雅・釋詁》：「事，勤也。」則「辛赦」猶言「辛勤」耳。《鄭箋》云：「女如是，徒自求辛苦毒螫之害。」義異《韓詩》，而與《易林》語意正同，蓋用齊説改毛。又據《易林》言「蠆室蜂户」，則《齊詩》以「荓蜂」爲「蜂蠆」之「蜂」也。

肇允彼桃蟲，拚飛維鳥。

【補】【《焦氏易林》】桃蟲生雕。

喬樅謹案：《藝文類聚》九十二引《焦氏易林》謂「桃蟲生雕」，或云「布穀生子，鷦鷯養之」。《太平御覽》九百二十三引同。雕者，鷙鳥也，鷹鶚之屬。《毛傳》云：「桃蟲，鷦也，鳥之始小終大者。」《鄭箋》云：「鷦之所爲鳥，題肩也，或曰鴟，皆惡鳥也。」題肩即鷹之別名，見《禮記·月令》注，「爲」猶化也。陸璣《草木疏》云：「桃蟲，今鷦鷯是也。微小於黄雀，其雛化而爲鵰，故俗語鷦鷯生鵰。」馬瑞辰曰：「按《爾雅·釋鳥》『桃蟲，鷦』，郭璞云：『桃蟲，巧婦也。』《方言》説巧婦之名或謂之過贏，猶桑蟲之化螟蛉亦名果贏也。《豳詩》言『鴟鴞取子』，喻武庚之誘管、蔡，猶鴟鴞取布穀之子使化鵰鶚也。此詩『桃蟲』『飛鳥』喻管、蔡之從武庚，猶布穀之子爲桃蟲所養而化鵰鶚也。《吕氏春秋·仲春紀》『鳩化爲鷹』，高注：『鳩蓋布穀。』則布穀與鷹互相變化，由來久矣。」

予又集于蓼。

【補】【《易林·觀之益》】去辛就蓼，毒愈酷甚。

載芟

【補】【《南齊書・樂志》】漢章帝時，玄武司馬班固奏用《周頌・載芟》以祠先農。

喬樅謹案：《毛詩叙》以《載芟》爲春藉田而祈社稷也，蔡邕《獨斷》同。是三家與毛同義，故班固奏用此詩爲祠先農之樂歌。

有馥其馨。

喬樅謹案：《毛詩》「有椒其馨」，《傳》云：「椒，猶飶也。」《釋文》云：「沈作『俶』，尺叔反，云：『作「椒」者，誤也。』」阮相國《揅經室集》曰：「案『椒』字乃『馥』字之誤。《隸釋卷八・冀州從事張表碑》引作『有馥其馨』，《隸續卷十一・膠東令王君廟門斷碑》亦作『有馥其馨』，是漢之經文作『馥』明矣。晉左九嬪《納楊后贊》曰『有馥其馨』，見《藝文類聚》十五。傅咸《答潘尼詩》曰『有馥其馨』，《藝文類聚》三十一。是晉猶作『馥』矣。沈重作『俶，尺叔反』，「馥」字切音，《廣韵》《集韵》皆以「房」爲雙聲，「尺」字疑是「房」之訛。且云作『椒』者誤也，此不知唐以前何時寫者損滅『馥』字，又損『房』爲『尺』，又誤『叔』爲『俶』，又由『俶』形與『椒』近而誤爲『椒』。陸氏《釋文》云『無故改爲俶』，而不知『俶』乃『馥』切音字之誤冒也。《毛傳》『椒，猶飶也』，當作『馥，猶飶也』。此蒙上『有飶其香』而言，『飶香』與『馥香』同，若是『握椒』『椒椴』之『椒』，《傳》《箋》皆不容無解『椒』之辭，而『椒猶飶也』，爲不辭矣。此經文明是『馥』字之本證，然非漢、晉四證，則此字無由臆造，永不知其誤而又誤矣。歙縣程少農恩澤〔一〕云：『《詩》「苾芬孝祀」，《文選注》《一切經音義》並引《韓詩》作「馥芬孝祀」。「馥」字形聲不謬於六書，可補《說文》之遺。玄又謂「飶」「苾」同「必」，義同「馥」，音亦同「馥」，所以《毛傳》云「馥猶飶也」。「馥」與「飶」同，此亦《詩》義同字變之例也。「虙羲」即「伏犧」，「宓子賤」皆房六切，亦「必」「复」同音之證。』」喬樅考《華嚴經音義》上引《字林》云：「馥，香氣盛也。」正《詩》「馥」字之訓。《廣雅·釋訓》：「馥馥、芬芬，香也。」「馥馥」亦即「苾苾」。《小雅·信南山》曰「苾苾芬芬」，三家《詩》作「馥馥芬芬」。蔡邕《司空臨晉侯楊公碑》曰「祀事孔明」，又曰「馥馥芬芬」，是其明證。何晏《景福殿賦》亦云「馥馥芬芬」，皆用《詩·信南山》語。《廣雅》所釋，即據三家《詩》訓義也。馬瑞辰曰：「《上林賦》云『芬香漚鬱，酷烈淑郁』，『淑郁』正芬香貌。『淑』『俶』古通，『俶』又與『埱』義近。《說文》：『埱，氣出土也。』土氣謂之埱，穀氣謂之俶，義正相近。」馬說亦通。俶，古文作「淑」，見《聘禮》注。「淑」「馥」同部，三家今文正作「馥」字。毛氏以「淑」爲「馥」之通假，水旁與木旁

〔一〕「恩澤」，續編本作大字。

形近，遂誤作「椒」耳。若《毛詩》同三家作「馥」，則「馥」「椒」字形迥别，無緣致誤，沈重亦無因改字爲「俶」矣。

良耜

其餉伊黍，其笠伊糾。

【補】【《禮記·郊特牲》鄭注】《詩》曰：「其餉伊黍，其笠伊糾。」言野人之服也。

喬樅謹案：《説文》云：「糾，三合繩也。」《倉頡·解詁》亦云：「繩三合曰糾。」《郊特牲》言：「野夫黄冠。黄冠，草服也。」又言：「草笠而至，尊野服也。」是《詩》「其笠伊糾」謂以草爲笠，其繩惟三合之耳。

百室盈止，婦子寧止。

【補】【《鹽鐵論·力耕》篇】古者尚力務本而種樹繁，躬耕趣時而衣食足，雖累凶年而人不病也。故衣食者民之本，稼穡者民之務也。二者修，則國富而民安也。《詩》曰：「百室盈止，婦子寧止。」

絲衣

自堂徂基，自羊徂牛，鼐鼎及鼒。不吴不敖，胡考之休。

【《漢書·郊祀志》】《周頌》曰：「自堂徂基，自羊徂牛，鼐鼎及鼒。」「不吴不敖，胡考之休。」○【師古曰】基，門塾之基也。吴，讙譁也。敖，慢也。考，壽也。休，美也。言執祭事者，或升堂室，或之門塾。視牛羊之牲，及舉大小之鼎，告其致絜，神降之福，故獲壽考之美，曰何壽之美者，歎之之言也。

案：《毛詩》定本〔一〕作「不娛」，《釋文》云：「《説文》作『吴』，大言也。何承天云：『吴，字當作「吴」，從口〔二〕下大。故〔三〕魚之大口者名吴，音胡化反。此音恐贅設也。』」《郊祀〔四〕志》

〔一〕「本」，底本漫漶不清，今據續編本補。
〔二〕「口」，底本漫漶不清，今據續編本補。
〔三〕「故」，底本漫漶不清，今據續編本補。
〔四〕「贅設也郊祀」五字，底本漫漶不清，今據續編本補。

「吳」字注無音，必本作「吴」，而今譌爲「吳」耳。

喬樅謹案：《説文》：「吴，大言也，从夨、口。」「夨」从大，象形，故「吴」爲大言。《毛傳》云「吴，譁也」，「譁」即大言之謂。又《説文》「吴」下重文「昦」云：「古〔一〕文如此。」考《説文》：「夰，放也。从大、八。」吴，古文作「昦」，从口、夰者，取放〔二〕之義，謂放言也。昦天，字从夰，有廣大之稱，與「昦」字從夰訓爲大言，同意。「吴」者，「吴」之變體，何承天音胡化〔三〕反，蓋讀若瓠。《説文》：「㚔，所以驚人也，从大、从丫。一曰大〔四〕聲也。讀若瓠。」是其明證。故《詩》「碩人俁俁」，《韓詩》作「扈扈」，何音蓋非無本。其以「吴」爲誤，則失於考校耳。《毛傳》及《箋》皆訓「吴」爲譁，「吴」「譁」亦一聲之轉。《衆經音義》卷十一：「鋘，此古文奇字『鏵』。」尤可見「吴」之古音有讀爲胡化反也。

喬樅又案：《毛傳》訓「考」爲成，師古注訓「考」爲壽，與毛義異，蓋本舊注齊説。《鄭箋》云：「此得壽考之休徵。」亦據《齊詩》以易毛義也。

〔一〕「古」，底本漫漶不清，今據續編本補。
〔二〕「放」，底本漫漶不清，今據續編本補。
〔三〕「胡化」二字，底本漫漶不清，今據續編本補。
〔四〕「大」，底本漫漶不清，今據續編本補。

【補】【《禮記・禮器》鄭注】繹祭之禮，既設祭於室，又事尸於堂，孝子求神，非一處也。《周禮》曰：「門堂三之二，室三之一。」《詩・頌》曰：「自堂徂基。」

勺

【補】【《儀禮・燕禮》「若舞則《勺》」鄭注】《勺》，頌篇，告成《大武》之樂歌也。《萬舞》而奏之，所以美王侯，勸有功也。

【補】【《漢書・董仲舒傳》】五帝三王之道，改制作樂，而天下和洽，百王同之。虞氏之樂莫盛於《韶》，周之樂莫盛於《勺》。○【張晏曰】《勺》，《周頌》篇名，言能成先祖之功以養天下也。

【補】【《春秋繁露・質文》篇】周公輔成王受命，作宮邑於洛陽，成文、武之制，作《礿樂》以奉天。

喬樅謹案：礿，《毛詩》作「酌」，《釋文》云：「字亦作『汋』。」《春秋繁露》「礿」字疑即「汋」之譌。《荀子》及《左氏傳》並作「汋」，《儀禮》《禮記》及《漢書》並作「勺」，「勺」即「汋」之省。「汋」「酌」訓義相近，古通用字。

【補】【《漢書・禮樂志》】周公作《勺》。《勺》，言能勺先祖之道也。

【補】【《禮樂志》】《簫》《勺》群慝。○【晉灼曰】《勺》，周樂也。言以樂征伐也。

喬樅謹案：《毛詩序》以《酌》爲告成《大武》。《白虎通・禮樂》篇云：「周樂曰《大武象》，周公之樂曰《酌》，合曰《大武》。」鄭君《儀禮注》亦云：「《勺》，告成《大武》之樂歌。」是三家與毛氏義並相同。「周之樂莫盛於《勺》」者，謂文王、武王之武功至是大成，故爲極盛耳。

於鑠王師，遵養時晦。

實維爾公允師。

【補】【《儀禮·燕禮》鄭注】《勺》詩曰：「於鑠王師，遵養時晦。」又曰：「實維爾公允師。」

喬樅謹案：《毛傳》訓「養」爲取，陳奐曰：「此古義也。《禮記》『群鳥養羞』，鄭注：『羞謂取食。』則『養羞』猶言取食也。」馬瑞辰曰：「《逸周書·允文解》曰『遵養時晦，晦明遂語，于時允武』，孔晁注云：『養時闇昧而誅之，使昧者修明，而遂告以言武也。』王肅釋《傳》亦云：『率以取是紂，定天下以除晦。』《說文》『養』古文作『羧』，从羊、攴；『攴』从又，卜聲；又，手也。手所以取，故『養』字古有此義。」喬樅謂張晏《漢書註》云：「《勺》言能成文、武之功以養天下也。」「以養天下」猶言以取天下，故爲成文、武之功。鄭君箋《詩》，以「遵養時晦」謂「養是闇昧之君，以老其惡」，用《韓詩外傳》說，別爲一義。

【補】【班固《封燕然山銘》】鑠王師兮征荒裔。

桓

屢豐年。

【班固《靈臺詩》】屢惟豐年。

于以四方，克定厥家。

【《漢書》匡衡疏曰】《詩》云：「于以四方，克定厥家。」《傳》曰：「正家而天下治矣。」〇【師古曰】言欲治四方者，先當定其家，從内以及外。

喬樅謹案：此與《毛詩傳》《箋》義異。

般

【補】【《易林·萃之比》】德施流行，利之四鄉。雨師灑道，風伯逐殃。巡狩封禪，以告成功。《益之復》《旅之小過》同。

喬樅謹案：《毛詩叙》云：「《般》，巡狩而祀四嶽河海也。般，樂也。」蔡邕《獨斷》云：「《般》，巡狩祀四嶽河海之所歌也。」是三家與《毛序》同。胡承珙曰：「按此詩與《時邁》相似，但《時邁叙》云：『巡狩告祭柴望也。』所重在告祭天神，而山川百神皆在從祀之數，故經首言『昊天』，然後及百神河嶽。《郊特牲》云：『天子適四方，先柴。』《堯典》：『東巡守至于岱宗，柴。』《説文》：『祡，燒柴焚燎以祭天神。』鄭《王制注》：『柴，祭天告至也。』此可見《時邁》以柴爲重，望秩山川不過連而及之耳。《般》則絶不及柴燎，惟祀山川而已，此其所以不同。况《時邁》言『載戢干戈，載櫜弓矢』，明是頌武王初克商後，巡守祭告之事。《般》則通言陟山翕河，敷天裒對，似當爲既定天下後，時巡四方而作也。漢儒〔一〕於二詩皆有『封禪』之説，而毛皆不言，蓋封禪之禮，古者帝王巡守，必皆行之。『封』即《堯典》『封二山』之『封』。鄭注《書大傳》云：『祭者必封，封亦壇也。』『禪』與『墠』同。《東門之墠》傳云：『墠，除地町町者。』然則封土爲壇，除地爲墠，乃巡守祭祀之常事，故經典皆未嘗特言之耳。」

於皇時周。

【補】【班固《靈臺詩》】於皇樂胥。

喬樅謹案：《般》詩序云：「般，樂也。」《鄭箋》釋「於皇時周」云：「皇，君也。於乎美哉！

〔一〕「儒」，底本漫漶不清，今據續編本補。

君是周邦。」班固「於皇樂胥」之語即本《般》詩。

於繹思。

喬樅謹案：《毛詩釋文》云：「於繹思，《毛詩》無此句，齊、魯、韓有之。今《毛詩》有者，衍文也。崔《集注》本有，是採三家之本。崔因有，故解之。」《正義》云：「此篇末，俗本有『於繹思』三字，誤也。」臧鏞曰：「此句涉上《賚》篇而誤，即在三家，亦爲衍文。」馬瑞辰曰：「《賚》篇以『於繹思』與首三句爲韻〔一〕，若此篇增『於繹思』，則與『山』『河』不相協。且《賚》詩『於繹思』承上『敷時繹思』而申言之，《般》詩則上無所承，不得言『於繹思』也。」

〔一〕「韻」，底本作「韵」，今據續編本、《毛詩傳箋通釋》改。

齊詩遺説考卷第四〔四之二〕

福州陳壽祺學　男喬樅述

齊詩頌二

魯頌

【補】【《漢書·地理志》】魯地，奎、婁之分埜也。東至東海，南有泗水，至淮，得臨淮之下相、睢陵、僮、取慮，皆魯分也。周興，以少昊之虚曲阜封周公子伯禽爲魯侯，以爲周公主。其民有聖人之教化，瀕洙、泗之水，其民涉，度幼者，扶老者，而代其任。俗既益薄，長老不自安，與幼少相讓，故曰：「魯道衰，洙泗之間齗齗如也。」

坰

駉駉牡馬，在坰之野。

喬樅謹案：《毛詩》「駉駉牡馬」，《釋文》：「駉，古熒反。《説文》作『驍』，又作『駫』，同。」不言《韓詩》字異，則韓與毛同作「駉」可知。駫駫，蓋齊、魯之異文。胡承珙曰：「今本《説文》：『驍，良馬也。』『駫，馬盛肥也。《詩》曰：「四牡駫駫。」』『駉，牧馬苑也。《詩》曰：「在駉之野。」』案《説文》『驍』下本不引《詩》，《釋文》當是『駉，又作「驍」』。蓋陸所見《毛詩》有作『驍』一本耳。下乃云『《説文》作「駫」，同』，陸所見《説文》自作『駫駫牡馬』，與今本異。許偁三家《詩》作『駫駫』，而『馬肥盛』之訓正與毛訓『駉駉』爲『腹幹肥張』者同義。毛多借字，此特借馬苑之『駉』字爲之耳。至『牧馬苑』，乃『駉』之本義。其引《詩》『在駉之野』，段氏注云『宜本作「在冋之野」』。詩言牧馬在冋，故許引之以證从馬、冋會意。馬在冋爲『駉』，猶草木麗于地爲『䕻』也。」喬樅考《玉篇》「駫，馬肥壯盛貌」，「駉，同上，又牧馬苑也」。是以「駫」與「駉」爲一字之異體，此詩名篇，蓋取牧馬之「坰」。故揚雄《大僕箴》云：「牧于坰野，而詩人興魯。」又束晳云：「騅駓在坰，史克以頌魯侯〔一〕。」郤昂云：「里克賦在坰之頌。」《説文》以「冋」爲古文，「坰」爲「冋」之或體，則知三家《詩》皆當以「坰」名篇也。

〔一〕「侯」，《晉書》作「僖」。

頖水

【補】【《禮記·王制》鄭注】「頖」之言班也，所以班政教也。○【又《禮器》鄭注】頖，郊之學也，《詩》所謂「頖宮」也。

喬樅謹案：《毛詩》作「泮水」，《箋》云：「『泮』之言半也。半水者，蓋東西門以南通水，北無也。」《箋》說與《白虎通》同，蓋用齊、魯之義。《說文》云：「泮，諸侯饗射之宮，西南爲水，東北爲牆。」其說獨異。考許氏《五經異義》釋「辟雍」據《韓詩》說，鄭君《駁異義》，據《禮記·王制》謂大學即「辟雍」，又據《詩·頌·泮水》爲「泮宮」，復與「辟雍」同義之證。然則知鄭所云「半水」，謂以南通水，是用《齊詩》之說。許所云「西南爲水」，是用《韓詩》之說也。《水經·泗水》注云：「魯泮宮在高門直北道西，宮中有臺，高八十尺，臺南水東西一百步，南北六十步。臺西水南北四百步，東西六十步。臺池咸結石爲之，《詩》所謂『思樂泮水』也。」酈言西、南通水，與許氏合，其所偁《詩》亦當爲韓矣。

在頖獻馘。

【補】【《禮記·王制》鄭注】訊馘，謂所生獲斷耳者。《詩》曰：「在頖獻馘。」

淑問如皋陶。

【《漢書》匡衡疏曰】淑問揚乎疆外。○【師古曰】淑，善也。問，名也。

喬樅謹案：師古此注與《毛詩》義異，《箋》云「善聽獄之吏如皋陶者」，是以「問」爲「問獄」之「問」。

克廣德心。

【補】【班固《竇車騎北征頌》】克廣德心。

元龜象齒，大賂南金。

【補】【《易林·比之噬嗑》】蒼梧鬱林，道易利通。元龜象齒，寶貝南金，爲吾歸功。

【補】【又《萃之中孚》】元龜象齒，大賂爲寶。稽疑當否，衰微復起。

喬樅謹案：《毛傳》訓「賂」爲遺，《鄭箋》訓「大」爲廣，胡承珙曰：「『大賂』二字句屬上，下與『韋固既伐，昆吾夏桀』文法相同。」胡説是也。觀《易林》言「元龜象齒，大賂爲寶」，亦以「大賂」包上「元龜象齒」，是其證矣。

閟宫

閟宫有侐，實實枚枚。赫赫姜嫄，其德不回，上帝是依。

【補】【《春秋元命包》曰】姜嫄遊於閟宫，其地扶桑，履大人跡而生稷。卦之得震，故周蒼代商。

喬樅謹案：閟宫，《毛傳》引孟仲子曰：「是禖宫也。」《生民》篇：「厥初生民，時維姜嫄。生民如何，克歆克祀。以弗無子，履帝武敏。」《傳》曰：「古者必立郊禖焉。玄鳥至之日，以大牢祠于郊禖。天子親往，后妃率九嬪御，乃禮天子所御，帶以弓韣，授以弓矢，于郊禖之前。帝，高辛之帝也。從于帝而見于天，將事齊敏也。」《箋》云：「帝，上帝也。敏，拇也。祀郊禖之時，時則有大神之迹，姜嫄履之。於是遂有身，生子，是爲后稷。」據此，是姜嫄祀於郊禖，因遊禖宫也。《元命包》以閟宫爲神禖之宫，與孟仲子説正合。《春秋緯》用《齊詩》，《詩》齊、魯、韓説后稷感天而生，故周爲姜嫄立廟，即爲后夫人祀郊〔一〕祈子之宫，謂之禖宫。《太平御覽·禮儀部》引《五經異義》曰：「王者一歲七祭天。仲春，后妃祀郊禖。禖亦祭天也。」禖宫在於南郊，故謂之郊禖。然則魯亦有祈禖之宫矣。

〔一〕「郊」，底本漫漶不清，今據續編本補。

【補】【《周禮·大司樂》鄭注】姜嫄履大人跡，感神靈而生后稷，是周之先母也。周立廟，自后稷爲始祖。姜嫄無所妃，是以特立廟而祭之，謂之閟宫。閟，神之。

喬樅謹案：閟宫，《箋》云：「閟，神也。姜嫄神所依，故曰神宫。」《説文》：「祕，神也。」「閟」與「祕」音、義同。古有神禖之稱，高辛以前祀女媧爲神禖。《風俗通》云：「女媧禱祀神示而爲女媒，因曰[一]昏姻，爲行媒所始。」是也。殷以玄鳥生商爲嘉祥，故祀娀簡於禖宫；周以帝迹術感爲神靈，故祀姜嫄於禖宫。變媒言禖，神之也，故曰閟宫。

王謂叔父，建爾元子，俾侯於魯。大啟爾宇，爲周室輔。乃命魯公，俾侯於東。錫之山川，土田附庸。

【補】【《禮記·明堂位》鄭注】上公之封，地方五百里，加魯以四等之附庸，方百里者二十四，同五百[二]二十五，積四十九，開方之得七百里。《詩·魯頌》曰：「王謂叔父，建爾元子，俾侯于魯。大啟爾宇，爲周室輔。乃命魯公，俾侯于東。錫之山川，土田附庸。」

〔一〕「因曰」二字，底本漫漶不清，今據續編本補。

〔二〕「百」，《禮記》原書作「五」。按：「五五二十五」所指爲上公之封方百里之面積，再加四等之附庸面積二十四，得四十九，故開方得七百里之數，「百」乃「五」形近之訛。

【補】【《漢書・律曆志》】成王元年正月己巳朔，此命伯禽俾侯于魯之歲也。

享以騂犧。

【補】【《春秋繁露・郊祀對》】周公傅成王，成王遂及聖，功莫大於此。周公，聖人也，有祭於天道，故成王令魯郊也。魯郊用純騂剛，周色上赤，魯以天子命郊，故以騂。

喬樅謹案：何休《公羊・僖三十一年傳解詁》云：「昔武王既没，成王幼少，周公居攝，行天子事。制禮作樂，致太平，有王功。周公薨，成王以王禮葬之，命魯使郊，以彰周公之德。」邵公所述多公羊家師説，故與《春秋繁露》合。公羊爲齊學，其稱《詩》皆齊説也。騂犧，《毛傳》云：「騂，赤。犧，純也。」《鄭箋》云：「成王以周公功大，命魯郊祭天，亦配之以君祖后稷，其牲用赤牛，純色，與天子同也。」此詩「享以騂犧」，正魯郊用純騂之證。《曲禮》「天子以犧牛」，鄭注：「犧，純毛也。」「純毛」謂毛之純色者。《公羊傳》「周公白牡，魯公騂犅」，何休以「騂犅」爲赤脊，但言赤脊，則非純色可知，若群公不毛，則又不盡赤脊矣。

白牡騂剛。

【補】【《春秋繁露・郊祀對》】武王崩，成王幼而在繈褓之中。周公繼文、武之業，成二聖之功。德漸天地，功被四海，故成王賢而貴之。《詩》云：「無德不報。」故成王使祭周公以白牡，上不得與天子同色，下有異於諸侯，以爲報德之禮。

喬樅謹案：《公羊傳・文十三年》解詁云：「白牡，殷牲。周公死有王禮，謙不敢與文、武同也。」「剛」者，「犅」之假借。《説文》：「犅，特也。」「特，牛父也。」則「騂犅」猶言「騂牡」耳。《公羊傳》「魯公騂犅」用正字，《齊詩》今文疑字當作「犅」。「犅」字从岡，取赤脊之義也。

籩豆大房。

【補】【《禮記・明堂位》「周以房俎〔一〕」鄭注】房，謂足〔二〕下跗也，上下兩間，有似於堂房。《魯頌》曰：「籩豆大房。」

三壽作朋。

【補】【《漢書・禮樂志》】養三老五，更於辟雍。〇【李奇曰】天子父事三老，兄事五更。《詩》曰：「三壽作朋。」

喬樅謹案：《鄭箋》以「三壽」爲三卿，李奇以爲三老，蓋據齊説，與《箋》異義。

公車千乘，朱英緑縢。

〔一〕「俎」，底本作「祖」，今據《禮記》改。

〔二〕「足」，底本作「兄」，今據《禮記注》改。

【補】【《禮記·明堂位》「革車千乘」鄭注】革車，兵車也。兵車千乘，成國之賦也。《詩·魯頌》曰：「公車千乘，朱英緑縢。」

公徒三萬，貝冑朱綅。

【補】【《禮記·少儀》鄭注】《詩》云：「公徒三萬，貝冑朱綅。」亦鎧飾也。

戎狄是膺，荆舒是懲。

【補】【《漢書·淮南衡山濟北王傳贊》】《詩》云：「戎狄是膺，荆舒是懲。」信哉是言也！夫荆楚剽輕，好作亂，迺自古記之矣。

【補】【又《嚴朱等傳贊》】《詩》稱「戎狄是膺，荆舒是懲」，久矣其爲諸夏患也。

【補】【又《匈奴傳贊》】《詩》稱「戎狄是膺，荆舒是懲〔一〕」，久矣夷狄之爲患也。

眉壽無有害。

【補】【《漢書》匡衡《禱廟文》】眉壽無疆。《韋玄成傳》。

奄有龜蒙。

〔一〕「荆舒是懲」，《漢書》無此四字。

【補】【《漢書・諸侯王表序》】奄有龜蒙。

令妻壽母。

【補】【《易林・豫之否》】令妻壽母，宜家無咎。君子之歡，得以長久〔一〕。

寑廟繹繹。

【補】【《周禮・隸僕》鄭注】《詩》云：「寑廟繹繹。」相連貌也，前曰廟，後曰寑。

喬樅謹案：《毛詩》作「新廟奕奕」，《文選注》引《韓詩》亦作「新廟」。《薛君章句》以「奕奕」爲盛貌，惟齊、魯《詩》並作「寑廟繹繹」，與毛、韓文異。

奚斯所作，孔曼且碩。

【補】【班固《兩都賦序》】皋陶歌虞，奚斯頌魯，同見采於孔氏，列於《詩》《書》，其義一也。

喬樅謹案：《古今人表》魯公子奚斯列上之下，在第三等。三家《詩》説皆以《魯頌》爲奚斯作，與毛氏不同。孔氏廣森云：「三家謂《詩》爲奚斯作者，是也。此與『吉甫作頌，其詩孔碩』文義正同。曼，長也。《詩》之章句未有長如此篇者，故以『曼』言之。《毛傳》謂奚斯作

〔一〕「久」，底本漫漶不清，今據續編本補。

廟，則『孔碩』『且碩』詞意窘複矣。」

【補】【《後漢書·曹褒傳》】昔奚斯頌魯，考甫詠殷。夫人臣依義顯君，竭忠彰主，行之美也。

喬樅謹案：叔通家世持《慶氏禮》，慶普爲后蒼弟子，於《詩》當習《齊后氏故傳》。叔通此說，即本之《齊詩》也。

齊詩遺說考卷第四〔四之三〕

福州陳壽祺學　男喬樅述

齊詩頌三

商頌

【補】【《漢書·地理志》】宋地，房、心之分埜也。周封微子於宋，今之睢陽是〔一〕，本陶唐氏火正閼伯之虚也。

【《禮記·樂記》鄭注】《商》，宋詩也。

案：《韓詩》以《商頌》爲美襄公，《史記·宋世家》同。鄭注《樂記》亦以《商》爲宋詩，然則三家説並合矣。

〔一〕「是」，此下《漢書》有「也」字。

那

猗與那與。

【班固《典引》】於穆猗那。

【又《明堂詩》】猗與緝熙。

植我鞉鼓。

【補】【《禮記·明堂位》「殷楹鼓」鄭注】楹謂之柱，貫中上出也。《殷頌》曰：「植我鞉鼓。」

喬樅謹案：《毛詩》作「置我鞉鼓」，《箋》讀「置」爲植，植鞉鼓者，爲楹，貫而樹之。鄭讀即據三家今文。馬瑞辰曰：「按《説文》：『植，户植也，或从置作「櫃」。』是『櫃』本『植』之或體，《詩》作『置』者，即『櫃』之省借。《漢石經·論語》『置其杖而耘』，正與《詩》假『置』爲『植』者同。」

既和且平。

【補】【《漢書·敘傳》】既和且平。

烈祖

奏假無言，時靡有争。

【補】【《禮記·中庸》】《詩》曰：「奏假無言，時靡有争。」○【鄭注】假，大也。此頌也，言奏大樂於宗廟之中，人皆肅敬，金聲玉色，無有言者。以時太平和合，無所争也。

喬樅謹案：奏假，《毛詩》作「鬷假」。《左傳·昭二十年》引《詩》作「鬷嘏」。「奏」「鬷」一聲之轉，「假」「嘏」雙聲，故得通用。鄭君此注以「奏假」爲奏大樂，與《毛詩傳》《箋》義殊。

我受命溥將。

【補】【《漢書》匡衡《謝毁廟告》】受命溥將。《韋玄成傳》。

玄鳥

天命玄鳥，降而生商。

【補】【《詩含神霧》曰】契母有娀，浴於玄丘之水，睇玄鳥銜卵過而墮之，契母得而吞之，遂生契。見《丹鉛總録》。

喬樅謹案：《史記·三代世表》褚先生引《詩傳》曰：「湯之先爲契，無父而生。契母與姊妹浴于玄丘，有燕銜卵墮之，契母得，故含之。誤吞之，即生契。」《索隱》曰：「按史所引出《詩緯》，故曰《詩傳》。」喬樅謂褚少孫習《魯詩》，所引《詩傳》當即《魯詩傳》。《魯詩》亡於西晉，小司馬不見《魯詩》，時惟《詩緯》尚存，故據以爲説。《尚書中候》言「玄鳥翔水」，事亦同《詩緯》。

【補】【《易林·晉之剥》】天命玄鳥，下生大商。造定四表，享國久長。

【補】【《禮記·月令》鄭注】玄鳥，燕也。高辛氏之世，玄鳥遺卵，娀簡吞之而生契。

古帝命武湯。

【補】【《春秋繁露·質文》篇】天將授湯，主天法質而王，祖錫姓爲子氏，謂契母吞玄鳥卵生契。契先發於胸，性長於人倫。至湯體長專小，足左扁而右便，勞右佚左也。性長於天光，質易純仁。

在武丁孫子，武丁孫子，武王靡不勝。

【補】【《漢書·古今人表》】武丁，小乙子。

喬樅謹案：《毛詩傳》：「武丁，高宗也。」《箋》云：「商之先君，受天命而行之不解殆者，在高宗之孫子。」馬瑞辰曰：「按《正義》引王肅云『在此高宗武丁善爲人之孫子』，與《毛傳》釋『湯孫』同義，然節去『善爲人之』四字而謂之『武丁孫子』，則不詞。若如《箋》以爲『在高宗之孫子』，則此詩祀高宗，何得不美高宗而美高宗之孫子乎？惟王尚書引之云：『經文兩言「武丁」，疑皆「武王」之譌，而「武王靡不勝」則「武丁」之譌。蓋商之先君受命不怠者，在湯之孫子，故曰「在武王孫子」。「武王孫子」猶《那》與《烈祖》之言「湯孫」也。湯之孫子有武丁者，繩其祖武，無所不勝，故曰「武王孫子，武丁靡不勝」。傳寫者上下互譌耳。』今按：王説校正譌誤，極爲精核。《大戴禮·用兵》篇引《詩》『校德不塞，嗣武于孫子』，與此詩形聲相近，『于』即『王』字脱下一畫耳。『在武王孫子』下即接言『武王孫子，武丁靡不勝』，與《文王》篇『侯文王孫子』下即接言『文王孫子，本支百世』，文法正相似。」

邦畿千里，惟民所止。

【補】【《禮記·大學》】《詩》云：「邦畿千里，惟民所止。」

【補】【《禮記·王制》鄭注】縣内，夏時天子所居州界名也。殷曰畿，《殷頌》曰：「邦畿千里，惟民所止。」周亦曰畿。

【班固《西都賦》】封畿之内，厥土千里。

喬樅謹案：「畿」「圻」字同。圻，界也。《毛傳》訓「畿」爲疆，疆猶界也。《路史注》引《書大傳》曰：「圻者，天子之境也，故爲天子所居州界之名。」馬瑞辰曰：「『邦』『畿』二字同義。『邦』者，『封』之假借。《小爾雅》：『封，界也。』《周禮・大司馬》注：『封，謂立封於疆爲界。』是『封』亦疆也，界也。《文選・西京賦》注引《詩》作『封畿千里』，蓋本三家《詩》。《説文》：『封，从㞢、从土、从寸。守其制度也。籀文从丰土作「𡉚」。』『邦』字亦从邑，丰聲，故通用。《論語》『邦域之中』，《漢書・王莽傳》作『封域』，《釋文》亦曰：『邦，或作「封」。』又『謀動干戈於邦内』，《釋文》云：『鄭本作「封」。』《釋名》：『邦，封也。』皆『邦』與『封』同音通用之證。『封』『畿』同爲疆界之稱，猶『肇域』讀爲『兆域』，『兆』亦『域』也。」喬樅謂據《禮記》引《詩》作「邦畿」，知三家與毛皆爲「邦」字。「邦」「封」義同，漢儒引皆作「封畿」者，避高帝諱改字也。

長發

有娀方將，帝立子生商。

玄王桓撥。

【補】【《漢書・禮樂志》】昔殷周之雅、頌，乃上本有娀、姜嫄，卨、稷始生，玄王、公劉、古公、太伯、王季、姜女、太任、太姒之德。○【師古曰】卨，殷之始祖。玄王亦殷之先祖，承黑帝之德，故曰玄王。毛、鄭説《詩》，以玄王即卨也。此志既言卨，又言玄王，則玄王非卨一人矣。

喬樅謹案：《詩》於「帝立子生商」下即接言「玄王桓撥」，則玄王當指卨爲是，不得以契、玄王爲二人。《漢志》「玄王」疑是「相土」之誤。《商頌·長發》言「相土烈烈，海外有截」，何得略而不數乎？《宣帝紀》引《詩》「率禮不越，遂視既發」，文穎注亦指契言之，是其明證。

【補】【《漢書·外戚傳》】殷之興也，以有娀及有㜪。

【補】【又《古今人表》】簡逷，帝嚳妃，生卨。○【師古曰】即簡狄也。

率禮不越，遂視既發。相土烈烈，海外有截。

【補】【《漢書·宣帝紀》】聖王之制，施德行禮，先京師而後諸夏，先諸夏而後夷狄。《詩》云：「率禮不越，遂視既發。相土烈烈，海外有截。」○【文穎曰】遂，徧也。發，行也。言契能使其民率禮不越法度，徧承視其教令奉順而行也。相土，契孫也。烈烈，威也。截，整齊也。威武之盛烈烈然，四海之外率服整齊也。

喬樅謹案：禮，《毛詩》作「履」，三家並作「禮」。

【補】【又《古今人表》】相土，昭明子。

喬樅謹案：《五行志》云：「相土，商祖契之曾孫，代閼伯後主火星。宋，其後也。」師古曰：

「據魯〔一〕典籍，相土即咼之孫，今云曾孫，未詳其意。」喬樅謂《古今人表》以相土爲昭明子，是爲契孫無疑。《五行志》蓋誤衍「曾」字耳。

【補】【班固《封燕山然〔二〕銘》】勦凶虐兮截海外。

帝命不違，至於湯躋。湯降不遲，聖敬日齊。昭假遲遲，上帝是祇，帝命式于九圍。

【補】【《禮記·孔子閒居》】《詩》曰：「帝命不違，至於湯齊。湯降不遲，聖敬日齊。昭假遲遲，上帝是祇，帝命式于九圍。」○【鄭注】帝，天帝也。《詩》讀「湯齊」爲「湯躋」。躋，升也。降，下也。齊，莊也。昭，明也。假，至也。祇，敬也。式，用也。九圍，九州之界也。此詩云殷之先君其爲政不違天之命，至於湯升爲君，又下天之政教甚疾，其聖敬日莊嚴，其明道至於民遲遲然安和。天是用敬之，命之用事於九州，謂侯〔三〕王也。

喬樅謹案：湯躋，《毛詩》作「湯齊」。日齊，毛及魯、韓《詩》並作「日躋」，與《齊詩》文異。

爲下國畷郵。

〔一〕「魯」，《漢書》作「諸」。
〔二〕「山然」，應作「然山」。
〔三〕「侯」，《禮記》作「使」。

【補】【《禮記·郊特牲》鄭注】《詩》云：「爲下國畷郵。」○【正義曰】此所引者，齊、魯、韓《詩》也。郵，謂民之郵舍，言成湯施布仁政，爲下國諸侯在畷民之處所，使不離散。

喬樅謹案：鄭釋「郵表畷」謂田畯所以督約百姓於井間之處也，引《詩》「畷郵」爲證。考《説文》：「畷，兩百間道也，廣六尺。」段氏注云：「百者，百夫洫上之涂也。兩百夫之間有洫，洫上有涂。是謂兩百間道，是之謂畷。『畷』之言綴也，衆涂所綴也。於此爲田畯督約百姓之處，若街彈室者然，曰郵表畷。」又《説文》：「桓，亭郵表也。」郵亭爲督約百姓之所，故立表以示人。《玉篇》云：「畷，表也。」引《詩》「爲下國畷流」。「畷」與「綴」字通，故《毛詩》文作「綴」，《傳》訓爲表。郵，《毛詩》作「旒」，蓋亦以聲近通假。《傳》訓「旒」爲章，章亦表也。

不剛不柔，布政優優。

【補】【《春秋繁露·循天之道》篇】德莫大于和，而道莫正于中。中和者，天地之美德達理也，聖人之所保守也。《詩》云：「不剛不柔，布政優優。」非中和之謂與！是故能以中和理天下者，其德大盛；能以中和養其身者，其壽極命。

喬樅謹案：布政，《毛詩》作「敷政」，與《齊詩》文異。

受小共大共，爲下國恂蒙。何天之寵，傅奏其勇。

【補】【《大戴禮·衛將軍文子》篇】《詩》云：「受小共大共，爲下國恂蒙。何天之寵，傅奏其勇。」○【盧辯注】《殷頌·長發》之五章也，頌湯伐桀除災之事。恂，信也，言下國信蒙其富。《詩》爲「駿厖」，或古有二文，或以義賦。「寵傅」又爲「龍敷」。

喬樅謹案：盧辯所據《詩》毛氏也，《大戴禮》所載用《齊詩》之文，與毛氏異。馬瑞辰曰：「考《荀子·榮辱》篇引作『駿蒙』，『駿』與『恂』，『厖』與『蒙』，古竝聲近通用。《大學》『恂慄』，鄭注讀『恂』爲『駿』。《詩》『狐裘蒙戎』，《左傳》作『厖戎』。是其證也。此詩當以『恂蒙』爲正。『恂』讀爲『徇』，《呂氏春秋·忠廉》篇高注：『徇，猶衛也。』是『徇』有庇衛之義。『蒙』通作『幏』，《説文》：『幏，蓋衣也。』《廣雅·釋詁》：『幪，覆也。』『幪』即『幏』之俗。『爲下國恂蒙』猶云爲下國覆庇耳。《荀子·榮辱》篇『是夫群居和一之道也』，下引《詩》此句爲證，則『恂蒙』有群相庇蔭之象。《法言》『震風淩雨，然後知夏屋之爲帲幪也』，注：『帲幪，蓋覆也。』『恂蒙』猶言『帲幪』耳。上章言『敷政』，故云爲下國之表章，此章言『奏勇』，故云爲下國之覆庇，義固各有當也。董氏《讀詩記》引《齊詩》作『駿駹』，皆假借字。説《齊詩》者遂以馬釋之，誤矣。」喬樅謂《大戴記》師傳與《齊詩》同爲后蒼所授，據《大戴記》所引，則《齊詩》作「恂蒙」信而有徵。董氏不見《齊詩》，《讀詩記》無稽之言，謬妄殊甚。又《毛詩》「何天之龍」，《傳》云：「龍，和也。」《箋》云：「龍，當作『寵』。寵，榮名之謂。」即據《齊詩》改毛。「傳」「敷」亦以聲同通用。

武王載旆，有虔秉鉞。如火烈烈，則莫我敢曷。

【《漢書·刑法志》】《詩》曰：「武王載旆，有虔秉鉞。如火烈烈，則莫我敢曷。」言以仁誼綏民者，無敵於天下也。○【師古曰】《殷頌·長發》之詩也。武王，謂湯也。虔，敬也。曷，止也。言湯建號興師，本猶仁義，雖執戚鉞，以敬爲先。故得如火之盛，無能止也。

喬樅謹案：《志》稱孫卿言云云，考《荀子·議兵》篇引《詩》「旆」作「發」，則班氏雖述孫卿語，而所引《詩》則仍據《齊詩》之文。遏，《毛詩》作「曷」，《傳》云「害也」。又「虔」，《傳》訓「固也」，《鄭箋》同。師古此注與毛異義，是據舊注《齊詩》之説。馬瑞辰曰：「古者兵器惟鉞最重，《説文》作『戉』，引《司馬法》『夏執玄戉，殷執白戚，周左杖黄戉，右把白旄也』。《字林》：『鉞，王斧也。』故王者親征多秉鉞。《史記》『湯自把鉞，以伐昆吾，遂伐桀』，正此詩『秉鉞』之謂。『曷』『遏』《爾雅·釋詁》並訓爲止，『曷』當即『遏』之省借。『則莫我敢遏』，猶《魯頌》『則莫我敢承』，『承』亦止也。」

【又《五行志》上】其於王事，出軍行師，把旄杖鉞，誓于士衆，抗威武，所以征畔逆止暴亂也。《詩》云：「有虔秉鉞，如火烈烈。」

包有三枿，莫遂莫達。

韋顧既伐，昆吾夏桀。

【《漢書·叙傳》】三枿之起，本根既朽。○【劉德曰】《詩》曰：「包有三枿。」《爾雅》曰：「烈、枿，餘也。」謂木斫髡而復枿生也。

【又《古今人表》】韋、鼓、昆吾，係夏桀世。○【師古曰】豕韋國，彭姓。鼓即顧國，己姓。昆吾，妘姓國也。三者皆湯所誅也。【班固《典引》】用討韋、顧，黎、崇之不恪。

喬樅謹案：枿，《毛詩》作「蘖」。據鄭君《玉藻》「臣孽」注云：「孽，當爲『枿』聲之誤。」則知「枿」爲「蘖」本字也。《鄭箋》以顧、昆吾皆己姓，師古以昆吾爲妘姓，與鄭不同，蓋據舊注《齊詩》之説。據《周語》「彭姓豕韋，己姓昆吾」，而《古今人表》又有劉姓豕韋，則昆吾容或又有妘姓也。馬瑞辰曰：「《古今人表》韋有三：其一韋居下上，在夏帝癸時；其一大彭豕韋居上下，在殷南庚、陽甲時；又其一劉姓豕韋居中上，在武丁時。按班固《表》於南庚、陽甲之豕韋，始言大彭豕韋，則不以湯所伐之韋在帝癸時者爲彭姓矣。蓋湯滅韋，始以改封彭姓豕韋，故《鄭語》但曰豕韋爲商伯，不言在夏時爲侯伯也。蓋夏時之韋，其姓已不可考，故《人表》不著其姓。《鄭箋》謂湯所伐即彭姓豕韋，誤矣。至《世本》曰豕韋防姓。『防』『彭』聲近，以『旁』『彭』互通類之，防姓即彭姓，亦未可以當此詩之韋也。顧，《古今人表》作『鼓』，『顧』『鼓』雙聲，故通用。《微子》『我不顧行遯』，《釋文》徐仙民音鼓，是『顧』

『鼓』同音之證。」

殷武

自彼氐羌，莫敢不來享，莫敢不來王。

【補】【《鹽鐵論・論勇》篇】故「自彼氐羌，莫敢不來王」，非畏其威，畏其德也。

【補】【荀悦《漢紀》二十】《詩》云：「自彼氐羌，莫敢不來王。」

喬樅謹案：《竹書》云：「成湯十九年，氐羌來貢。」此《詩》所言「自彼氐羌」是也。《竹書》又云：「武丁三十四年，氐羌來賓。」是高宗時亦有氐羌賓服之事，《詩》追叙成湯功業，即所以頌高宗之能繼湯也。《後漢書・西羌傳》：「武丁征西戎、鬼方，三年乃克。故其詩曰：『自彼氐羌，莫敢不來王。』」則是詩之氐羌即鬼方矣。胡承珙曰：「《世本》注云：『鬼方於漢，則先零戎。』先零，亦爲『西零』。漢臨羌西北塞外有僊海鹽池，莽曰鹽羌，即今甘肅、青海地。此鬼方爲西戎之證。《賈捐之傳》云：『武丁地南不過荆楚，西不過氐羌。』此就三家《詩》說。高宗亦有事於氐羌也。」馬瑞辰曰：「《山海經・内經》云：『伯夷父生西嶽，西嶽生先龍，先龍生氐羌，氐羌乞姓。』郭注：『伯夷父，顓頊師，今氐羌其苗裔也。』《大戴・五帝德》篇言『舜南撫交趾、大教、鮮支、渠廋、氐羌』，據《書大傳》『西方者，鮮方也』，則『鮮』即

『西』，當作『鮮及渠廋、氐羌』，『支』乃謌字也。」

天命降監，下民有嚴。

命於下國，封建厥福。

【補】【班固《西都賦》】故下民號而上訴之〔一〕，帝懷而降監，乃致命乎聖皇。

京邑翼翼，四方是則。

壽考且寧，以保我後生。〔二〕

【補】【《漢書》匡衡疏曰】臣聞教化之流，非家至而人説之也。賢者在位，能者布職，朝廷崇禮，百僚敬讓。道德之行，由內及外，自近者始，然後民知所法，遷善日進，而不自知。是以百姓安，陰陽和，神靈應，而嘉祥見。《詩》曰：「商邑翼翼，四方之極。」「壽考且寧，以保我後生。」此成湯所以建至治，保子孫，化異俗而懷鬼方也。

【補】【荀悦《漢紀》匡衡疏曰】《詩》云：「京邑翼翼，四方是則。」此教化之原本，風俗之樞機，宜

〔一〕「之」，《文選》《後漢書》作「上」，屬下句。

〔二〕底本「壽考且寧，以保我後生」合在上一行，今據續編本及全書體例另分一行。

先正者也。

喬樅謹案：王氏《經義述聞》云：「《漢紀》之文，本於《漢書·匡衡傳》。而《傳》載衡疏作『商邑翼翼，四方之極』，與《漢紀》不同者，後人以《毛詩》改之也。案，疏言『道德之行，由内及外，自近者始，然後民知所法』，故引《詩》『四方是則』以證之。『則』亦法也，若作『四方之極』，則失其指矣。顔注所見已是改竄之本，當據《漢紀》以正之。」喬樅謂此詩三家並作「京邑翼翼，四方是則」，與毛文異。據《後漢書》魯恭疏云「四方是則」，又張衡《東京賦》云「京邑翼翼，四方是視」，是《魯詩》之文也。《樊準傳》云「京邑翼翼，四方是則」，李賢注曰：「《韓詩》之文也，翼翼然盛也。」《後魏書·甄琛傳》：「《詩》稱『京邑翼翼，四方是則』。」後魏時齊、魯《詩》已亡佚，則所引《韓詩》也。《白帖》兩引《詩》並同，亦據《韓詩》。

韓詩遺說考

韓詩遺説考自序

《詩》之有魯、齊、韓、毛，猶《春秋》之有公、穀、鄒、夾也。鄒氏無師，夾氏未有書，故其傳不顯於世。《詩》則魯、齊、韓三家並立學官，家誦户習，終兩漢之世，經師稱極盛矣。顧自魏晉改代，毛、鄭《詩》行，而三家之學始微。《韓詩》雖最後亡，持其業者蓋寡。惟杜瓊著《韓詩章句》十餘萬言，見於《蜀志》；張紘從濮陽闓受《韓詩》，見於《吴書》；崔季珪少讀《韓詩》，就鄭氏學，見於《魏志》；晉大康中，何隨治《韓詩》，研精文緯，見於《華陽國志》。外此恒不數覯焉。夫去聖久遠，學不厭博。漢世褒顯儒術，建立五經，爲置博士，一經之學，數家競爽。凡别名家者，皆增置博士，各以家法教授，所以扶進微學，尊廣道藝也。後之人因陋就簡，安其所習，毁所不見，師法既失，家學就湮，豈非學士大夫之過歟？稽之《漢書·藝文志》，《韓詩經》二十八卷，《韓故》三十六卷，《内傳》四卷，《外傳》六卷，《韓説》四十一卷。而《隋書·經藉志》秖載《韓詩》二十二卷，薛氏章句。《唐書·藝文志》則載《韓詩》，卜商序，韓嬰注，二十二卷，又《外傳》十卷。然觀唐人經義及類書所引《韓詩》，要皆薛氏《章句》爲多。至於《内傳》，僅散見一二焉。據《後漢書·儒林傳》言：「薛漢世習《韓詩》，父子以章句著名。」又言：「杜撫少受業於薛漢，定《韓詩章句》。其所作《詩題約義通》，學者傳之，曰《杜君注》。」疑《唐書·藝文志》所載當即此種，故卷數與《漢志》不同，雖題爲韓嬰注，知非太傅之舊本，蓋《韓故》《韓説》二書，其亡佚固已久矣。他如趙長君《詩細》，世雖不傳，然《韓詩譜》二卷、《詩歷神淵》一卷、侯包《韓詩翼要》十卷，具列《隋志》，是其書猶未盡佚。惜當時定《五經正義》，專主《毛詩》《鄭箋》，獨立國學，《韓詩》雖在，世所不用，課士不取，人無能明之者。陸元朗《經典釋文》間采毛、韓異同，而罣漏尚多，斯亦稽古者之大憾也。宋、元以後，毛、鄭《詩》亦復罕有專門，而《韓詩》之傳遂絶，其勵有存者，《外傳》十篇而已。説者因班《志》有「取《春秋》，采雜説，咸非其本義」之語，遂訾其不合《詩》意。不知董仲舒有言：「《詩》無達詁。」劉向亦言：「《詩》無通故。」讀《詩》之法，亦貴善以意逆志耳。太史公《儒林傳》稱：「韓生推詩人之意，而爲《内》《外傳》數萬言，其語頗與齊、魯間殊，然其歸一也。」夫《詩》三百篇中，邇之事父，遠之事君，興、觀、群、怨之旨，於斯焉備。其主文而譎諫也，言者無罪，聞之者足以戒，善惡美刺，蓋不可不察焉。孟子曰：「王者之迹熄而《詩》亡，《詩》亡然後《春秋》作。」然則《詩》之與《春秋》，固相爲維持世道也。子夏序《詩》言：「國史明乎得失之迹，傷人倫之廢，哀刑政之苛，吟咏情性，以諷其上，達於事變，而懷其舊俗者也。」今觀《外傳》之文，記夫子之緒論與《春秋》雜説，或引《詩》以證事，或引事以明《詩》，使爲法者彰顯，爲戒者著明。雖非專於解經之作，要其觸類引伸，斷章取義，皆有合於聖門商、賜言《詩》之意也。況夫微言大義，往往而有，上推天人性理，明皆有仁義禮智順善之心，下究萬物情狀，多識於鳥獸草木之名，考《風》《雅》之正變，知王道之興衰；夫固天命性道之藴，而古今得失之林耶？先大夫曩撰《三家詩遺説》，未卒其業。喬樅敬承先志，於《韓詩》詁訓凡群籍所徵引者，旁搜博採，薈萃成帙，釐爲五卷，細加考證，其各家所述《韓詩》佚説，有與毛氏文異而義仍同，及文同而義或異，與夫文義並同者，咸備採之，以資參考。至《外傳》中引《詩》者，皆散附各篇。其於《詩》文無所附者，别爲一卷，著録於末，凡以存韓氏專家之學云爾。時道光二十年歲在庚子，侯官陳喬樅敘于京都城南之虎坊橋試館。

韓詩叙録

侯官陳喬樅學

韓生《漢書》曰：「名嬰。」

韓商

《史記·儒林傳》：「韓生者，燕人也，孝文帝時爲博士，景帝時爲常山王太傅。徐廣曰：憲王舜也。韓生推《詩》之意，而爲《内》《外傳》數萬言，頗與齊、魯閒殊，然其歸一也。淮南賁生受之，自是之後，而燕、趙閒言《詩》者由韓生。韓生孫商，爲今上博士。」

涿郡韓生

《漢書·儒林傳》：「韓生亦以《易》授人，推《易》意而爲之傳。燕、趙閒好《詩》，故其《易》微，惟《韓詩》自傳之。武帝時，嬰嘗與董仲舒論於上前，其人精悍，處事分明，仲舒不能難也。孝宣時，涿郡韓生其後也，以《易》徵，待詔殿中，曰：『所受《易》即先太傅所傳也。嘗受《韓詩》，不如韓氏《易》深，太傅故專傳之。』」

賁生

《毛詩指説》云：「賁生傳河内趙生。」

趙子

《漢書·儒林傳》：「趙子，河内人也，事燕韓生，授同郡蔡誼。」

蔡義

《漢書·蔡義傳》：「蔡義，河内温人也，以明經給事大將軍莫府。久之，詔求能爲《韓詩》者，徵義待詔，久不進見。義上疏曰：『臣山東草萊之人，行能亾所比，容貌不及衆，然而不弃人倫者，竊以臣聞道於先師，自託於經術也。願賜清閒之燕，得盡精思於前。』上召見義，説《詩》，甚説之，擢爲光禄大夫給事中，進授昭帝。數歲，拜爲少府，遷御史大夫，代楊敞爲丞相，封陽平侯。薨，謚曰節侯。」

食子公

《漢書·儒林傳》：「蔡誼授同郡食子公與王吉。吉爲昌邑中尉，食生爲博士。」

王吉

王駿

王崇

《漢書·王吉傳》：「吉字子陽，瑯琊皋虞人也。少時學明經，以郡吏舉孝廉爲郎，遷雲陽令。舉賢良爲昌邑中尉，而王好遊獵，驅馳國中，動作無節，吉上疏諫争，甚得輔弼之義，雖不治民，國中莫不敬重焉。久之，昭帝崩，亡嗣，大將軍霍光秉政，迎昌邑王。王既到，即位二十餘日，以行淫亂廢昌邑，群臣皆下獄誅，唯吉以忠直數諫正得減死。起家復爲益州刺史，病去官，復徵爲博士、諫大夫。是時，宣帝頗修武帝故事，宫室車服盛於昭帝時，外戚許、史、王氏貴寵，而上躬親政事，任用能吏。吉上疏言得失，上以其言迂闊，不甚寵異也。吉遂謝病歸瑯琊。元帝初即位，遣使者徵吉。吉年老道卒，上悼之，復遣使者云。初，吉兼通五經，能爲《騶氏春秋》，以《詩》《論語》教授。子駿以孝廉爲郎，左曹陳咸薦駿賢父子，經明行修。光禄勳匡衡亦舉駿有專對材，遷諫大夫，使責淮陽憲王。遷趙内史。道病，免官歸。起家復爲幽州刺史，遷司隸校尉。成帝欲大用之，出駿爲京兆尹，試以政事，代薛宣爲御史大夫，居位六歲，病卒。駿子崇以父任爲郎，歷刺史、郡守，治有能名。建平三年，以河南太守徵入，爲御史大夫。平帝即位，崇爲大司空，封扶平侯。」

栗豐

張就

長孫順

髮福案：《經典釋文叙録》：「一本作『段福』。」

《漢書·儒林傳》：「食生授泰山栗豐，吉授淄川長孫順。順爲博士，豐部刺史。由是《韓詩》有王、食、長孫之學。豐授山陽張就，順授東海髮福，皆至大官，徒衆尤盛。」

郅惲

郅壽

《後漢書・郅惲傳》：「惲字君章，汝南西平人也。年十二失母，居喪過禮。及長，理《韓詩》《嚴氏春秋》，明天文曆數。王莽時，寇賊群發，惲乃仰占元象，歎謂友人曰：『方今鎮、歲、熒惑並在漢分翼、軫之域，去而復來，漢必再受命，福歸有德。如有順天發策者，必成大功。』遂西至長安，上書王莽。莽大怒，收繫詔獄，劾以大逆。猶以惲據經讖，難即害之，脅令自告狂病。惲乃瞋目詈曰：『所言皆天文聖意，非狂人所能造。』遂繫須冬，會赦乃出，南遁蒼梧。建武三年，積弩將軍傅俊徇揚州，素聞惲名，乃禮請之，上爲將兵長史，授以軍政，百姓悦服，所向皆下。七年，俊還京師，而上論之。惲恥以軍政取位，遂辭歸鄉里。客居江夏教授，郡舉孝廉，爲山〔一〕東城門候。帝嘗出獵，車駕夜還，惲拒關不開。明日上書諫曰：『昔文王不敢槃於游田，以萬人爲憂。而陛下遠獵山林，夜以繼晝，其如社稷宗廟何？暴虎馮河，未至之誡，小臣所竊憂也。』書奏，賜布百匹。後令惲授皇太子《韓詩》，侍講殿中。再遷長沙太守，又免歸。避地教授，著書八篇，以病卒。子壽，字伯孝，善文章，以廉能稱，舉孝廉。稍遷冀州刺史，視事三年，冀土肅清。三遷尚書令，擢爲京兆尹。」

〔一〕「山」，《後漢書》作「上」。

劉寬

《後漢書·劉寬傳》：「寬字文饒，宏農華陰人也。桓帝時，大將軍辟，五遷司徒長史。時京師地震，特見詢問。再遷出爲東海相。延熹八年，徵拜尚書令。遷南陽太守，典歷三郡。温仁多恕，每行縣止息亭傳，輒引學官祭酒及處士諸生，執經對講。見老父〔一〕慰以農里之言，少年勉以孝悌之訓。人感德興行，日有所化。靈帝初，徵拜太中大夫，侍講華光殿，遷侍中。嘉平五年，代許訓爲太尉。靈帝頗好學藝，每引見，常令講經。以先策黄巾逆謀，以事上聞，封逯鄉侯六百户。中平二年卒，謚曰昭烈侯。子松嗣，官至宗正。」

薛夫子《唐書·宰相世系表》：「名方回，薛廣德曾孫，漢父也。」

謝承《後漢書》：「寬少學《歐陽尚書》《京氏易》，尤明《韓詩外傳》。星官、風隅、算曆，皆究極師法，稱爲通儒。未嘗與人争勢利之事也。」

薛漢

〔一〕「老父」，續編本、《後漢書》作「父老」。

《後漢書·儒林傳》：「薛漢字公子，淮陽人也。世習《韓詩》，父子以章句著名。漢少傳父業，尤善説灾異讖緯，教授常數百人。建武初，爲博士，受詔校定圖讖，當世言《詩》者推漢爲長。永平中，爲千乘太守，政有異迹。」

杜撫

《後漢書·儒林傳》：「杜撫，字叔和，犍爲武陽人也。少有高才，受業於薛漢，定《韓詩章句》。後歸鄉里教授，沈静樂道，舉動必以禮，弟子千餘人。後爲驃騎將軍東平王蒼所辟，及蒼就國，掾吏悉補王官屬，未滿歲，皆自劾歸。時撫爲大夫，不忍去，蒼聞，賜車馬財物遣之。辟太尉府，建初中爲公車令，數月卒官。其所作《詩題約義通》，學者傳之，曰《杜君注〔一〕》云。」

喬樅謹案：《華陽國志》云：「杜撫作《詩通議説》，弟子南陽馮良亦以道學徵聘。」據此，則馮良亦當治《韓詩》之學也。

澹臺敬伯

〔一〕「注」，《後漢書》作「法」。

韓伯高

《後漢書·儒林傳》："薛漢弟子，犍爲杜撫、會稽澹臺敬伯、鉅鹿韓伯高最知名。"

廉范

《後漢書·廉范傳》："范字叔度，京兆杜陵人也。祖父丹爲大司馬庸部牧。父遭喪亂，客死於蜀漢，范遂流寓西州。西州平，歸鄉里。年十五，辭母，西迎父喪。蜀郡太守張穆，丹之故吏，乃重資范。范無所受，與客步負喪歸葭萌。載船觸石破沈，范抱持棺柩，遂俱沉溺。衆傷其義，鈎求得之，療救僅免於死。歸葬服竟，詣京師受業，事博士薛漢，後辟公府。會薛漢坐楚王事誅，故人門生莫敢視，范獨往收斂之。吏以聞，顯宗大怒，召范入，詰責。范叩頭曰：『臣無狀愚贛，以爲漢等皆已伏誅，不勝師資之情，罪當萬坐。』帝怒稍解，因貰之，由是顯名。舉茂才，數月，遷爲雲中太守。歷武威、武都二郡，隨俗化導，各得治宜。建初中，遷蜀郡太守，成都民物豐盛，邑宇逼側，舊制禁民夜作，以防火灾，而更相隱蔽，燒者日屬。范乃毁削先令，但嚴令儲水而已。百姓爲便，乃歌之曰：『廉叔度，來何暮？不禁火，民夜作。平生無襦今五絝。』在蜀數年，免歸鄉里，卒於家。"

尹勤

《東觀漢記》：「尹勤治《韓詩》，事薛漢，身牧豕，事親至孝，無有交游，門生荆棘。」

趙煜

《後漢書・儒林傳》：「趙煜字長君，會稽山陰人也。少嘗爲縣吏，奉檄迎督郵，恥於厮役，遂棄車馬去。到犍爲資中，詣杜撫，受《韓詩》，究竟其術。積二十年，絶問不還，家爲發喪制服，煜卒業乃歸。舉有道，卒於家。煜著《吴越春秋》《詩細歷神淵》。蔡邕至會稽，讀《詩細》而歎息，以爲長於《論衡》。京師傳之，學者咸誦習焉。」

喬樅謹案：《御覽》五百五十六引《會稽典録》言：「趙長君詣杜撫，受《韓詩》。撫嘉其精力，盡以其道授之。至撫卒，長君經營葬之，然後歸家，可謂篤於師誼矣。」

張匡

《後漢書・儒林傳》：「山陽張匡字文通，習《韓詩》，作章句。後舉有道博士徵，不就，卒於家。」

召馴

《後漢書・儒林傳》:「召馴字伯春，壽春人也。少習《韓詩》，博通書傳，以志義聞，鄉里號之曰『德行恂恂召伯春』。累仕州郡，辟司徒府。建初元年，稍遷騎都尉，侍講肅宗，拜左中郎將，入授諸王。帝嘉其義學，恩寵甚崇。拜陳留太守。章和二年，代任隗爲光禄勳，卒於官，賜冢塋〔一〕陪園陵。孫休，仕〔二〕至青州刺史。」

楊仁

《後漢書・儒林傳》:「楊仁字文義，巴郡閬中人也。建武中，詣師學習《韓詩》，數年歸，所〔三〕居教授。舉孝廉，除郎。太常上仁經中博士，仁自以年未五十，不應舊制，上府讓選。顯宗特詔補北宫衛士令，引見，問當世政迹。仁對以寬和任賢，抑黜驕戚爲先。上便宜十二事，皆當世急務。帝嘉之，賜以縑錢。肅宗立，拜什邡令，寬惠爲政，勸課掾吏子弟〔四〕，悉令就學，其有通明經術者，顯之右署，或貢之朝，由是義學大興。行兄喪去官。後辟司徒桓虞府，爲閬中令，卒

〔一〕「塋」，續編本作「塋」。
〔二〕「仕」，《後漢書》作「位」。
〔三〕「所」，《後漢書》作「静」。
〔四〕「掾吏子弟」，《後漢書》作「掾史弟子」。

於官。」

李恂

《後漢書·李恂傳》：「恂字叔英，安定臨涇人也。少習《韓詩》，教授諸生常數百人。太守潁川李鴻請署功曹，未及到，而州辟爲從事。會鴻卒，恂不應州命，而送鴻喪還鄉里。既葬，留起墳冢，持喪三年。辟司徒桓虞府，復拜侍御史，持節使幽州，宣布恩澤，慰撫北狄，所過皆圖寫山川、屯田、聚落百餘卷，悉封奏上，肅宗嘉之。拜兖州刺史，遷張掖太守，有威重名。時大將軍竇憲將兵屯武威，天下州郡遠近莫不修禮遺。恂奉公不阿，爲憲所奏免。後復徵拜謁者，使持節領西域校〔一〕尉。遷武威太守，年九十六卒。」

唐檀

《後漢書·唐檀傳》：「檀字子産，豫章南昌人也。少遊太學，習《京氏易》《韓詩》《顔氏春秋》，尤好灾異、星占。後還鄉里，教授常百餘人。永建五年，舉孝廉，除郎中。是時白虹貫日，檀因

〔一〕「校」，此上《漢書》有「副」字。

上便宜三事，陳其咎徵。書奏，棄官去。著書二十八篇，名爲《唐子》。卒於家。」

公沙穆

《後漢書·公沙穆傳》：「穆字文乂，北海膠東人也。習《韓詩》《公羊春秋》，尤鋭思《河》《洛》推步之術。隱居東萊山，學者自遠而至。後舉孝廉，以高第爲主事，遷繒相、弘農令、遼東屬國都尉。年六十六卒官。子六人，皆知名。」

公沙孚

謝承《後漢書》：「穆子孚，字允慈，亦爲善士，舉孝廉、尚書侍郎、召陵令、上谷太守也。」

廖扶

《後漢書·廖扶傳》：「扶字文起，汝南平輿人也。習《韓詩》《歐陽尚書》，教授常數百人。絶志世外，專精經典，尤明天文、讖緯、風角、推步之術。州郡公府辟，皆不應。太守謁焕，先爲諸生，從扶學。後臨郡，未到，先遣吏修門人之禮，又欲擢扶子弟，固不肯，當時人因號爲北郭先生。年八十，終於家。二子孟舉、偉舉並知名。」

喬樅謹案：《華陽國志》：「汝南太守謁煥，墊江人，見《汝南紀》。」章懷《後漢書注》云：「謁，姓也。」

夏恭

夏牙

《後漢書·文苑傳》：「夏恭字敬公，梁國蒙人也。習《韓詩》《孟氏易》，講授門徒常千餘人。王莽末，盜賊從橫，攻没郡縣，恭以恩信，爲衆所附，擁兵固守，獨安全。光武即位，嘉其忠果，召拜郎中。再遷太山都尉，和集百姓，甚得其歡心。恭善爲文，著賦、頌、詩、《勵學》凡二十篇，四十九卒官，諸儒謚曰宣明。君子牙，少習家業，著賦、頌、讚、詠凡四十篇，舉孝廉，早卒，鄉人號曰文德先生。」

陳囂

《東觀漢記》：「陳囂字君期，明《韓詩》，時人語曰『關東説《詩》陳君期』。」

鄭康成

《後漢書·鄭玄傳》：「玄字康成，北海高密人也。少爲鄉嗇夫，得休歸，嘗詣學官，不樂爲吏。遂造太學，師事京兆第五元，先通《京氏易》《公羊春秋》《三統曆》《九章算術》，又從郡張恭祖受《周官》《禮記》《左氏春秋》《韓詩》《古文尚書》。以山東無足問者，乃西入關，因涿郡盧植，事扶風馬融，從質諸疑義，問畢，辭歸。融喟然謂門人曰：『鄭生今去，吾道東矣。』玄歸鄉里，隱修經業，弟子河内趙商等自遠方至者數千。國相孔融深敬於玄，屣履造門。告高密縣爲玄特立一鄉曰鄭公鄉。建安元年，自徐州還高密道，遇黄巾賊數萬人，見玄皆拜，相約不敢入縣境。公車徵爲大司農，給安車一乘，所過長吏迎送。玄迺以病目〔一〕乞還家，卒年七十四。自郡守以下嘗受業者，縗絰赴會千餘人。門生相與撰玄答諸弟子問《五經》，依《論語》作《鄭志》八篇。凡玄所注《周易》《尚書》《儀禮》《禮記》《論語》《孝經》《尚書大傳》《中侯》《乾象曆》，又著《天文七政論》《魯禮禘祫義》《六藝論》《毛詩譜》《駁許慎五經異義》《答臨孝存周禮難》，凡百餘萬言。其門人山陽郗慮至御史大夫，東萊王基、清河崔炎著名於世。又樂安國淵、任嘏，時並童幼，玄稱淵爲國器，嘏有道德，皆如其言。」

〔一〕「目」，《後漢書》作「自」。

馮緄

《後漢書·馮緄傳》：「緄字鴻卿，巴郡宕渠人也。初舉孝廉，七遷爲廣漢屬國都尉，徵拜御史中丞。順帝末，以緄持節督揚州諸郡軍事，擊破諸賊。遷隴西太守，拜京兆尹，轉司隸校尉，所在立威刑。遷廷尉太常。延熹五年，爲車騎將軍，討武陵蠻。荆州平定，上書乞骸骨。後復爲廷尉，卒於官。」

洪适《隸釋·馮緄碑》：「緄字皇卿，少耽學問，習父業，治《韓詩》。」

喬樅謹案：趙明誠《金石録》載《車騎將軍馮緄碑》：「緄字皇卿。」而《後漢書·馮緄傳》作「鴻卿」，與碑不同。又本傳有「初舉孝廉，七遷至廣漢屬國都尉，拜御史中丞。順帝末，持節督揚州軍事，與中郎將滕撫擊破群賊」，今據碑，自舉孝廉至爲廣漢屬國都尉，凡十一遷，而爲中丞與督使徐、揚二州討賊，皆在爲都尉前。石刻，當時所書，其名、字、官爵不應差誤，可信無疑。今此傳首尾顛倒錯謬如此，然史之所載，失其實者多矣。又《金石録》謂碑云緄謚爲桓，而史亦不載。洪景伯《隸釋》辨之，謂威宗以命將武功定謚，緄亦虎臣之一，云「亡適當其時」，故作文者以孝桓帝謚書左方。趙氏以爲緄有此謚，而史不載，誤也。喬樅又考碑云「緄少習父業」，據《後漢書》言，緄父焕安帝時爲幽州刺史，緄習父業，治《韓詩》，則焕亦治《韓詩》，可知矣。

杜喬

《後漢書・杜喬傳》：「喬字叔榮，河内林慮人也。少爲諸生，舉孝廉，辟司徒楊震府。稍遷爲南郡太守，轉東海相，入拜侍中，遷大司農。時梁冀子弟五人及中常侍等以無功並封，喬上書諫。書奏，不省。建和五〔一〕年，代胡廣爲司空〔二〕，正色無所回撓，朝野瞻望焉。在位數月，以震免。宦者唐衡、左悺等因共譖於帝。梁冀遂諷有司劾喬及李固等，執繫之，死獄中。」司馬彪《續漢書》：「喬少好學，治《韓詩》《京氏易》《歐陽尚書》，以孝稱。雖二千石，子常步擔求師。」

梁商

《後漢書・梁商傳》：「商字伯夏，少以外戚拜郎中，遷黄門侍郎。永建元年，襲父封乘氏侯。陽嘉三年，以商爲大將軍。商以戚屬居大位，每存謙柔，虚己進賢，京師翕然稱爲良輔，帝委重焉。」《東觀漢記》：「商少持《韓詩》，兼讀衆書傳記。天姿聰敏，昭達萬情。舉措動作，直推雅性。

〔一〕「五」，《後漢書》作「元」。
〔二〕「司空」，《後漢書》作「太尉」。

務在誠實，不爲華飾。孝友著於閨閾，明信結於友朋。其在朝廷，儼恪矜嚴，威而不猛；退食私館，接賓待客，寬和肅敬。憂人之憂，樂人之樂，皆若在己。輕貨財，不爲之畜積，故衣裘裁足卒歲，奴婢車馬供用而已。朝廷由是敬憚，深委任焉。」

朱勃

《後漢書·馬援傳》：「朱勃字叔陽。年十二，能誦《詩》《書》。馬援爲將軍、封侯，而勃位不過縣令。援常待以舊恩，及援遇讒，惟勃能終焉。

《東觀漢記》章帝下詔曰：「告平陵令、丞：縣人故雲陽令朱勃，建武中以伏波將軍爵土不傳，上書陳狀，不顧罪戾，懷旌善之心，有國士之風。《詩》云：『無言不讎，無德不報。』其以縣見穀二千斛賜勃子若孫，勿令遠詣闕謝。」

司馬彪《續漢書》：「勃能説《韓詩》。」

韋著

《後漢書·韋彪傳》：「彪次兄豹，豹子著，字休明。少以經行知名，不應州郡之命。靈帝即位，就家拜著東海相。」

謝承《後漢書》：「韋著爲三輔冠族，少修節操，持《京氏易》《韓詩》，博通藝術。」

胡碩

《蔡邕集·陳留太守胡碩碑》：「碩字季叡，交阯都尉之孫，太傅安樂侯少子也。總角入學，治《孟氏易》《歐陽尚書》《韓氏詩》，博綜古文，周覽篇籍。初除郎中，宿衛十年，遭叔父憂，以疾自免。州郡交辟，皆不就。舉賢良方正，不詣公車。建寧元年，召拜議郎，納忠盡規，匪懈於位。遷侍中、虎賁中郎將，拜陳留太守。卒年四十一。」

崔炎

《三國志·魏志》：「崔炎字季珪，清河東武城人也。年二十三，始感激，讀《論語》《韓詩》。至年二十九，乃結公孫方等就鄭玄學。大將軍袁紹聞而辟之。太祖破袁氏，領冀州牧，辟爲别駕從事。魏國初建，拜尚書，遷中尉。炎聲姿高暢，眉目疏郎，鬚長四尺，甚有威重，朝士瞻望，而太祖亦敬憚焉。」

杜瓊

《三國志·蜀志》：「杜瓊字伯瑜，蜀郡成都人也。少受業於任安，盡得安術。後主時，仕爲中郎將、大鴻臚。著《韓詩章句》十餘萬言，不教諸子，内學無傳業者。」

喬樅謹案：《後漢書·儒林傳》：「任安字定祖，廣漢緜竹人也。少遊太學，受《孟氏易》，兼通數經。又從同郡楊厚學圖讖，究極其術。時人稱之曰『欲知仲桓問任安』，又曰『居今行古任定祖』。學終，還家教授，諸生自遠而至。初仕郡，後太尉再辟，除博士，公車徵，皆稱疾不就。」范史稱任安兼通數經，杜瓊師事任安，盡得安術。據《蜀志》載，杜瓊著《韓詩》，則知任安所習《詩》當爲韓氏之學矣。

喬樅又案：《華陽國志》云：「高阮字伯珍，少受學於太常杜瓊，藝術微妙，博聞强識，清尚簡素，以明三才，徵爲太史令。」據此，則高玩於《詩》亦當習韓家也。

張紘

《三國志·吴志》：「張紘字子剛[一]，廣陵人。步[二]游學京都，仕吴爲會稽都尉。子張尚，孫

〔一〕「剛」，《三國志》作「綱」。

〔二〕「步」，《三國志》無此字。

皓時爲侍郎。」裴松之注引《吴書》：「張紘入太學，事博士韓宗，治《京氏易》《歐陽尚書》，又於外黄從濮陽闓受《韓詩》及《禮記》《左氏春秋》。」

何隨

常璩《華陽國志》：「何隨字季業，蜀郡郫人也，漢司空武後。世有名德，徵聘入官。隨治《韓詩》《歐陽尚書》，研精文緯，通星曆。州辟從事。光禄郎中主事，除安漢令。蜀亡，去官。著《譚言》十篇，論道德仁義〔一〕。太康中，即家拜江陽太守，民思其政。年七十一，卒官。長子觀字巨忠，清公淑慎，知名州里。察孝廉，西都、南安令，除巴郡太守。次子遊，治中從事。」

祝睦

袁崧《後漢書》：「祝睦治《韓詩》《公羊嚴氏春秋》。」

喬樅謹案：歐陽文忠《集古録》載《祝睦碑》云：「君諱睦，字元。」其下遂缺滅，不能成文，惟其官壽年月可見，云：「賓於王廷，除北海長史、潁川郾令，辟司空府北軍中候，拜大尚書

〔一〕「義」，《華陽國志》作「讓」。

射僕[一]，遷常山相、山陽太守，年六十有八，延熹七年卒。」洪景伯《隸釋》載歐陽棐《集古録目》云：「《祝睦碑》，不著書撰人名字。睦字元德，濟陰己氏人。」又《隸釋》載《祝睦後碑》云：「家于濟陰，齔髫入學，修《韓詩》《嚴氏春秋》，七典竝立，兼綜百家。」與袁崧《後漢書》語合。

梁景

《沈約集》：「梁景少習《韓詩》，爲世通儒。漢元嘉元年，爲尚書令。」

侯包

包，一作「苞」。

《隋書·經籍志》：「侯包，漢人，著《韓詩翼要》十卷。」

田君

歐陽修《集古録·漢田君碑》：「君東平陽人。總角修《韓詩》《京氏易》，究洞神變，窮奥極微。

[一]「射僕」，《隸釋》作「僕射」。

爲五官掾、功曹、州從事，辟太尉。延熹二年辛亥詔書：『泰山瑯琊盜賊未息，州郡吏有仁惠公清、撥煩整化者，試守滿歲，爲真州言名。』時牧劉君知君宿操，表上試守費縣令。」

武梁

趙明誠《金石録・漢武梁碑》：「梁字綏宗，岐嶷有異，治《韓詩》，闕幘侍講，兼通《河》、《雒》、諸子傳記。州郡請召，辭疾不就。年七十四，元嘉元年卒。」

丁魴

洪适《隸釋・漢丁魴碑》：「魴字叔河，耽樂術藝，文雅少疇，治《易》《韓詩》，垂意《春秋》。初爲蜀郡屬國都尉，三載功成，遷廣漢屬國都尉。」

馬江

洪适《隸釋・漢馬江碑》：「江字元海，濟陰乘氏人。通《韓詩》經。以和平元年舉孝廉，除郎中。謙虛接下，冠名三署。年四十九，元嘉三年卒。」

樊安

洪适《隸釋·樊安碑》：「安字子仲，南陽湖陽人也。厥祖曰仲山父，翼佐周宣，出納王命，爲之喉舌，以致中興。食采於樊，子孫氏焉。君幼以好學，治《韓詩》《論語》《孝經》，兼通《禮傳》古今異義。宦於王室，歷中黄門冗從假史，拜小黄門右史，遷藏府令、中常侍。年五十有六，以永壽四年卒，追拜騎都尉。」

喬樅謹案：《續漢書·百官志》有中黄門冗從僕射，而無假史，有小黄門，而無右史，蓋闕文也。據此可補《漢志》之闕。又考歐陽文忠《集古録》載此碑云：「安字子佑。」與《隸釋》不同，未詳孰是。

韓詩遺説考卷第一〔一之一〕

福州陳壽祺學　男喬樅述

韓詩國風一

【案《春秋序》正義曰】韓嬰之爲《詩》，經、傳異處。考《漢書·藝文志》載《詩經》二十八卷，魯、齊、韓三家；又《韓故》三十六卷，《韓内傳》四卷，《韓外傳》六卷，《韓説》四十一卷，是其經、傳異處也。

周南召南

【韓嬰敘詩云】其地在南郡、南陽之間。《水經注》三十四。

喬樅謹案：《唐詩〔一〕·藝文志》「韓嬰《詩序》二卷」，即《水經注》所引也。《楚地記》：「漢江之北爲南陽，漢江之南爲南郡。」胡徵士虔曰：「案漢南郡，今湖北荆州府荆門州及襄

〔一〕「詩」，續編本作「書」。按：應作「書」。

陽、施南、宜昌三府之境。南陽，今河南南陽府汝州之境。《周南》之詩曰『汝墳』者，其東北境至汝也；曰『漢廣』『江永』者，其西至漢，南至江也。《召南》之詩曰『江沱』者，其西北至蜀，東南至南郡也。大約《周南》有南郡之東，而東至南陽；《召南》有南郡之西，而西至巴蜀也。」

周南

關雎

【《韓詩外傳》五】子夏問曰：「《關雎》何以爲國風始也？」孔子曰：「《關雎》至矣乎！夫《關雎》之人，仰則天，俯則地，幽幽冥冥，德之所藏，紛紛沸沸，道之所行，如神龍變化，斐斐文章。大哉，《關雎》之道也！萬物之所繫，群生之所懸，命也。河、洛出《圖》《書》，麟鳳翔乎郊。不由《關雎》之道，則《關雎》之事將奚由至矣哉？夫六經之策，皆歸論汲汲，蓋取之乎《關雎》。《關雎》之事，大矣哉！馮馮翊翊，自東自西，自南自北，無思不服。子其勉强之，思服之。天地之間，生民之屬，王道之原，不外乎此矣。」子夏喟然歎曰：「大哉！《關雎》乃天地之基也。」《詩》

曰：「鼓鐘樂之。」

關關雎鳩，在河之洲。窈窕淑女，君子好求。

【《韓詩章句》曰】詩人言雎鳩貞潔慎匹，以聲相求，必於河之洲隱蔽無人之處。故人君退朝，入於私宮，后妃御見，去留有度。《後漢書·馮衍傳》注引《薛夫子韓詩章句》。應門擊柝，鼓人上堂，退反晏處，體安志明。今時大人，内傾於色，賢人見其萌，故詠《關雎》，説淑女、正容儀以刺時。《後漢書·明帝紀》注引《薛君韓詩章句》。○又《馮衍傳》注引《薛夫子韓詩章句》「人君」下有「動静」二字，「有度」下無「應門擊柝」四句。

喬樅謹案：《後漢書·儒林傳》云：「薛漢，字公子，淮陽人，世習《韓詩》，父子以章句著名。」陸璣《草木疏》云：「漢傳父業，尤善説災異，受詔定圖讖，當時言詩，推爲長。」《唐書·宰相世系表》：「薛夫子，名方回，薛廣德曾孫，漢之父也。」

【《薛君章句》曰】窈窕，貞專貌。《文選》二十一顔延年《秋胡詩》注。

【《韓詩》曰】淑女奉順坤德，成其紀綱。《文選》五十八顔延年《宋元皇后哀策文》注。

【補】【《後漢書·明帝紀》】應門失守，關雎刺世。

喬樅謹案：《春秋説題辭》云：「人主不正，應門失守，故歌《關雎》以感之。」宋均注云：「應門，聽政之處也。言不以政事爲務，則有宣淫之心。《關雎》樂而不淫，思得賢人與之共化，修應門之政者也。」據《漢書·藝文志》言，齊轅固、燕韓生皆爲《詩傳》，或取《春秋》、采雜説，然則《韓詩》詠《關雎》以刺時之説，即本之《春秋緯》也。

【補】【《後漢書》馮衍《顯志賦》】美《關雎》之識微兮，愍王道之將崩。

喬樅謹案：《後漢書》本傳云：「衍年九歲能誦詩，至二十而博通群書。衍子豹，亦好儒學，以《詩》《春秋》教授麗山下。」范書雖不言衍習何《詩》，然據衍自論有「伐冰之家，不利鷄豚之息；委積之臣，不操市井之利」云云，語出《韓詩外傳》，則知敬通所習爲《韓詩》也。

【補】【《後漢書》應奉上書曰】母后之重，興廢所因，宜思《關雎》之所求，遠五禁之忌。《本傳》。

喬樅謹案：五禁所忌，章懷注引《韓詩外傳》「婦人有五不娶」語爲證，應奉即用韓義。又案：《文選·西都賦》六臣注引《詩》云：「君子好求。」唐惟《韓詩》尚存，是《韓詩》字不作「逑」「仇」，與魯、齊、毛竝異也。

輾轉反側。

【補】【李賢《後漢書注》】《詩·國風》曰：「輾轉反側。」反側，不安也。《光武紀》。

喬樅謹案：章懷太子注引《詩·國風》，不言其爲何家《詩》，然其説與《毛詩》《鄭箋》異，知用韓義也。

左右覒之。

【補】【《玉篇·見部》】《詩》曰：「左右覘之。」覘，擇也。

喬樅謹案：《玉篇》又云：「『覘』，本亦作『芼』。」「覘」字从見者，謂視而擇之也。「覘」爲今文正字。《玉篇》引《詩》，是據韓家之文。作「芼」者，毛氏古文，以「芼」爲「覘」之假借也。顧野王《玉篇》撰於梁大同九年，是時齊、魯《詩》已亡，惟《韓詩》存，故《玉篇》所載《詩經》文字、訓義兼採韓、毛二家。如《人部》「仲」字下引《詩》曰「仲氏任只」，「仲，中也」。《宀部》「⿱宀冓」字下云：「夜也。《詩》曰『中⿱宀冓之言』，中夜之言也。本亦作『冓』。」雖皆不言其爲《韓詩》，然據釋玄應《衆經音義》九引《韓詩》曰：「仲，中也。言位在中也。」陸德明《經典釋文·牆有茨》篇引《韓詩》云：「中冓，中夜，謂淫僻之言也。」竝與《玉篇》訓同，則《玉篇》所引之爲《韓詩》訓義無疑矣。又如《女部》「嬿」字下引《詩》曰「嬿婉之求」，《門部》「閌」字下引《詩》曰「高門有閌」，亦不言其爲《韓詩》。然據李善《文選注》二引《韓詩》曰：「嬿婉之求。嬿婉，好貌。」《經典釋文·綿》篇引《韓詩》曰：「閌，盛貌。」皆與《玉篇》文同，則《玉篇》所引之爲《韓詩》異文又無疑矣。今於《玉篇》引《詩》有異義者，必參觀而互證之。凡《説文》所載三家異文，而《玉篇》據以採入者，概置弗録，蓋闕疑之義云爾。

鐘鼓樂之。

【《韓詩外傳》一】古者天子左五鐘，將出，則撞黄鐘，而右五鐘皆應之。馬鳴中律，駕者有文，御者有數，立則磬折，拱則抱鼓，行步中規，折旋中矩。然後大師奏升車之樂，告出也。入則撞蕤賓，以治容貌。容貌得則顏色齊，顏色齊則肌膚安。蕤賓有聲，鵠震馬鳴，及倮介之蟲，無不延頸以聽。在内者皆玉色，在外者皆金聲。然後少師奏升堂之樂，即席告入也。此言音樂相和，物類相感，同聲相應之義也。《詩》曰：「鐘鼓樂之。」此之謂也。

案：《外傳》言天子「左五鐘」「右五鐘」云云，與《尚書大傳》説合。

喬樅謹案：「鐘鼓樂之」，惟《外傳》五引《詩》作「鼓鐘」，而此仍作「鐘鼓」。今考《外傳》言天子「左五鐘」「右五鐘」，而不兼言鼓。侯包言后妃房中之樂，亦但云有鐘磬，而不及鼓。疑《韓詩》之義，訓「鼓」爲擊，不與毛同。此所引《詩》，當作「鼓鐘」爲是。或據《薛君章句》有「應門擊柝，鼓人上堂」語，以爲當兼備鐘鼓，其義亦通。

【侯包《韓詩翼要》曰】后妃房中樂有鐘磬。《隋書·樂志》。○杜佑《通典》百四十七引同。

喬樅謹案：《隋書·經籍志》云：「侯包，漢人，著《韓詩翼要》十卷。」包，一作「苞」。考《北史·房暉遠傳》：「隋文帝問房暉遠曰：『自古天子有女樂乎？』對曰：『臣聞窈窕淑女，鐘鼓樂之，此即王者房中之樂。』」暉遠之對，盖本《韓詩》也。

葛覃

惟葉萋萋。

【《薛君韓詩章句》曰】惟，辭也。《文選》八楊雄《羽獵賦》注。○又二十三阮籍《詠懷詩》注。萋萋，盛也。《文選》七潘岳《籍田賦》注。

喬樅謹案：《後漢書·儒林傳》云：「張匡，字文通，習《韓詩》，作章句。」《三國·蜀志》又云：「杜瓊，字伯瑜〔一〕，成都人。後主時爲中郎將、大鴻臚，著《韓詩章句》十餘萬言。」今考《隋書·經籍志》止載《韓詩》二十二卷，漢常山太傅嬰，薛氏章句。是張、杜二家章句已罕傳本，故不收載。然則陸德明《釋文》、李善《文選注》各書所引，單稱《韓詩章句》，或單稱《韓詩》，皆《薛氏章句》也。盧文弨曰：「案《毛詩》『維』字，《韓詩》當作『惟』。」故云「惟，辭也」。

是刈是濩。

〔一〕「瑜」，續編本作「媮」，《三國志》作「瑜」。

【《韓詩》曰】刈，取也。濩，瀹也。陸德明《毛詩釋文》。

喬樅謹案：刈，《毛詩》作「艾」。《釋文》云：「艾，本亦作『刈』。」濩，《毛傳》云：「煮之也。」《爾雅·釋訓》：「是刈是濩。濩，煮之也。」舍人注曰：「是刈，刈，取之。是濩，煮治之。」皆與《韓詩》合，是魯、韓、毛義並同。李黼平曰：「《説文》『濩』云：『雨流霤下。』則濩爲浸漬淋離之貌，與『瀹』字意同，蓋謂浸漬而煮之也。」

卷耳

不盈傾筐。

【《韓詩》曰】傾筐，欹器〔一〕也。《毛詩釋文》。

喬樅謹案：《毛傳》云：「傾筐，畚屬，易盈之器也。」考《説文·匚部》：「匡，飯器，筥也。」重文「筐」云：「匡，或從竹。」又《竹部》：「筥，𥳓也。」「𥳓」下云：「一曰飯器，容五升。一曰宋魏謂箸筩爲𥳓。」「箸」下云：「飯攲〔二〕也。」段氏注曰：「《危部》：攲，𢮦也。攲者，頃

〔一〕「器」，《毛詩釋文》作「筐」。
〔二〕「攲」，《説文解字》作「攲」。

側之意。箸必頃側用之，故曰飯攲。宗廟宥坐之攲器，古亦當作攲器也。然則詩之頃筐，謂筐之半淺半深者，蓋即筲之類。其爲製不平，故云攲器。其受物甚少，故云易盈也。

我姑酌彼金罍。

【許慎《五經異義》六】罍制，《韓詩說》：「金罍，大器也。天子以玉，諸侯、大夫皆以金，士以梓。」

案：《毛詩音義》引《韓詩》云：「天子以玉飾，諸侯、大夫皆以黄金飾，士以梓。」《毛詩正義》引《韓詩說》：「士以梓，士無飾。」據此，則《異義》所引稍略。

【《韓詩說》曰】金罍，大夫器也。

喬樅謹案：《詩正義》引作「大夫器也」。《周禮·司尊彝》疏引此云「金罍，大器」，無「夫」字。盧文弨曰：「『夫』字乃衍文。《周禮疏》所引是也。」喬樅謂：據《五經異義》言諸侯大夫皆以金，則金罍亦可云大夫器也。

陟彼高岡。

【補】【《衆經音義》廿五】《詩》云：「陟彼高岡。」陟，登也。

喬樅謹案：此所引《詩》是據《韓詩》之説。《毛傳》訓「陟」爲升，升亦登也。玄應《衆經音義》兼採毛、韓二家，有明著爲《韓詩》者，如《韓詩》云「曲京曰阿」，《韓詩傳》曰「南北曰縱，東西曰横」是也。有明著爲《毛詩》者，如《毛詩》曰「出言有章」，《毛詩傳》曰「憂心惙惙」是也。閒有不著其爲韓、爲毛者，以《毛傳》《鄭箋》立於國學，世所遵用。《韓詩》亦經注尚存，可考而知，故文從略耳。今考《音義》卷十九「逶迤」下云：「迤，又作『佗』，同。《詩》云：『逶逶佗佗，德之美貌也。』」不言其爲《韓詩》。然據卷三「委佗」下引《韓詩》「委佗，德之美貌也」，可證十九卷所引亦皆爲《韓詩》説。卷十二「陶演」下引《詩》云「憂心且陶。陶，暢也」，亦不言其爲《韓詩》。然據《後漢書注》八十上、李善《文選注》三十四竝引作《韓詩》，則《衆經音義》所引之爲《韓詩》，又可互證也。

我馬玄黄。

【補】【曹植《贈白馬王彪詩》】我馬玄以黄。

喬樅謹案：陳思王用《韓詩》，説見《王風・黍離》篇。

我姑酌彼兕觥。

【《韓詩説》曰】一升曰爵。爵，盡也，足也。二升曰觚。觚，寡也，飲當寡少也。三升曰觶。觶，適也，飲當自適也。四升曰角。角，觸也，不能自適，觸罪過也。五升曰散。散，訕也，飲酒不自節，爲人謗訕也。總名曰爵，其實曰觴。觴者，餉也。觥亦五升，所以罰不敬也。觥，廓也，所以著明之貌。君子有過，廓然著明。非所以餉，不得名觴。《毛詩正義》，又《禮記》《左傳正義》引並同。

案：《韓詩説》「一升曰爵」云云，《儀禮・士昏》疏引作《内傳》。

喬樅謹案：《周禮・梓人》疏引《韓詩説》，「一升曰爵」至「五升曰散」文同。惟《廣川書跋》引《韓詩》作「四升曰散」，「四」字是「五」之誤。宋綿初云：「古人訓詁多取音同音近。此注爵盡、角觸，聲相近；觚寡、觶適、散訕、觴餉，聲相同。故取訓如此也。觥從光得聲，廓从郭得聲，『光』『郭』一聲之轉。《説文》：『光，明也。』觥从光聲，亦即此義。《方言》云：『張小使大謂之廓，張大即著明之義。』數者散言之則通，對言之則異也。」

云何吁矣。

【《薛君章句》曰】云，辭也。《文選》二十五《傅咸詩》注。

朻木〔一〕

南有朻木。

【陸德明《毛詩釋文》】樛木，《韓詩》本作「朻」。

〔一〕「朻木」，底本缺此詩題，今據全書體例補。

喬樅謹案：《釋文》云：「馬融本並作『朻』。」又引《説文》，以「朻」爲木高也。考《説文》又有「樛」字，云「下句曰樛」，與《毛傳》「木下曲曰樛」訓合。然據《爾雅·釋木》云「下句曰朻」，則「朻」「樛」音、義並同，古得通用也。

螽斯

【補】【《續漢書》順烈梁皇后曰】陽以博施爲德，陰以不專爲義。蓋詩人螽斯之福，則百斯男之祚所由興也。《太平御覽》一百三十七。

喬樅謹案：《續漢書》及《後漢書·皇后紀》並言后治《韓詩》，能舉大義。此所稱《螽斯》詩，即韓説也。

宜爾子孫，繩繩兮。

【《韓詩外傳》九】孟子少時誦，其母方織。孟子輟然中止，乃復進。其母知其諠也，呼而問之曰：「何爲中止？」對曰：「有所失，復得。」其母引刀裂其織，以此誡之。自是之後，孟子不復諠矣。孟子少時，東家殺豚。孟子問其母曰：「東家殺豚何爲？」母曰：「欲啖汝。」其母自悔，而言曰：「吾懷妊是子，席不正不坐，割不正不食，胎教之也。今適有知而欺之，是教之不信也。」乃買東家豚肉以食之，明不欺也。《詩》云：「宜爾子孫，繩繩兮。」言賢母使子賢也。

【又曰】田子爲相，三年歸休，得金百鎰，奉其母。母曰：「子安得此金？」對曰：「所受俸禄也。」母曰：「爲相三年，不食乎？治官如此，非吾所欲也。孝子之事親也，盡力致誠，不義之物，不入於館。爲人臣不忠，是爲人子不孝也。子其去之。」田子慚愧走出，造朝還金，退請就獄。王賢其母，説其義，即舍田子罪，令復爲相，以金賜其母。《詩》曰：「宜爾子孫，繩繩兮。」言賢母使子賢也。

喬樅謹案：舊本無「爲人臣不忠是」六字，又「不孝」上衍「不可」二字。趙懷玉校本據《太平御覽》卷八百十一引增删。

兔罝

肅肅兔罝。

【補】【劉良《文選注》曰】罝，兔網也。殷紂之賢人退處山林，網禽獸而食之。《文選》三十七桓温《薦譙元彦表》六臣注。

喬樅謹案：劉良此説蓋亦本於《韓詩》。考《墨子·尚賢》篇云：「文王舉閎夭、泰顛於罝網之中，授之政，西土服。」陳氏啟源《毛詩稽古》篇謂墨子之言必當時説《詩》者有「得賢於兔罝」之解，故舉閎夭、泰顛以實之。今案：閎夭、泰顛事正當文王與紂之時，其説殆即《韓詩》所本歟。

施于中馗。

【《韓詩》曰】肅肅兔罝，施于中馗。○【薛君曰】中馗，馗中九交之道也。《文選》十一鮑照《蕪城賦》注。○又二十顏延年《釋奠詩》注。○又二十七王粲《從軍詩》注。

喬樅謹案：《説文》：「馗，九達道也，似龜背，故謂之馗，从九、首，或作『逵』。」王氏念孫曰：「馗從九，首聲，故與好仇韻也。《毛詩》作『逵』，逵在尤韻，字從坴得聲，讀如逐。今韻『馗』『逵』並入脂，爲渠追切。作叶音者，以『好仇』之『仇』爲渠之切，以韻『逵』字。讀《韓詩》，自知其誤。」

芣苢

【《韓詩》曰】芣苢，傷夫有惡疾也。《文選》五十四劉峻《辨命論》注。○又《太平御覽》七百四十二。

喬樅謹案：此所引盖《韓詩序》。《太平御覽》引作《韓詩外傳》，誤也。

采采芣苢，薄言采之。

【《韓詩》曰】采采芣苢，薄言采之。○【薛君曰】芣苢，澤瀉也。芣苢，臭惡之草。詩人傷其君子有惡疾，人道不通，求己不得，發憤而作，以是興芣苢雖臭惡乎，我猶采采而不已者，以興君子雖有惡疾，我猶守而不離去也。《文選・辨命論》注。

喬樅謹案：《御覽》七百四十二引《韓詩》曰：「芣苢，臭惡之菜。」字不作「草」。

【《韓詩》曰】直曰車前，瞿曰芣苢。《毛詩釋文》。

案：《大觀本草》六引陶隱居云：「《韓詩》乃言芣苢是木，似李，食其實，宜子孫。」此爲謬矣。此陶隱居引《韓詩》而駁之也，然與《毛詩釋文》及《文選注》所引不合，豈隱居誤記耶？《釋文》又云：「《山海經》及《周書・王會》皆云：『芣苢，木也，實似李，食之宜子，出於西戎。』衛氏傳及許慎並同，王肅亦同，王基已有駁難也。」考《王會》解作「桴苡」，恐與《詩》之芣苢爲二物。衛氏傳當是衛宏所作，而《釋文序録》不言。《後漢書》所謂宏作訓旨，殆即是也。衛、許皆習古文《詩》，皆宗毛，不知何以解芣苢誤草爲木。

【補】【劉峻《辨命論》曰】冉耕歌其芣苢。

漢廣

【《韓詩序》曰】《漢廣》，悦人也。《文選》三十四曹植《七啟》注。

南有喬木，不可休思。漢有游女，不可求思。

【《韓詩内傳》曰】鄭交甫遵彼漢臯臺下，遇二女，與言曰：「願請子之珮。」二女與交甫，交甫受而懷之，超然而去。十步，循探之，即亡矣。迴顧二女，亦即亡矣。《文選》十二郭璞《江賦》注。

【《韓詩外傳》曰】鄭交甫將南適楚，遵彼漢臯臺下，乃遇二女，佩兩珠，大如荆雞之卵。《文選》四張衡《南都賦》注，又三十五張協《七命》注。

喬樅謹案：《文選》卷廿三阮籍《咏懷詩》曰：「二妃遊江濱，逍遥順風翔。交甫懷環珮，婉孌有芬芳。」李善注引《列仙傳》曰：「江妃二女出遊江濱，交甫遇之。」餘與《韓詩内傳》同。已見《南都賦》，可證此引《外傳》，「外」字乃「内」之譌。又《太平御覽》八百二引《韓詩内傳》曰：「漢女所弄珠如荆雞卵。」與《南都賦》注所引語合，亦皆作《内傳》，不誤也。

【許氏《説文・鬼部》】魃，鬼服也。《韓詩傳》云：「鄭交甫遇二女魃服。」

案：《初學記》引《韓詩》曰：「遇二女妖服，珮兩珠。」即此。

【《韓詩》曰】漢有游女，不可求思。○【《薛君章句》曰】游女，謂漢水之神也。言漢神時見，不可得而求之。《後漢書注》六十上。○《文選》卷十八嵇康《琴賦》注。○又卷三十四曹植《七啟》注。○又卷五十八謝朓《齊敬皇后哀策文》注。

【補】【曹植《七啟》】諷《漢廣》之所咏，覿游女于水濱。

【補】【曹植《洛神賦》】嗟佳人之信修兮，羌習禮而明詩。○感交甫之棄言兮，悵猶豫而狐疑。

喬樅謹案：陳思王用《韓詩》，何焯亦以子建《洛神賦》之義爲本《薛君章句》也。

【《韓詩外傳》一】孔子南遊適楚，至於阿谷之隧，有處子佩瑱而浣者。孔子曰：「彼婦人其可與言矣乎？」抽觴以授子貢曰：「善爲之辭，以觀其語。」子貢曰：「吾北鄙之人也，將南之楚，逢天之暑，思心譚譚，顔〔一〕乞一飲，以表我心。」婦人對曰：「阿谷之隧，隱曲之氾，其水載清載濁，流而趨海，欲飲則飲，何問婦人乎？」受子貢觴，迎流而挹之，奂然而棄之，從流而挹之，奂然而溢之，坐置之沙上，曰：「禮固不親授。」子貢以告，孔子曰：「某知之矣。」抽琴去其軫，以授子貢，曰：「善爲之辭，以觀其語。」子貢曰：「嚮子之言，穆如清風，不悖我語，和暢我心。於此有琴而無軫，願借子以調其音。」婦人對曰：「吾野鄙之人也，僻陋而無心，五音不知，安能調琴？」子貢以告，孔子曰：「某知之矣。」抽絺綌五兩，以授子貢，曰：「善爲之辭，以觀其語。」子貢曰：「吾北鄙之人也，將南之楚，於此有絺綌五兩，吾不敢以當子身，敢置之水浦。」婦人對曰：「客之行，差遲乖人，分其資財，棄之野鄙。吾年甚少，何敢受子，子不早去，今竊有狂夫守之者矣。」《詩》曰：「南有喬木，不可休思。漢有游女，不可求思。」此之謂也。

喬樅謹案：《韓詩外傳》載阿谷處子事，與《列女傳》大致相同，今録其文字異者，別識於左。

彼婦人其可與言矣乎？案：《列女傳》「婦人」作「浣者」，下「婦人」俱作「處女」。

〔一〕「顔」，《韓詩外傳》作「願」。

思心譚譚。案：《列女傳》作「我思譚譚」，郝氏懿行曰：「皆『燂』字之假借也。」

何問婦人乎？案：《御覽》七十四引作「何問於婢子」，《列女傳》同。

從流而挹之。案：舊作「促」，《御覽》引作「從」，《列女傳》同。趙舍人懷玉曰：「案上文迎是逆也，此云『從』，乃順也，作『從』爲是。」當據之改正。

和暢我心。案：《列女傳》作「私復我心」。

僻陋無心。案：《列女傳》作「陋固無心」。

抽絺綌五兩，以授子貢。案：《列女傳》此文上有「過賢則賓」四字。

客之行，差遲乖人。趙懷玉曰：「句有譌，《御覽》八百十九作『行客之人，嗟然永久』，《列女傳》同。」

今竊有狂夫守之者矣。案：《列女傳》作「竊有狂夫名之者矣」。

江之漾矣，不可方思。

【《韓詩》曰】江之漾矣，不可方思。○【薛君曰】漾，長也。《文選》十一王粲《登樓賦》注。

喬樅謹案：惠氏棟云：「《説文》『羕』下引《詩》『江之羕矣』，《韓詩》同。《爾雅》：『羕，長也。』郭注云：『羕，所未詳。』是未考《韓詩》。」喬樅謂：惠説尚未精審，考《文選注》引薛君曰：「漾，長也。」是《韓詩》字作「漾」，非作「羕」。《説文》「羕」下引《詩》與《爾雅》「羕，長」之訓，皆據《魯詩》文也。

汝墳

【《韓詩》曰】《汝墳》，辭家也。《後漢書·周磐傳》注。

【補】【《後漢書·周磐傳》曰】磐居貧養母，儉薄不充。嘗誦《詩》，至《汝墳》之章，慨然而歎[一]，迺解韋帶，就孝廉之舉。

喬樅謹案：據此，則磐所誦乃《韓詩》也。

愵如輖饑。

【《毛詩釋文》】惄，《韓詩》作「愵」。

喬樅謹案：《說文》：「愵，憂貌。讀與『惄』同。」《衆經音義》十六：「愵，古文『惄』『𢙐』二形同。」《釋文》云：「調，又作『輖』。」《易林·兑之噬嗑》：「惄如周饑。」「周」即「輖」之省文。「周」「輖」「調」皆以與「朝」音近通假。晉郭遐周詩「言別在斯須，惄焉如朝饑」，正用《汝墳》詩語。

[一]「歎」，底本作「漢」，今據續編本改。

魴魚赬尾，王室如娓。雖則如焜，父母孔邇。

【《薛君章句》曰】赬，赤也。焜，烈火也。孔，甚也。邇，近也。言魴魚勞則尾赤，君子勞苦則顔色變。以王室政教如烈火矣，猶觸冒而仕者，以父母甚迫近饑寒之憂，爲此禄仕。《後漢書·周磐傳》注。

【《説文·火部》】焜，火也。《詩》曰：「王室如焜。」

案：《詩考》載《後漢書注》引《韓詩》：「王室如焜。」今本章懷注作「燬」，又《外傳》一引「雖則如焜」，今本亦作「燬」，皆誤。

【《韓詩外傳》一】枯魚銜索，幾何不蠹。二親之壽，忽如過隙。樹木欲茂，霜露不使。賢士欲成其名，二親不待。家貧親老，不擇官而仕。《詩》曰：「雖則如焜，父母孔邇。」此之謂也。

喬樅謹案：「霜露不使」句，本作「不凋使」，《説苑·建本》篇引作「不使」。趙懷玉校《外傳》，據《説苑》以「凋」爲衍字，删去。

【又《外傳》九】孔子行，聞哭聲甚悲。孔子曰：「驅！驅！前有賢者。」至則臯魚也，被褐擁鐮，哭於道。孔子辟車，與之言曰：「子非有喪，何哭之悲也？」臯魚曰：「吾失之三矣：少而學，遊諸侯，以後吾親，失之一也；高尚吾志，閒吾事君，失之二也；與友厚，而小絶之，失之三也。夫樹欲静而風不止，子欲養而親不待。往而不可追者，年也；去而不可見者，親也。吾請從此辭矣。」立槁而死。孔子曰：「弟子誡之，足以識矣。」於是門人辭歸而養親者十有三人。子路曰：「有人於斯，夙興夜寐，手足胼胝，面目黧黑，樹藝五穀，以事其親，而無孝子之名，何也？」孔子曰：「意者身未敬邪？色不順邪？辭不遜邪？古人有言曰：『衣歟！食歟！曾不爾即。』子勞以事其親，無此三者，何爲無孝之名？意者所友非仁人邪？坐，語女，雖國士之力，不能自舉其身，非無力也，勢不便也。是以君子入則篤孝，出則友賢，何爲其無孝子之名？」《詩》曰：「父母孔邇。」

喬樅謹案：《荀子・子道》篇作：「衣與！繆與！不女聊。」楊倞注引《韓詩外傳》作：「衣予！教予！」與今本不同。謝墉《荀子校語》云：「今《外傳》九作：『衣與！食與！曾不爾即。』『教予』，疑是『飼予』之訛。『即』字，疑是『聊』之訛。」趙懷玉亦云：「『即』當作『聊』爲是。」

麟趾

吁嗟麟兮。

【《薛君韓詩章句》曰】吁嗟，歎辭也。《文選》三十謝玄暉《和王著作八公山詩》注。

召南

草蟲

未見君子，憂心惙惙。

【《韓詩外傳》二】孔子曰：「君子有三憂：弗知，可無憂與？知而不學，可無憂與？學而不行，可無憂與？」《詩》曰：「未見君子，憂心惙惙。」

采蘋

【《韓詩》云】沈者曰蘋，浮者曰薸。《毛詩釋文》。

喬樅謹案：《毛傳》云：「蘋，大蓱也。」《爾雅·釋草》曰：「萍，蓱。」郭注云：「水中浮蓱，江東謂之薸，音瓢。」又曰：「其大者蘋。」郭注云：「《詩》曰：『于以采蘋。』」今據《詩釋文》引《韓詩》云云，是蓱與蘋小大既殊，浮沉亦異。今本《釋文》作「浮者曰藻」，盧氏文弨謂王應麟《詩考》作「薸」，音瓢，當據以改正。胡承珙曰：「案《爾雅翼》亦引《韓詩説》：『沈者曰蘋，浮者曰薸。』且云『薸』之字似『藻』，説者遂以相紊。」此言尤爲明證。而《埤雅》

引《韓詩》仍作「浮者曰藻」，遂謂藻亦出水上，謬矣。

于以鬺之，惟錡及釜。

【《漢書·郊祀志》注】《韓詩》曰：「于以鬺之，惟錡及釜。」

案：《説文》無「鬺」字，《鬲部》：「鬺，煮也，从鬲，羊聲。」《玉篇》：「鬺，式羊切，亦作鬺。鬺同上。」《廣韻》「鬺」亦「鬺」字。《集韻·十陽》：「鬺，或作『鬺』『鬺』『鬺』。」《類》篇：「鬺，或作『鬺』『鬺』『鬺』。」是《説文》「鬺」字即《韓詩》「于以鬺之」之異文也。

喬樅謹案：《漢書·郊祀志》：「鬺，亨上帝鬼神。」師古注云：「鬺、亨，一也。鬺，亨煮而祀也。」引《韓詩·采蘋》「于以鬺之」二語爲證。考《廣雅》云：「鬺，飪也。」是「鬺」爲古烹飪字。下「亨」乃古「享祀」字也，音香兩反。服虔《音義》云：「以享祀上帝也。」正釋「亨」字。師古以鬺、亨爲一，非是。鬺，《毛詩》作「湘」，古文同音假借字。

甘棠

蔽芾甘棠，勿剗勿伐，召伯所茇。

【《韓詩外傳》一】昔者周道之盛，召伯在朝，有司請營召以居。召伯曰：「嗟！以吾一身而勞百姓，此非吾先君文王之志也。」於是出而就烝庶於阡陌隴畝之間而聽斷焉。召伯暴處遠野，廬於樹下，百姓大悅。耕桑者倍力以勸，於是歲大稔，民給家足。其後在位者驕奢，不恤元元，稅賦繁數，百姓困乏，耕桑失時。於是詩人見召伯之所休息樹下，美而歌之。《詩》曰：「蔽芾甘棠，勿翦勿伐，召伯所茇。」此之謂也。

喬樅謹案：《家語・廟制》篇引《詩》「蔽芾甘棠」，與《韓詩》文同。《隸釋》載《涼州刺史魏丕元碑》作「蔽芾」。《金薤琳琅》載《漢湯陰令張遷碑》作「蔽沛」。

【《漢書・王吉傳》】昔召公述職，當民事時，舍於棠下而聽斷焉。是時人皆得其所，後世思其人[一]恩，至乎不伐甘棠，《甘棠》之詩是也。

喬樅謹案：《韓詩》有王、食、長孫之學，王謂王吉也。吉以《韓詩》教授，爲昌邑中尉，見《漢書・儒林傳》及本傳。

【《毛詩釋文》】翦，《韓詩》作「劗」。初簡反。

勿劗勿敗。

【《集韻・上聲五》】劗，翦也。《韓詩》曰：「勿劗勿敗。」見二十六產「劗」字注。

[一]「人」，《漢書》作「仁」。

喬樅謹案：據《毛詩釋文》及《集韻》，是《韓詩》「翦」作「剗」，與毛文異。今本《韓詩外傳》引《詩》作「翦」，蓋後人順毛改之耳。

【補】【《後漢書》馮衍説廉丹曰】人懷漢德，甚於詩人思召公也，愛其甘棠，而况子孫乎？

【補】【馮衍説鮑永曰】以超周南之迹，垂甘棠之風，令夫功烈施於千載，富貴傳于無窮。

【補】【《藝文類聚》】【孫楚賦曰】昔在邵伯，聽訟述職，甘棠作誦，垂之罔極。○【又張纘賦曰】伊宗周之令望，巡召南而述職。卷八十一。

喬樅謹案：述職之説，本於魯、韓《詩》。孫、張兩賦，蓋用韓義也。

行露

雖速我訟，亦不爾從。

【《韓詩外傳》一】傳曰：夫行露之人許嫁矣，然而未往也。一物不具，一禮未備，守志貞理，守死不往。君子以爲得婦道之宜，故舉而傳之，揚而歌之，以絶無禮之求，防汙道之行。《詩》曰：「雖速我訟，亦不爾從。」

喬樅謹案：此與《列女傳》説合，是魯、韓《詩》同義爾。《毛詩》作「女」，「女」「爾」古字通用。《桑柔》詩「告爾憂恤，誨爾序爵」，《墨子・尚賢》篇引並作「女」，是其證也。

羔羊

羔羊之皮，素絲五紽。

【《韓詩·羔羊》曰】羔羊之皮，素絲五紽。【《薛君章句》曰】小者曰羔，大者曰羊。素喻絜白，絲喻屈柔。紽，數名也。詩人賢仕爲大夫者，言其德能，稱有絜白之性、屈柔之行，進退有度數也。《後漢書·王涣傳》注。

喬樅謹案：《廣雅》：「紽，數也。」《玉篇》《廣韻》並云：「紽，絲數也。」王氏《廣雅疏證》據《春秋》陳公子佗字五父，以證佗爲五數。馬瑞辰曰：「今案佗字五父，蓋取《詩》『五佗』爲義，非必紽即五數也。《釋文》『佗』作『它』，云：『本又作佗。』『佗』即古『他』字。《管子·輕重》甲篇：『夫得居裝，而賣其薪蕘，一束十他。』他，一本作『倍』。《墨子·經》篇云：『倍爲二也，他與倍通。』則他亦二數矣。《柏舟》『之死矢靡他』，猶云『有死無二也』。《小雅》『人知其一，莫知其他』，猶云『知其一不知其二也』。『紽』通『佗』，蓋二絲之數。」

逶迤逶迤，自公退食。

【《韓詩》曰】逶迤，公正貌。《毛詩釋文》。

【補】【洪适《隸釋》】【《費鳳别碑》】君有逶迤之節，自公之操。

喬樅謹案：婁機《漢隸字源·上平五》云：「禕[一]隋，出《韓詩》。」王厚齋《詩考》云：「禕隋，即委蛇，出《韓詩内傳》。」《隸釋·衡方碑》云：「禕隋在公。」今據《經典釋文》於《毛詩》「委蛇」下云「《韓詩》作『逶迤』」，是「禕隋」非《韓詩》經文，乃《内傳》釋經「逶迤」之訓也。陳啟源曰：「《毛詩》『委蛇』，《傳》以爲行可從迹。《韓詩》『逶迤』訓作公正貌，兩義意正相成。惟其公正無私，故舉動光明，始終如一，可蹤迹倣效，即《毛叙》所謂正直也。」

靁其雷

【《廣韻·六脂》】靁，雷也。出《韓詩》。

【補】【《玉篇·雨部》】靁，隱也，雷也。

喬樅謹案：臧鏞堂云：「《玉篇》：『靁，隱也，雷也。』似即此詩注。」喬樅考《集韻》云：「靁，隱也。『隱』『殷』古字通用。」靁訓隱雷，隱或作「轞」，亦作「磤」。「磤」訓爲雷聲，見《通俗文》及《玉篇》，則「靁」亦當爲雷聲矣。《禮記·玉藻》：「端行頤雷如矢。」注云：「頤，或爲『靁』。」《釋文》云：「靁，音夷。徐音追。」《中庸》「壹戎衣」注云：「衣讀如殷，聲

[一]「禕」，續編本作「褘」，此條下「禕」字例同。

之誤也。齊人言殷聲如衣。」案殷聲如衣，𩃱音爲夷，故「殷」「𩃱」古得通假。

芟有楳

【《孟子音義》】《芟有梅》，丁云《韓詩》也。

【《毛詩釋文》】梅，木名也。《韓詩》作「楳」。

案：《毛詩釋文》言「楳」不言「芟」，《孟子音義》言「芟」不言「楳」，皆疎。孫奭《音義》引「丁云」者，唐丁公著也，其言可信。武進臧庸輯《韓詩》遺説，詆孫奭爲誤，過矣。

喬樅謹案：芟，《集韻》云「草木枯落」，與《漢書集注》引鄭氏云「叐，零落也」義同。

傾筐摡之。

【補】【《玉篇·手部》】《詩》云：「傾筐摡之。」

喬樅謹案：《毛詩》「傾筐塈之」，《傳》云：「塈，取也。」是毛氏古文以「塈」爲「摡」之假借，韓家今文當用「摡」字爲正。

迨其謂之。

【《韓詩》云】迨，願也。《毛詩釋文》。

喬樅謹案：《韓詩》訓「迨」爲願，即孟子所云「丈夫生而願爲之有室，女子生而願爲之有家」也，疑韓説以此詩爲父母之詞。

小星

夙夜在公，實命不同。

【《韓詩》云】實，有也。《毛詩釋文》。

喬樅謹案：實，《毛詩》作「寔」。考《韓奕》「實墉實壑」箋云：「實，當作『寔』」，趙、魏之間『寔』『實』同聲。」《頍弁》箋云：「實，猶是也。」《爾雅·釋詁》：「實，是也。」是音、義並同。

【《韓詩外傳》一】曾子仕於莒，得粟三秉。方是之時，曾子重其禄而輕其身。親没之後，齊迎以相，楚迎以令尹，晉迎以上卿。方是之時，曾子重其身而輕其禄。懷其寶而迷其國者，不可與語仁；窘其身而約其親者，不可與語孝；任重道遠者，不擇地而息；家貧親老者，不擇官而仕。故君子橋褐趨時，當務爲急。《傳》云：「不逢時而仕，任事而敦其慮，爲之使而不入其謀，貧焉故也。」《詩》曰：「夙夜在公，實命不同。」

喬樅謹案：《毛詩叙》云：「《小星》，惠及下也。夫人無妬忌之行，惠及賤妾。」與《韓詩》説異。《容齋隨筆》以此詩是詠使者遠適，夙夜征行，不敢慢君命之意，用韓説也。《白帖》引

「肅肅宵征，夙夜在公」入《奉使類》，亦用《韓詩》義。

江有汜

江有渚。

【《韓詩》云】水一溢一否曰渚。《毛詩釋文》。

【《薛君韓詩章句》曰】水一溢而爲渚。《文選》二張衡《西京賦》注。

喬樅謹案：《爾雅·釋水》云：「水中可居者曰洲，小洲曰渚。」李巡曰：「四方皆有水，中央獨高可處，故云，但大小異其名耳。」劉熙《釋名》云：「渚，遮也，體高能遮水，使從旁廻也。」與《爾雅》訓義亦近。《韓詩》云「水一溢一否」者，謂一溢而一涸，即今俗所謂水濱之洲，東坍而西漲者也。《毛傳》云：「渚，小洲也，水枝成渚。」亦謂江水之枝分者溢而爲渚耳。

何彼茙矣。

【《毛詩釋文》】襛，《韓詩》作「茙」。

案：《家語》：「孔子遊乎農山。」《韓詩外傳》九作「戎山」。此「襛」「茙」古通之證。

喬樅謹案：《毛傳》云：「襛，猶戎戎也。」「戎」字當即「茙」之省文。「戎」又通作「茸」。《旄丘》詩：「狐裘蒙戎。」《左傳》云：「狐裘蒙茸。」是其驗也。《説文·艸部》：「茸，草茸茸貌。」然則「戎戎」猶言「茸茸」耳。

騶虞

【《韓詩説》曰】騶虞，天子掌鳥獸官。《周禮·鐘師》疏。

案：《五經異義》云：「今《詩》韓、魯説：騶虞，天子掌鳥獸官。古《毛詩》説：騶虞，義獸，白虎黑文，食自死之肉，不食生物，人君有至信之德則應之。《周南》終《麟趾》，《召南》終《騶虞》，俱稱嗟歎之，是麟與騶虞皆獸名。」謹案：古《山海經》《鄒子書》云：「騶虞，獸。」説與《毛詩》同。今考《文選·魏都賦》張載注引《魯詩傳》曰：「古有梁騶。梁騶，天子獵之田也。」《東都賦》李善注引「騶」作「鄒」。《禮記·射義》：「騶虞，樂官備也。」賈誼《新書·禮篇》：「騶者，天子之囿也。虞者，囿之司獸者也。」《儀禮·鄉射禮》注：「其詩有『一發五豝』『五豵』『于嗟騶虞』之言，樂得賢者衆多，嘆思至仁之人以充其官。」此皆與韓、魯《詩》説合。

韓詩遺説考卷第一（一之二）

福州陳壽祺學　男喬樅述

韓詩國風二

邶鄘衛

邶風

柏舟

耿耿不寐，如有殷憂。

【李善《文選注》十六】《韓詩》曰：「耿耿不寐，如有殷憂。」殷，深也。陸士衡《歎逝賦》注。

喬樅謹案：《韓詩》此二語，又見《文選》二十三阮籍《咏懷詩》注、三十七劉琨《勸進表》注、五十三嵇康《養生論》注。「殷，深也」之訓，李善雖不言其爲誰氏訓義，然上既引《韓詩》「殷憂」爲證，知亦用韓義也。宋綿初云：「《韓詩》『殷憂』，《毛詩》作『隱憂』，『殷』與『隱』古字通也。」《通俗文》曰：「雷聲曰磤。」《玉篇》曰：「磤，雷聲，亦作『轀』。」《毛詩·召南·殷其雷》釋文：「殷，音隱。」《北門》「憂心殷殷」釋文：「殷，於巾反，又音隱。」

【補】【曹植《洛神賦》】夜耿耿而不寐。

我心匪鑒，不可以茹。

【《韓詩外傳》一】傳曰：君子潔其身，而同者合焉；善其音，而類者應焉。馬鳴而馬應之，牛鳴而牛應之。非知也，其勢然也。故新沐者必彈冠，新浴者必振衣，莫能以己之皭皭，容人之混污然。《詩》曰：「我心匪鑒，不可以茹。」

我心匪石，不可轉也。我心匪席，不可卷也。

【《韓詩外傳》一】王子比干殺身以成其忠，柳下惠殺身以成其信，伯夷、叔齊殺身以成其廉。此三子者，皆天下之通士也，豈不愛其身哉？爲夫義之不立，名之不顯，則士恥之，故殺身以遂其行。由是觀之，卑賤貧窮，非士之恥也；天下舉忠而士不與焉，舉信而士不與焉，舉廉而士不與焉，三者存乎身，名傳於世，與日月並而不息，天不能殺，地不能生，當桀紂之世，不之能污也。然則非惡生而樂死也，非惡富貴好貧賤也，由其理，尊貴及己，而仕也不辭也。孔子曰：「富而可求也，雖執鞭之士，吾亦爲之；富而不可求從吾所好。」故阸窮而不憫，勞辱而不苟，然後能有致也。《詩》曰：「我心匪石，不可轉也。我心匪席，不可卷也。」此之謂也。

喬樅謹案：《説苑·立節》篇亦載此文，唯「柳下惠」作「尾生」爲異。趙懷玉曰：「柳下惠不證岑鼎。」《吕氏春秋·審己》篇、《新序·節士》篇皆載之。所謂「成其信」也，《説苑》作「尾生」，此泥殺身而失之者也。尾生之信，豈可與比干、夷齊竝論哉？又「富而不可求，從吾所好」九字，本皆脱佚。案無此二句，則上下語意不完，今據《説苑》補入。

【又曰】傳曰：所謂士者，雖不能備乎道術，必有由也；雖不能盡乎美善，必有處也。言不務多，務審所行而已。行既已尊之，言既已由之，若肌膚性命之不可易也。《詩》曰：「我心匪石，不可轉也。我心匪席，不可卷也。」

【又曰】原憲居魯，環堵之室，茨以蒿萊，蓬戶甕牖，桷桑而無樞，上漏下濕，匡坐而絃歌。子貢乘肥馬，衣輕裘，中紺而表素，軒車不容巷，而往見之。原憲楮冠黎杖而應門，正冠則纓絶，振襟則肘見，納履則踵決。子貢曰：「嘻！先生何病也？」原憲仰而應之曰：「憲聞之：無財之謂貧，學而不能行之謂病。憲貧也，非病也。若夫希世而行，比周而友，學以爲人，教以爲己，仁義之匿，車馬之飾，衣裘之麗，憲不忍爲之也。」子貢逡巡而有慚色，不辭而去。原憲乃徐步曳杖，歌《商頌》而反，聲淪於天地，如出金石，天子不得而臣也，諸侯不得而友也。故養身者忘家，養志者忘身。身且不愛，孰能忝之？《詩》曰：「我心匪石，不可轉也。我心匪席，不可卷也。」

【韓詩外傳九】秦攻魏，破之，少子亡而不得。令魏國曰：「有得公子者，賜金千斤；匿者，罪至十族。」公子乳母與俱亡，人謂乳母曰：「得公子者賞甚重，乳母當知公子處而言之。」乳母應之曰：「我不知其處，誰〔一〕知之，死則死，不可以言也。爲人養子，不能隱而言之，是畔上畏死。吾聞：忠不畔上，勇不畏死，凡養人子者，務生之，非務殺之也。豈可見利畏誅之故，廢義而行詐哉？吾不能生而使公子獨死矣。」遂與公子俱逃澤中，秦軍見而射之，乳母以身蔽之，著十二矢，遂不令中公子。秦王聞之，饗以太牢，且爵其兄爲大夫。《詩》曰：「我心匪石，不可轉也。」

憂心悄悄，愠于群小。

【《韓詩外傳》一】荆伐陳，陳西門壞，因其降民使修之，孔子過而不式，子貢執轡而問曰：「禮，過三人則下，二人則式。今陳之修門者衆矣，夫子不爲式，何也？」孔子曰：「國亡而弗知，不智也；知而不争，非忠也；亡而不死，非勇也。修門者雖衆，不能行一於此，吾故弗式也。」《詩》曰：「憂心悄悄，愠于群小。」小人成群，何足禮哉？

【補】【曹植《黄初五年令》】夫遠而不可知者，天也；近而不可知者，人也。《詩》云：「憂心悄

〔一〕「誰」，《韓詩外傳》作「雖」。

悄，愠于群小。」

寤僻有摽。

【補】【《玉篇·手部》】擗，拊心也。《詩》曰：「寤擗有摽。」

喬樅謹案：《玉篇》又云「擗」，本亦作「辟」。今《毛詩》作「寤辟」，《釋文》云：「辟，本又作『擘』。」考《説文》引《詩》作「晤辟有摽」，字不從手作「擗」，此毛氏古文之假借。三家今文皆作「寤擗」，《玉篇》所引是據《韓詩》今文。陸氏《音義》云毛本又作「擘」者，亦「擗」字之通假也。

胡䥖而微。

【《韓詩》云】䥖，常也。《釋文》。

喬樅謹案：䥖，《毛詩》作「迭」。考《廣雅》：「迭，代也。」則《毛詩》「迭」「微」當訓爲更迭而食。韓訓「䥖」爲常，文、義與毛並異。范家相《詩瀋》曰：「胡常而微者，言日月至明，胡常有時而微，不照見我之憂思也？」此解爲得韓義。「迭」得通「䥖」者，「迭」與「秩」通，「䥖」字盖「戜」之或體。《巧言》詩「秩秩大猷」，《説文》作「戜戜」。又「驖」字注云：「讀若《詩》『威儀秩秩』是也。」「䥖」得訓常者，韓盖以「䥖」爲「秩」之假借。《爾雅·釋詁》云：「秩，常也。」又《賓之初筵》詩「不知其秩」，《烈祖》頌「有秩斯祜」，《毛傳》並云：「秩，常也。」是其義已。

燕燕

【王氏《詩考》】《燕燕》，《韓詩》以爲定姜歸其娣，送之而作。

喬樅謹案：此《詩考》引李迂仲語也。今據《後漢書·和熹鄧皇后紀》云：「和帝葬後，宫人並歸園，太后賜周、馮貴人策曰：『朕與貴人，託配後庭，共歡等列，十有餘年。不獲福祐，先帝早棄天下，孤心煢煢，靡所瞻仰，夙夜永懷，感愴發中。今當以舊典，分歸外園，慘結增歎，《燕燕》之詩，曷能喻焉？』」《後漢書·皇后紀》言：「鄧后年十二通《詩》。」是時《毛詩》未立學官，鄧后之語本於三家，而與定姜送娣之説情事相合，則是用《韓詩》也，迂仲之言殆非無徵。范氏《補傳》以爲定姜歸其婦，此本劉向《列女傳》語，乃《魯詩》之説，非《韓詩》也。

佇立以泣。

【補】【曹植《卞太后誄》】佇立以泣。

仲氏任只。

【《韓詩》曰】仲，中也，言位在中也。《一切〔一〕經音義》九。

案：《玉篇》三《人部》引《詩》：「仲氏任只。仲，中也。」不云《韓詩》，然與毛、鄭義異。而「仲中也」三字又與《衆經音義》引合，則皆《韓詩》無疑也。

日月

胡能有定。

【《韓詩外傳》九】傳曰：君子之聞道，入之于耳，藏之于心，察之以仁，守之以信，行之以義，出之以遜，故人無不虛心而聽也。小人之聞道，入之于耳，出之于口，苟言而已，譬如飽食而嘔之，其不惟肌膚無益，而於志亦戾矣。《詩》曰：「胡能有定。」

乃如之人兮，德音無良。

【《韓詩外傳》一】魯公甫文伯死，其母不哭也。季孫聞之，曰：「公甫文伯之母，貞女也。子死不哭，必有方矣。」使人問焉，對曰：「昔是子也，吾使之事仲尼。仲尼去魯，送之不出魯郊，贈之

〔一〕「切」，底本作「初」，今據續編本改。

不與家珍。病，不見士之視者；死，不見士之流淚者。死之日，宫女縗絰而從者十人，此不足於士而有餘於婦人也。吾是以不哭也。」《詩》曰：「乃如之人兮，德音無良。」

報我不術。

【《韓詩》曰】報我不術。○【薛君曰】術，法也。《文選》五十五劉峻《廣絶交論》注。

喬樅謹案：《毛詩釋文》：「述，本亦作『術』。」宋綿初云：「『述』〔一〕『術』音、義同。《士喪禮》『筮人許諾不述命』，注云：『古文述皆作術。』《祭義》『術省』，注云：『術省當爲述省。』賈山《至言》『術追厥功』，《孟郁堯廟碑》『歌術功稱』，《韓勑修孔廟後碑》『共術德政』，《靈臺碑陰》『州里偁術』，《樊敏碑》『臣子褒術』，義皆作述。《唐君頌》『躭樂道述』，義又作術，是其證也。」

終風

終風且暴。

〔一〕「述」，底本作「術」，今據續編本改。

【《韓詩》曰】終風，西風也。《釋文》。

【《薛君韓詩章句》曰】時風又且暴，使己思益隆。《文選》二十四陸機《爲顧彥先贈婦詩》注。

喬樅謹案：王氏《經義述聞》云：「《毛詩》終風爲終日風，《韓詩》終風爲西風，此皆緣辭生訓，非經文本義。『終』猶既也，言既風且暴也。」胡承珙曰：「案《王風·葛藟》『終遠兄弟』，《傳》云：『兄弟之道，已相遠矣。』是毛公非不知『終』有既訓，而於『終風』必云終日風者，自由師説相承。且三章『不日有曀』，『不日』者，謂不旋日而又曀也，此『終日』亦對下『不日』言之耳。至《韓詩》以『終風』爲西風，終之與西，殊不相涉，疑本作『泰風』，故韓依《爾雅》釋爲西風。《説文》：『丹，古文終。』又：『冬，古文作[illegible]。』又：『泰，古文作[illegible]。』是『終』與『泰』古文形近易溷。又『終』亦爲『衆』。《儀禮·士相見禮》注：「今文衆爲終。」《集韻》：『衆，古作[illegible]。』《列子·周穆王》篇：『[illegible][illegible]爲右。』殷敬順釋文：『[illegible]，篆作泰。』[illegible]與[illegible]形亦相近。』《韓詩》自作『泰風』，與毛師承各異，無足怪也。」胡説亦通。

謔浪笑傲〔一〕。

【《韓詩》曰】浪，起也。《釋文》。

〔一〕「傲」，續編本作「敖」。

喬樅謹案：《毛詩正義》引《爾雅》舍人注曰：「浪，意萌也。」「意萌」，《邢疏》引作「意朗」。臧庸堂據《邢疏》舊本定「萌」字爲誤。馬瑞辰曰：「朗，謂高朗。放浪，與高朗義近。放浪則意氣高，與《韓詩》『浪，起也』義亦相通。」

願言則嚏。

【補】【《玉篇·口部》】嚏，噴鼻也。《詩》云：「願言則嚏。」

喬樅謹案：《毛詩》作「疐」。《傳》云：「疐，劫也。」《釋文》：「疐，本作『嚔』，又作『疌』。崔云：毛訓『疐』爲故，今俗人云『欠欠故故』是也，不作『劫』字。」《鄭箋》：「讀『疐』爲『不敢嚏咳』之『嚏』。今俗，人嚏，云『人道我』，此古之遺語也。」今據《玉篇》引《詩》直作「嚏」字，是據《韓詩》之文。鄭君先通《韓詩》，此箋即用韓義改毛也。

壇壇其陰。

【《韓詩章句》曰】壇壇，天陰塵也。《詩考》引董氏云。

喬樅謹案：《説文·日部》：「曀，陰而風也。《詩》曰：『終風且曀。』」又《土部》：「壇，天陰塵也。《詩》曰：『壇壇其陰。』」又《玉篇·土部》云：「壇，天陰塵起也。」是「曀」與「壇」字異，而義亦殊。馬瑞辰曰：「曀則陰而有風，壇則不必有風，而常陰有塵。《韓詩》作『壇』，『壇』爲正字。《毛詩》作『曀』，『曀』，假借字也。」胡承珙曰：「天陰塵起有風，可知訓雖小異，義實通也。」

【補】【《後漢書》馮衍《顯志賦》】日曀曀其將暮兮。○【李賢注】曀曀，陰晦貌也。《詩》曰：「曀曀其陰。」

喬樅謹案：敬通用《韓詩》，「曀曀」當作「壇壇」爲正，此後人轉寫，依《毛詩》改之。

擊鼓

土國城漕，我獨南行。

【《韓詩説》曰】年二十行役，三十受兵，六十還兵。《詩正義》引《異義》。

【《韓詩外傳》曰】二十行役，六十免役。《後漢書·班超傳》注。

案：《周禮》鄉大夫及大胥疏、《禮記·王制》正義、《後漢書注》四十七引《異義》《韓詩説》同。《太平御覽》卷三百六引《白虎通》曰：「王命法，年三十受兵，何重絶人世也？師行不必反，戰不必勝，故須其有世嗣也。年六十歸兵者，何？不忍鬭人父子也。」與《韓詩》傳説同。又《漢書·高帝紀》二年注：「孟康曰：古者二十而傅，三年耕，有一年儲，故二十三而後役之。」《景帝紀》二年令：「天下男子，年二十始傅。」師古曰：「傅，著也，言著民籍，給公家傜役也。」《韓詩説》「二十行役」，亦與《周禮》「國中七尺以及六十皆征」之説合。

死生契闊。

【《韓詩》曰】契闊，約束也。《釋文》。

喬樅謹案：李善注《文選》劉琨《答盧諶詩》又引《韓詩章句》曰：「括，約束也。」《韓詩》解「契闊」爲約束，是以「契闊」爲「絜括」之假借。《説文·系部》：「絜，麻一耑也。」段氏注云：「一耑，猶一束也。」《手部》：「括，絜也。」又《人部》：「係，絜束也。」又《系部》：「約，纏束也。」《玉篇》：「絜，結束也。」「約，束也。」「絜括」之爲「約束」，此其義已。胡承珙曰：「『死生絜括』者，言死生相與約結，不相離棄也。後漢繁欽《定情》篇：『何以致契闊，繞腕雙跳脱。』魏武帝《短歌行》曰：『越陌度阡，枉用相存。契闊談讌，心念舊恩。』此皆以『契闊』爲約結之義，正與《韓詩》説同。」

于嗟夐兮。

【《毛詩釋文》】洵，《韓詩》作「夐」。夐，亦遠也。

喬樅謹案：盧文弨云：「高誘《吕氏春秋·盡數》篇注亦引《詩》作『于嗟夐兮』。按，『夐，亦遠也』是陸氏語，因《毛傳》云『洵，遠』，故此云『亦遠也』。」喬樅謂：高誘《吕覽注》云：「夐，遠也。」引《詩》「于嗟夐兮」爲證，自是三家《詩》訓義云。然陸氏第蒙《毛傳》「洵，遠」之訓，故於《韓詩》「夐」下加「亦」字耳。「夐，遠」之義，要本諸《韓故》，非陸氏意揣之語也。

凱風

簡簡黄鳥，載好其音。

【《太平御覽·羽族部》】《韓詩》曰：簡簡黄鳥，載好其音。卷九百二十三。

喬樅謹案：段氏玉裁云：「《毛詩》『睍』『睆』雙聲，此『簡簡』當本是雙聲字，《御覽》誤重簡字爾。」喬樅案：宋槧本引《韓詩》作「簡斤黄鳥」，「斤」字乃「反」之譌，疑《韓詩》本作「簡昄黄鳥」，轉寫脱去目旁，僅存其半，爲「反」字。考《説文·目部》：「昄，白眼也。」引《春秋傳》「游昄，字子明」爲證，是「昄」有明義。簡亦明也，故以「簡昄」興顔色之明好。一説《戰國策》「田瞀」，高誘注：「讀『鄭游昄』之『昄』。」《説文》：「瞀，轉目視也。」《集韻》云：「瞀，同昄。」則「昄」即「瞀」之通假也，「簡」亦當爲「瞯」之通假。《説文》：「瞯，戴目也。江淮之間謂眄曰瞯。」《方言》云：「瞯，睇，略眄也。吴楚、江淮之間或曰瞯，或曰略。自關而西、秦晉之間曰眄。」《玉篇》：「瞯，眄也。」《廣韻》：「『瞯』『昄』並訓爲目多白皃。」目眄睞，則睛多白。是「瞯」「昄」皆謂目之轉視流眄，故爲顔色之悦也，其義亦通。又《毛傳》云：「睍睆，好貌。」「睍睆」之義，亦宜爲眄睞，陳思王《洛神賦》所謂「明眸善睞」者是也。

若如《説文》訓「睍」爲目出，《玉篇》訓「晥」爲出目，則不得云好貌。「睍晥」蓋即「睍晚」之假借，《毛詩·角弓》「見睍聿消」，《荀子》書作「宴然聿消」，此「見」「宴」字通之證。晥，《集韻》云或作「晚」，此「晥」「晚」字通之證。《説文》：「睍，目相戲也。」《方言》：「睍，略視也。東齊曰睍，吴揚曰略，凡以目相戲曰睍。」《玉篇》：「晚，小嫵媚也。」《新臺》詩「燕婉之求」，《説文》引作「睍婉之求」，「睍晚」亦即「睍婉」，皆好貌也。

雄雉

雄雉于飛。

【《薛君韓詩章句》曰】雉，耿介之鳥也。《文選》九潘岳《射雉賦》注。

瞻彼日月，悠悠我思。道之云遠，曷云能來。

【《韓詩外傳》一】賢者精氣闐溢，而後傷時不可過也。不見道端，乃陳情欲，以歌道義。《詩》曰：「静女其姝，俟我乎城隅。愛而不見，搔首躊躇。」「瞻彼日月，悠悠我思。道之云遠，曷云能來。」急時辭也，是故稱之日月也。

案：據《外傳》，是《韓詩》以此篇與《静女》爲類。《説苑》引《詩》亦同，惟「悠悠」作「遥遥」，蓋從《魯詩》之文。

不忮不求，何用不臧。

【《韓詩外傳》一】傳曰：喜名者必多怨，好與者必多辱。唯滅迹於人，能隨天地自然，爲能勝理，而無愛名。名興則道不用，道行則人無位矣。夫利爲害本，而福爲禍先。唯不利者爲無害，不求福者爲無禍。《詩》曰：「不忮不求，何用不臧。」

【又曰】傳曰：聰者自聞，明者自見。聰明，則仁愛著而廉恥分矣。故非其道而行之，雖勞不至；非其有而求之，雖强不得。故智者不爲非其事，廉者不求非其有。是以害遠而名彰也。《詩》曰：「不忮不求，何用不臧。」

【又曰】傳曰：安命養性者，不待積委而富；名號傳乎世者，不待勢位而顯。德義暢乎中，而無外求也。信哉！賢者之不以天下爲名利者也。《詩》曰：「不忮不求，何用不臧。」

匏有苦葉

深則厲，淺則揭。

【《韓詩》曰】至心曰厲。《釋文》。

喬樅謹案：《魯詩訓》云：「以衣涉水曰厲。」見包咸《論語注》。《爾雅》云：「由帶以上爲厲。」《爾雅》亦《魯詩》之學也。《韓詩》：「至心曰厲。」即所云「由帶以上」，其義與《魯詩》同。

【《韓詩外傳》二】楚白公之難，有莊〔一〕之善者，辭其母，將死君。其母曰：「棄母而死君，可乎？」曰：「聞事君，内其禄而外其身。今之所以養母者，君之禄也，請往死之。」比至朝，三廢車中。其僕曰：「子懼，何不反也？」曰：「懼，吾私也。死君，吾公也。吾聞君子不以私害公。」遂死之。君子聞之，曰：「好義哉！必濟矣夫！」《詩》云：「深則厲，淺則揭。」此之謂也。

喬樅謹案：《漢書·古今人表》有嚴善，列中中第五等，即《外傳》所云「莊之善」，避明帝諱，改「莊」字爲「嚴」也。《新序·義勇》篇正作「莊善」，無「之」字。俗本《外傳》作「仕之善」者，古「莊」「壯」通用，因譌「壯」爲「仕」。趙懷玉校本據《新序》改正，是已。《渚宫舊事》注引《新序》作「莊義」，疑「義」又「善」之譌字也。

煦日始旦。

【《薛君韓詩章句》曰】煦，暖也。《文選》五十五陸士衡《演連珠》注。

〔一〕「莊」，《韓詩外傳》作「仕」。按：喬樅案語駁之。

喬樅謹案：煦日，《毛詩》作「旭日」。《傳》云：「旭日始出，謂大昕之時。」文與韓異。考《說文》：「煦，烝也。一曰赤貌，一曰昷潤也。」又《日部》：「昫，日出昷也。」昷義與暖同。《周禮注》引《司馬法》曰：「旦明鼓五通爲發昫。」是「昫」亦訓爲日始出，「旭」「昫」一聲之轉。《韓詩》「煦」字當亦「昫」之通假。胡承珙曰：「《易·旴豫》釋文：『旴，姚作「旴」，云日始出。』引《詩》『旴日始出』。今考姚所引《詩》當作『旰』，从干，不從于。《說文》《玉篇》皆無『旴』字。《說文》『旰』雖訓晚，然《日部》又云：『暤，旰也。』《玉篇》：『暤，明也，旰也。』是『旰』有明義。故《爾雅·釋天》注言：『氣皓旰。』《釋文》云：『旰，日光出也。』《文選·上林賦》『采色皓旰』，《景福殿賦》『皓皓旰旰，丹采煌煌』，皆取光明之義。《毛詩釋文》：『旭，許玉反，徐又許袁反。』案『旰』从干，讀與軒同，許袁反正其音。是徐所見本亦必作『旰日始旦』，與姚氏同也。」

士如歸妻，待〔一〕冰未泮。

【《韓詩傳》曰】古者霜降迎女，冰泮殺止。《周禮·媒氏》疏引王肅《聖證論》。

喬樅謹案：荀卿書云：「霜降迎女，冰泮殺止。」《韓詩》語與《荀子》同。胡承珙曰：「嫁娶

〔一〕「待」，續編本作「迨」。

時月，毛、鄭異説。《東門之楊》傳云：『男女失時，不逮秋冬。』鄭君則據《周禮》『仲春之月，令會男女』，以仲春爲婚月。案：毛、韓之義皆本於荀卿。《管子·幼官》篇：『春三卯。十二，始卯，合男女。秋三卯。十二，始卯，合男女。』《管子》所謂『秋始卯』，在白露之後，即《荀子》之『霜降迎女』也。『春始卯』在清明之後，即《荀子》之『冰泮殺止』也。《通典》引董仲舒書曰：『聖人以男女當天地之陰陽。天地之道，向秋冬而陰氣來，向春夏而陰氣去。故古之人，霜降而迎女，冰泮而殺止，與陰俱近，與陽俱遠也。』《太玄》亦云：『納婦始秋分。』《管》《荀》皆周秦古書，董、楊又漢代大儒，説皆後先脗合，其義不可易矣。王肅云：『自馬氏以來，乃因《周官》而有二月。』盖鄭説本於馬融，至馬昭申鄭，援證諸詩，則孔晁答云：『有女懷春，謂女惡無禮，過時故思。春日遲遲，蠶桑始起，女心悲矣。嘒彼小星，喻妾侍夫人。蔽芾其㮣，喻行遇惡人。熠燿其羽，喻嫁娶盛飾。皆非仲春嫁娶之候。』其説皆孔優於馬。若張融所據《夏小正》『二月綏多士女』，恐亦期盡蕃育之法。其實鄭正據定在《周官》。今考《周官·媒氏》云：『掌萬民之判，凡男女自成名以上，皆書年月日名焉。令男三十而娶，女二十而嫁。凡娶判妻入子者，皆書之中春之月，令會男女。於是時也，奔者不禁。若無故而不用令者，罰之。』詳玩經文，所謂『判妻入子皆書之』，自是霜降之候，正以《昏禮》。其下云云，乃期盡蕃育之法。盖自中春以後，農桑事起，婚姻過時，故於是月，令會男女。其或先因札喪凶荒，六禮未備者，雖奔不禁。所謂不待禮聘，因媒請嫁而已。若中春非爲期盡，則正昏之月，何用汲汲而先下此不禁奔之令乎？此誤會經文之失也。」惠氏《禮説》云：「《左傳》襄二十二年：『十二月，鄭游眅將如晉。未出境，遭逆妻者奪之。』則春秋時，民間嫁娶亦在秋冬也。」説甚精碻。

招招舟子。

【《韓詩》云】招招，聲也。《釋文》。

喬樅謹案：《毛傳》云：「招招，號召之貌。」此云聲者，考王逸《楚詞注》云：「以口曰召，以手曰招。」號召必手招之，故毛以貌言。手招亦必口呼之，故韓以聲言也。合毛、韓二家，其義始備。

谷風

密勿同心，不宜有怒。

【《韓詩》曰】密勿同心，不宜有怒。密勿，僶俛也。《文選》三十九傅季友《爲宋公求加贈劉將軍表》注。

喬樅謹案：密勿，《毛詩》作「黽勉」。《釋文》云：「黽，本亦作『僶』。」黽勉，猶「勉勉」也。

考《毛詩・小雅・十月之交》「黽勉從事」，《漢書・劉向傳》引作「密勿從事」。然則此《谷風》「黽勉同心」，《魯詩》當亦作「密勿同心」，與《韓詩》文同。《爾雅・釋詁》「蠠没，勉也」，郭注云：「蠠没，猶『黽勉』。」《釋文》：「蠠，本或作『𧖟』。」《説文》：「𧖟，古『密』字。」《儀禮・士冠禮》「設扃鼏」，鄭注云：「古文『鼏』爲『密』。」是《爾雅》「𧖟没」即《魯詩》「密勿」之通假也。馬瑞辰曰：「『黽勉』『密勿』『蠠没』，皆雙聲字，故通用。《玉篇・蚰部》：『𧖟，勉也。』『𧖟』又『蠠』字之俗耳。《漢書・五行志》中之上『閔免遯樂』，師古注：『閔勉，猶黽勉也。』竝字異而音、義同。『閔免』又轉爲『文莫』。《説文》：『忞，自勉强也。慔，勉也。』《廣雅》：『文，勉也。』楊升菴《丹鉛録》引晉欒肇《論語駮》云：『燕、齊謂勉强爲文莫是也。』『黽』『勉』皆爲勉，故《釋文》曰：『猶勉勉也。』『勉勉』亦作『勿勿』，《祭義》鄭注：『勿勿，猶勉勉是也。』」

采葑采菲，無以下禮。《詩考》引《外傳》。

案：今本《韓詩外傳》「禮」作「體」，與《詩考》引異。

【《韓詩外傳》九】孟子妻獨居，踞。孟子入户，視之，白其母曰：「婦無禮，請去之。」母曰：「何也？」曰：「踞。」其母曰：「何知之？」孟子曰：「我親見之。」母曰：「乃汝無禮也，非婦無禮。《禮》不云乎：『將入門，問孰存；將上堂，聲必揚；將入户，視必下。』不掩人不備也。今汝往燕私之處，入户不有聲，令人踞而視之，是汝之無禮也，非婦無禮也。」於是孟子自責，不敢去婦。《詩》曰：「采葑采菲，無以下體。」

喬樅謹案：禮，毛作「體」，今本《外傳》乃後人據毛所改。考《韓詩外傳》五云：「禮者，則天地之體。」是「禮」字本訓體，故「體」「禮」得相通假。馮登府云：「案《釋名》：『禮，體也，得其事體也。』《廣雅·釋言》：『禮，體也。』義皆本《韓詩》。」又「問孰存」三字，舊本無之，今據《列女傳·母儀》篇補。

【補】【《玉篇·艸部》】葑，蕪菁也。《詩》曰：「采葑采菲。」

喬樅謹案：《毛傳》云：「葑，須也。菲，芴也。」《箋》云：「此二菜者，蔓菁與葍之類也。」此直以葑爲蕪菁，當據《韓詩》之説。

中心有違。

【《韓詩》曰】違，很也。《釋文》。

喬樅謹案：《廣雅·釋詁》：「怨、違，很也。」即本《韓詩》訓義。《毛傳》：「違，離也。」《鄭箋》云：「違，徘徊也。行於道路之人，至於將别，尚舒行，其心徘徊然。喻君子於己，不能如也。」胡承珙曰：「毛訓『違』爲離，盖謂有違者爲有離别之意。《釋文》引《韓詩》云：『違，很也。』案：《説文》：『很，不聽從也，一曰行難也。』《韓詩》以『違』爲『很』，即行難之義。毛、韓、鄭三説略同。」馬瑞辰曰：「《韓詩》蓋以『違』爲『愇』之假借，故訓爲很。很，亦恨也。《書·無逸》『民否則厥心違怨』，『違』與『怨』同義。『中心有違』，猶云中心有怨也，其義亦通。」

湜湜其止。

【補】【《玉篇·水部》】湜，水清也。《詩》曰：「湜湜其止。」

喬樅謹案：《毛詩》作「湜湜其沚」。《箋》云：「小渚曰沚。湜湜，持正貌。」與此文異、訓異。知《玉篇》與《説文·水部》引《詩》，皆據韓家之文。《白帖》七引《詩》亦作「湜湜其止」，唐惟《韓詩》尚存，尤足證《玉篇》所引之爲《韓詩》異文也。

毋發我笱。

【《韓詩》曰】發，亂也。《釋文》。

喬樅謹案：《周官·𩵚人》：「掌以時𩵚爲梁。」鄭司農注：「梁，水堰，堰水而爲關空，以笱承其空。」《説文》云：「笱，曲竹捕魚笱也。從竹、句，句亦聲。」馬瑞辰曰：「梁與笱相爲用。故《詩》言逝梁，即言發笱。笱從竹、句會意。笱之言句。句，曲也。謂以曲竹爲之，使其口可入而不可出。程大昌《演繁露》引《唐書·王君郭傳》云：『君郭無行，善盜。負竹笱，如魚具，内置逆刺。見鬻繒者，以笱承其頭，不可脱，乃奪繒去。今時取魚者，亦多爲逆刺，有門可開。』《淮南・兵略》篇云『發笱門』，是其制也。發，宜訓開。《韓詩》訓爲亂，失之。」喬樅〔一〕謂：《韓詩》訓亂，是以「發」爲「撥」之通借。《釋名・釋言語》云：「撥，播也，播使移散也。」移散即亂之義。梁者，築堰以障水中，爲關空，以曲竹作笱而取魚，以笱承梁之空。笱之曲竹非一，必理之使與關空相承，乃可以捕魚。故云「無亂我笱」，謂勿移散之，使魚得脱也。馬以《韓詩》訓「亂」爲失，疏矣。

凡民有喪，匍匐救之。

【《韓詩外傳》一】晉靈公之時，宋人殺昭公，趙宣子請師於靈公而救之。靈公曰：「非晉國之急也。」宣子曰：「不然。夫大者天地，其次君臣，所以爲順也。今殺其君，所以反天地、逆人道也，天必加災焉。晉爲盟主而不救，天罰懼及矣。《詩》云：『凡民有喪，匍匐救之。』而況國君乎？」於是靈公乃興師而從之。宋人聞之，儼然感悦，而晉國日昌，何則？以其誅逆存順。《詩》云：「凡民有喪，匍匐救之。」趙宣子之謂也。

喬樅謹案：匍匐，魯、齊《詩》作「扶服」，文與毛、韓異。匍匐，《毛傳》無訓。劉熙《釋名》云「匍匐，小兒時也。匍，猶捕也。匐，猶伏也。人雖長大，及其求事用力之勤，猶亦稱之」，其

〔一〕「樅」，底本作「從」，今據續編本改。

義即本於韓。故《鄭箋》云：「匍匐，言盡力也。」蓋用韓義申毛。

【又《外傳》五】孔子抱聖人之心，彷徨乎道德之域，逍遥乎無形之鄉，倚天理，觀人情，明終始，知得失，故興仁義，厭勢利，以持養之。于時周室微，王道絶，諸侯力征，强劫弱，衆暴寡，百姓靡安，莫之紀綱，禮義廢壞，人倫不理。於是孔子自東自西，自南自北，匍匐救之。

既阻我德，賈用不售。

【《韓詩》曰】既阻我德，賈用不售。一錢之物，舉賣百，何時當售乎？《太平御覽》八百三十五。

喬樅謹案：《毛詩釋文》：「售，市救反。」《唐石經》初刻「售」字作「讐」，後磨改爲「售」字。段氏玉裁云：「讐，正字。售，俗字。」《史記》《漢書》尚多用「讐」。阮氏《校勘記》云：「考《釋文》本作『售』，《石經》磨改所從也。今據《太平御覽》引《韓詩》亦爲『售』字，蓋俗通用之。」

有洸有潰。

【《韓詩》曰】潰潰，不善之貌。《釋文》。

喬樅謹案：《毛傳》云：「潰潰，怒也。」怒亦不善之貌，義與韓同。《詩》「有洸有潰」，而此引作「潰潰」者，長言之也。《箋》云：「君子洸洸然，潰潰然，無温潤之色。」皆以「洸洸」「潰潰」重文言之，與此正同。《禮記·樂記》引《詩》「肅雍和鳴」，而釋之曰：「肅肅，敬也。雍雍，和也。夫敬以和，何事不行？」是其例也。

旄丘

何其處也，必有與也。何其久也，必有以也。

【《韓詩外傳》一】傳曰：水濁則魚喁，令苛則民亂，城峭則崩，岸峭則陂。故吴起峭刑而車裂，商鞅峻法而支解。治國者，譬若乎張琴然，大絃急則小絃絶矣。故急轡銜者，非千里之御也。有聲之聲，不過百里。無聲之聲，延及四海。故禄過其功者削，名過其實者損。情行合名，禍福不虚至矣。《詩》云：「何其處也，必有與也。何其久也，必有以也。」故惟其無爲，能長生久視，而無累於物矣。

【又曰】傳曰：衣服容貌者，所以説目也；應對言語者，所以説耳也；好惡去就者，所以説心者。故君子衣服中，容貌得，則民之目悦矣；言語遜，應對給，則民之耳悦矣；就仁，去不仁，則民之心悦矣。三者存乎身，雖不在位，謂之素行。故中心存善而日新之，則獨居而樂，德充而形。《詩》曰：「何其處也，必有與也。何其久也，必有以也。」

【又《外傳》九】修身不可不慎也。嗜欲侈則行虧，讒毁行則害成。患生於忿怒，禍生於纖微。污辱難湔灑，敗失不復追。不深念遠慮，後悔何益？徼幸者，伐性之斧也；嗜慾者，逐禍之馬也；

謾誕者，趨禍之路也；毀於人者，困窮之舍也。是故君子不徼幸，節嗜欲，務忠信，無毀於一人，則名聲尚尊，稱爲君子矣。《詩》曰：「何其處也，必有與也。」

簡兮

方將萬舞。

【《韓詩》曰】萬，大舞也。《初學記》十五。

喬樅謹案：萬者，舞之總名，干戚與羽籥皆是。《廣雅》云：「萬，大也。」正用《韓詩》訓義。大舞對小舞而言，自當兼文舞、武舞二者。故《毛傳》亦云：「以干羽爲萬舞，用之宗廟、山川。」《鄭箋》釋萬舞爲干舞，籥舞爲羽舞，謂碩人多材多藝，言文武道備。説者以《箋》爲《易傳》。今案《春秋》宣八年經「萬入去籥」，《公羊傳》曰：「萬者何？干舞也。籥者何？籥舞也。」鄭君盖據以爲説，然《公羊》此傳於萬中别籥舞耳，非專以萬之名屬之干舞也。《五經異義》引公羊説：「樂萬舞以鴻羽。」此可爲萬兼羽籥之確據。推《鄭箋》之意，盖以萬舞先干戚而後羽籥。此詩二章方言「執籥秉翟」，故於首章但言干舞，非以萬舞爲獨有干戚而無羽籥也。《左氏》隱五年傳：「考仲子之宫，將萬焉。公問羽數於衆仲。」亦足爲萬兼羽籥之明證。孔氏《正義》謂羽爲籥，不得爲萬，引孫毓評，以毛爲失，過矣。《韓詩説》云：

「萬以夷狄大鳥羽。」義皆與毛同。

碩人扈扈。

【《韓詩》曰】扈扈，美貌。《釋文》。

喬樅謹案：《毛詩》作「碩人俣俣」，《傳》云：「俣俣，容貌大也。」文與韓異。考《禮記·檀弓》「爾毋扈扈爾」，鄭注云：「扈扈，謂大也。」是「扈扈」本訓爲大，容貌大即美之義也。馬瑞辰曰：「《方言》：『吴，大也。』《説文》：『吴，大言也。』『俣』從吴聲，故義亦爲大。『俣』『扈』音近，美、大亦同義。『俣』『扈』通用，猶《左氏》『圉人犖』，《公羊傳》作『鄧扈樂』，『扈』即『圉』之假借也。」

左手執籥。

【補】【《玉篇·籥部》】籥，樂之所管，三孔，以和衆聲也。《詩》云：「左毛執籥。」今作「籥」。

喬樅謹案：《毛詩》作「籥」，《傳》云：「籥，六孔。」與此説異，則此所載是據《韓詩》之説。《周禮注》云：「籥，如笛，三孔，舞者所吹也。」引《詩》「左手執籥」爲證，正用韓家《詩》説。《廣韻·十八藥》云：「籥，樂器。」郭璞云：「如笛，三孔而短小。」《廣雅》云「七孔」，蓋古樂失傳，師述各據所聞，故説多不同耳。

右手秉翟。

【《韓詩説》】萬以夷狄大鳥羽。《毛詩疏》引《異義》。

喬樅謹案：《五經異義》又引公羊説：「樂萬舞以鴻羽，取其勁輕，一舉千里。」《詩》毛説：「萬以翟羽。」許君謹案：「《詩》云『右手秉翟』，《爾雅説》：『翟，鳥名，雉屬也。』知翟羽舞也。」今據《韓詩説》，則不以翟爲雉屬矣。段玉裁云：「《韓詩》『右手秉翟』，盖作『秉狄』。《廣雅·釋器》：『狄，羽也。』正釋《韓詩》『秉狄』之訓。」段説是也。

泉水

祕〔一〕彼泉水。

【《毛詩釋文》】毖，《韓詩》作「祕」。

【《篇海》】祕，璧吉反。《韓詩》云：「祕，刺也。」

喬樅謹案：「祕」字訓刺者，《方言》十二云：「柲，刺也。」「祕」「柲」音同義通。《韓詩》訓「祕」爲刺，蓋以「祕」爲「泌」之假借。「泌」字同「滭」。《采菽》詩「觱沸濫泉」，《説文》引

〔一〕「祕」，《毛詩釋文》引韓作「祕」，然《康熙字典》「祕」下引《篇海》釋曰：「刺也，从衣不从示」。

作「滭沸濫泉」。《爾雅·釋水》：「濫泉正出。正出，涌出也。」《公羊·昭五年傳》云：「濆泉者何？直泉也。直泉者何？涌泉也。」是正出即直出之義。刺，《説文》訓直傷也，是「刺」亦有直義。《廣雅·釋丘》云：「丘上有水曰泌丘。」水出丘上，即正出之直泉，故稱曰泌丘也。

飲餞于坭。

【《薛君韓詩章句》曰】送行飲酒曰餞。《文選》二十謝靈運《送孔令詩》注。〇又四十六顏延之《曲水詩序》注。

【《毛詩釋文》】禰，地名。《韓詩》作「坭」。

喬樅謹案：鄭注《士虞禮》，引《詩》「飲餞于禰」，《釋文》：「禰，劉本作『泥』。」作「泥」者，亦三家《詩》之異文。段氏玉裁曰：「泉水之禰。《韓詩》作『坭』，當即泥中之地。」《廣韻》：「坭，地名。」段説是也。《水經注》以泥中在濮陽郡治。又《爾雅》「泥丘」，《釋文》云：「本又作『坭』。」是「泥」「坭」字同之證。

北門

王事敦我。

【《韓詩》曰】敦，迫也。《釋文》。

喬樅謹案：《後漢書·韋彪傳》「以禮敦勸」，注云：「敦，猶逼也。」《班固傳》「靡號師矢敦奮撝之容」，注云：「敦，猶廹逼也。」義皆同《韓詩》。《毛傳》訓「敦」爲厚。胡承珙曰：「『敦』與『督』一聲之轉。」《廣雅》：「督，促也。」「督」又與「篤」通，「篤」有厚義，而通於「督」「促」。故「敦」有厚義，而亦可訓爲促廹。毛言「敦厚」，猶云敦篤，其實與韓同意也。

室人交徧讙我。

【《韓詩》曰】讙，就也。《釋文》。

喬樅謹案：《毛詩》「室人交徧摧我」，《釋文》云：「摧，或作『催』，《韓詩》作『讙』。」今考《説文》：「催，相擣也。」引「室人交徧催我」，與《釋文》所云或本合。《毛詩》：「摧，沮也。」《鄭箋》云：「摧者，刺譏之言。」是鄭用《韓詩》「讙」字爲義，故以爲刺譏之言。「讙」訓爲就者，《廣雅·釋詁》云：「讙，就也。」正用《韓詩》之訓。馬瑞辰曰：「『讙』『就』以雙聲爲義。『就』通作『蹵』，『蹵』與『蹙』同。《廣雅》：『蹙，罪也。』《廣韻》：『蹙，廹也。』與《玉篇》『讙，讁也』義正合。」桂馥疑「就」爲「訧」之誤，未確。

亦已焉哉！天實爲之，謂之何哉！

【《韓詩外傳》一】仁道有四，磏爲下。有聖仁者，有智仁者，有德仁者，有磏仁者。上知天，能用其時；下知地，能用其財；中知人，能安樂之，是聖仁者也。上亦知天，能用其時；下知地，能用其財；中知人，能使人肆之，是智仁者也。寬而容衆，百姓信之，道所以至，弗辱以時，是德仁者也。廉潔直方，疾亂不治，惡邪不匡，雖居鄉里，若坐塗炭，命入朝廷，如赴湯火，非其民不使，非其食弗嘗，疾亂世而輕死，弗顧弟兄，以法度之，比於不祥，是磏仁者也。傳曰：山鋭則不高，水徑則不深，仁磏則其德不厚，志與天地擬者，其人不祥。是伯夷、叔齊、卞隨、介子推、原憲、鮑焦、袁旌目、申徒狄之行也，其所受天命之度，適至是而亡，弗能改也，雖枯槁，弗捨也。《詩》云：「亦已焉哉！天實爲之，謂之何哉！」磏仁雖下，然聖人不廢者，匡民隱括，有在是中者也。

【又曰】鮑焦衣弊膚見，挈畚持蔬，遇子貢於道。子貢曰：「吾子何以至於此也？」鮑焦曰：「天下之遺德教者衆矣，吾何以不至於此也？吾聞之：世不己知，而行之不已者，是爽行也；上不己用，而干之不止者，是毁廉也。行爽廉毁，然且弗舍惑於利者也。」子貢曰：「吾聞之：非其世者，不生其利；汙其君者，不履其土。今吾子汙其君而履其土，非其世而持其蔬。《詩》曰：『普天之下，莫非王土。』此誰之有哉？」鮑焦曰：「於戲！吾聞賢者重進而輕退，廉者易愧而輕死。」於是棄其蔬而立槁於洛水之上。君子聞之，曰：「廉夫剛哉！夫山鋭則不高，水徑則不深，行磏者德不厚，志與天地擬者，其爲人不祥。鮑焦可謂不祥矣，其節度深淺，適至於是矣。」《詩》云：「亦已焉哉！天實爲之，謂之何哉！」

【又曰】申徒狄非其世，將自投於河。崔嘉聞而止之，曰：「吾聞聖人仁士之於天地之間也，民之父母也。今爲濡足之故，不救溺人，可乎？」申徒狄曰：「不然，昔桀殺關龍逢，紂殺王子比干，而亡天下。吴殺子胥，陳殺泄冶，而滅其國。故亡國殘家，非無聖智也，不用故也。」遂抱石而投於河。君子聞之，曰：「廉矣，如仁歟？則吾未之見也。」《詩》曰：「天實爲之，謂之何哉！」

喬樅謹案：《毛詩》作「已焉哉」，無「亦」字。又「今爲濡足之故」句，本譌作「儒雅之故」，今據《新序·節士》篇改正。

【補】【曹植《求通親親表》】然天寔爲之，謂之何哉。

北風

攜手同行。

【補】【曹植《七啟》】時與吾子攜手同行。

静女

静女其姝，俟我乎城隅。愛而不見，搔首躊躇。

【《韓詩》曰】静，貞也。《文選》十五張衡《思玄賦》注。○又十九宋玉《神女賦》注。○又二十曹植《洛神賦》注。

【《韓詩》曰】愛而不見，搔首躊躇。○【薛君曰】躊躇，躑躅也。《文選》十五《思玄賦》注。

案：「愛而不見」二語，又見《文選·琴賦》注。「搔首躊躇」句，又見向秀《思舊賦》、王褒《洞簫賦》、左思《招隱詩》、何劭《贈張華詩》注。惟禰衡《鸚鵡賦》注引作「踟蹰」，誤。今本《韓詩外傳》亦誤作「踟蹰」。

【《韓詩外傳》一】賢者精氣闐溢，而後傷時不可過也。不見道端，乃陳情欲，以歌道義。《詩》曰：「静女其姝，俟我乎城隅。愛而不見，搔首踟蹰。」

喬樅謹案：《説文·足部》云：「躍，跱躍不前也。」又云：「蹢躅，逗足也。」「跱躍」即「踟蹰」，「蹢躅」即「躑躅」。逗足者，不前之貌也。《廣雅》云：「蹢躅，跢跦也。」又云：「躊躇，猶豫也。」「蹢躅」亦即「躑躅」。猶豫者，不前之意也。皆以雙聲、疊韻字相通用，音近，故義亦同。

新臺

新臺有漼，河水浘浘。

【《韓詩》曰】漼，鮮貌。浘浘，盛貌。《釋文》。

喬樅謹案：《毛詩》「新臺有洒」，《釋文》云：「《韓詩》作『漼』，音同。」又「河水浼浼」，《釋文》云：「《韓詩》作『浘浘』，音尾。」段氏玉裁曰：「按此必首章『新臺有泚，河水瀰瀰』之異文。『漼』『浘』字與『泚』『瀰』同部，與『洒』『浼』不同部。又《毛傳》：『泚，鮮明貌。』《韓詩》：『漼，鮮貌。』《毛傳》：『浼浼，盛貌。』是其爲首章異文，陸德明誤屬之二章也。」馬瑞辰曰：「按『洒』與『洗』雙聲古通用。《白虎通》：『洗者，鮮也。』《吕氏春秋》高注：『洗，新也。』又與『銑』通。韋昭《晉語》注：『銑，猶洒也。』《韓詩》『洒』作『漼』者。《玉篇》『滜』與『漼』同。《詩》『有漼者淵』，本或爲『萃』。『洒』通作『漼』，猶『洗』通作『萃』，皆異部假借也。《儀禮釋文》：『洗，悉禮反。劉本作滜，七對反。』是其類矣。」段謂「漼」爲「泚」之異文，非也。《説文繫傳》引《詩》「新臺有漼」，云：「字本作『滜』。」《説文》：「滜，新也。」《廣韻》：「滜，新水狀也。」亦與《韓詩》訓「漼」爲鮮同義。又《説文》「潣」字注：「水流浼浼貌。」「浼」與「潣」音相近，「浼浼」即「潣潣」之假借。《玉篇》：「浘浘，水流貌。」「浼浼」通作「浘浘」，猶「勉勉」通作「亹亹」，皆一聲之轉也。段以韓字「浘浘」爲上章「瀰瀰」之異文，但取字之同部，不知雙聲字古亦通用也。

嬿婉之求。

【《韓詩》曰】嬿婉之求。嬿婉，好貌。《文選·西京賦》注。

【補】【《玉篇・女部》】《詩》云：「嬿婉之求。」

喬樅謹案：《毛詩》作「燕婉」，《傳》訓「燕」爲安。《説文》作「暥」，云：「目相戲，從目，晏聲。《詩》曰：『暥婉之求。』」字皆與韓異。許氏所引，蓋齊、魯之異文也。

魚網之設，鴻則離之。嬿婉之求，得此戚施。

【《太平御覽・羽族部》】《韓詩》曰：「魚網之設，鴻則離之。嬿婉之求，得此戚施。」【薛君曰】戚施，蟾蜍、蠍蝤，喻醜惡。卷九百四十九。

喬樅謹案：蟾蜍即蟾蠩，《淮南子・原道訓》云「蟾蠩捕蚤」，高誘注曰：「蟾蠩，䗐也。」䗐即戚施。《説文・黽部》「鼀」云：「圥鼀，詹諸也，其鳴詹諸，其皮鼀鼀，其行圥圥。從黽，從圥，圥亦聲。」重文「䵸」云：「鼀或從酋。」「䵷」云：「䵸䵷，詹諸也。《詩》曰：『得此䵸䵷。』言其行䵷䵷。从黽，爾聲。」許所引《詩》，與魯、韓、毛文並異，蓋據《齊詩》，而其訓釋則與《韓詩》説合。曰「其行䵷䵷」，又曰「其皮鼀鼀」「其行圥圥」，皆喻其醜惡之貌也。

韓詩遺説考卷第一〔一之三〕

福州陳壽祺學　男喬樅述

韓詩國風三

鄘風

柏舟

母也天只。

【補】【《三國志》曹植疏】《柏舟》有天只之怨。

實惟我直。

【《韓詩》云】直，相當值也。《釋文》。

喬樅謹案：《毛詩》「實惟我特」，《傳》云：「特，猶匹也。」「特」字，古與「犆」通。《禮記·

少儀》「不特弔」，《釋文》云：「特，本作『犆』。」《爾雅·釋水》「士特舟」，《釋文》云：「特，本作『犆』。」此「特」「犆」字通之證。「直」義又與「特」「犆」同。《周官·小胥》「士特縣」，賈子《新書》作「大夫直縣」。「直縣」即「特縣」也。《禮記·郊特牲》「首也者，直也」，注云：「『直』或爲『犆』。」《吕覽·忠廉》篇高誘注：「特，猶直也。」《荀子·勸學》篇楊倞注：「特，猶言直也。」此「特」「直」義同之證。《韓詩》訓「直」爲相當值者。《漢書·刑法志》「不可以直秦之鋭士」，注云：「直亦當也。」當有敵義。相當，猶言相匹耳。《史記·封禪書》「遂因其直北」，《集解》引孟康曰：「直，值也。」又《匈奴傳》曰「直上谷」，《索隱》引姚氏曰：「古字例以『直』爲『值』。」是已。

牆有茨

中冓之言。

【《韓詩》云】中冓，中夜，謂淫僻之言也。《釋文》。

【《玉篇·宀部》】𡪷，夜也。《詩》曰「中𡪷之言」，中夜之言也。

喬樅謹案：《玉篇》又云：「𡪷，本亦作『冓』。」臧鏞堂曰：「此雖不言《韓詩》，然與《釋文》引合，則爲《韓詩》無疑。」喬樅謂：魯家亦訓「中冓」爲中夜，見《漢書·文三王傳》晉灼注，是《魯詩》之説與《韓詩》同。

不可揚也。

【《韓詩》云】揚，猶道也。《釋文》。

喬樅謹案：揚，《毛詩》作「詳」，與韓文異。《廣雅》：「揚，説也。」「説」亦與「道」義同。馬瑞辰曰：「《毛詩》『詳』字即『揚』之同音假借。三章『不可讀也』，《傳》訓讀爲抽。今按《廣雅》：『讀，説也。』『不可讀』正當訓爲不可説，猶前章『不可道』『不可揚』也。據《釋文》云：『詳，《韓詩》作揚。』《廣雅》：『揚，説也。』義本《韓詩》，則訓『讀』爲説，亦當本《韓詩》。」

君子偕老

委委佗佗。

【《韓詩》曰】佗佗，德之美貌。《釋文》。

【《韓詩》曰】透佗，德之美貌也。《衆經音義》三十九。

喬樅謹案：《韓詩》於《羔羊》詩「透迤」，訓爲公正貌。「透迤」與「透佗」同，故此詩「委委佗佗」訓爲德之美貌也。《毛傳》云：「委委，行可委曲從迹也。佗佗，德平易也。」毛所云行與德對文，當讀爲「德行」之「行」，非謂其行步之美也。《爾雅·釋訓》：「禕禕佗佗，美也。」舍人注云：「禕禕者，心之美。」引此詩云「禕禕佗佗」，亦主内德而言，與《韓詩》「委佗」並訓爲德之美貌正合，是魯、毛訓義皆與韓同。李巡、孫炎訓爲容儀行步之美，自是注《爾雅》者别爲一解。《詩正義》引李、孫説以證《毛傳》之「行可委曲從迹」爲行步之步，其説非是。「委」即「禕」字，《文選·東京賦》「漢帝之德，侯其禕而」，薛綜注云：「禕，美也。」是「禕」爲德之美。又《大玄·攡〔一〕》「夫地他然示人明矣」，注云：「他，猶『泰』也。」「他」即「佗」字，泰謂安泰，是亦德之美也。

玉之瑱也。

【補】【《玉篇·耳部》】《詩》云：「玉之瑱也。」瑱，充耳也。

喬樅謹案：《玉篇》又云：「瑱，亦作『瑱』，本亦作『瑱』。」考《説文》引《詩》作「玉之瑱兮」。《毛詩》「玉之瑱也」，《傳》云：「瑱，塞耳也。」《釋文》於「瑱」下不言「本或作『瑱』」，則毛本諸家均無異字，知野王所引《詩》是據韓家之文。

邦之援也。

〔一〕「攡」，此上底本衍一「玄」字，今據《太玄》徑删。

【《韓詩》曰】援，助也。《釋文》。

喬樅謹案：援，《毛詩》作「媛」。魯與毛同，並訓爲美女。《釋文》：「本作『援』，取也。」許烺云：「《爾雅》：『美女爲媛。』孫炎注云：『君子之援助。』此『取』字乃『助』之譌。」臧鏞堂云：「《鄭箋》：『媛者，邦人所依倚以爲援助。』當是從《韓詩》說。」

鶉之奔奔

鶉之奔奔，鵲之彊彊。

【《韓詩》云】奔奔、彊彊，乘匹之貌。《釋文》。

案：《鄭箋》云：「奔奔、彊彊，言其居有常匹，飛則相隨之貌，刺宣姜與頑非匹耦。」與《韓詩》合，鄭用韓義箋毛也。

喬樅謹案：乘匹，謂乘居匹處。《列女傳》曰：「夫關雎之鳥，猶未嘗見其乘居而匹處也。夫男女之盛，合之以禮，則父子生焉，君臣成焉，故爲萬物始。」關雎鷙而有別，性不雙侶，故君子美之，以爲淑女好逑之詠。鶉鵲雖乘居匹處，然尚能不亂其類，故詩人以刺宣姜，謂曾鶉鵲之不若也。

【補】【曹植《魏德論謳》】鵲之彊彊，詩人取喻。

人而無良，我以爲兄。《詩考》引《外傳》。

喬樅謹案：今本《韓詩外傳》「而」字作「之」，改與《毛詩》同。《詩考》所引，蓋未改之本也，今據之改正。

【《韓詩外傳》九】子路曰：「人善我，我亦善之；人不善我，我不善之。」子貢曰：「人善我，我亦善之；人不善我，我則引之進退而已耳。」顏回曰：「人善我，我亦善之；人不善我，我亦善之。」三子所持各異，問於夫子。夫子曰：「由之所言，蠻貊之言也；賜之所言，朋友之言也；回之所言，親屬之言也。」《詩》曰：「人之無良，我以爲兄。」

定之方中

星言夙駕。

【《韓詩》云】星，精也。《釋文》。

喬樅謹案：《毛詩箋》云：「星，雨止星見。」姚鼐曰：「古『晴』字，本作『暒』。『暒』亦作『星』。若『星辰』字自作『曐』。《韓詩》：『星，精也。』精，明晴之謂也。世久以『星』字當『曐辰』之『曐』，此詩偶存古字耳。」胡承珙曰：「案《説文》：『殅，雨而夜除曐見也。』與《箋》説同。《日部》又云：『啓，雨而晝殅也。』『啓』字從日，故屬之晝。『殅』字從夕，故云夜除壘見。鄭意亦以《詩》之『星』即『姓』字，『雨止星見』之『星』字當作『壘』。此非以星見釋《詩》『星』字，蓋四字總言夜晴以明，豫戒倌人，令其早駕耳。《史記》：『天精而見景星。』『精』謂精明，與《韓詩》釋『星』爲精義同。《漢書》作『姓』，亦作『暒』。見《索隱》。〇《一切經音義》云：古文「姓」「暒」二形同。孟康曰：『暒，精明也。』是已。或據宋本《釋文》引《韓詩》作『星，晴也』，若經文之『星』爲『姓』，則與『晴』字〔一〕同，不當以『晴』釋『星』。不知漢初已多用『晴』少用『星』，故《韓詩》以今字明古字，謂『星』即『晴』字，非訓『星』爲晴。《韓非子·説林下》曰：『荆伐陳，吴救之。軍間三十里，雨十日，夜星。』此亦古『晴』字之僅存者。」案：姚、胡兩説良是。

【補】【曹植《應詔詩》】星陳夙駕。

蝃蝀

【《韓詩序》曰】蝃諫，刺奔女也。《後漢書·楊賜傳》注。

〔一〕「字」，續編本無此字。

蝃蝀在東，莫之敢指。

【《韓詩》曰】詩人言：蝃蝀在東者，邪氣〔一〕乘陽、人君淫佚之徵。臣子爲君父隱藏，故言莫之敢指。同上。

喬樅謹案：韓説與齊、魯同義。《易林·蠱之復》曰：「螮蝀充側，佞人傾惑。女謁横行，正道壅塞。」《後漢書·郎顗傳》曰：「凡邪氣乘陽，則虹蜺在日。」又《楊賜傳》曰：「今殿前之氣，應爲虹蜺，皆妖邪所生，不正之象，詩人所謂蝃蝀者也。」皆以蝃蝀爲邪氣乘陽、人君淫佚之徵。

乃如之人兮，懷昏姻也。大無信也，不知命也。

【《韓詩外傳》一】傳曰：天地有合，則生氣有精矣；陰陽消息，則變化有時矣。時得則治，時失則亂。故人生而不具者五：目無見，不能食，不能行，不能言，不能施化。三月微的，而後能見；八月生齒，而後能食；期年髕就，而後能行；三年腦合，而後能言；十六精通，而後能施化。陰陽相反，陰以陽變，陽以陰變。故男八月生齒，八歲而齠齒，十六而精化小通。女七月生齒，七歲而齔齒，十四而精化小通。是故陽以陰變，陰以陽變。故不肖者，精化始具，而生氣感

〔一〕「氣」，《後漢書》作「色」。

動，觸情縱欲，反施亂化，是以年壽亟夭而性不長也。《詩》曰：「乃如之人兮，懷昏姻也。大無信也，不知命也。」賢者不然，精氣闐溢，而後傷時，不可過也。不見道端，乃陳情欲，以歌道義。《詩》曰：「静女其姝，俟我乎城隅。愛而不見，搔首踟躕。」「瞻彼日月，悠悠我思。道之云遠，曷云能來。」急時辭也，是故稱之日月也。

喬樅謹案：《毛傳》云：「不知命，不待命也。」《韓詩》以「命」爲壽命之命，指年壽而言，義與毛異。趙懷玉曰：「『三月微的』，《大戴禮·本命》篇作『徹盷』，《玉篇》音徒賢、徒涓二切。今《大戴禮》作『徹盷』，《説苑·辨物》篇作『達眼』。『八月生齒』，舊本作『七月而生齒』。案下文是『八月』，此亦當與《大戴禮》同。又『而』字衍，《大戴禮》《説苑》皆無，今據删。『三年腦合』，《説苑》作『顖合』，《大戴禮》作『瞦合』。瞦爲目童子精，似不當言合，或云从月，亦無考。《家語·本命解》作『腮合』。」喬樅謂：作「顖」者是也。《外傳》作「腦合」，亦通。

相鼠

人而無儀，不死何爲。

【《韓詩外傳》一】哀公問孔子曰：「有智壽乎？」孔子曰：「然。人有三死，而非命也者，自取之也。居處不理，飲食不節，佚勞過度者，疾共殺之。居下而好干上，嗜欲無厭，求索不止者，刑共殺之。少以敵衆，弱以侮强，忿不量力者，兵共殺之。故有三死，而非命者，自取之也。」《詩》云：「人而無儀，不死何爲。」

喬樅謹案：《文子・符言》篇載老子之言略同。又「佚勞過度者」舊脱去「佚」字、「度」字，此據《説苑》及《家語》補之。

【又曰】傳曰：不仁之至，忽其親；不忠之至，倍其君；不信之至，欺其友。此三者，聖王之所殺而不赦也。《詩》曰：「人而無儀，不死何爲。」

【《韓詩外傳》五】王者之政，賢能不待次而舉，不肖不待須臾而廢，元惡不待教而誅，中庸不待政而化。分未定也，則有昭穆。雖公卿大夫之子孫也，行絶禮義，則歸之庶人；雖庶民之子孫也，積文學，正身行，能禮儀，則歸之士大夫。反側之民，牧而試之，須而待之，安則畜，不安則棄。五疾之民，上收而事之，官而衣食之，兼〔一〕覆無遺，材行反時者，死無赦，謂之天誅，是王者之政也。《詩》曰：「人而無儀，不死何爲。」

喬樅謹案：《外傳》此節，文字譌脱，幾不可讀。趙懷玉校語云：「『遂傾覆之民，牧而試

〔一〕「兼」，《韓詩外傳》作「王」。

之』，此九字當在『須而待之』之上，舊脱。」在「則歸之庶人」句下案：「《荀子·王制》篇云：『遁逃反側之民，職而教之，須而待之。』《外傳》本作『遂傾覆之民』，文殊舛錯。又『須而待之』，『須』字本皆譌作『傾』。考楊倞云：『須而待之，謂須暇之，而待其遷善也。』今並據《荀子》校正『遂』字當爲衍文。下文『反側之民，上收而事之，官而衣食之』，『反側』二字，今從《荀子》改作『五疾』，語方不繆。」

人而無止。

【《韓詩》曰】止，節也，無禮節也。《釋文》。

喬樅謹案：《毛傳》：「止，所止息也。」《箋》云：「止，容止。」無止，則雖居尊，無禮節也。鄭氏即用韓義爲解。《廣雅·釋言》云：「止，禮也。」《荀子·大略》篇：「傳曰：盈其欲而不愆其止。」楊倞注：「亦以『止』爲『禮』。」

人而無禮，胡不遄死。

【《韓詩外傳》一】傳曰：在天者，莫明乎日月；在地者，莫明乎水火；在人者，莫明乎禮義。故日月不高，則所照不遠；水火不積，則光炎不博；禮義不加乎國家，則功名不白。故人之命在天，國之命在禮。君人者，隆禮尊賢而王，重法愛民而霸，好利多詐而危，權謀傾覆而亡。《詩》曰：「人而無禮，胡不遄死。」

【又曰】君子有辯善之度，以治氣養性，則身後彭祖；修身自强，則名配堯禹。宜於時則達，阨於窮則處。信禮者也，凡用心之術，由禮則理達，不由禮則悖亂。飲食衣服，動静居處，由禮則和節，不由禮則墊陷生疾。容貌態度，進退趍步，由禮則雅，不由禮則夷固。故人無禮則不生，事無禮則不成，國無禮則不寧，王無禮則死亡無日矣。《詩》曰：「人而無禮，胡不遄死。」

喬樅謹案：《荀子·修身》篇文與此同。趙懷玉校本云：「『由禮則和節』，本皆作『知節』，今依《荀子》文改。『趍步』，舊作『移步』，譌。《荀子》作『趨行』，則此乃『趍』字誤爲『移』也。『由禮則雅，不由禮則夷固』，本皆作『由禮則夷國』，譌脱殊甚，今依《荀子》補正。《荀子》云：『不由禮則夷固僻違、庸衆而野。』楊注：『夷，倨也。固，陋也。』『故人無禮則不生』，舊本『故』字譌作『政』，又脱『人』字，『不生』作『不行』，有『王』字，屬下句。今案，『行』字衍，『王』乃『生』之譌，俱依《荀子》改正。」

【《韓詩外傳》三】《詩》曰：「人而無禮，胡不遄死。」爲上無禮，則不免乎患；爲下無禮，則不免乎刑。上下無禮，胡不遄死。

【《韓詩外傳》九】齊景公縱酒，醉而解衣冠，鼓琴以自樂，顧左右曰：「仁人亦樂此乎？」左右曰：「仁人耳目猶人，何爲不樂乎？」景公曰：「駕車以迎晏子。」晏子聞之，朝服而至。景公曰：「今者寡人此樂，願與大夫同之，請去禮。」晏子曰：「君言過矣。自齊國五尺以上，力皆能勝嬰與君，所以不敢者，畏禮也。故自天子無禮，則無以守社稷；諸侯無禮，則無以守其國；爲人上無禮，則無以使其下；爲人下無禮，則無以事其上；大夫無禮，則無以治其家；兄弟無禮，則不同居。人而無禮，不若遄死。」景公色媿，離席而謝，曰：「寡人不仁，無良左右，淫湎寡人，以至於此，請殺左右，以補其過。」晏子曰：「左右無過。君好禮，則有禮者至，無禮者去；君惡禮，則無禮者至，有禮者去。左右何罪乎？」景公曰：「善哉！」乃更衣而坐，觴酒三行，晏子辭去，景公拜送。《詩》曰：「人而無禮，胡不遄死。」

喬樅謹案：「請去禮」三字舊脱，今據《新序·刺奢》篇補之。

【補】【曹植《上責躬應詔詩表》曰】竊感《相鼠》之篇「無禮遄死」之義。

干旄

彼姝者子，何以告之。

【《韓詩外傳》二】楚莊王圍宋，有七日之糧，曰：「盡此而不尅，將去而歸。」於是使司馬子反乘闉而窺宋城，宋使華元乘闉而應之。子反曰：「子之國何若矣？」華元曰：「憊矣，易子而食之，析骸而爨之。」子反曰：「嘻！甚矣憊。雖然，吾聞圍者之國，箝馬而秣之，使肥者應客。今何吾子之情也？」華元曰：「吾聞君子見人之困，則矜之；小人見人之困，則幸之。吾望見吾子，似於君子，是以情也。」子反曰：「諾，子其勉之矣！吾軍有七日糧爾。」揖而去，子反告莊王。莊王曰：「若何？」子反曰：「憊矣，易子而食之，析骸而爨之。」莊王曰：「嘻！甚矣憊。今得此而歸爾。」子反曰：「不可，吾已告之矣，軍〔一〕亦有七日糧爾。」莊王怒曰：「吾使子視之，子曷爲而告之？」子反曰：「區區之宋，猶有不欺之臣，何以楚國而無乎？吾是以告之也。」莊王曰：「雖然，吾今得此而歸爾。」子反曰：「王請處此，臣請歸耳。」王曰：「子去我而歸，吾孰與處乎此？吾將從子而歸。」遂師而歸。君子善其平己也。華元以誠告子反，得以解圍，全二國之命。《詩》云：「彼姝者子，何以告之。」君子善其以誠相告也。

喬樅謹案：「闉」字舊皆譌作「闉」，考《公羊・宣十五年傳》載楚莊王圍宋事，作「乘堙」。堙，上城具也。《外傳》假用「闉」字，因譌作「闉」耳。「吾今得此」句，「吾」下衍「子」字，今據趙懷玉校正本删。

載馳

歸唁衛侯。

〔一〕「軍」，此上續編本有「曰」字。

【《韓詩》曰】弔生曰唁，弔失國亦曰唁也。《衆經音義》十三。

喬樅謹案：《左傳》云：「齊人獲臧堅，齊人使夙沙衛唁之。」服虔注曰：「弔生曰唁。」又「齊侯唁公子野井」，《穀梁傳》曰：「弔失國曰唁，唁公不得入于魯也。」此詩之「唁」，亦據失國言之。

大夫跋涉，我心則憂。《外傳》一。

【《韓詩》曰】不由蹊遂而涉曰跋涉。《釋文》。

喬樅謹案：《毛傳》云：「草行曰跋，水行曰涉。」考《淮南·修務訓》：「跋涉山川，冒蒙荆棘。」高誘注曰：「不從蹊遂曰跋涉，故獨犯荆棘。冒蒙荆棘，即草行之謂。」韓説與毛訓雖微異，而義實相成也。

【又曰】魯監門之女嬰，相從績。中夜而泣涕，其偶曰：「何謂而泣也？」嬰曰：「吾聞衛世子不肖，所以泣也。」其偶曰：「衛世子不肖，諸侯之憂也，子曷爲泣也？」嬰曰：「吾聞之異乎子之言也。昔者宋之桓司馬得罪於宋君，出於魯，其馬佚而驏吾園，而食吾園之葵。是歲，吾聞園人亡利之半。越王勾踐起兵而攻吴，諸侯畏其威，魯往獻女，吾姊與焉。兄往視之，道畏而死。越兵威者吴也，兄死者我也。由是觀之，禍與福相及也。今衛世子甚不肖，好兵，吾男弟三人，能無憂乎？」《詩》曰：「大夫跋涉，我心則憂。」是非類與乎？

既不我嘉，不能旋反。視我不臧，我思不遠。

【《韓詩外傳》二】高子問於孟子曰：「夫嫁娶者，非己所自親也，衛女何以得編於《詩》也？」孟子曰：「有衛女之志，則可；無衛女之志，則怠。若伊尹於太甲，有伊尹之志，則可；無伊尹之志，則篡。夫道二：常謂之經，變謂之權。懷其常道，而挾其變權，乃得爲賢夫。衛女行中孝，慮中聖，權如之何？」《詩》曰：「既不我嘉，不能旋反。視我本或從毛改「我」爲「爾」，非。不臧，我思不遠。」

案：《外傳》所謂衛女得編於《詩》，當即指《載馳》篇，故下引是詩之詞。蓋禮，諸侯夫人父母終，惟得大夫問於兄弟，義不得歸。許穆夫人欲歸國而唁其兄，是以許人尤之，而轉責其大夫之穉且狂。四章又言我遂往，「無我有尤」，違禮徇情，咎人恕己，此高子所以疑其不得編於《詩》也。然而閔國之亡，憂民之困，其志則可悲，卒止於義而守其防。孟子以爲行中孝，慮中聖，不虚矣。又《列女傳》三載衛女事甚詳，亦言女作《載馳》，可證。趙舍人懷玉云：「此衛女不知是《詩》何篇，所引《載馳》未可謂即指此。」蓋考之不審耳。

許人尤之。

【《薛君韓詩章句》曰】尤，非也。《文選》廿五盧諶《贈劉琨詩》注。

喬樅謹案：《毛傳》訓「尤」爲過。《釋文》云：「尤，本亦作『訧』。」考《論語·憲問》「不尤人」，鄭注云：「尤，非也。」《文選》陸士衡《文賦》「練世情之常尤」，注亦云：「尤，非也。」皆用《韓詩》訓義。

控于大邦。

【《韓詩》曰】控于大邦。控，赴也。《衆經音義》九。

喬樅謹案：《毛傳》云：「控，引。」《鄭箋》云：「今衛之欲求援引之力助于大國之諸侯。」與《韓詩》訓「控」爲赴義別。《列女傳·許穆夫人傳》曰：「如使遍境有寇戎之事，惟是四方之故，赴告大國。」《詩》之「控于大邦」，即「赴告大國」之謂也。鄭注《儀禮·既夕》云：「赴，走告也。」其義是已。

百爾所思，不如我所之。

【《韓詩外傳》二】楚莊王聽朝罷晏，樊姬下堂而迎之，曰：「何罷之晏也？得無饑倦乎？」莊王曰：「今日聽忠賢之言，不知饑倦也。」樊姬曰：「王之所謂忠賢者，諸侯之客歟？中國之士歟？」莊王曰：「則沈令尹也。」樊姬掩口而笑。王曰：「姬之所笑，何也？」姬曰：「妾得於王，尚湯沐，執巾櫛，振衽席，十有一年矣。然則未嘗不遣人之梁、鄭之間，求美人而進之於王也。與妾同列者十人，賢於妾者二人，妾豈不欲擅王之寵哉？不敢私願蔽衆美，欲王之多見則娱。今沈令尹相楚數年矣，未嘗見進賢而退不肖也，又焉得爲忠賢乎？」莊王旦朝，以樊姬之言告沈令尹，令尹避席而進孫叔敖。叔敖治楚三年，而楚國霸。楚史援筆而書之於策曰：「楚之霸，樊姬之力也。」《詩》曰：「百爾所思，不如我所之。」樊姬之謂也。

衛風

淇澳

緑薄猗猗。

【《韓詩》曰】薄，篇茿也。《釋文》。

喬樅謹案：《毛傳》：「竹，篇竹也。」《釋文》云：「竹，《韓詩》作『薄』，《石經》同。」臧氏玉林以《石經》爲《魯詩》，非也。考洪适《隸釋》，載《石經魯詩殘碑》，言其間有齊、韓字，蓋取三家異同之説。則陸所云《石經》同者，亦指《石經》所載《韓詩》之異文，非謂《魯詩》同韓作「薄」也。李匡乂《資暇録》云：「薄，音篤，篇竹。」考《説文》：「薄，水篇茿也，從草、水，毒聲，讀若督。」「篇竹」乃「篇茿」之假借耳。

有邲君子。

【《韓詩》曰】䢺，美貌也。《釋文》。

喬樅謹案：䢺，《毛詩》作「匪」。《釋文》云：「本又作『斐』，同芳尾反，文貌。」今考《廣韻》：「䢺，好貌。」好亦即美之義也。

如切如瑳，如琢如磨。

【《韓詩外傳》二】閔子騫始見於夫子，有菜色，後有芻豢之色。子貢問曰：「子始有菜色，今有芻豢之色，何也？」閔子曰：「吾出兼葭之中，入夫子之門。夫子内切瑳以孝，外爲之陳王法，心竊樂之。出見羽蓋龍旂，旃裘相隨，心又樂之，二者相攻，胸中不能任，是以有菜色也。今被夫子之教寖深，又賴二三子切瑳而進之，内明於去就之義。出見羽蓋龍旂，旃裘相隨，視之如壇土矣，是以有芻豢之色。」《詩》曰：「如切如瑳，如琢如磨。」

【又曰】傳曰：雩而雨者，何也？曰：無何也，猶不雩而雨也。星墜木鳴，國人皆恐，何也？是天地之變，陰陽之化，物之罕至者也，怪之可也，畏之非也。夫日月之薄蝕，怪星之黨見，風雨之不時，是無世而不嘗有也。上明政平，是雖並至，無傷也；上闇政險，是雖無一，無益也。夫萬物之有災，人妖最可畏也。曰：何謂人妖？曰：枯耕傷稼，枯耘傷歲，政險失民，田穢稼惡，糴貴民饑，道有死人，寇賊並起，上下乖離，鄰人相暴，對門相盜，禮義不循，牛馬相生，六畜作妖，臣下殺上，父子相疑，是謂人妖，是生於亂。傳曰：天地之災，隱而廢也；萬物之怪，書不說也。

無用之變，不急之災，棄而不治，若夫君臣之義，父子之親，男女之別，切瑳而不舍。《詩》曰：「如切如瑳，如琢如磨。」

【又《外傳》九】傳曰：堂衣若扣孔子之門，曰：「某在乎？某在乎？」子貢應之曰：「君子尊賢而容衆，嘉善而矜不能，親内及外，己所不欲，勿施於人，子何言吾師之名焉？」堂衣若曰：「子何年少之絞乎？」子貢曰：「大車不絞，則不成其任；琴瑟不絞，則不成其音。子之言絞，是以絞之也。」堂衣若曰：「吾始以鴻之力，今徒翼耳。」子貢曰：「非鴻之力，安能舉其翼？」《詩》曰：「如切如瑳，如琢如磨。」

喬樅謹案：今俗本《韓詩外傳》「瑳」作「磋」，非。又《太平御覽》七百六十四引《韓詩》曰「如磨如錯」，又引《方言》曰：「錯，鑢牙名也。」《説文》曰：「鑢，錯銅鐵也。」宋綿初云：「『磨』『錯』當上下互易以諧韻。《韓詩》文本作『如錯如磨』，今本《外傳》引作『琢』者，後人順毛所改。束皙《補亡詩·白華》篇『粲粲門子，如磨如錯』，其即用《韓詩》之語歟？」

瑟兮僩兮。

【《韓詩》曰】僩，美貌。《釋文》。

喬樅謹案：《韓詩》訓「僩」爲美，蓋以爲「嫻」字之假借。賈子《新書·傅職》篇云：「明僩雅以道之文。」又《道術》篇云：「容志審道謂之僩。」反僩爲野，僩與野對，則義當爲嫺雅，故韓訓爲美貌。

赫兮宣兮。

【《韓詩》曰】宣，顯也。《釋文》。

喬樅謹案：宣，《毛詩》作「咺」，《傳》云：「威儀容止。宣，著也。」與韓同義。《爾雅·釋訓》作「烜」。陸氏《音義》云：「烜者，光明宣著。」是《魯詩》雖文異而義皆同。《廣雅·釋詁》曰：「烜，明也。」明猶云顯，亦即宣著之謂。

緑薄如簀。

【《韓詩》曰】緑薄如簀。簀，積也。○【薛君曰】簀，緑薄，盛如積也。《文選·西京賦》注。

案：《文選注》引「簀，積也」，乃韓嬰《傳》；下引「薛君曰」，則《韓詩章句》也。王氏《詩考》脱「薛君曰」三字，是以《内傳》與《章句》混而爲一矣。

喬樅謹案：毛、韓並訓「簀」爲積，是以「簀」爲「積」之假借。陳啟源曰：「平子《西京賦》『芳草如積』正用斯語。」考平子皆用《魯詩》，然則《魯詩》之文殆作「菉竹如積」歟？

考盤

考盤在干。

【《韓詩》曰】干，墝埆之處也。《釋文》。

【《韓詩》曰】考盤在干。地下而黃曰干。《文選》左思《吳都賦》劉逵注。○又《讀詩記》六。

案：《文選注》引「干」字訓，與《釋文》不同，蓋《內傳》也。盤，《毛詩》作「槃」。干，《毛詩》作「澗」。

喬樅謹案：《毛傳》云：「山夾水曰澗。」《小雅》「秩秩斯干」，《傳》曰：「干，澗也。」是「干」「澗」二字古通。《易》「鴻漸于干」，《釋文》引荀爽、王肅注，並云「山間澗水也」。《韓詩》以「干」爲磽确之處者，干亦厓也，干爲山澗厓岸之地，故以磽确言之，謂地之瘠薄者也。《詩・邱中有麻》，《毛傳》以邱中爲磽确之處，與此同義。又訓「地下而黃」者，胡承珙曰：「『黃』疑『潢』字之誤。潢，汙者停水之處。《小雅》正義引鄭君《易注》云：『干者，水傍故停水處。』即其義也。」

考盤在阿。

【《韓詩》曰】曲京曰阿。《衆經音義》一。

喬樅謹案：《文選・西都》注引《韓詩》曰：「曲景曰阿。」「景」字乃「京」之誤。阿，《衆經音義》云：「謂山曲隈處也。」

碩〔一〕人之僴。

【《韓詩》曰】僴，美貌。《釋文》。

喬樅謹案：僴，《毛詩》作「薖」，《傳》云：「寬大貌。」《韓詩》訓「僴」爲美貌，與《毛傳》寬大義相近。「薖」字當即「僴」之假借。《廣韻》：「僴，美也。」義本《韓詩》。《鄭箋》以「薖」爲饑意。段玉裁謂「薖」即「窾」〔二〕之假借。《漢書・楊王孫傳》「窾木爲匵」，服虔曰：「窾，空也。」《淮南子》「窾者主浮」，注：「窾，空也。讀如科條之科。」是「薖」「窾」古音同，其説是也。然段並以毛訓寬大爲亦取空中之意，則義近牽强矣。

〔一〕「碩」，底本作「顧」，今據續編本改。
〔二〕「窾」，《説文解字注》作「款」。

碩人

巧笑倩兮，美目盼兮。

【《韓詩》曰】倩，蒼白色。盼，黑色也。《釋文》。

喬樅謹案：《釋文》：「倩，本又作『蒨』。」《韓詩》「倩」或亦爲「蒨」字，故以蒼白色釋之。又《文選·蜀都賦》劉淵林注引張揖曰：「靚，謂粉白黛黑也。」郭璞注《上林賦》訓同，則「倩」當與「靚」通。然「蒨」字自是「倩」之假借。《毛傳》：「倩，好口輔。」《説文》：「倩，人美字也。」人之美貌爲倩，笑之好貌亦爲倩。盼，《毛傳》云「白黑分」，《説文》訓與《毛傳》同。白黑分，則矑之黑色益顯，故《韓詩》以黑色言之耳。

朱幩儦儦。

【補】【《玉篇·人部》】《詩》云：「朱幩儦儦。」盛貌也。

喬樅謹案：儦儦，《毛詩》作「鑣鑣」，《傳》云：「盛貌。」考「鑣」字訓爲馬銜，是「鑣」乃「儦」之假借。《玉篇》據《韓詩》今文，故字作「儦儦」。

大夫夙退。

【《韓詩》曰】退，罷也。《釋文》。

喬樅謹案：《毛傳》云：「大夫未退，君聽朝於路寢，夫人聽内事於正寢。大夫退，然後罷。」《正義》引《玉藻》云：「君日出而視朝，退適路寢聽政，使人視大夫。大夫退，然後適小寢，釋服。」適小寢即是罷也。《釋文》引《禮記》云：「朝廷曰退。」退朝亦曰罷朝。此大夫夙退者，謂且早罷歸也。

施罛濊濊。

【《韓詩》曰】濊濊，流貌。《釋文》。

喬樅謹案：《毛傳》：「罛，魚罟。濊，施之水中。」《釋文》「濊」下又引馬融云：「大魚網，目大豁豁也。」《説文》云「礙流也」。李黼平曰：「按，如馬説，則釋罟而已。河流盛大，亦非一罟之所能礙。《韓詩》云『流貌』，得之。蓋謂罛初入水，與水濊濊俱流也。得韓説，而毛義益顯矣。」胡承珙曰：「《詩》此句本承『北流活活』，言活活之流，施罛則於水似礙。《説文》此語最善形容，蓋與《毛傳》所謂『施之水中』者，皆兼罛與水言之。」馬瑞辰曰：「濊濊，蓋施之水中，有礙水流之貌。《毛傳》『施之水中』，即有礙流之義。《説文》正善釋毛義耳。《韓詩》云『流貌』，與《毛詩》義亦相成。施罛水中，有礙水流，而水仍流，實似礙而不礙也。」

鱣鮪鱍鱍。

【《毛詩釋文》】發發，《韓詩》作「鱍鱍」。

喬樅謹案：《毛傳》云：「發發，盛貌。」《釋文》引馬融云：「魚著網尾，發發然。」發，蓋即「鱍」之省文。又《説文》：「鮁，鱣鮪鮁鮁，從魚，犮聲。」段氏注以《篇》《韻》無「鮁」字爲疑。馬瑞辰曰：「『犮』『發』古通用。據《集韻》，『鮁』或作『鱍』，是「鮁鮁」即《韓詩》「鱍鱍」之異文。

庶姜钀钀。

【《韓詩》曰】钀钀，長貌。《釋文》。

喬樅謹案：钀，《毛詩》作「孽」。《吕氏春秋·過理》篇「宋王築爲孽臺」，高誘注云：「櫱，當作『钀』。『櫱』與『钀』音同。《詩》云『庶姜钀钀』，高長貌也。」高用魯訓，與韓義亦同，是三家文皆作「钀」矣。

庶士有桀。

【《韓詩》曰】桀，健也。《釋文》。

喬樅謹案：桀，《毛詩》作「朅」，《傳》云：「朅，武壯貌。」義與《韓詩》同。《伯兮》詩「邦之桀兮」，《毛傳》云：「桀，特立也。」特立即健之義，健亦武壯之貌。朅，《説文》云「去也」，

《毛詩》「朅」字蓋皆「偈」之假借，「偈」「桀」音、義相近。《廣雅·釋詁》二：「偈，健也。」《一切經音義》六引《字林》：「偈，健也。」《毛詩》「伯兮朅兮」，《傳》云：「朅，武也。」《玉篇·人部》：「偈，武貌。《詩》曰：『伯兮偈兮。』」《文選·高唐賦序》注引《韓詩》云：「偈、桀，健也。」是「朅」「偈」「桀」三字義近通假之證。

氓

氓之蚩蚩。

【《韓詩》曰】氓，美貌。《釋文》。

喬樅謹案：《毛傳》云：「氓，民也。」韓以「氓」爲美貌者，據《詩》言「蚩蚩」，故云然耳。《小爾雅·廣言》曰：「蚩，戲也。」《一切經音義》二十三引倉頡云：「蚩，笑也。」《文選》阮籍《咏懷詩》注，又《古詩十九首》注兩引《說文》：「蚩，笑也。」李善云：「『嗤』與『蚩』同。」《說文》無「嗤」字，《欠部》「欪」下云：「欪欪，戲笑貌。」「蚩」當即「欪」之或體。蚩蚩爲戲笑貌，此婦人追本、男子誘己之時，與己戲笑，己悅之，而以爲美也。又《毛傳》云：「蚩蚩，敦厚之貌。」《正義》申毛，謂顏色敦厚，己所以悅之。是亦以「氓之蚩蚩」爲美詞。

將子無怒。

【《薛君韓詩章句》曰】將，辭也。《文選·甘泉賦》注。

泣涕漣漣。

【補】【《玉篇·水部》】《詩》曰：「泣涕漣漣。」淚下貌。

喬樅謹案：《毛詩》傳、箋「漣漣」二字均無訓義。《玉篇》所釋，是用《韓詩》之説。

履無咎言。

【《韓詩》曰】履，幸也。《釋文》。

喬樅謹案：履，《毛詩》作「體」，謂卦兆之體也。《禮記》引《詩》，「體」亦作「禮」。《鄭注》訓「履」爲禮，與《毛詩》義異，《禮注》多用《齊詩》。《韓詩》訓「履」爲幸〔一〕者。郝懿行曰：「《爾雅》：『履，福也。』幸者，趨吉而免凶，亦福之意。」喬樅謂：《漢書·伍被傳》注：「幸，非望之福也。」「履」義訓福，故引申旁通之，其義亦得訓幸耳。

吁嗟女兮，無與士耽。

〔一〕「幸」，此下續編本有「也」字。

【《韓詩外傳》二】孔子曰：「口欲味，心欲佚，教之以仁。心欲安，身惡勞，教之以恭。好辯論而畏懼，教之以勇。目好色，耳好聲，教之以義。《易》曰：『艮其限，列其夤，危薰心。』《詩》曰：『吁嗟女兮，無與士耽。』皆防邪禁佚，調和心志。」

喬樅謹案：「心欲安」句，「安」字舊譌作「兵」，語不可解，當是「安」字之誤，今爲校正。

靡室勞矣。

【《韓詩》曰】靡，共也。《易·中孚》釋文。

喬樅謹案：此詩「靡」字，毛公無傳，《鄭箋》云：「靡，無也。無居室之勞，言不以婦事見困苦。」然詳詩下文「夙興夜寐，靡有朝矣」，言早夜操作，已非一朝，則上文「三歲爲婦，靡室勞矣」，當言三歲之中，同居共苦，方與下語氣一貫，自宜以「靡」訓共，其義始合。又《列子·説符》篇「强食靡角，勝者爲制」，注引《韓詩外傳》曰：「靡，共也，言相共角力以求勝也。」「外傳」疑「内傳」之譌。

竹竿

檜楫松舟。

【補】【環氏《吴紀》】孫皓嘗問：「《詩》云『汎彼柏舟』，惟柏中舟乎？」張尚對曰：「《詩》言『檜楫松舟』，則松亦中舟也。」《三國志·張紘傳》裴松之注引。

喬樅謹案：張尚父紘，從濮陽闓受《韓詩》，見於《吴書》，知尚於《詩》當亦習韓家也。

芄蘭

垂帶萃兮。

【《韓詩》曰】萃，垂貌。《釋文》。

喬樅謹案：萃，《毛詩》作「悸」，《傳》云：「垂其紳帶，悸悸然有節度。」是亦以「悸」爲垂貌，「悸」字蓋「萃」之假借。萃，《説文》云「草聚貌」，《文選·籍田賦》注引《蒼頡》篇云：「惢，聚也。」是「萃」「惢」義通。《説文》又云：「縈，垂也。從惢，系聲。」《廣雅·釋詁》二：「桑，聚也。」《集韻》云：「縈，或从木作『桑』。」《左氏·哀十三年傳》：「佩玉桑兮。」縈，謂佩玉垂貌也。《説文》：「垂，草木花葉垂，象形。」草木花葉皆以聚故而下垂，故「萃」「縈」又並爲垂貌。

能不我狎。

【《毛詩釋文》】甲，《韓詩》作「狎」。

喬樅謹案：《毛詩》「能不我甲」，《傳》云：「甲，狎也。」「甲」「狎」古今文。惠氏棟云：「《釋文》引徐邈音『甲』爲胡甲反。《匡謬正俗》曰：『甲雖訓狎，自有本音，不當便讀爲狎。』其説非也。漢儒訓詁，音、義相兼。《尚書·多方》『甲于内亂』，鄭、王皆以『甲』爲『狎』，古文省少，以『甲』爲『狎』，遂有『狎』音，非假借也。經傳中惟徐氏釋音獨得古人之義，小顔輒斥以爲非，何也？」

伯兮

伯兮偈兮。

【《韓詩》曰】偈、桀，挺也，疾驅皃。《文選》十九宋玉《高唐賦》注。

【《玉篇·人部》】偈，武皃。《詩》曰：「伯兮偈兮。」

喬樅謹案：偈，《毛詩》作「朅」，訓爲武皃。「朅」字即「偈」之通假。《玉篇》所引雖不言何《詩》，然「偈」字與《文選注》引《韓詩》文同，則其爲《韓詩》無疑也。段玉裁據《説文》「仡，勇壯也」，引《周書》「仡仡勇夫」，謂「朅」爲「仡」之假借，然不如從《韓詩》「偈」字尤爲郅碻。

邦之傑兮。

【補】【《玉篇·人部》】桀，英傑。《詩》曰：「邦之傑兮。」傑，特立也。

喬樅謹案：「傑」字，《毛詩》作「桀」，古文之假借，三家今文作「傑」字爲正。《衆經音義》五引《詩》亦作「邦之傑兮」，與《玉篇》同，皆據《韓詩》之文。

伯也執殳，爲王前驅。

【李善《文選注》二】《韓詩》曰：「伯也執殳，爲王前驅。」《西京賦》注。

喬樅謹案：《周禮·司戈盾》云：「祭祀，授旅賁殳。」《説文》云：「殳，以杸殊人也。禮，殳以積竹，八觚，長丈二尺，建于兵車，旅賁以先驅。」此詩言「伯也執殳，爲王前驅」，胡氏紹曾謂：「伯以衛人，仕於王朝，居旅賁之官。」是也。

焉得諠草，言樹之背。願言思伯，使我心痗。

【《韓詩》曰】焉得諠草，言樹之背。願言思伯，使我心痗。○【薛君曰】諠草，忘憂也。《文選》廿五謝惠連《西陸遇風獻康樂詩》注。

喬樅謹案：《文選》陸士衡《贈從兄車騎詩》注又引《韓詩》曰：「焉得諼草，言樹之背。」與《毛詩》文同。「諼」「諠」古相通。謝惠連詩曰：「積憤成疢痗，無萱將如何。」注引《韓詩》，又作「萱草」，此順謝詩所作字耳。其引《薛君章句》字仍作「諠」，云「萱」與「諠」通。

又《說文》云：「藼，令人忘憂之草也。《詩》曰：『安得藼草。』」重文「蕿」云：「或從煖。」「萱」云：「或從宣。」「諼」「諠」皆以同聲通假。

有狐

心之憂矣，之子無裳。

【《韓詩外傳》三】昔者不出户而知天下，不窺牖而見天道，非目能視乎千里之前，非耳能聞乎千里之外，以己之情量之也。己惡饑寒焉，則知天下之欲衣食也；己惡勞苦焉，則知天下之欲安佚也；己惡衰乏焉，則知天下之欲富足也。知此三者，聖王之所以不降席而匡天下。故君子之道，忠恕而已矣。夫處饑渴，苦血氣，困寒暑，動肌膚，此四者民之大害也。害不除，未可教御也。四體不掩，則鮮仁人。五藏空虚，則無立士。故先王之法，天子親耕，后妃親蠶，先天下憂，衣與食也。《詩》曰：「父母何嘗？心之憂矣，之子無裳。」

案：此錯引《鴇羽》《有狐》二詩，是韓氏以《有狐》爲貧困之作也。

韓詩遺説考卷第二(二之一)

福州陳壽祺學　男喬樅述

韓詩國風四

王風

黍離

【《韓詩》曰】《黍離》，伯封作也。《太平御覽》四百六十九。○又八百四十二。

【陳思王植《令禽惡鳥論》】昔尹吉甫信後妻之讒，而殺孝子伯奇，弟伯封求而不得，作《黍離》之詩。《詩考》引。

案：陳思王用《韓詩》。

【補】【《後漢書》郅惲説太子曰】昔高宗明君，吉甫賢臣，及有纖芥，放逐孝子。

喬樅謹案：《後漢書》本傳言：「惲理《韓詩》《嚴氏春秋》，明天文、曆數。光武令惲授皇太子《韓詩》，侍講殿中。及郭后廢太子，意不自安。故惲説太子宜引愆退身，奉養母氏，太子從之。帝竟許聽〔一〕。惲再遷長沙太守。」

彼黍離離，彼稷之苗。行邁靡靡，中心摇摇。知我者，謂我心憂。不知我者，謂我何求。悠悠蒼天，此何人哉！

【《韓詩》曰】彼黍離離，彼稷之苗。○【薛君注曰】離離，黍貌也。詩人求己兄不得，憂懑不識於物，視彼黍離離然，憂甚之時，反以爲稷之苗，乃自知憂之甚也。《太平御覽》四百六十九。○又八百四十二。

【《韓詩外傳》八】魏文侯有子曰擊，次曰訢。訢少，而立之以爲嗣。封擊於中山，三年莫往來。其傅趙蒼唐諫曰：「父忘子，子不可忘父，何不遣使乎？」擊曰：「願之，而未有所使也。」蒼唐曰：「臣請使。」擊曰：「諾！」於是乃問君之所好與所嗜，曰：「君好北犬，嗜晨鴈。」遂求北犬、晨鴈賫行。蒼唐至，曰：「北蕃中山之君有北犬、晨雁，使蒼唐再拜獻之。」文侯曰：「擊知吾好北犬，嗜晨鴈也。」則見使者。文侯曰：「擊無恙乎？」蒼唐唯唯而不對，三問而三不對，文侯曰：「不對何也？」蒼唐曰：「臣聞：諸侯不名。君既已賜弊邑，使得小國侯，君問以名，不敢對

〔一〕「許聽」，《後漢書》作「聽許」。

也。」文侯曰：「中山之君無恙乎？」蒼唐曰：「今者臣之來，拜送於郊。」文侯曰：「中山之君長短若何矣？」蒼唐曰：「問諸侯，比諸侯。諸侯之朝，則在側者皆人臣，無所比之。然則所賜衣裘，幾能勝之矣。」文侯曰：「中山之君亦何好乎？」對曰：「好《詩》。」文侯曰：「於《詩》何好？」曰：「好《黍離》與《晨風》。」文侯曰：「《黍離》何哉？」對曰：「彼黍離離，彼稷之苗。行邁靡靡，中心摇摇。知我者，謂我心憂。不知我者，謂我何求。悠悠蒼天，此何人哉！」文侯曰：「怨乎？」曰：「非敢怨也，時思也。」文侯曰：「《晨風》謂何？」對曰：「『鴥彼晨風，鬱彼北林。未見君子，憂心欽欽。如何如何，忘我實多。』此自以忘我者也。」於是文侯大悦，曰：「欲知其子，視其母；欲知其君，視其所使。中山君不賢，惡能得賢？」遂廢太子訢，召中山君以爲嗣。

喬樅謹案：「此自以忘我者也」句舊脱，今據《文選·四子講德論》註引《外傳》文補之。蒼唐，《漢書·古今人表》上之下作「倉堂」，「倉」「蒼」古通，「堂」與「唐」以同音假借。《左氏·定五年傳》「堂谿氏」，《後漢書·延篤傳》作「唐溪」，是其證也。

【補】【《玉篇·心部》】愮，憂也。《詩》曰：「憂心愮愮。」

【補】【《衆經音義》二】《詩》云：「憂心愮愮。」

喬樅謹案：《毛詩》作「中心摇摇」。《玉篇》及《衆經音義》所引與毛氏文異，蓋皆據《韓詩》之文。

中心如醉。知我者，謂我心憂。

【補】【《後漢書》劉寬對曰】任重責大，憂心如醉。

喬樅謹案：李賢注引謝承書曰：「寬少學《歐陽尚書》《京氏易》，尤明《韓詩外傳》、星官、風隅、算曆，皆究極師法，稱爲通儒。」而范書《劉寬傳》皆略而不載，疎矣。

【補】【曹植《釋愁文》】憂心如醉。

君子于役

曷其有佸。

【《韓詩》曰】佸，至也。《釋文》。

喬樅謹案：《毛傳》：「佸，會也。」《韓詩》訓「佸」爲至，蓋以爲「括」之通假。《毛傳》於下文「羊牛來括」，訓「括」爲至；於《小雅・車舝》「德音來括」，訓「括」爲會。《釋文》云：「括，本亦作『佸』。」此「括」「佸」通用之驗。又《廣雅・釋詁》：「括、會，至也。」是「會」亦有至義。王氏《廣雅疏證》曰：「《詩》『曷其有佸』，韓云：『佸，至也。』毛云：『佸，會也。』

會亦至也。首章言『曷』，至次章言『曷其有佸』，其義一也。『佸』『括』『會』，古聲、義並同。」

君子陽陽

君子陶陶。

【《薛君韓詩章句》曰】陶，暢也。《文選》三十四枚乘《七發》注。○《後漢書·杜篤傳》注。

案：此互見《小雅·鼓鐘》篇。

喬樅謹案：《一切經音義》十二引《韓詩》曰：「憂心且陶。陶，暢也。暢，達也。」杜篤《論都賦》「粳稻陶遂」，謂暢遂也。枚乘《七發》「陶陽氣」，謂達陽氣也。是「陶陶」爲暢達之意。暢對鬱言之，人意鬱則憂思，暢則喜樂。故《毛傳》云：「陶陶，和樂貌。」《廣雅·釋言》亦云：「陶，喜也。」

揚之水

不與我戍申。

【《韓詩》曰】戍，舍也。《釋文》。

喬樅謹案：《毛傳》：「戍，守也。」《韓詩》訓爲舍者，舍有止居之義，謂屯兵於此，止而守之也。

中谷

中谷有蓷。

【《韓詩》曰】蓷，茺蔚也。《釋文》。

【《韓詩》對曰】蓷，益母也。陸璣《草木疏》。

案：陸璣《草木疏》云：「《韓詩》及《三蒼》説俱云：『蓷，益母也。』益母即茺蔚别名。」《廣雅·釋草》云：「益母，茺蔚也。」是已。

【補】【《玉篇·艸部》】萑、蓷，茺蔚也。《詩》曰：「中谷有蓷。」

喬樅謹案：此亦釋「蓷」爲茺蔚，與《釋文》引《韓詩》説合，是《玉篇》所引據《韓詩》之訓也。

啜其泣矣，何嗟及矣。

【《韓詩外傳》二】高墻豐上激下，未必崩也；降雨興，流潦至，則崩必先矣。草木根荄淺，未必撅也；飄風興，暴雨墜，則撅必先矣。君子居是邦也，不崇仁義，尊其賢臣，以理萬物，未必亡也；一旦有非常之變，諸侯交争，人趨車馳，迫然禍至，乃始愁憂，乾喉焦脣，仰天而歎，庶幾乎望其安也，不亦晚乎？孔子曰：「不慎其前，而悔其後。嗟乎！雖悔無及矣。」《詩》曰：「惙其泣矣，何嗟及矣。」

【又曰】曾子曰：「君子有三言，可貫而佩之：一曰無内疎而外親，二曰身不善而怨他人，三曰患至而後呼天。」子貢曰：「何也？」曾子曰：「内疎而外親，不亦反乎？身不善而怨他人，不亦遠乎？患至而後呼天，不亦晚乎？」《詩》曰：「惙其泣矣，何嗟及矣。」

喬樅謹案：惙，《毛詩》作「啜」，《傳》云：「啜，泣貌。」《釋名》：「啜，惙也。心有念，惙然發此聲也。」是「啜」「惙」音、義並同。胡承珙曰：「『何嗟及矣』，《箋》云：『及，與也。泣者，傷其君子弃己。嗟乎，將復何與爲室家乎？』詳玩《箋》語，經文當作『嗟何及矣』，「何及」二字，文義相連，「嗟」字自當在句首。傳寫者誤倒之。《韓詩外傳》二、《説苑·建本》篇皆作『何嗟及矣』，然《外傳》引孔子曰：『不慎其前，而悔其後。嗟乎！雖悔無及矣。』是正以『何及』二字相連爲義，而所引《詩》仍作『何嗟』，亦皆傳寫誤倒之。」胡説是也。

兔爰

有兔爰爰。

【《韓詩傳》曰】爰爰，發蹤之貌也。《衆經音義》二十三。○又《華嚴經音義》。

喬樅謹案：《毛傳》云：「爰爰，緩意，言爲政有緩有急，用心之不均。」《箋》云：「有緩者，有所聽縱也；有急者，有所操蹙也。」《正義》曰：「兔言緩，則雉爲急矣。雉言在羅，則兔無拘制矣。舉一急一緩之物，故知喻政有緩急，王心之不均也。」胡承珙曰：「《箋》云『聽縱』，與《韓詩》義同。《韓詩》曰：『爰爰，發蹤之貌。』『蹤』當作『縱』。顔師古注《漢書·蕭何傳》曰：『發縱，謂解紲而放之也。』」

有兔爰爰，雉離于罦。

【補】【《太平御覽·資産部》】《韓詩》曰：「有兔爰爰，雉離于罦。」卷八百三十二。

喬樅謹案：《説文》：「罦，覆車也，从网[一]，包聲。《詩》曰：『雉離于罦。』」重文「罦」

[一]「网」，續編本作「网」。

云：「罻，或從孚。」則「罦」乃「罻」之或體耳。

有兔爰爰，雉離于罿。

【《韓詩》曰】有兔爰爰，雉離于罿。○【薛君曰】張羅車上曰罿也。《御覽》八百三十二。

喬樅謹案：《爾雅·釋器》云：「繴，謂之罿。罿，罬也。罬，謂之罦。罦，覆車也。」孫炎注：「覆車是兩轅，網可以掩兔者也。」一物五名，方言異也。郭璞注：「今之翻車也，有兩轅，中施罥以掩鳥。」古者掩雉兔之網，可以同用覆車之爲製，有兩轅，中施罥以捕鳥，即薛君所謂張羅車上者是也。

【《韓詩》曰】施羅於車上曰罿。《釋文》。

大車

毳衣如虋。

【補】【《韓詩外傳》曰】虋，異色之衣也。《列子釋文》下。

喬樅謹案：《毛詩》「毳衣如璊」，《釋文》云：「《説文》作『𧇊』，云『以毳爲罽也』」。解此『璊』云：『玉赬色也，禾之赤苗謂之𧇊，玉色如之。』」今考《説文》云：「𧇊，以毳爲繝，色如虋，故謂之𣯽，虋禾之赤苗也。从毛，㒼聲。《詩》曰：『毳衣如𣯽。』」許所引《詩》，據三家今文，「虋」即「穈」字，見《集韵·二十三魂》。《毛詩》作「璊」，《説文》引《詩》作「𣯽」，皆「穈」之假借耳。《列子釋文》所引《韓詩外傳》，疑見《内傳》之誤。「黂」字蓋「𣯽」之異文。首章「毳衣如菼」，菼爲草色。二章「毳衣如黂」，黂爲麻色。「穈」「黂」亦一聲之轉。故《韓詩》釋「黂」爲異色之衣也。禾之赤苗者爲穈，麻之異色者爲黂。「黂」字从賁，賁色不純也。見高誘《吕覽·壹行》篇注。

謂余不信，有如皎日。

【李善《文選注》十三】《韓詩》曰：「謂余不信，有如皎日。」《寡婦賦》注。

喬樅謹案：《毛詩》作「皦日」，《傳》云：「皦，白也。」《釋文》云：「皦，本又作『皎』。」馬瑞辰曰：「『皦』『皎』皆當爲『曉』之假借。《説文》：『曉，日之白也。』又曰：『敫，光景流貌，从白、放。』故日光之白，亦得曰『皦』。」

丘中有麻

將其來施施。

喬樅謹案：《顔氏家訓·書證》篇云：「江南舊本悉單爲『施』，惟《韓詩》作『將其來施施』。」是知《毛詩》舊本作「將其來施」，與二章「將其來食」同一句法。今本作「施施」者，乃後人據《韓詩》改之。

鄭風

緇衣

緇衣之蓆兮。

【《韓詩》曰】蓆，儲也。《釋文》。

喬樅謹案：《毛詩》及《爾疋·釋詁》並訓「蓆」爲大，惟《説文》云：「蓆，廣多也。」廣多之訓，與儲義近。

大叔于田

執轡如組，兩驂如舞。

【《韓詩外傳》二】夫霜雪雨露，殺生萬物者也。天無事焉，猶之貴天也。執法厭文、治官治民者，有司也。君無事焉，猶之尊君也。夫闢土殖穀者，后稷也；決江流河者，禹也；聽獄執中者，皐陶也；然而聖后者，堯也。故有道以御之，身雖無能也，必使能者爲己用也；無道以御之，彼雖多能，猶將無益於存亡矣。《詩》曰：「執轡如組，兩驂如舞。」貴能御也。

【又曰】傳曰：孔子云：「美哉！顏無父之御也。馬知後有輿而輕之，知上有人而愛之，馬親其正，而愛其事，如使馬能言，彼將必曰：『樂哉！今日之騶也。』至於顏淪少衰矣，馬知後有輿而輕之，知上有人而敬之，馬親其正，而敬其事，如使馬能言，彼必曰：『騶來！其人之使我也。』至於顏夷而衰矣，馬知後有輿而重之，知上有人而畏之，馬親其正，而畏其事，如馬能言，彼將必曰：『騶來！騶來！女不騶，彼將殺女。』故御馬有法矣，御民有道矣。法得，則馬和而歡；道得，則民安而集。」《詩》曰：「執轡如組，兩驂如舞。」此之謂也。

喬樅謹案：《周官·保氏》注：「五御之法，有舞交衢。」《賈疏》云：「御車在交道，車旋應於舞節。」然則《詩》言「兩驂如舞」者，謂其騑驂之安行，皆如舞者之有行列，從容中節也。

【又曰】顏淵侍坐魯定公于臺，東野畢御馬乎臺下。定公曰：「善哉！東野畢之御也。」顏淵曰：「善則善矣，其馬將佚矣。」定公不説，以告左右，曰：「聞君子不譖人，君子亦譖人乎？」顏淵退，俄而廄人以東野畢馬敗聞矣。定公揭席而起，曰：「趣駕召顏淵。」顏淵至，定公曰：「鄉寡人曰：『善哉！東野畢之御也。』吾子曰：『善則善矣，然而馬將佚矣。』不識吾子何以知之？」顔淵曰：「臣以政知之。昔者舜工於使人，造父工於使馬。舜不窮其民，造父不極其馬。是以舜無佚民，造父無佚馬也。今東野畢之上車執轡，銜體正矣，周旋步驟，朝禮畢矣，歷險致遠，馬力殫矣，然猶策之不已，所以知佚也。」定公曰：「善。可少進。」顔淵曰：「獸窮則齧，鳥窮則喙〔一〕，人窮則詐。自古及今，窮其下能不危者，未之有也。《詩》曰：『執轡如組，兩驂如舞。』善御之謂也。」定公曰：「寡人之過也。」

喬樅謹案：《荀子·哀公》篇、《新序·雜事五》竝載此事。「揭席而起」句，《荀子》作「越席」，《新序》作「蹴席」。疑《外傳》本作「蹻席」，「蹻」乃「蹴」之俗體，因而譌爲「揭」字耳。「東野畢之上車執轡」句，荀子書「之」下有「馭」字。「銜體」，《新序》作「御體」。

叔在藪。

【《韓詩》傳曰】澤中可禽獸居之曰藪。唐釋慧苑《華嚴經音義》卷二。

案：《毛詩釋文》亦引《韓詩》曰：「禽獸居之曰藪。」蓋即《内傳》之文。

兩驂鴈行。

〔一〕「喙」，《韓詩外傳》作「啄」。按：作「啄」於義爲長。

【《韓詩》曰】兩驂鴈行。○【薛君曰】兩驂，左右騑驂。《文選》二十曹植《應詔詩》注。

清人

二矛重鷮。

【《毛詩釋文》】喬，《韓詩》作「鷮」。

喬樅謹案：《毛詩》「重喬」，《傳》云：「累荷也。」《箋》云：「雉名，所以縣毛羽也。」鄭氏用韓義，詳見《魯詩遺説考》。

河上乎消摇。

【《韓詩内傳》曰】逍，遥也。《文選·南都賦》注。

案：《文選注》本作《外傳》，「外」乃「内」字之譌。此「逍，遥」也，乃「河上乎消摇」之訓。《説文》無「逍遥」字，《字林》有之，見張參《五經文字序》。又《文選·上林賦》注引司馬彪云：「消摇，逍遥也。」即本《韓詩》訓義。

羔裘

羔裘如濡，恂直且侯。彼己之子，舍命不偷。

【《韓詩》曰】侯，美也。《釋文》。

喬樅謹案：《毛傳》云：「侯，君也。」《爾雅·釋詁》同。馬瑞辰曰：「《左氏傳》曰：『楚公子美矣君哉！』古字訓『君』者，多有美義。『侯』爲君，又爲美，猶『皇』與『烝』爲君，又爲美也。」《爾雅·釋詁》：「烝、皇，君也。」《廣雅·釋詁》：「皇、烝，美也。」胡承珙曰：「『洵直且侯』總括下二章『邦之司直』『邦之彥兮』，直即『司直』之『直』，侯即美士，爲彥之美。當從韓義爲允。」

【《韓詩外傳》二】崔杼弒莊公，合士大夫盟。盟者皆脱劍而入，言不疾，指不至血者死，所殺者十餘人，次及晏子。晏子奉杯血，仰天而歎曰：「惡乎！崔杼將爲無道，而殺其君。」於是盟者皆視足。崔杼謂晏子曰：「子與我，吾將與子分國；子不與我，殺子。直兵將推之，曲兵將鉤之。吾願子之圖之也。」晏子曰：「吾聞留以利而倍其君者，非仁也；刼以刃而失其志者，非勇也。《詩》曰：『莫莫葛藟，延于條枚。愷悌君子，求福不回。』嬰其可回矣？直兵推之，曲兵鉤之，嬰不之革也。」崔杼曰：「舍晏子。」晏子起而出，授綏而乘。其僕馳，晏子撫其手，曰：「麋鹿在山林，其命在庖厨。命有所懸，安在疾驅？」安行成節，然後去之。《詩》曰：「羔裘如濡，恂直且侯。彼己之子，舍命不偷。」晏子之謂也。

喬樅謹案：恂，《毛詩》作「洵」，《傳》云：「洵，均也。」訓與韓異。《叔于田》詩「洵美且仁」，《箋》云：「洵，信也。」是讀「洵」爲「恂」，以「洵」爲「恂」之假借。《説文》：「恂，信心也。」《爾雅·釋詁》：「詢，信也。」亦假「洵」爲「恂」字。《溱與洧》「洵訏且樂」，《釋文》引《韓詩》作「恂」，皆用正字。偷，《毛詩》作「渝」。渝，變也。「渝」「偷」古相通用，《韓詩》「偷」字，義當亦從毛訓。變謂見危授命，至死不變也。

彼己之子，邦之司直。

【《韓詩外傳》二】楚昭王有士曰石奢，其爲人也，公正而好直，王使爲理。於是道有殺人者，石奢追之，則其父也，還返於廷，曰：「殺人者，臣之父也。以父成政，非孝也；不行君法，非忠也。弛罪廢法，而伏其辜，臣之所守也。」遂伏斧鑕，曰：「命在君。」君曰：「追而不及，庸有罪乎？子其治事矣。」石奢曰：「不然。不私其父，非孝也；不行君法，非忠也；以死罪生，不廉也。君欲赦之，上之惠也；臣不能失法，下之義也。」遂不去鈇鑕，刎頸而死乎廷。君子聞之，曰：「貞夫法哉！石先生乎！」孔子曰：「子爲父隱，父爲子隱，直在其中矣。」《詩》曰：「彼己之子，邦之司直。」石先生之謂也。

喬樅謹案：「公正而好直」句舊脱「正」字，「則父也」句舊脱「其」字，今並據《御覽》四百三十八所引補之。

【又《外傳》九】齊景公出弋昭華之池，顔涿聚主鳥而亡之，景公怒而欲殺之。晏子曰：「夫涿聚有死罪四，請數而誅之。」景公曰：「諾。」晏子曰：「涿聚，汝爲吾君主鳥而亡之，是罪一也；使吾君以鳥之故而殺人，是罪二也；使四國諸侯聞之，以吾君重鳥而輕士，是罪三也；天下〔一〕聞之，必將貶〔二〕絀吾君，危其社稷，絶其宗廟，是罪四也。此四罪者，故當殺無赦，臣請加誅焉。」景公曰：「止，此亦吾過矣，願夫子爲寡人敬謝焉。」《詩》曰：「邦之司直。」

喬樅謹案：「涿聚」，本皆作「鄧聚」，今據《太平御覽》八百三十二引校正。

【又曰】魏文侯問於解狐曰：「寡人將立西河之守，誰可用者？」解狐對曰：「荆伯柳者賢人，殆可。」文侯曰：「是非子之讎也？」對曰：「君問可，非問讎也。」於是將以荆伯柳爲西河守。荆伯柳問左右：「誰言我於吾君？」左右皆曰：「解狐。」荆伯柳往見解狐，而謝之曰：「子乃寬臣之過也，言於君，謹再拜謝。」解狐曰：「言之者，公也；怨子者，吾私也。公事已行，怨子如故。」張弓射之，走十步而没，可謂勇矣。《詩》曰：「邦之司直。」

〔一〕「下」，《韓詩外傳》作「子」。

〔二〕「貶」，續編本作「敗」。

喬樅謹案：舊本脱去「曰是非子之讎也」以下十八字，今據《御覽》四百八十二引補之。

彼己〔一〕之子，邦之彦兮。

【《韓詩外傳》二】外寬而内直，自設於隱括之中，直己不直人，善廢而不悒悒，蘧伯玉之行也。故爲人父者，則願以爲子；爲人子者，則願以爲父；爲人君者，則願以爲臣；爲人臣者，則願以爲君。名昭諸侯，天下願焉。《詩》曰：「彼己之子，邦之彦兮。」此君子之行也。

【又《外傳》九】楚有善相人者，所言無遺美，聞於國中，莊王召見而問焉。對曰：「臣非能相人也，能相人之友者也。觀布衣者，其友皆孝悌篤謹畏令如此者，家必日益，而身日安，此所謂吉人者也。觀事君者，其友皆誠信有行、好善如此者，措事日益，官職日進，此所謂吉臣者也。人主朝臣多賢，左右多忠，主有失敗，皆交争正諫如此者，國日安，主日尊，聲名日顯，此所謂吉主者也。臣非能相人也，觀友者也。」王曰：「善。」其所以任賢使能而霸天下者，始遇之於是也。《詩》曰：「彼己之子，邦之彦兮。」

喬樅謹案：「彼己之子」，《毛詩》皆作「彼其」，《新序·節士》《義勇》兩篇引《詩》皆作「彼己」，與韓文同。《毛詩·王風·揚之水》箋云：「『其』或作『記』，或作『己』。讀聲相似。」

〔一〕「己」，底本作「其」，今據續編本改。

胡承珙曰：「古人於此等以聲爲主，聲同則字不嫌異。推之《大叔于田》之『忌』，《箋》云：「忌」讀如「彼己之子」之「己」。《崧高》之『迈』《箋》云：聲如「彼己之子」之「己」。皆然。然其字亦必有師承，不相錯亂。如毛必作『其』，《揚之水》《汾沮洳》《椒聊》《候人》及此詩是也。韓必作『己』，《汾沮洳》『彼其之子，美如英』及此詩三章《韓外傳》引皆同是也。若《文選》陸士衡《吴趨行》及《漢高祖功臣頌》注兩引《毛詩》曰『彼己之子，邦之彦兮』，又謝玄暉《答吕法曹詩》注引《毛詩》曰『彼己之子，美無度』，此《毛詩》皆《韓詩》之誤。」

東門之墠

【《韓詩》傳曰】墠，猶坦也。《華嚴經音義》上。

案：《毛詩釋文》：「東門之壇，音善。」依字當作「墠」，是《毛詩》作「壇」也。《正義》云：「偏檢諸本字，皆作『壇』，今定本作『墠』。」

喬樅謹案：《毛傳》云：「壇，除地町町者。」町町，言除地使之平坦。《論衡·語增》篇：「町町若荆軻之閭。」謂夷軻之里，令平其地也。是《毛詩》本假「壇」爲「墠」字，故義與韓同。《周禮·大司馬職》「暴内陵外則壇之」，注云：「『壇』讀如『同墠』之『墠』。《王霸記》曰：『置之空墠之地。』」空墠，猶言空坦也，皆「壇」「墠」通假之證。然則定本作「墠」，蓋據

《韓詩》改之。

東門之栗，有靖家室。

【《韓詩》曰】東門之栗，有靖家室。栗，木名。靖，善也。言東門之外，栗樹之下，有善人可與成爲家室也。《太平御覽》九百六十四。○《藝文類聚》八十七。○《白帖》九十九。○《事類賦注》二十七。

喬樅謹案：《藝文類聚》引「靖」字亦或作「静」，《大平御覽》引「靖，善也」，「善」亦或作「樂」，「樂」蓋字之誤也。《毛詩》「有踐家室」，《傳》云：「踐，淺也。」訓與韓異。考《禮記·曲禮》曰：「日而行事，則必踐之。」《鄭注》云：「踐，讀曰善。」《正義》曰：「踐，善也。言卜得而行事，必善也。」然則「踐」義亦可訓爲善矣。

風雨

風雨湝湝。

【補】【《説文·水部》】湝湝，寒也。《詩》曰：「風雨湝湝。」

喬樅謹案：《毛詩》作「風雨淒淒」，許所據《詩》，與毛文異，依三家之文也。考《玉篇》「湝」下亦引《詩》「風雨湝湝」，又《廣韵·十四皆》「湝，户皆切」「風雨不止」，即釋此詩「風雨湝湝」之文，疑出於《韓詩》說。

鷄鳴嘐嘐。

【補】【《廣韵・五肴》】《詩》云：「雞鳴嘐嘐。」

喬樅謹案：《毛詩》作「鷄鳴膠膠」，《傳》云：「膠膠，猶喈喈也。」是毛氏古文，以「膠」爲「嘐」字之假借，《廣韵》引《詩》蓋據韓家之文。

子衿

子寧不詒音。

【《韓詩》曰】詒，寄也，曾不寄問也。《釋文》。

喬樅謹案：詒，《毛詩》作「嗣」，《傳》云：「嗣，習也。」《箋》云：「嗣，續也。」訓義與韓不同。胡承珙曰：「『詒』『嗣』音本相近。《尚書》『舜讓于德弗嗣』，徐廣曰：『今文作不怡。』見《史記集解》。是毛、韓字通而訓各異。《鄭箋》嗣續之訓，亦與毛略同。其下云『女曾不傳聲問我』，則從韓說耳。」

在城闕兮，一日不見，如三月兮。

【補】【曹植《平原懿公主誄》】悲城闕之詩，以日踰歲。

出其東門

縞衣綦巾，聊樂我魂。

【《韓詩》曰】縞衣綦巾，聊樂我魂。【薛君曰】魂，神也。《文選》二十八鮑昭〔一〕《東武吟》注。○又卷九曹大家《東征賦》注。○又十四鮑照《舞鶴賦》注。

喬樅謹案：《釋文》引《韓詩》文同。「魂」字，《毛詩》作「員」。《釋文》曰：「員，本亦作『云』。」《正義》曰：「『員』『云』古今字，助句詞也。」臧鏞堂曰：「此『魂』字乃『云』之變體。《春秋疏》引《孝經説》云：『魂，云也。』韓但讀作『神魂』之『魂』，非。」喬樅謂：毛、韓師傳各異，訓義不必强同。《孝經援神契》曰：「情者，魂之使。」此詩言「有女如雲，匪我思存」，而獨以「縞衣綦巾」者爲「聊樂我魂」，其情深如此。下章言「聊可與娱」，娱亦樂也。人悲則神傷，而樂則神怡。故《韓詩》以「魂」爲神，其説殆未可厚非也。

〔一〕「昭」，應作「照」。

出其闉闍。

【補】【《玉篇·門部》】闉，城内〔一〕重門也。《詩》曰：「出其闉闍。」

喬樅謹案：《毛傳》云：「闉，曲城也。」《鄭箋》云：「闉，謂國外曲城之中市里也。」皆與此訓異。知《玉篇》所引爲《韓詩》之説也。

野有蔓草

野有蔓草，零露漙兮。有美一人，青陽宛兮。邂逅相遇，適我願兮。

【《薛君韓詩章句》曰】青，静也。《文選·射雉賦》注。

喬樅謹案：薛君訓「青」爲静，蓋以「青」爲「清」字之假借。

【《玉篇·面部》】畹，眉目之間美貌。《韓詩》云：「清揚畹兮。」今作「婉」。

喬樅謹案：《詩考》引《外傳》二作「青陽宛兮」。考《初學記》七引《外傳》「清揚婉兮」，今本《外傳》二同，並與《詩考》不合。《玉篇》引作「清揚畹兮」，《集韵·二十阮》引《詩》同。又魏文帝《善哉行》云「有美一人，婉如青陽」，見《藝文類聚》四十一。馬瑞辰以《韓詩外

〔一〕「内」，《玉篇》爲「曲」。

傳》「青陽宛兮」爲皆假借字。《玉篇》《集韵》作「畹」，爲後人增益之字。《説文》云：「婉，順也。」《方言》曰：「美目謂之順。」順與美同義。

【《韓詩外傳》二】傳曰：孔子遭齊程本子於郯之間，傾蓋而語，終日有間。顧子路曰：「由來！取束帛以贈先生。」子路不對，有間又顧謂曰：「取束帛以贈先生。」子路率爾而對曰：「昔者由也聞之於夫子：士不中閒而見，女無媒而嫁者，君子不行也。」孔子曰：「夫《詩》不云乎：『野有蔓草，零露漙兮。有美一人，青陽婉兮。邂逅相遇，適我願兮。』且夫齊程本子，天下之賢士也。吾於是而不贈，終身不之見也。大德不踰閑，小德出入可也。」

喬樅謹案：《初學記》十七引《外傳》文，「有閒」作「甚説」。又「由來取束帛以贈先生」，《外傳》本脱「來取」二字，「束帛」下衍「十匹」二字。考《説苑·尊賢》篇作「取束帛一以贈先生」，《家語·致思》篇亦與《初學記》同，今據《初學記》引訂定。又「士不中閒而見」，《外傳》本及《初學記》並作「士不中道相見」，字有譌誤。考《御覽》四百二引《説苑》作「士不中閒而見」，注云：「中閒，謂介紹也。」今《説苑》本作「士不中而見」，無「閒」字，《家語》作「士不中閒見」，無「而」字，今據《御覽》所引《説苑》文校正。

溱洧

【《韓詩内傳》曰】溱與洧，説人也。鄭國之俗，三月上巳之日，於兩水上招魂續魄，拂除不祥，故詩人願與所説者俱往觀也。《太平御覽》八百八十六。○《後漢書·袁紹傳》注引「鄭國之俗」至「俱往也」。○又見《續漢志注》及《藝文類聚》四。

溱與洧，方洹洹兮。《釋文》。○《後漢書·袁紹傳》注同。**士與女，方秉蕑兮。女曰觀乎，士曰既且。**

【《韓詩》曰】「溱與洧，方洹洹兮。」詩人言：溱與洧方盛流洹洹然，謂三月桃花水下之時。「士與女方秉蕑兮。」秉，執也。蕑，蘭也。當此盛流之時，衆士與衆女方執蘭而祓除。《太平御覽》九百八十三。○又《史記·鄭世家》正義。○又《文選》顔延年《曲水詩序》注。○又《御覽》五十九，又一百五十九。

喬樅謹案：《初學記》三、《太平御覽》十八引《韓詩章句》，及一百五十九引《韓詩》，並作「涣涣」，此後人順毛改字也。

【《韓詩》曰】「溱與洧，方洹洹兮。」洹洹，盛貌也。謂三月桃花水下之時，至盛也。「士與女方秉蕑兮。」秉，執也。當此盛流之時，衆士與衆女方執蘭祓除邪惡。鄭國之俗，三月上巳之辰，于此兩水之上招魂續魄，祓除不祥，故詩人願與所悦者俱往觀之。《太平御覽》卷三十。

【《韓詩》曰】鄭國之俗，三月上巳之辰，於溱洧兩水之上招魂續魄，秉執蘭草，祓除不祥。《宋書》十五。○又《初學記》三十六。

喬樅謹案：《釋文》：「蕳，《韓詩》云蓮也。」考諸書所引《韓詩》皆作「蕳，蘭也」。三月桃花水時，蓮尚未華，「蕳，蓮」之訓當是釋《陳風·澤陂》詩「有蒲與蕳」，而陸氏誤入在此耳。《澤陂》篇首章「有蒲與荷」，三章云「有蒲菡萏」，皆指蓮言，故二章「蕳」字《韓詩》亦訓爲蓮也。

【《韓詩傳》曰】三月桃花水。《漢書·溝洫志》注。○韓鄂《歲華紀麗》一。

【《韓詩》云】溱洧有二水，三月上巳，鄭國常於水上招魂續魄。《五行大義》卷三。

【《韓詩》曰】秉蘭水上。輔廣《叶韻考異》。祓除氛穢。羅願《爾雅翼》四。

喬樅謹案：宗懔《荆楚歲時記》引作「祓除歲穢」，黄朝英《緗素雜記》四引作「祓除氣穢」。

恂盱且樂。

【《韓詩》曰】恂盱，樂貌也。《釋文》。

喬樅謹案：《毛詩》作「洵訏」，《傳》云：「訏，大也。」與韓義異。據《漢書·地理志》引《詩》亦作「恂盱且樂」，是齊、韓文同。馬瑞辰曰：「《説文》：『恂，信心也。』『恂』爲本字，『洵』爲假借字。『訏』者，『盱』之通假。《易·豫》六三：『盱，豫。』《釋文》引向云：『睢盱，小人喜悦之貌。』是『盱』有樂義，从《韓詩》訓樂爲是。古人用字，不嫌詞複。『恂盱且樂』與《詩》『詢美且都』句正相似。『盱』又通作『吁』。《大戴禮·四代》篇：『子吁然其色。』《少間》篇：『公吁然其色。』王尚書曰：『吁，皆喜貌是也。』」

贈之以勺藥。

【《韓詩》曰】勺藥，離草也。言將離别，贈此草也。《釋文》。

喬樅謹案：范氏《補傳》七及史能之《咸淳毘陵志》引薛君注云：「勺藥，離草也。」陳啟源曰：「宋董氏因《韓詩》『離草』語，遂疑勺藥是江離。江離，香草，見《離騷》，亦蘭之類也。《别録》云：『蘼蕪，一名江離，芎藭苗也。』陶隱居云：『葉似蛇床而香，騷人取以爲譬。』則士女相贈，容或有之。《本艸注》言：『未結根者爲芎藭，大葉似芹者爲江離，細葉似蛇床者爲蘼蕪。』是三艸同類而稍别也。勺藥之名，兩見《山海經》。《北山經》云：『繡山，艸多勺藥、芎藭。』《中山經》云：『洞庭之山，艸多蔞蘼蕪、勺藥、芎藭。』夫蘼蕪、芎藭，本與江離同類，而《山海經》與勺藥並稱。董以勺藥爲江離，或非誤。」馬瑞辰曰：「案崔豹《古今注》：『芍藥，一名可離。故將别，贈以芍藥，猶相招贈以文無。文無一名當歸也。』正與《韓詩》以芍藥爲離草合。《箋》云：『其别則送女以勺藥，結恩情也。』義即本於《韓詩》。以『勺』與『約』同聲，故假借爲結約耳。」

漻其清矣。

【《韓詩内傳》曰】漻，清貌也。《文選·南都賦》注。

喬樅謹案：《毛詩》作「瀏其清矣」。梁處素云：「按『瀏』『漻』通。」疑是此章。今案：《莊子·天地》篇「漻乎其清也」，《釋文》云：「李良由反，清貌。」是讀「漻」音爲「瀏」。《文選·甘泉賦》注引孟康曰：「瀏，清也。」《文賦》注引《字林》曰：「漻，清流也。」《廣雅·釋詁》云：「漻，清也。」又此詩《毛傳》：「瀏，深貌。」《説文·水部》：「瀏，流清貌。《詩》曰：『瀏其清矣。』」又云：「漻，清深也。」則「漻」「瀏」音、義並同。「内傳」或譌作「外傳」，非是。

韓詩遺説考卷第二（二之二）

福州陳壽祺學　男喬樅述

韓詩國風五

齊風

鷄鳴

【《韓詩》曰】《鷄鳴》，讒人也。《太平御覽》九百四十四。

喬樅謹案：《御覽》：「一本作『纔人也』。」「纔」者，「讒」之譌字。《玉海》三十八引作「説人也」，誤。

匪鷄則鳴，蒼蠅之聲。

【《韓詩》曰】匪鷄則鳴，蒼蠅之聲。○【薛君曰】鷄遠鳴，蠅聲相似也。同上。

喬樅謹案：《韓詩》以鷄鳴爲讒人，則所謂「鷄遠鳴與蠅聲相似」者，謂讒人之言，以似亂真也。劉向《列女傳》載緹縈歌《鷄鳴》之詩，又班固《歌詩》曰：「上書詣北闕，闕下歌《鷄鳴》。憂心摧折裂，晨風激揚聲。」皆以此詩爲無罪被讒之作，與韓同義。

嫙

子之嫙兮。

【《韓詩》曰】嫙，好貌。《釋文》。

喬樅謹案：嫙，《毛詩》作「還」，《齊詩》作「營」，見《漢書·地理志》注。《毛詩》訓「還」爲便捷之貌，《釋文》云：「『便捷』，本亦作『便旋』。」是毛義與《韓詩》相近。馬瑞辰以《毛傳》假「還」爲「趧」字。《説文》：「趧，疾也。」「懁，急也。」「懁」義亦與「趧」近。又曰：「按，『還』『旋』古通。《傳》『便捷』，當用《釋文》作『便旋』。據下章『子之茂兮』『子之昌兮』，『茂』『昌』皆爲好。則『還』者，『嫙』之假借，從《韓詩》訓好爲是。」

並驅從兩肩兮。

【《韓詩》齊風曰】並驅從兩肩兮。○【《薛君傳》曰】獸三歲曰肩。《後漢書·馬融傳》注。

喬樅謹案：《毛詩》「兩肩」，《釋文》：「肩，本亦作『豜』。」考《説文》：「豜，三歲豕，肩相及者。《詩》曰：『並驅從兩豜兮。』」作「豜」者，亦三家《詩》今文。「豜」字從豕，本爲大豕之名，《小爾雅》曰「豕之大者謂之豜」是也。《爾雅·釋獸》曰：「麠，絶有力豜。」《韓詩》《毛傳》並云獸三歲曰肩，「肩」即「豣」之省文。高誘《吕覽注》亦曰：「獸三歲曰豣。」「豜」「豣」字同，是凡獸之大者，亦通稱曰豜也。

遭我乎峱之間兮。

【《韓詩傳》曰】遭，遇也。《華嚴經音義》二。

揖我謂我婘兮。

【《韓詩》曰】婘，好貌。《釋文》。

喬樅謹案：婘，《毛詩》作「儇」，《傳》云：「利也。」與韓義異〔一〕。王氏念孫曰：「詩二章言好，三章言臧，則首章从《韓詩》作『婘』，訓好，義亦同。」馬瑞辰曰：「王説是也。『婘』通作『嬛』。《玉篇》：『婘，好貌。』或作『嬛』，又通作『卷』。《澤陂》詩『碩大且卷』，《毛傳》：『卷，好貌。』《釋文》：『卷，本又作婘。』《廣雅》：『婘，好也。』《毛詩》作『儇』者，音近

〔一〕「義異」，續編本作「異義」。

假借。《傳》以利釋之。《方言》《説文》並曰：『儇，慧也。』慧者多便利，與『還』爲便捷義相近。故《箋》以爲報前言還也。」

東方之日

東方之日兮，彼姝者子，在我室兮。

【《韓詩》曰】東方之日兮，彼姝者子，在我室兮。○【薛君曰】詩人言所説者，顔色盛美，如東方之日。《文選·秋胡詩》注。○又十九《神女賦》注。○又二十七曹植《美女》篇注。○又二十八陸機《日出東南隅行》注。

喬樅謹案：《文選·神女賦》注：「《韓詩》曰：『東方之日。』」無「兮」字，引「盛美」作「美盛」，「如」作「若」。又《神女賦》注引《詩》「東方之日兮」有「兮」字，《美女》篇注同，引《薛君章句》作：「顔色盛也，言美如東方之日出也。」《毛傳》釋此詩云：「日出東方，人君明盛，無不照察也。」二章《傳》曰：「月盛於東方。君明於上，若日也；臣察於下，若月也。」《箋》云：「日在東方，其明未融。興者，喻君不明。」二章《箋》云：「月以興臣，月在東方，亦言不明。」《箋》説與《傳》異，毛、鄭義又均與《韓詩》不同。馬瑞辰曰：「古者喻人顔色之美，多取譬於日月。《詩》『月出皎兮』，《毛傳》云：『喻婦人有美，白皙也。』宋玉《神女賦》

『其始出也，耀乎若白日初出照屋梁；其少進也，皎若明月舒其光』，語本此詩，韓説於義爲協。」

在我闥兮。

【《韓詩》曰】門屏之間曰闥。《釋文》。

喬樅謹案：《毛傳》云：「闥，門内也。」與《韓詩》義同。胡承珙曰：「《西京賦》『重閨幽闥』，薛注：『宫中之門，小者曰闥。』《東京賦》『八達九房』，『達』即『闥』字，漢人多作『闥』。《前漢書·高后紀贊》《樊噲傳》《霍光傳》注皆云：『闥，宫中小門。』《後漢書·宦者傳》注引《爾雅》曰：『小閨謂之闥。』所據當是古本毛訓門内，以與上『室』字同義。蓋切言之，則闥爲小門；渾言之，則門以内皆爲闥。《韓詩》云『門屏之間』，亦是謂門以内也。」

南山

雄狐夂夂。

【補】【《玉篇·夂部》】夂，行遲貌。《詩》云：「雄狐夂夂。」今作「綏」。

喬樅謹案：「夂」訓行遲貌，此《詩》之本字；作「綏」者，古文同音通假字也。《玉篇·艸部》：「葰，音綏。胡葰，香菜。『荽』『芰』並同上。」《廣韻·六脂》亦同，是「妥」「夊」古通之證。《毛詩傳》云：「雄狐相隨，綏綏然無別，失陰陽之匹。」《箋》云：「雄狐行求匹耦於南山之上，形貌綏綏然。」皆無行遲之訓。《玉篇》所載「夊」字，訓義蓋據韓説；云「今作『綏』」者，時人習見「綏」，罕見「夊」，故改三家之文，從毛作「綏」也。

橫由其畝。「橫由」，一作「從橫」。

【《韓詩》曰】東西耕曰橫，南北耕曰由。《釋文》。

《詩》云：「從橫其畝。」《韓詩傳》曰：「南北曰從，東西曰橫。」《衆經音義》三。○又見卷六。

【《韓詩説》曰】南北曰從，東西曰廣。《衆經音義》二十四。

喬樅謹案：《毛詩》作「衡從其畝」，與韓文異。臧鏞堂曰：「『東西曰廣』，『廣』即『橫』之譌，此不然也。《衆經音義》二釋從『廣』，引《小爾雅》曰：『從，長；廣，橫也。』凡南北曰從，東西曰橫，此事之恒也。』又卷三引《周禮》『九州之地域廣輪之數』，鄭君曰：『輪，從也。廣，橫也。』則『縱廣』即『從橫』，『廣輪』猶『橫從』也。東西曰『廣』，非『橫』之譌字，明矣。」馬瑞辰曰：「『衡』即『橫』也，古『由』『從』二字同義。《説文》：『繇，隨從也。』『由』或『繇』字，故通用。《韓詩》又作『從橫其畝』，蓋傳《韓詩》者不一家，故本亦各異。」

娶妻如之何。

【詩云】娶妻如之何。○《傳》曰：娶，取婦也。《衆經音義》二十四。

喬樅謹案：此句《毛詩》無傳。《釋文》云：「取，七喻反。」《衆經音義》曰：「娶，七句切，取也。」引《詩》及《傳》云云。段氏玉裁曰：「玄應所據《詩》與陸異，疑是《韓詩》。」胡承珙曰：「《白虎通義》引《詩》亦作『娶妻如之何』，是用三家《詩》。《坊記》引下章云『伐柯如之何，匪斧不克』，與今《毛詩》不同，皆三家字異耳。」

敝笱

其魚遺遺。

【《韓詩》曰】遺遺，言不能制也。《釋文》。

喬樅謹案：遺遺，《毛詩》作「唯唯」，《傳》云：「出入不制也。」義與韓同。考《玉篇》：「遺遺，魚行相隨。」《廣韵·五旨》：「遺，魚盛皃。」皆本此詩。《韓詩》「遺遺」即「遺遺」之省。《毛詩》「唯唯」又「遺遺」之假借。《鄭箋》云：「唯唯，行相隨順之皃。」《玉篇》之訓即用鄭義。

載驅

齊子發夕。

【《韓詩》曰】發，旦也。《釋文》。

喬樅謹案：《毛傳》：「發夕，自夕發至旦。」《正義》以爲夕時發行。惠氏棟曰：「《小宛》詩『明發不寐』，薛夫子、王叔師皆訓『發』爲旦。《焦氏易林》云：『齊子旦夕，留連久處。』旦夕猶發夕也，義皆與《韓詩》合。」胡承珙曰：「《毛傳》亦是以『發』爲旦，與韓同義。『自夕發至旦』，當本作『自夕至旦』，傳寫衍『發』字。《小宛》傳云：『明發，發夕至明。』當本作『明發，夕至明』，亦傳寫衍『發』字。《祭義》注以『明發』爲自夜達旦，即所謂『夕至明』也。此『發夕』猶言旦夕，彼『明發』猶言明旦耳。《正義》皆未悟《傳》意。」

猗嗟

猗嗟顯兮。

【補】【《玉篇·頁部》】《詩》云：「猗嗟顯兮。」顯，眉目間也。

喬樅謹案：《玉篇》又云：「顯，本亦作『名』。」考《毛詩》「猗嗟名兮」，《傳》云：「目上爲名。」《玉篇》所引是據《韓詩》，故文與毛氏異。《鄭風·野有蔓草》詩「清揚婉兮」，《玉篇·面部》引《韓詩》云：「清揚畹兮。」皆毛用古文假借字，《韓詩》用今文正字，與此可互相證明也。

舞則纂兮。

【《韓詩》曰】舞則纂兮。○【薛君曰】言其舞則應雅樂也。《文選·日出東南隅行》注。

喬樅謹案：《文選》十七傅毅《舞賦》注引《韓詩》文同。惟「應」上無「則」字。纂，《毛詩》作「選」，「選」「纂」以聲近通假。《柏舟》詩「不可選也」，《後漢·朱穆傳》注引《絶交論》作「算」字，亦以聲近通假。「選」之或爲「纂」，猶「饌」之或爲「簨」，「譔」之或爲「篹」也。馬瑞辰曰：「按詩三章俱言射事，則舞亦射時之舞。《周官·鄉大夫》：『鄉射教五物，五曰興舞。』又《大射儀》：『王射，令奏《騶虞》，詔諸侯，以弓矢舞。』『樂師燕射，帥射夫，以弓矢舞。』皆射時有舞之證。皇侃《論語疏》釋『興舞』云：『射容與舞趣興相會，進退同也。』則此詩『舞則選兮』即興舞耳。薛君言其舞應雅樂，即《記》所云其節比於樂也。」

四矢變兮。

【《韓詩》曰】變，易也。《釋文》。

喬樅謹案:《毛詩》作「四矢反兮」,《箋》云:「反,復也。禮射三而止,每射四矢,皆得其故處,此之謂復。」如《箋》所云,是《周官·保氏》「五射」所謂「參連」者也。《賈疏》釋「參連」云:「前放一矢,後三矢連續而去。」考《列子·仲尼》篇云:「善射者能令後鏃中前括,發發相及,矢矢相屬。」謂四矢皆能復其故處也。《韓詩》訓「變」爲易,言每射四矢,皆易其處。此《保氏》「五射」所謂「井儀」者。《賈疏》釋「井儀」云:「四矢貫侯,如井之容儀是也。」《淮南子》云:「越人學遠射,參矢而發,適在五步之内,不易儀。世已變矣,而守其故,譬猶越人之射也。」然則井儀之法,每射四矢,各易其儀,不守其故處,與參連之四矢皆復其故處者正相反,而要皆五射之事。馬瑞辰以《韓詩》「變,易」之訓爲失,殆未考耳。

魏風

葛屨

纖纖女手,可以縫裳。

【《韓詩》曰】纖纖女手,可以縫裳。○【薛君曰】纖纖,女手之貌。《文選·古詩》注。

喬樅謹案：《毛詩》作「摻摻女手」，《傳》曰：「摻摻，猶纖纖也。」此毛公以今語喻古語。《古詩》云「纖纖擢素手」，本《韓詩》語也。「摻」者，「纖」之假借。「纖」者，「攕」之詁訓。《説文》云：「攕，好手皃。从手，韱聲。《詩》曰：『攕攕女手。』」文雖不同，而義與《韓詩》適合。《吕記》引董氏曰：「《石經》作『攕』。」則《説文》所引，據《魯詩》之文也。《易林》曰：「摻摻女手，紡績善織。」是《齊詩》文同毛作「摻」，「摻」「攕」古通。段氏玉裁謂俗改「攕」作「摻」，殆未必然。「纖」義訓細，《碩人》詩「手如柔荑」，即纖纖之皃也。

汾沮洳

彼己之子，美如英。美如英，殊異乎公行。美如玉。美如玉，殊異乎公族。

【《韓詩外傳》二】君子有主善之心，而無勝人之色。德足以君天下，而無驕肆之容；行足以及後世，而不以一言非人之不善。故曰：君子盛德而卑，虚己以受人，旁行不流，應物而不窮，雖在下位，民願戴之，雖欲無尊，得乎哉？《詩》曰：「彼己之子，美如英。美如英，殊異乎公行。」

【又曰】君子易和而難狎也，易懼而不可劫也，畏患而不避義死，好利而不爲所非，交親而不比，言辯而不亂。盪盪乎！其易不可失也。嗛乎！其廉不可劌也。温乎！其仁厚之寛大也。超乎！其有以殊於世也。《詩》曰：「美如玉。美如玉，殊異乎公族。」

園有桃

我歌且謠。

【《韓詩章句》曰】有章曲曰歌，無章曲曰謠。《初學記》十五。

喬樅謹案：《毛傳》云：「曲合樂曰歌，徒歌曰謠。」《正義》謂樂即琴瑟，《行葦》傳曰「歌者，合於琴瑟」是也。合於琴瑟，則有章曲矣，韓義亦與毛同。謠，古文作「䍃」。《説文》云：「䍃，徒歌。从言，肉聲。」徒歌則不必有章曲。孫炎釋《爾雅》「徒歌謂之謠」，云：「聲消摇也。」是已。「謡」字又通作「繇」。《廣韻》「繇」下引《詩》曰：「我歌且繇。」亦三家之異文。

心之憂矣，其誰知之。

【《韓詩外傳》九】君子之居也，綏如安裘，晏如覆杅。天下有道，則諸侯畏之；天下無道，則庶人易之。非獨今日，自古亦然。昔者范蠡行遊，與齊屠地居，奄忽龍變，仁義沉浮，湯湯慨慨，天地同憂。故君子居之，安得自若？《詩》曰：「心之憂矣，其誰知之。」

陟岵

予子行役。

【《韓詩》曰】年二十行役。《毛詩·北風》正義。

伐檀

坎坎伐檀兮。

【補】【《玉篇·土部》】《詩》云：「坎坎伐檀。」斫木聲也。

喬樅謹案：《玉篇》又云「坎」或作「竷」，重文「埳」云：「『埳』亦與『坎』同。」考《魯詩石經》正作「埳埳」。又《伐木》篇「坎坎鼓我」，《説文》引《詩》作「竷竷鼓我」，則作「竷」者疑《齊詩》之異文。《毛傳》云：「坎坎，伐檀聲。」此云斫木聲也。是《玉篇》所引爲《韓詩》之訓義。

【補】【《漢書》王吉疏曰】今使俗吏得任，子弟率多驕驁，不通古今，至於積功治人，亡益於民，此《伐檀》所爲作也。宜明選求賢，除任子之令。

喬樅謹案：《毛詩序》云：「《伐檀》，刺貪也。在位貪鄙，無功而受禄，君子不得進仕爾。」今據王吉疏亦以《伐檀》爲刺不用賢，王吉治《韓詩》者，是韓、毛義同。

彼君子兮，不素餐兮。

【《薛君韓詩章句》曰】何謂素餐？素者，質也。人但有質朴，而無治民之材，名曰素餐。尸禄者，頗有所知，善惡不言，默然不語，苟欲得禄而已，譬若尸焉。《文選》二十潘岳《關中詩》注。○又廿五傅咸《贈何劭王濟詩》注。○三十四曹植《七啟》注。○三十七曹植《求自試表》注。

喬樅謹案：《詩考》引作「素湌」。

【《韓詩外傳》二】商容嘗執羽籥，馮於馬徒，欲以伐紂而不能，遂去，伏於太行。及武王克殷，立爲天子，欲以爲三公。商容辭曰：「吾嘗馮於馬徒，欲以伐紂而不能，愚也；不争而隱，無勇也。愚且無勇，不足以備乎三公。」遂固辭不受命。君子聞之，曰：「商容可謂内省而不誣能矣。君子哉！去素餐遠矣。」《詩》曰：「彼君子兮，不素餐兮。」商先生之謂也。

【又曰】晉文侯使李離爲理，過聽殺人，自拘於廷，請死於君。君曰：「官有貴賤，罰有輕重，下吏有罪，非子之罪也。」李離對曰：「臣居官爲長，不與下吏讓位；受禄爲多，不與下吏分利。今過聽殺人，而下吏蒙其死，非所聞也。不受命。」君曰：「子自以爲罪，則寡人亦有罪矣。」李離曰：「法失則刑失，刑失則死。君以臣爲能聽微決疑，故使臣爲理。今過聽殺人，臣之罪當死。」

君曰：「棄位委官，伏法亡國，非所望也。趣出，無憂寡人之心。」李離對曰：「政亂國危，君之憂也；軍敗卒亂，將之憂也。夫無能以事君，闇行以臨官，是無功以食禄也。臣不能以虚自誣。」遂伏劍而死。君子聞之，曰：「忠矣乎！」《詩》曰：「彼君子兮，不素餐兮。」李先生之謂也。

喬樅謹案：趙懷玉校語云：「『李離爲理』，本作『爲大理』，據《御覽》二百三十一引，無『大』字。『禄』，本作『爵』，《史記·循吏傳》《新序·節士》篇俱是『禄』字，今從之。又『臣之罪當死』，舊脱『臣』字，誤重一『罪』字，今删補。『亡國』，疑是『忘國』之譌。」

【補】【《三國志》曹植上疏曰】夫論德而授官者，成功之君也；量能而受爵者，畢命之臣也。故君無虚授，臣無虚受。虚授謂之謬舉，虚受謂之尸禄。《詩》之「素餐」，所由作也。

【補】【魚豢曰】爲上者不虚授，處下者不虚受。然後外無《伐檀》之歎，内無「尸素」之刺。《三國·魏志》注引。

喬樅謹案：《三國志·華歆傳》裴松之注引《世語》曰：「隗禧，字子牙，京兆人也。魚豢嘗從問《詩》，禧説齊、魯、韓、毛四家義，不復執文，有如諷誦。」今觀魚豢説《伐檀》詩云云，與曹子建語合，是豢亦習《韓詩》也。

河水清且淪猗。

【《韓詩》曰】順流而風曰淪。淪，文貌。《釋文》。

喬樅謹案：《文選》十三謝惠連《雪賦》李善注引《薛君韓詩章句》作「從流而風曰淪」，從流即順流也。馬瑞辰曰：「《廣雅·釋詁》：『倫，順也。』《韓詩》訓『淪』爲順流而風，正與『倫』義近。順流則波恒小，亦與《尒雅》『小波爲淪』義合。《釋名》：『淪，倫也，水文相次，有倫理也。』『理』亦順也，義正與《韓詩》同，較《毛傳》『小風水成文，轉如輪也』爲善。」

碩鼠

逝將去女，適彼樂土。適彼樂土，爰得我所。

【《韓詩外傳》二】楚狂接輿躬耕以食，其妻之市未返。楚王使使者齎金百鎰，造門曰：「大王使臣奉金百鎰，願請先生治河南。」接輿笑而不應，使者遂不得辭而去。妻從市而來，曰：「先生少而爲義，豈將老而遺之哉？門外車軼，何其深也。」接輿曰：「今者王使使者齎金百鎰，欲使我治河南。」其妻曰：「豈許之乎？」曰：「未也。」妻曰：「君使不從，非忠也；從之，是遺義也。不如去之。」乃夫負釜甑，妻戴紝器，變易姓字，莫知其所之。《論語》曰：「色斯舉矣，翔而後集。」接輿之妻是也。《詩》曰：「逝將去女，適彼樂土。適彼樂土，爰得我所。」

【又曰】昔者桀爲酒池糟隄，縱靡靡之樂，一鼓而牛飲者三千人，群臣皆相持而歌曰：「江水沛兮，舟楫敗兮。我王廢兮，趣歸於亳，亳亦大矣。」又曰：「樂兮樂兮，四牡驕兮，六轡沃兮。去不善而從善，何不樂兮。」伊尹知大命之將至，舉觴造桀曰：「君王不聽臣言，大命至矣，亡無日矣。」桀拍然而抃，嗑然而笑，曰：「子又妖言矣。吾有天下，猶天之有日也，日有亡乎？日亡，吾亦亡也。」於是伊尹接履而趨，遂適於湯，湯以爲相。可謂「適彼樂土，爰得其所」矣。《詩》曰：「逝將去汝，適彼樂土。適彼樂土，爰得我所。」

喬樅謹案：《外傳》一本仍作「樂土樂土」，與今《詩》同。盧氏文弨云：「按後『適彼樂國』亦重上句，疑重上句者是古本，後人皆以今《詩》改之耳。又《新序·節士》篇亦重『適彼樂郊』句，更可證矣。又『一鼓而牛飲者三千人』，《外傳》本脱去『一鼓』『人』字，今據《新序》補之。『去不善而從善』舊脱去『而從』二字，衍一『兮』字，今亦據《新序》改正。」

逝將去女，適彼樂國。適彼樂國，爰得我直。

【《韓詩外傳》二】伊尹去夏入殷，田饒去魯適燕，介子推去晉入山。田饒事魯哀公，而不見察。田饒謂哀公曰：「臣將去君，黄鵠舉矣。」哀公曰：「何謂也？」曰：「君獨不見夫鷄乎？首戴冠者，文也；足傅距者，武也；敵在前敢鬥者，勇也；得食相告，仁也；守夜不失時，信也。雞有此五德，君猶日瀹而食之者，何則？以其所從來者近也。夫黄鵠一舉千里，止君園池，食君魚鱉，啄君稻粱，無此五者，君猶貴之，以其所從來者遠也。臣將去君，黄鵠舉矣。」哀公曰：「止，吾將書子言也。」田饒曰：「臣聞食其食者，不毁其器；陰其樹者，不折其枝。有臣不用，何書其言？」遂去之燕，燕立以爲相，三年燕政大平，國無賊盜。哀公喟然太息，爲之辟寢三月，減損上服，曰：「不慎其前，而悔其後，何可復得？」《詩》云：「逝將去汝，適彼樂國。適彼樂國，爰得我直。」

唐風

蟋蟀

蟋蟀在堂，歲聿其莫。

【《韓詩》曰】蟋蟀在堂，歲聿其莫。○【《薛君章句》曰】聿，辭也。三字見《文選·江賦》注。莫，晚也，言君之年歲已晚也。《文選》廿一張景陽《咏史詩》注。○又見廿二沈休文《鍾山詩》注。○廿八陸士衡《長歌行》注。○三十沈休文《學省愁卧詩》注。○三十一江文通《雜體詩》注。○四十六任昉《王文憲集序》注。○四十七袁宏《三國名臣序贊》注。

喬樅謹案：《詩箋》云：「是時農功畢，是歲莫爲歲晚之候。」今據《薛君章句》，以歲莫言君之年歲已晚，其義與《毛詩》異。

職思其憂。

【補】【《三國志》曹植疏】任益隆者負益重，位益高者責益深。《書》稱「無曠庶官」，《詩》有「職思其憂」，此其義也。

山有樞

子有衣裳，弗曳弗婁。子有車馬，弗馳弗驅。

【《韓詩外傳》二】子賤治單父，彈鳴琴，身不下堂，而單父治。巫馬期以星出，以星入，日夜不處，以身親之，而單父亦治。巫馬期問於子賤，子賤曰：「我任人，子任力。任人者佚，任力者勞。」人謂子賤則君子矣，佚四肢，全耳目，平心氣，而百官理，任其數而已。巫馬期則不然乎，弊性事情，勞力教詔，雖治，猶未至也。《詩》曰：「子有衣裳，弗曳弗婁。子有車馬，弗馳弗驅。」

喬樅謹案：「弊性事情」，本皆作「然事情」，趙懷玉校本從《說苑·政理》篇改之。「勞力教詔」，《說苑》「力」作「煩」，《呂氏春秋·察賢》篇作「勞手足煩教詔」，與《外傳》文微異。

【補】【《玉篇·手部》】《詩》曰：「弗曳弗摟。」「摟」亦曳也。

喬樅謹案：此所引《詩》，是據韓家之文。《毛詩》作「婁」，乃「摟」之古文假借字。《玉篇》又云：「本亦作『婁』。」今《韓詩外傳》引《詩》皆作「婁」，即顧氏所云或本，蓋後人依《毛詩》改之耳。

椒聊

彼己之子，碩大且篤。

【《韓詩外傳》二】子路曰：「士不能勤苦，不能輕死亡，不能恬貧賤，而曰我行義，吾不信也。」昔者申包胥立於秦廷七日七夜，哭不絶聲，是以存楚，不能勤苦，焉得行此？比干且死，而諫愈忠，伯夷、叔齊餓於首陽，而志益彰，不輕死亡，焉能行此？曾子褐衣緼緒，未嘗完也，糲米之食，未嘗飽也，義不合則辭上卿，不恬貧窮，焉能行此？夫士欲立身行道，無顧難易，然後能行之；欲行義白名，無顧利害，然後能行之。《詩》曰：「彼己之子，碩大且篤。」非良篤修身行之君子，其孰能與之哉？

綢繆

見此邂覯。

【《韓詩》曰】邂覯，不固之貌。《釋文》。

喬樅謹案：《鄭風》「邂遘相遇」，《毛傳》云：「不期而會曰邂遘。」此詩「見此邂逅」，《毛傳》云：「邂逅，解説之貌。」《韓詩》釋「邂覯」，又云不固之貌。陳啟源疑此「邂遘」與鄭詩有別。胡承珙曰：「『邂遘』但爲會合之意，《淮南・俶真訓》『孰肎解構人間之事』，高注：『解構，猶會合也。』《毛傳》云：『解説之貌，即因會合而心解意説耳。』《韓詩》云：『不固之貌。』則由不期而遇，卒然會合，故云不固。《後漢書・閻后紀》曰：『濟陰王在内邂逅，公卿立之，還爲大害。』此『邂逅』亦謂倉卒遘會，與《韓詩》不固義近。」

鴇羽

肅肅鴇羽，集于苞栩。王事靡盬，不能蓺稷黍。父母何怙，悠悠倉天，曷其有所。

【《韓詩外傳》二】子路與巫馬期薪於韞丘之下，陳之富人有處師氏者，脂車百乘，觴於韞丘之上。子路與巫馬期曰：「使子無忘子之所知，亦無進子之所能，得此富，終身無復見夫子，子爲之乎？」巫馬期喟然仰天而嘆，闟然投鐮於地，曰：「吾嘗聞之夫子：『勇士不忘喪其元，志士仁人不忘在溝壑。』子不知予歟？試予與？意者其志與？」子路心慚，負薪先歸。孔子曰：「由來！何爲偕出而先反也？」子路曰：「向也由與巫馬期薪於韞丘之下，陳之富人有處師氏者，脂車百乘，觴於韞丘之上。由謂巫馬期曰：『使子無忘子之所知，亦無進子之所能，得此富，終身無復見夫子，子爲之乎？』巫馬期喟然仰天而嘆，翕然投鎌於地，曰：『吾嘗聞之夫子：勇士不忘喪其元，志士仁人不忘在溝壑。子不知予與？試予與？意者其志與？』由也心慚，故先負薪歸。」孔子援琴而彈詩曰：「肅肅鴇羽，集于苞栩。王事靡盬，不能蓺稷黍。父母何怙，悠悠蒼天，曷其有所。」予道不行邪？使汝願者。

喬樅謹案：王氏《詩考》引《外傳》「悠悠倉天」，今《外傳》本誤。「蒼」非，《禮記·月令》「駕倉龍，服倉玉，衣倉衣」，皆以「倉」爲「蒼」字。

父母何嘗。

【《韓詩外傳》三】《詩》曰：「父母何嘗。」

有杕之杜

逝肯適我。

【《韓詩》曰】逝，及也。《釋文》。

喬樅謹案：《毛詩》「逝」作「噬」，《傳》云：「噬，逮也。」與韓文異而義同。《毛傳》於《邶詩》「逝不古處」云：「逝，逮。」次章「逝不相好」，云：「不及我以相好。」是訓「逝」爲逮，訓

「逮」爲及，義皆展轉相通。此詩「噬」字即「逝」之假借。

生於道周。

【《韓詩》曰】周，右也。《釋文》。

喬樅謹案：王氏《詩考》引《釋文》載《韓詩》云：「周，右也。」《吕記》引《釋文》曰：「周，右也。」與今本《釋文》同此誤也。「道周」與上章「道左」對文，故《韓詩》訓「周」爲右，非「道周」直作「右」字。馬瑞辰曰：「『右』『周』古音同部，『周』即『右』之假借。『右』通作『周』，猶《詩》『既伯既禱』，『禱』通作『禂』〔一〕也。「壽」从𠷎聲；「𠷎」从又聲；「右」从又，又亦聲，皆與「周」通用。《毛傳》訓『周』爲曲，據《蒹葭》詩『道阻且右』，《箋》云：『右者，言其迂迴。』即屈曲也。則《傳》訓『曲』亦與『右』義相近矣。」

采苓

苟亦無信。

〔一〕「禂」，馬瑞辰《毛詩傳箋通釋》作「禍」。按：作「禂」于義爲長。

【《韓詩》曰】苟，且也。《衆經音義》二。

喬樅謹案：《毛傳》：「苟，誠也。」《箋》云：「苟，且也。」此鄭用韓義改毛也。段玉裁謂《毛傳》以「苟」即「果」之雙聲假借。馬瑞辰曰：「《説文》：『苟，艸也。』訓誠，又訓且、訓假，皆雙聲假借也。『苟』『假』雙聲，『苟』與『姑』亦雙聲。訓且者，以『苟』爲『姑』之假借。此詩『苟』字當从《箋》訓且，謂姑置之勿信、勿與、勿從也。」

秦風

車轔

寺人之伶。

【《韓詩》曰】伶，使伶也。《釋文》。

喬樅謹案：《毛詩》作「令」，「令」「伶」蓋古今字。《説文》：「伶，弄也。」「使，伶也。」與《韓詩》義同。《廣雅》：「令，伶也。」《玉篇》：「伶，使也。」亦本《韓詩》。又《毛傳》訓「寺人」爲内小臣。考《周禮·天官》：「内小臣掌王后之命，寺人掌王之内人及女官之戒令，内豎掌內、外之通令。諸侯之官，寺人兼掌內、外使令，不必天子之備官。」故《傳》以內小臣言之，猶《文王世子》之內豎是也。《毛詩釋文》：「寺又音侍，本或作『侍』。」顏師古《匡謬正俗》謂侍人與寺人有別。馬瑞辰據《燕禮》「小臣戒與者」疏言：「《周禮·大僕職》：『王燕飲，則相其法。』此諸侯禮，降於天子，故宜使小臣相，是諸侯小臣當大僕之事。』又『小臣師一人』，疏言：『《大僕職》：「掌正王之服位，出入王之大命。」諸侯兼官，無有大僕，惟有小臣出入君之教令。』是諸侯小臣兼大僕，實掌君出入之教令。經作『寺人』者，即『侍人』之省，非謂《周官》寺人之官也。」喬樅謂：馬說非是。案《燕禮》云：「遂獻左右正與內小臣，皆於阼階上，如獻庶子之禮。」注云：「內小臣，奄人，皆獻於阼階上，別於外內臣也。」是諸侯本有內小臣之官。「小臣師」注云：「師，長也。小臣之長一人，猶天子大僕，正君之服位者也。」又《大射儀》云：「小臣師，從者在東堂，南面北〔一〕上。」注云：「小臣師，正之佐也。正相君，出入君之大命。」又云：「小臣正贊袒。」「小臣師以巾內拂矢，而授矢於公。」是諸侯小臣之官，有小臣正，又有小臣師。《大射禮》以小臣正當大僕之事，小臣師佐之；燕則禮輕，以小臣師一人相君燕飲而已。小臣之與內小臣，判然各別如是，馬乃以《傳》之內小

〔一〕「北」，《儀禮》作「西」。

臣爲即小臣之官，誤矣。至「寺」「侍」音近，義本相通。鄭君《周官·寺人》注云：「『寺』之言『侍』也。」是已。侍者，取其親近侍御之義。故大僕、小臣皆得稱侍從，而侍人則奄官名也，豈可爲僕御侍從之臣通稱乎？《詩》「寺人」作「侍」，自是「寺」之古文，「寺」乃其假借字耳。

小戎

文茵暢轂。

【補】【《玉篇·艸部》】茵，蓐。《詩》曰：「文茵暢轂。」文茵，虎蓐。

喬樅謹案：《毛傳》云：「文茵，虎皮也。」此引《詩》，以文茵爲虎蓐，是據韓家訓義。

温其如玉，在其板屋，亂我心曲。

【《韓詩外傳》二】孔子曰：「士有五：有埶尊貴者，有家富厚者，有資勇悍者，有心智惠者，有貌美好者。埶尊貴者，不以愛民行義理，而反以暴敖；家富厚者，不以賑窮救不足，而反以侈靡無度；資勇悍者，不以衛上攻戰，而反以侵陵私鬥；心智惠者，不以端計數，而反以事奸飾詐；貌美好者，不以統朝涖民，而反以蠱女縱欲。此五者，所謂士失其美質者也。」《詩》曰：「温其如玉，在其板屋，亂我心曲。」

俴駟孔群。

【《韓詩》曰】駟馬不著甲曰俴駟。《釋文》。

喬樅謹案：《毛傳》：「俴駟，四介馬也。」《箋》云：「俴，淺也。謂以薄金爲介之札。介，甲也。」義與韓異。胡承珙曰：「韓説與《管子·參患》篇『甲不堅密，與俴者同實』，將徒人與俴者同實，二『俴』字相近。然《清人》明言『駟介』，成二年《左傳》鞌之戰『齊侯不介馬而馳』，本非兵家之常。此詩方言兵車之備，豈反以『不介』爲詞？韓義似不如毛。」馬瑞辰曰：「按韓説是也。《管子·參患》篇注云：『俴，謂無甲單衣者。』又云：『俴，單也。』人雖衆，無兵甲，則與單人同也。今按：人無甲謂之俴，馬無甲亦謂之俴，其義正同。成二年《左傳》『不介馬而馳之』，正《詩》『俴駟』之謂。竊疑《毛傳》本作『俴駟，不介馬也』，後人譌爲『四介馬也』，《箋》遂以『俴，淺』釋之耳。近人騎無鞍馬，曰踐馬，義與『無甲曰俴』正同。『踐』即『俴』音之轉。『俴』又通『帴』，《考工記·鮑人》則是以『博』爲『帴』也，《注》引鄭司農云：『帴讀爲翦。』玄謂翦者如俴淺之俴。』馬融《尚書》『夤淺納日』注：『淺，滅也。』『俴』義同『翦』，訓滅，故得爲駟馬不披甲之稱。」喬樅謂：馬之申明韓説，其義是已。然以《毛傳》「俴駟，四介馬也」爲「不介馬」之譌，則説近牽强。《毛傳》師承既異，訓義不能無殊，必欲强比之使同，則失漢人治經之師法矣。此詩「小戎俴收」，《傳》訓「俴」爲淺，故《箋》於「俴駟」即用「俴，淺」爲義，謂以薄金爲甲之札。古之戰馬皆著甲，以金爲札，金厚則重，故云俴謂以薄爲善也。韓則訓「俴」爲單，謂馬不著甲以示其驍勇，猶鄭詩之美大叔于田，言其「襢裼暴虎」也。

蒙瞂有苑。

【補】【《玉篇·盾部》】瞂，盾也。《詩》曰：「蒙瞂有菀。」

喬樅謹案：《毛詩》作「蒙伐有苑」，《傳》云：「伐，中干也。苑，文貌。」《釋文》：「伐如字，本或作『瞂』，音同。」《玉篇》引《詩》「瞂」作「瞂」，「苑」作「菀」，與毛氏字異，是據《韓詩》之文。《商頌·長發》「武王載旆」，《説文》引《詩》作「載坺」。《小雅·六月》「白旆央央」，《釋文》：「本作『白茷』。」繼旐曰茷。《左傳》云：『蒨，茷是也。』『旆』與『茷』古今字殊。」是古文「茷」「坺」通用，可證《小戎》詩「蒙伐」，《韓詩》作「瞂」，皆古今字之異也。又《玉篇》重文「瞂」下云：「同『瞂』。」此爲唐上元末孫强增加之字，非顧氏舊本。《玉篇》凡五百四十二部，舊一十五萬八千六百四十一言，新五萬一千一百二十九言，孫氏上元本《玉篇》雖非顧氏之舊，然去古未遠，猶愈於宋陳彭年輩之所廣益也。

再寢再興。

【補】【曹植《應詔詩》】騑驂倦路，再寢再興。

喬樅謹案：《文選》李善注於「騑驂」句引《韓詩》曰：「兩驂雁行。」於「再寢」句引《毛詩》曰：「言念君子，再寢再興。」考《毛詩》「載寢載興」不作「再」字，子建用《韓詩》，故文與毛異。李善引《毛詩》亦作「再」，乃順子建本《詩》之文耳。

蒹葭

宛在水中持。

【《韓詩》曰】宛在水中持。〇【薛君曰】大渚曰持。《文選》廿六潘安仁《河陽縣詩》注。

喬樅謹案：詩，《毛詩》作「沚」，《傳》云：「小渚曰沚。」與韓義異。沈清瑞《韓詩故》曰：「《文選》潘安仁《河陽縣詩》曰：『歸雁映蘭持。』李善注引《韓詩章句》『大渚曰持』以證之。俗本改詩中『持』字作『時』，改注中所引作『沚』。考第二十二卷謝叔源《游西池詩》『褰裳順蘭沚』，注引潘安仁詩『歸雁映蘭持』，『沚』與『持』同。據此，知潘詩實作『持』也。詩既作『持』，則注亦作『持』矣。若仍作『沚』字，是與《毛詩》同，李善何不徑引《毛詩》證乎？《穆天子傳》曰：『飲於板持之中。』郭璞注：『水岐成持。持，小渚也。音沚。』即此。學者罕見『持』字，但知據今改古，竝及潘詩。王氏《詩考》亦未及校正其誤，世不復知《韓詩》有『洔』字矣。」胡承珙曰：「沈校是也。郭注《穆天子傳》云：『洔即沚。』《爾雅釋文》亦云：『沚本作洔。』然果『洔』『沚』同字，則薛君所引亦《爾雅》文，不應『大渚』『小渚』與毛相反若是。考《説文》：『洔，水暫溢且止未減也。』此義雖不見他書，要可識『洔』非是『沚』字。薛君或别有所據，故與毛迥異歟？」

終南

顔如渥沰，其君也哉。

【《韓詩》曰】沰，赭也。《釋文》。

案：《外傳》作「渥赭」，與《毛詩釋文》所引異。

【《韓詩外傳》二】上之人所遇，色爲先，聲音次之，事行爲後。故望而宜爲人君者，容也；近而可信者，色也；發而安中者，言也；久而可觀者，行也。故君子容色，天下儀象而望之，不假言而知宜爲人君者。《詩》曰：「顔如渥赭，其君也哉。」

喬樅謹案：《毛詩》「顔如渥丹」，《箋》云：「渥，厚漬也。顔色如厚漬之丹，言赤而澤也。」與《韓詩》文異。馬瑞辰曰：「按《邶風》『赫如渥赭』，《箋》云：『赭，丹也。』此詩《釋文》引韓作『沰』，云：『沰，赭也。』『沰』與『赭』音、義同，是知此詩毛本作『渥赭』，故《韓詩》得通作『洍』。《箋》云『顔色如厚漬之丹』，亦以丹釋經『赭』字，非必經原作『丹』也，後人據《箋》以改經，遂誤作『渥丹』耳。《釋文》云：『丹如字。』則陸所見經本已誤。」

有杞有棠。《白帖》五。

案：王伯申云：「《白帖》所引殆《韓詩》也。」伯申《經義述聞》辨《毛詩》「有紀有堂」，「紀」與「杞」通，「堂」與「棠」通，與上文「條梅」爲一例，其説至確。今以《白帖》證之，乃知三家《詩》今文固作「有杞有棠」也。

黄鳥

【補】【曹植《三良詩》】秦穆先下世，三臣皆自殘。生時等榮樂，既没同憂患。誰言捐軀易，殺身誠獨難。黄鳥爲悲鳴，哀哉傷肝腸。

喬樅謹案：應劭《漢書注》曰：「秦穆與群臣飲酒酣，公曰：『生共此樂，死共此哀。』奄息等許諾，及公薨，皆從死。」與子建詩「生時等榮樂，既没同憂患」語合。仲遠用《魯詩》，子建用《韓詩》，是此篇詩魯、韓説同。

【補】【曹植《魏文帝誄》】追慕三良，甘心同穴。《三國·魏志·文帝紀》注。

彼蒼者天。

【補】【曹植《卞太后誄》】痛莫酷斯，彼蒼者天。

晨風

鴥彼晨風，鬱彼北林。未見君子，憂心欽欽。如何如何，忘我實多。

【《韓詩外傳》八】魏文侯封子擊於中山，三年莫往來。其傅趙蒼唐請使於文侯，文侯曰：「中山之君亦何好乎？」對曰：「好《詩》。」文侯曰：「於《詩》何好？」曰：「好《晨風》。」文侯曰：「《晨風》謂何？」對曰：「『鴥彼晨風，鬱彼北林。未見君子，憂心欽欽。如何如何，忘我實多。』此自以忘我者也。」

喬樅謹案：鴥，《毛詩》作「鴥」。宋綿初云：「《廣韵》：『鴥，鳥飛快也。』鴥，字書音聿，疾飛貌。木華《海賦》：『鴥如驚鳧之失侶。』字異而音、義並同。鬱，或亦作『宛』，《周禮鄭氏注》引《詩》曰『宛彼北林』，『宛』音鬱，與『鬱』字通。《史記・倉公傳》『寒濕氣宛』，即氣鬱也。」

喬樅又案：「此自以忘我者也」句，今本《外傳》脱去，據《文選》五十一王褒《四子講德論》李善注引《外傳》有此語，《太平御覽》七百七十九引同，今爲補之。

無衣

豈曰無衣，與子同袍。王于興師，與子同讎。

【補】【《吴越春秋》二】《無衣》之詩曰：「豈曰無衣，與子同袍。王于興師，與子同讎。」

喬樅謹案：讎，《毛詩》作「仇」。長君用《韓詩》，故文與毛氏異。

渭陽

【《韓詩》曰】秦康公送舅晉文公於渭之陽，念母之不見也，曰：「我見舅氏，如母存焉。」《後漢書·馬援傳》注。

喬樅謹案：此與毛氏《詩敘》同云「念母之不見」者，時穆姬已卒，不可復見，故繼之曰「我見舅氏，如母存焉」。詩二章曰「悠悠我思」，即所謂「念母之不見也」。《毛詩序》曰：「《渭陽》，念母也。」詩皆言送舅之事，因見舅而念母，思慕深極，言不盡意，故《序》主念母言之，《正義》以爲思念母之不見舅歸，則詞義淺近，且與下文語意不貫矣。其説非是。

權輿

於我乎，夏屋渠渠。

【《韓詩》曰】殷商屋而夏門也。《通典》五十五。○【《傳》曰】周夏屋而商門。

喬樅謹案：盧氏文弨云：「《通典》於『殷商屋』句引《韓詩》，則所引傳曰『周夏屋而商門』，亦當是《韓詩傳》也。今考此詩『夏屋』，《毛傳》云：『夏，大也。』『屋』字無訓。《箋》云：『屋，具也。』《正義》據崔駰《七依》説宫室之美云『夏屋渠渠』，引王肅述毛，以『夏屋』爲大屋。鄭意以詩刺有始無終，始則大具，今則無餘，皆説飲食之事，義與毛異。楊升庵《丹鉛録》引《禮記》『周人房俎』、《魯頌》『籩豆大房』以風之，夏屋猶頌之『大房』。何氏《古義》則歷引《檀弓》『見若覆夏屋者』、《楚詞·大招》『夏屋廣大』、楊子《法言》『震風淩雨，然後知夏屋之帲幪也』，以證古人言夏屋即爲大屋。楊説雖辯〔一〕，然不敢信。」胡承珙曰：「毛於『屋』字無傳，自以屋室常語，不煩詁訓。王肅所述，當得毛旨。然《鄭箋》大、具之訓，似與經文更合。」喬樅考《太平御覽》一百八十一·居處部》引崔凱曰：「禮，人君宫室之制，爲殷

〔一〕「辯」，底本作「辨」，今據續編本改。

屋四夏也，卿大夫爲夏屋，隔半，以北爲正室，中半，以南爲堂。」「殷」「商」古並通用，「殷屋」即「商屋」也。是商屋、夏屋爲殷周宫室之異制，後人因以爲人君及卿大夫尊卑之等差。竊意殷屋之名，取義於中。中，正也。商，從冏，章省聲，章亦正也。《爾雅·釋山》曰：「上正，章。」是其義已。《考工記》曰：「殷人重屋，堂修七尋，堂崇三尺，四阿重屋。」注云：「重屋，王宫正室，若大寢也。」《御覽》引桓譚《新論》曰：「商人謂路寢爲重屋。」商於虞夏稍文，加以重檐四阿，故取名四阿，若今四柱屋重屋複笮也。然則殷屋即重屋四夏，即四阿。「夏」者，「厦」字之假借，以其正中爲室，四面有霤，重承壁材也。惟夏屋以近北爲正室，中半以南爲堂，其制與商屋殊。商門之制，亦爲重屋。古人宫室，中爲大門，左右爲塾，塾皆有堂、室。《考工記》云「門堂三之二，室三之一」是也。門堂當南北之正中，其室亦當左右塾前後正中之處，說詳余《夾室考》。故曰商門。周人夏屋皆爲重簷，亦四面有霤，損益殷制而廣大之，規模益備，故曰夏屋，夏之爲言大也。後人定宫室之制，人君宫殿始有重屋四阿，卿大夫以下但爲南北簷，皆以近北爲正室，中半以南爲堂，如周人夏屋之制，故亦稱夏屋耳。夏門者，大門也。大門之爲夏門，猶高門之爲皐門，正門之爲應門也。漢有夏門，蓋沿古人之稱。李尤《夏門銘》曰：「夏門值孟，位月在亥。」其稱名之意，亦取義於大也。

韓詩遺説考卷第二（二之三）

福州陳壽祺學　男喬樅述

韓詩國風六

陳風

東門之枌

穀旦于嗟。

【《毛詩釋文》】差，《韓詩》作「嗟」。

喬樅謹案：《毛詩》「穀旦于嗟」，《釋文》：「旦，鄭音旦，本亦作『且』，王七也反，苟且也，徐子餘反。差，鄭初佳反，擇也，王音嗟，《韓詩》作『嗟』，徐七何反，沈云：『毛意不作嗟。』案毛無改字，宜從鄭讀。」據此，是毛義與《韓詩》異。王肅本「差」作「嗟」，從《韓詩》則「旦」作「且」，當亦從《韓詩》也。馬瑞辰曰：「嗟，《説文》作『謩』，云：『謩，嗞也。』又云：『于，於也，象氣之舒于。』又『訏』字註：『一曰訏謩。』『嗟』又通作『䡾』，《爾雅》：『嗟、咨，䡾也。』《玉篇》：『䡾，憂歎也。』古『吁』與『訏』多省作『于』，『嗟』與『謩』多省作『差』。《易》『大耋之嗟』，荀本作『差』，是也。此詩『于差』即『吁嗟』，與《雲漢》詩『先祖于摧』箋讀爲『吁嗟』正同。《周官·女巫》：『旱暵則舞雩。』《月令》『大雩帝』，《鄭注》：『雩，吁嗟求雨之祭也。』又《鄭志》荅林碩難曰：『董仲舒曰：「雩，求雨之術，呼嗟之歌。」』呼嗟，猶吁嗟也。古者巫之事神，必吁嗟以請。詩刺陳風好巫，故曰『穀且于嗟』。『且』爲句中助詞，『穀且吁嗟』猶言善吁嗟也。下章『穀且于逝』亦當訓爲吁嗟，『逝』『噬』古通用，『噬』音近『舒』。《史記》陳筮即戰國之田荼。《釋名》：『嗚，舒也。』《説文》『嗚』字注引孔子曰：『嗚，盱呼也。』『于逝』猶『盱呼』，亦巫歌呼以事神耳。」

越以鬷邁。

【補】【《玉篇·彳[一]部》】㚇，數也。《詩》曰：「越以㚇邁。」

喬樅謹案：㚇，《毛詩》作「鬷」。《玉篇》引《詩》與毛氏字異，是據《韓詩》之異文。

[一]「彳」，底本作「彡」，今據續編本改。

衡門

衡門之下，可以棲遲。泌之洋洋，可以療飢。

【《韓詩外傳》二】子夏讀《書》已畢，夫子問曰：「爾亦可言於《書》矣。」子夏對曰：「《書》之於事也，昭昭乎若日月之光明，燎燎乎如星辰之錯行，上有堯舜之道，下有三王之義，弟子所受於天子者，志之於心不敢忘，雖居蓬户之中，彈琴以詠先生之風，有人亦樂之，無人亦樂之，亦可發憤忘食矣。《詩》曰：『衡門之下，可以棲遲。泌之洋洋，可以療飢。』」夫子造然變容，曰：「嘻！吾子始可以言《詩》已矣。然子已見其表，未見其裏。」顏淵曰：「其表已見，其裏又何有哉？」孔子曰：「窺其門，不入其中，安知其奥藏之所在乎？然藏又非難也。丘嘗悉心盡志，已入其中，前有高岸，後有深谷，泠泠然如此既立而已矣，不能見其裏，蓋謂精微者也。」

案：《毛詩釋文》：「樂飢，本又作『藥』，毛音洛，鄭力召反，沈云：『舊皆作樂字。』逸《詩》本又作疒下樂，以形聲言之，殊非其義。『藥』字當從疒下尞。案《説文》云：『藥，治也。』『療』，或『藥』字也。」壽祺謂《鄭箋》作「藥飢」，「療」即「藥」或字，是鄭從《韓詩》，沈氏説未諦。《文選》王元長《策秀才文》「療飢不期於鼎食」，注引《詩》：「可以藥飢。」「藥」與「療」音、義同。庾信《小園賦》亦作「療飢」。

喬樅謹案：療飢，《毛傳》作「樂飢」。「樂」者，「𤻲」之省借。「療」者，「𤻲」之或體也。𤻲，從疒、樂者。臧鏞堂以爲人有疾則苦，治之則樂，是也。詳見《魯詩遺説考》。趙懷玉校語云：「『讀《書》』，本皆作『讀《詩》』。案《尚書大傳略説》《孔叢子·論書》篇皆作『讀《書》』，其作『《詩》』者，疑爲後人妄改，今據二書以復其舊。又『所受於夫子者志之於心』十字，本皆脱佚，今據《大傳》補。大傳闕『者』字，據《藝文類聚》引補。」

東門之池

彼美淑姬，可與晤言。

【《韓詩外傳》九】楚莊王使使齎金百斤，聘北郭先生，先生曰：「臣有箕帚之使，願入計之。」即謂婦人曰：「楚欲以我爲相，今日相，即結駟列騎，食方丈於前，如何？」婦人曰：「夫子以織履爲食，食粥毚履，無怵惕之憂者，何哉？與物無治也。今如結駟列騎，所安不過容膝；食方丈於前，所甘不過一肉。以容膝之安、一肉之味，而殉楚國之憂，其可乎？」於是遂不應聘，與婦去之。《詩》曰：「彼美淑姬，可與晤言。」

墓門

歌以誶止。

【《韓詩》曰】訊，諫也。《釋文》。

喬樅謹案：訊，當作「誶」，詳見《魯詩遺説考》。諫，舊作「諫」，誤。毛居正云：「《説文》：『諫，數諫也。從言，從束。七賜反。』又案《列女傳》八引《詩》『歌以訊止』，《廣韻·六至》引《詩》『歌以誶止』，皆不作『之』字。詩此章『歌以訊止』與上文『有鴞萃止』，以二『止』字相應爲語辭；猶上章『斧以斯之』『國人知之』，以二『之』字相應爲語詞也。今本『止』作『之』，乃因形近而譌耳。」

防有鵲巢

誰侜予娓。

【《韓詩》曰】娓，美也。《釋文》。

喬樅謹案：娓，《毛詩》作「美」。「美」「娓」古以聲同通假。《説文》：「娓，順也。」順亦與美義近。馬瑞辰曰：「《説文》：『媄，女好也。』是『美』之字正作『媄』，今經典通用『美』。《周官》作『媺』，蓋古文『媺』从微省，『微』『尾』古通用，故『媄』又借作娓，猶『微生』一作『尾生』也。」

邛有旨鷊。

【補】【《玉篇·艸部》】虉，小草有雜色似綬。《詩》曰：「邛有旨虉。」

喬樅謹案：虉，《毛詩》作「鷊」字，不從艸，此古文之假借。《韓詩》用今文，故作「虉」字。《説文·艸部》引《詩》作「鷏」，亦據三家之文。《玉篇》重文「鷏」下云：「同『虉』。」即據《説文》所引《詩》字增入也。

心焉惕惕。

【郭璞《爾雅注》】《詩》云：「心焉惕惕。」《韓詩》以爲説人也。

案：《爾雅·釋訓》：「惕惕，愛也。」郭注引《韓詩》云以證「惕」之言愛，其義與《毛傳》異。

喬樅謹案：《毛敘》云：「《防有鵲巢》，憂讒賊也。宣公多信讒，君子憂懼焉。」《傳》訓「惕惕」云猶怬怬也，則毛以「惕惕」亦爲憂讒之意。《集傳》因《韓詩》有「説人」語，遂據此疑爲男女之詞。胡承珙曰：「案《韓詩》以爲説人者，蓋因『予美』而云然。説其人，故憂其被讒，然不必爲男女之離間。《孟子》云：『爲我作君臣相説之樂。』又曰：『説賢不能舉。』是君臣亦可言『説』，不必定屬男女也。」

澤陂

有蒲與蕑。

【《韓詩》曰】蕑，蓮也。《釋文》。

喬樅謹案：此條陸氏入《溱洧》篇，今訂正之。《釋文》云：「與蕑，毛古顏反，蘭也。鄭改作『蓮』，練田反，夫渠實也。」《鄭箋》蓋據《韓詩》爲説，「蕑」字得訓爲蓮者，「蕑」即「蘭」也。蘭从闌聲，蓮从連聲，「闌」「連」古以同聲通用。《伐檀》詩「河水清且漣猗」，《爾雅》作「瀾」，《説文·水部》：「瀾，或从連作『漣』。」是其證已。蕑，本訓蘭，又以聲近假借爲「蓮」字。蘭與蓮皆澤中之香草也。

有美一人，碩大且嬐。

【《韓詩》曰】有美一人，碩大且嬐。○【薛君曰】嬐，重頤也。《太平御覽》三百六十八。

案：《説文·女部》「嬐」下引《詩》同，從《韓詩》也。毛字作「儼」，《釋文》云：「本又作『曮』，魚檢反，矜莊貌。」

喬樅謹案：《廣雅·釋詁》：「嬐，美也。」正釋《韓詩》「嬐」字。《淮南·修務訓》云：「醶輔搖。」高誘注曰：「酾，輔頰邊文，婦人之媚也。」《説林訓》云：「靨輔在頰則好。」高誘注曰：「靨，輔者頰上窐也。」皆與《韓詩》「嬌」字義近，是重頤亦爲貌美好。胡承珙曰：「《毛詩釋文》：『儼，本又作曮。』案『曮』字當作『孍』。《玉篇》：『孍，女好貌，魚檢切。』正與『儼』聲近而義同。《釋文》：一本所作，即此字無疑，傳寫誤爲『曮』，猶『碩大且卷』《釋文》本又作『婘』，宋本《釋文》有誤作『睠』者是也。」

寤寐無爲，展轉伏枕。

【李善《文選注》】《韓詩》曰：「寤寐無爲，展轉伏枕。」卷二十九張茂先《雜詩》注。

喬樅謹案：《毛詩》「輾轉伏枕」，《釋文》云：「輾，本又作『展』。」今據《文選注》引《韓詩》正作「展」字。

檜風

匪風

匪風發兮，匪車揭兮。顧瞻周道，中心怛兮。

【《漢書》王吉疏曰】臣聞古者師行三十里，吉行五十里。《詩》云：「匪風發兮，匪車揭兮。顧瞻周道，中心怛兮。」《説》曰：「是非古之風也。」「發發」者，是非古之車也。「揭揭」者，蓋傷之也。

喬樅謹案：王吉治《韓詩》，此所引《詩》説即《韓詩内傳》之説也。《毛傳》云：「發發，飄風，非有道之風。偈偈，疾驅，非有道之車。」與《韓詩》説合。「揭」「偈」皆當爲「朅」之假借。《白帖》十一引此詩正作「匪車朅兮」。《説文》：「朅，去也。」去與疾驅義相近，故韓於《伯兮》詩訓「偈」爲疾驅貌。《毛傳》於此詩亦言其「偈偈」疾驅也。又案師古《漢書集注》云：「怛，古『怛』字。」考《説文・心部》無「怛」字，「怛」下云：「憯也。」重文「悬」下云：「怛或从心在旦下，憯亦傷也。」與《毛傳》訓「怛」爲傷合。馬瑞辰曰：「《方言》：『怛，痛也。』《廣雅》同。《玉篇》：『怛，悲也。』『怛，驚也。』竝丁割切。是『怛』乃『怛』之同音假借字。」嚴可均曰：「『怛』與『㤙』同。《魯峻碑》『中心忉㤙』，正用此詩。今案：『怛』與『㤙』一聲之轉，『㤙』亦『怛』之假借。李陵《答蘇武書》『祇令人增忉怛』，『忉㤙』即『忉怛』也。」

【《韓詩外傳》二】國無道則飄風厲疾，暴雨折木，陰陽錯氛，夏寒冬温，春熱秋榮，日月無光，星辰錯行，民多疾病，國多不祥，群生不壽，而五穀不登。當成周之時，陰陽調，寒暑平，群生遂，萬物寧，故曰其風治，其樂連，其驅馬也舒，其民依依，其行遲遲，其意好好。《詩》曰：「匪風發兮，匪車揭兮。顧瞻周道，中心怛兮。」

案：《詩考》載《韓詩》「中心怛兮」。「怛」，古「怛」字。今本《外傳》作「怛」，誤。揭，《毛詩》作「偈」，訓爲疾驅也。

曹風

【《韓詩内傳》曰】舜漁雷澤，雷澤在濟陰成陽縣。《風俗通·山澤》篇。

喬樅謹案：鄭君《詩譜》云：「周武王既定天下，封弟叔振鐸於曹，今曰濟陰定陶是也。昔堯嘗遊成陽，死而葬焉。舜漁於雷澤，民俗始化，其遺風重厚，多君子，務稼穡，薄衣食，以致畜積。」《漢書·地理志》略同。今據《風俗通》引《韓詩内傳》云云，則知鄭君《曹風譜》即本三家《詩》説也。

蜉蝣

采采衣服。

【《韓詩》曰】采采衣服。○【薛君曰】采采，盛貌也。《文選·鸚鵡賦》注。

喬樅謹案：《毛傳》云：「采采，衆多也。」衆多即盛貌，與《韓詩》義同。沈清瑞曰：「《詩考》以《韓詩》此條入《大東》篇，改『粲粲衣服』以就之，非是。」

候人

彼己之子，三百赤紱。

【補】【《後漢書》李賢注】赤紱，大夫之服。《詩·曹風》曰：「彼己之子，三百赤紱。」刺其無德居位者多也。《東平憲王傳》注。

喬樅謹案：《毛詩》「己」作「其」，「紱」作「芾」，文與此異。章懷太子所引，蓋據《韓詩》也。

彼己之子，不稱其服。

【補】【《後漢書·明帝紀》永平二年詔曰】《詩》刺「彼己」。○【李賢注】《詩》曰：「彼己之子，不稱其服。」

喬樅謹案：《後漢書·郅惲傳》言惲理《韓詩》，光武令惲授皇太子《韓詩》，侍講殿中。皇太子者，東海恭王彊也，時明帝尚未立爲太子。《本紀》第言明帝十歲能通《春秋》，建武十九年立爲皇太子，師事桓榮，學通《尚書》，而不言其習何《詩》。然據永平三年詔，有「應門失守，《關雎》刺世」之説，則知明帝所習亦當爲《韓詩》矣。

【補】【曹植《求自試表》】臣無德可述，無功可紀，若此終年，無益國朝，將挂風人「彼己」之譏。《文選》卷三十七。

不濡其噣。

【補】【《玉篇·口部》】噣，喙也。《詩》曰：「不濡其噣。」

喬樅謹案：《玉篇》又云：「噣，亦作『咮』。」今《毛詩》作「咮」字，則「噣」乃《韓詩》之異文。

薈兮蔚兮。

【補】【《玉篇·艸部》】薈，草盛貌。《詩》曰：「薈兮蔚兮。」

喬樅謹案：薈，蔚。《毛傳》訓爲雲興貌。《玉篇》此訓與《毛詩》義異，是據韓家之説。又考《説文·女部》云：「嬒，女黑色也。《詩》曰：『薈兮蔚兮。』」文義又與毛、韓異，蓋齊、魯《詩》之異字異義也。

鳲鳩

鳲鳩在桑，其子七兮。

【補】【曹植上疏曰】七子均養者，《鳲鳩》之仁也。《魏志》本傳。

淑人君子，其儀一兮。其儀一兮，心如結兮。

【《韓詩外傳》二】夫治氣養心之術：血氣剛强，則務之以調和；智慮潛深，則一之以易諒；勇毅强果，則輔之以道術；齊給便捷，則安之以静退；卑懾貪利，則抗之以高志；容衆好散，則劫之以師友；怠慢摽棄，則慰之以禍災；愿婉端慤，則合之以禮樂。凡治氣養心之術，莫徑由禮，莫優得師，莫慎一好。好一則博，博則精，精則神，神則化，是以君子務結心乎一也。《詩》曰：「淑人君子，其儀一兮。其儀一兮，心如結兮。」

喬樅謹案：《荀子·修身》篇文與此略同。惟「静退」下有「狹隘褊小，則廓之以廣大」二句。

淑人君子，正是國人。正是國人，胡不萬年。

【《韓詩外傳》二】玉不琢，不成器；人不學，不成行。家有千金之玉，不知治，猶之貧也；良工宰之，則富及子孫。君子學之，則爲國用，故動則安百姓，議則延民命。《詩》曰：「淑人君子，正是國人。正是國人，胡不萬年。」

【又《外傳》九】夫鳳凰之初起也，翾翾十步，藩籬之雀喔咿而笑之。及其升於高，一詘一信，展而雲間，藩籬之雀超然自知不及遠矣。士褐衣緼著，未嘗完也，糲藿之食，未嘗飽也，世俗之士即以爲羞耳。及其出則安百姓，議則延民命，世俗之士超然自知不及遠矣。《詩》曰：「正是國人，胡不萬年。」

下泉

嘅我寤歎。

【補】【《玉篇·口部》】《詩》云：「嘅我寤歎。」

喬樅謹案：《毛詩》「愾我寤歎」，《箋》云：「愾，歎息之聲。」考王逸《楚詞·九歎》章句引《詩》作「慨我寤歎」，李善《文選注》廿三、廿六兩引《毛詩》，亦作「慨」字。《玉篇·心部》：「慨，太息也。」「愾」字訓同，是「慨」「愾」音近義通。作「慨」者，《魯詩》之文。作「嘅」者，又《韓詩》之異字也。

豳風

七月

三之日于耜，四之日舉趾。

【《韓詩》曰】三之日于耜，四之日舉趾。三月之時，可豫取耒耜修繕之。至於四月，始可以舉足而耕也。《太平御覽》八百二十二。○又八百二十三。

喬樅謹案：《毛傳》云：「于耜，始修耒耜也。」與《韓詩》説合。于，當讀如「爲」，與《定之方中》詩「作于楚宫」「作于楚室」兩「于」字皆讀如「爲」同，古聲「于」「與」「爲」通，于猶爲也。鄭君《士冠禮》注：「『于』猶『爲』也。」又《聘禮》注：「『于』讀曰『爲』。」是其證已。「爲」即修也。《禮記·月令》：「季冬命農計耦耕事，修耒耜，具田器。」即《詩》言「于耜」之事。豳地晚寒，故三之日始修耒耜。韓、毛皆以修釋經「于」字，正讀「于」如「爲」。《正義》謂「于」字訓於，言於是始修耒耜，其義非是。又案《夏小正》曰：「農緯厥耒。」「緯耒」亦修束之義，與「于耜」同意。

蠶月挑桑。

【補】【《玉篇·手部》】挑，撥也。《詩》曰：「蠶月挑桑枝，落之采其葉。」

喬樅謹案：《玉篇》又云：「本亦作『條』。」今《毛詩》作「條桑」，然則作「挑」者乃《韓詩》之異文也。條桑，《毛傳》無訓，《箋》云：「條桑，枝落之，采其葉也。」即用韓義申毛。

七月鳴鵙。

【補】【曹植《貪惡鳥論》曰】《詩》云：「七月鳴鵙。」七月，夏五月。鵙，則博勞也。伯勞以五月鳴，應陰氣之動。陽爲仁養，陰爲殘賊。伯勞蓋賊害之鳥也。其聲鶪鶪，故以其音名云。《太平御覽》九百二十三《羽族部》。

喬樅謹案：陳思王用《韓詩》，以《黍離》爲伯封作，與《太平御覽》四百六十九及八百四十二引《韓詩》合，是其驗也。蔡邕《月令章句》曰：「鶪，伯勞。伯勞，伯趙。應時而鳴，爲陰候也。」蔡邕用《魯詩》，亦與曹植所引《詩》説合，是魯、韓義同。

七月在宇。

【《韓詩》曰】宇，屋霤也。《釋文》。

喬樅謹案：《説文》：「宇，屋邊也。」又云：「櫋，屋邊聯也。」「梠，楣也。」「楣，秦名屋櫋聯也，齊謂之檐，楚謂之梠。」又云：「霤，屋水流也。」鄭注《士喪禮》云：「宇，梠也。」劉熙《釋名》云：「梠，或謂之櫋。」「霤，流也，水從屋上流下也。」「霤」亦爲「溜」，《左氏傳》曰：「三進及溜。」霤，即屋梠之溜水處。然則宇也、霤也、檐也、梠也，異名而同實。

塞向墐户。

【《韓詩》曰】向，北向窻也。《釋文》。

喬樅謹案：《毛傳》：「向，北出牖也。」與《韓詩》訓合。《説文》亦云：「向，北出牖也。从宀，从口。《詩》曰：『塞向墐户。』从口者，象中有户牖之形。」「亩」下曰：「从回，象屋形中有户牖。」是口爲象形也。考《士虞禮》「啟牖鄉」，《注》云：「鄉、牖一名。」《明堂位》「達鄉」，《注》云：「鄉，牖屬。」「鄉」即「向」之假借。牖，《説文》云：「穿壁以木，爲交窗也。窗，古文作『囱』。」《説文》「囱」下云：「在墻曰牖，在屋曰囱。」重文「窗」：「或从穴。」「窓」字乃「窗」之俗體耳。

六月食鬱及藿。

【邢昺《爾雅·釋草》疏】韭生山中者名藿。《韓詩》云：「六月食鬱及藿。」

案：《説文》引《詩》同作「藿」，掌禹錫等《本草嘉祐》、蘓頌《本草圖經》皆引「食鬱及藿」，爲《韓詩》，訓以《爾雅》「藿，山韭」。

喬樅謹案：《韓詩》「藿，山韭」之説見於《爾雅》邢疏。胡承珙以爲此蓋邢昺見「藿」字與《韓詩》同，而遂以山韭當之，非《韓詩》家果有此説。《説文》於「藿」下引《詩》，而不及山韭。於《韭部》云：「韱，山韭也。」可見許所據《爾雅》本不作「藿」，不得合《韓詩》《爾雅》爲一，此不然也。《山海經·南山經》云：「招搖之山有草焉，其狀如韭。」郭注引璨曰：「韭，《爾雅》云：『霍，山亦多之。』」「霍」當爲「藿」字之譌。璨即引《爾雅》之「藿，山韭」也。《邢疏》多襲舊注，以《詩》之「藿」即山韭，自是舍人、樊光等舊義。《爾雅》説多據《魯詩》，疑《魯詩》亦作「食藿」，與《韓詩》同。若以《説文》「藿」注不及山韭爲疑，則《爾雅》

「蕢，牛脣」即《汾沮洳》之「言采其蕢」，而《説文》「蕢」下亦但云「水舄」，不及牛脣。若以《説文》「山韭」名，「韱」與「雈」異字爲疑；則《説文》「薺，蒺藜」，引《詩》曰「牆有薺」，今《毛詩》《爾雅》皆作「茨」，文亦不必盡同也。胡説近泥。

晝爾于茅，宵爾索綯。亟其乘屋，其始播百穀。

【《韓詩外傳》八】子貢曰：「賜欲休於耕田。」孔子曰：「《詩》云：『晝爾于茅，宵爾索綯。亟其乘屋，其始播百穀。』爲之若此，其不易也，若之何其休也？」

二之日鑿冰沖沖，三之日納於淩陰。四之日其早，獻羔祭韭。

【《韓詩説》曰】冰者，窮谷陰氣所聚，不洩則結，而爲伏陰。《初學記》七。

喬樅謹案：《左氏·昭四年傳》云：「古者日在北陸而藏冰；西陸，朝覿而出之。其藏冰也，深山窮谷，固陰沍寒，於是乎取之。其出之也，朝之禄位，賓客喪祭，於是乎用之。」又曰：「其藏之也，黑牡、秬黍，以享司寒。其出之也，桃弧棘矢，以禦其災。」又曰：「祭寒而藏之，獻羔而啟之。」與此詩言納冰、開冰事正同。曰「一之日」「二之日」，日在北陸之時也。「鑿冰沖沖」者，取冰之事也。「納于淩陰」者，藏冰之處也。曰「四之日其早」，即西陸朝覿之候。「獻羔祭韭」，即獻羔啟冰之禮也。冰者，寒氣之所凝聚，鑿冰亦所以散。固陰沍寒，深山窮谷之氣，故能調四氣之和，使冬無愆陽，夏無伏陰，而人不夭札。否則凝聚不洩結，而爲伏陰矣。故先王重祭寒之禮，著斬冰之令，非獨藏以備暑已也。韓説於義尤精。

鴟鴞

鴟鴞鴟鴞，既取我子，無毁我室。

【《韓詩》曰】鴟鴞鴟鴞，既取我子，無毁我室。鴟鴞、鸋鴂，鳥名也。鴟鴞，所以愛養其子者，適以病之。愛養其子者，謂堅固其窠巢。病之者，謂不知托於大樹茂枝，反敷之葦蕳，風至，蕳折巢覆，有子則死，有卵則破，是其病也。《文選》陳琳《檄吴將校部曲》注。

喬樅謹案：《藝文類聚》九十二引《詩義疏》云：「鴟鴞，似黄雀而小，喙刺如錐，取茅爲窠，以麻紩之，懸著樹枝。幽州謂之鸋鴂，或曰巧婦，或曰女匠，關西謂之篾雀。《詩》曰：『肇允彼桃蟲。』」今鷦鷯是也。又引《説苑》曰：「鷦鷯巢於葦之苕，大風至，則苕折卵破者，其所託者使然也。」是則鴟鴞與桃蟲爲一鳥矣。

【補】【陳琳《檄吴將校部曲文》】鸋鴂之鳥，巢於葦苕，苕折子破，下愚之惑也。

喬樅謹案：據此檄文，知孔璋用《韓詩》説也。

徹彼桑杜。

【《韓詩》曰】桑杜，桑根也。《釋文》。

喬樅謹案：《毛詩》「徹彼桑土」，《釋文》云：「音杜。注同。桑土，桑根也。《韓詩》作『杜』，義同《方言》云『東齊謂根曰杜』。《字林》作『[illegible]』，桑皮也，音同。」考趙岐《孟子章句》云：「取桑根之皮，以纏綿牖户。」正以桑杜爲桑根之皮。「徹」者，「撤」之假借。撤，猶剥也。故《毛傳》即以「剥」字釋「徹」耳。

予手拮据。

【《韓詩》曰】口足爲事曰拮据。《釋文》。

喬樅謹案：《説文》云：「拮，手口並有所作也。」此用《韓詩》之義。又云：「据，㦸挶也。」此用《毛傳》語。《毛傳》：「拮据，撠挶也。」段氏玉裁曰：「字本作『㦸』，俗加手旁，非是。」《左氏·哀公二十五年傳》云：「褚師出公，㦸其手。」《杜注》：「抵，徒手屈肘如㦸形。」是也。《説文》云：「挶，㦸持也。」謂有所操作，曲其肘如㦸而持之也。胡承珙曰：「挶，音與『臼』同。《説文》：『臼，叉手也。』《玉篇》：『兩手捧物曰臼。』然則『㦸挶』者，謂屈兩肘如㦸形以捧物也。」

予所蓄租。

【《韓詩》曰】租，積也。《釋文》。

喬樅謹案：《毛詩》「畜租」，《釋文》云：「畜，勑六反，本亦作『蓄』。租，子胡反，本又作『祖』，如字，爲也。」「畜」者，「蓄」之假借。「祖」者，「租」之假借。「租」即「葙」字省文也。何氏《古義》曰：「《説文》：『葙，茅藉也。』禮，封諸侯以土葙、以白茅。《周禮音義》：『葙亦作租。』上文『綢繆牖户』，必取桑根之皮，此但納茅秀於窠中以爲之藉，蓋作窠之始事也。」胡承珙曰：「《毛傳》以爲訓『租，爲』，疑『薦』字之誤。篆文『爲』作『爲』，『薦』作『薦』，字形相近。毛〔一〕訓『租』爲薦者，猶《説文》之『且』訓薦也。《韓詩》訓『租』爲積。積聚，所以爲薦藉，義亦相近。」

東山

熠燿宵行。

【陳思王《螢火論》】《詩》云：「熠燿宵行。」《章句》以爲鬼火，或謂之燐。

喬樅謹案：《毛傳》：「熠燿，燐螢火也。」《説文》云：「粦，鬼火也。兵死及牛馬之血爲粦。」《博物志》云：「戰鬬死亡之處，有人、馬血積年爲粦，著地及草木，如露，不可見，行人

〔一〕「毛」，此下續編本有「傳」字。

觸之，著體有光，拂拭即分散無數。又細吒聲如鬻豆，静坐良久，尋滅。」《玉篇》：「燐，鬼火也。亦作『粦』。」此詩言周公東征之事，故《韓詩》説以「熠燿宵行」爲鬼火也。

鸛鳴于垤，婦歎于室。

【《韓詩》曰】鸛鳴于垤，婦歎于室。○【薛君曰】鸛，水鳥巢處知風，穴處知雨。天將雨而蟻出壅土，鸛鳥見之，長鳴而喜。《文選》廿九張華《情詩》注。

喬樅謹案：《毛詩釋文》：「鸛，本又作『雚』。」考《説文·雈部》：「雚，小爵也。从雈，吅聲。《詩》曰：『雚鳴于垤。』」段氏注云：「『雚，今字作『鸛』。』」「小爵」二字誤，當作「雚雀」也。依《太平御覽》，正陸璣《疏》云「鸛鸛，雀也」，亦可證《莊子》作「觀雀」。喬樅謂「雚」字與「小」字形迥别，無因致誤。「小」字蓋「水」之譌，據《韓詩章句》以「鸛」爲水鳥，是其確證。《説文》即本《韓詩》爲説，《鄭箋》云「鸛，水鳥也」，《玉篇·雈部》云「雚，水鳥」，今作「鸛」，皆用《韓詩章句》語。

烝在⿱艹漻薪。

【《韓詩》曰】⿱艹漻薪，衆薪也。《釋文》。

案：《詩考》載《釋文》引《韓詩》「衆薪也」，作「聚薪」。「⿱艹漻」與「蓼」同見《玉篇·艸部》。

喬樅謹案：《毛詩》作「烝在栗薪」，文與韓異。《鄭箋》云：「栗，析也。」古者聲「栗」「裂」

同也。段氏《詩經小學》曰：「《韓詩》『烝在蓼薪』，《廣韵》『蓼』同『蓼莪』之『蓼』，《毛傳》云：『言我心苦事又苦。』毛意以此二句爲比，内而心苦，外而事苦，正如衆苦瓜之繫於栗薪，合之《韓詩》，亦無析薪之意。鄭以瓜苦爲比，析薪爲賦，非詩意矣。」馬瑞辰曰：「『栗』『蓼』一聲之轉，『蓼』當讀如『予又集于蓼』之『蓼』。蓼，辛苦之菜也。《毛傳》蓋以『栗』爲『蓼』之假借，以苦瓜而乃在苦蓼之上，猶我之心苦而事又苦也。《韓詩》訓『蓼薪』爲聚薪，亦非《詩》義。」喬樅謂「聚」本作「衆」。衆薪者，承「烝」字言之。《毛傳》云：「烝，衆也。」《韓詩》義當亦同衆義，兼瓜與薪而言。薪衆，則在薪者非一瓜，而瓜苦之衆亦可見矣，故云衆薪，明其所繫者之非一瓜也。

親結其縭，九十其儀。

【《薛君韓詩章句》曰】縭，帶也。《文選·思玄賦》注。

喬樅謹案：薛君訓「縭」爲帶者，《爾雅·釋器》云：「婦人之禕，謂之縭。縭，緌也。」孫炎注云：「禕，帨巾也。」馬瑞辰曰：「《説文》：『禕，蔽膝也。』『巿，韠也，从巾，象連帶之形。』《方言》云：『蔽膝，魏、宋、南楚之間謂之大巾。』《釋名》亦云：『婦人蔽膝，齊人謂之巨巾。』巨巾蓋對佩巾爲巾之小者言也。佩巾名帨，蔽膝有巨巾之稱，故得同名爲帨。《詩》『無感我帨兮』當指縭言之。此詩『結縭』，謂結其蔽膝之帶，故《韓詩》章句云：『縭，帶也。』帶所以繫,故《爾雅》又曰:『縭,緌也。』緌,亦繫也。《士昏禮》『施衿結帨』,『衿』『紟』古通用。《説文》:『紟,衣系也。』《漢書・楊雄傳》:『衿芰茄之緑衣兮。』注引應劭曰:『衿,音衿系之衿。衿,帶也。』衣帶謂之衿帨,帶亦謂之衿,是知『施衿』即詩〔一〕帶以結其帨也。」馬説良踶。《士昏禮》「母戒女施衿設帨」,《後漢書・馬融傳》曰「施衿結縭,申父母之戒」,張華《女史箴》曰「施衿結離」。注云:「『離』與『縭』古字通。」則縭之爲帨,審矣。褘之爲物,所以蔽前,以其象巾之形,故謂之帨;以其象帶之緌,故謂之縭耳。「縭」與「褵」通,《玉篇・衣部》云:「褵,衣帶也。」《爾雅釋文》:「縭,本或作『褵』。」《初學記》十六、《文選》李善注六十、《白帖》十七引《詩》並作「親結其褵」。

【《韓詩外傳》二】嫁女之家,三夜不息燭,思相離也。取婦之家,三日不舉樂,思嗣親也。是故昏禮不賀,人之序也。三月而廟見,稱來婦也。厥明見舅姑,舅姑降於西階,婦降自阼階,授之室也。憂思三日,三月不殺,孝子之情也。故禮者,因人情爲文。《詩》曰:「親結其縭,九十其儀。」言多儀也。

〔一〕「詩」,應作「施」。

破斧

又缺我錡。

【《韓詩》曰】錡，木屬。《釋文》。

喬樅謹案：《毛傳》云：「鑿屬曰錡，木屬曰銶。」與《韓詩》以錡爲木屬，銶爲鑿屬者互異。馬瑞辰曰：「《説文》：『錡，鉏鋤也。』『鋤』或从吾作『鋙』。《廣韻》：『鉏鋙，不相當也。』『鉏』『鋙』二字疊韵，蓋器之有齒，參差不齊，能相錯磨者，猶齒不相值，曰齟齬，蓋即今之鋸也。《管子》曰：『一車必有一斤、一鋸、一釭、一鑽、一鑿、一銶、一軻。』則鋸與斧、鑿、銶同爲軍資所需。」胡承珙曰：「器之以木爲者多矣，不得遂名木屬，疑『木屬』爲『未屬』之誤。《説文》：『未，兩刃臿也。』《方言》：『臿，宋、魏之間謂之鏵。』『未』『鏵』古今字。今案：《説文》又曰：『𣏕，未臿也，从木、入，象形，䀠聲。』『未，从木、𠦄，象形，宋、魏曰未也，或从金、亏作釫。』魯商瞿字子木，亦當爲『未』之誤，或省借作『木』耳。」喬樅謂《説文》『錡』下云：「江、淮之間謂釜曰錡。」《毛詩・召南》傳云：「釜有足曰錡。」郭璞《方言注》云：「錡，三脚釜也。」釜之有足者名錡，鏵之有齒者亦名錡。然則錡之爲物，蓋如臿而有三齒，與未之有兩刃者相似，故《韓詩》以爲未屬，而《説文》以鉏鋤爲訓也。今世所用鉏，猶有三齒、五齒者，蓋即是物。而馬以錡爲今之鋸，其説非是。

又缺我銶。

【《韓詩》曰】銶，鑿屬也。

案：《説文·木部》：「梂，一曰鑿首也。」疑即「銶」之異文。喬樅謹案：《説文》有「梂」無「銶」，段氏注云：「許所據《詩》或字从木作『梂』，鑿首之訓即用《韓詩》説。鑿首謂鑿柄也。」馬瑞辰曰：「《廣雅》云：『梂，柎也。』『柎』與『弣』同，弣亦柄也。《管子》以『銶』與『鑿』並言，猶欘爲鉏柄。而《鹽鐵論》『鉏耰棘欘』亦以『欘』與『鉏』並言也。蓋鑿首謂之銶，其柄別爲一器，亦謂之梂。猶戈矛〔一〕之柄曰矜，而杖亦曰矜也。《釋文》引一解云『今之獨頭斧』，未詳何據。」喬樅謂：《説文》訓「梂」爲鑿首，蓋指鑿柄之耑而言。《曲禮》曰：「進戈者前其鐏，後其刃。進矛戟者前其鐓。」《注》云：「後刃，敬也。三兵鐏鐓雖在下，猶爲首也。鋭底曰鐏，取其鐏地。平底曰鐓，取其鐓地也。」《説文》云：「鐓，柲下銅鐏也。」「鐏，柲下銅也。」段氏注：「鐏地者，可入地。鐓地者，箸地而已。」然則銶爲鑿首，以金爲之，故字亦從金。又案：《毛傳》以「銶」爲木屬者。胡承珙

〔一〕「矛」，底本作「予」，今據續編本改。

曰：「銶，亦臿類，蓋起土之物。」《釋名》：「臿，插也，掘地取土也。」故《大雅》「捄之陑陑」，《箋》云：「捄，捊也。」《説文》：「捊，引取土也。」「梂」與「銶」皆从求得聲，所以取土者謂之銶，因而取土，亦謂之捄。《周禮·鄉師》注引《司馬法》云：「輂，一斧、一斤、一鑿、一梩、一鉏。」《賈疏》云：「梩，或解爲臿，或解爲鍬。鍬、臿亦不殊。《司馬法》之一梩，或即《管子》之一銶，皆鍬臿之類歟？」

伐柯

伐柯伐柯，其則不遠。

【《韓詩外傳》二】原天命，治心術，理好惡，適情性，而治道畢矣。原天命，則不惑禍福；不惑禍福，則動静修。治心術，則不妄喜怒；不妄喜怒，則賞罰不阿。理好惡，則不貪無用；不貪無用，則不害物性。適情性，則不過欲；不過欲，則養性知足。四者不求於外，不假於人，反諸己而存矣。夫人者，説人者也，形而爲仁義，動而爲法則。《詩》曰：「伐柯伐柯，其則不遠。」

九罭

九罭之魚，鱒魴。

【《韓詩》曰】九罭之魚，鱒魴。九罭，取鰕芘也。《太平御覽》八百三十四。

喬樅謹案：《毛傳》云：「九罭，緵罟，小魚之網也。」與《爾雅·釋器》「緵罟謂之九罭。九罭，魚網也」訓同。薛君以「九罭」爲取鰕芘，雖與《毛傳》説異，而要皆以九罭爲網之密且小者。緵罟，即孟子所謂「數罟」，趙岐注云「數罟，密網也」，是矣。

韓詩遺說考卷第三〔三之一〕

福州陳壽祺學　男喬樅述

韓詩小雅一

鹿鳴

承筐是將。

【《薛君章句》曰】承，受也。《文選》廿六盧諶《贈劉琨詩》注。

喬樅謹案：《毛傳》：「承，猶奉也。」奉、受義亦相成。《説文》云：「承，奉也，受也。」此兼採毛、韓之訓。《左氏·成十六年傳》「使行人執榼承飲」，注：「承，奉也。」又《襄二十五年傳》「承飲而進獻」，注：「承飲，奉飲。」此皆與《毛傳》訓同。《禮記·玉藻》「士於大夫不承賀」，注：「承，猶受也。」《國策·齊策》「而晚承魏之獘」，注：「承，受也。」此皆與《韓詩》訓同。又《易·歸妹》「女承筐无實」，虞翻注云：「自下受上曰承。」則《詩》之「承筐」

從《韓詩》訓受，於義爲長。

【補】【《後漢書》明帝紀永平二年詔曰】升歌《鹿鳴》，下管《新宮》，八佾具備，萬舞於庭。

【補】【又永平九年】召校官弟子作雅樂，奏《鹿鳴》，帝自御塤篪和之，以娛嘉賓。

【補】【《三國志》曹植疏】遠慕《鹿鳴》，君臣之宴。

視民不佻。

【補】【《玉篇·人部》】《詩》云：「視民不佻。」佻，偷也。

喬樅謹案：《毛詩》「佻」字作「恌」，《傳》云：「愉也。」張平子《東京賦》作「示民不偷」，平子用《魯詩》者。《玉篇》所引是據《韓詩》之文。

食野之芩。

【補】【《玉篇·艸部》】芩，黄芩也。《詩》曰：「食野之芩。」

喬樅謹案：《毛傳》云：「芩，草也。」不言是黄芩。《玉篇》盖據《韓詩》之説。

四牡

周道威夷。

【《韓詩》曰】周道威夷。○【薛君曰】威夷，險也。《文選》十潘岳《西征賦》注。○又廿《金谷集詩》注、廿一《秋胡詩》注、五十六陸倕《石闕銘》注同。

【《韓詩》曰】道威夷者也。《文選》十一孫綽《天台山賦》注。

案：《文選》二十七顏延年《北使洛詩》注引誤作「倭遲」，又卷十八嵇康《琴賦》注引作「倭夷」。

喬樅謹案：《釋文》云《韓詩》作「倭夷」，「倭」字疑涉上文《毛詩》而誤。《毛傳》云：「倭遲，歷遠之貌。」馬瑞辰曰：「《廣雅》：『隇、陝，險也。』義本《韓詩》。『威夷』猶言『鍡鑸』，《說文》《廣雅》並云：『鍡鑸，不平也。』不平，故爲險；險阻者，必邪曲。《天台山賦》『既克躋於九折，路威夷而修通』，『威夷』承『九折』，言正狀其邪曲也。《說文》『逶』字注云：『逶迤，衺去之貌。』音、義與『威夷』竝相近。『邪曲』則必紆遠，故義又轉爲長。《文選》謝玄暉詩『威紆距遥甸』，李善注：『威紆，威夷紆餘，流長之貌也。』顏延年《秋胡行》『行路正威遲』，李注引《毛傳》『倭遲，歷遠貌』，又引《韓詩》『周道威夷』，其義同。是知毛、韓字雖異，而音、義並相近。『倭』『威』『遲』『夷』四字古音同部，故通用。『倭』通作『威』，猶『委虒』通作『威夷』也。《爾雅》「威夷長脊而泥」，即《說文》「委虒，虎之有角者也」。『遲』通作『夷』，猶『陵遲』通作『陵夷』也。《漢書·地理志》注引《詩》『周道郁夷』，『倭』『郁』二字雙聲，故亦通用。」

不遑啟處。

【《韓詩外傳》八】魏文侯問李克曰：「人有惡乎？」李克曰：「有。夫貴者，則賤者惡之；富者，則貧者惡之；智者，則愚者惡之。」文侯曰：「善行此三者，使人勿惡，亦可乎？」李克曰：「可。臣聞貴而下賤，則衆弗惡也；富而分貧，則窮士弗惡也；智而教愚，則童蒙者弗惡也。」文侯曰：「善哉言乎！堯舜其猶病諸，寡人雖不敏，請守斯語矣。」《詩》曰：「不遑啟處。」

王事靡盬，不遑將父。

【《韓詩外傳》七】齊宣王謂田過曰：「吾聞儒者親喪三年，君與父孰重？」過對曰：「殆不如父重。」王忿然曰：「曷爲士去親而事君？」對曰：「非君之土地，無以處吾親；非君之禄，無以養吾親；非君之爵，無以尊顯吾親。受之於君，致之於親，凡事君以爲親也。」宣王悒然，無以應之。《詩》曰：「王事靡盬，不遑將父。」

皇皇者華

莘莘征夫，每懷靡及。《詩考》。

【《韓詩外傳》七】趙王使人於楚鼓瑟而遣之曰：「慎無失吾言。」使者受命，伏而不起，曰：「大王鼓瑟，未嘗若今日之悲也。」王曰：「調。」使者曰：「調則可記其柱。」王曰：「不可。天有燥溼，絃有緩急，柱有推移，不可記也。」使者曰：「請借此以喻。楚之去趙也千有餘里，亦有吉凶之變。凶則弔之，吉則賀之，猶柱之有推移，不可記也。故王之使人，必慎其所之，而不任以辭。」《詩》曰：「莘莘征夫，每懷靡及。」蓋傷自上而御下也。

喬樅謹案：《說文》及《國語·晉語》並引作「莘莘」，與詩考引《韓詩》同。今本《外傳》引《詩》作「征夫捷捷，每懷靡及」，則在《大雅·蒸民》矣，今本誤也，茲從《詩考》訂正。

原隰捊矣。

【補】【《玉篇·手部》】《詩》曰：「原隰捊矣。」捊，聚也。

喬樅謹案：《玉篇》又云：「捊，本亦作『裒』。」今《毛詩》字作「裒」，則「捊」乃《韓詩》之異文也。

夫移

【《韓詩序》曰】《夫移》，燕兄弟也，閔管蔡之失道也。《呂氏讀詩記》十七。

夫移之華，萼不煒煒。凡今之人，莫如兄弟。 同上。

【《藝文類聚》八十九】《詩》曰：「《夫栘》，燕兄弟也，閔管蔡〔一〕之失道。夫栘之華，萼不煒煒。凡今之人，莫如兄弟。」

案：《藝文類聚》引《詩》直作「夫栘」，此必《韓詩》也。《吕氏讀詩記》引《韓詩序》「《夫栘》，燕兄弟也」云云，當即據歐陽，率更所引。今本《藝文類聚》不言《韓詩序》，蓋文脱耳。

喬樅謹案：《韓詩序》與毛氏同。夫栘，《毛詩》作「常棣」。萼不煒煒，《毛詩》作「鄂不韡韡」，《傳》云：「常棣，栘。此據《釋文》或作本。鄂，猶鄂鄂然，言外發也。韡韡，光明也。」是常棣一名栘，即夫栘也。棣有赤、白二種，《説文》以棣爲白棣，則栘爲赤棣矣。「鄂」即「萼」之假借。《毛傳》言鄂鄂然外發者，取咢布之意。《鄭箋》云：「承華者曰鄂。」則是以鄂爲花萼，用《韓詩》爲説。煒煒，亦光明之貌。萼不煒煒，以喻兄弟，和睦則强，盛而有光輝。《説文》云：「韡韡，盛貌。」盛義與光明相成，「煒煒」蓋「韡韡」之假借。范氏《補傳》云：「周公遭管蔡之變，因思文、武能燕樂兄弟如此，故作是詩，蓋閔之也。」

賓爾籩豆，飲酒之醧。

【《韓詩》曰】賓爾籩豆，飲酒之醧。能者飲，不能者已，謂之醧。《文選》六《魏都賦》張載注。

〔一〕「蔡」，底本無此字，今據續編本、《藝文類聚》補。

【《韓詩内傳》曰】夫飲之禮，不脱履而即席者，謂之禮。跣而升堂者，謂之宴。能者飲，不能者已，謂之醧。《初學記》十四。

【《薛君韓詩章句》曰】飲酒之禮，下跣而上坐者，謂之宴。《文選》一班固《東都賦》注。

喬樅謹案：賓，《毛詩》作「儐」。饇，《毛詩》作「飫」，《傳》云：「飫，私也。不脱屨升堂者，謂之飫。」段氏玉裁曰：「《傳》當作：『飫，燕私也，脱屨升堂謂之飫。』毛謂『飫』乃『饇』之假借，非《國語》之『飫』也，故足之曰『脱屨升堂謂之飫』，即韓之『跣而上坐謂之宴也』，宴、醧是一事。言宴，而醧在其中矣。以《詩》《爾雅》之『飫』别《國語》之『飫』，以脱屨升坐説《爾雅》之私，此毛義也。」馬瑞辰曰：「飫私與立飫，當是二義。《周語》：『王公立飫，則有房蒸；親戚宴享，則有肴[一]蒸。』此立飫之禮大於燕者也。飫，《説文》作『䬸』，云：『䬸，燕食也。』引《詩》：『飲酒之䬸。』又云：『醧，宴私飲也。』此用《韓詩》字。『醧』又通作『醖』，《廣韻》：『醖，能者飲，不能者止也。』此飫私之『飫』與『燕』異名同實也。立飫，以立爲禮。飫燕則坐，立飫不脱屨而升堂。飫私則跣。飫私當以《韓詩》作『醧』[二]爲正字。《角弓》詩『如食宜饇』，《毛傳》：『饇，飽也。』據《廣韻》：『飫，飽厭也。』彼『饇』即『飫』之

[一]「肴」，底本作「殽」，今據《毛詩傳箋通釋》改。

[二]「醧」，底本作「饇」，今據續編本、《毛詩傳箋通釋》改。

假借，此詩又假『飫』爲『醧』〔一〕。《韓詩》亦分立飫及飫私爲二義，其所云『不脱屨而即席者謂之禮』，與《毛傳》云『不脱屨升堂謂之飫』合，此立飫之禮也。又曰：『跣而升堂謂之宴，能者飲，不能者已，謂之醧。』此飫私之義以飫飽爲度者也。《毛傳》既曰：『飫，私也。』又曰：『不脱屨升堂，謂之飫。』蓋廣異義，不云『一曰』者，省文耳。段知飫私非即立飫，而以《毛傳》『不脱屨升堂』『不』爲衍字，其説未確。」

雖有兄弟，不如友生。

【補】【《三國志》曹植疏】遠慕《鹿鳴》，君臣之宴。中咏《常棣》，匪他之誠。下思《伐木》，友生之義。終懷《蓼莪》，罔極之哀。

妻子好合，如鼓瑟琴。兄弟既翕，和樂且耽。

【《韓詩》曰】耽，樂之甚者也。《釋文》。

喬樅謹案：耽，《毛詩》作「湛」，「耽」「湛」皆「媅」字之假借。《説文》：「媅，樂也。」「媅」又作「妉」，《爾雅·釋詁》：「妉，樂也。」《華嚴經音義》上云：「《聲類》『媅』作『妉』。」《一切經音義》四：「媅，古文『妉』。」同是也。「耽」字本義，《説文》訓爲耳大垂；「湛」字本

〔一〕「醧」，底本作「饇」，今據《毛詩傳箋通釋》改。

義，《說文》訓爲没，皆以音同假借爲「媅」。「樂」字，據《韓詩》云「樂之甚也」，則從甚作「媅」者爲正，「妉」字乃其或體耳。

【《韓詩外傳》八】子貢曰：「賜欲休於事兄弟。」孔子曰：「《詩》云：『妻子好合，如鼓瑟琴。兄弟既翕，和樂且耽。』爲之若此其不易也，如之何其休也！」

伐木

【《韓詩序》曰】《伐木》廢，朋友之道缺。勞者歌其事，詩人伐木，自苦其事，故以爲文。《文選》廿二謝混《遊西池詩》注。

【《韓詩》曰】饑者歌食，勞者歌事。《初學記》十五。○《御覽》五百七十三。

喬樅謹案：《詩考》載《文選注》引「《伐木》廢」云云，以爲《韓詩序》。考《文選注》二十二引但云《韓詩》，然據《文選》十六《閒居賦》注引《韓詩序》曰「勞者歌其事」，足證「伐木廢」云云亦爲《詩序》也。此詩《毛序》云：「《伐木》，燕朋友故舊也。自天子至于庶人，未有不須友以成者。」《傳》於「伐木丁丁，鳥鳴嚶嚶」云「興也」。今據《韓詩》言「詩人伐木，自苦其事，故以爲文」，則是韓以《伐木》爲賦，與《毛傳》以《伐木》爲興者義異。《箋》云：「言昔日未居位，在農之時，與友生於山巖伐木，爲勤苦之事。」鄭君以此章爲遠本文王少時求友之事，蓋據《韓詩》爲説。

相彼鳥矣。

【《薛君韓詩章句》曰】鳥，微物也。《文選》廿顔延年《曲水詩》注。○又十三《鸚鵡賦》注。

神之聽之，終和且平。

【《韓詩外傳》九】子夏過曾子，曾子曰：「入食。」子夏曰：「不爲公費乎？」曾子曰：「君子有三費，飲食不在其中；君子有三樂，鍾磬琴瑟不在其中。」子夏曰：「敢問三樂。」曾子曰：「有親可畏，有君可事，有子可遺，此一樂也；有親可諫，有君可去，有子可怒，此二樂也；有君可喻，有友可助，此三樂也。」子夏曰：「敢問三費。」曾子曰：「少而學，長而忘，此一費也；事君有功而輕負之，此二費也；久交友而中絶之，此三費也。」子夏曰：「善哉！謹身事一言，愈於終身之誦；而事一士，愈於治萬民之功。夫人不可以不知也？吾嘗菑焉，吾田期歲不收。土莫不然，何況於人乎？與人以實，雖疏必密；與人以虚，雖戚必疏。夫實之與實，如膠如漆；虚之與虚，如薄冰之見晝日。君子可不留意哉？」《詩》曰：「神之聽之，終和且平。」

【補】【《三國志》曹植疏】下思《伐木》，友生之義。

民之失德，乾餱以愆。

【補】【馮衍《杯銘》】樂則思舊，燕則思懽。民之失德，乾餱以愆。

天保

天保定爾，亦孔之固。

【《韓詩外傳》六】子曰：「不知命，無以爲君子。」言天之所生，皆有仁、義、禮、智、順善之心；不知天之所以命生，則無仁、義、禮、智、順善之心。無仁、義、禮、智、順善之心，謂之小人。故曰：「不知命，無以爲君子。」《小雅》曰：「天保定爾，亦孔之固。」言天之所以仁、義、禮、智，保定人之甚固也。

喬樅謹案：《毛詩叙》云：「《天保》，下報上也。」鄒忠允據《史記》「武王克商，憂天保之未定」，《逸周書》云「定天保，依天寶〔一〕」「自洛汭遷於伊汭」云云，遂疑此詩爲營洛後周、召報命而致其祝頌之辭。何氏《古義》即用其説。胡承珙曰：「案《史記》《周書》所云『天保不過，謂天之保周』，與詩篇名偶同耳。詩前三章皆稱『天保』者，如《召誥》所云『天迪從子保』『天迪格保』也。《韓詩外傳》言『天之所以仁、義、禮、智，保定人之甚固也』，其義自精。

〔一〕「寶」，《逸周書》作「室」。

若《潛夫論・慎微》篇作『天禄定爾』，此乃轉寫字譌，何氏列爲異文，誤矣。」

無不爾或承。

【《韓詩》章句曰】承，受也。《文選》盧諶詩注。

喬樅謹案：承，《毛傳》無訓，《鄭箋》云：「或之言有也，如松柏之枝葉常茂盛，青青相承，無衰落也。」鄭意是以「承」訓繼。據《詩・秦風》「不承權輿」，《傳》云：「承，繼也。」此詩毛義當同，與《韓詩》訓「承」爲受説異。馬瑞辰曰：「承者，引也。引者，伸也、導也。《坊記》『承子以授壻』，言引女以授壻也。《漢書・賈誼傳》『人主胡不引殷周秦事以觀之也』，《大戴記・禮察》篇引作『承』，是承即引也。此總上『如月之恒』四句而言，四『如』字皆以形容福之久長且盛，無不惟爾是引，猶第三章『以莫不興』『以莫不增』，亦總『如山』『如阜』之句而言，不專以『以莫不增』承『如川之方至』也。《箋》以『承』爲松柏之青青相承，失之。」喬樅謂馬以「無不爾或承」句總上「如月之恒」四者，其説是已。然訓「承」爲引，轉引之訓爲伸取，義迂曲，不如從《韓詩》訓「受」爲善。《假樂》詩言「受福無疆」，《桑扈》詩言「受福不那」。此詩承上章「貽爾多福」言之，以四者頌美其多福，故言「無不爾或承」。《儀禮・少牢饋食禮》曰：「承致多福無疆于女孝孫。」意亦猶是也。

采薇

昔我往矣，楊柳依依。

【《韓詩》曰】昔我往矣，楊柳依依。○【《薛君章句》曰】依依，盛貌。《文選》潘安仁《金谷集作詩》注。○又廿七謝玄暉《休沐重還道中詩》注。

【《韓詩》曰】昔，始也。《釋文》。

喬樅謹案：「昔」字訓始，又訓爲終。《廣雅·釋詁》云：「昔，始也。」義本《韓詩》。《老子》「昔之得一者」，王注亦訓「昔」爲始。《吕覽·任地》「孟夏之昔」，注云：「昔，終也。」此如《爾雅》以「落」訓死，又訓始，以相反而爲義也。依依，《毛詩》無傳。馬瑞辰曰：「據《車舝》詩『依彼平林』傳云：『依，木茂貌。』則『依依』亦當訓盛，與《韓詩》同。『依』『殷』古同聲，『依依』猶『殷殷』亦盛也。」

出車

既見君子，我心則降。

【《韓詩外傳》七】齊有隱士東郭先生、梁石君。當曹相國爲齊相也，客謂蒯生曰：「夫東郭先生、梁石君，世之賢也，隱於深山，終不詘身下志以求仕者也。吾聞先生得謁曹相國，願先生爲之先。臣里母相善。婦見疑盜肉，其姑去之，恨而告於里母。里母曰：『安行。今令姑呼汝。』即東蘊請火去婦之家，曰：『吾犬争肉相殺，請火治之。』姑乃直使人追去婦還之。故里母非談説之士，束蘊請火，非還婦之道也。然物有所感，事有可適，何不爲之先？」蒯生曰：「愚恐不及，然請盡力爲東郭先生、梁石君束蘊請火。」於是乃見曹相國，曰：「臣之里有夫死三日而嫁者，有終身不嫁者，則自爲娶，將何娶焉？」相國曰：「吾亦娶其終身不嫁者耳。」蒯生曰：「齊有隱士東郭先生、梁石君，世之賢士也，隱於深山，終不詘身下志以求仕。相國娶婦欲娶其不嫁者，取臣獨不取其不仕之臣耶？」於是曹相國因蒯生束帛安車，迎東郭先生、梁石君，厚客之。《詩》曰：「既見君子，我心則降。」

赫赫南仲。

【補】【曹植《陳選舉疏》】夫相者，文德昭者也；將者，武功烈者也。文德昭，則可以匡國朝，叙百揆，稷、契、夔、龍是也；武功烈，則可以征不庭，廣邦境，南仲、方叔是也。

杕杜

檀車䌫䌫。《釋文》。

喬樅謹案：《毛詩》「檀車幝幝」，《釋文》云：「幝，尺善反，又勑丹反，敝貌。」《説文》云：「車敝也，從巾、單。」《韓詩》作「䌫」，音同。陳氏《稽古》篇曰：「案《説文》：『幝，車敝貌，昌善切。』『䌫，偏緩也，尺善切。』二字音同，然則偏緩者，正車敝之狀，與《廣雅》『䌫䌫，緩也』，注『䌫』字因淺、治淺二切義同而音異。又《玉海》載《釋文》云：『《韓詩》作「檀車弮弮」〔一〕，音同。』恐誤。」段氏玉裁曰：「按《説文》古本當是『幝，巾弊貌』，故從巾。《詩》以爲車弊者，則其引申之義也。《釋文》引《説文》『巾弊也，從巾、單』，今本乃『巾』譌『車』，殊失陸意。」馬瑞辰曰：「《説文》訓『䌫』爲偏緩義，即本《韓詩》。又云：『繟，帶緩也。』『幝』『繟』『䌫』古音、義同，物敝則緩，義正相通。」

〔一〕「弮弮」，陳啟源《毛詩稽古》篇作「張張」。

南有嘉魚

嘉賓式宴以衎。

【補】【《玉篇·行部》】衎，樂也。《詩》曰：「嘉賓式宴以衎。」

喬樅謹案：宴，《毛詩》作「燕」，此所引出《韓詩》也。

蓼蕭

和鸞雝雝。

【《韓詩内傳》曰】鸞在衡，和在軾前，升車則馬動，馬動則鸞鳴，鸞鳴則和應。《禮記·經解》注。皆所以爲行節也。《荀子·正論》注。

【《韓詩》曰】在軾曰和，在軛曰鸞。《讀詩記》十八。

案：鸞和皆以金爲鈴。見《周禮·大馭》注，干寶同。《大戴禮·保傅》篇：「在衡爲鸞，在軾爲和。馬動而鸞鳴，鸞鳴而和應。」《毛詩傳》曰：「在軾曰和，在鑣曰鸞。」許氏《異義》載《禮》戴、《詩》毛氏二説。謹案云：經無明文，且殷周或異。《續漢·輿服志》注載《白虎通》引《魯訓》

曰：「和，設軾者也；鸞，設衡者也。」《禮記・經解》注引《韓詩内傳》曰：「鸞在衡，和在軾前。」鄭注《周禮・大馭》及《玉藻》皆同此説。《毛詩・秦風・駟鐵》「輶車鸞鑣」，《箋》云：「置鸞於鑣，異於乘車。」《周禮疏》謂鄭以田車鸞在鑣，乘車在衡，然《蓼蕭》之「和鸞雝雝」亦乘車也。《毛傳》云「在鑣曰鸞」，《箋》不易之者，《正義》謂以《駟鐵》已明之，從可知也。《商頌》之「八鸞鶬鶬」亦乘車也。《箋》又云：「鸞在鑣，四馬則八鸞。」《正義》謂以經無正文且殷周或異也。今考車制，軾者，車前横木也，見《漢書・李廣傳》注引服虔。高三尺三寸，圍七寸三分寸之一。見《考工記》注。衡者，轅前横木縛軛者也。見《莊子・馬蹄》釋文。衡下有兩軛以叉馬頸。見《左傳》襄十四年正義引服虔。《左氏》桓二年正義曰：「案《考工記》『輪崇、車廣、衡長参如一』，則衡之所容，惟兩服馬耳。」案此見《考工記・輿人》注，賈疏云：「以驂馬別有輈鬲引車，故衡惟容服也。」《詩》辭每言「八鸞」，當謂馬有二鸞，鸞若在衡，衡惟兩馬，安得置八鸞乎？以此知鸞必在鑣，《正義》此辨甚明。《説文》第十四上《金部》「鑾」解云：「人君乘車，四馬鑣、八鑾鈴，象鑾鳥之聲和則敬也。」許氏《異義》亦引《詩》云：「八鸞鎗鎗。」則一馬兩鸞也。又曰「輶車鸞鑣」，知非衡也，《續漢・輿服志》注引許慎曰云云，不言出《異義》，今以文義定之。然尚存兩疑。於《説文》，則定爲鸞在鑣矣，若和之所設。諸家皆云在軾，惟《韓詩》云在軾前，軾前則近衡矣。服虔、杜預解《左氏傳》「錫鸞和鈴」，以爲鸞在鑣，則和在衡。服虔説見《史記・禮書》集解。《正義》謂鸞即在鑣，則和當在衡，此兼用韓、毛之説也。鑣者，《爾雅·釋器》曰：「鑣謂之钀。」郭注：「馬勒旁鐵。」《説文》：「鑣，馬銜也。」「幩，馬纏鑣扇汗也。」《釋名》：「鑣，苞也，所以在旁苞斂其口也。」《衛風·碩人》毛傳曰：「人君以朱纏鑣扇汗，且以爲飾。」是鑣與扇汗爲二，《釋文》一之，誤。《續漢書·輿服志》：乘輿象鑣，用象牙赤扇汗。王公列侯，朱鑣絳扇汗；卿以下，有騑者緹扇汗。鑣之飾可見者如此。

湛露

愔愔夜飲。

【《韓詩》曰】愔愔夜飲。○【薛君曰】愔愔，和悦之貌也。《文選·魏都賦》注。

喬樅謹案：《毛詩》「厭厭夜飲」，《傳》云：「安也。」《釋文》引《韓詩》作「愔愔」，與《文選注》合。又《文選》卷十八《琴賦》注引亦同。《三倉》云：「愔愔，性和也。」《聲類》云：「愔，和静貌也。」《毛詩·秦風》「厭厭良人」，《列女傳》引作「愔愔良人」，此《魯詩》與毛氏異文也。《説文》：「懕，安也，後〔一〕心，厭聲。《詩》曰：『懕懕夜飲。』」段氏注云：「《湛

〔一〕「後」，應作「從」。

露》毛傳：『厭厭，安也。』《釋文》及《魏都賦》注引《韓詩》作『愔愔』。按『愔』字見《左傳》《祈招》之詩，盖『愔』即『懕』之或體，『厭』乃『愔』之假借。」馬瑞辰曰：「《魏都賦》『愔愔醧燕』，正本《韓詩》。『厭』『愔』二字雙聲，故通用。『懕懕』通作『愔愔』，猶《載芟》詩『厭厭其苗』即『稖稖』之通借也。《廣韻》：「稖稖，苗美也。」義本《毛傳》。《集韻》：「稖稖，苗齊等也。」本《鄭箋》。段玉裁謂『愔』即『懕』之或體，則非也。」

其桐其椅，其實離離。

【《韓詩》曰】其桐其椅，其實離離。○【章句曰】離離，長貌。《初學記》二十八。

喬樅謹案：《毛傳》：「離離，垂也。」垂與長義相成，實長則垂，故其貌離離然也。

蓁蓁者莪。

【《韓詩》曰】蓁蓁者莪。○【薛君曰】蓁蓁，盛貌也。《文選·東都賦》注。

喬樅謹案：《毛詩》作「菁菁」，《集韻·一先》云：「蓱，草貌。蓱蓱者莪，李舟說。」馬瑞辰曰：「『菁』『蓁』以聲近而轉，『蓁』『蓱』古雙聲字，故通用。據《說文》：『菁，韭華也。』『蓁，草盛貌。』『蓱，草貌。』則訓盛貌，當以『蓁』爲正字。《毛詩》作『菁菁』，《集韻》引作『蓱蓱』，皆假借字也。」喬樅謂《周南·桃夭》詩「其葉蓁蓁」，《毛傳》云：「蓁蓁，至盛貌。」訓義與《韓詩》合。《衛風·淇奥》「緑竹菁菁」，則以「菁」爲「青」之假借。此詩「菁菁者莪」，則又以「菁」爲「蓁」之假借。王逸《楚詞·招魂》注云：「蓁蓁，積聚之貌。」積聚亦與盛義同。

六月

元戎十乘，以先啟行。

【《詩》云〔一〕】元戎十乘，以先啟行。○【韓嬰《章句》曰】元戎、大戎，謂兵車也。車有大戎十乘，謂車縵輪馬，被甲衡軛之上，畫有劒戟，名曰陷陳之車，所以冒突，先啟敵家之行伍也。《史記·三王世家》注。

喬樅謹案：《毛傳》云：「元，大也。夏后氏曰鉤車，先正也。殷曰寅車，先疾也。周曰元戎，先良也。」《箋》云：「鉤，鉤股，行曲直有正也。寅，進也。二者及元戎皆可以先前啟突敵陳之前行。其制之同異未聞。」《傳》《箋》訓義與《韓詩章句》略同。而《韓詩》所言，其制較詳。韓言「所以冒突，先啟敵家之行伍」者，據《左氏·宣十二年傳》：「孫叔曰：進之。寧我薄人，無人薄我。《詩》云：『元戎十乘，以先啟行。』先人也。《軍志》曰：『先人有奪

〔一〕「云」，續編本作「曰」。

人之心。』薄之也。」是「冒突」「先啟」，正所謂「薄人」，故鄭君亦用《韓詩》義，以爲先前啟突敵陣之前行也。《左傳正義》云：「服虔引《司馬法·謀師》篇曰：『大前驅，啟乘車；大晨，倅車屬焉。』大前驅即所謂元戎啟乘車，與大乘倅車皆爲所屬，則是以啟行爲前驅陣名，元戎又居啟行之先，與《韓詩》及《鄭箋》以啟行爲突啟敵陣者義異，或本之魯、齊《詩》説歟？」

采芑

有瑲葱衡。

【《韓詩傳》曰】佩玉上有葱衡，下有雙璜，衝牙、蠙珠以納其間。《周官·玉府》注。

喬樅謹案：《周禮·玉府》注引《詩傳》，賈疏謂是《韓詩》，唐時《韓詩》尚存，語爲可信。又《晉語》注引《詩傳》曰：「上有葱絎，下有雙璜。」蓋三家《詩》傳説並同也。《大戴禮·保傳》篇云：「下車以佩玉爲度，上有葱衡，下有雙璜，衡牙、玭珠以納其間，琚瑀以雜之。」蔡邕《月令章句》云：「佩上有雙衡，下有雙璜，琚瑀以雜之，衝牙、蠙珠以納其間。」是皆以衡璜衝牙爲佩玉之大名，其中又有琚瑀雜貫之，較《韓詩》所言尤詳。陳氏《稽古》篇曰：「《毛詩》『佩玉瓊琚』，《傳》云：『佩有琚瑀，所以納閒。』《孔疏》引《説文》、《列女傳》、《玉藻》注、《玉府》注，合諸説以推詳佩制，大約珩上横兩璜，下垂衝牙，在兩璜中央、衝突前後，琚瑀則納於衆玉與珩之間。《玉藻》疏所言亦略相同，而不及琚瑀，皆未若賈公彦《玉府》疏之詳也。《玉府》疏云：『注引《詩傳》，謂《韓詩》。衡，横也，謂葱玉爲横梁。下以組懸於衡之兩頭，兩組之末皆有半璧曰璜，故曰雙璜；又以一組懸於衡之中央，於末著衡牙，使前後觸牙，故曰衡牙。案《毛傳》别有琚瑀，其琚瑀所置，當於懸衡牙組之中央，又以二組穿琚瑀之内角，衺係衡之兩頭，組末係於璜。蠙，蚌也，蚌珠故曰蠙珠。納其間者，組繩有五，皆穿於其間故也。賈疏之言佩制，較明於孔矣。」

振旅嗔嗔。

【補】【《玉篇·口部》】嗔，盛聲也。《詩》曰：「振旅嗔嗔。」

喬樅謹案：《玉篇·門部》又引《詩》曰：「振旅闐闐。闐闐，盛皃，或作『寘』。」闐闐，與《毛詩》文同，此顧氏兼載毛、韓異字也。餘詳《魯詩遺説考》。

方叔元老。

【《韓詩》曰】元，長也。《玉篇·上一部》。

喬樅謹案：《毛傳》訓「元」爲大，大與長同義。《易·文言》曰：「元者，善之長也。」故《韓詩》以「元」爲長。《後漢書·章帝紀》云：「爲國元老。」李賢注曰：「元，長也。《詩》曰：

『方叔元老。』」即據《韓詩》爲解也。

克壯其猷。

【補】【《玉篇·士部》】壯，大也。《詩》曰：「克壯其猷。」

喬樅謹案：《毛詩》「猷」作「猶」，三家今文皆作「猷」字。蔡邕《胡公碑》云「方叔克壯其猷」，其明證也。《玉篇》所引《詩》，是據韓家之文。

如霆如靁。

【《廣韻·六脂》】靁，雷也。出《韓詩》。

喬樅謹案：《廣雅》：「靁，雷也。」當即本《韓詩》。馬瑞辰曰：「疑《毛詩》『如霆如雷』，《韓詩》或作『如霆如靁』。」

車攻

東有圃草，駕言行狩。

【《韓詩》曰】東有圃草，駕言行狩。《後漢書·馬融傳》注。〇【薛君曰】圃，博也，有博大茂草也。《文選·東都賦》注。〇《後漢書·馬融傳》注。

喬樅謹案：《毛詩》作「東有甫草」，《傳》曰：「甫，大也。」《箋》云：「甫草者，甫田之草也。」「鄭有甫田」，《正義》以鄭爲易《傳》。胡承珙曰：「此箋乃申《傳》，非易《傳》也。經但言甫草，故《傳》祇訓『甫』爲大。《文選注》《後漢書注》並引《韓詩》作『圃草』。《薛君章句》曰：『圃，博也，有博大茂草也。』蓋『圃』『甫』古字通。薛注義與毛同，然博大茂草之處，必係藪澤。《周語》云：『藪有圃草。』《韋注》亦云：『圃，大也。』故《箋》引《爾雅》『鄭有圃田』，以申成《傳》義。意以鄭之圃田，正以廣大有草得名也。《水經注》謂圃田澤多麻黄草，並引《述征記》以爲甫草之證，則鑿矣。」

【《韓内傳》曰】春曰畋，夏曰獀，秋曰獮，冬曰狩。天子抗大綏，諸侯小綏。群小獻禽其下，天子親射之旍門。夫田獵，因以講道、習武、簡兵也。《太平御覽》八百三十一。

喬樅謹案：蒐苗獮狩之法，具載《周禮》，而經説各不同。《爾雅》曰：「春獵爲蒐，夏獵爲苗，秋獵爲獮，冬獵爲狩。」《左氏傳》曰：「春蒐，夏苗，秋獮，冬狩，皆於農隙以講事也。」《穀梁傳》曰：「四時之田皆爲宗廟之事也：春曰田，夏曰苗，秋曰蒐，冬曰狩。」《公羊傳》曰：「春曰苗，秋曰蒐，冬曰狩。」公羊闕夏田之名。《禮記疏》引何休云：「《春秋運斗樞》曰『夏不田』，《穀梁》有『夏田』，於義爲短。鄭君云：『四時皆田，夏殷之禮。』《詩》云『之子于苗，選徒囂囂』，夏田明矣。」如鄭所言，夏、殷皆以時田獵，周田因二代之制也。今據

《韓詩》説，與《爾雅》及三《傳》又異，蓋所聞異詞，各守其師説耳。春謂之田者，《春秋正義》引《白虎通》云：「春，歲之本，舉本名而言之也。」夏謂之搜者，韋昭《國語注》云：「搜，擇也。」鄭注《周禮》：「夏田謂擇，取不孕者是也。」秋謂之獮者，《爾雅·釋詁》云：「獮，殺也。」《説文》作「𤢂」，云「秋田也」，或作「狝」，「宗廟之田也」。杜預《左傳注》云：「以殺爲名，順秋氣也。」冬謂之狩者，李巡《爾雅注》曰：「圍守取之，無所擇也。」「天子抗大綏」以下，皆言冬狩之事。旃門者，旃門也。《周禮·大司馬》曰：「中冬，遂以狩田，以旌爲左右和之門，群吏各帥其車徒，以叙和出，左右陳車徒，有司平之。旗居卒間以分地，前後有屯百步，有司巡其前後，險野人爲主，易野車爲主。既陳，乃設驅逆之車，有司表貉於陳前，中軍以鼙令鼓，鼓人皆三鼓，群司馬振鐸，車徒皆作，遂鼓行，徒銜板〔一〕而進。大獸公之，小禽私之，獲者取左耳。」又《穀梁·昭八年傳》曰：「蒐狩以習用戎事，禮之大者也。艾蘭以爲防，置旃以爲轅門。禽雖多，天子取三十焉，其餘與士衆，射於射宫。射而中，田不得禽，則得禽；田得禽而射不中，則不得禽。是以知貴仁義而賤勇力也。」《韓詩》所言，簡兵、習武、講道是其事矣。

〔一〕「板」，《周禮》作「枚」。

四牡奕奕。

【《薛君章句》曰】奕奕，盛貌。《文選》廿三謝惠連《秋懷詩》注。

喬樅謹案：奕奕，《毛詩傳》《箋》皆無訓釋。《正義》以爲四牡之馬奕奕然，閑習也。韓以諸侯皆來會，故以盛言之。《説文》云：「驔驔，馬行疾而徐也。」引《詩》：「四牡驔驔。」行疾而徐，亦閑習之貌。馬瑞辰曰：「『驔』與『奕』古聲近，盖即此詩『奕奕』之異文。」

決拾既佽。

【補】【《玉篇・手部》】《詩》曰：「決拾既佽。」拾，所以引弦也。

喬樅謹案：《毛傳》云：「拾，遂也。」此云拾所以引弦，蓋用《韓詩》説。

助我舉𢪸。

【補】【《玉篇・手部》】《詩》曰：「助我舉𢪸。」𢪸，積也。

喬樅謹案：𢪸，《毛詩》作「柴」，是古文之假借。《魯詩》作「掌」，是今文之正字。《玉篇》所引，據《韓詩》異文，「𢪸」與「掌」亦通假字也。

展也大成。

【補】【《後漢書・桓帝紀》梁太后詔曰】展也大成，則所望矣。

吉日

䮭䮭騃騃，或群或友。

【《韓詩》曰】駓駓俟俟，或群或友。《後漢書・馬融傳》注。【《薛君章句》曰】趨曰䮭，行曰騃。《文選・西京賦》注。

喬樅謹案：據《文選・西京賦》李善注引《薛君韓詩章句》作「䮭騃」，則《後漢書注》引《韓詩》當作「䮭䮭騃騃」，今本作「俟俟」者，誤。《毛詩》「儦儦俟俟」，《傳》云：「趨則儦儦，行則俟俟。」與《韓詩》文異而義同。馬瑞辰曰：「《説文》：『儦，行貌。』『騃，馬行仡仡也。』『騃』與『俟』音、義同。《説文》『俟』字注又引《詩》曰『伾伾俟俟』，蓋《韓詩》作『駓駓』者，假借字；作『騃騃』者，正字。《毛詩》作『儦儦』者，正字；作『俟俟』者，假借字也。《廣雅》：『儦儦，行也。』『駓駓，走也。』蓋兼取毛、韓《詩》。『儦』『駓』二字雙聲，故通用。《廣雅》又曰：『伾伾，衆也。』此釋《魯頌》『以車伾伾』。《釋文》云：『《字林》作駓。』亦通用。」喬樅謂：「儦儦」乃「䮭䮭」之假借。馬以《毛詩》作「儦儦」者，爲正字；《韓詩》作「䮭䮭」者，爲假借。其説非是。《玉篇・馬部》云「䮭䮭」字同「駓駓」，走貌。《楚詞・招魂》「逐人䮭䮭些」，王逸注云：「駓駓，走貌也，言其走捷疾。」《西京賦》曰：「群獸䮭騃。」《廣韻》

云：「駱駃，獸行貌。」當從《韓詩》爲正。

且以酌醴。

【薛君曰】醴，甜而不泲也。《文選·南都賦》注。

喬樅謹案：《周禮》「酒正三〔一〕曰醴齊」，注云：「醴猶體也，成而汁滓相將，如今恬酒矣。」《呂覽·重己》篇：「其爲飲食，酏醴也。」高誘注云：「醴者，以蘖與黍相體，不以麴也，濁而甜耳。」《釋名·釋飲食》曰：「醴，禮也。釀之一宿而成禮，有酒味而已也。」《漢書·楚元王傳》「常爲穆生設醴」，注云：「醴，甘酒也。」蓋醴謂酒之不泲者，酒正五齊，自醴以上尤濁，其用之祭祀，必以茅泲之，然後可酌。故《司尊彝》曰「醴齊縮酌」，包泛齊而言也。自盎以下差清，但以清酒泲之，而不用茅。故《司尊彝》曰「盎齊涚酌」，該緹齊、沈齊而言也。醴又入於六飲者，以其甜於餘齊，且不泲之，故與漿酏爲類耳。

〔一〕「三」，《周禮》作「二」。

韓詩遺説考卷第三（三之二）

福州陳壽祺學　男喬樅述

韓詩小雅二

鴻雁

劬勞于野。

【《韓詩》曰】劬，數也。《釋文》。○《衆經音義》二十三。

喬樅謹案：《毛傳》訓「劬勞」爲病苦，與《韓詩》異義。《廣雅·釋詁》三：「劬，數也。」即本《韓詩》訓義。劬得爲數者，勞與勤同義。《爾雅·釋詁》：「劬勞，病也。」「勤，勞也。」數亦勤之意，數勞則病苦，故《韓詩》以「劬」爲數，《毛傳》以「劬勞」爲病苦也。

百堵皆作。

【《韓詩説》曰】八尺爲板，五板爲堵，五堵爲雉。《正義》引《異義》。

案：《左傳·隱元年》正義引許慎《五經異義》《戴禮》及《韓詩説》。八尺爲板，五尺爲堵，五堵爲雉。板廣二尺，積高五板，爲一丈。五堵爲雉，雉長四丈。古《周禮》及《左氏》説一丈爲板，廣二尺，五板爲堵，一堵之墻長丈、高丈，三堵爲雉，一雉之墻長三丈、高一丈。以度其長者，用其長；度其高者，用其高也。考《公羊·定公十二年傳》：「雉者何？五板而堵，五堵而雉，百雉而城。」何休《解詁》：「八尺曰板，堵凡四十尺，雉二百尺，百雉二萬尺，凡周十一里三十三步二尺，公侯之制。禮，天子千雉，蓋受百雉之城十，伯七十雉，子男五十雉。」《疏》云：「公侯方百雉，《春秋説》文。古者六尺爲步，三百步爲里。計一里有千八百尺，十里即有萬八千尺。更以一里三十三步二尺爲二千尺，通前爲二萬尺也。故云二萬尺，凡周十一里三十二步二尺也。」云禮，天子千雉，伯七十雉，子男五十雉者，《春秋説》文。據此，《公羊》説雉制與《韓詩》説合。何氏據《春秋緯》，以公侯百雉二萬尺，則爲三千三百三十三步二尺；伯七十雉萬四千尺，則爲二千三百三十三步二尺；子男五十雉萬尺，則爲一千六百六十六步四尺，與鄭《駮異義》言五百步爲百雉不同。鄭云：「古之雉制，《書》《傳》各不得其詳。今以《左氏》説鄭伯之城方五里，積千五百步也。大都，參國之一，則五百步也。五百步爲百雉，則知雉五步。五步於度長三丈，則雉長三丈也。雉之度量於是定可知矣。」此詩《毛傳》與《左氏》説同，惟《傳》以一丈爲板，而《箋》據《春秋公羊傳》五堵爲雉，雉長三丈，則板六尺，與何休據

《韓詩》言八尺爲板者，立説各異耳。

沔水

我友敬矣，讒言其興。

【《韓詩》曰】讒言緣閒而起。《文選》五十范蔚宗《宦者傳論》注。

案：《詩考》引如此。今本汲古閣《文選注》「韓」誤作「地」。

【《韓詩外傳》七】傳曰：「鳥之美羽句喙者，鳥畏之；魚之侈口垂腴者，魚畏之；人之利口贍辭者，人畏之。是以君子避三端：避文士之筆端，避武士之鋒端，避辯士之舌端。」《詩》曰：「我友敬矣，讒言其興。」

鶴鳴

鶴鳴于九皋，聲聞于天。

【《韓詩》曰】九皋，言九折之澤也。《釋文》。○《廣韻》二。

【《韓詩外傳》七】孔子困於陳、蔡之間，即三經之席，七日不食，藜羹不糝，弟子有饑色，讀書習禮樂不休。子路進諫曰：「爲善者，天報之以福；爲不善者，天報之以禍。今夫子積德絫仁，爲善久矣，意者尚有遺行乎，奚居之隱也？」孔子曰：「由來！汝小人也，未講於論也。居，吾語女：子以知者爲無罪乎？則王子比干何爲刳心而死？子以義者爲聽乎？則伍子胥何爲抉目而懸吴東門？子以廉者爲用乎？則伯夷、叔齊何爲餓於首陽之山？子以忠者爲用乎？則鮑叔何爲而不用？葉公子高終身不仕，鮑焦抱木而泣，子推登山而燔，故君子博學深謀不遇時者衆矣，豈獨某哉？賢不肖者，材也；遇不遇者，時也。今無有時，賢安所用哉？故虞舜耕於歷山之陽，立爲天子，其遇堯也；傅説負土而版築，以爲大夫，其遇武丁也；伊尹故有莘氏僮也，負鼎操俎，調五味，而立爲相，其遇湯也；吕望行年五十，賣食棘津，年七十，屠於朝歌，九十乃爲天子師，則遇文王也；管夷吾束縛自檻車，以爲仲父，則遇齊桓公也；百里奚自賣五羊之皮，爲秦伯牧牛，舉爲大夫，則遇秦穆公也；虞丘子名聞於天下，以爲令尹，讓於孫叔敖，則遇楚莊王也。伍子胥前功多，後戮死，非知有盛衰也；前遇闔閭，後遇夫差也。夫驥罷鹽車，此非無形容也，莫知之也。使驥不得伯樂，安得千里之足，造父亦無千里之手矣。夫蘭茝生於茂林之中、深山之間，不以人莫見之故不芬。夫學者，非爲通也，爲窮而不憂，困而志不衰，先知禍福之始，而心無惑焉。故聖人隱居深念，獨聞獨見。夫舜亦賢聖矣，南面而治天下，惟其遇堯也。使舜居桀紂之世，能自免於刑戮之中，則爲善矣，亦何位之有？桀殺關龍逢，紂殺王子比干，當此之時，豈關龍逢無知而王子比干不慧乎哉？此皆不遇時也。故君子務學修身，端行而須其時者也。子無惑焉。」《詩》曰：「鶴鳴于九皋，聲聞于天。」

喬樅謹案：「意者尚有遺行乎」，本譌脱作「意者當遺乎」，今據《文選·對楚王問》及《辨命論》兩注所引校正。又「虞丘子名聞於天下」，舊作「虞丘於天下」，文有脱佚，考《說苑·雜言》篇云：「沈尹名聞天下，以爲令尹，讓於孫叔敖。」據《外傳》二載沈令尹進孫叔敖事、《列女傳·賢明》篇及《新序》一，「沈令尹」並作「虞丘子」，則虞丘子當即沈令尹之號，今依《說苑》文增改。

祈父

祈父，維王之爪牙。

【補】【《玉篇·牙部》】牙，牡齒也。《詩》曰：「祈父，維王之爪牙。」

喬樅謹案：《毛詩》作「祈父，予王之爪牙」，此所引「予」字作「維」，與毛氏文異，是據《韓詩》之異字。

有母之尸雍。

【《韓詩外傳》七】曾子曰：「往而不可還者，親也；至而不可加者，年也。是故孝子欲養而親不待也，木欲直而時不待也。是故椎牛而祭墓，不如雞豚之逮親存。故吾嘗仕齊爲吏，禄不過鍾釜，尚猶欣欣而喜者，非以爲多也，樂其逮親也。既没之後，吾嘗南遊於楚，得尊官焉，堂高九仞，榱題三圍，轉轂百乘，猶北鄉而泣涕者，非爲賤也，悲不逮吾親也。故家貧親老，不擇官而仕。若夫信其志，約其親者，非孝也。」《詩》曰：「有母之尸雍。」

【《五經異義》曰】《詩》曰：「有母之尸饔。」謂陳饔以祭，恐養不及親。《毛詩正義》。

案：許君《異義》與《外傳》説合，本《韓詩》也。

白駒

皎皎白駒，在彼穹谷。

【《韓詩》曰】皎皎白駒，在彼穹谷。○【《薛君章句》曰】穹谷，深谷也。《文選》一班固《西都賦》注。○又廿八陸機《苦寒行詩》注。

喬樅謹案：惠氏棟云：「『韗人爲皋陶穹者三之一』，鄭司農云：『穹讀爲志，無空邪之空。』是古『穹』與『空』同。」喬樅謂：《毛詩》「在彼空谷」，《傳》云：「大也。」雖訓與韓異，而皆以「空」爲「穹」之假借。《爾雅·釋詁》：「穹，大也。」可證。又《節南山》詩「不宜空我師」，《傳》訓「空」爲窮。考《説文》：「穹，窮也。」是《毛傳》「空，窮」之訓亦以「空」爲「穹」之假借字。

【補】【曹植《釋思賦》曰】彼朋友之離别，猶求思乎白駒。《藝文類聚》二十一。

喬樅謹案：蔡邕《琴操》以《白駒》詩爲失朋友之所作，此魯説也。今據曹植賦云云，是《韓詩》説亦與魯同。考《文選》王粲《贈士孫文始詩》曰：「白駒遠志，古人所箴。允矣君子，不遐厥心。既往既來，無密爾音。」又曹攄《思友人詩》曰：「思賢咏白駒。」皆用《韓詩》之義。

斯干

椓之橐橐。

【補】【《玉篇·木部》】椓，擊也。《詩》曰：「椓之橐橐。」

喬樅謹案：「椓」字《毛傳》無訓，《鄭箋》云：「椓，謂擣土也。」《玉篇》訓「椓」爲擊，引《詩》「椓之橐橐」爲證，是用韓義。

如企斯翼。

【補】【《玉篇·人部》】企，舉踵也。《詩》云：「如企斯翼。」

喬樅謹案：《玉篇》又云：「定，古文『企』。」考《毛詩》「企」字作「跂」，《傳》云：「如人之跂竦翼爾。」《釋文》云：「跂音企。」此引作「企」者，《韓詩》之異字。《説文》云：「企，舉踵也。」是「企」與「跂」音、義竝同。

如矢斯朸。

【《玉篇·木部》】《韓詩》云：「如矢斯朸。」朸，木理也。

【《韓詩》曰】朸，隅也。《釋文》。

喬樅謹案：《説文·木部》云：「朸，木之理也，从木，力聲。」段氏注曰：「《毛詩》『如矢斯棘』，《韓詩》作『朸』。毛曰：『棘，棱廉也。』《韓詩》曰：『朸，隅也。』學者皆不解。及觀《抑》詩『惟德之隅』，毛曰：『隅，廉也。』《箋》申之云：『如宮室之制，内有繩直，則外有廉隅。』然後知《斯干》詩謂如矢之正直，而外有廉隅也。韓『朸』爲正字，毛『棘』爲假借字。如矢之直，則得其理，而廉隅整飭矣。毛、韓辭異而意一也。」馬瑞辰曰：「『棘』之通『朸』，猶馬勒通作『棘』。《水經注》：『棘門，謂之力門也。』」

如鳥斯翶。

【《韓詩》曰】翶，翅也。《釋文》。

喬樅謹案：《詩考》引作「翶」，今本或作「勒」。「勒」字乃「翶」字之譌耳。《説文》云：「翶，翅也。」正用《韓詩》。《廣雅·釋器》云：「翶，翼也。」此用《韓詩》之文，而訓從《毛傳》。《毛詩》作「革」，乃以「革」爲「翶」之省借，故訓爲翼翼，即翅也。毛與韓雖字異而訓義則同。《釋文》云：「草，如字。」失毛意矣。

下莞上簟。

【補】【《玉篇·艸部》】莞，似藺而圓，可爲席。《詩》曰：「下莞上簟。」

喬樅謹案：《毛傳》云：「莞，小蒲之席也。」與此訓異。《玉篇》所引，是用《韓詩》説。

乃生男子。

【《韓詩内傳》曰】男子生以桑弧蓬矢六，射天地四方，明當有事天地四方也。《文選》廿九棗道彦《雜詩》注。

載衣之褅。

【《毛詩釋文》】裼，《韓詩》作「褅」。

【《韓詩翼要》曰】褅，示之方也。《詩正義》引侯包。

喬樅謹案：《毛傳》訓「裼」爲褓，《箋》云：「褓，夜衣也。」此毛以「裼」爲「褅」之假借。褅，

《説文》作「𧜟」，云「褓也」，引《詩》曰「載衣之𧜟」。許所引《詩》，即《韓詩》也。「禘」者，「𧜟」之省文耳。《詩正義》引侯包云云，「明褓制方，令女子方正事人之道」。《釋文》云：「齊人名小兒被爲禘。」《玉篇》云：「裼，褓也。」「褓，小兒衣也。」又云：「襁褓，負兒衣也。織縷爲之，廣八寸，長二尺，以負兒於背上也。」則禘之製，蓋方而長也。胡承珙曰：「《史記·趙世家》集解引徐廣、孟康注《漢書·宣帝紀》，皆以褓爲小兒被。古者衣、被通稱。《廣雅》：『裼謂之褓。』王氏《疏證》云：『《論語》謂被爲寢衣是也。』《文選》嵇康《幽憤詩》注引韋昭云：『褓，若今小兒腹衣。』腹衣，蓋今俗兜子，亦被之類，而稍别焉者也。」

無羊

或寢或譌。

【《韓詩》曰】譌，覺也。《釋文》。

喬樅謹案：譌，《毛詩》作「訛」，《傳》云：「訛，動也。」考《説文》：「譌，譌言也。」引《詩》曰：「民之譌言。」又：「吪，動也。」引《詩》曰：「尚寐無吪。」動即覺之意。則此詩「或寢或譌」當作「吪」爲正。「譌」，古「訛」字，見《漢書·江充傳》集注。又《一切經音義》十二云：「訛，古文『蔿』『譌』『吪』三形同。」蓋皆以聲近通用。《尚書·堯典》「平秩南訛」，《史記·五帝紀》作「便程南譌」，《爾雅·釋詁》：「訛，動也。」《釋文》云：「『訛』字又作『吪』，亦作『譌』。」同是其證也。

節

節彼南山。

【《韓詩》曰】節，視也。《釋文》。〔一〕

喬樅謹案：《毛傳》云：「節，高峻貌。」與韓訓異。《釋文》：「節音截。」是《毛詩》以「節」爲「截」之假借。韓訓「節」爲視者，「節」有省義。省節爲省，省視亦爲省，故「節」得訓視。《詩》下文云「赫赫師尹，民具爾瞻」，故韓以「節」爲視，與下文相應也。

憂心如炎。

【《毛詩釋文》】惔，《韓詩》作「炎」。

喬樅謹案：《毛詩釋文》：「惔，徒藍反。又音炎，燔也。」《韓詩》作「炎」，《字書》作「烪」，

〔一〕「《釋文》」，底本無此二字，今據續編本補。

《説文》作「烎」字，才廉反，小爇也。考《説文·心部》云：「惔，憂也。」引《詩》：「憂心如惔。」段氏注謂《説文》引《詩》釋「惔」從炎之義，當作「憂心如炎」。《雲漢》「如惔如焚」，亦「如炎」之誤。又《説文·火部》云：「羙〔一〕，小爇也。《詩》曰：『憂心如羙。』」段氏注云：「《節南山》『憂心如惔』，古本《毛詩》作『如羙』，故《毛傳》云：『羙，燔也。』『如羙』，各本作『烎烎』，誤。《説文·干部》曰：『入一爲干，入二爲羊。』羊，讀若『飪』。羙，从羊聲，古音在七部。郭璞、曹憲音『淫』，入鹽韻，則直廉切。今各書皆譌作『烎』矣。」

何用不監。

【《韓詩》曰】監，領也。《釋文》。

喬樅謹案：《毛傳》云：「監，視也。」與《韓詩》異。胡承珙曰：「監者，臨也，臨莅有治義。《華嚴經音義》引《國語》賈注云：『臨，治也。』領，亦治也。《禮記·樂記》《仲尼燕居》注竝云：『領猶治。』然則《韓詩》訓『監』爲領，猶訓『監』爲臨，義取理治，其旨亦與《毛傳》相近。」

俾民不迷。

【《韓詩外傳》三】孔子曰：「《詩》曰：『俾民不迷。』昔之君子，道其百姓，不使迷。是以威厲，而

〔一〕「羙」，底本作「美」，今據續編本、《説文解字注》改。

刑措不用也。故形其仁義，謹其教道，使民目晰焉而見之，使民耳晰焉而聞之，使民心晰焉而知之，則道不迷，而民志不惑矣。」

昊天不庸。

【《韓詩》曰】庸，易也。《釋文》。

喬樅謹案：《毛詩》作「傭」，《傳》云：「傭，均也。」《箋》云：「尹氏爲政不均平。」考《爾雅·釋詁》「平」「均」並訓爲易。易謂平易，是韓與毛義亦相同。胡承珙曰：「韓義與《九章》『昊天不平』，謂昊天以尹氏爲不平也。」馬瑞辰曰：「《説文》：『傭，均也，直也。』『庸』即『傭』之省。《晉書·元帝紀》引《詩》『昊天不融』，蓋本齊、魯《詩》，『融』亦『傭』之同音假借。」

【《薛君韓詩章句》曰】萬人圖圖〔一〕，仰天告愬。《文選》四十任昉《百辟勸進牋注》，又五十九沈約《齊安陸昭王碑文》注。

喬樅謹案：《鄭箋》釋「不弔昊天，不宜空我師」，云：「不善乎昊天，愬之也。不宜使此人居尊官，困窮我之衆民也。」此《詩》屢言「昊天」，如「昊天不庸」「昊天不惠」「昊天不平」

〔一〕「圖圖」，續編本作「顒顒」。

「不弔昊天，亂靡有定」，皆呼天而愬之詞。《薛君章句》云云，蓋即釋此詩也。

憂心如酲。

【補】【曹植《應詔詩》】憂心如酲。

蹙蹙靡所騁。

【《薛君韓詩章句》曰】騁，馳也。《文選·登樓賦》注。○又卷九《射雉賦》注，卷廿一左思《詠史詩》注。

喬樅謹案：《毛傳》云：「騁，極也。」《鄭箋》云：「雖欲馳騁，無所之也。」《正義》曰：「《箋》言『馳騁無所極至』，是與《傳》同，但《傳》文略耳。」然則《毛傳》訓「騁」爲極，蓋釋《詩》「蹙蹙靡騁」之意。《韓詩》祇據「騁」之本義爲訓，故云「馳也」。

正月

憂心京京。

【補】【《後漢書·質帝紀》梁太后詔曰】憂心京京。

瞻彼中林，侯薪侯蒸。

【《韓詩外傳》七】傳曰：齊景公問晏子：「爲人何患？」晏子對曰：「患夫社鼠。」景公曰：「何謂社鼠？」晏子曰：「社鼠出竊於外，入託於社，灌之恐壞墻，燻之恐燒木，此鼠之患。今君之左右，出則賣君以要利，入則託君不罪乎亂法，君又并覆而育之，此社鼠之患也。」景公曰：「嗚呼，豈其然？」「人有市酒而甚美者，置表甚長，然至酒酸而不售，問里人其故。里人曰：『公之狗甚猛。而人有持器而欲往者，狗輒迎而齧之，是以酒酸不售也。』士欲白萬乘之主，用事者迎而齧之，亦國之惡狗也。左右者爲社鼠，用事者爲惡狗，此國之大患也。」《詩》曰：「瞻彼中林，侯薪侯蒸。」言朝廷皆小人也。

喬樅謹案：《毛傳》云：「薪、蒸言似而非。」《鄭箋》云：「喻朝廷宜有賢者，而但聚小人。」義皆與《韓詩》同。

視天夢夢。

【《韓詩》曰】夢夢，惡貌也。《釋文》。

喬樅謹案：《爾雅·釋詁》：「夢夢，亂也。」《說文》：「夢，不明也。」亂與不明，皆惡之貌也。

謂天蓋高，不敢不跼。謂地蓋厚，不敢不蹐。

【補】【曹植《卞太后誄》】跼天蹐地，祇畏神明。

赫赫宗周，褒姒威[一]之。

【補】【《吴越春秋》五】賢士，國之寶；美女，國之咎。夏亡以妹喜，殷亡以妲己，周亡以褒姒。

速速方穀。

【補】【《吴越春秋》五】

喬樅謹案：《詩考》據《後漢書·蔡邕傳》注載《韓詩》作「速速方轂」，謂小人乘寵，方轂而行也。盧氏文弨云：「按章懷先引《毛詩》『速速方穀』，及《傳》《箋》云云，然後云《韓詩》亦同，謂與毛、鄭之説同作『穀』也。下云此作『轂』者，蓋謂小人乘寵，方轂而行，乃章懷釋邕之文，故用此字。盖字王氏不審，乃遂以爲《韓詩》之説，誤矣。」

十月之交

四國無政，不用其良。

【《韓詩外傳》五】君者，民之源也。源清則流清，源濁則流濁。故有社稷者，不能愛其民，而求民親己、愛己，不可得也。民不親不愛，而求爲己用，爲己死，不可得也。己弗爲用、弗爲死，而求

〔一〕「威」，續編本作「滅」。

兵之勁、城之固，不可得也。兵不勁，城不固，而欲不危削滅亡，不可得也。夫危削滅亡之情，皆積於此，而求安樂是聞，不亦難乎！是枉生者也。悲夫！枉生者不須時而滅亡矣。故人主欲强固安樂，莫若反己；欲附下一民，則莫若反之政；欲修政美俗，則莫若求其人。彼其人者，生今之世而志乎古之世，以天下之王公莫之好也，而是子獨好之；以民莫之爲也，而是子獨爲之也。抑好之者貧，爲之者窮，而是子猶爲之，而無是須臾怠焉。差焉獨明夫先王所以得之者，所以失之者，知國之安危臧否，若别黑白，則是其人也。人主欲强固安樂，則莫若與其人用之。巨用之，則天下爲一，諸侯爲臣；小用之，則威行鄰國，莫之能御。若殷之用伊尹，周之遇太公，可謂巨用之矣；齊之用管仲，楚之用孫叔敖，可謂小用之矣。巨用之者如彼，小用之者如此也，故曰粹而王，駁而霸，無一而亡。《詩》曰：「四國無政，不用其良。」不用其良臣而不亡者，未之有也。

喬樅謹案：「好之者貧」句，本皆脱佚，今據《荀子·君道》篇補入。

百川沸滕。

【補】【《玉篇·水部》】《詩》曰：「百川沸滕。」水上涌也。

喬樅謹案：滕，《毛詩》作「騰」，是古文之假借。《玉篇》所引，據《韓詩》之文，故與毛字異。

繁惟司徒。《釋文》。

【《毛詩釋文》】番，《韓詩》作「繁」。

喬樅謹案：繁，《毛詩》作「番」，《齊詩》又作「皮」。顧氏炎武云：「番音波。《儀禮》『皮樹中』，今文『皮』爲『繁』。《漢書》『繁延壽』，繁音婆。按此則『番』『繁』『皮』皆以音同通用。」

抑此皇父。

【《韓詩》曰】抑，意也。《釋文》。

喬樅謹案：《毛詩箋》云：「抑之言噫也。」噫，是皇父疾而呼之。「噫」「意」亦同聲也。宋綿初云：「戴侗《六書故》：《論語》『抑與之與』，漢石經作『意與之與』。《大戴禮》：『武王問師，尚父曰：黄帝、顓頊之道存乎？意亦忽不可得見與？』《後漢書》：『隗囂問班彪曰：抑者縱横之事復起於今乎？』蓋『抑』『意』一聲之轉也。」

胡爲我作，不即我謀。

【《韓詩外傳》七】昔者司城子罕相宋，謂宋君曰：「夫國家之安危，百姓之治亂，在君之行。夫爵賞賜與，人之所好也，君自行之；殺戮刑罰，民之所惡也，臣請當之。」君曰：「善！寡人當其美，子受其惡。寡人自知不爲諸侯笑矣。」國人知殺戮之刑專在子罕也，大臣親之，百姓畏之，居不期年，子罕遂去宋君，而專其政。故老子曰：「魚不可脱於淵，國之利器不可以示人。」《詩》曰：「胡爲我作，不即我謀。」

喬樅謹案：舊本「爵」下衍「禄」字，「與」譌作「舉」。趙懷玉曰：「案《韓非·外儲説》作『慶賞賜予』，《淮南·道應訓》作『爵賞賜予』，今據删正。」

不憖遺一老。

【《韓詩》曰】憖，閻也。《釋文》。

喬樅謹案：惠氏《左傳補注》云：「昭十一年經『會於厥憖』，《釋文》魚靳反，徐五巾反。案《公羊》作『屈銀是憖』，讀爲銀，徐音是也。《説文》云：『憖，从心，猌聲。』又云：『猌，从犬，來聲，讀又若銀。』是古音皆以『憖』爲『銀』。據此知《韓詩》『憖，閻』之訓亦以音同轉注也。」喬樅又案：「《説文》『憖』下注曰：『肎〔一〕也，敬謹也。一曰説也，一曰且〔二〕也。』引《春秋傳》曰：『昊天不憖。』又『閻』下注曰：『和説而諍也。』《玉篇》曰：『閻，和敬貌。』『和敬』之訓與敬謹義同，『和説』之訓與説義同，故『憖』字得與『閻』通假。此詩之『閻』當與『憖』同爲且辭。」

無罪無辜，讒口嗸嗸。

〔一〕「肎」，《説文解字》作「問」。

〔二〕「且」，《説文解字》作「甘」。

【《毛詩釋文》】囂囂，《韓詩》作「嗸嗸」。

喬樅謹案：嗸嗸，《爾雅》作「謷謷」，《潛夫論》引《詩》作「敖敖」。「嗸」「謷」字通，「敖」即「嗸」之省。劉向引《詩》作「嗸嗸」，與《韓詩》文同。《毛詩鄭箋》云：「囂囂，衆多貌。」《説文·㗊部》：「囂，聲也。」㗊爲衆口，故有衆多之義。又《口部》：「嗸，衆口愁也。」又《言部》：「謷，不省人言也。」是此詩「讒口囂囂」，當以「囂」字爲正。《鴻雁》詩「哀鳴嗸嗸」，當以「嗸」字爲正。《板》詩「聽我囂囂」，《傳》云「猶謷謷也」，當以「謷」字爲正。然經傳每多通假，故《韓詩》「讒口囂囂」假「嗸」爲之，而舍人《爾雅注》云「謷謷，衆口毀人之貌」，又假「謷」爲之也。

【補】【馮衍《與任武達書》曰】無罪無辜，讒口嗷嗷。《後漢書》本傳注。

四方有羨，我獨居憂。民莫不穀，我獨不敢休。

【《韓詩外傳》七】衛懿公之時，有臣曰弘演者，受命而使，未反。狄人攻衛，於是懿公欲興師迎之。其民皆曰：「君之所貴而有禄位者，鶴也；所愛者，宫人也。亦使鶴與宫人戰，余安能戰？」遂潰而皆去。狄人至，攻懿公於熒澤，殺之，盡食其肉，獨舍其肝。弘演至，報使於肝，辭畢，呼天而號，哀止，曰：「若臣者，獨死可耳。」於是遂自刳出腹，實納懿公之肝，乃死。桓公聞之，曰：「衛之亡也，以無道也。今有臣若此，不可不存。」於是復立衛於楚丘。如弘演可謂忠士矣，殺身以捷其君，非徒捷其君，又令衛之宗廟復立，祭祀不絶，可謂有大功矣。《詩》曰：「四方有羨，我獨居憂。民莫不穀，我獨不敢休。」

喬樅謹案：《荀子·忠廉》篇亦載此事，惟「捷」字作「徇」，下文同。

悠悠我瘇。

【補】【《玉篇·疒部》】瘇，病也。《詩》云：「悠悠我瘇。」

喬樅謹案：瘇，《毛詩》作「里」。《毛傳》云：「里，病也。」《鄭箋》云：「居也。」鄭義與毛異，毛蓋以「里」爲「瘇」之假借。《玉篇》所引，是《韓詩》之文，訓義與《毛傳》同。

雨無正

喬樅謹案：王氏《詩考》載《韓詩》作：「《雨無極》，正大夫刺幽王也。」引劉安世曰：「嘗讀《韓詩》，篇首有『雨無其極，傷我稼穡』二句。」朱子《集傳》駁之，以爲出好事者之附會。《呂記》又引董氏曰：「《韓詩》作『《雨無政》，正大夫刺幽王也』，《章句》曰：『無，衆也。』《書》曰『庶草繁蕪』，《説文》曰：『蕪，豐也。』則雨衆多者，其爲政令不得一也，故爲正大夫之刺。」胡承珙曰：「董氏謂《薛君章句》讀『無』爲『蕪』，似非盡妄。『雨蕪政』者，蓋謂政亂如雨之蕪。薛君以衆訓『無』，則韓義與毛序略近。惟謂『正大夫之刺』，則篇中明有『正大夫離居，莫知我勩』之語，對彼言我，其不作於正大夫明矣。」喬樅謂：《毛叙》云：「《雨無正》，大夫刺幽王也。雨自上下者也，衆多如雨，而非所以爲政也。」則「正」即「政」字。《韓詩》作「雨無政」，董語尚爲可信。《十月之交》至《小宛》四篇，《毛叙》皆爲刺幽王。《鄭箋》云：「當爲刺厲王。作《訓詁傳》時，移其篇第，因改之耳。」《正義》曰：「《毛詩》爲毛公所移四篇，容可在此，今《韓詩》亦在此者，齊、韓之徒非有壁中舊本可據，或見毛次於此，故因之。」孔氏作《正義》時，《韓詩》尚存，如《韓詩》作「雨無極」，且篇首多「雨無其極」二句，《正義》何得無一語及之？劉安世説之爲譌妄，此不待辨而明。據《正義》言，《韓詩》篇第與毛同，則《十月之交》及《雨無正》以下三篇，《韓詩》皆爲「大夫刺幽王」可知。竊意《韓詩》作「雨無政」，其「正」字乃「政」之音讀，後人轉寫，誤入正文耳。

若此無罪，薰胥以痛。

【《韓詩》曰】薰，帥也。胥，相也。痛，病也。言此無罪之人，而使有罪者相帥而病之，是其大甚。

《後漢書·蔡邕傳》注。

喬樅謹案：《漢書·叙傳》「薰胥以刑」，注：「晉灼曰：『齊、魯、韓《詩》作薰。薰，帥也，從人得罪相坐之刑也。』顔師古曰：『《韓詩》「淪」字作「薰」。薰者，謂相薰蒸，亦漸及之義耳。』」

謀猶回穴。《釋文》。

【《韓詩》曰】謀猷回泬。○【《薛君章句》曰】回泬，邪僻也。《文選·西征賦》注。○又十四班固《幽通賦》注。

【《韓詩》曰】穴，僻也。《釋文》。

喬樅謹案：《幽通賦》注引《韓詩》作「回泬」，此順班固文而改耳，當从《釋文》作「穴」字。《文選·西征賦》李善注引《薛君章句》：「回，邪僻也。」「回」下當脱「泬」字。據《毛傳》云：「回邪，遹僻。」又《幽通賦》注引曹大家曰：「回，邪也。穴，僻也。」皆以邪釋「回」，以僻釋「穴」，是其證也。「泬」「穴」「穴」皆「遹」字之假借。《説文》：「遹，回避也。」胡承珙謂「避」當依《韻會》作「辟」，「辟」謂邪僻也。馬瑞辰曰：「古『遹』讀如穴，故通作『穴』與『泬』。猶《毛詩》『穴彼晨風』，《韓詩》作『鴥』也。」

潝潝訿訿。

【《韓詩》曰】潝潝訿訿，不善之皃。《釋文》。

喬樅謹案：《毛傳》云：「潝潝然患其上，訿訿然不思舊二字誤倒作「思不」，據《正義》及《説文》訂正。稱乎上。」是二者皆爲不善之貌。馬瑞辰曰：「《方言》：『翕，熾也。』《廣雅》同，則『潝』蓋讀如『翕』。郭璞注《爾雅》云『姦黨熾』，正釋『翕翕』二字。《正義》以『潝潝』爲小人之勢，是作威福也。『訿』或作『呰』。《説文》：『呰，不思稱意也。』義本《毛傳》。據《召旻》詩『皋皋訿訿』，《傳》云：『訿，窳不供事也。』《説文》：『呰，窳也。』『窳，嬾也。』則『訿』蓋讀如『呰』。」陳奂曰：「『潝潝』有彊禦之義。《毛傳》云『患其上者』，謂與上爲患也。『訿訿』有病弱之義。《史記·貨殖傳》『呰窳偷生』，晉灼曰：『呰，病也。』《漢書·地理志》注引應劭曰：『呰，弱也。』《毛傳》云『不思稱乎上』，言不思報稱乎上也，皆謂臣下不供職事。故《韓詩》云：『潝潝訿訿，不善之貌也。』」

謀夫孔多，是用不就。

【《韓詩外傳》六】晉平公游於河而樂曰：「安得賢士，與之樂此也？」船人盍胥跪而對曰：「主君亦不好士耳。夫珠出於江海，玉出於崑山，無足而至者，由主君之好也。士有足而不至者，蓋主君無好士之意耳，無患乎無士也。」平公曰：「吾食客門左千人，門右千人，朝食不足，夕收市賦，夕食不足，朝收市賦，吾可謂不好士乎？」蓋胥對曰：「夫鴻鵠一舉千里，所恃者六翮爾。背上之毛、腹下之毳，益一把，飛不爲加高；損一把，飛不爲加下。今君之食客，門左門右各千人，亦有六翮在其中矣，將皆背上之毛、腹下之毳耶？」《詩》曰：「謀夫孔多，是用不就。」

喬樅謹案：就，《毛詩》作「集」，《傳》云：「集，就也。」《詩考》引《外傳》「不就」，而今本仍作「集」，誤。盇胥，《藝文類聚》九十引《韓詩外傳》作「蓋胥」，李善《文選注》凡四引《外傳》，亦並作「蓋胥」，「蓋」「盇」古通。蓋，姓，見《廣韻注》。胥，其名也。

民雖靡腜。

【《韓詩》曰】靡腜，猶無幾何也。《釋文》。

喬樅謹案：腜，《毛詩》作「膴」，「膴」「腜」古通用字。《鄭箋》訓「膴」爲法，與上文訓「止」爲禮同意，是以「膴」爲「模」之假借，與韓、毛義異。《正義》引王肅述毛，讀「膴」爲「幠」。幠，大也，無大有人言少也。國雖小，民雖少，猶有此六事。喬樅謂：王肅以「靡膴」言少，義即本於《韓詩》。然讀「膴」爲「幠」，則未爲得也。《毛傳》於國雖靡止言小也，是以止訓大。馬瑞辰曰：「《抑》詩傳：『止，至也。』《爾雅》：『晊，大也。』《釋文》：『晊，本又作至。』《易》『至哉坤元』，猶言大哉乾元。『止』與『至』同義，故亦訓爲大。」則此句「民雖靡腜」，「腜」義宜訓盛多。《韓詩》云：「靡腜，猶無幾何。」是亦以「腜」爲盛多貌。胡承珙據《詩·大雅·緜》「周原膴膴」，《文選·魏都賦》注引《韓詩》亦作「腜」，僖二十八年《左傳》「原田每每」，「每」亦與「腜」同。「每」之義，爲草盛上出。是「膴」「腜」「每」皆盛多之義，其説良韙。馬瑞辰泥《巧言》篇《毛傳》：「膴，大也。」謂「幠」「膴」字同，毛義當訓大，並謂《韓詩》亦以「腜」爲大，胥失之矣。

不敢暴虎，不敢馮河。

【補】【《後漢書》郅惲上書曰】暴虎馮河，未至之戒，誠小臣所竊憂也。

小宛

翰飛厲天。

【《韓詩》曰】翰飛厲天。○【《薛君章句》曰】厲，附也。《文選·西都賦》注。

喬樅謹案：厲，《毛詩》作「戾」，《傳》云：「戾，至也。」文與韓異。而至、附義仍相近。附即傅也，《菀柳》篇曰「有鳥高飛，亦傅于天」是已。

載飛載鳴。

【補】【曹植《魏德論謳》】載飛載鳴。

我日斯邁，而月斯征。夙興夜寐，無忝爾所生。

【《韓詩外傳》八】昨日何生，今日何成。必念歸厚，必念治生。日慎一日，完如金城。《詩》曰：「我日斯邁，而月斯征。夙興夜寐，無忝爾所生。」

哀我瘆寡。

【《韓詩》曰】瘆，苦也。《釋文》。

喬樅謹案：瘆，《毛詩》作「填」，《傳》云：「填，盡也。」與韓文異。胡承珙曰：「古从『真』、从『㐱』之字互相假借。《毛傳》訓『填』爲盡，盖以『填』爲『殄』之假借。《瞻卬》『邦國殄瘁』，《傳》云：『殄，盡也。』《韓詩》作『瘆』者，『瘆』乃籀文『胗』字。胗，脣瘍也，非其義，盖以『瘆』爲『瘨』之假借。《説文》：『瘨，病也。』《雲漢》《召旻》箋竝云：『瘨，病也。』《雲漢》釋文：『瘨，《韓詩》亦作瘆。』」喬樅謂：古以病、苦互訓，《吕覽·權勳》篇、《貴卒》篇注並云：「苦，病也。」《廣雅·釋詁》：「病，苦也。」「苦，窮也。」然則《韓詩》瘆苦之訓，其義當爲窮苦，猶《毛詩》「填，盡」之訓，其義亦爲窮盡。故《鄭箋》云：「可哀哉，我窮盡寡財之人，仍有獄訟之事，無可以自救也。」

宜犴宜獄。

【《韓詩》曰】鄉亭之繫曰犴，朝廷曰獄。《釋文》。○《初學記》二十。

喬樅謹案：犴，《毛詩》作「岸」，《傳》云：「訟也。」此古文以「岸」爲「犴」之假借。《説文》：「豻，或从犬作『犴』。」引《詩》「宜犴宜獄」，據《韓詩》文也。胡承珙曰：「『犴』『獄』字皆從犬，取犬所以守之意。《毛傳》訓『岸』爲訟者，訟爲訟繫，獄則讞成。故《韓詩》以鄉亭、朝廷分屬之。」馬瑞辰曰：「《詩》二『宜』字皆『且』字，形近之譌。故《鄭箋》以『仍』字釋之。《説文》：『且，薦也。』《爾雅·釋言》：『荐，再也。』《小爾雅》：『仍，再也。』『薦，重也。』『荐』『薦』同音通用。訓『且』爲仍，猶《説文》訓『且』爲薦也。《箋》：『仍得曰宜。』本蓋作『仍得曰且』，云仍有獄訟之事，猶云且有獄訟之事也。『宜』『且』二字形近易譌。《假樂》詩『宜君宜王』，《釋文》本作『且君且王』，爲趙壹詩『且公且侯』所本。而《正義》本及《釋文》所引『一本』，皆作『宜君宜王』，與此詩『且』譌爲『宜』正同，賴有《箋》説可正其誤。若經本作『宜』，則《箋》不得訓爲仍矣。」

温温恭人，如集于木。惴惴小心，如臨于谷。戰戰兢兢，如履薄冰。

【《韓詩外傳》七】孫叔敖遇狐丘丈人，狐丘丈人曰：「僕聞之：有三利，必有三患。子知之乎？」孫叔敖蹵然易容，曰：「小子不敏，何足以知之，敢問何謂三利，何謂三患？」丈人曰：「夫爵高者，人妬之；官大者，王惡之；禄厚者，怨歸之，此之謂也。」孫叔敖曰：「不然。吾爵益高，吾志益下；吾官益大，吾心益小；吾禄益厚，吾施益博。可以免於患乎？」狐丘丈人曰：「善哉言乎！堯舜其猶病諸。」《詩》曰：「温温恭人，如集于木。惴惴小心，如臨于谷。」

【又曰】孔子曰：「明王有三懼：一曰處尊位而恐不聞其過，二曰得志而恐驕，三曰聞天下之至道而恐不能行。昔者越王勾踐與吴戰，大敗之，兼有南夷。當是之時，君南面而立，近臣三，遠臣五，令諸大夫曰：『聞過而不以告我者，爲上戮。』此處尊位而恐不聞其過也。昔者晉文公與楚戰，大勝之，燒其草，火三日不息。文公退而有憂色，侍者曰：『君大勝楚，而有憂色，何也？』文公曰：『吾聞能以戰勝安者，惟聖人。若夫詐勝之徒，未嘗不危，吾是以憂也。』此得志而恐驕也。昔者齊桓公得管仲、隰朋，辯其言，説其義，正月之朝令，具太牢，進之先祖。桓公西面而立，管仲、隰朋東面而立。桓公曰：『吾得二子也，吾目加明，吾耳加聰，不敢獨擅，進之先祖。』此聞至道而恐不能行者也。由桓公、晉文、越王勾踐觀之，三懼者，明君之務也。」《詩》曰：「温温恭人，如集于木。惴惴小心，如臨于谷。戰戰兢兢，如臨深淵，如履薄冰。」此言文王居人上也。

案：「如臨深淵」句錯入《小旻》，當爲衍文。

喬樅謹案：「桓公得管仲、隰朋」下，舊脱二十八字，據《説苑·君道》篇「有辯其言」以下云云有此一段，文義始備，今依《説苑》文補之。

小弁

惄焉如疛。

【《韓詩》曰】疛，心疾也。《釋文》。

喬樅謹案：《毛詩》「惄焉如擣」，《釋文》：「本或作『𤸱』。」《韓詩》作「疛」，義同。盧氏文弨云：「《吕氏春秋·盡數》篇『氣鬱處腸，則爲張爲疛』，高誘注：『疛，跳動也。』與『擣』義相近。」胡承珙曰：「《毛詩》『擣』字自是假借。《説文》『疛』雖訓腹痛，然心腹義本可通。《玉篇》云：『疛，心腹疾也。』引《吕氏春秋》曰：『身盡疛腫。』是『疛』不專訓腹疾。毛殆以『擣』爲『疛』借，故直訓心疾歟？」喬樅謂：《廣雅》：「疛，病也。」《玉篇》：「疛，心腹疾也。」「𤸱」同上，又病也。《廣韻》：「疛，心腹疾也。」「𤸱」上同，是「疛」與「𤸱」同字。

寤寐永歎，唯憂用老。

【補】【《後漢書·質帝紀》】【梁太后詔曰】寤寐永歎，重懷慘結。○【李賢注】寤，覺也。寐，卧也。《詩》曰：「寤寐永歎，唯憂用老。」

喬樅謹案：《毛詩》作「假寐永歎」，梁太后治《韓詩》者，此詔即用《韓詩》語。章懷太子注所引，與《毛詩》不同，亦當爲《韓詩》之文。「唯」字，《毛詩》作「維」，與《韓詩》字微異。

疢如疾首。

【補】【《後漢書·桓帝紀》】【梁太后詔曰】監寐寤歎，疢如疾首。

鳴蜩嘒嘒。

【補】【曹植《蟬賦》】《詩》咏鳴蜩，聲嘒嘒兮。

【補】【《玉篇·口部》】《詩》云：「鳴蜩嘒嘒。」小聲也。

喬樅謹案：《毛傳》云：「嘒嘒，聲也。」此云「嘒嘒，小聲」，當是《韓詩》之訓。《説文》亦云：「嘒，小聲也。」皆用韓義。

有漼者淵，萑葦淠淠。

【《韓詩外傳》七】楚莊王賜其群臣酒，日暮酒酣，左右皆醉，殿上燭滅，有牽王后衣者，后扢冠纓而絶之，言於王曰：「今燭滅，有牽妾衣者，妾扢其纓而絶之，願趣火視絶纓者。」王曰：「止。」立出令曰：「與寡人飲，不絶纓者，不爲樂也。」於是冠纓無完者，不知王后所絶冠纓者誰，於是王遂與群臣歡飲乃罷。後吴興師攻楚，有人常爲應行，五合戰，五陷陣却敵，遂取大軍之首而獻之。王怪而問之曰：「寡人未嘗有異於子，子何爲於寡人厚也？」對曰：「臣先殿上絶纓者也，當時宜以肝腦塗地，負日久矣，未有所効，今幸得用於臣之義，尚可爲王破吴而强楚。」《詩》曰：「有漼者淵，萑葦淠淠。」言大者無不容也。

君子無易由言。

【《韓詩外傳》五】孔子侍坐於季孫，季孫之宰通曰：「君使人假馬，其與之乎？」孔子曰：「吾聞君取於臣，謂之取，不曰假。」季孫悟，告宰通曰：「今以往，君有取，謂之取，無曰假。」孔子正假馬之名，而君臣之義定矣。《論語》曰：「必也正名乎！」《詩》曰：「君子無由易言。」名正也。

巧言

昊天大憮，予慎無辜。

【《韓詩外傳》四】紂作炮烙之刑，王子比干曰：「主暴不諫，非忠也；畏死不言，非勇也。見過即諫，不用即死，忠之至也。」遂諫，三日不去朝，紂囚殺之。《詩》曰：「昊天太憮，予慎無辜。」

【又曰】桀爲酒池，可以運舟；糟丘，足以望十里；而牛飲者三千人。關龍逢進諫曰：「古之人君，身行禮義，愛民節財，故國安而身壽。今君用財若無窮，殺人若恐弗勝，君若弗革，天殃必降，而誅必至矣。君其革之。」立而不去朝，桀囚而殺之。君子聞之，曰：「天之命矣。」《詩》曰：「昊天大憮，予慎無辜。」

【又《外傳》七】傳曰：「伯奇孝，而棄於親；隱公慈，而殺於弟；叔武賢，而殺於兄；比干忠，而誅於君。」《詩》曰：「予慎無辜。」

【又曰】紂殺王子比干，箕子被髮佯狂。陳靈公殺泄冶，鄧元去陳以族。從自此之後，殷并於周，陳亡於楚，以其殺比干、泄冶，而失箕子、鄧元也。燕昭王得郭隗、鄒衍、樂毅，是以魏、趙興兵而攻齊，棲於莒。燕支地計衆，不與齊均也，然所以信燕至於此者，由得士也。故無常安之國，無宜治之民，得賢者昌，失賢者亡，自古及今，未有不然者也。明鏡者，所以照形也；往古者，所以知今也。知惡古之所以危亡，而不務襲蹈其所以安存，則未有以異乎却走而求逮前人也。太公知之，故舉微子之後，而封比干之墓。夫聖人之於賢者之後，尚如是厚也，而況當世之存者乎？《詩》曰：「昊天太憮，予慎無辜。」

僭始既減。

【《韓詩》曰】減，少也。《釋文》。

喬樅謹案：減，《毛詩》作「涵」，《傳》云：「涵，容也。」文、義與韓並異。馬瑞辰曰：「『涵』『咸』古同聲通用。《韓詩》作『減』者，『咸』之假借。《章句》訓爲減少，失之。」胡承珙曰：「『涵』『咸』字固可通，然以『減』爲少，當謂亂萌初起，僭端尚少也。」喬樅謂：《月令》「水泉咸竭」，《吕覽・仲冬紀》作「減竭」。《漢書・石奮傳》「九卿咸宣」，服虔音「減損」之「減」，《史記・酷吏傳》作「減宣」，蓋古音讀「減」如「咸」，故與「涵」通用。《廣雅・釋詁》三：「減，少也。」當即本《韓詩》訓義。

匪其止恭，惟王之邛。

【《韓詩外傳》四】有大忠者，有次忠者，有下忠者，有國賊者。以道覆君而化之，是謂大忠也；以德調君而輔之，是謂次忠也；以諫非君而怨之，是謂下忠也；不恤乎公道之達義，偷合苟同以持禄養者，是謂國賊也。若周公之於成王，可謂大忠也；管仲之於桓公，可謂次忠也；子胥之於夫差，可謂小忠也；曹觸龍之於紂，可謂國賊也。皆人臣之所爲也，吉凶賢不肖之效也。《詩》曰：「匪其止恭，惟王之邛。」

【又曰】哀公問取人，孔子曰：「無取健，無取佞，無取口讒。健，驕也。佞，諂也。口讒，誕也。故弓調，然後求勁焉；馬服，然後求良焉；士信慤，而後求知焉。士不信焉，又多知，譬之豺狼，其難以身近也。《周書》曰：『爲虎傅翼也。』不亦殆乎？」《詩》曰：「匪其止恭，惟王之邛。」言不恭其職事，而病其主也。

他人有心，予忖度之。

【《韓詩外傳》四】齊桓公獨以管仲謀伐莒，而國人知之。桓公謂管仲曰：「寡人獨爲仲父言，而國人知之，何也？」管仲曰：「意若國中有聖人乎？今東郭牙安在？」桓公顧曰：「在此。」管仲曰：「子有言乎？」東郭牙曰：「然。」管仲曰：「子何以知之？」曰：「臣聞君子有三色，是以知之。」管仲曰：「何謂三色？」曰：「歡忻衆説，鐘鼓之色也；愁悴哀憂，衰絰之色也；猛厲充實，兵草之色也。是以知之。」管仲曰：「何以知其莒也？」對曰：「君東面而指，口張而不掩，舌舉而不下，是以知其莒也。」桓公曰：「善。」東郭先生曰：「目者，心之符也。言者，行之指也。夫知者之於人也，未嘗求知，而後能之也。觀容貌，察氣志，定取舍，而人情畢矣。」《詩》曰：「他人有心，予忖度之。」

趯趯毚兔，遇犬獲之。

【《韓詩章句》曰】趯趯，往來貌。獲，得也。言趯趯之毚兔，謂狡兔數往來逃匿其蹟，有時遇犬得之。《史記·春申君列傳》注。

喬樅謹案：趯趯，《毛詩》作「躍躍」。《草蟲》傳曰：「趯趯，躍也。」則《毛詩》「躍躍」亦當訓爲跳躍。韓云「往來貌」者，謂其往來跳疾趯趯然也。《正義》引王肅云：「言其雖騰躍，逃隱其迹，或適與犬遇，而見獲也。」王之述毛，即用《韓詩》之義。「遇」，《韓詩》如字。《鄭箋》云：「遇犬，犬之馴者，謂田犬也。」是以遇爲馴犬。馴，猶良也。《易林·謙之益》云：「狡兔趯趯，良犬逐咋。」亦以遇犬爲良犬，焦贛用《齊詩》，然則《鄭箋》之語蓋本齊義。《毛詩釋文》云：「遇如字，世讀作愚，非也。」焦氏循曰：「如字者，毛義也。讀愚者，鄭義也。以爲非者，非鄭而是毛也。」馬瑞辰曰：「鄭以遇犬爲犬之馴者。馴，順也，善也。二義均見《廣雅》。是鄭未嘗讀『遇』爲『愚』。《釋文》以『世』讀『愚』爲非，非以鄭爲非也。《爾雅釋文》引《廣雅》，以殷虞爲良犬名，蓋謂殷之良犬名虞，猶晉獒、韓盧之比。犬之大者名獒，虞亦大也。『虞』『遇』雙聲，『遇』當即『虞』之假借，故鄭又以爲田犬。『虞』『吾』古同音，『虞』之借作『遇』，猶『梧丘』之訓爲遇邱也。毛於『遇犬』無傳，讀如字者，乃王肅述毛之義，未必遂於毛義有當。」曾釗曰：「『遇』與『㥛』對，《傳》以狡訓『㥛』，則『遇』即『愚』之假借。《老子》『將以愚之』，王注：『愚謂無知，守真順自然也。』是『愚』本有馴順之義。《素問·精微論》曰：『請問有㥛遇樸陋之問。』是『㥛』與『愚』古恒對舉之證。《莊子·則陽》篇『匿爲物而愚不識』，《釋文》：『愚，本又作遇。』『愚』『遇』二字古通用。」喬樅謂：馬、曾二説，義竝通。然四家之《詩》，師承不同，容有異讀。《韓詩》云「有時遇犬獲之」，則自當讀「遇」如字，訓爲逢遇也。

何人斯

祇攪我心。

【補】【曹植《七啟》】祇攪予心。

我心施也。

【《韓詩》曰】施，善也。《釋文》。

喬樅謹案：施，《毛詩》作「易」，《傳》云：「易，説也。」與韓文異。馬瑞辰曰：「『易』『施』古音不同部而義近。《皇矣》詩『施于孫子』，《箋》云：『施，猶易也。』《易·繫詞上》『辭有儉易』，京房注：『易，善也。』凡相善即相説，毛、韓義正相成。《書·盤庚》『不惕予一人』，《白虎通》引作『不施予一人』，亦『易』『施』通用之類。」

出此三物，以詛爾私。

【《五經異義》】盟牲所用。《韓詩》云：「天子、諸侯以牛、豕，大夫以犬，庶人以鷄。」

喬樅謹案：《毛傳》云：「三物，豕、犬、鷄也。民不相信，則盟詛之。君以豕，臣以犬，民以鷄。」《正義》引鄭《異義駮》云：「《詩》説及鄭伯使卒及行所出，皆謂詛耳，小於盟也。」又云：「定本『民不相信則詛之』，無『盟』字。」今據《韓詩》言盟牲而不及詛，自是以盟該詛，盟大而詛小，盟牲以牛，詛則以豕而已。《韓詩》言天子、諸侯以牛、豕，此兼舉盟、詛所用之牲，非以牛、豕爲天子、諸侯之等差也。毛言君以豕，而不及牛，此則專指詛言之。《左氏·襄十一年傳》云：「季武子將作三軍，盟諸僖閎，詛諸五父之衢。」又《定公六年傳》云：「既逐陽虎及三桓，盟於周社，盟國人於亳社，詛諸五父之衢。」此分别盟、詛之異，知爲詛小於盟也。

爲鬼爲蜮。

【《韓詩内傳》曰】短狐，水神也。

喬樅謹案：《太平御覽》九百五十引作《外傳》，「外」字乃「内」之誤，又九百九《獸部》引

《韓詩外傳》曰「狐，水神也」，亦誤。《韓詩》此傳即釋《詩》「爲鬼爲蜮」，當云：「蜮，短狐水神也。」《御覽》又引《元中記》曰：「水狐者，視其形蟲也，其氣乃鬼也。長三四寸，其色黑，廣寸許，背上有甲，厚三分許。其頭〔一〕有物向前，如角狀，見人則氣射人，去二三步即射人，中十人，六七人死。」考《説文》云：「蜮，短狐也，似鼈，三足，以氣射害人。」案「狐」當爲「弧」之假借字。《博物志》以爲口中有弩形，以氣射人影是也。《漢書·五行志》云：「蜮在水旁，能射人，射人有處，甚者至死，南方謂之短弧。」師古曰：「短弧即射工也，亦名水弩。」正作「弧」字，足證「短狐」乃「短弧」之假借。以其居水中，故又以爲水神也。《詩》以「鬼」「蜮」並言者。李善《文選·東京賦》注引《漢舊儀》曰：「魊，鬼也。」「魊」與「蜮」古字通。又引《漢舊儀》曰：「昔顓頊氏有三子，一居水中，爲魍魎蜮鬼。」是蜮本爲鬼物之類也。

巷伯

緀兮斐兮，成是貝錦。

〔一〕「頭」，《太平御覽》作「口」。

【補】【《説文·糸部》】緀，帛文貌。《詩》曰：「緀兮斐兮，成是貝錦。」

【補】【《薛君韓詩章句》曰】靡，好也。《文選》十七《文賦》注。

喬樅謹案：此條《詩考》屬之《烈文》篇「無封靡於爾邦」下，其義未當。據曹植《魏德論》，以「荆人封靡」與「交益影從」對文，是讀「靡」爲「披靡」之「靡」，則義不得訓好。子建，習《韓詩》者也。竊意「靡，好」之訓，是釋《巷伯》詩「緀斐」之義。緀，《毛詩》作「萋」，爲「緀」之假借。斐，《毛詩釋文》云：「或作『菲』。」「菲」亦「斐」字之假借。《説文》所引《詩》作「緀兮斐兮」，疑即《韓詩》之文。「斐」字，《韓詩内傳》當訓爲靡。故《薛君章句》申釋之曰：「靡，好也。」考揚雄《方言》二云：「東齊言布帛之細者曰綾，秦晉曰靡。」郭璞注云：「靡，細好也。」其義當亦本之《韓詩》。

慎爾言矣，謂爾不信。

【《韓詩外傳》三】受命之士正衣冠而立，儼然，人望而信之。其次，聞其言而信之。其次，見其行而信之。既見其行，而衆皆不信，斯下矣。《詩》曰：「慎爾言矣，謂爾不信。」

喬樅謹案：矣，《毛詩》作「也」。

取彼譖人，投畀豺虎。豺虎不食，投畀有北。有北不受，投畀有昊。

【補】【《後漢書》朱勃上疏曰】《詩》云：「取彼譖人，投畀豺虎。豺虎不食，投畀有北。有北不受，投畀有昊。」此言欲令上天而平其惡。

喬樅謹案：《後漢書·馬援傳》：「勃字叔陽，年十二能誦《詩》《書》。常候援兄況。勃衣方領，能矩步，辭言嫻雅，援裁知書，見之自失。況知其意，乃自酌酒慰援曰：『朱勃小器速成，智盡此耳，卒當從女稟學，勿畏也。』及援爲將軍封侯，而勃位不過縣令。後援遇讒，惟勃能終焉。」李賢注引《續漢書》曰：「勃能説《韓詩》。」是勃所稱《詩》乃韓説也。讒人，《毛詩》作「譖人」，與韓文異。

【補】【《韓詩内傳》曰】孔子爲魯司寇，先誅少正卯，謂佞道已行，亂國政也；佞道未行，章明遠之而已。《白虎通·誅伐》篇。

〔清〕陳壽祺　陳喬樅　撰
馬昕米　臻　點校

三家詩遺説考

第四册

中華書局

韓詩遺説考卷第三（三之三）

福州陳壽祺學　男喬樅述

韓詩小雅三

谷風

將恐將懼。

【《韓詩》曰】將恐將懼。○【薛君曰】將，辭也。《文選》三十六任昉《策秀才文》注。

將安將樂，棄予如遺。

【《韓詩外傳》七】宋玉因其友見楚襄王，襄王待之無以異，乃讓其友，友曰：「夫薑桂因地而生，不因地而辛。女因媒而嫁，不因媒而親。子之事王未耳，何怨於我？」宋玉曰：「不然。昔者齊有狡兔，盡一日而走五百里，使之瞻見指注，雖良狗猶不及狡兔之塵，若攝纓而縱紲之，則狡兔亦不能離也。今子之屬臣也，攝纓縱紲歟，瞻見指注歟？」《詩》曰：「將安將樂，棄予如遺。」

案：臧鏞堂輯《韓詩》，引《外傳》云「棄予作遺」，考元槧本《外傳》「棄予妰遺」壞字也，不當采入，臧改爲「作」字，殊誤。

喬樅謹案：「則狡兔亦不能離」以下三句共十九字，舊本脱去，今據《新序·雜事五》補入。

【補】【《三國志》曹植疏】《谷風》有棄予之歎。

蓼莪

無父何怙，無母何恃。

【《韓詩》曰】無父何怙。怙，頼也。無母何恃。恃，負也。《衆經音義》一。

案：《毛詩釋文》止引《韓詩》云「怙，頼也」，下云「恃，負也」，不言《韓詩》，蓋相承文省耳。又《華嚴經音義》引《韓詩傳》，連經文二語。

喬樅謹案：「怙」「恃」訓義互通。《爾雅·釋言》：「怙，恃也。」《説文》：「恃，頼也。」「負，恃也。」是已。馬瑞辰曰：「《唐風》以陟岵興望父，即取可怙之義。《漢書·高帝紀》注引如淳曰：『俗謂老大母爲阿負。』師古曰：『劉向《列女傳》：魏曲沃負者，魏大夫如耳之母也。』此則古語謂老母爲負耳。謂母爲負，盖取可恃之義也。」

父兮生我，母兮鞠我。拊我畜我，長我育我。顧我復我，出入腹我。

【《韓詩外傳》七】夫爲人父者，必懷慈仁之愛，以畜養其子，撫循飲食，以全其身。及其有識也，必嚴居正言，以先導之。及其束髮也，授明師以成其技。十九見志，請賓冠之，足以死其意。血脈澄靜，娉内以定之，信承親授，無有所疑。冠子不言，髮子不笞，聽其微諫，無令憂之。此爲人父之道也。《詩》曰：「父兮生我，母兮鞠我。拊我畜我，長我育我。顧我復我，出入腹我。」

喬樅謹案：《文選·洞簫賦》注引首三句作「《韓詩》曰」，即採《外傳》此條。宋綿初係《小弁》「靡瞻匪父」下，未當。又「冠子不言」，趙懷玉校語云：「疑當作『不閑』。」

欲報之德，昊天罔極。

【補】【《三國志》曹植疏】終懷《蓼莪》罔極之哀。

【補】【曹植《責躬詩》】昊天罔極。

大東

周道如砥，其直如矢。君子所履，小人所視。睠焉顧之，潸然出涕。

【《韓詩外傳》三】道義不易，民不由也；禮樂不明，民不見也。《詩》曰「周道如砥，其直如矢」，言其易也；「君子所履，小人所視」，言其明也；「睠焉顧之，潸然出涕」，哀其不聞禮教而就刑誅也。

嬥嬥公子。

【《韓詩》云】嬥嬥，往來貌。《釋文》。

喬樅謹案：《廣韻·二十九篠》「嬥」下引《韓詩》同。嬥嬥，《毛詩》作「佻佻」，訓獨行貌。王逸《楚詞注》引《詩》作「苕苕」，是據魯家之文，義當訓爲直好貌，文、義並與韓異。韓訓「嬥嬥」爲往來貌，蓋以「嬥嬥」爲「趯趯」之假借字。

或以其酒，不以其漿。

【《韓詩外傳》七】宋燕相齊，見逐，罷歸之舍，召門尉陳饒等二十六人曰：「諸大夫有能與我赴諸侯者乎？」陳饒等皆伏而不對。宋燕曰：「恐乎哉！何士大夫易得而難用也？」陳饒曰：「君弗能用也，則有不平之心，是失之己而責諸人也。」宋燕曰：「夫失之己而責諸人者何？」陳饒曰：「三斗之稷，不足於士，而君鴈鶩有餘粟，是君之一過也；果園梨栗，後宫婦人以相提擲，而士曾不得一嘗，是君之二過也；綾紈綺縠，靡麗於堂，從風而弊，士曾不得以爲緣，是君之三過也。且夫財者，君之所輕也；死者，士之所重也。君不能行君之所輕，而欲使士致其所重，譬猶鉛刀畜之，而干將用之，不亦難乎？」宋燕面有慚色，逡巡避席，曰：「是燕之過也。」《詩》曰：

「或以其酒，不以其漿。」

喬樅謹案：《毛傳》云：「或醉於酒，或不得漿。」《正義》曰：「毛以爲言王政之偏，或用之爲官，令其醉酒；或不見任用，不得其漿。」毛意與《韓詩外傳》引《詩》正同，其義甚古。歐陽《本義》乃云：「言當飲漿者，今飲酒矣。」第就一人言之，殊失其義。

跂彼織女，終日七襄。雖則七襄，不成報章。

【《韓詩》曰】跂彼織女，終日七襄。雖則七襄，不成報章。○【薛君曰】襄，反也。《文選》廿六顏延之《夏夜呈從兄詩》注。

喬樅謹案：此與《毛傳》義同。《鄭箋》云：「襄，駕也。」謂更其肆也。從旦至莫七辰，辰一移，因謂之七襄。此從岳本。《正義》述毛，謂終一日歷七辰，至夜而迴反。胡承珙曰：「案此疏非是。經言日，竝不及夜，況移七襄而至夜，亦不得謂之迴反。蓋『反』即更也，《呂覽·察微》篇『舉兵反攻之』，《知度》篇『其患又將反以自多』，高誘注並以『反』爲更。此《傳》言『反』者，亦謂從旦至莫七更其次。《鄭箋》言『更其肆』者，申《傳》，非易《傳》也。《爾雅》：『襄，除也。』《斯干》傳：『除，去也。』除去者，變更之義。故韓、毛皆以『襄』爲反。」胡說是也。

東有启明，西有長庚。

【《韓詩》云】太白晨出東方爲启明，昏見西方爲長庚。《史記·天官書》索隱。

喬樅謹案：此與《毛傳》説同。《正義》引孫炎説，以明星爲太白，是矣。又云：「長庚不知是何星？」爲兩岐之解，失之。何氏《古義》曰：「考張揖《廣雅》云『太白謂之長庚』，始知長庚、啟明本是一星。《韓詩》《毛傳》亦皆指爲明星，特從來解説『東』『西』不明，似乎每日東西兩見者。夫東西原非同時，當其晨見東方，去夕見之期甚遠；及其夕見西方，去晨見之期甚遠。啟明、長庚正因東西見而異其名耳。」胡承珙曰：「太白名長庚，亦不止見於《廣雅》。徐氏《管城碩記》云：『前漢鄒陽上梁孝王書曰：「衛先生爲秦畫長平之策，太白食昴。」張衡《週天大象》曰：「衛生設策，長庚入昴。」』此太白爲長庚之確證，又在張揖之前者也。若何氏謂太白不能一日東西兩見，則又不然。《新法表異》云：『金星或合太陽而不伏，水星或離太陽而不見。所以然者，金緯甚大，凡逆行，緯在北七度餘，而合太陽於壽星、大火二宫，則雖與日合，其光不伏。一日晨夕兩見者，皆坐此故。水緯僅四度餘，設令緯向是南，合太陽於壽星，嗣後雖離四度，夕猶不見也；合太陽於降婁，後雖離四度，晨猶不見也。此二則用渾儀一測便見，非舊法所能知也。』」

維南有箕，不可以簸揚。維北有斗，不可以挹酒漿。

【《韓詩外傳》四】今有堅甲利兵，不足以施敵破虜；弓良矢調，不足射遠中微，與無兵等爾。有民不足强用嚴敵，與無民等爾。故盤石千里，不爲有地；愚民百萬，不爲有民。《詩》曰：「維南有箕，不可以簸揚。維北有斗，不可以挹酒漿。」

【又曰】傳曰：「舜彈五絃之琴以歌南風，而天下治。周平公酒不離於前，鍾石不解於懸，而宇内亦治。匹夫百畝一室，不遑啟處，無所移之也。夫以一人而兼聽天下，其日有餘而下治，是使人爲之也。夫擅使人之權，而不能制衆於下，則在位非其人也。」《詩》曰：「維南有箕，不可以簸揚。維北有斗，不可以挹酒漿。」言有其位，無其事也。

維南有箕，載吸其舌。

【補】【《玉篇·口部》】《詩》云：「維南有箕，載吸其舌。」吸，引也。

喬樅謹案：《毛詩》「吸」作「翕」，《傳》云：「翕，合也。」與此文、義竝異。《玉篇》所引《詩》，韓家之文也。《鄭箋》云：「翕，猶引也。引舌者，謂上星相近。」蓋用韓義易毛。

唯北有斗，西柄之揭。

【補】【《玉篇·斗部》】枓有柄，形如北斗星，用以斟酌也。《詩》云「唯北有斗」，亦飲水器也。

喬樅謹案：《毛詩釋文》云：「斗，都口反，沈作『主』。」案作「主」者，毛氏之古文；作「斗」者，改從三家今文也。《易·豐卦》「日中見斗」，《釋文》云：「孟作『見主』。」《周官·鬯人》「大喪之大淠設斗」，注云：「斗，所以沃尸也。」《釋文》云：「斗，依注音主。」是古文「主」「斗」字通。此篇「唯北有斗」前後四句，《毛詩傳》《箋》均無訓釋。《玉篇》所説枓形云云，引《詩》爲證，當是據韓家之説也。

四月

秋日淒淒，百卉俱腓。

【《韓詩》曰】秋日淒淒，百卉俱腓。○【薛君曰】腓，變也，言俱變而黄也。《文選》廿謝靈運《九日送孔令詩》注。

喬樅謹案：《文選》謝靈運詩云：「淒淒陽卉腓。」李善注既引《韓詩》及《薛君章句》，又云：「腓音肥。毛萇曰：痱，病也。」今本作「腓」，非。陳氏《稽古》篇曰：「據李言，則《毛詩》作『痱』，唐世寫詩者誤以韓字入《毛詩》，後遂相沿，莫知改正耳。」阮氏《校勘記》曰：「《釋文》：『腓，房非反，病也。』《韓詩》云『變也』，不言其字有異，是《毛詩》經亦作『腓』，但《傳》訓爲病，以爲『痱』之假借字。」胡承珙曰：「案《文選注》引《韓詩》『具』又作『俱』，《玉篇・疒部》引《詩》『百卉具痱』，雖未著毛、韓，然作『具』則當是《毛詩》。《玉篇》在《釋文》之前，是所見《毛詩》本有作『痱』者，蓋韓作『俱腓』，毛作『具痱』，陳氏之説未爲無據也。」

亂離斯莫，爰其適歸。

【《韓詩》曰】亂離斯莫，爰其適歸。○【薛君曰】莫，散也。《文選》廿潘安仁《關中詩》注。

喬樅謹案：梁處素據《文選》三十八任昉《爲范尚書讓吏部表》注引《韓詩》作「亂離瘼矣，爰其適歸」，「瘼，散也」。疑《韓詩》亦同。喬樅謂：梁説非是。潘安仁《關中詩》「亂離斯瘼」，李善注先引《韓詩》「亂離斯莫」云云，又引《毛詩》曰「亂離瘼矣」，「今此既引《韓詩》，宜爲『莫』字」，據此則《韓詩》文爲「亂離斯莫」明甚，《文選》三十八注蓋誤也。此詩三家今文皆作「亂離斯瘼」，與《毛詩》異。《説苑·政理》篇引《詩》及《後漢書》仲長統《昌言·法誡》篇並同，是其明證。《説苑》云：「此傷離散以爲亂者也。」與《韓詩》訓「莫」爲散合，是魯、韓文同，義同。據任彦昇表云「亂離斯瘼，欲以安歸」，潘安仁詩云「亂離斯瘼」，皆用《韓詩》之句。故李善云：「今此既引《韓詩》宜爲『莫』字也。」胡承珙曰：「李善注引《韓詩》『爰其適歸』，『爰』當本作『奚』，以形近致誤。《家語·辯致》篇引此詩作『奚其適歸』，此必本三家《詩》。任彦昇表云『亂離斯瘼，欲以安歸』，正『奚其適歸』之意，此亦足見《韓詩》當作『奚』，與毛異字異義也。」段氏《詩小學》據常璩《華陽國志》引「亂離瘼矣，奚其適歸」，謂三家《詩》有作「奚」者，其説是已。

廢爲殘賊，莫知其尤。

【《韓詩外傳》七】傳曰：「善爲政者，循情性之宜，順陰陽之序，通本末之理，合天人之際。如是，則天氣奉養，而生物豐美矣。不知爲政者，使情厭性，使陰乘陽，使末逆本，使人詭天氣，鞠而不信，鬱而不宣。如是，則災害生，怪異起，群生皆傷，而年穀不熟。是以其動傷德，其静亡救，故緩者事之，急者弗知，日反理而欲以爲治。」《詩》曰：「廢爲殘賊，莫知其尤。」

北山

普天之下，莫非王土。

【《韓詩外傳》一】《詩》曰：「普天之下，莫非王土。」

喬樅謹案：普，《毛詩》作「溥」，《傳》云：「溥，大也。」三家《詩》並作「普」字，《荀子》及賈子《新書》、《白虎通》引《詩》同可證也。趙岐《孟子章句》訓「普」爲徧，用《魯詩》之訓，《韓詩》義當亦同。

率土之濱。

【補】【《後漢書·桓帝紀》】【梁太后詔曰】普天率土，遐邇洽同。

無將大車

無將大車，惟塵冥冥。

【《韓詩外傳》七】魏文侯之時，子質仕而獲罪焉，去而北游，謂簡主曰：「從今以後，吾不復樹德於人矣。」簡主曰：「何以也？」質曰：「吾所樹堂上之士半，吾所樹朝廷之大夫半，吾所樹邊境之人亦半。今堂上之士惡我於君，朝廷之大夫恐我以法，邊境之人刼我以兵，是以不復樹德於人也。」簡主曰：「噫！子之言過矣。夫春樹桃李，夏得陰其下，秋得食其實，春樹蒺藜，夏不可採其葉，秋得其刺焉。由此觀之，在所樹也。今子所樹，非其人也。故君子先擇而後種也。」《詩》曰：「無將大車，惟塵冥冥。」

喬樅謹案：此詩《毛敘》以爲大夫悔將小人也。《荀子·大略》篇引此詩二語，言無與小人處也。今據《韓詩外傳》引此詩以證所樹非其人，則三家與毛義皆同矣。趙懷玉曰：「《説苑·復恩》篇作『陽虎得罪於衛』，此云『魏文侯之時』，亦不與簡主同時，疑皆誤。又『惡我於君朝廷之大夫』九字，舊本脱，據《御覽》六百三十二引補。『恐我以法』，《御覽》作『中我於法』。『是以不復樹德於人也』，『復』字舊脱，亦據《御覽》補之。」

小明

載離寒暑。

【補】【曹植《朔風詩》】載離寒暑。

眷眷懷顧。

【《韓詩》曰】眷眷懷顧。《文選·登樓賦》注，又見《思玄賦》注，及廿五陸雲《荅張士然詩》注、謝惠連《西陵遇風詩》注，廿七王粲《從軍詩》注。

喬樅謹案：《文選》王粲《從軍詩》注引《韓詩》「眷眷懷歸」，疑即此詩，或因下句有「豈不懷歸」遂致誤歟？

静恭爾位，正直是與。神之聽之，式穀以女。

【《韓詩外傳》四】《韶》用干戚，非至樂也；舜兼二女，非達禮也；封黄帝之子十九人，非法義也；往田號泣，非盡命也。以人觀之，則是也；以法量之，則未也。《禮》曰：「禮儀三百，威儀三千。」《詩》曰：「静恭爾位，好是正直。神之聽之，式穀以女。」

案：《外傳》七引作「靖恭爾位」，當是淺人誤改。又「好是正直」，宜作「正直是與」。此所引乃二章之文，或傳寫誤，或韓氏本異，未可知也。

靜恭爾位，好是正直。神之聽之，介爾景福。

【《韓詩外傳》四】齊桓公伐山戎，其道過燕，燕君送之出境，桓公問管仲曰：「諸侯相送，固出境乎？」管仲曰：「非天子，不出境。」桓公曰：「然畏而失禮也，寡人不可使燕失禮。」乃割燕君所至之地以與之，諸侯聞之，皆朝於齊。《詩》曰：「靜恭爾位，正直是與。神之聽之，介爾景福。」

【又《外傳》七】正直者，順道而行，順理而言，公平無私，不爲安肆志，不爲危激行。昔衛獻公出走，反國及郊，將班邑於從者而後入。太史柳莊曰：「如皆守社稷，則孰負羈縶而從？如皆從，則孰守社稷？君反國而有私也，無乃不可乎？」於是不班也。柳莊正矣。昔者衛大夫史魚病且死，謂其子曰：「我數言蘧伯玉之賢，而不能進；彌子瑕不肖，而不能退。爲人臣，生不能進賢而退不肖，死不當[一]治喪正堂，殯我於室足矣。」衛君問其故，子以父言聞。君造然召蘧伯玉而貴之，而退彌子瑕，徙殯於正堂，成禮而後去。生以身諫，死以尸諫，可謂直矣。《詩》曰：「靖恭爾位，好是正直。」

【又《外傳》八】齊景公使人爲弓，三年乃成。景公得弓，而射不穿三札。景公怒，將殺弓人。弓

〔一〕「當」，續編本作「能」。

人之妻往見景公，曰：「蔡人之子、弓人之妻也。此弓者，太山之南，烏號之柘，騂牛之角，荆麋之筋，河魚之膠也。四物者，天下之練材也，不宜穿札之少如此。且妾聞奚公之車不能獨走，莫邪雖利不能獨斷，必有以動之。夫射之道，左手若附枝，掌若握卵，四指如斷短杖，右手發之，左手不知，此蓋射之道。」景公以爲儀而射之，穿七札，蔡人之夫立出矣。《詩》曰：「好是正直。」

【又曰】齊有得罪於景公者，景公大怒，傳置之殿下，召左右肢解之，敢諫者誅。晏子左手持頭，右手磨刀，仰而問曰：「古者明王聖主，其肢解人，不審從何肢解始也？」景公離席曰：「縱之，罪在寡人。」《詩》曰：「好是正直。」

鼓鍾

憂心且陶。

【《韓詩》曰】憂心且陶。陶，暢也。《衆經音義》十二，《後漢書注》八十上，《文選注》三十四。

喬樅謹案：《毛詩》作「憂心且妯」，《傳》云：「妯，動也。」《箋》云：「妯之言悼也。」與韓文異。馬瑞辰曰：「《毛傳》：『妯，動也。』『動』即『慟』字。《韓詩》『憂心且陶』，『陶』即『妯』之假借。『妯』通作『陶』，猶古文《書》『臯陶』作『咎繇』也。『由』又與『舀』通。《菀柳》詩『上帝甚蹈』，《韓詩》作『上帝甚陶』是已。《説文・心部》：『怞，朖也。』引《詩》『憂心且怞』，『怞』與『妯』聲義同。『肶』當爲『恨』之譌，恨亦傷悲之意。『憂心且妯』，與上章『憂心且傷』『憂心且悲』同義。」喬樅謂：馬以「陶」爲「妯」之假借，其説亦通。然「陶」本有憂義，無煩假借。《廣雅·釋言》曰：「陶，憂也。」正釋韓氏「憂心且陶」之訓。《説文》云：「暢，不生也。」《玉篇》同。《禮記·月令》曰：「地氣且泄，是謂發天地之房。諸蟄則死，民必疾疫，又隨以喪，命之曰暢月。」則暢月云者，當即以不生爲義。「暢」字本義訓爲不生，與訓作暢達者正相反，則「暢」之本義蓋與「鬱」近。故古人以「鬱陶」連文，訓爲憂思，「陶」猶「鬱」也。知此則知《韓詩》以「陶」訓暢，「暢」亦有憂鬱之義矣。王氏《廣雅疏證》曰：「凡一字兩訓而反覆旁通者，如『亂』之爲治，『故』之爲今，『擾』之爲安，『臭』之爲香，不可悉數。《爾雅》『鬱陶、繇，喜也』，又云『繇，憂也』，則『繇』字即有憂、喜二義。『鬱陶』亦猶是也，是故喜氣未暢謂之『鬱陶』。《檀弓》正義引何氏《隱義》云：『鬱陶，懷喜未暢意是也。憂思憤盈，亦謂之鬱陶。』《楚詞·九辨》『豈不鬱陶而思君兮』，王逸注云：『憤念蓄積，盈胸臆也。』《孟子》書『象曰鬱陶思君爾』，《史記·五帝紀》『我思舜，正鬱陶』是也。暑氣蘊隆，亦謂之『鬱陶』。摯虞《思游賦》『戚溽暑之鬱陶兮』，夏侯湛《大暑賦》云『乃鬱陶以興熱』是也。事雖不同，而同爲鬱積之義，故命名亦同。」閻氏百詩謂：「憂、喜不同名，《廣雅》誤訓『陶』爲憂，其説非也。」

以雅以南，以籥不僭。

【《韓詩内傳》曰】王者舞六代之樂，舞四夷之樂，大德廣之所及。《魏都賦》注。

喬樅謹案：班固《東都賦》云：「四夷間奏，德廣所及。僸佅兜離，罔不具集。」亦以陳四夷之樂爲德廣所及，班固所云當本《齊詩内傳》語，而説與《韓詩内傳》合，是三家義同。

【薛君曰】南夷之樂曰南。四夷之樂，惟南可以和於雅者，以其人聲音及籥不僭差也。《後漢書·陳禪傳》注。

喬樅謹案：此以六代之樂釋雅，以四夷之樂釋南，三家詩説皆與《毛傳》合。薛君言四夷之樂，惟南可以和於雅者，蓋以南有羽籥，與中國籥舞同。《白虎通》引《樂元語》曰：「東夷之樂，持矛舞，助時生也；南夷之樂，持羽舞，助時養也；西夷之樂，持戟舞，助時煞也；北夷之樂，持干舞，助時藏也。」是四夷之樂，惟南爲文舞。《白虎通》又引一説曰：「東方持矛，南方歌，西方戚，北方擊金。夷狄質，不如中國文，但隨物名之耳，故百王不易。」是四夷之樂，亦惟南有歌曲。故薛君云：「以其人聲音及籥不僭差也。」《詩疏》謂四夷之樂惟專爲舞，其義非是。蔡邕《獨斷》曰：「王者必作四夷之樂，以合天下之歡心。祭神明，和而歌之，以管樂爲之聲。」蔡邕所云，即指南方歌者而言，與薛君言南可以和於雅者正合。然則《韓詩》之説是以「以籥不僭」兼承雅、南二者言之，謂歌聲與舞容皆節奏齊同，和而不僭也。

《鄭箋》分雅、南、籥爲三舞，與《韓詩》義異。

楚茨

禮義卒度，笑語卒獲。

案：今本《韓詩外傳》「義」字誤「儀」，此據《詩考》所引作「義」。《周禮・肆師》「治其禮儀」，注：「故書『儀』爲『義』。」鄭司農云：「『義』讀爲『儀』。」《左傳》「邾儀父」，《漢書・鄒陽傳》作「義父」。《説文》云：「義者，己之威儀也。」故經傳多以「義」爲「儀」字。

【《韓詩外傳》四】禮者，治辯之極也，强國之本也，威行之道也，功名之統也。王公由之，所以一天下也；不由之，所以隕社稷也。是故堅甲利兵，不足以爲武；高城深池，不足以爲固；嚴令繁刑，不足以爲威。由其道則行，不由其道則廢。若楚人蛟革犀兕以爲甲，堅如金石，宛如鉅蛇，慘若蜂蠆，輕利剛疾，卒如飄風，然兵殆於垂沙，唐子死，莊蹻起，楚分爲三四者，此豈無堅甲利兵也哉？所以統之非其道故也。汝淮以爲險，江漢以爲池，緣之以方城〔一〕，限之以鄧林，然秦師至於鄢、郢，舉若振槁然，是豈無固塞限險也哉？其所以統之者，非其道故也。紂殺王子比

〔一〕「城」，底本作「成」，今據《韓詩外傳》改。

干，而囚箕子，爲炮烙之刑，殺戮無時，群下愁怨，皆莫冀其命。然周師至，令不行乎左右，是豈其無嚴令繁刑也哉？其所以統之者，非其道故也。若夫明道而均分之，誠愛而時使之，即下之應上，如影響矣。有不由命，然後俟之以刑，刑一人而天下服，下不非其上，知罪在己也。是以刑罰競消，而威行如流也，無他，由是道故也。《詩》曰：「自東自西，自南自北，無思不服。」如是則近者歌謳之，遠者赴趨之，幽閒僻陋之國，莫不趨使而安樂之，若赤子之歸慈母者，何也？仁刑義立，教誠愛深，禮樂交通故也。

【又曰】君子者，以禮分施，均偏而不偏。臣以禮事君，忠順而不解，父寬惠而有禮，子敬愛而致恭，兄慈愛而見友，弟敬詘而不竭，夫臨照而有別，妻柔順而聽從。若夫行之而不中道，即恐懼而自竦。此道也，偏立即亂，具立即治。請問兼能之奈何？曰審禮。昔者先王審禮以惠天下，故德及天地，動無不當。夫君子恭而不難，敬而不鞏，貧窮而不約，富貴而不驕，應變而不窮，審之禮也。故君子於禮也，敬而安之；其於事也，經而不失；其於人也，寬裕寡怨而弗阿；其於儀也，修飾而不危；其應變也，齊給便捷而不累；其於百官技藝之人也，不與爭能而致用其功；其於天地萬物也，不説其所然謹財其盛；其待上也，忠順而不解；其使下也，均遍而不偏；其於交遊也，緣類而有義；其於鄉曲也，容而不亂。是故窮則有名，通則有功，仁義兼覆天下而不窮，明通天地，理萬變而不疑，血氣平和，志意廣大，行義塞天地，仁知之極也，夫是謂先王審之禮也。若是，則老者安之，少者懷之，朋友信之，如赤子之歸慈母也。曰：仁刑義立，教成愛深，禮樂交通故也。《詩》曰：「禮儀卒度，笑語卒獲。」

【又曰】晏子聘魯，上堂則趨，授玉則跪，子貢怪之，問孔子曰：「晏子知禮乎？今者晏子來聘魯，上堂則趨，授玉則跪，何也？」孔子曰：「其有方矣，待其見我，我將問焉。」俄而晏子至，孔子問之，晏子對曰：「夫堂上之禮，君行一，臣行二。今君行疾，臣敢不趨乎？今君之授幣也卑，臣敢不跪乎？」孔子曰：「善，禮中又有禮，賜，寡使也，何足以識禮也？」《詩》曰：「禮儀卒度，笑語卒獲。」晏子之謂也。

式禮莫愆。

【《韓詩外傳》七】孔子閑居，子貢侍坐：「請問爲人下之道奈何？」孔子曰：「善哉，爾之問也！爲人下，其猶土乎！」子貢未達，孔子曰：「夫土者，掘之得甘泉焉，樹之得五穀焉，草木植焉，鳥獸魚鼈遂焉，生則立焉，死則入焉，多功不言，賞世不絶，故曰能爲下者，其惟土乎！」子貢曰：「賜雖不敏，請事斯語。」《詩》曰：「式禮莫愆。」

馥芬孝祀。

【《韓詩》曰】馥芬孝祀。【薛君曰】馥，香貌也。《文選·蘇武古詩》注。

案：《衆經音義》十四引《韓詩》曰：「馥芬孝祀。馥，香氣也。」

喬樅謹案：《衆經音義》二又引《字林》云：「馥，香氣也。」義本《韓詩》。漢《帝堯碑》云「生自馥芬」，正用《韓詩》之語。《毛詩》作「苾芬孝祀」，《箋》云：「苾苾芬芬，有馨香矣。」是毛、韓文異而義同。「泌」「复」同音，古相通用。宓子賤虙犧，字又作「伏」，是其證也。「苾」亦通作「馝」，《廣雅・釋器》：「馝，香也。」又《説文》：「飶，食之香也。」《玉篇》云：「咇，芳香也。」「飶」「咇」皆以音、義同並通。

神具醉止。

【補】【曹植《魏文帝誄》】神具醉止。《三國・魏志・文帝紀》注。

子子孫孫，勿替引之。

【《韓詩外傳》三】傳曰：「喪祭之禮廢，則臣子之恩薄；臣子之恩薄，則背死亡生者衆。」《小雅》曰：「子子孫孫，勿替引之。」

信南山

信彼南山，維禹敶之。《周禮・稍人》疏。○顔師古《急就章》注。

喬樅謹案：《周禮・稍人》注：「甸，讀與『維禹敶之』之『敶』同，其訓曰乘。」《賈疏》云：

「案《毛詩》『維禹甸之』，不言『畋』者。鄭君先通《韓詩》，此據《韓詩》而言。」胡承珙曰：「《毛傳》：『甸，治也。』《傳》訓『甸』爲治者，『甸』讀爲田。《説文》：『田，畋也。』李巡注《爾雅·釋地》曰：『田，敶也，謂敶列種穀之處。』夫敶列種穀，固已含治義矣。考《韓詩》字雖作『畋』，訓亦當同毛爲治。《爾雅》：『神，治也。』邵二雲謂『神』爲『畋』之轉。又《説文》：『畋，理也。』理即爲治，亦以聲近義同也。鄭注《小司徒》云：『甸之言乘也。』乘亦可訓治。《豳風》『亟其乘屋』，《箋》云：『乘，治是也。』此箋必申以丘甸〔一〕者，以下文『疆理南畝』皆所以奉禹功，故又本甸治之意推而言之耳。《賈疏》謂鄭據《韓詩》爲説，『畋』是軍陳，故訓爲乘，殆未必然。」馬瑞辰曰：「甸爲治，則陳亦皆爲治。《酒誥》曰：『惟其陳脩，爲厥疆畎。』『陳脩皆治也，多方曰畋爾田。《齊風》曰『無田甫田』，並與『陳』聲近而義同。」

【補】【《吴越春秋》四】禹乘四載陸行乘車，水行乘船，泥行乘橇，山行乘欙〔二〕。以行川，始於霍山，徊集五嶽。《詩》云：「信彼南山，惟禹甸之。」

喬樅謹案：此所引《詩》乃作「甸」字，疑後人傳寫，依《毛詩》改之。

〔一〕「甸」，《毛詩後箋》作「乘」。

〔二〕「欙」，《吴越春秋》作「撵」。

上天同雲，雨雪紛紛。

【《韓詩外傳》曰】凡草木花多五出，雪花獨六出者，陰極之數。雪花曰霙，雪雲曰同雲，《藝文類聚》二，《御覽》十二。自上而下曰雨雪。《初學記》二。○《歲華紀麗》一又四。

喬樅謹案：《初學記》云：「同雲謂陰雲竟天，同爲一色。」又《埤雅》引《詩》「上天同雲」，而釋之曰冬爲上天，燠則雲暘而異，寒則雲陰而同，故《韓詩》以雪雲爲同雲也。紛紛，《毛詩》作「雰雰」。何氏《古義》曰：「《説文》『雰』即『氛』字，云『祥也』，與雪無涉，當通作『紛』。」今據《白帖》二兩引《詩》「雨雪紛紛」，則三家今文固有作紛紛者矣。

中田有廬，壃場有瓜。

【《韓詩外傳》四】古者八家而井田。方里爲一井，廣三百步，長三百步，爲一里，其田九百畝。廣一步，長百步，爲一畝；廣百步，長百步，爲百畝。八家爲鄰，家得百畝，餘夫各得二十五畝，家爲公田十畝，餘二十畝爲廬舍，各得二畝半。八家相保，出入更守，疾病相憂，患難相捄，有無相貸，飲食相召，嫁娶相謀，漁獵分得，仁恩施行，是以其民和親而相好。《詩》曰：「中田有廬，壃場有瓜。」

喬樅謹案：此與《穀梁傳》及《漢書·食貨志》合，《穀梁》《魯詩》同一師傳，班固《漢志》皆用《齊詩》，是三家義同。《穀梁傳》曰：「古者什一，藉而不税。三百步爲里，名曰井田。

井田者，九百畝，公田居一。私田稼不善，則非吏；公田稼不善，則非民。」又曰：「古者公田爲居，井竈葱韭盡取焉。」《食貨志》曰：「井方一里，是爲九夫，八家共之，各受私田百畝、公田十畝，是爲八百八十晦，餘二十畝以爲廬舍。出入相友，守望相助，疾病則救，民是以和睦，而教化齊同，力役生産，可得而平也。其家衆男爲餘夫，亦以口受田如此。民年二十受田，六十歸田，種穀必雜五種，以備災害。田中不得有樹，用妨五穀。還廬樹桑，菜茹有畦，瓜瓠果蓏，殖於疆易。在壄曰廬，在邑曰里。於里有序，而鄉有庠。春令民畢出在壄，冬則畢入於邑，所以順陰陽，備寇賊，習禮文也。」《穀梁傳》言：「古者公田爲居，井竈葱韭盡取焉。」《食貨志》言：「公田餘二十畝以爲廬舍，瓜瓠果蓏，殖於疆易。」正此詩所謂「中田有廬，疆場有瓜」者是也。《公羊傳》曰：「古者什一而藉。什一者，天下之中正也。什一行而頌聲作矣。」何休注云：「聖人制井田之法而口分之。一夫一婦受田百畝，以養父母妻子，五口爲一家。公田十畝，即所謂什一而税也。廬舍二畝半，凡爲田一頃十二畝半。八家而九頃，共爲一井，故曰井田。廬舍在内，貴人也。公田次之，重公也。私田在外，賤私也。井田之義，一曰無泄地氣，二曰無費一家，三曰同風俗，四曰合巧拙，五曰通貨財。多於五口，名曰餘夫，以率受田二十五畝。在田曰廬，在邑曰里。五穀畢入，民皆居宅，男女同巷，相從夜績，至於夜中。女功一月得四十五日作，從十月盡正月止，男女有所怨恨，相從而歌，饑者歌其食，勞者歌其事。男年六十，女年五十者，官衣食之。使之民間求詩，鄉移於邑，邑移於國，國以聞於天子。故王者不出牖户而知天下所苦，不下堂而知四方説。」亦與《食貨志》同。公羊爲齊學，邵公用《魯詩》，其所述多齊、魯《詩》義，故范甯《穀梁集解》即用邵公語。他如趙岐之注《孟子》、宋均之注《樂緯》，咸同此説。其義甚古，不可易矣。孔氏《詩正義》乃以諸儒爲失，其説非是。馬瑞辰曰：「《説文》：『廬，寄也。秋冬去，春夏居。』古者井田之制，私田在外，公田在中，廬舍又在公田之中，故曰『中田有廬』。《詩正義》拘《孟子》『九一而助』之説，謂鄭以爲助則九而助一，貢則什一而貢一，通率爲什中取一，因謂古無公田二十畝爲廬舍之説。案《孟子》所云『皆什一』者，正謂什一分而取其一。《詩正義》以『什一使自賦』謂什一而貢一，是也。而以『九一』爲九而助一，則非。九一而助，舉其大數，實則除去廬舍二十畝，八百八十畝，八家各得田一百一十畝，只税其十畝，正爲什一而税其一，此《孟子》所謂『其實皆什一』也。《考工記·匠人》賈疏以爲『什外取一』，亦什一而取一之義。先儒或以『什一』爲什而取一，則與經文『其實皆什一』爲不合矣。」

甫田

菿彼圃田。

【《玉篇·草部》】菿，都角切。《韓詩》：「菿彼圃田。」毛作「倬」，又音到。

【《毛詩釋文》】倬，《韓詩》作「箌」，云：箌，卓也。

【《爾雅·釋詁》邢昺疏】《韓詩》云：「箌彼圃田。」

喬樅謹案：《釋文》：「菿，譌作『箌』。」盧氏文弨云：「徐鯤謂《說文》無『箌』字，惟《玉篇·竹部》有之，云捕具也，又作『罩』，是『箌』即『罩』之異文。《廣韻·三十七號》：『菿，大也。』又《四覺》『菿』字注引《說文》云『草大也』。今本《說文》作『草木倒』，『木倒』乃『大也』二字之譌。據此，則《韓詩》本作『菿』字可知。《爾雅·釋詁》：『箌，大也。』郭注云：『箌義未聞。』郭璞豈不見《韓詩》？使其果作『箌』字，何云未聞耶？然其誤實自陸德明始。《爾雅釋文》云：『箌，郭涉孝反，顧野王都角反。』《說文》云『草大也』，既以《說文》《玉篇》之『菿』爲『箌』，而《毛詩釋文》云：『倬，《韓詩》作箌。』邢昺因之，實爲大誤。」郝氏懿行曰：「『卓』與『倬』同。《說文》：『倬，箸大也。』引《詩》『倬彼雲漢』，《毛傳》亦云：『倬，大也。』是『倬』『菿』音、義同。」喬樅謂：「倬」兼明、大二義。《說文》訓「倬」爲箸大，箸即明也。此詩《毛傳》云：「卓，明貌。」當與《棫樸》詩傳互易。彼詩言「倬彼雲漢，爲章于天」，章，明也，「倬」義宜爲明貌。此詩言「倬彼甫田」，甫，大也，則「倬」義亦宜訓爲大貌。《爾雅·釋詁》作「箌」，乃「菿」之譌字耳。「甫」「圃」古字通用。

以社以方。

【補】【《韓詩外傳》曰】天子社廣五丈，東方青，南方赤，西方白，北方黑，冒以黄土，將封諸侯，各取其方色土，苴以白茅以爲社，明有土謹敬絜清也。《尚書·禹貢》正義。

喬樅謹案：《孝經正義》二引《外傳》文略同。考《白虎通·社稷》篇亦有此文。又蔡邕《獨斷》云：「天子大社，以五色土爲壇，皇子封爲王者，授之大社之土，以所封之方色，苴以白茅，使之歸國以立社，謂之茅社。」漢儒之言蓋皆同也。

大田

去其螟螣，及其蟊賊。

【補】【《後漢書·明帝紀》永平三年詔曰】去其螟蜮，及其蟊賊。○【李賢注】蜮，一名短狐，今之水弩，含沙射人爲災。

喬樅謹案：此詔即用《詩·大田》篇語，「螟蜮」當爲「螟螣」之譌。《毛詩釋文》云：「螟螣，字亦作『蟘』。《説文》作『螣』。」又《隸釋》載《唐公房碑》作「去其螟蟘」，「蟘」與「蜮」字形相近，因而致譌。章懷注乃以含沙之蜮釋之，斯爲謬矣。

卜畀炎火。

【《韓詩》曰】卜，報也。《釋文》。

喬樅謹案：《毛詩》作「秉畀炎火」，《箋》云：「持之付與炎火，使自消亡。」《釋文》云：「秉，如字，執持也。《韓詩》作『卜』。」段氏《詩小學》曰：「卜畀，猶俗言付與也。《爾雅》：『卜，予也。』」馬瑞辰曰：「《天保》詩『卜爾百福』，又曰『報以介福』。卜、報，皆予也。『秉』與『卜』雙聲，故『秉』可通作『卜』。」胡承珙曰：「《白虎通·蓍龜》云：『卜，赴也。』《小爾雅》：『赴，疾也。』《禮記·少儀》《喪服小記》注竝云『報』讀爲『赴疾』之『赴』，是訓『卜』爲報，猶訓『卜』爲赴。『卜畀炎火』者，謂亟取而畀之炎火也。」

有弇淒淒，興雲祁祁。

【《韓詩外傳》八】夫賢君之治也，溫良而和，寬容而愛，刑清而省，喜賞而惡罰，移風崇教，生而不殺，布惠施恩，仁不偏與，不奪民力，役不踰時，百姓得耕，家有收聚，民無凍餒，食無腐敗，工〔一〕不造無用，雕文不粥於肆，斧斤以時入山林。國無佚士，皆用於世；黎庶歡樂，衍盈方外；遠人歸義，重譯執贄，故得風雨不烈。《小雅》曰：「有渰淒淒，興雲祈祈。」以是知太平之無飄風暴雨明矣。

〔一〕「工」，《韓詩外傳》作「士」。

喬樅謹案：《詩考》引《外傳》「有弇淒淒，興雲祈祈」，今《外傳》本作「渰」，《御覽》八百七十二引作「黤」。

【補】【《玉篇·水部》】渰，雲雨貌。《詩》曰：「有渰淒淒。」

喬樅謹案：《毛詩》作「有渰萋萋」，此所引亦據《韓詩》之文。《經典釋文》云：「渰，本又作『弇』。」「弇」者，「渰」之省借字。

雨我公田，遂及我私。

【補】【曹植《誥咎文》】雨我公田，爰暨于私。

彼有遺秉，此有滯穗，伊寡婦之利。

【《韓詩外傳》四】天子不言多少，諸侯不言利害，大夫不言得喪，士不言通財貨，不爲賈道。故駟馬之家，不時雞豚之息；伐冰之家，不圖牛羊之入；千乘之君，不通貨財。家鄉不修幣施，大夫不爲場圃，委積之臣不貪市井之利。是以貧窮有所歡，而孤窮有所措其手足也。《詩》曰：「彼有遺秉，此有滯穗，伊寡婦之利。」

以享以祀，以介景福。

【《韓詩外傳》三】人事倫則順於鬼神，順於鬼神則降福孔偕。《詩》曰：「以享以祀，以介景福。」

案：此二句《旱麓》及《潛》詩俱有之。

裳裳者華。

左之左之，君子宜之。右之右之，君子有之。

【《韓詩外傳》七】孔子曰：「昔者周公事文王，行無專制，事無由己，身若不勝衣，言若不出口，有奉持於前，洞洞焉若將失之，可謂子矣。武王崩，成王幼，周公承文、武之業，履天子之位，聽天子之政，征夷狄之亂，誅管蔡之罪，抱成王而朝諸侯，誅賞制斷，無所顧問，威動天地，振恐海內，可謂能武矣。成王壯，周公致政，北面而事之，請然後行，無伐矜之色，可謂臣矣。故一人之身，能三變者，所以應時也。」《詩》曰：「左之左之，君子宜之。右之右之，君子有之。」

喬樅謹案：此與《荀子·不苟》篇引《詩》言「君子能以義屈信變應」之說合。《毛傳》云：「左，陽道，朝祀之事；右，陰道，喪戎之事。」《説苑·修文》篇引《詩傳》，亦以「左」「右」爲朝祀、喪戎之事。今據《韓詩外傳》語，大旨皆與《毛傳》同。

桑扈

兕觥其觩。

【《韓詩》曰】觥容五升。《卷耳》釋文。

【《韓詩説》曰】觥亦五升，所以罰不敬也。觥，廓也，所以著明之貌。君子有過，廓然著明，非所以餉，不得名觴。《卷耳》正義。

喬樅謹案：《五經異義》：「《毛詩》説觥大七升。許君謹案云：觥罰有過，一飲而盡，七升爲過多。」是許君從《韓詩》説矣。《詩正義》引《禮圖》云：「觥大七升，以兕角爲之。先師説云：刻木爲之，形似兕角，蓋無兕者，用木也。」《卷耳》詩箋云：「觥，罰爵也。饗燕所以有之者，禮自立司正之後，旅醻必有醉而失禮者，罰之亦所以爲樂。」鄭君以「觥」爲罰爵，亦用《韓詩》之義。《禮圖》從《毛詩》説，故與韓異。又案：《後漢書·郅惲傳》：「惲理《韓詩》，爲郡功曹。汝南舊俗，十月亨會，百里内縣皆齎牛酒到府讌飲。時臨亨禮畢，太守歐陽歙教引西部督郵繇延受賜。惲於下坐，愀然前曰：『司正舉觥，明府以惡爲善。股肱以直從曲，此既無君，又復無臣，惲敢再拜奉觥。』歙色慚動，不知所言。門下掾鄭敬進曰：『君明臣直，功曹言切，明府德也，可無受觥哉？』歙意少解，曰：『實歙罪也，敬受觥。』」是燕飲之禮，以觥爲罰爵，漢時猶存此制也。

鴛鴦

戢其左翼。

【《韓詩》曰】戢，捷也，捷其噣於左也。《釋文》。

喬樅謹案：《毛傳》云：「戢，言休息也。」《鄭箋》云：「戢，歛也，歛其左翼，以右翼掩之。」義與韓異。據王褒《四子講德論》云：「飛鳥翕翼。」「翕」與「歛」義同。子淵用《魯詩》者，《鄭箋》蓋本魯説。《韓詩》訓「戢」爲捷者，考《廣雅·釋詁》云：「戢，插也。」「插」「捷」古字通用。《士冠禮》：「捷柶興。」《釋文》云：「捷，本作『插』。」《禮記·樂記》注：「搢，猶捷也。」《釋文》亦云：「捷，本作『插』。」是其驗也。毛西河《續詩傳》曰：「凡禽鳥止息，無論長頸短喙，必捷其噣於左翼。」引《考工記·廬人》注：「矜所捷也。」「捷」即「插」也，爲證其説良允。《玉海》載《詩釋文》引《韓詩》作「揵其噣」，「揵」即「捷」字之譌。《稽古》篇謂當從《玉海》作「揵」，非是。

莝之秣之。

【《韓詩》曰】莝，委也。《釋文》。

案：《毛詩》「摧之秣之」，《傳》云：「摧，挫也。」《鄭箋》云：「挫，今『莝』字也。」蓋據《韓詩》以證《毛傳》也。

喬樅謹案：《鄭箋》云：「古者明王所乘之馬繫於廄，無事則委之以莝，有事乃予之穀，言愛國用也。」鄭君言「委之以莝」，亦用《韓詩》義。《説文》：「莝，斬芻也。」「委」即「餧」字之省借，「餧」猶「飼」也。

頍弁

先集惟霰。

【《韓詩》曰】先集惟霰。○【《薛君章句》曰】霰，霙也。《文選》十三謝惠連《雪賦》注。○《宋書·符瑞志》。○《御覽》十二。

喬樅謹案：《毛傳》：「霰，暴雪也。」義與韓異。段氏玉裁曰：「『暴雪』當爲『黍雪』之譌。」《説文》：「霰，稷雪也。」俗謂米雪，或謂粒雪，皆是也。馬瑞辰曰：「《薛君章句》以『霰』爲霙，霙猶花也。今俗以雪之先下而小者爲雪花，即《韓詩》所謂『霙』也。或以雪花六出當之，則誤以霰爲大雪矣。」

死喪無日，無幾相見。

【《韓詩外傳》四】人主欲得善射及遠中微，則懸貴爵重賞以招致之，内不阿子弟，外不隱遠人，能中是者取之，是豈不致人之道也哉！雖聖人弗能易也。今欲治國馭民，調一上下，將内以固城，外以拒難，治則制人，人弗能制，亂則危消滅亡可立待也。然而求卿相輔佐，獨不如是之公，惟便辟親比己之是用，豈不謂過乎？故有社稷，莫不欲安，俄則危矣，莫不欲存，俄則亡矣。古之國千餘，今無數十，其故何也？莫不失於是也。故明主有私人以金石珠玉，而無私以官職事業者，何也？亦曰：本不利所私也。彼不能而主使之，是闇主也；臣不能而爲之，是詐臣也。主闇於上，臣詐於下，滅亡無日矣，俱害之道也。故明主能愛其所愛，闇主則必危其所愛。夫文王非無便辟親比己者，超然乃舉太公於舟人而用之，豈私之哉？以爲親邪？則異族之人也。以爲故耶？則未嘗相識也。以爲姣好邪？則太公年七十二，齳然而齒墮矣。然而用之者，文王欲立貴道，欲白貴名，兼制天下，以惠中國，而不可以獨，故舉是人而用之。貴道果立，貴名果白，兼制天下，立國七十一，姬姓獨居五十二，周之子孫苟不狂惑，莫不爲天下顯諸侯，夫是之謂能愛其所愛矣。故惟明王能愛其所愛，闇王必危其所愛，此之謂也。《大雅》曰：「貽厥孫謀，以燕翼子。」《小雅》曰：「死喪無日，無幾相見。」危其所愛之謂也。

喬樅謹案：《毛叙》云：「《頍弁》，刺幽王也。暴戾無親，不能燕樂同姓，親睦九族，孤危將亡，故作是詩也。」今據《韓外傳》言，惟明主能愛其所愛，闇主必危其所愛，而引《大雅》「貽厥孫謀，以燕翼子」及此詩二語爲證，以見愛其所愛，則能安社稷、保子孫，危其所愛，則滅亡無日矣，大旨與《毛叙》同。

車舝

德音來括。

【《薛君韓詩章句》曰】括，約束也。《文選》廿五劉琨《荅盧諶詩》注。○又五十三陸機《辨亡論》注。

喬樅謹案：《毛傳》：「括，會也。」《釋文》云：「括，本又作『佸』，會也。」馬瑞辰曰：「《韓詩》釋『括』爲約束，言以德音來相約束，即下章『令德來教』之意。《説文》：『括，絜也。』又：『栝，檃也。』均與約束義同。至《毛傳》訓『括』爲會者，『括』『會』一聲之轉。『括』訓爲會，猶『話』之或作『譮』也，會合與約束義亦相近。《箋》以爲會合離散之人，失之。」

雖無德與汝，式歌且舞。

【補】【《後漢書》馮衍曰】人所歌舞，天必從之。○【李賢注】《詩·小雅》曰：「雖無德與汝，式歌且舞。」

高山仰止，景行行止。

【《韓詩外傳》七】傳曰：「南假子過程本子，本子爲之烹鱺魚。南假子曰：『聞君子不食鱺魚。』本子曰：『此乃君子食也，我何與焉？』假子曰：『夫高比所以廣德也，下比所以狹行也。比於善者，自進之階；比於惡者，自退之原也。且《詩》不云乎：高山仰止，景行行止。吾豈自比君子哉？志慕之而已矣。』」

喬樅謹案：「南假子」，《説苑·雜言》篇作「南瑕子」。「鱺魚」，《説苑》作「鯢魚」。又「程本」下舊脱「子」字，下句亦同。趙懷玉曰：「案下文稱『本子』，則此處亦當有『子』字。」今爲補之。

以慍我心。

【《韓詩》曰】慍，恚也。《釋文》。

喬樅謹案：《毛詩》「慍」字作「慰」。馬融申毛云：「慰，安也。」王肅申毛云：「慰，怨也。」王義蓋本《韓詩》。馬瑞辰曰：「《詩正義》引孫毓載《毛傳》云：『慰，怨也。』徧檢今本，皆爲『慰，安也』。按訓安者，是馬融義，已見《釋文》。訓怨者，亦非《毛傳》之舊。《説文》：『詉，慰也。』據《玉篇》：『詉，慰也。』亦作『婉』，『詉』即『婉』之或體。詉者，順也。『詉』可訓慰，『慰』亦可訓詉。《毛傳》蓋本作『慰，詉也』，後人少識『詉』，因譌而爲『怨』，王肅遂以怨恨釋之耳。《説文》：『詉，慰也。』《集韻》《類》篇均作『尉』。《説文》：『尉，從上按下也，从𡰥，又持火，所以申繒也。」是『尉』本火斗之稱，引伸爲自上按下之通稱。按者，抑也。《廣雅》：『抑，治也。』與『除』義訓治同。惟《毛傳》本作『慰，詋也』，取慰按之義，故《箋》以慰除其心釋之。『以慰我心』，猶前章『我心寫兮』，『寫』亦除也，此亦《傳》作『詋』之證。若毛訓『慰』爲安、爲怨，《箋》皆不得訓『慰』爲除以申釋之。《正義》乃以『憂除則心安』，强合爲一，失矣。至《韓詩》作『以慍我心』，訓爲恚者。『慍』『詋』『怨』古並同聲。《韓詩》蓋讀『慰』爲『怨』，因遂以『慍』代『慰』耳。《説文》：『慰，安也，一曰恚怒也。』『怒』疑亦『詋』字之譌，本當作：『一曰，恚也。一曰，詋也。』『詋』者《毛詩》，『恚』者兼採《韓詩》也。」

青蠅

讒人罔極，交亂四國。

【補】【馮衍《與任武達書》曰】青蠅之心，不重破國。《後漢書》本傳注。

構我二人。

【《韓詩》曰】構，亂也。《毛詩釋文》。

喬樅謹案：《毛詩箋》云：「構，合也，合猶交亂也。」與《韓詩》義同。《正義》曰：「構者，構合兩端，令二人彼此相嫌，交更惑亂也。」

【補】【曹植《贈白馬王彪詩》】蒼蠅閒白黑，讒巧令親疏。

賓之初筵

【《韓詩序》曰】衛武公飲酒悔過也。《後漢書·孔融傳》注。○朱子《詩集傳》。

喬樅謹案：《後漢書注》引《韓詩》，朱子《集傳》引作《韓詩序》，謂此詩與《大雅·抑戒》相類，必武公悔過之作，宜從《韓詩》。朱氏鶴齡《通義》曰：「若衹是悔過，當與《衛風·淇澳》爲類矣。《毛叙》云：『刺時者，武公於幽王之時入爲卿士，不敢斥言王惡，借悔過以刺之。』」姜氏炳章《廣義》曰：「以刺時之意，爲自悔之辭，猶微子言紂惡，而云我沉湎於酒也。」

賓之初筵，左右秩秩。

【《韓詩》曰】言賓客初就筵之時，賓主秩秩然，俱謹敬也。《孔融傳》注。

威儀昄昄。

【《韓詩》曰】昄昄，善貌。《釋文》。

喬樅謹案：《毛詩》作「威儀反反」，《傳》云：「反反，言重慎也。」「反」即「昄」之省借。《爾雅·釋詁》：「昄，大也。」《玉篇》：「昄，大也，善也。」《玉篇》「昄，善」之訓，即本《韓詩》。馬瑞辰曰：「毛訓重慎，亦善貌也。《周頌·執競》詩『威儀反反』，《毛傳》：『反反，難也。』義與此傳重慎相成，故《詩疏》亦以重難釋之。」

屢舞僛僛。

【補】【《玉篇·人部》】僛，醉舞貌。《詩》云：「屢舞僛僛。」

喬樅謹案：《毛傳》云：「僛僛，舞不能自正也。」此云「僛，醉舞貌」，當是《韓詩》之訓。

賓既醉止，載號載呶。

【《韓詩》曰】賓既醉止，載號載呶。不知其爲惡也。《孔融傳》注。

韓詩遺説考卷第三（三之四）

福州陳壽祺學　男喬樅述

韓詩小雅四

魚藻

有頒其〔一〕首。

【《韓詩》曰】頒，衆貌。《釋文》。

喬樅謹案：《毛傳》訓「頒」爲大首貌，與《韓詩》義異。《玉篇·四頒》下引《詩》云「有頒其首」，「頒，大首貌，一云衆也」，此兼採毛、韓二義。馬瑞辰曰：「按《説文》『寡』字註云：『頒，分也。』《韓詩》訓『頒』爲衆，蓋讀『頒』如『紛紜』之『紛』。以義推之，二章『有莘其

〔一〕「其」，底本作「有」，今據續編本改。

尾』，《韓詩》『莘』當讀『粹』。《説文》：『粹粹，衆多貌。』又《説文》：『桑，盛貌。』讀若《詩》『莘莘征夫』，亦衆盛貌。《文選·高唐賦》『縱縱莘莘』，注引《詩》『有莘其尾』，毛萇曰：『莘，衆多也。』案《毛傳》云：『莘，長貌。』胡承珙謂此李善之誤，以韓爲毛，其説是也。」

采菽

采菽采菽，筐之筥之。君子來朝，何錫與之。

【補】【《後漢書》明帝手詔曰】瞻望永懷，實勞我心。誦及《采菽》，以增歎息。○【李賢注】《采菽》，《詩·小雅》之章也。其詩曰：「采菽采菽，筐之筥之。君子來朝，何錫與之。」《東平憲王傳》。

喬樅謹案：「與」，《毛詩》作「予」，章懷所引，當是據《韓詩》之文。又考《白虎通·考黜》篇引亦作「與」。鄭君《儀禮·覲禮》注引此詩下文「又何與之」，字皆作「與」，是三家今文同也。

觱沸濫泉。

【補】【《玉篇·角部》】觱沸濫泉。

喬樅謹案：《毛詩》作「觱沸檻泉」，此所引是據《韓詩》之文。《玉篇》又云：「『觱』或作『滭』。」「滭」字亦《韓詩》之異文。

彼交匪舒，天子所予。

【《韓詩外傳》四】問楛者不告，告楛者勿問，有諍氣者勿與論。必由其道至然後接之，非其道則避之。故禮恭，然後可與言道之方；辭順，然後可與言道之理；色從，然後可與言道之極。故未可與言而言，謂之瞽；可與言而不與之言，謂之隱。君子不瞽不隱，言謹慎其序。《詩》曰：「彼交匪紓，天子所與。」言必交吾志，然後予也。

喬樅謹案：《毛詩》作「匪交匪紓」，《鄭箋》云：「彼與人交接，自偪束如此，則非有解怠紓緩之心，天子以是故賜予之。」鄭説與《韓詩外傳》引《詩》言「必交吾志，然後予也」合。《韓詩》以「交」爲交接之意，《鄭箋》即本《韓詩》爲説。

便便左右。

【《韓詩》曰】便便，閑雅之貌。《釋文》。

喬樅謹案：便便，《毛詩》作「平平」，《傳》云：「平平，辯治也。」《左傳》引作「便蕃左右」，「平」「便」「辯」皆以音近通轉。《正義》曰：「《堯典》『平章百姓』，《書傳》作『辯章』，則『平』『辯』義通而古今之異耳。服虔云：『平平，辯治不絶之貌。』則『平平』是貌狀也。」

《韓詩》訓「便便」爲閑雅貌者，辯治有整暇之意，故爲閑雅貌也。

紼纚維之。

【《韓詩》曰】纚，筰也。《釋文》。○【一曰】纚，繫也。《文選》五十八顔延之《宋元皇后哀策文》注。

喬樅謹案：《説文》云：「筰，筊也。筊，竹索也。」《釋名》云：「引舟者爲筰。筰，作也。作，起也，起舟使動行也。」《玉篇》云：「筰，竹索也，引舟竹筊也。」《爾雅·釋水》云：「紼縭維之。紼，繂也。縭，緌也。」李巡曰：「繂竹爲索，所以維持舟者。」孫炎曰：「舟止，繫之於樹木，戾竹爲大索。」郭璞曰：「繂，索也。緌，繫也。」《爾雅》訓「紼」爲繂，《韓詩》訓「纚」爲筰，雖所釋不同，而要皆爲維舟之索筰以繫舟使止，亦以引舟使行，今時行舟者猶然。《鄭箋》言：「以紼繫其緌，以制行之。」亦主引舟爲説，故云猶諸侯之治民，御之以禮法也。然則韓以「纚」訓筰，又訓繫者。筰以舟行言之，繫以舟止言之，皆所以維持舟者，兼二義也。「紼」字，《韓詩》無訓。《毛傳》云：「紼，繂也。」與《爾雅》同。《正義》引定本及《集注》以毛云「紼，弗也」與《爾雅》異。馬瑞辰據《説文》「𡘋，大也」，《玉篇》作「㚕」。「紼」从弗，亦有大義，故孫炎以爲大索。喬樅謂：崔集注本訓「紼」爲弗，弗猶戾也，即孫炎所云戾竹爲大索是也。

福禄肶之。

【《韓詩》曰】朏，厚也。《釋文》。

喬樅謹案：朏，《毛詩》作「腷」，傳云：「腷，厚也。」《説文》：「腷或从比作朏。」《玉篇》：「『朏』字同『腷』。」「腷」本訓爲腷胵，又得訓厚者，此與腹字同意，皆引伸假借之義也。《説文》云：「腹，厚也。」「腹」與「複」通。《月令》「水澤腹堅」，注云：「腹，厚也。」《釋文》云：「腹，本又作『複』。」「腷」與「毗」通。毗，厚也，見《節南山》詩傳，是其驗也。

優哉柔哉，亦是戾矣。

【《韓詩外傳》四】子爲親隱，義不得正；君誅不義，仁不得愛。雖違仁害義，法在其中矣。《詩》曰：「優哉游哉，亦是戾矣。」

案：此引《詩》「優哉游哉」，「游」當作「柔」，據卷八引定之。

角弓

民之無良，相怨一方。受爵不讓，至於已斯亡。

【《韓詩》曰】良，善也，言王者所爲無有善者，各相與於一方而怨之。《後漢書·章帝紀》注。

【《韓詩外傳》四】齊桓公問於管仲曰：「王者何貴？」曰：「貴天。」桓公仰而視天，管仲曰：「所謂天者，非蒼莽之天也。王者以百姓爲天，百姓與之則安，輔之則强，非之則危，倍之則亡。《詩》曰：『民之無良，相怨一方。』民皆居一方而怨其上，不亡者未之有也。」

【又曰】善御者不忘其馬，善射者不忘其弓，善爲上者不忘其下。誠愛而利之，四海之内，闔若一家；不愛而利之，子或殺父，而況天下乎？《詩》曰：「民之無良，相怨一方。」

【又曰】有君不能事，有臣欲其忠；有父不能事，有子欲其孝；有兄不能敬，有弟欲其從令。《詩》曰：「受爵不讓，至於己斯亡。」言能知於人，而不能自知也。

喬樅謹案：荀子、劉向皆以「亡」爲「危亡」之「亡」，此《魯詩》之義也。《毛傳》云：「爵禄不以相讓，故怨禍及之。」亦與《魯詩》義同。馬瑞辰謂：「『亡』當讀如『忘』。《詩》蓋言人之無良，一方之人皆知怨之，至於己受爵不讓，亦謂無良則忘之也。據《韓詩外傳》引《詩》，言知於人而不能自知爲證。」今按馬説非也。《韓詩外傳》引《詩》「民之無良」二句云：「民皆居一方而怨其上，不亡者未之有也。」明訓「亡」爲「危亡」之「亡」，與毛、魯同義。其云「知於人而不能自知」者，乃以己對人言之，釋《詩》言己之所以至于危亡之意，非讀「亡」爲「忘」也，馬説殆失檢耳。

如食儀飫。

【《韓詩》曰】儀，我也。《釋文》。

喬樅謹案：《毛詩》「儀」作「宜」。《釋文》云：「本作『儀』。」「儀」「宜」古字通用，「儀」通作「宜」，猶「義」之通作「誼」也。《韓詩》訓「儀」爲我者，「我」與「俄」通，《說文》「我」字注云：「或說：我，頃頓也。」是古文即以「我」爲「俄」字。又《人部》云：「俄，頃也。」《玉篇》曰：「俄頃，須臾也。」《廣韻》：「俄頃，速也。」累言之爲『俄頃』，單言之爲『俄』。」《荀子·榮辱》篇：「塞者，俄且通也；陋者，俄且僩也；愚者，俄且知也。」《公羊·桓二年傳》「俄而可以爲其有矣」是也。又通作「蛾」，《漢書·班倢伃傳》「蛾而大幸」，《集句》引如淳曰：「蛾，無幾之頃也。」「俄」與「孔」對文，「儀」訓爲俄，「孔」亦當訓爲甚，皆所以申言，不顧其後之意也。《鄭箋》釋「孔」爲器之孔，謂度其所勝多少，義與韓異。

雨雪麃麃，曣晛聿消。

【《韓詩》曰】曣晛聿消。曣晛，日出也。《釋文》。

【《韓詩外傳》四】夫當世之愚飾邪說，文姦言以亂天下，欺惑衆愚，使混然不知是非治亂之所存者，則是范睢、魏牟、田文、莊周、愼到、田駢、墨翟、宋鈃、鄧析、惠施之徒也。此十子者，皆順非而澤，聞見雜博，然而不師上古，不法先王，按往舊造說，務而自功，道無所遇，而人相從。故曰十子之工說，說皆不足合大道、美風俗、治綱紀，然其持之各有故，言之皆有理，足以欺惑衆愚，交亂樸鄙，則是十子之罪也。若夫總方略，一統類，齊言行，群天下之英傑，告之以大道，教之以至順，陝窔之間，衽席之上，簡然聖王之文具，沛然平世之俗起，工説者不能入也，十子者不能親也，無置錐之地，而王公不能與争名，則是聖人之未得志者也，仲尼是也。一天下，財萬物，長養人民，兼利天下，通達之屬，莫不服從，工説者立息，十子者遷化，則聖人之得勢者，舜禹是也。仁人將何務哉？上法堯舜之制，下則仲尼之義，以務息十子之説，如是者，仁人之事畢矣，天下之害除矣，聖人之迹著矣。《詩》曰：「雨雪瀌瀌，見晛聿消。」

喬樅謹案：「一天下」起至「聖人之得勢者」三十九字，本皆脱佚，今據《荀子》文補之。

【又外傳七】孔子遊於景山之上，子路、子貢、顔淵從。孔子曰：「君子登高必賦，小子願者何？言其願，某將啟汝。」子路曰：「由願奮長戟，盪三軍，乳虎在後，仇敵在前，蠡躍蛟奮，進救兩國之患。」孔子曰：「勇士哉！」子貢曰：「兩國搆難，壯士列陣，塵埃漲天，賜不持一尺之兵、一斗之糧，解兩國之難。用賜者存，不用賜者亡。」孔子曰：「辯士哉！」顔回不願，孔子曰：「回何不願？」顔淵曰：「二子已願，故不敢願。」孔子曰：「不同，意各有事焉，回其願，某將啟汝。」顔淵曰：「願得小國而相之，主以道制，臣以德化，君臣同心，外内相應，列國諸侯，莫不從義嚮風，壯者趨而進，老者扶而至，教行乎百姓，德施乎四蠻，莫不釋兵，輻輳乎四門，天下咸獲永寧。蝖飛蠕動，各樂其性，進賢使能，各任其事。於是君綏於上，臣和於下，垂拱無爲，動作中道，從容得禮，言仁義者賞，言戰鬥者死，則由何進而救，賜何難之解？」孔子曰：「聖士哉！大人出，小人匿，聖者起，賢者伏，回與執政，則由、賜焉施其能哉？」《詩》曰：「雨雪瀌瀌，見晛聿消。」

案：《外傳》引《詩》「雨雪瀌瀌，見晛聿消」，「見」宜據《釋文》作「曣」，「瀌」宜從《詩考》引作「麃」，今本《外傳》字並誤。

喬樅謹案：今本《外傳》是後人據《毛詩》所改也，《毛詩》「見晛曰消」，《傳》云：「晛，日氣也。」《箋》云：「日將出，其氣始見人，則皆稱曰雪，今消釋矣。」讀「見」爲如字，文義與三家並異，詳見《魯詩遺説考》。

莫肎下隤。

【《薛君韓詩章句》曰】隤，猶遺也。《文選》十六陸機《歎逝賦》注。

喬樅謹案：《毛詩》作「莫肎下遺」，《鄭箋》云：「『遺』讀曰『隨』，謂以禮相卑下，先人而後己。」又《荀子·非相》篇引《詩》作「莫肯下隧」，楊倞注云：「『隧』讀爲『隨』，莫肯下隨於人。」即用《鄭箋》爲説。「隤」「遺」「墜」「隨」古皆以聲近通用。盧氏文弨疑《谷風》「棄予如遺」，《韓詩》作「棄予如隤」，故薛君云然。今考《韓詩外傳》七引《谷風》詩作「遺」，則薛君所釋確爲此篇章句無疑，盧氏殆失檢耳。

如蠻如髦，我是用憂。

【《韓詩外傳》四】愛由情出，謂之仁；節愛理宜，謂之義；致愛恭謹，謂之禮。文禮謂之容，禮容之美，自足以爲治。其言可以爲民道，故民從是言也；行可以爲民法，故民從是行也。書之於策，傳之於志語，萬世子子孫孫道而不舍。由之即治，失之即亂。由之即生，失之即死。今夫肢體之序，與禽獸同節，言語之暴，與蠻夷不殊，混然無道，此明王聖主之所罪。《詩》曰：「如蠻如髦，我是用憂。」

【又曰】君子大心即敬天而道，小心即畏義而節，知即明達而類，愚即端愨而法，喜即和而治，憂即静而遠，達即寧而容，窮即約而詳。小人大心即慢而暴，小心即淫而傾，知即攫盜而漸〔一〕，愚則毒賊而亂，喜則輕易而快，憂則挫而懾，達則驕而偏，窮則棄而累，其肢體之序與禽獸同節，言語之暴與蠻夷不殊，出則爲宗族患，入則爲鄉里憂。《詩》曰：「如蠻如髦，我是用憂。」

【又曰】出則爲宗族患，入則爲鄉里憂。《詩》曰：「如蠻如髦，我是用憂。」小人之行也。

菀柳

上帝甚蹈，無自瘵焉。

【《韓詩外傳》四】客有説春申君者曰：「湯以七十里，文王百里，皆兼天下、一海内。今夫孫子

〔一〕「漸」，續編本作「徼」。

者，天下之賢人也，君藉之百里之勢，臣竊以爲不便於君。若何？」春申君曰：「善。」於是使人謝孫子，去而之趙，趙以爲上卿。客入〔一〕説春申君曰：「昔伊尹去夏之殷，殷王而夏亡；管仲去魯而入齊，魯弱而齊强。由是觀之，夫賢者之所在，其君未嘗不善，於〔二〕國未嘗不安也。今孫子，天下之賢人，何謂辭而去？」春申又云：「善。」於是使請孫子，孫子因爲書謝曰：「鄙語曰『癘憐王』，此不恭之語也。雖然，不可不審也，此爲刧殺死亡之主言也。夫人主年少而放，無術法以知奸，即大臣以專斷圖私，以禁誅於己也，故捨賢長而立幼弱，廢正直而用不善。故《春秋》之志曰：楚王之子圍聘於鄭，未出境，聞王疾，返問疾，遂以冠纓絞王而殺之，因自立。齊崔杼之妻美，莊公通之，崔杼帥其黨而攻莊公。公請與分國，崔杼不許，欲自刃於廟，崔杼又不許，莊公走出，踰於外牆，射中其股，遂殺之，而立其弟景公。近世所見，李兑用趙，餓主父於沙丘百日而殺之。淖齒用齊，擢閔王之觔，而懸之於廟，宿昔而殺之。夫癘雖癕腫痂疕，上比遠世，未至絞頸射股也，下比近世，未至擢觔餓死也。夫刧殺死亡之主，心之憂勞，形之苦痛，必甚於癘矣。由此觀之，癘雖憐王，可也。」因爲賦曰：「璇玉瑶珠不知佩，雜布與錦不知異，閭娵子都莫之媒，嫫母力父是之喜。以盲爲明，以聾爲聰，以是爲非，以吉爲凶。嗚乎！上天！曷維其同！」《詩》

〔一〕「入」，《韓詩外傳》作「又」。
〔二〕「於」，《韓詩外傳》作「其」。

曰：「上帝甚慆，無自瘵焉。」

喬樅謹案：慆，《毛詩》作「蹈」，《傳》云：「蹈，動也。」《箋》云：「蹈，讀曰『悼』。」與韓文異。馬瑞辰曰：「按《一切經音義》引《韓詩》曰：『上帝甚陶。』陶，變也，變與動同義。蹈，從舀聲。舀，古聲如由。陶，讀如『皐繇』之『繇』，聲亦與由同，故通用。『蹈』通作『陶』，猶《鼓鐘》詩『憂心且妯』，《韓詩》作『陶』，又如《江漢》詩『江漢滔滔』，《風俗通·山澤》篇引作『江漢陶陶』，《楚詞·九章》『滔滔孟夏』，《史記·屈原傳》作『陶陶』也，《禮記》『人喜則斯陶』，《淮南·本經》篇云『樂斯動，動斯蹈』，『蹈』亦『陶』也。《廣雅》：『陶，化也。』《淮南·本經訓》言陰陽之陶化萬物，陶化猶變化也。『蹈』又通『慆』。《韓詩外傳》引《詩》下章作『上帝甚慆』，而上引孫子賦云云，則『慆』亦變亂是非之意。《戰國策·楚策》又引《詩》『上天甚神』，王觀察云：『神者，慆字之壞，蓋傳寫之誤，不若陶、慆、蹈古同聲得通，其義均與《毛傳》訓動同也。』動者，言其喜怒變動無常。檢《詩》『中心是悼』，《毛傳》：『悼，動也。』是『悼』亦得訓動，與『蹈』同義。若《箋》訓爲悼病，則失之矣。」喬樅謂：《韓詩》「蹈」字作「慆」，明見《外傳》，則作「陶」者，必非《韓詩》。《衆經音義》卷五「陶現」下但引《詩》云「上帝甚陶」，「陶，變也」，不言爲《韓詩》，當是齊、魯之異文異義見於他書者，而玄應採之以證「陶現」之爲變現耳。馬據《鼓鐘》詩「妯」字，韓作「陶」，故以意定之。然

《江漢》詩「滔滔」，《風俗通》引作「陶陶」，應劭用《魯詩》者，則安知「上帝甚陶」非《魯詩》之異文耶？《鄭箋》讀「蹈」爲「悼」，「悼」字疑爲《齊詩》異文，悼病之訓當亦本於齊說。馬以《箋》訓爲失，據《毛詩》「中心是悼」，《傳》謂「悼」亦得訓動，不知毛於檜詩訓「悼」爲動者，乃以「動」爲「慟」之省借，非訓爲變動之義也。惟以「陶」「蹈」「慆」聲近義通，皆爲變動無常之意，其説得之。又趙懷玉《外傳》校本云：「『崔杼帥其黨』以下十四字，舊本脱佚，今據《戰國·楚策》補。『崔杼又不許』五字，舊本亦脱，《韓非子》作『崔子又不聽』，今依倣補之。」

都人士

喬樅謹案：此詩毛氏五章，三家皆止四章。《詩正義》云：「襄十四年《左傳》引此詩『行歸于周，萬民所望』二句，服虔曰『逸詩也』，《都人士》首章有之，《禮記注》亦言毛氏有之，三家則亡。今《韓詩》實無此章，時三家列於學官，《毛詩》不得立，故服以爲逸。」胡承珙曰：「賈誼《新書·等齊》篇引《詩》云：『彼都人士，狐裘黄裳。行歸于周，萬民之望。』賈時《毛詩》未行，又所引字亦小異，疑同於三家。然則三家無此首章，或後漢時逸之，亦未必本無也。」

采綠

薄言覩者。《釋文》。

喬樅謹案：《毛詩》「覩」字作「觀」，《傳》云：「多也。」《正義》云：「俗本作『觀』，『覩』誤也，定本、《集注》並作『多』。」考《爾雅·釋詁》：「觀，多也。」郭注引《詩》「薄言觀者」，郝氏《義疏》以爲「觀」聲同「灌」。灌，叢也，叢聚亦多也。今據《毛詩》作「觀」，「覩」即後人據《韓詩》改之，「覩」義亦訓得多。《説文》「覩」爲古文「睹」字，「覩」從見，者聲。「者」從白，𣥒聲。「𣥒」，古文「旅」，旅有衆義。故「都」从邑，者聲，義訓爲聚。「諸」从言，者聲，義訓爲衆。然則「覩」亦有衆義，衆即多也。

隰桑

既見君子，德音孔膠。

【《韓詩外傳》四】南苗異獸之鞹，猶犬羊也，與於人，猶死之藥也，安舊侈質，習貫易性而然也。夫狂者自齕，忘其非芻豢也，飯土而忘其粱飯也，然則楚之狂者楚言，齊之狂者齊言，習使然也。

夫習之於人，微而著，深而固，是暢於筋骨，貞於膠漆，是以君子務爲學也。《詩》曰：「既見君子，德音孔膠。」

中心藏之，何日忘之。

【《韓詩外傳》四】孟子曰：「仁，人心也；義，人路也。舍其路而弗由，放其心而弗求。人有雞犬放，則知求之，有放心，而不知求，其於心爲不若雞犬哉？不知類之甚矣。悲夫！終亦必亡而已矣。故學問之道，無他焉，求其放心而已。」《詩》曰：「中心藏之，何日忘之。」

【又曰】道雖近，不行不至；事雖小，不爲不成。暇日多者，出人不遠矣。夫巧弓之見手也，傅角被筋，膠漆之和，即可以爲萬乘之寶也。及其被手，而賈不數銖，人同材鈞，而貴賤相萬者，盡性致志也。《詩》曰：「中心藏之，何日忘之。」

白華

泱泱白雲。

喬樅謹案：《毛詩釋文》：「英英，《韓詩》作『泱泱』。」《説文》云：「泱，滃也。」「滃，雲氣起也。」《文選》潘安仁《射雉賦》「天泱泱以垂雲」，即用《韓詩》語。徐爰注曰：「泱，音英。」

李善注引《毛詩》「英英白雲」，毛萇曰：「英英，白雲貌。」「泱」與「英」古字通。《六月》詩「白旆央央」，《公羊》宣十二年疏引孫氏説作「帛旆英英」是已。

天步艱難，之子不猶。

【《韓詩翼要》曰】天行艱難於我身，不我可也。《詩正義》引侯苞。

喬樅謹案：《毛傳》云：「步，行。猶，可也。」《鄭箋》云：「猶，圖也。」王肅述毛云：「天行艱難，使下國化之，以倡爲不可故也。」《正義》曰：「如肅之言，與上章不類。今以侯爲毛説。」然則知《韓詩》訓「猶」爲可，其義與《毛傳》同。《鄭箋》訓「猶」爲圖，蓋據齊、魯之説改毛也。

鼓鐘于宫，聲聞于外。

【《韓詩外傳》四】傳曰：「誠惡惡，知刑之本；誠善善，知敬之本。彼誠感神，達乎民心，知刑敬之本，不怒而威，不言而信。誠，德之主也。」《詩》曰：「鼓鐘于宫，聲聞于外。」

【又曰】孔子見客，客去，顔淵曰：「客仁也。」孔子曰：「恨兮其心，顡兮其口，仁則吾不知也，言之所聚也。」顔淵蹙然變色，曰：「良玉度尺，雖有十仞之土，不能掩其光；良珠度寸，雖有百仞之水，不能掩其瑩。夫形，體也；色，心也，閔閔乎其薄也。苟有温良在中，則眉睫著之矣；疵瑕在中，則眉睫不能匿之。」《詩》曰：「鼓鐘于宫，聲聞于外。」

【又曰】僞詐不可長，空虛不可守，朽木不可雕，情亡不可久。《詩》曰：「鼓鐘于宮，聲聞于外。」言有中者，必能見外也。

【又《外傳》七】昔者孔子鼓瑟，曾子、子貢側門而聽，曲終，曾子曰：「嗟乎！夫子瑟聲殆有貪狼之志、邪僻之行，何其不仁，趨利之甚？」子貢以爲然，不對而入。孔子望見子貢有諫過之色、應難之狀，釋瑟而待之，子貢以曾子之言告，子曰：「嗟乎！夫參，天下賢人也，其習知音矣。鄉者某鼓瑟，有鼠出游，狸見於屋，循梁微行，造焉而避，厭目曲脊，求而不得。某以瑟浮其音，參以某爲貪狼邪僻，不亦宜乎？」《詩》曰：「鼓鐘于宮，聲聞于外。」

案：元槧本《外傳》作「鐘鼓」，非。

視我㤄㤄。

【《韓詩》曰】㤄㤄，意不説好也。《釋文》。

案：《説文》引《詩》亦作「㤄㤄」，從韓氏也。《毛詩》作「邁邁」，《傳》云：「不説也。」字異義同。

喬樅謹案：《毛詩音義》引《説文》云：「很，怒也。」很怒即不説好之義。今本《説文》云：「㤄，恨怒也。」與陸氏所引小異。段氏注云：「宜從《釋文》作『很怒』，『邁』即『㤄』之假借，非有《韓詩》，則《毛詩》不可通矣。故許宗毛，而不廢三家《詩》。又《廣雅》亦云：『㤄，怒也。』」

之子無良，二三其德。

【《韓詩外傳》四】所謂庸人者，口不能道乎善言，心不能知先王之法，動作而不知所務，止立而不知所定，日選於物，而不知所貴，不知選賢人善士而托其身焉，從物而流，不知所歸，五藏爲政，心從而壞遂不反，是以動而形危，静則名辱。《詩》曰：「之子無良，二三其德。」

緜蠻

緜蠻黄鳥。

【《韓詩》曰】緜蠻黄鳥。○【薛君注曰】緜蠻，文貌。《文選》十一何晏《景福殿賦》注。○又四十六王融《曲水詩序》注。

喬樅謹案：《毛傳》云：「綿蠻，小鳥貌。」與薛君訓異。馬瑞辰曰：「『綿』『蠻』二字雙聲。《説文》：『緜，聯微也。』《廣雅》：『緜，小也。』『緜』有小義，故《傳》以爲小鳥貌。《文選注》引《韓詩薛君章句》，以『緜蠻』爲文貌。案《爾雅·釋詁》『覭髳，茀離也』。『緜蠻』即『覭髳』之轉，蓋文采緐密之貌，故《韓詩》以爲文貌，當從《韓詩》説爲允。『黄鳥』，本爲『小鳥』，《詩》以喻微臣，其義已顯，不必更以『緜蠻』爲小貌耳。」

豈敢憚行，畏不能趨。

【《韓詩外傳》四】客有見周公者，應之於門曰：「何以道旦也？」客曰：「在外即言外，在内即言内。入乎？將毋？」周公曰：「請入。」客曰：「立即言義，坐即言仁。坐乎？將毋？」周公曰：「請坐。」客曰：「疾言則翕翕，徐言則不聞。言乎？將毋？」周公曰：「唯唯。旦也喻。」明日興〔一〕師而誅管、蔡，故客善以不言之説，周公善聽不言之説，若周公可謂能聽微言矣。故君子之告人也微，其救人之急也婉。《詩》曰：「豈敢憚行，畏不能趨。」

〔一〕「興」，底本作「與」，今據續編本、《韓詩外傳》改。

韓詩遺説考卷第四（四之一）

福州陳壽祺學　男喬樅述

韓詩大雅一

文王

周雖舊邦，其命維新。

【《韓詩外傳》五】造父，天下之善御者矣，無車馬，則無所見其能。羿，天下之善射者矣，無弓矢，則無所見其巧。彼大儒者，調一天下者也，無百里之地，則無所見其功。夫車固馬選，而不能以致千里者，則非造父也；弓調矢直，而不能射遠中微者，則非羿也；用百里之地，而不能調一天下、制四夷者，則非大儒也。彼大儒者，雖隱居窮巷陋室，無置錐之地，而王公不能與争名矣。用百里之地，則千里國不能與之争勝矣。箠笞暴國，一齊天下，莫之能傾，是大儒之勳也。其言有類，其行有禮，其舉事無悔，其持檢應變曲當，與時遷徙，與世偃仰，千舉萬變，其道一也，是大儒之稽也。故有俗人者，有俗儒者，有雅儒者，有大儒者。耳不聞學，行無正義，迷迷然以富利爲隆，是俗人也。逢衣博帶，略法先王，而足亂世，術謬學雜，真〔一〕其衣冠行爲，已同於世俗，而不知其惡也，言談議説，已無異於老、墨，而不知分，是俗儒者也。法先王，一制度，言行有大法，而明不能濟法教之所不及、聞見之所未至，知之爲知之，不知爲不知，內不自誣，外不誣人，以是尊賢敬法，而不敢怠傲焉，是雅儒者也。法先王，依禮義，以淺持博，以一行萬，苟有仁義之類，雖鳥獸若別黑白，奇物變怪，所未嘗聞見，卒然起一方，則舉統類以應之，無所疑怍，援法而度之，奄然如合符節，是大儒者也。故人主用俗人，則萬乘之國亡；用俗儒，則萬乘之國存；用雅儒，則千里之國安；用大儒，則百里之地久，而三年天下爲一，諸侯爲臣，用萬乘之國，則舉錯而定，一朝之白〔二〕。《詩》曰：「周雖舊邦，其命維新。」文王亦可謂大儒已矣。

喬樅謹案：「無所疑怍」句，本皆脱「怍」字，今據《荀子》補。又「其命維新」下，本或多「可謂白矣謂」五字，元刻本無，今從之。

亹亹文王。

〔一〕「真」，《韓詩外傳》無此字。

〔二〕「白」，《韓詩外傳》作「間」。

【《韓詩》曰】亹，水流進貌。《文選·吴都賦》注。

案：臧鏞堂輯《韓詩》説，以此入「鳧鷖在亹」下，蒙謂：「《吴都賦》『清流亹亹』，與『水』爲韵，則『亹』字不讀如門。」「亹」音與下「薰」「欣」「芬」「艱」不協，則非「鳧鷖在亹」章句也，臧誤採之。又案：《詩·碩人》「頎」「衣」「妻」「姨」「私」韵，《北門》「敦」「遺」「摧」韵，《採芑》「焞」「雷」「威」韵，《杕杜》「偕」「近」「邇」韻。古音脂、微、齊、皆、灰、旨、尾，與諄、文、欣、魂、痕亦可諧。然《鳧鷖》詩「涇」「沙」「渚」，皆實地可指，又不應於「亹」字獨異其例，且訓水流進貌，則在字亦不可通矣。此注當是「亹亹文王」之訓，下句云「令聞不已」，是有進義，故《韓詩》釋「亹亹」爲水流進貌也。

濟濟多士，文王以寧。

【《韓詩外傳》八】三公者何？曰司空、司徒、司馬也。司馬主天，司空主土，司徒主人。故陰陽不和，四時不節，星辰失度，災變非常，則責之司馬；山陵崩竭，川谷不流，五穀不殖，草木不茂，則責之司空；君臣不正，人道不和，國多盜賊，下怨其上，則責之司徒。故三公典其職，憂其分，舉其辯，明其隱，此三公之任也。《詩》曰：「濟濟多士，文王以寧。」又曰：「明昭有周，式序在位。」言各稱職也。

【又《外傳》十】齊桓公逐白鹿，至麥丘之邦，遇人曰：「爾何爲者也？」對曰：「臣麥丘之邦人。」

桓公曰：「叟年幾何？」對曰：「臣年八十有三矣。」桓公曰：「美哉！」與之飲。曰：「叟盍爲寡人壽也？」對曰：「野人不知爲君王之壽。」桓公曰：「盍以叟之壽祝寡人矣？」邦人奉觴再拜，曰：「使吾君固壽，金玉是賤，人民是寶。」桓公曰：「善哉祝乎！寡人聞之矣：至德不孤，善言必再。叟盍優之？」邦人奉觴再拜，曰：「使吾君好學士而不惡問，賢者在側，諫者得入。」桓公曰：「善哉祝乎！寡人聞之：至德不孤，善言必三。叟盍優之？」邦人奉觴再拜〔一〕，曰：「無使群臣百姓得罪於吾君，無使吾君得罪於群臣百姓。」桓公不說，曰：「此言者，非夫前二言之祝，叟其革之矣。」邦人潸然而泣下曰：「願吾君熟思之，此一言者，夫前二言之上也。臣聞子得罪於父，可因姑姊妹謝也，父乃赦之；臣得罪於君，可使左右謝也，君乃赦之。昔者桀得罪於湯，紂得罪於武王，此君得罪於臣也，至今未有爲謝也。」桓公曰：「善哉！寡人賴祖宗之福、社稷之靈，使寡人遇叟於此。」扶而載之，自御以歸，薦之於廟，而斷政焉。桓公之所以九合諸侯，一匡天下，不以兵車者，非獨管仲也，亦遇之於是。《詩》曰：「濟濟多士，文王以寧。」

喬樅謹案：邦人即封人，「封」「邦」古字通用，《御覽》七百三十六引《韓詩外傳》亦作「麥丘封人」，惟《新序》四作「邑人」，蓋叟爲其邑之封人也。「湯」以下十二字舊脱，趙懷玉校本

〔一〕「拜」，底本作「邦」，今據續編本、《韓詩外傳》改。

據《御覽》七百三十六引補之。

【又曰】鮑叔薦管仲曰：「臣所不如管夷吾者五：寬惠柔愛，臣弗如也；忠信可結於百姓，臣弗如也；制禮約法於四方，臣弗如也；決獄折中，臣弗如也；執枹鼓立於軍前，使士卒勇，臣弗如也。」《詩》曰：「濟濟多士，文王以寧。」

【又曰】晉文公重耳亡，過曹，里鳧須從，因盜重耳資而亡。重耳無糧，餒不能行，子推割股肉以食重耳，然後能行。及重耳反國，國中多不附重耳者，於是里鳧須造見，曰：「臣能安晉國。」文公使人應之曰：「子尚何面目來見寡人！欲安晉也！」里鳧須曰：「君沐邪？」使者曰：「否。」鳧須曰：「臣聞沐者，其心倒。心倒者，其言悖。今君不沐，何言之悖也？」使者以聞，文公見之。里鳧須仰首曰：「離國久，臣民多過君；君反國，而民皆自危。里鳧須又襲竭君之資，避於深山，而君以餒，介子推割股，天下莫不聞。臣之爲賊亦大矣，罪至十族，未足塞責。然君誠赦之罪，與驂乘遊於國中，百姓見之，必知不念舊惡，人自安矣。」於是文公大悦，從其計，使驂乘於國中，百姓見之，皆曰：「夫里鳧須且不誅，而驂乘，吾何懼也？」是以晉國大寧。故《書》云：「文王卑服，即康功田功。」若里鳧須，罪無赦者也。《詩》曰：「濟濟多士，文王以寧。」

喬樅謹案：里鳧須，《左氏・僖廿四年傳》及《晉語》四並作「豎頭須」，惟《新序・雜事四》作「里鳧須」，與《韓詩外傳》同。梁玉繩曰：「案豎，未冠者之官名。『頭』字，古叶仝都切，與「皀」音近。里，蓋其氏。此傳聞之别，非有二名也。」

【補】【《漢書》王吉上疏曰】臣聞：聖王宣德流化，必自近始。朝廷不備，難以言治；左右不正，難以化遠。民者，弱而不可勝，愚而不可欺也。聖主獨行於深宫，得則天下稱誦之，失則天下咸言之。行發於近，必見於遠。故謹選左右，審擇所使。左右，所以正身也。所使，所以宣德也。《詩》曰：「濟濟多士，文王以寧。」此其本也。

無遏爾躬。

【《韓詩》曰】遏，病也。《釋文》。

喬樅謹案：《毛傳》：「遏，止也。」義與韓異。《韓詩》訓「遏」爲病者，「遏」「曷」「害」古以音同通假，「害」與「病」義相近。一曰《廣雅·釋詁》：「瘍，病也。」韓蓋以「遏」爲「瘍」之假借字。

上天之載，無聲無臭。

【《韓詩外傳》五】楚成王讀書於殿上，而輪扁在下，作而問曰：「未審王君所讀何書也？」成王曰：「聖賢之書。」輪扁曰：「此真先聖王之糟粕也，非美者也。」成王曰：「子何以言之？」輪扁曰：「以臣輪言之。夫以規爲圓，矩爲方，此其可付乎子孫者也。若夫合三木而爲一，應乎心，動乎體，其不可得而傳者也。以爲所傳，真糟粕耳。故唐虞之法，可得而改也，其喻人心，不可及矣。」《詩》曰：「上天之載，無聲無臭。」其孰能及之？

大明

天難訦斯，不易惟王。

【《韓詩外傳》十**】**傳曰：言爲王之不易也。大命之至，其太宗、太史、太祝，斯素服執策，北面而弔乎天子，曰：「大命既至矣，如之何憂之長也！」授天子策一矣，曰：「敬享以祭，承主天命，畏之無疆〔一〕，厥躬無敢寧。」授天子策二矣，曰：「敬之！夙夜伊祝，厥躬無怠，萬民望之。」授天子策三矣，曰：「天子南面受於帝位，以位爲憂，未以位爲樂也。」《詩》曰：「天難訦斯，不易惟王。」

案：《詩考》引《外傳》作「訦」，今本改「忱」，非。

喬樅謹案：鄭君箋《詩》云：「天之意，難信矣。不可改易者，天子也。」此讀「易」如字，今據《韓詩外傳》引傳曰「言爲王之不易也」，其下引《詩》「天難訦斯，不易惟王」，是以「易」爲難易之易，與毛義不同。《文王》詩「駿命不易」，《箋》云：「天之大命，不可改易。」亦讀

〔一〕「疆」，底本作「彊」，今據續編本、《韓詩外傳》改。

「易」如字。其注《禮記·大學》篇引《詩》，曰：「天之大命，持之誠不易也。」彼用三家《詩》説，故讀同難易之易耳。

天謂殷適，使不俠四方。

【《韓詩外傳》五】孔子學鼓琴於師襄子而不進，師襄子曰：「夫子可以進矣。」孔子曰：「某已得其曲矣，未得其數也。」有間，復曰：「夫子可以進矣。」曰：「某已得其數矣，未得其意也。」有間〔一〕，曰：「夫子可以進矣。」曰：「某已得其意矣，未得其人也。」有間，復曰：「夫子可以進矣。」曰：「某已得其人矣，未得其類也。」有間，邈然遠望曰：「洋洋乎！翼翼乎！必作此樂也，黯然而黑，幾然而長，以王天下，以朝諸侯者，其惟文王乎！」師襄子避席再拜，曰：「善。師以爲文王之操也。」故夫子持文王之聲，知文王之爲人。師襄子曰：「敢問何以知其文王之操也？」孔子曰：「然。夫仁者好偉，和者好粉，智者好彈，有殷勤之意者好麗，某是以知文王之操也。」傳曰：聞其末而達其本者，聖也。紂之爲主，勞民力，冤酷之令加於百姓，憯悽之惡施於大臣，群下不信，百姓疾怨，故天下叛而願爲文王臣，紂自取之也。夫貴爲天子，富有天下，及周師至，而令不行乎左右。悲夫！當是之時，索爲匹夫，不可得也。《詩》曰：「天謂殷適，使不俠

〔一〕「間」，底本作「問」，今據續編本、《韓詩外傳》改。

四方。」

喬樅謹案：「天謂」，今本《外傳》作「天位」，此據《詩考》所引改正。「俠」，《毛詩》作「挾」，《傳》云「達也」。孔氏廣森曰：「按《春秋傳》曰：『天子有方望之事，無所不通。』《三朝記》：『天子之官四通，正地事也。』以不得嗣王位，爲不得通於四方，真古師說。古者堂有兩夾，謂之左達、右達，是『夾』有達義。此『挾』音、訓當與『夾』同，舊讀『浹日』之『浹』，非。」胡承珙曰：「按《爾雅・釋言》：『浹，徹也。』徹即通達之義。故《傳》以『挾』爲達，《鄭箋》云：『使教令不行於四方，四方共叛之。』《韓詩外傳》亦以令不行釋《詩》『不俠』義，與毛、鄭同。蓋『俠』『挾』『浹』古皆通也。」馬瑞辰曰：「《爾雅・釋言》訓『浹』爲徹。《釋名》云：『達，徹也。』《小爾雅》曰：『徹，達也。』《説文》無『浹』字，古『浹』字止作『挾』。《荀子・儒效》篇『盡善挾洽之謂神』注：『挾讀爲浹。』是『浹』古作『挾』之證。《韓詩外傳》引《詩》作『使不俠四方』，『俠』乃『挾』之通借字。」

又案：「師襄子」，《初學記》十六引《韓詩》作「師堂子」，《文選・七發》李善注引《韓詩》作「師堂子」。「京」「堂」「襄」音近，子京其字也。梁玉繩曰：「師襄子，是衞樂師，非《論語》擊磬襄，故《古今人表》判列爲兩人。自王肅僞撰《家語》，其《辨樂》篇襲《韓詩外傳》而妄增『擊磬爲官』之言，遂合二襄爲一，誤矣。」

惟此文王，小心翼翼。

【補】【《三國志》曹植疏】體文王翼翼之仁。

磬天之妹。

【《韓詩》曰】磬，譬也。《釋文》。○又《詩正義》。

喬樅謹案：《毛詩》作「俔」，《傳》云：「俔，磬也。」《正義》曰：「此『俔』字，《韓詩》作『磬』。則『俔』『磬』義同也。《説文》云：『俔，諭也。《詩》云：「俔天之妹。」』謂之譬喻，即引此詩。《箋》云：『尊之如天之有女弟。』與譬喻之言合。蓋如今俗語譬喻物云磬作然也。」段氏玉裁曰：「《説文》：『俔，諭也。』此以今語釋古語。『俔』者，古語；『磬』者，今語。是以《毛詩》作『俔』，《韓詩》作『磬』，如十七篇之有古今文。許不依《傳》云『磬』，而云『諭』者，『磬』非正字，以六書言之，乃『俔』之假借耳。『磬』『罄』古通，《爾雅》：『罄，盡也。』猶言竟是天之妹也。」又曰：「『俔』，《説文》一曰『聞見也』，『聞』當作『閒』。《釋言》：『閒，俔也。』正許所本。上訓用毛、韓説，此訓用《爾雅》説，《爾雅》亦釋《詩》也。『閒』音諫，若言不可多見而閒見之。」胡承珙曰：「案《傳》以磬釋『俔』，《箋》以如申毛。《孔疏》解以磬作，是唐時猶有此語，其訓詁由來久矣。段注《説文》，謂毛以磬釋『俔』，是以今語釋古語，此説是也。其又云『磬猶言竟是』，又云『俔是閒見』，盧氏文弨又從聞見爲義說，皆非是。《後漢書·胡廣傳》『俔天必有異表』，若曰『竟是』、曰『閒見』、曰『聞見』，則必連『之妹』二字，方成文義，必不得以『俔』『天』二字單言。惟訓如，則『如』『天』二字本可斷讀，《君子偕老》傳曰『尊之如天』是也。」郝氏懿行曰：「《爾雅》釋《詩》，當『俔』在『間』上，今本誤倒耳。《說文》云：『俔，譬諭也。一曰間見。』即本《韓詩》《爾雅》爲訓。『間』者，《釋詁》云『代也』，『間見』猶言不常見也。凡譬況之詞，必取非常所見，故云罕譬而諭。《方言》謂之代語，《說文》謂之間見，其義一也。」馬瑞辰曰：「今按『代』亦比擬之詞，猶言譬也。古者以此易彼，謂之代；以此擬彼，亦謂之代。晉、宋人擬古詩皆曰『代』，其遺義也。又以此擬彼，則猶有彼此之別，故代亦曰間。是知《爾雅》以『間』釋『俔』，間代之義亦與譬通矣。」

殷商之旅，其會如林。

【補】【《後漢書》郅惲曰】昔文王不忍露白骨，武王不以天下易一人之命，故能獲天地之應，尅商如林之衆〔一〕。

牧野洋洋，檀車皇皇，駟騵彭彭。維時尚父，時維鷹揚。亮彼武王，肆伐大商，會朝

〔一〕「衆」，《後漢書》作「旅」。

清明。

【《韓詩》曰】亮，相也。《釋文》。

喬樅謹案：《尒雅·釋詁》，「亮」「相」並訓爲導，「相」又訓勴，「亮」又訓右。勴、右義皆爲助，導引佐佑，皆所以爲贊助也。《書》「惟時亮天工」，《史記·五帝紀》作「惟時相天事」，是以「亮」爲「相」，「相」即佐佑之義也。「亮」與「諒」「涼」古以音同通用，《毛詩釋文》云：「涼，本亦作『諒』。」

【《韓詩外傳》三】武王伐紂，到於邢丘，軛折爲三，天雨，三日不休。武王心懼，召太公而問曰：「意者紂未可伐乎？」太公對曰：「不然。軛折爲三者，軍當分爲三也。天雨三日不休，欲灑吾兵也。」武王曰：「然何若乎？」太公曰：「愛其人，及屋上烏；惡其人，憎其胥餘。咸劉厥敵，靡使有餘。」武王曰：「於戲！天下未定也。」周公趨而進曰：「不然。使各度其宅而佃其田，無獲舊新，百姓有過，在予一人。」武王曰：「於戲！天下已定矣。」乃修武勒兵於寧，更名邢丘曰懷寧，曰修武，行克紂於牧之野。《詩》曰：「牧野洋洋，檀車皇皇，駟騵彭彭。維師尚父，時維鷹揚。亮彼武王，肆伐大商，會朝清明〔一〕。」

〔一〕「明」，底本作「時」，今據續編本、《韓詩外傳》改。

喬樅謹案：「皇皇」，《毛詩》作[一]「煌煌」。「亮」，《毛詩》作「涼」，今本《外傳》亦作「涼」，非，當從《釋文》「亮」字爲正。

緜

緜緜瓜瓞。

【《韓詩》曰】緜緜瓜瓞。○【薛君曰】瓞，小瓜也。《文選》廿六潘岳《懷縣詩》注。

喬樅謹案：《爾雅·釋草》：「瓞瓝，其紹瓞。」舍人注：「瓝，小瓜也。」與薛君訓同。《釋草》又云：「瓝，九葉。」《釋文》引舍人云：「瓝，九葉，九枚共一莖。」則其爲小瓜可知也。

陶寝陶穴。

【補】【《玉篇·穴部》】寝，地室也。《詩》云：「陶寝陶穴。」

喬樅謹案：《玉篇》又云：「寝，或作『塻』，亦作『復』。」作「塻」者，齊、魯之異文；作「復」者，毛氏古文，以「復」爲「寝」之省借也。

[一]「作」，底本漫漶不清，今據續編本補。

古公亶父，來朝趣馬。率西水滸，至於岐下。

【補】【《吴越春秋》卷一】古公亶父修公劉、后稷之業，積德行義，爲狄人所慕。薰鬻妬〔一〕而伐之，古公事之以犬馬牛羊，其伐不止；事以皮幣金玉重寶，而亦伐之不止。古公問：「何所欲？」曰：「欲其土地。」古公曰：「君子不以所養〔二〕害所養。國所以亡也而爲身害，吾所不居也。」古公乃杖策去邠，踰梁山而處岐周，曰：「彼與我何異？」邠人父子兄弟相帥，負老携幼，揭斧甑而歸古公。居二〔三〕月成城郭，一年成邑，二年成都，而民五倍其初。

【補】【《吴越春秋》五】亶父讓地，而民發於岐。

喬樅謹案：趙長君著《吴越春秋》，見於《後漢書·儒林傳》。長君治《韓詩》者，所箸《詩細》，蔡邕讀之，以爲長於《論衡》。《隋書·經籍志》尚載長君《韓詩譜》二卷、《詩歷神淵》一卷，今惟《吴越春秋》僅存十卷耳。

【補】【《玉篇·走部》】趣，遽也。《詩》曰「來朝趣馬」，言早且疾也。

喬樅謹案：趣，《毛詩》作「走」，《箋》云：「來朝走馬，言辟惡早且疾也。」鄭意以「走」爲

〔一〕「妬」，《吴越春秋》上有「戎」字。

〔二〕「所養」，《吴越春秋》作「養害」。

〔三〕「二」，《吴越春秋》作「三」。

「趣」之假借，故不煩改字，直訓爲疾，疑三家今文皆作「趣」字。顧野王所引，蓋據《韓詩》之文，鄭君《詩箋》亦即用韓義申毛也。

周原膴膴。

【《韓詩》曰】周原腜腜。李善《文選·魏都賦》注。

【《韓詩》曰】腜腜，美也。

案：《文選·魏都賦》「腜腜坰野」，張載注：「腜腜，美也。《詩》云：『周原腜腜，堇荼如飴。』」李善注引爲《韓詩》，則張注「腜腜，美也」即《韓詩》之義。《毛詩釋文》云：「膴膴，美也。」《韓詩》同此，順毛而改，謂《韓詩》説同，非謂字同也。

作廟翼翼。

【《韓詩》曰】鬼神所居曰廟。《衆經音義》十四。

度之薨薨。

【《韓詩》曰】度，填也。《釋文》。

喬樅謹案：《毛傳》云：「度，居也。」義與韓異。《鄭箋》云：「度猶投也。築墻者，捊聚壤土，盛之以虆，而投諸版中。」鄭君釋「度」爲投，與《韓詩》訓填義同，蓋用韓義改毛。馬瑞辰曰：「『度』與『𡐨』通。《廣雅》：『𡐨，塞也。』塞與填義亦相近，既取土而後填之，既填而後築之，正見《詩》言有序也。《毛傳》訓『度』爲居，失之。」

高門有閌。

【《韓詩》曰】閌，盛貌。《釋文》。

【補】【《玉篇·門部》】《詩》云：「高門有閌。」

喬樅謹案：閌，《毛詩》作「伉」。《魯詩》文與韓同，見張平子《西京賦》。又《藝文類聚》六十三引《毛詩》「伉」作「閌」，此三家之文，非毛氏也。李善《文選·魏都賦》注亦引《毛詩》「高門有閌」，均誤。惟《西京賦》注引《毛詩》曰「臯門有伉」，云「伉」與「閌」同，不誤也。《毛傳》云：「伉，高貌。」而《韓詩》釋「閌」爲盛貌者。毛作「臯門」，臯之言高也，故以「伉」爲高貌。韓作「高門」，則高義已顯，故以「閌」爲盛貌。《說文》：「阬，閬也。」閬門高也。《文選》楊雄《甘泉賦》「閌閬閬其寥廓兮」，李善注引《說文》曰：「閬門，高大之貌也。」盛義與大相近。《說文》無「閌」字，《毛詩》「伉」乃「阬」之假借，《韓詩》「閌」又「阬」之或體耳。

棫樸

追琢其璋。

【補】【《玉篇·辵部》】追，治玉名也。《詩》曰：「追琢其璋。」

喬樅謹案：此《韓詩》之文也。《毛詩》「璋」字作「章」，與此文異。《毛傳》云：「追，雕也。金曰雕，玉曰琢。」兼金、玉二者而言，則毛以「追琢其章」爲雕琢之使成文章也。《鄭箋》云：「《周禮》追師掌追衡笄，則追亦治玉名。」鄭用韓義改毛，又據《周禮》以證「追琢」之皆爲治玉也。

亹亹文王，綱紀四方。

【《韓詩外傳》五】夫五色雖明，有時而渝；豐交之木，有時而落。物有成衰，不得自若。故三王之道，周則復始，窮則反本，非務變而已，將以正惡扶微，絀繆淪非，調和陰陽，順萬物之宜也。《詩》曰：「亹亹文王，綱紀四方。」

喬樅謹案：「亹亹」，《毛詩》作「勉勉」。考《荀子·王制》篇引《詩》亦作「亹亹」，與《韓詩》同。郝氏懿行曰：「『亹』與『勉』一聲之轉。《禮記注》：『亹亹，勉勉也。』《易·繫辭》鄭

注：『亹亹，没没也。』『没没』即『勉勉』聲之轉也。又轉爲『旼旼』，《大戴禮·五帝德》篇『亹亹穆穆』，《文選·封禪文》作『旼旼穆穆』。又『亹亹文王』，《墨子·明鬼》篇引作『穆穆文王』，是『旼旼』『穆穆』與『亹亹』『勉勉』俱聲相轉也。『亹』音門，又讀若微。故《玉篇》：『亹，亡匪切。亹亹，猶微微也。』《一切經音義》卷九引《周易》劉瓛注：『亹亹，猶微微也。』是《玉篇》所本。《爾雅》釋文亦云：『亹，亡匪反。徐鉉以亹作娓娓，與微同。』《韓詩》以爲『誰侜予美』之『美』，然則『亹』讀爲『美』，與『亹』讀爲『門』，又俱聲相轉矣。」

旱麓

鳶飛戾天，魚躍于淵。

【《韓詩》曰】鳶飛戾天，魚躍于淵。○【薛君曰】魚喜樂則踴躍于淵中。《文選》五十一王褒《四子講德論》注。

喬樅謹案：《毛傳》以此詩二句爲言上下察也，與《禮記·中庸》合。《箋》云：「魚跳躍于淵，喻民喜得所。」與《薛君章句》同，此鄭君用《韓詩》改毛也。據此，則鄭釋「鳶飛戾天」爲喻惡人遠去，不爲民害，當亦本於《韓詩》。

清酒既載。

【《薛君韓詩章句》曰】載，設也。《文選・西征賦》注。

喬樅謹案：《鄭箋》釋「既載」，謂已在尊中，是以「載」爲載之於器，與薛君訓異。馬瑞辰曰：「『載』與『𢧵』音同。《説文》：『𢧵，設也，飪也，从丮、食，才聲，讀若載。』此詩『載』即『𢧵』字之同音假借，故《韓詩》訓設，《商頌・烈祖》詩『既載清酤』義同。《廣雅》亦云：『𢧵，設也。』《石鼓文》『載』皆作『𢧵』。《士昏禮》：『匕俎從設，北面載。』『載』亦設也。」

莫莫葛藟，延于條枚。愷悌君子，求福不回。

【《韓詩外傳》二】晏子曰：「吾聞：留以利而倍其君者，非仁也；刼以刃而失其志者，非勇也。《詩》曰：『莫莫葛藟，延于條枚。愷悌君子，求福不回。』嬰其可回矣。」

喬樅謹案：「延」，《毛詩》作「施」，「施」「延」一聲之轉。《吕覽・知分》篇引《詩》作「延」，與韓文同。《後漢書・黄琬傳》注引《詩》亦從韓作「延」。《箋》云：「延蔓于木之條枚而茂盛，喻子孫依緣先人之功而起。」鄭以延蔓爲訓，是用三家之義。《禮記・表記》引《詩》「施于條枚」，注云：「如葛藟之延蔓于條枚，是其性也。」高誘《吕覽注》亦云：「延蔓于條枚之上，得其性也。」則齊、魯《詩》文雖作「施」，而亦訓爲延蔓，與韓義同。又案：《皇矣》詩「施于孫子〔一〕」，《箋》云：「施，猶延也。」則「旋」「延」訓、義並通。

思齊

則百斯男。

【補】【《後漢書》順烈梁皇曰】《螽斯》，則百福之所由興也。

刑于寡妻，至于兄弟，以御于家邦。

【《韓詩》曰】刑，正也。《釋文》。

喬樅謹案：《孟子》引此詩「刑于寡妻」，趙岐注亦訓「刑」爲正。邠卿用《魯詩》者，是《韓詩》義同。《毛傳》云：「刑，法也。」「法」「正」古相通假。《論語》「齊桓公正而不譎」，《漢書·鄒陽傳》作「齊桓公法而不譎」。《易》曰「利用刑人以正法也」，法所以正人之不正者。《說文》：「㳒，古文『法』字。」《玉篇》同，則法亦正也。馬瑞辰曰：「毛、韓《詩》『法』與『正』同義。《史記·賈生傳》『法制度』，猶言正制度也。《廣雅》：『刑，治也。』『法』與

〔一〕「孫子」，底本作「子孫」，今據續編本改。

『正』皆所以爲治也。」

【補】【《三國志》曹植上疏曰】周之文王亦從〔一〕厥化，其詩曰：「刑于寡妻，至于兄弟，以御于家邦。」是以雍雍穆穆，風人咏之。

皇矣

上帝耆之。

【《韓詩》曰】耆，惡也。《釋文》。

喬樅謹案：《釋文》此條引在《周頌·武》篇「耆定爾功」下。馬瑞辰曰：「案當爲《皇矣》詩『上帝耆之』章句，蓋毛、韓《詩》同義。《釋文》誤引入《周頌·武》篇，亦猶『蕑，蓮也』，本《韓詩》《澤陂》篇之章句，而《釋文》誤引入《溱洧》章也。若以『耆定爾功』爲惡定其功，則不詞矣。」馬説是也。

其菑其殪。

〔一〕「從」，《三國志》《文選》《曹子建集》皆作「崇」。

【《韓詩》曰】菑，反草也。殪，因也。因高填下也。《釋文》。

喬樅謹案：《毛傳》詩作「其菑其翳」，《傳》云：「木立死曰菑，自斃爲翳。」訓義與《爾雅·釋木》同。《韓詩》以「菑」爲反草者，意以「其菑其翳」「其灌其栵」爲總言草木，異於《毛傳》之以「栵」釋栭，訓爲木名也。《詩》言「作之屏之」，作，起也，屏，除也。四方之民歸往岐周，闢草萊，刊樹木，而自居處。草之蕪穢者，必先芟夷之，故首言其菑，謂反草而菑殺之也；木之顛仆者，亦先除去之，故次言其殪也。《爾雅》曰：「木自斃神。」《説文》「神」字作「槇」，云：「仆木也。」「槇」取顛仆之義。人殪則仆，木斃則顛，故《韓詩》以「殪」爲因高填下，「填」即「顛」之假借耳。又云「修之平之，其灌其栵」，此亦分別而言。木之叢生者爲灌，則修而削之；木之既髡復生者爲栵，則平而治之。《爾雅·釋詁》：「烈，枿餘也。」《方言》曰：「陳、鄭之間曰枿，晉、衛之間曰烈，秦、晉之間曰肄。」《説文》：「巘，伐木餘也。」字或作「蘖」。「栵」與「烈」通，是「栵」爲木之餘蘖矣，四者皆開山通道之首事也。下文云「啓之辟之，其檉其椐。攘之剔之，其檿其柘」，此乃闢地定居之事。檉、椐，易生之木，故其地則啟而闢之；檿、柘，有用之材，故其樹則攘而剔之。如是者，土地既廣，樹木亦茂，故下章即繼以「柞棫斯拔，松柏斯兑」也。

自太伯王季。惟此王季，因心則友，則友其兄。則篤其慶，載錫之光。受禄無喪，奄

有四方。

【《韓詩外傳》十】君子温儉以求於仁，恭讓以求於禮，得之自是，不得自是。故君子之於道也，猶農夫之耕，雖不獲年之優，無以易也。太王亶甫有子曰太伯、仲雍、季歷，歷有子曰昌。太王賢昌而欲季爲後也，太伯去之吴。太王將死，謂曰：「我死，汝往讓兩兄，彼即不來，汝有義而安。」太王薨，季之吴，告伯、仲，伯、仲從季而歸，群臣欲伯之立季，季又讓，伯謂仲曰：「今群臣欲我立季，季又讓，何以處之？」仲曰：「刑有所謂矣，句有誤。要於扶微者，可以立。」季遂立，而養字有誤。文王，文王果受命而王。孔子曰：「太王獨見，王季獨知，伯見父志，季知父心，故太王、太伯、王季可謂見始知終而能承志矣。」《詩》曰：「自太伯王季。惟此王季，因心則友，則友其兄。則篤其慶，載錫之光。受禄無喪，奄有四方。」此之謂也。太伯反吴，吴以爲君，至夫差二十八世而滅。

【補】【《吴越春秋》卷一】古公三子，長曰太伯，次曰仲雍，雍一名吴仲，少曰季歷。季歷娶妻太任氏，生子昌，昌有聖瑞。古公知昌聖，欲傳國以及昌，曰：「興王業者，其在昌乎！」因更名曰季歷。太伯、仲雍望風知指，曰：「歷者，適也。」知古公欲以國及昌。古公病，二人託名採藥於衡山，遂之荆蠻，斷髮文身，爲夷狄之服，示不可用。古公卒，太伯、仲雍歸赴喪畢，還荊蠻，國民君而事之，自號爲勾吴。古公病，將卒，令季歷讓國於太伯，而三讓不受。故云太伯三以天下讓，於是季歷蒞政，修先王之業，守仁義之道。季歷卒，子昌立，號曰西伯。天下已安，乃稱王，追謚古公爲太王，追封太伯於吴。

惟此文王，帝度其心，莫其德音。《詩正義》。

【《韓詩》曰】莫，定也。《釋文》。

【補】【《薛君韓詩章句》曰】寂，無聲之貌也。嗼，静也。《文選·西征賦》注。

喬樅謹案：「文王」，《毛詩》作「王季」。「莫」，《毛詩》作「貊」。《詩正義》云：「『維此王季』，《左傳》言『維此文王』者，經涉亂離，師有異讀，後人因即存之，不敢追改。今王肅注及《韓詩》亦作『文王』，是異讀之驗。」貊，《左傳》《樂記》皆作「莫」。《釋詁》云：「貊、莫，定也。」郭璞曰：「皆静定也。」義俱爲定，聲又相近，讀非一師，故字異也。今據《左氏·昭二十八年傳》及《禮記·樂記》、徐幹《中論·法象》篇引《詩》並作「維此文王」，是魯、齊與韓三家今文同。《爾雅》「貊、莫」亦作「貉、嗼」。陸氏《釋文》云：「貉，本又作『貊』。嗼，本又作『莫』。」是陸所據本爲「貉、嗼，定也」。《説文》：「嗼，啾嗼也。」《玉篇》：「嗼，静也。」「莫」字蓋「嗼」之省借。又案《文選·西征賦》注引《韓詩薛君章句》曰：「寂，無聲之貌也。嗼，静也。」寂嗼與啾嗼同，疑韓嬰《内傳》釋「莫」爲寂嗼，而薛君著《韓詩章句》，又申釋其義也。《尒雅》爲《魯詩》之學，疑《魯詩》文作「嗼」，《説文》啾嗼之訓，即本魯説，魯、韓雖文異而義並同也。

無然畔援。

【《韓詩》曰】畔援，武强也。《釋文》。

喬樅謹案：《毛詩》云：「無是畔道，無是援取。」《箋》云：「畔援，猶跋扈也。」此用魯訓改毛。「跋扈」即武强之貌，義與《韓詩》相近，詳見《魯詩遺説考》。

無然歆羨。

【《薛君韓詩章句》曰】羨，願也。《文選》孫綽《登天台山賦》注。

喬樅謹案：《毛傳》云：「無是貪羨。」考《説文》：「羨，貪欲也。」《文選・歸田賦》注引《字林》訓同。《廣雅・釋詁》一：「羨，欲也。」毛云貪羨，猶言貪欲也。《韓詩》訓「羨」爲願者，願即欲之意。《淮南・説林訓》「臨河而羨魚」，高誘注亦云：「羨，願也。」

無矢我陵，我陵我阿。

【《韓詩》曰】無矢我陵。○【《薛君章句》曰】四平曰陵。《文選》九楊雄《長楊賦》注。

【《韓詩》曰】曲京曰阿。《文選・西都賦》注。○《衆經音義》一。

喬樅謹案：《説文》：「陵，大阜也。」《釋名・釋山》曰：「大阜曰陵。」陵，隆也，體隆高也。《廣雅・釋丘》云：「四隤曰陵。」《廣雅》之訓與《薛君章句》同，即用《韓詩》義。陵之爲象，中央隆高，而四面隤陁，以漸而平，故淩遲亦曰陵夷，言其勢漸頹替，如丘陵之漸平也。

不識不知，順帝之則。

【《韓詩外傳》五】禮者，則天地之體，因人之情而爲之節文者也。無禮，何以正身？無師，安知禮之是也？禮然而然，是情安於禮也；師云而云，是知若師也。情安禮，知若師，則是君子之道；言中倫，行中理，天下順矣。《詩》曰：「不識不知，順帝之則。」

喬樅謹案：「則天地之體」，各本「則」多作「首」，惟虞山《毛詩》本作「則」，今從之。

與爾隆衝。《釋文》。

喬樅謹案：《毛詩》「隆」作「臨」。宋綿初云：「『隆』『臨』一聲之轉。後漢殤帝諱隆，改『隆』爲『臨』。漢有隆慮縣，東京爲臨慮。由聲近，故通用。」段氏《詩經小學》云：「隆衝言陷陣之車隆然高大也。《毛傳》以臨衝爲二，非。」喬樅考「隆衝」亦作「衝隆」，《淮南・兵略》篇云：「故攻不待衝隆雲梯而城拔。」《鹽鐵論》亦云：「衝隆不足爲强。」是明以「隆」「衝」爲二，隆蓋轈車，衝則幢車。是《説文》：「幢，陷陣車也。」「轈，兵車高如巢，以望敵也。」蓋取其以高望遠，則謂之隆車；取其以上臨下，則謂之臨車。《左氏・成十六年傳》「楚子使登巢車，以望晉軍」，即《韓詩》所謂「隆」者是也。胡承珙曰：「宣十五年《左傳》：『晉使解揚如宋，楚子登諸樓車。』杜注云：『樓車，車上望櫓。』成十六年《傳》注亦云：『巢車，車上爲櫓。』巢車、樓車，皆即《詩》之臨車。《孫武子》曰：『攻城之法，修其櫓轀轒轀。』

『轞』與『櫓』同。《後漢書·光武紀》『衝輣撞城』，章懷注云：『衝，衝車也。』許慎曰：『輣，樓車也。』《前漢書·叙傳》『衝輣閑閑』，即以『輣』當《詩》之『臨』。然則臨、衝爲二車，其義不可易矣。」

崇墉仡仡。

【《韓詩》曰】仡仡，摇也。《釋文》。

喬樅謹案：《毛傳》云：「仡仡，猶言言也。」毛訓「言言」爲高大，則「仡仡」亦訓爲高大矣。《鄭箋》云：「言言，猶『孽孽』，將壞貌。」則釋「仡仡」當亦爲將壞之貌，鄭君蓋用韓説以改毛義。胡承珙曰：「案僖十九年《左傳》：『司馬子魚曰：文王聞崇德亂而伐之，軍三旬而不降，退修教而復伐之，因壘而降。』襄三十一年《傳》：『衛伯宫文子曰：文王伐崇，再駕而降爲臣。』《後漢書·伏湛傳》：『崇國守城，先退後伐，所以重人命。』《説苑·指武》篇亦云：『文王伐崇，令毋殺人，毋壞室，毋伐樹木，毋動六畜，有不如令者死無赦。』據此，則文王師以順動，未嘗破壞其城，可知當以《傳》義爲勝。又案：《傳》以『言言』爲高大，此必當時言有大訓。如《爾雅》『大簫謂之言』，李巡曰：『大簫聲大者，言言也。』此其明證。鄭意欲見崇無堅城，故訓『言言』爲孽孽，若《正義》則不能，知《毛傳》之有本矣。即如『交交黄鳥』『交交桑扈』，《傳》皆云：『交交，小貌。』《爾雅》：『簫小者，謂之筊。』李巡曰：『小者聲揚而小，故言筊筊，小也。』此亦可證『交』有小義。此種故訓，漢以後遺失者蓋多矣。」喬樅考《説文·土部》：「圪，墻高也。《詩》曰：『崇墉圪圪。』」張載《魯靈光殿賦》注云：「屹，猶孽也，高大貌。《詩》曰：『崇墉屹屹。』」「圪」「屹」當爲齊、魯《詩》異文，而義並訓爲高，是齊、魯《詩》與毛訓同。韓以「仡仡」爲搖者，據《詩》言隆衝皆用以攻城之具，故釋「仡仡」爲動搖之貌也。

靈臺

於物魚躍。

【《薛君韓詩章句》曰】文王聖德，上及飛鳥，下及魚鼈。《文選·曲水詩》注。

於樂辟廱。

【《韓詩説》曰】辟廱者，天子之學，圓如璧，壅之以水，示圓，言辟，取辟取〔一〕有德。不言辟水，言辟廱者，取其廱和也，所以教天下。春射秋饗，尊事三老五更，在南方七里之郊，立明堂其中。

〔一〕「取」，《毛詩正義》無此字。

五經之文所藏處，蓋以茅葦，取其絜清也。《詩正義》引《異義》。

喬樅謹案：《毛傳》云：「水旋丘如璧曰辟廱，以節觀者。」戴氏《詩考正》曰：「辟廱於經無明文。漢初説禮者規放故事，始援《大雅》《魯頌》立説，謂天子曰辟雍，諸侯曰頖宮。如誠學校重典，不應《周禮》不一及之，而但言成均、瞽宗。《孟子》陳三代之學，亦不涉乎此，他國且不聞有所謂泮宮者。此《詩》『靈臺』『靈沼』『靈囿』與『辟廱』連稱，抑亦文王之離宮乎？閒燕則遊止肆樂於此，不必以爲大學，於詩辭前後尤協矣。」胡承珙曰：「案《詩疏》引鄭《駁異義》，謂三靈、辟雍同處在郊，則辟廱亦爲游觀之所。然《文王有聲》言『鎬京辟廱』，即繼之以東西南北，無思不服。《箋》云：『武王於鎬京行辟廱之禮，自四方來觀者，皆感化其德，心無不歸服者。』然則此詩言作樂，《傳》言『水旋丘如璧，以節觀者』，是辟廱在文王時已爲合樂行禮之地，但其時未嘗定爲天子之大學。至武王有天下，及周公制禮以後，始別諸侯爲泮宮，不得同於天子，而辟廱行禮之事愈備。如《五經異義》引《韓詩説》，辟雝『所以教天下』，『春射秋饗，尊事三老五更』。鄭氏據《王制》『天子出征，執有罪，反，釋奠於學，以訊馘告』，合之《魯頌》『在泮獻囚』，知辟廱同義。即如古器銘《宰辟父敦》：『王在辟宮。』《冊周麗敦》：『王在雝位格廟冊麗。』是辟雝又有冊命之事。凡皆周公彌文之制，如推其原始，即歸之文王之善道，亦無不可。總之三靈自爲游觀之所，辟廱自爲禮樂之地。同處者，第言其相近。《三輔黄圖》所載靈臺在長安西北四十里，靈囿在長安西四十二里，靈沼在長安三十里，似非無據。至辟雝，即《周頌》之『西雝』。彼《傳》云：『雝，澤也。』『澤』即『王立于澤』之『澤』，郊祭聽誓於此，則辟廱在郊可知。謂之『西雝』，則在西郊又可知。《王制》：『小學在公宫南之左，大學在郊。』《鄭注》以爲殷制。《正義》引熊氏云：文王時猶從殷制，故辟雍、大學在郊。鄭注《鄉射禮》謂周之大學在國。然則武王之鎬京辟雝，殆立於國中歟？」

曚瞍奏功。

【《韓詩》曰】曚瞍奏功。○【薛君曰】無珠子曰曚，珠子具而無見曰瞍。《文選·演珠連》注。

喬樅謹案：《史記·屈原列傳》集解引亦作「曚瞍奏功」，從《韓詩》也。《毛傳》作「奏公」，《傳》云：「公，事也。」《小雅·六月》詩「以奏膚公」，《傳》云：「公，功也。」則毛釋「公」爲事，正以「公」乃「功」之假借耳。王逸《楚詞·懷沙》章句引作「矇叟奏工」，「叟」即「瞍」之省借。「工」「功」古書通用，叔師所據是《魯詩》之文。王者功成作樂，治定制禮，此詩承上作樂言之，故云「奏功」也。

下武

成王之孚，下土之式。永言孝思，孝思惟則。

【《韓詩外傳》五】上不知順孝，則民不知返本；君不知敬長，則民不知貴親。禘祭不敬，山川失時，則民無畏矣；不教而誅，則民不識勸也。故君子修身及孝，則民不倍矣；敬孝達乎下，則民知慈愛矣；好惡喻乎百姓，則下應其上，如影響矣。是則兼制天下、定海内、臣萬姓之要法也，明王聖主之所不能須臾而舍也。《詩》曰：「成王之孚，下土之式。永言孝思，孝思維則。」

應侯順德。

【補】【酈道元《水經注》】滍水東逕應城南，故應鄉也。應侯之國，《詩》所謂「應侯順德」者也。應劭曰：「《韓詩外傳》稱周成王與弟戲以桐葉爲圭，曰：『吾以封汝。』周公曰：『天子無戲言。』王乃應時而封，故曰應侯鄉。」卷三十一。

喬樅謹案：《太平御覽》一百九十九卷引《陳留風俗傳》曰：「周成王戲其弟桐葉之封，周公曰：『君無二言。』遂封之於唐。唐侯克慎其德，其詩曰『媚兹一人，唐侯慎德』是也。」與《韓詩外傳》同，惟「應侯」作「唐侯」，「順德」作「慎德」爲異。考《隋書·經籍志》：「《陳留風俗傳》三卷，漢議郎圈稱撰。」其説疑即本《韓詩》。「慎」「順」古文通假，《毛詩》定本作「慎德」，集注本作「順德」，《淮南子》引《詩》亦作「慎德」，是知三家文有假「順」爲「慎」者。「應」字作「唐」，疑傳寫之誤。《漢書·地理志》「太原郡晉陽，故《詩》唐國。周成王滅唐，封弟叔虞。」臣瓚注曰：「所謂唐，今河東永安是也，去晉四百里。」此屬并州，與陳留無涉。《地理志》又云：「潁川郡：父城，應鄉，故國，周武王所封。」潁川與陳留相近，父城爲應鄉故國，則《陳留風俗傳》所紀確爲應侯無疑。師古《漢書集注》引臣瓚曰：「《呂氏春秋》：『成王以戲授桐葉爲圭，以封叔虞。』非應侯也。汲郡古文：『殷時已自有國，非成王之所造也。』」師古曰：「武王之弟自封應國，非桐圭之事也，應氏之説蓋失之焉。又據《左氏傳》云：『邘〔一〕晉應韓，武之穆也。』是則應侯，武王之子，又與《志》説不同。」喬樅謂：班《志》「武王」乃傳寫之誤，當作「成王」爲是。成王桐葉之封，見《史記·晉世家》及《呂氏春秋·重言》篇，皆以爲叔虞事。叔虞封唐，唐、應皆成王之弟，傳聞異詞，或亦以此爲封應侯事，故《韓詩》引以證《詩》之「應侯順德」。臣瓚謂殷時已有應國，非成王所造者，瓚用《魯詩》，故不信《韓詩外傳》也。

〔一〕「邘」，底本作「邗」，今據續編本、《左傳》改。

【補】【羅泌《路史·國名紀》】應，《韓詩》云侯國。

喬樅謹案：《路史》又引《盟會圖》云：「汝之魯山有應城。」

於萬斯年，不遐有佐。

【《韓詩外傳》五】成王之時，有三苗貫桑而生，同爲一秀，大幾滿車，長幾充箱。成王問周公曰：「此何物也？」周公曰：「三苗同一秀，意者天下殆同一也。」比期三年，果有越裳氏重九譯而至，獻白雉於周公，曰：「道路悠遠，山川幽深，恐使人之未達也，故重譯而來。」周公曰：「吾何以見賜也？」譯曰：「吾受命國之黄髮曰：『久矣！天之不迅風疾雨也，海之不波溢也，三年於兹矣！意者中國殆有聖人，盍往朝之？』於是來也。」周公乃敬求其所以來。《詩》曰：「於萬斯年，不遐有佐。」

喬樅謹案：《毛傳》釋此詩「不遐有佐」，亦云「遠夷來佐也」，與《韓詩》説同。《鄭箋》：「武王受此萬年之壽，其輔佐之臣亦宜蒙其餘福。」與毛、韓義異。

文王有聲

文王烝哉。

【《韓詩》曰】烝，美也。《釋文》。

喬樅謹案：《毛傳》訓「烝」爲君，「君哉」亦美之辭也，訓義並通。

築城伊洫。

【《韓詩》曰】洫，深池。《釋文》。

案：《説文·門部》「閾」重文「閪」云：「古文『閾』从『洫』。」《韓詩》「淢」作「洫」，此其例也。

喬樅謹案：《毛傳》云：「淢，成溝也。」《鄭箋》云：「方十里曰成，淢其溝也，廣、深各八尺。」馬瑞辰曰：「《傳》『成溝』當爲『城溝』之譌。古者有城必有池，《孟子》『城非不高也，池非不深也』，《説文》『城有水曰池，城無水曰隍』是也。『淢』『洫』古通，故《韓詩》作『洫』，訓爲深池。池亦稱溝，虞翻《易注》『城下溝無水稱隍，有水稱池』是也。《説文》『洫』字注云：『十里爲成，成間廣八尺、深八尺謂之洫。』與《箋》説合。《箋》蓋以城之有洫，猶成間之有洫，遂舉成洫以明之，非以《詩》所言即成間之洫也。《箋》又言：『築豐之城，大小適與成偶，大於諸侯，小於天子之制。』蓋謂文王城十里，與方十里爲成同。」喬樅謂：馬以《毛傳》「成溝」爲「城溝」之譌，此不然也。「洫」本成間之溝名。《毛詩》假「淢」爲「洫」字，故《傳》以成溝釋之，明築地鑿池，即仿成溝之制。馬元伯膠執天子城方九里之數，以鄭言文王城方十里爲誤，則近於固矣。

王公伊濯。

【《韓詩》曰】濯，美也。《釋文》。

喬樅謹案：《毛傳》：「濯，大也。」與《爾雅·釋詁》訓同。《方言》云：「濯，大也。荆、吴、揚、甌之間曰濯。」《韓詩》以「濯」爲美者，「美」字从大，則「美」亦兼有大義也。

自東自西，自南自北，無思不服。

【《韓詩外傳》四】《詩》曰：「自東自西，自南自北，無思不服。」如是則近者歌謳之，遠者赴趨之，幽間辟陋之國，莫不趨使而安樂之，若赤子之歸慈母者。何也？仁刑與形同。義立，教誠愛深，禮樂交通故也。

案：首句「東」「西」互易，與《毛詩》異，卷五兩引《詩》亦然。

貽厥孫謀，以燕翼子。

【《韓詩外傳》四】文王立國七十一，姬姓獨居五十二。周之子孫苟不狂惑，莫不爲天子顯諸侯。夫是之謂能愛其所愛矣，故惟明主能愛其所愛。《大雅》曰：「貽厥孫謀，以燕翼子。」

韓詩遺説考卷第四〔四之二〕

福州陳壽祺學　男喬樅述

韓詩大雅二

生民

厥初生民，時惟姜原。生民如何？克禋克祀，以弗無子。履帝武敏歆，攸介攸止，載震載夙。載生載育，時惟后稷。

【《韓詩章句》曰】姜，姓。原，字。《史記·周本紀》注。

【《韓詩説》曰】聖人皆無父感天而生。《毛詩正義》引《異義》。

誕彌厥月。

【《韓詩》曰】誕，信也。《文選》廿陸雲《大將軍讌會詩》注。

喬樅謹案：《毛傳》釋「誕」爲大，與《爾雅·釋詁》合。《説文》：「誕，詞誕也。」「誕」訓大言，故又引伸爲虚詐之義。《廣雅・釋詁》一：「誕，信也。」此用《韓詩》義。「誕」既訓詐，又得訓信者，猶之以「亂」爲治，以「徂」爲存，皆詁訓之義有反覆旁通，美惡不嫌同名也。

誕寘之隘巷，牛羊腓字之。誕寘之平林，會伐平林。誕寘之寒冰，鳥覆翼之。

【補】【《吴越春秋》卷一】后稷其母，台氏之女姜嫄，爲帝嚳元妃。年少未孕，出游於野，見大人跡而觀之，中心歡然，喜其形像，因履而踐之。身動，意若爲人所感，後妊娠，恐被淫佚之禍，遂祭祀以求，謂「無子」。履天帝之跡，天猶令有之。姜嫄怪而棄于阨狹之巷，牛馬過者辟易而避之；復棄於林中，適會伐木之人多；復置于澤中冰上，衆鳥以羽覆之。后稷遂得不死。姜嫄以爲神，收而養之，長因名棄。

【補】【曹植《仲雍哀辭》曰】昔后稷之在寒冰，鬬穀之在楚澤，咸依鳥馮虎，而無風塵之災。

蓺之戎菽，戎菽旆旆。禾役穟穟，麻麥幪幪。

【補】【《吴越春秋》】后稷爲兒時，好種樹禾、麥、桑、麻、五穀。相五土之宜，青赤黄黑，陵水高下，粢稷、黍、禾、蕖、麥、豆、稻，各得其理。堯遭洪水，人民泛濫，遂高而居。堯聘棄，使教民山居，隨地造區，研營種之術。三年餘，行人無饑乏之色，乃拜棄爲農師，封之台，號爲后稷，姓姬氏。

【補】【賈公彦《周禮·太宰》疏】《生民》詩云：「蓺之戎菽。」戎菽，大豆，后稷之所殖。

喬樅謹案：「戎菽」，《毛詩》作「荏菽」，《傳》云：「荏菽，戎菽也。」《箋》云：「戎菽，大豆也。」《賈疏》所引《詩》直作「戎菽」，當爲《韓詩》之異文。《爾雅·釋詁》「戎」「壬」竝訓爲大，「壬」「任」古字通用，「戎」「荏」一聲之轉。

拂厥豐草。

【《韓詩》曰】拂，弗也。《釋文》。

喬樅謹案：《毛詩》「拂」作「茀」，《傳》云：「茀，治也。」考《爾疋·釋詁》：「弗，治也。」是「茀」即「弗」之通假。《韓詩》釋「拂」爲弗，則「拂」亦除治之義也。《方言》云：「茀，拔也。」「茀」本訓道多草不可行，草多必拔去之，故即以拔草爲弗，此引伸之義也。《廣雅·釋詁》：「拂，除也。」又：「拂，拔也。」「拂，去也。」訓義並同。馬瑞辰曰：「『弗』與『拔』雙聲，『弗』當爲『拔』之假借。『茀』與『拂』，又『弗』之聲近通借。『拔』借作『弗』，猶『祓』之借作『弗』，『福』之借作『祓』也。」

后稷肇祀。

【《韓詩說》曰】三王各正其郊。《禮記·郊特牲》正義。

喬樅謹案：肇，《毛詩釋文》不言韓氏字異，然據《禮記·表記》作「后稷兆祀」，《毛詩·商頌》箋讀「肇域」之「肇」爲「兆」，知三家今文「肇」皆作「兆」。此「后稷肇祀」箋云：「肇郊之神位。」《正義》以爲：「肇，宜作『兆』」，《春官·小伯宗》『兆五帝於四郊』是也。」鄭注《表記》云：「兆，四郊之祭處也。」言祀后稷於郊以配天，此用《齊詩》説。《詩箋》則云：「后稷肇祀上帝於郊。」雖與《記注》異義，然讀「肇」爲「兆」，則仍從三家之説也。

行葦

敦彼行葦，牛羊勿踐履。

【補】【《吴越春秋》】公劉慈仁，行不履生草，運車以避葭葦。

戚戚兄弟，莫遠具爾。

【補】【曹植《求通親親表》】常有戚戚具爾之心。

嘉肴脾臄。

【補】【《玉篇·肉部》】臄，口上阿也。《詩》曰：「嘉肴脾臄。」

喬樅謹案：《毛詩》「肴」作「殽」，《毛傳》云：「臄，函也。」文字訓義皆與此異，知此所引爲據

《韓詩》也。又《毛詩釋文》引《通俗文》云：「口上曰臄，口下曰函。」亦以「臄」爲〔一〕口上阿，與《玉篇》訓合。

酒醴維醹。

【《韓詩》曰】醴，甜而不泲也。《文選·南都賦》注。○説見前。

既醉

孝子不匱，永錫爾類。

【《韓詩外傳》八】孔子燕居，子貢攝齊而前，曰：「弟子事夫子有年矣，才竭而智罷，振於學問，不能復進，請一休焉。」孔子曰：「賜也！欲焉休乎？」曰：「賜欲休於事君。」孔子曰：「《詩》云：『夙夜匪懈，以事一人。』爲之若此，其不易也，若之何其休也？」曰：「賜休於事父。」孔子曰：「《詩》云：『孝子不匱，永錫爾類。』爲之若此，其不易也，如之何其休也？」

【補】【《後漢書》梁太后下詔曰】《詩》云：「孝子不匱，永錫爾類。」《章帝八王列傳》。

〔一〕「爲」，此下底本衍一「爲」字，今據續編本删。

鳧鷖

鳧鷖在亹。

喬樅謹案：《文選·吴都賦》「清流亹亹」，李善注引《韓詩》曰：「亹，水流進貌。」説者以爲即「鳧鷖在亹」之章句，先大夫曰：「案《吴都賦》『亹』與『水』韵，則音不讀如『門』。然此詩讀『亹』音若美，則與下文『熏』『欣』『芬』『艱』不協，非此詩章句也，當爲『亹亹文王』之訓。」喬樅考《漢書·地理志》「金城郡：浩亹」，師古注云：「亹者，水流峽山，岸深若門也。《詩·大雅》曰『鳧鷖在亹』，亦其義也。」此必漢儒應、服等《音義》據三家《詩》訓爲解，而顔注襲用之，故引《詩·大雅》，不明其爲誰家。漢時三家並列學官，學者肄業及之，非有異文異義，固不煩詞贅耳。《毛傳》云：「亹，山絶水也。」《箋》云：「亹之言門也。」鄭即用三家《詩》訓以申毛義。《孔疏》謂：「山當水路，令水勢絶也。」其説非是。胡承珙曰：「山絶水者，如『正絶流曰亂』之『絶』，謂山横跨水中，水流其罅，非斷絶水勢之謂也。」馬瑞辰曰：「『亹』者，『釁』之變體，从爨省、从酉，分聲，與『門』音近，故訓爲門。凡物之有間隙者，皆得謂之亹。《方言》：『器破而未離，謂之璺。』《廣雅》：『璺，裂也。』『璺』亦『亹』也。『亹』有門音，『門』『眉』雙聲，又轉爲『眉』。故古鐘鼎文『眉壽』，多借作『釁』，亦作『亹』，竊疑

『亹』即『湄』之假借。《秦風》『在河之湄』，《傳》：『湄，水隒也。』《廣雅》：『隒，厓也。』讀『亹』爲『湄』，正與上章『在沙』『在渚〔一〕』『在潨』同爲水旁之地，猶《衛風》『淇厲』『淇側』、《秦風》『水湄』『水涘』，字異而義同也。」

假樂

不愆不忘，率由舊章。

【《韓詩外傳》五】哀公問於子夏曰：「必學然後可以安國保民乎？」子夏曰：「不學而能安國保民者，未之有也。」哀公曰：「然則五帝有師乎？」子夏曰：「臣聞黄帝學乎大填，顓頊學乎禄圖，帝嚳學乎赤松子，堯學乎務成子附，舜學乎尹壽，禹學乎西王國，湯學乎貸子相，文王學乎錫疇子斯，武王學乎太公，周公學乎虢叔，仲尼學乎老聃。此十一聖人，未遭此師，則功業不能著乎天下，名號不能傳乎後世者也。」《詩》曰：「不愆不忘，率由舊章。」

【又《外傳》六】孔子曰：「可與言終日而不倦者，其惟學乎！其身體不足觀也，勇力不足憚也，族姓不足稱也，宗祖不足道也，而可以聞於四方，而昭於諸侯者，其惟學乎！」《詩》曰：「不愆不

〔一〕「渚」，底本作「堵」，今據續編本、《毛詩傳箋通釋》改。

忘，率由舊章。」夫學之謂也。

燕及朋友。

【《韓詩内傳》曰】師臣者帝，交友臣者王，臣臣者霸，魯臣者亡。《唐會要》七。

喬樅謹案：「魯臣」，盧氏文弨以爲與「虜」同。《史記·伍子胥傳》「遂滅鄒，句。魯之君以歸」，「鄒」即「邾」也，下當云「魯其君」，「之」字誤也，此亦以「魯」爲「虜」可通用之一證。「交友」下，或有「受」字，是衍文。

篤公劉。

【補】【《吴越春秋》一】公劉避夏桀於戎狄，變易風俗，民化其政。

【補】【《吴越春秋》五】昔公劉去邰，而德彰於夏。

芮阸之即。

喬樅謹案：《毛詩》作「芮鞫」，《傳》云：「芮，水厓也。鞫，究也。」《箋》云：「芮之言内也。水之内曰隩，水之外曰鞫。」顔師古注《漢書·地理志》「芮阸」云：「『阸』讀與『鞫』同，《韓詩》作『芮阸』，言公劉止其軍旅，欲使安静，乃就芮阸之間耳。」又《周禮·職方氏》注作「汭坭」，李黼平曰：「《毛傳》非訓『鞫』爲究，蓋讀『鞫』爲『究』。『阸』『坭』二字俱从尻，『尻』

與『究』竝从九得聲，聲同者，義亦同是。『鞫』『阬』『坈』『究』四字同物，故《傳》轉爲『究』。《水經・温水》篇注説九德縣云：『九德浦内逕越裳究、九德究、南陵究。』又云：『《竺枝扶南記》：山谿瀨中謂之究。《地理志》曰：郡有小水五十二并行，大川皆究之謂也。』外又有『金山郎究』『金谿究』之名。此經承皇、過二澗之下，則皆山谿小水，故《傳》以爲究矣。」

洞

愷悌君子，民之父母。

【《韓詩外傳》六】《詩》曰：「愷悌君子，民之父母。」君子爲民父母，何如？曰：君子者，貌恭而行肆，身儉而施博，故不肖者不能逮也。殖盡於己，而區略於人，故可盡身而事也。篤愛而不奪，厚施而不伐，見人有善，欣然樂之，見人不善，惕然掩之。有其過而兼包之，授衣以最，授食以多，法下易由，事寡易爲，是以中立而爲人父母也。築城而居之，別田而養之，立學以教之，使人知親尊，親尊故父服斬縗三年，爲君亦服斬縗三年，爲民父母之謂也。

【又《外傳》八】子賤治單父，其民附，孔子曰：「告某之所以治之者。」對曰：「不齊時發倉廩，振困窮，補不足。」孔子曰：「是小人附耳，未也。」對曰：「賞有能，招賢才，退不肖。」孔子曰：「是士附耳，未也。」對曰：「所父事者三人，所兄事者五人，所友者十有二人，所師者一人。」孔子曰：「所父事者三人〔一〕，所兄事者五人，足以教弟矣；所友者十有二人，足以祛壅蔽矣；所師者一人，足以慮無失策，舉無敗功矣。惜乎！不齊之所爲者小也，爲之大，功乃與堯、舜參矣。」《詩》曰：「愷悌君子，民之父母。」子賤其似之矣。

【又曰】度地圖居以立國，崇恩博利以懷衆，明好惡以正法度，率民力稼，學校庠序以立教，事老養孤以化民，升賢賞功以勸善，懲奸絀失以醜惡，講御習射以防患，禁奸止邪以除害，接賢連友以廣智，宗親族附以益强。《詩》曰：「愷悌君子。」

卷阿

來游來歌。

【《韓詩外傳》六】孔子行，簡子將殺陽虎，孔子似之，帶甲以圍孔子舍，子路愠怒，奮戟將下，孔子止之，曰：「由，何仁義之寡裕也！夫《詩》《書》之不習，禮樂之不講，是某之罪也。若吾非陽虎，而以我爲陽虎，則非某之罪也，命也。由歌，予和若。」子路歌，孔子和之三終而圍罷。《詩》曰：「來游來歌。」以陳盛德之和而無爲也。

〔一〕「所父事者三人」，此下《韓詩外傳》别本有「足以教孝矣」五字。

愷悌君子，四方爲則。

【《韓詩外傳》八】可於君，不可於父，孝子弗爲也；可於父，不可於君，君子亦弗爲也。故君不可奪，親亦不可奪也。《詩》曰：「愷悌君子，四方爲則。」

鳳凰鳴矣，于彼高岡。

【補】【曹植《七啓》】聆鳴鳳於高岡。

鳳凰于飛，翽翽其羽，亦集爰止。藹藹王多吉士，惟君子使，媚於天子。

【《韓詩外傳》八】黄帝即位，施惠承〔一〕天，一道修德，惟仁是行，宇内和平，未見鳳凰，惟思其象，夙寐晨興，乃召天老而問之曰：「鳳象何如？」天老對曰：「夫鳳象鴻〔二〕前而麟後，蛇頸而魚尾，龍文而龜身，燕頷而鷄喙，戴德〔三〕負仁，抱忠挾義，小音金，大音鼓，延頸奮翼，五彩備舉，明動八風，氣應時雨，食有質，飲有儀，往即文始，來即嘉成。惟鳳爲能通天祉，應地理，律五音，

〔一〕「惠承」，底本漫漶不清，今據續編本補。

〔二〕「鴻」，底本漫漶不清，今據續編本補。

〔三〕「喙戴德」，底本漫漶不清，今據續編本補。

覽九德。天下有道，得鳳象之一，則鳳過之；得鳳象之二，則鳳翔[一]之；得鳳象之三，則鳳集之；得鳳象之四，則鳳春秋下之；得鳳象之五，則鳳没身居之。」黄帝曰：「於戲，允哉！朕何敢與焉。」於是黄帝乃服黄衣，戴黄冕，致齋于中宫，鳳乃蔽日而至。黄帝降于東堦，西面再拜稽首，曰：「皇天降祉，不敢不承命。」鳳乃止帝東園，集帝梧桐，食帝竹實，没身不去。《詩》曰：「鳳凰于飛，翽翽其羽，亦集爰止。」

【又曰】魏文侯有子曰擊、曰訢。訢少，而立之以爲嗣；封擊於中山，三年莫往來。其傅趙蒼唐，請使於文侯，於是文侯大説，曰：「欲知其子，視其母；欲知其君，視其所使。中山君不賢，惡能得賢？」遂召中山君以爲嗣。《詩》曰：「鳳凰于飛，翽翽其羽，亦集爰止。藹藹王多吉士，惟君子使，媚于天子。」君子曰：夫使，非直敝車罷馬而已，亦將喻誠信、通志氣、明好惡，然後可使也。

【補】【《韓詩外傳》曰】鳳舉曰上翔，集鳴曰歸昌。《文選·七命》李善注。

民勞

柔遠能邇。

[一]「鳴」，底本漫漶不清，今據續編本補。按：《韓詩外傳》作「翔」。

【補】【曹植《魏德論》】柔遠能邇，誰敢不賓。

板

上帝板板，下民瘁癉。

【《韓詩外傳》五】登高而臨深，遠見之樂，臺榭不若丘山所見高也；平原廣望，博觀之樂，沼池不如川澤所見博也；勞心苦思，從欲極好，靡財傷情，毁名損壽，悲夫傷哉！窮君之反於是道，而愁百姓。《詩》曰：「上帝板板，下民瘁癉。」

喬樅謹案：《毛傳》云：「板板，反也，上帝以稱王者也。」《箋》云：「王爲政，反先王與天之道。」與《韓詩》言君反道而民愁訓義並同。「瘁癉」，《毛詩》孔本作「卒癉」，陸本作「卒僤」，《釋文》云：「『僤』本又作『癉』，沈本作『擅』。」馬瑞辰曰：「《説文》有『版』無『板』。《後漢書·董卓傳》李賢注、《文選·辨命論》李善注引《詩》皆作『版版』。《荀子》楊倞注亦云『《大雅·版版》詩』。《爾雅》：『版版，僻也。』《廣雅》：『版版，反也。』是知古本皆作『版版』，『版』『反』以聲爲義。『卒』者，『悴』之省借。《説文》：『悴，憂也。』讀與『瘁』同。『瘁』『癉』皆病也。《韓詩》正作『瘁癉』，《禮·緇衣》引《詩》作『亶』，本亦作『擅』。《爾雅》：『擅，病也。』作『癉』者，正字；『亶』『擅』『僤』皆假借字。」

先民有言，詢于芻蕘。

【《韓詩外傳》五】儒者，儒也。儒之爲言無也，不易之術也。千舉萬變，其道不窮，六經是也。若夫君臣之義、父子之親、夫婦之别、朋友之序，此儒者所謹守，日切磋[一]而不舍也，雖居窮巷陋室之下，而内不足以充虚，外不足以蓋形，無置錐之地，明察足以持天下。大舉在人上，則王公之材也；小用使在位，則社稷之臣也。雖巖居穴處，而王侯不能與争名，何也？仁義之化存爾。如使王者聽其言、信其行，則唐虞之法可得而觀，頌聲可得而聽。《詩》曰：「先民有言，詢于芻蕘[二]。」取謀之博也。

【又曰】傳曰：「天子居廣厦之下、帷帳之内、旃茵之上，被躧舄，視不出閫，莽然而知天下者，以其賢左右也。故獨視不若與衆視之明也，獨聽不若與衆聽[三]之聰也，獨慮不若與衆慮之切也。故明王使賢臣輻輳並進，所以通中正，而致隱居之士。」《詩》曰：「先民有言，詢于蒭蕘。」此之謂也。

【補】【《玉篇·艸部》】蕘，草薪也。《詩》云：「詢于芻蕘。」

喬樅謹案：《毛傳》訓「芻蕘」爲薪采者，此云「蕘，草薪也」，當據《韓詩》之訓。

[一]「磋」，底本作「嗟」，《韓詩外傳》作「磋」。按：作「嗟」乃形近而訛。
[二]「蕘」，底本作「堯」，今據續編本、《韓詩外傳》改。
[三]「聽」，底本作「視」，今據續編本、《韓詩外傳》改。

老夫灌灌。

【《韓詩外傳》十】楚丘先生披蓑帶索，往見孟嘗君。孟嘗君曰：「先生老矣，春秋高矣，多遺忘矣，何以教文？」楚丘先生曰：「惡君謂我老！惡君謂我老！意者將使我投石超距乎？追車赴馬乎？逐麋鹿、搏豹虎乎？吾則死矣，何暇老哉？將使我深計遠謀乎？定猶豫而決嫌疑乎？出正辭而當諸侯乎？吾乃始壯耳，何老之有？」孟嘗君赧然，汗出至踵，曰：「文過矣。文過矣。」《詩》曰：「老夫灌灌。」

多將熇熇，不可救藥。

【《韓詩外傳》三】人主之疾，十有二發，非有賢醫，莫能治也。何謂十二發？痿、蹶、逆、脹、滿、支、隔、盲、煩、喘、痹、風，此之曰十二發。賢醫治之如何？曰：省事輕刑，則痿不作；無使小民饑寒，則蹶不作；無令財貨上流，則逆不作；無令倉廩積腐，則脹不作；無使府庫充實，則滿不作；無使群臣縱恣，則支不作；無使下情不上通，則隔不作；上材恤下，則盲不作；法令奉行，則煩不作；無使下怨，則喘不作；無使賢人伏匿，則痹不作；無使百姓歌吟誹謗，則風不作。夫重臣群下者，人主之心腹支體也。心腹支體無疾，則人主無疾矣。故非有賢醫，莫能治也。人皆有此十二疾，而不用賢醫，則國非其國也。《詩》曰：「多將熇熇，不可救藥。」終亦必亡而已矣。故賢醫用則衆庶無疾，況人主乎？

【又曰〔一〕】扁鵲過虢，虢侯世子暴病而死。扁鵲造宫，曰：「吾聞國中卒有壤土之事，得無有急乎？」曰：「世子暴病而死。」扁鵲曰：「入言鄭醫秦越人能治之。」庶子之好方者出應之，曰：「吾聞上古醫曰苗父，苗父之爲醫也，以莞爲席，以芻爲狗，北面而祝之，發十言耳，諸扶輿而來者，皆平復如故。子之方豈能若是乎？」扁鵲曰：「不能。」又曰：「吾聞中古之爲醫者曰踰跗，踰跗之爲醫也，榒木爲腦，芷草爲軀，吹竅定腦，死者復生。子之方豈能若是乎？」扁鵲曰：「不能。」中庶子曰：「苟如子之方，譬如以管窺天，以錐刺地，所窺者大，所見者小，所刺者巨，所中者少。如子之方，豈足以變童子哉？」扁鵲曰：「不然。事故有昧投而中蝨頭，掩目而别黑白者。夫世子病，所謂尸蹶者，以爲不然，試入診。世子股陰當温，耳焦焦如有啼者聲，若此者，皆可活也。」中庶子遂入診世子，以病報，虢侯聞之，足跣而起，至門曰：「先王遠辱，幸臨寡人。先生幸而治之，則糞土之息，得蒙天地載長爲人。先生弗治，則先犬馬填壑矣。」言未卒，而涕泣沾襟。扁鵲入，砥鍼礪石，取三陽五輸，爲先軒之竈，八拭之湯，子同擣藥，子明灸陽，子游按摩，子儀反神，子越扶形，於是世子復生，天下聞之，皆以扁鵲能起死人也。扁鵲曰：「吾不能起死人，直使夫當生者起耳。」夫死者猶可藥，而况生乎？悲夫！罷君之治，無可藥而息也。《詩》曰：

〔一〕此條出自《韓詩外傳》卷一〇，按全書體例，此處當作「《韓詩外傳》十」。

「不可救藥。」言必亡而已矣。

誘民孔易。

【《韓詩外傳》五】天設其高，而日月成明；地設其厚，而山陵成名；上設其道，而百事得序。自周衰壞以來，王道廢而不起，禮義絶而不繼。秦之時，非禮義，棄詩書，略古昔，大滅聖道，專爲苟妄，以貪利爲俗，以告獵爲化，而天下大亂〔一〕起，暴露居外，而民以侵漁遏奪相攘爲服習，離聖王光烈之日久遠，未嘗見仁義之道，被禮樂之風，是以嚚頑無禮，而肅敬日益凌遲，以威武相攝，妄爲佞人，不避患禍，此其所以難治也。人有六情：目欲視好色，耳欲聽宫商，鼻欲嗅芬香，口欲嗜甘旨，其身體四肢欲安而不作，衣欲被文繡而輕暖。此六者，民之六情也，失之則亂，從之則穆。故聖王之教其民也，必因其情而節之以禮，必從其欲而制之以義。義簡而備，禮易而法，去情不遠，故民之從命也速。孔子知道之易行，曰：「《詩》云『誘民孔易』，非虚辭也。」

喬樅謹案：「誘」，今《外傳》本作「牖」，此從《詩考》所引。又「以告獵爲化」句，趙懷玉校語云：「毛本作『較獵』，亦非。『獵』字疑譌，當謂『告訐』耳。」

〔一〕「大」，《韓詩外傳》作「火」。

韓詩遺説考卷第四〔四之三〕

福州陳壽祺學　男喬樅述

韓詩大雅三

蕩

天生烝民，其命匪訦。靡不有初，鮮克有終。

【《韓詩外傳》五】繭之性爲絲，弗得女工燔以沸湯，抽其統理，不成爲絲。卵之性爲雛，不得良雞覆伏孚育，積日累久，則不成爲雛。夫人性善，非得明王聖主扶攜，内之以道，則不成君子。《詩》曰：「天生烝民，其命匪訦。靡不有初，鮮克有終。」言惟明王聖主，然後使之然也。

喬樅謹案：「訦」，本皆作「諶」，今從《詩考》引《外傳》文改爲「訦」字。

【又《外傳》八】官怠於有成，病加於小愈，禍生於懈惰，孝衰於妻子。察此四者，慎終如始。《易》曰：「小狐汔濟，濡其尾。」《詩》曰：「靡不有初，鮮克有終。」

【又《外傳》十】傳曰：卞莊子好勇，母無恙時，三戰而三北，交游非之，國君辱之。卞莊子受命，顏色不變。及母死三年，魯興師，卞莊子請從。至，見於將軍，曰：「前猶與母處，是以戰而北也，辱吾身。今母殁矣，請塞責。」遂走敵而鬬，獲甲首而獻之，「請以此塞一北」；又獲甲首而獻之，「請以塞再北」。將軍止之，曰：「足！」不止，又獲甲首而獻之，曰：「請以此塞三北。」將軍止之曰：「足！請爲兄弟。」卞莊子曰：「夫北以養母也，今母殁矣，吾塞責矣。吾聞之，節士不以辱生。」遂奔敵，殺七十人而死。君子聞之曰：「三北已塞責，又滅世斷宗，士節小具矣。而於孝，未終也。」《詩》曰：「靡不有初，鮮克有終。」

不明爾德，以無倍無側。爾德不明，以無陪無卿。

【《韓詩外傳》五】智如泉源，行可以爲表儀者，人師也；智可以砥，行可以爲輔弼者，人友也；據法守職，而不敢爲非者，人吏也；當前決意，一呼再諾者，人隸也。故上主以師爲佐，中主以友爲佐，下主以吏爲佐，危亡之主以隸爲佐。語曰：「淵廣者，其魚大；主明者，其臣惠。」相觀而志合，必由其中。故同明相見，同音相聞，同志相從。非賢者莫能用賢，故輔弼左右，所任使者，有存亡之機、得失之要也，可無慎乎？《詩》曰：「不明爾德，以無倍無側。爾德不明，以無陪無卿。」

【又《外傳》八】有鳥於此，架巢於葭葦之顛，天喟然而風，則葭折而巢壞，何？其所托者弱也。稷蜂不攻，而社鼠不薰，非以稷蜂、社鼠之神，其所托者善也。故聖人求賢者以輔，夫吞舟之魚，蕩而失水，則爲螻蟻所制，失其輔也。故曰：「不明爾德，以無倍無側。爾德不明，以無陪無卿。」

【又《外傳》十】天子有争臣七人，雖無道，不失其天下。昔殷王紂殘賊百姓，絶逆天道，至斮朝涉，刳孕婦，脯鬼侯，醢梅伯，然所以不亡者，以其有箕子、比干之故。微子去之，箕子執囚爲奴，比干諫而死，然後周加兵而誅絶之。諸侯有争臣五人，雖無道，不失其國。吴王夫差爲無道，至驅一市之民以葚闔閭，然所以不亡者，有伍子胥之故也。胥以死，越王句踐欲伐之，范蠡諫曰：「子胥之計策尚未忘於吴王之腹心也。」子胥死後三年，越乃能攻之。大夫有争臣三人，雖無道，不失其家。季氏爲無道，僭天子，舞八佾，旅泰山，以雍徹，孔子曰：「是可忍也，孰不可忍也！」然不亡者，以冉有、季路爲宰臣也。故曰：「有諤諤争臣者，其國昌；有默默諛臣者，其國亡。」《詩》曰：「不明爾德，以無倍無側。爾德不明，以無陪無卿。」言文王咨嗟，痛殷商無輔弼諫諍之臣而亡天下矣。

喬樅謹案：《詩考》引《外傳》作「以無倍無側」，今《外傳》本仍同《毛詩》作「時無背無側」，非是。

天不湎爾以酒。

【《韓詩》曰】夫飲之禮，不脱屨而即席者，謂之禮；跣而上坐者，謂之宴；能飲者飲之，不能飲者已，謂之醧；齊顔色，均衆寡，謂之沈；閉門不出者，謂之湎。故君子可以宴，可以醧，不可以沈，不可以湎。《初學記》二十六。

【《薛君韓詩章句》曰】飲酒之禮：下跣而上坐者，謂之宴；齊顔色，均衆寡，謂之流；閉門不出客，謂之湎。《文選》班固《西都賦》注及卷六《魏都賦》注，又三十五張協《七命》注。

【《韓詩》曰】飲酒不出客曰湎。《釋文》。

喬樅謹案：《藝文類聚》三十九引《韓詩》略同。《初學記》十四引作《外傳》。《御覽》八百四十五亦引作《外傳》。又《初學記》二十六引《韓詩》「不脱屨而即序者，謂之禮」，「序」字乃「席」之譌，今據卷十四引作「即席」訂正。《文選》張載《七命》云「傾罍一朝，可以流湎千日」，李善引薛君曰：「齊顔色，均衆寡，謂之流。」與《初學記》所引文異。考《魏都賦》「醇酎中山，流湎千日」，李善引《薛君韓詩章句》亦作「均衆謂之流，閉門不出客謂之湎」，皆以證明「流」「湎」之義。然則知作「沈」者，爲《韓詩傳》；作「流」者，爲《韓詩章句》也。「沈湎」「流湎」皆爲淫酒之稱。《説文》云：「湎，湛于酒也。」「湛」與「沈」同。《毛詩箋》云：「天不同女顔色以酒。」鄭君釋「湎」爲同顔色，同亦齊也，蓋即用《韓詩》沈湎之義。

枝葉未有害，本實先撥。

【《韓詩外傳》五】傳曰：驕溢之君寡忠，口惠之人鮮信。故盈把之木，無合拱之枝；榮澤之水，無吞舟之魚。根淺則枝葉短，本絶則枝葉枯。《詩》曰：「枝葉未有害，本實先撥。」禍福自己出也。

殷監不遠，在夏后之世。

【《韓詩外傳》五】昔者禹以夏王，桀以夏亡；湯以殷王，紂以殷亡。故無常安之樂，宜治之民，得賢則昌，不肖則亡，自古及今，未有不然者也。夫明鏡者，所以照形也；往古者，所以知今也。夫知惡往古之所以爲亡，而不襲蹈其所以安存者，則無以異乎卻行，而求逮於前人也。鄙語曰：「不知爲吏，視已成事。」或曰：「前車覆而後車不誡，是以後車覆也。」故夏之所以亡者，而殷爲之；殷之所以亡者，而周爲之。故殷可以鑒於夏，而周可以鑒於殷。《詩》曰：「殷鑒不遠，在夏后之世。」

案：《外傳》十引作「監」，此引作「鑒」字，非。

【又《外傳》十】齊桓公出遊，遇一丈夫裒衣應步，帶著桃殳，桓公怪而問之曰：「是何名？何經所在？何篇所居？何以斥逐？何以避余？」丈夫曰：「是名二桃。桃之爲言亡也。夫日日慎桃，何患之有？故亡國之社以戒諸侯，庶人之戒在於桃殳。」桓公説其言，與之共載。來年正月，庶人皆佩。《詩》曰：「殷監不遠。」

【補】【《三國志・崔炎傳》】【炎書諫袁紹曰】殷鑒夏后，《詩》稱不遠。子卯不樂，禮以爲忌。此又近者之得失，不可不深察也。

喬樅謹案：季珪本傳云：「季珪讀《論語》《韓詩》，結公孫方等，從鄭玄學。」考《後漢書·鄭玄傳》言：「康成嘗從東郡張恭祖受《韓詩》。」則季珪之從鄭君學，當亦問《韓詩》之義也。

抑

【《韓詩翼要》曰】衛武公刺王室，亦以自戒。行年九十有五，猶使人日誦是詩而不離於其側。《詩正義》。

人亦有言，靡哲不愚。

【《韓詩外傳》六】比干諫而死，箕子曰：「知不用而言，愚也；殺身以彰君之惡，不忠也。二者不可，然且爲之，不祥莫大焉。」遂被髮佯狂而去，君子聞之，曰：「勞矣箕子，盡其精神，竭其忠愛。見比干之事免其身，仁知之至。」《詩》曰：「人亦有言，靡哲不愚。」

有覺德行，四國順之。

【《韓詩外傳》五】水淵深廣，則魚鱉生之；山林茂盛，則禽獸歸之；禮義修明，則君子懷之。故禮及身而行修，禮及國而政明。能以禮扶身，則貴名自揚，天下順焉，令行禁止，而王者之事畢矣。《詩》曰：「有覺德行，四國順之。」

【又《外傳》六】齊桓公見小臣，三往不得見，左右曰：「夫小臣，國之賤臣也。君三往而不得見，其可已矣。」桓公曰：「惡！是何言也？吾聞之：布衣之士不欲富貴，不輕身於萬乘之君；萬乘之君不好仁義，不輕身於布衣之士。縱夫子不欲富貴，可也；吾不好仁義，不可也。」五往而得見也。天下諸侯聞之，謂桓公猶下布衣士，而况國君乎？於是相率而朝，靡有不至。桓公之所以九合諸侯、一匡天下者，此也。《詩》曰：「有覺德行，四國順之。」

訏謨定命，遠猷辰告。敬慎威儀，惟民之則。

【《韓詩外傳》六】賞勉罰偷，則民不怠；兼聽齊明，則天下歸之。然後明其分職，考其事業，較其官能，莫不理法，則公道達而私門塞，公義立而私事息。如是則持厚者進，而佞諂者止；貪戾者退，而廉節者起。周制曰：「先時者死無赦，不及時者死無赦。」人習事而因，人之事，使如耳目鼻口之不可相錯也。故曰職分而民不慢，次定而序不亂，兼聽齊明而百事不留。如是則群下百吏莫不修己，然後敢安仕，成能然後敢受職。小人易心，百姓易俗，奸宄之屬，莫不反愨，夫是之爲政教之極，則不可加矣。《詩》曰：「訏謨定命，遠猷辰告。敬慎威儀，惟民之則。」

喬樅謹案：「遠猷」，《毛詩》作「遠猶」，「猷」與「猶」同。《書·盤庚》「女分猷念以相從」，漢石經作「猶」。《毛詩·小星》「實命不猶」，《陟岵》「猶來無棄」，《爾雅·釋言》注並引作「猷」。又《常武》「王猶允塞」，《韓詩外傳》作「王猷允塞」，是「猶」「猷」字同之驗。段氏玉裁《説文解字注》云：「今字分『謀』『猷』字，犬在右，語助字，犬在左，經典絶無此例。」

荒愖于酒。

【《韓詩外傳》十】齊桓公置酒，令諸大夫曰：「後者飲一經程。」管仲後，當飲一經程，飲其一半，而棄其半。桓公曰：「仲父當飲一經程，而棄之，何也？」管仲曰：「臣聞之：酒入口者舌出，舌出者棄身，與其棄身，不寧棄酒乎？」桓公曰：「善。」《詩》曰：「荒愖于酒。」

喬樅謹案：「愖」，《毛詩》作「湛」。「湛」「愖」皆「酖」字之假借，《説文》「酖，樂酒也」是也。又「諸」下舊衍「侯」字，今删。

夙興夜寐，灑掃庭内。

【《韓詩外傳》六】子路治蒲三年，孔子過之，入境而善之，曰：「由恭敬以信矣。」入邑，曰：「善哉！由忠信以寬矣。」至庭，曰：「善哉！由明察以斷矣。」子貢執轡而問曰：「夫子未見由，而三稱善，可得聞乎？」孔子曰：「入其境，田疇甚易，草萊甚辟，此恭敬以信，故民盡力；入其邑，墉屋甚尊，樹木甚茂，此忠信以寬，其民不偷；入其庭，甚閑，此明察以斷，故民不擾也。」《詩》曰：「夙興夜寐，灑掃庭内。」

喬樅謹案：「灑掃」，《毛傳》作「洒埽」。又「田疇甚易」句，本皆脱「甚易」二字，今據《文選・籍田賦》注引補。

告爾人民，謹爾矦度，用戒不虞。

【《韓詩外傳》六】古者有命民，民之有能敬長憐孤、取舍好讓、居事力者，告於其君，然後君命得乘飾車駢馬。未得命者，不得乘飾車駢馬。乘飾車駢馬，皆有罰，故民雖有餘財侈物，而無禮義功德，則無所用，故皆興仁義而賤財利。賤財利，則不争。不争，則彊不凌弱，衆不暴寡。是唐虞之所以象典刑，而民莫犯法。民莫犯法，而亂斯止矣。《詩》曰：「告爾人民，謹爾矦度，用戒不虞。」

喬樅謹案：《御覽》六百三十七引《韓詩》曰：「古者必有命民至，而民莫敢犯也。」不云「外傳」者，當是省文耳。趙懷玉校本云：「『皆有罰』句上，舊本無『乘飾車駢馬』五字，案文義當有，補之。『告爾人民』句，《詩考》引《外傳》作『告』，今《外傳》本仍同《毛詩》作『質』字，非。」

【補】【馮衍《刀陽銘》】修爾甲兵，用戒不虞。

喬樅謹案：敬通此銘，即用《抑》詩四章「修爾車馬，弓矢戎兵」及五章「謹爾矦度，用戒不虞」之語。「甲兵」，疑當作「戎兵」。古「戎」字作「戟」，轉寫譌脱其半，遂書爲「甲」字耳。

無易出言，無曰苟矣。

【《韓詩外傳》五】孔子曰：「夫談説之術，齋莊以立之，端誠以處之，堅强以持之，辟稱以喻之，分别以明之，歡忻芬芳以送之，寶之珍之，貴之神之，如是則説恒無不行矣，夫是之謂能貴其所貴。若夫無類之説、不形之行、不贊之詞，君子慎之。」《詩》曰：「無易由言，無曰苟矣。」

【又《外傳》六】天下之辯有三至五勝，而辭置下。辯者，别殊類，使不相害；序異端，使不相悖；輸公通意，揚其所謂，使人預知焉，不務相迷也。是以辯者不失所守，不勝者得其所求，故辯可觀也。夫繁文以相假，飾辭以相悖，數譬以相移，外人之身，使不得反其意，則論便然後害生也。夫不疏其指而弗知謂之隱，外意外身謂之諱，幾廉倚跌謂之移，指緣謬辭謂之苟，四者所不爲也，故理可同睹也。夫隱、諱、移、苟，争言競爲而後息，不能無害其爲君子也，故君子不爲也。《論語》曰：「君子於其言，無所苟而已矣。」《詩》曰：「無易由言，無曰苟矣。」

無言不酬，無德不報。

【《韓詩外傳》十】齊景公遣晏子南使楚，楚王聞之，謂左右曰：「齊遣晏子使寡人之國，幾至矣。」左右曰：「晏子，天下之辯士也。與之議國家之務，則不如也。與之論往古之術，則不如也。王獨可以與晏子坐，使有司束人過王，王問之，使言齊人善盜，故束之，是宜可以困之。」王曰：「善。」晏子至，即與之坐，圖國之急務，辯當世之得失，再舉再窮，王默然無以續語。居有間，束徒以過之，王曰：「何爲者也？」有司對曰：「是齊人善盜，束而詣吏。」王欣然大笑，曰：「齊乃冠帶之國，辯士之化，固善盜乎？」晏子曰：「然，固取之。王不見夫江南之樹乎！名橘，樹之江北則化爲枳，何則？地土使然爾。夫子處齊之時，冠帶而立，儼有伯夷之廉，今居楚而善盜，意土地之化使然爾，王又何怪乎？」《詩》曰：「無言不酬，無德不報。」

喬樅謹案：今本從《毛詩》改作「讎」，此據《詩考》引爲「酬」字。毛古文作「讎」，乃「酬」之假借。《列女傳》引《詩》作「醻」，「醻」與「酬」同。《藝文類聚》三十一引作「詶」，「詶」即「酬」字，見《衆經音義》十八引《蒼頡》篇。

【補】【《後漢書·明帝紀》永平二年詔】《詩》曰：「無德不報，無言不酬。」

喬樅謹案：《陳球傳》引《詩》二語文同。

惠于朋友，庶民小子。子孫承承，萬民靡不承。

【《韓詩外傳》六】夫服人之心，高上尊貴，不以驕人；聰明聖智，不以幽人；勇猛强武，不以侵人；齊給便捷，不以欺誣人。不能則學，不知則問，雖知必讓，然後爲知。遇君則修臣下之義，出鄉則修長幼之義，遇長者則修弟子之義，遇等夷則修朋友之義，遇少而賤者則修告道寬裕之義。故無不愛也，無不敬也，無與人争也，曠然而天地苞萬物也。如是則老者安之，少者懷之，朋友信之。《詩》曰：「惠于朋友，庶民小子。子孫承承，萬民靡不承。」

喬樅謹案：「承承」，據《詩考》所引如此，今本《外傳》同《毛詩》作「繩繩」，非是。馬瑞辰曰：「『繩』與『承』聲近，《韓詩》作『承承』，蓋取子孫似續相承之義。《毛傳》云：『繩繩，戒也。』『繩』與『愼』字音近義通。《下武》詩『繩其祖武』，《後漢書·祭祀志》注引作『愼其祖武』，故《爾雅》《毛傳》並以『繩繩』爲戒。又『萬民靡不承』，《箋》云：『天下之民不承順之乎？言承順之也。』據《箋》訓，則鄭君所見經文作『萬民不承』，無『靡』字。據《釋文》云：『一本靡作是。』則作『萬民是不承』，『不』爲語詞，猶云『萬民是承』也。惟《韓詩外傳》引作『萬民靡不承』，則今本《毛詩》蓋沿《韓詩》之誤。」喬樅謂：經文作「萬民靡不承」，語氣正順，毛、韓師傳各異，文或不同，要不得是彼非此，而以《韓詩》爲誤也。

不僭不賊，鮮不爲則。

【《韓詩外傳》六】仁者必敬其人。敬其人有道，遇賢者則愛親而敬之，遇不肖者則畏疏而敬之。其敬一也，其情二也。若夫忠信端愨而不害傷，則無接而不然，是仁之質也。仁以爲質，義以爲理，開口無不可以爲人法式者。《詩》曰：「不僭不賊，鮮不爲則。」

嗚呼小子。

【《韓詩外傳》曰】嗚，歎聲也。《文選》十六潘岳《寡婦賦》注。

【《薛君章句》曰】嗚，歎辭也。《文選》廿六陸機《赴洛道中詩》注。

喬樅謹案：此所引《韓詩外傳》，「外」字疑「内」之譌。嗚，《毛詩》作「於」。考《説文》：「烏，孝烏也，象形。孔子曰：『烏于呼也。』取其助氣，故以爲烏呼。」又云：「𦾔，古文『烏』，象形。」「𣍙，象古文『烏』省。」段氏注云：「『烏』取其字之聲，可以助氣，故以爲烏呼字，此發明假借之法，與『朋』爲朋黨，『來』爲行來一例。古者短言『於』，長言『烏呼』，『於』『烏』一字也。顔師古《匡謬正俗》曰：『《今文尚書》悉爲「於戲」字，《古文尚書》悉爲「烏呼」字，而《詩》皆云「於乎」，中古以來文籍皆爲「烏呼」字。』按經傳、《漢書》『烏呼』無有作『嗚呼』者，《唐石經》誤爲『嗚』字，十之一耳。近今學者無不加『口』作『嗚』，殊乖《大雅》。」《韓詩》「嗚」字當作「烏」爲正。

聿喪厥國。《釋文》。○《詩正義》同。

喬樅謹案：「聿」，《毛詩》作「曰」，「聿」「曰」古通用字。

桑柔

其何能淑，載胥及溺。

【《韓詩外傳》四】今或不然，令民相伍，有罪相伺，有刑相舉，使搆造怨仇，而民相殘，傷和睦之心，賊仁恩，害士化，所和者寡，欲敗者巨，於仁道泯焉。《詩》曰：「其何能淑，載胥及溺。」

【又《外傳》六】子曰：「不學而好思，雖知不廣矣。學而慢其身，雖學不尊矣。不以誠立，雖立不久矣。誠未著而好言，雖言不信矣。美材也，而不聞君子之道，隱小物以害大物者，災必及身矣。」《詩》曰：「其何能淑，載胥及溺。」

稼穡維寶，代食維好。

【《韓詩外傳》十】晉平公之時，藏寶之臺燒。士大夫聞者，趨車馳馬救火，三日三夜，乃勝之。公子晏子獨奉束帛而賀，曰：「甚善矣。」平公勃然作色，曰：「珠玉之所藏也，國之重寶也，而天火之。士大夫皆趨車走馬而救之，子獨束帛而賀，何也？有説則生，無説則死。」公子晏子曰：「何敢無説？臣聞之：王者藏於天下，諸侯藏於百姓，農夫藏於囷庾，商賈藏於篋匱。今百姓乏於外，短褐不蔽形，糟糠不充口，虚耗而賦斂無已，王收大半而藏之臺，是以天火之。且臣聞之：昔者桀殘賊海内，賦斂無度，萬民甚苦，是故湯誅之，爲天下戮笑。今皇天降災於藏臺，是君之福也，而不自知變悟，亦恐君之爲隣國笑矣。」公曰：「善。自今以往，請藏於百姓之間。」《詩》曰：「稼穡維寶，代食維好。」

天降喪亂，滅我立王。

【《韓詩外傳》八】梁山崩，晉君召大夫伯宗。道逢輦者，以其輦服其道，伯宗使其右下，欲鞭之。

聾者曰：「君趨道豈不遠矣？不知事而行可乎？」伯宗喜，問其居，曰：「絳人也。」伯宗曰：「子亦有聞乎？」曰：「梁山崩，壅河，顧三日不流，是以召子。」伯宗曰：「如之何？」曰：「天有山，天崩之；天有河，天壅之。伯宗將如之何？」伯宗私問之，曰：「君其率群臣，素服而哭之，既而祠焉，河斯流矣。」伯宗問其姓名，弗告。伯宗到，君問伯宗，以其言對。於是君素服，率群臣而哭之，既而祠焉，河斯流矣。君問伯宗何以知之，伯宗不言受聾者，詐以自知。孔子聞之，曰：「伯宗其無後，攘人之善。」《詩》曰：「天降喪亂，滅我立王。」又曰：「畏天之威，于時保之。」

【又《外傳》十】魏文侯問里克曰：「吴之所以亡者，何也？」里克對曰：「數戰而數勝。」文侯曰：「數勝，國之福也，其獨亡，何也？」里克對曰：「數戰則民疲，數勝則主驕。驕則恣，恣則極物；疲則怨，怨則極慮。上下俱極，吴之亡猶晚矣，此夫差所以自喪於干遂。」《詩》曰：「天降喪亂，滅我立王。」

喬樅謹案：「物疲則怨」二句，舊本無之，《吕氏春秋·適威》篇有此八字。趙懷玉校本云：「案：下文云『上下俱極』，則本有此二語可知，依《吕氏春秋》增入。又案：『里克』即『李克』，見《史記·魏世家》及《吕覽·適威》篇，『里』『李』古字通用。《漢書·藝文志》云：『李克，子夏弟子。』而陸德明《經典釋文》云：『子夏傳《詩》曾申，申傳魏人李克。』則克是子夏門人也。」

靡有旅力，以念穹蒼。

【《韓詩外傳》六】民勞思佚，治暴思仁，刑危思安，國亂思天。《詩》曰：「靡有旅力，以念穹蒼。」

人亦有言，進退惟谷。

【《韓詩外傳》六】田常弒簡公，乃盟於國人曰：「不盟者死及家。」石他曰：「古之事君者，死其君之事。舍君以全親，非忠也；舍親以死君之事，非孝也。他則不能，然不盟，是殺吾親也；從人而盟，是背吾君也。嗚呼！生亂世，不得正行，刼乎暴人，不得全義。悲夫！」乃進盟以免父母，退伏劒以死其君。聞之者曰：「君子哉！安之命矣！」《詩》曰：「人亦有言，進退維谷。」石先生之謂也。

【又《外傳》十】楚有士曰申鳴，治園以養父母，孝聞於楚。王召之，申鳴辭不往，其父曰：「王欲用汝，何謂辭之？」申鳴曰：「何舍爲子，乃爲臣乎？」其父曰：「使汝有禄於國，有位於廷，汝樂而我不憂矣，我欲汝之仕也。」申鳴曰：「諾。」遂之朝受命，楚王以爲左司馬。其年遇白公之亂，殺令尹子西、司馬子期，申鳴因以兵圍之。白公謂石乞曰：「申鳴，天下勇士也。今將兵，爲之奈何？」石乞曰：「吾聞申鳴孝也，刼其父以兵。」使人謂申鳴曰：「子與我，則與子分楚國；不與我，則殺乃父。」申鳴流涕而應之曰：「始則父之子，今則君之臣，已不得爲孝子矣，安得不爲忠臣乎？」援桴鼓之，遂殺白公，其父亦死焉。王歸賞之，申鳴曰：「受君之禄，避君之難，非忠臣也。正君之法，以殺其父，又非孝子也。行不兩全，名不兩立。悲夫！若此而生，亦何以示天下之士哉？」遂自刎而死。《詩》曰：「進退維谷。」

喬樅謹案：《毛詩傳》《箋》皆訓「谷」爲窮。阮相國《揅經室集》曰：「『谷』乃『穀』之假借字，本字爲『穀』。《爾雅·釋天》：「東風謂之谷風。」郭注：「『谷』之言『穀』。」《書·堯典》「昧谷」，《周禮·縫人》注作「柳穀」。『進退維穀』，穀，善也。此乃古語，詩人用之，近在『不胥以穀』之下，嫌其二『穀』相竝爲韵，即改一假借之『谷』字當之，此詩人義同字變之例也。《晏子春秋》：『叔向問晏子曰：「齊國之德衰矣，今子何若？」晏子對曰：「嬰聞事明君者，竭心力以没其身，行不逮則退，不以誣持禄事；惰君者優游其身，以没其世，力不能則去，不以諛持危。且嬰聞君子之事君也，進不失忠，退不失行。不苟合以隱忠，可謂不失忠；不持利以傷廉，可謂不失行。」叔向曰：「善哉！《詩》有之曰：進退維谷。其此之謂歟？」』此與《韓詩外傳》言石他進盟以免父母，退伏劍以死其君，引詩人亦有言『進退維谷』同義。皆謂處兩難善全之事，而處之皆善也。歎其善，非嗟其窮也。且叔向曰『善哉』，『善』字即明訓『谷』字也。」胡承珙曰：「案叔向引《詩》，尚近於進退皆善之説。若《韓詩外傳》所言『生亂世，不得正行，刦乎暴人，不得全義』，正是進退皆窮之意。又《韓詩外傳》十申鳴言『行不兩全，名不兩立』，與石他事略同。則所引『進退維谷』必是謂進退兩窮，未可謂進退皆善也，仍當以『谷』訓窮爲正。」段氏《説文注》曰：「『谷』當爲『鞠』之同音假借。《爾雅》：『鞠，窮也。』段説是矣。」

惟此聖人，瞻言百里。

【《韓詩外傳》五】不出户而知天下，不窺牖而見天道。《詩》曰：「惟此聖人，瞻言百里。」

【又《外傳》十】昔者太公望、周公旦受封而見，太公問周公：「何以治魯？」周公曰：「尊尊親親。」太公曰：「魯從此弱矣。」周公問太公曰：「何以治齊？」太公曰：「舉賢賞功。」周公曰：「後世必有刼殺之君矣。」後齊日以大，至於霸，二十四世而田氏代之。魯日以削，三十四世而亡。由此觀之，聖人能知微矣。《詩》曰：「惟此聖人，瞻言百里。」

惟彼不順，往以中垢。

【《韓詩外傳》五】藍有青，而絲假之，青於藍；地有黄，而絲假之，黄於地。藍青地黄，猶可假也；仁義之事，不可假乎哉？東海之魚名曰鰈，比目而行，不相得不能達。北方有獸名曰婁，更食而更視，不相得不能飽。南方有鳥名曰鶼，比翼而飛，不相得不能舉。西方有獸名曰蟨，前足鼠，後足兔，得甘草，必銜以遺蛩蛩距虚，其性非能蛩蛩距虚，將爲假之故也。夫鳥獸魚猶相假，而况萬乘之主，而獨不知假此天下英雄俊士，與之爲伍，則豈不病哉？故曰：以明扶明，則昇于天；以明扶闇，則歸其人。兩瞽相扶，不傷墻木，不陷井穽，則其幸也。《詩》曰：「惟彼不順，往以中垢。」闇行也。

案：今本《外傳》作「蟲垢」，誤，此據《詩考》所引。又「往」字，《毛詩》作「征」。

喬樅謹案：《毛傳》云：「中垢，言闇冥也。」《箋》云：「征，行也。不順之人，則行闇冥。」與《韓詩外傳》義同。「往」字，疑爲「征」之譌。

大風有隧，貪人敗類。

【《韓詩外傳》五】福生於無爲，而患生於多欲。知足，然後富從之；德宜君人，然後貴從之。故貴爵而賤德者，雖爲天子，不尊矣；貪物而不知止者，雖有天下，不富矣。夫土地之生不益，山澤之出有盡。懷不富之心，而求不益之物；挾百倍之欲，而求有盡之財，是桀、紂之所以失其位也。《詩》曰：「大風有隧，貪人敗類。」

聽言則對，誦言如醉。

【《韓詩外傳》六】問者曰：「古之謂知道者曰先生，何也？」曰：「猶言先醒也。不聞道術之人，則冥於得失，不知亂之所由，眊眊乎其猶醉也。故世主有先生者，有後生者，有不生者。昔者楚莊王謀事，而居有憂色，中公巫臣問曰：『王何爲有憂也？』莊王曰：『吾聞諸侯之德，能自取師者王，能自取友者霸，而與居不若其身者亡。以寡人之不肖也，諸大夫之論，莫有及於寡人，是以憂也。』莊王之德，宜君人，威服諸侯，日猶恐懼，思索賢佐，此其先生者也。昔者宋昭公出亡，謂其御曰：『吾知其所以亡矣。』御者曰：『何哉？』昭公曰：『吾被服而立，侍御者數十人，無不曰吾君麗者也。吾發言動事，朝臣數百人，無不曰吾君聖者也。吾外内不見吾過失，是以亡也。』於是改操易行，安義行道，不出二年，而美聞於宋，宋人迎而復之，謚爲昭公，此其後生者也。昔郭君出郭，謂其御者曰：『吾渴，欲飲。』御者進清酒。曰：『吾饑，欲食。』御者進乾脯粱糗。曰：『何備也？』御者曰：『臣儲之。』曰：『奚儲之？』御者曰：『爲君之出亡而道饑渴也。』曰：『子知吾且亡乎？』御者曰：『然。』曰：『何不以諫也？』御者曰：『君喜道諛而惡至言，臣欲進諫，恐先郭亡，是以不諫也。』郭君作色而怒，曰：『吾所以亡者，誠何哉？』御轉其辭曰：『君之所以亡者，大賢。』曰：『夫賢者，所以不爲存而亡者，何也？』御曰：『天下無賢而獨賢，是以亡也。』郭君伏軾而嘆曰：『嗟乎！夫賢人者如此乎？』於是身倦力解，枕御膝而卧。御自易以備，疎行而去。身死中野，爲虎狼所食，此其不生者也。故先生者，當年霸，楚莊王是也；後生者，三年而復，宋昭公是也；不生者，死中野，爲虎狼所食，郭君是也。』《詩》曰：『聽言則對，誦言如醉。』」

喬樅謹案：《賈子·先醒》篇以此爲懷王問，而賈君答。「有先生者」以下三「生」字，《賈子》俱作「醒」，下文竝同。趙懷玉校本云：「『謀事而居』，『居』字疑『當』之誤。『是以亡也』句下，舊本無『郭君』二字，案文義補之。『郭君是也』句下，各本衍『有先生者、後生者，有不生者』十一字，今删。」

雲漢

菿彼雲漢，昭回于天。

【《韓詩》曰】對彼雲漢。○【注曰】宣王遭旱仰天也。鈔本《北堂書鈔·天部二》。

喬樅謹案：「遭」下舊脱一字，當爲「旱」字，本或作「亂」，非是。王氏念孫曰：「『對』當爲『菿』。『對』『倬』古字通。《小雅·甫田》篇『倬彼甫田』，《釋文》云：『倬，《韓詩》作菿。菿，卓也。』是《毛詩》『倬』字，《韓詩》皆作『菿』，則『對』爲『菿』字之譌無疑。俗書『對』字，或作『對』，見《漢孔廟置守廟百石孔龢碑》及《干禄字書》。『菿』字或作『菿』，『菿』之爲『菿』，猶『荊』之爲『荆』，二形相似。世人多見『對』，少見『菿』，故『菿』譌爲『對』矣。」王説是也。

圭璧既卒。

【《韓詩内傳》曰】天子奉玉升柴，加於牲上。《禮記·郊特牲》正義。

喬樅謹案：《禮記·郊特牲》正義曰：「圜邱之祭。皇氏云：『祭日之旦，王立丘之東南，西嚮，燔柴及牲、玉於丘上，升壇以降其神。』故《韓詩内傳》曰：『天子奉玉升柴，加於牲上。』《詩》又云：『圭璧既卒。』是燔牲玉也。」此詩二章言「不殄禋祀，自郊徂宫，上下奠瘞」，而此章「圭璧既卒」句承上「靡愛斯牲」，當兼燔柴之玉言之。《鄭箋》僅釋「圭璧」爲禮神之玉，其義未備。馬瑞辰曰：「按古有禮神之玉。《周官·大宗伯》『以玉作六器，以禮天地四方』是也。有燔玉，《大宗伯》祀天神，禋祀、實柴、槱燎，《鄭注》『三祀皆積柴，實牲體焉，或有玉帛，燔燎而升禋，所以報陽也』，及《韓詩内傳》言『天子奉玉升柴，加於牲上』是也。有埋沉之玉，《爾雅·釋天》『祭山曰庪縣』，郭注引《山海經》『縣以吉玉』，孫炎曰『埋於山足曰庪，埋於山上曰縣』，此埋玉也；《釋天》『祭川曰浮沉』，邵氏《正義》引《左氏·襄二十八年傳》『沉玉以濟』，《昭二十四年傳》『王子朝以成周之寶玉沉於河』，又《定三年傳》『執玉而沉』，此沈玉也。又《爾雅》『祭地曰瘞埋』，《春官·司巫》『凡祭祀守瘞』，《鄭注》『謂若祭地祇有埋牲玉者也』，則祭地亦埋玉矣。禮玉祭畢而藏，至燔玉及埋沉之玉則不復取出，故《詩》言『圭璧既卒』也。又按《説文》：『瓏，禱旱玉也。爲龍文。』《左傳》昭公使公衍獻龍輔於齊侯，《正義》引《説文》爲證，是禱旱别有瓏玉。」馬説是也。胡承珙據《毛詩明辨録》，不信古禮柴燎有燔玉之事，又據《梁書·許懋傳》言：「爲旱而祭天地，竝有瘞埋之文，不見有燔柴之說。」其義非是。《詩》明言「不殄禋祀」，「禋」之言「煙」也，煙即燔柴之祭。《舜典》「禋于六宗」，《鄭注》云：「『禋』之言『煙』。」《周禮・大宗伯》以禋祀祀昊天上帝，《注》亦云：「『禋』之言『煙』。」《詩・生民》正義引袁準曰：「禋者，煙氣煙熅也。」惟禋祀得該實柴、槱燎之祭。故《尚書大傳》「煙于六宗」即作「煙」字。《詩・維清》「肇禋迄用有成」，《釋文》亦云：「『禋』，本作『煙』。」《魏受禪表》「煙于六宗」、《史晨奏銘》「以供煙祀」，皆其證也。然則《韓内傳》「奉玉升柴」之說，古有其禮，殆未可以輕議矣。

鬱隆烔烔。《釋文》。

【《毛詩釋文》】蘊，《韓詩》作「鬱」。蟲蟲，《韓詩》作「烔烔」。

【《韓詩傳》曰】烔，謂燒草傳火盛也。《華嚴經音義》下。

案：「傳火」與「燒」字意複，當是「傳火」之譌。

喬樅謹案：《毛詩》「蘊隆蟲蟲」，《傳》云：「蘊蘊而暑，隆隆而雷，蟲蟲而熱。」《釋文》云：「『蘊』，本又作『熅』。」《正義》云：「『溫』，定本作『蘊』。」馬瑞辰曰：「《說文》有『薀』無『蘊』，云：『薀，積也。』『蘊』即『薀』之俗字，『薀』『熅』『溫』古同聲，『蘊』『鬱』雙聲，故通用。《爾雅・釋言》：『鬱，氣也。』李巡曰：『鬱，盛氣也。』《荀子・富國》篇『使夏不宛腸」，楊倞注：『宛讀爲鬱，暑氣也。』是『薀』又通作『宛』，『宛』『鬱』亦雙聲。『蘊隆』謂暑氣鬱積而隆盛，『蟲蟲』則熱氣薰蒸之狀也。《爾雅·釋訓》：『爞爞，薰也。』『蟲蟲』即『爞爞』之省。《說文》有『赨』無『爞』，云：『赨，赤色也，从赤，蟲省聲。』疑『爞』即『赨』之變體。赨爲赤色，而以狀暑之薰蒸，猶赫爲大赤，而《詩》亦以狀暑氣也。《韓詩》作『烔烔』者，《一切經音義》卷四引《埤蒼》：『烔烔，熱貌也。』《廣韻》：『烔烔，熱氣烔烔。』『烔』出《字林》，古讀同，與『蟲』同音。『蟲』『烔』皆徒冬反，故通用。『爞』通作『烔』，猶《說文》『鉵』从蟲省聲，讀若同也。」喬樅謂：「鬱」本訓火氣，《左氏·定二年傳》「鬱攸從之」，杜預云：「鬱攸，火氣也。」《詩》以火氣之熏比旱氣之熏，故云「鬱隆烔烔」。《韓詩傳》釋「烔」爲燒草傳火錟盛，此「烔」字本義也。《字林》訓「烔」爲熱氣烔烔，即本《韓詩》。《釋名》云：「熱，爇也，如火所燒爇也。」是熱氣即爇火之氣。《玉篇》：「爞，熏也。」《集韵》云：「爞，本作『烔』。」則「爞」乃「烔」之或體。馬瑞辰又云：「『烔烔』通作『疼疼』。《釋名》：『疼，旱〔一〕氣疼疼然煩也。』劉向引《詩》正作『疼疼』。」此說大誤。《釋名·釋疾病》云：「疼，痺氣疼疼然煩也。」《一切經音義》卷四「疼痺」下云：「又作『痋』『胮』二形。」《廣雅》

〔一〕「旱」，底本作「早」，今據續編本、《毛詩傳箋通釋》改。

云：「疼，痛也。」痺，《説文》：「濕病也。」痺，不能行也。又卷十四「疼痛」下云：「又作『疼』『胗』二形。」《聲類》作「癑」。《説文》：「痋，動痛也。」《釋名》：「疼，痺也。」俗本「痺」作「卑」，又脱去「也」字。段氏《説文注》引《釋名》改作「旱氣疼疼然煩也」，謂與《韓詩》「烔烔」皆爲旱熱人不安之貌，而馬遂沿其誤。考《素問·痺論》云：「風、寒、濕三氣雜至，合而爲痺。凡痺之客五臟者：肺痺者，煩滿喘；心痺者，脈不通，煩則心下鼓，暴上氣而喘。」此正《釋名》所云「痺氣疼疼然煩也」。《説文》以「痋」爲動痛者。《痺論》曰：「痺入藏者死，其留連筋骨間者疼，久又曰痺。或痛，或不痛。痛者，寒氣多也；其不痛者，病久入深，營衛之行濇。」又曰：「痺在於骨則重，在於筋則屈不伸。」是痺之在筋骨者，或不能屈伸，故動則痛也。如使疼爲旱熱之病，則《説文》「疢，熱病也」，胡不釋「疼」爲熱病，而乃云動痛乎？又案今本《説文》「痋，動病也」，「病」字是「痛」之譌。玄應引《聲類》「疼」作「癑」，今據《説文》「癑，痛也」，尤其確證。至馬以劉向引《詩》作「疼疼」，則不根之言，斯爲杜撰矣。

耗斁下土。

【《韓詩》曰】耗，惡也。《釋文》。

喬樅謹案：《後漢書·竇皇后紀》「問息耗」，章懷注引《薛氏韓詩章句》曰：「耗，惡也。」

「息耗」猶言善惡也，「耗」即「秏〔一〕」之俗書。《説文》：「秏，稻屬，从禾，毛聲。伊尹曰：『飯之美者，玄山之禾，南海之秏。』」是「秏」本爲稻之美者。而《玉篇·禾部》云：「秏，敗也。」引《詩》云「秏斁下土」，敗與惡義近，「秏」之訓惡，此以相反爲義也。「耗」，《毛詩》無訓。「斁」，《傳》云「敗也」，《箋》云「以旱耗敗天下爲害」。毛蓋以「斁」爲「殬」之假借，則「耗」義當訓惡，與《韓詩》同。《大戴禮·易本命》曰：「耗土之人醜。」注云：「耗土謂疏薄之地。」是亦以「耗」爲惡也。

赫赫炎炎。

【補】【《後漢書·質帝紀》梁太后詔曰】自春涉夏，大旱炎赫。

旱既太甚，藡藡山川。

【補】【《玉篇·艸部》】《詩》云：「旱既太甚，蔋蔋山川。」蔋蔋，旱氣也。

喬樅謹案：「蔋蔋」，疑當爲「藡藡」之譌字。《玉篇》又云：「本亦作『滌』。」《毛詩》正作「滌滌」，蓋「滌」字即「藡」之省也〔二〕。

〔一〕「秏」，底本作「耗」，今據續編本改。

〔二〕「也」，此下底本衍一「也」字，今據續編本删。

【《韓詩傳》曰】湯時大旱，使人禱於山川。《公羊·僖三十一年傳》注。君親之南郊，謝過自責，曰：「政不一與？民失職與？宫室崇與？婦謁盛與？苞苴行與？讒夫倡與？」《桓五年傳》注。

喬樅謹案：何邵公注於桓五年不言是《韓詩傳》，而《疏》云皆《韓詩傳》之文者，據《僖三十一年傳》注引《韓詩傳》，則此亦同，可知也。

旱魃爲虐，如炎如焚。

【《後漢書·章帝紀》注曰】炎、焚，言熱氣甚。《韓詩》：「旱魃爲虐，如炎如焚。」

喬樅謹案：「炎」，《毛詩》作「惔」。《釋文》曰：「『惔』音『談』，《説文》云：『炎，燎也。』徐音炎。」段氏《詩經小學》曰：「按《韓詩》作『炎』爲善。《説文》：『炎，燎也。』《傳》云：『惔，燎之也。』蓋毛亦作『炎』。上文『赫赫炎炎』，本或作『惔』，是其明證。」李黼平曰：「《正義》述經曰：『如炎之惔燒，如火之焚燎。』又曰：『定本經中作「如惔如焚」。』如孔言，則當時經有作『如炎』者，《正義》从定本也。《説文》：『惔，憂也。』『炎，火光上也。』『燎，放火也。』放火則光騰上。《傳》讀『惔』爲『炎』，故訓燎也。」洪頤煊曰：「《説文》：『炎，火光上也。』《釋文》引《説文》：『炎，燎也。』與今本異。『説文』二字當爲『韓詩』轉寫之譌。」

我心憚暑。

【《韓詩》曰】憚，苦也。《釋文》。

喬樅謹案：《毛傳》云：「憚，勞。」《鄭箋》云：「憚，猶畏也。」勞與苦義近，畏亦苦之意也。

胡寧瘨我以旱。

【《韓詩》曰】瘨，重也。《釋文》。

喬樅謹案：《毛詩》作「瘨」，《箋》云：「瘨，病也。」義與韓異。考《爾雅·釋言》：「眕，重也。」「瘨」與「眕」音同義通。「瘨」，籀文「胗」字。《一切經音義》六引《三蒼》云：「胗，腫也。」「腫」與「重」音、義亦同。

瞻卬昊天。

【《薛君韓詩章句》曰】萬民顒顒，卬〔一〕天告愬。《文選》任昉《勸進牋》、沈約《安陸昭王碑文》注。

喬樅謹案：二語宋綿初以爲是此詩章句，余則謂當在《節南山》篇，説已見前小雅中，今姑兩存之。

〔一〕「卬」，《文選》作「仰」。

韓詩遺説考卷第四（四之四）

福州陳壽祺學　男喬樅述

韓詩大雅四

嵩高

嵩高維嶽，峻極于天。維嶽降神，生甫及申。維申及甫，維周之翰。四國于藩，四方于宣。

【《韓詩外傳》五】天有四時，春夏秋冬，風雨霜露，無非教也。清明在躬，氣志如神，嗜欲將至，有開必先，天降時雨，山川出雲。《詩》曰：「崧高維嶽，峻極于天。維嶽降神，生甫及申。維申及甫，維周之翰。四國于藩，四方于宣。」此文、武之德也。

喬樅謹案：嵩，《毛詩》作「崧」，今本《外傳》同作「崧」，此從《詩考》訂正。峻，《毛詩》作「駿」，「駿」「峻」古今字。藩，《毛詩》作「蕃」，義並同。又案《藝文類聚》七引《毛詩》「嵩高維嶽，峻極于天」四句，與今《詩》文異，「毛」字疑爲「韓」之誤。

王踐之事。

【《韓詩》曰】踐，任也。《釋文》。

喬樅謹案：《毛詩》「踐」作「纘」，《箋》云：「纘，繼也。」文、義與韓並異。《禮記·中庸》「踐其位」，《鄭注》云：「踐，或作『纘』。」此「踐」「纘」古通之驗。《韓詩》訓「踐」爲任者，謂王任用之，使經理南國之事也。

周邦咸喜，戎有良翰。

【《韓詩外傳》八】若申伯、仲山甫，可謂救世矣。昔者周德大衰，道廢於厲，申伯、仲山甫相宣王，撥亂世反之正，天下略振，宗廟復興。申伯、仲山甫乃並順天下，匡救邪失，喻教德，舉遺士，海内翕然向風，故百姓勃然詠宣王之德。《詩》曰：「周邦咸喜，戎有良翰。」又曰：「邦國若否，仲山甫明之。既明且哲，以保其身。夙夜匪懈，以事一人。」如是可謂救世矣。

案：此《韓詩》以「申甫」爲申伯、仲山甫也。《蔡邕集》亦以申伯、仲山甫並言，是《魯詩》説與韓同。

蒸民

天生蒸民，有物有則。民之秉彝，好是懿德。

【《韓詩外傳》六】《大雅》曰：「天生蒸民，有物有則。民之秉彝，好是懿德。」言民之秉德以則天也，不知所以則天，又焉得爲君子乎？

邦國若否，仲山甫明之。

【《韓詩外傳》六】王者必立牧，方三人，所以使闚遠牧衆也。遠方之民有饑寒而不得衣食者，有獄訟而不平其寃，失賢而不舉者，入告乎天子。天子於其君之朝也，揖而進之，曰：「噫！朕之政教有不得爾者邪？如何乃有饑寒而不得衣食，有訟獄而不平其寃，失賢而不舉？」然後其君退，而與其卿大夫謀之，遠方之民聞之，皆曰：「誠天子也！夫我居之僻，見我之近也；我居之幽，見我之明也，可欺乎哉？」故牧者，所以開四目、通四聰也。《詩》曰：「邦國若否，仲山甫明之。」此之謂也。

喬樅謹案：「三人」，舊譌作「二人」，又脱去「所以」二字，今據《續漢書·百官志》劉昭注所引《外傳》文校定。又「如何」二字，舊誤倒，亦據劉注乙正。

既明且哲，以保其身。夙夜匪懈，以事一人。

【《韓詩外傳》八】人之所以好富貴安榮，爲人所稱譽者，爲身也；惡貧賤危辱，爲人所謗毁者，亦爲身也。然身何貴也？莫貴於氣。人得氣則生，失氣則死。其氣非金帛珠玉也，不可求於人也；非繒布五穀也，不可糴買而得也。在吾身耳，不可不慎也。《詩》曰：「既明且哲，以保其身。」

【又曰】吴人伐楚，昭王去國。國有屠羊説從行，昭王反國，賞從者。及説，説辭曰：「君失國，臣所失者屠；君反國，臣亦反其屠。臣之禄既厚，又何賞之？」辭不受命，君强之，説曰：「君失國，非臣之罪，故不伏誅；君反國，非臣之功，故不受其賞。吴師入郢，臣畏寇避患；君反國，説何事焉？」君曰：「不受則見之。」説對曰：「楚國之法，商人欲見於君者，必有大獻重質然後得見。今臣智不能存國，節不能死君，勇不能待寇，然見之，非國法也。」遂不受命，入于澗中。昭王謂司馬子期曰：「有人於此，居處甚約，論議甚高，爲我求之，願爲兄弟，請爲三公。」司馬子期舍車徒求之，五日五夜，見之，謂曰：「國危不救，非仁也；君命不從，非忠也。惡富貴於上，甘貧苦於下，意者過也。今君願爲兄弟，請謂三公，不聽君，何也？」説曰：「三公之位，我知其貴於刀俎之肆矣；萬鍾之禄，我知其富於屠羊之利矣。今見爵禄之利，而忘辭受之禮，非所聞也。」遂辭三公之位，而反乎屠羊之肆。君子聞之曰：「甚矣哉，屠羊子之爲也！約己持窮，而處人之國矣。」説曰：「何謂窮？吾讓之以禮，而終其國也。」曰：「在深淵之中，而不援彼之危；見昭王德衰於吳，而懷寶絶迹以病其國，欲獨全己者也，是厚於己而薄於君，狷乎！非救世者也。」「何如則可謂救世矣？」曰：「若申伯、仲山甫可謂救世矣。昔者周德大衰，道廢於厲。申伯、仲山甫輔相宣王，撥亂世反之正，天下略振，宗廟復興。申伯、仲山甫乃並順天下，匡救邪失，喻德教，舉遺士，海内翕然向風，故百姓勃然詠宣王之德。《詩》曰：『周邦咸喜，戎有良翰。』又曰：『邦國若否，仲山甫明之。既明且哲，以保其身。夙夜匪懈，以事一人。』如是可謂救世矣。」

【又曰】齊崔杼弑莊公，荆蒯芮使晉而反，其僕曰：「崔杼弑莊公，子將奚如？」荆蒯芮曰：「驅之！將入死而報君。」其僕曰：「君之無道也，四隣諸侯莫不聞也。以夫子而死之，不亦難乎？」荆蒯芮曰：「善哉而言也！早言我能諫，諫而不用，我能去；今既不諫，又不去。吾聞之：食其食，死其事。吾既食亂君之食，又安得治君而死之？」遂驅車而入，死其事。僕曰：「人有亂君，猶必死之。我有治長，可無死乎？」乃結轡自刎于車上。君子聞之，曰：「荆蒯芮可謂守節死義矣，僕夫則無爲死也，猶飲食而遇毒也。」《詩》曰：「夙夜匪懈，以事一人。」荆先生之謂也。《易》曰：「不恒其德，或承之羞。」僕夫之謂也。

喬樅謹案：「崔杼〔一〕弑莊公」至「其僕曰」二十四字，本皆脱佚，今據《説苑·立節》篇補入。

【又曰】孔子燕居，子貢攝齊而前，曰：「弟子事夫子有年矣，才竭而智罷，振於學問不能復進，請一休焉。」孔子曰：「賜也！欲焉休乎？」曰：「賜欲休於事君。」孔子曰：「《詩》云：『夙夜匪懈，以事一人。』爲之若此，其不易也，若之何其休也？」

惟仲山甫，柔亦不茹，剛亦不吐。不侮矜寡，不畏彊禦。

【《韓詩外傳》六】君子崇人之德，揚人之美，非道諛也；正言直行，指人之過，非毁疵也。詘柔順從，剛強猛毅，與物周流，道德不外。《詩》曰：「柔亦不茹，剛亦不吐。不侮矜寡，不畏彊禦。」

【又曰】楚莊王伐鄭，鄭伯肉袒，左把茅旌，右執鸞刀，以進言於莊王曰：「寡人無良邊陲之臣，以干大禍，使大國之君沛焉，遠辱至此。」莊王曰：「君之不令臣交易爲言，是以使寡人得見君之玉面也，而微至乎此。」莊王受節，左右麾楚軍，退舍七里。將軍子重進諫曰：「夫南郢之與鄭，相去數千里，大夫死者數人，廝役死者數百人。今克而弗有，無乃失民臣之力乎？」莊王曰：「吾聞古者杅不穿，皮不蠹，不出於四方，以是見君子之重禮而賤財也，要其人，不要其土。人告以

〔一〕「杼」，底本作「杵」，今據續編本改。

從而不舍，不祥也。吾以不祥立乎天下，災及吾身，何取之有？」既，晉之救鄭者至，曰：「請戰。」莊王許之。將軍子重進諫曰：「晉，强國也，道近兵鋭，楚師奄罷，君其勿許。」莊王曰：「不可。强者我避之，弱者我威之，是寡人無以立乎天下也。」乃遂還師以逆晉寇，莊王援桴而鼓之，晉師大敗，士卒奔者争舟而指可掬也。莊王曰：「嘻！吾兩君不相好，百姓何罪？」乃退楚師，以佚晉寇。《詩》曰：「柔亦不茹，剛亦不吐。」

【又曰】衛靈公晝寢而起，志氣益衰，使人馳召勇士公孫悁。道遭行人卜商，卜商曰：「何驅之疾也？」對曰：「公晝寢而起，使我召勇士公孫悁。」子夏曰：「微悁，而勇若悁者可乎？」御者曰：「可。」子夏曰：「載我而反。」至，君曰：「使子召勇士，何爲召儒？」使者曰：「行人曰：『微悁，而勇若悁者可乎？』臣曰：『可。』即載與來。」君曰：「諾。延先生上，趣召公孫悁。」至，入門杖劍疾呼曰：「商下，我存若頭。」子夏顧咄之曰：「咄！内劍。吾將與若言勇。」於是君令内劍而上，子夏曰：「來！吾嘗與子從君而西見趙簡子，簡子披髮杖矛而見我君。我從十三行之後，趨而進曰：『諸侯相見，不宜不朝服。不朝服，行人卜商將以頸血濺君之服矣。』使反朝服而見吾君，子耶我耶？」悁曰：「子也。」子夏曰：「子之勇不若我一矣。又與子從君而東至阿，遭齊君重鞇而坐，吾君單鞇而坐。我從十三行之後，趨而進曰：『禮，諸侯相見，不宜相臨以庶。』揄其一鞇而去之者，子耶我耶？」悁曰：「子也。」子夏曰：「子之勇不若我二矣。又與子從君於囿中，於是兩寇肩逐我君，拔矛下格而還，子耶我耶？」悁曰：「子也。」子夏曰：「子之勇不若我三矣。所貴爲士者，上攝萬乘，下不敢敖乎匹夫。外立節矜，而敵不侵擾；内禁殘害，而君不危殆，是士之所長，君子之所致貴也。若夫以長掩短，以衆暴寡，凌轢無罪之民，而成威於閭巷之間者，是士之甚毒，而君子之所致惡也，衆之所誅鋤也。《詩》曰：『人而無儀，不死何爲。』夫何以論勇於人主之前哉？」於是靈公避席抑手，曰：「寡人雖不敏，請從先生之勇。」《詩》曰：「不侮矜寡，不畏强禦。」卜先生也。

【又《外傳》八】遜而直，上也；切，次之；謗諫爲下；懦爲死。《詩》曰：「柔亦不茹，剛亦不吐。」

【又曰】宋萬與莊公戰，獲乎莊公。莊公散舍諸宮中，數月，然後歸之，反爲大夫於宋。宋萬與閔公博，婦人皆在側，萬曰：「甚矣，魯侯之淑，魯侯之美也！天下諸侯宜爲君者，惟魯侯耳。」閔公矜此婦人，妬其言，顧曰：「爾虜焉知魯侯之美惡乎？」宋萬怒，搏閔公絶脰。仇牧聞君弑，趨而至，遇之於門，手劒而叱之。萬臂擊仇牧，碎其首，齒著乎門闔。仇牧可謂不畏强禦矣。《詩》曰：「惟仲山甫，柔亦不茹，剛亦不吐。」

德輶如毛，民鮮克舉之。

【《韓詩外傳》五】德也者，包天地之美，配日月之明，立乎四海之周，覽乎陰陽之文，寒暑不能動也，四時不能化也，斂乎太陰而不濕，散乎太陽而不枯，鮮潔清明而備，嚴威毅疾而神。至精而妙乎天地之間者，德也。微聖人，其孰能與於此矣！《詩》曰：「德輶如毛，民鮮克舉之。」

【補】【曹植《黄初六年令》】《詩》曰：「德輶如毛，鮮克舉之。」

征夫倢倢。

【補】【《玉篇・人部》】《詩》云：「征夫倢倢。」倢倢，樂也。

喬樅謹案：《玉篇》又云：「『倢』，本亦作『捷』。」考《毛詩》「征夫捷捷」，《釋文》：「捷，音在接反。」則作「倢」者，乃《韓詩》之異文。又考《巷伯》篇「捷捷幡幡」，《衆經音義》十六引作「倢倢幡幡」。據《毛詩釋文》云「捷」如字，則《毛詩》他本無作「倢倢」者，知玄應所引亦皆爲《韓詩》之文，可與此篇互相證也。

仲山甫徂齊。

【鄧展曰】《韓詩》以爲封於齊。《漢書・杜欽傳》集注。

【《漢孟郁修堯廟碑》】仲氏祖統所出，本繼於姬周之遺苗。天生仲山甫，翼佐中興，宣平功遂，受封於齊。周道衰微，失爵亡邦，後嗣乖散，各相土譯居，因氏仲焉。洪适《隸釋》一。

喬樅謹案：《漢書・杜欽傳》：「欽説王鳳曰：『昔仲山甫，異姓之臣，無親於宣，就封於齊，猶歎息永懷，宿夜徘徊，不忍遠去。』」顏師古集注引鄧展曰：「《詩》言仲山甫銜命往治齊城郭，而《韓詩》以爲封於齊，此誤耳。」晉灼曰：「《韓詩》誤，而欽引之。阿附權貴，求容媚也。」鄧展、晉灼竝謂《韓詩》以仲山甫爲封於齊，其説與毛異。今據《孟郁修堯廟碑》云仲山甫本姬周之遺苗，則與杜欽之説不合。竊以杜欽説《關雎》詩用魯義，則此引《蒸民》詩當亦用魯義也。考唐《元和姓纂》及《權德輿集》，均以仲山甫爲姬姓，與孟郁語合。唐時惟《韓詩》存，故得據以爲説。然則仲山甫封齊之事，魯、韓之説雖同，而一以爲姬姓，一以爲異姓，要自有别。王符《潛夫論》云：「仲山甫，慶姓。」張衡《吕公誄》云：「仲山甫，姜姓。」「姜」「慶」古字通用。節信與平子均用《魯詩》，益足證杜欽言仲山甫異姓之臣爲本之魯説矣。王氏《詩考》以杜欽語入《韓詩》，其義未碻，説見《魯詩遺説考》。

韓奕

有晫其道。

【《韓詩》曰】晫，明貌。《釋文》。

喬樅謹案：《毛詩》作「倬」，訓「倬」爲明貌。《釋文》云：「《韓詩》作『晫』，音、義皆同。」是《毛詩》「倬」字乃「晫」之通假。《詩・小雅》「倬彼甫田」，《韓詩》作「菿」。《爾雅・釋古》：「菿，大也。」《廣雅・釋詁》：「晫，明也。」「菿」字訓大，「晫」字訓明，各有本義。而

「倬」訓爲明大貌，則兼二義也。「晫」與「的」音近義同。《聘禮》「匹馬卓上」，《注》云：「『卓』猶『的』也。」是以「卓」爲「晫」之省借字。

韓侯受命。

【《韓詩内傳》曰】諸侯世子，三年喪畢，上受爵命於天子，《白虎通》上。乃歸即位，何？明爵天子有也，臣無自爵之義。《曲禮》正義。所以名之爲世子，何？言欲其世世不絶也。《白虎通》上。

喬樅謹案：《文選》二十一左思《咏史詩》李善注引《韓詩内傳》曰：「所以爲世子，何？言世世不絶。」即此傳之文。

幹不庭方。

【《薛君韓詩章句》曰】幹，正也。《文選·西京賦》注。

喬樅謹案：《毛詩箋》云：「作楨幹而正之。」是亦以「幹」爲正，與韓同義。《爾雅·釋詁》：「楨、翰、義，幹也。」「楨、翰」或作「楨、幹」，「楨」「幹」皆正也。《廣雅·釋詁》：「幹，正也。」《易》「幹父之蠱」，虞翻注：「幹，正也。」《詩》言「幹不庭方」，庭，直也，謂正其不直，違失法度之方也。

王錫韓侯。

【《韓詩》曰】諸侯有德，天子錫之。《北堂書鈔》三十。

【補】【《廣韵・十九侯》】《韓詩外傳》曰：「周宣王大司馬韓侯子有賢德。」

江漢

武夫滔滔。

【《韓詩翼要》曰】武夫滔滔，衆至大也。《詩正義》。

王命召虎，式辟四方，徹我疆土。

【《韓詩》曰】式辟四方。辟，除也。《衆經音義》十三。○《文選注》八司馬相如《上林賦》注引作《薛君韓詩章句》。

喬樅謹案：《韓詩》以「辟」訓除，除有治之之義。《毛詩》讀「辟」爲「闢」，《鄭箋》云：「開辟四方，治我疆界於天下。」則兼有治義也。

【補】【《後漢書》馮衍説鮑永曰】昔周宣，中興之主；齊桓，霸彊之君耳。猶有申伯、召虎、吉甫、夷吾攘其蝥賊，安其疆宇。

肇敏戎公。

【《韓詩》曰】肇，長也。《釋文》。

喬樅謹案：《毛傳》云：「肇，謀也。」與韓義異。《商頌・玄鳥》上言「正域彼四方」，下言「肇域彼四海」，則「肇」猶正也。胡承珙曰：「《韓詩》以『肇』訓長，此承上『召公是似』而言，謂祖孫相繼，長有此功。但『肇』之爲長，不見所出。」喬樅謂：《國語・齊語》「轉本肇末」，注云：「肇，正也。」正與長同義。《爾雅・釋詁》：「正，長也。」《斯干》詩「噲噲其正」，《毛傳》云：「正，長也。」「肇」之爲長，亦訓詁展轉相通之義也。

釐爾圭瓚，秬鬯一卣。

【《韓詩外傳》八】傳曰：諸侯之有德，天子錫之。一錫車馬，二錫衣服，三錫虎賁，四錫樂器，五錫納陛，六錫朱户，七錫弓矢，八錫鈇鉞，九錫秬鬯。《詩》曰：「釐爾圭瓚，秬鬯一卣。」

自召祖命。

【《韓詩外傳》八】傳曰：予小子使爾繼召公之後，受命者必以其祖命之。孔子爲魯司寇，命之曰：「宋公之子弗甫有孫，魯孔某，命爾爲司寇。」孔子曰：「弗甫敦及厥辟，將不堪。」公曰：「不妄。」

明明天子，令聞不已。矢其文德，洽此四國。

【《韓詩外傳》五】三代之王也，必先其令名。《詩》曰：「明明天子，令聞不已。」矢其文德，洽此四國。」此文王之德也。

【補】【曹植《責躬詩》】明明天子。

喬樅謹案：王氏念孫曰：「『明』『勉』一聲之轉，故古多謂『勉』爲明，重言之則曰『明明』。《爾雅》曰：『亹亹，勉也。』鄭注《禮器》曰：『亹亹，猶勉勉也。』『亹亹』『勉勉』『明明』亦一聲之轉。『明明天子，令聞不已』，猶言『亹亹文王，令聞不已』也。又曰：『「明」與「孟」古同聲而通用。』《大戴禮·誥志》篇曰：『明，孟也。』《爾雅》曰：『孟，勉也。』故『勉』謂之孟，亦謂之明。」王説是也。

常武

進厥虎臣，闞如虓虎。敷敦淮濆，仍執醜虜。

【《韓詩》曰】敷，大也。敦，迫也。《釋文》。

喬樅謹案：《毛詩》「鋪敦淮濆」，陳氏《稽古》篇曰：「『鋪敦』，毛無傳述。毛者以『鋪』爲陳，『敦』爲厚，謂布陳敦厚之陳於淮濆，解殊費力。案《釋文》：『鋪，《韓詩》作敷，云大也。敦，《韓詩》云迫也。』大迫淮濆，與『濯征徐國』文義相類，當是也。」胡承珙曰：「《説文》

『濆』下引《詩》『敦彼淮濆』，與毛、韓文皆不同，或出齊、魯《詩》。但既云『敦』，彼則必訓厚可知。鄭讀『敦』爲『屯』，昭二十三年《左傳》『敦陳整旅』，『敦』與『整』對，謂整頓也。《越絶書》西陵名敦兵城，即頓兵城也。古字『敦』有頓義，毛意當謂陳頓其兵於淮水之涯，未必與鄭異也。」喬樅謂：《説文》引《詩》作「敦彼淮濆」，「敦」即迫之意也。《鄭箋》讀「敦」爲屯，屯兵於淮濆，亦所以迫之也。「鋪」「敷」古以聲同通用。《後漢書・馮緄傳》引此詩云「敷敦淮濆，仍執醜虜」，字正作「敷」，即用《韓詩》。章懷注云：「布兵敦逼淮水之涯，因執得醜虜。」皆以「敦」爲敦逼，《韓詩》之訓於義爲長。「敷」義本訓布，《韓詩》釋「敷」爲大者，高誘《吕覽・求人》篇注以「榑木」爲大本，足證此「敷」字亦有大義也。

【補】【《後漢書・馮緄傳》詔策緄曰】《詩》不云乎：「進厥虎臣，闞如虓虎。敷敦淮濆，仍執醜虜。」

民民翼翼，不測不克。

【《韓詩》曰】民民，覯也。《釋文》。

【《韓詩外傳》八】齊景公謂子貢曰：「先生何師？」對曰：「魯仲尼。」曰：「仲尼賢乎？」曰：「聖人也，豈直賢哉？」景公嘻然而笑曰：「其聖何如？」子貢曰：「不知也。」景公悖然作色，曰：「始言聖人，今言不知，何也？」子貢曰：「臣終身戴天，不知天之高也；終身踐地，不知地之厚也。若臣之事仲尼，譬猶渴操壺杓，就江海而飲之，腹滿而去，又安知江海之深乎？」景公曰：「先生之譽，得無太甚乎？」子貢曰：「臣賜何敢甚言？尚慮不及耳。臣譽仲尼，譬猶兩手捧土而附泰山，其無益亦明矣。使臣不譽仲尼，譬猶兩手把〔一〕泰山，無損亦明矣。」景公曰：「善！豈其然？善！豈其然？」《詩》曰：「綿綿翼翼，不測不克。」

喬樅謹案：民民，《毛詩》作「緜緜」，今《外傳》本仍同作「緜」，誤，當據《釋文》訂正。馬瑞辰曰：「『緜』『緡』雙聲通用。故《詩》『緜蠻黄鳥』一作『緡蠻』。《韓詩》『綿綿』作『民民』，亦以雙聲假借。至《毛傳》訓『緜緜』爲靚者，『靚』即『静』字，静即密也。《爾雅·釋詁》：『密，静也。』『緜』『密』雙聲字，故訓爲静，猶言密也。《文選·洛神賦》注：『緜緜，密意也。』正與《毛傳》同義。」喬樅考《漢書·賈誼傳》「澹乎若深淵之靚」，注：「『靚』與『静』同。」又《外戚傳》「神眇眇兮密靚處」，以「密」與「靚」連言，此足證「靚」之本有密義矣。

王猷允塞，徐方既來。

【《韓詩外傳》六】事强暴之國難，使强暴之國事我易。事之以貨寶，則寶單而交不結。約契盟

〔一〕「把」，底本作「杷」，今據《韓詩外傳》徑改。

誓，則約定而反無日。割國之强乘以賂之，則割定而欲無厭。事之彌順，其侵之愈甚，必致寶單國舉而後已。雖左堯右舜，未有能以此道免者也。故非有聖人之道，特以巧敏拜請畏事之，則不足以持國安身矣。故明君不道也，必修禮以齊朝，正法以齊官，平政以齊下，然後禮義節奏齊乎朝，法則度量正乎官，忠信愛利平乎下。行一不義、殺一無罪而得天下，不爲也。故近者競親，而遠者願至，上下一心，三軍同力，名聲足以薰炙之，威强足以一齊之，則拱揖指麾，而强暴之國莫不趨使，如赤子歸慈母者，何也？仁形義立，教誠愛深。故《詩》曰：「王猷允塞，徐方既來。」

【又曰】勇士一呼而三軍皆避，士之誠也。昔者楚熊渠子夜行，見寢石，以爲伏虎，彎弓而射之，没金飲羽，下視，知其爲石也。因復射之，矢躍無迹。熊渠子見其誠心，而金石爲之開，而况人乎？夫倡而不和，動而不僨，中心有不全者矣。夫不降席而匡天下者，求之己也。孔子曰：其身正，不令而行；其身不正，雖令不從。先王之所以拱揖指麾，而四海來賓者，誠德之至也，色以形于外也。《詩》曰：「王猷允塞，徐方既來。」

【又曰】昔者趙簡子薨而未葬，而中牟畔之。既葬五日，襄子興師而攻之，圍未匝，而城自壞者十丈。襄子擊金而退之，軍士諫曰：「君誅中牟之罪而城自壞者，是天助也，君曷爲而退之？」襄子曰：「吾聞之於叔向曰：『君子不乘人於利，不厄人於險。』使之城，然後攻之。」中牟聞其義而請降曰：「善哉，襄子之謂也！」《詩》曰：「王猷允塞，徐方既來。」

喬樅謹案：趙懷玉校本云：「『既莖五日』，舊脱『既』字，據《御覽》百九十二引補。『攻』，舊譌作『次』，亦據《御覽》改正。十丈，《新序》作『十堵』。『而城自壞』下舊有『者』字，『是天助』下舊有『之』字，皆衍文也，俱依《新序》删。『曰善哉襄子之謂也』，此八字文有脱誤。」喬樅案：「襄子之謂也」五字當在引《詩》二語之後，文義始順。又「使之城」，「之」字舊譌作「其」，今依《新序》改之。

瞻卬

伊胡爲嫕。

【《韓詩》曰】嫕，悦也。《文選·神女賦》注。

案：嫕，宋本《文選》作「嫕」，當是「伊胡爲嫕」之注。

喬樅謹案：《毛詩》「伊胡爲慝」，《箋》云：「慝，惡也。」文、義與此並異。盧文弨曰：「《文選注》所引《韓詩》：『嫕，悦也。』『嫕』字當作『㦤』。此『懿厥哲婦』之『懿』。」馬瑞辰曰：「『㦤』或作『嫕』，今誤作『嫕』。按《説文》：『㦤，静也。』『静，審也。』《廣雅》：『㦤，審也。』『㦤』古讀如邑，與『懿』字雙聲疊韵，故『懿』可通作『㦤』。而《韓詩》訓悦，與毛義異。」喬樅謂：此詩「懿厥哲婦」與《小雅·十月之交》「抑此皇父」語氣正同。《箋》云：「『抑』之言『噫』，『噫』是皇父疾而呼之。」此詩《箋》云：「懿，有所痛傷之聲也。」《正義》謂「懿」與「噫」字雖異，音、義同，是「懿」亦痛疾之詞。且下句言其「爲梟爲鴟」，則「懿」義更不得訓悦。宋綿初亦以《韓詩》此語是釋「伊胡爲嫕」，謂「嫕」即「懕」之異文。今按《國語·晉語》曰：「宵静女德，以伏蠱慝。」此「慝」字義亦訓悦。「蠱」與「冶」通，見馬融《廣成頌》「田開古蠱」，即田開疆、古冶子也，是「蠱」「冶」古通。蠱悦謂冶容爲悦者，此足爲《韓詩》以「嫕」訓悦之證。《文選》宋玉《神女賦》云「澹清静其愔嫕」，李善注云：「愔嫕，和静貌。」引《韓詩》：「嫕，悦也。」又引《説文》：「嫕，静也。」《蒼頡》篇：「嫕，密也。」按「愔」既訓和，「嫕」自當訓悦。如以「嫕」爲静，則與清静義複矣。王褒《洞簫賦》「清静厭瘱」，「厭瘱」與「愔嫕」同，亦當訓爲和悦。子淵即用宋玉賦語也。《漢書·外戚傳》「婉瘱有節操」，此「瘱」字宜訓爲静。張華《女史箴》「婉嫕淑慎」，李善注引《漢書》「婉嫕有節操」，服虔曰：「『嫕』音『翳桑』之『翳』。」又引《列女傳》曹大家注曰：「婉，柔和也。」「嫕，深邃也。」深邃即静之義，是「瘱」字亦作「嫕」。「嫕」與「嫕」形似，或即以爲「嫕」字，李善未能明辨，故廣引《韓詩》及《蒼頡》篇《説文》《列女傳注》諸説以廣其義耳。今繹《韓詩》之意，以長舌之婦始則譖訴，終則背違，此其忮害，豈曰不極至乎，而胡爲悦之，惟婦言是用，義較明順。若以「懕」

訓惡，如《箋》所言，豈謂其是不得中乎，反云維我言何用爲惡不信也，其義殊費周折矣。《釋文》不言《韓詩》字異，蓋「嫕」爲「慝」或體，如「慝」又作「暱」之類耳。「慝」與「瘱」通者，「匿」从匸，《説文》：「匸，衺徯有所俠藏也。」《集韻·十二霽》云：「瘱，《説文》：『静也。』或作『𡢃』。」又云：「瘱，《廣雅》：『審也。』一曰匿也。」「慝」古文皆祇作「匿」。《開元占經》九引《洪範天文日月變占》曰：「陰匿始起，而犯盛陽。」「陰匿」即「陰慝」也。《尚書大傳》：「朔而月見東方，謂之側匿。」《漢書》作「仄慝」，是其證已。「嫟」，《集韻·二十四職》云「女字」，則「嫟」當與「梁嫕」之「嫕」梁夫人嫕，見《後漢書》及《列女傳》八。字通。《集韻·十二霽》：「㥯，静也，恭也。」「嫕，婉嫕順從也。」音、義並與「瘱」「𡢃」同。

人之云亡，邦國殄瘁。

【《韓詩外傳》六】《易》曰：「困于石，據于蒺藜，入于其宮，不見其妻，凶。」此言困而不見據賢人者也。昔者秦繆公困於殽，疾據五羖大夫、蹇叔、公孫支而小霸。晉文困於驪氏，疾據咎犯、趙衰、介子推而遂爲君。越王句踐困於會稽，疾據范蠡、大夫種而霸南國。齊桓公困於長勺，疾據管仲、寧戚、隰朋而匡天下。此皆困而知疾據賢人者也。夫困而不知疾據賢人，而不亡者，未嘗有之也。《詩》曰：「人之云亡，邦國殄瘁。」無善人之謂也。

【補】【《三國志》崔炎書諫袁紹曰】今邦國殄瘁。

亂匪降自天，生自婦人。

【補】【馮衍《與任武達書》曰】亂匪降天，生自婦人。《後漢書》本傳注。

不自我先，不自我後。

【《韓詩外傳》六】孟子説齊宣王而不説。淳于髡侍，孟子曰：「今日説公之君，公之君不説，意者其未知善之爲善乎？」淳于髡曰：「夫子亦誠無善耳。昔者瓠巴鼓瑟，而潛魚出聽；伯牙鼓琴，而六馬仰秣。魚馬猶知善之爲善，而况君人者也？」孟子曰：「夫電雷之起也，破竹折木，震驚天下，而不能使聾者卒有聞；日月之明，徧照天下，而不能使盲者卒有見。今公之君若此也。」淳于髡曰：「不然。昔者揖封生高商，齊人好歌。杞梁之妻悲哭，而人稱詠。夫聲無細而不聞，行無隱而不形。夫子苟賢，居魯而魯國之削，何也？」孟子曰：「不用賢，削何有也？吞舟之魚不居潛澤，度量之士不居汙世。夫蓻，冬至必彫，吾亦時矣。」《詩》曰：「不自我先，不自我後。」非遭彫世者歟？

喬樅謹案：此以「綿駒」爲「揖封」，以「高唐」爲「高商」，與《孟子》書文異。

召旻

旻天疾威，天篤降喪。瘨我饑饉，民卒流亡。

【《韓詩外傳》六】威有三術：有道德之威者，有暴察之威者，有狂妄之威者。此三威不可不審察也。何謂道德之威？曰：禮樂則修，分義則明，舉措則時，愛利則形。如是則百姓貴之如帝王，親之如父母，畏之如神明。故賞不用而民勸，罰不加而威行，是道德之威也。何謂暴察之威？曰：禮樂則不修，分義則不明，舉措則不時，愛利則不形。然而其禁非也暴，其誅不服也審，其刑罰重而信，其誅殺猛而必。闐如雷擊之，如墻壓之，百姓劫則致畏，怠則傲上，執拘則聚，遠聞則散，非刼之以刑勢，振之以誅殺，則無以有其下，是暴察之威也。何謂狂妄之威？曰：無愛人之心，無利人之事，而日爲亂人之道。百姓讙譁，則從而放執於刑灼。不和人心，悖逆天理，是以水旱爲之不時，年穀以之不升，百姓上困於暴亂之患，而下窮衣食之用，愁哀而無所告訴，比周憤潰以離上，傾覆滅亡，可立而待，是狂妄之威也。夫道德之威成乎衆强，暴察之威成乎危弱，狂妄之威成乎滅亡。故威名同，而吉凶之効遠矣，故不可不審察也。《詩》曰：「昊天疾威，天篤降喪。瘨我饑饉，民卒流亡。」

案：此威屬君言。

喬樅謹案：趙懷玉校語云：「『其誅不服也審』，『審』上舊有『繁』字，今依《荀子·彊國》篇刪。『其刑罰重而信』，舊無『重』字，今依《荀子》補。『闃』字舊作『闇』，譌。案《荀子》作『顛然』，與『填然』同，是『闇』當作『闃』，音、義同『填』。『遠聞則散』，荀作『得閒則散』，此似譌。『則從而放執於刑灼』，荀作『則從而執持也刑灼之』。」

我居御卒荒。

【《韓詩外傳》八】一穀不升謂之鎌，二穀不升謂之饑，三穀不升謂之饉，四穀不升謂之荒，五穀不升謂之大侵。大侵之禮，君食不兼味，臺榭不飾，道路不除，百官補而不制，鬼神禱而不祠，此大侵之禮也。《詩》曰：「我居御卒荒。」此之謂也。

如彼歲旱，草不潰茂。

【《韓詩外傳》五】如歲之旱，草不潰茂。然天勃然興雲，沛然下雨，則萬物無不興起之者。民非無仁義根於心者也，王政怵迫而不得見，憂鬱而不得出。聖王在，被躧舄，視不出閤，而天下隨，倡而天下和。何如在此有以應哉？《詩》曰：「如彼歲旱，草不潰茂。」

喬樅謹案：《毛詩》訓「潰」爲遂，《箋》云：「『潰茂』之『潰』當作『彙』。彙，茂貌。」此據《齊詩》之文也。今據《外傳》引《詩》，是韓亦與毛同作「潰茂」。李黼平曰：「《説文》：『僓，一曰長貌。』長義與遂義近。『潰』當讀爲『僓』。」

如彼棲柤。

【補】【《衆經音義》廿五】《詩》云：「如彼棲柤。」

喬樅謹案：棲柤，《毛詩》作「棲苴」，《傳》云：「水中浮草也。」《箋》云：「如樹上之棲苴。」《正義》曰：「苴，是草之枯槁逐水流者。棲，謂棲息於水上也。」《箋》以棲者居在木上之名，謂水上爲棲，理亦不愜，故以爲如樹上之棲苴。苴是草木之枯槁者，在樹未落及已落爲水漂，皆稱苴也。今據玄應引《詩》作「棲柤」，與毛氏字異，蓋據《韓詩》之文。玄應又引《通俗文》云：「刈餘曰柤。」知「苴」「柤」二字古相通用。《鄭箋》云：「如樹上之棲苴。」亦據三家《詩》説以改毛義也。

日辟國百里。

【《薛君韓詩章句》曰】辟，除也。《文選·上林賦》注。

韓詩遺説考卷第五〔五之一〕

韓詩頌一

周頌

清廟

惟天之命。

【《薛君韓詩章句》曰】惟，念也。《文選》廿三歐陽堅石詩注。

喬樅謹案：《釋文》引《韓詩》云：「維，念也。」此順《毛詩》之文。《毛詩》「維」字，三家皆作「惟」。

烈文

無封靡于爾邦。

喬樅謹案：《毛傳》訓「封」爲大，訓「靡」爲累。《白虎通·誅伐》篇引《詩》云「毋封靡于爾邦，惟王其崇之」，此言追誅大罪也。以「封靡」爲大罪，亦與《毛傳》大累義同。考曹植《魏德論》云：「慍彼蠻夏，蠢爾弗恭。措我蕭斧，簡武鍊鋒。星陳而天運，振耀乎南邦。荆人封靡，交益影從。」「封靡」二字正用《烈文》詩語。陳思王習《韓詩》者，其讀「封靡」爲「披靡」之「靡」，與毛、魯訓義異。

天作

彼徂者，岐有夷之行。子孫保之。

【《後漢書》朱輔疏曰】《詩》云：「彼徂者，岐有夷之行。」傳曰：「岐道雖僻，而人不遠。詩人誦咏，以爲符驗。」《西南夷傳》。

【《薛君傳》曰】徂，往也。夷，易也。行，道也。言百姓歸文王者，皆曰岐有易道，可歸往矣。易道，謂仁義之道而易行。故岐道險阻，而人不難。《後漢書・西南夷傳》注。

喬樅謹案：《詩考》據沈括《筆談》引《後漢書・朱浮傳》作「彼岨者岐」。盧氏文弨云：「此括之誤也。朱子《集傳》遂以岐山爲險僻，其實《韓詩》自作『徂』字，訓爲往也，所云『岐道阻險而人不難』，自爲『有夷之行』發義。王氏謂《集傳》『彼岨者岐』從《韓詩》，非也，乃沿沈氏之誤耳。」臧鏞堂云：「『朱浮』乃『朱輔』之誤。據《外傳》三明云『岐有夷之行』，足證沈説之非。」宋綿初云：「《詩》以『彼徂者』爲句，『岐有夷之行』爲句。《鄭箋》云：『後之往者，又以岐邦之君有佼易之道故也』，是鄭亦與《韓詩》合，非讀『彼徂者岐』爲句也。」

【《韓詩外傳》三】傳曰：昔者，舜甑盆無膻，而下不以餘獲罪；飯乎土簋，啜乎土型，而農不以力獲罪；麛衣而⿱埶皿領，而女不以巧獲罪；法下易由，事寡易爲功，而民不以政獲罪。故大道多容，大德多下，聖人寡爲，故用物常壯也。傳曰：易簡而天下之理得矣。忠易爲禮，誠易爲辭，賢人易爲民，工巧易爲材。《詩》曰：「岐有夷之行，子孫保之。」

喬樅謹案：「麛衣而⿱埶皿領」，趙懷玉校語云：「《晏子春秋・諫下》篇：『古者嘗有紩衣攣領而王天下者。』《尚書大傳略説》：『古人冒而句領。』今此『⿱埶皿』字疑當作『盩』，音周。『盩』有曲義，又疑是『盭』字，與『戾』同，竝與『攣』『句』義相同。毛本《外傳》作『盬』，則更譌矣。」

我將

【補】【《韓詩説》】明堂在南方七里之郊。《大戴禮注》。

喬樅謹案：蔡邕《獨斷》云：「《我將》，祀文王於明堂之所歌也。」是三家《詩》序皆與毛氏同。《韓詩説》云云，即釋《我將》之詩。

畏天之威，于時保之。

【《韓詩外傳》三】昔者周文王之時，莅國八年，夏六月，文王寢疾。五日而地動，東西南北不出國郊。有司皆曰：「臣聞地之動，爲人主也。今者君王寢疾，五日而地動，四面不出國郊。群臣皆恐，請移之。」文王曰：「奈何其移之也？」對曰：「興事動衆，以增國城，其可移之乎？」文王曰：「不可。夫天之道見妖，以罰有罪也。我必有罪，故此罰我也。今又專興事動衆以增國城，是重吾罪也，不可。昌也請改行重善移之，其可以免乎？」於是遂謹其禮秩皮革以交諸侯，飾其辭令幣帛以禮俊士，頒其爵列等級田疇以賞有功，遂與群臣行此，無幾何而疾止。文王即位八年而地動，已動之後四十三年，凡莅國五十一年而終，此文王之所以踐妖也。《詩》曰：「畏天之威，于時保之。」

【又曰】有殷之時，穀生湯之廷〔一〕，三日而大拱。湯問伊尹曰：「何物也？」對曰：「穀樹也。」湯問：「何謂而生於此？」伊尹曰：「穀之出澤野物也，今生天子之庭，殆不吉也。」湯曰：「奈何？」伊尹曰：「臣聞：妖者禍之先，祥者福之先。見妖而爲善，即禍不至；見祥而爲不善，則福不臻。」湯乃齋戒静處，夙興夜寐，弔死問疾，赦過賑窮，七日而穀亡，妖孽不見，國家其昌。《詩》曰：「畏天之威，于時保之。」

【《韓詩外傳》八】梁山崩，晉君召大夫伯宗，道逢輂者，以其輂服其道。伯宗使其右下，欲鞭之，輂者曰：「君趨道豈不遠矣？不知事而行，可乎？」伯宗喜，問其居，曰：「絳人也。」伯宗曰：「子亦有聞乎？」曰：「梁山崩，壅河，顧三日不流，是以召子。」伯宗曰：「如之何？」曰：「天有山，天崩之；天有河，天壅之。伯宗將如之何？」伯宗私問之，曰：「君其率群臣素服而哭之，既而祠焉，河斯流矣。」伯宗問其姓名，弗告。伯宗到，君問伯宗，以其言對。於是君素服，率群臣而哭之，既而祠焉，河斯流矣。君問伯宗何以知之，伯宗不言受輂者，詐以自知。孔子聞之，曰：「伯宗其無後，攘人之善。」《詩》曰：「天降喪亂，滅我立王。」又曰：「畏天之威，于時保之。」

〔一〕「廷」，續編本作「庭」。

喬樅謹案：「以其輂服其道」，「服」字疑譌。趙懷玉曰：「《晉語》云：『遇大車當道而覆。』此『服』字當作『覆』。」

時邁

實右序有周，薄言振之，莫不震疊。

【《薛君傳》曰】薄，辭也。振，奮也。莫，無也。震，動也。疊，應也。美成王能奮舒文、武之道而行之，則天下無不動而應其政教。《後漢書・李固傳》注。

喬樅謹案：《文選》七楊雄《甘泉賦》注及三十五張協《七命》注引《韓詩》「振，奮也」，作《薛君章句》。又《毛傳》訓「疊」爲懼，蓋以「疊」爲「慴」之假借。薛君云：「疊，應也。」義與毛異。《文選・吴都賦》「鉦鼓疊山」，劉注云：「疊，振疊也。」此「疊」字當亦訓應，謂鉦鼓之聲，山谷響應也。左思語即本《韓詩》訓義。

【《韓詩外傳》八】晉平公使范昭觀齊國之政，景公錫之宴。晏子在前，范昭趨曰：「願君之倅樽以爲壽。」景公顧左右曰：「酌寡人樽，獻之客。」范昭已飲，晏子曰：「徹去樽。」范昭不説，起舞，顧太師曰：「子爲我奏成周之樂，吾爲子舞之。」太師對曰：「盲臣不習。」范昭起出門，景公謂晏子曰：「夫晉，天下大國也，使范昭來觀齊國之政。今子怒大國之使者，將奈何？」晏子曰：「范昭之爲人也非陋，而不知禮也，是欲試吾君臣，嬰故不從。」於是景公召太師而問之曰：「范昭使子奏成周之樂，何故不調？」對如晏子。於是范昭歸報平公曰：「齊未可并也。吾試其君，晏子知之；吾犯其樂，太師知之。」孔子聞之，曰：「善乎！晏子不出俎豆之間，折衝千里。」《詩》曰：「實右序有周，薄言振之，莫不震疊。」

喬樅謹案：「薄言振之」，舊譌作「震」，非是，今據《後漢書注》引《薛君傳》校正。又「范昭已飲」四字，舊脱，據《新序·雜事一》補入。趙懷玉校本云：「『晏子曰徹去樽』，舊『曰』上衍『對』字，今删。『吾爲子舞之』，舊本譌脱，止作『願舞』，今依《新序》改正，《晏子春秋》同。『是欲試吾君臣』，舊脱『臣』字，亦依兩書增之。」

懷柔百神，及河喬嶽。

【《韓詩》曰】天子奉玉升柴。《三禮義宗》。

喬樅謹案：《毛詩序》云：「《時邁》，巡狩告祭柴望也。」蔡邕《獨斷》亦云：「《時邁》，巡狩告祭柴望之所歌也。」《韓詩》蓋與毛、魯説同。

明昭有周，式序在位。

【《韓詩外傳》三】王者之論德也，不尊無功，不官無德，不誅無罪。朝無幸位，民無幸生。故上賢使能，而等級不踰；折暴禁悍，而刑罰不過。百姓曉然，皆知夫爲善於家，取賞於朝也，爲不善於幽，而蒙形於顯。夫是之謂定論，是王者之德。《詩》曰：「明昭有周，式序在位。」

【又曰】傳曰：以從俗爲善，以貨財爲寶，以養性爲已至道，是民德也，未及於士也。行法而志堅，不以私欲害其所聞，是勁士也，未及於君子也。行法而志堅，好脩其所聞以矯其情，言行多當，未安諭也；智慮多當，未周密也。上則能大其所隆也，下則開道不若己者，是篤厚君子，未及聖人也。若夫百王之法，若別黑白，應當世變，若數三綱。行禮要節，若運四支，因化之功，若推四時，天下得序，群物安居，是聖人也。《詩》曰：「明昭有周，式序在位。」

【又曰】魏文侯欲置相，召李克，問曰：「寡人欲置相，非翟黄則魏成子，願卜之於先生。」李克避席而辭曰：「臣聞之：卑不謀尊，疎不間親。臣外居者也，不敢當命。」文侯曰：「先生臨事勿讓。」李克曰：「夫觀士也，居則視其所親，富則視其所與，達則視其所舉，窮則視其所不爲，貧則視其所不取，此五者足以觀矣。」文侯曰：「請先生就舍，寡人之相定矣。」李克出，遇翟黄，曰：「今日聞君召先生而卜相，果誰爲之？」李克曰：「魏成子爲之。」翟黄悖然作色，曰：「吾何負於魏成子？西河之守，吾所進也；君以鄴爲憂，吾進西門豹；君欲伐中山，吾進樂羊；中山即拔，無守之者，吾進先生；君欲置太子傅，吾進趙蒼唐，皆有成功就事，吾何負於魏成子？」克曰：「子之言克於子之君也，豈比周以求大官哉？君問置相，非成則黄，二子何如？對曰：君不察故也。居則視其所親，富則視其所與，達則視其所舉，窮則視其所不爲，貧則視其所不取。五者以定矣，何待克哉？是以知魏成子爲相也，且子焉得與魏成子比？魏成子食禄日千鐘，什一在内，九在外，以聘約天下之士。是以得卜子夏、田子方、段干木，此三人君皆師友之。子之所進皆臣之，子焉得與魏成子比乎？」翟黄逡巡再拜曰：「鄙人固陋，失對於夫子。」《詩》曰：「明昭有周，式序在位。」

【《韓詩外傳》八】《詩》曰：「明昭有周，式序在位。」言各稱職也。

執競

執競武王。

【《韓詩》曰】執，服也。《釋文》。○《北堂書鈔》八十九。

喬樅謹案：「執競」，毛公無訓，《箋》云：「競，强也。能持强道者，維有武王也。」與《韓詩》義異。馬瑞辰曰：「《説文》：『執，捕罪人也。』義與『服』近。又『執』『慴』『慹』古通用。《史記·項羽本紀》『諸將皆慴服』，《漢書》作『讋服』，《陳咸傳》作『執服』，《朱博傳》作『慹服』，是其證。《韓詩》訓『執』爲服者，蓋以『執競』爲能執服彊禦，猶朱博云『執服豪彊』也。《説文》：『倞，彊也。』《廣雅》：『倞，强也。』凡《詩》言『執競』『無競』，又吕叔玉引《詩》作『執倞』，皆『倞』字之假借。若『競』之本義，則《説文》自訓彊語耳。」

鐘鼓鍠鍠。

【補】【曹植《魏文帝誄》】鐘鼓鍠鍠。《三國・魏志・文帝紀》注。

喬樅謹案：「鍠鍠」，《毛詩》作「喤喤」。曹子建據《韓詩故》文，與《毛詩》異。《漢書・禮樂志》及應劭《風俗通》引《詩》並作「鐘鼓鍠鍠」，是三家今文同，《毛詩》「喤」字乃古文之假借。

降福簡簡，威儀反反。既醉既飽，福禄來反。

【《韓詩外傳》三】成侯嗣公，聚斂計數之君也，未及取民也。子産，取民者也，未及爲政也。管仲，爲政者也，未及修禮也。故修禮者王，爲政者强，取民者安，聚斂者亡。故聚斂以招穀，積財以肥敵，危身亡國之道也，明君不蹈也。將修禮以齊朝，正法以齊官，平政以齊下。然後節奏齊於朝，法則度量正乎官，忠信愛刑平乎下。如是百姓愛之如父母，畏之如神明，是以德澤洋乎海内，福祉歸乎王公。《詩》曰：「降福簡簡，威儀反反。既醉既飽，福禄來反。」

【《韓詩外傳》五】道者，何也？曰：君之所道也。君者，何也？曰：群也，爲天下萬物而除其害者謂之君。王者，何也？曰：往也，天下往之，謂之王。曰：善生養人者，故人尊之；善辯治人者，故人安之；善顯設人者，故人親之；善粉飾人者，故人樂之。四統者具，天下往之；四統無一，而天下去之。往之謂之王，去之謂之亡。故曰道存則國存，道亡則國亡。夫省工商，衆農人，謹盜賊，除姦邪，是所以生養之也。天子三公，諸侯一相，大夫擅官，士保職，莫不治理，是所以辯治之也。決德而定次，量能而授官，賢以之爲三公，以之爲諸侯，次則爲大夫，是所以顯設之也。脩冠弁衣裳，黼黻文章，琱琢刻鏤，皆有等差，是所以粉飾之也。故自天子至於庶人，莫不稱其能，得其意，安樂其事，是所同也。若夫重色而成文，累味而備珍，則聖人所以分賢愚，明貴賤。故道得，則澤流群生，而福歸王公。澤流群生，則下安而和；福歸王公，則上尊而榮。百姓皆懷安和之心，而樂戴其上，夫是之謂下治而上通。下治而上通，頌聲之所以興也。《詩》曰：「降福簡簡，威儀反反。既醉既飽，福禄來反。」

喬樅謹案：《賓之初筵》詩「威儀反反」，《釋文》引《韓詩》作「昄昄」，音蒲板反，善貌。則此頌「威儀反反」文義當與彼同。據《釋文》載沈音符板反，正「昄」字之音讀也。《傳》云：「反反，難也。」《箋》云：「反反，順習之貌。」順習即善貌也。《潛夫論·正列》篇引《詩》作「板板」，此《魯詩》之異文。「板板」，蓋即「昄昄」假借字。趙懷玉《外傳》校本云：「『是所以顯設之也』至『皆有等差』，共二十五字，舊本脱佚，今據《荀子·君道》篇補之。又『善生養人者』，本多譌作『善養生者』，今亦依《荀子》文增改。」

思文

貽我嘉麰。

【《韓詩》曰】貽我嘉麰。○【薛君曰】麰，大麥也。《文選》四十八班固《典引》注。

喬樅謹案：《毛詩》作「貽我來牟」，劉向引《詩》作「貽我釐牟」，文並與韓氏異。王氏念孫曰：「《韓詩》『貽我嘉麰』，『嘉』當爲『喜』字之誤。『來』『釐』『喜』古聲相近，故《毛詩》作『來』，《劉向傳》作『釐』，《韓詩》作『喜』，猶『僖公』之爲『釐公』，『祝禧』之爲『祝釐』也。」王説是也。推其致誤之由，緣後人不明文字通假之義，以《生民》詩有「誕降嘉種」語，遂臆改《韓詩》「喜麰」爲「嘉麰」耳。馬瑞辰曰：「《方言》：『陳、楚之間，凡人嘼乳而雙産謂之釐孳。』《廣雅》：『釐孳，孿也。』『雙、孿，二也。』『釐』『孳』亦作『孷』『孖』。《玉篇》：『孷孖，雙生也。』來牟一麥二夆[一]，正與『釐』之爲雙産者聲近而義同。又『來』與『丕』二字同部，一麥二夆謂之『來』，猶一稃二米謂之『秠』也。」

〔一〕「夆」，底本作「夅」，今據續編本改。

無此疆爾介。

【《薛君韓詩章句》曰】介，界也。《文選·魏都賦》注。

案：《唐石經》初刻「界」，後改「介」，蓋從《韓詩》。

喬樅謹案：《毛詩釋文》：「介，音界，大也。」段氏玉裁曰：「按《箋》以『女今之經界』釋經『爾』字，以『大有天下』釋經『介』字，淺人遂以《箋》之『經界』易經文『介』字，《唐石經》初刻『界』，後改『介』是也。」胡承珙曰：「段謂經文『界』當本作『介』，可也。必以『介』字訓大，則是經言『無此封竟於汝之大』，殊不成文義。《釋文》因經字作『介』，《毛傳》『介』多訓大，故以大訓之，未必得《傳》意也。《箋》不云『介』當爲『界』者，《說文》『介，畫也』與『界，境也』音、義皆同，故但於《箋》中易字說之，更不必破經字耳。」胡說良是。《箋》以經界釋經「介」字，即據韓義申毛也。

臣工

嗟嗟保介。

【《韓詩外傳》三】楚昭王寢疾，卜之，曰：「河爲祟。」大夫曰：「請用牲。」昭王曰：「止。古者聖王之制，祭不過望。濉、漳、江、漢，楚之望也。寡人雖不德，河非所獲罪也。」遂不祭，三日而疾有瘳。孔子聞之，曰：「楚昭王之霸，其有方矣。制節守職，反身不貳，其霸不亦宜乎？」《詩》曰：「嗟嗟保介。」莊王之謂也。

喬樅謹案：「昭王」，舊皆作「莊王」，此字之誤也。昭王事見《左氏・哀公六年傳》，《説苑・君道》篇、《家語・正論解》並作「昭王」，不誤，今據以改正。「古者聖王之制」，各本均脱「制」字，通津艸堂本則脱去「之」字，案當作「聖王之制」爲是，今爲補之。

噫嘻

帥時農夫，播厥百穀。

【《韓詩》曰】帥時農夫，播厥百穀。○【薛君曰】穀類非一，故言百也。《文選・東都賦》注。

振鷺

振鷺于飛，于彼西雍。

【《薛君章句》曰】鷺，絜白之鳥。西雍，文王之雍也。言文王之時，辟雍學士皆絜白之人也。《後漢書・邊讓傳》注。

喬樅謹案：《毛傳》云：「雝，澤也。」《箋》云：「白鳥集于西雝〔一〕之澤，言所集得其處也。」與《韓詩》訓義亦同。胡承珙曰：「辟雍本取四周有水形如璧環爲名，故辟雍又謂之澤宫。其云『鷺，白鳥』者，即謂靈臺之白鳥。薛君曰：『西雍，文王之雍也。』案鄭君注《禮》，謂殷制小學在公宫南之左，大學在西郊。《樂記疏》引熊氏云：『武王伐紂之後，猶用殷制。』然則文王辟雍自當在西郊。《詩箋》云：『白鳥集于西雝之澤。』蓋亦以爲文王之雍也。」

在此無惡，在彼無射。

【《韓詩》曰】射，厭也。《後漢書·曹昭傳》注。

喬樅謹案：射，《毛詩》作「斁」，三家今文皆作「射」。

豐年

萬億及秭。

【《韓詩》曰】陳穀曰秭也。《釋文》。

〔一〕「雝」，續編本作「雍」。

喬樅謹案：《爾雅·釋詁》云：「秭，數也。」《毛傳》釋「萬億及秭」云：「數億至萬曰秭。」則「秭」是大數之名。《韓詩》云「陳穀曰秭」者，「陳穀」猶言積穀也。《廣雅·釋詁一》：「秭，積也。」正本《韓詩》訓義。《魏風·伐檀》傳云：「種之曰稼，歛之曰穡。」《方言》云：「嗇，積也。」「穡」字從嗇，取積之義。《頌》言「亦有高廩，萬億及秭」，是形容豐年黍稌之多，故云「陳穀曰秭」，謂積穀入之數也。

蒸畀祖妣，以洽百禮。

【《韓詩外傳》五】夫百姓内不乏食，外不患寒，則可教御以禮義矣。《詩》曰：「蒸畀祖妣，以洽百禮。」百禮洽則百意遂，百意遂則陰陽調，陰陽調則寒暑均，寒暑均則三光清，三光清則風雨時，風雨時則群生寧，如是而天道得矣。

有瞽

有瞽有瞽，在周之庭。

【《韓詩外傳》三】傳曰：太平之時，無瘖、瘥、跛、眇、尪蹇、侏儒、折短，父不哭子，兄不哭弟，道無襁負之遺育。然各以其序終者，賢醫之用也。故安止平正，除疾之道無他焉，用賢而已矣。

《詩》曰：「有䜤有䜤，在周之庭。」紂之餘民也。

涔

涔有多魚。

【《薛君韓詩章句》曰】涔，魚池也。《釋文》。○又《文選·長笛賦》注。

喬樅謹案：「涔」，《毛詩》作「潛」。《爾雅》：「槮謂之涔。」郭注曰：「作『槮』者，積柴水中，魚得藏隱，因以薄圍捕取之。」《邢昺疏》云：「《小爾雅》曰：『魚之所息謂之䅾。』䅾，槮也。積柴水中，魚舍也，《詩·周頌》『䅾有多魚』是也。」「潛」「涔」古今字，《禹貢》「沱潛既道」，《史記》作「沱涔」，《索隱》云：「『涔』亦作『潛』。」是其證也。

韓詩遺説考卷第五〔五之二〕

韓詩頌二

周頌

雝

【《韓詩内傳》曰】禘〔一〕，取毁廟之主，皆升合食於太祖。《三禮義宗》。○《通典》四十九。○《禮書》七十一。

喬樅謹案：王氏《詩考》引此條，本無附著。盧文弨曰：「案當在《雝》篇。」今從之。據蔡邕《獨斷》云：「《雍》，禘太祖之所歌也。」知三家《詩》説亦與毛敘同。

〔一〕「禘」，底本作「禘」。據《通典》改作「禘」。此條下「禘」同。

載見

鞗革有鶬。

【《韓詩内傳》曰】鶬鴰胎生，孔子渡江，見而異之。《大戴禮》盧辯注十三。

【《韓詩》曰】孔子渡江，見之異，衆莫能名。孔子嘗聞河上人歌曰：「鴰兮鶬兮，逆毛衰兮，一身九尾長兮。」鶬鴰也。《廣韻·十三末》。○《史記·司馬相如列傳》正義。

喬樅謹案：《毛詩》「鞗革有鶬」，《箋》云：「鶬，金飾貌。」《釋文》云：「本亦作『鎗』。」疑《毛詩》本作「鎗」字，故《箋》訓爲金飾。《説文》引《詩》又作「瑲」，《玉篇》同，蓋《齊詩》之異文。《韓詩》以「鶬」爲鶬鴰，謂轡首飾爲鶬形。《爾雅》：「鶬，麋鴰。」即釋此詩「鶬」字，然則《魯詩》文當與韓同。

武

勝殷遏劉，耆定爾功。

【《韓詩外傳》三】武王伐紂，既反商，未及下車，封黄帝之後於薊，封帝堯之後於祝，封舜之後於陳；下車，而封夏后之後於杞，封殷之後於宋，封比干之墓，釋箕子之囚，表商容之閭。濟河而西，馬放華山之陽，示不復乘；牛放桃林之野，示不復服也；車甲衅而藏之於府庫，示不復用也。於是廢軍而郊射，左射貍首，右射騶虞，然後天下知武王不復用兵也。祀乎明堂，而民知孝。朝覲，然後諸侯知所以臣。耕籍，然後諸候知所以敬。坐三老五更於大學，天子執醬而饋，執爵而酳，所以教諸侯之悌也。此四者，天下之大教也。夫武之久，不亦宜乎？《詩》曰：「勝殷遏劉，耆定爾功。」言伐紂而殷亡，武也。

案：「武」上疑有脱字。

喬樅謹案：「耆定爾功」，《毛傳》云：「耆，致也。」《鄭箋》云：「耆，老也。」《釋文》云：「耆，毛音指，鄭巨移反。《韓詩》音同鄭。句。云惡也。」馬瑞辰曰：「『耆』者，『底』之假借。故《傳》訓爲致，《爾雅·釋言》：『底，致也。』郭注云『見《詩傳》』者，即指此詩《毛傳》也。《書》『乃言底可績』，《史記·夏本紀》作『汝言致可績』；《禹貢》『覃懷底績』，《夏本紀》作『覃懷致功』，是其證也。至《韓詩》『耆，惡也』，當爲《皇矣》詩『上帝耆之』章句，《釋文》誤入此章。若云惡定其功，則不詞矣。」馬説是也。

閔予小子

遭家不造。

【補】【《後漢書·桓帝紀》梁太后詔曰】曩者遭家不造。○【李賢注】《詩·周頌》曰：「閔予小子，遭家不造。」

悸悸在疚。

【《韓詩》曰】悸悸在疚。凡人喪曰疚。《文選·寡婦賦》注。

案：《文選注》引《韓詩》：「悸悸余在疚。」「余」，衍文也，《玉海》無「余」字。

喬樅謹案：《毛詩》「嬛嬛在疚」，《釋文》云：「嬛，崔本作『惸』。疚，本又作『宂』。」《説文》「嬛」字注：《傳》，《詩》「嬛嬛在疚」。「宂」字注又引《詩》「惸惸在宂」。《漢書·匡衡傳》引《詩》亦作「惸惸」，是《齊詩》文作「惸」，《毛詩》文作「嬛」，皆與《韓詩》字異。《杕杜》詩「獨行睘睘」，《釋文》云：「『睘』，本又作『惸』。」《正月》詩「哀此悸獨」，《釋文》云：「悸，本又作『惸』。」古从睘、从營、从旬之字，皆以音近通用。

敬之

日就月將，學有緝熙于光明。

【《韓詩外傳》三】孟嘗君請學於閔子，使車往迎閔子。閔子曰：「禮有來學，無往教。致師而學不能學，往教則不能化君也。君所謂不能學者也，臣所謂不能化者也。」於是孟嘗君曰：「敬聞命矣。」明日袪衣請受業。《詩》曰：「日就月將。」

【又曰】劍雖利，不厲不斷；材雖美，不學不高。雖有旨酒嘉殽，不嘗不知其旨；雖有善道，不學不達其功。故學然後知不足，教然後知不究。不足，故自愧而勉；不究，故盡師而熟。由此觀之，則教學相長也。子夏問《詩》，學一而知二。孔子曰：「起予者，商也。始可與言《詩》已矣。」孔子賢乎英傑而聖德備，弟子被光景而德彰。《詩》曰：「日就月將。」

【又曰】凡學之道，嚴師爲難。師嚴，然後道尊；道尊，然後民知敬學。故太學之禮，雖詔於天子，無北面，尊師尚道也。故不言而信，不怒而威，師之謂也。《詩》曰：「日就月將，學有緝熙于光明。」

【又《外傳》八】魯哀公問冉有曰：「凡人之質而已，將必學而後爲君子乎？」冉有對曰：「臣聞之：雖有良玉，不刻鏤則不成器；雖有美質，不學則不成君子。」曰：「何以知其然也？」曰：

「夫子路，卞之野人也；子貢，衛之賈人也，皆學問於孔子，遂爲天下顯士。諸侯聞之，莫不尊敬；卿大夫聞之，莫不親愛，學之故也。昔吴、楚、燕、代謀爲一舉而欲伐秦。姚賈，監門之子也，爲秦往使之，遂絶其謀，止其兵。及其反國，秦王大悦，立爲上卿。夫百里奚，齊之乞者也，逐於齊西，無以進，自賣五羊皮，爲一軛車，見秦繆公，立爲相，遂霸西戎。太公望，少爲人壻，老而見去，屠牛朝歌，賃於棘津，釣於磻溪，文王舉而用之，封於齊。管仲親射桓公，遂除報讐之心，立以爲相，存亡繼絶，九合諸侯，一匡天下。此四子者，皆嘗卑賤窮辱矣，然其名聲馳於後世，豈非學問之所致乎？由此觀之，士必學問，然後成君子。《詩》曰：『日就月將。』」於是哀公嘻然而笑，曰：「寡人雖不敏，請奉先生之教矣。」

【又曰】子貢曰：「君子亦有休乎？」孔子曰：「『闔棺兮乃止播耳，不知其時之易遷兮。』此之謂君子所休也。故學而不已，闔棺乃止。」《詩》曰：「日就月將。」言學者也。

【補】【《東觀記》明帝詔曰】《詩》云：「日就月將〔一〕。」「示我顯德行。」《後漢書·桓榮傳》李賢注引。

喬樅謹案：《後漢書·桓榮傳》載太子報桓榮書曰：「昔之先師謝弟子者有矣，上則通達經旨，分明章句，下則去家慕鄉，求謝師門。」注引《韓詩外傳》孔子行見臯魚哭事爲證，亦足爲

〔一〕「月將」，底本作「日月」，今據續編本、《後漢書注》改。

明帝習《韓詩》之左驗也。

弗時仔肩，示我顯德行。

【《韓詩外傳》三】傳曰：宋大水，魯人弔之，曰：「天降淫雨，害於粢盛，延及君地，以憂執政，使臣敬弔。」宋人應之曰：「寡人不仁，齊戒不修，使民不時，天加以災，又遺君憂，拜命之辱。」孔子聞之曰：「宋國其庶幾矣。」弟子曰：「何謂？」孔子曰：「昔桀紂不任其過，其亡也忽焉。成湯文王知任其過，其興也勃焉。過而改之，是不過也。」宋人聞之，乃夙興夜寐，弔死問疾，戮力宇内。三歲，年豐政平。鄉使宋人不聞孔子之言，則年穀未豐，而國家未寧。《詩》曰：「弗時仔肩，示我顯德行。」

喬樅謹案：「弗」，《毛詩》作「佛」，《傳》云「大也」，《箋》云「輔也」，與韓文異。李黼平曰：「凡从「《説文》：『奔，大也，从大，弗聲，讀若予違汝弼。』毛蓋讀『佛』爲『奔』。」曾釗曰：「凡从弗之字，即有弼違之意。如矯弓之戾以使正爲『彏』，矯人之非以合宜爲『莑』，其字皆从弗。『奔』从大、从弗，言大矯之。」喬樅謂：《韓詩》作「弗」，《説文》云：「弗，矯也。」「矯」亦輔弼之義。又《説文》：「弼，輔也。重文作『彏』。」《孟子》「法家拂士」，趙注云：「謂輔拂之士。」《廣雅》：「拂，輔也。」《管子·四稱》云：「近君爲拂，遠君爲輔。」皆假「拂」爲「弼」字。鄭君蓋用韓義。

小毖

予其懲而。

【《韓詩内傳》曰】懲，苦也。《列子釋文》下。○《詩[一]釋文》。

喬樅謹案：《毛詩鄭箋》云：「懲，艾也。」本《史記》「推己懲艾，悲彼家難」語，蓋用魯訓申毛。《韓詩》以「懲」爲苦義，亦與艾相近。胡承珙曰：「段氏《詩小學》云：『《疏》於「而」字絶句，各本皆云《小毖》一章八句。』案《釋文》亦以『懲而』作音，是陸、孔章句正同。《唐石經》於『毖』下旁添『彼』字，或當時别有本作『毖彼後患』。鄭覃等因據以旁注。」馬瑞辰曰：「段、胡言陸、孔皆讀『予其懲而』爲句，其論甚確。《唐石經》於『毖』旁增『彼』字以助句，亦於文義爲順。《孔疏》云：『慎彼在後，恐更有患。』或即順經文『毖彼後患』言之耳。」

喬樅謂：唐惟《韓詩》尚存，鄭覃等所據，殆本於《韓詩》歟？

自求辛赦。

〔一〕「詩」，此上續編本有「毛」字。

【《韓詩》曰】赦，事也。《釋文》。

喬樅謹案：《毛詩》「辛赦」作「辛螫」，《箋》云：「女如是，徒自求辛苦，毒螫之害耳。」《韓詩》訓「赦」爲事，與《鄭箋》義異。馬瑞辰曰：「按《説文》『赦』訓置，不得訓事。『赦』即『螫』字消其半耳，訓事者，蓋以『螫』爲『敕』之同音假借。《爾雅·釋詁》：『敕，勞也。』『事，勤也。』勤、勞同義，故『敕』可訓勞，即可訓事。《説文》：『敕，誡也。一曰臿地曰敕。』按『臿地』即春有以傳耕之，『傳』亦通作『事』，則『辛螫』猶言辛勤辛苦耳。《毛詩》作『螫』者，同音假借字也。」

翻飛惟鳥。

【《薛君韓詩章句》曰】翻，飛貌。《文選》廿一謝瞻《咏張子房詩》注。

喬樅謹案：翻，《毛詩》作「拚」，《箋》云「猶鷦之翻飛爲大鳥也」，即用《韓詩》申毛。

載芟

民民其麃。

【《韓詩》曰】民民，衆貌。《釋文》。

喬樅謹案：「民民其麃」，《毛詩》作「綿綿其麃」，《傳》云：「麃，芸也。」《正義》引王肅云：「芸者，其衆緜緜然不絶也。」王肅即用韓義述毛。「民」「緜」雙聲通用，《小雅》「緜蠻黄鳥」，《禮記》引作「緡蠻」，是其驗已。

良耜

百室盈止。

【《韓詩》曰】王者藏於天下，諸侯藏於百姓。《北堂書鈔》二十七。

以茠荼蓼。

【補】【《玉篇·蓐部》】薅，拔田草也。《詩》云：「以薅荼蓼。」或作「茠」。

喬樅謹案：《玉篇》又云：「薅，籀文。」《艸部》云：「茠，除田草也。」重文「薅」云：「同上，出《説文》。」據籀文作「薅」，則知「薅」字乃毛氏古文。作「茠」者，三家今文也。《爾雅·釋草》注引《詩》云「以茠蒤蓼」，正用三家今文。

絲衣

戴弁頫頫。

【補】【《玉篇·頁部》】《詩》云：「戴弁俅俅。」或作「頯」。

喬樅謹案：《玉篇·人部》「俅」下引《詩》云「載弁俅俅」，《箋》云「恭慎也」。《頁部》又引《詩》作「戴」、作「頯」，此亦兼採毛、韓二家異文也。「俅」又作「絿」，見《毛詩釋文》。

自堂徂基，自羊來牛。

【《韓詩外傳》三】齊桓公設庭燎，爲士之欲造見者。期年而士不至，於是東野鄙人有以九九見者。桓公使戲之，曰：「九九足以見乎？」鄙人曰：「臣不以九九足以見也。臣聞君設庭燎以待士，期年而士不至。夫士之所以不至者，君，天下之賢君也，四方之士皆自以爲不及君，故不至也。夫九九，薄能耳，而君猶禮之，况賢於九九者乎？夫泰山不讓礫石，江海不辭小流，所以成其大也。《詩》曰：『先民有言，詢于芻蕘。』言博謀也。」桓公曰：「善。」乃因禮之，期月，四方方士相導而至矣。《詩》曰：「自堂徂基，自羊來牛。」言以内及外，以小成大也。

喬樅謹案：來，《毛詩》作「徂」。又《外傳》文脱，止存「以小成大」四字，據《説苑·尊賢》篇作「言以内及外，以小成大也」，今爲補之。又「爲士之欲造見者」句，本作「爲便人欲造見者」，考《文選·聖主得賢臣頌》注引作「士之」，今據改正。下文「臣不以九九足以見也」九字，本皆脱去，亦據《文選注》補入。

酌

於鑠王師，遵養時晦。

【《韓詩外傳》三】太平之時，民行役者不踰時，男女不失時以偶，孝子不失時以養。外無曠夫，内無怨女，上無不慈之父，下無不孝之子，父子相成，夫婦相保，天下和平，國家安寧。人事備乎下，天道應乎上，故天不變經，地不易形，日月昭明，列宿有常，天施地化，陰陽和合，動以雷電，潤以風雨，節以山川，均以寒暑。萬民欲生，各得其所，而制國用，故國有所安，地有所主。聖人刳木爲舟，剡木爲檝，以通四方之物，使澤人足乎木，山人足乎魚，餘衍之財有所流，故豐膏不獨樂，磽确不獨苦。雖遭凶年饑歲，禹湯之水旱，而民無凍餓之色，故生不乏用，死不轉壑，夫是之謂樂。《詩》曰：「於鑠王師，遵養時晦。」

【又曰】能制天下，必能養其民也；能養民者，爲自養也。飲食適乎藏，滋味適乎氣，勞佚適乎筋骨，寒煖適乎肌膚，然後氣藏平，心術治，思慮得，喜怒時，起居而遊樂，事時而用足，夫是之謂能自養者也。故聖人不淫佚侈靡者，非鄙夫色而愛財用也。養有適，過則不樂，故不爲也。是以冬不數浴，非愛水也；夏不頻湯，非愛火也〔一〕。不高臺榭，非無土木也；不大鍾鼎，非無金錫也；不沉於酒，不貪於色，非避醜也。直行情性之所安，而制度可以爲天下法矣。故用不靡財，足以養其生，而天下稱其仁也；養不害性，足以成教，而天下稱其義也；適情避餘，不求非其有，而天下稱其廉也；行成不可掩，息刑不可犯，執一道而輕萬物，天下稱其勇也。四行在乎民，居則婉愉，怒則勝敵。故審其所以養而治道具矣，治道具而遠近畜矣。《詩》曰：「於鑠王師，遵養時晦。」言相養者之至於晦也。

【《韓詩外傳》五】夫百姓内不乏食，外不患寒，則可教御以禮義矣。《詩》曰：「蒸畀祖妣，以洽百禮。」百禮洽則百意遂，百意遂則陰陽調，陰陽調則寒暑均，寒暑均則三光清，三光清則風雨時，風雨時則群生寧，如是而天道得。夫是以不出户而知天下，不窺牖而見天道。《詩》曰：「惟此聖人，瞻言百里。於鑠王師，遵養時晦。」言相養之至於晦也。

〔一〕此條《韓詩外傳》一本「冬」「夏」二字互换，作「是以夏不數浴，非愛水也；冬不頻湯，非愛火也」。按：夏對應水，冬對應火，較合於文意。

般

於繹思。《釋文》。

喬樅謹案：《釋文》云：「《毛詩》無此句，齊、魯、韓有之。」

【補】【《韓詩外傳》曰】古封太山、禪梁甫者萬餘人，仲尼觀焉，不能盡識。《尚書·孔序》正義。

喬樅謹案：據《白虎通·封禪》篇引《般》詩「於皇明周，陟其高山」，爲周太平封泰山之證，則知《韓詩》此傳當亦釋《般》詩爲周家封禪之事也。又司馬貞補《史記·三皇本紀》云：「《韓詩》以爲自古封太山、禪梁甫者萬有餘家，仲尼觀之，不能盡識。」與《尚書正義》引略同。

韓詩遺説考卷第五（五之三）

韓詩頌三

魯頌

駉

有驒有駱。

【《韓詩》曰】驒，白馬黑髦也。《釋文》。

喬樅謹案：《爾雅·釋畜》音、義引同。考《説文》云：「驒，青驪白鱗，文如鼉魚。」與《爾雅》云「青驪驎，驒」合，「驎」「鱗」音、義同。孫炎云：「色有淺深，似魚鱗。」是也。《毛傳》亦用《爾雅》爲訓，而《釋文》引《韓詩》及《字林》皆云：「驒，白馬黑髦也。」考《爾雅》云：「白馬黑鬣，駱。」《釋文》引舍人同衆家並作「髦」。又引《説文》云：「白色馬，黑毛尾也。」則白馬黑髦乃駱之毛色。郝懿行以《韓詩》《字林》似因「有驒有駱」相涉而誤，其説是也。

一曰《爾雅釋文》又引《廣雅》云：「白馬朱鬣曰駱。」疑《韓詩》以黑鬣者爲驒，朱鬣者爲駱，此誤也。《廣雅》「駱」字乃「駁」之譌。段氏玉裁據《逸周書·王會》篇：「犬戎文馬赤鬣縞身，目若黄金，名吉黄之乘。」《山海經·海内北經》同文。《説文》作「駁」，陸氏所引乃《廣雅》譌本，宜訂正之。

以車繹繹。

【《薛君韓詩章句》曰】繹繹，盛貌。《文選·甘泉宫賦》注。

喬樅謹案：臧庸堂云：「薛君以此釋《閟宫》詩『新廟繹繹』也，《周禮·隸僕》注、《白氏六帖》六十七皆引《詩》『寢廟繹繹』，是『繹繹』即『奕奕』之異文。《文選》他卷與《後漢書注》皆作『奕奕』，恐是順毛而改。《詩考》屬之《載芟》『繹繹其達』，不得《文選》義。」喬樅謂：臧説非是。諸所引《詩》作「寢廟繹繹」，皆據《魯詩》文。《文選·西都賦序》注、《魯靈光殿賦》注均引《韓詩》曰「新廟奕奕」，是《韓詩》文與毛同，不作「繹繹」矣。竊意薛君此語當是此篇「以車繹繹」之章句。《詩考》因《載芟》釋文云「驛驛」，《爾雅》作「繹繹」，謂《韓詩》亦同作「繹」，故以薛君章句入《載芟》篇。然《釋文》既引《爾雅》「驛」作「繹」，若《韓詩》文同作「繹繹」，陸氏當並引之。據《釋文》不言《韓詩》字異，則非彼詩章句可知。又此篇「以車繹繹」，《釋文》引崔本作「驛」，而不及《韓詩》，則《韓詩》之文與毛同又可知也。今故綴之於此。

以車祛祛。

【《薛君韓詩章句》曰】祛，去也。《文選》廿二殷仲文《南州桓公九井詩》注。

喬樅謹案：《文選注》所引《薛君章句》，輯《韓詩》者多於「遵大路，執子之袪」下引之，非也，當是此「以車祛祛」之注。《廣雅・釋詁二》：「祛，去也。」正本《韓詩》。《毛傳》云：「祛祛，彊健也。」《六經正誤》云：「『祛』，當作『袪』。」段氏玉裁曰：「古無從示之『祛』，至《集韻》而後有之。《唐石經》從衣作『袪』，『袪』不誤。」胡承珙曰：「薛君以『袪』訓去，謂駕車而去，然與下『斯徂』義複。竊謂『袪』本衣袂之名，《釋名》：『袂，掣也。』『掣，開也。』『開，張之以受臂屈申也。』《廣雅》：『袪，開也。』馬之開張者彊健，故毛以『袪袪』爲彊健，猶上《傳》云『腹榦肥張也』。」喬樅謂：上章「以車繹繹」，《毛傳》訓爲善走。此章「袪袪」，薛君訓去，當爲疾驅之貌。下文「斯馬斯徂」，毛無傳，《箋》云「徂，行也」，《正義》引王肅云「徂，往也，所以養馬，得往古之道」，王肅之語當即據《韓詩》爲説。然則以「祛」訓去，固不嫌與「徂」義複矣。至《毛傳》釋「袪」爲彊健，此正用開張之義。凡字之从去者，多有開張義。《一切經音義》四引《埤蒼》云：「呿，張口頻伸也。」《吕覽・重言》篇「君呿而不唫」，高誘注：「呿，開也。」《莊子》「將爲胠篋」，《釋文》引司馬注曰：「從旁開爲胠。」《史記・

老莊申韓傳》正義亦云：「胠，開也。」《漢書·兒寬傳》「合祛於天地神祇」，注引李奇曰：「祛，開散也。」馬之善馳者，必骨幹開張。毛以彊健言之，是狀其善馳之貌，與《韓詩》義亦相成。

思無邪。

【《韓詩外傳》三】公儀休相魯而嗜魚，一國人獻魚而不受，其弟諫曰：「嗜魚不受，何也？」曰：「夫欲嗜魚，故不受也。受魚而免於相，則不能自給魚。無受而不免於相，長自給於魚。」此明於爲己者也。故老子曰：「後其身而身先，外其身而身存。」「非以其無私乎？故能成其私。」《詩》曰：「思無邪。」此之謂也。

泮水

載色載笑，匪怒伊教。

【《韓詩外傳》三】傳曰：魯有父子訟者，康子欲殺之。孔子曰：「未可殺之。夫民不知父子訟之爲不義久矣，是則上失其道。上有道，是人亡矣。」訟者聞之，請無訟。康子曰：「治民以孝，殺一不義，以僇不孝，不亦可乎？」孔子曰：「否。不教而聽其獄，殺不辜也。三軍大敗，不可誅也。獄讞不治，不可刑也。上陳之教，而先服之，則百姓從風矣。躬行不從，然後俟之以刑，則民知罪矣。夫一仞之墻，民不能踰；百仞之山，童子登遊焉，陵遲故也。今其仁義之陵遲久矣，能謂民無踰乎？《詩》曰：『俾民不迷。』昔之君子道其百姓，不使迷，是以威厲而刑措不用也。故形其仁義，謹其教道，使民目晰焉而見之，使民耳晰焉而聞之，使民心晰焉而知之，則道不迷，而民志不惑矣。《詩》曰：『示我顯德行。』故道義不易，民不由也；禮樂不明，民不見也。《詩》曰『周道如砥，其直如矢』，言其易也；『君子所履，小人所視』，言其明也；『睠言顧之，潸焉出涕』，哀其不聞禮教而就刑誅也。夫散其本教而待之刑辟，猶決其牢而發以毒矢也，不亦哀乎？故曰未可殺也。昔者先主〔一〕使民以禮，譬之如御也。刑者，鞭策也。今猶無轡銜而鞭策以御也。欲馬之進，則策其後，欲馬之退，則策其前，御者以勞，而馬亦多傷矣。今猶此也，上憂勞而民多罹刑。《詩》曰：『人而無禮，胡不遄死。』爲上無禮，則不免乎患；爲下無禮，則不免乎刑。上下無禮，胡不遄死！」康子避席再拜，曰：「僕雖不敏，請承此語矣。」孔子退朝，門人子路難曰：「父子訟，道邪？」孔子曰：「非也。」子路曰：「然則夫子胡爲君子而免之也？」孔子曰：「不戒責成，害也；慢令致期，暴也；不教而誅，賊也。君子爲政，避此三者。且《詩》曰：『載色

〔一〕「主」，底本作「生」，今據續編本、《韓詩外傳》改。

載笑，匪怒伊教。』」

喬樅謹案：「夫民不知父子訟之爲不義久矣」，本皆脱去「不知」二字，今據《説苑·政理》篇補之。「躬行不從」句，「躬」本譌作「邪」，亦依《説苑》改正。

【又曰】當舜之時，有苗不服。其不服者，衡山在南，岐山在北，左洞庭之陂，右彭澤之水，由此險也。以其不服，禹請伐之，而舜不許，曰：「吾喻教猶未竭也。」久喻教，而有苗請服。天下聞之，皆薄禹之義，而美舜之德。《詩》曰：「載色載笑，匪怒伊教。」此之謂也。問曰：然則禹之德不及舜乎？曰：非然也。禹之所以請伐者，欲彰舜之德也。故善則稱君，過則稱己，臣下之義也。假使禹爲君，舜爲臣，亦如此而已矣。夫禹可謂達乎爲人臣之大體也。

【又曰】季孫子之治魯也，衆殺人而必當其罪，多罪人而必當其過。子貢曰：「暴哉治乎！」季孫子聞之，曰：「吾殺人必當其罪，吾罰人必當其過。先生以爲暴，何也？」子貢曰：「夫奚不若子産之治鄭？一年而負罰之過省，二年而刑殺之罪亡，三年而庫無拘人，故民歸之如水就下，愛之如孝子敬父母。子産病將死，國人皆吁嗟，曰：『誰可使代子産死者乎？』及其不免死也，士大夫哭之於朝，商賈哭之於市，農夫哭之於野。哭子産者，皆如喪父母。今竊聞夫子疾之時，則國人喜；活則國人皆駭。以死相賀，以生相恐，非暴而何哉？賜聞之：託法而治謂之暴，不戒致期謂之虐，不教而誅謂之賊，以身勝人謂之責。責者失身，賊者失臣，虐者失政，暴者失民。且賜聞：居上位，行此四者而不亡者，未之有也。」於是季孫稽首謝曰：「謹聞命矣。」《詩》曰：「載色載笑，匪怒伊教。」

【又《外傳》八】曾子有過，曾晳引杖擊之，仆地，有間，及蘇，起曰：「先生得無病乎？」魯人賢曾子，以告夫子，夫子告門人：「參來，勿内也。」曾子自以無罪，使人謝夫子，夫子曰：「汝不聞昔者舜爲人子乎？小箠則待笞，大杖則逃。索而使之，未嘗不在側；索而殺之，未嘗可得。今汝委身以待暴怒，拱立不去。汝非王者之民邪？殺王者之民，其罪何如？」《詩》曰：「優哉柔哉，亦是戾矣。」又曰：「載色載笑，匪怒伊教。」

思樂泮水，薄采其茆。魯侯戾止，在泮飲酒。

【《韓詩外傳》三】問者曰：「夫智者何以樂於水也？」曰：「夫水者，緣理而行，不遺小間，似有智者；動而之下，似有禮者；蹈深不疑，似有勇者；障防而清，似知命者；歷險致遠，卒成不毁，似有德者。天地以成，群物以生，國家以寧，萬事以平，品物以正，此智者所以樂於水也。」《詩》曰：「思樂泮水，薄采其茆。魯侯戾止，在泮飲酒。」樂水之謂也。

屈此群醜。

【《韓詩》曰】屈，收也。收斂得此衆聚。《釋文》。

喬樅謹案：此與《毛傳》訓同。王肅云：「順彼仁義之長道，以斂此群衆。」即用《韓詩》以述毛義也。《鄭箋》釋「屈」爲治，蓋以「屈」爲「淈」之假借。《爾雅·釋詁》：「淈，治也。」某氏引此詩「淈此群醜」。鄭君從《魯詩》之訓，故與毛、韓義異。陳奂曰：「《爾雅·釋詁》：『屈，收聚也。』『屈』訓聚，亦訓收，轉相爲訓。《文王世子》曰：『凡語於郊者，必取賢斂才焉。或以德進，或以言揚，或以事舉。曲藝皆誓之，以待又語。三而有一焉，乃進其等。以其序，謂之郊人，遠之，於成均，以及取爵於上尊也。』注：『天子飲酒於虞庠，則郊人亦得酌於上尊以相旅。』《鄉射記》曰：『古者於旅也語。』然則《傳》云『屈，收者』，即『取賢斂才』之義；云『醜，衆者』，亦即『郊人相旅』之義。毛、韓解《詩》，正與《禮記》吻合。蓋此章未及伐淮夷之事，《鄭箋》乃謂在泮宫謀治淮夷群爲惡之人，與毛、韓不合，陳氏《稽古》篇已辯及之。」

自求伊祜。

【《韓詩外傳》八】魏文侯問狐卷子曰：「父賢足恃乎？」對曰：「不足。」「子賢足恃乎？」對曰：「不足。」「兄賢足恃乎？」對曰：「不足。」「弟賢足恃乎？」對曰：「不足。」「臣賢足恃乎？」對曰：「不足。」文侯勃然作色而怒，曰：「寡人問此五者於子，子一以爲不足者，何也？」對曰：「父賢不過堯，而丹朱放；子賢不過舜，而瞽瞍頑；兄賢不過舜，而象傲；弟賢不過周公，而管叔誅；臣賢不過湯、武，而桀、紂伐。望人者不至，恃人者不久。君欲治，從身始，人何可恃乎？」《詩》曰：「自求伊祜。」

鬄彼東南。

【《韓詩》曰】鬄，除也。《釋文》。

喬樅謹案：《毛詩》「狄彼東南」，《箋》云：「『狄』當作『剔』。」《士喪禮》「四鬄去蹄」，注云：「今文『鬄』作『剔』。」是「狄」「剔」「鬄」古皆通用。鄭君讀「狄」爲剔，訓「剔」爲治，治與除同義，其説即本之《韓詩》也。

獷彼淮夷。

【《韓詩》曰】獷彼淮夷。○【薛君曰】獷，覺寤之貌。《文選》齊安陸《昭王碑文》注。

喬樅謹案：獷，《毛詩》作「憬」，《傳》云：「憬，遠行貌。」《釋文》：「『憬』，《説文》作『𢠵』，音獷，云：『闊也。一曰廣大也。』」今考《説文》「𢠵」下無引《詩》語，蓋文脱佚耳。「𢠵」字訓濶，與《毛傳》遠行義近，是《毛詩》以「憬」爲「𢠵」之假借字。又《説文》：「憬，覺悟也。《詩》云：『憬彼淮夷。』」此文同《毛詩》，而義則同韓，是《韓詩》又以「獷」爲「憬」之假借也。《説文》又云：「矍，讀若《詩》云『穬彼淮夷』之『穬』。」檢《説文》「穬」字無此訓，「穬彼」之「穬」即「獷」字之譌，作「獷」者當爲《齊詩》之異文。孟康《漢書音義》訓「獷」爲彊，孟用《齊詩》，《音義》所釋，即本《齊故》也。《韓詩》釋「獷」爲覺悟，疑字本作「𢠵」。「𢠵」

或爲「㒉」形，與「獷」相似，因而致誤耳。

閟宫

閟宫有闆。

【補】【《玉篇·人部》】《詩》曰：「閟宫有侐。」侐，清淨也，或作「闆」。

喬樅謹案：《毛詩》「閟宫有侐」，《傳》引孟仲子曰：「侐，清淨也。」《釋文》不言《毛詩》，或本作「闆」。然則作「闆」者，乃《韓詩》異文。此顧氏兼采毛、韓二家《詩》字也。

實實枚枚。

【《韓詩》曰】枚枚，閒暇無人之貌也。《釋文》。

喬樅謹案：《毛傳》釋《閟宫》云：「閟，閉也。先妣姜嫄之廟，在周常閉而無事。」《韓詩》釋「枚枚」云閒暇無人之貌，是亦必狀閟宫之常閉，與《毛傳》意義同。

稙穉菽麥。

【《韓詩》曰】稙，長稼也。穉，幼稼也。《釋文》。

喬樅謹案：《毛傳》云：「先種曰稙，後種曰穉。」《説文》云：「稙，早穜也，從禾，直聲。」

「穉，幼禾也，從禾，犀聲。」許於「穉」不言後種者。「穉」從犀聲。犀者，遲也，已具後種之義，故但云幼禾，引申之爲凡幼穉者之稱。「稙」本有長義。《釋名·釋親屬》曰：「青、徐人謂長婦曰稙。長禾苗先生者曰稙，取名於此也。」

建爾元子。

【《韓詩》曰】元，長也。《玉篇》一。

俾侯于魯，爲周室輔。

【《漢書·淮陽憲王傳》】【王駿諭指曰】禮爲諸侯制相朝聘之義，蓋以考禮壹德，尊事天子也。且王不學《詩》乎？《詩》云：「俾侯于魯，爲周室輔。」

案：此爲王駿引《詩》云云。駿，吉之子，宜傳家學。

不震不騰。

【《薛君韓詩章句》曰】騰，乘也。《文選·甘泉宫賦》注，又二十二顔延年《侍遊蒜山作詩》注。

喬樅謹案：此與《毛傳》訓同。《箋》云：「震、騰皆謂僭踰相侵犯也。」馬瑞辰曰：「『震』當讀如『三川震』之『震』，『騰』當讀如『百川沸騰』之『騰』。『騰』者，『滕』之假借。《説文》：『滕水超涌也。』正與『騰』之訓乘同義。《正義》云：『震騰以川喻。』是也。」

泰山巖巖，魯邦所瞻。

【《韓詩外傳》三】問者曰：「夫仁者，何以樂於山也？」曰：「夫山者，萬民之所瞻仰也。草木生焉，萬物植焉，飛鳥集焉，走獸休焉，四方益取與焉。出雲道風，嵸乎天地之間。天地以成，國家以寧，此仁者所以樂於山也。」《詩》曰：「泰山巖巖，魯邦所瞻。」樂山之謂也。

喬樅謹案：《太平御覽》三十八引《韓詩外傳》曰：「夫山，萬人之所觀仰。材用生焉，寶藏植焉，飛禽萃焉，走獸伏焉，育群物而不倦，有似夫仁人志士，是仁者所以樂山也。」與今本《外傳》文異。

遂荒大東。

【《韓詩》曰】荒，至也。《釋文》。

喬樅謹案：盧文弨云：「《釋文》引《韓詩》作『荒』，若《韓詩》作『荒』，則與毛、鄭字無異，何須别出？此『荒』字有誤。浦聲之疑《韓詩》作『巟』，浦説是也。《毛傳》云：『荒，有也。』《箋》云：『荒，奄也。』考《説文》：『荒，蕪也。一曰草掩也。』鄭君訓『荒』爲奄，『奄』猶『掩』也。『荒』義訓蕪，《毛傳》訓『荒』爲有，蓋以『荒』爲『憮』之假借。《爾雅・釋詁》：『憮，有也。』郭璞引《詩》『遂憮大東』，此據舊注，《魯詩》之文。《韓詩》以『巟』訓至者。《説文》：『巟，水廣也。』廣有大義，至亦大也。」

新廟奕奕，奚斯所作。

【《韓詩》：《魯頌》曰】新廟奕奕，奚斯所作。奚斯，魯公子也。言其新廟奕奕然盛，是詩公子奚斯所作也。《文選·兩都賦序》注。○【薛君曰】奚斯，魯公子也。○又十一王延壽《魯靈光殿賦》注。○《後漢書·曹褒傳》注。

【補】【曹植《承露盤銘序》】奚詩《魯頌》。

孔曼且碩。

【《薛君韓詩章句》曰】曼，長也。《文選·四子講德論》注。

喬樅謹案：薛注與《毛傳》訓同。孔廣森曰：「韓説以是詩爲奚斯作，此與『吉甫作誦，其詩孔碩』文義正同。曼，長也。《詩》之章句未有長如此篇者，故以曼言之。」

韓詩遺説考卷第五〔五之四〕

韓詩頌四

商頌

【《韓詩薛君章句》曰】正考父，孔子之先也，作《商頌》十二篇。《後漢書·曹褒傳》注。

【《韓詩》曰】宋襄公去奢即儉。《文選》二張平子《東京賦》注。○又《史記索隱》。

喬樅謹案：《史記·宋世家》云：「宋襄公之時，修仁行義，欲爲盟主。其大夫正考父美之，故追道契、湯、高宗，殷所以興，作《商頌》。」司馬遷用《魯詩》，然則魯説與韓同矣。

那

【《韓詩内傳》曰】湯爲天子十三年，年百歲而崩，葬於徵，今扶風徵陌是也。《御覽》八十三。

案：《那》詩爲祀成湯，見《毛詩序》，韓説蓋與毛同。

既和且平，依我磬聲。

【《韓詩外傳》八】傳曰：居處齊則色姝，食飲齊則氣珍，言語齊則信聽，思齊則成，志齊則盈。五者齊，斯神居之。《詩》曰：「既和且平，依我磬聲。」

玄鳥

方命厥后，奄有九域。

【《韓詩》曰】方命厥后，奄有九域。○【薛君曰】九域，九州也。《文選》三十五潘勗《册魏公九錫文》注。

喬樅謹案：九域，《毛詩》作「九有」，《傳》云：「九有，九州也。」是「有」即「域」之通假。《史記·禮書》「人域是士君子也」，《荀子》「域」作「有」，此「域」「有」古通之驗。徐幹《中論·法象》篇「成湯不敢怠遑，而奄有九域」，與《韓詩》字同，知三家今文皆作「九域」也。馬瑞辰曰：「『域』與『有』一聲之轉，故通用。『有』之言『囿』，亦分別區域之義。《洛書》曰：『人皇始出，分理九州，爲九囿。』」段玉裁曰：「『九囿』，即《毛詩》之『九有』、《韓詩》之『九域』。」「域」本「或」之異體，「或」訓有，故「域」亦訓有。《説文》：「或，邦也，从口、羽非切戈，以守其一。一，地也。」「或」或从土作「域」。段氏注曰：「『或』既從口、從一矣，又從土，是爲後起之俗字。」然「域」字已見《韓詩》，《説文》亦載之，「或」已從一爲「地」，而復加土爲「域」，猶「或」已從口爲「圍」，又加口而爲「國」，不得遂以「國」爲俗字也。

大糦是承。

【《韓詩》曰】大糦，大祭也。《釋文》。

喬樅謹案：《毛詩箋》云：「糦，黍、稷也。」「糦」與「𩟼」同，皆即「饎」之異體。《說文》：「饎，酒食也。或從巸作『糦』，或從米作『饎』。」《周禮·𩟼人》「掌凡祭祀共盛」，鄭衆注云：「𩟼人，主炊官也。」《舂人》「掌共米物，祭祀共其齍盛之米」，注云：「齍盛，謂黍、稷、稻、粱之屬，可盛以爲簠簋實。」《儀禮·特牲饋食禮》「視饎爨於西堂下」，注云：「炊黍稷曰饎。」古文「饎」作「糦」，《周禮》作「𩟼」。然則「糦」即指齍盛而言，謂黍、稷、稻、粱之屬也。馬瑞辰據《周書·糴匡解》「年儉穀不足，賓祭以中盛」，孔晁注云：「有黍、稷，無稻、粱。」「大糦」對「中盛」言，則兼有稻、粱。《詩疏》謂祭之粢盛惟黍、稷，誤矣。胡承珙曰：「《韓詩》以『大糦』爲大祭。鄭君改序文『祀』爲『祫』，當即本《韓詩》。」其說是也。禘禮大於時祭，祫禮又大於禘。《周禮》言：「凡祭祀以灋，共五齊三酒，以實八尊。大祭三貳，中祭再貳，小祭壹貳，皆有酌數。惟齊酒不貳，皆有器量。」鄭注言：「齊者，每有祭祀，以度量節作之。」《疏》謂：「祭有大小，齊有多少。若祫祭，備五齊；禘祭，備四齊；時祭，備一齊。」據此而推之，則齍盛所用，當亦有多寡之等差。《詩》於此篇特以「大糦」言之，明其爲祫祭之大事，故《韓詩》釋「大糦」爲大祭所供也。賈公彦《周禮疏》云：「鄭總言：齍盛謂黍、稷、稻、粱之屬，屬中兼有麥、苽，可盛以爲簠簋之實也。」賈義較孔爲精。

長發

玄王桓發。

【《韓詩》曰】發，明也。《釋文》。

喬樅謹案：「發」，《毛詩》作「撥」，《傳》云：「撥，治也。」文、義並與韓異。《廣雅·釋詁四》：「發，明也。」此用韓義。《論語·述而》「不悱不發」，皇侃《疏》云：「發，明也。」又《爲政》「亦足以發」，皇侃《疏》云：「發發，明義理也。」皆以「發」爲有明義。

率禮不越，遂視既發。

【《韓詩外傳》三】傳曰：晉文公嘗出亡，反國，三行賞而不及陶叔狐。陶叔狐謂咎犯曰：「吾從而亡十有一年，顔色黯黑，手足胼胝。今反國，三行賞而我不與焉，君其忘我乎？其有大過乎？子試爲我言之。」咎犯言之，文公曰：「噫！我豈忘是子哉？高明至賢，志行全成，湛我以道，説我以仁，變化我行，昭明我，使我爲成人者，吾以爲上賞；恭我以禮，防我以義，蕃援我，使我不爲非者，吾以爲次；勇猛强武，氣勢自御，難在前則處前，難在後則處後，免我危難之中者，吾又以爲次；然勞苦之士次之。」《詩》曰：「率禮不越，遂視既發。」今不内自訟過，不悦百姓，將何錫之哉？

案：今本《外傳》作「率履」，誤。此從《詩考》引。

帝命不違，至于湯齊。

【《韓詩外傳》三】夫詐人者曰：「古今異情，其所以治亂異道。」而衆人皆愚而無知、陋而無度者也，於其所見猶可欺也，况乎千歲之後乎？彼詐人者，門庭之間猶挾欺，而况乎千歲之上乎？然則聖人何以不可欺也？曰：聖人以己度人者也。以心度心，以情度情，以類度類，古今一也。類不悖，雖久同理，故性緣理而不迷也。夫五帝之前無傳人，非無賢人，久故也。五帝之中無傳政，非無善政，久故也。夫傳者久則愈略，近則愈詳，略則舉大，詳則舉細。故愚者聞其大，不知其細，聞其細，不知其大，是以久而差。三王五帝，政之至也。《詩》曰：「帝命不違，至于湯齊。」言古今一也。

【又曰】舜生於諸馮，遷於負夏，卒於鳴條，東夷之人也。文王生於岐周，卒於畢郢，西夷之人也。地之相去也千有餘里，世之相去也千有餘歲，得志行乎中國，若合符節。孔子曰：「先聖後聖，其揆一也。」《詩》曰：「帝命不違，至于湯齊。」

喬樅謹案：王氏《詩考》采《韓詩外傳》作「至于湯躋」，此誤也。《禮記·孔子閒居》引《詩》「帝命不違，至于湯齊」「湯降不遲，聖敬日齊」，注讀「湯齊」爲「湯躋」。躋，升也。齊，莊也。鄭君《禮注》用《齊詩》，讀「湯齊」之「齊」爲躋升，訓「日齊」之「齊」爲齊莊，是據《齊詩》故訓。此《詩正義》引鄭君《禮記注》，謂三家《詩》有讀爲「躋」者，言三家所以別於毛氏，非謂齊、魯、韓皆讀「齊」爲「躋」也。《説苑·敬慎》篇及《雜言》並引《詩》「聖敬日躋」，與《韓詩外傳》同，可知《魯詩》不以「日齊」訓爲齊莊矣。《文選·閒居賦》注引《韓詩》言：「湯聖敬之道，上達于天。」此明訓「日躋」爲日升，義與《毛傳》同。《外傳》引《詩》「至于湯齊」，言古今一也，又引以證先聖、後聖，其揆一也，是均以「齊」爲齊一之義。雖與《毛傳》言至湯與天心齊義異，要其字皆不作「躋」。或據《詩考》，謂今本《外傳》作「湯齊」者誤，此考之不審耳。

湯降不遲，聖敬日躋。

【《韓詩》曰】「聖敬日躋」言湯聖敬之道，上聞于天。《文選·閒居賦》注。

【《韓詩外傳》三】孔子觀於周廟，有攲器焉。孔子問於守廟者曰：「此謂何器也？」對曰：「此蓋爲宥座之器。」孔子曰：「聞宥座器滿則覆，虛則攲，中則正，有之乎？」對曰：「然。」孔子使子路取水試之，滿則覆，中則正，虛則攲。孔子喟然而嘆，曰：「嗚呼！惡有滿而不覆者哉？」子路曰：「敢問持滿有道乎？」孔子曰：「持滿之道，抑而損之。」子路曰：「損之有道乎？」孔子曰：「德行寬裕者，守之以恭；土地廣大者，守之以儉；禄位尊盛者，守之以卑；人衆兵强者，守之以畏；聰明睿知者，守之以愚；博聞强記者，守之以淺。夫是之謂抑而損之。」《詩》曰：「湯降不遲，聖敬日躋。」

【又曰】周公踐天子之位七年，布衣之士執贄所師見者十人，所友見者十二人，窮巷白屋所先見者四十九人，時進善者百人，教士者千人，官朝者萬人。當此之時，誠使周公驕而且吝，則天下賢士至者寡矣。成王封伯禽於魯，周公誡之曰：「往矣！子無以魯國驕士。吾文王之子、武王之弟、今王之叔父也，又相天子。吾於天下，亦不輕矣。然一沐三握髮，一飯三吐哺，猶恐失天下之士。吾聞德行寬裕，守之以恭者榮；土地廣大，守之以儉者安；禄位尊盛，守之以卑者貴；人衆兵强，守之以畏者勝；聰明睿智，守之以愚者善；博聞强記，守之以淺者智。夫此六者，皆謙德也。夫貴爲天子，富有四海，由此德也。不謙而失天下、亡其身者，桀、紂是也，可不慎歟？故《易》有一道，大足以守天下，中足以守其國家，近足以守其身，謙之謂也。夫天道虧盈而益謙，地道變盈而流謙，神鬼害盈而福謙，人道惡盈而好謙。是以衣成則必缺衽，宫成則必缺隅，屋成則必加拙，示不成者，天道然也。《易》曰：『謙，亨，君子有終，吉。』《詩》曰：『湯降不遲，聖敬日躋。』誡之哉！其無以魯國驕士也。」

喬樅謹案：「執贄所師見者十人」，本作「所贄而師者十人」，今從《御覽》四百七十四所引《外傳》文。又「時進善者」二句，本皆無「者」字；「官朝」，舊譌作「宫朝」，並依《御覽》所引增改。又「當此之時」至「則天下賢士至者寡矣」二十一字，本皆脱佚，亦據《御覽》補之。

【又曰】傳曰：子路盛服以見孔子，孔子曰：「由疏疏者何也？昔者江於濆，其始出也，不足以濫觴；及其至乎江之津也，不方舟、不避風，不可渡也。非其衆川之多歟？今汝衣服甚盛，顔色充滿，天下有誰加汝哉？」子路趨出，改服而入，蓋攝如也。孔子曰：「由志之。吾語汝，夫慎於言者不譁，慎於行者不伐，色知而有長者小人也。故君子知之爲知之，不知爲不知，言之要也；能之爲能之，不能爲不能，行之要也。言要則知，行要則仁。既知且仁，又何加哉？」《詩》曰：「湯降不遲，聖敬日躋。」

【《韓詩外傳》八】湯作《護》，聞其宫聲，使人温良而寬大；聞其商聲，使人方廉而好義；聞其角聲，使人惻隱而愛仁；聞其徵聲，使人樂養而好施；聞其羽聲，使人恭敬而好禮。《詩》曰：「湯降不遲，聖敬日躋。」

【又曰】孔子曰：「《易》先同人，後大有，承之以謙，不亦可乎？」故天道虧盈而益謙，地道變盈而流謙，鬼神害盈而福謙，人道惡盈而好謙。謙者，抑事而損者也。持盈之道，抑而損之，此損德之於行也。順之者吉，逆之者凶。五帝既没，三王既衰，能行謙德者，其惟周公乎！文王之子、武王之弟、成王之叔父，假天子之尊位七年，所執贄而師見者十人，所還質而友見者十三人，窮巷白屋之士所先見者四十九人，時進善者百人，官朝者千人，諫臣五人，輔臣五人，拂臣六人，載干戈以至於封侯而同姓之士百人。孔子曰：「猶以周公爲天下賞，則以同族爲衆，而異族爲寡也。」故德行寬容，而守之以恭者榮；土地廣大，而守之以儉者安；位尊禄重，而守之以卑者貴；人衆兵强，而守之以畏者勝；聰明睿智，而守之以愚者哲；博聞强記，而守之以淺者不溢。此六者，皆謙德也。《易》曰：「謙，亨，君子有終，吉。」能以此終吉者，君子之道也。貴爲天子，富有四海，而德不謙以亡其身者，桀、紂是也，而况衆庶乎？夫《易》有一道焉，大足以治天下，中足以安家國，近足以守其身者，其惟謙德乎？《詩》曰：「湯降不遲，聖敬日躋。」

【又曰】昔者田子方出，見老馬於道，喟然有志焉，以問於御者曰：「此何馬也？」曰：「故公家畜也，罷而不爲用，故出放也。」田子方曰：「少盡其力，而老弃其身，仁者不爲也。」束帛而贖之，窮士聞之，知所歸心矣。《詩》曰：「湯降不遲，聖敬日躋。」

【又曰】齊莊公出獵，有螳螂舉足將搏其輪，問其御曰：「此何蟲也？」御曰：「此是螳螂也。其爲蟲，知進而不知退，不量力而輕就敵。」莊公曰：「以爲人，必爲天下勇士矣。」於是廻車避之，而勇士歸之。《詩》曰：「湯降不遲，聖敬日躋。」

爲下國畷流。

【補】【《玉篇·田部》】《詩》云：「下國畷流。」畷，表也。

喬樅謹案：《毛詩》作「綴旒」，《傳》云：「綴，表也。旒，章也。」《箋》云：「綴，結也。旒，旌旗之垂者也。」是毛以「綴」爲「畷」之假借，鄭則讀「綴」如字，與《毛傳》義殊。考鄭君《禮記注》引《詩》作「爲下國畷郵」，據《齊詩》之文，與《毛詩》字異。《玉篇》所載，據《韓詩》之文，又與《齊詩》字異。「畷」「綴」以音同通用，「郵」「旒」「流」皆以聲近假借也。

不競不絿，不剛不柔。

【《韓詩外傳》三】君子行不貴苟難，説不貴苟察，名不貴苟傳，惟其當之爲貴。夫負石而赴河，行之難爲者也，而申徒狄能之。君子不貴者，非禮義之中也。山淵平，天地比，齊秦襲，入乎耳，出乎口，鉤有鬚，卵有毛，此説之難持者也，而鄧析惠施能之。君子不貴者，非禮義之中也。盜跖吟口，名聲若日月，與舜、禹俱傳而不息。君子不貴者，非禮義之中也。故君子行不貴苟難，説不貴苟察，名不貴苟傳，維其當之爲貴。《詩》曰：「不競不絿，不剛不柔。」言當之爲貴也。

【又曰】伯夷、叔齊目不視惡色，耳不聽惡聲，非其君不事，非其民不使，横政之所出，横民之所止，弗忍居也。思與鄉人居，若朝衣朝冠，坐於塗炭也。故聞伯夷之風者，貪夫廉，懦夫有立志。至柳下惠則不然，不羞污君，不辭小官，進不隱賢，必由其道，阨窮而不憫，遺佚而不怨，與鄉人居，愉愉然不去也，雖袒裼裸裎於我側，彼安能浼我哉？故聞柳下惠之風者，鄙夫寬，薄夫厚。

至乎孔子去魯，遲遲乎其行也，可以去而去，可以止而止，去父母國之道也。伯夷，聖人之清者也；柳下惠，聖人之和者也；孔子，聖人之中者也。《詩》曰：「不競不絿，不剛不柔。」中庸和通之謂也。

【《韓詩外傳》五】聖人養一性而御六氣，持一命而節滋味，奄治天下，不遺其小，存其精神，以補其中，謂之志。《詩》曰：「不競不絿，不剛不柔。」言得中也。

【又曰】朝廷之士爲禄，故入而不出；山林之士爲名，故往而不返。入而不能出，往而不能返，通移有常，聖也。《詩》曰：「不競不絿，不剛不柔。」言得中也。

敷政優優，百禄是遒。

【《韓詩外傳》三】王者之〔一〕等賦正事，田野什一，關市譏而不征，山林澤梁以時入而不禁。相地而正壤，理道而致貢，萬物群來，無有留滯，以相通移。近者不隱其能，遠者不疾其勞，雖幽閒僻陋之國，莫不趨使而安樂之，夫是之謂王者之〔二〕等賦正事。《詩》曰：「敷政優優，百禄是遒。」

〔一〕「之」，此下《韓詩外傳》有「法」字。
〔二〕「之」，此下《韓詩外傳》有「法」字。

武王載發，有虔秉鉞。如火烈烈，則莫我敢遏。

【《韓詩外傳》三】孫卿與臨武君議兵於趙孝成王之前，王曰：「敢問兵之要。」臨武君曰：「夫兵之要，上得天時，下得地利，觀敵之變動，後之發，先之至，此兵之要也。」孫卿曰：「不然。夫兵之要，在附親士民而已。六馬不和，造父不能以致遠；弓矢不調，羿不能以中微；士民不親附，湯、武不能以戰勝。由此觀之，要在於附親士民而已矣。」臨武君曰：「不然。夫兵之用，變故也。其所貴，謀詐也。善用之者猶脱兔，莫知其出。孫吴用之，無敵於天下。由此觀之，豈待親士民而後可哉？」孫卿曰：「不然。子之所道者，諸侯之兵、謀臣之事也。臣之所道者，仁人之兵、聖王之事也。彼可詐者，必怠慢者也。君臣上下之際，突然有離德者也。夫以跖而詐桀，猶有工拙焉；以桀而詐堯，如以指撓沸，以卵投石，抱羽毛而赴烈火，入則燋也。夫何可詐也？且夫暴國將孰與至哉？彼其與至者，必欺其民。民之親我也，芬若椒蘭，歡如父子。彼顧其上，如憯毒蜂蠆。之人雖桀跖，豈肯爲其所至惡、賊其所至愛哉？是猶使人之子孫，自賊其父母也。彼則先覺其失，何可詐哉？且仁人之兵，聚則成卒，散則成列。延居則若莫邪之長刃，嬰之者斷；鋭居則莫若邪之利鋒，當之者潰；圓居則若丘山之不可移也，方居則若磐石之不可拔也，觸之摧角折節而退爾。夫何可詐也？《詩》曰：『武王載發，有虔秉鉞。如火烈烈，則莫我敢遏。』此謂湯、武之兵也。」孝成王避席仰首，曰：「寡人雖不敏，請依先生之兵也。」

案：發，《毛詩》作「旆」，今本《韓詩外傳》同此，從《詩考》訂正。遏，《毛詩》作「曷」，今本《外傳》亦作「曷」，元槧本作「遏」，今從之。

喬樅謹案：「覲敵之變動」句，本皆脱去，此語今據《荀子・議兵》篇補入。「發」字即「墢」之省借。《説文・土部》：「坺，治也。一曰臿土謂之坺。《詩》曰：『武王載坺。』」《玉篇・土部》引《詩》同。又重文「墢」與「坺」同，徐鍇云：「坺，今《詩》作『伐』。」案「伐」即「茷」字，與今「旆」同。《六月》篇「白茷央央」，《釋文》云：「本又作『旆』。」一曰「旆」與「茷」古今字殊。又《小戎》篇「蒙瞂有苑」，《玉篇》重文作「𢧵」，云：「與『瞂』同。」本亦作「伐」，「伐」「發」古字通用，《噫嘻》篇「駿發爾私」，《箋》云「發，伐也」可證。《説文》云：「臿土謂之坺。」正《周禮》所云：「一耦之伐，廣尺、深尺謂之甽也。」然則《説文》所載「坺」字，即《毛詩》之古文。《玉篇》所載「墢」字，即《韓詩》之異文。今本《外傳》作「旆」，則後人轉寫，從毛改之耳。

苞有三蘖。

【《韓詩》曰】蘖，絶也。《釋文》。

喬樅謹案：《漢書・貨殖傳》「山不茬蘖」，注云：「蘖，髡斬之也。」「髡斬」即斷絶之義。《毛傳》云：「蘖，餘也。」陳奐曰：「案『餘』讀爲『杞夏餘』之『餘』。『三蘖』指韋、顧、昆吾三國。《釋文》引《韓詩》以『蘖』爲絶，韓、毛訓異而意同。《漢書·叙傳》『三枿之起，本根既朽』，劉德注曰：『《詩》云：苞有三枿。』《爾雅》：『枿，餘也。』謂木斫髡而復枿生也，喻魏、齊、韓皆滅而後起，若髡木更生也。然則劉以三枿喻魏、齊、韓三國，正與《詩》義同。『蘖』『枿』一字也。《鄭箋》説謂『三蘖』爲三正之後，或亦本三家《詩》。《正義》述《傳》，本鄭爲説，恐非毛義。」

殷武

撻彼殷武。

【《韓詩》曰】撻，達也。《釋文》。

喬樅謹案：《毛傳》：「撻，疾意也。」訓與韓異。馬瑞辰曰：「按『撻』蓋勇武之貌。《爾雅·釋言》：『疾，壯也。』《廣雅·釋詁》：『壯，健也。』疾與壯健義近。《傳》訓疾者，亦壯武之義。《説文》：『遽，古文撻。』』段玉裁曰：「从虍者，言有威也。則『撻』字亦爲武貌。《正義》以『疾』爲伐楚之疾，失《傳》恉矣。《釋文》引《韓詩》以『撻』爲達，據《鄭風》『挑達』爲行疾之貌，達亦疾也，則毛、韓之訓字異而義同也。」

勿予禍適。

【《韓詩》曰】適，數也。《釋文》。

喬樅謹案：《韓詩》訓「適」爲數，數猶責讓也，蓋以「適」爲「讁」之通假。

京邑翼翼，四方是則。

【《後漢書》樊準上疏曰】夫建化致理，由近及遠。故《詩》曰：「京師翼翼，四方是則。」○【李賢注曰】《韓詩》之文也，翼翼然盛也。

喬樅謹案：《毛詩》作「商邑翼翼，四方之極」，與《韓詩》文異。

松柏丸丸。

【《韓詩》曰】松柏丸丸。○【薛君曰】取松與柏。《文選·長笛賦》注。

喬樅謹案：《毛傳》云：「丸丸，易直也。」《箋》云：「取松柏易直者。」是「丸丸」本訓爲易直。李善《文選注》引《韓詩薛君章句》云云，遂以「取」爲丸訓，其義非是。馬瑞辰曰：「按《詩·大雅·皇矣》『松柏斯兑』，《傳》云：『兑，易直也。』古音『兑』讀如『脱』，『脱』『丸』一聲之轉，故『丸丸』亦爲易直。《説文》：『丸，圜也，傾側而轉者，从反仄。』」段玉裁曰：「『易直』謂滑易而條直，又『丸』義之引申。至《文選·長笛賦》『丸梴彫琢』，『丸梴』特節取《詩》詞。《薛君韓詩章句》曰：『取松與柏。』乃揔括下文『是斷是遷』等句而釋之，與

《箋》云『取松柏易直者』同義，非訓『丸丸』爲取也，李善注誤矣。」

旅楹有閑。

【《薛君韓詩章句》曰】閑，大也，謂閑然大也。《文選·魏都賦》注。

喬樅謹案：《毛傳》：「旅，陳也。」《箋》以「旅楹爲衆」，「楹」義與毛異。《文選》左思《魏都賦》「旅楹閑列」，李善注引《薛君章句》以「閑」爲大貌。案太沖語蓋兼取毛、鄭之義，列即陳也，旅謂衆也。《詩正義》曰：「《箋》不解『閑』義，梴爲桷之長貌，則閑爲楹之大貌。王肅云：『桷、楹，以松柏爲之，言無雕鏤也。』陳列其楹，有閑大貌。」今據《文選注》引薛君云云，則《韓詩》正訓「閑」爲大，王肅述毛之義實本於《韓詩》也。

寢成孔安。

【補】【曹植文曰】感殷人路寢之義，嘉先民泮宫之事。蓋高宗僖公，嗣世之王〔一〕，諸侯之國，猶著德于三頌，騰聲于千載。

〔一〕「蓋高宗僖公，嗣世之王」，《隸釋》作「以爲高宗僖公，蓋嗣世之王」。

韓詩外傳附録

侯官陳喬樅學

【《韓詩外傳》七】趙簡子有臣曰周舍，立於門下三日三夜。簡子使問之，曰：「子欲見寡人，何事？」周舍對曰：「願爲諤諤之臣，墨筆操牘，從君之後，司君之過而書之〔一〕。日有記也，月有成也，歲有効也。」簡子居則與〔二〕居，出則與之出。居無幾何，而周舍死，簡子如喪子。後與諸大夫飲於洪波之臺，酒酣，簡子涕泣，諸大夫皆出走，曰：「臣有罪而不自知也。」簡子曰：「大夫皆無罪。昔者吾友周舍有言曰：『千羊之皮不若一狐之腋，衆人之諾諾不若一士之諤諤。昔者商紂默默而亡，武王諤諤而昌。』今自周舍之死，吾未嘗聞吾過也。吾亡無日矣。是以寡人泣也。」

喬樅謹案：「從君之後，司君之過而書之」，舊本無「之後司君」「書之」六字。《太平御覽》六百三引有「之」，《新序・雜事一》載此節，文亦與《御覽》同，趙懷玉校本據以補入。又

〔一〕「從君之後，司君之過而書之」，《韓詩外傳》作「從君之過」。

〔二〕「與」，此下《韓詩外傳》有「之」字。

《廣韵・五質》引《韓詩外傳》作「從君之後，伺君過而書之」，「君」下無「之」字。

【又曰】子貢問大臣，子曰：「齊有鮑叔，鄭有子皮。」子貢曰：「否。齊有管仲，鄭有東里子產。」孔子曰：「產薦也。」子貢曰：「然則薦賢賢於賢。」曰：「知賢，智也。推賢，仁也。引賢，義也。有此三者，又何加焉？」

喬樅謹案：《說苑・臣道》篇亦載此條，而文不同。趙懷玉校本云：「『產薦也』，文有脫誤，當云『管仲，鮑叔薦也；子產，子皮薦也』方合。」

【《韓詩外傳》八】越王勾踐使廉稽獻民於荆王。荆王使者曰：「越，夷狄之國也。臣請欺其使者。」荆王曰：「越王，賢人也。其使者亦賢，子其慎之。」使者出見廉稽，曰：「冠則得以俗見，不冠不得見。」廉稽曰：「夫越亦周室之列封也，不得處於大國，而處江海之陂，與魭鱣魚鼈爲伍，文身翦髮而後處焉。今來至上國，必曰冠得俗見，不冠不得見。如此，則上國使適越，亦將劓墨文身翦髮而後得以俗見，可乎？」荆王聞之，披衣出謝。孔子曰：「使於四方，不辱君命，可謂士矣。」

【又曰】齊景公使人於楚。楚王與之上九重之臺，顧使者曰：「齊有臺若此乎？」使者曰：「吾君有治位之坐，土階三等，茅茨不翦，樸椽不斲者，猶以謂爲之者勞，居之者泰。吾君惡有臺若此者！」於是楚王蓋悒如也。使者可謂不辱君命，其能專對矣。

【又曰】古者天子爲諸侯受封，謂之采地。百里諸侯以三十里，七十里諸侯以二十里，五十里諸侯以十里。其後子孫雖有罪而絀，使子孫賢者守其地，世世以祠其始受封之君，此之謂興滅國、繼絶世也。《書》曰：「兹予享于先王，爾祖其從享之。」

【《韓詩外傳》九】伯牙鼓琴，鍾子期聽之。方鼓琴，志在山。鍾子期曰：「善哉鼓琴，巍巍乎如太山！」志在流水，鍾子期曰：「善哉鼓琴，洋洋乎若江河！」鍾子期死，伯牙擗琴絶絃，終身不復鼓琴，以爲世無足與鼓琴也。非獨琴如此，賢者亦有之。苟非其時，則賢者將奚由得遂其功哉？

【又曰】孔子出遊少原之野，有婦人中澤而哭，其音甚哀。孔子怪之，使弟子問焉，曰：「夫人何哭之哀？」婦人曰：「鄉者刈蓍薪亡吾蓍簪，吾是以哀〔一〕也。」弟子曰：「刈蓍薪而亡蓍簪，有何悲焉？」婦人曰：「非傷亡〔二〕簪也，蓋不忘故也。」

喬樅謹案：「怪之」二字，舊本脱去。趙懷玉校本據《文選》陸士衡《連珠》李善注引補，《太平御覽》五十五引亦同。又「蓋不忘故也」，二書所引並作「吾所以悲者，不忘故也」。

【又曰】孔子與子貢、子路、顔淵游於戎山之上。孔子喟然嘆曰：「二三子各言爾志，予將覽焉。

〔一〕「哀」，續編本作「悲」。
〔二〕「忘」，續編本作「亡」。

由，爾何如？」對曰：「得白羽如月，赤羽如日，擊鐘鼓者，上聞於天，下槊於地，使將而攻之，惟由爲能。」孔子曰：「勇士哉！賜，爾何如？」對曰：「得素衣縞冠，使於兩國之間，不持尺寸之兵、升斗之糧，使兩國相親如弟兄。」孔子曰：「辯士哉！回，爾何如？」對曰：「鮑魚不與蘭茝同笥而藏，桀紂不與堯舜同時而治。二子已言，回何言哉？」孔子曰：「回有鄙之心。」顔淵曰：「願得明王聖主爲之相，使城郭不治，溝池不鑿，陰陽和調，家給人足，鑄庫兵以爲農器。」孔子曰：「大士哉！由來，區區汝何攻？賜來，便便汝何使？願得之冠，爲子宰焉。」

喬樅謹案：此與第七卷「孔子遊於景山」篇語意略相似。趙懷玉校本云：「『回有鄙之心』句似有脱字，『願得之冠』句疑亦有譌字。」

【又曰】孔子出衛之東門，逆姑布子卿，曰：「二三子引車避。有人將來，必相我者也。志之。」姑布子卿亦曰：「二三子引車避。有聖人將來。」孔子下步，姑布子卿迎而視之五十步，從而望之五十步，顧子貢曰：「是何爲者也？」子貢曰：「賜之師也，所謂魯孔丘也。」姑布子卿曰：「是魯孔丘歟？吾固聞之。」子貢曰：「賜之師何如？」姑布子卿曰：「得堯之顙、舜之目、禹之頸、皋陶之喙。從前視之，盎盎乎，似有王者；從後視之，高肩弱脊。此惟不及四聖者也。」子貢吁然。姑布子卿曰：「子何患焉？汙面而不惡，葭喙而不藉，遠而望之，羸乎若喪家之狗。子何患焉？子何患焉？」子貢以告孔子。孔子無所辭，獨辭喪家之狗耳，曰：「丘何敢乎？」子貢曰：「汙面而不惡，葭喙而不藉，賜以知之矣。不知喪家狗，何足辭也？」子曰：「賜，汝獨不見夫喪家之狗歟？既斂而椁，布器而祭。顧望無人，意欲施之。上無明王，下無賢士方伯，王道衰，政教失，强陵弱，衆暴寡，百姓縱心，莫之綱紀。是人固以丘爲欲當之者也，丘何敢乎！」

【又曰】田子方之魏，魏太子從車百乘而迎之郊。太子再拜，謁田子方，田子方不下車。太子不説〔一〕，曰：「敢問何如則可以驕人矣？」田子方曰：「吾聞以天下驕人而亡者，有矣。以一國驕人而亡者，有矣〔二〕。由此觀之，則貧賤可以驕人矣。夫志不得，則揳履而適秦、楚耳，安往而不得貧賤乎？」於是太子再拜而後退。田子方遂不下車。

喬樅謹案：「以一國驕人」句，各本皆脱佚，依《太平御覽》七百七十三引增入。

【又曰】戴晉生敝衣冠而往見梁王。梁王曰：「前日寡人以上大夫之禄要先生，先生不留，今過寡人邪？」戴晉生欣然而笑，仰而永嘆，曰：「嗟呼！由此觀之，君曾不足與遊也。君不見夫澤中雉乎？五步一噣，終日乃飽，羽毛悦澤，光照於日月，奮翼争鳴，聲響於陵澤者何？彼樂其志也。援置之囷倉中，常噣粱粟，不旦時而飽，然猶羽毛憔悴，志氣益下，低頭不鳴。夫食豈不善

〔一〕「説」，續編本作「悦」。
〔二〕「以一國驕人而亡者，有矣」，《韓詩外傳》無此十字。

哉？彼不得其志故也。今臣不遠千里而從君遊者，豈食不足？竊慕君之道耳。臣始以君爲好士，天下無雙，乃今見君不好士，明矣。」辭而去，終不復往。

【又曰】傳曰：昔戎將由余使秦，秦繆公問以得失之要。對曰：「古有國者，未嘗不以恭儉也；失國者，未嘗不以驕奢也。」由余論五帝三王之所以衰，及至布衣之所以亡。繆公然之，於是告内史王繆曰：「隣國有聖人，敵國之憂也。由余，聖人也，將奈之何？」王繆曰：「夫戎王居僻陋之地，未嘗見中國之聲色也。君其遺之女樂以婬其志、亂其政，其臣下必疎。因爲由余請緩期，使其君臣有間，然後可圖。」繆公曰：「善。」乃使王繆以女樂二列遺戎王，爲由余請期。戎王大悦，許之。於是張酒聽樂，日夜不休，終歲婬縱，卒馬多死。由余歸，數諫不聽，去之秦。秦公子迎拜之上卿，遂并國十二，辟地千里。

喬樅謹案：由余，《漢書・古今人表》作「繇余」。師古曰：「即由余。」考由姓見於《廣韵》，余其名也。王繆，當作「王廖」，《古今人表》「王廖」列中上第四等。師古曰：「廖音聊。」《文選・四子講德論》李善注引《韓詩外傳》正作「王廖」，宜據以改正。《韓子・十過》篇、《吕氏春秋・不苟》篇、《史記・秦本紀》並作「内史廖」，《説苑・尊賢》篇作「王子廖」。

【又曰】晏子之妻使人布衣紵表。田無宇譏之曰：「出於室何爲者也？」晏子曰：「家臣也。」田無宇曰：「位爲中卿，食田七十萬，何用是人爲畜之？」晏子曰：「棄老取少謂之瞽，貴而忘賤謂之亂，見色而説謂之逆。吾豈以逆亂瞽之道哉？」

【又曰】齊王厚送女，欲妻屠牛吐。屠牛吐辭以疾。其友曰：「子終死腥臭之肆而已乎，何爲辭之？」吐應之曰：「其女醜。」其友曰：「子何以知之？」吐曰：「以吾屠知之。」其友曰〔一〕：「何謂也？」吐曰：「吾肉善，如量而去苦少耳。吾肉不善，雖以吾附益之，尚猶賈不售。今厚送子，子醜故耳。」其友後見之，果醜，目如擗杏，齒如編貝。

喬樅謹案：「苦少」，舊譌作「若少」。又「如量」二字，各本脫去，據《初學記》十九及《太平御覽》三百八十二引俱作「如量而去苦少耳」，趙懷玉校本依兩書引增改。又「以吾」，《初學記》引作「以他」。又「目如擗杏」上，各本有「傳曰」二字，疑衍文也。

【又曰】傳曰：孔子過康子，子張、子夏從。孔子入坐，二子相與論，終日不決。子夏辭氣甚隘，顏色甚變。子張曰：「子亦聞夫子之議論邪？徐言誾誾，威儀翼翼，後言先默，得之推讓，巍巍乎，蕩蕩乎，道有歸矣！小人之論也，專意自是，言人之非，瞋目搤腕，疾言噴噴，口沸目赤。一幸得勝，疾笑嗌嗌，威儀固陋，辭氣鄙俗，是以君子賤之也。」

喬樅謹案：噴噴，趙懷玉校語云疑是「嘖嘖」之譌。

〔一〕「子何以知之」至「其友曰」，續編本無此十五字。

【《韓詩外傳》十】齊景公遊於牛山之上，而北望齊，曰：「美哉國乎！鬱鬱秦山，使古而無死者，則寡人將去此而何之？」俯而泣沾襟。國子、高子曰：「然臣賴君之賜，疏食惡肉可得而食也，駑馬柴車可得而乘也，且猶不欲死，而況君乎？」又俯而泣。晏子曰：「樂哉，今日嬰之遊也！見怯君一而諛臣二。使古而無死者，則太公、丁公至今猶存。吾君方今將被蓑笠而立乎畎畝之中，惟農事之恤，何暇念死乎？」景公慚而舉觴自罰，因罰二臣。

喬樅謹案：「而況君乎」「又俯而泣」，舊本無兩「而」字，「又」字據《太平御覽》百六十引有之。又「太公」下舊脱「丁公」二字，「惟農事之恤」句舊脱「農」字，並依《御覽》補之。

【又曰】秦繆公將田，而喪其馬，求三日而得之於莖山之陽，有鄙夫乃相與食之。繆公曰：「此駮馬之肉，不得酒者死。」繆公乃求酒，徧飲之，然後去。明年，晉師與繆公戰，晉之左格右者圍繆公而擊之，甲已隳者六矣。食馬者三百餘人皆曰：「吾君仁而愛人，不可不死。」還擊晉之左格右，免繆公之死。

【又曰】吴延陵季子遊於齊，見遺金，呼牧者取之。牧者曰：「子居之高，視之下，貌之君子，而言之野也！吾有君不君，友不友〔一〕，當暑衣裘，君疑取金者乎？」延陵子知其爲賢者，請問姓字。

〔一〕「友不友」，此上《韓詩外傳》有「有」字。

牧者曰：「子乃皮相之士也，何足語姓字哉！」遂去。延陵季子立而望之，不見乃止。孔子曰：「非禮勿視，非禮勿聽。」

【又曰】顔淵問於孔子曰：「淵願貧如富，賤如貴，無勇而威，與士交通，終身無患難，亦且可乎？」孔子曰：「善哉回也！夫貧而如富，其知足而無欲也。賤而如貴，其讓而有禮也。無勇而威，其恭敬而不失於人也。終身無患難，其擇言而出之也。若回者，其至乎！雖上古聖人，亦如此而已。」

【又曰】齊景公出田，十有七日而不反。晏子乘而往。比至，衣冠不正。景公見而怪之曰：「夫子何遽乎？得無有急乎？」晏子對曰：「然，有急。國人皆以君爲惡民好禽。臣聞之：魚鼈厭深淵而就乾淺，故得於鈞網。禽獸厭深山而下於都澤，故得於田獵。今君出田十有七日而不反，不亦過乎？」景公曰：「不然。爲賓客莫應待邪？則行人子牛在。爲宗廟而不血食邪？則祝人太宰在。爲獄不中邪？則大理子幾在。爲國家有餘不足邪？則巫賢在。寡人有四子，猶有四肢也，而得代焉，可不〔一〕患焉！」晏子曰：「然，人心有四肢而得代焉，則善矣，今四肢無心，十有七日，不死乎？」景公曰：「善哉言！」遂援晏子之手，與驂乘而歸。若晏子者，可謂善

〔一〕「可不」，《韓詩外傳》作「不可」。

諫者矣。

【又曰】楚莊王將興師伐晉，告士大夫曰：「敢諫者，死無赦。」孫叔敖曰：「臣聞畏鞭箠之嚴而不敢諫其父，非孝子也；懼斧鉞之誅而不敢諫其君，非忠臣也。」於是遂進諫曰：「臣園中有榆，其上有蟬。蟬方奮翼悲鳴，欲飲清露，不知螳螂之在後，曲其頸，欲攫而食之也。螳螂方欲食蟬，而不知黄雀在後，舉其頸，欲啄而食之也。黄雀方欲食螳螂，不知童子挾彈丸在下，迎而欲彈之。童子方欲彈黄雀，不知前有深坑後有窟也。此皆言前之利，而不顧後害者也。非獨昆蟲衆庶若此也，人主亦然。君今知貪彼之土，而樂其士卒。」國不怠，而楚國以寧，孫叔敖之力也。

喬樅謹案：「挾彈丸在下」，《北堂書鈔》百三十四引作「挾彈在榆下」。「後有窟也」，《書鈔》引作「後有掘株也」。又「樂其士卒」下疑有脱文。

韓詩内外傳補逸

侯官陳喬樅學

【《韓詩外傳》曰】天見其象，地見其形，聖人則之。《文選》卷二十應吉甫《晉武帝華林園集詩》注。

【《韓詩外傳》曰】惟天命本人情。人有五藏六府。何謂五藏？情藏於腎，神藏於心，魂藏於肝，魄藏於肺，志藏於脾。何謂六府？咽喉，入量之府；胃者，五穀之府；大腸，轉輸之府；小腸，受成之府；膽，積精之府；膀胱，液之府也。《太平御覽》三百六十三。

【《韓詩外傳》曰】人死曰鬼。鬼者，歸也。精氣歸於天，肉歸於土，血歸於水，筋歸於山，齒歸於石，膏歸於露，髮歸於草，呼吸之氣復歸於人。《太平御覽》八百八十三。

【《韓詩外傳》曰】五帝官天下，三王家天下。家以傳子，官以傳賢。故自唐虞以上，經傳無太子稱號。夏殷之王，雖則傳嗣，其文略矣。至周始見文王世子之制。《太平御覽》一百五十九。

【《韓詩外傳》曰】白骨類象，魚目似珠。《文選》卷四十任昉《到大司馬記室牋》注。

【《韓詩外傳》曰】代馬依北風，飛鳥棲故巢，皆不忘本之謂也。《文選》卷二十九《古詩十九首》注。

喬樅謹案：「代馬依北風」句，又見《文選》卷三十六《宣德皇后令》注引《外傳》。

【《韓詩外傳》曰】文王使南宫括〔一〕至義渠，得駭雞犀以獻紂。《太平御覽》八百九十。

【《韓詩外傳》曰】魯哀公使人穿井，三月不得泉，得一玉羊焉。公以爲祥〔二〕，使祝鼓舞之，欲上於天，羊不能上。孔子見公〔三〕，曰：「水之精爲玉，土之精爲羊，願無怪之。此羊肝，土也。公使殺之，視肝，即土矣。」《太平御覽》九百二。

【《韓詩外傳》曰】孔子曰：「水之精爲玉〔四〕，老蒲爲葦，願無怪之。」《文選》卷五十九沈約《齊故安陸昭王碑文》注。

【《韓詩外傳》曰】禽息，秦人，知百里奚之賢，薦之於繆公，爲私，而加刑焉。公後知百里之賢，乃召禽息謝之。禽息對曰：「臣聞忠臣進賢不私顯，烈士憂國不喪志。奚陷刑，臣之罪也？」乃對使者以首觸楹死〔五〕。以上卿之禮葬之。《文選》卷五十五陸機《演連珠》注。

【《韓詩外傳》曰】禽息，秦大夫，薦百里奚，不見納。繆公出，當車以頭擊闌，腦乃精出，曰：「臣

〔一〕「括」，續編本作「适」。
〔二〕「祥」，《太平御覽》作「玉羊」。
〔三〕「公」，《太平御覽》無此字。
〔四〕「玉」，《文選注》作「土」。
〔五〕「死」，此上《文選注》有「而」字。

生無補於國，不如死也。」繆公感寤而用百里奚，秦以大化。《後漢書·朱暉傳》注。

【《韓詩外傳》曰】楚昭王亡其踦履，已行三十步而還之，左右曰：「何惜此？」王曰：「吾悲與之俱出不俱反。」自是楚國無相棄者。《文選》卷四十謝朓《拜中軍記室辭隋王牋》注。

【《韓詩外傳》曰】楚襄王遣使者持金千斤、白璧百雙聘莊子，欲以爲相。莊子曰：「獨不見太〔一〕廟之牲乎？衣以糸〔二〕繡，食以芻豢，出則清道而行，止則居帳之内，此豈不貴乎？乃其不免於死。宰執旌居前，或持在後，當此之時，雖欲爲孤犢從雞鼠遊，豈可得乎？僕聞之左手據天下之圖，右手刎其頸，愚者不爲也。」《太平御覽》四百七十四。

【《韓詩外傳》曰】崔杼殺莊公，陳不占東觀漁者，聞君難，將往死之，飡則失哺，上車失軾。僕曰：「敵在數百里外，今食則失哺，上車失軾，雖往，其有益乎？」陳不占曰：「死君，義也；無勇，私也。」遂驅車，比至門，聞鼓鐘之音、戰鬬之聲，遂駭而死。君子聞之，曰：「陳不占可謂志士矣，無勇而能行義，天下鮮矣。」《太平御覽》四百九十九。

【《韓詩外傳》曰】趙簡子太子名伯魯，小子名無恤。簡子自爲二書牘，親自表之，書曰：「節用聽聰，敬賢勿慢，使能勿賤。」與二子，使誦之。居三年，簡子坐清臺之上，問二書所在。伯魯

〔一〕「太」，《太平御覽》作「未入」。
〔二〕「糸」，《太平御覽》作「文」。

忘其表，令誦，不能得。無恤出其書於袖，令誦，習焉。乃出伯魯，而立無恤。《太平御覽》一百五十九。

【《韓詩外傳》曰】魯有男子獨處，夜，暴風雨至。婦人趨而託之，男子閉户不納。曰：「吾聞男女不六十不閒居。」婦人曰：「子何不學柳下惠？然嫗不逮門之女，國人不稱其亂焉。」《後漢書・崔駰傳》注。

【《韓詩外傳》曰】婦人有五不娶：喪婦之長女不娶，爲其不受命也；世有惡疾不娶，弃於天也；世有刑人不娶，弃於人也；亂家女不娶，類不正也；逆家子不娶，廢人倫也。《後漢書・應奉傳》注。

【《韓詩外傳》曰】孔子使子貢適齊〔一〕，久而未回〔二〕。孔子占之，遇鼎，謂弟子曰：「占之〔三〕遇鼎，無足而不來〔四〕。」顔回掩口而笑，孔子曰：「回也，何哂〔五〕？」曰：「回謂賜必來。」孔子曰：「如何〔六〕？」

〔一〕「適齊」，《北堂書鈔》無此二字。

〔二〕「久而未回」，《北堂書鈔》作「爲其不來」。

〔三〕「之」，《北堂書鈔》作「者」。

〔四〕「無足而不來」，此上《北堂書鈔》有「言皆」二字。

〔五〕「何哂」，此下《北堂書鈔》有「乎」字。

〔六〕「如何」，《北堂書鈔》作「何如也」。

對曰〔一〕：「卜而鼎無足〔二〕，必〔三〕乘舟而來矣。」賜果至。《北堂書鈔》百三十七。

【《韓詩外傳》曰】孔子、顔淵登魯泰〔四〕山，望吴昌門。淵曰：「見一匹練，前有生藍。」子曰：「白馬蘆芻也。」《太平御覽》八百十八。

【《韓詩外傳》曰】曾參喪妻，不更娶人。問其故，曾子曰：「以華元善人也。」《漢書·王吉傳》注。

【《韓詩外傳》曰】無爲虎傅翼，將飛入邑，擇人而食。夫置不肖之人於位，是爲虎傅翼也。《後漢書·翟酺傳》注。

【《韓詩外傳》曰】公道達而私門塞。《文選》卷三十七庾亮《讓中書令表》注。

【《韓詩外傳》曰】强不陵弱，衆不暴寡。《文選》卷五十七潘岳《馬汧督誄》注。

【《韓詩外傳》曰】皮弁以征。成二年《公羊傳疏》。

【《韓詩》曰】衛靈公至濮水，夜分而聞有鼓琴者。《文選》卷十六潘岳《寡婦賦》注。

【《韓詩》曰】説之以名。《文選》卷二十一應璩《百一詩》注。

〔一〕「對曰」，此上《北堂書鈔》有「回」字。

〔二〕「卜而鼎無足」，《北堂書鈔》作「無足者」。

〔三〕「必」，《北堂書鈔》無此字。

〔四〕「泰」，《太平御覽》作「東」。

【《韓詩》曰】利爲害本，福爲禍先。《文選》卷二十五盧諶《答劉琨詩》注。

【《韓詩》曰】子産卒，鄭人耕者輟耒，婦人捐其佩玦也。《史記·循吏傳》索隱。

【《韓詩》曰】齊人青將討公孫無知，辭其友。其友曰：「耕田艾艸，農之力也。討君之賊，大夫職也。」《太平御覽》八百二十二。

喬樅謹案：《御覽》於此條上先引《韓詩》曰「三之日于耜」云云，而以「又曰」類引此節，則此亦《韓詩内傳》文也。

《三家詩遺説考》引文索引

本索引收録對象爲《三家詩遺説考》所徵引的全部三家《詩》佚文材料。有如下事項需要特別説明:

1. 本索引按魯、齊、韓三家的次序編排。對三家《詩》佚文材料師法歸屬的判斷,皆依照陳壽祺、陳喬樅的看法。
2. 魯、齊、韓各家之下,按佚文材料所涉及的古人(或古書)的音序編排。部分古書的確切作者難以判斷,但陳氏父子在考定師法時,常以簡單化的思路下結論,例如將《爾雅》中的材料都歸在叔孫通名下,從而列入《魯詩》。本索引在編排古人(或古書)的次序時,也都依照陳氏父子的師法判斷。有些材料的來源確實難以歸在某個具體的歷史人物名下,例如各種緯書以及難以確定注者身份的《爾雅》舊注,我們就將"詩緯""書緯""爾雅舊注"等書籍類型與歷史人物統一按音序編排。《毛詩正義》《爾雅注疏》引用的《爾雅》某氏注,實即樊光注,我們不再將"某氏"單獨編排,統一列在樊光名下。《三家詩遺説考》所引《玉篇》皆爲宋人重修本,而原本《玉篇》于光緒年間始回傳中國,陳氏父子無緣知曉其與重修本之差異,故將重修本文字皆視同爲顧野王的意見。本索引仍照陳氏父子的觀念,將重修《玉篇》皆歸入"顧野王"條目之下。
3. 在每個古人(或古書)之下,按佚文材料的出處編排。
4. 爲指示每條材料在《三家詩遺説考》中所在的位置,我們先標出每條所涉及的詩篇(如"小雅·采薇"),再標出該材料所涉詩句的首句，如果某條材料是對該詩篇旨或篇題的解説，則將材料所涉内容標爲“篇旨”或“篇題”。

5.《三家詩遺説考》同一條目之下若徵引同一古書超過一條，則在表格中用括號標注數字。例如《小雅·北山》篇“普天之下”條下，兩次徵引《白虎通》的材料，表格中就標記爲“小雅·北山·普天之下(2)”。

6.《三家詩遺説考》是由陳壽祺父子前後相繼編成的，其所收録的佚文材料中，有些是陳壽祺輯佚的，有些是陳喬樅輯佚的，我們將這兩類材料分别稱作“陳壽祺原輯”和“陳喬樅增輯”，分開排列。

魯詩

白居易

引文出處	陳壽祺原輯	陳喬樅增輯
《白氏六帖》	秦風·終南·有杞有棠	

班固

引文出處	陳壽祺原輯	陳喬樅增輯
《白虎通》	周南·葛覃·言告師氏 邶風·泉水·問我諸姑 鄘風·相鼠·相鼠有皮 鄭風 小雅·我行其野·不惟舊因 小雅·北山·普天之下(2) 小雅·瞻彼洛矣·韎韐有奭 小雅·采菽·君子來朝 小雅·采菽·赤紼在股 小雅·角弓·爾之教矣 大雅·文王·殷之孫子(2)	召南·甘棠·蔽芾甘棠 邶風·匏有苦葉·士如歸妻 邶風·谷風·不遠伊爾 邶風·谷風·燕爾新婚 衛風·碩人·東宫之妹(2) 王風·大車·穀則異室 鄭風·女曰鷄鳴·琴瑟在御 鄭風·有女同車·將翺將翔佩玉鏘鏘 鄭風·褰裳·褰裳涉溱 齊風·南山·娶妻如之何 齊風·猗嗟·四矢反兮

續表

引文出處	陳壽祺原輯	陳喬樅增輯
	大雅·大明·有命自天(2) 大雅·文王有聲·文王受命 大雅·生民·實發實秀 大雅·公劉·篤公劉 大雅·泂酌·愷悌君子 大雅·烝民·天生烝民 大雅·常武·王命卿士 魯頌·泮水·思樂泮水	魏風·碩鼠·□□□□毋食我黍 豳風·破斧·周公東征 小雅·采薇·昔我往矣 小雅·蓼蕭·和鸞噰噰 小雅·采芑·朱芾斯皇 小雅·車攻·赤芾金舄 小雅·斯干·朱芾斯皇 小雅·正月·正月繁霜 小雅·十月之交·彼月而蝕 小雅·楚茨·神具醉止 大雅·大明·在郃之陽(3) 大雅·棫樸·周王于邁 大雅·棫樸·雕琢其章 大雅·旱麓·清酒既載 大雅·思齊·太姒嗣徽音 大雅·靈臺·經始靈臺 大雅·靈臺·於樂辟雍 大雅·生民·履帝武敏歆 大雅·蕩·靡不有初 大雅·韓奕·姪娣從之 大雅·江漢·文武受命 大雅·江漢·釐爾圭瓚 周頌·維清·篇旨 周頌·烈文·烈文辟公 周頌·烈文·毋封靡于爾邦 周頌·有客·有客有客(2) 周頌·酌·篇旨 周頌·般·於皇明周 魯頌·閟宫·王曰叔父(3) 商頌·那·奏鼓簡簡 商頌·元鳥·天命元鳥 商頌·長發·元王桓撥
《周禮注疏》引《白虎通》	小雅·車攻·東有圃草	

續表

引文出處	陳壽祺原輯	陳喬樅增輯
《廣韻》引《白虎通》	小雅·車攻·東有圃草	
《太平御覽》引《白虎通》	小雅·車攻·東有圃草	
《漢書·杜欽傳贊》		周南·關雎·篇旨

班婕妤

引文出處	陳壽祺原輯	陳喬樅增輯
《漢書·班婕妤傳》	小雅·十月之交·皇父卿士 小雅·白華·篇旨	大雅·思齊·思齊太任

包咸

引文出處	陳壽祺原輯	陳喬樅增輯
《論語集解》		邶風·匏有苦葉·濟有深涉 周頌·雍·有來雍雍

鮑宣

引文出處	陳壽祺原輯	陳喬樅增輯
《漢書·鮑宣傳》		曹風·尸鳩·尸鳩在桑

蔡邕

引文出處	陳壽祺原輯	陳喬樅增輯
《琴操》	召南·騶虞·篇旨 魏風·伐檀·篇旨	召南·鵲巢·篇旨 小雅·小弁·篇旨

續表

引文出處	陳壽祺原輯	陳喬樅增輯
	小雅·鹿鳴·篇旨 小雅·白駒·篇旨	大雅·綿·篇旨
《獨斷》		召南·采蘩·公侯之宫 大雅·文王·殷之孫子 頌 周頌·清廟·篇旨 周頌·維天之命·篇旨 周頌·維清·篇旨 周頌·烈文·篇旨 周頌·天作·篇旨 周頌·昊天有成命·篇旨 周頌·我將·篇旨 周頌·時邁·篇旨 周頌·執競·篇旨 周頌·思文·篇旨 周頌·臣工·篇旨 周頌·噫嘻·篇旨 周頌·振鷺·篇旨 周頌·豐年·篇旨 周頌·有瞽·篇旨 周頌·潛·篇旨 周頌·雍·篇旨 周頌·載見·篇旨 周頌·有客·篇旨 周頌·武·篇旨 周頌·閔予小子·篇旨 周頌·訪落·篇旨 周頌·敬之·篇旨 周頌·小毖·篇旨 周頌·載芟·篇旨 周頌·良耜·篇旨

續表

引文出處	陳壽祺原輯	陳喬樅增輯
		周頌·絲衣·篇旨 周頌·酌·篇旨 周頌·桓·篇旨 周頌·賚·篇旨 周頌·般·篇旨 魯頌·閟宫·寢廟繹繹
《文選注》 引《典引注》	商頌·長發·韋顧既伐	魏風·園桃·其實之肴 小雅·賓之初筵·肴覈惟旅
《東觀漢記》 引《禮樂意》		小雅·伐木·坎坎鼓我 小雅·甫田·琴瑟擊鼓 周頌·有瞽·肅雍和鳴
《藝文類聚》 引《月令章句》		庸風·蝃蝀·蝃蝀在東
《續漢志注》 引《月令章句》		鄭風·女曰鷄鳴·雜佩以贈之 商頌·元鳥·天命元鳥
《初學記》 《太平御覽》 引《月令章句》		豳風·七月·十月穫稻
《青衣賦》	周南·關雎·篇旨 周南·汝墳·惄焉且飢 衛風·碩人·碩人其頎 衛風·碩人·領如蝤蠐 鄭風·清人·河上乎逍遥	
《協和婚賦》	周南·葛蕈·篇旨	召南·芰梅·求我庶士
《述行賦》	周南·卷耳·我馬虺頽 邶風·北門·憂心殷殷 小雅·正月·終其永懷 小雅·小弁·踧踧周道	邶風·終風·曀曀其陰 庸風·定之方中·靈雨既零 陳風·衡門·衡門之下 小雅·黄鳥·言旋言歸(2)

續表

引文出處	陳壽祺原輯	陳喬樅增輯
《琴賦》	庸風·定之方中·椅桐梓漆(2)	小雅·鹿鳴·篇旨
《彈棋賦》	小雅·棠棣·棠棣之華	
《劉鎮南碑頌》	召南·甘棠·蔽芾甘棠	
《胡廣黄瓊頌》	小雅·車攻·四牡奕奕 小雅·裳裳者華·六轡沃若 大雅·嵩高·嵩高惟嶽	
《祖德頌》	周頌·天作·岐有夷之行	
《司空臨晉侯楊公碑》	邶風·栢舟·憂心悄悄 小雅·楚薋·祀事孔明 小雅·信南山·馥馥芬芬 大雅·嵩高·嵩高惟嶽	
《胡公碑》	小雅·采芑·方叔元老 商頌·長發·率禮不越	
《陳留太守胡公碑》	秦風·黄鳥·如可贖也 大雅·下武·永言孝思 大雅·抑·無競伊人	
《太尉楊公碑》	豳風·伐柯·伐柯伐柯	
《太尉汝南李公碑》	大雅·瞻印·人之云亡	
《陳太邱廟碑》	小雅·十月之交·不慭遺一老 周頌·載見·休有烈光	秦風·黄鳥·交交黄鳥
《郭有道林宗碑》	小雅·鹿鳴·君子是則是效	陳風·衡門·衡門之下
《汝南周巨勝碑》	小雅·采菽·優哉游哉 大雅·生民·厥初生民	陳風·衡門·衡門之下 小雅·白駒·於焉逍遥
《蔡伯淮碑》	小雅·棠棣·棠棣之華	

續表

引文出處	陳壽祺原輯	陳喬樅增輯
《童幼胡根碑》	小雅·棠棣·死喪之威	
《蔡朗碑》	小雅·鶴鳴·鶴鳴于九皐聲聞于天 小雅·雨無正·如何昊天	小雅·雨無正·凡百君子
《袁滿來墓碑》	小雅·四月·唯以告哀	
《陳仲弓碑》	小雅·角弓·爾之教矣	
《庾侯碑》	小雅·白華·天步艱難	
《光武濟陽宮碑》	大雅·綿·周原膴膴	
《陳留索昬庫上里社碑》	大雅·綿·乃立冢土	
《司空文烈侯楊君碑》	大雅·既醉·高朗令終 大雅·民勞·式遏寇虐 周頌·敬之·敬之敬之	
《太尉橋公廟碑》	大雅·抑·無言不讎 大雅·烝民·王之喉舌 大雅·烝民·既明且哲 大雅·常武·闞如虓虎	
《司空房楨碑》	大雅·烝民·式是百辟 大雅·烝民·既明且哲 大雅·烝民·柔亦不茹	
《朱公叔墳前石碑》	大雅·烝民·柔亦不茹	
《范史雲碑》	大雅·烝民·柔亦不茹	
《崔夫人誄》	邶風·燕燕·其心塞淵 鄘風·定之方中·終然允臧 大雅·思齊·太姒嗣徽音 大雅·抑·淑慎爾止	

續表

引文出處	陳壽祺原輯	陳喬樅增輯
	大雅·烝民·令儀令色 商頌·烈祖·黄耇無疆	
《祖餞祝文》	大雅·烝民·四牡彭彭	
《宗廟祝嘏詞》	小雅·斯干·篇旨 周頌·閔予小子·閔予小子	
《禊文》	鄭風·溱洧·惟士與女	
《九惟文》	邶風·北門·憂心殷殷 豳風·七月·無衣無褐 小雅·四月·六月徂暑 小雅·四月·冬日栗栗 小雅·信南山·上天同雲	
《正章論》	小雅·伐木·篇旨	
《正交論》	小雅·谷風·女轉棄予	
《銘論》	大雅·烝民·式是百辟	
《明堂論》		周頌·清廟·於穆清廟
《明堂月令論》	大雅·文王有聲·鎬京辟雍 魯頌·泮水·矯矯虎臣	
《焦君贊》	陳風·衡門·衡門之下 小雅·鶴鳴·鶴鳴于九皐聲聞于野 小雅·節·不弔昊天 小雅·十月之交·不慭遺一老	
《胡公夫人哀贊》	豳風·鴟·恩斯勤斯	
《胡夫人神誥》	鄘風·君子偕老·展如之人兮 大雅·思齊·神罔時怨 周頌·維清·迄用有成	
《九祝辭》	小雅·楚茨·子子孫孫	

續表

引文出處	陳壽祺原輯	陳喬樅增輯
《東鼎銘》	小雅·節·尹氏大師	
《西鼎銘》	小雅·小旻·不敢暴虎	
《中鼎銘》	小雅·小旻·不敢暴虎 大雅·卷阿·鳳凰于飛	
《九疑山銘》	大雅·嵩高·嵩高惟嶽	
《黄鉞銘》	商頌·長發·武王載發	
《和熹鄧后謚議》	魏風·伐檀·篇旨 小雅·采薇·篇旨 大雅·思齊·思齊太任 大雅·板·民之方殿吚 魯頌·泮水·來獻其琛	大雅·皇矣·皇矣上帝
《朱公叔謚議》	小雅·節·嘉父作頌	
《諫伐鮮卑議》	小雅·出輿·篇旨	
《答齋議》	大雅·大明·惟此文王	
《難夏育上言鮮卑仍犯諸郡議》		小雅·六月·篇旨
《薦皇甫規表》	大雅·文王·王國克生 周頌·振鷺·振鷺于飛	
《薦太尉董卓表》	大雅·嵩高·嵩高惟嶽	
《太傅胡公夫人靈表》	大雅·思齊·思齊太任	
《上始加元服與群臣上壽表》	小雅·車舝·雖無德與女 大雅·嘉樂·宜民宜人 大雅·卷阿·禺禺卬卬 周頌·敬之·敬之敬之	

續表

引文出處	陳壽祺原輯	陳喬樅增輯
《月令問答》	鄘風·定之方中·定之方中	
《釋誨》	唐風·葛生·百歲之後 小雅·出輿·篇旨 小雅·六月·吉甫燕喜 小雅·正月·謂天蓋高 小雅·正月·佌佌彼有屋 小雅·雨無正·若此無罪 周頌·時邁·載戢干戈 周頌·振鷺·振鷺于飛	秦風·蒹葭·蒹葭蒼蒼
《與何進薦邊讓書》	豳風·伐柯·伐柯伐柯 周頌·振鷺·振鷺于飛	
《爲陳留縣上孝子狀》	小雅·六月·侯誰在矣	
《答對元式詩》	大雅·板·辭之集矣 大雅·烝民·吉甫作頌	
《答詔問災異》	大雅·板·畏天之怒	
《後漢書·蔡邕傳》	大雅·大明·惟此文王 大雅·雲漢·密勿畏去	

陳琳

引文出處	陳壽祺原輯	陳喬樅增輯
《神女賦》		周南·漢廣·漢有游女

陳宣

引文出處	陳壽祺原輯	陳喬樅增輯
《續漢志注》引謝承《後漢書》		小雅·蓼蕭·和鸞噰噰

臣瓚

引文出處	陳壽祺原輯	陳喬樅增輯
《漢書注》	周南·關雎·篇旨	

褚少孫

引文出處	陳壽祺原輯	陳喬樅增輯
《史記·三王世家》	小雅·車舝·高山仰止	
《史記·三代世表》	大雅·生民·厥初生民 商頌·元鳥·殷社芒芒	
《史記·封禪書》	周頌·絲衣·自堂徂基 周頌·般·於皇明周	
《史記·武帝紀》	周頌·絲衣·自堂徂基	

東方朔

引文出處	陳壽祺原輯	陳喬樅增輯
《七諫》	魏風·葛屨·好人媞媞	王風·采葛·彼采艾兮 小雅·大東·周道如砥
《答客難》		小雅·鶴鳴·鶴鳴于九皐聲聞于天 小雅·小宛·相彼鵰鴒 小雅·白華·鼓鐘于宫
《非有先生論》	小雅·青蠅·營營青蠅	大雅·文王·王國克生
《誡子篇》	小雅·采菽·優哉游哉	
《漢書·東方朔傳》		大雅·烝民·柔亦不茹

杜欽

引文出處	陳壽祺原輯	陳喬樅增輯
《漢書·杜欽傳》	周南·關雎·篇旨	大雅·烝民·仲山甫徂齊

續表

引文出處	陳壽祺原輯	陳喬樅增輯
	小雅·小弁·篇旨 大雅·蕩·殷監不遠	

杜鄴

引文出處	陳壽祺原輯	陳喬樅增輯
《漢書·杜鄴傳》		小雅·棠棣·篇旨 小雅·角弓·篇旨 周頌·雍·亦右文母

《爾雅》舊注

引文出處	陳壽祺原輯	陳喬樅增輯
《爾雅釋文》		大雅·板·天之方虐
《龍龕手鑒》		小雅·巧言·君子信盜
《隋書》		鄘風·干旄·孑孑干旟
《元和郡縣誌》		陳風·宛邱·宛邱之上
《初學記》	魯頌·閟宫·保有鳧嶧	
《太平御覽》		鄘風·干旄·孑孑干旟

樊光(某氏)

引文出處	陳壽祺原輯	陳喬樅增輯
《毛詩正義》 引樊光《爾雅注》		召南·騶虞·彼茁者葭 邶風·谷風·誰謂荼苦 王風·大車·毳衣如菼 秦風·小戎·駕我騏馵

續表

引文出處	陳壽祺原輯	陳喬樅增輯
		陳風·澤陂·彼澤之陂 豳風·七月·七月鳴鵙 豳風·七月·五月蜇螽動股 豳風·東山·蜎蜎者蠋 豳風·九罭·九罭之魚 小雅·四牡·翩翩者隹 大雅·生民·淅之溞溞 大雅·板·天之方懠
《毛詩正義》 引某氏《爾雅注》		周南·關雎·左右芼之 召南·野有死麕·林有樸樕 邶風·谷風·采葑采菲 衛風·淇澳·菉竹猗猗 鄭風·女曰鷄鳴·弋凫與雁 小雅·天保·天保定爾 小雅·吉日·既差我馬 小雅·吉日·瞻彼中原 小雅·斯干·噦噦其冥 小雅·大東·琄琄佩璲(2) 大雅·皇矣·天立厥妃 大雅·桑柔·其下侯洵 大雅·召閔·浩浩訿訿 周頌·維天之命·假以溢我 周頌·維清·維周之祺 周頌·良耜·以茠荼蓼 魯頌·泮水·淈此羣醜
《尚書正義》 引樊光《爾雅注》		小雅·斯干·下莞上簟 小雅·魚藻·有賁其首
《左傳正義》 引樊光《爾雅注》		邶風·簡兮·右手秉翟 曹風·尸鳩·尸鳩在桑 大雅·既醉·高朗令終

續表

引文出處	陳壽祺原輯	陳喬樅增輯
《爾雅注疏》 引樊光《爾雅注》		小雅·皇華·皇皇者華
《爾雅注疏》 引某氏《爾雅注》		衛風·淇澳·菉竹猗猗 小雅·蓼莪·匪莪伊蔚 小雅·大東·無浸檴薪 大雅·嘉樂·民之攸呬 周頌·時邁·懷柔百神 周頌·執競·鐘鼓喤喤
《爾雅釋文》 引樊光《爾雅注》		小雅·十月之交·悠悠我里 小雅·小弁·譬彼瘣木 小雅·大東·薪是檴薪 商頌·殷武·赫赫厥聲

服虔

引文出處	陳壽祺原輯	陳喬樅增輯
《毛詩正義》		鄘風·載馳·載馳載驅 鄘風·載馳·無我有尤 秦風·車轔·篇旨 小雅 小雅·采菽·平平左右 大雅 周頌·烈文·篇旨
《左傳正義》		召南·行露·雖速我獄 大雅·文王·上天之縡 周頌·我將·儀式刑文王之德
《史記集解》		王風
《文選注》		豳風·七月·七月鳴鵙

伏儼

引文出處	陳壽祺原輯	陳喬樅增輯
《漢書注》		鄭風·溱洧·贈之以勺藥

傅咸

引文出處	陳壽祺原輯	陳喬樅增輯
《贈褚武良詩》		大雅·烝民·吉甫作頌

干寶

引文出處	陳壽祺原輯	陳喬樅增輯
《吕氏家塾讀詩記》引劉昭《續漢志注》		小雅·蓼蕭·和鸞噰噰

高誘

引文出處	陳壽祺原輯	陳喬樅增輯
《戰國策注》		小雅·巧言·趯趯毚兔 大雅·公劉·乃積乃倉 大雅·烝民·柔亦不茹
《淮南子注》	小雅·鹿鳴·篇旨	國風(2) 周南·卷耳·采采卷耳 召南·甘棠·篇旨 召南·野有死麕·有女懷春 邶風·栢舟·炯炯不寐 邶風·緑衣·篇旨 邶風·谷風·采葑采菲 鄘風·載馳·陟彼阿邱

續表

引文出處	陳壽祺原輯	陳喬樅增輯
		衛風·碩人·領如蝤蠐 衛風·碩人·巧笑倩兮 衛風·碩人·施罛濊濊 鄭風·羔裘·彼己之子邦之司直 鄭風·女曰鷄鳴·弋鳧與雁 鄭風·山有扶蘇·隰有游龍 鄭風·東門·其室則邇 唐風·杕杜·有杕之杜 秦風·黄鳥·子車鍼虎 陳風·澤陂·有蒲菡萏 會風·素冠·棘人欒欒兮 曹風·尸鳩·鳲鳩在桑 豳風·七月·七月在野 豳風·九罭·衮衣繡裳 小雅·鹿鳴·呦呦鹿鳴 小雅·皇華·我馬唯騏 小雅·杕杜·有杕之杜 小雅·菁莪·汎汎楊舟 小雅·鶴鳴·他山之石 小雅·無羊·以薪以蒸 小雅·小旻·我龜既厭 小雅·小旻·不敢暴虎 小雅·小宛·交交桑扈 小雅·小宛·握粟出卜 小雅·小弁·惟足跂跂 小雅·小弁·雉之朝雊 小雅·何人斯·篇旨 小雅·鼓鐘·鼓鐘伐鼛

續表

引文出處	陳壽祺原輯	陳喬樅增輯
		小雅·大田·去其螟螣(2) 小雅·瞻彼洛矣·瞻彼洛矣 小雅·鴛鴦·鴛鴦于飛 小雅·車舝·高山仰止 小雅·都人士·垂帶若厲 小雅·黍苗·我任我輦(2) 小雅·瓠葉·月離于畢 大雅·大明·惟此文王 大雅·大明·檀車皇皇 大雅·皇矣·皇矣上帝 大雅·皇矣·不識不知(2) 大雅·皇矣·是類是禡 大雅·鳧鷖·公尸燕飲 大雅·蕩·内奰于中國 大雅·抑·誨爾諄諄 大雅·桑柔·惟彼不順 大雅·烝民·既明且哲 大雅·韓奕·有貓有虎 大雅·常武·赫赫明明 大雅·常武·王謂尹氏 周頌·雍·篇旨 周頌·敬之·敬之敬之 魯頌·閟宫·寢廟繹繹 商頌·元鳥·天命元鳥(2) 商頌·長發·韋顧既伐(2) 商頌·長發·實維阿衡
《吕氏春秋注》	周南·葛覃·黄鳥于飛 小雅·雨無正·浩浩昊天 大雅·靈臺·鼉鼓韸韸	周南·兔罝·肅肅兔罝 周南·兔罝·赳赳武夫 邶風·栢舟·炯炯不寐 邶風·擊鼓·于嗟敻兮 邶風·凱風·凱風自南

續表

引文出處	陳壽祺原輯	陳喬樅增輯
		邶風·谷風·不遠伊爾 邶風·谷風·我有旨蓄 邶風·旄邱·何其處也 邶風·簡兮·執轡如組 鄘風·鶉之賁賁·篇旨 鄘風·蝃蝀·蝃蝀在東 衛風·淇澳·冠弁如星 衛風·碩人·東宫之妹 衛風·碩人·齒如瓠棲 衛風·碩人·施罛濊濊(2) 衛風·碩人·庶姜钀钀 鄭風·大叔于田·兩服上襄 鄭風·女曰鷄鳴·弋鳧與雁 鄭風·有女同車·顔如蕣華 鄭風·褰裳·子不我思 鄭風·褰裳·子惠思我 鄭風·溱洧·篇旨 齊風·還·竝驅從兩豜兮 齊風·南山·娶妻如之何 齊風·載驅·魯道有蕩 魏風·園桃·園有桃 魏風·伐檀·不稼不穡胡取禾三百億兮 魏風·碩鼠·□□□□毋食我黍 陳風·東門之枌·不績其麻 豳風·七月·七月鳴鵙 豳風·七月·穹窒熏鼠 豳風·七月·爲此春酒 豳風·七月·二之日鑿冰沖沖 小雅·杕杜·胡逝不至 小雅·節·弗躬弗親 小雅·正月·燎之方陽 小雅·小旻·如彼築室于道謀

續表

引文出處	陳壽祺原輯	陳喬樅增輯
		小雅·小旻·不敢暴虎 小雅·楚薋·獻酬交錯 小雅·信南山·中田有廬 小雅·大田·有晻淒淒 小雅·鴛鴦·鴛鴦于飛 小雅·頍弁·蔦與女蘿 小雅·車舝·高山仰止 小雅·瓠葉·月離于畢 大雅·大明·惟此文王 大雅·大明·上帝臨汝 大雅·綿·古公亶父 大雅·旱麓·莫莫葛藟 大雅·皇矣·密人不共 大雅·皇矣·不識不知 大雅·靈臺·經始靈臺 大雅·靈臺·矇瞍奏功 大雅·生民·實發實秀(2) 大雅·抑·無競伊人 大雅·桑柔·惟彼不順 大雅·江漢·江漢之滸 魯頌·閟宫·黍稷重稑 魯頌·閟宫·王曰叔父 商頌·元鳥·天命元鳥 商頌·長發·有城方將 商頌·長發·實維阿衡

谷永

引文出處	陳壽祺原輯	陳喬樅增輯
《漢書·谷永傳》	召南·羔羊·羔羊之皮 邶風·谷風·凡民有喪	小雅·十月之交·百川沸騰 大雅·行葦·敦彼行葦

續表

引文出處	陳壽祺原輯	陳喬樅增輯
	庸風·牆有茨·中冓之言 小雅·正月·燎之方陽 小雅·十月之交·皇父卿士 小雅·白華·篇旨 大雅·皇矣·皇矣上帝 大雅·瞻卬·懿厥悊婦	
《漢書·五行志》	大雅·抑·顛覆厥德	

顧野王

引文出處	陳壽祺原輯	陳喬樅增輯
《玉篇》		唐風·山有蓲·弗曳弗摟 大雅·皇矣·無然伴换

郭璞

引文出處	陳壽祺原輯	陳喬樅增輯
《爾雅注》	邶風·日月·報我不遹	周南·關雎·窈窕淑女 周南·關雎·左右流之 周南·關雎·寤寐思服 周南·關雎·左右芼之 周南·葛覃·黄鳥于飛 周南·葛覃·服之無射 周南·卷耳·云何盱矣 周南·南有樛木·福履將之 周南·麟趾·麟之頲 召南·草蟲·喓喓草蟲 召南·草蟲·我心則悷 召南·采蘋·于以采蘋 召南·甘棠·召伯所稅

續表

引文出處	陳壽祺原輯	陳喬樅增輯
		召南·芣梅·迨其謂之 召南·小星·抱衾與幬 召南·小星·寔命不猶 召南·野有死麕·無使尨也吠 召南·騶虞·一發五豝 邶風·栢舟·不可以茹 邶風·栢舟·寤辟有摽 邶風·緑衣·遠于將之 邶風·終風·惠然肯來 邶風·凱風·凱風自南 邶風·匏有苦葉·雝雝鳴雁 邶風·谷風·習習谷風 邶風·谷風·密勿同心 邶風·谷風·誰謂荼苦 邶風·旄邱·旄邱之葛兮 邶風·旄邱·留離之子 邶風·北風·其虚其徐 邶風·静女·静女其姝 鄘風·牆有茨·篇旨 鄘風·牆有茨·不可襄也 鄘風·君子偕老·展如之人兮 鄘風·定之方中·定之方中 鄘風·干旄·素絲紕之 鄘風·載馳·陟彼阿邱 衛風·淇澳·菉竹猗猗(2) 衛風·考盤·永矢弗諼 衛風·碩人·東宫之妹 衛風·碩人·齒如瓠棲 衛風·氓·抱布貿絲 衛風·氓·言笑晏晏 衛風·竹竿·檜楫松舟 衛風·伯兮·安得蕿草

續表

引文出處	陳壽祺原輯	陳喬樅增輯
		王風·黍離·彼黍離離 王風·君子于役·鷄棲于塒 王風·兔爰·雉離于罦 王風·葛藟·在河之漘 王風·大車·毳衣如菼 王風·大車·穀則異室 鄭風·緇衣·緇衣之蓆兮 鄭風·清人·二矛重鷮 鄭風·羔裘·洵直且侯 鄭風·羔裘·邦之彦兮 鄭風·遵大路·不寁故也 鄭風·女曰鷄鳴·與子宜之 鄭風·野有蔓草·野有蔓草 齊風·鷄鳴·無庶予子憎 齊風·載驅·魯道有蕩 齊風·猗嗟·猗嗟名兮 魏風·葛屨·好人媞媞 魏風·園桃·心之憂矣 魏風·陟岵·陟彼岵兮 魏風·陟岵·陟彼屺兮 魏風·陟岵·猷來無棄 魏風·伐檀·河水清且瀾兮 魏風·伐檀·河水清且直兮 唐風·蟋蟀·無已太康 唐風·山有蓲·山有蓲 唐風·山有蓲·山有栲 唐風·椒聊·椒聊之實 唐風·鴇羽·集于苞栩 唐風·有杕之杜·逝肯適我 秦風·車轔·既見君子 秦風·車轔·逝者其耋 秦風·四鐵·載獫猲獢

續表

引文出處	陳壽祺原輯	陳喬樅增輯
		秦風·小戎·小戎俴收 秦風·小戎·騧驪是驂 秦風·蒹葭·泝洄從之 秦風·晨風·山有枹櫟 秦風·晨風·隰有六駮 秦風·晨風·隰有樹檖 秦風·權輿·胡不承權輿 陳風·防有鵲巢·中唐有甓(2) 陳風·澤陂·彼澤之陂 陳風·澤陂·陽如之何 會風·萇楚·樂子之無知 會風·匪風·誰能亨魚 曹風·蜉蝣·篇旨 曹風·蜉蝣·惟鵜在梁 豳風·七月·饁彼南畝 豳風·東山·零雨其蒙 豳風·東山·蜎蜎者蠋 豳風·東山·蛜蝛在室 豳風·東山·親結其褵 豳風·破斧·周公東征 豳風·破斧·四國是吪 豳風·狼跋·狼跋其胡 小雅·鹿鳴·呦呦鹿鳴 小雅·四牡·不偟啟處 小雅·棠棣·原隰捊矣 小雅·棠棣·外禦其侮 小雅·伐木·伐木丁丁 小雅·伐木·坎坎鼓我 小雅·魚麗·魚麗于罶 小雅·蓼蕭·攸革沖沖 小雅·六月·整居焦護 小雅·六月·侯誰在矣

續表

引文出處	陳壽祺原輯	陳喬樅增輯
		小雅·采芑·于彼新田 小雅·采芑·振旅闐闐 小雅·車攻·徒御不驚 小雅·吉日·既伯既禱 小雅·吉日·獸之所同 小雅·我行其野·我行其野 小雅·我行其野·言采其葍 小雅·斯干·下莞上簟 小雅·無羊·九十其犉 小雅·小旻·歙歙訿訿 小雅·小宛·螟蛉有子 小雅·小弁·弁彼鸒斯 小雅·巧言·亂如此幠 小雅·巧言·秩秩大猷 小雅·巧言·居河之湄 小雅·巧言·既微且尰 小雅·巷伯·誃兮侈兮 小雅·蓼莪·蓼蓼者莪 小雅·蓼莪·哀哀父母 小雅·蓼莪·匪莪伊蔚 小雅·大東·哀我癉人 小雅·四月·廢爲殘賊 小雅·大田·以我剡耜 小雅·大田·去其螟螣 小雅·頍弁·如彼雨雪 小雅·采菽·天子葵之 小雅·白華·卬烘于煁 小雅·瓠葉·維其崒矣 大雅·大明·摯仲氏任 大雅·皇矣·其椔其翳 大雅·生民·惟秬惟秠 大雅·嘉樂·民之攸呬

續表

引文出處	陳壽祺原輯	陳喬樅增輯
		大雅·卷阿·嗣先公爾酋矣 大雅·卷阿·祓禄康矣 大雅·卷阿·鳳凰鳴矣 大雅·板·天之方虐(2) 大雅·板·天之方懠 大雅·板·介人惟藩 大雅·抑·尚不媿于屋漏 大雅·桑柔·捋采其劉 大雅·桑柔·大風有隧 大雅·雲漢·藴隆爞爞 大雅·嵩高·錫爾玠珪 大雅·韓奕·有貓有虎 大雅·召閔·浩浩訿訿(2) 周頌·昊天有成命·肆其靖之 周頌·有瞽·應棟縣鼓 周頌·有瞽·肅雍和鳴 周頌·訪落·訪予落止 周頌·載芟·繹繹其達 周頌·載芟·振古如兹 周頌·良耜·畟畟耜也 周頌·絲衣·戴弁俅俅(2) 周頌·般·於皇明周 魯頌·駉·有騅有駓 魯頌·駉·有驔有魚 魯頌·閟宫·奔有龜蒙 魯頌·閟宫·遂幠大東 商頌·那·湯孫奏假
《方言注》		邶風·静女·静女其姝 大雅·大明·在郃之陽

漢哀帝

引文出處	陳壽祺原輯	陳喬樅增輯
《漢書·哀帝紀》		王風·大車·穀則異室 大雅·嘉樂·子孫千億
《漢書·鄭崇傳》		小雅·蓼莪·欲報之德
《漢書·孔光傳》		小雅·青蠅·營營青蠅
《漢書·毋將隆傳》		大雅·綿·虞芮質厥成

漢成帝

引文出處	陳壽祺原輯	陳喬樅增輯
《漢書·成帝紀》	小雅·小旻·不敢暴虎	

漢元帝

引文出處	陳壽祺原輯	陳喬樅增輯
《漢書·元帝紀》	大雅·民勞·民亦勞止	邶風·谷風·凡民有喪 小雅·十月之交·朔月辛卯
《漢書·宣元六王傳》	小雅·小明·靖共爾位	大雅·文王·毋念爾祖

漢章帝

引文出處	陳壽祺原輯	陳喬樅增輯
《後漢書·章帝紀》		小雅·十月之交·朔月辛卯 小雅·十月之交·日月鞠凶 小雅·雨無正·三事大夫 小雅·車舝·雖無德與女 大雅·行葦·敦彼行葦 大雅·嘉樂·不愆不忘 大雅·泂酌·愷悌君子

續表

引文出處	陳壽祺原輯	陳喬樅增輯
		大雅·雲漢·如炎如焚 周頌·雝·有來雝雝
《後漢書·東平憲王傳》		邶風·凱風·莫慰母心 魯頌·閟宫·王曰叔父
《後漢書注》 引《東觀漢記》		大雅·抑·無言不讎 周頌·時邁·懷柔百神

漢昭帝

引文出處	陳壽祺原輯	陳喬樅增輯
《漢書·昭帝紀》		衛風·氓·夙興夜寐

何休

引文出處	陳壽祺原輯	陳喬樅增輯
《公羊傳解詁》		周南·葛覃·歸寧父母 周南·麟趾·麟之角 鄭風·女曰鷄鳴·琴瑟在御 曹風·尸鳩·淑人君子 豳風·破斧·周公東征 小雅·巧言·君子屢盟 小雅·瞻彼洛矣·君子萬年 大雅·棫樸·奉璋峩峩 大雅·嵩高·嵩高惟嶽 周頌·有客·有客宿宿 魯頌·閟宫·王曰叔父

皇甫謐

引文出處	陳壽祺原輯	陳喬樅增輯
《毛詩正義》	王風·葛藟·篇旨	小雅
《太平御覽》		大雅·雲漢·篇旨

皇侃

引文出處	陳壽祺原輯	陳喬樅增輯
《論語義疏》		周頌·雍·有來雍雍
《史記正義》		小雅·蓼蕭·和鸞噰噰

黄瓊

引文出處	陳壽祺原輯	陳喬樅增輯
《後漢書·黄瓊傳》		小雅·小弁·篇旨

賈捐之

引文出處	陳壽祺原輯	陳喬樅增輯
《漢書·賈捐之傳》		小雅·采芑·蠢爾荆蠻

賈山

引文出處	陳壽祺原輯	陳喬樅增輯
《至言》		小雅·雨無正·凡百君子 大雅·文王·王國克生 大雅·板·我言維服 大雅·桑柔·匪言不能

賈誼

引文出處	陳壽祺原輯	陳喬樅增輯
《新書》	召南·騶虞·一發五豝 衛風·木瓜·投我以木瓜 小雅·蓼蕭·和鸞噰噰 小雅·北山·普天之下 小雅·桑扈·君子樂胥 大雅·文王·王國克生 大雅·皇矣·不識不知 大雅·靈臺·經始靈臺(2) 大雅·泂酌·愷悌君子 周頌·昊天有成命·昊天有成命 周頌·敬之·敬之敬之	邶風·栢舟·威儀棣棣 大雅·棫樸·芃芃棫樸

晉灼

引文出處	陳壽祺原輯	陳喬樅增輯
《漢書注》		豳風·狼跋·狼跋其胡 大雅·烝民·柔亦不茹

孔安國

引文出處	陳壽祺原輯	陳喬樅增輯
《論語集解》		周南·關雎·篇旨
《論語義疏》	大雅·抑·白珪之玷	

孔光

引文出處	陳壽祺原輯	陳喬樅增輯
《漢書·孔光傳》		周頌·我將·畏天之威 周頌·敬之·敬之敬之

孔融

引文出處	陳壽祺原輯	陳喬樅增輯
《後漢書·禰衡傳》		大雅·嵩高·嵩高惟嶽

寇榮

引文出處	陳壽祺原輯	陳喬樅增輯
《後漢書·寇榮傳》		小雅·青蠅·營營青蠅

匡衡

引文出處	陳壽祺原輯	陳喬樅增輯
《毛詩正義》		商頌·烈祖·篇旨

李彪

引文出處	陳壽祺原輯	陳喬樅增輯
《魏書·李彪傳》		會風·素冠·篇旨

李固

引文出處	陳壽祺原輯	陳喬樅增輯
《後漢書·李固傳》		大雅·板·上帝板板 周頌·時邁·薄言振之

李奇

引文出處	陳壽祺原輯	陳喬樅增輯
《漢書注》	周南·關雎·篇旨	邶風·栢舟·威儀棣棣

李賢

引文出處	陳壽祺原輯	陳喬樅增輯
《後漢書注》	周南·關雎·篇旨(2) 小雅·正月·佌佌彼有屋	豳風·七月·篇旨

李巡

引文出處	陳壽祺原輯	陳喬樅增輯
《毛詩正義》		周南·汝墳·遵彼汝墳 邶風·凱風·凱風自南 邶風·旄邱·旄邱之葛兮 邶風·新臺·籧篨不腆 邶風·新臺·得此戚施 鄘風·君子偕老·褘褘佗佗 鄘風·定之方中·景山與京 鄘風·干旄·孑孑干旟 鄘風·干旄·孑孑干旌 鄘風·載馳·陟彼阿邱 衛風·淇澳·瞻彼淇澳 衛風·淇澳·菉竹猗猗(2) 王風·黍離·左執翿 王風·葛藟·在河之漘 鄭風·大叔于田·襢裼暴虎 鄭風·女曰雞鳴·與子宜之 鄭風·東門·茹藘在阪 鄭風·子衿·青青子衿 齊風·敝笱·其魚魴鰥 魏風·汾沮洳·□汾一曲 魏風·伐檀·河水清且瀾兮 唐風·蟋蟀·良士瞿瞿 唐風·椒聊·椒聊之實 唐風·羔裘·自我人居居

續表

引文出處	陳壽祺原輯	陳喬樅增輯
		秦風·四鐵·載獫猲獢 陳風·東門之枌·婆娑其下 陳風·防有鵲巢·中唐有甓 豳風·七月·饁彼南畝 豳風·七月·五月斯螽動股 豳風·七月·晝爾于茅 豳風·東山·果臝之實 小雅·四牡·翩翩者隹 小雅·南有嘉魚·烝然汕汕 小雅·六月·侯誰在矣 小雅·吉日·既差我馬 小雅·小旻·歙歙訿訿 小雅·巷伯·猗于畝邱 小雅·谷風·惟風及頹 小雅·大東·睆彼牽牛 小雅·大田·去其螟螣 小雅·采菽·汎汎楊舟 大雅·大明·在郃之陽 大雅·皇矣·其椔其翳 大雅·板·上帝板板 大雅·板·天之方難 大雅·板·天之方懠 大雅·抑·視爾夢夢 大雅·桑柔·其下侯洵 大雅·召旻·浩浩訿訿 周頌·良耜·穫之挃挃
《左傳正義》		鄘風·定之方中·景山與京 鄘風·干旄·孑孑干旌 小雅·小宛·交交桑扈 小雅·巧言·居河之湄 小雅·楚茨·祝祭于閍

續表

引文出處	陳壽祺原輯	陳喬樅增輯
		小雅·大田·去其螟螣
《公羊注疏》		庸風·干旄·孑孑干旟 庸風·干旄·孑孑干旌
《爾雅釋文》		邶風·新臺·籧篨不腆 邶風·新臺·得此戚施 鄭風·大叔于田·將叔無狃 大雅·蕩·蕩蕩上帝 周頌·有瞽·應輮縣鼓
《爾雅注疏》		邶風·凱風·凱風自南 邶風·新臺·籧篨不腆 邶風·新臺·得此戚施 庸風·君子偕老·褘褘佗佗 庸風·干旄·孑孑干旌 王風·君子于役·鷄棲于塒 豳風·狼跋·狼跋其胡 小雅·南有嘉魚·烝然罩罩 大雅·桑柔·以念穹蒼 周頌·執競·鐘鼓喤喤
《隋書》		庸風·干旄·孑孑干旟
《太平御覽》		庸風·干旄·孑孑干旟
《一切經音義》		周南·關雎·窈窕淑女

令狐茂

引文出處	陳壽祺原輯	陳喬樅增輯
《漢書·武五子傳》		小雅·小弁·篇旨
		小雅·巷伯·取彼譖人

劉安

引文出處	陳壽祺原輯	陳喬樅增輯
《淮南子》	小雅·鹿鳴·篇旨	國風(3) 周南·關雎·關關雎鳩 周南·卷耳·采采卷耳 召南·甘棠·篇旨 召南·野有死麕·有女懷春 邶風·簡兮·執轡如組 衛風·碩人·巧笑倩兮 鄭風·女曰鷄鳴·弋鳧與雁 鄭風·東門·其室則邇 曹風·尸鳩·尸鳩在桑 小雅·皇華·我馬唯騏 小雅·伐木·神之聽之 小雅·菁莪·汎汎楊舟 小雅·節·弗躬弗親 小雅·正月·正月繁霜 小雅·小宛·交交桑扈 小雅·何人斯·篇旨 小雅·鼓鐘·鼓鐘伐鼛 小雅·瞻彼洛矣·瞻彼洛矣 小雅·車舝·高山仰止 大雅·文王·周雖舊邦 大雅·旱麓·莫莫葛藟 大雅·思齊·刑于寡妻 大雅·皇矣·皇矣上帝 大雅·皇矣·不識不知 大雅·下武·媚兹一人 大雅·嘉樂·不愆不忘 大雅·民勞·民亦勞止 大雅·蕩·内奰于中國 大雅·抑·人亦有言 大雅·抑·神之格思

續表

引文出處	陳壽祺原輯	陳喬樅增輯
		周頌·時邁·懷柔百神 周頌·雍·篇旨 周頌·敬之·敬之敬之(2) 商頌·元鳥·天命元鳥
《離騷傳》	小雅	國風
《漢書·嚴助傳》		大雅·常武·王猷允塞

劉勝

引文出處	陳壽祺原輯	陳喬樅增輯
《漢書·中山靖王劉勝傳》		小雅·小弁·我心憂傷 小雅·大東·周道如砥

劉向

引文出處	陳壽祺原輯	陳喬樅增輯
《通典》引《五經通義》		周頌·絲衣·戴弁俅俅
《列女傳》	周南·關雎·篇旨 周南·芣苢·篇旨 周南·汝墳·篇旨 召南·行露·篇旨 邶風·栢舟·篇旨 邶風·燕燕·篇旨 邶風·日月·篇旨 邶風·谷風·燕爾新婚 邶風·式微·篇旨 鄘風·君子偕老·展如之人兮 鄘風·定之方中·匪直也人 鄘風·蝃蝀·乃如之人兮	周南·關雎·窈窕淑女 周南·兔罝·肅肅兔罝 周南·漢廣·漢有游女 邶風·緑衣·篇旨 邶風·凱風·母氏聖善 邶風·谷風·采葑采菲 邶風·谷風·我躬不閱 邶風·泉水·出宿于濟 邶風·北風·北風其喈 鄘風·栢舟·髧彼兩髦 鄘風·相鼠·相鼠有皮 鄘風·相鼠·人而無止

續表

引文出處	陳壽祺原輯	陳喬樅增輯
	庸風·載馳·篇旨 衛風·碩人·篇旨 衛風·碩人·大夫夙退 王風·大車·篇旨 秦風·渭陽·我送舅氏 陳風·東門之池·彼美淑姬 陳風·墓門·墓門有棘 曹風·尸鳩·淑人君子 小雅·皇華·侁侁征夫 小雅·斯干·無非無儀 小雅·正月·燎之方陽 小雅·小宛·彼昏不知 小雅·車舝·展彼碩女 大雅·板·天之方虐 魯頌·閟宫·赫赫姜嫄	庸風·干旄·彼姝者子何以與之 庸風·干旄·彼姝者子何以告之 庸風·載馳·百爾所思 衛風·淇澳·有斐君子 衛風·氓·士之耽兮 衛風·氓·女也不爽 王風·黍離·彼黍離離 王風·大車·穀則異室 鄭風·羔裘·彼已之子舍命不渝 鄭風·有女同車·將翺將翔佩玉鏘鏘 鄭風·蘀兮·蘀兮蘀兮 魏風·葛屨·惟是褊心 魏風·園桃·心之憂矣 魏風·陟岵·陟彼屺兮 魏風·伐檀·彼君子兮不素飡兮 唐風·蟋蟀·無已太康職思其憂 唐風·蟋蟀·好樂無荒 秦風·車轔·既見君子 秦風·四鐵·公之媚子 秦風·小戎·愔愔良人 陳風·衡門·衡門之下 會風·素冠·我心傷悲兮 曹風·尸鳩·尸鳩在桑 曹風·尸鳩·淑人君子 小雅·棠棣·死喪之威 小雅·棠棣·是究是圖 小雅·出輿·既見君子 小雅·南有嘉魚·君子有酒 小雅·蓼蕭·既見君子 小雅·菁莪·菁菁者莪 小雅·菁莪·既見君子 小雅·正月·謂天蓋高

續表

引文出處	陳壽祺原輯	陳喬樅增輯
		小雅·小旻·旻天疾威 小雅·小旻·如彼泉流 小雅·小宛·教誨爾子 小雅·小弁·行有死人 小雅·巧言·昊天已威 小雅·巧言·君子信盜(2) 小雅·何人斯·我聞其聲 小雅·四月·廢爲殘賊 小雅·鼓鐘·淑人君子 小雅·裳裳者華·左之左之 小雅·車舝·高山仰止 小雅·都人士·彼君子女 小雅·隰桑·隰桑有阿 大雅·文王·世之不顯 大雅·大明·摯仲氏任 大雅·大明·在郃之陽 大雅·思齊·太姒嗣徽音 大雅·文王有聲·貽厥孫謀 大雅·生民·厥初生民 大雅·行葦·敦彼行葦 大雅·行葦·敦弓既堅 大雅·既醉·釐爾士女 大雅·卷阿·來遊來歌 大雅·卷阿·愷悌君子 大雅·板·猷之未遠 大雅·板·辭之集矣(2) 大雅·板·我言維服 大雅·蕩·流言以對 大雅·蕩·枝葉未有害 大雅·抑·敬慎威儀 大雅·抑·無言不讎 大雅·抑·無曰不顯

續表

引文出處	陳壽祺原輯	陳喬樅增輯
		大雅·抑·淑慎爾止 大雅·抑·聽用我謀 大雅·抑·取辟不遠 大雅·桑柔·惟此惠君 大雅·烝民·令儀令色 大雅·烝民·既明且哲 大雅·瞻卬·哲婦傾城 大雅·瞻卬·懿厥悊婦(4) 大雅·瞻卬·婦無公事 大雅·瞻卬·心之憂矣 大雅·瞻卬·無忝爾祖 大雅·召閔·池之竭矣 周頌·烈文·不顯惟德 周頌·思文·思文后稷 周頌·敬之·敬之敬之 魯頌·有駜·君子有穀 魯頌·泮水·載色載笑 商頌·那·温恭朝夕 商頌·長發·有城方將
《列仙傳》		周南·漢廣·漢有游女
《毛詩正義》引《别録》		大雅·大明·惟師尚父
《説苑》	周南·兔罝·赳赳武夫 召南·甘棠·蔽芾甘棠 邶風·雄雉·瞻彼日月 衛風·芄蘭·芄蘭之枝	召南·草蟲·未見君子 邶風·栢舟·我心匪石 邶風·雄雉·不忮不求 邶風·谷風·凡民有喪 邶風·旄邱·何其處也(2) 邶風·静女·静女其姝 鄘風·蝃蝀·乃如之人兮 鄘風·相鼠·相鼠有皮

續表

引文出處	陳壽祺原輯	陳喬樅增輯
		衛風·淇澳·有斐君子 王風·黍離·彼黍離離 王風·中谷·啜其泣矣 鄭風·野有蔓草·野有蔓草 齊風·東方·東方未明 齊風·南山·葛屨五兩 齊風·甫田·無田甫田 魏風·伐檀·彼君子兮不素餐兮 魏風·碩鼠·□□□□毋食我黍 唐風·椒聊·彼其之子 秦風·晨風·鴥彼晨風 會風·匪風·誰能亨魚 曹風·尸鳩·尸鳩在桑 小雅·皇華·我馬唯騏 小雅·魚麗·物其有矣 小雅·節·尹氏大師 小雅·節·弗躬弗親 小雅·正月·謂天蓋高 小雅·十月之交·彼月而蝕 小雅·小旻·不敢暴虎(3) 小雅·小弁·菀彼柳斯 小雅·巧言·君子信盜 小雅·巷伯·萋兮斐兮 小雅·巷伯·取彼譖人 小雅·四月·亂離斯瘼 小雅·小明·嗟爾君子 小雅·裳裳者華·左之左之 小雅·車舝·高山仰止 小雅·賓之初筵·大侯既抗 小雅·賓之初筵·側弁之俄 小雅·角弓·民之無良 小雅·黍苗·原隰既平

續表

引文出處	陳壽祺原輯	陳喬樅增輯
		大雅·文王·毋念爾祖 大雅·綿·虞芮質厥成 大雅·棫樸·雕琢其章 大雅·旱麓·莫莫葛藟 大雅·思齊·成人有德 大雅·靈臺·經始靈臺 大雅·文王有聲·鎬京辟雍 大雅·既醉·既醉以酒 大雅·嘉樂·不愆不忘 大雅·嘉樂·威儀抑抑 大雅·泂酌·愷悌君子 大雅·卷阿·鳳凰于飛 大雅·民勞·柔遠能邇 大雅·板·辭之集矣 大雅·板·我言維服 大雅·板·天之方虐 大雅·板·相亂蔑資 大雅·蕩·疾威上帝 大雅·蕩·靡不有初 大雅·蕩·式號式呼 大雅·蕩·雖無老成人 大雅·抑·告爾民人 大雅·抑·慎爾出話 大雅·抑·白珪之玷 大雅·抑·無易由言 大雅·抑·温温恭人 大雅·雲漢·上下奠瘞 大雅·烝民·既明且哲 周頌·天作·岐有夷之行 周頌·豐年·豐年多黍多稌 周頌·敬之·敬之敬之 周頌·絲衣·自堂徂基

續表

引文出處	陳壽祺原輯	陳喬樅增輯
		魯頌·泮水·思樂泮水 魯頌·閟宫·泰山巖巖 商頌·長發·率禮不越 商頌·長發·湯降不遲(2)
《後漢書注》引《説苑》		小雅·小弁·篇旨
《新序》	邶風·二子乘舟·二子乘舟 王風·黍離·彼黍離離	召南·鵲巢·維鵲有巢 邶風·栢舟·我心匪石(2) 邶風·北門·已焉哉 鄘風·相鼠·相鼠有體 鄭風·大叔于田·執轡如組 鄭風·羔裘·彼己之子舍命不渝 鄭風·羔裘·彼己之子邦之司直 魏風·碩鼠·□□□□毋食我黍 小雅·節·駕彼四牡 小雅·雨無正·降喪饑饉 小雅·雨無正·凡百君子 小雅·小旻·不敢暴虎 小雅·小宛·各敬爾儀 小雅·巧言·昊天太憮 小雅·谷風·將安將樂 小雅·裳裳者華·唯其有之 小雅·隰桑·中心藏之 大雅·文王·王國克生 大雅·綿·古公亶父 大雅·皇矣·王赫斯怒 大雅·靈臺·經始靈臺 大雅·嘉樂·不愆不忘 大雅·板·辭之集矣 大雅·蕩·靡不有初 大雅·抑·有覺德行

續表

引文出處	陳壽祺原輯	陳喬樅增輯
		大雅·抑·無易由言 大雅·抑·其惟哲人 大雅·烝民·柔亦不茹 大雅·常武·王猷允塞 魯頌·閟宫·黄髮鮐背
《九嘆》	周南·南有樛木·葛藟虆之 衛風·碩人·泣涕漣漣 唐風·椒聊·椒聊且 小雅·青蠅·營營青蠅	衛風·竹竿·淇水油油 唐風·杕杜·獨行瞏瞏 小雅·大東·苕苕公子
《七諫》	小雅·鹿鳴·呦呦鹿鳴 小雅·伐木·嚶其鳴矣	
《漢書·劉向傳》	邶風·栢舟·我心匪石 邶風·栢舟·憂心悄悄 小雅·斯干·篇旨 小雅·正月·正月繁霜 小雅·十月之交·朔月辛卯 小雅·十月之交·密勿從事 小雅·小旻·歙歙訿訿 小雅·角弓·民之無良 小雅·角弓·雨雪瀌瀌 大雅·文王·殷之孫子 大雅·蕩·殷監不遠 周頌·清廟·於穆清廟 周頌·執競·鐘鼓喤喤 周頌·思文·飴我釐麰 周頌·雍·有來雍雍	
《漢書·陳湯傳》	小雅·六月·吉甫燕喜	小雅·采芑·嘽嘽推推
《漢書·五行志》		小雅·斯干·惟熊惟羆 小雅·頍弁·如彼雨雪

續表

引文出處	陳壽祺原輯	陳喬樅增輯
《史記集解》		小雅·十月之交·彼月而蝕

劉歆

引文出處	陳壽祺原輯	陳喬樅增輯
《漢書·韋玄成傳》		召南·甘棠·蔽芾甘棠小雅·六月·篇旨 周頌·清廟·篇旨
《漢書·王莽傳》		周頌·閔予小子·閔予小子 商頌·殷武·京邑翼翼
《漢書·五行志》		小雅·十月之交·皇父卿士 小雅·北山·或宴宴居息

劉胥

引文出處	陳壽祺原輯	陳喬樅增輯
《史記·三王世家》		小雅·小旻·不敢暴虎

魯恭

引文出處	陳壽祺原輯	陳喬樅增輯
《後漢書·魯恭傳》	商頌·殷武·京邑翼翼	大雅·綿·篇旨

魯丕

引文出處	陳壽祺原輯	陳喬樅增輯
《後漢書·魯丕傳》	國風 大雅·板·我言維服	

陸賈

引文出處	陳壽祺原輯	陳喬樅增輯
《新語》	小雅·青蠅·營營青蠅	周南·關雎·關關雎鳩 小雅·鹿鳴·呦呦鹿鳴 小雅·節·式訛爾心

吕不韋

引文出處	陳壽祺原輯	陳喬樅增輯
《吕氏春秋》		周南·兔罝·赳赳武夫 邶風·簡兮·執轡如組 魏風·碩鼠·□□□□毋食我黍 小雅·大田·有晻淒淒 商頌·元鳥·天命元鳥

屈原

引文出處	陳壽祺原輯	陳喬樅增輯
《天問》	陳風·墓門·墓門有棘 大雅·大明·惟師尚父 大雅·生民·誕寘之隘巷	商頌·元鳥·天命元鳥
《遠遊》	邶風·栢舟·炯炯不寐	

舍人

引文出處	陳壽祺原輯	陳喬樅增輯
《毛詩釋文》		小雅·魚麗·鱨魦魴鱧鰋鯉
《毛詩正義》		周南·葛覃·是刈是鑊 邶風·終風·謔浪笑敖 衛風·淇澳·菉竹猗猗 鄭風·大叔于田·襢裼暴虎

續表

引文出處	陳壽祺原輯	陳喬樅增輯
		鄭風·羔裘·邦之噫兮 鄭風·遵大路·不寁故也 齊風·載驅·魯道有蕩 唐風·山有蓲·山有栲 秦風·車轔·有馬白顛 陳風·衡門·衡門之下 豳風·七月·五月鳴蜩 豳風·七月·五月螽動股 豳風·鴟·篇旨 豳風·東山·騜駁其馬 小雅·四牡·翩翩者隹 小雅·魚麗·鱨魦魴鱧鰋鯉 小雅·南山有臺·篇旨 小雅·吉日·既差我馬 小雅·巧言·聖人漠之 小雅·蓼莪·蓼蓼者莪 小雅·楚薋·子子孫孫 小雅·白華·卬烘于煁 大雅·棫樸·奉璋峩峩 大雅·行葦·黄耇鮐背 大雅·卷阿·鳳凰鳴矣 大雅·板·天之方虐 大雅·板·天之方懠 大雅·桑柔·捋采其劉 大雅·召閔·浩浩訿訿 周頌·維天之命·假以溢我 周頌·維清·維周之祺 周頌·載芟·其耕釋釋 周頌·載芟·繹繹其達 周頌·良耜·畟畟耜也

續表

引文出處	陳壽祺原輯	陳喬樅增輯
《尚書正義》		魯頌·閟宫·黄髮齯齒
《左傳正義》		秦風·車轔·逝者其耋 小雅·采薇·小人所茈
《爾雅釋文》		邶風·新臺·籧篨不腆 邶風·新臺·得此戚施 鄘風·君子偕老·褘褘佗佗 秦風·晨風·山有枹櫟 會風·素冠·棘人臠臠兮 豳風·七月·饁彼南畝 小雅·伐木·坎坎鼓我 小雅·正月·瘋憂以痒 小雅·正月·執我仇仇 小雅·正月·仳仳彼有屋 小雅·十月之交·密勿從事 小雅·何人斯·爲鬼爲蜮 大雅·生民·履帝武敏歆 魯頌·泮水·矯矯虎臣
《爾雅注疏》		衛風·淇澳·菉竹猗猗 小雅·蓼莪·匪莪伊蔚 周頌·執競·鐘鼓喤喤
《水經注》		邶風·泉水·我思肥泉 小雅·巧言·居河之湄
《開元占經》		小雅·大田·去其螟蟘
《太平御覽》		小雅·南有嘉魚·烝然汕汕 小雅·小宛·螟蛉有子 小雅·何人斯·伯氏吹塤(2) 大雅·抑·尚不媿于屋漏 周頌·潛·涔有多魚

申培

引文出處	陳壽祺原輯	陳喬樅增輯
熹平《魯詩》石經		魏風·葛屨·篇題 魏風·葛屨·惟是褊心 魏風·汾沮洳·□汾一曲 魏風·園桃·□□□之誰知 魏風·園桃·園有棘 魏風·陟岵·□□父兮 魏風·陟岵·陟岵三章章六句 魏風·伐檀·不稼不嗇胡取禾三百廛兮 魏風·伐檀·□□特兮(2) 魏風·碩鼠·□□□□毋食我黍(3) 唐風·蟋蟀·蟋蟀在堂 唐風·山有蓲·山有蓲 唐風·山有蓲·□□酒食 唐風·楊之水·既見君子
《毛詩正義》引許慎《五經異義》引《魯詩》	大雅·生民·厥初生民	
《毛詩正義》引張融引《魯詩》		大雅·皇矣·侵阮徂共
《漢書注》引《魯詩》	小雅·十月之交·皇父卿士(2)	
《漢書注》引晉灼引《魯詩》	庸風·牆有茨·中冓之言	
《文選》張載注引《魯詩傳》	召南·騶虞·一發五豝	

續表

引文出處	陳壽祺原輯	陳喬樅增輯
《周禮注疏》引許慎《五經異義》引《魯説》	召南·騶虞·一發五豝	
《説文解字》引《魯詩説》	周頌·絲衣·自堂徂基	

叔孫通

引文出處	陳壽祺原輯	陳喬樅增輯
《爾雅》	邶風·日月·報我不遹 衛風·氓·至于敦丘(2) 魯頌·閟宫·保有鳧嶧 商頌·殷武·方斲是梴	周南·關雎·窈窕淑女 周南·關雎·左右流之 周南·關雎·寤寐思服 周南·關雎·左右芼之 周南·葛覃·黄鳥于飛 周南·葛覃·是刈是鑊 周南·葛覃·服之無射 周南·卷耳·我馬虺頹 周南·卷耳·云何盱矣 周南·南有樛木·福履將之 周南·螽斯·宜爾子孫 周南·漢廣·不可舫思 周南·汝墳·遵彼汝墳 周南·麟趾·麟之頲 召南·草蟲·喓喓草蟲 召南·草蟲·未見君子 召南·草蟲·我心則悷 召南·采蘋·于以采蘋 召南·甘棠·召伯所税 召南·羔羊·素絲五緎 召南·摽梅·迨其謂之

續表

引文出處	陳壽祺原輯	陳喬樅增輯
		召南·小星·抱衾與幬 召南·小星·寔命不猶 召南·野有死麕·篇旨 召南·野有死麕·林有樸樕 召南·野有死麕·無使尨也吠 召南·騶虞·彼茁者葭 召南·騶虞·一發五豝 召南·騶虞·一發五豵 邶風·栢舟·不可以茹 邶風·栢舟·寤辟有摽 邶風·燕燕·遠于將之 邶風·終風·謔浪笑敖 邶風·終風·惠然肯來 邶風·凱風·凱風自南 邶風·匏有苦葉·濟有深涉 邶風·匏有苦葉·雝雝鳴雁 邶風·匏有苦葉·卬頞我友 邶風·谷風·習習谷風 邶風·谷風·密勿同心 邶風·谷風·采葑采菲 邶風·谷風·誰謂荼苦 邶風·谷風·既詒我勩 邶風·式微·篇旨 邶風·旄邱·旄邱之葛兮 邶風·旄邱·留離之子 邶風·簡兮·右手秉翟 邶風·簡兮·隰有蘦 邶風·泉水·出宿于濟 邶風·泉水·我思肥泉 邶風·北門·憂心殷殷 邶風·北風·其虚其徐 邶風·静女·静女其姝

續表

引文出處	陳壽祺原輯	陳喬樅增輯
		邶風·新臺·籧篨不腆 邶風·新臺·得此戚施 鄘風·牆有茨·篇旨 鄘風·牆有茨·不可襄也 鄘風·牆有茨·不可揚也 鄘風·君子偕老·褘褘佗佗 鄘風·君子偕老·展如之人兮 鄘風·定之方中·定之方中 鄘風·定之方中·景山與京 鄘風·蝃蝀·蝃蝀在東 鄘風·干旄·素絲紕之 鄘風·干旄·孑孑干旟 鄘風·干旄·孑孑干旌 鄘風·載馳·陟彼阿邱(2) 衛風·淇澳·瞻彼淇澳(2) 衛風·淇澳·菉竹猗猗(2) 衛風·淇澳·有斐君子(2) 衛風·考盤·永矢弗諼 衛風·考盤·碩人之逐 衛風·碩人·抱布貿絲 衛風·碩人·東宫之妹 衛風·碩人·領如蝤蠐 衛風·碩人·齒如瓠棲 衛風·氓·言笑晏晏 衛風·竹竿·檜楫松舟 衛風·伯兮·安得蕿草 王風·黍離·彼黍離離 王風·君子于役·鷄棲于塒 王風·君子于役·左執翿 王風·兔爰·逢此百罹 王風·兔爰·雉離于罦 王風·兔爰·我生之初尚無造

續表

引文出處	陳壽祺原輯	陳喬樅增輯
		王風·兔爰·我生之初尚無庸 王風·葛藟·在河之漘 王風·大車·毳衣如菼 王風·大車·穀則異室 鄭風·緇衣·緇衣之蓆兮 鄭風·大叔于田·襢裼暴虎 鄭風·大叔于田·將叔無狃 鄭風·大叔于田·兩服上襄 鄭風·清人·二矛重鷮 鄭風·羔裘·洵直且侯 鄭風·羔裘·彼己之子舍命不渝 鄭風·羔裘·邦之喭兮 鄭風·遵大路·不寁故也 鄭風·女曰鷄鳴·與子宜之 鄭風·東門·茹藘在阪 鄭風·風雨·風雨如晦 鄭風·子衿·青青子衿 鄭風·出其東門·出其闉闍 鄭風·野有蔓草·野有蔓草 齊風·鷄鳴·無庶予子憎 齊風·南山·曷又鞠止 齊風·甫田·無田甫田 齊風·敝笱·其魚魴鯤 齊風·載驅·魯道有蕩 齊風·猗嗟·猗嗟名兮 魏風·葛屨·好人媞媞 魏風·汾沮洳·□汾一曲 魏風·園桃·心之憂矣 魏風·陟岵·陟彼岵兮 魏風·陟岵·陟彼屺兮 魏風·陟岵·猷來無棄 魏風·伐檀·河水清且瀾兮

續表

引文出處	陳壽祺原輯	陳喬樅增輯
		魏風·伐檀·河水清且直兮 魏風·伐檀·河水清且淪兮 唐風·蟋蟀·無已太康 唐風·蟋蟀·良士瞿瞿 唐風·蟋蟀·蟋蟀在堂 唐風·山有蓲·山有蓲 唐風·山有蓲·弗曳弗摟 唐風·山有蓲·山有栲 唐風·椒聊·椒聊之實(2) 唐風·羔裘·自我人居居 唐風·鴇羽·集于苞栩 唐風·有杕之杜·遾肯適我 秦風·車轔·有馬白顛 秦風·車轔·既見君子 秦風·車轔·逝者其耋 秦風·四鐵·載獫猲獢 秦風·小戎·小戎俴收 秦風·小戎·駕我騏馵 秦風·小戎·騧驪是驂 秦風·蒹葭·泝洄從之 秦風·蒹葭·宛在水中坻 秦風·蒹葭·宛在水中沚 秦風·黄鳥·殲我良人 秦風·晨風·山有枹櫟(2) 秦風·晨風·隰有六駮 秦風·晨風·隰有樹檖 秦風·權輿·胡不承權輿 陳風·宛邱·宛邱之上(2) 陳風·東門之枌·婆娑其下 陳風·衡門·衡門之下 陳風·防有鵲巢·中唐有甓(2) 陳風·防有鵲巢·心焉惕惕

續表

引文出處	陳壽祺原輯	陳喬樅增輯
		陳風·澤陂·彼澤之陂 陳風·澤陂·陽如之何 會風·素冠·棘人欒欒兮 會風·萇楚·樂子之無知 會風·匪風·誰能亨魚 曹風·蜉蝣·篇旨 曹風·蜉蝣·惟鵜在梁 曹風·尸鳩·尸鳩在桑 豳風·七月·饁彼南畝(3) 豳風·七月·春日遲遲 豳風·七月·七月鳴鴃 豳風·七月·五月鳴蜩 豳風·七月·五月蜇螽動股(2) 豳風·七月·六月食鬱及蓷 豳風·七月·晝爾于茅 豳風·鴟鴞·篇旨 豳風·鴟鴞·予室翹翹 豳風·鴟鴞·予唯音之嘵嘵 豳風·東山·零雨其蒙 豳風·東山·蜎蜎者蠋(2) 豳風·東山·果羸之實 豳風·東山·蛜蝛在室 豳風·東山·騜駁其馬 豳風·東山·親結其縭 豳風·破斧·周公東征 豳風·破斧·四國是訛 豳風·九罭·九罭之魚(2) 豳風·狼跋·狼跋其胡 小雅·鹿鳴·呦呦鹿鳴 小雅·四牡·不偟啟處 小雅·四牡·翩翩者隹 小雅·皇華·皇皇者華

續表

引文出處	陳壽祺原輯	陳喬樅增輯
		小雅·棠棣·原隰捊矣 小雅·棠棣·外禦其侮 小雅·伐木·伐木丁丁 小雅·伐木·坎坎鼓我 小雅·天保·天保定爾 小雅·天保·礿祠蒸嘗 小雅·采薇·我行不梾 小雅·采薇·小人所芘 小雅·魚麗·魚麗于罶(2) 小雅·魚麗·鱨魦魴鱧鰋鯉 小雅·南有嘉魚·烝然罩罩 小雅·南有嘉魚·烝然汕汕 小雅·南山有臺·篇旨 小雅·蓼蕭·攸革沖沖 小雅·湛露·懕懕夜飲 小雅·六月·整居焦護 小雅·六月·帛旆英英 小雅·六月·侯誰在矣 小雅·采芑·于彼新田 小雅·采芑·振旅闐闐 小雅·車攻·徒御不驚 小雅·吉日·既伯既禱 小雅·吉日·既差我馬 小雅·吉日·獸之所同 小雅·吉日·瞻彼中原 小雅·我行其野·我行其野 小雅·我行其野·言采其葍 小雅·斯干·約之格格 小雅·斯干·如翬斯飛 小雅·斯干·噦噦其冥 小雅·斯干·下莞上簟 小雅·無羊·九十其犉

續表

引文出處	陳壽祺原輯	陳喬樅增輯
		小雅·正月·癙憂以痒 小雅·正月·憂心瘐瘐 小雅·正月·視天夢夢 小雅·正月·執我仇仇 小雅·正月·仳仳彼有屋 小雅·十月之交·密勿從事 小雅·十月之交·悠悠我里 小雅·小旻·歙歙訿訿 小雅·小宛·螟蛉有子(2) 小雅·小宛·交交桑扈 小雅·小弁·弁彼鸒斯 小雅·小弁·不知所艐 小雅·小弁·譬彼瘣木 小雅·巧言·亂如此憮 小雅·巧言·昊天已威 小雅·巧言·君子信盜 小雅·巧言·秩秩大猷 小雅·巧言·聖人漠之 小雅·巧言·居河之湄 小雅·巧言·既微且尰 小雅·何人斯·胡逝我陳 小雅·何人斯·伯氏吹塤 小雅·何人斯·爲鬼爲蜮 小雅·巷伯·誃兮侈兮 小雅·巷伯·勞人慅慅 小雅·巷伯·猗于畝邱 小雅·谷風·惟風及頹 小雅·蓼莪·蓼蓼者莪 小雅·蓼莪·哀哀父母 小雅·蓼莪·匪莪伊蔚 小雅·蓼莪·出入腹我 小雅·大東·無浸穫薪

續表

引文出處	陳壽祺原輯	陳喬樅增輯
		小雅·大東·哀我癉人 小雅·大東·薪是樓薪 小雅·大東·琄琄佩璲 小雅·大東·睆彼牽牛 小雅·大東·東有啓明 小雅·四月·廢爲殘賊 小雅·楚薋·祝祭于閍 小雅·楚薋·子子孫孫 小雅·信南山·畇畇原隰 小雅·大田·以我剡耜 小雅·大田·去其螟螣 小雅·頍弁·如彼雨雪 小雅·魚藻·有賁其首 小雅·采菽·汎汎楊舟 小雅·采菽·天子葵之 小雅·白華·卬烘于煁 小雅·瓠葉·維其崒矣 小雅·何草不黄·何草不元 大雅·大明·在郶之陽 大雅·綿·綿綿瓜瓞 大雅·綿·乃立冢土 大雅·棫樸·奉璋峩峩 大雅·皇矣·其椔其翳 大雅·皇矣·天立厥妃 大雅·皇矣·是類是禡 大雅·生民·履帝武敏歆 大雅·生民·惟秬惟秠 大雅·生民·淅之溞溞 大雅·行葦·黄耇鮐背 大雅·嘉樂·民之攸呬 大雅·卷阿·嗣先公爾酋矣 大雅·卷阿·祓禄康矣

續表

引文出處	陳壽祺原輯	陳喬樅增輯
		大雅·卷阿·禺禺卬卬 大雅·卷阿·鳳凰鳴矣 大雅·板·上帝板板 大雅·板·天之方難 大雅·板·天之方虐(2) 大雅·板·天之方懠(2) 大雅·板·介人惟藩 大雅·蕩·蕩蕩上帝 大雅·抑·尚不媿于屋漏 大雅·抑·視爾夢夢 大雅·桑柔·其下侯洵 大雅·桑柔·捋采其劉 大雅·桑柔·以念穹蒼 大雅·桑柔·大風有隧 大雅·雲漢·蘊隆爞爞 大雅·嵩高·錫爾玠珪 大雅·韓奕·有貓有虎 大雅·江漢·武夫債債 大雅·召閔·浩浩訿訿(2) 周頌·維天之命·假以溢我 周頌·維清·維周之祺 周頌·昊天有成命·肆其靖之 周頌·時邁·懷柔百神 周頌·執競·鐘鼓喤喤 周頌·臣工·峙乃錢鎛 周頌·有瞽·應輮縣鼓 周頌·有瞽·肅雍和鳴 周頌·潛·涔有多魚 周頌·有客·有客宿宿 周頌·訪落·訪予落止 周頌·載芟·其耕釋釋 周頌·載芟·有略其耜

續表

引文出處	陳壽祺原輯	陳喬樅增輯
		周頌·載芟·繹繹其達 周頌·載芟·振古如兹 周頌·良耜·畟畟耜也 周頌·良耜·以茠荼蓼 周頌·良耜·穫之挃挃 周頌·絲衣·戴弁俅俅(2) 周頌·桓·皇以間之 周頌·般·於皇明周 魯頌·駉·有騅有駓 魯頌·駉·有驔有魚 魯頌·泮水·淈此羣醜 魯頌·泮水·矯矯虎臣 魯頌·閟宫·閟宫有侐 魯頌·閟宫·實始翦商 魯頌·閟宫·奄有龜蒙 魯頌·閟宫·遂幠大東 魯頌·閟宫·黄髮齯齒 商頌·那·湯孫奏假 商頌·長發·百禄是揫 商頌·殷武·赫赫厥聲

司馬彪

引文出處	陳壽祺原輯	陳喬樅增輯
《續漢志》		庸風·君子偕老·副笄六珈 曹風·蜉蝣·彼其之子 小雅·大東·琄琄佩璲 小雅·頍弁·有頍者弁 魯頌·閟宫·寢廟繹繹

司馬遷

引文出處	陳壽祺原輯	陳喬樅增輯
《史記·殷本紀》	商頌·元鳥·天命元鳥 商頌·長發·武王載發	
《史記·周本紀》	大雅·文王·陳錫載周 大雅·綿·篇旨 大雅·綿·虞芮質厥成 大雅·生民·篇旨 大雅·公劉·篇旨 周頌·時邁·載戢干戈 周頌·思文·思文后稷	小雅·采薇·篇旨 周頌·時邁·篇旨
《史記·秦本紀》	秦風·黄鳥·篇旨	
《史記·十二諸侯年表》	周南·關雎·篇旨 小雅·鹿鳴·篇旨	
《史記·樂書》	大雅·皇矣·惟此文王 大雅·板·誘民孔易 周頌·有瞽·肅雍和鳴 周頌·訪落·朕未有艾	
《史記·天官書》		小雅·十月之交·彼月而蝕
《史記·平準書》	頌	
《史記·齊太公世家》	大雅·綿·虞芮質厥成 大雅·文王有聲·文王受命	
《史記·魯世家》		豳風·鴟·篇旨
《史記·燕召公世家》	召南·甘棠·篇旨	
《史記·衛世家》		邶風·二子乘舟·二子乘舟
《史記·宋世家》		商頌
《史記·孔子世家》	小雅·車舝·高山仰止 小雅·何草不黄·匪兕匪虎	

續表

引文出處	陳壽祺原輯	陳喬樅增輯
《史記·外戚世家》	周南·關雎·篇旨	
《史記·仲尼弟子列傳》	小雅·瓠葉·月離于畢 大雅·抑·白珪之玷	
《史記·商君列傳》		鄘風·相鼠·相鼠有體
《史記·春申君列傳》		小雅·巧言·趯趯毚兔
《史記·劉敬叔孫通列傳》		豳風·七月·篇旨 大雅·綿·虞芮質厥成
《史記·匈奴列傳》	小雅·出輿·出輿彭彭	豳風·七月·篇旨
《史記·衛將軍驃騎列傳》	小雅·出輿·天子命我	
《史記·司馬相如列傳》	小雅	
《史記·淮南衡山列傳》	魯頌·閟宫·戎狄是膺	
《史記·儒林列傳》	國風 周南·關雎·篇旨	
《史記·滑稽列傳》	小雅·青蠅·營營青蠅	
《史記·太史公自敘》	國風(2) 秦風·黄鳥·篇旨 頌	召南·甘棠·篇旨 大雅·常武·王謂尹氏

司馬相如

引文出處	陳壽祺原輯	陳喬樅增輯
《上林賦》	小雅 小雅·桑扈·君子樂胥	
《漢書·司馬相如傳》		鄭風·溱洧·贈之以勺藥

司馬貞

引文出處	陳壽祺原輯	陳喬樅增輯
《史記索隱》	大雅·公劉·篇旨	

宋玉

引文出處	陳壽祺原輯	陳喬樅增輯
《九辯》	魏風·伐檀·彼君子兮不素餐兮	豳風·七月·七月在野

宋衷

引文出處	陳壽祺原輯	陳喬樅增輯
《史記索隱》		小雅·采薇·篇旨

蘇林

引文出處	陳壽祺原輯	陳喬樅增輯
《漢書注》		小雅·巷伯·啛啛幡幡

孫炎

引文出處	陳壽祺原輯	陳喬樅增輯
《毛詩釋文》		周南·漢廣·不可舫思 召南·羔羊·素絲五緎 衛風·淇澳·瞻彼淇澳
《毛詩正義》	衛風·氓·至于敦丘	周南·葛覃·是刈是鑊 周南·卷耳·我馬虺頹 召南·野有死麕·林有樸樕 邶風·燕燕·遠于將之 邶風·谷風·習習谷風 邶風·谷風·采葑采菲

續表

引文出處	陳壽祺原輯	陳喬樅增輯
		邶風·谷風·既詒我勩 邶風·簡兮·隰有蘦 邶風·北風·其虚其徐 鄘風·君子偕老·禕禕佗佗 鄘風·君子偕老·展如之人兮 鄘風·定之方中·定之方中 鄘風·定之方中·景山與京 鄘風·干旄·孑孑干旟 鄘風·干旄·孑孑干旌 衛風·淇澳·瞻彼淇澳 衛風·淇澳·菉竹猗猗 衛風·碩人·領如蝤蠐 衛風·碩人·齒如瓠棲 王風·君子于役·左執翿 王風·兔爰·雉離于罦 王風·葛藟·在河之漘 鄭風·大叔于田·襢裼暴虎 鄭風·大叔于田·將叔無狃 鄭風·子衿·青青子衿 鄭風·出其東門·出其闉闍 齊風·猗嗟·猗嗟名兮 魏風·園桃·心之憂矣 唐風·羔裘·自我人居居 秦風·車轔·逝者其耋 秦風·蒹葭·泝洄從之 秦風·終南·有條有梅 陳風·東門之枌·婆娑其下 陳風·防有鵲巢·中唐有甓 會風·匪風·誰能亨魚 豳風·七月·饁彼南畝(2) 豳風·七月·五月鳴蜩 豳風·東山·蜎蜎者蠋

續表

引文出處	陳壽祺原輯	陳喬樅增輯
		豳風·東山·果臝之實 豳風·東山·騜駁其馬 豳風·東山·親結其褵 豳風·九罭·九罭之魚 小雅·天保·礿祠蒸嘗 小雅·魚麗·魚麗于罶 小雅·魚麗·鱨魦魴鱧鰋鯉 小雅·南有嘉魚·烝然汕汕 小雅·采芑·于彼新田 小雅·采芑·振旅闐闐 小雅·斯干·噦噦其冥 小雅·正月·視天夢夢 小雅·何人斯·胡逝我陳 小雅·何人斯·爲鬼爲蜮 小雅·巷伯·猗于畝邱 小雅·谷風·惟風及頹 小雅·蓼莪·蓼蓼者莪 小雅·大東·皖彼牽牛 小雅·大東·東有啓明 小雅·大田·去其螟螣 小雅·采菽·汎汎楊舟 小雅·何草不黄·何草不元 大雅·大明·在郃之陽 大雅·綿·綿綿瓜瓞 大雅·生民·履帝武敏歆 大雅·生民·淅之溞溞 大雅·行葦·黄耇鮐背 大雅·卷阿·禺禺印印 大雅·卷阿·鳳凰鳴矣 大雅·板·天之方難 大雅·板·天之方虐 大雅·蕩·蕩蕩上帝

續表

引文出處	陳壽祺原輯	陳喬樅增輯
		大雅·抑·尚不媿于屋漏 大雅·抑·視爾夢夢 周頌·潛·涔有多魚 周頌·載芟·繹繹其達 周頌·良耜·穫之挃挃 商頌·殷武·赫赫厥聲
《尚書正義》		周頌·桓·皇以間之
《禮記正義》		大雅·抑·尚不媿于屋漏
《左傳正義》		鄘風·定之方中·定之方中 鄘風·定之方中·景山與京 鄘風·干旄·孑孑干旌 曹風·尸鳩·鳲鳩在桑 小雅·楚賨·祝祭于閍 小雅·大田·去其螟螣 大雅·行葦·黄耇鮐背
《公羊注疏》		鄘風·干旄·孑孑干旟 鄘風·干旄·孑孑干旌 小雅·六月·帛旆英英
《爾雅釋文》		邶風·新臺·籧篨不腆 邶風·新臺·得此戚施 小雅·正月·癙憂以痒 周頌·有瞽·應悚縣鼓
《爾雅注疏》	衛風·氓·至于敦丘	邶風·谷風·習習谷風 鄘風·君子偕老·褘褘佗佗 鄘風·君子偕老·展如之人兮 鄘風·干旄·孑孑干旌 衛風·淇澳·瞻彼淇澳 衛風·碩人·東宫之妹 小雅·皇華·皇皇者華

續表

引文出處	陳壽祺原輯	陳喬樅增輯
		小雅·魚麗·魚麗于罶 小雅·魚麗·鱨鯋魴鱧鰋鯉 小雅·南有嘉魚·烝然罩罩 小雅·巧言·既微且尰 魯頌·閟宫·黄髪齯齒
《史記索隱》		小雅·大東·睆彼牽牛 小雅·大東·東有啓明
《隋書》		鄘風·干旄·孑孑干旟
《太平御覽》		鄘風·干旄·孑孑干旟
《齊民要術》		秦風·晨風·山有苞櫟
《嘉祐本草》		唐風·鴇羽·集于苞栩
《一切經音義》		小雅·采薇·小人所芘
《文選注》		豳風·七月·五月螽螽動股

唐固

引文出處	陳壽祺原輯	陳喬樅增輯
《史記集解》	大雅·文王·陳錫哉周	

田邑

引文出處	陳壽祺原輯	陳喬樅增輯
《後漢書·馮衍傳》	鄘風·載馳·載馳載驅	

王褒

引文出處	陳壽祺原輯	陳喬樅增輯
《九懷》		邶風·栢舟·寤辟有摽

續表

引文出處	陳壽祺原輯	陳喬樅增輯
《聖主得賢臣頌》		大雅·文王·世之不顯 大雅·文王·王國克生
《四子講德論》	大雅·抑·白珪之玷 周頌·清廟·篇旨	召南·甘棠·篇旨 秦風·晨風·鴥彼晨風 大雅·烝民·吉甫作頌

王充

引文出處	陳壽祺原輯	陳喬樅增輯
《論衡》	周南·關雎·篇旨	周南·兔罝·肅肅兔罝 召南·甘棠·篇旨 邶風·新臺·得此戚施 鄘風·干旄·彼姝者子 衛風·淇澳·有斐君子 鄭風·溱洧·贈之以勺藥 魏風·伐檀·彼君子兮不素餐兮 小雅·鶴鳴·鶴鳴于九皋聲聞于天 小雅·小弁·我心憂傷 小雅·大東·東有啓明 小雅·青蠅·營營青蠅(2) 小雅·瓠葉·月離于畢(2) 大雅·文王·王國克生 大雅·大明·惟此文王 大雅·皇矣·皇矣上帝 大雅·生民·不坼不副 大雅·生民·誕寘之隘巷 大雅·嘉樂·子孫千億(2) 大雅·卷阿·鳳凰鳴矣 大雅·雲漢·周餘黎民(2) 大雅·江漢·文武受命

續表

引文出處	陳壽祺原輯	陳喬樅增輯
		頌 周頌·絲衣·篇旨

王符

引文出處	陳壽祺原輯	陳喬樅增輯
《潛夫論》	小雅·鹿鳴·篇旨 大雅·嵩高·亹亹申伯(2)	召南·采蘩·篇旨 召南·甘棠·篇旨(2) 邶風·栢舟·我心匪石 邶風·北門·篇旨 邶風·北門·憂心殷殷 邶風·北門·已焉哉 魏風·伐檀·彼君子兮不素餐兮 魏風·碩鼠·篇旨 陳風·東門之枌·不績其麻 會風·羔裘·篇旨 會風·匪風·篇旨 曹風·尸鳩·尸鳩在桑(2) 豳風·七月·篇旨 豳風·伐柯·伐柯伐柯 小雅·四牡·王事靡盬 小雅·伐木·相彼鳥矣 小雅·天保·天保定爾 小雅·出輿·玁狁于攘 小雅·出輿·薄伐西戎 小雅·六月·侯誰在矣 小雅·沔水·莫肯念亂 小雅·頎甫·篇旨 小雅·白駒·皎皎白駒(2) 小雅·斯干·吉夢維何 小雅·斯干·惟熊惟羆

續表

引文出處	陳壽祺原輯	陳喬樅增輯
		小雅·無羊·衆惟魚矣 小雅·節·國既卒斬 小雅·節·尹氏大師 小雅·節·卒勞百姓 小雅·節·駕彼四牡 小雅·十月之交·皇父卿士 小雅·十月之交·密勿從事 小雅·雨無正·庶曰式臧 小雅·雨無正·巧言如流 小雅·小旻·我龜既厭 小雅·小宛·相彼鶻鴒 小雅·巧言·君子如怒 小雅·巧言·君子屢盟 小雅·巧言·虵虵碩言 小雅·巧言·職爲亂階 小雅·谷風·篇旨 小雅·大東·篇旨 小雅·北山·或不知叫號 小雅·楚賫·工祝致告 小雅·裳裳者華·唯其有之 小雅·角弓·爾之教矣 小雅·菀柳·彼人之心 小雅·綿蠻·篇旨 小雅·苕華·知我如此 大雅·文王·宜鑒于殷 大雅·文王·上天之縡 大雅·大明·天難諶斯(2) 大雅·大明·摯仲氏任 大雅·緜·虞芮質厥成 大雅·旱麓·鳶飛戾天 大雅·皇矣·皇矣上帝 大雅·生民·誕后稷之穡

續表

引文出處	陳壽祺原輯	陳喬樅增輯
		大雅·行葦·敦彼行葦(2) 大雅·民勞·無縱詭隨 大雅·板·我雖異事 大雅·板·我言維服 大雅·蕩·曾是强圉 大雅·蕩·覃及鬼方 大雅·蕩·殷監不遠 大雅·抑·修爾輿馬 大雅·桑柔·篇旨 大雅·嵩高·南土是保 大雅·烝民·天生烝民(2) 大雅·烝民·生仲山甫 大雅·烝民·德輶如毛(2) 大雅·韓奕·普彼韓城 大雅·常武·王命卿士 大雅·常武·王謂尹氏 大雅·瞻卬·彼宜有罪 周頌·執競·鐘鼓喤喤 周頌·武·勝殷遏劉 周頌·閔予小子·夙夜敬止 周頌·敬之·敬之敬之 周頌·小毖·莫與拼蠭 商頌·元鳥·天命元鳥 商頌·殷武·京邑翼翼

王延壽

引文出處	陳壽祺原輯	陳喬樅增輯
《魯靈光殿賦》		大雅·嵩高·錫爾玠珪 魯頌·閟宫·篇旨

王逸

引文出處	陳壽祺原輯	陳喬樅增輯
《楚辭章句》	周南·南有樛木·葛藟虆之	周南·關雎·窈窕淑女
	周南·漢廣·言采其蔞	周南·葛覃·其鳴喈喈
	周南·汝墳·遵彼汝墳	周南·葛覃·服之無射
	召南·草蟲·憂心忡忡	周南·卷耳·我馬虺頹
	召南·甘棠·蔽芾甘棠	召南·羔羊·羔羊之皮
	邶風·栢舟·炯炯不寐(2)	召南·小星·肅肅宵征
	邶風·栢舟·遘愍既多	邶風·栢舟·炯炯不寐
	邶風·終風·不日有曀	邶風·栢舟·我心匪石
	邶風·凱風·凱風自南	邶風·燕燕·佇立以泣
	邶風·谷風·行道遲遲	邶風·匏有苦葉·招招舟子
	邶風·簡兮·執轡如組	衛風·竹竿·淇水油油
	邶風·北門·憂心殷殷	衛風·河廣·企予望之
	衛風·氓·泣涕漣漣	鄭風·有女同車·將翺將翔佩玉瓊琚
	衛風·河廣·一葦杭之	鄭風·風雨·既見君子
	衛風·伯兮·杲杲出日	唐風·綢繆·綢繆束楚
	衛風·木瓜·報之以瓊瑤	唐風·杕杜·獨行煢煢
	王風·大車·大車檻檻	唐風·羔裘·羔裘豹袪
	鄭風·有女同車·將翺將翔佩玉鏘鏘	秦風·車轔·有車轔轔(2)
	鄭風·子衿·子甯不詒音	秦風·權輿·於我乎夏屋渠渠
	魏風·葛屨·好人媞媞	陳風·東門之枌·婆娑其下
	魏風·伐檀·彼君子兮不素餐兮	會風·羔裘·羔裘逍遥
	唐風·椒聊·椒聊且	曹風·下泉·慨我寤歎
	陳風·宛邱·子之蕩兮	豳風·七月·七月在野
	陳風·墓門·墓門有棘(2)	豳風·東山·零雨其蒙
	會風·萇楚·旖旎其華	小雅·鹿鳴·篇旨
	會風·匪風·匪風飄兮	小雅·鹿鳴·呦呦鹿鳴
	會風·匪風·誰能亨魚	小雅·庭燎·夜未央(2)
	豳風·破斧·亦孔之將	小雅·鶴鳴·鶴鳴于九皋聲聞于天
	小雅·鹿鳴·呦呦鹿鳴	小雅·白駒·縶之維之
	小雅·皇華·侁侁征夫	小雅·正月·正月繁霜
	小雅·棠棣·和樂且沈	小雅·正月·哿矣富人

續表

引文出處	陳壽祺原輯	陳喬樅增輯
	小雅·伐木·嚶其鳴矣 小雅·采薇·昔我往矣 小雅·湛露·湛湛露斯(2) 小雅·采芑·蠢爾荆蠻 小雅·采芑·執訊獲醜 小雅·車攻·東有圃草 小雅·鴻鴈·劬勞于野 小雅·鶴鳴·鶴鳴于九皋聲聞于野 小雅·楚資·執爨踖踖 小雅·采菽·汎汎楊舟 小雅·菀柳·有菀者柳 小雅·采菉·終朝采菉 小雅·白華·有鶖在梁 大雅·文王·亹亹文王 大雅·大明·惟師尚父 大雅·綿·予聿有奔走 大雅·生民·履帝武敏歆 大雅·生民·誕寘之隘巷 大雅·既醉·孝子不匱 大雅·公劉·乃積乃倉 大雅·卷阿·鳳凰于飛 大雅·蕩·曾是强圉 大雅·抑·有覺德行 大雅·抑·嗚呼小子 大雅·桑柔·憂心隱隱 周頌·維天之命·不顯文王 周頌·豐年·豐年多黍多稌 周頌·有瞽·有瞽有瞽 周頌·雍·既右烈考 周頌·載芟·千耦其耘(2) 周頌·載芟·播厥百穀 商頌·長發·有城方將	小雅·十月之交·爗爗震電 小雅·小宛·明發不寐 小雅·小弁·我心憂傷 小雅·何人斯·爲鬼爲蜮 小雅·大東·周道如砥 小雅·大東·苕苕公子 小雅·大東·契契寤歎 小雅·大東·東有啓明 小雅·小明·眷眷懷顧 小雅·楚資·楚楚者資 小雅·大田·播厥百穀 小雅·頍弁·樂酒今昔 大雅·靈臺·經始靈臺 大雅·靈臺·矇瞍奏功 大雅·生民·厥初生民 大雅·行葦·肆筵設席 大雅·嵩高·申伯番番 商頌·元鳥·天命元鳥

續表

引文出處	陳壽祺原輯	陳喬樅增輯
《九思》		周南·卷耳·我馬虺頹 周南·漢廣·漢有游女 召南·羔羊·羔羊之皮
《機賦》		小雅·大東·終日七襄

韋玄成

引文出處	陳壽祺原輯	陳喬樅增輯
《漢書·韋玄成傳》		邶風·栢舟·威儀棣棣 周頌·雍·有來雍雍

文穎

引文出處	陳壽祺原輯	陳喬樅增輯
《漢書注》		鄭風·溱洧·贈之以勺藥

邢昺

引文出處	陳壽祺原輯	陳喬樅增輯
《爾雅注疏》		召南·草蟲·未見君子 邶風·匏有苦葉·噰噰鳴雁 邶風·匏有苦葉·卬頉我友 陳風·澤陂·彼澤之陂 小雅·信南山·畇畇原隰

徐幹

引文出處	陳壽祺原輯	陳喬樅增輯
《中論》		周南·兔罝·肅肅兔罝

續表

引文出處	陳壽祺原輯	陳喬樅增輯
		邶風·谷風·就其深矣 鄘風·干旄·彼姝者子 衛風·淇澳·篇旨 鄭風·大叔于田·執轡如組 鄭風·山有扶蘇·山有扶蘇 秦風·終南·君子至止 小雅·伐木·伐木丁丁 小雅·菁莪·菁菁者莪 小雅·節·駕彼四牡 小雅·正月·無棄爾輔 小雅·小宛·相彼鶺鴒 小雅·小弁·譬彼瘣木 小雅·谷風·習習谷風 小雅·四月·先祖匪人 小雅·小明·靖共爾位 小雅·車舝·高山仰止 大雅·皇矣·惟此文王 大雅·卷阿·禺禺卬卬 大雅·板·威儀卒迷 大雅·抑·篇旨 大雅·抑·敬慎威儀 大雅·抑·誨爾諄諄 大雅·桑柔·匪言不能 大雅·烝民·既明且哲 周頌·敬之·敬之敬之 周頌·賚·文王既勤止 魯頌·閟宮·萬有千歲

徐彥

引文出處	陳壽祺原輯	陳喬樅增輯
《公羊傳注疏》		周南·葛覃·歸寍父母

許慎

引文出處	陳壽祺原輯	陳喬樅增輯
《説文解字》	豳風·鴟·予唯音之曉曉 周頌·絲衣·自堂徂基	周南·漢廣·江之羕矣 召南·騶虞·一發五豝 衛風·氓·言笑晏晏 鄭風·溱洧·溱與洧 魏風·葛屨·攕攕女手 秦風·晨風·鴥彼晨風 會風·素冠·棘人欒欒兮 豳風·七月·四月秀葽 豳風·七月·六月食鬱及萑 小雅·四牡·痑痑駱馬 小雅·棠棣·棠棣之華 小雅·棠棣·原隰捊矣 小雅·湛露·懕懕夜飲 小雅·鶴鳴·他山之石 小雅·小宛·螟蛉有子 小雅·小宛·宜豻宜獄 小雅·小弁·譬彼瘣木 大雅·生民·克岐克嶷 大雅·生民·禾穎穟穟 大雅·生民·或舂或舀 大雅·雲漢·蔋蔋山川 商頌·那·鼗鼓鼘鼘 商頌·長發·百禄是揫

薛綜

引文出處	陳壽祺原輯	陳喬樅增輯
《文選注》	唐風·蟋蟀·篇旨 唐風·山有蓲·宛其死矣 豳風·七月·春日載陽	邶風·新臺·嬿婉之求 小雅·蓼蕭·和鸞噰噰 小雅·正月·謂天蓋高

續表

引文出處	陳壽祺原輯	陳喬樅增輯
	小雅·采芑·陳師鞠旅 小雅·車攻·建旐設旄 小雅·車攻·決拾既次 小雅·車攻·助我舉掌 小雅·吉日·獸之所同(2) 小雅·吉日·騂騂騤騤 小雅·吉日·悉率左右 小雅·斯干·篇旨 大雅·緜·曰止曰時 大雅·既醉·昭明有融	大雅·文王有聲·築城伊洫

荀況

引文出處	陳壽祺原輯	陳喬樅增輯
《荀子》		國風(3) 周南·卷耳·采采卷耳 邶風·栢舟·憂心悄悄 邶風·雄雉·瞻彼日月 衛風·淇澳·有斐君子 齊風·東方·東方未明 唐風·楊之水·我聞有命 秦風·小戎·言念君子 曹風·尸鳩·尸鳩在桑 曹風·尸鳩·淑人君子(2) 豳風·七月·晝爾于茅 小雅 小雅·出輿·我出我輿 小雅·魚麗·物其指矣 小雅·魚麗·物其有矣 小雅·彤弓·彤弓弨兮 小雅·鶴鳴·鶴鳴于九皐聲聞于天

續表

引文出處	陳壽祺原輯	陳喬樅增輯
		小雅·節·天方薦瘥 小雅·節·尹氏大師 小雅·十月之交·百川沸騰 小雅·十月之交·下民之孽 小雅·小旻·歙歙訿訿 小雅·小旻·不敢暴虎 小雅·何人斯·爲鬼爲蜮 小雅·大東·周道如砥 小雅·無將大車·無將大車 小雅·小明·嗟爾君子 小雅·楚資·禮儀卒度 小雅·裳裳者華·左之左之 小雅·采菽·匪交匪舒 小雅·采菽·平平左右 小雅·角弓·民之無良 小雅·角弓·雨雪瀌瀌 小雅·黍苗·我任我輦 小雅·綿蠻·飲之食之 大雅·文王·王國克生 大雅·大明·明明在下 大雅·棫樸·雕琢其章 大雅·皇矣·不識不知 大雅·下武·媚茲一人 大雅·文王有聲·鎬京辟雍 大雅·既醉·孝子不匱 大雅·泂酌·愷悌君子 大雅·民勞·民亦勞止 大雅·板·我言維服 大雅·板·介人惟藩 大雅·蕩·雖無老成人 大雅·抑·無言不讎 大雅·抑·不僭不賊

續表

引文出處	陳壽祺原輯	陳喬樅增輯
		大雅·抑·温温恭人 大雅·桑柔·維此良人 大雅·烝民·德輶如毛 大雅·常武·王猷允塞 大雅·常武·徐方既同 周頌·天作·天作高山 周頌·時邁·懷柔百神 周頌·執競·鐘鼓喤喤 商頌·長發·受小球大球 商頌·長發·爲下國駿蒙 商頌·長發·武王載發
《戰國策》 引《遺春申君書》		小雅·菀柳·上天甚神

嚴忌

引文出處	陳壽祺原輯	陳喬樅增輯
《哀時命》		邶風·栢舟·炯炯不寐

顔師古

引文出處	陳壽祺原輯	陳喬樅增輯
《漢書注》		小雅·小弁·我心憂傷 小雅·白華·鼓鐘于宫 大雅·文王·上天之縡

楊賜

引文出處	陳壽祺原輯	陳喬樅增輯
《後漢書·楊賜傳》	周南·關雎·篇旨	庸風·螮蝀·螮蝀在東

續表

引文出處	陳壽祺原輯	陳喬樅增輯
		小雅·六月·侯誰在矣 小雅·鶴鳴·鶴鳴于九皋聲聞于野 小雅·北山·篇旨 大雅·板·上帝板板
《後漢紀》	周南·關雎·篇旨	

楊匡

引文出處	陳壽祺原輯	陳喬樅增輯
《後漢書·李固傳》		小雅·正月·謂天蓋高

楊倞

引文出處	陳壽祺原輯	陳喬樅增輯
《荀子注》		周南·卷耳·采采卷耳

揚雄

引文出處	陳壽祺原輯	陳喬樅增輯
《方言》		齊風·鷄鳴·無庶予子憎 齊風·甫田·突若弁兮 大雅·大明·在郃之陽
《法言》	周南·關雎·篇旨 大雅·江漢·武夫僙僙	召南·甘棠·蔽芾甘棠(2) 邶風·緑衣·篇旨 齊風·甫田·無田甫田 豳風·破斧·周公東征 小雅·小宛·螟蛉有子 小雅·小弁·弁彼鸒斯 魯頌·閟宮·篇旨

續表

引文出處	陳壽祺原輯	陳喬樅增輯
		商頌
《太玄》		小雅·鶴鳴·鶴鳴于九皋聲聞于野
《校獵賦》	大雅·鳧鷖·篇旨	周南·關雎·關關雎鳩
《逐貧賦》	周南·卷耳·我馬虺頹 邶風·栢舟·汎彼栢舟 邶風·北門·終寠且貧 小雅·菁莪·汎汎楊舟 小雅·甫田·或耘或耔	鄭風·褰裳·子不我思 小雅·小宛·翰飛戾天 小雅·谷風·忘我大德
《蜀都賦》		鄭風·溱洧·贈之以勺藥
《甘泉賦》	大雅·文王·上天之縡	召南·甘棠·篇旨 豳風·破斧·周公東征 魯頌·閟宫·寢廟繹繹
《長楊賦》	小雅·桑扈·君子樂胥 大雅·旱麓·神所勞矣 大雅·思齊·雍雍在宫	大雅·皇矣·王赫斯怒 周頌·酌·於鑠王師
《河東賦》	周頌·清廟·於穆清廟	周頌·天作·岐有夷之行
《趙充國頌》	小雅·出輿·天子命我 小雅·采芑·篇旨 大雅·常武·整我六師	
《并州牧箴》	小雅·六月·至于涇陽 小雅·楚賨·自昔何爲 商頌·殷武·自彼氐羌	
《揚州牧箴》	小雅·采芑·蠢爾荆蠻 大雅·江漢·江漢之滸(2) 魯頌·泮水·獷彼淮夷 商頌·殷武·自彼氐羌	
《荆州牧箴》	商頌·長發·武王載發	小雅·沔水·其流湯湯

續表

引文出處	陳壽祺原輯	陳喬樅增輯
《豫州牧箴》		小雅·雨無正·昊天疾威
《將作大匠箴》	小雅·斯干·篇旨 小雅·斯干·風雨攸除	
《光禄勳箴》	小雅·賓之初筵·載號載呶	
《太僕箴》	大雅·大明·檀車皇皇 魯頌·駉·駉駉牡馬	
《太常箴》		魯頌·閟宫·寢廟繹繹
《博士箴》	大雅·綿·虞芮質厥成 大雅·泂酌·泂酌彼行潦	
《上林苑令箴》	大雅·靈臺·經始靈臺	
《大司農箴》	大雅·桑柔·稼穡卒痒	
《司空箴》	大雅·蕩·曾是强圉	
《尚書箴》	大雅·烝民·王之喉舌	
《少府箴》	大雅·韓奕·娖娣從之	
《元后誄》	小雅·正月·哿矣富人 大雅·大明·惟此文王	
《琴清英》		小雅·小弁·篇旨
《劇秦美新》	大雅·抑·有覺德行	
《反離騷》		小雅·巷伯·啑啑幡幡

楊震

引文出處	陳壽祺原輯	陳喬樅增輯
《後漢書·楊震傳》		小雅·鶴鳴·鶴鳴于九皋聲聞于野 小雅·大東·篇旨

應劭

引文出處	陳壽祺原輯	陳喬樅增輯
《風俗通義》	周南·關雎·篇旨	召南·甘棠·篇旨 邶風·擊鼓·擊鼓其鏜 衛風·淇澳·有斐君子 衛風·碩人·河水洋洋 衛風·氓·至于頓丘 魏風·伐檀·彼君子兮不素餐兮 秦風·黄鳥·篇旨 陳風·宛邱·宛邱之上 陳風·宛邱·坎其擊缶 陳風·澤陂·彼澤之陂 曹風·尸鳩·淑人君子 豳風·鴞·篇旨 小雅·鹿鳴·呦呦鹿鳴 小雅·鹿鳴·我有嘉賓 小雅·棠棣·雖有兄弟 小雅·伐木·伐木丁丁 小雅·伐木·坎坎鼓我 小雅·天保·如山如阜 小雅·天保·如岡如陵 小雅·吉日·吉日庚午 小雅·鶴鳴·鶴鳴于九皋聲聞于天 小雅·何人斯·伯氏吹塤 小雅·四月·滔滔江漢 小雅·鼓鐘·淮水湯湯 小雅·鼓鐘·笙磬同音 小雅·鼓鐘·以籥不僭 小雅·甫田·琴瑟擊鼓 小雅·大田·有晻淒淒 小雅·白華·有鶖在梁 小雅·瓠葉·月離于畢

續表

引文出處	陳壽祺原輯	陳喬樅增輯
		大雅·文王·上天之縡 大雅·大明·有命自天 大雅·大明·殷商之旅 大雅·大明·亮彼武王 大雅·綿·乃立冢土 大雅·棫樸·芃芃棫樸 大雅·旱麓·瞻彼旱麓 大雅·下武·三后在天 大雅·文王有聲·文王受命 大雅·嘉樂·不愆不忘 大雅·板·天之誘民 大雅·蕩·雖無老成人 大雅·嵩高·嵩高惟嶽 大雅·韓奕·韓侯出祖 大雅·江漢·江漢陶陶 大雅·常武·闞如虓虎 周頌·執競·鐘鼓喤喤 周頌·有瞽·簫管備舉(2) 周頌·武·篇旨 周頌·武·勝殷遏劉 周頌·酌·篇旨 魯頌·閟宫·泰山巖巖 商頌·那·嘒嘒管聲
《史記正義》 引應劭《漢書注》		秦風·黄鳥·篇旨
《太平御覽》 引《風俗通義》		
《文選注》 引《風俗通義》	周南·關雎·篇旨	小雅·小宛·宜豻宜獄

續表

引文出處	陳壽祺原輯	陳喬樅增輯
《漢書注》 引應劭《漢書注》		小雅·雨無正·若此無罪 小雅·無羊·衆惟魚矣 大雅·嵩高·不顯申伯
《後漢書·皇后紀》注 引應劭《漢官儀》		唐風·椒聊·蕃衍盈升

虞貞節

引文出處	陳壽祺原輯	陳喬樅增輯
《文選注》	周南·關雎·篇旨	

湛方生

引文出處	陳壽祺原輯	陳喬樅增輯
《貞女解》		邶風·栢舟·我心匪石

張超

引文出處	陳壽祺原輯	陳喬樅增輯
《誚青衣賦》	周南·關雎·篇旨	

張衡

引文出處	陳壽祺原輯	陳喬樅增輯
《七辯》	大雅·板·我言維服	
《怨詩》	小雅·綿蠻·我勞如何	
《綬笥銘》	小雅·采芑·服其命服	
《思玄賦》	周南·關雎·篇旨	召南·野有死麕·有女懷春

續表

引文出處	陳壽祺原輯	陳喬樅增輯
	周南·關雎·關關雎鳩 邶風·栢舟·不能奮飛 唐風·杕杜·獨行煢煢 大雅·板·民之多僻	王風·采葛·彼采蕭兮 秦風·晨風·鴥彼晨風 陳風·澤陂·有蒲與蓮 豳風·七月·七月鳴鵙 小雅·鶴鳴·鶴鳴于九皐聲聞于野 小雅·無將大車·無思百憂
《西京賦》	邶風·谷風·我躬不閲 邶風·北風·篇旨 王風·黍離·其樂只且 齊風·敝笱·其從如雲 唐風·蟋蟀·篇旨 唐風·山有蓲·宛其死矣 秦風·四鐵·載獫猲獢 小雅·車攻·助我舉呰 小雅·吉日·獸之所同 小雅·吉日·駓駓騃騃 小雅·吉日·且以酌醴 商頌·元鳥·邦畿千里	邶風·新臺·嬿婉之求 豳風·九罭·九罭之魚 小雅·湛露·其桐其椅 小雅·車攻·徒御不驚 小雅·正月·謂天蓋高 小雅·瞻彼洛矣·韎韐有赩 大雅·大明·在郃之陽 大雅·文王有聲·築城伊洫 大雅·抑·女雖耽樂從
《東京賦》	鄭風·大叔于田·火列具舉 唐風·蟋蟀·好樂無荒 豳風·七月·春日載陽 小雅·鹿鳴·呦呦鹿鳴 小雅·鹿鳴·示民不偷 小雅·六月·四牡既佶 小雅·采芑·陳師鞠旅 小雅·車攻·建旐設旄 小雅·車攻·決拾既次 小雅·吉日·獸之所同 小雅·吉日·悉率左右 小雅·庭燎·庭燎晢晢 小雅·庭燎·鑾聲噦噦	秦風·小戎·小戎俴收 豳風·鴟·予室翹翹 小雅·天保·礿祠蒸嘗 小雅·蓼蕭·和鸞雝雝 小雅·斯干·西南其户 小雅·信南山·執其鸞刀 小雅·大田·以我剡耜 小雅·瞻彼洛矣·瞻彼洛矣 大雅·行葦·彫弓既彀 大雅·蕩·疾威上帝 大雅·雲漢·敬恭明神 周頌·豐年·豐年多黍多稌 魯頌·泮水·來獻其琛

續表

引文出處	陳壽祺原輯	陳喬樅增輯
	小雅·斯干·篇旨 小雅·楚資·神具醉止 大雅·綿·曰止曰時 大雅·綿·其繩則直 大雅·綿·應門將將 大雅·靈臺·經始靈臺 大雅·既醉·昭明有融 大雅·鳧鷖·公尸來燕薰薰 大雅·鳧鷖·燔炙芬芬 大雅·板·民之多僻 大雅·抑·敬慎威儀 大雅·韓奕·鈎膺鏤鍚(2) 周頌·執競·鐘鼓喤喤(2) 周頌·有瞽·設業設虡(3) 周頌·載見·和鈴鉠鉠 魯頌·閟宫·三壽作朋 商頌·那·鏞鼓有斁 商頌·那·萬舞有奕 商頌·烈祖·亦有和羹 商頌·殷武·京邑翼翼	魯頌·閟宫·夏而楅衡 魯頌·閟宫·毛炰胾羹
《南都賦》	周南·漢廣·漢有游女	鄭風·溱洧·贈之以勺藥 小雅·鹿鳴·呦呦鹿鳴 小雅·天保·礿祠蒸嘗 小雅·采薇·四牡騤騤 小雅·湛露·厭厭夜飲 小雅·湛露·莫不令儀 小雅·小弁·惟桑與梓 小雅·楚資·自昔何爲 小雅·楚資·獻酬交錯 小雅·魚藻·愷樂飲酒 小雅·白華·浸彼稻田

續表

引文出處	陳壽祺原輯	陳喬樅增輯
		大雅·行葦·黄耇鮐背 魯頌·閟宫·黄髮鮐背 魯頌·閟宫·黄髮齯齒
《天象賦》	邶風·静女·詒我彤管	
《定情賦》	衛風·氓·秋以爲期	
《冢賦》	庸風·定之方中·揆之以日 小雅·天保·如日之升 商頌·殷武·陟彼景山	庸風·定之方中·景山與京
《東巡誥》	小雅·隰桑·心乎愛矣	
《應間》	邶風·匏有苦葉·濟有深涉 邶風·匏有苦葉·卬須我友 大雅·文王·毋念爾祖 大雅·嵩高·嵩高惟嶽	大雅·嵩高·錫爾玠珪
《大司農鮑德誄》	邶風·北門·已焉哉 大雅·烝民·德輶如毛	
《司空陳公誄》	小雅·鹿鳴·德音孔昭	
《司徒吕公誄》	大雅·烝民·纘戎祖考	

張華

引文出處	陳壽祺原輯	陳喬樅增輯
《博物志》		小雅·十月之交·百川沸騰 小雅·小宛·螟蛉有子

張玄

引文出處	陳壽祺原輯	陳喬樅增輯
《祠堂碑》	小雅·六月·侯在誰矣	

張晏

引文出處	陳壽祺原輯	陳喬樅增輯
《漢書注》	小雅·正月·正月繁霜	

張揖

引文出處	陳壽祺原輯	陳喬樅增輯
《廣雅》		魏風·伐檀·□□特兮 大雅·文王·上天之縡
《史記集解》	小雅	
《史記索隱》	魏風·伐檀·篇旨 小雅	
《文選注》	魏風·伐檀·篇旨	

張載

引文出處	陳壽祺原輯	陳喬樅增輯
《文選注》		大雅·皇矣·臨衝茀茀

趙岐

引文出處	陳壽祺原輯	陳喬樅增輯
《孟子章句》	召南·騶虞·彼茁者葭 邶風·凱風·篇旨 豳風·鴟鴞·迨天之未陰雨 商頌·殷武·不僭不濫	周南·兔罝·肅肅兔罝 召南·**莈**梅·**莈**有梅 邶風·柏舟·憂心悄悄 邶風·雄雉·不忮不求 邶風·谷風·燕爾新婚 邶風·簡兮·左手執籥 邶風·北門·室人交徧適我 衛風·碩人·河水洋洋

續表

引文出處	陳壽祺原輯	陳喬樅增輯
		衛風·竹竿·泉源在左 鄭風·有女同車·顔如蕣華 鄭風·山有扶蘇·山有扶蘇 齊風·東方·東方未明 齊風·南山·娶妻如之何 齊風·猗嗟·四矢反兮 魏風·伐檀·彼君子兮不素餐兮(2) 秦風·黄鳥·篇旨 秦風·黄鳥·惴惴其栗 豳風·七月·七月鳴鵙 豳風·七月·晝爾于茅 小雅·棠棣·樂爾妻帑 小雅·南山有臺·南山有杞 小雅·車攻·不失其馳 小雅·正月·哿矣富人 小雅·小旻·不敢暴虎 小雅·小弁·篇旨 小雅·小弁·何辜于天(2) 小雅·小弁·行有死人 小雅·大東·周道如砥 小雅·北山·普天之下 小雅·大田·有晻淒淒 小雅·車舝·高山仰止 小雅·角弓·雨雪瀌瀌 大雅·文王·周雖舊邦 大雅·文王·殷之孫子 大雅·文王·毋念爾祖 大雅·綿·古公亶父 大雅·綿·肆不殄厥愠 大雅·綿·昆夷突矣 大雅·棫樸·雕琢其章 大雅·思齊·太姒嗣徽音

續表

引文出處	陳壽祺原輯	陳喬樅增輯
		大雅·思齊·刑于寡妻 大雅·靈臺·經始靈臺 大雅·下武·永言孝思 大雅·文王有聲·鎬京辟雍 大雅·鳧鷖·燔炙芬芬 大雅·嘉樂·不傲不忘 大雅·公劉·乃積乃倉 大雅·板·天之方難 大雅·蕩·殷監不遠 大雅·桑柔·誰能執熱(2) 大雅·雲漢·周餘黎民 大雅·嵩高·嵩高惟嶽 大雅·烝民·天生烝民 周頌·我將·畏天之威 周頌·思文·貽我釐麰 魯頌·閟宫·戎狄是膺

鄭玄

引文出處	陳壽祺原輯	陳喬樅增輯
《毛詩箋》	小雅·十月之交·篇旨	小雅·十月之交·曰予不戕 小雅·雨無正·篇旨 小雅·雨無正·周宗既滅 小雅·雨無正·三事大夫 小雅·雨無正·庶曰式臧 小雅·雨無正·戎成不退 小雅·雨無正·凡百君子 小雅·雨無正·謂爾遷于王都 小雅·雨無正·鼠思泣血 小雅·雨無正·昔爾出居 小雅·小宛·篇旨 小雅·小旻·篇旨

續表

引文出處	陳壽祺原輯	陳喬樅增輯
		小雅·瞻彼洛矣·靺韐有䩠 小雅·瞻彼洛矣·君子至止 大雅·皇矣·侵阮徂共
《詩譜》		小雅·十月之交·篇旨
《禮記注》	唐風·楊之水·素衣朱綃	唐風·楊之水·素衣朱襮
《儀禮注》	唐風·楊之水·素衣朱綃	唐風·楊之水·素衣朱襮
《周禮注》		庸風·君子偕老·玼兮玼兮 鄭風·緇衣·緇衣之宜兮 秦風·小戎·竹䪌緄縢 小雅·天保·吉圭惟饎 小雅·斯干·約之格格 小雅·小宛·宜犴宜獄 大雅·公劉·汭坑之即 大雅·韓奕·王賜韓侯 大雅·常武·既儆既戒
《儀禮注疏》 引《箴膏肓》	召南·何彼襛矣·曷不肅雝	
《鄭志》	召南·騶虞·一發五豵	

鄭眾

引文出處	陳壽祺原輯	陳喬樅增輯
《周禮注》		秦風·晨風·宛彼北林 小雅·車攻·決拾既次

朱穆

引文出處	陳壽祺原輯	陳喬樅增輯
《崇厚論》		小雅·谷風·女轉棄予

續表

引文出處	陳壽祺原輯	陳喬樅增輯
《絶交論》		邶風·栢舟·威儀棣棣

左思

引文出處	陳壽祺原輯	陳喬樅增輯
《魏都賦》		召南·騶虞·一發五豝

齊詩

班彪

引文出處	陳壽祺原輯	陳喬樅增輯
《北征賦》		王風·君子于役·日之夕矣 王風·黍離·日之夕矣 大雅·行葦·篇旨
《遊居賦》	衛風·淇澳·瞻彼淇澳	
《王命論》	大雅·皇矣·皇矣上帝	
《後漢書·班彪傳》		大雅·文王有聲·豐水有芑

班伯

引文出處	陳壽祺原輯	陳喬樅增輯
《漢書·敘傳》	大雅·蕩·式號式謼	

班超

引文出處	陳壽祺原輯	陳喬樅增輯
《後漢書·班超傳》		大雅·民勞·柔遠能邇

班固

引文出處	陳壽祺原輯	陳喬樅增輯
《漢書·平帝紀贊》		大雅·文王有聲·鎬京辟雍
《漢書·律曆志》		豳風·七月·七月流火 小雅·節·尹氏大師 魯頌·閟宫·王謂叔父
《漢書·禮樂志》	小雅(2) 頌	秦風·終南·壽考不忘 豳風·七月·四月秀葽 大雅 大雅·嘉樂·受福無疆 周頌·執競·鐘鼓鍠鍠 周頌·武·篇旨 周頌·勺·篇旨(2) 魯頌·閟宫·三壽作朋 商頌·長發·有娀方將
《漢書·刑法志》	商頌·長發·武王載旆	小雅·小宛·宜犴宜獄 大雅·文王·儀刑文王 大雅·嘉樂·嘉樂君子 大雅·泂·凱弟君子 大雅·烝民·赫赫王命 周頌·我將·儀式刑文王之德
《漢書·食貨志》	豳風·七月·四之日舉止 豳風·七月·十月蟋蟀 小雅·甫田·或芸或芓 小雅·大田·有黤淒淒	小雅·伐木·無酒酤我
《漢書·郊祀志》	周頌·絲衣·自堂徂基	大雅·甫田·以御田祖 大雅·緜·乃立冢土 大雅·皇矣·迺眷西顧 周頌·昊天有成命·篇旨(2) 周頌·我將·篇旨 周頌·時邁·懷柔百神

續表

引文出處	陳壽祺原輯	陳喬樅增輯
		周頌·思文·篇旨
《漢書·地理志》	邶鄘衛(3) 邶風·飄風·在浚之下 邶風·式微·篇旨 邶風·泉水·亦流于淇 邶風·新臺·河水泮泮 庸風·栢舟·在彼中河 庸風·干旄·孑孑干旄 衛風·淇澳·瞻彼淇澳 衛風·碩人·河水洋洋 鄭風(3) 鄭風·出其東門·出其東門 鄭風·溱洧·溱與洧 齊風 齊風·營·子之營兮(2) 齊風·著·竢我於著乎而 魏風(2) 魏風·汾沮洳·彼汾一曲 魏風·伐檀·寘諸河之側兮 唐風(2) 唐風·蟋蟀·今我不樂 唐風·山樞·宛其死矣 唐風·葛生·百歲之後 秦風 秦風·小戎·在其板屋 陳風 曹風 豳風(2) 大雅·緜·自杜沮漆 大雅·皇矣·密人不恭 大雅·公劉·芮阬之即	王風(2) 齊風·載驅·汶水湯湯 陳風·東門之枌·東門之枌 會風 小雅·四牡·四牡騑騑 大雅·大明·在郃之陽 大雅·旱麓·篇旨 大雅·生民·即有虋家室 魯頌 商頌

續表

引文出處	陳壽祺原輯	陳喬樅增輯
	大雅·嵩高·于邑于謝	
《漢書·藝文志》	國風(2) 小雅·斯干·乃占我夢 小雅·無羊·牧人乃夢 小雅·正月·召彼故老 小雅·小緡·我龜既厭	
《漢書·淮南衡山濟北王傳贊》		魯頌·閟宫·戎狄是膺
《漢書·蒯伍江息夫傳贊》		小雅·青蠅·營營青蠅
《漢書·文三王傳》		周南·卷耳·我姑酌彼金罍
《漢書·李廣蘇建傳》		小雅·采芑·方叔元老
《漢書·司馬遷傳贊》		小雅·巷伯·寺人孟子 大雅·烝民·既明且哲
《漢書·嚴朱吾丘主父徐嚴終王傳贊》		魯頌·閟宫·戎狄是膺
《漢書·楊胡朱梅雲傳贊》		大雅·蕩·殷監不遠
《漢書·趙充國辛慶忌傳贊》		秦風·無衣·王于興師
《漢書·蓋寬饒等傳贊》		鄭風·羔裘·邦之司直
《漢書·馮奉世傳贊》	小雅·小弁·篇旨	小雅·巷伯·寺人孟子 小雅·鼓鍾·淑人君子 大雅·抑·抑抑威儀
《漢書·宣元六王傳贊》		大雅·桑柔·貪人敗類

續表

引文出處	陳壽祺原輯	陳喬樅增輯
《漢書·王商史丹傅喜傳贊》		大雅·抑·無言不讎
《漢書·循吏傳贊》		小雅·鼓鍾·淑人君子
《漢書·匈奴傳》	小雅·采薇·靡室靡家	小雅·出車·篇旨 小雅·六月·篇旨 小雅·六月·玁狁匪度
		大雅·緜·犬夷突矣 大雅·公劉·豳居允荒 魯頌·閟宫·戎狄是膺
《漢書·外戚傳》		周南·關雎·篇旨 大雅·思齊·思齊大任 大雅·蕩·雖無老成人 商頌·長發·有娀方將
《漢書·王莽傳》		小雅·瞻彼洛矣·鞞琫有珌
《漢書·敘傳》	周南·螽斯·宜爾子孫 邶風·燕燕·淑慎其身 鄭風 小雅·出車·出車彭彭 小雅·六月·薄伐玁狁 小雅·昊天·舍彼有罪 大雅·皇矣·臨衝閑閑 大雅·蕩·曾是强圉 大雅·常武·王師驒驒 商頌·長發·包有三枿	邶風·栢舟·遘愍既多 邶風·燕燕·下上其音 衛風·考盤·考盤在澗 鄭風·羔裘·邦之彦兮 秦風·黄鳥·篇旨 陳風·衡門·可以栖遲 曹風·候人·婉兮孌兮 小雅·四牡·是用作歌 小雅·祈父·予王之爪牙 小雅·節·節彼南山 小雅·正月·燎之方揚 小雅·正月·赫赫宗周 小雅·昊天·不慮不圖 小雅·小緡·或悊或謀 小雅·巧言·彼何人斯

續表

引文出處	陳壽祺原輯	陳喬樅增輯
		小雅·青蠅·讒言罔極 大雅·文王·侯服于周 大雅·皇矣·莫其德音 大雅·皇矣·無然畔换 大雅·皇矣·無然歆羡 大雅·皇矣·王赫斯怒 大雅·皇矣·是類是禡 大雅·下武·媚兹一人 大雅·生民·厥初生民 大雅·卷阿·如圭如璋 大雅·民勞·柔遠能邇 大雅·雲漢·赫赫炎炎 大雅·常武·如霆如雷 大雅·常武·進厥虎臣 大雅·常武·徐方來庭 周頌·閔予小子·遭家不造 商頌·那·既和且平
《靈臺詩》	大雅·靈臺·經始靈臺 周頌·桓·屢豐年	小雅·桑扈·君子樂胥 周頌·般·於皇時周
《明堂詩》	商頌·那·猗與那與	小雅·北山·普天之下 大雅·嘉樂·穆穆煌煌
《辟雍詩》		大雅·大明·造舟爲梁 大雅·靈臺·於樂辟雍 周頌·有瞽·永觀厥成
《兩都賦序》		小雅 魯頌·閟宫·奚斯所作
《西都賦》	大雅·靈臺·王在靈囿 商頌·元鳥·邦畿千里	周南·關雎·窈窕淑女 邶風·谷風·涇以渭濁 邶風·谷風·方之舟之 鄭風·出其東門·出其東門

續表

引文出處	陳壽祺原輯	陳喬樅增輯
		秦風·終南·終南何有 小雅·白駒·皎皎白駒 小雅·都人士·彼都人士 大雅·皇矣·廼眷西顧 大雅·靈臺·王在靈沼 大雅·生民·實穎實栗 雍·篇旨
		商頌·殷武·天命降監
《東都賦》	周南·卷耳·我姑酌彼金罍 召南·騶虞·彼茁者葭 大雅·靈臺·經始靈臺	秦風·四載·四載孔阜 小雅·車攻·篇旨 小雅·車攻·四牡孔阜 小雅·吉日·篇旨 小雅·楚薺·獻酬交錯 小雅·魚藻·魚在在藻 大雅·靈臺·於樂辟雍 大雅·文王有聲·鎬京辟雍 大雅·韓奕·因時百蠻 周頌·時邁·懷柔百神
《幽通賦》	周南·樛木·南有樛木 小雅·巧言·秩秩大繇 大雅·緜·爰挈我龜 大雅·抑·白圭之玷	邶風·栢舟·遘愍既多 邶風·飄風·飄風自南 邶風·北風·其虚其徐 小雅·正月·赫赫宗周 小雅·小緡·謀猷回穴 小雅·小緡·哀哉爲猶 小雅·小宛·惴惴小心 大雅·烝民·德輶如毛 大雅·召閔·如彼歲旱
《封燕然山銘》		小雅·六月·玁狁匪度 大雅·大明·惟師尚父 大雅·常武·整我六師

續表

引文出處	陳壽祺原輯	陳喬樅增輯
		周頌·維清·維清緝熙 周頌·勺·於鑠王師 商頌·長發·率禮不越
《車騎將軍竇北征頌》		秦風·無衣·與子同襗 魯頌·頖水·克廣德心
《典引》	商頌·那·猗與那與 商頌·長發·包有三枿	小雅·賓之初筵·肴覈惟旅 大雅·棫樸·芃芃棫樸
		大雅·文王有聲·豐水有芑 大雅·生民·惟秬惟秠 周頌·清廟·於穆清廟
《答賓戲文》	小雅·伐木·神之聽之	大雅·常武·闞如虓虎
《離騷序》		周南·關雎·篇旨 大雅·烝民·既明且哲
《後漢書·班固傳》		齊風·東方未明·東方未明 豳風·破斧·周公東征 周頌·清廟·於穆清廟
《南齊書·樂志》		周頌·載芟·篇旨

班昭

引文出處	陳壽祺原輯	陳喬樅增輯
《漢書·諸侯王表》	大雅·板·介人惟藩	魯頌·閟宫·奄有龜蒙
《漢書·王子侯表》		大雅·文王·陳錫載周
《漢書·高惠高后文功臣表》		召南·甘棠·篇旨 大雅·雲漢·靡有孑遺
《漢書·景武昭宣元成功臣表》	大雅·常武·徐方既倈	

續表

引文出處	陳壽祺原輯	陳喬樅增輯
《漢書·外戚恩澤侯表》		大雅·嵩高·不顯申伯
《漢書·古今人表》	大雅·緜·虞芮質厥成 大雅·常武·王命卿士 商頌·長發·包有三枿	召南·甘棠·篇旨 邶風·二子乘舟·篇旨 陳風 曹風·蜉蝣·篇旨 小雅·采薇·靡室靡家 小雅·十月·皇父卿士 小雅·巷伯·寺人孟子 小雅·大東·篇旨 大雅·緜·古公亶父 大雅·思齊·思齊大任 大雅·生民·厥初生民 大雅·常武·命程伯休父 商頌·元鳥·在武丁孫子 商頌·長發·有娀方將 商頌·長發·率禮不越
《後漢書·班昭傳》引《女誡》		周南·關雎·篇旨 小雅·斯干·乃生女子 周頌·振鷺·在彼無惡
《文選·幽通賦》注	周南·樛木·南有樛木 小雅·巧言·秩秩大繇	邶風·栢舟·遘愍既多 邶風·飄風·飄風自南 邶風·北風·其虛其徐 小雅·正月·赫赫宗周 小雅·小緡·謀猷回穴 小雅·小宛·惴惴小心 大雅·桑柔·人亦有言 大雅·烝民·德輶如毛
《針縷賦》		召南·羔羊·羔羊之皮

蔡邕

引文出處	陳壽祺原輯	陳喬樅增輯
《文選注》引《典引注》		小雅·賓之初筵·肴覈惟旅

曹褒

引文出處	陳壽祺原輯	陳喬樅增輯
《後漢書·曹褒傳》		魯頌·閟宫·奚斯所作

陳群

引文出處	陳壽祺原輯	陳喬樅增輯
《三國志·陳群傳》		大雅·思齊·刑于寡妻

陳忠

引文出處	陳壽祺原輯	陳喬樅增輯
《後漢書·陳忠傳》		小雅·蓼莪·瓶之罄矣 小雅·大東·杼柚其空 小雅·鼓鍾·以雅以南 大雅·民勞·無縱詭隨

臣瓚

引文出處	陳壽祺原輯	陳喬樅增輯
《漢書注》	邶風·式微·篇旨 齊風·營·子之營兮	

《春秋緯》

引文出處	陳壽祺原輯	陳喬樅增輯
《藝文類聚》引《春秋感精符》		周南·麟止·麟之角

續表

引文出處	陳壽祺原輯	陳喬樅增輯
《後漢書注》引《春秋説題辭》		周南·關雎·篇旨
《太平御覽》引《春秋説題辭》		國風
《禮記正義》引《春秋元命苞》		邶鄘衛
《公羊注疏》引《春秋元命苞》		邶鄘衛
《史記索隱》引《春秋元命苞》		庸風·定之方中·篇旨
《路史》引《春秋元命苞》		魯頌·閟宮·閟宮有侐

崔靈恩

引文出處	陳壽祺原輯	陳喬樅增輯
《吕氏家塾讀詩記》引《毛詩集注》		齊風·營·子之茂兮

戴德

引文出處	陳壽祺原輯	陳喬樅增輯
《大戴禮記》		邶風·飄風·有子七人 鄭風·女曰鷄鳴·雜佩以贈之 曹風·鳲鳩·鳲鳩在桑 小雅·節·式夷式已 小雅·小宛·夙興夜寐 小雅·蓼莪·鮮民之生矣 小雅·四月·東有開明 小雅·小明·嗟爾君子 大雅·下武·媚兹一人 大雅·文王有聲·鎬京辟雍 大雅·蕩·靡不有初 大雅·烝民·不侮矜寡 商頌·長發·受小共大共

戴聖

引文出處	陳壽祺原輯	陳喬樅增輯
《禮記》		周南·關雎·窈窕淑女 周南·葛覃·服之無射 周南·桃夭·桃之夭夭 召南·采蘩·被之童童 召南·采蘋·于以采蘋 召南·騶虞·篇旨 邶風·栢舟·威儀逮逮 邶風·燕燕·先君之思 邶風·谷風·采葑采菲 邶風·谷風·我今不閱 邶風·谷風·凡民有喪 庸風·鶉之賁賁·鵲之姜姜 庸風·相鼠·相鼠有體 衛風·淇澳·瞻彼淇澳 衛風·碩人·衣錦絅衣 衛風·氓·爾卜爾筮 衛風·氓·言笑晏晏 鄭風·緇衣·緇衣之宜兮 齊風(2) 齊風·南山·蓺麻如之何 秦風·小戎·言念君子 曹風·蜉蝣·心之憂矣 曹風·鳲鳩·淑人君子 豳風·伐柯·伐柯伐柯 小雅 小雅·鹿鳴·篇旨 小雅·鹿鳴·人之好我 小雅·棠棣·妻子好合 小雅·南山有臺·樂只君子民之父母 小雅·車攻·允也君子 小雅·節·節彼南山

續表

引文出處	陳壽祺原輯	陳喬樅增輯
		小雅·節·誰能秉國成 小雅·正月·彼求我則 小雅·正月·潛雖伏矣 小雅·小緡·我龜既厭 小雅·小宛·宛彼鳴鳩 小雅·巧言·盜言孔甘 小雅·巧言·匪其止恭 小雅·何人斯·不愧于人 小雅·巷伯·篇旨 小雅·小明·靖恭爾位 小雅·小明·嗟爾君子 小雅·楚薺·禮儀卒度 小雅·大田·彼有不穫穉 小雅·車舝·高山仰止 小雅·賓之初筵·發彼有的 小雅·角弓·此令兄弟 小雅·角弓·民之無良 小雅·隰桑·心乎愛矣 小雅·緡蠻·緡蠻黄鳥 大雅·文王·周雖舊邦 大雅·文王·穆穆文王 大雅·文王·殷之未喪師 大雅·文王·上天之載 大雅·文王·儀刑文王 大雅·大明·惟此文王 大雅·旱麓·鳶飛戾天 大雅·旱麓·莫莫葛藟 大雅·皇矣·莫其德音 大雅·皇矣·予懷明德 大雅·下武·成王之孚 大雅·文王有聲·匪革其猶 大雅·文王有聲·考卜惟王

續表

引文出處	陳壽祺原輯	陳喬樅增輯
		大雅·文王有聲·豐水有芑 大雅·生民·后稷兆祀 大雅·既醉·既醉以酒 大雅·既醉·朋友攸攝 大雅·既醉·孝子不匱 大雅·嘉樂·嘉樂君子 大雅·泂·凱弟君子 大雅·板·上帝板板 大雅·板·先民有言 大雅·板·誘民孔易 大雅·抑·有梏德行 大雅·抑·慎爾出話 大雅·抑·白圭之玷 大雅·抑·無言不讎 大雅·抑·相在爾室 大雅·抑·神之格思 大雅·抑·淑慎爾止 大雅·抑·温温恭人 大雅·桑柔·民之貪亂 大雅·嵩高·嵩高惟嶽 大雅·烝民·既明且哲 大雅·烝民·德輶如毛 大雅·江漢·明明天子 大雅·江漢·弛其文德 周頌·清廟·於穆清廟 周頌·清廟·逡奔走在廟 周頌·清廟·不顯不承 周頌·維天之命·維天之命 周頌·烈文·不顯惟德 周頌·烈文·於乎前王不忘 周頌·昊天有成命·夙夜其命宥密 周頌·振鷺·篇旨

續表

引文出處	陳壽祺原輯	陳喬樅增輯
		周頌·振鷺·在彼無惡 周頌·有瞽·應𣞤縣鼓 周頌·有瞽·肅雍和鳴 周頌·雍·篇旨 商頌·烈祖·奏假無言 商頌·元鳥·邦畿千里 商頌·長發·帝命不違

鄧展

引文出處	陳壽祺原輯	陳喬樅增輯
《漢書注》	大雅·皇矣·臨衝閑閑	

丁鴻

引文出處	陳壽祺原輯	陳喬樅增輯
《後漢書·丁鴻傳》		小雅·十月·十月之交

董仲舒

引文出處	陳壽祺原輯	陳喬樅增輯
《春秋繁露》		邶風·谷風·采葑采菲(2) 魏風·伐檀·坎坎伐輻兮 小雅·節·節彼南山 小雅·正月·謂天蓋高 小雅·小宛·宛彼鳴鳩 小雅·巧言·他人有心 小雅·小明·嗟爾君子 小雅·大田·彼有不穫穉 小雅·緍蠻·飲之食之

續表

引文出處	陳壽祺原輯	陳喬樅增輯
		大雅·文王·侯服于周 大雅·大明·天難諶斯 大雅·大明·惟此文王 大雅·大明·上帝臨女 大雅·棫樸·芃芃棫樸(2) 大雅·皇矣·王赫斯怒 大雅·皇矣·不識不知 大雅·文王有聲·文王受命(2) 大雅·生民·厥初生民 大雅·嘉樂·不騫不忘 大雅·嘉樂·威儀抑抑 大雅·抑·有梏德行 大雅·抑·無言不讎 大雅·雲漢·倬彼雲漢 大雅·烝民·不侮矜寡 大雅·烝民·德輶如毛 大雅·江漢·弛其文德 周頌·維清·維清緝熙(2) 周頌·武·篇旨 周頌·敬之·示我顯德行 周頌·勺·篇旨 魯頌·閟宫·享以騂犧 魯頌·閟宫·白牡騂剛 商頌·元鳥·古帝命武湯 商頌·長發·不剛不柔
《西京雜記》 引董仲舒《雨雹對》		小雅·杕杜·日月陽止
《漢書·董仲舒傳》		小雅·節·篇旨 大雅·大明·惟此文王 大雅·嘉樂·嘉樂君子 大雅·嵩高·嵩高惟嶽

續表

引文出處	陳壽祺原輯	陳喬樅增輯
		大雅·烝民·夙夜匪解 周頌·勺·篇旨

伏生

引文出處	陳壽祺原輯	陳喬樅增輯
《尚書大傳》		周頌·清廟·於穆清廟(2)
《左傳正義》引《尚書大傳》		大雅·緜·虞芮質厥成
《禮記正義》引《尚書大傳》		大雅·緜·虞芮質厥成
《繹史》引《尚書大傳》		大雅·緜·予聿有胥附
《玉海》引《尚書大傳》		大雅·緜·予聿有胥附
《文選注》引《尚書大傳》		大雅·緜·虞芮質厥成

伏湛

引文出處	陳壽祺原輯	陳喬樅增輯
《後漢書·伏湛傳》	大雅·皇矣·帝謂文王	

高堂生

引文出處	陳壽祺原輯	陳喬樅增輯
《儀禮》		周南·關雎·篇旨 召南·騶虞·彼茁者葭(2) 邶風·旄邱·何其久也 小雅·南陔白華華黍·篇旨 小雅·由庚·篇旨

公羊高

引文出處	陳壽祺原輯	陳喬樅增輯
《公羊傳》		豳風·破斧·周公東征
《毛詩正義》引《五經異義》		大雅·靈臺·篇旨

貢禹

引文出處	陳壽祺原輯	陳喬樅增輯
《漢書·貢禹傳》		大雅·大明·天難諶斯

顧野王

引文出處	陳壽祺原輯	陳喬樅增輯
《玉篇》		邶風·匏有苦葉·濟有深淺

漢成帝

引文出處	陳壽祺原輯	陳喬樅增輯
《漢書·成帝紀》	小雅·節·節彼南山	

漢武帝

引文出處	陳壽祺原輯	陳喬樅增輯
《漢書·衛青傳》		小雅·出車·出車彭彭 小雅·出車·執訊獲醜

漢宣帝

引文出處	陳壽祺原輯	陳喬樅增輯
《漢書·宣帝紀》		小雅·伐木·民之失德

續表

引文出處	陳壽祺原輯	陳喬樅增輯
		周頌·烈文·錫兹祉福 商頌·長發·率禮不越

何休

引文出處	陳壽祺原輯	陳喬樅增輯
《公羊傳解詁》		王風·大車·篇旨 齊風·著·竢我於著乎而 豳風·破斧·周公東征 大雅·靈臺·篇旨

后蒼

引文出處	陳壽祺原輯	陳喬樅增輯
《漢書·匡衡傳》	周南·關雎·篇旨	
《漢書·霍光傳》		大雅·抑·籍曰未知

桓寬

引文出處	陳壽祺原輯	陳喬樅增輯
《鹽鐵論》		周南·關雎·求之不得 周南·兔罝·公侯干城 召南·甘棠·篇旨 邶風·匏有苦葉·雍雍鳴鳱 衛風·碩人·衣錦絅衣 衛風·氓·抱布貿絲 衛風·河廣·篇旨 齊風·甫田·無田甫田 魏風·伐檀·篇旨 魏風·伐檀·彼君子兮

續表

引文出處	陳壽祺原輯	陳喬樅增輯
		魏風·碩鼠·篇旨 唐風·蟋蟀·篇旨 唐風·鴇羽·王事靡盬 陳風·宛邱·坎其擊缶 豳風·七月·晝爾于茅 豳風·狼跋·狼跋其胡 小雅 小雅·鹿鳴·呦呦鹿鳴 小雅·鹿鳴·以宴樂嘉賓之心(2) 小雅·棠棣·妻子好合 小雅·采薇·昔我往矣 小雅·出車·出車彭彭 小雅·出車·未見君子 小雅·杕杜·篇旨 小雅·六月·玁允孔熾 小雅·六月·薄伐玁狁 小雅·采芑·方叔元老 小雅·節·憂心如惔 小雅·正月·謂天蓋高 小雅·正月·憂心慘慘 小雅·旲天·舍彼有罪 小雅·小緡·哀哉爲猶 小雅·小緡·不敢暴虎 小雅·小宛·宜犴宜獄 小雅·大東·周道如砥 小雅·北山·大夫不均 小雅·小明·念彼恭人 小雅·信南山·執其鸞刀 小雅·大田·有黤淒淒 小雅·大田·彼有不穫穉 小雅·車舝·高山仰止 大雅·文王·濟濟多士

續表

引文出處	陳壽祺原輯	陳喬樅增輯
		大雅·靈臺·經始靈臺 大雅·文王有聲·文王受命 大雅·文王有聲·鎬京辟雍 大雅·公劉·廼積廼倉 大雅·泂·酌彼行潦 大雅·民勞·民亦勞止 大雅·板·先民有言 大雅·蕩·雖無老成人 大雅·蕩·殷監不遠 大雅·抑·誥爾民人 大雅·抑·無易由言 大雅·抑·投我以桃 大雅·烝民·衮職有闕 大雅·江漢·武夫潰潰 周頌·昊天有成命·夙夜其命宥密 周頌·時邁·載戢干戈 周頌·執競·鐘鼓鍠鍠 周頌·噫嘻·浚發爾私 周頌·雍·綏我眉壽 周頌·良耜·百室盈止 商頌·殷武·自彼氐羌

賈公彦

引文出處	陳壽祺原輯	陳喬樅增輯
《儀禮注疏》		大雅·生民·或舂或抌

焦延壽

引文出處	陳壽祺原輯	陳喬樅增輯
《易林》		周南召南

續表

引文出處	陳壽祺原輯	陳喬樅增輯
		周南·關雎·篇旨(3) 周南·葛覃·爲絺爲綌 周南·卷耳·采采卷耳 周南·卷耳·我馬虺隤(3) 周南·桃夭·篇旨(8) 周南·兔罝·篇旨 周南·漢廣·南有喬木(3) 周南·汝墳·遵彼汝墳 召南·鵲巢·之子于歸 召南·采蘩·被之童童 召南·采蘋·惟筐及筥 召南·草蟲·憂心惙惙 召南·甘棠·篇旨(2) 召南·行露·厭浥行露 召南·行露·室家不足 召南·行露·雖速我訟(2) 召南·羔羊·羔羊之革 召南·小星·嘒彼小星 召南·江有汜·江有汜(2) 召南·何彼茙矣·曷不肅雍 召南·騶虞·彼茁者葭(2) 邶風·栢舟·汎彼栢舟 邶風·緑衣·緑兮衣兮 邶風·燕燕·燕燕于飛(2) 邶風·日月·篇旨 邶風·日月·日居月諸 邶風·終風·篇旨 邶風·擊鼓·篇旨 邶風·飄風·篇旨 邶風·匏有苦葉·濟有深淺 邶風·匏有苦葉·士如歸妻 邶風·谷風·反以我爲仇

續表

引文出處	陳壽祺原輯	陳喬樅增輯
		邶風·式微·篇旨 邶風·旄邱·篇旨(2) 邶風·簡兮·公言錫爵 邶風·泉水·駕言出遊 邶風·北風·北風其涼(3) 邶風·静女·静女其姝(3) 邶風·新臺·篇旨(2) 庸風·牆有茨·篇旨 庸風·桑中·篇旨(6) 庸風·定之方中·騋牝三千 庸風·蝃蝀·篇旨(3) 庸風·干旄·孑孑干旄(4) 庸風·載馳·篇旨(4) 庸風·載馳·陟彼阿邱 衛風·淇澳·瞻彼淇澳 衛風·碩人·河水洋洋 衛風·氓·篇旨 衛風·氓·抱布貿絲 衛風·氓·來即我謀 衛風·氓·不見復關 衛風·氓·桑之落矣(4) 衛風·河廣·誰謂宋遠 衛風·伯兮·伯也執殳(2) 衛風·伯兮·自伯之東 衛風·有狐·篇旨 王風 王風·葛藟·篇旨(4) 鄭風·篇旨(5) 鄭風·清人·河上乎逍遥 鄭風·女曰鷄鳴·女曰鷄鳴(2) 鄭風·山有扶蘇·不見子都 鄭風·山有扶蘇·不見子充

續表

引文出處	陳壽祺原輯	陳喬樅增輯
		鄭風·狡童·彼狡童兮 鄭風·東門之墠·東門之墠 齊風 齊風·鷄鳴·篇旨 齊風·東方未明·東方未明 齊風·南山·南山崔崔(2) 齊風·南山·蓺麻如之何(2) 齊風·甫田·勞心怛怛 齊風·敝笱·敝笱在梁 齊風·載驅·魯道有蕩(4) 魏風·葛屨·摻摻女手 魏風·陟岵·陟彼屺兮 魏風·伐檀·有懸貆兮(3) 魏風·碩鼠·篇旨(2) 唐風(2) 唐風·揚之水·揚之水 唐風·羔裘·羔裘豹袪 唐風·鴇羽·王事靡盬 秦風·車轔·有車轔轔(3) 秦風·車轔·既見君子 秦風·小戎·小戎俴收 秦風·黄鳥·篇旨(2) 秦風·晨風·篇旨(2) 陳風·衡門·篇旨 陳風·衡門·豈其取妻 陳風·衡門·豈其食魚 陳風·東門之楊·其葉將將(2) 陳風·東門之楊·昏以爲期 陳風·株林·篇旨(3) 會風·匪風·匪風發兮(3) 曹風·候人·薈兮蔚兮(2) 曹風·鳲鳩·鳲鳩在桑(3)

續表

引文出處	陳壽祺原輯	陳喬樅增輯
		曹風·下泉·洌彼下泉(2) 豳風·七月·春日載陽 豳風·七月·言私其豵 豳風·七月·六月莎鷄振羽 豳風·七月·十月滌場 豳風·鴟鴞·篇旨(6) 豳風·東山·篇旨 豳風·東山·伊威在室 豳風·東山·婦嘆于室 豳風·破斧·周公東征 豳風·九罭·鴻飛遵陸 豳風·狼跋·狼跋其胡 小雅(5) 小雅·鹿鳴·呦呦鹿鳴(5) 小雅·四牡·四牡騑騑(2) 小雅·伐木·篇旨 小雅·伐木·出自幽谷 小雅·伐木·嚶其鳴矣 小雅·伐木·既有肥牡 小雅·采薇·篇旨 小雅·出車·僕夫況悴 小雅·出車·雨雪載塗 小雅·杕杜·期誓不至 小雅·魚麗·君子有酒 小雅·南有嘉魚·南有嘉魚(2) 小雅·南山有臺·樂只君子邦家之基 小雅·蓼蕭·蓼彼蕭斯(2) 小雅·蓼蕭·壽考不忘 小雅·蓼蕭·和鸞雝雝 小雅·湛露·篇旨(4) 小雅·六月·四牡騤騤 小雅·六月·獫狁匪度

續表

引文出處	陳壽祺原輯	陳喬樅增輯
		小雅·六月·飲御諸友(3) 小雅·六月·張中孝友(3) 小雅·車攻·篇旨 小雅·車攻·四牡孔阜 小雅·庭燎·篇旨 小雅·鶴鳴·篇旨 小雅·鶴鳴·鶴鳴于九臯 小雅·鶴鳴·他山之石(2) 小雅·祈父·篇旨(2) 小雅·白駒·皎皎白駒 小雅·黄鳥·篇旨 小雅·我行其野·言採其蓄 小雅·節·四牡項領 小雅·正月·正月繁霜 小雅·正月·謂天蓋高 小雅·正月·赫赫宗周(2) 小雅·正月·其車既載(2) 小雅·正月·婚姻孔云(2) 小雅·十月·百川沸騰(2) 小雅·十月·皇父卿士(2) 小雅·十月·無罪無辜(5) 小雅·昊天·篇旨(4) 小雅·小宛·中原有菽 小雅·小宛·交交桑扈 小雅·小弁·篇旨(5) 小雅·巧言·篇旨 小雅·巧言·躍躍毚免(2) 小雅·巧言·巧言如簧 小雅·大東·篇旨(3) 小雅·大東·跂彼織女 小雅·大東·維南有箕(2) 小雅·四月·君子作歌

續表

引文出處	陳壽祺原輯	陳喬樅增輯
		小雅·北山·陟彼北山(2) 小雅·無將大車·無將大車 小雅·楚薺·我藝黍稷(3) 小雅·楚薺·絜爾牛羊 小雅·楚薺·神嗜飲食 小雅·楚薺·子子孫孫 小雅·信南山·篇旨 小雅·信南山·中田有廬 小雅·甫田·曾孫之庾 小雅·大田·去其螟蟘 小雅·鴛鴦·君子萬年 小雅·青蠅·營營青蠅(5) 小雅·賓之初筵·篇旨 小雅·賓之初筵·側弁之俄 小雅·采菽·樂只君子(3) 小雅·角弓·民之無良 小雅·角弓·老馬反爲駒 小雅·角弓·毋教猱升木 小雅·苕之華·牂羊羵首 小雅·何草不黄·何草不元 大雅·文王·侯服于周 大雅·大明·文定厥祥 大雅·大明·纘女惟莘 大雅·大明·篤生武王 大雅·大明·矢於牧野(2) 大雅·大明·惟師尚父 大雅·緜·古公亶父 大雅·思齊·思齊大任(3) 大雅·靈臺·經始靈臺(2) 大雅·鳧鷖·鳧鷖在涇(2) 大雅·鳧鷖·鳧鷖在渚(3) 大雅·嘉樂·干禄百福

續表

引文出處	陳壽祺原輯	陳喬樅增輯
		大雅·公劉·篇旨 大雅·公劉·弓矢斯張 大雅·公劉·豳居允荒 大雅·卷阿·鳳凰鳴矣(5) 大雅·板·介人惟藩 大雅·蕩·咨女殷商 大雅·抑·彼童而角(2) 大雅·桑柔·我生不辰 大雅·桑柔·降此蟊賊(2) 大雅·雲漢·倬彼雲漢 大雅·雲漢·赫赫炎炎 大雅·雲漢·旱魃爲虐(2) 大雅·嵩高·嵩高惟嶽 大雅·韓奕·蹶父孔武(2) 大雅·韓奕·魴鱮詡詡(3) 大雅·瞻卬·邦靡有定 周頌·時邁·載戢干戈 周頌·潛·潛有多魚(2) 周頌·敬之·日就月將 周頌·小毖·自求辛螫(3) 周頌·小毖·肇允彼桃蟲 周頌·小毖·予又集于蓼 周頌·般·篇旨(3) 魯頌·頖水·元龜象齒(2) 魯頌·閟宫·令妻壽母 商頌·元鳥·天命元鳥

晉灼

引文出處	陳壽祺原輯	陳喬樅增輯
《漢書注》		周頌·勺·篇旨

孔穎達

引文出處	陳壽祺原輯	陳喬樅增輯
《毛詩正義》		小雅

匡衡

引文出處	陳壽祺原輯	陳喬樅增輯
《漢書·匡衡傳》	周南·關雎·篇旨(2) 周南·關雎·窈窕淑女 鄭風·大叔于田·襢裼暴虎 唐風 秦風·黄鳥·篇旨 陳風·宛邱·坎其擊鼓 大雅·文王·陳錫載周 大雅·文王·無念爾祖 大雅·緜·古公亶父 大雅·抑·敬慎威儀 周頌·閔予小子·煢煢在疚 周頌·閔予小子·念我皇祖 周頌·桓·于以四方 魯頌·泮水·淑問如臯陶 商頌·殷武·京邑翼翼	
《漢書·梅福傳》		周頌·振鷺·篇旨
《漢書·韋玄成傳》		魯頌·閟宫·眉壽無有害 商頌·烈祖·我受命溥將
《漢書·郊祀志》	周頌·敬之·毋曰高高在上	
《漢紀·元帝紀》		商頌·殷武·京邑翼翼

郎顗

引文出處	陳壽祺原輯	陳喬樅增輯
《後漢書·郎顗傳》	周南·關雎·篇旨	庸風·蝃蝀·蝃蝀在東

續表

引文出處	陳壽祺原輯	陳喬樅增輯
	小雅(2)	會風·匪風·匪風發兮 小雅·節·節彼南山 小雅·十月·十月之交 小雅·十月·熚熚震電 小雅·北山·或棲遲偃仰 大雅·嘉樂·干禄百福 大雅·板·敬天之怒 大雅·烝民·赫赫王命

李奇

引文出處	陳壽祺原輯	陳喬樅增輯
《漢書注》		魯頌·閟宫·三壽作朋

李賢

引文出處	陳壽祺原輯	陳喬樅增輯
《後漢書注》	小雅	小雅·鼓鍾·以雅以南 小雅·魚藻·魚在在藻 大雅·民勞·無縱詭隨

李尋

引文出處	陳壽祺原輯	陳喬樅增輯
《漢書·李尋傳》		小雅·十月·熚熚震電 小雅·十月·百川沸騰 大雅·文王·濟濟多士

劉德

引文出處	陳壽祺原輯	陳喬樅增輯
《漢書注》	商頌·長發·包有三枿	秦風·黄鳥·篇旨

續表

引文出處	陳壽祺原輯	陳喬樅增輯
		大雅·文王·侯服于周

劉瑜

引文出處	陳壽祺原輯	陳喬樅增輯
《後漢書·劉瑜傳》		小雅·采緑·五日爲期

盧辯

引文出處	陳壽祺原輯	陳喬樅增輯
《大戴禮記注》		邶風·飄風·有子七人 鄭風·女曰鷄鳴·雜佩以贈之 小雅·節·式夷式已 小雅·蓼莪·鮮民之生矣 大雅·下武·媚兹一人 大雅·蕩·靡不有初 商頌·長發·受小共大共

馬續

引文出處	陳壽祺原輯	陳喬樅增輯
《漢書·天文志》		小雅·十月·彼月而食 小雅·漸漸之石·月離于畢

馬嚴

引文出處	陳壽祺原輯	陳喬樅增輯
《後漢書·馬嚴傳》		小雅·十月·十月之交

馬援

引文出處	陳壽祺原輯	陳喬樅增輯
《後漢書·馬援傳》		衛風·淇澳·瞻彼淇澳 豳風·東山·親結其褵 小雅·伐木·釃酒有䤋

梅福

引文出處	陳壽祺原輯	陳喬樅增輯
《漢書·梅福傳》		小雅·十月·篇旨

孟康

引文出處	陳壽祺原輯	陳喬樅增輯
《漢書注》	邶風·式微·篇旨 小雅	召南·羔羊·素絲五緵 豳風·七月·四月秀葽 小雅·十月·篇旨 小雅·瞻彼洛矣·鞞琫有珌 大雅·皇矣·無然畔换

歐陽生

引文出處	陳壽祺原輯	陳喬樅增輯
《太平御覽》 引《五經異義》 引《尚書》歐陽説		大雅·皇矣·是類是禡

齊人

引文出處	陳壽祺原輯	陳喬樅增輯
《爾雅注》		周南·汝墳·王室如燬

《詩緯》

引文出處	陳壽祺原輯	陳喬樅增輯
《毛詩正義》引《詩汎曆樞》	小雅(2) 小雅·四牡·篇旨 小雅·天保·篇旨 小雅·南有嘉魚·篇旨 小雅·采芑·方叔元老 小雅·鴻雁·篇旨 小雅·祈父·篇旨 大雅·大明·篇旨(2)	
《尚書正義》引《詩汎曆樞》		小雅·巷伯·哆兮侈兮
《史記索隱》引《詩汎曆樞》		小雅·巷伯·哆兮侈兮
《後漢書注》引《詩汎曆樞》	小雅	
《開元占經》引《詩汎曆樞》		小雅·大東·跂彼織女
《太平御覽》引《詩汎曆樞》	大雅·靈臺·篇旨	
《説郛》引《詩汎曆樞》		召南·騶虞·彼茁者葭 王風·黍離·日之夕矣 唐風·蟋蟀·蟋蟀在堂 秦風·蒹葭·蒹葭蒼蒼
《毛詩正義》引《詩含神霧》	大雅·靈臺·經始靈臺	國風
《毛詩指説》引《詩含神霧》		國風
《禮記正義》引《詩含神霧》		國風
《路史注》引《詩含神霧》		周南·麟止·篇旨
《北堂書鈔》引《詩含神霧》	國風 齊風·東方未明·不能辰夜	
《藝文類聚》引《詩含神霧》	國風 秦風 曹風	

續表

引文出處	陳壽祺原輯	陳喬樅增輯
《初學記》引《詩含神霧》	小雅·十月·熚熚震電 大雅·緜·緜緜瓜瓞	
《事類賦》引《詩含神霧》		秦風·蒹葭·蒹葭蒼蒼
《太平御覽》引《詩含神霧》	國風 邶鄘衛 齊風(2) 魏風 唐風 秦風 陳風 曹風 小雅·十月·熚熚震電 大雅·大明·大任有身	
《説郛》引《詩含神霧》		國風
《丹鉛總録》引《詩含神霧》		商頌·元鳥·天命元鳥
《藝文類聚》引《詩含神霧注》	秦風	
《太平御覽》引《詩含神霧注》	秦風	
《毛詩正義》引《詩推度災》	召南·鵲巢·維鵲有巢 小雅·十月·十月之交 小雅·十月·百川沸騰	
《乙巳占》引《詩推度災》	邶鄘衛 王風 鄭風 魏風 唐風 秦風 陳風 會風 曹風	

續表

引文出處	陳壽祺原輯	陳喬樅增輯
《初學記》引《詩推度災》	小雅	
《太平御覽》引《詩推度災》	周南·關雎·篇旨	
《史記索隱》引《詩緯》		小雅
《文選注》引《詩緯》	陳風	

叔孫通

引文出處	陳壽祺原輯	陳喬樅增輯
《爾雅》		周南·汝墳·王室如燬

《書緯》

引文出處	陳壽祺原輯	陳喬樅增輯
《毛詩正義》引《尚書中候擿雒戒》	小雅·十月·剡妻煽方處(2)	

宋均

引文出處	陳壽祺原輯	陳喬樅增輯
《毛詩正義》		鄘風·載馳·篇旨
《乙巳占》引《詩推度災注》	邶鄘衛	
《後漢書注》		周南·關雎·篇旨
《初學記》	大雅·緜·緜緜瓜瓞	
《太平御覽》		周南·關雎·篇旨 秦風·蒹葭·蒹葭蒼蒼
《事類賦》		秦風·蒹葭·蒹葭蒼蒼

文穎

引文出處	陳壽祺原輯	陳喬樅增輯
《漢書注》		商頌·長發·率禮不越

吾邱壽王

引文出處	陳壽祺原輯	陳喬樅增輯
《漢書·吾邱壽王傳》		小雅·賓之初筵·大侯既抗

夏侯建

引文出處	陳壽祺原輯	陳喬樅增輯
《太平御覽》 引《五經異義》 引《尚書》夏侯説		大雅·皇矣·是類是禡

夏侯勝

引文出處	陳壽祺原輯	陳喬樅增輯
《太平御覽》 引《五經異義》 引《尚書》夏侯説		大雅·皇矣·是類是禡

夏侯始昌

引文出處	陳壽祺原輯	陳喬樅增輯
《漢書·五行志》	大雅·蕩·不明爾德 大雅·蕩·如蜩如螗 商頌·長發·武王載斾	小雅·桑扈·兕觥其觩 大雅·思齊·刑于寡妻 大雅·嘉樂·不解于位 周頌·時邁·載戢干戈

蕭望之

引文出處	陳壽祺原輯	陳喬樅增輯
《漢書·蕭望之傳》	小雅·鴻雁·爰及矜人 小雅·大田·有黤淒淒	

徐彥

引文出處	陳壽祺原輯	陳喬樅增輯
《公羊傳注疏》		大雅·靈臺·篇旨

許慎

引文出處	陳壽祺原輯	陳喬樅增輯
《說文解字》		邶風·匏有苦葉·濟有深淺 邶風·静女·静女其姝 邶風·新臺·得此𪓰鼀 鄭風·出其東門·縞衣綥巾 小雅·吉日·伾伾俟俟 小雅·節·天方薦瘥 大雅·緜·犬夷突矣 大雅·文王有聲·欥求厥寧 周頌·維天之命·誐以謐我 周頌·思文·詒我來麰

薛宣

引文出處	陳壽祺原輯	陳喬樅增輯
《漢書·薛宣傳》		小雅·伐木·民之失德

荀況

引文出處	陳壽祺原輯	陳喬樅增輯
《後漢書注》		豳風·破斧·周公東征

荀爽

引文出處	陳壽祺原輯	陳喬樅增輯
《周易集解》		鄘風·蝃蝀·朝隮于西
《世説新語注》		大雅·文王·篇旨
《女誡》		衛風·竹竿·泉源在左
《後漢書·荀爽傳》		周南·關雎·篇旨 周南·螽斯·篇旨 魏風·陟岵·陟彼岵兮

荀悦

引文出處	陳壽祺原輯	陳喬樅增輯
《漢紀·高祖紀》		周頌·時邁·載戢干戈
《漢紀·惠帝紀》		大雅·思齊·刑于寡妻 周頌·執競·鐘鼓鍠鍠
《漢紀·高后紀》		小雅·十月·日月告凶 大雅·文王·上天之載 大雅·雲漢·倬彼雲漢
《漢紀·宣帝紀》		商頌·殷武·自彼氐羌
《漢紀·元帝紀》		小雅·巷伯·取彼譖人
《漢紀·成帝紀》		小雅·正月·謂天蓋高
《漢紀·哀帝紀》		大雅·烝民·夙夜匪解
《申鑒》		召南·何彼襛矣·曷不肅雝

顏師古

引文出處	陳壽祺原輯	陳喬樅增輯
《急就章注》	小雅·信南山·信彼南山	

續表

引文出處	陳壽祺原輯	陳喬樅增輯
《漢書注》	鄭風·大叔于田·禮裼暴虎 鄭風·溱洧·溱與洧 齊風·營·子之營兮(2) 豳風·七月·十月蟋蟀 小雅·節·節彼南山 小雅·巧言·秩秩大繇 大雅·緜·自杜沮漆 大雅·緜·爰挈我龜 大雅·緜·虞芮質厥成 大雅·皇矣·密人不恭 大雅·蕩·如蜩如螗 周頌·絲衣·自堂徂基 周頌·桓·于以四方 魯頌·頖水·淑問如臯陶 商頌·長發·武王載旆	召南·甘棠·篇旨 衛風·考盤·考盤在澗 鄭風·羔裘·邦之司直 秦風·車轔·有車轔轔 秦風·四臷·四臷孔阜 秦風·小戎·小戎俴收 秦風·小戎·在其板屋 秦風·小戎·龍盾之合 陳風·宛邱·坎其擊鼓 陳風·東門之枌·東門之枌 會風 小雅·伐木·民之失德 小雅·采薇·靡室靡家 小雅·出車·出車彭彭 小雅·出車·執訊獲醜 小雅·節·節彼南山 小雅·節·尹氏大師 小雅·正月·赫赫宗周 小雅·巧言·彼何人斯 小雅·桑扈·兕觥其觩 大雅·文王·侯服于周 大雅·文王·儀刑文王 大雅·大明·在郃之陽 大雅·皇矣·無然畔换 大雅·生民·即有驀家室 大雅·泂·凱弟君子 大雅·蕩·雖無老成人 周頌·我將·儀式刑文王之德 商頌·長發·有娀方將 商頌·長發·包有三枿

翼奉

引文出處	陳壽祺原輯	陳喬樅增輯
《漢書·翼奉傳》	小雅 小雅·吉日·吉日庚午 小雅·十月·篇旨 大雅·文王·殷之未喪師	

應劭

引文出處	陳壽祺原輯	陳喬樅增輯
《漢書注》		小雅·桑扈·兕觵其觩

轅固

引文出處	陳壽祺原輯	陳喬樅增輯
《禮記正義》引《齊詩》		商頌·長發·爲下國畷郵
《毛詩正義》 引《五經異義》引《齊詩》	大雅·生民·厥初生民	
《漢書注》引晉灼引《齊詩》	小雅·昊天·舍彼有罪	

《樂緯》

引文出處	陳壽祺原輯	陳喬樅增輯
《後漢書》引《樂動聲儀》		小雅
《初學記》引《樂動聲儀》		召南·甘棠·篇旨
《文選注》引《樂動聲儀》	陳風	國風
《毛詩正義》引《樂稽耀嘉》		鄘風·載馳·篇旨
《説郛》引《樂稽耀嘉》		國風

張晏

引文出處	陳壽祺原輯	陳喬樅增輯
《漢書注》	陳風·宛邱·坎其擊鼓	陳風 小雅·正月·燎之方揚 小雅·桑扈·兕觥其觩 周頌·勺·篇旨

鄭氏

引文出處	陳壽祺原輯	陳喬樅增輯
《漢書注》	大雅·常武·王師驒驒	周南·卷耳·我姑酌彼金罍

鄭玄

引文出處	陳壽祺原輯	陳喬樅增輯
《詩譜》		陳風
《禮記注》	商頌	周南·關雎·窈窕淑女 周南·葛覃·服之無射 周南·桃夭·桃之夭夭 召南·采蘩·被之童童 召南·采蘋·于以采蘋 召南·騶虞·篇旨 邶風·栢舟·威儀逮逮 邶風·燕燕·篇旨 邶風·燕燕·先君之思 邶風·谷風·采葑采菲 邶風·谷風·我今不閲 邶風·簡兮·左手執籥 邶風·北門·政事一埤益我 鄘風·君子偕老·副笄六珈 鄘風·鶉之賁賁·鵲之姜姜 鄘風·相鼠·相鼠有體

續表

引文出處	陳壽祺原輯	陳喬樅增輯
		衛風·淇澳·瞻彼淇澳 衛風·氓·爾卜爾筮 衛風·氓·言笑晏晏 鄭風·緇衣·緇衣之宜兮 鄭風·丰·衣錦絅衣 齊風·南山·蓺麻如之何 魏風·葛屨·好人提提 魏風·伐檀·寘諸河之干兮 秦風·小戎·言念君子 曹風·蜉蝣·心之憂矣 曹風·候人·荷戈與綴 曹風·候人·惟鵜在梁 豳風·七月·七月流火 豳風·七月·十月穫稻 豳風·七月·四之日其早 豳風·七月·十月滌場 豳風·伐柯·伐柯伐柯 小雅·鹿鳴·篇旨 小雅·鹿鳴·人之好我 小雅·四牡·四牡騑騑 小雅·棠棣·妻子好合 小雅·天保·礿祠烝嘗 小雅·出車·執訊獲醜 小雅·車攻·允也君子 小雅·節·節彼南山 小雅·節·誰能秉國成 小雅·正月·彼求我則 小雅·正月·潛雖伏矣 小雅·小緡·我龜既厭 小雅·小宛·宛彼鳴鳩 小雅·小宛·螟蛉有子 小雅·小弁·雉之朝雊 小雅·巧言·盜言孔甘

續表

引文出處	陳壽祺原輯	陳喬樅增輯
		小雅·巧言·匪其止恭 小雅·何人斯·不愧于人 小雅·巷伯·篇旨 小雅·巷伯·取彼譖人 小雅·谷風·無木不萎 小雅·小明·靖恭爾位 小雅·鼓鍾·以雅以南 小雅·楚薺·楚楚者薺 小雅·楚薺·禮儀卒度 小雅·大田·彼有不穫穉 小雅·大田·來方禋祀 小雅·車舝·高山仰止 小雅·賓之初筵·發彼有的 小雅·角弓·此令兄弟 小雅·角弓·民之無良 小雅·都人士·彼都人士 小雅·都人士·垂帶如厲 小雅·隰桑·心乎愛矣 小雅·緡蠻·緡蠻黄鳥 大雅·文王·穆穆文王 大雅·文王·自求多福 大雅·文王·殷之未喪師 大雅·文王·上天之載 大雅·文王·儀刑文王 大雅·大明·惟此文王 大雅·大明·文王初載 大雅·緜·古公亶父 大雅·緜·縮板以載 大雅·緜·乃立皐門 大雅·旱麓·鳶飛戾天 大雅·旱麓·莫莫葛藟 大雅·皇矣·莫其德音 大雅·皇矣·予懷明德

續表

引文出處	陳壽祺原輯	陳喬樅增輯
		大雅·皇矣·帝謂文王 大雅·下武·成王之孚 大雅·文王有聲·匪革其猶 大雅·文王有聲·考卜惟王 大雅·文王有聲·豐水有芑 大雅·生民·取蕭祭脂 大雅·生民·后稷兆祀 大雅·行葦·洗爵奠斝 大雅·既醉·既醉以酒 大雅·既醉·朋友攸攝 大雅·既醉·孝子不匱 大雅·嘉樂·嘉樂君子 大雅·泂·凱弟君子 大雅·板·上帝板板 大雅·板·先民有言 大雅·板·誘民孔易 大雅·抑·有梏德行 大雅·抑·慎爾出話 大雅·抑·白圭之玷 大雅·抑·無言不讎 大雅·抑·相在爾室 大雅·抑·神之格思 大雅·抑·淑慎爾止 大雅·抑·誨爾忳忳 大雅·桑柔·惟此惠君 大雅·嵩高·嵩高惟嶽 大雅·烝民·既明且哲 大雅·烝民·德輶如毛 大雅·江漢·明明天子 大雅·江漢·弛其文德 周頌·清廟·於穆清廟 周頌·清廟·逡奔走在廟 周頌·清廟·不顯不承

續表

引文出處	陳壽祺原輯	陳喬樅增輯
		周頌·維天之命·維天之命 周頌·烈文·不顯惟德 周頌·昊天有成命·夙夜其命宥密 周頌·時邁·載戢干戈 周頌·振鷺·篇旨 周頌·振鷺·在彼無惡 周頌·豐年·爲酒爲醴 周頌·有瞽·設業設虡 周頌·有瞽·應輮縣鼓 周頌·有瞽·肅雍和鳴 周頌·雍·篇旨 周頌·武·篇旨(2) 周頌·良耜·其餉伊黍 周頌·絲衣·自堂徂基 魯頌·頖水·篇旨(2) 魯頌·頖水·在頖獻馘 魯頌·閟宫·王謂叔父 魯頌·閟宫·籩豆大房 魯頌·閟宫·公車千乘 魯頌·閟宫·公徒三萬 商頌·那·植我鼗鼓 商頌·烈祖·奏假無言 商頌·元鳥·天命元鳥 商頌·元鳥·邦畿千里 商頌·長發·帝命不違
《儀禮注》		周南·關雎·篇旨(2) 周南·葛覃·篇旨 周南·卷耳·篇旨 周南·樛木·葛藟縈之 召南·鵲巢·篇旨 召南·采蘩·篇旨 召南·采蘋·篇旨

續表

引文出處	陳壽祺原輯	陳喬樅增輯
		召南·騶虞·彼茁者葭 邶風·旄邱·何其久也 邶風·泉水·出宿于濟 鄘風·載馳·大夫軷涉 王風·大車·謂予不信 齊風·南山·蓺麻如之何 唐風·揚之水·素衣朱宵 秦風·小戎·竹柲緄縢(2) 會風·匪風·誰能亨魚 曹風·蜉蝣·麻衣如雪 小雅·鹿鳴·篇旨 小雅·鹿鳴·德音孔昭 小雅·四牡·篇旨 小雅·皇皇者華·篇旨 小雅·天保·吉圭爲饎 小雅·魚麗·篇旨 小雅·南陔白華華黍·篇旨 小雅·由庚·篇旨 小雅·南有嘉魚·篇旨 小雅·南山有臺·篇旨 小雅·車攻·決拾既次(2) 小雅·大田·彼有不穫穉 小雅·頍弁·有頍者弁 小雅·賓之初筵·既立之監 小雅·采菽·君子來朝 大雅·緜·周原膴膴 大雅·思齊·思齊大任 大雅·靈臺·經始靈臺 大雅·生民·或舂或抌 大雅·韓奕·諸娣從之 周頌·清廟·於穆清廟 周頌·時邁·篇旨

續表

引文出處	陳壽祺原輯	陳喬樅增輯
		周頌·時邁·明昭有周 周頌·時邁·載戢干戈 周頌·勺·篇旨 周頌·勺·於鑠王師 商頌·長發·爲下國畷郵
《周禮注》		魯頌·閟宫·閟宫有侐 魯頌·閟宫·寢廟繹繹
《毛詩正義》 引《尚書注》		大雅·緜·予聿有胥附 周頌·清廟·於穆清廟
《毛詩正義》 引《尚書中候握河紀注》		小雅·鼓鍾·篇旨
《毛詩正義》 引《駁五經異義》		小雅·鹿鳴·呦呦鹿鳴

左雄

引文出處	陳壽祺原輯	陳喬樅增輯
《後漢書·左雄傳》	小雅·十月·剡妻煽方處	小雅·正月·謂天蓋高 小雅·十月·日月告凶 小雅·大田·有黤淒淒

韓詩

白居易

引文出處	陳壽祺原輯	陳喬樅增輯
《白氏六帖》	秦風·終南·有杞有棠	

曹植

引文出處	陳壽祺原輯	陳喬樅增輯
《朔風詩》		小雅·小明·載離寒暑
《應詔詩》		鄘風·定之方中·星言夙駕 秦風·小戎·再寢再興 小雅·節·憂心如醒
《三良詩》		秦風·黄鳥·篇旨
《贈白馬王彪》		周南·卷耳·我馬元黄 小雅·青蠅·構我二人
《七啟》		周南·漢廣·南有喬木 邶風·北風·攜手同行 小雅·何人斯·祇攪我心 大雅·卷阿·鳳凰鳴矣
《洛神賦》		周南·漢廣·南有喬木 邶風·柏舟·耿耿不寐
《釋思賦》		小雅·白駒·皎皎白駒
《蟬賦》		小雅·小弁·鳴蜩嘒嘒
《求通親親表》		邶風·北門·亦已焉哉 大雅·行葦·戚戚兄弟
《上責躬應詔詩表》		鄘風·相鼠·人而無禮
《求自試表》		曹風·候人·彼己之子
《黄初五年令》		邶風·柏舟·憂心悄悄
《黄初六年令》		大雅·蒸民·德輶如毛
《卞太后誄》		邶風·燕燕·佇立以泣 秦風·黄鳥·彼蒼者天 小雅·正月·謂天蓋高
《平原懿公主誄》		鄭風·子衿·在城闕兮

續表

引文出處	陳壽祺原輯	陳喬樅增輯
《仲雍哀辭》		大雅·生民·誕寘之隘巷
《釋愁文》		王風·黍離·中心如醉
《告咎文》		小雅·大田·雨我公田
《承露盤銘序》		魯頌·閟宫·新廟奕奕
《魏修孔子廟碑》		商頌·殷武·寢成孔安
《魏文帝誄》		秦風·黄鳥·篇旨 小雅·楚茨·神具醉止 周頌·執競·鐘鼓鍠鍠
《螢火論》	豳風·東山·熠燿宵行	
《貪惡鳥論》		豳風·七月·七月鳴鵙
《令禽惡鳥論》	王風·黍離·篇旨	
《魏德論》		鄘風·鶉之奔奔·鶉之奔奔 大雅·民勞·柔遠能邇
《魏德論謳》		小雅·小宛·載飛載鳴
《三國志·曹植傳》		鄘風·柏舟·母也天只 魏風·伐檀·彼君子兮 唐風·蟋蟀·職思其憂 曹風·鳲鳩·鳲鳩在桑 小雅·鹿鳴·承筐是將 小雅·夫栘·雖有兄弟 小雅·伐木·神之聽之 小雅·出車·赫赫南仲 小雅·谷風·將安將樂 小雅·蓼莪·欲報之德(2) 大雅·大明·惟此文王 大雅·思齊·刑于寡妻 大雅·江漢·明明天子

陳琳

引文出處	陳壽祺原輯	陳喬樅增輯
《檄吴將校部曲文》		豳風·鴟鴞·鴟鴞鴞

陳彭年等

引文出處	陳壽祺原輯	陳喬樅增輯
《廣韻》		鄭風·風雨·鷄鳴嘐嘐

崔琰

引文出處	陳壽祺原輯	陳喬樅增輯
《三國志·崔琰傳》		大雅·蕩·殷監不遠 大雅·瞻印·人之云亡

馮衍

引文出處	陳壽祺原輯	陳喬樅增輯
《杯銘》		小雅·伐木·民之失德
《刀陽銘》		大雅·抑·告爾人民
《後漢書·馮衍傳》		周南·關雎·關關雎鳩 召南·甘棠·勿剗勿敗(2) 邶風·終風·壇壇其陰 小雅·車舝·雖無德與汝 大雅·江漢·王命召虎
《後漢書·馮衍傳》注		小雅·十月之交·無罪無辜 小雅·青蠅·讒人罔極 大雅·瞻印·亂匪降自天

顧野王

引文出處	陳壽祺原輯	陳喬樅增輯
《玉篇》	鄘風·牆有茨·中蕃之言 衛風·伯兮·伯兮偈兮	周南·關雎·左右覒之 召南·靁其雷·篇旨 召南·**芰**有楳·傾筐摡之 邶風·柏舟·寤僻有摽 邶風·終風·願言則嚏 邶風·谷風·采葑采菲 邶風·谷風·湜湜其止 邶風·簡兮·左手執龠 邶風·新臺·嬿婉之求 鄘風·君子偕老·玉之瑱也 衛風·碩人·朱幩儦儦 衛風·氓·泣涕漣漣 衛風·伯兮·邦之傑兮 王風·黍離·彼黍離離 王風·中谷·中谷有蓷 鄭風·出其東門·出其闉闍 齊風·南山·雄狐夊夊 齊風·猗嗟·猗嗟顥兮 魏風·伐檀·坎坎伐檀兮 唐風·山有樞·子有衣裳 秦風·小戎·文茵暢轂 秦風·小戎·蒙厳有苑 陳風·東門之枌·越以稯邁 陳風·防有鵲巢·卭有旨鷊 曹風·候人·不濡其噣 曹風·候人·薈兮蔚兮 曹風·下泉·嘅我寤歎 豳風·七月·蠶月挑桑 小雅·鹿鳴·視民不佻 小雅·鹿鳴·食野之芩

續表

引文出處	陳壽祺原輯	陳喬樅增輯
		小雅·皇皇者華·原隰捊矣 小雅·南有嘉魚·嘉賓式宴以衎 小雅·采芑·振旅嗔嗔 小雅·采芑·克壯其猷 小雅·車攻·決拾既佽 小雅·車攻·助我舉柴 小雅·祈父·祈父 小雅·斯干·椓之橐橐 小雅·斯干·如企斯翼 小雅·斯干·下莞上簟 小雅·十月之交·百川沸滕 小雅·十月之交·悠悠我痻 小雅·小弁·嗚蜩嘒嘒 小雅·大東·維南有箕 小雅·大東·唯北有斗 小雅·大田·有弇淒淒 小雅·賓之初筵·屢舞僛僛 小雅·采菽·觱沸濫泉 大雅·緜·陶復陶穴 大雅·緜·古公亶父 大雅·緜·高門有閌 大雅·棫樸·追琢其璋 大雅·行葦·嘉肴脾臄 大雅·板·先民有言 大雅·雲漢·旱既太甚 大雅·蒸民·征夫倢倢 周頌·良耜·以茠荼蓼 周頌·絲衣·戴弁 魯頌·閟宫·閟宫有侐 商頌·長發·爲下國畷流

韓嬰

引文出處	陳壽祺原輯	陳喬樅增輯
《文選》李善注引《韓詩》	周南·關雎·關關雎鳩 周南·免罝·施于中馗(3) 周南·芣苢·篇旨 周南·芣苢·采采芣苢 周南·漢廣·南有喬木(3) 周南·漢廣·江之漾矣 邶風·柏舟·耿耿不寐 邶風·日月·報我不術 邶風·谷風·密勿同心 邶風·静女·静女其姝(4) 邶風·新臺·嬿婉之求 衛風·淇澳·綠藩如簀 衛風·考盤·考盤在干 衛風·伯兮·伯兮偈兮 衛風·伯兮·伯也執殳 衛風·伯兮·焉得諠草 王風·大車·謂余不信 鄭風·大叔于田·兩驂鴈行 鄭風·出其東門·縞衣綦巾 鄭風·溱洧·溱與洧 齊風·東方之日·東方之日兮(4) 齊風·猗嗟·舞則纂兮 魏風·葛屨·纖纖女手 唐風·蟋蟀·蟋蟀在堂(8) 秦風·蒹葭·宛在水中沚 陳風·澤陂·寤寐無爲 曹風·蜉蝣·采采衣服 豳風·鴟鴞·鴟鴞鴞 豳風·東山·鸛鳴于垤 小雅·四牡·周道威夷(5) 小雅·夫栘·賓爾籩豆	補逸(3)

續表

引文出處	陳壽祺原輯	陳喬樅增輯
	小雅·采薇·昔我往矣 小雅·湛露·愔愔夜飲 小雅·湛露·蓁蓁者莪 小雅·沔水·我友敬矣 小雅·白駒·皎皎白駒(2) 小雅·小旻·謀猶回穴(2) 小雅·小宛·翰飛厲天 小雅·谷風·將恐將懼 小雅·大東·跂彼織女 小雅·四月·秋日淒淒 小雅·四月·亂離斯莫 小雅·小明·眷眷懷顧(5) 小雅·鼓鐘·憂心且陶 小雅·楚茨·馥芬孝祀 小雅·頍弁·先集惟霰 小雅·采菽·紼纚維之 小雅·緜蠻·緜蠻黄鳥(2) 大雅·文王·亹亹文王 大雅·緜·緜緜瓜瓞 大雅·緜·周原膴膴 大雅·旱麓·鳶飛戾天 大雅·皇矣·無矢我陵(2) 大雅·靈臺·矇瞍奏功 大雅·生民·誕彌厥月 大雅·行葦·酒醴維醹 大雅·瞻卬·伊胡爲嫕 周頌·思文·貽我嘉麰 周頌·噫嘻·帥時農夫 周頌·閔予小子·惸惸在疚 魯頌·泮水·獷彼淮夷 魯頌·閟宫·新廟奕奕(2) 商頌	

續表

引文出處	陳壽祺原輯	陳喬樅增輯
	商頌·元鳥·方命厥后 商頌·長發·湯降不遲 商頌·殷武·松柏丸丸	
《文選·魏都賦》張載注引《韓詩》	大雅·緜·周原腜腜 大雅·蕩·天不湎爾以酒	
《毛詩釋文》引《韓詩》	周南·葛覃·是刈是濩 周南·卷耳·不盈傾筐 周南·樛木·南有樛木 周南·芣苢·采采芣苢 周南·汝墳·惄如輖饑 召南·采蘋·篇旨 召南·甘棠·蔽茀甘棠 召南·羔羊·逶迤逶迤 召南·𣚈有楳·篇旨 召南·𣚈有楳·迨其謂之 召南·小星·夙夜在公 召南·江有汜·江有渚 召南·江有汜·何彼茙矣 邶風·柏舟·胡戴而微 邶風·終風·終風且暴 邶風·終風·謔浪笑傲 邶風·擊鼓·死生契闊 邶風·擊鼓·于嗟敻兮 邶風·匏有苦葉·深則厲 邶風·匏有苦葉·招招舟子 邶風·谷風·中心有違 邶風·谷風·毋發我笱 邶風·谷風·有洸有潰 邶風·簡兮·碩人扈扈 邶風·泉水·祕彼泉水	鄭風·溱洧·溱與洧 小雅·杕杜·檀車緂緂 大雅·皇矣·與爾隆衝 大雅·抑·聿喪厥國

續表

引文出處	陳壽祺原輯	陳喬樅增輯
	邶風·泉水·飲餞于坭 邶風·北門·王事敦我 邶風·北門·室人交徧讁我 邶風·新臺·新臺有漼 鄘風·柏舟·實惟我直 鄘風·牆有茨·中冓之言 鄘風·牆有茨·不可揚也 鄘風·君子偕老·委委佗佗 鄘風·君子偕老·邦之援也 鄘風·鶉之奔奔·鶉之奔奔 鄘風·定之方中·星言夙駕 鄘風·相鼠·人而無止 鄘風·載馳·大夫跋涉 衛風·淇澳·緑薵猗猗 衛風·淇澳·有邲君子 衛風·淇澳·瑟兮僩兮 衛風·淇澳·赫兮宣兮 衛風·考盤·考盤在干 衛風·考盤·顧人之過 衛風·碩人·巧笑倩兮 衛風·碩人·大夫夙退 衛風·碩人·施罛濊濊 衛風·碩人·鱣鮪鱍鱍 衛風·碩人·庶姜钀钀 衛風·碩人·庶士有桀 衛風·氓·氓之蚩蚩 衛風·氓·履無咎言 衛風·芄蘭·垂帶翠兮 衛風·芄蘭·能不我狎 王風·君子于役·曷其有佸 王風·揚之水·不與我戍申 王風·中谷·中谷有蓷	

續表

引文出處	陳壽祺原輯	陳喬樅增輯
	王風·兔爰·有兔爰爰雉離于罿 鄭風·緇衣·緇衣之蓆兮 鄭風·清人·二矛重鷮 鄭風·羔裘·羔裘如濡 鄭風·子衿·子甯不詒音 鄭風·溱洧·恂盱且樂 鄭風·溱洧·贈之以勺藥 齊風·嫙·子之嫙兮 齊風·嫙·揖我謂我婘兮 齊風·東方之日·在我闥兮 齊風·南山·横由其畝 齊風·敝笱·其魚遺遺 齊風·載驅·齊子發夕 齊風·猗嗟·四矢變兮 魏風·伐檀·河水清且淪猗 唐風·綢繆·見此邂覯 唐風·有杕之杜·逝肯適我 唐風·有杕之杜·生於道周 秦風·車轔·寺人之伶 秦風·小戎·俴駟孔群 秦風·終南·顔如渥沰 陳風·東門之枌·穀旦于嗟 陳風·墓門·歌以誶止 陳風·防有鵲巢·誰侜予娓 陳風·澤陂·有蒲與蕑 豳風·七月·七月在宇 豳風·七月·塞向墐户 豳風·鴟鴞·徹彼桑杜 豳風·鴟鴞·予手拮据 豳風·鴟鴞·予所蓄租 豳風·東山·烝在藆薪 豳風·破斧·又缺我錡	

續表

引文出處	陳壽祺原輯	陳喬樅增輯
	豳風·破斧·又缺我 小雅·夫栘·妻子好合 小雅·采薇·昔我往矣 小雅·鴻雁·劬勞于野 小雅·鶴鳴·鶴鳴于九皋 小雅·斯干·如矢斯枋 小雅·斯干·如鳥斯翱 小雅·斯干·載衣之褅 小雅·無羊·或寢或譌 小雅·節·節彼南山 小雅·節·憂心如炎 小雅·節·何用不監 小雅·節·昊天不庸 小雅·正月·視天夢夢 小雅·十月之交·繁惟司徒 小雅·十月之交·抑此皇父 小雅·十月之交·不憖遺一老 小雅·十月之交·無罪無辜 小雅·小旻·謀猶回歒 小雅·小旻·潝潝訿訿 小雅·小旻·民雖靡腜 小雅·小宛·哀我瘨寡 小雅·小宛·宜犴宜獄 小雅·小弁·惄焉如疛 小雅·巧言·僭始既減 小雅·何人斯·我心施也 小雅·大東·嬥嬥公子 小雅·甫田·菿彼圃田 小雅·大田·卜畀炎火 小雅·桑扈·兕觵其觩 小雅·鴛鴦·戢其左翼 小雅·鴛鴦·莝之秣之	

續表

引文出處	陳壽祺原輯	陳喬樅增輯
	小雅·車舝·以慍我心 小雅·青蠅·構我二人 小雅·賓之初筵·威儀昄昄 小雅·魚藻·有頒有首 小雅·采菽·便便左右 小雅·采菽·紼纚維之 小雅·采菽·福禄肶之 小雅·角弓·如食儀饇 小雅·角弓·雨雪麃麃 小雅·白華·視我怖怖 大雅·文王·無遏爾躬 大雅·大明·磬天之妹 大雅·大明·牧野洋洋 大雅·緜·度之薨薨 大雅·緜·高門有閌 大雅·思齊·刑于寡妻 大雅·皇矣·上帝耆之 大雅·皇矣·其菑其殪 大雅·皇矣·惟此文王 大雅·皇矣·無然畔援 大雅·皇矣·崇墉仡仡 大雅·文王有聲·文王烝哉 大雅·文王有聲·築城伊洫 大雅·文王有聲·王公伊濯 大雅·生民·拂厥豐草 大雅·蕩·天不湎爾以酒 大雅·抑·肆喪厥國 大雅·雲漢·鬱隆烔烔 大雅·雲漢·耗斁下土 大雅·雲漢·我心憚暑 大雅·雲漢·胡甯瘨我以旱 大雅·嵩高·王踐之事	

續表

引文出處	陳壽祺原輯	陳喬樅增輯
	大雅·韓奕·有倬其道 大雅·江漢·肇敏戎公 大雅·常武·進厥虎臣 大雅·常武·民民翼翼 周頌·執競·執競武王 周頌·豐年·萬億及秭 周頌·涔·涔有多魚 周頌·小毖·予其懲而 周頌·小毖·自求辛赦 周頌·載芟·民民其麃 周頌·般·於繹思 魯頌·駉·有驒有駱 魯頌·泮水·屈此羣醜 魯頌·泮水·鬌彼東南 魯頌·閟宫·實實枚枚 魯頌·閟宫·稙穉菽麥 魯頌·閟宫·遂荒大東 商頌·元鳥·大糦是承 商頌·長發·元王桓發 商頌·長發·苞有三蘖 商頌·殷武·撻彼殷武 商頌·殷武·勿予禍適	
《毛詩正義》 引《韓詩》	魏風·陟岵·予子行役	大雅·抑·聿喪厥國
《吕氏家塾讀詩記》 引《韓詩》	衛風·考盤·考盤在干 小雅·蓼蕭·和鸞雍雍	
《詩考》 引李樗 引《韓詩》	邶風·燕燕·篇旨	

續表

引文出處	陳壽祺原輯	陳喬樅增輯
《詩考》 引董逌 引《韓詩》	邶風·終風·壇壇其陰	
《周易釋文》 引《韓詩》	衛風·氓·靡室勞矣	
《禮記正義》 引《五經異義》 引《韓詩》	小雅·何人斯·出此三物	
《玉海》 引《三禮義宗》 引《韓詩》	周頌·時邁·懷柔百神	
《孟子音義》 引《韓詩》	召南·荾有楳·篇旨	
《爾雅注》 引《韓詩》	陳風·防有鵲巢·心焉惕惕	
《爾雅注疏》 引《韓詩》	豳風·七月·六月食鬱及蓷 小雅·甫田·薊彼圃田	
《爾雅翼》 引《韓詩》	鄭風·溱洧·溱與洧	
《玉篇》 引《韓詩》	鄭風·野有蔓草·野有蔓草 小雅·采芑·方叔元老 小雅·斯干·如矢斯朸 小雅·甫田·薊彼圃田 魯頌·閟宮·建爾元子	
《集韻》 引《韓詩》	召南·甘棠·勿剗勿敗	
《廣韻》 引《韓詩》	召南·靁其雷·篇旨 小雅·采芑·如霆如靁	

續表

引文出處	陳壽祺原輯	陳喬樅增輯
	小雅·鶴鳴·鶴鳴于九皋 周頌·載見·鞗革有鶬	
《叶韻考異》引《韓詩》	鄭風·溱洧·溱與洧	
《篇海》引《韓詩》	邶風·泉水·祕彼泉水	
《史記集解》引《韓詩》	小雅·六月·元戎十乘	
《史記索隱》引《韓詩》	小雅·大東·東有啓明 商頌	補逸
《史記正義》引《韓詩》	周頌·載見·鞗革有鶬	
《漢書注》引《韓詩》	召南·采蘋·于以鬺之 大雅·蒸民·仲山甫徂齊	
《後漢書注》引《韓詩》	周南·漢廣·南有喬木 周南·汝墳·篇旨 召南·羔羊·羔羊之皮 鄘風·蝃蝀·篇旨 鄭風·溱洧·篇旨(2) 齊風·嫙·並驅從兩肩兮 秦風·渭陽·篇旨 小雅·車攻·東有圃草 小雅·吉日·騢騢騃騃 小雅·雨無正·若此無罪 小雅·鼓鐘·憂心且陶 小雅·賓之初筵·賓之初筵 小雅·賓之初筵·賓既醉止 小雅·角弓·民之無良 大雅·雲漢·旱魃爲虐	鄭風·溱洧·溱與洧

續表

引文出處	陳壽祺原輯	陳喬樅增輯
	周頌·振鷺·在此無惡 魯頌·閟宫·新廟奕奕 商頌·殷武·京邑翼翼	
《宋書》 引《韓詩》	鄭風·溱洧·溱與洧 小雅·頍弁·先集惟霰	
《路史》 引《韓詩》		大雅·下武·應侯順德
《通典》 引《韓詩》	秦風·權輿·於我乎	
《列子釋文》 引《韓詩》	周頌·小毖·予其懲而	
《五行大義》 引《韓詩》	鄭風·溱洧·溱與洧	
《歲華紀麗》 引《韓詩》	鄭風·溱洧·溱與洧	
《初學記》 引《韓詩》	邶風·簡兮·方將萬舞 鄭風·溱洧·溱與洧 小雅·伐木·篇旨 小雅·湛露·其桐其椅 小雅·小宛·宜犴宜獄 大雅·蕩·天不湎爾以酒	
《北堂書鈔》 引《韓詩》	大雅·韓奕·王錫韓侯 周頌·執競·執競武王 周頌·良耜·百室盈止	
鈔本《北堂書鈔》 引《韓詩》	大雅·雲漢·菿彼雲漢	

續表

引文出處	陳壽祺原輯	陳喬樅增輯
《藝文類聚》引《韓詩》	鄭風·東門之墠·東門之栗 鄭風·溱洧·篇旨	
《白氏六帖》引《韓詩》	鄭風·東門之墠·東門之栗	
《事類賦》引《韓詩》	鄭風·東門之墠·東門之栗	
《太平御覽》引《韓詩》	周南·芣苢·篇旨 邶風·凱風·簡簡黄鳥 邶風·谷風·既阻我德 邶風·新臺·魚網之設 王風·黍離·篇旨(2) 王風·黍離·彼黍離離(2) 王風·兔爰·有兔爰爰雉離于罿 鄭風·東門之墠·東門之栗 鄭風·溱洧·溱與洧(3) 齊風·鷄鳴·篇旨 齊風·鷄鳴·匪鷄則鳴 陳風·澤陂·有美一人 豳風·七月·三之日于耜(2) 豳風·九罭·九罭之魚 小雅·伐木·篇旨 小雅·頍弁·先集惟霰	王風·兔爰·有兔爰爰雉離于罦補逸
玄應《一切經音義》引《韓詩》	邶風·燕燕·仲氏任只 鄘風·君子偕老·委委佗佗 鄘風·載馳·歸唁衛侯 鄘風·載馳·控于大邦 衛風·考盤·考盤在阿 唐風·采苓·苟亦無信 小雅·鴻雁·劬勞于野 小雅·蓼莪·無父何怙	

續表

引文出處	陳壽祺原輯	陳喬樅增輯
	小雅·鼓鐘·憂心且陶 大雅·緜·作廟翼翼 大雅·皇矣·無矢我陵 大雅·江漢·王命召虎	
《吕氏家塾讀詩記》 引《韓詩序》	小雅·夫栘·篇旨	
《詩集傳》 引《韓詩序》	小雅·賓之初筵·篇旨	
《後漢書注》 引《韓詩序》	鄘風·蝃蝀·篇旨 小雅·賓之初筵·篇旨	
《水經注》 引《韓詩序》	周南召南	
《文選》李善注 引《韓詩序》	周南·漢廣·篇旨 小雅·伐木·篇旨	
《禮記注》 引《韓詩内傳》	小雅·蓼蕭·和鸞雍雍	
《禮記正義》 引《韓詩内傳》	大雅·雲漢·圭璧既卒 大雅·韓奕·韓侯受命	
《大戴禮記注》 引《韓詩内傳》	周頌·載見·鞗革有鶬	
《三禮義宗》 引《韓詩内傳》	周頌·雝·篇旨	
《禮書》 引《韓詩内傳》	周頌·雝·篇旨	
《通典》 引《韓詩内傳》	周頌·雝·篇旨	

續表

引文出處	陳壽祺原輯	陳喬樅增輯
《唐會要》引《韓詩内傳》	大雅·假樂·燕及朋友	
《風俗通》引《韓詩内傳》	曹風	
《白虎通》引《韓詩内傳》	大雅·韓奕·韓侯受命(2)	小雅·巷伯·取彼譖人
《初學記》引《韓詩内傳》	小雅·夫栘·賓爾籩豆	
《太平御覽》引《韓詩内傳》	小雅·車攻·東有圃草 商頌·那·篇旨	
《文選》李善注引《韓詩内傳》	周南·漢廣·南有喬木 鄭風·清人·河上乎消搖 鄭風·溱洧·瀏其清矣 小雅·斯干·乃生男子	
《文選·魏都賦》張載注引《韓詩内傳》	小雅·鼓鐘·以雅以南	
《韓詩外傳》	周南·關雎·篇旨 周南·關雎·鐘鼓樂之 周南·螽斯·宜爾子孫(2) 周南·汝墳·魴魚赬尾(2) 召南·草蟲·未見君子 召南·甘棠·蔽芾甘棠 召南·行露·雖速我訟 召南·小星·夙夜在公 邶風·柏舟·我心匪鑒 邶風·柏舟·我心匪石(4) 邶風·柏舟·憂心悄悄 邶風·日月·胡能有定	附録(20)

續表

引文出處	陳壽祺原輯	陳喬樅增輯
	邶風·日月·乃如之人兮 邶風·雄雉·瞻彼日月 邶風·雄雉·不忮不求(3) 邶風·匏有苦葉·深則厲 邶風·谷風·采葑采菲 邶風·谷風·凡民有喪(2) 邶風·旄邱·何其處也(3) 邶風·北門·亦已焉哉(3) 邶風·静女·静女其姝 鄘風·鶉之奔奔·人而無良 鄘風·蝃蝀·乃如之人兮 鄘風·相鼠·人而無儀(3) 鄘風·相鼠·人而無禮(4) 鄘風·干旄·彼姝者子 鄘風·載馳·大夫跋涉 鄘風·載馳·既不我嘉 鄘風·載馳·百爾所思 衛風·淇澳·如切如瑳(3) 衛風·氓·吁嗟女兮 衛風·有狐·心之憂矣 王風·黍離·彼黍離離 王風·中谷·惙其泣矣(2) 鄭風·大叔于田·執轡如組(3) 鄭風·羔裘·羔裘如濡 鄭風·羔裘·彼己之子(3) 鄭風·羔裘·彼其之子(2) 鄭風·野有蔓草·野有蔓草 魏風·汾沮洳·彼己之子(2) 魏風·園有桃·心之憂矣 魏風·伐檀·彼君子兮(2) 魏風·碩鼠·逝將去女適彼樂土(2) 魏風·碩鼠·逝將去女適彼樂國	

續表

引文出處	陳壽祺原輯	陳喬樅增輯
	唐風·山有樞·子有衣裳 唐風·椒聊·彼己之子 唐風·鴇羽·肅肅鴇羽 唐風·鴇羽·父母何嘗 秦風·小戎·温其如玉 秦風·終南·顔如渥沰 秦風·晨風·鴥彼晨風 陳風·衡門·衡門之下 陳風·東門之池·彼美淑姬 檜風·匪風·匪風發兮 曹風·鳲鳩·淑人君子其儀一兮 曹風·鳲鳩·淑人君子正是國人(2) 豳風·七月·晝爾于茅 豳風·東山·親結其縭 豳風·伐柯·伐柯伐柯 小雅·四牡·不遑啟處 小雅·四牡·王事靡鹽 小雅·皇皇者華·莘莘征夫 小雅·夫栘·妻子好合 小雅·伐木·神之聽之 小雅·天保·天保定爾 小雅·出車·既見君子 小雅·沔水·我友敬矣 小雅·鶴鳴·鶴鳴于九皋 小雅·祈父·有母之尸雍 小雅·節·俾民不迷 小雅·正月·瞻彼中林 小雅·十月之交·四國無政 小雅·十月之交·胡爲我作 小雅·十月之交·四方有羨 小雅·小旻·謀夫孔多 小雅·小宛·我日斯邁	

續表

引文出處	陳壽祺原輯	陳喬樅增輯
	小雅·小宛·溫溫恭人(2) 小雅·小弁·有漼者淵 小雅·小弁·君子無易由言 小雅·巧言·昊天大憮(4) 小雅·巧言·匪其止恭(2) 小雅·巧言·他人有心 小雅·巷伯·慎爾言矣 小雅·谷風·將安將樂 小雅·蓼莪·父兮生我 小雅·大東·周道如砥 小雅·大東·或以其酒 小雅·大東·維南有箕(2) 小雅·四月·廢爲殘賊 小雅·北山·普天之下 小雅·無將大車·無將大車 小雅·小明·静恭爾位正直是與 小雅·小明·静恭爾位好是正直(4) 小雅·楚茨·禮義卒度(3) 小雅·楚茨·式禮莫愆 小雅·楚茨·子子孫孫 小雅·信南山·中田有廬 小雅·大田·有弇淒淒 小雅·大田·彼有遺秉 小雅·大田·以享以祀 小雅·大田·左之左之 小雅·頍弁·死喪無日 小雅·車舝·高山仰止 小雅·采菽·彼交匪舒 小雅·采菽·優哉柔哉 小雅·角弓·民之無良(3) 小雅·角弓·雨雪麃麃(2) 小雅·角弓·如蠻如髦(3)	

續表

引文出處	陳壽祺原輯	陳喬樅增輯
	小雅·菀柳·上帝甚慆 小雅·隰桑·既見君子 小雅·隰桑·中心藏之(2) 小雅·白華·鼓鐘于宫(4) 小雅·白華·之子無良 小雅·緜蠻·豈敢憚行 大雅·文王·周雖舊邦 大雅·文王·濟濟多士(4) 大雅·文王·上天之載 大雅·大明·天難訦斯 大雅·大明·天謂殷適 大雅·大明·牧野洋洋 大雅·棫樸·亹亹文王 大雅·旱麓·莫莫葛藟 大雅·皇矣·自太伯王季 大雅·皇矣·不識不知 大雅·下武·成王之孚 大雅·下武·於萬斯年 大雅·文王有聲·自東自西 大雅·文王有聲·貽厥孫謀 大雅·既醉·孝子不匱 大雅·假樂·不愆不忘(2) 大雅·泂·愷悌君子(3) 大雅·卷阿·來游來歌 大雅·卷阿·愷悌君子 大雅·卷阿·鳳凰于飛(2) 大雅·板·上帝板板 大雅·板·先民有言(2) 大雅·板·老夫灌灌 大雅·板·多將熇熇(2) 大雅·板·誘民孔易 大雅·蕩·天生烝民(3)	

續表

引文出處	陳壽祺原輯	陳喬樅增輯
	大雅·蕩·不明爾德(3) 大雅·蕩·枝葉未有害 大雅·蕩·殷監不遠(2) 大雅·抑·人亦有言 大雅·抑·有覺德行(2) 大雅·抑·訏謨定命 大雅·抑·荒湛于酒 大雅·抑·夙興夜寐 大雅·抑·告爾人民 大雅·抑·無易出言(2) 大雅·抑·無言不酬 大雅·抑·惠于朋友 大雅·抑·不僭不賊 大雅·桑柔·其何能淑(2) 大雅·桑柔·稼穡維寶 大雅·桑柔·天降喪亂(2) 大雅·桑柔·靡有旅力 大雅·桑柔·人亦有言(2) 大雅·桑柔·惟此聖人(2) 大雅·桑柔·惟彼不順 大雅·桑柔·大風有隧 大雅·桑柔·聽言則對 大雅·嵩高·嵩高維嶽 大雅·嵩高·周邦咸喜 大雅·蒸民·天生蒸民 大雅·蒸民·邦國若否 大雅·蒸民·既明且哲(4) 大雅·蒸民·德輶如毛 大雅·蒸民·惟仲山甫(5) 大雅·江漢·釐爾圭瓚 大雅·江漢·自召祖命 大雅·江漢·明明天子	

續表

引文出處	陳壽祺原輯	陳喬樅增輯
	大雅·常武·民民翼翼 大雅·常武·王猷允塞(3) 大雅·瞻卬·人之云亡 大雅·瞻卬·不自我先 大雅·召旻·旻天疾威 大雅·召旻·我居御卒荒 大雅·召旻·如彼歲旱 周頌·天作·彼徂者 周頌·我將·畏天之威(3) 周頌·時邁·實右序有周 周頌·時邁·明昭有周(4) 周頌·執競·降福簡簡(2) 周頌·臣工·嗟嗟保介 周頌·豐年·蒸畀祖妣 周頌·有瞽·有瞽有瞽 周頌·武·勝殷遏劉 周頌·敬之·日就月將(5) 周頌·敬之·弗時仔肩 周頌·絲衣·自堂徂基 周頌·酌·於鑠王師(3) 魯頌·駉·思無邪 魯頌·泮水·載色載笑(4) 魯頌·泮水·思樂泮水 魯頌·泮水·自求伊祜 魯頌·閟宫·泰山巖巖 商頌·那·既和且平 商頌·長發·率禮不越 商頌·長發·帝命不違(2) 商頌·長發·湯降不遲(7) 商頌·長發·不競不絿(4) 商頌·長發·敷政優優 商頌·長發·武王載發	

續表

引文出處	陳壽祺原輯	陳喬樅增輯
《詩考》 引《韓詩外傳》		邶風·谷風·采葑采菲 鄘風·鶉之奔奔·人而無良
《尚書正義》 引《韓詩外傳》		小雅·甫田·以社以方 周頌·般·於繹思
《廣韻》 引《韓詩外傳》		大雅·韓奕·王錫韓侯
《史記正義》 引《韓詩外傳》	鄭風·溱洧·篇旨	
《漢書注》 引《韓詩外傳》		補逸
《後漢書注》 引《韓詩外傳》	邶風·擊鼓·土國城漕	補逸(4)
《水經注》 引應劭引《韓詩外傳》		大雅·下武·應侯順德
《荀子注》 引《韓詩外傳》	小雅·蓼蕭·和鸞雍雍	
《列子釋文》 引《韓詩外傳》		王風·大車·毳衣如虋
《歲華紀麗》 引《韓詩外傳》	小雅·信南山·上天同雲(2)	
《北堂書鈔》 引《韓詩外傳》		補逸
《藝文類聚》 引《韓詩外傳》	小雅·信南山·上天同雲	
《太平御覽》 引《韓詩外傳》	鄭風·溱洧·溱與洧 小雅·何人斯·爲鬼爲蜮	補逸(10)

續表

引文出處	陳壽祺原輯	陳喬樅增輯
	小雅·信南山·上天同雲	
《文選注》 引《韓詩外傳》	周南·漢廣·南有喬木 大雅·抑·嗚呼小子	大雅·卷阿·鳳凰于飛 補逸(8)
《周禮注》 引《韓詩傳》	小雅·采芑·有瑲蔥衡	
《周禮注疏》 引王肅引《韓詩傳》	邶風·匏有苦葉·士如歸妻	
《公羊傳解詁》 引《韓詩傳》	大雅·雲漢·旱既太甚	
《公羊傳注疏》 引《韓詩傳》	大雅·雲漢·旱既太甚	補逸
《説文解字》 引《韓詩傳》	周南·漢廣·南有喬木	
《漢書注》 引《韓詩傳》	鄭風·溱洧·溱與洧	
《通典》 引《韓詩傳》	秦風·權輿·於我乎	
《初學記》 引《韓詩傳》	小雅·信南山·上天同雲	
玄應《一切經音義》 引《韓詩傳》	王風·兔爰·有兔爰爰 齊風·南山·横由其畝 齊風·南山·娶妻如之何	
《華嚴經音義》 引《韓詩傳》	鄭風·大叔于田·叔在藪 鄭風·東門之墠·篇旨 齊風·嫙·遭我乎猛之間兮 王風·兔爰·有兔爰爰	

續表

引文出處	陳壽祺原輯	陳喬樅增輯
	大雅·雲漢·鬱隆烔烔	
《毛詩草木鳥獸蟲魚疏》引《韓詩説》	王風·中谷·中谷有蓷	
《毛詩正義》引《韓詩説》	小雅·桑扈·兕觥其觩	
《禮記正義》引《韓詩説》	大雅·生民·后稷肇祀	
《周禮注疏》引《韓詩説》	召南·騶虞·篇旨	
《大戴禮記注》引《韓詩説》		周頌·我將·篇旨
《毛詩正義》引《五經異義》引《韓詩説》	周南·卷耳·我姑酌彼金罍 周南·卷耳·我姑酌彼兕觥 邶風·擊鼓·土國城漕 邶風·簡兮·右手秉翟 小雅·鴻雁·百堵皆作 大雅·靈臺·於樂辟廱 大雅·生民·厥初生民	
《禮記正義》引《五經異義》引《韓詩説》	周南·卷耳·我姑酌彼兕觥	
《周禮注疏》引《五經異義》引《韓詩説》	周南·卷耳·我姑酌彼金罍	
《左傳正義》引《五經異義》引《韓詩説》	周南·卷耳·我姑酌彼兕觥	

續表

引文出處	陳壽祺原輯	陳喬樅增輯
《初學記》引《韓詩説》	豳風·七月·二之日鑿氷沖沖	
玄應《一切經音義》引《韓詩説》	齊風·南山·横由其畝	
鈔本《北堂書鈔》引《韓詩注》	大雅·雲漢·菿彼雲漢	

漢桓帝

引文出處	陳壽祺原輯	陳喬樅增輯
《後漢書·馮緄傳》		大雅·常武·進厥虎臣

漢明帝

引文出處	陳壽祺原輯	陳喬樅增輯
《後漢書·明帝紀》		周南·關雎·關關雎鳩 曹風·候人·彼己之子不稱其服 小雅·鹿鳴·承筐是將(2) 小雅·大田·去其螟蟘 大雅·抑·無言不酬
《後漢書·東平憲王傳》		小雅·采菽·采菽采菽
《東觀漢記》		周頌·敬之·日就月將

侯包

引文出處	陳壽祺原輯	陳喬樅增輯
《毛詩正義》	小雅·斯干·載衣之褅	

續表

引文出處	陳壽祺原輯	陳喬樅增輯
引《韓詩翼要》	小雅·白華·天步艱難 大雅·抑·篇旨 大雅·江漢·武夫滔滔	
《隋書》 引《韓詩翼要》	周南·關雎·鐘鼓樂之	
《通典》 引《韓詩翼要》	周南·關雎·鐘鼓樂之	

賈公彦

引文出處	陳壽祺原輯	陳喬樅增輯
《周禮注疏》	小雅·信南山·信彼南山	大雅·生民·蓺之戎菽

孔穎達

引文出處	陳壽祺原輯	陳喬樅增輯
《毛詩正義》	大雅·皇矣·惟此文王 大雅·抑·聿喪厥國	
《左傳正義》	國風	

李賢

引文出處	陳壽祺原輯	陳喬樅增輯
《後漢書注》		周南·關雎·輾轉反側 邶風·終風·曀曀其陰 曹風·候人·彼己之子三百赤紱 曹風·候人·彼己之子不稱其服 小雅·小弁·痦寐永歎 小雅·大田·去其螟螣

續表

引文出處	陳壽祺原輯	陳喬樅增輯
		小雅·車舝·雖無德與汝 小雅·采菽·采菽采菽 周頌·閔予小子·遭家不造

劉峻

引文出處	陳壽祺原輯	陳喬樅增輯
《辨命論》		周南·芣苢·篇旨

劉寬

引文出處	陳壽祺原輯	陳喬樅增輯
《後漢書·劉寬傳》		王風·黍離·中心如醉

劉良

引文出處	陳壽祺原輯	陳喬樅增輯
《文選》五臣注		周南·兔罝·肅肅兔罝

歐陽詢

引文出處	陳壽祺原輯	陳喬樅增輯
《藝文類聚》	小雅·夫栘·夫栘之華	

石勛

引文出處	陳壽祺原輯	陳喬樅增輯
《隸釋·費鳳別碑》		召南·羔羊·逶迤逶迤

順烈梁皇后

引文出處	陳壽祺原輯	陳喬樅增輯
《後漢書·梁皇后紀》		大雅·思齊·則百斯男
《後漢書·質帝紀》		小雅·正月·憂心京京 小雅·小弁·痛痳永歎 大雅·雲漢·赫赫炎炎
《後漢書·桓帝紀》		小雅·車攻·展也大成 小雅·小弁·疢如疾首 小雅·北山·率土之濱 周頌·閔予小子·遭家不造
《後漢書·章帝八王傳》		大雅·既醉·孝子不匱
《太平御覽》引《續漢書》		周南·螽斯·篇旨

孫楚

引文出處	陳壽祺原輯	陳喬樅增輯
《杕杜賦》		召南·甘棠·勿剗勿敗

王吉

引文出處	陳壽祺原輯	陳喬樅增輯
《漢書·王吉傳》	召南·甘棠·蔽芾甘棠 檜風·匪風·匪風發兮	魏風·伐檀·坎坎伐檀兮 大雅·文王·濟濟多士

王駿

引文出處	陳壽祺原輯	陳喬樅增輯
《漢書·淮陽憲王傳》	魯頌·閟宮·俾侯于魯	

許慎

引文出處	陳壽祺原輯	陳喬樅增輯
《説文解字》	周南·汝墳·魴魚赬尾	鄭風·風雨·風雨湝湝 小雅·巷伯·緀兮斐兮
《毛詩正義》引《五經異義》	小雅·祈父·有母之尸饔	

玄應

引文出處	陳壽祺原輯	陳喬樅增輯
《一切經音義》	齊風·南山·横由其畝 齊風·南山·娶妻如之何	周南·卷耳·陟彼高岡 王風·黍離·彼黍離離 大雅·召旻·如彼棲柤

薛漢

引文出處	陳壽祺原輯	陳喬樅增輯
《史記集解》 引《韓詩薛君章句》	小雅·六月·元戎十乘 小雅·巧言·躍躍毚兔 大雅·生民·厥初生民	
《後漢書注》 引《韓詩薛君章句》	周南·關雎·關關雎鳩 周南·漢廣·南有喬木 周南·汝墳·魴魚赬尾 召南·羔羊·羔羊之皮 王風·君子陽陽·君子陶陶 齊風·嫙·並驅從兩肩兮 小雅·車攻·東有圃草 小雅·鼓鐘·以雅以南 周頌·天作·彼徂者 周頌·時邁·實右序有周 周頌·振鷺·在此無惡 魯頌·閟宫·新廟奕奕 商頌	

續表

引文出處	陳壽祺原輯	陳喬樅增輯
《宋書》 引《韓詩薛君章句》	小雅·頍弁·先集惟霰	
《初學記》 引《韓詩薛君章句》	魏風·園有桃·我歌且謡 小雅·湛露·其桐其椅	
《太平御覽》 引《韓詩薛君章句》	邶風·新臺·魚網之設 王風·黍離·彼黍離離(2) 王風·兔爰·有兔爰爰雉離于罿 齊風·雞鳴·匪雞則鳴 陳風·澤陂·有美一人 小雅·頍弁·先集惟霰	
《文選注》 引《韓詩薛君章句》	周南·關雎·關關雎鳩 周南·葛覃·惟葉萋萋(3) 周南·卷耳·云何吁矣 周南·兔罝·施于中馗(3) 周南·芣苢·采采芣苢 周南·漢廣·南有喬木(3) 周南·漢廣·江之漾矣 周南·麟趾·吁嗟麟兮 召南·江有汜·江有渚 邶風·日月·報我不術 邶風·終風·終風且暴 邶風·雄雉·雄雉于飛 邶風·匏有苦葉·煦日始旦 邶風·泉水·飲餞于坭(2) 邶風·静女·静女其姝 鄘風·載馳·許人尤之 衛風·淇澳·緑薵如簀 衛風·氓·將子無怒 衛風·伯兮·焉得諠草 王風·君子陽陽·君子陶陶	小雅·巷伯·緀兮斐兮 大雅·皇矣·惟此文王

續表

引文出處	陳壽祺原輯	陳喬樅增輯
	鄭風·大叔于田·兩驂鴈行 鄭風·出其東門·縞衣綦巾(3) 鄭風·野有蔓草·野有蔓草 齊風·東方之日·東方之日兮(4) 齊風·猗嗟·舞則纂兮 魏風·葛屨·纖纖女手 魏風·伐檀·彼君子兮(4) 唐風·蟋蟀·蟋蟀在堂(8) 秦風·蒹葭·宛在水中沚 曹風·蜉蝣·采采衣服 豳風·東山·鸛鳴于垤 豳風·東山·親結其縭 小雅·鹿鳴·承筐是將 小雅·四牡·周道威夷(4) 小雅·夫栘·賓爾籩豆 小雅·伐木·相彼鳥矣(2) 小雅·天保·無不爾或承 小雅·采薇·昔我往矣(2) 小雅·湛露·愔愔夜飲 小雅·湛露·蓁蓁者莪 小雅·車攻·東有圃草 小雅·車攻·四牡奕奕 小雅·吉日·駓駓騃騃 小雅·吉日·且以酌醴 小雅·白駒·皎皎白駒(2) 小雅·節·昊天不庸(2) 小雅·節·蹙蹙靡所騁(3) 小雅·小旻·謀猶回歘 小雅·小宛·翰飛厲天 小雅·谷風·將恐將懼 小雅·大東·跂彼織女 小雅·四月·秋日淒淒	

續表

引文出處	陳壽祺原輯	陳喬樅增輯
	小雅·四月·亂離斯莫 小雅·楚茨·馥芬孝祀 小雅·頍弁·先集惟霰 小雅·車舝·德音來括(2) 小雅·角弓·莫肎下隤 小雅·緜蠻·緜蠻黄鳥(2) 大雅·緜·緜緜瓜瓞 大雅·旱麓·鳶飛戾天 大雅·旱麓·清酒既載 大雅·皇矣·無然歆羨 大雅·皇矣·無矢我陵 大雅·靈臺·於物魚躍 大雅·靈臺·矇瞍奏功 大雅·蕩·天不湎爾以酒(2) 大雅·抑·嗚呼小子 大雅·雲漢·瞻卬昊天(2) 大雅·韓奕·幹不庭方 大雅·江漢·王命召虎 大雅·召旻·日辟國百里 周頌·清廟·惟天之命 周頌·思文·貽我嘉麰 周頌·思文·無此疆爾介 周頌·噫嘻·帥時農夫 周頌·涔·涔有多魚 周頌·小毖·翻飛惟鳥 魯頌·駉·以車繹繹 魯頌·駉·以車袪袪 魯頌·泮水·獷彼淮夷 魯頌·閟宫·不震不騰(2) 魯頌·閟宫·新廟奕奕(2) 魯頌·閟宫·孔曼且碩 商頌·元鳥·方命厥后	

續表

引文出處	陳壽祺原輯	陳喬樅增輯
	商頌·殷武·松柏丸丸 商頌·殷武·旅楹有閑	

佚名

引文出處	陳壽祺原輯	陳喬樅增輯
《隸釋·漢孟鬱修堯廟碑》	大雅·蒸民·仲山甫徂齊	

應奉

引文出處	陳壽祺原輯	陳喬樅增輯
《後漢書·應奉傳》		周南·關雎·關關雎鳩

魚豢

引文出處	陳壽祺原輯	陳喬樅增輯
《三國志注》		魏風·伐檀·彼君子兮

張尚

引文出處	陳壽祺原輯	陳喬樅增輯
《三國志注》 引《環氏吴紀》		衛風·竹竿·檜楫松舟

張纘

引文出處	陳壽祺原輯	陳喬樅增輯
《懷音賦》		召南·甘棠·勿剗勿敗

趙曄

引文出處	陳壽祺原輯	陳喬樅增輯
《吴越春秋》		秦風·無衣·豈曰無衣 小雅·正月·赫赫宗周 小雅·信南山·信彼南山 大雅·緜·古公亶父(2) 大雅·皇矣·自太伯王季 大雅·生民·誕寘之隘巷 大雅·生民·蓺之戎菽 大雅·行葦·敦彼行葦 大雅·假樂·篤公劉(2)

郅惲

引文出處	陳壽祺原輯	陳喬樅增輯
《後漢書·郅惲傳》		王風·黍離·篇旨 小雅·小旻·不敢暴虎 大雅·大明·殷商之旅

周磐

引文出處	陳壽祺原輯	陳喬樅增輯
《後漢書·周磐傳》		周南·汝墳·篇旨

朱勃

引文出處	陳壽祺原輯	陳喬樅增輯
《後漢書·馬援傳》		小雅·巷伯·取彼譖人

朱輔

引文出處	陳壽祺原輯	陳喬樅增輯
《後漢書·西南夷傳》	周頌·天作·彼徂者岐	